THE TAWNY MAN TRILOGY

刺客后传

[Ⅲ]

弄臣命运(上)

Fool's Fate

[美] 罗宾·霍布 著
麦全 译

上海社会科学院出版社
SHANGHAI ACADEMY OF SOCIAL SCIENCES PRESS

ROBIN HOBB

万墨轩图书
WIPUB BOOKS

请献给

茹丝与她的忠实伙伴，

亚历山大

及

好朋友们

目录 CONTENTS

[Ⅲ] 弄臣命运（上）

刺客后传

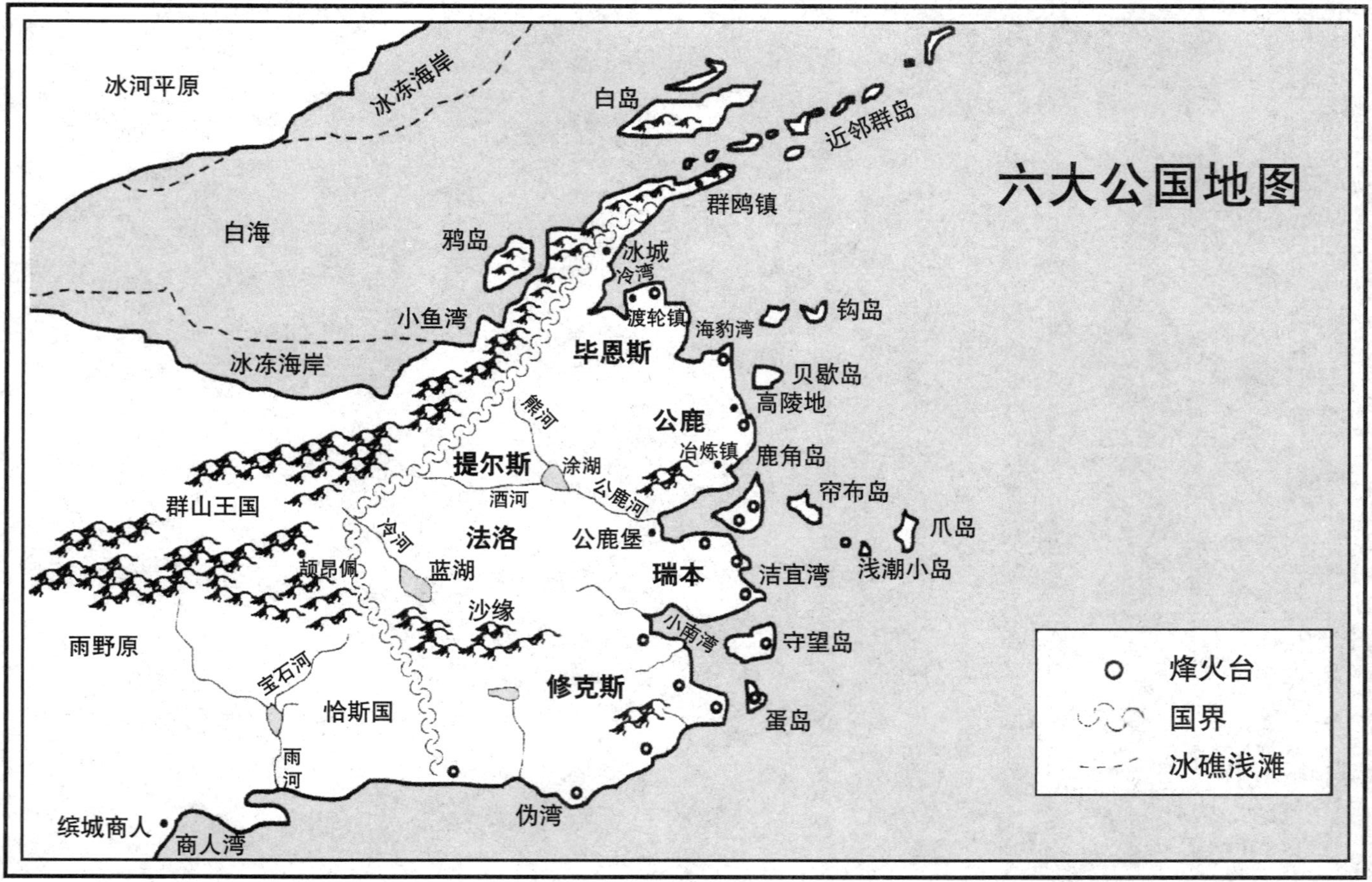
六大公国地图
冰河平原
冰冻海岸
白岛
近邻群岛
群鸥镇
白海
鸦岛
冰城
冷湾
小鱼湾
渡轮镇
海豹湾
钩岛
冰冻海岸
毕恩斯
贝歇岛
高陵地
熊河
公鹿
冶炼镇
鹿角岛
提尔斯
涂湖
公鹿河
帘布岛
酒河
群山王国
法洛
公鹿堡
爪岛
冷河
颉昂佩
蓝湖
瑞本
洁宜湾
浅潮小岛
沙缘
小南湾
守望岛
雨野原
宝石河
修克斯
恰斯国
蛋岛
雨河
伪湾
缤城商人
商人湾
烽火台
国界
冰礁浅滩

序曲 命运交战

白色先知的目的，说起来很简单，就是要将世界推上与目前不同的另一条运行轨道。根据先知的说法，时间是不断重复的，而且在每次循环中，人们都会重犯与之前几乎一样的愚蠢错误。毕竟寻常的人总是随着欲望浮沉，他们一天天地过着，并深信自己所做的事情，与大局和过往历史无关。

根据白色先知的说法，事实的确无可增删加减。但每一个细微的、大公无私的行为，都会将世界推向更好的轨道，而不断累积的细微行为便可改变世界。天下的命运往往系于一人之死——或因为此人的幸存而转变方向。而对于这位白色先知而言，我算是什么呢？我是先知的催化剂，我是改变世界的人。先知将一块石头垫在时间巨轮之下，借此将时间巨轮震离原来的轨道。我，就是那一块石头。他告诉我，只要一小块石子，便足以将时间巨轮推离原来的轨道。不过他也警告我，对那块石子而言，这往往不是什么愉快的经验。

这位白色先知声称，他所见到的，不只是未来，而是许多可能的未来。这许多可能的未来大多都相去无多，只有极少数的可能未来会与众不同，然而光是这个差异，便足以引导时代走向全新的光明领域。

我们所促成的这个未来与众多可能未来之间最大的差异，就在于在这个未来之中，瞻远家是有继承人的——这个人便是我。然而时光巨轮时时刻刻都想将我抹杀掉，以便跳回原本运行已久的轨道之中，所以这位白色先知一生的功课，主要就在于迫使我求生、不断将我从鬼门关拉回来。我曾经死过，也曾多次濒临死亡，每一次，他都将伤痕累累的我拖回人间，以便我襄助他的大业。他冷血无情地运用我这个人，尽管他也会感到抱歉和悔恨。

因此，他成功地将世界的命运从原本注定的轨道里拐出，并推入更光明美好的轨道之中。他是这么说的。然而世上有其他人的想法与他的背道而驰，在他们预见的未来之中，既没有瞻远传人，也没有龙群。而在那些人之中有一名女子，为了确保她所追求的未来能够实现，决心铲除阻挡她去路的弄臣。

1. 蜥蜴

古老的事件竟能够跨越时空，将爪子深深勾入未来人生的某一刻，然后扭转随后的一切。这样似乎不太公平。然而，也许这其实是很公平的：毕竟我们乃是过去自己所做的一切与我们所遭遇的一切之总合。这一点，任何人都无法逃脱。

因此，弄臣跟我说过的那番话，以及他暗藏在心、没说出口的话，加起来的意思就是：我背叛了他。但我深信这样做是为了他好，也是为了我好。他已经预告了，如果我们一同前往艾斯雷弗嘉岛，他必死无疑，我则可能会再度碰上生死劫。他向我保证，由于他心系的是改变未来的庞大计划，而这个大业不能少了我这个人，因此他会尽一切力量让我活下去。然而由于最近这一次死里逃生的经验可谓刻苦铭心，所以他的承诺并未让我松了口气，反而在我心里压上了千斤重担。此外他还漫不经心地提醒我，我们抵达艾斯雷弗嘉之后，我势必得在我们的友谊，以及我对晋责王子的忠诚之间做一选择。

他死、我死，或是在友谊与忠诚之间做一选择这些事，倘若只发生其中一件，兴许我还能勇敢面对。但这也不一定。这三件事情之中的任何一件，都足以使人胆怯畏缩，更何况是三件一起来，这根本就远远超出我的能力范围之外。

于是我去找切德，并将弄臣的话原原本本地告诉他，而我的老导师则告诉我，等我们启程前往外岛之时，弄臣绝对无法与我们同行。

春天已经来到公鹿堡。这个盘踞在公鹿堡城上方悬崖峭壁之上的黑色碉堡，看起来依然阴沉。然而在公鹿堡后起伏的山丘上，新生的绿草已经热切地将去年残存的棕黄色枯茎给推到一旁。在森林里，原本光秃秃的枝干一下子蒙上了绿意，因为每一根枝桠上都有新萌生的树叶；悬崖底下累积了一整个冬天的枯海藻，已经被浪潮冲走；候鸟回来了，它们为了在悬崖上抢个好地方做窝而尖声大叫，就连在遥远的森林里都听得见；春天甚至伸入了城堡里的阴暗走廊与屋顶极高的房室之中，几乎每个凹入的壁龛与每个厅堂的门框上，都可以见到树上摘来的枝桠，与地上采来的花朵。

暖和的微风似乎也吹走了我的阴郁心情，尽管我所挂虑的心事一件也没少，但是春日的确有解忧消愁的良效。我的身体状况大有改善，现在的我，感觉比二十几岁的时候还要年轻。我不但长了肉，变得结实，而且还突然拥有了我这个年纪的健康男子所应有的体格。这是因为那几个技巧生疏且没什么经验的精技小组成员，在大刀阔斧地为我做精技治疗时，同时也粗率地抹去了我的旧伤。因此无论是盖伦趁着教导精技之便而对我拳脚交加的伤痕、我因为屡次与人格斗而造成的大小伤口，还是由于在帝尊地牢里遭受酷刑折磨而留下的烙印，都一并抹消了。如今我几乎不再头痛，疲倦时视线也不至于模糊，而且也不会因为清晨沁人的寒冷而感到痛彻骨髓。现在的我，生活在健壮的躯体之中。没有什么比在清朗的春日早晨享受健康的身体更令人振奋的了。

我站在高塔的塔顶，远眺起皱的海面。在我身后，一桶桶刚刚施过肥的泥土捧着一株株小型的果树，绽放出一树雪白与粉红的花朵；小盆子里种的是吐出了绿芽的藤蔓，球茎类的开花植物窜出长长的绿叶，仿佛是一个个被派出来刺探空气的尖兵。有的花盆里虽然只见光秃秃的枯茎，却也生机乍现，静静等待着更暖的天气。花盆与花盆之间，恰到好处地点缀着石雕与引人就座的长椅；罩在灯罩里的蜡烛，等着在柔和的夏夜散发光辉。珂翠肯王后的确使王后花园重现了往日的光辉。这个塔顶花园是珂翠肯的私人领域，其简洁的安排反映出她在群山长大所受到的教养，然而此处之所以为王后花园，却是出于更古老的公鹿堡传统。

因为心里静不下来，所以我绕着王后花园的环形步道走着，但最后我还是强迫自己停下来站定。那少年并未迟到，而是我早到了，而我之所以会有仿佛分分秒秒都走不完的痛苦，并不是那少年的错。此刻我正等待与迅风，也就是博瑞屈之子的第一次私下会面。王后已经交代下来，要我肩负起教导迅风习文练武的责任。这个任务，我想起来就害怕。那孩子不但有原智，而且还倔强任性、不受管束。这两个条件，再加上他的聪明伶俐，往后难免会让他惹上麻烦。王后虽然已经颁布，一般人应该尊重原智者，但是许多人仍然深信，若要治愈野兽魔法，最好的工具还是圈住脖子的套索、刀剑以及火堆。

王后之所以把迅风托付给我，其实别有用心，这我能够体会。由于迅风不肯放弃原智，所以他父亲，也就是博瑞屈，将这孩子逐出了家门。然而，当年我那身为王储的父亲，因为不敢承认自己在外有私生子而抛弃了我的时候，就是博瑞屈贡献出了许多年的青春时光，将我抚养长大。如今我以此来回报他的情分，可说是再适合不过的了，哪怕我永远也不可能让那少年知道，我就是受他父亲照顾多年的那个蜚滋骏骑。所以尽管迅风才十岁，而且还瘦巴巴的，但是我等着他的心情，却像是等着要跟他父亲见面一样紧张。我深吸一口清凉的早晨空气，果树的花香在空气里浮动。我提醒自己，这个任务用不着扛上多久，因为再过一阵子，我就要随同王子启程前往外岛的艾斯雷弗嘉岛了，所以我只要忍耐过去，好好地给这年轻人上几天课就行了。

原智魔法使我体察到其他的生命体，所以当迅风还没将那扇沉重的木门推开时，我就转过身等他了。他轻轻地将门关上。虽然通往王后花园的石梯又陡又长，但是他到达时却脸不红、气不喘。我继续半藏身在花丛后观察他。他穿着样式简单的公鹿堡蓝衣裳，与身为侍僮的身份相配。切德说得没错，这孩子的身材的确适合使斧。他的确瘦，但在他这年纪，凡是好动的男孩子皆是如此，况且从他皮背心下的肌肉起伏来看，他长大后必像他父亲一样壮硕。据我看，以后他不见得长得高，但是这必能以结实的胸膛与臂膀弥补过来。迅风有父亲的黑眼睛与黑卷发，但是下巴的线条与眼睛的样子则透出莫莉的影子。莫莉，我无缘再聚的恋人，如今已是博瑞屈的妻子了。我深深地吸了一口气。这堂课可能比我想象中的还要困难。

我看得出迅风已经察觉到有人在此，我伫立不动，让他用眼睛找到我。一时之间，我们两人默默站着，相对无言。接着，他穿过蜿蜒的小径走到我面前。从他鞠躬的姿势看来，他曾经为了施行优雅的鞠躬礼而费心苦练。

“大人，我是原智者迅风。他们要我来跟您报到，所以我来这里见您。”

我看得出他花了一番工夫苦学宫廷礼仪，但他在道出姓名的时候，露骨地加上“原智”二字，几乎显得粗鲁，仿佛想借此测试王后下令保护原智者的旨意是否适用于各处，以及我是否胆敢逾越。此外，他还以直率到会令大多数贵族斥为放肆无礼的眼神瞪着我。不过我提醒自己，我可不是贵族，同时也跟他讲明了这点：“年轻人，我不是什么‘大人’，我是汤姆·獾毛，王后卫队的侍卫。你可以叫我‘獾毛先生’，而我就叫你迅风，我们就这样说定了如何？”

他眨了两次眼睛，点点头，接着他突然想到这个反应不太对，“是，獾毛先生。”

“很好，迅风，你知道他们为什么要你来找我吗？”

他咬了咬上唇，深吸了一口气之后才垂下眼睛说道：“我想这是因为我得罪了什么人物。”接着他一下子又扬起眼神来直视着我。“可是我不知道自己哪里做得不好，也不知道我惹恼了谁。”他为自己辩白道：“我天生就是这样的人，无法改变。如果是因为我有原智而得罪了什么人，那实在很不公平，毕竟王后殿下已经说了，人们不应该因为我有原智，而待我有所不同的。”

我差点一口气喘不过来。这感觉仿佛是博瑞屈在盯着我，而且他那丝毫不打折扣的坦诚，以及坚持要讲真话的决心，也跟博瑞屈别无二致。不过，那孩子急躁得不知节制，这点倒颇有其母之风。我愣了一会儿，都忘记要讲话了。

那少年把我的沉默解释为恼怒，他垂眼看地，但肩膀仍挺得很直。他看不出自己哪里有错，而且除非错在他身上，否则他是绝对不会懊悔自责的。

“你并没有得罪别人，迅风，而且你会发现，在公鹿堡里，有些人根本就不在乎你有没有原智。因此，我们既不是因为你得罪别人，也不是因为你有原智，而把你跟别的孩子区隔开的。之所以要对你单独授课，是为你着想。你识字的程度超过同龄的孩子，若是硬教你跟着一群年纪比你大得多的大孩子一起念书，恐怕不大妥当，除此之外，多练练战斧，一定也对你有利无弊——而且我相信，他们一定就是因为这个原因，才找我来教你的。”

他突然抬起头来，用困惑与失望交加的眼神望着我，“战斧？”

我点点头，这不但是为了要让他安心，同时也是为了要让我自己安心。看这情况，切德又在玩他的老把戏：看来根本没人问过这孩子想不想学用战斧。我努力挤出一丝笑容：“就是战斧，一点也没错。公鹿堡的战士都知道，你父亲使用战斧的能力无人能及，而你既然继承了他的体格及长相，战斧自然就是你最上手的武器了。”

“我跟我父亲一点都不像，先生。”

我差一点就忍俊不禁——不是因为他跟他父亲不像而觉得好笑，而是因为他说这话的口吻与态度，看起来跟博瑞屈格外相像。以往一向都是博瑞屈低下头来瞪我，如今竟换作是我低头俯瞰着他，这感觉蛮奇怪的。不过十岁的孩子毕竟不适合用这种态度跟人说话，所以我只是冷冷地说道：“王后与切德顾问倒觉得你跟你父亲颇为相像，难道你对王后与顾问所做的决定有什么异议吗？”

迅风犹疑起来。他是可以拒绝，然而此举可能会让人觉得他太不知感恩，因而将他送回家去，于是我看出他在一瞬间下了决定：再怎么令人厌恶的任务，也要低着头接下来，这样他才能留在这里。所以他低声说道：“不，先生，既是王后与顾问的吩咐，那就这样吧。”

“很好。”我假装热忱地说道。

我还来不及说别的话，他便说道：“可是我已经学了别的武器了。我会用弓箭，先生，我之前没对别人提起，是因为我原以为，我会用什么武器，大概没人会感兴趣，但如果我除了侍僮的训练之外还要接受战士的训练，那么我已经有我最上手的武器了。”

这倒有趣。我默默地打量着他，既然这孩子与博瑞屈十分神似，那么，若是他用弓箭的功夫不入流，他大概不会随便夸口吧。“很好，我们再找个机会让我瞧瞧你弓箭的技巧如何吧，但是这个时间是用来上别的课程的，而且因为要替你上课，所以我们获准使用公鹿堡书库的经卷。这对你我而言，都是莫大的殊荣啊。”我等着他回应。

他点了个头，然后突然想起这样太没规矩，“是，先生。”

“很好，那么明早我们就在这里见面，头一个小时先讲经卷、学写字，之后再到练武场磨练磨练。”我再度停下来等他的答案。

“是，先生。可是，先生？”

“什么事？”

“我也善于骑马，先生，虽说现在有点生疏了。去年一整年，我父亲都将我跟他的马隔得远远的，但是我对马也很在行。”

“多会点本事是挺好的，迅风。”我知道那孩子心里打什么主意。听到这个不冷不热的反应，那孩子原本热切发光的脸色顿时黯淡下去。像他这个年纪的男孩子，尚不应该考虑跟动物牵系在一起的事情，然而看到他失望地低下头，我不禁想起，多年之前我也曾像他那般孤寂——当年博瑞屈也尽了一切的努力来保护我，以免我跟动物牵系在一起。不过就算我现在领悟到他此举甚为明智，我记忆中的孤独感也不会消减。我清了清喉咙，希望能让自己的声音听起来沉稳自然，“很好，迅风，那么你就明天来这里跟我报到吧。噢，对了，明天穿旧衣服来就好，我们会流一身的汗，还会弄得脏兮兮的。”

他忽然看起来很挫败的样子。

“怎么了，年轻人？”

“我……先生，我没办法穿旧衣服来。旧衣服没了。我现在只有两套王后给的衣服。”

“那你的旧衣服呢？”

“我……我把旧衣服烧了，先生。”他的口气突然变得桀骜不驯，他咬紧下巴，迎向我的眼神。

我想着要不要问他为什么把衣服烧了，因为其实不用问，光是看他那个姿势就知道答案了。他故意借着焚毁那些物品，以表示他已经跟过往切断了关系。我揣度着自己到底该不该逼他承认这一点，但想想还是算了。毕竟，就算逼他承认又如何？当然，把一套好好的衣服糟蹋掉了，他的确应该感到羞愧。我不禁怀疑，迅风与父亲之间到底起了多大的冲突。突然之间，今天看起来仿佛黯淡了一些。我耸耸肩，不在意地说道：“那么，有什么，就穿什么吧。”

他站起来瞪着我，我这才想到我还没准许他退下。“你可以走了，迅风，明天见。”

“是，先生。多谢了，獾毛先生。”他鞠了个躬，姿势有点突兀，但是大体上并没有错。然后他又停了下来，“先生？我可以再问个问题吗？”

“当然。”

他几乎是以怀疑的目光四下张望，最后问道：“为什么我们要在这里上课？”

“这里安静，景致又宜人。我像你这么大年纪的时候，最讨厌春天时闷在屋子里了。”

听了这话，他脸上迟疑地漾起笑容：“我也有同感，先生。除此之外，我也讨厌跟动物隔得这么远。我想，这大概是因为我的天赋在呼唤我吧。”

我真希望他能稍微停一下，不要时时把原智的事情挂在嘴边。“也许吧。不过，你在回应天赋的呼唤之前，也该要先想个清楚才是。”这一次，我刻意让他听到我话里的斥责之意。

他瑟缩了一下，接着脸上露出愤慨的表情：“王后说了，人们不应该因为我有原智，而待我有所不同。她说人们不应因为我有原智而鄙视我。”

“的确。不过人们也不会光是因为你有原智而善待你。我劝你低调一点，迅风，不要大肆张扬你的原智天赋，除非你与对方熟识。如果你想知道应该如何对待你的天赋，我建议你多跟原智者罗网请教请教，不妨趁他在壁炉前讲故事的时候多问问。”

我话还没说完，他已经对我怒目而视。我随便做了个手势叫他退下，于是他便走了。我原本还以为自己看透了这孩子的心思，谁知全不是那么一回事。迅风之所以跟父亲势不两立，原因就在于他有原智，而且他的反抗行动已经成功，现在他已经逃到公鹿堡来，并且决心公开地以原智者的身份，在较能容忍此事的珂翠肯宫廷里出入。然而如果那孩子单纯地以为他只需靠着这个身份，就可以挣得自己的地位，那么我很快就会把这个杂思遐想从他的心里扫出去。我不会故意镇压他的原智天赋，但是他把原智天赋拿来招摇的行径，实在是不可取。这就好比一个人拿着块破布在好斗的犬面前抖着，逗逗看狗会不会咬上来，那么这难免会闹出祸事。迅风再不改一改，迟早会碰上哪个年轻气盛的贵族青年，因为这野兽魔法而与他对峙，直至闹到不可收拾的地步。常人之所以容忍原智者，是因为皇室有令，不得不遵循，但其实许多人心里仍对我们特有的天赋痛恨至极。迅风的态度使我下了加倍的决心，说什么也不能让他发现我也有原智。他拿自己的原智天赋来四处炫耀，就已经够糟糕了，我可不会让他把我的事情也泄露出去。

我再度凝视辽阔的大海与蓝天。这景色熟悉得令人放心，却又美得令人屏息。我强迫自己靠在那堵若是一越过去便必死无疑的矮墙上，并强迫自己探头往下望。想当年，我在身体与心灵上都遭到精技师傅盖伦的百般折磨之际，曾经动了从眼前的墙垛间一跃而下的念头，幸亏博瑞屈伸手将我抓了回来，把我背回他的房间，治疗我的伤势，然后替我向那个精技师傅报仇。我欠博瑞屈的人情太多了，然而我无以回报，顶多也只能教教他儿子，让他儿子在宫廷里的生活平安无事。我把这个念头钉在心里面，以便把自己意兴阑珊的心情撑起来，然后便离开了塔顶。我还得赶赴另外一个约会，而从太阳的角度看来，我已经快要迟到了。

切德已经对外表明，他已经开始教授王子家传的精技魔法。精技课有此变化，我是又喜又忧。切德既放出消息，他与王子就不必偷偷摸摸地到精技塔上课，至于王子带着脑筋迟钝的仆人去上精技课，则被众人视为王子的古怪习性。宫里的人再怎么猜，也猜不到阿憨竟是王子的同学，而且阿憨的精技天赋比任何在世的瞻远家人都更为高强。而堪忧的是，我这个真正的精技老师却变成课堂上唯一一个必须掩人耳目、秘密出入的人。如今我的身份是汤姆·獾毛，而汤姆·獾毛这个卑微的侍卫，是绝不会跟瞻远皇室的皇家魔法扯上关系的。

我抱着这个心情从王后花园走下来，匆匆地穿过大半个城堡。仆人区有六个出入口，可以通达如迷宫一般的间谍密道，我每天都挑一个不同的出入口走，而今天我走的是厨房储肉室附近的出入口。我趁着四下无人之时，从走廊闪身进入储肉室，然后拨开三大架吊挂的香肠，拔开壁板，走入如今已经十分熟悉的黑暗之中。

我并没有为了让眼睛适应暗处而稍等一下再走。这一段路既无天光，也无灯光，我前几次从这里出入时，都带着蜡烛照路，但如今我认为自己已经熟门熟路，所以就算这里一片漆黑也无妨。我算准自己走了几步，然后摸索着走进狭窄的楼梯，走到楼梯顶，我往右一转，到这里才稍微有几个缝隙透着光，朦胧地映照出灰尘飘逸的走道。我弓着身子匆促前行，不久便来到平日常走的这一段，再过一会儿，我便从望海塔的壁炉侧面出来了。我才刚把壁炉的饰板推回原位，就听到门闩开启的声音，吓得我动都不敢动，这下子我是来不及抢在那人进来之前，躲入稍微可以遮身的薄窗帘里了。

我屏住呼吸，幸亏来人不过是前来上课的切德、晋责与阿憨。我等到他们把门关紧了，这才朝他们走去。阿憨吓了一跳，不过切德只是有感而发地说道："你知不知道你左边脸颊沾了蜘蛛网？"

我伸手将蜘蛛网揩掉："我倒惊讶怎么只有左脸沾到。春天一到，蜘蛛大军就勤奋地结起网来了。"

切德听了我的观察心得之后，严肃地点了点头。"我以前都是随身带着鸡毛掸子，一边走，一边伸手在身前掸蜘蛛网。这法子还蛮好用的——多少会好一些。当然啦，那年头，就算我从密道出来时身上沾了蜘蛛网，也无关紧要，只是我不喜欢它们的小细腿在我颈背上爬的感觉就是了。”

晋责王子一想到这位全身上下打扮得一丝不苟的王后顾问，竟然也会弓着身子在密道里钻来钻去，便不禁偷笑。其实很久以前，切德大人乃是公鹿堡的神秘居民，而且身份只是皇家刺客，别无其他。当时的他因为一脸麻子而羞于见人，所以总是躲在幕后执行国王的正义。现在可不同了，如今的切德，在公鹿堡里昂首阔步，因为高超的外交手腕和王后顾问的身份而广受众人称颂。他那高雅大方、深浅相间的蓝绿衣裳，以及宝石项链和宝石耳环，正好彰显出他的身份；他那雪白的头发和锐利的绿眼睛，与这一身服饰搭配得恰到好处；而年纪大了之后，曾经令他懊恼和窘迫的麻斑也渐渐消退了。对于切德这一身华服，我既不羡慕，也没有埋怨。他在盛年时不得不虚度时光，就让他以此稍微弥补一下吧。这一身打扮又不会害人，而那些被他的华贵体面慑服的人，往往忽略了一个重点：其实切德那敏锐的心灵，才是他最厉害的武器。

王子与切德恰恰相反，他那一身衣服跟我身上穿的一样朴素。依我看，一方面是因为珂翠肯出身于具有简约传统的群山王国，另一方面是因为她天性本来就节俭。毕竟晋责一天天长大，衣服一下子就小得穿不下，要不然就是因为在练武场比武而把衣服刺破，那么为他制作精致华服、供他天天穿戴，又有什么用？他的黑眼睛与黑卷发像他父亲，不过他的身高与下巴，倒更像是画里的骏骑，也就是我父亲。

陪晋责前来的矮胖男子，身材则与王子天差地别。据我估计，阿憨大约快三十岁了，他的小耳朵紧紧地挤在脸侧，舌头则傻傻地垂在嘴外。王子与阿憨穿着同一样式的蓝色束腰外衣与紧身裤，胸前也都绣着公鹿纹章，不过那小个子男子凸腹上的束腰外衣沾着污渍，紧身裤的膝盖与脚踝处也松垮垮的，看起来十分滑稽。在不知情的人眼中，阿憨这个人是个古怪的组合：一方面挺好玩，却又有点讨人厌。但是我却感觉得到，他的精技能力就像铁匠熔炉里的火那般旺盛。常人的脑海里时常转着各样的念头，但阿憨的脑海里却少有思绪，只有无尽的精技音乐。如今他开始学着稍作控制，所以他的精技音乐稍微收敛了些，不像以前那么恼人了。不过，由于他的精技能力不同凡响，所以他时时刻刻都放出音乐与我们分享。我是可以设下精技墙以阻挡他的音乐，但这样一来，也会挡掉大部分的技传，包括能力不如阿憨的切德与晋责所传来的思绪，所以目前我只好尽量忍耐阿憨的音乐。

今天阿憨的精技音乐，是以吱吱嚓嚓的剪刀声与喀达喀达的织布机声构成的，其间还夹杂着女人尖声咯咯直笑的声音。“这么说来，你们又一整个早上都待在裁缝那里试衣服了？”我对王子问道。

他一点不意外我这么问，他知道我是怎么推算出来的。晋责疲倦且无奈地点点头：“阿憨跟我都去了。他们弄了好久。”

阿憨煞有介事地点点头：“站在凳子上。不要抓痒，不要动。用针刺阿憨，还叫阿憨不要动。”他不客气地加上最后面这一句，同时以指责的目光瞪着王子。

王子叹了一口气：“那是意外，阿憨。她叫你不要动啊。”

“她坏心。”阿憨大着胆子，低声补了这一句。不过据我猜测，他说的可能比较接近真相。王子把阿憨当朋友看待，许多贵族都看不过去，而且不知怎地，有的仆人还比贵族更咽不下这口气。阿憨今天之所以在裁缝那里吃亏，可能就是因为有些人借此来发泄怨气。

“事情都过去了，阿憨。”王子劝慰道。

房间中央摆着一张大得不得了的桌子，我们各自在自己的老位子上坐下来。自从切德宣布他要在望海塔替王子上精技课之后，这个房间就重新装潢过了。此时细长的高窗的护窗板是开着的，让清爽的微风吹进来，窗框上则系着长到地上的窗帘；房里的石墙与石地板重新磨洗过，桌椅也上油抛光过；几个原本就有的卷轴架上放着切德典藏的经卷，另外还有一个结实且上了锁的柜子，放着他认为比较宝贵，或是比较危险的卷轴；还有一张大写字桌，放了墨水、新削的鹅毛笔以及大量的纸张和羊皮纸；此外还有个餐具柜，放着葡萄酒、玻璃杯与其他为求王子舒适而准备的东西。如今这个房间变得很舒服，甚至可说是很享受，而与其说这个改装是反映出王子的品味，不如说是反映出切德的品味。

我觉得这个变化蛮好的。

我环顾这三个学生。晋责专注且警觉地望着我，阿憨则正在为了他左边鼻孔里的什么东西忙得不可开交；切德精神饱满，坐得直挺挺的，然而不管他为了让自己神采奕奕地来上课而喝了什么东西，那对他眼里的血丝也起不了作用，所以此时切德是红眼白绿瞳仁，看起来有些可怕。

“我们今天要做……阿憨，麻烦你停一停。”

阿憨面无表情地朝我看了一眼，手指仍插在左边的鼻孔中，“没办法。刺刺的，很难过。”

切德揉揉额头，望向他处。“拿条手帕给他。”他说道，但没特别针对王子或我。

晋责王子离阿憨最近：“来，把鼻子擤一擤，也许那东西就出来了。”

晋责将一方绣花的亚麻布递给阿憨，阿憨怀疑地朝那手帕看了好一会儿，最后还是接了过来。我以盖过阿憨那震耳欲聋的擤鼻子声的声音，对学生们问道：“昨天晚上，应该每个人都做过精技漫游了吧。”其实，我要求大家做这个练习的时候，心里忐忑不安，但是我感觉得出晋责与切德已经跃跃一试了。至于阿憨，晚上要做的事情，他十之八九会忘掉，所以我倒比较放心。所谓精技漫游，就是暂时离开自己的身体，转而透过其他人的身体来体验生命。我自己曾经精技漫游过多次，不过大多都是意外造成的。精技卷轴上写道，精技漫游是搜集资料的好方法，除此之外，也可借此找出对精技漫游最为开放的人——而这种人往往颇有精技潜力，可以成为“吾王子民”，也就是能够对国王提供精技力量的人。切德昨晚一定试过精技漫游，但是只需要瞄一眼，就知道他屡试屡败，因为他若是好不容易成功了，此时必定会绽放出胜利的光辉。晋责也愁眉不展，“这么说来，没人成功吗？”

“终于成功了！”阿憨兴奋地大叫道。

“你昨晚精技漫游了？”我非常惊讶。

“才——不——是。我把那个弄出来了，看到没？”王子的绣花手帕里，躺着一坨绿绿的战利品。切德发出不屑的叫声，别过头去。

才十五岁的晋责大笑起来：“噢，很壮观嘛，阿憨。真的好大，简直就像只绿蝾螈。”

“是呀。”阿憨得意地应道，他高兴得嘴巴开得大大的。“我昨天晚上梦见一条好大的蓝蜥蜴。比这还大！”阿憨也应和着王子，仿佛狗儿喷气一般地大笑起来。

“王子殿下暨未来的国君。”我严格地提醒道。“我们有课要上。”我嘴上虽这么说，但其实我是好不容易才忍住笑、板起脸孔的。虽说这事幼稚得很，但是难得晋责能这么开怀大笑，这是我第一次看见他的举止像个春日里的少年。看到他脸上的笑容突然收住，我心里又懊悔起来。晋责以远比我凝重得多的态度，转过身去对着阿憨，一把抢过手帕，将那坨鼻涕包起来。

“不，阿憨，停一停，听我说。你昨晚梦见好大的蓝蜥蜴？有多大？”

王子问话的急切模样引得切德朝他望过去，但是王子的声调与态度突然大变，使得阿憨既困惑又气愤。他眉头皱起，气得舌头伸出、下唇嘟起，“这样不好喔。”

这句话别有涵义。近来我们颇注重阿憨的餐桌礼仪，毕竟他要陪同王子前往艾斯雷弗嘉岛，总不能太过失礼。但可惜的是，除非能斥责旁人缺乏餐桌礼仪，否则他老是把那一套忘光光。

“对不起，阿憨，你说得没错，抢东西是不好的。好了，快把你梦见的那条蓝色大蜥蜴的事情告诉我吧。”

王子诚心地对阿憨微笑，但是对于这个小个子男子而言，如此转变话题实在太快。他摇了摇头，转过身去背对王子，并交叉着手臂抱胸。“不要。”他粗暴地拒绝了。

“求求你，阿憨。”晋责开始劝道，但此时切德插嘴：“你这事不能等一等吗？再过没几天就要启程了，我们若要有个精技小组的样子出来，还得把许多课程赶完才行。”那老人心急如焚，这点可想而知，因为我也有同感：王子这趟历险到底能不能成功，关键可能就在精技魔法上了。切德与我都认为，那条龙既然封在坚冰之中，王子大概也用不着真的屠龙了，而精技魔法的真正价值，很可能是在于切德与我能不能借着技传对晋责通风报信，好让他这桩联姻进行得顺利一点。“不，切德，这很重要。我认为，唔，可能很重要。因为昨天晚上，我也梦见一条很大的蓝蜥蜴——说得真切一点，我梦见的其实是龙。”

无人回应，因为切德与我都沉思不语，之后切德迟疑地切入道：“这个嘛，你若跟阿憨做同样的梦也不足为奇，毕竟你们两个成天借着精技心连着心，偶尔晚上一同做梦也是稀松平常的，不是吗？”

“可是那一刻我并没有睡着，当时我正在试着做精技漫游。蜚——汤姆说，他在半睡半醒之间，最容易进入精技漫游的境界，所以当时我躺在床上，一边施展精技，一边想要睡着，但也只是浅睡眠而已。后来我就感觉到那个东西了。”

“什么东西？”切德问道。

“我感觉到那个东西的眼睛在搜寻我，它的眼睛很大，是银色的。”答话的不是晋责，而是阿憨。

“对。”王子慢慢地应和道。

我的心沉了下去。

“听不懂。”切德烦躁地说道。“从头开始报告，好好把话讲清楚。”他这话是对晋责说的。我感觉得出，切德是气上加气。首先，气的是三个学生同时做练习，而这次又是阿憨与晋责多少有点小成就，他却一事无成；其次，气的是晋责提到了一条龙。最近跟龙有关的事情太多了：晋责即将要去掘开一条封在坚冰里的龙，并把龙头斩下来；缤城使节团夸口说他们养了一群龙（而且据说只要缤城商人一召唤，龙群便会飞来），如今又有一条龙闯进了我们的精技练习之中，而我们却对这些龙一无所知。我们不敢把这些龙视为无稽的传奇或谎言，因为我们清楚地记得，十六年前，石龙龙群曾经起而捍卫六大公国。然而我们对外岛龙、缤城龙，或是梦中的龙，实在是知道得太少了。

“没什么好报告的。”晋责答道。他深吸了一口气，虽然他才刚说没什么好报告的，但接着便按着切德对我们两人的一贯训练，有条不紊地从头讲起：“当时我人在卧室里，就像平常要入睡时一样。我躺在床上，一边凝视着壁炉里燃着的小火，一边让心思自由漫动，希望借此渐渐产生睡意，但同时仍清醒得足以施展精技。我两次打盹睡着，但两次我都把自己叫醒，重新培养气氛。到了第三次，我决定要反过来做。我先施展精技，稳住，然后设法让自己睡着。”他清了清喉咙，眼神轮流看过在场的每一个人。“接着我就感觉到了。很大。真的很大。”他望着我，“就像那次在沙滩上碰到的那个一样。”

阿憨嘴巴微开，小小的圆眼睛因为思索而骨碌骨碌地转，听到这里，他碰运气般地说道：“就是又肥又大的蓝蜥蜴。”

“不，阿憨。”王子的语气耐心且柔和，“我并不是一开始就碰见蜥蜴的。一开始的时候，我只感觉到那个庞大的……生命体吧，而我既想靠上前，却又不敢。倒不是因为那个生命体刻意地威胁我。恰好相反，那个生命体像是……无限地慈悲，让人感觉安全又放心。我之所以不敢靠上前，是因为我深怕……我深怕自己靠过去之后，就再也不想回来了。那个东西，像是事物的终结，又像是全新事物起始的临界点。不对，应该说，那个生命体的所在地，乃是全新事物的起始之处。”王子越说越小声。

“听不懂。这不合理啊。”切德斥道。

“其实很合理。”我安静地插嘴道，“我知道王子说的那种生命体，或者说那种地方、那种感觉是怎么回事。我自己也碰到过一两次。其中一个还帮过我们，不过我的感觉是，帮了我们的那一个，其实是个例外。换作是别的，或许连我们都还没注意到，就把我们吞噬掉了也说不定。那种力量具有非凡的吸引力，切德，像母亲对子女的爱一般地温馨、包容且柔和。”

王子的眉头微微地皱了起来，他摇了摇头，“我碰到的这个不一样，很强壮，很可靠，还很睿智，就像父亲一样。”

我心里想到别的念头，但是我隐忍不言。我在很久以前就对这些强大的力量有了定见：我认为，我们内心最渴望什么，那种力量就会以该种面貌来与我们相见；我母亲在我很小的时候就抛弃了我，而晋责从未见过自己的父亲，这种事情，会在人心里留下很大的缺口。

“为什么你之前从没提过？”切德恼怒地问道。

到底是为什么？因为那个际遇切中个人隐私，实在不宜跟别人提起。但此时，我只是顺手找了个借口：“因为就算我说了，你也只会像刚刚那样，说我讲的‘不合理’。那个现象我实在解释不出来，说不定我刚才那一番说法，也只不过是找了个理由来解释自己的经验罢了。这就好像人在追忆梦境的时候，总是会编出个故事，以便解释梦里那一连串不合逻辑的事情，是一样的道理。”

切德消气了，不过看起来还是不满意。我想他免不了在事后对我大肆盘问，逼着我把当时的情况、我的想法和印象等通通讲出来。

“我要讲大蜥蜴的事情。”阿憨气愤地说道，但这话倒不是特别针对哪一个人讲的。他有时候就是喜欢成为众人瞩目的焦点，而此时他的心情，可以说是对寂寞不耐烦到了极点。不用说，他一定是认为王子的故事抢走了众人对他的关注。

“好呀，阿憨，你先说你梦到什么，再换我说。”王子礼让阿憨。

切德往后靠在椅背上，并发出刺耳的叹息声。我望向阿憨，发现他的脸上放出了光彩。他像是被人抚摸得很愉快的小狗一般，咯咯地笑了起来，然后若有所思地眨了眨眼，并竭尽心力地模仿晋责和我向切德报告的模样，巨细无遗地报告道：“昨天晚上，我上床睡觉，盖着红毯子。然后，阿憨快要睡着了，已经融入音乐中。然后，我感觉到晋责在我附近。有时候，阿憨会跟着进入晋责的梦里，他常常做好梦，女孩的梦……”

阿憨越讲越小声，他一边张嘴呼吸，一边思索。王子显得非常不自在，切德与我则都努力维持没什么兴趣的表情。

阿憨突然接着说道：“然后我心想，晋责在哪里？也许他在跟我玩游戏，躲着不让阿憨看到。我叫：‘王子。’而他就说：‘别出声。’所以阿憨不出声，而且音乐只围绕在阿憨身边，就像躲在帘子后面一样。然后我偷偷看一眼，只看一下下而已。噢，那只母蜥蜴又肥又大，像我的衬衫这样蓝，但是走动起来的时候，像厨房的刀子一样亮闪闪的。母蜥蜴说：'出来，出来，我们来玩游戏嘛。'但是王子说：'嘘，不管它，别动。'所以阿憨就不动，然后蜥蜴就生气了，越变越大。母蜥蜴的眼睛发光，眼里一圈一圈地旋转，就像我上次失手打破的那个盘子那样。然后阿憨想：'可是蜥蜴是梦里的事情。但是我不想做梦了。'于是阿憨把音乐变得很大声，后来就醒过来了。醒来之后，就没有蜥蜴了，但是我的被子掉在了地上。"

阿憨上气不接下气地急着讲，讲完之后便大口喘气，同时轮流地看着每一个人脸上的反应。我悄悄地对切德做了个细微至极的精技信号。切德朝我看了一眼，但他就是能高明地把这个动作弄得像是在随意打量的样子。我感到无比骄傲，因为那老人接着便说道："你报告得好极了，阿憨，你的报告让我想到好多事情。我们先听听王子的故事，让我边听边想想看有没有什么问题要问你。"

阿憨一下子坐得好直，胸膛也骄傲地挺了起来，挺得他圆肚子上的衬衫布都撑紧了。他像青蛙般地咧嘴笑开，舌头也伸了出来，但是他的小眼睛轮流看着晋责与我，以便确认我们也注意到他的成就。我不禁纳闷道，为什么他会觉得让切德刮目相看有这么重要？随后才突然恍悟：原来阿憨这也是在模仿王子。

晋责明智地多等了一会儿，让阿憨多享受一下众人的注目，随后才说道："阿憨已经说了十之八九了，不过让我再稍作补充。刚才我提到那个伟大的生命体，当时我在看——不对，不是在用眼睛看，而是用心灵体会那个生命体，而且那个生命体慢慢地把我越吸越近。那个情况并不恐怖，我明明知道被那个生命体吸过去很危险，但又觉得，就算被吞噬掉，此后永远迷失，也不值得放在心上。那是一种一切都变得无足轻重的感觉。然后那个生命体开始后退，我想追上去，但此时我察觉到另外有什么东西在盯着我看，而那个东西可没那么慈悲。我的感觉是，那东西是趁着我在思索着那个庞大的生命体之际，悄悄地盯上了我。我四下张望，发现我人在一条浑浊的河边，脚下是一块非常小的黏土河滩，身后则是无垠的森林，林木高耸，遮蔽了阳光。起初我什么也没看见，后来才注意到有个小小的生物，像条蜥蜴似的，只是比较胖而已。那蜥蜴栖在一片宽大的叶子上，直盯着我看，可是我一看到它，它便开始变大。要不然，也可能是我缩小了，我不是很确定。那蜥蜴通体银蓝，美极了。我感觉到它是雌性的。接着那母蜥蜴对我说道：'好。你看见我了。唔，我才不管这么多，不过反正你往后都得听我的了。你跟那个人是一类的。现在快告诉我，你对于黑龙的事情知道多少？'接下来的发展就奇怪了：我找不到自己身在何处，仿佛我因为太注意那条母蜥蜴，所以忘了自己应该存在于某处。接着我决心要待在大树后面，于是我就在大树后面了。"

"这听起来不像精技。"切德不耐烦地打断晋责的话，"反倒像是梦境。"

"正是。我醒来之后，也是以这是梦境为由，叫自己别挂心。我知道我施展过精技，但说不定在那之后，我就睡着了，所以在我施展过精技之后所发生的一切全是梦境。而梦往往是说不上有什么道理的，也因此阿憨才会突然出现在梦境中跟我在一起。我不知道他有没有看到蓝龙，我叫他别出声，别让蓝龙看到我们。因为我们两个都躲了起来，蓝龙变得非常生气。我想它气的是我们仍然在场，却故意躲起来，不跟它见面。然后突然之间，阿憨不见了，我吓了一大跳，吓得醒了过来。"王子耸耸肩，"醒来时发现我人在卧室里，心想刚才可能是个非常鲜明的梦境。"

"我看也是，就是你跟阿憨一起做梦，仅此而已。"切德答道，"现在可以把梦境搁到一边，专心上正课了。"

"我看这事可能没那么单纯。"我说道。切德三言两语就把这个话题打发掉，使我不禁猜测他是不是不希望我们继续谈下去，但是我倒愿意牺牲自己的一部分秘密，以套出切德的秘密，"依我看，那条龙是真的，而且我们也听说过那条龙的事情。它就是婷黛莉雅，也就是蒙面的缤城使节提起的那条龙。"

"瑟丹·维司奇。"晋责平静地补上那蒙面少年的名字，"那么，龙也有精技咯？为什么婷黛莉雅要追问黑龙的事情？它说的黑龙，指的是冰华吗？”

“应该就是冰华没错。不过你问的其他问题，我就答不上来了。”我勉强地转过头，面对切德的怒视，“婷黛莉雅也曾闯入我的梦境，并质问我知不知道黑龙与小岛的事情。我想，它之所以知道我们要远征外岛，十之八九是因为缤城使节团来访，并热忱地邀请我们参战、一起对付恰斯人。不过据我猜测，它知道的消息，跟缤城使节团知道的一样有限，也就是说，它大概只知道晋责要去屠杀一条困在坚冰里的龙。”

切德无奈地发出近似狗吠的嘟囔声：“这么说来，它一定会知道那个岛叫做艾斯雷弗嘉岛，而且它迟早会晓得艾斯雷弗嘉岛在什么地方。缤城商人之所以举世闻名，就在于他们很会做交易，如果他们打定主意要弄到前往艾斯雷弗嘉岛的地图，那他们就一定弄得到手。”

虽然内心起伏不定，但我仍摊开手，装出平静的模样：“这我们无能为力，切德。不管事情怎么发展，总之我们看着办就是了。”

他把椅子往后一推。“这个嘛，如果情报多一点，那我会应付得比较好。”他拉高了音量说道。他踱到窗边，眺望着大海，然后转过头来问我：“你还有什么没说的？”

倘若此时只有切德与我两人，我可能会告诉他，当时婷黛莉雅如何威胁荨麻，而荨麻又如何化解它步步逼进的势力，但是我不想在晋责面前提起我女儿，所以只是摇了摇头。切德转过头，继续眺望。

“这么说来，除了艾斯雷弗嘉岛上的坚冰之外，我们还有别的大敌啊。唔，至少告诉我这条龙身形多大？力量多大？”

“我不知道。我只在梦中见过婷黛莉雅，梦中的它时大时小。依我看，梦里的身形跟它实际的身形可能是两回事。”

“噢，哼，这条线索还真有用处呐。”切德丧气地答道。他走到桌边，一屁股坐在自己的椅子里。“你昨晚有没有感觉到这条龙？”他突然问我。

“没有。”

“但是你昨晚精技漫游了，不是吗？”

“只有一会儿而已。”我借着精技漫游去瞧瞧荨麻的情况，但是我可不想在此多谈。切德似乎没注意到我答得有点勉强。

“我也没成功，虽然我尽了全力。”他的口气就像是受伤的孩子般。我望着他，只见他眼里不只是失望，还充满了痛苦。他看着我的眼神，仿佛我藏了什么珍贵的秘密不跟他说，或是进行了什么精彩历险，却唯独不让他参加似的。

“切德，这需要时间酝酿。我觉得你有的时候太急了。”我嘴上虽这么说，心里却对这些话不太笃定，然而我内心偷偷怀疑的事情，是怎么也说不出口的：我担心的是切德这么大年纪才开始学习精技，已经太晚了，或许他可能永远也学不会他长久以来苦无机会接触的精技魔法了。

“你老是这么说。”切德空洞地应道。

这句话就不知道该怎么回答了。接下来的课程中，我们按着精技卷轴所记载的，做了几个练习，但是都不太成功。原本就垂头丧气的切德更是难以发挥实力。如果我们两人手搭着手，那么他是可以收到我传送给他的思绪的，然而如果彼此分开，各据一地，那么不但我无法传讯给他，他也无法对晋责与阿憨传讯。切德越来越气愤，这个情绪感染了众人。上完课之后，晋责与阿憨便离开了，可是今日我们不但没有进展，甚至连昨天的程度都够不上。

课堂里只剩切德与我两人。“又过了一天，但我们这样的水平，离真正的精技小组还差得远呢。”他苦涩地对我说道，走向餐具柜，给自己倒了一杯白兰地。他做手势问我要不要来一杯，我摇了摇头。

“谢谢，但是不用了。我还没吃早餐呢。”

“我也还没吃呀。”

“切德，我看你累坏了，与其喝白兰地，还不如睡上一两个小时，好好吃一顿来得实在。”

“你要是能在我这一天的行程中找到两小时的空档，那我一定乐于从命。”他不带嘲讽意味地说道，端着酒杯走到窗前，望着大海。“事情太多了，蜚滋。我们必须得跟外岛联盟。恰斯国跟缤城在打仗，我们对南方的贸易也少到只有涓滴之流。恰斯国很有可能会击败缤城，但倘若如此，恰斯人下一步就会攻打我们，所以我们一定得在他们出手之前跟外岛结盟。

“可是，为出门而做的筹备也就罢了，麻烦的是公鹿堡的安全防护要如何安排。”切德啜了口酒，“还有十二天我们就要出发了。才剩十二天啊。我将离开整整六个星期，这短短十二天哪够我处处安排，好让我不在的时候一切仍运作如常？”

我知道切德讲的并不是公鹿堡的储粮、税收和侍卫训练等事，那些系统自有专人管理，并直接向王后报告。切德所担心的，是他的间谍及情报网。这次到外岛的外交任务要花上多久的时间才能完成，谁也无法确定，至于王子远征艾斯雷弗嘉岛的任务费时多久，更是无从估算。我心里仍希望——虽说这个希望已经越来越渺茫——所谓的晋责“屠龙”，不过是什么古怪的外岛仪式而已。但是切德深信，冰河深处确实藏着龙的遗骸，我们必得挖掉不少冰雪，才能让晋责砍下龙头，并公开将龙头呈献给贵主。

“你不在的时候，把事情交代给你的学徒不就得了。”我努力以不冷不热的语气说道。我是对切德收的这个女徒弟颇有微词，但是我从未当面跟他提起此事。毕竟，迷迭香小的时候，就被窃国的帝尊利用，作为对付我们的工具，以至于我至今仍无法对她完全信任。就我的想法，迷迭香夫人在王后的宫廷里占有一席之地，就已经很不妥了，更何况切德竟然将她收为刺客学徒。不过，若在其他时候就罢了，如果此刻对切德揭露我已经发现他的女徒弟是何人，恐怕不合适，毕竟他的心情已经很低落了。

他烦躁地摇了摇头：“有些接头的人只相信我，他们只肯跟我接头，别的人都不行。而且，我之所以能掌握这一切，有一半是靠我一听就知道哪些话该继续追问下去，以及哪些谣言值得追踪的这个本领。不行啊，蜚滋。我已经有心理准备了，就算我的学徒会尽量处理我的事情，但在我回来的时候，搜集情报的网络仍不免有漏洞。”

“你在红船之战的时候也离开过公鹿堡，那时你是怎么处理的？”

“啊，当时的情况跟现在差远了。当时我是循着线索追踪出去，但这次，老实说，我是要出席一个非常关键的协商，可是同时公鹿堡这里仍有许多状况需要多加观察呀。”

“花斑帮。”我帮他说了。

“一点也没错。除此之外还有别的，不过我最担心的就是花斑帮的动态，虽然他们最近平静了一阵子。”

我知道他话里的意思。近来花斑帮少有活动，我们却无法因此而放下心。我虽然杀了花斑帮的首领，但是路德威死后，恐怕不免有人取而代之。为了赢得原智者的信任与合作，我们下了不少工夫。走极端的花斑帮凭借仇恨与怒火而壮大，那么，说不定我们的安抚可以使花斑帮的势力逐渐消散。我们的策略是对原智者提供庇护，借此来引开原本可能会注入花斑帮的力量。毕竟，如果瞻远家的王后不但欢迎原智者混入一般人的社会，甚至还鼓励他们将自己的天赋公诸于世，那么他们就比较不会满脑子想着要推翻瞻远家族了。至少我们衷心盼望事情会朝这个方向发展，而且这个做法好像还行得通。不过，如果这个做法行不通，那么原智者说不定还是会对付王子，甚至把王子有原智的事情公布出来，让他在众贵族面前威信尽失。皇室虽然颁布命令，说原智魔法并非人身污点，但也无法就此扭转数代以来人们对于原智者的偏见与怀疑。若要移风易俗，就不能仅靠官方的力量了，而是要靠王后宫廷里面那些善良的原智者了，而且不只要靠像迅风这样的少年，还要靠像罗网这样的成年人。

切德凝视着海水，眼里尽是疑难。

我说这话的时候有点迟疑，但是仍忍不住问道：“有没有什么我帮得上忙的地方？”

他猛然转过头来望着我：“你这话可是真心的？”

他的口气使我有点不安，“是真心的。你为什么这样问？你希望我怎么帮你？”

“让我派人去找荨麻来。你用不着跟她相认。让我劝劝博瑞屈，叫他让我把她带到公鹿堡来，让她接受精技教育。据我看，博瑞屈仍把他对瞻远家族的旧誓当一回事，所以我若是跟他说，王子殿下需要荨麻，那博瑞屈是会让她来的。而且，倘若有大姐在身旁，迅风一定甚感安慰。”

“噢，切德。”我摇了摇头，“你要我帮什么别的都行，但你就放我女儿一马吧。”

他摇了摇头，并不作答。我继续在他身边站了一阵子，最后终于把他的沉默视为叫我退下。我离开时，切德仍站在原地，继续朝着东北，也就是外岛方向的海面瞭望。

2. 人 子

征服者是第一个在公鹿堡称王的人。征服者来自外岛，跟许多先于他来过这一带海岸的外岛人一样，他的目的是来此地掠夺的。有人说，征服者一眼就看到河口悬崖上的那个木头城寨，乃是长期经营起这块土地上理想的永久据点；有人则说，其实征服者是个又湿，又冷，又神经质的水手，他恨不得赶快再度出洋，满载而归。不管他原本的动机为何，他终究成功地攻下了盖在古老石基上的木头城寨，成为公鹿堡的第一个瞻远国王。由于征服者是一路烧杀进去的，所以他重盖城堡时，便以本地盛产的黑色石头为材料。由此可知，六大公国的皇室乃是起源于外岛。当然，这并不是特例，因为六大公国之人与外岛人之间，不仅仅是战争不断，通婚生子的情况也很多。

——凡尊所著的《历史》

等到只剩五天就要启程时，我才觉得这个旅程变得十分真实。在这之前，我总有办法将之搁置在一旁，当作是令人分心的琐碎事务。我虽然一直为这趟出门做着准备，但也只不过是把前往外岛的旅程，当作是可能发生的情况之一。我已经研读过外岛文字，并常常在一家有许多外岛商人和水手光顾的酒馆里泡上一整晚。我在那家酒馆中尽情地学习外岛语言，主要是练习听力。外岛文的字根与我们语言的字根类似，努力听上许多晚之后，就不再觉得外岛文那么陌生了。我虽然还说不顺口，但是已经可以粗略地表达意思，而最重要的是绝大部分都已能听懂，希望这就够用了。

我跟迅风上的课每天都有进展。这孩子好的地方，会让我在出海之后想念他，但是糟糕之处，则会使我乐得在出海之后把他丢开。他自称对弓箭有一手，事实也诚如他所言。对十岁的孩子来说，他算是一等一的弓箭手了。我请兵器师傅魁斯维看了一下，他看了之后，恨不得马上把这孩子接手过来训练，并评估道："这孩子天生是射箭的料子。别人是站稳、瞄了半天才小心翼翼地射出去，而这年轻人是眼睛看到哪里，就拉弓射到哪里。这样的人才练斧头太可惜了，我们且把斧头丢下，多训练他的力道，让他从小弓箭练起，以后再逐步换成长程的大弓。"我把魁斯维的话讲给切德听，但是那老刺客只稍微让了一步。

"一开始，还是让他斧头和弓箭一起练。"切德吩咐道，"这对他有利无弊。"

能把一部分训练时间推给魁斯维，我心里轻松了不少，虽说我不大愿意坦承这点。迅风这孩子很聪明，也好相处，但就是有两点不好：第一，我一看到他就会陡然想起博瑞屈和莫莉；第二，他随时随地都把原智魔法的事情挂在嘴边，不管我替他上的是什么课，他都有办法把话题扭转到原智上头。他对原智无知到使我震惊，但要我纠正他的错误观念，我又做不来，所以我决定去请教罗网。

然而现在的罗网左右逢源，难得有独处的时候。他进驻公鹿堡，为原智者以及原智这个广受诬蔑的魔法代言以来，就广受众人尊重，这其中不乏曾经鄙视原智者的人。如今大家直呼他为"原智师傅"，这个名号原本是在讽刺王后竟然坦然接受这个长久以来遭人排斥的魔法，但是过了不久，它就变成名副其实的荣誉。如今跟罗网讨教的人可多了，问的也不尽然是跟原智，或是原智者有关的问题。罗网这个人亲切和蔼，谁找上门他都欢迎，不管什么话题都能说得头头是道。然而即使如此，他也不会喋喋不休，反而多听少言。大家都喜欢言而有信的人，据我看，就算罗网不是非正式的原智大使，他也会迅速成为宫中最受欢迎的人物。不过非正式的原智大使这个身份，使得他备受重视，因为如果有人想要展现自己崇尚王后对于原智者的政治态度，那么还有比邀请罗网参加晚宴，或是各种余兴活动更好的办法吗？许多贵族都想借此巴结王后，我敢说，罗网之前的经历，一定与这种繁杂的社交生活差得很远，但是他坦然迎接了这一切，而且游刃有余。我也看不出他因此而有何改变，不管是跟最高尚的贵族谈论细腻敏感的话题，还是跟侍女闲聊，他都一样谈得兴致昂扬，所以我难得看到他落单。

不过，在优雅循礼的社会中，总有几个场所是不会有人跟着出入的。我站在厕所门口，等着罗网出来，跟他打了招呼，"我有件事情想请教一下，不知你有没有空到女人花园逛逛，讲上一两句话？"

他好奇地扬起灰眉毛，接着点点头。我带路，他一言不发地跟在后面，轻松地用水手的闲散步伐跟上我急速的大步。我从小时候起就一直很喜欢女人花园，夏日的公鹿堡厨房所需的香料与蔬菜，大半都产自此地。然而女人花园不但有实际的出产，同时还因为安排得错落有致而使得散步于其中也颇为快意。此地之所以被人称之为"女人花园"，不外乎是因为照顾这些花草的，十之八九都是女人，而罗网与我在这里散步，也不会有人好奇地多瞧一眼。我在经过茴香花圃的时候摘了几片茴香叶子，递了一片给罗网。头上的桦树枝桠吐出了新芽，我们找了张长椅坐下来。在这张长椅周围，尽是一畦一畦的大黄，肥厚的红色节瘤从泥土里窜出来，有一些已经长出皱摺密合的叶茎，正准备迎着春日的暖阳舒展开来。若要让这些大黄的长茎抽高到足以实用的程度，就得将它们移植到广阔的菜圃里，这样植物才有生长的空间。我如此随口对罗网说道。

他若有所思地搔了搔他的短胡子，开口问我的时候，眼里闪着有趣好玩的光芒。"这么说来，你要问的，就是大黄该怎么种才好？"他一边把茴香茎放到嘴里嚼，一边等待我的回答。

"不，当然不是，我知道你很忙，所以我就直接问了，以免耽搁你的时间。人家托了个小男孩给我照顾，让我给那孩子上上课、练练武艺。那孩子名叫'迅风'，他的父亲是博瑞屈，当年是公鹿堡的马厩总管，但他们父子俩因为迅风坚持要展露原智而起了冲突，现在这孩子都不提父亲的名字，还自称为‘原智者迅风’。”

“啊！”罗网用力地点了个头，“是啊，我知道那个年轻人。我晚上讲故事的时候，他常常坐在人群边缘听讲，不过在我记忆中，他从未跟我说过话。”

“是。这个嘛，我已经告诉迅风，不但要去听你讲课，还要多跟你讲讲话才好。我烦恼的是，在他的观念里，他的原智比什么事情都重要，而且时时刻刻把原智的话题挂在嘴边。他没有受过原智的训练，因为他父亲对原智非常反对。但尽管迅风对于原智知道得很少，他却并没有因此而谨言慎行，反而因此而鲁莽行事、不顾后果。他不管碰到什么人，都会把他有原智的事情拿出来大肆招摇，然后再进一步逼对方承认他的确是个原智者。我已经跟他警告过，就算王后颁行了法令，对原智者多加保护，但是公鹿堡里仍有许多人认定原智是个卑鄙无耻的魔法，法令的变动无法迫使人们改变观念，但是这一点，他就是无法领会。他对原智炫耀得太过了，我担心他可能会因此而招致危险，而且再过几天，我就要随同王子启程了，到时候迅风就得靠他自己了，所以我只能趁剩下的这五天多劝他一点。”

我一口气说到这里，差点喘不过气来，罗网则同情地说道：“我知道迅风为什么会让你这么不自在了。”

罗网的评语使我有点意外，所以一时之间，我不晓得该怎么回应才好。然后我为自己开脱道：“迅风四处招摇自己有原智魔法，不免使他身涉险境，但我担心的还不只是这一点而已。他公开表明他要择定动物伴侣，而且还要越快越好。他已经请我帮忙了，他问我能不能带他到马厩里走一圈。我跟他说，要找牵系伴侣，不是这样找的，人与动物之间的牵系关系不能这么草率，但是他听不进去。他对我的话嗤之以鼻，还说就是因为我没有原智，才会不懂他为什么要急着找个伴，填补内心的孤寂。”我补上最后这句话时，努力将烦躁的语气压抑下来。

罗网轻咳了一声，露出慧黠的微笑：“这一点，想必也令你苦不堪言吧。”

听到这话，我不禁打了个寒颤。这句话看似轻松，实则有如千斤重，因为其背后暗示着一件彼此心照不宣的事情。我故意装作没听出他的言外之意，“就是因为这样，所以我才来找你，罗网。能不能麻烦你跟迅风谈一谈？他是应该要接受自己的天赋，但不该太过张扬，这些事情由你来告诉他是再适合不过了。还请你劝劝迅风，找个牵系伴侣的事情应该要稍安勿躁。还要告诉他，公布自己的天赋并非不可，但是态度上应该要谨慎些，没有必要一味地强调他有原智。总而言之，你一定可以教导迅风，让他像个男人一样，在有尊严的同时还能谨慎对待自己的隐私。”

罗网靠在长椅的椅背上，一边思索，一边嚼着茴香茎，露在嘴外的茴香叶子一转一转地跳起舞来。最后他平静地说道：“蜚滋骏骑，你可以亲自教他这些事情啊，只要你有心教他，这与我出面并没有什么不同啊。”他定定地望着我，而在这晴朗的春日中，他眼睛里的一片澄蓝盖过了原本的灰色，他的表情并不冰冷，但我却觉得仿佛被人用坚冰刺穿。我缓慢且稳稳地吸了一口气，面无表情，一动不动，以免被他看出我正在思索他是如何得知我真正的身份的。是谁告诉他的？切德？珂翠肯？晋责？

罗网毫不留情地继续推论道：“当然了，除非你告诉迅风你也跟他一样拥有原智的天赋，否则你的话，他是听不进去的。另外，如果你把真名告诉他，再把你跟他父亲的关系告诉他，那么你的话就更有强劲的效果了。不过迅风未免太年轻了些，现在就全盘托出，可能为时过早。”

接下来的两个呼吸之间，罗网继续凝视着我，之后才转头望向他处。我正感谢他大发慈悲，谁料此时他又补了一句：“从你眼里看来，你的狼性还是不减。你以为只要你一动不动，别人就看不见你了。年轻人，这招对我是行不通的。”

我站了起来。我很想否认自己的真名，但是他说得那么笃定，我若是开口否认，必定会被他笑作是傻瓜，但我可不想被罗网先生看扁了。“我倒不认为我自己是年轻人。”我反驳道，“不过也许你说得没错。我还是自己去跟迅风说好了。”

“你比我年轻啊。”他对着我的后背说道，“而且不只年纪轻，其他方面也略显生嫩呐，獾毛先生。”我停下脚步，转过头瞄了他一眼。“需要多学学原智魔法的人，不只迅风一个人。”罗网的音量不大不小，刚好只让我一人听到，“但是除非是自己来请教，否则我是不教的。这话你听清楚了，回去也顺便跟那孩子说一声吧。你跟他说，他必须得亲自来找我，请我教他，因为我绝不强迫他人学习。”

我知道他这就是在斥退我了，我提起脚步继续前行，但接着我又听到他提高音量说道：“荷莉最爱这样的天气了，天空清朗，伴着微风，荷莉的老鹰若是在此，一定乐得展翅翱翔！”

罗网这句话答复了我埋在心底的大疑问，由此观之，他的确很体恤我。他知道我大概在寻思，到底是公鹿堡里的谁泄露了我的秘密，他不让我想下去，而是直接告诉我，说出我真名的另有他人。原来是荷莉啊。黑洛夫死后，她成了寡妇，在多年之前，她曾经教我许多原智的知识。我继续往前走，仿佛罗网的话只不过是自言自语的感叹，但此时我已经想到使我心里更加不安的念头了：荷莉是直接告诉罗网的呢，还是这事传了一人又一人，最后才传入他耳里的？有多少原智者知道我真正的身份？知道我身份的人，会不会以此来对付我？或者以此来威胁瞻远皇室？

随后我不管做什么事情都心不在焉。我跟卫队的同僚一起练武过招，而心不在焉的结果，就是练完之后，我身上的瘀青比平常要多得多。接着要到裁缝那里进行最后一次试衣，因为我们全都要穿新制服。王子卫队刚成立，而我也是其中一员。在切德的悉心安排下，我不但成为了王子卫队的一员，还“幸运地”被抽中，可以陪同王子出海远征。王子卫队的制服是蓝色的衬衫配蓝色的束腰外衣，胸口绣上了瞻远公鹿的纹章。我心里只希望新制服早点做好，这样我才来得及在衣服里面加上几个暗袋。虽然我已经声明，往后我再也不是瞻远皇室的刺客了，但我也不必因此而放弃刺客的所需工具。

我觉得很庆幸，因为今天下午我既不需跟切德见面，也不需跟晋责见面。倘若我们碰上了，那么切德或晋责都会立刻察觉到我变得不大对劲。我知道我早晚会将此事告诉切德，他确实有必要知道，但我不想现在就说，我想先把这件事情放在自己心里沉淀一下。

而若要把这件事情摆在心里沉淀，最好的办法就是将心思转移到别的地方。到了晚上，我前往公鹿堡城，打算今天轻松一下，不去外岛人光顾的酒馆学外语，而是去跟幸运聚一聚。我得将我已经“获选”陪同王子远征之事告诉我的养子，并趁此提早跟他道别。接下来的这几天，我说不定会忙得没空再跟他见个面。我已经好一阵子没跟那个年轻人见面了，既然临行在即，就算帮幸运跟晋达司师傅请一个晚上的假，应该也不为过吧。自从幸运搬进学徒宿舍，把全副心思都放在师傅的作坊里后，他的手艺就突飞猛进，我也引以为豪。在公鹿堡，晋达司师傅做的木工是一流的，当初幸亏有切德帮忙，晋达司才肯收下幸运当学徒。只要这孩子好好学，等他学艺期满之后，不管他决定在六大公国的哪个角落落脚，都会有大好的前程等着他。

我到的时候，学徒们正在准备晚餐。晋达司师傅不在，但是他手下资历较深的弟子答应放幸运出去一晚。我心里纳闷，那人答应我的请求时，为何答应得那么不情愿，但随即便将这个念头压了下来，心想这一定是因为那人自己有什么烦恼。而幸运看起来也不像是乐于见到我的模样，他弄了半天才披了件斗篷出来，而我们出去之后，他只是默默不语地跟在我身边走。

“幸运，你还好吧？”最后我终于问道。

“还好啦。”他低声答道，“但是想也知道，你一定觉得我不大好。我都已经跟晋达司师傅保证这事我以后一定会克制，但他还是派人去把你找来骂我一顿，这就太侮辱人了。”

“你在说什么啊？”我对他问道，努力保持平淡的语气，虽然我的心已经沉入靴子里了。我不禁想道，我再没过几天就要出海了，不管他闯下了什么祸，我还来得及在这短短几天之内弥补起来吗？我心头乱纷纷的，忍不住地脱口而出：“我获选随王子同行，所以过几天就要出发前往外岛了。我来就是要告诉你这个消息的，顺便趁此机会找你出来聊一晚。”

他不屑地闷哼了一声，不过我看他弄出这个声音是在自责。方才他这么一说，反倒让我知道他碰上大问题了，然而要不是他过于鲁莽，这事他本来是可以藏在心里，不让我察觉的。他光想着这一点，也顾不得要对即将远行的我说些什么话了。我沉默地与他同行，等他开口。今晚的公鹿堡城颇为安静，由于白天晴朗明媚，所以虽然晚了，天色却仍然微亮，人们也因为起得更早、多忙了几个小时的事情，所以天色还没全黑就想睡了。幸运还是沉默不语，最后我提议道："狗与哨子酒馆，那里食物好，啤酒也好，我们就去那里如何？"

幸运眼也不抬地反驳道："我倒宁可去篱笆卡猪，反正酒馆都差不多。"

"不，差多了。"我以轻快的口气说道，"篱笆卡猪离吉娜家太近，你明知道吉娜偶尔会在晚上到那里坐一坐，而且你也知道她跟我已经不相往来了，如果可以，今晚我比较想回避她。"

我后来才知道，在一般人眼中，篱笆卡猪是原智者聚集之地，尽管人们并不会大大方方地讲出来。但这家酒馆之所以名声不好，除了因为据说有许多原智者出入之外，还有一个很实在的理由：篱笆卡猪的确比较脏，而且很破旧。

"你之所以反对，该不会是因为丝凡佳就住在那附近吧？"幸运特别问道。

我忍住不让自己叹气。我转了个方向，改朝篱笆卡猪而去："丝凡佳不是为了她那个送了好多礼物的水手男友而把你甩了吗？"

幸运瑟缩了一下，尽力保持平稳的语气答道："我也是这么想的，但是卢夫顿出海之后，丝凡佳就得空了，于是她就找我出来，把实情告诉我。原来是她父母安排他们两人认识的，还要他们两人结婚，就因为这婚事是父母之言，丝凡佳才会这么讨厌他。"

"这么说来她父母都认为，你明知道丝凡佳已经有婚约，却还继续追求她？"

"应该是吧。"幸运的口气还是淡淡的。

"那么，丝凡佳从头到尾都没想到要跟她父母亲坦承说她骗了你，也不跟你说起卢夫顿的事情，未免太可恶了。"

"不是你想的那样，汤姆。"此时幸运的口气稍微有了一丝怒意，"她从头到尾都无意骗人。一开始的时候，她觉得我们只是朋友而已，所以用不着跟我说她已有婚约。等到我们开始彼此有感情之后，她又不敢说了，她怕说了之后，我会认为她对卢夫顿不忠。其实，她从未对卢夫顿动过真情，卢夫顿所有的，不过就是她父母亲的承诺罢了。”

“那卢夫顿回来之后呢？”

幸运深吸了一口气，继续保持戒备：“这个事情很复杂，汤姆，丝凡佳的母亲有病在身，她一心希望能看到他们两人结婚，因为卢夫顿是她母亲儿时玩伴的孩子。丝凡佳的父亲则是因为已经答应婚事了，因此不肯食言，他那个人很骄傲的。所以，丝凡佳认为卢夫顿若是回到公鹿堡城来，最好还是假装一切照旧，反正他总是停留不久。”

“而如今卢夫顿走了，所以她又对你投怀送抱。”

“对。”幸运咬着牙关说出这个字，他看来没别的话好说了。

我们仍并肩而行，我伸出一只手搭在他的肩膀上。他的肩膀很紧张，肌肉绷得像石头一样硬，但是该问的还是得问：“那如果卢夫顿的船再度进港，又送了许多礼物，而且举止之间，表示他就是把丝凡佳当作是心上人了呢？”

“倘若如此，那么丝凡佳会跟他说她爱的是我，而且现在她是我的人了。”幸运低声说道，“就算她不说，我也会说。”我们继续沉默地走了一段路，他的肩膀还是绷得很紧，但至少没把我的手抖开。我们走进篱笆卡猪那条路时，他终于说道：“你认为我很傻。你认为她在玩弄我，而且卢夫顿回来时，她会再度把我丢开。”

我尽量以柔和的语气说出重话：“依我看，那颇有可能。”

他叹了一口气，我的手搭住的那个肩膀突然垮了下来：“我也觉得那很有可能。但是我能怎么办呢，汤姆？我爱她啊。我只爱丝凡佳一个，别人都不爱。跟她在一起，人生就圆满了，少了她就不行，这点再真切不过了。跟你走在一起，跟你讲这一番话，连我自己都觉得自己被她骗得团团转，我心里也有疑问啊，跟你一样的疑问。但是每当我俩一见面，她的眼睛凝视着我的时候，我只知道她跟我讲的是真话，绝无虚假。”

我们继续沉默前行。周遭的公鹿堡城换了个步调，在白天的劳力工作之后，此时人人都回到家人身边共进晚餐。做生意的关上店门，准备休息，家里飘出烹饪的香味，至于像幸运和我这样的人，就只能上酒馆了。我真希望他与我只是单纯地找个地方坐下来用餐。我本以为他已平安无事，也以此来安慰自己，无论我何时离开公鹿堡，都无须担心他。我问了一个虽然非问不可，但是非常愚蠢的问题："你能不能暂时不要跟丝凡佳见面？"

"不行。"他不假思索地说道。他说话的时候，眼睛望着前方，"没办法，汤姆，我不能不呼吸、不喝水、不吃东西，同样地，我也不能不见丝凡佳。"

于是我把我的恐惧坦白地说了出来："幸运，我怕我出门的时候，你会因此而惹上麻烦。我烦恼的还不只是你为了那个女孩去跟卢夫顿打上一架，虽然那已经很糟糕了。我最担心的是贺琼恩先生，他对你和我都没有好感，如果他认定你玷污了他的女儿，那么他可能会找你报复。"

"这我应付得来。"幸运粗暴地说道，我感觉到他的肩膀又紧张了起来。

"你怎么应付？是让他打一顿，还是打他一顿？幸运，你别忘了我跟他打过架。他这个人既不会求饶，也不会给人求饶的机会。那一次若不是城市卫队把我们拉开，我们恐怕要继续打到其中一人昏倒，或是死掉为止。而且就算贺琼恩先生没找上你打一架，他也还有别的手段。他可以去找晋达司师傅，责怪他教出来的徒弟跟年轻少女乱来。倘若如此，晋达司可不会善罢甘休，是不是？你自己都说了，现在你师傅已经看你不顺眼了，到时候他说不定会把你撵出去。或者，说不定贺琼恩先生会干脆把自己的女儿撵出去，到时候，你怎么办？"

"那我会接她出来。"幸运冷冷地答道，"而且会好好照顾她。"

"怎么照顾？"

"总有办法。我还不知道怎么做，但是我知道我一定会好好照顾她！"他的回答怒气腾腾，但是他气的不是我，而是他自己，因为他实在无法将这个问题斥为无稽之谈。我评估现况，觉得还是保持沉默比较好。我儿子就是要走这条路，连他自己都控制不了自己的脚步，既然如此，要是我强迫他，那么他可能会干脆把我丢开，一心一意地追求丝凡佳。

我们继续前行，快要到篱笆卡猪时，我不禁问道："你现在没有公开跟她见面吧？”

“没有。”他垂头丧气地答道，“我会先走过她家门前，她会注意看我来了没有，但我们会假装没看到对方。不过她一看见我，就会找个借口在晚一点的时候溜出来见我。”

“在篱笆卡猪见面？”

“不是，当然不是。我们发现了另一个地方，可以私下相会。”

因此，我在与幸运走过丝凡佳的家门口时，不免觉得自己在帮助他们两人行骗。我一直都不知道丝凡佳住在哪里，此时我们经过她家小屋，而她则跟一名男童坐在门口的台阶上。她一看到我们，便立刻牵着那个小男孩往屋里走，仿佛对幸运与我十分不屑。我们继续走到篱笆卡猪。

我很不愿意进去，但是幸运先一步踏进了酒馆，所以我不得不跟上去。店主人无礼地对我们两人点了个头，我倒是挺惊讶他没立刻叫我出去。上次我在这里跟贺琼恩打了一架，闹到要找城市卫队来才摆得平，也许那种事情在这家店里已经司空见惯了吧。从那跑堂少年跟幸运打招呼的模样，看得出幸运已经变成这里的常客了。他直接走到角落的桌子坐下，看来他一向都坐在这桌。我把铜板放在桌上，不久便换得两杯啤酒、两盘不同的鱼菜杂烩。跟着鱼菜杂烩送上来的面包硬得要命，可是幸运好像食不知味。我们进餐的时候几乎没讲什么话，同时我察觉到他很注意时间，他大概在估算丝凡佳还要多久才能找到借口溜出来，到那个秘密场所跟他碰面。

“我心里惦记着要把一些钱给晋达司，请他帮你保管，这样一来，我出门之后你若需要钱，就不必烦恼了。”

幸运摇了摇头，他满嘴都是食物。过了一会儿，他平静地说道：“那是行不通的，若是晋达司因为什么原因而看我不顺眼，我就别想拿到钱了。”

“你为什么认定你师傅会看你不顺眼？”

他没有马上回答，过了一会儿他才说道：“他认为他必须把我当成十岁孩子来管教，可是晚上应该是我自己的时间，我爱做什么就做什么。你已经帮我缴了学费，我白天也努力工作，既然如此，他就不该管太多。但他可不是这样就松手了，他要我跟别的学徒一起坐下来，把袜子的破洞通通补起来，直到他妻子吼着叫我们别浪费蜡烛了，我们才去睡觉。我才不要被人管得那么紧。我受不了。”

“我懂了。”我们默默地继续进餐。我心里左右为难，不知道该怎么办才好。幸运是因为很有自尊，所以没有直接开口跟我拿钱，我也可以拒绝把钱交给他，以表达我的不满。我当然不喜欢幸运的所作所为，这样下去，他必定会惹上麻烦……而且如果他在我出门之后出了什么事，那么他可能会需要一些钱来把事情摆平。公鹿堡城的监牢是什么情况，我心里有数，我说什么都不希望我儿子因为付不出罚金而被困在牢房里。可是我若把钱交给他，他会不会因此而走上歹路，无法回头呢？他会不会用这笔钱买更多礼物送给心上人，并一同上酒馆大吃大喝？这是很有可能的。

种种挣扎都浓缩为一个疑问：我到底相不相信我养了七年的儿子？我教的东西，幸运大多都已抛在脑后，然而，我像他这么大的时候，博瑞屈若是知道我经常施展原智，也会这么说；切德若是知道当年我常常私下溜进城里玩耍，也会说我把他的话都当作是耳边风。但如今坐在这里的我，依然是博瑞屈和切德打造出来的男人，一点也没有变。我几乎完全像是他们打造出来的男人，像到我绝不会在这种恶名昭彰的酒馆里拿出满满一口袋的钱币。“那么，我就把钱交给你，希望你好好收着、合理运用了。”我轻轻地说道。

幸运的脸顿时亮了起来，我知道他高兴的不是钱财，而是我对他的信任。“谢谢你，汤姆。我会小心的。”

在那之后，我们吃得比较愉快。我们谈起数日之后的远行，他问我会去多久，我说我不知道。幸运问道，这一趟出门危不危险？大家都听说王子此行是要去屠龙，以赢得娇妻。我只是轻轻笑道，说不定翻遍那岛上的冰层也找不出什么龙。然后我真心地对他说，依我看，这趟旅程可能既枯燥又不舒服，但倒不至于危险，毕竟我身为无足轻重的侍卫，只是光荣入选，得以陪同王子出门而已。想也知道，我的时间十之八九都是用于等待别人下令叫我做这做那。我们两人大笑了一阵，但我希望幸运听得出我话里的深意：成年男子的人生职责有很多，其中免不了会有遵循命令这一项，这并不是什么幼稚的局限。不过，就算他听出了我的弦外之音，他也没提。

吃饱之后，我们并未久留。这里的食物并没有好吃到令人留恋，况且我也察觉到幸运急着要去与丝凡佳相会。我一想到这事，心就往下沉。我知道自己实在挡不住他，因此我们匆匆用过餐之后，便推开油腻的盘子，离开了篱笆卡猪。我们一起走了一段路，看着夜色慢慢笼罩公鹿堡城。在我小时候，每到这个时刻，街道上就空无一人，但如今公鹿堡城的规模比往日大上许多，而且入夜之后才做的生意也变多了。不少女人在一个往来频繁的十字路口漫步徘徊、逗留不去，她们一边等着生意上门，一边有一搭没一搭地彼此聊着，还用斜眼瞄着路过的男子。幸运走到这里停下脚步，轻轻地说道："我得走了。"

我点点头，克制自己什么话都别说，接着我把收在皮背心里的钱袋拿出来，悄悄地塞给他，"这钱别带着到处跑，只把当天要用的放在身上就好。你可有安全的地方把钱收好？"

"谢谢你，汤姆。"幸运严肃地接过口袋，收在衬衫里面，"你放心，这倒不成问题。丝凡佳有安全的地方收钱，我就让她帮我收好就行了。"

我使出了毕生所学的本事，好不容易克制住自己摆出脸色，不让疑虑和担忧出现在脸上或眼里。我点了点头，仿佛我真的认为未来光明灿烂。我抱了一下幸运，而他则叮咛我路上小心，然后他便离去了。

可此时我却还不想回公鹿堡。我心乱如麻，早上罗网戳破了我的伪装，晚上幸运道出他与丝凡佳复合，而我在篱笆卡猪吃的那顿饭，不但没有把我的肠胃安抚下来，反倒在我肚子里翻滚不止，我猜那些食物在我肚子里是待不久了。我跟幸运反向而行，以免他以为我在跟踪他，然后在公鹿堡城的大街小巷里闲晃了一阵。我焦躁不安又寂寞难耐，发现自己信步走到当年莫莉卖蜡烛的铺子，但如今已变成了裁缝店。我对自己摇了摇头，接着刻意往码头走去。我在岸边走来走去，心里默数着码头上有几艘外岛来的船，有几艘从缤城、遮玛里亚，或是比遮玛里亚更远的地方来的船，以及有几艘我们自己的船。如今泊船用的突堤码头，比我儿时记忆中的延伸得更远、更加拥挤，而且外国船只的数量并不比我们自己的少。我经过其中一艘船的时候，听到一个外岛人粗鲁地跟同事嬉笑打趣，也听到他的同事们喧闹地答应着。我感到很骄傲，因为他们说的话我都听得懂。

要载我们前往外岛的那几艘船停靠在最大的那几个突堤码头上，我放慢脚步，抬起头来，凝视着那一支支没有扬帆的船桅。天黑之后，上货的工程就停了下来，但是甲板上仍有人点着灯笼看守。这时的船看起来好像很大，但等我们在海上走了几天之后，就会觉得船小了。此行前往外岛，除了搭载王子与随员的那艘船之外，另外还有三艘搭载贵族与他们的行李的船，以及一艘装载着礼物与贸易商品的船。王子搭的那艘船叫做处女希望号，这是艘旧船，其速度与耐性早已得到证明。此时处女希望号已经彻底刷洗过、上了新漆，还加了新帆，看起来仿佛是刚下水的新船一般。因为这是商船，原本只为装载货物，所以这船在建造时，首先考虑到的是容纳量与稳定度，至于船行的快慢，就顾不得那么多了。处女希望号的船体圆鼓鼓的，像怀了孕一样，为了让贵宾享有宽敞的舱房，特别将甲板上的艏楼加大，如今这船看起来上重下轻，而我不禁纳闷，船长是否真的赞成为了让晋责起居舒适而进行改建。数日之后，我将随同王子以及王子卫队的同僚一起搭乘这条船出海，我遐想着切德会不会帮我弄间个人舱房，还是我得与众侍卫一同挤在统舱里，然后我提醒自己，多想无益，管他是什么安排，我也只能顺其自然。突然之间，我真希望我们根本就用不着出海。

我还记得，有一段时间，只要是去外地，不管是去哪里，我都引颈企盼。我强烈渴望着未来的历险，启程当天总是黎明即起，当别人才睡眼惺忪地从被子里爬出来的时候，我已经整装待发了。

我不知道自己对于旅行的憧憬与热忱到哪里去了，但反正就是不见了。我不但感受不到兴奋，还越来越害怕。一想到要朝东北走那么多天，而且天天都要塞在拥挤的舱房里，我就忍不住想要打退堂鼓。抵达之后，外岛人对我们的招待会有多么冷淡，以及我们会在那种寒冷而贫瘠的地方待上多久，我压根不准自己去想，而至于找出一只困在坚冰里的龙，并把龙头砍下来的事情，根本就超出了我的想象力。我几乎每天晚上都不禁揣测，为何贵主不选别的任务，偏偏指定王子必须以屠龙来证明他配得上她。我一再考虑各种合理的动机，但是什么理由都说不通。

此刻，走在刮着风的公鹿堡城街道上的我，再度陷入了巨大的恐惧之中。说来说去，我最怕的还是弄臣发现我把他的计划都泄露给切德知道的那一刻。我虽然已经尽量与弄臣重修旧好，把因为吵架而产生的嫌隙弥补起来，但是从那以后，我就很少跟他碰面。我之所以避开他，多少是因为我怕他从我的表情或姿态之中，看出我已经背叛了他，然而我们两人之所以见不到面，主要还是因为他自己的关系。

如今他所用的是黄金大人这个身份，而最近黄金大人的态度起了很大的变化。早先，黄金大人因为富裕，穿着用度皆精致奢华，但现在他则像是暴富一般地大肆挥霍，花起钱来有如佣人抖落抹布上的尘土一般，不把钱当钱。除了公鹿堡的房间之外，他还将上流人士经常出入的银钥酒店二楼整层租下来。银钥酒店攀附在陡峭的岩壁上，在我小时候，这个位置算是差的，说什么也不适合盖房子，然而从银钥这个高高在上的地点望出去，恰好可以将整个公鹿堡城和港湾尽收眼底。

黄金大人不但在银钥的住处中养了自己的厨子，还养了自己的仆役。根据传闻，他在这别所里待客，用的都是罕见的美酒以及前所未见的菜肴，比王后待客的场面更胜一筹。每当他大开盛宴之时，六大公国最出名的吟游歌者与卖艺人，无一不争取要在宴会上亮相。此外他竟经常在宴会厅中同时邀请吟游歌者、玩杂耍特技的人和魔术师在房间各处表演，而且这种奢华宴席前后多安排了赌局，其赌资之高，只有最有钱，也最挥金如土的年轻贵族，才跟得上黄金大人的水平。黄金大人每日很晚才起，而他的夜晚，则是在黎明时结束。

此外还有传闻说黄金大人欲望横流，已不满足于名酒佳肴。每次有来自缤城、遮玛里亚或是海盗群岛的船靠岸，黄金大人就有访客了。这些远来的客人形形色色，从刺了青的妖媚妓女、曾在遮玛里亚为奴之人、眼部上了妆的削瘦少年、穿着战士服饰的女子，到目光凶恶的水手等，不一而足。他们一进了黄金大人的房间，就紧闭门窗，一待就是两三天，出来之后便搭船离开。有人说，他们来此是为了给他送来一流的熏烟用的香草，以及一种叫做“辛丁”的草叶——吸辛丁叶是最近才在公鹿堡流行起来的恶习。其他人则说，他们来此是因为黄金大人沉溺于某些具有“遮玛里亚风味”的嗜好。有人大着胆子问他那些客人是怎么回事，但是他不是高傲得不屑作答，就是几句话轻轻带过。

说也奇怪，这些毫无节制的行径反而使得六大公国的某些贵族人士格外钦慕黄金大人，并且追随着不肯离去。许多贵族青年是因为家中下了最后通牒，或是因为父母诧异待在宫中的年轻儿子怎会突然需要高昂的费用而亲自来访，他们才不得不离开公鹿堡回到外地的家中。比较保守的贵族经常抱怨那个外国人把公鹿堡的年轻子弟都带坏了，但是就我的直觉，他们除了不以为然之外，其实还对黄金大人在金钱方面挥霍无度、在欲望方面恬不知耻的作风，抱有淫秽的幻想。从人们一再转述黄金大人的故事之中，不难嗅出添油加醋的部分。然而，闲言闲语就算再怎么添油加醋，总有个无法否认的缘起，而照这情况来看，如今黄金大人奢侈无度的行径，直追当年的帝尊王子，其他人都望尘莫及。

对于这个现象，我也百思不得其解，同时也一筹莫展。以汤姆·獾毛的身份之卑微，我是不能公开拜访像黄金大人这种高高在上的大人物的，而且他也没有派人找我去见他。就算他在公鹿堡里过夜，房间里也总是高朋满座，夜夜尽欢直到天明。有些人说，黄金大人之所以把他的根据地转移到公鹿堡城，是为了更加接近赌博与声色场所。但是据我猜测，他之所以转移阵地，是为了要避开切德的观察，而他那些远来的宾客，也并非他的纵欲对象，而是间谍，以及他在南方的朋友派来的使者。我不禁纳闷，那些人到底带来了什么消息，而他又为什么执意要贬损自己的名誉、大肆挥霍财富？此外，他又托他们带什么消息回到缤城与遮玛里亚呢？

然而这些问题就像贵主为何要指定晋责杀死黑龙冰华，都是无解的谜题，只会使我哪怕再累，但仍在应该好好睡觉的时候东想西想。我抬起头，望着银钥酒店的格子窗格。我并未刻意走来，只是走着走着就来到这里。二楼的房间灯火通明，隐约可以见到在那些豪华厅堂里走动的宾客。一名男子与一名女子在唯一的阳台上聊得起劲，从他们的讲话声中，听得出他们已经喝多了酒。一开始，他们悄悄地讲话，但不久便越来越大声，像是在斗嘴一般。我跪了下来，假装在绑紧鞋带，但其实是在偷听。

“我眼前就有个大好机会，可以把无邪大人的钱通通赢过来，但前提是我得有钱摆在桌上做赌注才行。你现在就把欠款还我！”那年轻人对女子说道。

“没办法。”女子答道，她小心地控制自己的语气，以免透露出醉意，“我现在没钱，但是我很快就会有钱了。昨天黄金大人赌输了，如今还欠着呢。等他付清，我就还你钱。早知道你对钱这么斤斤计较，我就不跟你借了。”

那年轻人又急又气地叫了一声：“你要等黄金大人付清他的赌债？那你永远也等不到了。大家都知道他已经还不出钱来了，早知道你要借我的钱去跟他赌，我说什么也不会把钱借给你。”

那女子惊讶地沉默了一会儿，随即对那男子斥责道：“瞧你，知道得这么少，还敢拿来夸口。大家都知道黄金大人钱多得花不完。等到下次从遮玛里亚来的船一靠岸，他就可以一口气把欠我们的钱通通还清了。”

我躲在酒店角落的暗影之中，仔细观察他们两人的应对。

“等到下次从遮玛里亚的船一靠岸……哼，这恐怕难了，现在战争打得正凶呢……他可得有金山银山，才够把欠我们的钱通通付清！难道你没听说，他连房租都积欠着，要不是他替银钥带进许多别的生意，店主人早就赶他走了！”

那女子听到这话，生气地别过脸去，但是那男子伸出手，一把抓住女子的手腕。“你这个愣头愣脑的娼妇，你给我听着！我警告你，你跟我借的钱，我不准你再欠下去了。我不管你用什么办法，反正你今晚就得还清！”他上下打量那女子，然后用沙哑的声音补了一句，“但不见得一定要用钱来还。”

“啊，向日葵小姐，原来你在这里。我一直在找你呢，你这个小骚货！你该不会是在躲我吧？”

黄金大人一派轻松的语气传进我耳里时，人也已经走到了阳台上。他身后的灯光映出了他亮闪闪的头发和瘦长的身型。他走到阳台边缘，轻轻地倚在栏杆上，眺望着底下的公鹿堡城。那男子见状，立刻放开女子的手腕，而女子则退开一步，高傲地一甩头，走过去跟黄金大人一起倚在栏杆上，接着以天真而聒噪的口气抱怨道："亲爱的黄金大人，能耐大人刚才告诉我，你是不太可能把赌债还给我了。快告诉他，他错得有多离谱！"

黄金大人不在乎地微微耸了耸他那优雅的肩膀："只是欠了好朋友一些赌资，而且只是迟了一两天而已，谣言就传得满天飞啊。我说，一个人若是输不起那么多钱……或是在拿到欠款之前就会动弹不得，那他根本就不该赌那么大。你说是不是呀，能耐大人？"

"也许应该说是，一个人若是无法立刻还出赌债，就不该赌那么大。"能耐大人狡猾地说道。

"哎呀，哎呀，这么一来，赌资不就局限于一个人的口袋里所能装的钱，不能超出了吗？这么一点钱能有什么用？无论如何，甜美的小姐，你想，若不是要结清我们的赌债，我怎么会来找你？你瞧，这就够把我欠你的还得差不多了。不过我还你的是珍珠，而非银钱，希望你不介意。"

她甩了个头，故意给躁动且郁闷的能耐大人难堪："我一点也不介意，而倘若有人介意，哼，那么这种人就只好继续等待人家以俗不可耐的银钱还债了。赌博为的是乐趣，才不只是为了钱呢，亲爱的黄金大人。"

"可不是吗？我总是说，赢钱算是乐趣，而风险最是刺激。你说是不是呀，能耐大人？"

"如果我不以为然的话，对我会有什么帮助吗？"能耐暴躁地问道。他跟我都注意到了，那女人收了黄金大人的赌债之后，并不急着马上还清欠了能耐的部分。

黄金大人大笑起来，那音乐般的笑声在清凉的春夜中回响："当然没什么帮助咯，亲爱的能耐，当然没帮助咯！好啦，现在我希望你们两人都进来跟我一起品尝一种新酒。站在这种冷风里，难保不会染上致命的风寒。好朋友们要私下聊天，也得待在暖和一点的地方吧？"

那一男一女都回到灯火通明的房间里，但是黄金大人却多逗留了一下，忧伤地望着我的藏身之处——我本以为我藏得很隐秘，谁也不会发觉。最后他对我点了个头，才转身离去。

我又多等了好一会儿才从暗影中走出来。我有点气他，因为他不但不费吹灰之力就看到了我，而且他看起来是要跟我约在什么别的地方见面，可是他的姿态又隐晦到我看不出个所以然来。然而，我虽然很渴望坐下来跟他长谈，但我最怕的还是他会察觉出我的背叛。所以，我心里想道，与其面对他注视我的目光，还不如避开他算了。我闷闷不乐地独自走过黑暗的街道，夜晚的冷风将我吹回山上的公鹿堡，也吹得我后颈发凉。

3. 颤 栗

由于众人都质疑何昆对他的催化剂太过苛刻，所以何昆生气了，并且他决心让众人都见识到他的催化剂本来就应该臣服于他。“她虽是孩子。”他对众人宣布道，“但是这个重担必须有人承担，而且必须得由她一肩挑起。这本来就是她应尽的责任，既不该质疑，也不应因为她的心志动摇，而致使整个世界遭殃。”

他命令那小女孩前去探访自己的父母，并要她当面说道：“我没有父母，我什么都不是，只是白色先知何昆的催化剂。”除此之外，她还必须说：“现在我将你们给我的名字还给你们，往后我再也不叫做蕾妲，只以狂眼为名，因为这乃是何昆帮我取的名字。”何昆之所以将她叫做狂眼，是因为这个小女孩一只眼睛是斜视的。

这件事情违背了小女孩的心意，她一路哭着去见她的父母，一路哭着把话说完，又一路哭着回来，接下来的那两天两夜里，她的泪水流了又干，干了又流。然后何昆对她说：“狂眼，别再哭了。”

于是她就不再哭了，因为这是她的宿命。

——文书柯德仁所记之先知何昆的轶事

离启程还有十二天的时候，感觉好像还多得是时间。就算到了离启程仅有七天时，你也觉得一切一定可以准时打理完毕。但是等到日子只剩下五天，然后变成只剩下三天的时候，你就会觉得一两个小时就像泡沫一般倏地就没了，而原本看起来简单容易的事情，则一下子变得复杂起来。我必须把我身为刺客、间谍与精技师傅所需的一切通通打包带着，而且表面上还得维持得像是我只带着寻常侍卫用品的模样。我必须跟许多人道别，而有些容易，有些困难。

对于这个旅程，我所期待的，顶多也只是终于返回公鹿堡时的愉悦罢了。恐惧销蚀人心的能力，更胜于费劲的苦力，而我的恐惧则一天比一天多。再过三晚就要启程了，我只觉得自己筋疲力竭，而且仿佛快要生病。由于紧张，我不到黎明便早早惊醒过来，而且再也睡不着觉。我坐了起来。火炉里琥珀色的余光，只照出倚在炉壁上的炉灰铲子和拨火棍，房里其余事物一概都看不见。然后我的眼睛慢慢调适过来，并打量着这个无窗的塔顶房间。这地方我十分熟悉，打从我还是刺客学徒时开始，就常常出入此地，但我从没想过有一天会把这里当作自己的基地。我从切德的旧床上爬起来，将因为梦魇而被拉得乱七八糟的被子，以及温暖的睡意都丢在一旁。

我走到壁炉前，添上一根小柴，并将一壶水挂在挂钩上，将之转到微弱的炉火上头。我想要拿出茶壶茶叶来泡茶，但因为疲倦而作罢。我既担心得睡不着觉，又累得无法承认自己必须苦命地在这深更半夜就起床，如今因为出门的日子渐渐逼近，所以我越来越熟悉这个悲惨的境界。我就着炉火点了一根细蜡烛，再用这根细蜡烛点着了斑驳旧工作台上大烛台的那些蜡烛。椅子十分冰冷，我坐下去的时候不禁埋怨了一声。

我穿着睡衣坐在工作台前，瞪着我昨晚集合起来的那几张海图。这几张图都出自于外岛，但是图的尺寸与构图各有不同，很难看出它们彼此之间有什么关系。外岛人有个奇特的风俗，那就是海图只能画在海中哺乳动物的皮，或者是鱼皮上。我怀疑这些图都是以尿液来鞣制的，因为图上都有一股强烈且奇怪的味道。根据外岛的风俗，每一个岛屿都代表着一个不同的神符符号，所以一张图只能画一个岛，图上的岛屿同时画了许多与该岛的地理特性不相干的弯勾和转折。其实对于外岛人而言，这些花哨的装饰别具意义，可能是表示何处可以下锚，或者是表示海流流向，又或者是表示该岛屿的“运势”属于上、中，还是下。对我而言，只觉得眼花撩乱。我手上的这四张图各出自不同人之手，比例各有不同。我把图摊开来放在桌上，根据各图的大致位置摆好，但即使如此，对于我们的海上行程，我还是只有模糊的概念而已。我估计着我们从这张图到下一张图之间会怎么走，而陈旧桌面上的灼痕与圆圈印子，则代表岛与岛之间的危险与大海。

我们将从公鹿堡城出发，前往史恺林岛。史恺林岛并非外岛诸岛中的最大岛，但据说该岛的港口之优越性，在外岛诸岛之中名列前茅，所以这岛上的人口是最多的。贵主的舅舅皮奥崔提起柴利格镇的时候总是语带不屑，他曾经对切德和珂翠肯解释道，由于柴利格镇是外岛最忙碌的港口，因此此处变成各种怪人的天堂。前往柴利格镇的外国人多不胜数，而在他看来，到了该镇就逗留不走的外国人也未免太多。所有为了毛皮或油脂而往北捕猎海豹、鲸鱼等等的船只，都会停靠在镇上的港口里补给，那些船上的粗鄙船员把许多外岛少年少女都带坏了。听皮奥崔讲起来，柴利格镇似乎肮脏恶劣、危机四伏，其人口十之八九都是社会上的残渣。

柴利格镇是我们的第一站。阿肯·血刃的母屋在史恺林岛的另外一边，但是他们家在镇上有个要塞，所以我们抵达时，可以在他们那儿住下。到了镇上，我们将会与外岛的“首领团”会面，讨论王子屠龙之事。所谓的首领团，是外岛各个首领所组成的松散联盟。切德与我都认为，与首领团见面必没好事，毕竟对于许多外岛人而言，冰华乃是他们的守护神，王子若要把冰华的头斩下来，他们势必难以接受。

在柴利格镇开完会之后，我们就要转移到外岛的船上，这是因为接下来的航路水浅，而六大公国的船吃水深，不如外岛的船灵活。而由于外岛人对于这一带航道较为熟悉，因此船长和水手均沿用当地人。贵主艾莉安娜和皮奥崔所属的“独角鲸族”世代居于玛烈岛，接下来我们就要前往该岛上的威思林镇。到了威思林镇之后，晋责将到贵主的母屋觐见她的家人，接下来会举行订婚庆典，并谈谈晋责的屠龙任务。拜访过贵主家族所在的小村之后，我们会回到柴利格镇，再从镇上搭船前往艾斯雷弗嘉岛，去找那条困在冰河里的黑龙。

我一时冲动，将海图都推到一旁去，叠起双臂，将额头埋在交叠的手腕上。我的肚肠因为痉挛而绞痛起来。我所担心的还不只是眼前的航程而已，在我们能够出发前往艾斯雷弗嘉岛之前，就不知必须要化解掉多少暗藏的风险。精技小组的成员至今仍然无法精通精技。此外，虽然我再三告诫，但我怀疑晋责还是跟他的朋友儒雅大人一起施展原智魔法。我很怕晋责会在施展原智的时候被人逮个正着，即使王后已经颁布命令，拥有原智天赋不足为耻，但是一般民众以及众多贵族仍不屑地将原智魔法斥为“野兽魔法”。晋责有原智的事情若是被人揭穿，不但他自己会蒙受危险，甚至连他与贵主成婚的协议都有可能会破灭。外岛人是怎么看待原智魔法的，我一点概念也没有。

我越想越多，焦躁得无处可逃。幸运又跟丝凡佳斯混在一起了，我出了门之后，真不晓得他会不会出事。我有几次梦到荨麻，她都神秘兮兮，而且愁眉不展；迅风则是一日比一日更难以捉摸，我虽乐得丢下照顾他的责任，却也顾虑到我不在的时候他会变成什么样子；罗网知道我真正的身份，我至今仍未跟切德提起此事，也没有跟罗网多谈。我越是想找人倾诉，就越是发现自己孤独无依。在这种时候，我格外想念夜眼。

我的额头结实地撞在了桌面上，我突然惊醒过来。方才我躺在床上睡不着觉，现在则是连趴在桌上也睡不着了。我叹了一口气，坐直起来，动一动肩膀，然后逼自己开始一天的生活。要做的事情太多，可用的时间却太少，但一等我们上了船，我就会有很多时间睡觉，还会有更多时间来徒劳无功地烦恼一切。对我而言，比长期的海上旅程更枯燥的事情真是少之又少。

我站起来伸了个懒腰。该换上衣服，到王后花园去给迅风上课了。刚才我打了个盹，此时炉火上的水已经快要烧滚了，我倒了热水之后，又在水盆里加了些凉水洗脸。我穿上衬衫和公鹿堡蓝的长裤，套上平实的皮制束腰背心，穿上软靴子，接着硬把短发梳成短短的战士马尾。

今天替迅风上完课之后，接着是替精技小组上课。我对于精技课一点也没有兴奋的期待，这是因为，虽然我们每天都有进展，但是进展的幅度却不足以让切德感到满意。他把缓慢的进展视为失败，以至于懊恼不已，而且严重到每次我们碰头的时候，他都气到快要爆发出来。我昨天就注意到，阿憨根本不敢直视切德，晋责虽有笑容，表情却很僵硬。我私下劝切德看开一点，要他多容忍精技小组的缺陷，他却把我的好言相劝当作是责怪，所以气得更厉害。精技课的紧张气氛一点也没有缓和。

“蜚滋。”有人轻轻叫道。我大惊失色地转过身。弄臣站在门口——说是门，其实也就是关起来时与墙壁齐平的葡萄酒酒架罢了。

我这辈子认识的人中就数弄臣的动作最轻盈，而我的原智偏偏感觉不到他。我不管对于人或是动物都很敏感，但世上唯有弄臣能够不知不觉地靠到我身边，把我吓一大跳。这一点，他自己也清楚得很，而且颇以此为乐。他歉然地笑笑，然后走进房间里。他的金发利落地绑在颈后，脸上全无黄金大人惯有的油膏粉彩，因为没有化妆，所以我察觉到他的肤色变得比以前深了。他穿着黄金大人的浮夸晨袍，但此时他既放下了黄金大人的高傲态度，那一身衣饰看起来就格格不入了。

据我所知，他这个人是从来不会不请自来的。“你怎么来了？”我说道，接着礼貌地补了一句，“但你来我总是很欢迎的。”

“啊，之前我还以为你不愿见我了呢。我看到你在我窗外探头探脑，心想你大概是想要跟我见面，于是隔天我送了一封简函给切德，暗示说我要跟你见面，结果却全无下文。所以我就决定自己来见你，免得你费事。”

“噢。唔，进来吧。”弄臣突然出现，加上他说出切德故意不帮他传讯的事情，使我一下子回不过神，“你来得不凑巧，我不久就得去王后花园跟迅风见面了，不过我们可以小聚一下。呃，要不要喝点茶？”

“好啊，那就麻烦你了，如果你有时间的话。我无意耽搁你，我知道这几天你我要做的事情都多得不得了。”他一下子住口不语，两眼瞪着我，脸上的笑容渐渐退去。“瞧我讲得这么客气，这么小心翼翼，唯恐冒犯你的样子，我们两个怎么变得这么陌生？”他吸了一口气，坦率地说道，“简函送出去却全无下文，对此我心里总是静不下来。之前我们两人闹得不愉快，我本以为我们已经和好如初了，但碰上这事之后，我就开始起疑。到了今天早上，我决定要好好面对心里的疑虑，所以我就来了。那天你是不是想要跟我见个面，蜚滋？为什么我约你的时候，你既不来，也不回信？”

他突然改变语气，让我一下子更加手足无措。“我不知道你要约我，因为我没得到消息。也许切德会错了意，或是忘了，近来他事情很多。”

“那么那天晚上你到我窗边来，又怎么说呢？”他走到壁炉边，添了新水到烧水壶里，然后把烧水壶放回炉火上。接着他跪下来拨动柴枝，又添了柴，以便把火生得更大一些，因此我幸而暂时不必面对他的目光。

“那天我是因为满脑子想着自己的问题，所以在公鹿堡城里乱逛。其实我并没打算要找你，只是走着走着，就走到你那里去了。”

这番话听起来既奇怪又愚蠢，但他还是默默地点头。他与我都很尴尬，而这尴尬就像一堵墙，把我们两人隔了开来。我虽已尽力跟他重修旧好，但是他与我都对之前的裂痕记忆犹新。他会不会因为我避开他的目光，而推论出我仍然怒气未消？还是他已经猜出我其实是在极力遮掩自己的愧疚？

“自己的问题？”他拍掉手上的灰，轻盈地站起来，而我则乐于抓住这个话题往下讲，毕竟就目前而言，我们能聊的话题之中就数幸运的事情最安全。

于是我一五一十地道出幸运怎么令我担忧，而我们两人也在一讲一听之中，重拾旧日的熟悉感。我找了些茶叶出来泡茶，把昨晚剩的面包放在火边烤。他一边听，一边把我的地图和笔记卷好收在桌子的另外一端，当我快要想不出还有什么可以讲的时候，弄臣就开始把热腾腾的茶水倒入我拿出来的那两个茶杯里了。我们两人一起张罗吃喝，使我想起我们一向配合得天衣无缝。然而想到这里，又想到我竟背着他做出这种事情，心里更觉得失落。我之所以要阻挡他，不让他去艾斯雷弗嘉岛，是因为他深信他会死在那里，而切德之所以助我一臂之力，是因为他不想让弄臣干扰王子屠龙。然而不管切德与我有什么理由，结果都是一样的：到了启程那天，弄臣会突然发现自己竟然不能随团出航，而这是我做的好事。

想到这里，我沉默了下来，于是我们两人无言地落座。他举起杯子啜了一口。“这不是你的错，蜚滋。既然他自己拿定了主意，那么无论你怎么劝、怎么阻拦，也无从改变他的决定。”在那一瞬间，我紧张得寒毛直竖，因为他像是听到我心里在想什么，而且由于他知我甚深，所以把事情分析得格外透彻。他补充道，“有时候，做父亲的人只能旁观，目睹祸事成真，然后收拾残局。”

我一下子回过神来：“我担心的是，祸事成真的时候，我人不在这里，所以也无法收拾残局了。要是他真的惹上麻烦，而且没人出面帮帮他怎么办？”

他两手捧着杯子，抬起眼睛来看着我：“难道留在这里的人，没一个能让你托付幸运的吗？”

我把自己想要说“托你如何”的冲动压抑下来，摇了摇头。“我跟他们都不熟。当然，珂翠肯会待在这里，但是幸运是侍卫的儿子，若请王后出面帮忙，不太合适。而吉娜，我不太信得过她的判断，就算我们没断交，我也不会把幸运托付给她。”我在烦闷之中又接着说道，“有时候，一想到我真正信任的人竟然如此之少，就觉得很恐怖。姑且不论我信得过的，光说跟我相熟之人——当然，我的意思是与汤姆·獾毛相熟之人——就已经少之又少了。”我思索着这句话，沉默了一会儿。汤姆·獾毛是个伪装，是个我天天佩戴的面具，然而我虽然身在这个身份之中，却从来没有真正觉得自在过。老温和月桂都是好人，而我却骗了他们，这点我着实过意不去，所以，这个身份变成我结交真正朋友的障碍。“你是怎么弄的？”我突然对弄臣问道，“你随着年岁增长、在不同的地方落脚并转换身份，却没有人真正知道你生下来时是个什么样的人，难道你不觉得这是一大憾事吗？”

他缓缓摇头：“如今的我，早就不是出生时候的那个人了。别说是我，就连你也不是当年出生时的那个人了。你说，谁不是这样呢？说真的，蜚滋，我们对人的认识再怎么深刻，也不过是知道对方人生的几个面向罢了。通常只要知道他人的几个人生面向，我们就自认为彼此相熟得不得了。父亲、儿子、兄弟、朋友、情人、丈夫……一个人可以同时拥有所有的面向，然而却没有人能够深知他在每一个角色之中是什么情况。我看到你身为幸运之父的情况，然而，我对于你教养孩子的了解，却远不如对于我父亲教养孩子的了解来得多。然而我对我父亲的了解，却又不如我的叔叔伯伯对我父亲的了解来得深。所以，当我以不同形态出现时，我并不是在以假面具示人，而是在展现出世人前所未见的面向。说真的，在我心底的某一处，我永远是弄臣，也永远是你的玩伴。但在我心底也有一处地方，是真正的黄金大人，嗜好名酒佳酿、精致肴馔、华丽衣裳以及狡黠的言语。因此，当我以黄金大人的身份出现时，我并不是在骗人，而是在展现自己的不同面向。”

“那么琥珀呢？”我轻轻地问道。但是话一说出口，我就纳闷自己怎么会如此大胆地问出这个问题。

他针锋相对地迎向我的目光：“琥珀是我的面向之一，仅此而已，既不多加，也不稍减。”

我真恨不得自己没问。我努力把话题转回刚才的方向：“唔。但是我的问题还是解决不了，到底要把幸运托给谁照顾，我还是很伤脑筋。”

他点点头，接着我们两人又尴尬地沉默了一阵。如今我们都光顾着自己，顾不了对方，这真是可恶，可是我又想不出该如何解决。弄臣仍是我儿时以来的好友——但说起来又不是，如今得知他还有其他“面向”，把我对他一贯的看法都给打乱了。我感觉自己被困住了，而我一方面想要留在网中，将我们的友谊化为旧日的模样，但另一方面，我却又想要赶紧逃开。他也感觉到我的左右为难，于是开口帮我解围。

“唔，抱歉我来得不是时候。既然你待会儿得去替迅风上课，那么我们就另外约个时间，在启程之前见个面吧。”

“让他等一等无妨。”我听到自己立刻接着说道，“只是多等一会儿而已，不要紧的。”

“谢谢你。”弄臣说道。

然后我们又讲不下去了。幸亏他及时拿起其中一幅海图，填补了这个尴尬的空隙。“这个就是艾斯雷弗嘉岛？”他一边问，一边把图搁在桌上展开。

“不，这个是史恺林岛，我们第一站就停靠在岛上的柴利格镇。”

“这是什么？”他指着史恺林岛岸边某处画着的涡卷纹问道。

“应该是外岛人画的装饰吧，要不然，可能是意指那个地方有大漩涡，有汹涌的海潮，或是长了很多海草，我不知道。外岛人的想法跟我们大不相同。”

“的确如此。你有没有艾斯雷弗嘉岛的图？”

“那卷小的就是了，有个棕色斑渍的那一个。”

他展开第二幅图，跟史恺林岛的图并排在一起，接着互相比较。他一边盯着艾斯雷弗嘉岛的一处蕾丝般的海岸——真正的海岸线根本不可能长成那个样子，一边喃喃地说道：“我知道你的意思了。”然后又问道：“你看这可能是什么东西？”

“融化的冰河。至少切德是这么想的。”

“切德为什么要将我约你见面的事情压下来不告诉你，我真是不解。”

我假装自己什么都不知道：“我刚说了，也许他忘了。我今天会跟他碰面，到时候我再问他好了。”

“老实说，我也想跟他讲讲话，私下一谈。我干脆和你一起去上精技课好了。”

我觉得很别扭，但我实在无法拒绝，不得不邀请他一起去：“不过我要先给迅风上课，再教他习武，所以精技课要到下午才上。”

他满不在乎地点点头。“那也好，反正我也要收拾下面的房间。”接着他仿佛要引我多问问似的补了几句，“下面的房间我已经搬得差不多了，没剩什么东西，到时候不会给人添太多麻烦的。”

“这么说来，你是打算搬到银钥，长久住下？”我问道。

一时之间，他脸上变得毫无表情。我这话把他给吓了一大跳，他慢慢地朝我摇了摇头，温柔地说道：“蜚滋，我说的话，你是不是压根就不信？啊，可是话说回来，过去也有许多次是因为你把我的话当作耳边风，所以你我才度过难关的。不，我的朋友，你想错了。我会在离开的时候，把公鹿堡的房间搬空，而银钥里那些美不胜收的家具画作，早就已经是别人的了。我的债务就是用那些东西做抵押，而我已不打算还债。我离开公鹿堡城的那一天，我的债主们会像乌鸦一般地蜂拥而上，把银钥里的东西一抢而空，那就是黄金大人的下场。此行一去，我再也不会回到公鹿堡，也不会回到任何别的地方了。”

他的声音很稳定，丝毫没有颤抖，语气平静，两眼直视着我，然而他这一番话，却让我觉得像是狠狠地被马踢了一脚。那口气完全就是知道自己即将赴死，因而要把人生的线头理一理。我的态度之所以这么别扭，一方面是因为我们不久之前闹了矛盾，另一方面是因为我骗了他。至于他会死，这我倒不担心，因为我已经预作防范了。但弄臣之所以这么尴尬，则出于迥然不同的根源：他仿佛即将赴死之人对挚友倾诉般地跟我说话，但我的反应，却活像是我对于好友即将赴死无动于衷。这些日子以来我避着不跟他见面，他必定觉得我麻木无情吧。也许他认为，我是故意慢慢地在他死前将我们之间的关系切断，以免在他死时突然大悲大痛。我脱口说出今天跟他说的话里面唯一彻底真心诚意的一句：“你快别傻了！我不会让你死的，弄臣！”我突然觉得喉咙好干，于是拿起杯子，匆匆地灌下已经冷去的茶水。

他吸了一口气，大笑起来，那笑声有如玻璃碎裂声，他眼里噙着泪水：“你真的相信你能挡住不让我死，是不是？啊，亲爱的，所有人物之中，我最难割舍的就是你。原谅我这段时间以来对你视而不见，不过，说不定这样反而好，因为你可以趁着命运席卷而来之前，先慢慢适应。”

我大力把茶杯往桌上一放，茶水一下子泼溅出来：“别再说那些丧气的话了！艾达神在上……埃尔神在上——哎，该求哪个神都分不清了！弄臣，莫非你是因为这样，才大肆挥霍财富，过着与堕落的遮玛里亚人无异的生活？我求求你，请你告诉我，你并未散尽所有财富，至少也还留一点让……让你归来时能好好生活吧？”我停住不语，因为再多讲一个字，我就会说出背叛他的事情。

他的笑容很古怪：“都没了，蜚滋。通通都没了，哪怕是现在还看得到的那几样，也等着要送人了。我老实告诉你吧，把这如海的财富散尽不但是个挑战，而且比坐拥财富更有乐趣。我已经留下文件，要把麦尔妲送给博瑞屈。你想，博瑞屈收到这样的好马时，不晓得会高兴成什么样子！我知道他一定会重视麦尔妲，并且好好照顾它的。至于耐辛呢，噢，你真应该在我把东西送出去之前，瞧瞧我送她的是什么！满满一车的卷轴和书册，其内容囊括了各种稀奇古怪的话题。嘉蕾莎，我的花园侍女，我也打点好了。我买了一幢小屋和一块地送她，还留下充足的钱财，让她好好安置自己的生活。人们势必会因此而讲得很难听，他们必会揣测，黄金大人为何给照管花园的女仆留下这么大的家产。但是他们爱讲就去讲吧，嘉蕾莎自然了解我的心意，况且她才不会把流言放在心上。至于乔冯，我那个住在颉昂佩的朋友，我已经送她上好的木料，并把我所有的雕刻工具都送给她了。收到这些东西，她一定爱不释手，就算当年我突然离开了她，她也会想起我往日的好。如今乔冯的名声已经传开，她做的玩具都很有名，我有没有告诉过你？”

弄臣笑着道出这些慷慨且淘气的行径之时，眼中对于自己将死的阴影几乎消散不见。“求求你别再说了。”我恳求道，“我向你保证，我不会让你死掉的。”

“别保证那些会让我们不和的事情了，蜚滋。况且——”他深吸了一口气，“就算你真能对抗宿命，让我活下去，黄金大人也必须消失。黄金大人的用处已经尽了，我一离开这里之后，就再也不会成为黄金大人了。”

听着弄臣谈起他如何散尽财富，以及他的名声应该逐渐隐没，我只觉得晕头转向。他已经打定主意，而且做得很彻底，所以我们若是把他丢在码头上、弃他而去，那么他的处境将会悲惨至极。当然，无论他如何挥霍财富，珂翠肯都一定会照顾他，这点毋庸置疑。我决心要在我们离开之前与珂翠肯私下一谈，好让她有个心理准备，必要的时候一定要拉他一把。弄臣正以古怪的眼神盯着我，我赶紧把心思转回现场。

我清了清喉咙，努力讲一点合情合理的话：“我看你太悲观了。如果你名下还有一两块钱没花掉的话，你可要省着点用——这是为了以防万一，说不定我真的保住了你的性命。不过现在我得走了，迅风在等我。”

他听了点点头，同时站了起来：“你能不能先到我的旧房间来找我，我们再一起到上精技课的地方找切德？”

“可以呀。”我应和道，努力不让自己的口气显得太消沉。

他有气无力地笑了笑。“祝你跟博瑞屈的儿子一切顺利。”他说道，接着便离去。

茶杯与海图仍留在桌上，我顿时觉得整个人疲倦到不想收拾桌子，更不想急着赶去给迅风上课。话虽如此，我还是尽快前往塔顶的王后花园。我到的时候，迅风正背靠着冷飕飕的石墙，立在一方锯齿状的阳光之中，十分无聊地吹着笛子。在他脚下有好几只不停啄食的鸽子，看到这个场景，我的心都凉了。我一走上前去，鸽子便通通飞走，而迅风用以将鸽子诱来的那一把谷粒则飞散在空中。他放下笛子，抬头时看见我脸上的表情露出松了口气的模样。

“你以为我是用原智将鸽子吸引过来的，所以很害怕。”他有感而发地说道。

在回答他之前，我顿了一下。“刚才我是有点吓到了没错。”我应和道，“但我之所以会如此，并不是因为你可能是在使用原智，我怕的是你会想办法跟鸽子建立牵系关系。”

他慢慢地摇了摇头。“不，我才不跟鸽子牵系呢。我曾经试过要跟鸽子心灵交流，但是它们对我的心思完全不予理会，它们就好像是流水，而我是从水面上一路跳过去的石子。”他傲慢地笑了一笑，又补了一句：“我倒也不会期望你能了解我说的是什么意思。”

我努力克制自己别冲动作答，过了半晌，我才反问他：“你是否已将关于‘屠人国王’与收购当今毕恩斯公国这块土地的经卷读完了？”

他点点头，然后我们便开始上课。他的态度仍旧使我火冒三丈，我把怒气都发泄在练武场上，坚持他必须拿起一把斧头，让我试试他的力气之后，才能去上弓箭课。我拿起斧头，只觉得这武器比我记忆中的还要沉重，而且虽然斧刃都已用皮条包了起来，但这种课程弄出的瘀青还是多得惊人。直到迅风连斧头都举不起来，我才放他走，让他去找魁斯维拉弓。之后，我为了惩罚自己竟然把脾气出在那少年身上，所以找了个年轻力壮，而且使起斧来虎虎生风的对手过招。直到我充分且真心地认识到自己使斧的技巧已经非常生疏之后，我才离开练武场，疾步前往蒸汽浴室。

把汗水与沮丧都洗净之后，我匆匆地在守卫室吞下面包，喝了点汤。守卫室里的人说话很大声，内容不外乎这趟外岛之行、外岛女人与外岛的酒。听说外岛的女人跟酒一样，既强劲又可口。我努力顺着众人的样子大笑，但是年轻侍卫大笑之时那种深以为然的心情，使我觉得自己不但老了，而且更愿意离开守卫室，回到我的工作室。

我从工作室沿着密道，朝我还是黄金大人的仆人时所住的房间而去。我仔细倾听片刻，才推开密门进去。外面的各个房间都静悄悄的，要是黄金大人也不在房里就好了，然而我才刚把旧卧室通往密道的密门关上，他便推开卧室的房门进来了。他穿着样式简单的黑色束腰外衣和紧身裤，脚下踏的是低跟黑鞋。从窗户打进来的阳光映照出他头上的金发，还从他身形与门框之间的缝隙穿了进来，照亮了原是我离职时丢下来，如今在我旧床上堆得高高的物品：一件件弄臣特别请人量身缝制的五彩缤纷的奢华衣裳，当中还搁着他送我的那把宝剑。我困惑地望着他。"那些是你的东西。"他轻声说道，"你理当带走。"

"我看我往后恐怕没什么场合能穿这种样式的衣服了。"我说道，一说完便想到这样回绝他好意给我的东西，未免太过冷峻。

"谁知道呢。"他轻轻说道，转开了头，望向他处，"也许有一天，蜚滋骏骑大人会再度漫步在公鹿堡大厅里也说不定。倘若如此，那么这些颜色和剪裁，可以说是再适合不过的了。"

"那可难了。"这句话听起来还是太冷漠，所以我又补上一句，"不过我还是一样感谢你。而且我会把这些衣服带走，以防万一。"

"还有那把剑。"他提醒道，"别忘了剑。我知道你崇尚轻简，这把剑对你而言可能太过炫丽，可是……"

"可是这仍是我所拿过数一数二的好剑。你放心，我会好好珍惜的。"我努力修补我一开始万分排斥这些东西的轻慢，现在我已经意识到，当初我转移阵地的时候没带走这些东西，的确伤了他的心。

"噢，还有这个，最好也趁现在还你。"他举起手，就要解下黄金大人一向挂在耳朵上的木耳环。那个木耳环里包着象征自由的耳环，"这是博瑞屈的祖母传给他，他传给我父亲，之后再辗转传到我手上的。"

“不！”我抓住他的手腕，“别再办什么丧事了！我不是说了吗？我根本不想让你死。”

他一动不动地站着。“丧事啊。”他低声说道，接着大笑起来。我闻得出他喝了杏桃白兰地。

“弄臣，你要振作起来，这实在太不像你了，我都不晓得要怎么跟你讲话了。”我烦躁地叫道，深深感觉到怒火与忧虑实在很容易把人激怒，“既然所余的日子不多，我们何不放轻松一点呢？”

“所余的日子不多。”他应道。然后他的手腕轻巧地一扭，毫不费力地摆脱了我的束缚。我跟着他走回那个又大又透气的客厅，如今他的家具都搬走了，房里因此而更显空旷。他走向装着白兰地的水晶瓶，替自己倒了一杯量多一点的，又替我倒了杯少一点的。

他举起酒杯，而我也一边举起酒杯，一边替自己开脱道：“我的意思是说，在启航之前，所余的日子不多了。”我四下张望，这房间只剩下一张大桌、几张椅子和一张写字桌，除了这几样必需品之外，别的不是已经搬走，就是正要搬走。卷成厚厚的一卷卷的织锦画和地毯堆在墙边，他的工作室门户大开，而里面空无一物，他所有的秘密都已经收拾好了。我手里拿着白兰地走进他的私室，当我开口时，房里响起空洞的回音，“你把自己的每一根线索都剪除干净了。”

他跟着我走进来，我们一起站在窗边望着：“我喜欢把事情理得干干净净。人生有太多剪不断、理还乱的东西，所以我倒觉得，把能理一理的事情处置完毕，倒也蛮好玩的。”

“以前你从不会沉缅于这种情绪之中，但如今你几乎像是以此为乐似的。”我尽量压抑，以免语气流露出轻蔑之意。

他的嘴角扭出一抹古怪的笑容，他深吸了一口气，仿佛摆脱了什么重负：“啊，蜚滋，全世界就只有你一人会跟我讲这种话。或许你说得没错，我在面对这个必然的结局时，的确有点小题大作。我以前从不曾有过这种情绪……不过，由于心境不同，也难怪你对此无动于衷。你曾经费尽唇舌地跟我解释，狼总是活在当下，并教你要尽可能地享受当下的一切幸福，那部分你的确学得很好。而我，如今我这个总是在未来尚未来临之前，便设法定义未来的人，却突然发现，在那个时间点之后，竟然什么都没有。这就是我的梦境，夜夜如此。当我刻意坐下来，努力定心展望未来，想要看看我未来的路要怎么走的时候，看到的就是这个情况：一片黑暗。”

我不知道该怎么接话。我看得出他想要抖开这个宿命，就像狗想要把紧咬着自己喉咙的大狼甩开一样地积极。我啜了一口白兰地，杏桃的滋味和夏日的暖意一下子将我淹没，舌尖的感触瞬间将我拉回过去，使我回忆起弄臣待在我小屋里的情况，当时是多么单纯和快乐啊。“这真的很不错。”

他目瞪口呆地转过头来望着我。他突然眨眨眼，抑制泪水，真诚地朝我一笑。“是啊。”他轻轻地说道，“你说得一点也没错，这白兰地非常好，而且无论未来如何变化，这个滋味都不会稍减。未来是无法伸手过来取走我们仅余的日子的……除非我们让它这么做。”

我看得出他内心的煎熬起伏已经过去，现在变得比较平静了。我又浅尝了一口白兰地，眺望公鹿堡后起伏的丘陵。我瞄了他一眼，发现他正以我无法承受的钟爱目光看着我。要是他知道我把他骗得多惨，就不会用这种眼神看我了。然而，正是因为他恐惧来日，所以我才更下定决心，一定要为他做出最好的安排。“实在不想赶的，可是切德他们已经在等了。”

他严肃地点点头，然后举起他的玻璃杯，仿佛跟我敬酒似的一饮而尽。我也学着他举杯祝酒，一饮而尽，一时之间，我呆着不动，任由那酒的热力在我五脏六腑内发散出来。最后我深吸了一口气，用鼻子闻、用舌头品尝杏桃的滋味。“这酒非常好。”我又再说了一遍。

他虚弱地一笑。“我会把剩下的酒都留给你。”他平静地说道。我狠狠地瞪了他一眼，他看得大笑起来。不过，当他与我穿过蜿蜒在内外壁之间的通道与楼梯时，他的步伐变得比较轻盈了。我一边在黑暗中前进，一边思索，若是我知道自己何日何时必死无疑，那么我会有什么感觉。不过我有一点跟黄金大人大不相同，那就是我需要处置的财产少之又少。我暗数自己的宝藏，心里想着，这些东西只对我而言有些意义，别人是不会放在眼里的——接着我便领悟到其实不然。我下定决心，该做处置的财产一定要有适当的归宿。我们走到望海塔的密门，卸下壁炉的饰板，跟弄臣两人鱼贯钻入房里。

众人都到了，所以我没机会跟切德私下说句话，让他有个心理准备。我们从密门里出来之后，切德一声不响，王子倒是满心喜悦地打招呼，并走上前欢迎黄金大人。阿憨则不大放心，皱着眉头，狐疑地望着我们；切德则以深切的斥责眼神瞄了我一眼，然后换了表情，跟弄臣打招呼。打完招呼之后，场面又尴尬了起来。阿憨因为陌生人在场而焦躁不安，桌边的座位也坐不住了，开始漫无目的地绕着房间游走。尽管此时黄金大人的服饰简单得与平常有很大出入，但我仍看得出王子正在努力地把这位黄金大人，跟他从母亲那儿听来的那位"黠谋国王的弄臣"合在一起。最后切德终于近乎粗鲁地说道："好啦，亲爱的朋友，到底是什么风把您吹来了？我们当然是欢迎之至，但是我们该学的还有很多，而且已经没多少时间上课了。"

"这我了解。"弄臣答道，"但是我也难得有机会来此一聚，将我的道理说给您听。我来这里，是希望能在下课之后私下与您小谈一番。"

"您能来这里再好不过了！"王子硬生生地插嘴道，"依我看，我们本来就该找您一起上课的，毕竟当初若不是您，我们势必无法联合力量，透过您将汤姆治好，所以，您跟我们这里的人一样，都有权加入这个精技小组。"

弄臣似乎听得很感动，他低下头，那双套着黑手套的手漫无目的地交摩着，最后他坦白承认道："其实我没有精技天赋，只是我的手曾碰到过惟真，而至今那一触仍多少有点残余，再加上我自己跟……汤姆相知颇深，仅此而已。"

王子一听到父亲的名字，就像是闻到猎物气味的猎犬一般，此时他又朝弄臣凑近了些，仿佛光是弄臣所知的惟真国王往事，就足以将他吸引过去。"即使如此。"晋责对黄金大人保证道，"我仍期待与您一同漫游。我想，您若加入这个精技小组，一定会是个很有价值的成员，无论您的精技力量是高是低都一样。您愿不愿意跟我们一起上课，让我们探究您精技能力的极限呢？"

我看得出切德左右为难。弄臣若肯加入，那么精技小组便添了生力军，这点切德求之不得，但同时他又担心，我们的目的在于屠龙，而弄臣却大唱反调。而我则纳闷，切德恍如利箭一般朝弄臣射过去，又朝我射过来的目光之中，是否带着嫉妒的成分。但弄臣跟我一向很亲，所以切德知道他不能对我动之以情，所以只能对我晓之以理，然而即便如此，他却更想驾驭我。

最后是他对精技的贪念胜出，他顺着晋责的话尾说道："黄金大人，就请入座吧，就算一无所获，您至少也会觉得很好玩的。"

"唔，那我就恭敬不如从命了。"弄臣以近乎开心的口气应道，然后拉开椅子，满怀期待地坐下。切德与我在弄臣的左右两边坐下，而晋责则说服阿憨回座。弄臣一坐定，我们四人便同时深吸一口气，敞开胸怀，以便施展精技。此时，我突然有了个喜忧参半的心得。我们组成精技小组的时间并不长，但却已经能齐心一意了。就此观之，弄臣是闯进了我们圈子里的外人，在我的心思与晋责和阿憨交流之际，我则感觉到切德就在我们三人联合体的边缘上，像疯狂的蝴蝶般猛拍翅膀，阿憨则伸出手稳稳地拉住他，所以切德跟我们是一起的，但弄臣不是。

弄臣虽近在眼前，但是却碰不到、摸不着。我在多年之前便注意到，在我的原智知觉中，他可说是隐形人，而此时我刻意尝试，却更加领悟到要以精技探寻弄臣，简直就跟想要掬起湖面上反射出来的阳光一样困难。

"黄金大人，莫非您刻意避开我们？"切德轻柔地问道。

"可是我就在这里啊。"他答道，声音轻轻地在房里回响，这感觉仿佛我既能听到他的话，也能知觉到他的话。

"烦您伸出手来。"切德提议道，他将自己的手放在桌上，掌心向上，朝我的朋友伸过来。我看在眼里，只觉得切德的动作既是邀请，也是挑战。

我突然察觉到一丝恐惧，而这个恐惧感乃是从弄臣与我之间的精技牵系来的，我这才知道，他与我之间的连结仍在。弄臣扯下手套，将手放在切德的手上。

于是我就知觉到他了，不过那个层次很难形容。如果说我们的集合精技体是个平静的池塘，那么弄臣就是漂浮在池面上的落叶。"大家再试试看。"切德说道，于是我们再度朝弄臣探去。我从他与我之间的牵系，知觉到他越来越害怕，但依我看，其他人大概是察觉不到的。他们几乎碰到了弄臣，然而那就像是伸出指头拖过水面，他们一碰到他，他便一分为二，等到他们走了之后，他又合起来，所以他们只是徒然地打乱他的心神，但却怎么也碰不到他。弄臣越来越害怕了，我悄悄地沿着我们两人之间的牵系探寻过去，以便弄清他为什么怕成这样。

占有。他们以精技探触到弄臣之后，可能会因此而占有他，所以他对于精技接触避之唯恐不及。我这才想到，帝尊和他的精技小组就曾经借着这个办法来操纵弄臣，他们透过他与我之间的连结找到他，然后利用他的神智来对付我、监视我，并套取莫莉的下落。当年弄臣背叛好友之事，至今仍使他羞愧和痛苦不已，直到现在，他仍因为很久之前发生的事情而背负着重担。然而我见此状更是心如刀割，因为再过不久，他就会发现我也背叛他了。

*那不是你的错。*我利用我们之间的连结来安慰他，但是他却不肯就此放下。接着，他传来他的思绪，虽然像是来自远处，却很清楚。

我早就知道会有这个下场。我在很小的时候就预言："最是亲近的人，反而会背叛你。"只是我从没想到这讲的是我，所以到头来，是我应验了自己的预言。

我们都活过来了不是吗？

只是勉强生存着而已。

"你们在彼此技传对话吗？"切德不耐烦地问道。我听到，也知觉到他在讲话。

我深吸了一口气，稳住弄臣与我之间的连结。"对。"我答道，"我虽能碰触到他，但也只是若有似无的，而且仅是因为以前我们曾经有过精技连结。"

"要不要再试试看？"弄臣的声音微弱到几乎听不见，我听得出他口气中有挑衅的意味，尽管我想不出此举有何用意。

"好呀，请再试试吧。"我应道。

我知道坐在我身边的弄臣正做着一些我不晓得的小动作，我的眼神注意着房里的动静，所以一点也没有察觉到他的意图，直到最后才发现他已经伸手搭在我的手腕上了。他的指尖丝毫不差地按在多年前他留在我手腕上的灰色指印。虽然只是轻触，但那感觉却强得像是一箭射穿了我的心，我觉得自己像是被鱼叉刺中的鱼，我真的痉挛起来，然后便定住无法动弹。弄臣流过我的血脉，他既热得像烈酒，又冷得像坚冰。在那电光火石的一瞬间，我在他的心里与他同在，而他也在我的心里与我同在，那感觉比我这一生所经历过的任何心灵或肉体结合更为强烈。那个感觉，比亲吻更亲密，比刀子刺得更深，超越了精技牵系，也超越了肉体之亲，甚至超越了我与夜眼的原智牵系，痛苦或欢愉都不足以形容它。更糟的是，我竟然对它完全开放，仿佛那是爱人与我的深情之吻。然而，我却不知道自己会在那一吻之中吞噬对方，或是被对方吞噬。再过一眨眼的时间，我就会变成他，而他则会变成我，我们会深知彼此的一切，其知之深，远远超过任何两个不同个体之间应有的了解。

这样一来，他就会知道我的秘密。

我抢在他发觉我瞒住他的诡计之前大叫出来："不！"我极力扭动，让自己的心灵和身体都跟他脱开来。一时间，我整个人直往下掉，最后撞上了冰冷的石地板。我为了逃开他的碰触而在桌下打了几个滚，同时大喘不止。我的眼前一片漆黑，而这状态仿佛持续了好几个小时，但实际上，切德一下子就从桌底下把我蜷曲的身体拉出来。他跪下来，让我靠在他的胸膛上，我若有似无地察觉到他在追问我："怎么回事？你受伤了吗？弄臣，你怎么把他弄成这样？"

我听到阿憨呜咽了一声，也许唯一看得出刚才的来龙去脉的，只有他一个人。我浑身发冷，而且什么也看不见，然后我才发现，原来我紧闭着眼睛，整个人缩成一团球状。纵然如此，我也花了好一会儿才劝得动自己张开眼睛、舒展肢体。就在我睁开眼睛的那一刹那，弄臣的思绪有如见到阳光的叶子般在我心里伸展开来。

而我对你的爱从不设限。

"那太多了。"我以破碎的声音说道，"没有人能够给得那么多。那是不可能的事。"

“喝点白兰地。”在我附近的晋责说道。切德搀着我坐起来，把酒杯靠到我唇边。我当作是水一般地大口饮下，接着因为烈酒的刺激而大喘起来。我好不容易转头张望，这才发现现在只剩弄臣一人坐在桌边。他的双手又戴上了手套，而他望着我的表情则深奥难解。阿憨蜷缩在房间的角落里，把自己搂得很紧，抖个不停。此时他为了不要担心害怕，所以用他母亲的歌作为精技音乐的曲调。

“怎么回事？”切德尖锐地质问道。我仍靠在他的胸膛上，感觉得到他的怒火像是热气一般地散发出来。我知道他问的是弄臣，而且一定正用指责的眼神怒视着他，但我还是代他答了。

“刚才太浓烈了。刚才我们的精技牵系非常彻底，彻底到我都不知道自己是谁了，仿佛我们两人变成了一个人。”我将之称为精技，但其实我不知道刚才那情况该怎么说才好，也许说成是太阳闪爆还比较恰当。我深吸了一口气。“我吓坏了，所以我挣脱开来，因为我并未预料到会碰上这样的场面。”这话既讲给弄臣听，也讲给其他人听。弄臣听是听了，但据我看来，他在我表达的言语之中，似乎接收了另一种不同的讯息。

“可是你却一点影响都没有？”切德对弄臣问道。

晋责扶着我站起来，我也的确需要他的帮忙。我一屁股在椅子上坐下来。我感觉到的不是疲倦，而是精力散尽。平日里我的力气连登上公鹿堡最高的塔都不成问题，但如今我必须先能够将自己的膝盖弯起来。

“我也受到了影响。”弄臣平静地答道。“但是我受到的影响与他不同。”他直视着我，“刚才那样，我一点也不害怕。”

“我们再试试如何？”晋责毫无戒心地问道，但切德、弄臣与我三人同时或轻或重地叫道：“不！”

众人沉默片刻，弄臣以比较平静的口气重复说道：“不了。对我而言，课上到这个程度就够了。”

“其实大家也都上够了。”切德沙哑地应和道，他清了清喉咙，接着说道，“大家也该下课，各自去忙各自的事情了。”

“时间还很多啊。”晋责反驳。

“就平常日子而言，课上到这里的确还不急着下课。”切德应和道，“但是眼前时间紧迫，启程在即，你要准备的事情多得很。你去把感谢外岛人欢迎的致谢词再练习一次。”

“我已经背过上百次了。”晋责埋怨道。

“到了你致词的时候，你可不能死板地背出来，必须要有感而发地说出来才行。”

晋责不情愿地点头，对着窗外明朗的春日凝视了一会儿。

“你们两个都去忙吧。”切德对他说道，于是情势一下子变得很明显，原来切德叫阿憨和晋责两人都退下去。

王子露出失望的表情，他转过头对黄金大人说道：“等我们出航之后，事情就少了，而且有的是时间，到时候希望有机会听您讲讲与我父亲相处的情况——如果您不介意的话。我知道您曾在我父亲……的日子终了之时照顾过他。”

“的确如此。”弄臣温和地答道，“而且我很乐意把记得的事情告诉你。”

“谢谢。”晋责答道。他走到角落，温和地劝阿憨跟他一块走，并问阿憨怎么会惊吓得这么厉害，因为事实上并没有人受伤。阿憨的回答让人无法理解，对此，我心里很是感激。

他们两人快要走到门口时，我才想起自己之前打定的主意，“晋责王子，今晚能不能到我工作室来一下？我有件东西要给你。”

他扬起眉毛，但他看我仍没作声，便答道：“我会腾个时间的。晚上见了。”

阿憨跟在晋责身后离去，但是走到门口时，他回过头，先以古怪的目光打量弄臣，然后又打量我。我有点不安，生怕他察觉到方才弄臣与我之间发生了什么。之后他就走了，而且关门的时候，手劲特别重。

一时之间，我只怕切德会追问刚才是怎么回事，但他还来不及开口，弄臣便说道：“晋责王子一定不能杀死冰华，这点非常重要，切德，所以我非告诉你不可。我们必须尽一切力量保全冰华的生命。”

切德走到那一列列酒瓶之前，挑了一瓶出来，默默地替自己倒了一杯酒，接着转过身来面对我们。“既然那条龙早就冰封在冰河之中，那么现在才担心要如何保全它的性命，会不会太迟了一点？”他啜了口酒，“还是你认为世上真的有一种生物，即使不吃不喝地长久封于寒冰之中，也照样能存活至今？”

弄臣耸耸肩，摇了摇头：“你我对于龙族知道多少？蜚滋叫醒石龙之前，石龙沉睡了多久？如果石龙的本质与真龙有几分相似之处，那么说不定冰华的体内仍有生命的火花。”

“你对冰华知道多少？”切德怀疑地问道。他走回桌边坐下，我则继续站在一旁，看着他们两人你一言我一语。

“我对冰华所知的不比你多，切德。”

“那么，你为什么要阻止我们斩下冰华的头？你明知道这是贵主对这桩婚姻所开出的条件。还是说，在你看来，若是六大公国与外岛继续厮杀上一两百年，世界就会步上更好的轨道？”

切德这番冷言冷语听得我畏缩起来。弄臣说他要改变世界，我虽半信半疑，但是从未嘲笑过他，如今切德出言讽刺，真把我吓了一大跳，并使我体会到他是如何跟弄臣的目的势不两立。

“切德·秋星，冲突纷扰乃是悲惨之事，我也不忍见。”弄臣轻柔地说道，“但即使人间发生战火，也还不是最糟糕的结果。我们宁可要战争，也不能再进一步伤害我们的世界啊！尤其是我们眼前正有个稍纵即逝的机会，可以改正一件几乎无法挽回的错事。”

“你说的是什么事情？”

“如果冰华仍然活着的话……当然我也承认，它若至今未死，那实在古怪至极，或许它不太可能活到现在……但倘若它体内仍有丝毫生命的火花，那么我们就必须把所有的事情都丢下来，一心一意地把它从冰层里救出来，让它完全活过来。”

“为什么？”

“你还没告诉他吗？”弄臣用指责的目光瞥了我一眼。我避开，不与他四目相对，而他也不等我回答，便继续说道，“缤城的龙，名为婷黛莉雅，它是世上仅存的成年母龙。时间一年一年地过去，看来那些从龙茧里孵出来的小龙要长大成龙的机会是越来越渺茫了，因为至今它们仍然孱弱幼小，既无法觅食，也无法飞翔。可是，龙是在飞行中交配的，若是不飞，就不能交配了。这样一来，龙族迟早会灭绝，而这次龙族一但灭绝，就永远都无法挽回了。除非世上还有成年的公龙，能够飞上青天与婷黛莉雅交配，产下新一代的小龙。”

这些我都跟切德讲过了，难道切德是故意拿这问题来问弄臣，以便测试弄臣是否坦白吗？

“照这样说来。”切德谨慎地阐释道，“为了复兴龙族，就算将外岛与六大公国之间的长久和平置于险境，也在所不惜？这对我们有什么益处？”

“其实这对人类没什么益处。”弄臣坦承道，“不但没什么益处，而且人类还得处处退让、多做配合才行。龙族既傲慢又好斗，它们不把人间的疆界放在眼里，更不知财产为何物。龙若是饿了，看到牛栏里有一头牛，就不管三七二十一地将牛吞吃入腹。对龙而言，事情就是这么简单：需要吃什么喝什么，都尽管向世界取用，爱拿多少，就拿多少。”

切德狡猾地笑道：“那么，为了人类着想，也许我应该以其之道还治其‘龙’之身，既然世界让我们免于龙的骚扰，那么我辈也就大方地接受吧。”

我凝视着弄臣。他并未因为切德这番话而愠怒丧气，而是心平气和地静待了两口气的时间，才接着说道：“大人，您大可这么想，只是在关键的那一刻，您可能无权置喙，只能看我，或者是蜚滋如何决定了。”切德的眼里冒出怒火，而弄臣则悠闲地补了一句，“况且不但世界需要龙，连人类自己也需要龙。”

“这话怎么说？”切德不屑地问道。

“为了保持平衡。”弄臣眺望着我身后的窗外，他的眼神既遥远又忧郁，“人类自比为万物之尊，但龙族是跟人类一样优越超绝的生物，而人类却早已忘记跟这样的生物共存于世是什么情况了。人类只想把世界安排成自己喜欢的模样，所以要标示地界，且就凭着你能把这块地标在地图上，就能声称这土地归自己所有。于是，人类不但声称在土地上滋长的植物与动物，均属于自己的财产，还声称明日土地上滋长的一切，也都任凭自己宰割。此外，人类还因为生性自负好斗，且自认为世界的表面上有一条想象的界线，而掀起战争、互相砍杀。”

“这么说来，龙族之所以比人类强大，就在于它们不做这些事情，只会看到什么，就拿什么。龙族可真是自由精神的代表、大自然的贵客，而且因为不具思考能力，所以在道德上格外崇高。”

弄臣摇了摇头，笑道：“不，龙族比人好不到哪里去，它们跟人没什么两样。龙族的私心就如同人类的镜中倒影一般，它们的存在让人们恍悟到，人们对于土地的执着，其实跟上了狗链的狗儿的咆哮怒吼，以及鸟雀吓敌的歌声相去无多。人也好，狗儿也好，鸟雀也好，都宣称地盘乃归自己所有，但是其实拥有云云，只存于他们的嘴上。人类喜欢给大地命名也好，想要宣称大地乃自己的私产也罢，但世界并非人类所有，人只不过是世界的一份子而已。大地并不是人的私产，人终将化为尘土，而大地也不会记得人类所取的地名。”

切德并未马上回答。依我看，他是被弄臣的话吓到了，而他的整个世界观都因此改观。但接着他便不屑地哼了一声。“照这样说来，更足以见得拯救龙族的确对谁都没有好处。”他疲倦地揉了揉眼睛，“噢，我们何必做这些不着边际的辩论？谁知道我们到了之后会看到什么情况？事情还没发生，讲这些哲学奥秘与幼稚的猜测都是多余的，等碰上了之后，我再想想到底该怎么做才好。这样你可满意了吧？”

“恐怕对你而言，我满不满意，根本就无足轻重呐。”弄臣说出这句奇怪的话，意味深长地朝我瞥了一眼，然而他这一眼不是为了要看我，而是为了要做给切德看。

“你说得一点也没错。”切德流畅地应和道。“其实我在意的，不是你满不满意，而是蜚滋决定要偏向哪一边。但我也知道，如果光让他一个人做决定，那么他可能会把你的满意看得很重，甚至到有损瞻远家族之繁荣的程度。”我的老导师用担忧的眼神上下打量我，仿佛我是一匹伤了脚，不知道还能不能再度上战场的马。最后，他以几乎是孤注一掷的态度对我笑道：“不过我希望他也会把我的观点听进去。”他与我四目相对，“等我们碰上的时候再决定吧，在碰上之前，什么决定都别做，一切保持开放。好啦，这样可以了吧？”

“就差一点点。”弄臣以冷静的语气提议道，“还要请你以瞻远家族之名对我们起誓，蜚滋可以根据他自己的判断下决定。”

“我以瞻远家族之名起誓！”切德气极地叫道。

“一点也没错。”弄臣安之若素地答道，“除非你的誓言，不只是为了让蜚滋未来服从你的心愿而丢出来的空话。”他泰然自若地靠在椅背上，手腕和手都轻松地搭在扶手上。一时间，我突然认出那个一身黑衣、金发绑在头后的瘦削男子，那就是当年的少年弄臣长大成人的模样。他转过头去注视着切德，于是方才那份熟悉感消逝了，因为他脸上的每一个起伏线条，都表现出坚毅的决心。我从未见过任何人敢如此自信地挑衅切德。

切德接下来所说的话让我吓了一大跳。他一边古怪地笑着，一边看看我、看看弄臣，然后又看看我，直到我与他四目相对，他才说道：“我以瞻远家族之名起誓，我不会要求蜚滋做出任何有违他个人意志的事情。好啦，这下你可满足了吧？”

弄臣慢慢地点了点头。“噢，是啊，这样我满足了，因为蜚滋终究得做出决定，而在我眼中，未来是再清楚不过的了。”他对自己点了点头，“你我还有其他事情要商量，不过等到登船启程之后，我们多的是时间。此时光阴宝贵，而且我在离去之前，还有很多东西要收拾。就此别过了，秋星大人。”

他的嘴边挂着一抹若有似无的笑容，先朝我，再朝切德瞥了一眼。接着，他做了个令人不解的姿势：他挥开双臂，优雅地对切德鞠躬为礼，仿佛他们彼此给了对方多大的礼遇似的。弄臣直起身子之后，以亲切的口吻对我说道：“今天能够跟你小聚一下真好，蜚滋。我很想念你。”他突然叹了一口气，像是猛然想起一桩令人不快的职责。据我猜测，那一定是因为他预言自己必死的事情突然浮现心头。他的笑容退去。“二位，容我告退了。”他喃喃地说道。接着他优雅从容地，有如从盛宴退场的大人物一般，从壁炉侧板那个拥挤的窄小出口离去。

我坐着凝视他的背影。方才的精技结合仍使我心里七上八下，而他讲的那些奇怪的话和他行的那个奇怪的礼也令人困惑不解。他好像在跟切德争什么东西，而且取得大胜，不过我至今仍看不出他们两人是不是把什么事情摆平了，也看不出他们是为了什么事情而彼此较量。

我的老导师像在回答我的心思般地说道："他竟敢拿你的忠诚来挑衅我！他怎敢这么做？我可是一手将你抚养长大的人啊！你我深知六大公国的兴衰全系于这次远征能不能成功，既然如此，他怎会认为我俩可能意见相左？他竟然还要我以瞻远家族之名起誓。是哟！他把你当作是谁啊？"

切德望着我问出了这个问题，仿佛他认为我想都不想就会应和他。"也许是因为，"我平静地答道。"他深信他是白色先知，而我是他的催化剂吧。"然后我深吸了一口气，反问他一句："我又不是对于自己的决定不加三思，也不是没有自己的想法，你们两个凭什么拿我的忠诚来彼此较量？"我不屑地哼了一声，"就算是狗或马，我也不会把它们当作是毫无心机的盘中棋子，但你们两个怎么就这么看待我呢？"

切德讲话的时候，眼睛望着我身后的窗户，在我看来，他并未意识到这番话对我而言有多么重要。"不是把你当作狗或马，蜚滋，我从来就不把你当作狗或马。不，你是一把宝剑，一把我造就出来，由我挥舞的宝剑。然而他却认为，还是由他来使用你这把剑最上手。"那老人轻蔑地嘟囔一声，"那个人呐，直到今天，仍是个无足轻重、给人取乐的弄臣。"他转过来对我点点头，"还好你明智地把他的打算告诉我。幸亏我们不带他走。"

我无话可答，于是经由公鹿堡墙内的密道离开了瞭望海塔。

今天，对我的好友与老导师，我看得比以往更透彻，虽然我并不愿看得这么深。我不禁纳闷，弄臣之所以要抓住我的手腕，是不是为了要显示他对我有十足的影响力，并且要让切德与我都看个清楚。可是，感觉又不是那么一回事。他不是事先问了我愿不愿意再试一试吗？不过，那感觉仍像是他要让我看出某件事。难道那不是他唯一可以跟切德展示他的影响力的机会吗？或者，他的用意其实是要让我看清切德如何看待我？我摇了摇头，切德总认为他可以按着他的意思操纵我，其实这点我早就知道了，难道弄臣没想到吗？我咬了咬牙，再过几天，弄臣就会发现切德与我联合起来对付他，到时候他就会领悟到今天我忍住了多少话没讲。

我往我的工作室走去，十分厌恶自己带往工作室的所有思绪。

我一推开门，就发现弄臣已经先一步来过这里了。他把送我的礼物摆在我的椅子前方的桌面上，我快步走过去，伸手拂过夜眼的背脊。弄臣刻的是夜眼盛年的模样：它一边用前腿踩住一只死兔子，一边抬起头来，黑色的眼睛睿智且耐心地望着我。

我拿起雕像。我还记得，弄臣是坐在我小屋的桌边时开始雕这一尊雕像的。我一直没猜出他要雕的是什么，也几乎忘了他曾向我保证，等他雕好了一定会让我瞧瞧。我摸摸夜眼翘起来的耳朵，在椅子上坐下来，凝视着炉火，而我的狼则倚在我手心里。

4. 交换武器

浩得是在兵器师傅克镰手下当了多年的大徒弟之后，才晋升为兵器师傅的。浩得师傅一点也没有浪费身为大徒弟的那段长久岁月，因为她不但变得极为熟稔各种武器，还精于锻造武器。事实上，她锻造武器的本事之高，以至于至今仍有人说，她的长处就是在于此，而皇室若能将“兵器师傅”的头衔颁给别人，将浩得留在镕炉旁，这才是各得其所。不过黠谋国王可不这么想。克镰师傅一死，黠谋国王便立刻让浩得接了克镰的位子，让她监管公鹿堡所有士兵的训练事宜。浩得在这个位置上发挥了大用，最后还为了当时身为王储的惟真而在战场上捐躯。

——费德伦所著的《纪事》

弄臣如此用心地处置自己的财产，使我暗下决心，要把我自己的东西理个清楚。今天晚上，我也不打包行李了，而是在切德那张旧床的一角，将自己的东西都摆出来。要是我采取弄臣那种宿命式的忧郁态度，那么我的心情可能会越来越消沉。但是我一点也不难过，反而因为自己的身外之物少之又少而沾沾自喜，就连在我那些东西之间钻来钻去的小黄鼠狼吉利，都觉得这些东西不怎么样。

我的财产主要就是从弄臣房间里搬来的那些华美的衣服，还有那一把剑柄装饰得灿烂华丽的宝剑。当年我在小屋里穿的那些衣服，大多都丢到工作台旁边去当破布使用了。加入王子卫队之后，我领到两套制服，其中一套已经小心摺好，跟着我的换洗衣物一起收进搁在床角的那个海运箱里。此外我还在衣物下面藏了切德与我一起准备的一包包毒药、迷药和兴奋剂。我身边的床上有个小小的卷包，可以藏在我的衬衫里，卷包一打开来就是各式各样的小工具，像是用来开锁的和其他一些好用的器具。我把这个卷包也收在海运箱里。我一边收拾其他零碎的东西，一边等待晋责。

夜眼的木雕搁在壁炉的炉台上。这个雕像太宝贵了，我不会冒险带着它跟我出航。另外还有个乡野女巫吉娜特别为我做的护符项链，当时她跟我还颇为要好，如今我是永远也不会再戴了，但又不愿意就此丢掉。于是，我将护符项链跟黄金大人为我做的衣服放在一起。珂翠肯送我的狐狸别针我则从不离身，总是别在衬衫里面靠近心脏的位置，这个我不想割舍。另一边，我放了几个要交给幸运的东西，大多是我在他小时候亲手做的，或是买来的东西：陀螺、弹跳玩偶之类的。我小心地将这些东西装进盒盖上雕着橡实的木箱子里，准备在去跟幸运道别的时候交给他。

床的正中央放着我在异类出没的海滩拾来的那包羽毛。我敢说弄臣那一顶木头王冠，配的就是这把羽毛，我曾试着将羽毛送给弄臣，谁知他只瞄了一眼就婉拒了。我将柔软的包布打开，把每一根羽毛拿起来端详，之后再将之包起来。一时之间，我心里为了到底该怎么处置这些羽毛而挣扎，最后还是把布包塞进海运箱里。除此之外，我还在箱里放了针线、备用的靴子和内衣，还有剃刀，以及船上用的汤匙和碗。

就是这些了，行李箱之中再也不必塞别的东西了，除此之外，世上属于我的东西已经不多了。我有一匹名叫黑玛的马，但是黑玛除了我骑马出门时不得不配合一下之外，对我这个人是一点也不感兴趣。它喜欢跟自己的同类作伴，无论如何都不会想念我的。马厩的帮手会定时把它牵出来跑步运动，而只要阿手仍为公鹿堡的马厩总管，我就不用担心它会遭到冷落，或是被人利用。

吉利爬到衣服堆上，在床上东闯西闯地挑衅我，它玩闹地威胁要攻击我的手，而我则轻轻对它说道："你大概也不会想念我吧。"夹壁里有不少老鼠足以喂饱它，而且它大概还乐得独占这张大床，毕竟如今它已经毫不客气地将枕头据为己有了。我的目光慢慢巡过房里各处。切德已经把我从小屋带回来的卷轴通通收走，加以分类，把无害的搁在公鹿堡书库里，并将明白地道出太多真相的卷轴锁在他的柜子里。对于这点，我一点都不感到怅然若失。

我把那一堆衣服搬到切德的旧衣柜里，打算直接将衣服都塞进去。然而我的良心开始啃噬我，所以我还是仔细地把每一件衣服抖开、摺好，才收进衣柜。这时我才发现，这里有许多衣服并不如我想象中的那么浮夸，因此又把那件暖和的斗篷收进了海运箱中。衣服都收拾好之后，我将那一把镶了宝石的剑放在海运箱上。这把剑是要跟着我出门的，虽然剑柄过度装饰，但毕竟锻造得很好，拿起来很平衡。说起来，这把剑跟送我剑的人一样，都用闪闪发光的外表遮掩了自己真正的内涵。

我听到斯文有礼的敲门声，接着葡萄酒架便戛然而开。晋责才刚疲倦地迈步走进房里，吉利便跳下床冲到他面前，露出白牙，徒劳无功地在他脚边跳跃，试图阻挡。

"是啊，我也很高兴见到你。"晋责打着招呼，一手捞起那只小黄鼠狼，轻柔地在它的喉间搔搔痒，这才把它放下去。但是吉利一下地就立刻攻击起晋责的脚。他一边小心地不要踩到吉利，一边走过来。"你该不会是想到什么额外的东西要让我塞在行李里吧？"他沉重地叹了一口气，挨着我在床边坐了下来。"我的东西都已经打包不完了。"他坦承道，"希望你要给我的这样东西不大。"

"东西在桌上。"我对他说道，"不过挺大的。"

晋责朝桌边走去的时候，我心里一时无限惋惜，几乎想要就此将礼物收回来。这样东西对我而言意义非凡，哪是那少年能懂的？晋责瞧瞧那把剑，抬起头来看我，脸上十分惊讶，"怎么，你要把剑送我？"

我站起身，轻轻地说道："那是你父亲的剑。惟真在我们最后离别之时把他的剑送给了我。如今我又转送给你了。"

一时间，那少年狂喜不已，使我方才的懊悔烟消云散。他伸手朝剑摸过去，半途又缩手回来，然后又看看我，脸上露出难以置信的表情。我笑了起来。

"这剑就是要送你的，何不拿起来感觉一下？我已经把剑擦干净，剑刃也磨尖了，所以要小心点。"

他探手握住剑柄。我等着看他把剑拿起来，并感受到这把剑无懈可击的平衡感，但是他又把手抽了回去。

"不。"他竟会拒绝，真使我大感意外，"请你在这里等我，我马上就来。"他丢下这句话就转身冲出房间，匆忙跑过密道的脚步声逐渐隐去。

他这个反应真让我百思不得其解。一开始他看来是很高兴的。我走到桌边，再度低头望着这把剑。由于才刚擦过，又上过油，所以剑光足以鉴人。这剑兼具美和优雅，外表的装饰无碍于它真正的功能：它乃是不折不扣的杀人工具。浩得师傅，也就是教我用剑的人，帮惟真造了这把剑。惟真远征时，浩得不但随行，之后还为他而死。这的确是一把配得上国王的好剑，为什么晋责不肯收下呢？

我两手捧着茶杯，坐在火炉前，这时晋责回来了，手上拿着一个长长的布包。他进门后便解下绑住布包的皮带，同时说道："我母亲第一次把你的事情告诉我的时候，我就该想到要把这个交给你了，但怎么就是没想到呢？我猜是因为这是多年以前的赠礼，而且又是我母亲帮我收起来的。你瞧！"

包裹的布掉了下来，晋责将剑高高举起，他咧嘴大笑，将剑柄朝我递过来。他满脸笑意，眼里满是喜悦与期待，"拿去吧，蜚滋骏骑·瞻远，这是你父亲的剑呢。"

霎时间，仿佛一道电流窜过我全身，令我寒毛直竖。我放下茶杯，慢慢地站起来，"骏骑的剑？"

"对。"我本以为他的嘴不可能笑得更开了，但是我想错了。

我瞪着那把剑。没错，即使晋责不说，我也看得出来。这把剑跟惟真的剑是兄弟，两把剑大同小异，但是这把装饰得比较华丽，而且剑身较长，显然是设计给比惟真还高的人使用的。剑柄上刻着一只公鹿，我一见便恍然大悟，它乃是为有朝一日将受封为国王的王子所打造的，不过我还是很渴望这把剑。“这剑是哪里来的？”我上气不接下气地问道。

“当然是耐辛送我的。她到公鹿堡来之后，便将剑留在了细柳林。红船之战过后，她为了要搬到商业滩，所以在收拾‘杂七杂八的东西’时——这是耐辛自己说的——碰巧看到这把剑。剑原来是收在柜子里的，耐辛把剑送我的时候跟我说：‘幸亏我一直没把这剑带到公鹿堡来，否则难免会被帝尊拿去卖掉换钱。’”

这十足是耐辛的风格，我不由得笑了出来，“国王的剑，跟她那些‘杂七杂八的东西’放在一起啊。”

“拿去吧！”晋责热切地命令道，而我不得不从命。这是我父亲拿过的剑、我父亲握过的剑柄，我非得感觉一下不可，就算只有一次也好。我将剑接过来，只觉得它轻若无物，像小鸟一般地栖息在我的手上。我一从晋责手里接过剑，他便走到桌边去将惟真的剑拿起来。我听到他发出心满意足的叫声，咧嘴笑着。我看着他双手握住剑把，在空中挥舞。这两把剑都是精良的武器，不但能划开皮肉，还能刺入人身弱点。一时之间，我们两个就像小孩子似的以各式各样的花样来玩剑，从小小的交手、阻拦或转移对方的攻势，到晋责举剑过头然后无情地挥下，最后硬生生地在桌面上的卷轴上空停住。

骏骑的剑很适合我。我觉得很满足，虽然我也体会到，以我的剑术实在配不上这等好武器，我的剑术只是勉强过得去而已。我不禁想着，那位逊位的国王若是知道他唯一的儿子使起斧头来，比使剑还要灵巧，而且与其使用斧头或剑，他的独子更愿意用毒药杀人，不晓得会有什么感触。这念头一想起来就伤心，不过我还无暇多想，晋责就走到我身边，把我们两人手上的剑比较一番。

“骏骑的剑比较长！”

“他比惟真高啊。不过依我看，这把剑比惟真的剑轻。惟真比较壮，能够使得动重剑，我猜就是因为这个缘故，浩得才将惟真的剑铸得重些。等你长大之后，看看这两把剑哪一把比较合乎你的体型，一定很有趣。”

他一下子就听出了我的意思：“蜚滋，这把剑就此送给你了，我是真心要把剑送给你的。”

我点点头：“你有这份心意，我心领了。你有意送我就够了，我用不着真的收下。这是国王的剑呐，晋责，这剑不是给侍卫，更不是给刺客或私生子使用的。你有没有看到剑柄这里的标记？瞻远家的公鹿标志，大而清晰，惟真的剑上也有这个标记，但是比较小。即使如此，红船之战过后的这些年来，我仍用皮条将剑把包妥，以免被人认出来。任谁一看到我带着惟真的剑，就知道我必定不是这剑的主人，更何况骏骑剑上的标志更为明显。”

晋责小心翼翼地放下惟真的剑，他脸上露出顽固的表情：“我送你骏骑的剑，你都不收了，那么我父亲的剑，我怎么能收？这剑是我父亲送你的。他送你剑，用意就是要你把它留在身边。”

“我相信在那当下他的用意的确如此，多年来我收着这把剑，已经十分心满意足了，如今把剑交给你，我更是开心。惟真若是知道我这么做，一定也会很赞许。好了，我们两个暂时把骏骑的剑搁到一边去吧，等你受封为国王的时候，你的臣民可是会期望看到你佩着国王的剑出现呢。”

晋责思考着，皱起眉头：“黠谋国王难道没有剑？他那把剑下落如何？”

“他一定有，至于下落，我就不甚清楚了。也许已交给耐辛，也许已被帝尊卖掉，或在帝尊死后，又被别的鼠辈偷走了。反正就是没有了。你受封为王的时候，应该要佩戴国王的剑，而你出发前往艾斯雷弗嘉岛的时候，则应该佩你父亲的剑。”

“那我就带着我父亲的剑启程。不过，万一人们纳闷这把剑是如何出现的怎么办呢？”

“应该不会吧。我会请切德传说法出去，就说这把剑一直都是由他帮你收着的。一般人最爱这种故事了，他们会高高兴兴地认定事实就是如此。”

他若有所思地点点头，慢慢地说道：“可是你不能像我一样公开佩戴自己父亲的剑，这样的话，这事情再怎么好也很不是滋味。”

“对此，我也很遗憾。”我坦白地说道，“但我就是不能公开佩戴这把剑啊，晋责，事情就是这么简单。黄金大人送了我一把剑，那把剑也好到我的剑术根本配不上它，不过我会带着它出门。况且如果我真的有必要拿起武器来保护你的话，还是拿斧头最好。”

他低头沉思，接着把手放在骏骑的剑上。“我希望你将这把剑留在身边，直到我受封时再还给我。”他吸了一口气，“等我收下你父亲的剑时，我再把我父亲的剑还给你。”

这个做法我实在无法拒绝。

不久他就带着惟真的剑离去。我给自己泡了杯新茶，然后坐下来，仔细打量我父亲的剑。我努力揣摩着这把剑对我而言到底有什么意义，但是想来想去，也只是一再想到他的确缺席了我的生命。即使我最近才发现，原来我父亲曾经透过精技，借着弟弟的眼睛探望我，但这仍无法弥补他从未真正出现在我生命中的这个事实。也许他一直在遥远的地方关爱我，但管教我的是博瑞屈，教给我各项知识的是切德。我看着这把剑，努力想要营造出父子相连的感觉，或是任何什么别的情绪都好，但我终究还是放弃了这个尝试。直到我喝完茶的时候，我还是没有答案，甚至连自己到底有什么疑问都说不出来了。不过我打定主意，一定要在出发之前找时间去看看幸运。

我上了床，把枕头从吉利那里抢回来，但我实在睡得很差，而且即使是如此的浅眠，还是不得安宁。荨麻像个不情愿地寻求安慰的小孩子般溜进了我的梦境里，不过她跟我的处境可真是天南地北。在梦境中，我刚从山中的暂居处出来，手上抱着弄臣软弱无力的身体，走过这一片随时都有可能会整个崩塌下来的陡峭的滑石坡。梦境中的我步履维艰，但是山坡却越来越陡，这一跌下去必定粉身碎骨。我的脚一踩下去，碎石子便狡诈地从我脚下滑开。我随时都可能会像从我身边滚落下去的石头般跌入万丈深谷之中。我全身肌肉绷紧，急得背上渗出了汗水。此刻我的眼角瞄到了什么动静。我不敢动得太快，只能慢慢地转过头去。我看到荨麻平静地坐在我头上的山坡上，看着我痛苦万分地在山壁上前进。

她坐在草地与野花丛中，礼服是绿色的，头发上装饰着小雏菊。即使以我身为父亲的眼光来看，也会觉得她比较像大人，不像是孩子了，但是她仍像孩子般坐着，她收起腿，下巴抵住膝盖，并且伸手抱住双腿。她没有穿鞋，眼神很是忧虑。

她与我的处境真是差得太远了。我挣扎着要在松动的碎石坡上踩定，以免滚落下山，可是她的梦境不但与我的梦境紧邻，她甚至还恬静地坐在山坡的草地上。荨麻的出现，迫使我承认自己其实是在做梦，但是我却无法舍弃，只好让自己继续被梦魇折磨下去。我到底是怕自己会滚落万丈深谷而死，还是怕会猛然惊醒过来，我自己也说不清楚。所以，我一边继续寸步难行地横越陡峭的山壁，一边对荨麻叫道："什么事？"不管我走了多远，坚实的地面就是远在天边，而荨麻则一直距我一臂之遥。

"我的秘密。"她平静地说道，"一直啃噬着我，所以我来找你，听听看你有什么好办法。"

她顿了一下，但是我并未回答。我既不想知道她的秘密为何，也不想给她建议。她有了麻烦，但我势必是无法帮忙到底的，哪怕是在梦中给她个承诺也不行。再过没几天我就要离开公鹿堡了，就算我不搭船远行，也不能大胆地踏入她的生活之中，因为我一出现，她的平静人生可能就完了。我最好还是继续待在她的真实世界边缘，扮演这个捉摸不定的梦境生物吧。虽然我一言不发，但她还是开口了。

"如果有人立誓说他绝口不提起某一件事情，但是他立誓的时候，并不知道这会使自己懊悔痛心，甚至会使别人痛苦不堪，那么他还必须坚守誓言吗？"

这个问题实在太沉重，不回答不行。"答案为何，你很清楚。"我气喘吁吁地说道，"如果立了誓却又做不到，那就是言而无信。"

"可是当初我立誓的时候并不知道这会惹出这么大的麻烦。如今小敏整天都魂不守舍，仿佛整个人少了一半。而且我当时也不知道妈妈会因此而怪罪爸爸，也不知道爸爸会因此而喝得酩酊大醉，自责得比妈妈责怪他还要深切。"

我停下动作，转头看她这个动作其实很危险，但我还是转过头了。底下那个随时要将我吞噬掉的深谷的确很危险，但是再怎么恐怖，也不及荨麻方才说的那一番话。我小心翼翼地说道：“所以你认为，你已经找到办法可以迂回地避开你所立下的誓言，然后把你立誓不说的事情告诉我。”

她将额头抵在膝盖上：“你说你认识爸爸，虽然那已经是旧事了，我不知道你到底是谁，但也许你至今仍与爸爸相熟，所以你可以跟他谈谈啊。上次迅风离家出走的时候，你跟我说，迅风和爸爸很平安，而且已经在回家的路上了。噢，影狼，你帮帮忙呀！我不知道你跟我们家的人到底熟到什么程度，但是彼此之间一定不陌生。我为了帮助迅风，把一个好好的家都拆散了。除了你之外，我实在没有别的援手了，而且我又没跟迅风保证说我绝不会告诉你。”

我低头看着自己的脚。荨麻的梦已经吞没了我的梦，而我也已经被她化为她心目中的印象了，所以此时我虽明明是个人，却是狼的样子。我的黑爪子插入松垮的碎石间，由于四脚着力而重心较低，因此我一步步地爬上陡坡，朝荨麻而去。等我靠近到看得出她脸颊上有干去的泪痕时，我以狼的声音问道：“告诉我什么？”

这就足以让她将心底的话一吐为快了：“他们认为迅风逃到海边去了——毕竟迅风跟我就是处处安排了这种迹象。哎哟，你别那样瞪我嘛！你又不知道我们家里的情况！爸爸一天到晚随时都有可能会大发雷霆，而迅风的脾气也差不多一样糟糕。小敏很可怜，他在家里的活动都得偷偷摸摸的，爸爸称赞他，他也愧于接受，因为爸爸再怎么肯定他，他的双胞胎兄弟也无缘分沾。而妈妈则变成像疯女人一样，每天晚上都追问他们到底是怎么回事，可是爸爸和迅风都不肯回答。我们家里已经没有宁日了，每天都是折磨，所以当迅风来找我帮他溜走的时候，我觉得这个打算反而可行。”

“你到底怎么帮他？”

“我给了他钱，我自己的钱，我自己可以任意花用的钱——那是我去年春天帮葛霜接生小羊赚来的。妈妈常常派迅风把她的蜂蜜或是蜡烛送到镇上去卖，所以我帮他想了一个计划，叫他开始跟镇上的人家打探船、打渔和航行的事情。然后我帮他写了一封信，还签了爸爸的名字——我平常就常帮爸爸写信签名，他的眼力……爸爸还能写字，但是他看不见自己写了什么字，因此字迹歪扭得不成形，所以最近爸爸卖马或是办什么事情的文件，都是我在帮他写。大家都说我的字迹像爸爸，大概是因为我写字就是爸爸教的吧，所以……”

“所以你帮迅风写了一封信，说他父亲放他出门，此后任由儿子出外去发展，与家里毫不相干。”我说得很慢，荨麻说的每一句话都使我的心情更加沉重。博瑞屈和莫莉吵架了，于是他又开始酗酒。他的眼力日渐衰退，同时他认定是自己逼得儿子离家出走的。听到这些事情令我心碎，因为我知道这些问题，没有一个是我解决得了的。

“迅风还未成年，劳力应该归父亲所有，所以别人若把他当作是逃家的孩子，或是逃学的学徒，那么他就别想找到任何工作了。”荨麻讲得吞吞吐吐，但她仍努力为自己伪造文书的事情找借口。我不敢看她。“妈妈包了六排蜡烛，叫迅风送到镇上，再把钱带回来。当迅风跟我道别的时候，我就知道他要利用这个机会了，之后他便一去不返。”她身边的野花盛开着，有只蜜蜂为了采蜜而在花朵间飞舞、停驻。

我慢慢地把她的话整理一下。“他偷了钱以便上路？”我对迅风的看法不断变差。

“那不是……那不算偷。他一直都帮着妈妈照顾那几窝蜜蜂，更何况他的确需要路费呀！”

我慢慢地摇了摇头，荨麻竟然找理由为迅风开脱，这使我非常失望。不过话说回来，我又没有弟弟，也许天下所有的姐姐都是这样的。

由于我沉默的时间越来越长，所以荨麻忍不住可怜兮兮地问道：“你不帮我吗？”

“我帮不上忙。”我无助地说道，“真的帮不了。”

“怎么会帮不上忙呢？”

“我怎么帮？”此时我已经完全在她的梦境里了。我脚下踩的是踏实的草原，头上是春日的蓝天，那只蜜蜂嗡嗡地飞过我的耳朵，我抖抖耳朵将它挥走。我知道我的梦魇并未消失，我若是后退两步，马上就又回到陡峭的滑石坡上了。

“你就帮我个忙，跟爸爸谈一谈嘛。你就跟爸爸说，迅风离家并不是他的错，这样就行了。”

“我没办法跟你爸爸谈，我在很远很远的地方，要不是做梦，我们彼此是联络不上的。”

“你既然能到我的梦里找我，难道就不能到爸爸的梦里去找他吗？你就到爸爸的梦里跟他谈一下嘛！”

“这是行不通的。”很久以前，我父亲便将博瑞屈封锁起来，以免其他精技人接触到他。这是博瑞屈亲口告诉我的。以前骏骑经常汲取博瑞屈的力量以施展精技，而以他们两人间的牵系之深，倘若有其他精技人利用他来对付骏骑，骏骑是无能为力的。其实我也有点纳闷，这是不是表示，博瑞屈曾经拥有一定程度的精技能力？还是说，骏骑之所以能汲取他的力量，只是表示他们两人之间的关系非比寻常？

“怎么不成？你不是能到我的梦里来找我吗？再说以前你跟我爸爸又是好朋友，这是你自己说的。求求你，爸爸不能再这样下去了，这会把他折磨死的，而且妈妈也很痛苦。”接着她又轻轻地补了一句：“你既亏欠我爸爸，这次自然要帮忙呀。”

荨麻的花丛里的蜜蜂嗡嗡地飞过我眼前，我挥起爪子将它赶走。我下定决心要让这一次牵系迅速结束，因为荨麻对于她父亲与我之间的关系实在臆测得太多。“荨麻，我没办法去你父亲的梦境里找他，但是除此之外，可能还有别的办法。我有个认识的人，我如果去找他谈一谈，说不定他就能找到迅风，并叫他立刻回家。”我嘴上这样说，心里却不断往下沉。迅风的确惹人厌，但即使如此，我也想象得出他一旦回到家里面对博瑞屈的时候，那个场面会有多么棘手。我强迫自己硬下心来。这实在不是我的问题，迅风是博瑞屈的儿子，所以这得留待这对父子自己去解决。

“这么说来，你知道迅风的下落咯？你见到他了，对不对？那他现在好不好，安不安全？我每天从早到晚都记挂着他，他年纪小小就独自出门，不晓得会不会碰上什么危险。当初我真不该昏头昏脑地帮他忙的！快告诉我他现在怎么样了。”

“他很好。”我简短地说道。那只蜜蜂又飞到我耳边，接着就停在我后颈上。我想要用爪子将它挥开，但是突然间，就感觉到有个体型相当庞大的动物压在我背上。我又叫又挣扎，转眼之间，我就被龙叨在了嘴里。那母龙将我摇晃了一阵，不是为了要杀我，而是为了要警告我，于是我不再挣扎，任由母龙将我叨在半空中。它的牙齿扣住我的后颈皮，虽未穿皮刺肉，却使我瘫痪得无法动弹。

荨麻气愤地站起来抓我，但是那龙将我吊得更高。我先是垂在荨麻头上，然后又被那龙叼着，凌空悬在我之前的梦魇里的深谷中。

“啊哈！”母龙出声警告我们两人，“若敢反抗，我就把他丢下去。狼可不会飞喔。”它的声音并不是从喉咙与嘴里讲出来的，而是直接穿透我的心思，与我的心灵交流。

荨麻不敢动。“你要干什么？”她怒问道，眼神变得冰冷。

“他知道的事情。”婷黛莉雅答道，将我摇了摇，而我只觉得背脊的每一根骨头都脱散了。“你们对于埋在冰里的黑龙知道多少，通通告诉我，还有那个叫做‘艾斯雷弗嘉’的岛是什么情况，也给我说个清楚。”

“这些事情我都不晓得！”荨麻气愤地答道，她气得双手捏起拳头，“你放开他。”

“很好。”母龙说着便将我放开，于是我开始不断地往下掉。接着，母龙倏地伸出细长如蛇的颈子，再度将我接住，这次它张口叼住我的胸膛，上下颚一夹，让我见识到它不费吹灰之力就可以把我夹碎之后，这才将我放松，并问道：“那你知道多少呢，小狼？”

“我什么都不知道！”我喘着气说道，紧接着便忍不住呛着把肺部所有的空气吐了出来，因为婷黛莉雅正开始要将我夹碎。我对自己说道，放心，这一定快得很，我用不着忍受煎熬。婷黛莉雅没什么耐心，它会速速置我于死地的。我瞄了一下荨麻，看我女儿最后一眼。

荨麻站着，突然变得越来越大，她伸开双臂，头发随风飘扬——但风只吹她一人——在她身后出现了一轮白亮的光圈，衬着她的脸。她扬头说道："这是梦！"她高叫道。"而且是我的梦！我现在就把你丢出去！"荨麻一个字一个字地说出最后面这句话，有如君临天下的女王般下了命令。这是我第一次领教到我女儿的精技能力有多么强大。她能够随意塑造梦境，改变梦里的情境，而这正显示出她超群绝伦的精技天赋。

婷黛莉雅将我丢入万丈深谷。我翻滚着往下掉，但是这个深谷已经不是我梦中的岩谷，而是既没有颜色，也没有尽头的虚空。我在翻滚之间，一眼瞥见婷黛莉雅已经被荨麻缩回原来的蜜蜂般的大小。我紧闭眼睛，以便抵抗下坠的头晕目眩。就在我痛苦地吸一口气，准备大叫出来之时，荨麻轻轻地在我耳边说道："这只是梦而已，影狼，而且这是我的梦，而在我的梦中，你从来不会受到一丝伤害。现在睁开你的眼睛，醒来面对你的世界吧。"

我在醒来的前一刻，便感到身下压着柔软舒服的床垫，而当我睁开眼睛面对黑暗的工作室时，我一点也不惊惶，原来荨麻已经把梦魇的恐惧化开了。我深吸了一口气，准备继续睡觉。在昏昏欲睡之间，我只对于女儿竟会有如此惊人的精技天赋感到非常意外。但是我拉好被子，然后再把另外半边枕头从吉利身下抢回来之后，却想起了梦境的前半段，这下子倒使我完全清醒了。迅风撒了谎啊，博瑞屈并未跟儿子断绝关系。不，这比断绝父子关系更糟，因为迅风离家之后，使得全家大乱。

我躺着一动不动，眼睛紧闭着，希望自己重新入睡，但我也知道这简直是痴心妄想。我没睡着，反而盘算着接下来该怎么做。那孩子一定得遣送回家，不过我可不想亲自叫他回去，因为他一定会问我是怎么知道他在说谎的。既然如此，那我就跟切德说，博瑞屈并未准许迅风离开家门好了。可是这么一来，我又得跟切德承认我的确又借着精技与荨麻联络了。唔，这可就不妙了，我粗暴地对自己说道，看来我所有的秘密都逐渐开始泄露出去，为人所知了。

我打定主意，并极力说服自己，我最多也只能做到这里了。我抑制自己不去想博瑞屈如何酗酒，也不去想莫莉会因为儿子失踪、丈夫又每天借酒浇愁而变得如何魂不守舍。我尽量不去揣测博瑞屈的眼力衰退到什么地步，毕竟光是他不想去找回儿子，或是可能找过，却毫无下文，就已经够糟糕的了。

天一亮我便起床，我在守卫室拿了面包、牛奶和熏肉，带到女人花园去吃。我坐在长椅上，听着虫鸣鸟叫，闻着阳光的暖意刚开始接触大地时所散发出来的味道。对我而言，这些事情一向是很大的慰藉，而今天早上，这些生生不息的迹象，让我再度体会到大地总是如此美好，甚至使我想要留在堡里，看着夏意逐渐浓厚，果树开始结出累累果实。

我还没看到她的人，就已经感觉到她在附近。椋音穿着一件淡蓝色的晨袍，头发未绑，松松地垂在肩上，那优雅的纤足套着简单的凉鞋，两手捧着一杯热腾腾的饮品。我望着她，心里只希望我们两人之间的事情不要变得更复杂。她一见到我默默地坐在树下的长椅上，便装作目瞪口呆的样子，然后一边将表情化作笑脸，一边走过来在我身边坐下。她坐下之后踢开了凉鞋，弯起腿，收在我们两人之间的长椅上。

“嗯，早啊。”她招呼道，眼里仍多少有点惊讶，“我差点就认不出你来了，蜚滋，你看起来好像年轻了十岁。”

“是汤姆才对。”我温和地提醒道，虽然我明知道她之所以故意提起我的旧名，是为了吓我，“不过你说的我也有同感。如今我天天跟着卫队操练，说不定这就是我长年以来最迫切需要的慰藉。”

她喉咙间弄出了个怀疑的声响，然后啜了一口热饮，抬起头来望着我，酸溜溜地问了一句：“我注意到你并没有说我的情况也跟你差不多。”

“什么差不多？难道你觉得加入卫队对你比较好？”我装作不知道地应道。椋音假装生气地踢我一脚，我这才补充道：“椋音啊，在我眼里，你永远都是这个模样。你就是椋音，从来没有变年轻，也没有变老。”

她皱眉想了一会儿，耸耸肩，大笑道：“你这个人讲话到底是在称赞，还是在讲风凉话，我老是分不出来。”她凑近了一点，嗅嗅我的气味，“麝香？如今你天天用麝香香膏呀，汤姆·獾毛？如果你是想要吸引女性伴侣的话……”

“不，我并没用麝香香膏。黄鼠狼也有麝香味啊，而这一阵子，我天天跟小黄鼠狼一起睡。”

我是据实以报，但是棕音那种恍然大悟般的阵阵狂笑，倒把我吓了一跳。过了一会儿，我也跟着她笑起来，她则一边摇头望我，一边继续笑个不停。她换了个姿势，以便用她那被阳光晒暖了的大腿贴着我。“这确是你的作风，蜚滋，丝毫不差。”她满足地叹了一口气，接着懒懒地问道，“这么说来，我可以据此推论你的丧期已经结束，而且又重新找到牵系的伴侣了？”

她的话使得这个灿烂的早晨一下子变得黯淡起来。我清了清喉咙，谨慎地说道：“不，我看我的丧期是永远也不会结束了。夜眼与我有如刀与鞘般契合，是百年难寻的知交。”我望着黄春菊花床，平静地说道：“夜眼之后，再也不会有其他了。我若是再度牵系，那就对牵系的对象太不公平了，因为往后我不管跟什么动物牵系在一起，都只会把对方当成是夜眼的替代品，永远也不会真心相待。”

她似乎过度阐释我话里的意思。她靠在椅背上，弯起一臂，以手枕头，抬起头望着我们头上枝叶之间的天空。我喝完牛奶，放下杯子，当我正打算以要去给迅风上课为由告退时，棕音开口问道：“那么，你有没有想过要把莫莉抢回来？”

她扬起下巴：“你深爱着莫莉。至少你一直都说你爱着她。而且她又千辛万苦、不计得失地怀了你的孩子。你明知道她若有意，大可以把那孩子流掉的。既然她决定要保住孩子，就表示她对你一往情深。既然如此，你就应该去找她，把她抢回来。”

“莫莉跟我都已经是陈年旧事了。她早就嫁给博瑞屈为妻，两人一起生活，互相扶持，还一起生了六个孩子。”我僵硬地说道。

“那又怎么样？”她转头望着我，“上次博瑞屈到公鹿堡把迅风带回家的时候，我曾经与他擦身而过。我跟他打招呼的时候，他闭口不言，脸色严厉，而且他已经老了，走路要靠手杖，眼睛还蒙上了白翳。”想到博瑞屈，她不禁摇了摇头，“如果你打算赢回莫莉，他绝对争不过你的。”

“我才不会做那种事情！”

她又啜了一口热饮，透过杯口的热气望着我。“我也知道你不会做那种事情。”她将嘴边的杯子放下来，“虽说当初他把莫莉从你手里抢了过去。”

“他们两个都以为我已经死了！”我强调道，我的口气比想象中还要严厉。

“那你呢？你真的认为自己没死吗？”她伶牙俐齿地说道，但她见我神情不悦，脸色便也软化下来。“噢，蜚滋，你都不替自己想想的吗？你自己万分渴望的，却从不伸手去拿。”她凑了上来，“难道说，你认为莫莉会因为你所做的决定而感激你？难道说，你真的认为你有权为她的人生下决定？”她又略往后靠，并仔细打量我的脸庞，“你像是帮小狗找个好人家似的把莫莉母女送走。你为什么要这样做？”

这个问题，我已经自问自答许多次，其次数多到我根本用不着想，就马上有了答案，“博瑞屈比我还配得上她，当时如此，现在亦是一样。”

“是吗？我倒纳闷她会不会这么想呢。”

“你先生今天好吗？”我硬转了个话题。

她的眼神一下子像笼上一层薄纱似的令人看不透。“谁知道他今天好不好？他已经跟红橡爵爷和他的夫人去山上捕鳟鱼了。而我这个人，从来就不喜欢那种野外活动，这你是知道的。”她悠悠地望向远处，补了一句，“不过红橡府上的那位千金，也就是长春蔓小姐，对这种活动倒是挺热衷。我听人说，长春蔓小姐一听到有机会上山捕鳟鱼，竟高兴得跳了起来。”

这种事情无需赘言，只需要提个话头，我心里就有谱了，“椋音，我感到很遗憾。”

她吸了一口气。“有什么好遗憾的？我才不把这些事情放在眼里呢。我冠了他的姓氏，还享有他的庞大庄园，而且他又任由我保持吟游歌者的习惯，随时来去自如。”她歪着头看我，“我最近在考虑要不要加入晋责王子的随行团，到外岛去走一走。你看如何？”

我一想到她要同行，心里就沉了下去。噢，千万不要。“我看王子这一趟出门，一定比捕鳟鱼糟上十倍百倍。我心里已经有了准备，这次远征必定寒冷而艰难。况且外岛的食物真是烂透了，如果他们送上一盘猪油、蜂蜜与骨髓混在一起的大杂烩，那就是外岛烹饪的极品了。”

她优雅地站起来。“还有鱼浆。”她说道，“你忘了讲鱼浆。外岛人不管做什么菜，都要放鱼浆。”她低头俯瞰着我，伸出一只手，把落在我脸上的几撮头发拨开，指头轻轻划过我脸上的疤痕。“总有一天。”椋音平静地说道，“总有一天，你会了解到，你我两人不但是绝配，而且无论时空起了多大的变化，真正了解你的，并且不顾一切地爱着你的，只有我一人而已。”

我目瞪口呆地望着她。我们在一起多年了，但之前她从未跟我提起“爱”这个字眼。

她的指头滑到我的下巴，往上一推，把我的嘴巴阖起来。“我们应该要常常共进早餐才是。”她提议道，然后便啜着饮品散漫地走开了，她知道我一定会望着她的背影的。

“唔。至少你让我暂时忘记其他的问题。”我有感而发地对自己说道。之后我把杯子送回厨房，再前往王后花园。也许是因为刚才跟椋音一谈的缘故，所以当我走到塔顶看见那个正在喂鸽子的少年时，我的态度直截了当。

那孩子还来不及跟我道早安，我便抢着说道：“你撒谎。你父亲根本没有把你赶出家门。你是离家出走的，而且你还偷了钱作为路费。”

他目瞪口呆地望着我，脸色变得刷白：“谁告……你怎么……？”

“我怎么会知道？如果我告诉你，那么我就必须向切德和王后禀报此事。你真的想知道我是怎么知道的吗？”

我心里暗自祈祷自己逮住了他的弱点。过了一会儿，他艰难地吞咽着，而且突然一言不发地摇了摇头。据此，我知道我已经收服他了。既有机会在不让堡里的人知道他是如何辱没自己名声的情况下回家，他默默地接受了。

“你家里的人都非常为你担心，你实在无权让深爱你的人为了你的安危而忧心不已。你打包回家吧，你既是悄悄地来，那就悄悄地走吧。呐。”我冲动地把腰际的钱袋拿出来，“这里的钱够你平安回家，顺便偿还你拿的钱了。不告而取的钱，务必要还。”

他不敢直视我的眼睛：“是，先生。”

他没伸手来接我的钱袋，所以我拉起他的手，转为掌心朝上，将那袋钱放在他手里。我放开他的手之后，他仍呆呆地站着看我。我朝楼梯门一指，他这才怔怔地转过身，大步朝门口走去。他伸出手才要推门，但是又停住了，然后虚弱无力地说道："我待在家里有多痛苦，你是无法了解的。"

"你错了，我清楚得很，你绝对想象不到我的体会有多深。回家吧，乖乖顺从你父亲的教诲，好好地为父母卖力，直到你成年为止，凡是诚实的少年人都应该这样。你难道不是父母养大的吗？难道你不是由父母孕育，而且食物衣服不都是由父母供给的吗？既然如此，在你成年之前，你的劳力就应该为父母所有。等你成年之后，一切都会海阔天空。在成年之后，还有多年岁月任由你发展自己的魔法，到时候你爱怎么生活，就怎么生活，因为那是你应得的。你的原智魔法可以等到那个时候再开展。"

他停下不走，头在门上靠了好一会儿："不行，我的天赋无法等待啊。"

"非等不可！"我严厉地吼道，"你快回家吧，迅风，今天就走。"

他缩着头，推开门出去，出去后又回身关门。我听着他踏在楼梯上的脚步声逐渐远去，我的原智知觉也感觉到他的存在正逐渐遁去。我长叹了一口气，知道自己是在要求他去做一件困难的事，希望博瑞屈的儿子有这个骨气去承受那一切。我真诚地希望——虽说即使如此期望，我也无法宽心——只要这孩子回到家，就能弥补家庭的裂痕。我慢慢地走到那个凹下的墙垛边，俯瞰塔下的岩壁。

5. 登船

有些人的精技天赋乃是擅长于塑造梦境，然而我们千万不可鄙视这些精技人。精技独行者里面，就常有善于塑造梦境的人才，他们在精技小组之中也许难以发挥大用，但却能运用自己独有的天赋，以巧妙且有效的方式为国王效力。敌军首领若是做了不祥的梦，便会因此而再度考虑是否要兴起战事；我军的首领若是做了胜利凯旋的梦，则会士气大振。好梦是难得的大礼，而且对于怀忧丧志、内心疲惫不堪之人而言，好梦可能是最好的慰藉。

——树膝所著的《精技之次级用途》

当天晚上，我跟切德说，迅风十分想家，所以我叫他回家了，并希望他能借此弥补父子之间的嫌隙。老人心不在焉地点点头，毕竟他要担心的事情太多，相比之下，迅风要不要回家，实在无关紧要。

我把罗网跟我说的事情告诉他，末了还说道："他知道我真正的身份，而且我猜他是在来堡里之前就晓得了。"

对此，切德的反应就比较激烈一些："可恶！如今我要处理的事情多如牛毛，你怎么就挑现在这个时候把你的底牌泄露出去呢？"

“我才没泄露自己的底牌。”我生硬地说道，“依我看，某些人很久前就知道了我的真实身份，只是这件事到现在才冒出来。你认为我该怎么做才好？”

“做？你能怎么做？”他气恼地反问道，“人家都已经知道了，孩子。罗网看起来对我们颇有善意，而我们只能希望他是真心待我们的，同时也只能祈祷此事尚未在原智者之间传开来。”他把一堆卷轴塞进硬皮盒子里，用力把盒盖压上盖好，然后绑紧皮盒。过了一会儿，他问道：“你刚才是说荷莉，对不对？你认为是荷莉告诉罗网的？”

“不是我，是罗网似乎在暗示是荷莉告诉他的。”

“你最后一次见到荷莉是什么时候？”

“十几年前吧，当时我还跟原血者住在一起。荷莉是黑洛夫的妻子。”

“这我知道！我的记性还没坏到那个程度。”他一边思索，一边继续卷起下一个卷轴，最后他终于说道，“时间不够啊。我是很想派你去看看荷莉还在不在，查一查她把这件事告诉了多少人，可是已经没有时间了。所以，跟我一起想想，蜚滋，他们会怎么运用这个线索？”

“据我看来，罗网倒不像是想要利用这个线索的样子。听他的口气，他只是想要帮我。他既无威胁之意，也没有拿我的秘密来吊我胃口。感觉他倒比较像是在劝我应该对迅风据实以告，这样才能突破这孩子的心防。”

“嗯。”切德一边努力盖紧最后一个盒子，一边思虑重重地应道。“把茶壶推过来。”他倒了杯茶，“罗网这个人真是深不可测，是不是？他知道的典故很多，不仅仅是晚课上说的原智故事而已。我倒不会说他是那种学富五车的人，但是就像他自己说的，凡是不懂的，他无不多问多学。”切德说这话的时候，眼神遥远而迷茫，毫无疑问，他是在思索罗网的影响力，“儒雅说，既然晋责没有精技小组之助，那就难免有个‘原智小组’来襄助他，对这些话我是颇不以为然的。幸亏到目前为止，这事也没有在大众之间传开，不过，看来原智小组俨然已经成形，其成员包括儒雅·贝馨嘉和他的猫、吟游歌者扇贝和罗网，这些人都会随王子出航。虽然王子不愿承认，但我感觉得出他们这几个人的互动，多少有点‘小组’的形式。他们常常把我排除在外，私下开会，而且关系非常紧密，而这个罗网，就是他们的中心。罗网这人与其说是首领，不如说他是教士之类的人物，也就是说，他不会用命令的方式，而是会谆谆规劝，并且常常把‘天神’和‘神灵’之类的字眼挂在嘴边——他倒不怕这些话说多了会让人觉得他神智不清。这人若是有所图谋，那就危险了，以他所知之多，是有能力击溃我们的。我跟他讲话的次数屈指可数，但他每次讲话都非常直接。我感觉得出他像是要敦促我们采取什么行动，但到底是什么行动，他从不明讲。嗯。”

“所以……”我一一指出可能的状况，“也许罗网只是希望我对迅风坦诚一点，唔，既然那孩子走了，所以这也就不成问题了。但也许他希望我揭露自己的真实身份，或者希望瞻远皇室坦承王子有原智天赋。又或者，也许他是希望借着王子与我的秘密曝光而让众人看清，原来原智天赋一直都存在于瞻远皇室的血脉之中。”然后我的舌头就冻住了。原智天赋一直都存在于瞻远皇室的血脉中吗？最后一个确定有原智天赋的王子是花斑点王子，但他没有后代，于是后来王位传给了与之不同的瞻远血脉。这么说来，我的原智天赋可能是我那位有群山血统的母亲传给我的，而当惟真侵占我的身体，让珂翠肯受孕而生下晋责之时，又将原智传承了下去。我从未将惟真孕育继承人的真相告诉切德，而且我也不想说出此事。晋责虽是我所孕育的，但是在精神上，他完全是惟真之子。不过，此时我不禁不安地想道，惟真在利用我的身体时，是不是顺便把我这个不洁的魔法传给了他的儿子。

“蜚滋。”切德说道。我听到他的声音吓了一大跳，因为我已经被思绪带到很远的地方去了，“别太担心。如果罗网的意图就是要给我们好看，那么我们就算猜出他的真正目的，也没什么用。反正他会跟着我们随同王子远征，我们可以把他看紧一点，而且还可以跟他多谈一谈——尤其你应该要多找他讲讲话，就假装你要多学学原智的相关知识，这样就可以使他对你产生好感。”

我轻轻地叹了口气。对于这种骗人的伎俩我已经十分厌倦。我如此告诉切德，他则无情地对我嗤之以鼻。

“你天生就是要骗人的，蜚滋。你天生就是要骗人的，就像我一样，这是所有私生子共同的命运。我们这种人很奇怪，虽然是儿子，却不能做继承人，虽然有皇家的血统，却不是王子。我还以为，到了现在，你早就接受这一切了。”

我只答道：“我会尽量在航行时找罗网谈一谈，看看他有什么意图。”

切德睿智地点了点头：“在船上套话是最适合不过的了。反正在航程中，除了讲话也没别的事情好做。况且，如果他看起来对我们有点威胁的话……唔。”

他用不着补充“海上航行往往会发生许多不幸的事件”，我也知道他就是这个意思。我真希望他什么都没提，但他仍继续说下去：

“你是不是怂恿椋音跟我们一起出门？因为她在王后面前讲了一大堆漂亮话，说王子的远征历险，必须得有个吟游歌者同行，以便将精彩的故事带回家乡来。”

“我才没有怂恿她呢。王后准她同行了吗？”

“我回绝了。我跟王后和椋音说，王子船上的舱房都满了，而且此次还有吟游歌者扇贝同行。怎么？你认为椋音倘若随同前往有可能会派得上用场？”

“不。我倒认为，这次的远征跟我上次的远征一样：知道真相的人越少越好，更不要编成诗歌在家乡流传。”切德回绝椋音使我松了一口气，然而我心里却暗暗地觉得有点失望。自己竟有这种感觉，这使我备感羞愧，羞愧到我不敢多加探究。

第二天，我排除万难地腾出时间去看幸运。我只跟他小聚了一会儿，而且也没到外头见面，就趁着他工作的时候聊了聊。晋达司的弟子要在木板上做镶嵌的装饰，所以叫幸运把要镶嵌进去的木件抛光磨亮。在我眼里，这工作无聊得要命，但是我走上前去的时候，却发现幸运磨得浑然忘我。我跟他打招呼，他疲倦地抬起头来跟我笑笑，然后认真地接下了我带来的小礼物和纪念品。我问他近来如何，他也没有敷衍而过，而是直接对我说道：“我还是跟丝凡佳在一起，她父母亲仍旧不知道我们两个的事情，而我也继续努力尽我学徒的本分，不过我想我应该是做得来的。我的想法是，如果我多花点心思在作坊里，那么说不定可以早点升为技士，而等我有了技士的身份之后，我就可以大大方方地去见丝凡佳的父亲，请他准许我迎娶他的女儿了。”他叹了一口气，“汤姆，这种偷偷摸摸见面的事情，我真是厌倦透了。不过我看丝凡佳倒喜欢这样，她觉得这样格外刺激。但我呢，唔，我希望困难都能摆平，相聚能光明磊落。等我变成技士之后，我就能随心所欲地与她相见了。”

我本想应道，要升格为技士得花上好几年的时间，不是几个月就能速成的，但我还是咬住舌头不让自己说出口。其实这个道理幸运也很明白，如今只要他不放弃学徒的生涯就好了，就算是幻想早日成为技士的美景，那又何妨呢？除此之外，我还能奢求什么？所以我抱了抱幸运，告诉他说我会想念他。他则热烈地拥住我，“我不会辱没你的名声的，汤姆，我向你保证，绝不会辱没你的名声。”

我跟着卫队的同僚一起把各自的海运箱搬上了运货的板车，然后跟着篷车一路到了码头边。为了迎接春季庆，公鹿堡城已经妆点得热热闹闹了，家家户户的门楣上系着编花，锦旗处处飘扬。客栈大堂的门口大开，流泻出歌声与节庆食物的香味。好些同僚埋怨我们明日就得启程，错过了大节日，但这也没办法，因为春季的第一天乃是吉日，适合出行。

明天一早，我们会列队护送王子上船，今天我们只是将行李送上处女希望号，然后为了要睡哪个舱位而彼此争夺嬉笑。我们的舱房在底舱，既阴暗又不通风，密闭空间中的成年男子汗臭味与我们脚下的压舱水冒出来的污臭味弥漫四周。床位挤得你的下巴碰上我的脸颊，既无隐私，也不得安宁。被烟熏黑的木料仿佛透出了压抑沉闷的瘴疠之气。海水咆哮着拍打在船壳上，好像在提醒我，其实我与寒冷，还有那无垠的海水之间，只隔着一层木板而已。

我迅速地摆好我的装备，至于我的木箱要绑在哪里，要睡哪个床位，这我是不大在意的。我已经打定了主意，要尽量多待在通风的甲板上。卫队里有一半的人不曾有海上航行的经验，所以他们很不满我们的舱房竟被安排在这么下面，跟甲板上来来去去忙碌的水手完全隔开。侍卫多半瞧不起水手，在侍卫眼中，水手们不是明盗暗偷，就是喝酒闹事。不过据我猜想，在水手的眼里，我们这些侍卫大概也好不到哪里去。

我一把行李安顿妥当，就立刻朝甲板走去，但发现甲板上不易立足，因为上头尽是水手与登船的旅客，而且来往的人无不用力地推了我一把。一箱箱的货从码头上吊起，拉到半空中，然后才慢慢降下来，从甲板上的开口直接放下，收进底舱里。而水手们不是彼此叫嚣，就是大声地对挡住他们去路的陆地人咒骂。

我一上了甲板就轻松地叹了一口气，从明天开始，我就要被困在船上，哪里也去不成了。但是我一从舷梯下来，轻松的心情便不翼而飞。以黄金大人的身份出现的弄臣正站在码头上，气得火冒三丈，身后跟着一众捧着各色盒子、木箱、袋子和皮箱的仆人。黄金大人面前站着一个挡住他的去路，不肯让步的文书，文书一边摇着头，一边闭着眼睛，忍受黄金大人慷慨激昂的责骂。

"哼，明明就是你出了差错！你讲得有条有理，偏偏忘了一件事，那就是错并不在我。我要随同王子远征一事，是几个月之前就谈好的！除了我这样行遍天下、阅历广博的人之外，还有谁能为王子提出建议？所以说，你趁早滚开吧！既然你说船上的舱房并未分配给我，那么我就自己上去挑个合适的舱房，搬进去安顿好。至于你，就快滚去查查到底谁该为这个大错负起责任吧。"

黄金大人说话的时候，那文书不住地摇头，而他接着所说的话，我敢说一定是他早已说过，并且再三重复过的说辞："黄金大人，这事若有差错，还请多多见谅。但我的名单乃是切德大人亲手所写，上头又特别交代，唯有这单子上的人才可以登上王子之船，我必须坚守岗位，一刻都不能擅自离开，所以我无法前去询问是否哪里出了错。上头交代下来的命令非常明确。"接着他似乎是为了要摆脱黄金大人的纠缠，补了一句，"也许您是安置在随行的船只上的。"

黄金大人不悦地叹了一口气，转过头去看他的仆人。他的眼神像是望着我的身后，但是在那一瞬间，我们两人四目相接。"放下来！"他对那人命令道。仆人松了一口气地把手中的木箱放在地上，而黄金大人则立刻坐了上去，跷起脚，以不可一世的姿态对那一众仆人吩咐道："大家听着！把手边的东西放下来。"

"可是……您挡住……求求您，黄金大人……"

他才不管那人有多么苦恼。"我就坐在这里，直到这件事解决为止。"他忿忿不平地宣布道。接着，黄金大人便环手抱胸，昂起下巴眺望海面，仿佛世上的一切俗事都与他无关。

那文书朝黄金大人身后的状况看了一眼。黄金大人的仆人与众多行李恰好堵住了整个码头的通道，其他旅客被这一团人物和行李挡住，渐渐地越聚越多，而推着手推车、扛着一篓篓补给的码头工人也被挤得进退不得。那文书吸了一口气，想要摆出一点权威："大人，不管这件事如何解决，您本人与您的行李必须得移开，不能挡路。"

"我才不移呢。所以我建议你派个跑腿的去通知切德大人，请他准许你让我登船，除此之外，其他的我全都不依。"

我的心一沉。其实我知道黄金大人这话是要讲给我听的，而不是要讲给那个文书听。他已经看到我，而且他认为我会赶快冲回公鹿堡，在切德耳边讲一两句话，以便迅速解决码头边的死结。他仍未怀疑这窘迫的状况乃是因我而起的，然而就算我现在后悔了，切德也绝对不会退让的。我转身离开黄金大人一手造成的奇景大观时，还看到他若有似无地对我眨了个眼。毫无疑问，他到目前为止还认为黄金大人离开公鹿堡的盛大场面，必会成为公鹿堡的传奇。

我再也看不下去了。我一边踏上陡峭的街道朝城堡而去，一边告诉自己，这没什么好担心的，黄金大人会一直坐在那里，直到被人赶走为止，仅此而已，不可能比这更糟了。明天他虽不能同行，但是我们在极力忍受不适且枯燥的旅程之际，他却能安安全全地待在堡里。就是如此，不可能更糟了。

不过，去过码头之后，这漫长的一天却不知道该怎么打发才好。过去几天又累又赶，如今到了启程的前一刻，我却无事可做。我在营房里的住处空空如也，只剩下明天要穿的那套制服和身上佩戴的武器。王子卫队当然必须光鲜亮丽地出门，紧身裤、衬衫和束腰外衣都是公鹿堡蓝，胸前绣着瞻远家的公鹿纹章；新靴子是量着我的脚做的，所以不会磨脚，而且我已经给靴子上了油，以免打湿。虽然已经春暖花开，但是因为外岛很冷，所以配给的是厚重的毛料斗篷。弄臣送我的那把宝剑则躺在这一堆衣物上，像在对我做无言的斥责。我将宝剑留在营房里。不管什么财物，留在营房里都是很安全的，因为在卫队中，一个人的荣誉，就是他最贵重的财产。

回到工作室里，我只觉得一切如常。就算切德注意到如今骏骑的宝剑横挂在壁炉上方，他也选择了缄口不言。切德打包行李之后，散落了一地的东西，走起来很不方便，于是我随手将这些东西归位。切德认为可能派得上用场的海图和经卷都已经打包带走了。因为无事可做，所以我躺在床上，逗着吉利玩，但是玩了没多久，就连吉利都玩厌了，于是它跑去捉老鼠去了。我走到蒸汽浴室，努力洗刷，然后连刮了两次胡子。之后我又回到营房，躺在窄小的床上。长长的营房里很安静，空荡荡的，只有几个老手跟我一样宁可早早睡觉，其他人则早就泡在公鹿堡城的酒店里，依依不舍地跟美酒与陪宿女郎道别了。我拉起被子，瞪着天花板上的阴影。

我想着，不知道弄臣会为了跟上我们而花多大的工夫。切德叫我放心，他说离开公鹿堡城的每一条路都已派人看守，弄臣绝对溜不出去。他必须得先前往别的港口，再付出巨资，说服船长扬帆追上我们，但是现在黄金大人拿不出这样的钱了，再加上他近来挥霍无度，恐怕他的朋友们也不愿借贷给他了，也就是说，他被困住了。

如此一来，他会气我气得咬牙切齿的。他心思敏捷，要不了多久就会发现，他之所以被排除在远征团之外，都是因为我暗中捣鬼。他也会知道，我决意要保住他的性命，不管他认为自己的宿命为何。但即使如此，他也不会感谢我，毕竟白色先知的催化剂该做的事情，是帮助他改变世界的轨道，而不是改变先知的人生轨道。

我闭上眼睛，叹了一口气，好不容易才让自己平静下来。等我终于沉入梦乡之中，我便开始探寻荨麻。这一次，她坐在橡树树枝上，身上穿着无数蝶翼所缝制的礼服。蹲坐在树下小土丘上的我抬起头望着她——我又化身为了狼形，每当我进入荨麻的梦中总是这样。“这么多蝴蝶都死了，好可怜。”我感叹着，对荨麻摇头。

“别傻了。这只是梦而已。”她站了起来，立在树枝上，然后纵身一跃。我撑直后腿，想要伸出手臂去接她，但此时她礼服上的所有蝴蝶一起展翅扑动，于是她便有如蓟花种子的冠毛般轻盈地飘浮起来。她的头发上停了一只特别大的黄蝴蝶，慢慢扇动着翅膀，像是吹着风的黄丝带，她的礼服则随着无数只蝴蝶懒洋洋地拍动翅膀而随时变换色彩。

“哟，那些细腿不会让你觉得痒吗？”

“才不痒呢，这是梦啊，你忘记了吗？不喜欢的地方，直接去掉就行啦。”

“我敢说，你一定没做过恶梦吧？”我敬佩地问道。

“好像有过，在我很小的时候，不过现在我再也不做恶梦了。既然知道那是一个不愉快的梦境，为什么还要赖着不肯走呢，这不是很奇怪吗？”

“孩子，并不是每个人都能像你这样随心所欲地控制梦境的，这真是个天赐的恩惠啊。”

“你会做恶梦吗？”

“偶尔。上次你找我的时候，我正在横越滑石坡，你记得吧？”

“噢，我是记得啊，但是我还以为你乐在其中呢。有些人就喜欢冒险，越危险越好，这你知道吧。”

“也许吧。但是有些人这辈子遇到的惊险事情已经够多了，所以恨不得避开危险的困境。”

她慢慢地点头：“我妈妈有时候也会做恶梦，很恐怖的，但即使我进入她的梦里叫她出来，她也出不来，因为她要么就是不肯出来，要么就是根本看不见我。至于我父亲……我知道他会做恶梦，因为有时候他会大声叫出来，但是他的梦，我就是进不去，用尽了各种办法都进不去。”她停下来，想了一会儿，“我想，父亲就是因为恶梦连连，所以才开始酗酒的吧。醉了之后，他就呼呼大睡，也不做梦了。你说，他会不会是为了要躲避恶梦，才天天喝得酩酊大醉啊？”

“我不知道。”我嘴上这样说，心里则埋怨起她为什么要跟我提起此事，“不过我有个好消息要告诉你：迅风已经上路了，等他回到家，你父母应该就会放心了。”

她交握双手，深吸了一口气：“噢，谢谢你，影狼。我就知道你能帮我。”

我努力以不为所动的态度说道：“要不是你当初太莽撞，我也就用不着出手了。你想想看，迅风年纪那么小，怎能放他出去自己谋生呢？你真不该帮他逃跑的。”

“现在我知道了，但是当时我不懂这个道理嘛。唉，真实的人生为什么不能像梦境呢？在梦境里，有什么不如意的，只要改一下就好了。”她将双手放在肩上，顺着礼服的前襟拂过去，于是一瞬间，她便换上了罂粟花花瓣做成的礼服，“看见没？现在没有痒痒的细腿了。要改变很容易，只要你看得出梦里的什么成分令人讨厌就行了。”

“就像你把那条龙送走那样。”

“什么龙？”

“你明知我指的是谁，婷黛莉雅呀。一开始，它只是小小的蜥蜴或蜜蜂，接着越变越大，最后就被你驱赶出去了。”

“噢，你是说它呀。”她皱起眉头，“它只有在你来的时候才会出现，我本来还以为它是你梦境的一部分呢。”

“不，它不是人在梦里杜撰出来的生物，它跟你我一样，都是如假包换的血肉之躯。”荨麻竟未察觉这点，这使我突然烦躁起来，我们两人的梦中对话，是不是给她招来了危险？

“那它是谁啊？我是说，当它醒着的时候？”

“我不是说了吗，它是龙呀。”

“世上才没有龙呢。”荨麻说道，大笑起来，我则震惊得一时讲不出话来。

“你不相信世上有龙？不然当年是谁赶走了红船劫匪，拯救了六大公国？”

“主要是战士和水手吧。不过这其实也无关紧要了，对不对？事情都过去那么久了。”

“那可不见得，有些人可觉得重要得很。”我喃喃地说道，“尤其是当年亲眼所见的人，更是忘不了。”

“这我十分赞同，不过我也注意到，若要说起当年六大公国到底是如何转危为安的，几乎所有人都说得混淆不清，没有条理，什么龙群出现在天边，接着红船就毁坏沉没云云，之后龙群就又消失得无影无踪了。”

“龙这种生物是会影响人类记忆的。”我对荨麻解释道，“它们……它们在飞过人们的头顶上时，似乎也一并吸走了人们的记忆——就像你用抹布吸干溢出来的啤酒那样。”

荨麻咧嘴笑着看我：“这么说来，如果龙真有这么大本事，那婷黛莉雅怎么对我们一点影响也没有？我们怎么还记得它曾经出现在我们的梦里？”

我举起一只手，比着叫她切莫再说的手势：“以后千万别再提它的名字，我可不想再遇见它了。至于为什么我们记得有这么一条龙，嗯，我想这是因为，它乃是以梦中生物，而不是以血肉之躯跟我们相见的。要不然就是因为，它乃是有血肉之躯的龙，而非……”

我突然想起我是在跟荨麻讲话，于是赶快住口。我讲得太多了，我要是再不好好地管住自己的舌头，迟早会把如何以记忆石为底，用精技力量雕出石龙，以及歌谣和传说中的古灵是怎么一回事通通说出去。

“继续说嘛。”荨麻催促道，“婷黛莉雅若不是血肉之躯，那么会是什么？还有，为什么它老是追问我们知不知道黑龙的事情？你该不会说，那个黑龙什么的，也是真的吧？”

“这我不知道。”我小心翼翼地答道，“我实在不知道世上到底有没有黑龙。现在先别谈这个了吧。”打从她一提起婷黛莉雅的名字，我就紧张起来。此时“婷黛莉雅”四个字似乎飘浮在空中，就像烹饪的炊烟将人的行踪暴露出来一样。

但是，就算叫了名字就等于召唤对方出现的那个古老魔法是真的，至少今晚我们也躲过了一劫。我跟荨麻道别，然而，离开她的梦境之后，我便重新踏入了自己长久以来的梦魇之中。山壁陡峭，滑石又多，每踩一步，碎石就纷纷掉落，所以我不停地往下坠，看来这次恐怕难免一死了。我听到荨麻大声叫道：“影狼，用飞的！赶快飞起来！”我虽听进去了，却不知从何下手，只好用力一扭，接着便在营房里的窄床上醒了过来。

早晨将近，如今营房的床上大部分都有人了，不过我还来得及小睡一下。我本想重新入眠，但是怎么也睡不着，因此又跟往常一样提早起床，此时同僚们都还躺在床上。我穿上新制服，然后又花了好些工夫想办法让头发服帖，别老是掉到脸上来。夜眼过世之后，我剪去头发哀悼，至今它仍未长到可以利落地扎成战士马尾的程度。我奋力将头发梳到脑后，也只能绑出一个滑稽的小绒球，而且要不了多久必会松落，再次散到我的额头和脸上。

我走到守卫室吃了一顿厨房帮我们准备的丰盛早餐。我知道自己即将跟陆地食物告别好一阵子，所以特别放任地大嚼特嚼热腾腾的烤肉和新鲜面包，还有掺了蜂蜜和牛奶的麦粥。在船上能吃到什么食物要看天气，而且不管天气再怎么好，能吃到的也只是经过简单烹调的腌肉腌菜和干货。要是海水状况太差，或是厨师断定生火太过危险，那我们就只能吃冷食，啃硬面包果腹了。那状况真叫人笑不出来。

我回到营房的时候，同僚们大多都醒了。我坐在床上看着侍卫们一边穿上蓝色束腰外衣，一边抱怨在这么暖的春天，居然还要穿这么厚重的毛料斗篷。切德从未承认，不过据我猜测，我们这个卫队里，大概有六七个人是兼具侍卫与间谍双重身份。这些人总是沉静地观察周遭的动静，使我不得不怀疑他们的出身。

至于那个叫做“谜语”，年纪才二十出头的小伙子则绝对不可能是切德的手下。此时我疲倦得站不起来，而他则欣喜若狂。他起码拿着镜子照了十几次，而且特别留心地打点了上唇之上那道刚留不久的八字须。此外，他还跟我说，在这么重要的大日子里，他可不准我像个蓬头垢面的农夫似的列队出场，所以坚持要把他的发油借我一用。他一身光鲜地坐在床上看着我，一边不耐烦地不断用脚点地，一边喋喋不休地讲个没完，从揶揄我佩剑的剑柄过于豪华，到质问我到底龙是不是真的只要被箭射中眼睛就会没命等等，上天下地，无所不包。他那多到无处可用的充沛精力，就跟神经质地走来走去的狗儿一样搅得人心神不宁。等到我们卫队新任的队长长芯简洁地命令我们到外面去集合的时候，我还真松了一口气。

队长叫我们出去集合，并不意味着我们会立刻出发，只是表示我们该到外面排好队形，开始等待。在卫队里待过就会知道，侍卫花在列队的时间，远比操练和打仗来得多，今天早上也不例外。我听着诏谕巨细无遗地把他昨晚跟他那三个老相好缠绵悱恻的情事讲了一遍，其间还穿插着谜语各种追根究底的问题，之后队长才下令叫我们向前走。不过所谓的向前走，其实也不过就是走到正门前的大庭上罢了。我们在王子的坐骑与马夫之后列队，然后继续等下去。不久，众多打扮整洁，足以彰显主人非凡身份的仆人和侍僮也聚集了过来。他们有些人牵马，有些人牵狗，而有些则跟我们一样，什么也不做，只是穿戴漂亮地站着等待。

王子与随行人员终于出来了。阿憨以及协助他出席这种大场合的莎妲，跟在王子身后走出来。今天王子并没有多看我一眼，毕竟我只不过是个无名小卒。王后与王后的人走在我们前面，而在我们后面则是切德顾问和他的随从。我注意到儒雅与他的猫也在其中，他正在与罗网谈笑。虽然切德反对，但是王后已经公开对外宣布，她有几位“原血朋友”将会与王子同行。宫廷中的反应有好有坏，有些人说，我们很快就会知道原血魔法可否有任何好处，有些人则说，至少王子把要弄野兽魔法的邪人弄出公鹿堡了。

在切德与原血者之后则是将要陪同王子远征的宠臣。这些人之所以要一起来，一方面是为了要讨好王子，另一方面则是想借此探查外岛的商机。更后面的则是绵延不断的人潮，他们既是为我们送别，也顺便出来享受春季庆的各种活动。不过我拉长脖子看了半天，也没看到黄金大人的踪影。等到晋责上了马，而我们也大踏步地跟在他身后走出城堡大门时，那感觉仿佛公鹿堡所有人都跟上来了。我很庆幸自己走在很前面，因为若是走在人潮之后，路就会被踏得凹凸不平，而且会布满软泥与马粪。

走到船边之后，我们还不能就此上船启程，因为接着还有致词、献花以及临别赠礼等等。我心里多少有些希望能看到黄金大人和他那一团仆人、行李仍堵在码头上，然而此时他们已经完全不见踪影。我心里纳闷，不知道此事后来是怎么收场的，他这个人神通广大，莫非他用了其他方式登上这艘船吗？

等到正式的礼仪结束，我早已满身大汗。接着我们登船，护送王子走到他的船舱，然后王子开始在他的床舱里接受不与他同行的贵族们向他道别，而至于将与王子同船的旅客也纷纷登船安置下来。我们卫队里有几个人驻守在王子的船舱外，而没事的人，包括我在内，则受令直接到底舱去待着，以免挡住人家的去路。

那天下午，我大半的时间都郁闷地坐在我的海运箱上发呆。我头上的舱房因为人来人往，不断地发出砰砰响声，某处还有只狗不停地狂吠。这种感觉就像是被人锁在木箱里，而箱外则有人拿着大槌子不断乱敲。不，我在心里纠正道，不仅是木箱，这木箱里还混着压舱水的臭气，还有一群手肘挨着手肘，而且以为要用吼的才能让人听见自己声音的大男人。为了转移注意力，我开始揣测弄臣现在到底是怎么了，可是我越去想，就越觉得窒息。我把下巴抵在胸前，闭上眼睛，希望这样就能把一切杂事都抛在脑后。

但是一点用都没有。

谜语坐在我箱子隔壁的海运箱上："我以艾达神的乳头起誓，这里真是臭啊！依你看，出海之后，压舱水摇来晃去，臭味会不会变得更重？"

"大概会吧。"我实在不愿意在事情发生之前想象那个状况。我的确曾出过海，可是之前搭船的时候，就算我不是睡在甲板上，至少有需要时也可以随时上去。但此时在这个密闭的黑暗房间中，即使只是船体起伏有韵地撞上码头的晃动，也会使我头痛起来。

"这个嘛。"谜语用脚跟往海运箱上一踢，这一震，使我的头颅到背脊都感到一阵酸麻，"我从没出过海。你呢？"

"一两次。搭的是小船，又亮又通风，跟这个不一样。"

"噢。那你去过外岛吗？"

"没有。"

"你还好吧，汤姆？"

"不太好。昨天喝多了，又晚睡。"

这是胡诌的，可是奏效了。他嬉笑着用手肘推了推我，我挤着眉头瞪了他一眼，然后他就不再理会我了。噪音从四面八方朝我压过来，我只觉得既悲惨又害怕，不禁开始埋怨自己为什么早餐吃了那么多甜点。没有人注意我。我的领口太紧了，可是莎姐已经下船，所以不能找她来帮我调整领口。

“阿憨呐。”我喃喃说道。我这才领悟到，原来我的痛苦源自于此。我坐挺起来，深吸了一口污臭的空气，尽量压抑作呕的感觉，接着才用精技探寻他。

嗨，小个子，你还好吧？

不好。

你在哪里？

我在一个小房间里。有一个圆窗户，而且地板在动。

你那里比我好得多，我这里连一个窗户都没有。

地板在动啊。

我知道，但是你放心，我们会好的。再过不久，闲杂人等就会下船，接着水手就会把缆绳解开，然后我们就可以出海去快乐地探险了，有趣吧？

才不呢，我要回家。

噢，上路之后会比较好玩，你到时候就知道了。

才不会呢。地板在动，而且莎妲说我一定会晕船。

我真希望谁有先见之明，能预先叮嘱莎妲在提到这趟远行的时候，千万要多讲几句好话，可惜现在才想到已经太迟了。

那莎妲有没有跟我们来？她在不在船上？

她没来，只有我来了而已。莎妲不肯来，她说她一上船就会晕得很厉害，可是我一定得上船，所以她觉得我非常可怜。她说，她在船上度日如年，一上了船，就会晕船，而且一直吐，一直吐，吐个不停。

阿憨的预言不幸成真。直到接近傍晚的时候，道别的人才通通下去。我好不容易爬到甲板上去瞧瞧，但是只待了一会儿，船长便大声咒骂起侍卫们的百般不是，并命令我们通通回到底舱去，好让他的手下有地方干活。我朝岸上的群众瞄了一眼，没看到弄臣。我实在很怕我往那一望，就会看到弄臣以指责的眼神怒视着我，但是看到他不在场，我心里又万分着急。之后我们就被赶鸭子似的赶了下去，我们一到底舱，他们就把我们头上的舱盖通通盖紧，于是我们的舱房又变得跟之前一样阴暗且不透风。我再度栖息在海运箱上。船上的木料涂了柏油以防水，而此时柏油的味道变得越来越浓了。我们这艘船附属的几条小拖船被放了出去，头顶上传来船长喝令小拖船的桨手统一划桨的声音。船到了开阔的水面上之后，船长的口令就变了，此时船长连连下达各种听不出个所以然来的指令，然后便听到水手为执行命令而赤脚跑过甲板的声响。

我听到召回小舟，并重新将小舟固定在船上的声音。接着大船重重地在水面上点了一下，船行的韵律就改变了。我推测这是因为船帆张开、开始吃风的缘故。这就是了，我们终于上路了。有个好心人同情我们下面这些可怜虫，所以将舱盖打开了一条缝，可是这样不但没有比较舒服，反而更加令人心神不宁。我努力凝视那一小缝的亮光。

“我已经开始觉得无聊了。”谜语老实地对我说道。他正站在我旁边，用小刀在船壳的厚木板上刻来刻去。

我应了一声算作是回应。他则继续进行他的大作。

唔，汤姆·獾毛，我们上路了。你在下面如何？

王子似乎很开心，他只不过是个十五岁的少年，而且这一趟出海是为了屠龙，并赢回外岛贵主为妻，你能期望他如何？我感觉得到切德正跟王子同室，并想象得到他坐在王子身边的桌子上，而晋责的手指则轻轻地点着他的手背。我叹了一口气，我们还得花上不少力气才能让我们的精技小组能够顺利运作。我已经开始觉得无聊了，而阿憨的状况似乎很惨。

啊，我要派个任务给你，这么一来正好可以给你解闷。我等一下会派人去找你们队长。阿憨人在船尾，需要有人陪着，所以你就去陪他吧。不用说，一听就知道这一定是切德在透过王子传话。

他已经晕船了吗？

还没，不过他深信他马上就要晕船了。

那么，我郁闷地想道，至少可以上去呼吸点新鲜空气。

过了一会儿，长芯队长就点到我的名字。我应声上前，队长告诉我，王子的仆人阿憨正病恹恹地倚在船尾，要我负责照顾他。好些人侧耳听到队长下的指令，便挖苦我说，如今我可成了小呆瓜的保姆了。我反唇相讥，说待在甲板上看顾呆头鹅，不知比一团大男人困在底舱里强上多少倍。随后我便走上楼梯。

我在后甲板上找到阿憨。他攀着一根栏杆，两眼愁苦而神伤地凝视着公鹿堡。那个盖在悬崖上的黑岩城堡离我们越来越远了。儒雅站在那小个子附近，他的猫也跟在身边。儒雅与他的猫似乎都不想待在此地，而且阿憨将头探出栏杆外干呕之时，连那只猫都听得把耳朵贴在了头上。

“阿憨，汤姆·獾毛来了。你马上就会好起来了，对不对？”儒雅微微地跟我点了个头，是贵族跟侍卫打招呼的那种方式，他一如往常地以想要探个究竟的眼神凝视着我。他知道我不是普通侍卫。他在公鹿堡城里落入花斑子手中时，是我救了他一命。他势必很纳闷，我怎么能突然就冲出来救他性命？不过，他非得继续纳闷下去不可，这就好像我也不得不继续纳闷，他到底跟路德威讲了多少黄金大人跟我的事情，是一样的道理。这些事情，儒雅与我从未谈起，而且现在也不是说的时候。我装出对什么都不知情的眼神，躬身为礼。

“我奉命来此，大人。”我的口气冷淡而不失尊敬。

“很高兴看到你。唔，回头见，阿憨，汤姆·獾毛会好好照顾你的。我要回船舱去了。我敢说你一定很快就会好起来的。”

“我快要死了。”阿憨忧愁地答道，“我会连五脏六腑都吐出来，然后死掉的。”

儒雅带着同情的表情望望我。我假装没看到，在阿憨身边站定。阿憨又探出头去，并强迫自己的喉咙做出干呕声，我拉住他外套的后领口。啊，是哟，出海冒险最好玩了。

6. 航行之梦

……虽然野兽魔法有其他用途。无知之人深信，原智魔法的唯一用途，就是让人们能够对动物说话（此处有数字不明）以及为了邪恶的目的而化身为动物。最后一位公开在公鹿堡宫廷中坦承自己有原智魔法的人，是炮杖·狮连，他曾说（此处有大片字词被烧毁）也可用于医治心灵。他还声称，我们可以向野兽习得许多有疗效的药草知识，以及如何抵御（本大段以下的部分已经被烧毁。下一张碎片已开始：）……将手放在她头上，紧紧按着，并望着她的眼睛。在进行这个恐怖的手术时，他一直站在她身边望着她，而她既未因为痛苦而叫出声，眼神也片刻未曾离开他的眼睛。这是我亲眼所见，但是……（其余部分被烧毁。最末四字可能是：）不敢道出。

——切德·秋星尝试重现精技师傅“留好”所写有关原智的卷轴。

此卷轴是在公鹿堡的墙壁内被人发现的，而且已有部分被火焚毁

在百般自持之下，我好不容易忍到隔天早上才第一次呕吐。我已经记不得自己有多少次拉住阿憨的后衣领，让他远远地探出头，绝望地对着大海干呕了。水手们冷嘲热讽根本于事无补，而我则是因为不敢离开阿憨一步，要是我敢，

我绝对会把其中一两人揪出来好好揍个痛快。水手们取笑的，可不是对于容易晕船的陆地人那种好脾气的嘲笑。他们话里暗藏玄机，就像群起围攻落单老鹰的乌鸦那样毫不留情。阿憨与常人不同，他比较迟钝且笨拙，而这群人却以他的惨状为乐，将此视为他远不如他们的铁证。虽然后来又有几个悲惨的人也加入了船尾的呕吐行列中，但水手们还是将矛头指向阿憨。

直到晚上，王子与切德在甲板上散步时，情况才稍微好转一些。王子似乎因为海风吹拂以及远离公鹿堡而变得精神百倍。他站在阿憨身边，低声对他说话，而切德则故意将手放在栏杆上，并碰到我的手。此时他背对着我，表面上看，他像是在听王子跟仆人之间的对话，同时边听边点头。

他情况如何？

很严重，而且心情低落。切德，水手们的冷嘲热讽，阿憨听了只会更难过。

我也担心会这样。不过，王子若是训斥水手，那么船长也会下来把他们骂一顿，之后的事情，我不说你也知道了吧。

我知道。水手们会私下找各种机会折磨阿憨，给他难堪。

一点也没错，所以别去在意那些水手了。依我看，等他们习惯在船尾看到阿憨，就不会再说什么了。你有没有需要什么东西？

一两条毯子。还要一桶清水，好让阿憨漱口。

于是一整个漫长而疲倦的夜晚我都待在阿憨身边，一方面是为了提防水手们的骚扰从言语变成肢体动作，另一方面，也是为了要护着他，免得他因为呕吐太过而从甲板上掉下去。我两次劝他进船舱去，但两次他都才离开栏杆两三步，就开始干呕，直到他肚子里已经没东西可吐了，他还是不肯进去。夜越深，风浪就越大，不到天明，我们就因为大风大雨和海浪打上来的水沫而全身湿透。但尽管又冷又湿，阿憨却还是不肯离开栏杆半步。“你可以吐在桶子里。”我劝道，“进去吧，里面比较暖和！”

“不，不，我病得不能动了。”阿憨再三地呻吟道。他已经牢牢地把心思都放在晕船上头，而且认定自己的情况悲惨到无可挽救。我想不出该怎么应付才好，只好任由他去把事情想象得很糟糕。我敢说，等他悲惨够了，他就会进舱房去了。

天亮之后不久，谜语给我送了吃的来。我开始怀疑这个看似淳朴且好脾气的年轻人，说不定他真的是切德的手下，而且显然切德指示他要多帮忙我。我真希望他这个人没那么复杂，不过话说回来，我还是很感激他带了一整个铁盘的黏糊糊的东西来给我吃。阿憨仍然反胃，但是他也饿了，所以我们两个分享了食物。结果证明此举大错特错，因为阿憨呕出早餐的景象，诱使我的肚子在那不久之后，也将方才吞入肚的早餐倒送出去。

这似乎是那一整个早上唯一让他感到开心的事情。

“你看吧，人人都会晕船。我们应该现在就回公鹿堡去。”

“这可不行呐，小个子。我们必须一路航行到外岛，好让王子杀了龙，然后赢得贵主的芳心。”

阿憨重重地叹了一口气。他虽然包着两床毯子，却开始发抖，“贵主有什么好的，我还不太喜欢她咧。据我看来，王子也不喜欢她。那个叫什么芳心的，她自己留着用就好了，我们还是回家吧。”

阿憨讲的话我非常赞同，但是我不敢应和。

阿憨又接着说道：“我痛恨这条船，要是当初我没出门就好了。”

真是奇怪，一个人要是习惯了什么东西，久了之后就感觉不到那个东西的存在了。同样的，直到阿憨大声地讲出这句话，我才恍然领悟到，这话跟他的精技音乐原来是互相呼应的。昨夜一整晚，他的精技音乐都在拍打、撞击我的精技墙；他运用风帆的扑打声、绳索与木板的嘎吱声，以及海浪拍打船体的声音，组成一首憎恨与恐惧交加，悲惨、寒冷而又枯燥的歌；他将水手对一条船所可能产生的各种负面情绪通通纳入音乐之中，然后以愤怒的音乐做为基础，将这些情绪大声鸣放出来。我可以竖起精技墙，这样就不会受到他的影响，但是处女希望号上的某些水手就没有我这么幸运了。世上并不是每个人都对精技敏感，但是少数对精技敏感之人会觉得惶惶不安，而在密闭的舱室之中，这种感觉迅速蔓延开来。

我花了一点时间观察船员。这一班船员做事虽然手脚利落，却多了一分怨气。他们的卖力之中夹杂着怒意，而监督他们干活的领班则像是老鹰般仔细地盯着他们，连一丁点偷懒或闲散的迹象都不放过。我之前在他们装货时看到的那股和乐融融的气氛不见了，不仅如此，我还感觉到船员们之间的摩擦越来越多。

斧头砍树的震动与声响会激得树顶黄蜂窝里的黄蜂愤怒地嗡嗡乱飞，但是它们的愤怒却找不到目标。而如果船员们的怒气不断累积，那么很可能会打架闹事，更糟的状况甚至还可能是发生叛变。眼看着这一锅油就要沸腾，我知道若是不想点办法，大家就都得倒大霉了。

阿憨，现在你的音乐很大声、很可怕，你能不能换个调子？要平静又柔和的，像你母亲的歌那种？

“我没办法！”阿憨一边大叫，一边技传，“我病得很重！”

阿憨，你吓到水手了。他们不知道这歌是从哪里来的。他们虽然听不到，但是有些人能感觉得到一点点，但光是这一点点，就够他们恐惧害怕的了。

“我才不管呢。反正他们对我也很坏，他们应该把船开回去才是。”

水手又不能自己做主，阿憨。他们必须听从船长的命令，而船长又必须服从王子的交代。而王子非得去外岛不可。

“王子应该叫水手开回去，然后放我在公鹿堡下船。”

可是阿憨，我们需要你啊。

“我快要死了。我们应该马上回去。”一想到这里，阿憨那兼具恐惧与绝望的精技音乐立刻狂泻而出。我们附近有一队水手正在拉绳索，以便把一片风帆升上去。他们穿的松垮裤子在风中飞舞，但他们一点也不在意。水手们有板有眼地慢慢把船帆拉高起来，用力得裸臂上的肌肉都纠结了起来。可是当阿憨那消沉的曲调渗入他们心里之后，他们的节奏就乱掉了。结果为首的那个人因为重量大到他无法承受，突然踉跄跌倒。那人气愤地叫了一声，而这瞬间幸好水手们立刻就控制住了绳索。然而我也看够了。

我开始以心灵寻找晋责。他正在他的舱房里跟儒雅玩石子棋。我赶快把我的问题传给他：你能不能传个消息给切德？

可能不大容易。切德虽在这里观棋，可是不只他在，连罗网跟他那小男孩也在。

罗网有什么小男孩？

他有个叫做迅风的男孩。

原智者迅风在我们船上？

你认识他？他跟罗网一起上船的，就像侍僮服侍主人般地服侍罗网。怎么了，这有什么要紧的吗？

我心里想道：对你不见得，但对我很重要。失望之余，我整张脸都扭在了一起。这个稍后再说，但是你一有机会就告诉切德。你能不能联络阿憨，安抚安抚他？

我尽量。可恶！被你这一闹，这一盘被儒雅赢去了！

我的事情可比石子棋重要得多！我恼怒地答道，切断了联络。阿憨坐在我的脚边，双眼紧闭，整个人配着他那惊惶不安的音乐，悲惨地左右摇晃。然而此时我之所以觉得浑身无力，还不只是因为眼前的情况而已。我已经向荨麻保证，她弟弟已经上路回家了，如今却发现那小男孩根本没回家。我要如何跟荨麻交代？我只能暂且将迅风的事情丢在一边，反正我现在也无法解决。我干脆在阿憨身边窝下来。

“阿憨，你听我说。”我轻轻地说道，“水手们不懂你的音乐，所以他们吓坏了，要是你不停一停，那么他们可能会……”

我猛然住口。我可不想吓得阿憨对水手心生畏惧，因为恐惧必会招致仇恨。“阿憨，求求你。”我无助地说道。可是他依然顽固地眺望着海浪，根本不理会我。

我只能等着切德来帮我了，就这样等了一个早上。依我看，晋责曾以技传劝慰阿憨，但阿憨只把那些话当作耳边风。我望着跟在我们后面的那几艘公鹿堡来的船，三艘船一字排开，像是跟在母鸭身后的一排肥胖小鸭。此外还有两艘小型的轻型帆船，这两艘小船在大船之间穿梭，让贵族们可以在航程之中彼此拜访，或是传递讯息。由于小船除了可以扬帆之外，也可以划桨，所以可用以拖曳笨重的大船进出拥挤的港口。这个舰队的阵仗，算是很大的了。

雨势渐小，最后终于停歇，但是太阳仍旧没有露脸，风势则一直都很强劲。我努力往好的方面去想，并给阿憨打气：“你看我们的船走得多快啊，要不了多久，外岛就到了！外岛耶，谁也没去过的地方，那多好玩啊！”

但阿憨只是答道：“这样只是离家越来越远而已。现在就送我回家。”谜语替我们送来了包含硬面包、鱼干和掺水的啤酒的午餐，我猜他大概乐得到甲板上一游。卫队的人必须一直待在底舱，以免挡了水手的去路。当然了，水手与侍卫隔得越开，就越不可能有机会打架。这个道理虽无人戳破，但我们都心知肚明。我没讲什么话，谜语却还是絮絮叨叨地讲下去，让我知道底下的侍卫也出现了异状：众人的状况不忍卒睹，但是不少人发誓说他们以前从未晕过船。这无异于雪上加霜。我把餐点吃了，好不容易劝服这些食物都继续留在我的肚子里，而不管我说上多少好话，阿憨就是不吃，连啃一口干面包都不愿意。谜语把我们的餐盘收走并离去。等到切德与王子终于来找我们的时候，我的烦躁与怒火早就因为疲乏而松垮下来了。王子跟阿憨说话，切德则迅速告诉我，王子与他要单独离开舱房有多么困难。房里除了罗网、儒雅和迅风之外，接着又有三四个贵族来访，并且逗留不走。切德之前曾说过，漫漫的航程中无事可做，而许多贵族之所以要与王子同行，打的主意就是要趁这个大好机会讨好王子，所以他们是什么空档都不会放过的。

“这么说来，我们哪有时间上精技课？”我悄悄地问道。

他皱起眉头：“恐怕是腾不出时间来了，不过我会尽量安排看看的。”

晋责的手段似乎并不比我高明到哪里去，他诚意恳切地劝了半天，而阿憨却只是愁苦地望着船尾的大海。

“唔，至少我们好不容易摆脱掉黄金大人了。”我有感而发地对切德说道。

他摇了摇头：“那件事比我原先料想的困难多了。我猜你大概听人说起，黄金大人为了登船而把码头堵住吧？因为僵持不下，最后是城市卫队把他架走才了事的。”

“你派人逮捕他？”我吓呆了。

“喂，年轻人，你镇定一点。他是贵族，犯的又是微不足道的罪状，所以他的待遇绝对比你好得太多。况且他们只会把他羁押个两三天，只要所有前往外岛的船都出发了，就会放他出来。这样处理最容易呀，我可不想让他进到公鹿堡来当面顶撞我，或是跟王后求情。”

“珂翠肯知道我们为什么要这样做，对吧？”

“她是知道没错，但是她不喜欢这样，她觉得我们亏欠弄臣太多。但你别担心，我已经设下重重阻碍，往后黄金大人若要求见王后，绝对难如登天。”

我本以为我的心情已经跌到谷底，不可能更糟，但事实是，我的心情竟然更为消沉。想到弄臣入狱囚禁，然后被公鹿堡的贵族奚落排斥的情形，我就很痛恨自己。我当然知道切德是怎么做到的：他只要放出风声，暗示黄金大人已经失宠，再也不见容于王后，自然就会传得人尽皆知。于是黄金大人出狱之后就会被社会抛弃——同时他还身无分文、债台高筑。

我的原意只不过是要让他安全地待在岸上，不要跟我们出航，并不是要让他陷入绝境。我如此跟切德说道。

“噢，蜚滋，你用不着担心他。有时候你把众人都想象成少了你就万劫不复似的。他这个人能力极强，又足智多谋。你放心好了，他一定应付得来的。要是我哪怕稍微退让一步，他现在就跟在我们身边出海了。”

这也是实情，不过却一点也无法宽慰我的心情。

“阿憨再怎么晕船，过几天也一定会好起来的。”切德乐观地对我说道，“等他好了之后，我会放出消息，说阿憨非你不可，这样一来，你就可以大大方方地待在他身边，不时出入他的房间了，而他的房间就紧邻着王子。这样的话，我们说不定会比较有时间聚在一起。”

“也许吧。”我呆呆地说道。虽然王子苦心相劝，但我感觉到阿憨那刺耳音乐的威力丝毫未减，并且不断磨蚀着我的心情。我若是凝神专注，的确可以让自己相信晕船的是阿憨，而不是我，但是我必须随时抵抗它，须臾不能松懈。

“你真的不要回舱房去？”晋责对阿憨问道。

“不要，舱房的地板起起伏伏的。”

王子听了不解："甲板也起起伏伏的啊。"

这回轮到阿憨困惑了："才不呢。船在水上起起伏伏，没有舱房里面那么糟糕。"

"我懂了。"晋责投降了，这是不可能跟他说得通的，"不管怎么说，你总会习惯，之后就会好起来了。"

"不，才不会好呢。"阿憨愠怒地答道，"莎姐说，大家都说晕船会好起来，但那其实是骗人的。莎姐每次上船都会晕船，而且从头晕到尾。就是因为这样，所以她才不陪我来。"

我还不认识莎姐这个人，但我已经开始恨她了。

"唔，莎姐错啦。"切德干脆地说道。

"才不呢，莎姐说得一点也没错。"阿憨顽固地答道，"看吧，我到现在还在晕船呢。"他又探头出去，使劲地干呕起来。

"他会好起来的。"切德嘴上虽这么说，但却没有刚才那么自信了。

"你有没有什么有助于缓解的药草？"我问道，"好比说姜粉？"

切德停住脚："你这点子很好，汤姆·獾毛，而且我记得我带了些姜粉出门。我待会儿就吩咐厨子熬个浓浓的姜汤送过来。"

药汤送来之后，里面不但有姜味，还有助安眠的拔地麻草根的味道。我很赞同切德的做法：阿憨是一心一意要继续晕船的，在这个情况下，最好的解决办法可能就是让他睡一觉。我把药汤捧到他面前，并斩钉截铁地说，这乃是水手们口耳相传治疗晕船的圣品，他喝了一定有效。不过阿憨还是以怀疑的目光看着药汤，因此我猜我的话并不像莎姐那么管用。他啜了一口，判断这姜汤味道还不错，所以就整碗都喝下去了。不幸的是，这药汤喝得快，去得也快——下一刻，他就把姜汤吐了出来，有的还从鼻孔喷出来。姜汁对于鼻腔内敏感的皮肤而言太过刺激，使他大起反感，以至于不管我怎么劝，他都不肯再喝，就连小尝一口都不愿意。

我上船两天了，但却感觉仿佛已经登船了半年。

太阳终于从浓云之后探了出来，但由于风大、溅起的水沫又多，所以阳光所带来的那一点暖意都被赶跑了。裹着湿答答的羊毛毯的阿憨睡得断断续续，不时在梦魇之间抽动、呻吟，而他的晕船之歌则震耳欲聋。我坐在他身边的湿甲板上，把各种担心也无用的事情拿出来想了又想。就在这时候，罗网找上了我。

我抬头看他，他则严肃地对我点点头。他站到我身边，抬眼眺望。我顺着他的目光，看到一只海鸟懒洋洋地在船后的天空中乘风而飞。我没见过“风险”，不过那只鸟必定是风险没错，因为这一人一鸟之间默契十足，他们彼此安慰，却不彼此拘束。我沐浴在他们共享的欢乐之中，虽然此情此景提醒了我有多么孤单，但我尽量不予理会。这是最纯正的原智魔法：人与野兽共享欢乐、彼此尊敬，罗网的心，与风险一起翱翔着。我感觉得出他们的情谊之深，也想象得出风险与罗网分享飞翔之乐，有多么愉快。

唯有在此时肌肉放松之后，我才发现刚才自己有多紧张。阿憨睡熟了，挤着的眉间也稍微放宽了些，他的精技音乐里的风声也比较没那么恐怖了。罗网身上所散发出来的平静气息，让阿憨与我都有所感知，只是我的感应来得比较慢。他亲切与安详的心意囤积在我周围，稀释了我的焦虑与疲惫。如果说这就是原智，那么他运用原智的方式，可真是我前所未见的。这感觉就像呼气的热度一样单纯且自然。我笑着看他，而他也报以笑容，一口白牙在胡须之间闪亮。

“这真是适合祷告的好日子。不过话说回来，几乎每一天都是祷告的好日子。”

“你刚才在祷告？”我看到他点点头，于是继续问道，“你跟神求什么呢？”

他扬起眉毛：“求？”

“祷告的目的，不就是要跟神求个什么东西吗？”

他大笑起来，声音像隆隆吹过的风，但是比风和蔼：“大概有些人祷告真的是为了要求个什么吧。但我可不，现在我不求了。”

“什么意思？”

“噢，依我看，小孩子祷告就是这样：求神让他们找回遗失的娃娃、求神让父亲带着满满的渔获回家，或者祈求没人发现自己少了一两样工作没做。小孩子认为对自己而言，最好的莫过于此，而且也毫不迟疑地请神祇让自己如愿。不过我已经长大成人，而且当了多年的大人了，要是我还没一点精进，那可真该羞愧了。”

我挪动了一下，用比较舒服的姿势靠在栏杆上。我觉得船虽然摇晃，但是一旦习惯之后，倒也觉得蛮舒服的。之前我的肌肉一直紧绷着对抗船的起伏，以至于现在四肢都开始酸痛起来，“这样啊。那大人该祷告什么呢？”

他低头望望我，像是觉得这个问题很有趣。他在我身边坐了下来，“你不知道吗？那你怎么祷告？”

“我不祷告的。”话说出口之后，我想了想，然后大笑起来，“但是害怕的时候例外。害怕的时候，我会像小孩子那样祷告：‘求神让我脱离这个困境，而且我以后绝对不会笨成这样。只求神让我活下去就好。’”

罗网听了哈哈大笑：“这么说来，到目前为止，你的祈祷都有应验嘛。那你有没有遵守你的承诺呀？”

我懊悔地笑笑，摇了摇头：“恐怕没有。我近来又干了不少前所未见的蠢事。”

“就是啊，我们都是这样的。所以我才揣摩出一个心得：那就是以我的聪明才智，尚不足以知道该请神让我达成什么心愿才对我最好。”

“这样啊。如果你什么都不求，那你祈祷什么呢？”

“啊，所谓的祈祷，与其说是请求，不如说是倾听。多年以来，我不断淘洗祷告辞，如今只剩下一条了；我花了一生的时间，才找出最好的祷告辞，而且我还发现，凡是对这个问题思考得够久的人，都会得出跟我一样的结论。”

“那就是？”

“你想一想。”罗网笑着吩咐道。他慢慢地站起来，眺望海面。我们身后的船，风帆都涨得鼓鼓的，仿佛求偶的鸽子的喉咙一般。说起来，这景象也的确有其可爱之处。“我一直都很喜欢大海。我还不会说话时，就已经在船上玩了。你朋友对于大海的体验竟如此痛苦，我真觉得悲哀，请你告诉他，这一切都会过去的。”

“我说了，只是他听不进去。”

“真可惜。唔，那就祝你好运了，也许他醒过来之后会好一点。”

罗网走了几步之后，我猛然想起还有别的事情要跟他谈。我站了起来，对着他的背影叫道：“罗网，迅风是不是跟你一起上船了？就是我们提过的那个男孩子？”

他停下脚步，转过身来：“是呀，你怎么会问起他呢？”

我示意他走近些，于是他走了回来：“迅风就是我请你去跟他一谈的那个有原智的孩子，你还记得吧？”

“当然记得啦。就是因为记得，所以那孩子来找我，说他愿意当我的‘侍僮’，只希望我收留他、多少能教他一点的时候，我才会那么高兴。其实，我连侍僮是做什么的都不知道！”他讲到那个荒谬的场面，不禁笑了出来，但是看我一脸严肃，又正色问道：“怎么啦？”

“迅风去找你之前，我叫他务必回家，因为我发现他根本就没有征求父母同意就到公鹿堡来了。如今他父母亲以为孩子离家出走，而且很挂心孩子的安危，都难过得不成形了。”

罗网默默地站着，咀嚼这个消息，脸上一点表情也没有，最后他遗憾地摇了摇头：“所爱之人突然消失，让你永远挂心他的下落，这真是残忍呐。”

耐辛的身影一下子从我心里冒了出来，我不禁纳闷，罗网该不会是故意讲这句话来刺激我的吧？应该不是，但即使如此，这句可能意有所指的讽刺还是让我浑身不舒服。“迅风应该回家的，毕竟，除非他已成年，或是父母亲放他出门，否则他的劳力应该归父母所有才对。”

“有些人是这样说没错。”罗网答道，不过从他的口气听来，他可能有点不以为然，“但是父母有许多种做法可以伤害到孩子，况且我以为做孩子的并不亏欠父母什么。我认为，被父母虐待的孩子，应该要迅速抽身，才算明智。”

“虐待？我认识迅风的父亲已经几十年了。是啦，如果那孩子不受管教，他是会给他一巴掌，或是怒骂他几句。但如果迅风声称他父亲打他，或是父亲弃他而不顾，那么恐怕就是谎话连篇了。博瑞屈不是那样的人。”一想到迅风可能把他父亲讲得多么难听，我心里便沉了下去。

罗网慢慢地摇了摇头，他朝阿憨瞄了一眼。阿憨仍在睡，所以他轻声说道："父母若要对孩子弃而不顾、重重剥削，那办法可多着呢。他们可以否认孩子的内在，他们会禁止孩子施展遭人厌恶的天赋，或是若有似无地忽视孩子，让孩子招来危险。例如，他们会对孩子说：'你不得遵循自己的本性。遵循你的本性是不对的。'"罗网的语气虽然柔和，但这不啻是毫不留情地把我训斥了一顿。

"他自己就是这样被教养长大的，所以他也这样教养他儿子。"我生硬地答道。说起来也怪，我竟在为博瑞屈辩护，毕竟当年我自己就常常因此而反抗他。

"可见得他没学到教训。他至今仍对自己的天赋一无所知，也不知道他之前如此对待另外一个年轻人的时候，对他造成了多大的伤害，他并未从中吸取教训。我是很想可怜他，但是我一想到事情的另一面，也就是如果一个人从小就接受适当的教育该有多好……"

"他对我好得很！"我反唇相讥，"当年没人肯收留我，只有他肯把我带大，而且我从未听过谁说他的不是。"

罗网退了一步看我，脸上飘过一片阴影。"你眼里杀气腾腾。"他喃喃地说道。

他这几个字像是在冰水里浸过似的，但是我还来不及问他是什么意思，他便严肃地跟我点点头。"我们还是另外再找时间谈吧。晚一点再说。"说完，他便转身走了。我认得出他那个走路的姿势。他不是逃走。之前遭人狠毒虐待过的动物，必须慢慢训练，绝对急不得，而博瑞屈碰上这状况时，就会用罗网那种步调慢慢退开。我只觉得自己很惭愧。

我慢慢地在阿憨身边坐下来，背靠在栏杆上，闭上眼睛。也许我可以趁阿憨睡着的时候打个盹儿。可是我眼睛才一闭上，阿憨的梦魇就逼过来了。感觉我一闭眼，似乎就走下了楼梯，进入下流酒店那嘈杂且烟雾弥漫的大堂。阿憨那恶心欲吐的音乐充塞着我的心胸，而他的恐惧，则将船的律动，扩大为一连串毫无规律可言的剧烈起伏。我赶快睁开眼睛。忍着不睡，好过被那种恶梦折磨。

阿憨继续睡着，此时谜语给我送来一盘咸肉和一杯淡得没味道的啤酒。谜语把他自己那份也带了上来，大概是因为他不想在拥挤的底舱吃，宁可在开阔的甲板上用餐。我正要摇醒阿憨，叫他起来吃点东西，但是谜语阻止了我。"让那个可怜的傻子睡一会儿吧，他若是幸运到睡得着觉，那可真会让下面的每一个侍卫都羡慕死呢。"

"为什么会这样？"

他哀怜地耸耸肩："我也不晓得为什么会这样，也许是因为下头四面密闭吧。总之气氛就是很紧绷，所以没有一个人睡得好。至少有一半的人什么都不吃，因为他们怕自己吃了之后会吐得更厉害，这里面还不乏经验丰富、出海多次的人呢。就算你好不容易睡着了，也会被旁人做恶梦的喊叫声惊醒。也许再过个几天情况会比较好吧，至于眼前，我宁可跟一群龇牙咧嘴、咆哮怒吼的狗儿待在凹坑里，也不愿回到底舱去。刚才我上来之前，就有四个人为了谁先拿菜而打起架来。"

我假装一切都看在眼里地点点头，并努力隐藏心底的焦虑："我敢说，这一切再过一两天就好了。开航的这几天总是比较难熬。"我咬牙挤出了这一番谎话。其实，开航的这几天通常是最好的，因为此时大家仍对旅程感到新奇，还没开始觉得无聊。阿憨的梦使得侍卫们都睡不好觉了。我努力做出和善的脸色，但其实是在等着谜语离去。他一拿起空盘子离去，我便倾身将阿憨叫醒。他像是受了惊吓的小孩那样大哭着坐起来。

"嘘，别哭。你没受伤。阿憨，听我说。不，别哭，听我说。这很重要。你一定要把你的音乐停下来，不然，至少也得弄得小声一点。"

他的脸皱得像是梅子干，被我这么粗鲁地叫醒，他十分生气，觉得我在欺负他。"停不下来！"阿憨哭叫道，"我快死了！"

在甲板上工作的人都转过头来瞪着我们，其中有个人还生气地朝我们比了个驱逐厄运的手势。就某个层次而言，他们的确多少知道自己的不安起于何处。

我跟阿憨讲话的时候，他又是呜咽，又是哭号，不管我怎么劝，他就是不肯把精技音乐压低，也不肯打败晕船与恐惧。直到我想要穿透他重重的负面情绪、对王子技传的时候，我才领略到他那疯狂且刺耳的精技音乐有多大的力量。我猜切德与王子大概已经在不知不觉中提高了自己的精技墙，此时要对他们技传，就像要在狂风暴雨中吼叫传讯一样吃力。

晋责终于了解到他可能难以听懂我在说什么，并且开始感到恐慌。他正在用餐，所以无法马上离开，即使如此，他还是想办法让切德知道我们的危机。于是他们匆匆结束，并尽快到船尾来找我们。

他们到了的时候，阿憨又睡着了。切德轻轻地说道："我可以调个强力的安眠药，强迫他喝下去。"

王子瑟缩了一下："不好吧。谁对他不好，阿憨都久久不忘。再说，这对我们又有何好处？他现在就在睡，可是他的音乐仍然吵得连死人都受不了。"

"也许我可以让他睡得非常深……"切德讲得有点犹豫。

"可是这说不定会要了他的命。"我打断他的话，"而他的音乐还不一定会停下来。"

"那就只剩下一个办法了。"王子平静地说道，"现在就掉头，送他回家，让他下船。"

"不行！"切德气急败坏地叫道，"这样一来就要耽搁多少天！而且我们碰上龙的时候，总需要阿憨的力量吧。"

"切德大人，不用等到屠龙，我们现在就已经见识到他的强大力量了。而且我们都看得出，他的力量强大到我们都无从控制。"王子的声音变得不太一样了，是多了点国王的威仪吧。我想起惟真讲话时那种字字斟酌的模样，不禁笑了起来，结果只引得王子皱眉瞪了我一眼。我赶快把这个思绪扫到一边。

"目前阿憨的力量是不受管制的，连他自己都管不住。他对我们没什么恶意，但仅是他的音乐就已经使我们的处境岌岌可危了。想想看，若是他真的被激怒，或是受了重伤，那么他会造成多大的伤害？即使我们能治好他，让他不再晕船，并将他的精技音乐舒缓下来，他也仍是把双刃剑，可能伤人，也可能伤到我们自己。除非我们能找到可靠的办法管住他的力量，否则他心里一不安宁，我们大家就要遭殃。所以最明智的做法，大概就是掉头，送他回家。”

“我们不能回去！”切德坚持道。可是晋责与我都瞪着他看，因此他不得不接着乞求道，“让我多想一晚，我敢说我一定会想出个解法来的。再说，我们也多给他一晚，让他习惯坐船，说不定天亮之后他就不会晕船了。”

过了一会儿，晋责答道：“很好。”他那个语气又跑出来了。我不禁纳闷，这是他从哪里学来的语气。或者，这是因为他终将成为一国之君，所以他必会慢慢有这个架式。不管原因是哪一个，我都乐于见到他有这个变化。至于他决定不马上掉头，并多给切德一天时间，这到底明不明智，我就无法确知了。不过他做出了决定，并且对自己的决定很有信心。

阿憨醒过来之后又开始晕船。据我猜测，此时他之所以会这么虚弱，一方面是因为他晕船，另一方面也跟他饿了太久有关。干呕是很痛苦的，他不但呕得腹肌酸痛，喉咙也干燥发麻。我好说歹说，他就是什么都不吃，顶多只肯喝水，而且连水都是很勉强才喝了几口。我真的很想干脆一把将他提起，拖回船舱里，可是我知道这么一来他一定会又踢又叫，同时他的精技音乐会立刻变得爆炸般的强烈和激昂，但是任他继续在这里待下去，我又担心他会真的生病。

时间一分一秒地过去，每一刻都很难熬，而备受折磨的还不只是阿憨与我两人而已。我两次听到大副气愤地训斥那些已经丧失幽默感的船员。第二次骂人的时候，大副还威胁其中一名船员，要是他再不摆出尊敬的脸色，就要把他绑起来、用鞭子抽一顿。船上的气氛越来越紧绷。

将近午夜时，雨势渐起，虽是绵绵细雨，却下得仿佛永无止尽。感觉我已经一个星期不知干爽为何物了。我把自己的毯子盖在阿憨身上，希望湿毯子也能多少增添一点保暖效果。阿憨蜷在甲板上，断断续续地打着盹，时不时地抽搐，像是做了恶梦的狗一般。我常听人开玩笑说：“晕船是晕不死人的，只是你在晕船的时候，会希望自己还不如死掉算了。”现在我不禁怀疑，说不定晕船真的会致命。这样的折磨，阿憨的身体还能承受多久？

在船上吊着的灯笼的幽暗光线映照出罗网的身形之前，我的原智知觉就察觉到有人来了。“你真是有心人呐，汤姆·獾毛。”他有感而发地说道，在我身边蹲下来，“这可不是什么好玩的任务，但你却时刻不离自己的岗位。”

他的赞美使我感到窝心，却又不大自在。“这是我的责任。”我轻轻带过。

“可是你很尽心。”

“博瑞屈教我做事要尽心。”我有点气愤地说道。

罗网轻松地一笑：“不平的冤情要咬住不放，就像凹坑里犬牛大战的狗死咬着牛鼻子那样，这是否也是博瑞屈教的？放开吧，蜚滋骏骑·瞻远。我不会再说那个人的事情了。”

接着是沉重的静默。过了一会儿，我开口说道：“希望你不要随便拿那个名字四处招摇。”

“那是你的名字，你所欠缺的，不就是那一块吗？所以你应该要把那一块补起来。”

“那人已经死了。为了所有我所爱的人，那个人还是死了的好。”

“到底是你所爱的人真的认为蜚滋骏骑不如死了的好，还是你一厢情愿地这样想？”他对着夜空问道。

我并没有看他，我正在眺望船尾的夜景，凝视着跟在我们船后的那几艘船。在夜空中，那几艘船的身形显得庞大而笨重，风帆挡住了星光，船上吊着的灯笼则随船起伏。最后我终于问道：“罗网，你到底要我怎样？”

“只是要激你思考思考，仅此而已。”他行云流水地答道，“倒不是要激怒你，虽说我似乎有那个本事，讲不到三句话就能让你生气。但是话说回来，说不定是你心里一直都有气，而且还不断溃烂化脓，而我只不过是那一把戳破脓疮，让脓血爆出来的刀子罢了。”

我默默地对他这番话摇了摇头，也不在乎他到底能不能看见我的动作。如今我心头上有这么多事情，真希望他就此走开算了。

不过他却仿佛看出了我的心思似的补了一句：“说真的，今晚我来找你，其实根本也不是为了要激你思考，而是要让你休息一下。我可以看着阿憨，让你休息一晚。依我看，恐怕自从你开始看顾他以来，就没睡过好觉了。”

我的确是很想独处一会儿，看看船上各处的气氛如何，此外，我更渴望好好地睡一下。因此我只觉得罗网的提议非常诱人，但也就因为这个缘故，我立刻就起疑了。

“你为什么要帮我？”

罗网笑了起来：“难道说，别人对你好一点，真的这么不寻常吗？”

这话拨动了我的心弦。我吸了一口气：“是不大寻常。”

我慢慢地爬起来，晚上的寒意早已使我的四肢冻僵。阿憨睡得不好，时不时地梦呓。我一边举高双臂、转动肩膀，一边快速地对晋责技传道：罗网提议要帮我看着阿憨一会儿，我可以答应吗？

当然可以啦。我连这种事情也要问他，晋责似乎有点惊讶。

不过，有时候王子殿下就是太容易相信别人了。请告诉切德一声。

我感觉到晋责答应传话。伸展完后，我大声地对罗网说道：“谢谢你，感激不尽。”

我看着罗网小心地在阿憨身边坐下来，从他的衬衫里掏出了一根很小的海笛。不管在什么船上，海笛都是船上最普遍的乐器，因为海笛禁受得起恶劣气候的摧残和粗鲁的操弄。任何人只要学一会儿就能吹出简单的曲调，但是其中的高手却能把海笛吹得出神入化，不输公鹿堡的吟游歌者。罗网手上有海笛，我一点也不意外，他原来是个打渔人，也许直到现在，他在许多方面仍不脱打渔人的本色。

他挥挥手叫我走开。我走开的时候，听到笛声响起。他吹的是童谣的调子，笛声酣甜轻柔。难道说，他仅凭本能就知道音乐可以纾解阿憨的情绪？我真想不通，自己怎么一直都没想到要以音乐来抚慰他？我叹了一口气。我越来越墨守成规了，我必须经常提醒自己要灵活一点才是。

我走到厨房，希望有幸能得到一点热食，不过这个愿望落空了，我只拿到一片硬面包，还有一条约莫两指大小的奶酪。厨子告诉我，我能有这些东西吃就算是祖上积德了，她才没有多余的食物可以浪费，何况这船上满是人，根本就超载了。我本期望能讨到一点洗手的水，只要能把我手上和脸上的盐晶洗掉就够了，但是厨子叫我别做梦了，每个人都有当日配给的洗净水，不是吗？我既然有当日配给的洗净水可以用，就应该额手称庆了。这些侍卫啊，哼！连自己都管不好，还想在船上过日子。

我默默退下以避开她的伶牙俐齿。我本想待在甲板上吃东西，但是甲板不是侍卫该待的地方，而且水手们个个都恨不得找机会生事，所以我还是乖乖地走到底舱，也就是众侍卫打鼾、梦呓，或是就着摇晃且微弱的灯笼光线玩纸牌的地方。出航数日并未让我们侍卫房的臭气稍微消退些，之前谜语形容同僚们欠缺幽默感，恐怕并未言过其实，因为有个家伙哼道："小保姆回来了。"光是这话就欺人太甚，足以打上一架——如果我有心要打的话。但是我无心打架，我不去理会那人的羞辱，匆匆地把食物囫囵吞下肚，然后就把我的海运箱里的毯子拿出来。要在地板上找到足够伸展之处躺下睡觉，根本就是不可能的。侍卫们横七竖八地躺了一地，我蜷着身体，窝在众人之间。我宁可背靠着墙睡，但那是痴心妄想。我脱去靴子，松开皮带，好不容易在地板上躺下来、用毯子把自己盖好的时候，隔壁那人骂了几句，然后翻过身去。我闭上眼睛，吸了一口气，恨不得立刻就沉入毫无意识的熟睡之中，因为这种可以闭上眼睛睡觉的机会实在难得。至少在梦中，我可以逃离这个梦魇。

然而，就在我走过清醒与沉睡之间的迷茫领域时，我突然想到，我说不定能找到办法化解这个困境。于是我也不急着熟睡了，反而趁此机会找寻荨麻。

要找荨麻可不是易事，因为在这个迷茫领域间，阿憨的音乐无处不在，要找到路穿过他的音乐，就像是要在迷雾之中，跌跌撞撞地穿过荆棘之地一样困难——我一想到这个念头，那乐声就一下子长出了藤蔓，生出了尖刺。乐声应该是不会扎人的，这个却与众不同。我蹒跚地走在浓雾之中，又饿又渴，背脊冰凉，脑袋则被刺耳的声响抓着乱撞。过了一会儿，我停下脚步，对自己说道："这是梦。"说也奇怪，此语一出，荆棘犹豫地缩开了。我站着不动，思考自己的处境，可是荆棘又开始把我的脚缠住。我再次说道："这是梦，梦是伤害不到我的。"但这话并没有奏效。我蹒跚地往前走，荆棘的刺却扎入裤管，刺入我的血肉之中，还将我的脚越捆越紧。

我再度停下脚步，急着要让自己平静下来。一开始，这只是阿憨的精技提议，但现在却已经变成我自己的梦魇了。带刺的荆棘不断地把我拉下去，我站直起来，拔出惟真的剑，一阵砍伐，荆棘便像是被斩头的蛇，怕得纷纷让开。我信心大起，于是让剑刃上烧着火焰，一方面可以烧灼藤蔓，一方面也可在浓雾中找路。“上山去。”我对自己说道，“只有山谷里才会积雾，山顶一定是清朗的。”而事实的确如此，我越往上走，雾气就越淡。

我终于摆脱阿憨的精技浓雾纠缠之后，便发现自己到了荨麻梦境的边缘。我站着仰望山顶的玻璃塔。啊，玻璃塔的故事，这我是听过的。从此处一路过去，直到塔下，都是绞缠的线网绳结。我走过去时，这些线网绳结便像蜘蛛网似的将我缠住。我知道荨麻已经察觉到我在此处了，但是她却任由我独自奋斗，所以我只好挣扎着渡过这一片及踝的绳海。在那个古老的故事里，这一片绳海象征着那些有口无心的爱慕者们曾许下的一个个落空的诺言。而唯有赤诚且真心的男子才能走过这一片绳海，不会被绳结绊倒。

在荨麻的梦境中，我变成了狼，不久我的四条腿都被绳结缠住，我不得不总是停下来，把脚上的绳子咬开。不知什么缘故，绳子上有大茴香的味道。大茴香这种香料，略撒一点的话，口味颇佳，但如果一口咬下去满是这个味道，那就会感觉像噎着了一样。等我好不容易爬到玻璃塔下，仰头望着荨麻的时候，我的下巴和胸口都沾满了口水。我抖了抖身体，才开口问道：“你不邀我上塔去吗？”

她没回答，只是靠在阳台的墙垛上，俯瞰着塔下的原野。我回头一望，只看到那个积了浓雾、长满荆棘的深谷。那雾气是不是漫过来了？荨麻还是不理我，于是我沿着塔底走了一圈。在那个古老的故事里，玻璃塔是没有门的，而荨麻也真实地重塑了故事中的情境。这是不是意味着她有了心上人，而这个心上人却用情不专？我心里转着这个念头，顿时忘了自己前来找她的目的。绕塔一周之后，我像狼一般地坐下来，仰望阳台边的那个人影。“谁背叛你了？”我对她问道。

她继续眺望。我本以为她是不会回答了，谁知道后来她看也不看我一眼地答道："人人都背叛我了。你走开。"

"我要是走开了，还怎么帮你？"

"你根本帮不了我。你不是常常说你不能帮我吗？所以你还不如远走高飞，任我孤独一人算了。反正大家都这样。"

"是谁这样了？"

此语一出，引得荨麻狠狠瞪了我一眼。她以痛心的口气抱怨道："你忘得可真干净呀！一个是我弟弟迅风，你说他会回家，但是你知道怎么了吗？他没回来！还有我那个傻父亲，竟打定主意要出门去找迅风。什么嘛！眼睛都蒙了白翳的人，怎么去找人！我们挡着不让他出门，但他还是走了。他出门之后发生了什么事情，我们不知道，但是他的马却独自回家了。所以，虽然母亲大叫着不准我出门，但我还是骑上自己的马，一路循着父亲的马蹄印，终于在路边找到浑身是伤、淌着血的父亲。他正拖着一脚，想要爬回家。我把父亲带回家之后又被母亲数落了一顿，说我不听话。如今我父亲躺在床上，一天到晚空洞地凝视着墙壁，不管我们怎么劝，他都不开口。母亲禁止我们送酒给他，而父亲既不肯跟我们说话，也不肯道出之前发生了什么事。这一来使得母亲更加气我们了，仿佛这一切都是我的错似的。"

荨麻滔滔不绝地讲到一半，泪珠便连连地滚了下来。泪水从她脸颊上滑下，顺着她的手臂，从玻璃塔的墙壁上流下来，慢慢凝结成忧郁的乳白色珠串。我后腿抵在地上，想要用前爪抓住珠串，但是珠串又小又光滑，我一点也抓不住，于是我又一屁股坐下来。我觉得自己整个人开始衰老，而且心里被蛀空了。我努力告诉自己，莫莉家里的惨状与我无关，他们的问题既非我所引起的，也非我能解决的，然而那个问题可以追溯到很久之前的旧事，不是吗？

过了一会儿，荨麻俯瞰着我，大笑道："怎么了，影狼？你怎么不说你帮不了我了？你不是老把这句话挂在嘴边吗？"我一时答不上来，于是她又以指责的口气说道："我还跟你说话做什么？你跟我撒谎，骗我说弟弟要回家。"

"我真的以为迅风就要回家呀。"我终于回过神，"我去找迅风，叫他立刻回家，所以我以为他上路了。"

“这个嘛，也许他有意回家。也许他上路之后，就被强盗杀了，或是掉在河里淹死了。让十岁的孩子单独上路可能太过危险，我猜你大概没考虑到这一点，对不对？你有没有想过，与其‘叫’迅风立刻回家，不如你好人做到底，干脆亲自送他回家，会比较妥当一点？我敢说你根本不管这些，因为你觉得这样太麻烦了。”

“荨麻，你停一停，让我说句话。迅风现在很平安，他活得好好的，而且很安全。他仍在这里，跟我在一起。”我顿了一下，努力吸了口气。一想到我讲出这话之后，接下来必会有什么后果，我就四肢无力。*怎么会是这种后果呢，博瑞屈？*我心里默默想道。*我为了将你从痛苦之中解救出来所做的，怎么会为你与你的家人惹来这么惨痛的后果呢？*

荨麻立刻就问道——我也知道她势必会问：“那你口中的‘他活得好好的，而且很安全’的‘这里’，又是哪里呢？我怎么知道你是不是真实的？说不定你只是我在梦境中塑造出来的人物。你看看自己，人心狼身！你根本就是假象，你说的全是空话。”

“我的真身并不是你眼前所见的模样。”我慢慢地答道，“但我是真的，而且很久很久以前，你父亲跟我是认识的。”

“很久很久以前！”她轻蔑地奚落道，“影狼又在编故事了。我告诉你，假话不必多说。”她抽噎地吸了一口气，眼泪簌簌地流了下来，“我已经不是小孩子了。你那些好听话，根本一点用都没有。”

她这么一说，我就知道自己已经失去了她的信任、她的友谊，以及与女儿共度童年的机会了。突然之间，我心里觉得好悲哀，而这个悲哀感的边缘，还镶着荆棘蔓延的精技音乐。我回头望着身后，荆棘与浓雾越爬越高，这到底是我自己的梦境逼近上来，还是阿憨的音乐变得越来越恐怖？我实在不知道。“我之所以来找你，其实是想求你帮忙。”我苦涩地对自己提醒道。

“请我帮忙？”荨麻差点呛到。

我想也不想地便答道：“我知道我无权请你帮忙。”

“的确如此，千真万确。”她眺望着我身后的情况，“不过到底是什么事情，你说来听听。”

“想请你帮忙化解恶梦。”

“我还以为你做的恶梦，都跟坠落深谷有关呐。”她似乎有点感兴趣。

“不是我的恶梦，是别人的恶梦。他是……他的恶梦很强，强到他的梦境会扩散出来，让大家都跟着他做一样的恶梦。这事情很糟糕，再下去就会出人命了。而且据我看，把恶梦扩散出来的那个男人，他是控制不了自己的梦境的。”

“那就把他叫醒啊。”荨麻不屑地道出这个最简单的解法。

“叫醒他可能会好一点，但就算好一点，也只是暂时的，而我需要一劳永逸的解决办法。”一时之间，我考虑要告诉她那人的梦魇也会危及到迅风，但我随即便把这个想法推到一旁。就算吓唬她也没用，毕竟她不见得肯出手帮忙。

“那么，你认为我能帮什么忙？”

“我想请你带我走进那人的梦，改变他的梦境，让他做个既甜美又平静的梦。我们若是能让那人深信，他眼前碰到的事情并不会杀了他，那他就会安心了。他一安心，他的梦就会比较平静，而他做了平静的梦，我们才能安眠。”

“这我怎么做得到？”她以更尖锐的口气问道，“况且，我何必出手帮忙？我若是帮你，你要怎么回报我？”

事情演变到这种以利相交的地步，实在是不忍卒睹，但是这怨不得谁，只能怪我自己。说来残酷，我唯一能够回报荨麻的东西，竟不免会让她父亲痛苦万分、愧疚不已。我慢慢地说道：“说到你能帮的忙，你有种天赋的魔法，能够走入别人的梦中，并改变别人的梦境，你的力量说不定强到能够改变我朋友的梦境，虽说我朋友的魔法也是很强的，但他现在整个人都吓坏了。”

“我才没有魔法呢。”

我不予理会：“若说你为什么要帮……我已经跟你说过了，迅风跟我在一起，而且很安全，可是你半信半疑。这我不怪你，因为从表面上看起来，是我先向你保证迅风会回家的，但后来又失信了。不过我可以告诉你几句话，让你转达给父亲。这些话会使他……使他难以承受，但只要他听到了，就会知道我此言不虚——也就是说，他一听到，就会相信你弟弟不但活着，而且还活得好好的，跟我在一起。”

“是什么话，你快说呀。”

一瞬间，我忆起切德的明训，所以想要先要求她答应帮忙改造阿憨的梦境，再把这些话告诉她。接着我断然打消了这个念头。其实我女儿对我从无亏欠，因为我从未为她付出过什么心力。另外则是因为我内心忧惧交加，生怕自己若是不先把这几句话讲出来，就会永远丧失将此说出口的勇气。毕竟要说出这几句话，就像是要逼自己以舌头去舔烧红的热炭一样恐怖。所以我答道：“你就跟你父亲说，你梦见一头狼，那狼嘴上沾满了刺猬的棘刺，还对你说：‘当年你对我恩重如山，所以我对令郎亦情同此心。如今我不但庇护令郎，还教导他。我必拼着一死，也不让他伤到一丝一毫。等我任务一结束，就将他安全地送回府上。’”

就当下的情况而言，我已经把这个讯息包藏得很好了，不过荨麻还是一下子就逼近真相，因为她急切地问道：“这么说来，你儿子曾经受我父亲照顾？而且是多年以前？”

有些决定是这样：只要你不让自己多想，就比较容易做出决定。“对。”我毫不迟疑地对自己的女儿撒谎道，“一点也没错。”

我望着荨麻仔细地咀嚼我这几句话，然后她的玻璃塔开始化为清水。温暖且无害的清水流过我的脚下，直到她的阳台缓缓降到地上为止。接着她伸出手，让我扶着她跨过栏杆。我任她扶着我的前腿，这是我有生以来第一次接触到——但也不能算是接触——自己的女儿。她那晒成了褐色的指头，在我的黑狼爪上停了一会儿，接着她站了起来，俯瞰着从山脚朝我们蔓延而来的浓雾与荆棘。

“我从未做过这种事情，你知道吧。”

“我也没做过。”我坦承道。

“在我们走进他的梦境之前，先说说他这个人吧。”荨麻建议道。此时浓雾和荆棘又爬得更近了。

其实，阿憨的事情，我就算只透露一点也嫌太多，但若是让荨麻在一无所知的情况下进入他的梦境，却可能会影响到我们三人的安危。而且，阿憨的梦境中若是流露出我不想让荨麻知道的事情，我也拿他没办法。在那一瞬间，我不禁纳闷自己是不是应该先问问切德或晋责，再找荨麻帮忙。最后我严正地对自己笑一笑：我可是精技师傅，不是吗？就身为精技师傅的职权而言，这只要我一人决定即可。

于是我对女儿说，阿憨这个人头脑很简单，虽是大人的模样，却有着孩童般的心灵，但若是论起精技魔法，他的力量可抵得上一支大军。我甚至告诉她，阿憨为瞻远王子效力，所以此刻他与王子同行，而且搭的是同一条船。我还把阿憨的精技力量有多么高强，以及他的梦境如何影响船上众人的士气讲给她听。我也告诉她，阿憨根深蒂固地相信自己会一直晕船下去，并且很可能会因为晕船而死。我跟荨麻讲话的时候，荆棘越长越快，就要逼上我们两人了。我看得出荨麻迅速地归纳出一个要点：我必定也在同一艘船上，这么说起来，她弟弟现在正与我在一起，跟着瞻远王子在海上航行。我心想，即使她住得那么偏远，恐怕也听了不少外岛贵主和王子远征的事情吧。不过我不必纳闷太久，因为她一下子就把事实归拢起来了。

“这么说来，那条银龙一直追问的黑龙，就是王子要去杀的龙咯。”

“别把它的名字说出来。”我乞求道。

荨麻轻蔑地瞥了我一眼，算是在嘲笑我这似乎没来由的恐惧，她平静地说道：“来了。”荆棘立即将我们两人圈住。

荆棘从以大火烧树之姿，发出噼啪的声音，从我们的脚踝、膝盖，一路绞卷上来。荆棘刺入我们的皮肤里，接着一团浓得令人惊惧而窒息的雾气漫来，将我们包住。

“这是怎么回事？”荨麻烦躁地叫道。浓雾遮去了她的脸面，此时她再度高声叫道，“影狼，快停下来，现在就停！这些都是你的梦，这些东西都是你弄出来的，赶快摆脱它吧！”

荨麻说着，将我的梦境剥开，那种感觉，就像是有人硬把你盖的被子掀开一样。不过最大的冲击是，荨麻的动作引发了一个若有似无的遥远回忆：很久以前，似乎有一个女人曾经一边扳开我胖嘟嘟的小手，拿走什么亮晶晶的好东西，一边说道："不可以哟，凯沛，这不是给小朋友玩的哟。"

这一刻我还因为自己的梦境突然被人剥除而感到讶异，但下一刻，我们便直接坠入了阿憨的梦境中。浓雾与荆棘不见了，但我头上却是一大片冰冷的海水。我淹在海里了，不管我怎么挣扎，都无法升到海面上。然后有人一把抓住我的手。荨麻拉起我，让我好好地站在她身边，不耐烦地叫道："你怎么这么好骗啊！这是梦，不过是个梦而已，何况此处已经变成我的梦了，而在我的梦境里，我们是可以在水上走路的。来吧。"

她这么一说，我们就真的可以在水上走了，但尽管如此，走路的时候，我还是紧拉住她的手。我们周遭尽是无垠的海洋，向四面八方延伸而去，而迎面扑来的大风则是阿憨的精技音乐。我眯着眼睛张望，心里想着我们要上哪里去找阿憨，但是荨麻在我手上捏了一下，她的声音穿过阿憨狂乱的音乐，清楚地传到我耳里："我们现在已经很接近他了。"

这话丝毫不假。再走没几步，荨麻便怜惜地叫了一声，跪了下来。水波映着阳光，亮得刺眼，所以我看不出她在看什么。我跟着她跪了下来，也不禁心生哀怜。

阿憨把这场面做得好逼真，他以前一定见过这种情况。阿憨化身的小猫就在水面下随波起伏，这只刚出生不久、连眼睛都还没睁开的小猫，就这样仿佛毫无重量地在大海里漂荡。小猫在水里漂浮的时候，猫毛是散开的，但是荨麻一捏着猫颈背的多余毛皮，将它从水里拉出来的时候，猫毛就顺着滴下来的水流贴在了身上。荨麻轻轻一摇，水便从尾巴、脚爪、鼻子和张开的嘴巴流下来。她毫无畏惧地将这小不点捧在手里，尝试性地用指头捏捏小猫的肋骨，让它的胸腔开始舒活，还将那小不点捧到眼前，朝那张开的红嘴之中吹了一口气。荨麻这样做的时候，十足是博瑞屈的女儿的模样，我曾见过博瑞屈朝新生的小狗嘴里吹气，以便清掉小狗喉咙里的胎膜黏液。

"你现在已经好了。"她很有权威般地对小猫说道。她轻轻地在那小东西身上点了一下，于是小猫的毛发便突然变得干爽柔软。我这才看出，原来这是橘白条纹的小猫，我原来还以为这是只黑猫呢。"你现在活过来了，而且很安全。你放心吧，任何邪恶之事都无法靠近你，而且你知道你大可信任我，因为我爱你。”

听到这话，我喉咙一紧，几乎哽咽。我不禁纳闷，这孩子是怎么知道自己该说这几句话？我虽然一生不曾听过，却一直都期望有个真诚可信的人能够这样告诉我。那种感觉，就像是看着某人将你一生渴望的礼物送给别人。不过，我既不怀恨，也不嫉妒，我只是好奇，她才十六岁，何以就能对他人如此付出。就算我能在阿憨的梦里找到他，就算有人预先告诉我，我只需要说这几句话就好，因为阿憨最想听到的就是这几句话，我也无法把话说得像荨麻那样真诚。她是我的女儿，十足是我的骨肉，但是当下的她却使我吃惊，讶异到觉得她仿佛是个跟我扯不上一点关系的人。

荨麻手里的小猫动了动，视而不见地张望了一下，然后小小的红嘴张开了。我心想小猫一定会“喵”地叫一声，谁料到它却沙哑地轻声叫道：“妈妈？”

“不是。”荨麻答道。我女儿比我勇敢得多，她并不考虑轻松地撒个小谎，而是干脆道出真相。“但跟你妈妈有点像就是了。”她望着四周的海景，仿佛她是第一次注意到周遭有海，“这里不像是你爱待的好地方呀，我们来改一改，好不好？你想去什么地方呀？”

阿憨有问必答，这使我很惊讶。荨麻循循善诱地让他一点一滴地吐露细节。他俩完成之后，我们化为玩偶大小，坐在一张很大的床上。我看到远处有着灰蒙蒙的旅行篷车的车厢壁。我曾见过许多表演木偶戏或是街头卖艺的人家，都是搭这种篷车四处旅行表演的。车厢一角的天花板吊着干辣椒和洋葱串，并飘来刺激的香味。接着我开始察觉到我们周围充满音乐，这音乐除了曲调是阿憨的母亲之歌外，还有许多丰富的元素，形形色色的音符中，有女人熟睡的稳定鼾声、车轮的吱嘎声、拉篷车的动物的缓慢蹄声等，这些声音陪衬着一名女子一边哼着童谣，一边吹笛的乐声，令人感到无尽的安全、宽容与满足。“这里蛮好的。”荨麻在完成之后，对阿憨说道，“如果你不介意的话，我可能会到这里来找你喔，可以吗？”

小猫呼噜地应了一声，然后便蜷缩起来。它倒不是在睡，只是在享受躺在大床中央的安全感而已。荨麻站起来准备离去。这时我才体会到，虽然我一直在看着阿憨的梦境，但其实只是在旁观而已。阿憨之前梦境中那些刺耳与恐怖的成分已经消逝无踪，但他母亲的世界里，可没有我的位子。

“那就再见咯。”荨麻对阿憨说道，又补了一句，“还有，你别忘了，其实要到这里来是很容易的。你要睡觉的时候，只需要想想这个靠垫。”她一边说着，一边拍拍床上众多五花十色的绣花枕头其中一个，“你只需要想着这个靠垫，一做梦的时候就会到这里来了。要记得喔。”

小猫低沉地咕噜了一声，阿憨的梦境便开始退去。于是霎时间，我又站在融化的玻璃塔旁的山坡上了。荆棘和浓雾都不见踪影，一眼望去尽是峰峦交错的青翠山谷，山谷里还流着淙淙小溪。

我突然想到一件事：“你怎么没告诉他说，他以后再也不会晕船了呢？”一说出口，我便瑟缩了一下，因为我实在太不知感激了。荨麻狠狠瞪了我一眼，我发现她眼里十分疲惫。

“你以为将那些事物找出来，并汇集在他周围是很容易的事吗？你知不知道，他三番两次要把梦境变成冰冷的海水。”她揉揉眼睛，“我正在睡觉，不过照这情况来看，我睡醒的时候一定很累。”

“对不起。”我严肃地答道，“施展魔法是很消耗元气的，这我自己清楚得很。我也没多想，就开口求你了。”

“哪有什么魔法。”荨麻嗤声道，“编造梦境才不是什么魔法呢，只是我能够做得到罢了。”

说完，她便离去了。而我十分害怕，唯恐她把我的话转达给博瑞屈之后会发生什么不测，但我压抑自己别去想那些，因为就算发生事情，我也无能为力。我坐在荨麻的玻璃塔下，但这已是没有她在场支撑的梦境，所以这梦境便开始消退。不一会儿，我便沉沉地睡去。

7. 航 行

切莫将外岛想象成如六大公国一般拥有单一君主的王国，也别误以为外岛的联盟像群山王国的联盟那么团结一致。在外岛，即使在个别的岛屿上——虽然岛屿很小——也不是由单一的领主或贵族统治。说得确实一点，外岛人之中并无公认的“贵族或领主”这一类人物。外岛男子的地位高低，要看他们的战功大小，以及他们掠劫而得的财物多少而定。有些男子在母系氏族的支持之下，足以维系自己以武力所取得的声誉不坠。外岛的土地乃属氏族所有，这的确不假。但是外岛的土地不是女人耕种的农地，就是女人采集贝类海藻的海滩，所以土地皆掌握在女人手中，而且总是母女相传。

乡镇，尤其是港口，并非单一氏族所有，且通常不会依法治理，而是以暴民统治为其法则。你若是在外岛的乡镇上遭抢，或是遇到盗匪，可别期望会有城市卫队出来主持公道。外岛人认为，每个人都必须强迫他人尊重自己，不然，若是被人踩在脚下，也怨不得人。你若是高声求救，只会让人认定你软弱怯懦，根本不值得注意。不过，有时当地的主要氏族会在城镇里盖“要塞”，并在要塞中裁夺正义与纷争。

六大公国人民心目中的城堡或碉堡之类的建筑物，在外岛是看不到的。在外岛，逼进的敌人多是搭船从河口或港口进攻，而非取道陆路，占领土地。不过，在每一个主要的大城中，都不难看到一两个氏族所有的“要塞”。外岛的要塞是经过特别强化、禁得起敌军攻击的建筑物，不但有庞大的地下室，还储备了充分的饮水与粮食。“外岛要塞”通常为当地主要氏族所有，而其设计目的是为了在内乱时避居，而非为了要抵御外国的敌军。

——甲拜所著的《外岛游记》

我醒来时感觉得到船上已经比较平静了。我才睡了没几个小时，却觉得自己精神饱满。我身边地板上的人个个都在呼呼大睡，仿佛他们已经好几天没睡过觉了——然而事实确是如此。

我小心地起身，把毯子搭在手臂上，跨过一个个伸臂张腿的大男人，然后把我的毯子收回海运箱里，换上一件干净一点的衬衫，接着回到甲板上。夜色将尽，就要天明了，云里的水滴都已流干，此时偶尔有星星会从浓云之间探头出来。船帆已经降下，以便利用此时较为和缓的风势，光脚的水手们利落地在甲板上来去走动。此情此景，有如暴风雨之后的黎明。

阿憨蜷缩在甲板上睡觉。他脸上的线条变得松弛而平缓，呼吸粗哑但稳定。罗网在阿憨身边打盹，他曲着双腿，头几乎点在膝盖上。我的眼睛只能勉强地认出栖息在栏杆上的那只海鸟的黑暗身影，那只鸟应该是海鸥之类的，不过体型格外大。我看到风险的眼睛一闪，于是跟它轻轻点头致意，同时慢慢地走上前去，好让罗网有充分的时间睁开眼睛、抬起头。他对我一笑。

“现在他睡得比较好了，也许最糟的已经过去了。”

“但愿如此。”我答道。我小心翼翼地敞开自己的心胸，探听阿憨的乐声。现在他的乐声再也不是精技风暴了，但仍有不时起伏的精技波浪。他母亲的歌再度成为主调，乐声之中还夹杂着小猫的呼噜声，以及荨麻保证说他一定会备受呵护、时时安全的回音。听到这里，我感到有点不安。这是因为我目睹了阿憨的改变，所以才听得出荨麻的讲话声，还是切德与王子也听得出她的声音，以及她讲了什么话？

“你看起来也睡了个好觉。”罗网有感而发地说道。听到他的声音，我一下子回过神。

“是啊，我的确睡得不错。幸亏有你来帮忙，多谢了。”

他朝我伸出手，我握住他的手，将他拉了起来。站直之后，罗网放开我的手，转转肩膀，舒展筋骨。停在栏杆上的海鸟朝罗网走了一两步过来，由于天光渐亮，我这才看出它的鸟喙与脚爪都是艳黄色的。我依稀记得博瑞屈曾经说过，亮丽的色彩就表示鸟儿吃得好、过得好，所以风险可以说浑身上下都焕发着健康的光采。风险仿佛察觉到我的仰慕之情一般，转过头仔细地用鸟喙梳理一根长羽，然后以堪比猫儿跃上椅子的轻松自若，毫不费力地从栏杆上起飞，伸展长翼，随风而起。

“真是爱现呐。”罗网喃喃地说道。他对我笑笑，于是我领悟到，原智者或是动物伴侣会因为对方的非凡出众而感到与有荣焉，那份骄傲，并不输给父母因为子女而感到的自豪。我对罗网笑笑，他们的欣喜也感染了我。

“啊，你这个笑容倒是很真诚。我想，时间一久，你就会信任我了。等你开始信任我之后，记得跟我说一声。”

我叹了一口气。其实最礼貌的做法是跟罗网说我已经很信任他了，但是依我看，我若是说谎恐怕哄不过他，所以我只是点了点头。罗网转身离去时，我突然想起迅风的事情，不得不尴尬地恳求道：“我还有一件事情想麻烦你。”

他转过身面对着我，脸上露出真诚的愉快表情：“我把这当作是你大有进展的象征。”

“你能不能叫迅风今天来找我？我有话要跟他说。”

他歪着头看我，像是怀疑地打量着贝壳的海鸥：“你要训他一顿，指责他为何没有回到父亲身边吗？”

我想了想，我有此意吗？“倒不是，我只是想跟他说，我必须保护他安全地回到公鹿堡，此事攸关我的荣誉。除此之外，我也希望他趁着航行时，继续跟着我上课。”我不禁酸溜溜地想道，切德若是听到我说这话，恐怕一点也高兴不起来。我的时间原本就已经很紧凑了，还把事情往自己身上揽。

罗网和蔼地笑笑：“听到这点真令我高兴，我会找个时间叫他来找你的。”

他答道，接着像水手般对我轻轻点头为礼。我也点头回礼，随后他便离去。

我从技传得知王子醒得很早，他穿好衣服之后，便走到船尾来看阿憨。王子身后跟着一个仆人，那人手里提着一个小篮子，里面装了温热的面包和一壶热茶。一闻到这个香味，我才发现自己饥肠辘辘。王子待那人将篮子放在阿憨身边的甲板上之后便叫他退下。我们两人默默地站着望海，等阿憨醒过来。

他的音乐是什么时候改变的？我今早醒过来的时候，简直不敢相信自己睡得有多香甜，心情有多么轻松。过了好一会儿我才领悟到，原来是阿憨变得不同了。

真是松了一口气，不是吗？我虽想多说两句，但却不敢多言。我不能抢着说这都是因为昨晚我把阿憨的梦境改造了一下，因为那实在不是我的功劳，而且说不定连阿憨都没有察觉到我在他的梦里。

幸亏此时阿憨醒了过来，才免去了我的尴尬。他咳了两声后才睁开眼睛。他先看看晋责，再看看我，接着脸上慢慢地浮现了一抹笑容。“荨麻帮我改变梦了。”阿憨说道。但晋责与我都还来不及回应，他便接着说道：“我觉得不舒服。喉咙好痛。”

我逮住这个机会改变了话题：“这大概是因为你干呕得太过分了。阿憨，你听好，晋责帮你带了热茶和新鲜面包来，你喝了茶，喉咙就会比较舒服了。我帮你倒点茶好不好？”

阿憨没应半个字，只是又连咳了一阵。我在他身边蹲下来，摸摸他的脸颊。他脸上热热的，不过他才刚醒，身上还裹着毛毯，这不见得表示他真的发烧了。他厌倦地推开毯子，但是风一吹来，一身湿衣的他便冷得发抖。他看起来虚弱可怜，而他的精技音乐则开始出现刺耳的声音。

王子立刻采取行动：“獾毛，你提上篮子。阿憨，你现在就跟我回舱房去。”

“我不去。”阿憨呻吟道。但令我惊讶的是，接着他便慢慢地站起来了。他蹒跚地跨出一步，朝起伏的波浪看了一眼，仿佛突然想起了什么似的，“可是我晕船。”

“所以我才要你进舱房，你待在船舱里会比较好。”王子对他说道。

“不，才不会呢。”阿憨坚持道。但是当王子朝舱房走去时，他还是慢吞吞地跟了上去。他的脚步不太稳，这跟甲板的柔和起伏不无关系，但也可能是因为他太虚弱了。我赶快走过去，一手挽着篮子，一手扶住他，即使如此，他仍走不稳，中间还因为咳嗽而停了两次。等我们走到王子的舱房时，我原本的担心已经变成了焦虑。

晋责的舱房比他在家里的房间豪华得多。设计者显然以为，唯有如此才配得上公鹿堡的王子。房间里有一列窗子可以展望船后的景象，打磨光亮的地板上铺着厚重的地毯，而桌椅等家具都固定在地板上，以免因为船体摇晃而移位。我若是在此多待一会儿，可能会对晋责的房间更加赞叹，但是阿憨直接朝主房隔壁的那个小房间冲了过去，所以我无法多逗留一会。阿憨的房间就差远了，他的房间只比小床多铺了几寸，私人物品只能塞在床下。我猜设计者大概是认为王子必有打点生活起居的利落男侍，因此才设计了这个小房间，但如今这个地方竟是留给王子的呆头宠臣居住。阿憨一回到房里，便立刻蜷缩在床上。我把他汗湿的衣物脱去时，他呻吟乱叫，而当我一为他盖上轻暖的被子，他便一把将被子抓去，还抱怨说好冷，牙齿不停地打颤。我到王子床上拿了一条厚被子盖在他身上，现在我真的很确定他是发烧了。

茶已经凉了些，但我仍倒了茶，扶着阿憨坐起来喝。在我的技传建议下，王子派人去煮柳树皮茶，并拿些覆盆子糖浆，因为前者可以解热，后者可以止咳。过了好久，仆人才将这两样送来，然后我又花了不少工夫才说服阿憨吃下去。阿憨的顽固与坚持似乎因为发烧而减退了不少，所以最后他还是把柳皮茶和覆盆子糖浆都吃了下去。

阿憨的房间小到因为我坐在床沿而无法把门关起来，于是只好任由门开着，我则一边照料阿憨，一边观察前来拜访王子的人潮。来找王子的人都平凡无奇，但后来王子的“原智小组”，也就是儒雅、罗网、吟游歌者扇贝和迅风四人进来了。晋责原本坐在桌边朗诵外岛语的致词，仆人将他们领进来之后，晋责便叫仆人退下，他将卷轴推到一旁，显然是松了一口气。儒雅的猫跟着他进门之后，便直接走到王子的床上，大摇大摆地躺了下来，对此大家好像都不以为意。

罗网则似乎觉得很有趣似的瞄了我一眼，之后才跟王子打招呼。“高空晴朗无云，晋责王子。”我正想着，这样打招呼还真是奇怪，但是随即领悟到，罗网是在转达他的海鸟，也就是风险所说的话，“触目所见，除了我们自己的船之外，别无他物。”

“很好。”王子赞许地对罗网笑了笑，转过头去看看其他人，“儒雅，今天你的猫感觉如何？”

儒雅举起手，他的袖子滑了下去，露出上臂那一道又长又红肿的伤痕。“很无聊。空间太小，被关得很烦腻。等到我们再次看到陆地之后，它才会高兴起来。”此语一出，所有的原智者都像是纵容小孩子任性妄为的父母一般地大笑起来。我注意到他们每个人在王子面前都轻松自在，只有迅风有点僵硬不自然，而这一方面可能是因为他的年纪与其他人相差太多，另一方面大概是因为他注意到我也在场。记得当年惟真与亲近的贵族也是这样无话不谈，那些以轻松的真情义对待惟真的人，可比那些对帝尊鞠躬哈腰、百般奉承的人有价值多了。

因此，罗网转过头来看看我，并对晋责开口问的时候，没有显得太古怪，“这么看来，今天汤姆 · 獾毛是来加入我们的吗，王子殿下？”

他这一句话问了两个问题：我今天之所以出现在这里，是否是为了公开坦承我有原智，甚至要揭露自己的真实身份？还有，我会不会加入他们的原智小组？我屏住呼吸，听着晋责代我答道：“倒不是，罗网。他是来这里照顾我的人，也就是阿憨的。我知道你晚上帮忙看着阿憨，让獾毛能休息会儿，这我十分感激。但如今阿憨因为露宿了几夜而发烧，而他又只肯跟汤姆 · 獾毛作伴，幸亏獾毛也答应照顾他了。”

“啊，我懂了。唔，阿憨，没想到你生病了，多保重。”罗网说着，走到门边探望阿憨，原智小组的其他成员则待在大房间的桌子旁，继续悄悄地讨论，而迅风则忧心忡忡地望着罗网。裹着毯子、空洞地瞪着墙壁的阿憨似乎并未注意到罗网来看他，就连他的精技音乐也减退了，变得很小声，仿佛他已经没力气大奏音乐。阿憨没有反应，所以罗网轻轻地伸手放在我肩上，悄悄地说道：“我乐于今晚再帮你照顾他一晚，如果你想休息一下的话。而现在呢……”他转过头，对迅风招招手，于是迅风脸上一下子蒙上阴影，“我就把我的‘侍僮’留给你了。你们两个一定有很多事要谈，而且我敢说，如果阿憨有什么需要的话，迅风一定乐于帮你跑腿。你说是不是啊，年轻人？”

迅风陷入无法拒绝的境地，对此他心里清楚得很。他像是被鞭打了一顿的狗儿似的，顺从地走到罗网身边站着，眼睛看着地上。

“是，大人。”迅风轻声答道，他抬起眼睛望着我。我看了实在很难过，因为他眼里既是恐惧，又是厌恶，但我又没做什么，他竟然如此看待我，未免太不公平。

“迅风。”罗网一开口，便引得那孩子朝他望去。罗网继续以只有我们两人听得到的声音轻轻说道：“没事的，你放心待着吧。汤姆只是想趁着航行的时候继续给你上课，仅此而已。”

“其实不止于此。”我不情愿地说道。听到这话，他们两人一起朝我望来，同时罗网还扬起了眉毛。“我已经立下承诺了。”我慢慢地说道，“我已经对你的家人保证，我不惜一死，也要保证你毫发无伤。我已经做出承诺，等这一切过去之后，一定要尽全力将你平安带回家。”

“要是这一切过去了，我却不想回家呢？”迅风提高音量粗鲁地问道。我虽没看见王子的反应，却知觉到他在注意我们的对话，然后那孩子愤慨地说道：“等等！你是怎么跟我父亲说上话的？时间根本不够，你根本不可能赶在开船之前，派信差去找我父亲，然后还拿到我父亲的回函，所以你这些话都是骗人的。”

我慢慢地吸了一口气。等我能够平静地讲话之后，我才低声答道：“不，我没骗你。我是说，我对你的家人做出了承诺，但我可没说他们已经答复了。尽管如此，我仍会遵守诺言。”

“时间根本不够。”迅风反驳道，但是他的声音比较平静了。罗网不以为然地望着迅风。我皱起眉头，罗网也不以为然地朝我瞥了一眼，但是我定定地迎向他的目光。我的确做出承诺，说我要保证这孩子毫发无伤并让他平安地回家，但这并不意味着我必须高高兴兴地忍受他的侮辱。

“恐怕你们两个都会觉得旅途漫长难捱呐。”罗网有感而发地说道，“我就让你们两个去作伴了，希望你们尽量好好相处。我敢说，这个相处的良机，一定会让你们两个大有斩获，但到底是什么斩获，你们得自己去摸索，这样你们才会珍惜。”

“好冷。”阿憨说道。他这一呻吟，正好把我从罗网的训话之中解救出来。

“你的第一个任务来了。”我生硬无礼地对迅风说道，“你去找王子的仆人，跟他要两床被子给阿憨盖。要毛料的。还有，顺便替他端杯水来。”

依我看，他大概认为给阿憨这种智能不足的人端水有伤他的尊严，但是他宁可去跑腿，也不想与我为伍。迅风匆匆离去之后，罗网叹了一口气。

“你们两个应该要开诚布公才是。”他劝道，“唯有如此，你才能感动那孩子，汤姆。我现在才领悟到，迅风是真的需要你多关照的。他先是离家出走，然后又逃离你身边，他总不能一直逃开，否则他就永远学不会如何立定脚跟、面对自己的问题了。”

这么说来，他认为我是迅风的问题之一吗？我避开他的目光：“我会找个办法跟他相处的。”

罗网回答的时候疲惫地叹了一口气：“那么，我就把他留给你了。”

他回到桌边，与原智小组的成员交谈，过了不久，他们便离开了。王子继续朗诵他的演讲词。迅风抱着毯子、端着一杯水回来时，我已经浏览过王子的典藏，选出几个我认为适合迅风研读的卷轴了。王子的典藏之中有几个我从未见过的卷轴，这使我有些意外。这几个讲述外岛社会型态及风俗的卷轴，一定是切德在我们临出门之前购置的。我从中选了几个较为简单的，准备给迅风上课之用。

我尽量把阿憨安顿得舒服一点。他的热度不退反升，越是发烫，他的精技音乐就越是杂乱无章。他仍未进食，但至少当我把杯子端到他嘴边，勉强他把水都喝光的时候，他已经懒得反抗我了。我让他重新躺好，把毯子塞紧，心里则不禁纳闷道，人发烧的时候，身体这么烫，为什么反而会觉得冷呢？

我弄好之后，抬起眼来，发现迅风正轻蔑地看着阿憨。那孩子看到我斥责的目光，便为自己辩驳道："他有个怪味道。"

"他生病了呀。"我重新在阿憨的床缘坐下，指着地上，"你坐那里，然后把那个卷轴念给我们听。不对，是边缘磨破了的那一个。对了，就是那个。"

"这是什么卷轴？"他解开卷轴的绳结，多余地问道。

"这卷轴讲的是外岛的历史与风俗。"

"我干嘛要念这个？"

我扳着指头，把理由数给他听："一来是因为你得多认点字。二来是因为我们要去外岛，所以你有必要多知道一点外岛的风土人情，以免使王子殿下蒙羞。三来是因为六大公国的历史与外岛的历史息息相关。第四是因为我吩咐你念，所以你就得乖乖念。"

他垂下眼睛，但我感觉得出他的态度一点也没软化，我还得再催一次，他才开口朗读。不过据我看，开始朗读之后，他就变得兴趣盎然。迅风读得很顺，我只顾着听他朗读的抑扬顿挫，倒没注意听他念的是什么内容。

切德进来的时候，迅风还在朗读。我表面上装作根本没注意到那老人正在跟王子悄悄讲话，然后晋责对我技传道：切德请你把迅风支开片刻，好让我们自在地讲讲话。

等一下。

我像在应着迅风朗读的内容似的点点头，他一停下来换气，我便伸手放在他肩上，"今天就这样吧，你可以走了。但是明天我仍待在这里，所以你也要来，我会在这里等你。"

"是，大人。"他的语气之中既没有期待，也没有服从，只是平淡地表达他知道了。我忍住不让自己叹气。他走到王子面前，鞠了个躬，然后王子便叫他下去了。但由于我以技传提醒了晋责，于是晋责又叫住迅风，并说他认为教育很重要，而且人人都会受用，所以他也乐于看到迅风天天来这里上课。迅风以与方才一样的平淡态度跟王子应了声，随即离去。

门才刚关上，切德就走到我身边。"他的情况如何？"他一边问道，一边伸手摸摸阿憨的脸。

“发烧兼咳嗽，喝了点水，但是没有进食。”

切德沉重地在床缘坐下，他先摸了摸阿憨的下巴，又伸到他领口内探了一下热度。“他多久没吃东西了？”他对我问道。

“至少三天了。这三天以来，不管他吃下什么东西都留不住。”

切德嗯哼有声地呼了口气：“唔，既然如此，那我们就得开始让他吃点东西才行。咸味的清汤，肉跟青菜要煮得软软的。”

我点点头，阿憨却呻吟了一声，翻过身去面对墙壁。他的乐声在飘浮，仿佛是因为他遁入了我无缘拜访的遥远之处。

切德握住我的手腕，使我分心。你昨晚对阿憨做了什么事？是不是因为你下手了，所以他才生病？

我实在没想到切德会这么问。我出声答道：“不，我想这只是因为他晕船，晚上又在甲板上淋雨，而且还饿了好几天导致的。”

阿憨大概感觉得到我们在技传，他转过头向着我们这边，以无精打采的眼神望着我，过了一会儿，他的眼皮又沉下去。

切德走开了，挥手叫我跟上去。窗下的墙边有一条铺了厚垫的长椅，他坐了下来，示意我在他身边坐下。王子正在摆石子棋的棋局，此时他好奇地朝我们两人瞄了一眼。

“说来也好笑，如今若要讲两句悄悄话，竟然是靠轻声细语最为保险。”切德指着窗户外头，像是要我观察什么。于是我靠在窗边，若有其事地点点头。切德笑了笑，轻轻在我耳边说道：“我昨晚睡不着，所以干脆做精技练习，练到现在，我觉得我已经大有进展了。阿憨的音乐不但强烈，而且错乱得控制不住。然后我突然感觉到有什么东西……是个人，我想那应该是你吧。但是除了你之外，还有另外一个生物体，我以前好像曾经跟那个生物体打过照面，那个生物体越来越强，之后阿憨的音乐就平静了下来。”

切德的精技天赋竟然强到足以让他察觉到周遭的变化，这倒使我颇为惊讶。我想得太慢，又沉默得太久，才假装什么都不知道地问道：“什么生物体？”

切德咧嘴而笑：“应该是荨麻吧。你是要用这个方式将她带入我们的精技小组之中吗？”

“不是。”我说道。仿佛高墙砰然倒下，将我的秘密透露给他知道，然而我虽不愿让自己的秘密走漏，却也不能否认说出去之后，我的确宽心许多。我突然领悟到，我已经对于各种秘密感到厌倦，而且还累得无法保护自己的秘密。让他知道荨麻的强大力量又何妨？这又不表示我会因此而答应让他利用荨麻，“昨晚我请她帮了个忙。我们离开公鹿堡前，我跟她说迅风会回家，因为当时我真的以为迅风就要回家了，可是后来我发现他跟罗网上了船……我总不能让她一直放心不下，生怕自己的弟弟是不是死在路上的沟渠之中了，所以我就告诉她迅风很安全，他跟我在一起，而且我会看着他。”

“当然当然。”切德喃喃地说道。他的眼里渴望着更多消息，于是我接着说道：

“我请荨麻作为报答的，是纾解阿憨的梦魇。她原本就善于控制自己的梦境，而昨天晚上的事情，则证明她也善于控制别人的梦境。”

我密切地观察切德的脸色，而他也丝毫不放过我的表情。我看得出他正在思索控制梦境这种事情能有什么用处，而当他想到它的确是不可多得的强大武器时，眼睛都亮了起来。可以用于控制人们心里的图像、可以把人们毫无防备的思绪变得阴森可怕，或变得甜美愉快……要是有了这么强大的工具，那还有什么事情是做不到的？你可以让一个大男人夜夜都为恶梦所苦，可以用浪漫美梦来推动两国联姻，更可以用猜忌来破坏同盟。

“不行。”我平静地说道，“荨麻并不知道自己有着不寻常的天赋，她甚至不晓得她所展现的，正是精技潜能。我永远都不会把她拉进我们的精技小组里，切德。”然后我扯了个谎——这是我在一时半会之间所能想出来的最佳谎言了。切德要是看得出来，一定会以我为荣，“荨麻最好是以‘精技独行者’的身份活动，这样对我们最有利。她用不着对精技全盘了解，像她现在这样反而最容易控制，其实这跟我年轻时的不知而行，是一样的道理。”

切德严肃地点点头，他根本连反驳这番论述的工夫都免了，我这才看出我的老导师的盲点：他一直都很疼爱我，但即使如此，他仍要利用我，也仍会任我受人利用。也许，这跟他自己一直受人利用，是一样的道理吧。就是因为这样，他才无从猜测到其实我是想要保护荨麻，不让她过这种生活。“没错，这样的确最好，你终于想通了。”他赞许地说道。

“你们在说什么呀？”王子好奇地问道，他起身走到窗边，眺望着窗外。切德拿了个不相干的事情来搪塞，说我们正在玩眨眼的游戏：先看着浮在水上的船，然后眨眨眼再看，船便沉入水下了。

“那么，你说你有话要私下跟我们说，到底是什么事情？”王子纳闷地问道。

切德深吸了一口气，我知道他一定是在绞尽脑汁找借口，“我在想，阿憨和蜚滋都在这里，这个安排真是太好了。如今我们整个精技小组的人都已到齐，我们就放出消息，说阿憨黏着蜚滋，非要蜚滋陪他不可。这样一来，这个寻常的侍卫跟王子这么接近，就不会惹人起疑了，而即使阿憨病愈，蜚滋仍可继续待下去。”

“这我们之前就谈过了，不是吗？”王子质问道。

“是吗？噢，好像是吧。老人家的记性不好，王子殿下就多见谅吧。”

晋责狐疑地应了一声，我则有技巧地撤退到阿憨的床边。

阿憨的热度一点也没退，切德认为他还是要吃点滋养的咸食打底，所以唤来仆人，吩咐了下去。不过那个盛气凌人的厨子，我是见识过的，我对于衔令而去的侍僮倍感同情。那少年不一会儿就回来了，只弄到一杯热水和一块沉到杯底的咸肉。切德十分生气，又派了另外一个仆人，并斩钉截铁地交代这食物该怎么做。我哄着阿憨将水喝下，但是他的呼吸声越来越粗哑，令人担心。

食物终于送来了，这次厨子弄得比上次好得多了。我用汤匙舀起粥汤，一口一口地喂阿憨吃，可是他的喉咙很痛，一吞咽就更痛了，因此吃得非常慢。在切德的吩咐之下，厨子也帮我做了一份，以便我在阿憨身边进食，不必离开，这后来变成我进餐的常态。能够优游自在地进餐，不用去跟别的侍卫推挤抢食，的确很不错，但是这么一来，我也变得很孤立，除了阿憨、切德和晋责之外，再也没有其他人可以聊天。我本希望我在王子舱房里的第一晚能睡个好觉。阿憨已经安顿好，既不呻吟，也没抽搐，我甚至还大着胆子希望他会做个安详的好梦。我睡的矮床横穿他的门槛，一半在他房里，一半在他房外。我闭上眼睛，本想好好休息，结果却深吸了一口气，集中心神，潜入了他的梦境之中。

他已经有伴了。此时小猫阿憨躺在大床中央，伏在它的靠垫上，而荨麻则安静地在狭小的房间中走来走去。她好像正在忙着夜晚的日常工作，她一边哼着小调，一边把乱丢的衣物摺好，还把食物收进碗橱里。她弄好之后，房间变得整齐明亮。“好啦。”荨麻对那只凝神注视的小猫说道，“你瞧，都弄好了。东西都搁好归位了，你在这里安全得很。祝你做个好梦哟，小猫咪。”她踮起脚，吹熄灯火。我突然了解到，虽然我知道她是荨麻，但此时我是透过阿憨的梦境看到她，所以她变成了个矮壮的妇人，脸上的皱纹很深，灰发在头后盘成发髻。这人一定就是阿憨的母亲，我这才察觉到他的母亲是在年纪很大的时候才生孩子的，从这情况来看，她的年纪几乎可以当他的祖母了。

然后，阿憨的梦境一下子退开，仿佛方才的我，只不过是在眺望远处窗内的景象罢了。于是荨麻与我又置身于山坡上了，我上方是融化了一半的玻璃塔，而干枯的荆棘则将我团团围住。荨麻站在我身边，她明白地对我说道：“我做这些是为了他，不是为了你，任谁都不应该受这种恶梦的折磨。”

“你在气我？”我慢慢地问道。我实在很怕听到她的答案。

她并没看我。突然之间，一股冷风吹过我俩之间，而她的答复则透过冷风传过来：“你叫我传达给我父亲的那番话，到底是什么意思？影狼，莫非你真的是狼心狗肺，所以才叫我传了这一番话，让他听了心如刀割？”

对。不，不对。我无法给她一个诚实的答复。我很想告诉她，我从来没有伤害博瑞屈之意。但是果真如此吗？博瑞屈将莫莉纳为妻子，但他们之所以结合，是因为他们两人都以为我已经死了，而非要折磨我。然而不管是善意还是恶意，结果都一样：他终究是将莫莉从我身边抢走了。不仅如此，他抚养我女儿，让她安全健康地长大。是的，就是如此，而且就此而言，我对他十分感激。但是荨麻终此一生都会对博瑞屈叫“爸爸”，这点我就无法感激了。“那些话，是你逼着我说出来的。”我答道，听出自己的口气非常严厉。

“是啊，这可不就像是那种古老的寓言故事？你的确让我如愿以偿，但是愿望成真之后的情况，却使我心碎。”

“到底是怎么了？”我勉强地问道。

她不想告诉我，最后却还是说了出来：“我告诉他，我在梦里遇到一匹狼，狼嘴上沾满了刺猬的棘刺，这狼向我许诺会照顾迅风，并且将他平安地带回家。然后我就照你跟我说的说了：‘当年你对我恩重如山，所以我对令郎亦情同此心。如今我不但庇护令郎，还教导他。我必拼着一死，也不让他伤到一丝一毫。等我任务一结束，就将他安全地送回府上。’”

“然后呢？”

“我母亲正在揉面团，她听到这话，就告诫我，如果我说的都是妄想跟蠢话，就干脆别提到迅风的事。当时我跟父亲坐在桌边，母亲背对着我们，所以她没看见父亲一听了我这话，眼睛就睁得大大的模样。父亲睁大了眼睛——眼珠子上下左右的眼白都露出来了——瞪着我看了好一会儿，后来便跌落在地上，像尸体一样茫然无神地张眼瞪着。我以为他跌得不省人事了，赶紧和几个弟弟把爸爸抬到床上，唯恐情况不妙。我母亲则惊吓万分，频频问他是哪里受伤了，可是他绝口不答，只是用双手遮住眼睛，像是被人鞭打了一顿的孩子一样蜷缩着身体，大哭起来。

“他今天哭了一整天，不管谁去劝他，他都不回答。到了晚上，我听到他起床的声音。我边冲出我的阁楼边往楼下看，原来他一身旅行的装束，而且已经穿戴妥当。我母亲拖着他的手臂，求他不要出门，但是父亲只跟母亲说：‘女人啊，你还不晓得我们闯了什么祸，但我没那个勇气告诉你。我是懦夫，我这一辈子都太怯懦了。’父亲甩开了母亲的手，然后就走了。”

在那恐怖的一瞬间，我仿佛见到莫莉摔倒在地、无依无靠的模样。我只觉得心痛。

“他去哪里了？”我挣扎地问出这一句。

“我猜他是去找你了，无论你现在在哪里。”她的回答很粗率，不过我从她的口气里听出她的话里带着一丝希望。她期望的是，我说不定会知道她父亲上哪里去了，以及她父亲为什么非去不可。我一定得打消她的念头。

“他是不可能来找我的。不过我猜他可能会去一个地方，而且不久就会再度回到你们身边。”我对自己说道：他一定是去公鹿堡了。博瑞屈这个人直截了当，他会去公鹿堡，想办法找到切德盘问清楚，但他势必见不到切德，反而会碰见珂翠肯。珂翠肯会把我的真实身份告诉晋责，同样地，她也会对博瑞屈道出实情。她一向认为坦诚无伪最好，就算事实真相会刺痛人心也不要隐瞒。

我还在思索那个场面，荨麻就开口了：“我闯了什么祸了？”她问道。“我本来还以为自己很聪明，我以为我可以跟你谈条件，好让我弟弟平安回家来，结果却……我到底闯了什么祸了？你到底是什么人？你是怀恨我们家的人吗？我父亲跟你结了仇吗？”然后她更加恐惧地问道：“难道现在我弟弟已经落入你的手中了？”

“你别怕我，你用不着怕我。”我连忙说道。但是话一说出口，又不禁怀疑起这话里有几分真实。“迅风现在很安全，我会尽一切力量，早日将他平安地送回家。”我顿了一下，心里担心自己告诉她这么多到底妥不妥当。她可不傻，她是我女儿啊，要是给了太多提示，那么她迟早会揭穿我的秘密，到那时候，我可就永远无法挽回她的心了。“我跟他在很久很久以前就认识了，当时我们很亲近，后来我有自己的想法，而且又反抗他的规矩，所以我们就分道扬镳了。长久以来，他一直以为我已经死了，不过他听了你的话之后，就知道我并没有死。然而因为多年来我从未回去找他，如今他便认定是他占了我的便宜。但其实根本就不是这样的。想必你一定也知道，你父亲这个人很固执，就算众人都劝他宽心，但只要他一口咬定事实便是如此，就很难改变他的心意。”

“你以前认识我父亲？那么，你也认识我母亲咯？”

“我早在你出生之前，就认识你父亲了。”这句话虽然不是谎言，却是个障眼法，故意要误导她的。

过了一会儿，荨麻轻声推论道：“这么说来，那一番话在我母亲听来，是没有意义的。”

“对。”我肯定地答道，之后我小心翼翼地问道，“你母亲还好吧？”

“她怎么会好！”我感觉得出她对于我的愚蠢毫无耐心，“我父亲离家的时候，母亲站在门前对着他的身影大吼大叫，然后回过头暴跳如雷地对我们说，早知道他这么顽固，她当年就不应该嫁给他。她问我到底跟父亲说了什么话，连问了一二十次，我每次都回答说，我只是把我的梦境说出来，仅此而已。我差点就把你的事情全盘托出了，不过就算我讲了也没有用，对不对？她又不认识你。”

在那令人胆寒的一瞬间，我借由荨麻的眼睛看到了当时的场面：莫莉站在路中间，为了阻挡博瑞屈，她盘起来的头发都扯散了。她作势对博瑞屈挥拳，而那头跟当年一样卷的卷发则轻轻拂过她的肩膀。她最小的儿子，大概六岁左右的年纪吧，抓着母亲的裙子，因为目睹父亲遗弃母亲的恐怖情形而嚎啕大哭。夕阳西下，将天边染得血红，莫莉对着丈夫的背影尖声高叫：“你这个瞎了眼的老傻瓜！”那一个个字，仿佛石子般一粒粒地打在我身上。“你这一去，不是迷路，就是遭抢！你还回得了家吗！”但是博瑞屈却头也不回地走了。

荨麻关掉痛苦的回忆，我瞬间发现山坡与玻璃塔都已不见，此时我置身于一处阁楼之中，屋顶很低，几乎要碰到我头上的狼耳朵。荨麻坐在自己的床上，膝盖收在胸前。她和弟弟们都睡在阁楼上，我虽看不见他们，却可以透过阻隔的帘子听见他们的呼吸声。其中有个孩子辗转难眠，不时发出哭叫的声音。今天晚上，这个屋檐之下没有一个人睡得好。

我很想恳求荨麻千万别在莫莉面前提起我的事情，但是我不敢说，因为我一旦说出口，她必会察觉到我的不诚实。我不禁猜疑，说不定她已经开始强烈怀疑她母亲与我之间到底是什么关系了。我避重就轻地答道：“依我看，你父亲一定不久就回家了。他回家之后，还请你跟我说一声，好让我放心，好不好？”

“如果他真的回得了家。”荨麻低声说道。我这才察觉到，原来莫莉吼出了全家人的恐惧，而且这个恐惧非常真实。此时荨麻垂头丧气，仿佛若是她道出实情，就会使事情成真。“上次他单独出门去寻找迅风，就是被人抢夺一空，还打了个半死。他嘴上从不承认，但我们都知道事情就是这样。尽管如此，他还是再度单独出门了。”

“博瑞屈这人就是这样子。”我说道。我不敢把心底的期望大声讲出来：

博瑞屈骑的是与他相知甚深的马儿，虽然他从不以原智跟自己的坐骑讲话，但是他的马儿照样能与他沟通，毫无妨碍。

“是啊，我父亲这人就是这样子。”荨麻既骄傲又忧愁地应和道。房间的墙壁开始像滴到眼泪的墨渍般晕开，一切渐渐退去，最后连荨麻的身影也退去了。我醒过来时，发现自己正空洞地瞪着王子舱房的幽暗角落。

接下来的几天，日子过得非常单调，阿憨的病情既没有好转，也没有恶化。有时候，他会神清气爽个一两天，然后又再度发烧咳嗽。如今他真正的病情赶跑了他对晕船的恐惧，而我却没有因此而比较轻松。我几次找上荨麻，请她帮忙化解阿憨的发烧之梦，以免闹得全船不得安宁。水手们都是很迷信的，在阿憨的影响之下，众人都恶梦连连，当他们彼此比较过后就会发现大家做的恶梦都大同小异，接着便会认定这是上天的警告。幸亏这种事情只发生过一次，只不过那天船上差点就闹叛变了。

在这情况之下，我不得不经常深入地与荨麻合作，以精技化解阿憨的恶梦。她不提博瑞屈的事情，我也没有多问，虽然我知道我们各自都在心里默数博瑞屈出门几天了。我敢说，如果有他的消息，她一定会告诉我，但是她迟迟不提，让我一直放心不下。我无可奈何地强化了她与我之间的牵系，以至于后来我时时刻刻都与她连系。荨麻教我如何溜进阿憨的梦里，把梦的背景修改为令人安心舒服的环境，但是我做得不如她好，因为我有时做不到，只能暗示阿憨自己改变，然而荨麻却一出手就能把环境调整好。

我两次察觉到切德在观察我们。我很生气，却也无可奈何，我若是开口赶他出去，那么荨麻就会发现他在场了。不过不理会他也好，由于我的老导师越来越大胆，因而我看出他的精技力量越来越强。难道切德一直都没察觉到自己的变化？还是他早就知道自己的实力，却隐瞒不让我知道？我心里好奇，但是没对他提起心里的疑点。

我从来就不认为海上的旅程有什么刺激的。海上旅程都是一个样子。过了几天，我便觉得王子的舱房，几乎跟我的卫队同僚们那个摩肩接踵的舱房一样拥挤闭塞。食物一成不变，船从早摇到晚，而且阿憨的境况令人担心。由于我们精技小组的实力削减了不少，所以精技课程也没什么进展。

迅风继续天天来找我上课，他大声地朗读外岛的风土人情，一方面可以让他增长见识，另一方面也让我温故知新。他朗读之后，我会问几个问题，以测试他是否真的将新知识记在心里，而非有口无心地念过就忘了。这孩子记忆力不错，不时也会提些问题。迅风上课的态度往往过于粗鲁，但至少他顺从师长，而我也只求如此。迅风的在场，似乎使阿憨宽心了些，因为他听着这孩子的朗读声，脸上扭曲的皱纹便放松了不少。阿憨很少讲话，呼吸声粗哑，经常大咳一阵。每逢要哄着他一口一口地吞下粥汤，不但我累，连他自己也累。阿憨近来圆鼓的肚子消了下去，小眼睛的周围也生出了黑眼圈。如今他是个十足的病人，而他对于自己的苦难逆来顺受的模样，看着令人心疼。对他自己来说，他认为自己就快死了，而且就算在他的梦中，我也无法完全化解他这个悲观的想法。

在这方面，晋责是帮不上忙的。他的确尽力了，而且他是真的很喜欢阿憨，但是他才十五岁，就许多方面而言，都不过是个孩子而已。再说那些贵族对他招呼得无微不至，为了讨好王子而挖空心思。在摆脱了珂翠肯严苛自制的环境之后，贵族们便对晋责谄媚逢迎，天天都有精彩的余兴节目。小船在我们的船队之间穿梭，不仅载贵族们前来拜访王子，同时也常常载切德与晋责前往其他船上饮酒作乐、吟诗唱歌。这类的往来一多，就表示晋责无心顾及这趟旅程的愁苦之处，同时也表示贵族们的诡计得逞。然而相对而言，晋责若是多关照这些臣子，对他也是有好处的，毕竟他若想要好好统治六大公国，就得趁现在缔结盟友，以奠定基础。说真的，别人的邀约，他实在不能拒绝不去。但即使他有正当的理由，也难得看到他把心思放在生病的仆人身上，我还是觉得很懊恼。

罗网是我唯一的安慰。他每天都来，并且帮我看护阿憨，让我出去轻松一下。当然，即使有罗网照顾，我仍不可能完全放松警戒，弃阿憨于不顾。我还是时时以精技与他相连，以免他一下子陷入狂野而恐怖的恶梦之中，但是至少我可以趁这个机会离开封闭的舱房，到甲板上去走走，吹吹海风。不过，这倒使得我无法与罗网独处。切德希望我跟罗网套话，而我也想跟他聊聊，倒不只是因为切德的缘故。罗网学识渊博但不招摇，他体贴且无私的态度，使我大受感动。我感觉得出他在奉承我，他那种奉承，不是贵族们迎合晋责的那种奉承，而是像博瑞屈那样对桀骜不驯的马匹多加照料的关照。即使我明知罗网的用心，他这一招还是奏效了。渐渐地，我不再对他百般提防。他虽知道我真正的身份，但与其说这使我多了一分威胁，不如说，这使我多了一分慰藉。我想要问他一大堆问题：有多少原血者知道蜚滋骏骑至今仍活在世上？有多少人知道我就是蜚滋骏骑？我不敢在阿憨耳及之处问出这几个问题，虽然他睡在房里，一直在做发烧的梦，但我也不肯大意，谁晓得他会不会随手把我跟罗网的对话传出去，不管是以言语，还是以梦境。

有一天晚上，王子与切德很晚才从什么余兴节目中归来，而我一直等到王子斥退了众仆人，才跟他们两人谈谈。他们坐在可以眺望船尾情况的窗下那个铺了厚垫的长椅上，手握着酒杯，静静地聊天，我站起来，抛下阿憨，走到桌边对他们招手。虽然他们都因为跟卓越大人下了很久的石子棋而感到疲倦，但还是兴趣浓厚地立刻凑了上来。我直截了当地对晋责问道："罗网有没有跟你说，他知道我就是蜚滋骏骑？"

晋责露出十分惊讶的表情，所以我知道罗网从未跟他提起。

"有必要让他知道这件事吗？"切德埋怨我。

"有什么理由不该让我知道吗？"王子替我回答了，我没想到他的口气会这么尖锐。

"没什么，只是这点小事跟我们这一趟出海远征的目的无关，而我希望你的心思能随时放在对我们最重要的事务上，晋责王子。"切德的声音很自制。

"切德顾问，对我而言，什么事重要，什么事不重要，也许你应该让我自己决定比较好吧？"从晋责那粗暴的语气听来，这大概不是他们第一次谈起。

"这么说，从各种迹象看来，你的原智小组也都不知道我的身份？"

晋责迟疑片刻，才慢慢地答道："的确如此。我们不时会谈起'原智小杂种'的事情，不过我此刻回想起来，这话题都是罗网起头的，但是他谈起'原智小杂种'的态度，跟他传授原智历史与风俗的态度无二：他总是先提起一个话题，然后问几个问题，引导我们用心思考、深入了解。在他口中，蜚滋骏骑是个历史人物，别无其他。”

听到自己变成别人口中的“历史人物”，我顿时松了一口气，但是切德及时地在我变得太过自在之前开口道：

“这么说来，罗网已经开始正式教导你们这个原智小组了？他教了历史、风俗……还教了什么？”

“礼节。他说了不少原血者与牵系动物的寓言，以及在寻找动物伴侣之前，应该做什么准备。依我看，他教的这些东西，其他人大概从小就有所耳闻，他之所以多谈，应该是为了迅风与我着想。他讲故事的时候，其他人也听得很专心，尤其是吟游歌者扇贝。我想，罗网所讲的故事，大概有不少已经接近散佚的边缘了，他之所以多讲，也有希望我们把故事传承下去的用意。”

我点了点头：“由于遭到迫害，原智族群四分五裂，避而不谈原智的传统与知识，在这个情况下，一代一代的传承难免会越来越少。”

“那么，在你看来，罗网为什么要谈起蜚滋骏骑的轶事？”

我看得出晋责照着切德教我如何分析他人举止的做法，仔细揣测罗网的动机：他这样做有什么好处？这个举动对谁造成威胁？“有可能是因为他要刺探我知不知情，不过看来又不像是这样。依我看，罗网之所以谈起蜚滋的旧事，是为了激发原智小组的成员思考一个大问题：‘有原智的与没有原智的统治者之间，到底有何差别？’也就是说，如果当年是蜚滋继位，而不是单纯因为他有原智魔法而被处决，会对时局产生什么影响？我是否能安全无虞地对大众坦承说我乃是原血者，以及这对于六大公国而言有何重大意义？还有，有个原血的国君，对于我所有的子民而言，到底有何好处？此外，原智小组要如何参加要务，辅佐我治理国家？”

“他们要辅佐你治理国家？”切德尖锐地问道，“他们的野心大到那个程度？之前他们只谈到要襄助你远征，要让六大公国的人都看出，原智魔法的确可以用于正途。但照你这样说起来，如今他们还打算在远征之后继续辅佐你？”

晋责皱眉望着切德：“唔，这是当然。”

切德烦躁得眉头都纠结在了一起，我插嘴道："据我推断，他们有此打算可以说是再自然也不过的了，尤其他们若真能在王子远征的任务上出力，那就更顺理成章了。多年来你一直都告诉我，利用他人、事后便将其丢弃到一旁，乃是很差劲的政治运作。"

切德仍愁眉不展："这个嘛……是啦……如果事后证明，他们果真能在远征的任务上出一点力的话，那么他们难免会期望皇室给他们一点报偿。"

王子冷静地说话，我感觉得出他压下了自己的怒火："就你认为，倘若他们不是原智小组，而是精技小组，并且在远征中出了力，那么他们会期望我给他们什么回报？"

切德气了起来："那根本就是两码子事。精技是你家传的魔法，而且比原智强大得多，所以你若与自己的精技小组结合在一起，并接受精技小组的辅佐与陪伴，那绝对是顺理成章。"切德说到这里，突然停了下来。

晋责慢慢地点头："但是原血也是我家传的魔法，而我对原血魔法的认识，恐怕比你深刻得多。不过话说回来，切德，你说得没错，我对于与自己具有相同魔法之人，的确是既惺惺相惜，又深深信任。正如你所言，这也是顺理成章的。"

切德张开嘴巴，像是要说话，然后又闭上了。过了一会儿，他再度张开口，但再度把话吞下肚。最后他既烦躁又敬畏地轻声说道："很好，你说得有几分道理。我不见得完全同意你的结论，不过我尊重你的决定。"

"我别无所求。"王子答道。我在这几个字之间，听出他未来将要继位为王的架式。

切德转而以凶狠的目光瞪着我。"你为何提起这件事情？"他恼怒地问道，仿佛我是为了要挑起他们二人的唇枪舌剑，所以才提起这个话题的。

"因为我想知道罗网对我所求为何。我感觉得出他待我很好，而且想跟我拉近关系、倾心交谈。你怎么会问这个？"

船上是没有真正的宁静的，木料与海水、帆船与海风之间，时时刻刻都在对话，而一时之间，船舱中就只听得到这些声响。此时晋责应了一声："这倒没什么好多想的，蜚滋。我看不出他能从中拿到什么好处，也许他只是想跟你交朋友吧。”

“他手里掌握着天大的秘密啊。”切德不满地说道，“而握有秘密，就掌握了权力。”

“但也免不了涉险。”王子反驳道，“罗网若是揭开这个秘密，那么不但蜚滋有危险，连他自己也会不保。你只要想想看这会引起什么后果就知道了。若是他拆穿此事，那么我的王位不是岌岌可危了吗？会不会有少数贵族因为我母亲隐瞒事实、保住蜚滋一命，起而对抗王后？”他低声补了一句，“更不要忘记，罗网若是公布说他知道蜚滋的真实身份，也就是等于将自己送上刀口，因为此事非同小可，这是有些人会不惜一死，也要保护周全的秘密。”

我看得出切德反复思索着。“的确，罗网一旦说出去，不但会危及蜚滋，也会危及你的王位。”他疲惫地让步道，“就目前而言，你说得没错。他还是把这个秘密藏在心底最为有利，只要你继承王位之后对原智者多加安抚，他们便会与你相安无事，但要是有一天你与他们反目成仇呢？到时候你怎么办？”

“是啊，到时候我怎么办呢？”王子讥笑道，“切德啊，你常常激励我思考‘接下来情况会如何演变？’现在你也应该朝这个方面多想一想啊！如果我母亲与我被人推翻，那么谁会掌权？不用说也知道，到时候掌权的一定是逼我们下台的人呀。这种人一定是原血者的大敌，他们必会用远比我在位时更加狠毒的手段对付原血者。所以，我认为蜚滋的秘密很安全，不仅如此，我还认为他应该把担心摆在一边，好好地与罗网交个朋友。”

我点点头，心里则不禁纳闷道，为什么这个主意反倒使我有点不安。

“我还是认为这个原智小组帮不上忙。”切德喃喃地说道。

“是吗？那你为什么每天都问我罗网的海鸟看到什么景象？你听到罗网的风险放眼所及尽是老老实实的商船，难道没有放下心来？你再想想看，今天风险替我们送来什么好消息。今天它飞到柴利格镇的港口和镇上盘旋了一圈，而罗网借由它的眼睛观察了当地的状况。当地并无聚集武器的人马或进行战事布阵的迹象。虽说城里的确聚集了不少人，不过看那情况，应该是庆典吸引而来的人潮。你说吧，难道这消息没让你松了一口气？”

“应该是有吧。不过也不能因此而大意，毕竟这说不定是障眼法。”

阿憨翻了个身，喃喃地说了什么话，我以此为由，丢下了他们二人。过了不久，切德回了他的舱房，王子爬上自己的床铺，我则在阿憨的床边铺了矮榻。我想着罗网与风险的事情。若是能透过海鸟的眼睛看到大海与外岛港口的景象，那该多么有趣啊！可我还来不及多想，就开始加倍思念起夜眼。这天晚上，我做的是自己的梦，是狼群在夏日山坡上狩猎的梦。

8. 首领团

事情就是这样：艾达神和埃尔神在黑暗中交合，但是埃尔神并未讨得艾达神的欢心。过后，艾达神生下了大地，而随着大地这个胎儿流出的水则形成了大海。此时大地无甚起伏，不过是一大块黏土，直到艾达神捏塑过后，大地才有了变化。艾达神捏塑出一个又一个符文以代表自己的名字，以及埃尔神的名字。艾达神以“神符”拼出了埃尔神的名字，并将代表埃尔神的符文符号，一个一个地置于大海上。这一切，埃尔神都看在眼里。

接着，埃尔神也想拿一块黏土塑出自己的符文，但是艾达神不肯给他黏土。艾达神说：“你不过从你的身体里给我一道液体，做为生成这一切的种子，仅此而已。万事万物的血肉，都来自于我，既然你给的少，就不能多拿，所以你别想奢求。”

然而埃尔神并不满足。因为这个缘故，它创造了男人，又造了舟船，让男人们遨游于大海上。埃尔神笑着自言自语：“这么多男人，她可不能一一留意了，而且再过不久，男人便会踏上她的土地，将她的大地塑造成我喜欢的样子，这样一来，她的大地所代表的，就变成我的名字，而非她的名字了。”

艾达神早就想到埃尔神会用这一招，于是埃尔神的男人一来到陆地上，便发现艾达神的女人们已经在大地上来往行走、种植粮食蔬果、畜养家禽家畜。除此之外，女人不但不让男人统治大地，甚至还不肯让男人在大地上久留。她们对男人说："我们会让你们把鼠蹊间的黏液留给我们为种，以便生出与我们身形类似的骨肉。但是艾达神所生的大地，永远都属于我们的女儿，不属于你们的儿子。"

——外岛吟游歌者所述说的"世界的诞生"

尽管切德提心吊胆，但由于有风险的帮助，罗网所预料的前景非常准确。第二天早晨，瞭望的人便大叫已经看到陆地了。到了下午，我们便经过一连串大大小小的外岛岛屿。披着绿草的岛屿、远处的小屋和渔船，这一切使出海太久的人感到非常振奋。我努力劝阿憨下床到甲板上瞧瞧，看看我们离岸有多近，但他就是不为所动，最后他缓慢而笃定地呻吟道："那又不是家。我们离家太远了，我们永远也回不了家了。永远也回不去了。"他咳嗽着翻过身背对我。

然而，就算是阿憨郁闷的态度也无法使我放松的心情变得沉重。我深信他只要一上岸，就会恢复健康、精神十足。知道我们再过不久就可以离开这条拥挤的船之后，每一分钟都拖得仿佛有一天那么长。直到隔天下午我们才看到柴利格港，那感觉仿佛已经过了一个月之久。一队小舟划上来迎接我们，顺便引导我们的船从狭窄的水道中进入柴利格港，我心里则恨不得此时能与切德和晋责王子一起待在甲板上。

但是我不能去，只能在王子的舱房里来回踱步，从视野狭小的窗户中窥视到一点外面的动静。我听到船长的高喊，以及水手们整齐地在甲板上并拢脚跟的声音。切德、晋责王子、随行贵族与原智小组都在甲板上，眺望着慢慢接近的柴利格镇。我觉得自己有如同伴们都冲去打猎，唯独自己被锁在狗屋里的猎犬。我感觉到我们的船帆正在降下，而改由引导船拖行之后，船行的韵律就变了。引导船将我们的船拖至定位，又将我们的船掉过头，让我们的船尾朝着柴利格镇。我耳朵听着船锚哗啦入水的声音，眼里焦躁地凝视着等待着我们的那个外国城市，另外几艘六大公国的船也都在附近下锚了。

在我看来，全世界大概再也没有比船只入港更缓慢的事情了——唯一例外的，就是船只卸货的速度，那也是慢得急死人。突然之间，我们的船边挤满了小舟，小舟的船桨不停地入水、出水，看起来像是一条条长了许多脚的水虫。不久，其中一艘远比其余小舟大得多的船，将晋责王子、切德、一些贵族和几名王子侍卫送往岸上。我望着他们离去，心里想着他们一定是把阿憨与我都忘掉了。门上响起敲门声，原来是穿着一身光鲜侍卫制服的谜语，他眼里充满兴奋。

“我来看着这个弱智家伙，好让你回去换衣服。外头已经有一艘船准备接你们两个以及其余的侍卫上岸了。你别耽搁了，大家都准备好了。”

这么说来，他们并未忘记我。话虽如此，他们也没有提早告诉我他们早已做好安排。我听了谜语的话，便匆匆丢下他和阿憨往底舱而去。卫队的舱房已经空无一人，大家早在入港之时就已经换好了衣服。没跟王子同船的人都靠在船尾，急着要走。我迅速地换好衣服，三步并作两步地回到王子的舱房。要哄着阿憨换上干净衣服可不是易事，但是我回到舱房时，发现谜语已经着手帮他更衣了。

阿憨摇摇摆摆地坐在床边，他的蓝色束腰外衣和蓝长裤松松垮垮地挂在身上。看到他换上这身衣服，我才发现他真的瘦了好多。谜语跪在地上，好脾气地哄着他穿鞋。阿憨虚弱地呻吟着，胡乱地做着些无助于穿衣穿鞋的动作，脸上愁苦得不得了。虽然我以前曾经笃定地认为谜语不可能是切德的人，但是从这情况看来，他必是切德的人马无疑，因为寻常的侍卫是绝对不会着手帮阿憨换装的。

“剩下的交给我吧。”我对他说道，口气有点粗鲁。我说不上自己为什么会觉得必须保护眼前这个眼神迷蒙地望着我的小个子男子，但我就是觉得必须保护他。

“阿憨。”我一边帮他套上鞋子，一边说道，“我们要上岸了。我们一踏上结实的土地，你就会好起来的。你放心好了。”

“不，我才不放心呢。”阿憨笃定地答道。他咳了一阵子，那种咳得全身打颤的模样，使我看了吃惊。不过我还是帮他披上斗篷，搀着他站起来。阿憨蹒跚地搭在我身上，跟着我离开了舱房。到了甲板上，吹到阔别多日的新鲜海风，他竟然发抖了。他伸手把斗篷拉紧。阳光很亮，但这里的气候并不如六大公国的夏日那般温暖，高山顶上积雪未化，风仍带有凉意。

我们的船尚未靠岸，因此搭乘外岛的转运船上岸。幸亏有谜语帮忙，我才好不容易又哄又拉地把阿憨弄上那条时时刻刻都摇晃不停的小船。我暗暗诅咒那些袖手旁观，还把我们的困境当作笑话来看待的同僚们。小舟上的外岛人公开地把我们批评得一无是处，根本就不知道我听得出他们在耻笑堂堂一个王子，怎么会找这么个白痴来当同伴。其中一名大声谈笑的外岛桨夫就坐在阿憨身旁，所以我只好伸手揽住他，以免他在这又小又毫无遮掩的恐怖小舟上感到害怕。小舟每次一随着海浪上下起伏，阿憨的热泪便从脸上滚下来。水面反射着阳光，亮得刺眼，我则趁着水手们费劲划船之际，眯着眼睛眺望柴利格镇的码头和房舍。

一眼望去，柴利格镇实在乏善可陈，所以皮奥崔·黑水对于此镇的不屑，倒也是有理由的。柴利格镇汇集了一个蓬勃海港所有的阴暗面：突堤码头乱七八糟地伸入港中，并且停泊了形形色色的船只。港边的船多是船身浑圆、油腻不堪的，永远飘散出鲸鱼油与杀戮味道的鲸鱼船，但我也看到几艘来自六大公国的商船，一艘看似来自恰斯国的船，此外还有一艘可能是来自遮玛里亚的船。大船之间散布着供应城中每日海鲜的小渔船，以及比渔船更小，用以捕捉小鱼、捞海草，或是给大船送补给的小舟。

岸上则有仓库、渔人的酒馆，以及各式补给的店铺，石造建筑多过木造。街道十分狭窄，有些穿梭在拥挤房舍之间的街道，窄到与小径相去无多。港湾较为水浅多石，不适合下锚的那一端的水边有些石造的小屋。靠划桨为动力而非靠帆的船，被拉到高潮线以上放置。他们将渔获一排排地吊挂起来晒干，还在晒鱼竿下面烧火熏烤，这一方面是为了保存，另一方面也可增添风味。我还看到海边有一群孩子，不晓得在玩什么游戏，乐得尖声大叫。

我们的小舟送我们前来的这一带，看来是最近新建好的。跟港口的其他房舍比较起来，此处街道宽广笔直，建材以当地产的石材为主，木料为辅，房子大多盖得比别处高，有的房子二楼还加了涡纹玻璃窗。回想起来，我曾听人说，六大公国的龙群曾经攻击这个港口，使得当时的敌军大量伤亡、一蹶不振。这一带的房舍新旧大致相同，笔直的街道还铺了路石，在这个没什么规划、乱七八糟的港口里，竟有这么整齐的区域，使我不禁怀疑化身为龙的惟真是否真的曾经到此一游。即使如此，战争的摧残，竟带来如此整齐的重建成果，实在是个强烈的对比。

港口再过去就是多岩的山坡，山坡较有遮蔽之处长着一丛一丛的大树。放牧着绵羊与山羊的山坡上，留着运货篷车的车辙，而炊烟则从几乎完全隐没在树林或山后的房舍中飘了出来。山坡之后是矗立的高山，山顶与高坡上仍积着雪。

我们抵达的时候是低潮，所以用爬满藤壶的粗厚原木做为支架的突堤码头耸立在我们头顶上。因为潮水才退去不久，通往码头上的楼梯十分潮湿，而且缠着海草。王子与好几艘船的贵族已经登岸，而其他更多的公鹿堡的贵族则陆陆续续抵达码头边，他们不情愿地让开，让王子的护卫队先行登岸，以便在前来迎接的外岛人面前排出漂亮的阵仗。

最后一个离开那艘摇晃小船的是我，因为我得先把喃喃呻吟的阿憨推上码头去。上岸之后，我将他带离码头边缘，并环顾周遭的状况。外岛的首领团正在欢迎王子，我与阿憨则只好站在一旁，完全不知道接下来该怎么办。我得找个既可以让他安适地休息，又可以避开大众目光的地方。我不禁想着，早知到了岸上这么尴尬，我们是不是还是留在船上比较好？众人公开地对阿憨报以不屑或吃惊的眼神，这实在不是什么好现象。外岛人显然跟群山人一样，认为生来就有残缺的孩子不该养大，阿憨若是生在柴利格镇，可能连一天都活不过。

以前我的身份是私生子兼刺客，所以我常常游走于正式场合的外围，且并不因此而觉得自己受到轻蔑。如果此刻我不用顾着阿憨，那么我会不着痕迹地混在人群之中，仔细观察周遭的变化。然而此时我人在陌生的土地上，身上穿的是侍卫制服，身边还倚着个生着病的愁苦的小傻子，所以我既别想混入人群中，也别想好好观察了。我只好站在围观人群的边缘，撑着阿憨，听着王子展现他练习多日的成果，并谨慎地与众首领打招呼、问好、道谢。看来王子应对得很好，不过从他那专注的表情看来，我现在最好是不要以技传问他问题，以免打扰到他。前来迎接王子的人涵盖了各个不同的氏族，这点从他们服饰上的徽章、首饰与刺青的图案就可以看出来。他们大多是穿着代表阶级与财富的毛皮、佩戴贵重首饰的男人，但其中也有四名女子。这四名女子穿着毛皮镶边的羊毛料衣裳，我暗暗想道，这可能意在显示她们领地的富庶。贵主的父亲阿肯·血刃也在场，我看得出他至少带了六个人来，因为那六人身上的服饰都有阿肯家族的野猪标志。皮奥崔·黑水站在阿肯身边，脖子上挂着以金链系着的象牙独角鲸。奇怪的是，除了皮奥崔之外，我并没有看到其他有独角鲸标志的人。贵主就是出身于独角鲸族，该族在外岛各族之间地位特别。我们来这里，为的是把晋责与艾莉安娜的婚姻谈妥，而他们两人的婚姻对于贵主的族人而言，必是值得庆祝的盛事。既然如此，为什么只有皮奥崔一人代表族人出席？难道独角鲸族的其他人都反对这桩婚姻吗？

等到正式礼节终于结束之后，他们便陪着王子与王子的随员一同离去。王子的卫队虽少我一人，但也排着整齐的队伍跟在了王子身后。一时间，我真怕阿憨与我就这样被人丢在码头上站着了。就在我考虑要拿钱买通个人，请人家将阿憨与我送回大船上去的时候，一名老者走了上来。他的衣服上有狼毛领子，领口别着血刃家族的野猪纹章，但是他的服饰似乎不像别人那样豪奢。他一定深信自己讲得一口流利的六大公国语，我则勉强从他那口音甚重的话语之中，听到几个稍微熟悉一点的字词。为避免侮辱对方，我没有请他以外岛语重讲一遍，而是努力揣摩，最后终于猜出是野猪氏族派他来引导阿憨与我前往住处的。

他并无协助我之意，而且不但不帮，反而刻意远远地避开阿憨，仿佛那小个子有缺陷的心智会像跳蚤般传染给他。我觉得他这种行径实在缺乏敬意，但我还是劝自己多忍耐一点。他远远地走在我们前面，即使他必须常常停着等我们跟上去，也不肯稍微放慢脚步。阿憨与我看来颇为滑稽：我穿着侍卫制服搀扶着他往前走，而他裹着斗篷、一脸苦相地蹒跚而行，周遭的外岛人对我们两人看得目瞪口呆，而我们的向导显然是不想被卷入其中。

那人带我们穿过城里新建的那一区，走上一条陡峭狭窄的路。阿憨喘得有气无力。“还有多远？”我大声地对向导叫道，因为他在远远的前方。

他突然转过头来皱眉瞪我，比着手势叫我小声一点，接着伸手指着一栋全为石造，且比我们方才经过的低地处房子大得多的古老建筑物。那建筑物有三层楼，呈长方形，以石板做成的屋顶又尖又高。这是栋平实且实用的建筑，盖得很牢固，很可能是城里最古老的建筑之一。我点点头没说话。那建筑物入口上方的石板雕了一只野猪，其尾巴与獠牙都凶恶地翘起。这么说来，这就是野猪氏族的要塞了。

等到我们进入要塞周围的庭院时，向导对于我们缓慢的速度已经很不耐烦，开始嚼起他的胡须。不过我已经不在乎了。他打开侧门，挥手示意我们走快一点时，我慢慢地站直起来，低头狠狠地瞪着他。接着我用外岛语——虽说我知道我的口音很重——对他说道：“王子的同伴并不喜欢被赶成那样，而且我听的是他的命令，不是你的命令。”

那人脸上闪过犹疑惧怕的脸色，他不知道自己刚才是不是得罪了一个看起来地位不高，其实却是不容小觑的人物。接着他较为客气地领着我们爬上两道陡梯，来到一个可以透过涡纹状的厚玻璃窗俯瞰城里与港口风光的房间里。到了此时，我觉得我已经受够了这家伙。据我估计，他应该是某个野猪氏族小首领的随从之类的，既然如此，一进房间，我便立刻呵斥他离开，尽管他仍赖在走廊上不走，我还是照样把门紧紧关上。

我让阿憨坐在床上，然后迅速评估这个房间。这房间另有个门通往一个豪华房间，所以我猜我们是被安置在王子隔壁的小房间里。阿憨房间的床还可以，房里只有简单家具，但即使如此，比起他在船上的那个房间，这里已经像是皇宫了。“坐好。”我对他说道，“先别睡着。”

“这是哪里？我要回家。”他喃喃地说道。我不予理会，潜入王子房里拿了一瓶洗手水和几条干布。王子的桌上有一大托盘的食物，我看不出那是什么，但还是拿了几个切成方块、又黑又黏的东西，还有一块看起来油腻腻、上面撒满种子的糕点。除此之外，我还拿了一瓶我认为应该是葡萄酒的饮料和一个杯子。

阿憨已经倒卧在床上，我费了九牛二虎之力将他搀直起来。虽然他喃喃地抱怨，但我还是帮他把手和脸洗干净。我很希望这里有个浴缸可以让他泡澡，因为他病了这几天之后，身上臭得要命，不过那是奢望了。我强迫他吃下食物，喝了杯酒，他一边抱怨，一边吸鼻子，但还是吃到打嗝了才停下来。有次我感觉到他汇集了精技力量要对付我，幸亏那只是虚弱且孩子气地乱扫一通，对我的精技墙根本就不构成威胁。我帮他脱下束腰外衣和鞋子，将他好好地安顿在床上。“房间在摇。”他焦躁地抱怨道，然后他闭上眼睛，躺着不动。再过一会儿，他沉重地叹了一口气，在床上伸展了一下后便熟睡了。我闭上眼睛，小心翼翼地进到他梦里偷窥。小猫蜷成一团，靠着那个绣花靠垫睡觉，这表示阿憨感到很安全。我睁开眼，突然觉得自己已经累到若是能就此躺在地上，也会马上睡着。

但是我没睡，反而用剩下的干净的水洗了把脸。我尝了尝，发现那些外岛食物难以入口，但还是吃了下去。那个油腻的东西大概原本是想做成甜点的，而那个黑方块则有股浓烈的鱼浆味。至于那瓶“葡萄酒”，应该是什么水果发酵出来的饮料吧，我实在尝不出那是什么水果做的，而且就算喝下一杯，也冲不去我嘴里的鱼腥味。

然后，我拿着那一盆脏水作为掩饰，离开房间到外面探看。如果有人问我在做什么，我就说我要找个地方倒脏水。

这建筑物既是要塞，也是平日里的居所。我们的房间位于最高层，这层楼除了阿憨与我之外，听不到其他人的声响。内墙不但有雕刻，还漆了野猪和獠牙的图案。走廊上的其他房间门没有上锁，有些房间看起来像是阿憨睡的那种小房间，有些则是宽敞的、有精美家具的大房间。这里没有一间能比得上公鹿堡次级贵族所用的房间。不过这样讲也许太武断了。依我看，他们倒无意侮辱我们，毕竟我早就知道外岛人待客的风俗与六大公国不同。一般来说，到外岛人家去做客的人，其食物与起居必须自理，这是我们在来之前就知道了的。王子房间里之所以会有酒与食物，似乎是因为贵主一行人在公鹿堡时受到完善的款待，所以以此致意。这一层楼不见仆人的踪影，我猜他们是不会派出仆人来帮我们打点杂务了。

我们下面这层楼也相去无多。从气味可以判断出，这里的房间不久前曾有人住过，因为烟味和食物味滞留不散，其中一个房间甚至还有湿答答的狗味。我不禁想着，他们是不是把二楼的房间撤空，以便给我们居住？这里的房间比较小，窗户用的不是玻璃，而是上了油的兽皮，另外再加上一层厚重的木制护窗板——有的护窗板上还留着很久以前被弓箭射破的痕迹——以抵挡外来的恶意入侵。从这情况来看，越是高层的房间，就越是留给身份地位高的人使用，这个习惯与六大公国大相径庭。在六大公国，上层的房间是给仆人住的，这样贵族们才用不着为了回到自己房间而爬上一层又一层的楼梯。就在我将其中一扇门关起来时，听到有人上楼的声音。一群仆人突然出现，扛着行李、日用品与食物等东西，准备给他们的六大公国主人们使用。他们一走到走廊上便困惑地停了下来，其中一人对我问道："我们怎么会知道哪一间房间是谁睡的啊？"

"我也不晓得呀。"我愉快地答道，"我连脏水要倒在哪里都不知道呢。"

说完我便溜走了，任由他们去把谁住在哪个房间搞个清楚，但我心底则纳闷道，这些外岛仆人要服侍谁，是不是以哪个贵族的仆人最凶来决定的？说不定是哪个贵族的仆人最凶，就把最好的外岛仆人派给他。到了一楼，我找到后门。从后门出去有个厕所，厕所后有个脏水坑，于是我便把脏水倒了。我从另外一扇门进去，经过长廊之后，来到一个很大的厨房，里面有好些外岛男子，他们有些负责料理地坑里烘烤的烤肉，有些在切马铃薯和洋葱，有些则在揉面团。他们的心思都放在手边的工作上，所以我探头张望的时候，他们都对我视而不见。我在建筑物外面走了一圈，发现了另外一道气势恢宏的大门。从这个大门进去，便会通往一处几乎占据了整个一楼的大厅堂。这个大厅堂的门一直敞开着，一方面是为了采光，另一方面则是为了要通风。我侧头一看，里面正是欢迎王子的那一群人，于是将盆子丢在建筑物底的长草之中，匆忙地拉挺制服，并重新绑好头发。

我悄悄地溜进了大厅堂中。卫队的同僚们站在墙边，他们仍然保持着警戒，但其实这个场合无聊得不得了，而且他们一到此站定之后便无人理会了。老实说，在这个会场里实在没什么好戒备的。

大厅很长，天花板很低。大厅的重头戏是一列列高度相同的长凳，长凳上坐满了人，除此之外既没有王座，也没有高台，长凳也不是一致朝向某一个人或某个方向排列，而是排成一圈圈的环形，让中间空出来。此时有个出身于狐狸氏族的秃头的首领——就外岛人而言，"首领"就是带领他们作战的领袖——正在中央的空地发言。他的短外套以狐狸尾巴尖端处，与他头上的乱发一样白的狐狸毛作为镶边，他的右手少了三根指头，不过他把敌人的手指骨穿成了项链，戴在颈上，以资补偿。他一边讲话，一边紧张地摸着指骨项链，同时不时地看看血刃的脸色，仿佛他很不愿意开口反对，可是又气愤到憋不住似的。我只听到他结尾的那句话："任何一个氏族，都不能代替我们所有人发言！任何一个氏族，都无权给我们所有人带来厄运！"

接着狐狸族首领严肃地朝厅堂的各个角落点了个头，这才退回自己的长凳上。另外一人站了起来，走到中央开始发言。我看到王子和切德大人与前来迎接他们的人一起坐在其中一个长凳上，王子的原智小组则坐在他身后。依我看，这一群人应该就是外岛的首领团，也就是外岛各氏族的战争领袖的集团，他们为我们王子安排的座位，并未特别彰显他的身份。王子与其他人一样，以负责打仗的首领身份坐在前面，身后坐的则是自己手下的战士。众人来此讨论贵主的婚约，在这个场合中，人人平等，谁也没有高过或低于谁。难道，在他们眼里，王子的身份就是如此？我努力平息自己的心情，告诉自己别因此烦恼。

我趁着从外面的艳阳中走进阴暗的室内，眼睛需要点时间调适的这段时间，观察到这些因素，然后发现在后排的侍卫之中，谜语身边还有个空位可以靠着墙站。他嘴巴几乎没动地对我说道："外岛人跟我们真是差太远了，朋友。既没有安排盛宴，也没有送礼物或是唱歌来欢迎我们王子，只是在码头边'你好吗、我很好'地随便招呼了一下，就直接把他带到这里来，开始讨论婚约的事情。这些人呐，连一点客套话都没有，就开始谈正事。有些人不喜欢让他们的女人离开母亲的土地，住到六大公国去。他们说，这种事情违反自然，一定会招来厄运。不过大部分的人倒不在乎女人能不能嫁到外地。他们认为，就算会招来厄运，那也是独角鲸族倒霉，与其他氏族无关，他们真正在意的是屠龙的事情。”

听了谜语的快速简报之后，我点了点头。切德选的这个人真是不错，我不禁好奇，切德是从哪里把他找来的。随后我又赶快把自己的注意力转移到正在发言的那人身上。现在我注意到地板中央漆了个圆圈，画得非常精美且抽象，不过还是可以看得出那圈圈其实是一条咬住了自己尾巴的蛇。发言人走进了蛇圈里，他并没有先报出自己的姓名再发言，这也许是因为他认为大家都认识他，但也或许是因为他叫什么名字不重要，重点是他前额有个海獭刺青。他没有生气，讲的话也很简单，仿佛是在跟特别笨的孩子解释一件再明显不过的事实。

“冰华并非我们之中任何一人的财产，所以我们无权支配它。冰华不是牲畜，不能拿来当作聘礼的一部分，更况且，它并非那个外国王子所有。既然它不是外国王子的财产，那么他怎么可以提议要把冰华的头献给独角鲸族的黑水母屋作为聘礼？他倘若提议以屠龙为礼，那只有两种解释：第一，他一无所知，第二，他刻意要惹恼我们外岛人。”

说完之后，他停了一下，做了个奇怪的手势。这手势的意义在稍后便真相大白，因为接着晋责王子便慢慢地站起来，走上前与海獭族的代表一起站在发言圈里。“不，海獭首领，我既不是一无所知，也不是故意冒犯。我之所以要这样做，是因为贵主认为，唯有此举，才能证明我配得上她。”王子无奈地两手一摊，“既然如此，我除了接受贵主设下的考验之外，还能怎么办？如果有一名女子当着众首领的面，对你提出这样的考验，还说‘如果你不敢接受考验，你就是懦夫。’那你会怎么做？换作是各位，你们会怎么做？”

在场许多人纷纷点头，晋责也严肃地对众人点头回礼，补充道：“那么我现在该怎么办？我已经在我父母的大厅里，在你们的战士和我们的战士面前，承诺我会接受考验，设法屠龙了。而据我所知，食言背信是极不光彩的。那么，你们这里，在贵主的族人之中，有没有什么风俗可以让人正大光明地收回从自己嘴里说出去的承诺呢？”

方才海獭首领做了个手势，将发言圈让出个地方给王子同站，而现在王子也做了同样的手势，并对大厅的各个角落行礼，然后才退回原来的长凳上坐下。

王子重新入座之后，海獭首领便开口道：

“如果你是因为接受女人的考验而要去屠龙，那么我不会认为你是有意冲撞我们外岛人的。不过，我还是认为，黑水族的女儿不应该设下这种考验，无论这背后有什么原因，反正想要屠龙就是不对。”

我之前便已注意到，皮奥崔·黑水几乎是孤零零地坐在最前面那一圈的长凳上，听到海獭首领的评语，他的眉头皱了起来，但他并未做出想要发言的表示。阿肯·血刃，也就是贵主的父亲，坐在离皮奥崔不远的地方，身边都是他们野猪氏族的战士。阿肯的眉间相当清朗，仿佛此事与他无关——话说回来，此事的确跟他没多大关系。海獭首领斥责贵主的时候，是说独角鲸族黑水家的女儿艾莉安娜做得太过分，但是阿肯·血刃可是野猪氏族的人，而且在众人眼中，他也不过就是艾莉安娜的父亲，真正要为她的教育质量负责的，是贵主母亲的哥哥，皮奥崔·黑水。

沉默的时间越拉越长，看来是不会有人起而为贵主的言行说几句好话了，于是海獭首领清了清喉咙，“瞻远公鹿氏族的王子，就男人的角度而言，你的确不能将自己说过的话收回去。你已经说出会设法屠龙，既然如此，我也认为你必得实践诺言，否则就不算是男人了。但是，即使如此，我们仍然有身为外岛人的职责。冰华是我们的龙。世代以来，我们的母亲是怎么跟我们说的？母亲们说，冰华之所以在很久很久以前来到我们这里，是因为它很悲伤，并且想找个栖身之所。我们外岛的明智女人们答应让冰华留下来，而它为了表示感激，所以承诺必会保护我们。我们都知道它的精神力量十分强大，而且是不死之躯，我们倒不怕你们真的能取得了它的性命。我们担心的是，万一因为命运捉弄，竟真的让你们好不容易刺伤了它，到时候，只怕它不但先杀死你们，还继续把气都出在我们身上，到时候我们还能保命吗？”海獭首领说着，转了一圈，以便让所有的氏族都知道，若是得罪了冰华，众人都会一起遭殃，“如果冰华是我们外岛的龙，那么我们其实也是冰华的人，它与我们外岛人之间有如亲族一般共荣共存。它既是我们的亲族，那么，如果我们残杀自己的亲族，往后难道不用偿还血债吗？我们既然身为它的亲族，那它是不是可以向我们要求十倍的血债？毕竟我们的法律就是这样规定的。这个王子是个男人，所以他必须得实践他的诺言，但是事后无论冰华是活着也好，是死了也罢，难道不会因为这样而掀起大战吗？”

此时阿肯·血刃慢慢地吸了一口气。我注意到他做了个动作：他举起一只手，手掌略开，手指指着自己的胸骨。除了阿肯之外，有好几个男子也在做同样的手势。这是要求发言的手势吗？应该就是了，因为海獭首领做了那个如今我已经很熟悉的退场动作之后，阿肯便接着起身上前进入发言圈。

“这里没有人想要掀起大战。我们神符群岛的人不想打仗，大海那一边，王子的农田大地上的人也不想打仗。然而身为男人，既把话说出口，就得实践承诺。虽然我们这里都是男人，但是这当中不光是男人的诺言，也有女人的意愿在里面。战士若是胆敢违反女人的意愿，那还能算是战士吗？女人的意愿之坚，就算是用剑也砍不断的。艾达神把岛屿都给了女人，而我们则是因为艾达神的特许，才能走到岛上来。既然如此，男人怎能背弃女人所设下的考验？我们若是不把她们设下的考验当一回事，那么我们的母亲们就会说：‘你的血肉乃是从女人身上所生，但你根本就不尊重女人，你往后别想走在艾达神赐给我们女人的土地上了。从今以后，你的船的龙骨只能浮在海上，别想靠岸，而你的脚也别想踏上沙滩。’倘若如此，那种日子会比战争好过吗？所以，我们是被男人的誓言和女人的意愿所羁绊的，而无论是违反男人的誓言还是女人的意愿，都不免使我们颜面扫地。”

血刃所讲的字词我都听得懂，但是他这话背后似乎有更深一层的意思，那部分我就无法完全掌握了。外岛人显然有些我们不大清楚的风俗，我不禁纳闷，我们将王子与贵主凑合在一起，是不是太过莽撞了？我郁闷地想道，希望我们不是落入了什么圈套才好。莫非独角鲸氏族的黑水家族想要燃起六大公国与外岛之间的战火？难道他们声称要将贵主嫁给王子只是个骗局，其目的是要激起双方的血腥大战，不管其后果有多么可怕？

我开始研究皮奥崔·黑水的脸。他从头到尾都面无表情，他的外甥女使我们陷入了进退两难的困境，但是他看起来无动于衷——然而事情似乎又没那么单纯。我反而觉得，他比较像是刀锋已经插进自己的身体里，所以只好尽量维持不动了。我突然发现他看起来似乎很无奈，他再也不抱希望了，因为他已经知道，不管做什么动作、讲什么话，都无法挽救自己的处境了。现在他既不打算做出反应，也没有暗藏什么诡计，只是在等待而已。他已经完成了被赋予的任务，如今只能等着看看别人如何执行此事了。我敢说我的推测八九不离十，但是我既不理解，也想不通他为什么要这样做？皮奥崔为什么要促成王子屠龙？或者，他其实跟贵主父亲一样无奈，因为那个年纪比他小很多的女人虽依赖于他，但却能控制谁能、谁不能走上他母亲的领地？

我四下张望。六大公国与外岛之间的差异实在太大了，在这个情况下，双方如何能缔结和平的盟约？可是根据传说，瞻远家系的先祖，也就是被称为“征服者”的那个王者，年轻时其实是来自外岛的劫匪。他是因为看上了公鹿堡的木造碉堡，所以才决定将该地占为己有。只是与当时相比，现在瞻远家的血统与做法已经改变了很多，若要追求和平与繁荣，得视双方能不能找到共同的基础。

只是双方找到共同基础的可能性似乎不大。

我抬起眼，发现王子在看我。我之前没有对他技传是因为我不想让他分心，此时他既然注意到我，我便传个消息让他放心：*阿憨在楼上的房间休息。我让他吃了东西、喝了点酒，才打发他去睡觉的。*

要是我也能像他那样就好了。我连洗把脸的机会都没有，就直接被首领团带来开会了。看这情况，这个会恐怕永远都开不完了。

耐心一点，王子殿下。会议总有开完的时候，就算是外岛人，偶尔也得吃饭睡觉啊。

那你说说看，外岛人到底撒不撒尿啊？我越来越内急了。我想过要悄悄地起身去解手，但我若是现在起身走到外面，真不晓得他们会如何解读我的动作。

我感觉到一丝微弱的精技碰触，惊讶得我后颈的毛发都站直了起来。*阿憨，是你吗？*

不过这个人是切德。我看到晋责正要去拉切德的手，以便把自己的力量传送给那老人，但我阻止了他。不，让他以自己的力量试试看。切德，你听得见我们两个讲话吗？

模糊。

阿憨在楼上睡觉。我让他吃了东西、喝了点酒，打发他睡觉了。

好。我听得出，即使是这么一个字的答复，他也费尽了气力，不过我还是乐得咧嘴直笑。切德会技传了。

停，别傻笑。切德对我斥责道。接着他以严肃的目光看了一下周遭的情形。情况不好，需要想一想。必须把会议停下，免得事情脱离我们的掌控。

我换成严肃的表情，因为这种表情跟周遭的气氛比较搭配。阿肯·血刃讲完之后，将发言圈让给了一名戴着老鹰徽章的男子。那人进入发言圈之前，两人还停下来交握手腕——这是战士与战士彼此打招呼的方式。老鹰首领很老了，他大概是首领团里年纪最大的人。他的头上仅剩下稀疏的灰白头发，但动作仍如同战士一般坚决有力。他以指责的目光环顾众人，突然开口说话，由于少了一些牙齿，他的口气因为漏风而稍微软化了一些。

“男人既然开口承诺，就必须得实践诺言，这种事情根本用不着浪费唇舌来讨论。此外，男人必须保护自己的亲族。如果这个外国王子来到我们这里，说：‘我已经向一个女人许诺，我会把老鹰族的欧力格杀了。’那么大家都会说：‘既然你已经把话讲出去了，那么你总得试试才行。’但是除此之外，我们也会说：‘可是我们之中，有些人是欧力格的亲戚，所以你还没动手之前，我们就会杀掉你。’这才是我们做亲族的道理，我们也期待这位王子能够接受。”老鹰首领以不屑的目光缓缓瞄过在场众人，“虽然大家以前都是战士，都是光荣的人，但如今我闻得出这屋子里有商人的生意味。各位，难道我们得像公狗追求母狗一般地闻嗅六大公国来的货品吗？难道，你们要拿自己的亲族去换白兰地酒、夏天的苹果和红麦吗？这种事情，老鹰我做不到。”

他轻蔑地哼了一声，使得在场任何一个认为我们的任务有必要多加讨论的人都不得不断了念头。老鹰首领离开发言圈回到座位上，跟族中的战士坐在一起。众人一言不发地思索着老鹰首领讲的话。有些人彼此交换眼色，我感觉得出那个老人家的话打到了众人的心坎里。的确，有许多外岛人一想到王子要杀死外岛龙就心里发毛，但同时他们也非常渴望贸易与和平。当年外岛与六大公国一战，切断了他们与六大公国以南之地的贸易，如今恰斯人和缤城人的争执，又重新阻绝了这条商路。要是外岛人不能跟六大公国自由贸易，那么他们就别想染指温暖国度所生产的各种物资和奢侈品了。倘若真的走到那个地步，那实在是令人心痛，可是在场的任何一个人若是站起来反驳老鹰首领的立场，就不免背上贪婪奸商的臭名。

*我们必须想个办法让会议就此结束。趁现在还没有人起来应和老鹰的话之前赶快结束。*切德的口气显得非常着急。

老鹰之后，无人踏入发言圈，因为没人想得出解决办法。然而这沉默拖得越久，气氛就越紧绷。切德说得没错，我们需要一点时间才能想出如何能优雅地脱困。就算想不出脱困的办法，至少也需要多一点时间，以便找出有多少外岛氏族是大力反对我们的任务的，以及有多少外岛氏族只是顺着大家反对而已。既然其他氏族感到不以为然，那么贵主还会坚持要晋责通过考验吗？或者她会撤销考验？她若撤销考验，会不会败坏名声？我们来到这岛上连一天都不到，就几乎已经引发严重的对立了。

除了处境艰难之外，我还感觉到晋责的内急越来越严重。我开始强化精技墙，以免受到他的影响。我突然想到一个主意。我记得在船上的时候，由于阿憨个人的不适，导致全船的人都受到影响，现在晋责内急，是否也可以如法炮制？

我开放自己的心胸，接受晋责那未经多想就发散出来的身体感觉，然后将之放大数倍，传送到大厅的每一个角落。经过测试之后，我发现不是每一个外岛人都对精技有很高的接收度，但是许多人都多少会受到精技指令的影响，只是程度各有不同而已。有一次惟真曾经利用类似的手段迷惑红船的领航员，让那人深信他们已经通过重要的陆标，但接着船便直接撞上了礁岩。如今我则以精技提醒我所能影响的每一个人，他们必须赶快解决内急的问题，希望借此来终止会议。

全室的男子都不安地在座位上动来动去。做什么？切德追问。

终止会议。我冷酷地对他说道。

啊！我感觉到晋责突然领悟到我的用意，于是开始与我协力影响众人。

谁是带头的？我对晋责问道。

他们没有带头的人。他们一起共享权力——至少他们是这么说的。他显然对于这个系统不以为然。

会议是大熊发起的。切德简短地对我说道。我感觉到他正引我去注意一名脖子上戴着熊牙项链的男子。我这才了解，哪怕是这么一点精技动作，切德也得使尽浑身的力气。

你别太累了。我警告道。

我自己知道！他答得很气愤。就算我离他这么远，也看得出他说完之后，累得肩膀都垂了下来。

我单独挑出大熊首领，将注意力集中在他身上。幸运的是，他对精技没什么防备，而且也已经十分内急。我继续加强他的迫切感，最后他猛然站了起来，走到发言圈之中，其他人做出了让他发言的手势。

“我们必须谨慎地思考此事，我们所有人都要好好想个清楚。”他建议道，“让我们就此散会，回去跟自己的族人讨论讨论，看看族人们有什么想法，然后明天我们再集合起来，讨论我们听到的消息与看法。各位认为这样可好？”

众人举起手在空中画圈，表示赞同。

“那么，我们今天的会议就到此为止。”大熊首领说道。

此语一出，会议就结束了。人们立刻起身朝门外快步走去。这可没有什么次序规矩，也不分阶级高低，反正就是一群人一股脑地往外冲，其中有些人走得比别人更急。

你跟你的队长说，你必须去照顾病人。你就说我下了命令，要你照顾阿憨，直到他好起来为止。我们回头在楼上碰面。

我照着王子的指示跟长芯队长说了，然后到外面拿上藏在草丛里的水盆，走回阿憨的卧房。阿憨看起来睡得很熟，连翻身都没有。我摸摸他的额头。他还在发烧，但是没有在船上时那么严重了。尽管如此，我还是叫醒他，让他喝了水。我得连哄带骗才能让他喝下一杯水，之后再让他躺好。我松了一口气。坐在这个古怪的房间里，远离让他认为出海必会生大病的船之后，我看出他瘦了很多。唔，现在他可以休养恢复了。他什么都有了：这里很安静，有张好床，有吃的也有喝的，不久后他就会好起来的——我努力巩固自己的希望，看看能不能因此而变成现实。

我听到晋责王子与切德在走廊上跟人讲话的声音。我站了起来，走到门边，将耳朵贴在门上。我听到晋责以疲倦为由告辞，接着便关上了隔壁房间的门。此时他的仆人一定在房里等着他。房内再度传来低声的对话，而后晋责便斥退了仆人。过了一会儿，连接的房门打开了，晋责走了进来，手里拿着一个黑方块点心，脸上看起来很沮丧，他将黑方块举起来，对我问道："你知不知道这是什么东西？"

"搞不太清楚，不过有鱼浆的味道，里面可能还掺了海草。撒了种子的糕点是甜的，很油腻，但是是甜的。"

晋责用厌恶的目光打量着手里的食物，接着不在乎地耸了耸肩，一个一连几个小时没吃东西的十五岁少年是顾不了这么多的。吃了之后，他舔舔手指，"还不错，只要先知道这东西有鱼味，吃起来就不会太意外了。"

"是鱼腥味。"我有感而发地说道。

他没回答，而是走到床边，低头俯瞰着阿憨。阿憨正在睡觉。晋责慢慢地摇了摇头。

"阿憨真是可怜。你看他现在有没有好一点？"

"希望有。"

"他的音乐变得比以前小声多了，我有点担心，阿憨烧得很厉害的时候，我简直觉得他就要离开我们了。"

我敞开心胸接收阿憨的音乐。晋责说得没错，这音乐的强度跟以前没得比。"这个嘛，他生病了啊，毕竟施展精技需要好体力。"现在我不想多担心阿憨的事情，"今天切德的表现使我非常意外。"

“是吗？你一定早就知道他这个人是不达目的绝不罢休的，他既然打定主意要学成精技，就会拼命练习到会为止。”他顿了一下，问道，“你还要不要再吃一点那个东西？”

“谢了，但是不用了。你尽管吃，别客气。”

方才他问我的时候，人已经朝他的房间里走了，所以这时我看不到他的人影，但不久他又走了回来，手上堆了好几个鱼浆糕。他拿起其中一个黑方块，咬了一口，做出惨淡的表情，接着便一口气把剩下的全吃了。他用饥饿的目光四下张望：“没人送吃的来吗？”

“你刚吃下去的不就是吗？”

“不，这只是因为他们到访时我们招待他们吃喝，所以他们送些点心以表达善意而已。据我所知，切德已经派仆人去买点新鲜食物了。”

“你的意思是说，野猪氏族不会替我们准备吃的？”

“这就不知道了。可能会，也可能不会。切德认为，我们应该表现出一副我们不期望他们会替我们准备食物的样子，这样一来，如果他们招待我们食物，我们就可以把他们的餐宴当作是额外的礼物。倘若他们不招待，我们也不会饿得前胸贴后背。”

“你可把外岛的风俗解释给随行的贵族听了？”

他点点头：“从表面上看，他们是为了支持我追求贵主才跟来的。但事实上，他们也希望到外岛寻求新的贸易伙伴与商机，所以他们也乐得有机会在柴利格镇里四处逛逛，看看他们的市面上卖些什么东西，以及往后可以带什么东西到这里来卖。话虽如此，我们还是得把我的卫队、仆人，还有原智小组喂饱。我想，切德应该已经帮我们安排食物了。”

“首领团的人好像对你不够尊重。”我忧心地说道。

“依我看，他们其实不大了解我到底是什么身份。在他们眼里，‘王子’这个概念闻所未闻。我才多大年纪，而且又不曾立下战功，但我日后竟会统治广大的领土？这点是外岛人难以想象的。外岛男子没有统治土地的权力，他们只会展现自己的武力，号令手下的战士。所以说，在他们眼里，我大概算作是

‘珂翠肯母屋的儿子’。红船之战结束时是珂翠肯王后执政，他们对王后非常敬畏，因为她不但保障家乡安全，还召集龙群，反击外岛人——这里的人是这样说的。”

“你来这里还不到一天，却学了不少嘛。”

他点点头，似乎颇为自豪。“这些心得，有一部分是因为我把在公鹿堡跟外岛人相处的经验，跟我在这里听到的事情结合起来推断了，另一部分则是因为我在船上读了不少经卷。”他叹了一口气，“只可惜我这些心得并不如想象中有用。如果他们好好款待我们——我的意思是说，如果他们招待我们吃喝的话，那么我们就可以推断他们确实欢迎我们，也愿意按照我们的习俗好好款待客人。但是换个角度来看，这也可能是因为他们看不起我们，认为我们柔弱到没有能力把自己喂饱，蠢笨到连来此必得膳食自理都不知道，所以才会给我们安排食物。不过推断归推断，我们还是无从得知，如果他们招待我们用餐的话，到底是什么用意。”

“在他们眼里，你要屠龙的事情也一样让人如坠五里雾中，你到底只是单纯要借着屠龙以证明配得上贵主，还是以此为借口，杀死外岛的守护龙，以证明你可以对外岛人予取予求？”

晋责的脸变得有点苍白：“我没想那么多。”

“我原本也没想那么多，不过我敢说，一定有些外岛人会往那个方向去想，而这又引出了最根本的问题：贵主为什么偏偏要用这个任务来考验你？”

“这么说来，你认为她之所以要求我斩下冰华的头，除了因为想看看我愿不愿意为了娶她入门而亲自涉险之外，还有别的用意？”

一时间，我只是呆呆地瞪着晋责，我以前也曾经像他这么年轻过吗？“唔，这是当然，难道你不是这样想的？”

“儒雅曾经说，艾莉安娜大概是想要我‘借此证明我对她的爱’。儒雅说，女孩大多都是这样的，她们总是要求男人去做危险、违法，或是几乎不可能的事情，而且不为什么，就为了要男人证明他们爱得有多么深切。”

我暗暗将这件事情记在心里。我纳闷着，到底是谁曾经要求儒雅去做了什么事情？而那件事情到底是跟瞻远家族的国王有关，还是只是哪个女孩曾经激使他去做了什么倍显男子气概的事情？

“嗯，依我看，这位贵主并不是会对你抱有什么浪漫或轻浮想法的人。她既待你如此，那么心里怎么可能会对你有爱？再说，她也从未显露出她喜欢与你相伴的迹象。”

在那电光石火的一瞬间，晋责以惊恐的眼神瞪着我，但接着他的脸色便完全舒展开来，轻松到我几乎以为自己刚才看走了眼。王子不可能会迷恋那种女孩吧？他们两人的性格背景差了十万八千里，而且晋责只是意外地侮辱到贵主，贵主就把他当作是被痛打之后不得不哀鸣求饶的小狗来看待。问题是，十五岁上下的男孩子是什么离谱的事情都会信以为真的。晋责轻轻地啐了一声。“的确如此。她甚至连耐着性子与我相伴都不愿意。而且，她也没有跟她父亲和舅舅一起到柴利格镇来迎接我们。当初提出这种荒谬要求的人可是她耶，但现在她的国人要审理此事是否恰当，她却不见踪影。你大概说得没错，也许她之所以要求我屠龙，根本就不是要我证明是否爱她，甚至也不是为了要看看我够不够勇敢。也许她会这么要求，从头到尾都是因为她想让这桩婚姻难以成功。”他闷闷不乐地补了一句：“说不定她就是希望我因为屠龙而送命。”

“如果我们强迫他们同意我们去屠龙的话，那么不只你的婚姻受阻，说不定六大公国和外岛之间还会重新开战。”切德走进门，同时说了这几句话。他的脸色看起来既忧心又疲倦，他不屑地环顾着阿憨的小房间，有感而发地说道：“哟，看来阿憨的房间差不多跟王子与我的房间一样豪华嘛。有没有什么吃的？”

“有是有，只是我不建议你吃就是了。”我答道。

“鱼浆块和肥油糕。”晋责王子补充道。

切德瑟缩了一下。“当地的市场里就只能买到这些吗？那我可得派人到船上去拿些粮食下来。今天的冲击这么大，我若是吃外国食物的话，恐怕会留不住啊。我们走吧，让阿憨好好休息。”话毕，切德便转身领着晋责与我走过连通两个房间的门，来到王子的房间里，接着他在王子的床上坐下来，补充道：

“蜚滋啊，你在会场做的那种事情，简直贬低了精技。不过我还是必须承认，你这一招让我们得以从那个艰难的处境之中脱身，但往后你若要用这种方式施展精技，请先问我一声。”

这评语亦贬亦褒。我点了点头，但是晋责啐了一声。“问你一声？这种事情我都做不了主吗？”

切德很快就恢复过来：“当然是由你做主。我只是在跟蜚滋说，跟外交理解有关的事务，他最好不要大意地自作主张。”

王子刚开口想要说话，走廊的门上就响起了敲门声。切德做了个手势，于是我退回阿憨的房间，将连接两个房间的门关到只留下一条缝，站在一个我可以略微看到房里情况，却又不容易被人发现的角度上。切德提高音量，问道：“谁呀？”

走廊上的访客似乎把这两个字当作是他可以进来的意思。门打开了，就在我抡起拳头戒备的时候，皮奥崔 · 黑水走了进来。他一进来便关上房门，对王子与切德行了个公鹿堡式的鞠躬礼。“我是来告诉二位，二位与诸位远道而来的贵族都无须派人去张罗食物，因为我们拜访六大公国时受到了周全的款待，所以现在野猪氏族与独角鲸氏族都乐于回报盛情。”

这几句话讲得无懈可击，一定是预先演练过的讲词。切德也以仿佛排练过的完美姿态答道：“多谢您这番好意，只是我们的人已经自行去打点食物了。”

皮奥崔一下子变得很不自在，但接着他便坦承道：“我们已经邀请与您同行的贵客一起来享用大餐，而让我们感到很荣幸的是各位贵客都接受了邀请。”

切德与王子在表面上都面无表情、沉默不语，但王子忧心地对我大声技传道：*早知如此，我应该要警告众人，如果没有我的传达，不能接受任何外岛人的邀宴。怎么办？他们会从此将我们视为软弱的家伙吗？*

皮奥崔忧心地看看切德，又看看王子，他也感觉到他踩错了一步。他问道：“我可以与您谈一下吗？”

“黑水大人，我随时都欢迎您来找我。”王子如同反射动作般地答道。

皮奥崔脸上扭出了个若有似无的微笑：“晋责王子，您明知道我只是独角鲸族的首领而已，根本就不是什么‘大人’，而且即使有这个身份，我也不能带着我们族里的战士参加首领团会议。说句老实话，他们的眼里已经没有我这个人，今天若不是看在我妹夫，也就是阿肯·血刃的份上，他们还不肯让我出席会议呢。我们独角鲸族除了肥沃的土地与光荣的血统之外，其他方面都经历了重大挫折，因而地位越来越低落。”

我心底纳闷道，到底一个氏族还能在什么“其他方面”上经历重大挫折？但是皮奥崔还没说完。“今天下午首领团开会的那个场面，我们并不意外。老实说，自从贵主提出了这个考验之后，我就料到事情必会走到这一步，阿肯·血刃也料到某些人难免会因为贵主给王子出了这个考验，而感到忿忿不平。我下午就想告诉您，尽管当时出现了那种场面，但我们早有预防的计划，招待各位住在要塞里，只是我们保障各位安全的众多做法之一。我们原本希望首领团不会这么早就提出反对，就算有人反对，也希望不会是像老鹰首领这种地位崇高的首领。幸亏大熊与野猪两族已经结盟，所以大熊首领才非常突然地解散会议，这才替我们解了围，要是任由首领团继续讨论下去的话，只怕不但会偏离主题，甚至还会闹到无法补救的地步。”

“早知如此，您大可以在开会之前就警告我们首领团大为反对此事，皮奥崔首领。”切德轻轻地说道，但是王子打断了他的话，插嘴道：“这么说来，您认为这是可以补救的了？怎么补救？”

晋责如此热切，使我感觉不妙。切德的态度是对的，皮奥崔这个人的确应该斥责一番，因为他竟然一路领着我们步入圈套之中。在这个情况下，他要协助我们脱困，我们怎么可以毫不质疑呢？

“这可能需要一点时间，不过也用不着太久——可能要花上好些日子，但倒用不着拖上几个月。我们离开贵国之后便花了许多财力与影响力来买通其他氏族。当然，这些事情我是不能公开承认的。但是，答应要支持我们的人可不能一下子就跳到我们的阵营来，只能趁着野猪氏族为我们说好话的时候，慢慢地靠过来。因此，在首领团意见动摇之际，我建议二位要耐心，而且要小心。”

“小心？”切德尖锐地问道。刺客？他未明言的恐惧，清楚地传入我心中。

“不对，不是‘小心’。”皮奥崔道歉，“在我们的语言里，这个词有很多种意思，但是在你们的语言里，每个不同的意思都要配不同的词。我其实是要请二位……不要被人看到。不要让别人随便地就能找到二位，或是跟二位说话。”

“‘避不见面’？”王子问道。

皮奥崔轻轻一笑，耸了耸肩：“您的语言里是怎么说的就怎么说的吧。我们这里有一句俗话：‘如果别人无法找你讲话，就无法侮辱你。’我说的就是这个意思。瞻远公鹿氏族最好是……避不见面，这样就不会激怒别人了。”

“我们避不见面，好让野猪氏族代替我们发言？”切德问道。他故意以带着怀疑的口吻问道：“而且我们要上哪里去避不见面，以便野猪氏族代替我们发言？”

皮奥崔露出微笑。我站在这里不容易观察到他的反应，但在我们多少愿意接受他的建议之后，他脸上好像闪过一抹松了一口气的表情。“我会建议各位撤离柴利格镇。大家都认为您们接下来会到访贵主的母屋。老实说，首领团看到您们先到柴利格镇来，真是吓了一跳。因此我建议，各位明天就登上野猪号，与我们一同出发前往威思林镇，也就是独角鲸族的故乡。到了威思林镇，各位会受到热烈欢迎与盛大的招待，就如同我们在公鹿堡受到的礼遇。我已经把贵国的风俗报告给母屋的人知道了，他们都认为这个风俗非常奇怪，不过他们也认为应该要礼尚往来才算公平。”

皮奥崔提议我们前往威思林镇的时候，其盼望之情溢于言表，然而他如此热切，倒使我觉得事有蹊跷。他是不是在将我们赶入或诱入险境之中？接着切德开口询问，我从他的问题之中，察觉到他也与我有同感。“可是我们今天才刚抵达柴利格镇，况且大家坐了那么多天的船，都已经很累了。此外，王子手下的阿憨一直过不惯海上生活，如今他病得厉害，必须得多多休息，因此我们恐怕无法在明天启程。”

我知道我们可以在明天启程，此刻切德就在考虑明天启程的代价，他之所以在嘴上那么说，是为了要跟皮奥崔套话。一时之间，我几乎对那个外岛人感到怜悯。他不可能知道切德与王子正在彼此沟通，更不知道我就躲在角落里，而我不但观察着他的一举一动，还把我的心思传给晋责与切德。我看到皮奥崔露出失望的眼神，于是告诉晋责和切德，我认为他是真的感到手足无措。接着皮奥崔便说道：“可是二位非得明日启程不可！至于生病的那一位，就让他留下来，并找个人陪他就好了。只要他待在野猪氏族的要塞里，安全就不成问题。任何人要在这个要塞里面杀人，就等于是严重羞辱野猪氏族的母屋，更何况野猪氏族势力强大，绝对无人胆敢进要塞里逞凶。”

“这么说来，要是阿憨到要塞外头走一走，他们可能就大胆下手了是不是？或者，若是我今晚想到外面去吃顿饭，恐怕也有性命危险？”切德的口吻很礼貌，但是他的问题非常尖锐，这是掩饰不了的。

我从这个藏身之处可以看出皮奥崔很后悔方才话说得太快，此时他先考虑要撒谎遮掩，然后又把这个念头抛到脑后，决定大胆地道出事实：“二位一定早就知道事情终将演变到这个地步，不是吗？二位都不是傻瓜，我曾经见过二位在协商的时候，先将对方分析透彻，接着比较各方提出的条件，我曾经见过二位一面利诱、一面威逼地让对方就范。你们到我们这里来之前，一定早就知道冰华对我们而言并不是普通的生物，众人会大力反对，也是必然。”

我感觉到切德严禁晋责开口，由他来代替晋责发言。“首领团会反对，这点我们想过，就算有人提起战争的事情也不意外。但是我们可从来就没料到，王子的人，甚至于王子本人会受到生命的威胁！晋责可是瞻远皇室唯一的继承人！您也不是傻瓜，这种事情有多么严重，您清楚得很。这个远征荒诞无稽，我们愿意让他为了屠龙的任务而冒这么大的风险，就已经是极限了。如今您还坦白承认王子确有被人谋杀的风险，而且理由无他，就因为他愿意实践他对您的外甥女的诺言，所以有人起了杀机。结盟的赌注高到这个程度，也未免太离谱了。我已经不愿把王子的性命赌在贵主与他的婚约上。老实说，我从一开始就觉得贵主的要求没什么道理，为什么我们要继续下去，你必须给一个好理由。”

王子气得不得了，他以精技对抗立场强硬的切德，所以不管我技传什么思绪，都传不到他心里。我想我知道切德这样说是什么用意，但是晋责却因为切德这番话中暗示自己会背弃承诺而火冒三丈。在王子的精技猛攻之下，连阿憨都沉重地呻吟了一声。

皮奥崔迅速地转而看着王子。就算他没有精技天赋，也看得出这个年轻人精神昂扬。“因为晋责王子已经承诺他要接受考验了，若是他背弃承诺，就此逃回公鹿堡，那么人们会认为晋责王子既怯懦又软弱。这么一来，虽不至于引起战争，但是劫掠势必再起。我敢说您一定听过一句我们外岛的俗语：‘懦夫的财产是留不久的。’”

在六大公国，我们的说法是：“懦夫身上，唯有恐惧是抢不走的。”我猜这两句俗语的意思相同。这也就是说，如果我们的王子显露出怯懦的本性，那么外岛人会认为所有六大公国的人都胆怯软弱，因此劫掠沿海的事情会趁势而起。

*安静点！你要生气就生气吧，但是守住你的舌头！*切德对晋责技传道。我从未料到切德有这么强大的精技能力。更令我惊讶的是，他悄悄地对我吩咐道：*看着皮奥崔的脸，蜚滋。*我感觉得出他因此而元气大伤，但他依然以稳定的语气，平淡地说道：“独角鲸首领，您误会了。我并未说王子要背弃屠龙的诺言，他还是会把冰华的头放在您的贵主面前。这是王子的承诺，而瞻远家之人绝不会食言。但是这位女子密谋让王子的性命受到黑龙与外岛族人的双重威胁，那么，我们还需要在王子殿下实践诺言之后，把他宝贵的血脉浪费在这种女子身上吗？您放心吧，王子必会屠龙，但我们并不认为，王子在屠龙之后还有必要与贵主成婚。”

我照切德所说的仔细观察皮奥崔的表情，但那是什么情绪，实在难以解读，惊讶当然是有的，继之则是困惑。我知道切德想要探究什么事情，他想要知道，皮奥崔和贵主最主要的目的到底是什么，是希望龙头落地，还是希望与瞻远家族联盟？不过，皮奥崔的答案丝毫未露出他的真正底线，“可是，六大公国最期待的不就是这桩婚姻吗？不就是要借着联姻促成双方的和平联盟吗？”

“身份地位高的外岛女子又不只贵主一人。”切德傲慢地答道。晋责则一动不动，我感觉得到他思如泉涌，但听不出他想了些什么。“所以晋责王子自然能从那些不会随便拿他的性命开玩笑的外岛女子之中，挑出个好对象。就算跟外岛人联姻不成，王子也可以跟其他人联姻。如果恰斯人有机会与六大公国的皇室联姻，难道他们不会好好把握机会？我们六大公国有句话说：‘大海里又不是只有一条鱼。’这意思您想得到吧？”

皮奥崔仍努力想要掌握这个突然改变的情势。“可是，如果没有报酬，王子何必冒着生命危险去屠龙呢？”他不解地问道。

这时终于轮到王子开口了，这话是切德提示给他的，不过据我看来，就算切德没有提示，王子也想得出自己该怎么回答。“因为我们要让外岛人知道瞻远家之人说话算话。自从我父亲唤醒他的古灵盟友，将柴利格镇摧毁大半以来，已经过了许多年。也许要避免六大公国与外岛之间挥军相向，最好的办法并不是缔结婚约，而是再度提醒贵国人民，我们瞻远家之人说话算话。”王子的语气温和而平静，他这不是男人与男人讲话的口吻，而是国王的口吻。

就连皮奥崔这样的战士，听到王子这番话以及他的弦外之音后，也不得不心生警惕。如果是其他首领讲这番话，皮奥崔也许会勃然大怒，但是从王子口里说出，他反而虚心接受。我看得出他的立场开始松动，但他的外甥女可能无法与王子成婚，到底是让他大失所望，还是让他松了一口气，我就无法确知了。“的确，王子一定认为，我们促使您立誓达成这样的任务是在要诈。如今王子又看出您的承诺竟有这么严重的后果，更觉得这是双重诈骗。艾莉安娜所求于王子的，乃是英雄才做得到的任务，而王子已经宣誓要达成这个考验了。我若要诈骗得彻底一些，就应该要提醒二位，除了屠龙之外，王子也已经承诺要娶贵主。如果您不是言出必行的瞻远人，我说不定会要求王子必须得娶贵主为妻。但是我不想诡辩，同时我就此解除联姻这个誓言的约束。您觉得我们背叛了您，表面上看来也是如此，这我无法否认。我敢说您一定能体会到，如果您达成了这个任务，又拒绝与贵主成婚，那么您就使我们蒙羞，而且届时由于您赢得无上的光辉，更加倍地让我们门楣蒙羞。这样一来，众人就会传言说贵主是个不忠且善骗的女人——我可不喜欢这种名声。但尽管如此，您若要采取这个立场，我还是尊重您的权利，我绝不会以此为由对您复仇。而且恰好相反，我会按住我的剑，承认您有权利感觉到自己受人欺骗。”

我不禁摇了摇头。皮奥崔讲这番话就是要让晋责心中充满伟大的情怀，不过我知道他这话另有深意，只是我到现在仍想不透。我们的风俗实在跟外岛人相差甚远。不过，有一件事情我是很肯定的，而且刹那之后，一边凝视皮奥崔一边思索的王子也颇有同感地传来他的思绪：唔，看来我并未改善这个状况，现在我们彼此都觉得受到冒犯了。现在我该怎么办？立刻拔出剑来跟他决斗？

别傻了！切德严厉地斥责道，他似乎以为晋责这话是当真的。接受他的提议，搭乘野猪号前往威思林镇。反正我们迟早都要去贵主的母屋，既然如此，倒不如让他觉得我们在让步好了。也许我们到了之后，可以多打听到一点消息也说不定。我们一定要解开这个谜团，但是我希望在解开谜团的时候，你能离首领团以及外面的刺客远一点。

晋责王子稍稍垂下了头。我知道这是因为切德叫他做出这个姿态，不过看在皮奥崔眼里，他一定认为王子是在懊悔刚才对他讲话太凶。“我们乐于接受您今晚的招待，皮奥崔 · 黑水，而且明日我们会搭乘野猪号前往威思林镇。”

听到晋责的话，皮奥崔大大松了一口气。

“我亲自向您保证，我们离开之后，您的手下绝对一切平安。”

晋责缓缓摇了摇头，他的心思动得很快。如果皮奥崔此举是为了将王子与卫队和顾问等人隔开，那么晋责是不会让他如愿的。“我们的贵族当然会留在此地。他们并非瞻远家族之人，所以本地人应该不会认为他们跟我属于同一氏族，并因此而将他们当作复仇的目标。但是我的随员，包括我的侍卫和顾问，势必要跟我一起走。我敢说，这点您一定能了解。”

那阿憨呢？他还病得很重呢。我赶紧问道。

我不能丢下阿憨，况且除了你之外，我不放心将他托付给其他人。即使他不愿上船，他也还是非得跟我们走不可。他是我们精技小组的一员，而且，我们若是把他留在这里，他要是又做起恶梦，岂不是会弄得天翻地覆？

“六大公国的瞻远王子，这一点，我们可以处理。”皮奥崔深怕王子变卦，所以答得很急，急到这几个字都讲得有点口齿不清了。

接下来的对话就转到比较安全的话题上了，再过不久，皮奥崔便偕同他们两人下楼去用餐。切德大声地对王子说，为了让阿憨恢复得快一点，应该要安排人送餐点到楼上给他吃，份量要多一些才好。皮奥崔说，没问题，他马上叫人送餐点。接着他们便离去。他们离开王子的房间之后，我吐出憋住的气，动了动肩膀，过去看看阿憨的状况。他仍在睡，睡得很安详，根本不知道明天他又得上船出海了。我低头看着他，送出镇静的思绪安抚他。我在门边的地上坐下来，一点也不起劲地等待着，不知道等一下会送来什么外岛美食。

9. 母 屋

当时波辛是黑獾氏族的首领，他手下有一支船队，战士个个英勇，劫掠的成果十分丰硕，不但有白兰地和银饰，还有铁制的工具。所以，若不是因为他使家族蒙羞，他必然可以成为英雄。

波辛看上了海鸥氏族的女人，他带着礼物前往那女人的母屋，但是女人不接受他的礼物。那女人的姐妹倒是接下了礼物，并与他共眠。波辛仍不满足，他再度出海劫掠了一年，才带着满船的财富回到黑獾氏族的母屋，但他心里并不以此为荣，因为他的心，已经被不值一提的情欲所吞噬了。

波辛手下的战士个个英勇，但是却头脑不清，因为波辛带着他们去掠劫海鸥氏族的母屋时，他们竟然乖乖听令。波辛的船队上岸时，海鸥氏族的战士碰巧跟他们的女人到田里去了，于是波辛首领带着手下的战士杀死了海鸥氏族的老妇以及快要成年的男孩，而尽管母屋中仅余的年轻女人极力挣扎，还是被波辛的人压制住了，但有些女人宁死也不愿就范。波辛首领在海鸥母屋待了十七天，天天都强迫海鸥氏族的瑟斐芮接受他的身体，最后使得她因此而丧命。她死后，他们便离开此地，返回自家的母屋。

一个月后，黑獾氏族的母屋才得到消息，知道族里的首领在外闯下大祸，并因此感到羞愧难当。母屋的女人先将男人们逐出她们的土地，叫他们永远都不要回来。为了偿还波辛的罪恶，女人们又从家里挑出了十七个儿子送给海鸥氏族，任由他们奴役。除此之外，所有氏族的母屋皆一律禁止波辛和他手下的人登岸，任何男子若是胆敢接济他们，则视为与波辛同罪。

不到一年，波辛和他的手下就被大海吞噬了，而波辛的姐妹们所生的，因为波辛获罪而献给海鸥氏族的那些男子则并未变成奴隶，而是成为保卫海鸥氏族海岸的战士，以及为该氏族生养更多儿女的男人。于是众氏族母屋的女人又重新和平相处。

——外岛寓言，出于吟游歌者翁比

第二天，我们乘船前往玛烈岛。晋责王子与切德到首领团开会的会场，宣布他们决定立即前往贵主母屋。王子发表了一份简短的声明，表示他体认到这个争议应由首领团裁定。身为男人，他不会背信食言，不过他要让首领团有机会多加讨论，交换意见，达成共识。事后切德告诉我，王子演说时不仅镇定，且颇有尊严，同时由于王子体认到这个争端唯有首领团自己能够解决，所以许多原本义愤填膺的人反而平息了下来。就连老鹰首领也讲了好话，他说，一个人若是能堂堂正正地面对挑战与考验，那么无论他出生在哪里，都值得众人尊敬。

众贵族听到王子要立即离去的消息，只是略微感到惊讶和失望。根据官方说法，这只是稍微调整了王子的行程。大多数贵族还在公鹿堡的时候，就听说王子未婚妻的母屋可能难以接待过于庞大的访问团，因此他们从一开始就没打算随同前往玛烈岛，而是计划要待在柴利格镇拓展商机。对大部分贵族而言，只要能留在史恺林岛与贸易伙伴周旋、交好，他们就满足了。阿肯·血刃，野猪氏族的首领暨贵主之父则私下对我们保证，他与手下的战士会留在当地，一方面确保六大公国的贵族们平安愉快，另一方面也会继续说服首领团的成员们。

切德后来告诉我，他已经强烈建议我们的贵族们接受野猪氏族的款待，住进该氏族的要塞之中，而不要去试探当地的客栈是否殷勤待客。除此之外，他也建议众贵族，走出要塞与外岛人交际应对之时，务必将祖传的徽章标志戴在显眼之处，就像外岛的各氏族总是戴着本家氏族的动物标志那样。这其实是因为，外岛人认定王子出身于“瞻远公鹿氏族”，所以六大公国的贵族若是以徽章显示出他们与王子出身于不同氏族，会比较安全。不过据我猜测，切德大概没有把这一点讲出来。

野猪号是外岛船，远不像处女希望号那样舒适。我在观察别人登船的时候，发现野猪号在水波上摇晃得比较厉害，不过它吃水浅，比起吃水深的处女希望号更适合航行于外岛各岛屿之间的水道。我听人说，外岛之间的水道往往唯有在低潮的时候[①]，才能勉强通行，此外一年之中会有一两次潮水退得特别低的时候，那时甚至还可以从这个岛步行到另一个岛上去。我们要穿过几个这种浅水的水道，再航入开阔水域，才能到达贵主所住的玛烈岛，以及她母屋所在的威思林镇。

这么快就又要上船，这对阿憨实在很残忍。我尽量让他睡晚一些才把他摇醒，让他吃了些从处女希望号拿来的热腾腾的熟悉餐点。我劝他多喝多吃点，同时只谈愉快好玩的事情，至于我们马上就要登船出海，则绝口不提。阿憨只想倒头继续睡觉，一点也不想洗脸穿衣。其实我也很想让他上床去睡，我敢说，唯有如此他才能早日恢复健康，但是将他留在柴利格镇实在很不安全。

我们与王子卫队、原智小组以及王子本人站在码头上，望着人们将聘礼一箱箱地搬到野猪号上时，阿憨仍以为我们只是趁着早上出来散散步而已。野猪号就系在码头边，我阴郁地对自己说道，既然如此，那么让他上船应该不成问题。谁知我错得离谱。阿憨平静地看着别人经由木板通道走到船上，但是轮到我们上船的时候，他却站在我身边，动也不动。“不。”

“你不想看看外岛船吗，阿憨？大家都上船去瞧瞧了。我听人说，外岛船跟我们的船一点也不一样，我们上去看看嘛。”

① 原文为“低潮”，但是船只要安全通行，似乎应是“高潮”时好通行才对，怀疑是作者小小笔误。

他一言不发地朝着我看了一会儿。“不。”他说道。他有点怀疑，小眼睛开始转起来。

到了这节骨眼，再骗也无用了。“阿憨，我们非得上船不可。船立刻就要开了，马上就要把王子送到贵主家去，我们得跟着他一起去才行。”

码头上，我们周遭的一切活动通通停了下来，一切都已经准备好，而且众人都已经登船，现在就等阿憨与我上船便可开航。其他船上和路过的人无不瞪着阿憨的古怪举动，他们的眼神多少都带着轻蔑。野猪号上的水手只等着我们上船，就要抽回木板过道、放开缆绳了，此时他们睥睨着我们，等得很不耐烦。我感觉得出，光是我们要搭乘野猪号，就已经让他们感到深受羞辱了。我们为什么就不能赶快踏上木板过道、赶快躲到底舱去？必须得采取行动了。我坚定地抓住阿憨的上臂，“阿憨，我们现在一定得上船。”

“不！”他叫着，狂乱地拍打我，同时他那恐惧且愤怒的精技也如同大浪一般袭来。我踉踉跄跄地放开他，使得围观人群看得哈哈大笑。老实说，他们一定觉得很奇怪，为什么这个弱智小子气恼地一拍，就使我几乎跪在地上？

接下来的场面实在不堪回首：我没有别的选择，只得逼他上船，但是他恐惧到了极点，所以他也别无选择。我们两人就这样在码头上打了起来，我以自己高大的体型、强劲的体力和结实的精技墙，来对付他的精技力量与笨拙的打斗技巧。

切德和晋责王子打从一开始就知道我们这里出事了，我感觉得到王子对阿憨技传，努力要安抚他的心情，但是他的盛怒等于是最好的精技墙，晋责可说是白费工夫。我一点也感觉不到切德，我在想，会不会是昨天那一番发挥耗尽了他的力气。我第一次抓住阿憨时，用意也只不过是要把他扛上船去，但此时他的精技浪潮却源源不断地涌入我体内。由于我们两人肌肤相触，因此我等于是门户大开，无法抵挡。阿憨的恐惧紧紧地攫住我，激起了我内心的恐惧，使我怕得想哭。我心里顿时想起那一次次差点就丢掉性命的恐怖画面，并感觉到被冶炼的人的牙齿陷入我的肩膀，以及那支弓箭倏地射中我背上的滋味。我本来已经将阿憨扛到肩上了，但是在他那恐惧的重量，而非体重的重压之下，我两腿一软，跪在地上。围观人群爆出如雷的笑声。阿憨挣脱开来，默默地站着哭泣，他无法逃开，因为围观的人已经将我们团团围住。

围观群众的讥笑讽刺越来越大声，比他软弱的拳头更令我忧心。如果我抓住他，那么我的精技墙就等于破了个大洞，但在他严厉的精技攻击之下，无论如何我都必须让精技墙发挥完全的效用。在这个情况之下，我只好徒劳无功地以围捕的方式，横身阻挡他逃往码头上的去路，逼他自己踏上过道。我一朝阿憨走上去，他便退后几步，多接近木板过道一点，然后围观的人群就会散开些。但是接着他便张开双臂，朝我冲过来，因为他知道只要一碰到我，我的精技墙便会垮掉，于是我不得不让他几步，以免被他的手碰到。在我们一进一退之间，围观群众笑翻了天，他们大声唤来同僚，叫大家都来瞧瞧这个连弱智的傻子都打不过的六大公国男子。

最后，是罗网解救了我。也许是因为野猪号水手的兴奋叫声，使他靠到栏杆边一探究竟吧。那个身材粗壮的老水手推开围观的人群，走下木板过道来到我们身边。"阿憨，阿憨，阿憨呐。"他安详地说道，"来嘛。何必闹得这样，不需要嘛。"

我很早就知道，动物与人都可以运用原智魔法抗斥，将敌人驱开，谁没有因为狗儿露出利牙而吓得跳开，或是在千钧一发间躲过猫爪袭击的经验？然而人们之所以退让，一方面是因为动物以武力威胁，另一方面也是因为动物的怒火将人们推开的缘故。而且我认为，任何有原智的人或动物，都会本能地抗斥，这就好像碰到危险，你就会出于本能地逃开。但是我从未想过，世上是否有个与抗斥相反，能够令人镇定且被吸引的原智力量。

此时罗网朝着阿憨散发出去的那个气息，我无以名状。我不是他散发那种气息的对象，但是由于我在阿憨身边，多少感觉得到一些，于是原本因为惊惧而竖直的毛发贴了下来，怦怦乱跳的心也放慢了节奏，而我虽没有刻意放松，但是肩膀垂了下来，下巴也松开了。我看到阿憨脸上露出奇妙的表情：他的嘴巴开着，舌头垂在嘴外——虽然他的舌头本来就经常伸出来，但此时伸得更长了，而他的小眼睛也几乎完全闭上。"轻松点，小朋友。放松。好啦，跟我来吧。”

罗网的大手扶着阿憨的手臂，而阿憨则仿佛被母猫从后颈一把叼起的小猫一般，以放心地把自己托付给对方的表情望着罗网。“别看。”罗网对他说道，“眼睛看着我就好，好，走了。”阿憨乖乖听令，于是原智师傅罗网便像是用鼻环牵着一头蛮牛那么容易地领着他走到了船上。我站在原地不住地打颤，后背吓出了一身冷汗。我走上过道的时候，围观的人不停地耻笑我，使我羞愧得涨红了脸。大多数人都多少会讲一点六大公国语言，此时他们刻意用六大公国语讲话，好让我听懂他们的讽刺。我无法假装自己根本不以为意，因为血液无法控制地冲到头上，使我满脸羞红。我无处发泄心中的怒气，只能跟在罗网的身后走。我一登船，就听到他们将我身后的过道抽回船上。我没回头看，只是默默地跟着罗网与阿憨，朝着甲板上那个类似帐篷的东西走去。

野猪号的布置比处女希望号更为简陋。前甲板上有个用木板搭成的固定舱房。这是我所熟悉的样式。我听人说，那个舱房被隔成了两间，大间给王子和切德用，原智小组则挤在小房间里。他们另外在后甲板盖了个临时性的舱房，这舱房的墙是用柱子撑开来的厚重兽皮，然后再用绳索紧紧地将这个帐篷结构绑在甲板的钉子上。他们之所以搭了这几个房间，为的是配合我们六大公国之人的感受。其实外岛人自己是宁可睡在开阔的甲板上的，而且开阔的甲板，不管是要搬货还是要打架，都比较方便。一看到卫队同僚们的表情，我就知道他们一定不愿阿憨跟他们同房。我在码头上的表现实在太丢脸，所以现在我在他们心目中的地位一落千丈。罗网试着把阿憨安置在从处女希望号搬来的海运箱上。

“不行。”我悄悄地对他说道，“王子希望阿憨待在离他近一点的地方，我们必须将他安置在另外那个舱房里。”

“那个舱房比这里还要挤。”他解释道。但我只是摇了摇头。

“换到另外那个舱房。”我坚持，于是罗网让步了。他一走，阿憨便跟上去，脸上仍然焕发着信任的光彩。我跟在他们后面，只觉得自己像是练了一个早上的剑那般的疲倦。事后我才知道，罗网把阿憨安顿在他自己的矮榻上。儒雅坐在角落那张较小的矮榻上，那只低声怒吼的猫则坐在他的大腿上；吟游歌者扇贝闷闷不乐地检查他那小竖琴上的三根断弦；迅风则左右张望，但就是避开我的眼神，我感觉得到他因为我把阿憨带到舱房来而感到惊惶失措。大家都沉默不语，小房间里的气氛非常凝重。

阿憨在矮榻上躺下来之后，罗网伸出长满茧的手，摸摸他汗湿的额头。阿憨困惑地瞪着我们看了一会儿，然后像孩子一般疲倦地闭上了眼睛，随即就睡着了。被阿憨痛击之后，我也很想像他那样躺下来休息，但此时罗网拉起我的手臂。

“走。”罗网说道，“你我得好好谈谈。”

如果我能抗拒的话，我一定会抗拒不去，但是他一把手放在我的肩膀上，我的反抗意志就融化了，并任由他将我带到甲板上。我一出现，水手们又开始讥笑起来，但罗网没有理会他们，一路将我带到栏杆旁。“就这里吧。”他从臀部掏出一个皮制的扁酒瓶，拔开塞子，白兰地的味道便漫了出来，“你喝一点，做几个深呼吸。你这模样像是被人打得半死不活似的。”

直到白兰地的热度在我体内漫开来，我才发现自己有多么需要它。

蜚滋？

王子传来担忧的思绪，不过他的思绪微弱得像是在呢喃。我突然想起，这是因为我把精技墙封得很紧，至今都还没放松下来。我小心地将精技墙降低一些，对晋责技传道：“*我没事。罗网已经把阿憨安顿好了。*”

“没错，不过我把阿憨安顿好了，这我自己知道，你用不着告诉我呀。”

*让我休息一下，王子殿下，稍后再谈。*罗网一说，我才知道自己刚才对晋责技传的时候，同时开口把这个思绪说了出来。“是啊，我大概是受了惊吓吧。”

“你一定是受了惊吓，只是我看不出你为什么会受到惊吓。我心里很纳闷，那个头脑简单的人对王子而言非常重要，对不对？他之所以如此重要，一定跟他能够抵挡正当盛年的战士有关。为什么你怕成那样，不敢让他碰到你？我碰到他的时候都没事啊。”

我把扁酒瓶交还给他。“我无权揭穿他人的秘密。”我明白地说道。

“我懂了。”他也喝了一口白兰地，郁闷地仰头望天，风险懒懒地在我们的船上空盘旋，等待我们出发。船桅上突然抖出了风帆，不一会儿，船帆便吃满了风，接着我们的船点了一下，慢慢加快速度。“我听他们说，这趟航程很短，三天就会到，顶多四天。倘若我们搭的是处女希望号，那就得避开连绵的岛屿，而且最后还是得把船停在深水港里，改搭浅底船，才到得了威思林镇。”

虽说我不知道事情是否真是如此，我仍点了点头。这可能是风险告诉他的，不过，这更像是水手之间的闲聊传进了他的耳朵里。

接着他突然问道：“如果我用猜的，你能告诉我，我有没有猜对吗？”

我叹了一口气。如今打斗一过，我才发现自己有多么疲倦，以及当阿憨用尽全力以他的恐惧与愤怒来对付我的时候，他的力量有多么强大。阿憨施展了这么大的精技力量，希望他没有超出负荷才好，毕竟他的病情就已经榨掉他大半精力了。他认定那是一场攸关生死的争斗，这点我心里清楚得很。突然之间，我心里想的都是他的事情。

“汤姆？”罗网追问道。我这才想起刚才他问我的问题。

“我无权揭穿他人的秘密。”我顽固地说道，心里升起一股无力且绝望的感觉。我虽然知道那是因为阿憨的缘故，但我还是被感染到了。我得想个办法让其平息下来，免得他将情绪传染给全船的人。

你能控制住阿憨吗？王子问道。

其实我没有把握一定能办得到，所以我给王子的答复并不是肯定能做到，只是告知说我知道了。

罗网又把他的扁酒瓶递给我。我拿过来，痛饮了一大口：“我得回去看着阿憨了。他不能没人看顾。”

“我看得出来。”他拿回酒瓶，“我真不能确定你到底是在保护他还是禁锢他。这个嘛，汤姆·獾毛，你什么时候放得下心，让我帮你照顾一下阿憨，你就跟我说一声吧。看起来，你自己也颇需要休息。”

我点点头，没回答，独自走回分配给原智小组的小房间。众人都已经逃之夭夭，大概是因为阿憨不断放出令人难以忍受的精技浪潮吧。他是睡着了没错，但那是因为他太疲倦，而不是因为平静而入睡。我低头看着他的脸，只觉得他的脸看起来很单纯，但那表情既不幼稚也不愚昧。他的脸颊红彤彤的，额头上渗出了汗珠，他又开始发烧了，所以呼吸得很喘。我坐在矮榻边的地上。我们竟然这样对待他，实在使我感到羞耻。切德、晋责与我都明知这样对他不好，但我们还是逼他上船了。接着我实在累极了，于是便在他身边躺了下来。

我慢慢呼吸了三次，集中心神，准备施展精技。我闭上眼睛，轻轻地把手臂放在阿憨身上，以便加强他与我之间的精技牵系。我本以为他会筑起精技高墙阻挡我，不料他一点防备都没有。我溜进他的梦中，只见一只迷途的小猫，拼命地在滚烫的海水中扑打挣扎。我照荨麻以前的样子，拎着小猫的后颈将它提出水面，放入篷车里大床上的绣花靠垫上，并对小猫保证它现在很安全。一时之间，我感觉到他的焦虑缓解了一些。然而即使在梦中，他还是认出了我。

“可是，这都是你害的！”小猫突然叫道，“我又上了船，都是你害的！”

我以为阿憨讲完话之后会很生气、会反抗，甚至会起而攻击我，但是他的反应比我预想的更糟糕：他哭了起来。那小猫开始抽抽噎噎，接着用小孩子的声音悲痛不已地大哭起来。他发现我竟然把他骗得这么惨，心里失望得不得了，因为他原本是很信任我的。我把小猫捧起来抱在怀里，但他还是哭个不停，我安慰不了他，因为我就是他痛苦的根源。

我没料到荨麻会出现。现在是大白天，她不可能在睡觉。回想起来，我大概一直以为她唯有在睡觉的时候才能施展精技吧。这个想法实在太愚蠢了，不过我之前真的是这么想的。就在我抱着阿憨化身的小猫轻轻地摇着的时候，我感觉到她出现在我身边。*交给我吧。*荨麻以女人家看不惯低能男人的口气说道，接着便把小猫从我怀里抱了过去。我因为自己松了一口气而感到有点愧疚。我退入阿憨梦境的背景中，然后便感觉到他因为我的退开而变得比较轻松。他竟然因为我在场而感到紧绷，这实在令我伤心，但是这不能怪他。

过了一会儿，我发现自己坐在融化的玻璃塔旁边。塔下四周都是陡坡，陡坡上布满死去的荆棘，唯一的声响是风吹过荆棘丛的声音。此地感觉凄凉至极。我静静等待着。

荨麻来了。为什么要弄这些？她问道，伸手指着四周凄凉的景致。

心境如此嘛。我无精打采地答道。

她轻蔑地啐了一声，伸手一挥，死荆棘丛就化成了绿油油的夏日草地，玻璃塔则变成山坡上的一圈碎石。她坐在被太阳晒得暖暖的石头上，一边摇晃着红裙下的光脚，一边问道：你这个人总是这么小题大作吗？

大概是吧。

那你身边的人一定累死了。你真是太情绪化了，不过在我认识的人之中，你还不是最严重的，只算得上是其次。

那最严重的是？

我父亲。他昨天回来了。

我顿时屏息，同时努力以轻松的口吻问道：还有呢？

原来他去公鹿堡了。他一个字也不肯多说，只说他去了公鹿堡。瞧他那模样，好像一下子老了十岁，可是我又好几次发现他默默地望着前方发笑。而且，尽管他眼睛都蒙了白翳，他还是一直瞪着我看，好像从没见过我一般。母亲说，她觉得父亲好像在跟她道别。父亲走到她面前，伸手紧紧揽住母亲，仿佛他只要一松手，母亲就会被人抢去。他的行为举止真是难以形容。一方面，父亲像是什么沉重的任务终于完成了似的轻松起来，另一方面，他又像是在为远行做准备。

他跟你说了什么吗？我尽量保持语气的平静，以免她发现我其实非常害怕。

什么也没说。他跟我母亲也是这样，什么都不说。这是母亲告诉我的。父亲回来的时候，带了很多礼物，人人都有。年纪比较小的弟弟拿到木雕玩具，年纪比较大的弟弟则拿到做工精巧的木制益智玩具。母亲与我各拿到一盒木珠串成的项链，每一颗木珠都雕成了珠宝的模样。此外他还带了一匹马回来，噢，我从没见过这么可爱的小母马。

我虽知道接下来会听到什么话，但还是默默希望她不要说出来。

父亲自己则戴着一只木球耳环。以前我从没见过他戴耳环。老实说，我连他有耳洞都不知道。

我心想，黄金大人跟博瑞屈是不是谈过了。不过，也许弄臣只是把礼物请珂翠肯转交。我想问的问题实在太多，却没有一个能问得出口。你现在在做什么？既不能多问，我干脆换个话题。

我在做蜡烛。这真是全世界最无聊的工作。她顿了一下，说道：我父亲要我带话给你。

听到这话，我的心跳几乎停止。哦？

我父亲说，如果我再梦到那头狼的话，就跟狼说，你早在多年之前就应该回家了。

你跟他说……我心里闪过千言万语。博瑞屈与我已经十六年没见，我能跟他说什么？跟他说，他用不着害怕，因为我不会夺走他的妻女，或是他的家庭幸福？还是跟他说，我一直很敬爱他，至今不变？不，不能说那个。跟他说，我已经原谅他了？不，我不能这样说，因为他并不是明知故犯。我若是说我原谅了他，只会使他自责更深。我想跟他说的事情，数也数不完，但这其中没有一件是我胆敢交由荨麻传达的。

跟他说什么？荨麻催促道。她好奇得不得了。

你跟他说，我无言以对，而且感激不尽，这是我多年来的心情写照。

这样讲似乎不够，但是我强迫自己到此为止。再多讲一个字就过于莽撞了。若是要借着荨麻跟博瑞屈传达任何真正的讯息，可不能随便说出口就算了，必须得仔细思量才行。我不知道她知道多少，也不知道她猜到多少，我甚至不晓得博瑞屈对于我这十六年来的情况知道多少。宁可以后因为自己很多话没说而感到遗憾，也不要因为自己说出去的话收不回来而懊悔。

你是谁？

这我总不能没个交代，至少要让她有个可以称呼我的名字。然而，如果要让她知道我的名字，那么这一个是最适合的：改变者。我的名字叫做“改变者”。

她点点头，既失望又喜悦。我的原智知觉告诉我，在另外一个时空中有什么生物靠了上来。我将自己从梦境中抽身出来，荨麻不情愿地放我走。我慢慢地回到自己的身体中，一时间，我仍闭着眼睛，但却将视觉以外的一切感官展开。我在船舱里，阿憨躺在我身边，他的呼吸很沉重。我闻到吟游歌者给竖琴木边上油的油味，然后听见迅风小声地问道："为什么他现在在睡觉？"

"我没睡。"我小声地说道，轻轻将手臂从阿憨身上抬起来，以免惊醒他，"我刚刚才把阿憨安顿好。他仍病得很重，我真希望我们不用带他上船。"

迅风仍用非常古怪的眼神望着我。吟游歌者扇贝轻柔地为上好了弦的竖琴上油。因为天花板很低，所以我低头站着，望着博瑞屈的儿子。虽然他恨不得逃开我，但是我有职务在身。"你现在在忙什么事情吗？"我对他问道。

他望望扇贝，仿佛期望扇贝帮他讲一两句话，但扇贝什么话也没说，因此他只好低声地答道："等一下扇贝要为外岛人演奏几首六大公国的曲子，我也要去听。"

我吸了一口气。如果我想遵守对荨麻的诺言，就必须跟这孩子亲近一点才行。只是，因为我之前逼他回家，为此他已经跟我疏远了，就算现在我把他抓得紧紧的，也无法赢得他的信任。于是我说道："如果仔细听的话，可以从吟游歌者的歌里学到不少东西，除此之外，你也要多听听外岛人讲什么、唱什么，尽量趁此机会学一点外岛语。我们另外再找时间谈谈你从中学到了什么。"

"谢谢。"他僵硬地说道。至今，他仍不愿承认自己必须听从我的命令，也不愿表达感激之意，但现在我也不会强求这些。因此，我只是点点头就放他走了。扇贝到了门口，回过身来，优雅地挥出双手，漂亮地一鞠躬。一时间，我们四目相对，而他眼里的友善之意使我大感意外，他接下来说的话则解开了这个谜团："注重学习的战士少之又少，而把吟游歌者看作是学习对象的人，那就更少了。多谢了，大人。"

"不，是我该谢你。王子殿下要我教导这个年轻人，然而你却能让他领略到，学习知识不见得都很痛苦。"扇贝眨了一眼，就在这一眨之中，我下了第二个决定："如果不至于打扰的话，我也想去听听。"

扇贝又漂亮地鞠了个躬："这是我的荣幸。"

迅风早就出去了，他看到我伴着那位吟游歌者出来的时候，脸上不大高兴。

由于船上的生活很枯燥，所以我所见过的水手总是不管什么余兴活动都兴致勃勃，这些外岛水手也不例外。没值班的水手立刻就聚集过来听扇贝唱歌。对扇贝而言，这真是不可多得的舞台。他站在空无一物的甲板上，轻风吹起他的头发，落日衬着他的身影。众人带着手边的工作，就像是女人家带着绣花或是编织的工作一般，聚到吟游歌者身边听歌；有个人正在把破碎的旧绳子结成脚垫，还有个人一边听歌，一边懒懒地雕着硬木头。我原先就怀疑，皮奥崔手下的水手们不管是因为自己想学也好，还是因为不得不学也好，反正都对六大公国的语言略通一二，然而从他们此时听歌的专注模样，就可以确定事实的确如此了，就连攀在船桅上的水手也都竖起了耳朵倾听。

扇贝唱了几首以瞻远皇室为主题的歌。这个人机灵得很，避开了所有跟六大公国与外岛之间长久冲突扯得上边的歌曲，看来今天我不必苦苦忍着听人唱完《鹿角岛之歌》了。迅风似乎听得很专心，尤其当扇贝唱出一首原血寓言的歌曲时，他格外全神贯注。扇贝唱这首歌的时候，我注意观察外岛水手的反应，心里则好奇，许多六大公国之人听到这种歌时都显得既憎恶又不屑，不晓得外岛人是否也是这种心情？但是我看不出他们有何异状，看来水手们听了歌之后，只觉得原血魔法是一种奇特的外国魔法。

扇贝唱完之后，一名咧嘴大笑到脸颊上的野猪刺青都起皱了的外岛水手站了起来，他将手边的木作摆到一旁，拍掉胸膛上和裤子上的卷曲木屑，对我们挑战道："你们认为那种魔法很强？我还知道一种更强的魔法，而且你们最好也多知道一点，因为你们说不定会碰上呐。"

接着他用赤脚挠着跟他并肩坐在甲板上的伙伴。那人因为甲板上坐了这么多人听歌而羞赧起来，不过他还是从衬衫里掏出一根用绳子挂在脖子上的小笛子，吹出简单、幽怨的曲调，而方才开口的那人，则用沙哑的声音，生动地唱出艾斯雷弗嘉岛的黑者的故事。他唱的是外岛语，他的作风跟一般外岛吟游歌者一样，很多字都并非按照原来的字音唱，所以我更难听懂了。黑者在艾斯雷弗嘉岛上神秘出没，任何踏上艾斯雷弗嘉岛，且目的不够光明正大之人都会受其诅咒。黑者是龙的守护者，但也可能是龙所化成的人形。他跟黑龙一样，都是黑色的，也因此跟黑龙一样不可小觑。黑者强如狂风，也如狂风一般杀不死，同时也像坚冰一样冷酷无情。凡是胆小之人，黑者会一口咬断他的骨头，凡是莽撞之人，黑者会一口撕开他的皮肉，凡是——

“还不回去干活！”皮奥崔突然闯进听歌的圈子里。他这一声命令，虽是好脾气地说道，但却很严厉，旨在提醒众人，他不但是野猪号的代理船长，也是招待我们的主人。那水手停下破锣嗓子的歌声，不以为然地望着皮奥崔。我感觉得出气氛有点紧绷：从那人脸上的刺青，可以看出他乃是阿肯·血刃的战士。其实，大部分的船员都是血刃的手下，血刃只是将这一群人借给皮奥崔，让他们协助驾船。皮奥崔的头轻轻地朝那水手一甩，既是斥责也是警告，于是那水手的肩膀便垂了下来。

“休息时间，要干什么活？”那人有点虚张声势地问道。

皮奥崔的语气很温和，不过他的姿态充分表明了他绝不允许船员公然反抗，“既是休息时间，就应该好好休息，卢特尔，这样等到你轮值时，才有力气工作。若要招待嘉宾，我自会助兴。你还不快点下去休息？”

切德和王子从他们的舱房里出来，好奇地观察皮奥崔的举动，罗网则站在切德和王子身后。我不禁猜测，方才皮奥崔可能正在跟他们聊天，但是一听到那人唱歌，便突然告退出来制止那个唱歌的水手。我对切德和晋责技传道：我们是否听说过什么“艾斯雷弗嘉岛的黑者”的故事，或是什么黑龙守护者的故事？因为皮奥崔就是不让那个水手把这首歌唱完。

我没听说过，我待会再私下问问切德。

切德？我试着直接跟切德连系。

他没有反应，甚至不曾朝我看一眼。

我看他是昨天太过费劲了。

他今天是不是喝了什么茶汤？我怀疑地问道。任何初学者若是像切德昨天那样大力施展精技，都会累得爬不起来，然而这老人的行动却一如往常那样敏捷。我越想越嫉妒，他不准我喝那东西，可是他自己却大肆服用？

他几乎每天早上都会喝一点味道苦涩的汤药，那里面是什么东西，我一点概念也没有。

我猛然制止自己的思绪，以免王子感应到我的心思。不过我下定了决心，一定要把切德的药草偷一些出来，瞧瞧他泡的到底是什么东西。这老人对自己的健康实在太不用心了，照他这样下去，说不定会为了磨练精技而送命。

只是我找不到机会潜入切德与王子的舱房。这趟航程本来就短，而且接下来的几天过得平淡无奇，我则为了照顾阿憨和教导迅风而忙得不可开交。事实上，他们两人还成了一对。阿憨从长睡中醒来时，尽管虚弱而苦恼，却说什么都不肯让我照顾他，不过他倒是愿意接受迅风的帮忙。那少年对此兴趣缺缺也是可以理解的：照顾病人本来就很枯燥，有时候还很烦人，除此之外，迅风也跟许多六大公国的人一样，对于身体畸形的人有着根深蒂固的厌恶。我屡屡的斥责也无法改变他的看法，倒是罗网平淡地把阿憨当作是与常人不同之人，使得那孩子的观念渐渐起了变化。罗网以身教，而非言传来教导迅风，令我这个监护人自惭形秽，同时感到自己有欠考虑。我恨不得自己能把迅风教好，就像博瑞屈把荨麻教得那么好一样，然而我不但失败了，甚至还无法赢得迅风的信任。

当一个人觉得自己没用的时候，就会觉得度日如年。我很少与切德或王子相聚，在这艘拥挤的船上，实在难以轻松地与他们两人相处，因此我们只能以精技沟通。我尽量少对切德技传，希望能借此多让他休息，王子则向我传达切德也对艾斯雷弗嘉岛的黑者一无所知。从那天起，皮奥崔便让唱歌的水手忙得团团转，所以我们根本没机会多向那人打听。我既被孤立于切德与王子之外，又遭到阿憨的抗拒，于是自己也就觉得十分孤寂，不管上哪里都找不到平静。我把旧时的回忆当作慰藉：我回想莫莉与我单纯的恋情，以及往日弄臣与我之间那种毫不造作的友谊。我常常想起夜眼，眼见着罗网与他的海鸟相伴，以及儒雅不管走到哪里，他的猫都跟在身后，让我心里有些戚然。我在年少时，总是热情地与别人缔结情谊，如今那种热情已经不再，而我也没有寻求其他友伴的心思了。至于荨麻，博瑞屈邀请我“回家”……长久以来，我一直都很渴望回家，不过我也知道，其实我不是想要回去“家”这个地方，而是想要返回以往的时光。然而就算是艾达神或埃尔神现身，也无法让我如愿了。等到我们驶入一处小海港——其实也不过就是海岸边稍微凹入的小海湾罢了——皮奥崔兴奋地呼唤众人来瞧瞧他的家乡时，我只觉得内心已被嫉妒淹没。

罗网走到船尾，在我身边站定，打断了我自怜自艾的思绪，“我让迅风协助阿憨穿鞋。阿憨也乐得上岸，只是嘴里不肯承认罢了。其实他现在已经不会晕船了，只是他的肺太虚弱，令人担心，还有就是他的思乡病很严重。”

“我知道，但若是待在船上，恐怕不管是他的肺病还是思乡病，都无从下手医治。等我们上岸之后，我看看能不能替他找个舒服的地方，让他安静地休息一阵子，吃点好的，这样才有望根治那两种病症。”

罗网同情地点点头，我们的船则逐渐靠到岸边。一名穿着黄褐色裙子的女子站在岬角上望着我们的船驶近，在她身后那片露出许多岩石的起伏草地上，散落着绵羊和山羊，更内陆的地方，可以看到一缕炊烟，以及坐落在荆豆花丛里的整齐小房子。在这个玲珑的海湾里，只有唯一一个用石柱撑起的突堤码头。我看见那女子将双臂高举过头，挥了三次。我本认为她是在欢迎我们，继而想到，她可能是在跟聚落里的人做手势，因为不久之后，人们便从小径走到海边来。有些人站在突堤码头上等我们，而年纪小的孩子们则在海滩上跑来跑去，兴奋地大叫。

我们船上的水手为了展现高超的驾船技巧，利落地直朝突堤码头驶去，接着抛出缆绳，系紧，之后船便稳了下来，不一会儿，船帆就已通通收起卷好。令我意外的是，站在甲板上的皮奥崔粗声粗气地对驾船的野猪族人道谢。这使我再度领略到，我们所面对的乃是两个联合起来的氏族，而非单一的，而且皮奥崔和船员们显然都把这件任务当作是少有的大恩惠，说不定还要在这两个氏族之间记上一笔债务。

等到我们下船的时候，情况就变得更明显了。皮奥崔率先下船，一踏上码头，就对前来欢迎他的众女子表示极大的敬意。码头上也有男人，不过都站在女人身后，不仅如此，皮奥崔还是先跟族中的老妇都殷殷问好之后，才走到女人后头向众男子打招呼。我注意到那些男子，除了几个老人家和一群十几岁出头的少年之外，少有可以担任战士的壮年人，那少数几个壮年的战士又都已经因为打斗而伤残。我皱起眉头，将我的思绪传给切德：到底是他们在习俗上不让壮丁迎接宾客呢，还是他们的壮丁都躲起来，不让我们看见？

切德回复给我的思绪弱得像炊烟。也许是因为他们的壮丁都丧生于红船之战中了。有些氏族的伤亡特别惨重。

我感觉得出他费了好大气力才把这个思绪传给我，所以我就不再跟他对谈下去了。此刻他还有很多事情要顾虑。我并非以精技，而是以原智知觉到王子既焦躁不安又失望透顶。这也难怪，码头上的迎接人群之中并没有艾莉安娜的身影。我对他劝道：你别因此而心烦。我们对他们的习俗所知甚少，贵主没有现身到底代表什么意义，实在很难说。你可不能就此把这当作是她不把你看在眼里。

心烦？有什么心烦的？我根本没注意到她没来。蜚滋，重点不是那个女孩在耍什么伎俩，而是我们两边要结盟。王子的口气之激烈，我一听就知道这是违心之论。我叹了一口气。十五岁啊，感谢艾达神，幸亏我永远不必再重回那个年纪了。

皮奥崔一定已经跟切德讲述他们家乡的登岸风俗了，因为切德继续在船上等待着。后来终于有一名二十出头的年轻女子以清脆的声音扬声说着，瞻远领地的公鹿家族之子，欢迎率众下船。

"听到这话，我们就可以下船了。"罗网悄悄地说道，"迅风会把阿憨照顾好的。我们走吧？"

我点点头，然后仿佛我有权借问似的问道："风险看到的情况如何？附近可有埋伏的武装男子？"

他抿着嘴笑了一下："你想，若是风险看到什么异状，难道我不会早早告诉你吗？倘若事有蹊跷，那么不单是你，连我的脖子都很危险呐。你想太多了，其实风险所见与我们看到的没什么差别，就是有个安定整齐的聚落，正在平静地进行大清早的种种杂务。另外就是在隔了几重山之后的地方，有个非常富饶的山谷。"

于是我们随着众人下船，尊重地在王子身后隔了一段距离之处站定，让他接受艾莉安娜·黑水的母屋及领地的欢迎。黑水家的欢迎辞很简单，而我从其简略的风格之中，体会到这其实是个仪式：女人们借着欢迎王子，以及准许众人下船登岸的这个动作，重申土地的主权乃为她们所有，任何涉足于威思林镇之人皆必须服从她们的权威。除此之外，令我惊讶的是，野猪氏族的人跟在我们之后下船时也有类似的仪式。野猪氏族在答谢众女子的欢迎之际，同时也以自己母屋的荣誉起誓，保证每个人都会为其他所有人的行为举止负责。但他们倒没有特别提起如果犯忌会受到什么样的惩罚。过了一会儿，我才想出这样的仪式是什么用意。在这个以海盗立国的国度之中，人们必定要做点安全的防护，以免外族劫匪趁其不意，对自己的家园下手。据我猜测，这可能还有自古流传下来的、成员涵盖各个氏族的女性联盟在背后运作。我不禁好奇，男子在外的行为举止若是超过了当地氏族的容忍限度，那么他自己的母屋会对他做出什么样的惩罚？

欢迎仪式结束后，独角鲸氏族的女子领着王子一行人前往母屋。王子的顾问们与他同行，后面跟着王子卫队，而罗网、迅风、阿憨与我则跟在卫队后面。迅风走在前面，罗网与我则搀着阿憨前行。我们身后是野猪氏族的船员，他们高声阔论着啤酒与女人，顺便嘲笑我们四人。风险在我们头顶上的蓝天御风而行。这一条路建得很好，是用海边的碎石填起来的。

我本以为威思林镇规模很大，且靠近海边。野猪氏族的水手们由于我们走得太慢而感到极不耐烦，于是纷纷超过我们。罗网与其中一人攀谈起来，那人既急着想赶上他的同袍，又很不愿让人看见他与傻子和保姆为伍，所以罗网与他聊起来的时候，他回答得甚为简短，但仍不失礼貌，毕竟罗网总是激发人们表现出彬彬有礼的那一面。那人解释道，威思林镇的港口还可以，但不是最好的，这里的海流没什么好担心的，只是这里的风长年刮个不停，又强又冷，足以“刮掉你的血肉，让你的骨头冷得打颤！”威思林镇位于下一个山坡之后的谷地里，由于有山作为障蔽，所以风只能从山上吹过去，不会吹进村子里。

抵达之后发现事实确是如此。这个小镇坐落于盆地之中，我们顺着山路而下，朝威思林镇前去，同时发现我们越往下坡走，就感到越暖和。盆地里的小镇规划得很好，最大的建筑物是用木料和石材建造，与要塞一样高的庞大母屋，周围有些简单的小屋。母屋的石屋顶上漆了一个非常大的独角鲸，母屋之后有个精心耕作的菜圃，令我想起公鹿堡的女人花园。这个镇上的路是环形的，一个套着一个的同心圆，市场与做买卖的人家大多位于最接近通往海边的路的这一带。这一切，早在山坡上便可一览无遗，走近之后反而看不到全貌。

王子卫队早就走得不见了踪影，不过谜语回头来找我们，因为走得急而有点喘。“我来带你们去看你们住的地方。”他解释道。

“这么说来，我们不跟王子同住了？”我不安地问道。

“他们邀请王子和他的同伴与吟游歌者等人在母屋里住下来，至于来访的外族战士则另有居所，不住在要塞里。外族的战士虽然可以在白天时到母屋做客，但是不准在母屋里面过夜，因此王子卫队不能待在里面护卫王子。我们都觉得这样不妥，但是切德顾问叫长芯队长乖乖接受这个安排。他们拨了间小屋给阿憨，而王子下令要你跟他住在一起。”谜语好像不大自在，接着他仿佛在道歉一般地低声补了一句，“我会把你的海运箱搬过去。当然，他的东西我也会带过去。”

“多谢。”

不用问也知道，由于阿憨的与众不同，所以他不能到母屋去做客。唔，至少他们已经想到要另外安置他，没让他跟卫队住在一起，这也算明智了。不过，阿憨被众人排挤在外也就罢了，还得要我作陪，想来真有点忿忿不平。我虽然不喜欢瞻远宫廷里的阴谋，但是离切德和晋责太远，更使我不安。我知道我们在此地并不安全，而且我们最大的危机，并非我们已经知道的困难，而是我们仍无从得知的艰险。因此，我很想听听切德他们碰到了什么状况，以及婚姻的协商有何进展。但切德不能要求阿憨与我住进母屋里，阿憨又需要人照顾，而由我来照顾他，可说是顺理成章。这一切都合情合理，只是这并不能纾解我心中的郁闷。

他们待我们颇为尊重。这个没有任何隔间的石屋很干净，虽然闻起来像是很久没人居住的样子。这房子一定空了好几个月了，但是火炉边堆着柴火，烧煮的锅子也不缺，水桶里有盛满的新鲜清水。房里有张桌子、几张椅子，角落有张床、两条被子，阳光从唯一的窗户照进来，照得一室明亮。这样的地方已经很不错了。

阿憨默默地任由我们把他安顿在床上。走了这么远的路，他喘得很厉害，脸颊通红，不过他这个红晕的脸色不是因为发烧，而是因为他的身体虚弱，而且又消耗了太多体力。我帮他脱下鞋子，替他盖好被子。据我猜测，即使夏日气温高，到了晚上恐怕还是冷得很，不晓得两床被子够不够他保暖？

"你这里需要什么吗？"罗网对我问道。迅风不耐烦地站在门边，眺望着与我们隔了两条街的母屋。

"不用麻烦你，不过倒需要迅风帮一下忙。"迅风烦躁地望着我，不过对于这点我已经有心理准备了，所以我的决心一点也没有受到影响。我从钱袋里掏了几个铜板出来，"你到市场走一趟，我不知道这里的市场能买到什么。你要有礼貌一些，看看能不能买点什么食物回来，比如说，烧汤的肉和青菜，如果有新鲜面包更好，水果、奶酪和鱼，都可以。你就用这些钱去买吧。"

从他脸上看来，他是既恨不得去新的地方探险，可是又怕得不敢去。我把钱放在他的掌心里，并希望外岛人愿意接受六大公国的钱。

"然后呢。"我补充道，他听了瑟缩了一下，"你回船上去。谜语会把我们的海运箱搬来，不过我要你去船上多搬些被褥过来，这样你我才能在此铺床而眠，并且能让阿憨多盖一两条被子。"

"可是我要待在母屋，跟王子和罗网他们……"他看到我摇了摇头，就说不下去了。

"我这里需要你帮忙，迅风。"

他朝罗网瞥了一眼，仿佛在恳求那位原智师傅帮他讲讲话。罗网脸上很平静，并不偏袒任何人。"你确定我真的帮不上忙吗？"他再度对我问道。

"说真的。"我几乎冻住了，要开口请人帮忙，竟然如此困难，"如果你不介意，还请你晚一点过来一下，让我休息几个小时。当然，若是王子的事情绊住你，那就算了。"

“我会过来的。多谢你请我过来。”他的第二句话讲得很真诚，不是随便的客套话。一时间，我咀嚼着他的话语，竟不知道该应什么才好。他这是在称赞我终于能够开口请他帮忙了。我一见到他在看我，这才领悟到我沉默得太久，不过他的表情仍一如往常地平静且耐心。我再度体会到他在诱导我，就像驯兽师在跟一头疲倦的动物交朋友。

“谢谢你。”我努力挤出了这三个字。

“那么，我就跟迅风去市场走一走好了，因为我也跟他一样，对这里的市场十分好奇呢。不过我向你保证，我们绝不会在市场里闲逛到忘了正事的。依你看，如果我们碰巧找到面包坊，又能买到一些甜点的话，阿憨会不会有胃口吃呢？”

“会。”阿憨应道。他的声音软弱无力，不过看这情况就知道他兴趣浓厚。“奶酪也好。”他充满希望地补充道。

“好啦，那就请你们先找甜点和奶酪吧。”我应和道，笑着转过头去望着阿憨，不过他已经转头看着别处了。他还是不肯原谅我。我知道这种事情我还得做两次，因为我们还要搭船由此回到柴利格镇，再从柴利格镇搭船前往艾斯雷弗嘉岛。现在我还无法想象搭船返乡的情况。返乡？那实在太遥远了。

于是罗网与迅风出门了。那孩子聊得很开心，那老人也热切地应对着。老实说，他们两个一起去，我倒松了一口气。这孩子年纪还小，他到了陌生的市场里，说不定会在无意之中冒犯到他人，或者是碰上什么危险。不过，望着他们走远时，我仍不免有点被人遗弃的感觉。

为了将自己从自怜自艾之中拔出来，我开始一一回想我所关心的人。我离开公鹿堡之后，幸运与弄臣可能会碰上什么场面，我尽量不让自己多想。幸运这个人是很聪明的，我得信任他才行。至于弄臣，多年来，就算我没帮到什么忙，他不也度过来了？不过，一想到此时身在六大公国某处的弄臣一定对我气得牙痒痒的，我就觉得浑身不自在。我发现自己正心不在焉地摸着他留在我手腕上的银色印记。我一点也感觉不到他，不过我还是将双手背到身后。我不禁再度好奇起来，弄臣到底对博瑞屈说了什么呢，还是他们彼此根本没见到面？

这些念头一点帮助也没有，不过除了胡思乱想之外，我也无事可做。阿憨望着我在小屋子里无所事事地游荡。我递给他一瓢从水缸里舀起来的冷水，但是他不肯喝。我喝下冷水，并比较这个岛上的水味跟他处有何不同。这水有点青苔味，甜甜的，大概是池塘的水吧。我打算在火炉里生个小火，这样的话，如果罗网和迅风带着生肉回来，就可以立刻开始烹煮了。

时间过得非常慢，谜语与另一名侍卫把我们的海运箱从船上抬了过来。我从我的箱子里拿了些茶叶出来，在一个沉重的烧水壶里注满水，并挂在炉火上加热。不过，与其说我是想要喝茶，不如说我是在找件事情做。我用了黄春菊、茴香和覆盆子根，调配出口味香甜且有定神效果的茶。我将热水注入茶壶的时候，阿憨的眼神十分狐疑，所以我倒了第一杯茶，没有请他喝，而是把椅子搬到窗前，一边眺望着山坡草地上的羊群，一边喝着茶，并努力寻回我曾经在孤独与平静之中所享受到的满足感。

第二杯茶，我递给阿憨，这次他接受了。我疲倦地想道，也许是因为我先喝了第一杯茶，他这才相信我不是要下药迷倒或是毒死他吧。罗网和迅风回来了，他们的手臂上环抱着一包一包的东西，而那少年的脸则因为走多了路、吸了新鲜空气而透着红润。阿憨慢慢地将自己撑直起来，以便看清楚他们带回来的东西，“你们有找到草莓蛋糕和黄奶酪吗？”

“唔，倒没有，不过你瞧瞧我们找到什么了。”罗网说道，将他的宝藏放在桌上，“熏制的红鱼，咸中带甜。小面包卷，上面撒了种子。还有这个草编的篮子，里面都是浆果，这是特别为你买的。我从未见过这种浆果，店家告诉我，他们把这东西叫做‘老鼠果’，因为老鼠总是在它们的地道里塞满了这种果子，以便过冬之用。这果子有点酸，不过我们还找到一些奶酪，可以让你配着果子吃。这种橘红色的根菜，颜色很有趣吧。他们说，这个要塞在煤炭里闷熟，然后剥掉外皮，沾着盐吃。最后呢，还有这个。虽然没有刚才买的时候那么热，但味道还是满好的。”

最后这一样，是一个个大如男人拳头的糕点，包在干草与海草之中。罗网打开包装的时候，我闻到鱼的味道。这些糕点里面的馅料是用多油的肉汁煮的白鱼。看到阿憨蹒跚地走到桌边拿起糕点吃，我真是感动极了。他一口接着一口地吃，只有在咳得很厉害的时候，才不得不停一下。吃到第二个的时候，他的速度稍微放慢了些，喝了杯茶，将食物冲下肚。喝了茶之后，阿憨咳了好久，我真怕他会呛到，不过他咳过之后，深吸了一口气，用水汪汪的眼睛四下张望，然后声音颤抖地说道："我好累喔。"迅风才刚帮他在床上躺好，他就睡着了。

迅风讲了不少镇上的见闻，使我们这一餐生色不少。我默默地用餐，专心听那孩子讲话。他眼睛很敏锐，又爱追根究底，而且听起来，市场里的人看到他的硬币之后，太多都挺和善的。我心里猜测道，这大概是因为罗网真诚的好奇心助了他一臂之力吧。罗网说，甚至还有个女人告诉迅风，退潮之后可以在海滩上捡到不少小蛤蜊。接着罗网谈起他小时候跟母亲一起捡蛤蜊的事情，并由此谈起他小时候听到的许多故事。迅风与我都听得入迷。

我们就着我泡的茶聊天，就在我们的午后渐入佳境之际，谜语来了。"切德大人派我来请你们到母屋去参加欢迎宴。"他站在门口宣布道。

"那你们就去吧。"我不情愿地对罗网和迅风说道。

"你也要去。"谜语对我说道，"我会留在这里陪着王子的小呆瓜。"

我瞪了谜语一眼。"阿憨。"我轻轻地说道，"他的名字叫做阿憨。"

这是我第一次斥责谜语。他听了之后怔怔地望着我，我真看不出他是觉得伤心，还是认为我冒犯到他。"阿憨。"他改口道，"我就留在这里陪阿憨。你知道我那样说其实没什么恶意，汤姆·獾毛。"他几乎有点气恼地补了一句。

"我知道，不过阿憨听了心里会难过。"

"噢。"谜语朝床上躺的人瞥了一眼，仿佛因为听说他还有喜怒哀乐而感到很震惊，"噢。"

我很可怜谜语："桌上有食物，还有热水可以泡茶，你自己来，别客气。"

他点点头，我感觉到我们之间已经和好了。我花了一点时间绑好头发，又换了件干净的衬衫。虽然迅风百般不情愿，我还是拿起梳子帮他梳头，同时懊恼地发现这少年的头发处处打结。"你得每天梳头才行，难道你父亲没叮嘱你吗？看看你自己，你的头发活像小马的冬毛。"

他狠狠地瞪了我一眼。“他用的就是这几个字，一模一样！”迅风叫道。我知道我说漏嘴了，但我找了个理由搪塞过去，“年轻人，这是我们六大公国的俗语，讲这话的人可多了。让我瞧瞧，嗯，这样好多了。多洗洗脸，也不至于刮了你的皮呀，不过我们现在没那么多时间洗脸了。走吧。”

我们走出去，将谜语一人留在桌边时，我突然开始有点同情他。

10. 贯 主

外岛的婚姻习俗是这样的：婚姻的长短，全看女人愿不愿意受到男人的羁绊。这里不是男人选择女人，而是女人选择男人，虽说男人可以追求自己心仪的对象，并致赠礼物，或是将胜利的战役献给女子以示好。外岛女子若是接受男子的求爱，也不表示她会就此与对方厮守，只表示她可能会邀请对方同床共枕。男女之间的情意可能会维持一周，也可能维持一年，或者一生不变，这完全要由女人的意向来决定。屋檐下的一切皆为女人所有，而从女人母屋的土地上生产出来的一切，也为女人所有；女人所生的儿女，属于女人所属的氏族，且通常是由女人的兄弟、舅舅教养长大，而非由孩子的父亲。男人尽管能住在女人的土地上，或是女人的母屋里，但是男人的劳力需听由女人使唤。总而言之，笔者一直觉得很困惑，为何男人愿意屈从于女人之下，不过外岛人也同样地对我们的习俗感到困惑，有时会对笔者问道：“为什么你们的女人愿意抛下自家丰饶的财富，去变成男人家里的仆人？”

——费德伦文书所著的《蛮夷之旅记趣》

独角鲸族的母屋既是碉堡也是家，是威思林镇上最古老的建筑物。母屋周围那道围住主屋和花园的结实石墙，就是第一道防线。守军就算被敌人打退，仍可退守母屋。石墙和木料上有些烧灼的痕迹，可见母屋甚至还被人用火攻过。地面这一层没有一丝缝隙，二楼有几个射箭的箭孔，直到三楼才有真正的窗户，但即使如此，窗上用的护窗板仍结实得足以挡住弓箭飞石。这种建筑物毕竟跟我们传统的城堡不同，因为这种要塞既没有地方安顿牛羊，也没有大到能让整个村子里的人都进来避居的处所，更无法贮藏大量饮水与粮食。据我猜测，这种要塞所能应对的并非大规模的围城之战，而是在潮水一次起落之间就要进攻完毕并退兵的敌军。由此又可看出外岛人与我们的行事作风及想法有多么大的差异。

两个戴着独角鲸徽章的年轻人向我们点点头，让我们进去。一进母屋的墙内，便踏上一条用碎贝壳和海边的碎石铺成的路，这路不但是乳白色的，还闪闪发光。母屋的主屋大门上刻着独角鲸，门户大开着，宽得足够三个大男人并肩同行。进门之后，除了几支火把的光线外，便是一片黑暗，感觉像是踏进了洞穴。

我们在门口停了一下，好让眼睛能够适应。母屋里的空气充满了有人久居的味道，包括食物的气味、炖肉和熏肉味、泼洒出来的酒味，以及鞣制兽皮和人们聚集的气味。说起来这样的味道应该很臭，但其实不然，反而有种家的味道，令人想起安全与家人。

入口一进来，紧接着就是一间除了柱子之外便毫无阻隔的开阔大厅，大厅里有三个火炉，每个火炉上都在烹煮食物。石板地上铺着新鲜的干草，墙边摆着一列列长凳，墙上做了架子。长凳宽且低矮，从附近有卷起来的兽皮被褥来看，长凳在白天作为桌子和椅子使用，晚上就变成床，架子高而浅，放着食物和个人用品。虽然许多柱子上都挂着烛台，点着不太亮的蜡烛，但房里的光线主要还是来自于火炉。远处左手边的角落里有道宽广的楼梯通往幽暗的二楼，放眼所见，那道楼梯是唯一通往楼上的通道。这样的设计颇为合理：即使敌军占据了母屋的一楼，但是楼上的人只要守得住这道楼梯，敌军就得为更上一层楼而付出重大代价。

大厅里有很多人，各个年纪的都有，他们散布在各处，像是在等待什么。

我们现在才来显然是晚了。房里最大的火炉位于这个狭长房间的尽头，而晋责王子就在那个火炉旁等待着。他身后是切德与原智小组，更后面的则是排成三列的王子卫队。独角鲸族人让出路来，让我们各自就位。罗网与迅风走上前去跟吟游歌者扇贝，以及儒雅和他的猫站在一起，我则在卫队前列的最旁边站定。

艾莉安娜不在场。隔着大火炉的另外那一边大多都是独角鲸族的女人，唯一的壮年男子是皮奥崔，此外还有几位老爷爷、四名与贵主年纪差不多的少年，以及六七个年纪小到还攀在妈妈裙边的小男孩。红船之战对独角鲸族的打击真的这么大吗？

野猪氏族的战士也在，但是他们聚成一圈，没有跟别人厮混在一起。看这样子，不管接下来要发生什么状况，他们都显然只是目睹，而非参与。除了他们之外，大厅里拥挤的人群绝大多数都是独角鲸族人，这从他们的珠宝、服饰与刺青就可以看得出来。唯一例外的是那些与女人出双入对的男人，我猜他们大概是与独角鲸族的女人结婚，或者是同居的外族男子。就我所见，有来自大熊族的、海獭族的，还有一个是老鹰族的。

在场的女子打扮花样百出，而且人人如此，就算没有穿金戴银、佩戴珠宝，也会戴着一身的贝壳、羽毛与种子的装饰。每个人的头发都巧妙地盘了起来，有个女人还将头发盘高，一下子增加了不少高度。公鹿堡的女子讲究的则是一身打扮要表现出协调与柔美，但这里可就不同了，人人各有其独特的风格。她们那些或是以珠子缝出的图案，或是显眼的绣花，或是显出编织之美的各色服饰，若说有什么一致性，那只能说她们所用的色泽都很鲜艳，且都以独角鲸为主题加以变化。

据我推测，大火炉边的这一圈人大概是贵主的亲戚，站得越靠近火炉的，跟贵主的关系就越接近，当中多数是女人。所有的独角鲸族女子都很专注，几乎可以说是热切，整个大厅弥漫着一股紧绷的气氛。我开始纳闷，不知道哪个人是贵主的母亲，以及我们在等什么。

全场几乎寂静无声。接着四名独角鲸族男子从楼上下来，将一名皱巴巴的老妇人抬入大厅里。老妇人坐在一张以扭曲发亮的杨木所制成的，上面铺着熊皮的椅子里，她那稀疏的白发编为辫子，有如王冠一般地盘在头顶。她的眼睛黑且亮，穿着一件红色的袍子，袍子各处缝着一颗颗独角鲸形的象牙纽扣。那些男子将老妇连人带椅地抬入大厅之后，并没有将椅子放在地上，而是放在厚重的桌子上。这么一来，老妇人不用起身也看得到屋子里的人了。她嘟囔了一声，坐挺起来，望着聚集在此的人群。她用粉红色的舌头舔了舔起皱的嘴唇，瘦削的脚上套着厚厚的兽皮平底鞋。

“唔，大家都在嘛！”老妇人宣布道。

她说的是外岛语，声音很大，那是因为年纪大、耳朵背的人，通常讲话会特别大声。她似乎并不在意这个场合有多么正式，也不像其他女人那么紧张。

接着独角鲸氏族的上母用瘦骨嶙峋的手抓着扭曲杨木制成的扶手，倾身向前：“那就叫他出来啊。是谁想追求我们独角鲸氏族的贵主艾莉安娜？到底是哪个战士这么大胆，竟敢请众母亲答应让他与我们的女儿上床？”

我敢说，事前一定没有人警告晋责他可能会听到这样的字眼。他应声而踏上前一步，但是脸红得像甜菜根。他对老妇人行了个战士礼，清朗地以外岛语宣布道：“我前来求见独角鲸族的众位母亲，希望能将独角鲸族的血脉，与我的血脉结合在一起。”

老妇人瞪着他看了一会儿，接着转过头，怒视着抬椅子的其中一名年轻人：“怎么会有个六大公国的奴隶站在这里？这人是谁送来的礼物？还有，为什么他在说我们的话，还说得这么差劲？他若胆敢再讲，就把他的舌头割下来！”

顿时全场鸦雀无声，只是后头突然有个人大笑起来，但立刻就被人制止了。晋责保持沉着，并不亲自对气呼呼的上母解释自己的身份，这点倒是很高明。贵主的近亲之中有个女子走到上母身边，踮起脚尖，焦急且低声地对上母讲了一番话，不过上母不耐烦地挥手叫她走开。

“吱吱喳喳地说什么呀，艾梅姐？你明知道你这样呼呼嘘嘘地讲话，我根本就听不见嘛！皮奥崔呢？”她像是在找一只不知掉落何方的鞋子似的四处张望，她一看到他，便扬起眉毛，“他在那里呀！他说的话我听得最清楚了，这你难道不知道？你这懒散的无赖，还不滚过来，跟我解释解释这是怎么回事！”

要不是皮奥崔的脸色十分忧虑，否则说真的，看到那位老妇人像使唤孩子般地差遣那个饱经风霜的战士，还真令人感到亲切又幽默呢。皮奥崔大步走到老妇人面前，单膝跪下，接着又站起来。老妇人伸出一只手放在他的肩膀上：“这是怎么回事？”

“奥美崔。”皮奥崔轻轻地说道。据我猜测，由于他的声音低沉，所以可能比那女子尖锐的嗓音更容易让老妇人听得清楚，“这都是为了奥美崔，记得吗？”

“奥美崔。”老妇人一说出这个名字，眼里立刻涌出泪水。她四下张望，“还有珂希呢？小珂希也回来了吧？叫她过来让我看看呀。我的小珂希，可终于回来了。”

“不。”皮奥崔简短地说道，“奥美崔和珂希都不在。就是因为她们不在，今天才会这样安排，记不记得？今天早上我们在花园里散步的时候谈过的，记不记得？”皮奥崔一边说，一边点头鼓励她。

老妇人望着皮奥崔，也跟着他点起头来，接着突然停住，摇摇头低声说道：“不记得了。我记得我们说着荠菜花已经开完了，还有今天的梅子可能会酸酸的……别的就记不得了。皮奥崔，那件事有什么重要的吗？”

“有，上母，那件事很重要，重要得很呢。”

她露出困惑的神情，突然生起气来。“重要，重要！男人说什么这很重要，男人懂什么？”她那尖锐粗哑的苍老声音因为生气加上要揶揄对方而大声起来，她的手在大腿上一拍，以示轻蔑，“男人就知道上床和嗜血，就知道这两件事情重要！男人哪知道羊毛怎么剪，庄稼怎么照顾，哪知道过冬要准备几篓咸鱼、几桶肥油？重要？哼，倘若真是重要，就让奥美崔去处理吧。如今的‘主母’可是奥美崔了，所以我应该可以好好休息了。”她放开皮奥崔的肩膀，紧紧抓住椅子的扶手。“我需要休息！”她可怜兮兮地抱怨道。

“上母，您说得一点也没错，您的确需要多休息。我们现在就送您回房，这里的事就放心交给我来处理吧。”艾莉安娜从幽暗的楼梯口冒出来。她匆匆地朝我们走来，头发有一半用许多细小的星星夹子夹了起来，其余的则披散在肩上。看那情况，这发型倒不是刻意为之的。有两名年轻女子紧跟在她身后，从二楼追了下来，然后便惊慌地停下脚步，彼此低声地商量起来。依我看，这两个女子原本是在帮贵主弄头发的，可是做到一半，贵主听到上母提高了音量，便摆脱她们，冲下楼来。

人们纷纷退开，让她走过来。我几乎不认得她的身形，不过那神态举止倒是仍与之前所见相同。从我上次见到她至今已过数月，而她跟晋责一样，在这几个月之间都长高了不少。她脸上孩童般胖乎乎的模样已经消退，取而代之的是成年女子的轮廓。她穿过众女性亲戚朝我们走过来时，六大公国的男子个个都看得愣住了，我也不例外。她的衣裳裹住了肩膀，却让她骄傲地露出翘起的胸部。她是抚摸了乳头，好让乳头高挺起来吗？我想着想着，就发现自己有了生理反应。我赶快定一定神，对晋责斥道：控制好你的思绪。他一定听到我技传过去的话了，但他还是一动不动，照样紧盯着贵主裸露的胸膛看，仿佛他这辈子从没看过女人的裸胸似的——事实上，他可能真的没看过。

贵主既没瞧他一眼，也不因为他看得目瞪口呆而瞟他一下，只是直接走到上母身前。“这就交给我来吧，皮奥崔。”她以开始带有女人味的声音说道。接着，她对抬椅子的那几个男人吩咐：“你们都听到上母说她要休息了，我们要感谢上母今晚大驾光临，并希望她舒适好眠、精神健朗。”

那几名男子应和着贵主对上母的祝福，喃喃地答了几句话，便抬起上母的椅子朝二楼而去。贵主沉默且挺直地站着，转过身去望着上母的背影，直到她消失在楼梯间的暗影中，才深深地吸了一口气。此时晋责正怔怔地望着贵主的后颈。由于头发盘起，她优雅的颈线露了出来。我心里寻思道，这衣裳真是裁剪得当，她背后的刺青都恰好藏在衣服底下，一点也没有露出来。一听到贵主深呼吸，那少年犹如大梦初醒般，突然猛盯着皮奥崔的脚，仿佛一下子对那老战士的脚产生了莫大的兴趣。皮奥崔则毫不客气地瞪着晋责，仿佛晋责是条没规矩的狗，他若是不看紧一点，桌上的肉就会被这条狗叼走。

贵主站挺，转过身面对我们，以目光扫过在场众人。她的头饰是独角鲸的角所制，但我实在想不出他们是用了什么办法让那件头饰散发出蓝色的光泽；

头饰周围的星形夹子闪闪发光，而我直到此时，只能笃定地深信晋责在宝藏海滩上捡到的那个坠子，的确是预示了今日的情景。虽说我仍不知道这背后有什么涵义，也没时间多想。

不知怎地，贵主竟还笑得出来，她略带狡黠地轻笑了两声，耸了耸肩。“我都忘了现在该说什么了。谁来代表‘主母’，好让我们进行下去？”别人还来不及回应她的要求，她的目光就望了过来，与晋责四目相对。之前晋责的脸就涨得通红，此时更是红得发烫，但贵主不理会他的羞涩，平静地说道：“你知道吗，今晚我们的两个传统仪式都凑在一起了。今天碰巧是我要以‘流血女人’的身份，与族人相见的日子，而你正好又是今天来到母屋，要求与我结为伴侣。”

晋责的嘴唇蠕动了一下，据接下来的结果推测，大概是在无声地喃喃重复“流血女人”这几个字。

贵主大笑起来，不过方才的轻快气氛已经不见，现在她的笑声有如冰块碎裂般清脆冰冷。“难道说，你们的人都不为这个举行仪式吗？你们的男孩子难道不需要将自己的血染在宝剑上，才能成为男人？男孩子总要展现他有杀戮的能力，才能真正成为男人啊。不过，女孩变成大人的时候，是用不着宝剑的，因为艾达神会让女孩开始流血，并就此让她变成真正的女人。男人要用剑才能流血，但是女人的血肉本来就会流出血来。”艾莉安娜说着，将未戴任何戒指的手贴在平坦的小腹上，“我已经流了身为女人的第一次血，所以已能够孕育生命。如今我与各位相见之时，已经是个完整的女人了。”

众人纷纷嗡嗡地应道：“欢迎你，艾莉安娜，你是独角鲸族的女人了。”据我看来，此时她又回到她未完成的仪式中，众人也都依循传统的方式应对。皮奥崔退回族人之间，所有独角鲸族的女人都走上前将艾莉安娜团团围住，正式地祝贺她成为大人。一群头发松松地披在肩上的女孩聚在一起，瞪大了眼睛望着她。其中一名个子特别高且几乎成年的女孩指着晋责，对同伴们讲了几句赞许的话，于是女孩们便咯咯地笑起来，靠到她身边去，又是喃喃低语，又是点头碰肘地谈论起来。这些女孩大概都是艾莉安娜的玩伴兼朋友，只是如今她已经脱离她们这一群，晋升为女人了。不过，从艾莉安娜如此收放自如地控制情况看来，她大概早就以女人之姿周旋于族人之间了，而今天的仪式，只不过是正式地肯定她的身体已经追赶上了她的精神态度。

所有女人都祝贺了艾莉安娜之后，她又走回火炉的火光之中。祝贺与招呼声止歇，一室人众安静下来。一时之间，众人显得有点尴尬。皮奥崔换了几个姿势，强迫自己直直地站好。晋责则站在原地，看来对他而言，这几分钟可能仿佛好几个小时那么长。

最后，方才跟上母轻声讲话的女子走上前来。她的脸上有些羞红，显然是觉得自己越权了，但是除了她之外，也没有别人出面代表。她清清喉咙，不过开口的时候，声音还是有些颤抖："我是艾梅妲，独角鲸族的母亲之女。我是贵主的表姐，比她大六岁。虽然我人微言轻，不过今天我将代表上母发言。"

她顿了一下，似乎是要让别人有机会驳斥她无权担此重任。在场有不少年纪比她大的女子，她们没有开口，倒是有好些人轻轻地点头鼓励她。大部分的人都露出痛心的表情。艾梅妲深吸了一口气，显然是为了要让自己定定神，她接着说道：

"我们今天之所以在母屋聚会，是因为有个外族的男人来到我们这里，请求让他的血脉与我们的血脉结合在一起。他所求的不是别人，正是我们的贵主艾莉安娜。此事非同小可，因为将来艾莉安娜贵主的女儿也会成为贵主，进而成为我们大家的主母和上母。战士，你站上前来。你是什么人，竟敢追求我们独角鲸族的贵主？哪个战士胆敢前来寻求众母亲的许可，以便与我们的女儿上床，让我们的女儿生出女儿，并在日后成为独角鲸族的母亲，快站出来！"

晋责急促地吸了一口气。其实以他平时的水平而言，现在应该不会那么紧张才对。不过这也不能怪他，大家都感觉得出今晚的场面不对劲，而且不只是因为我们这些外国人打断了外岛人的传统仪式。我感觉得出人们正倾尽全力弥补鸿沟，借着退回传统以便化解悲剧，但我们已经没有小心行事的空间了，因为晋责已经以稳定的声音宣布道："是我。我想让独角鲸族的贵主，成为我儿女的母亲。"

"那么，你要如何供养她，以及她所孕育的儿女？你想将你的血脉与我们的结合在一起，那你对独角鲸氏族能做何贡献？”

此语一出，我们便踩上坚实的土地了。切德已经为此做好万全准备。谜语[①]用手肘碰碰我，于是我与众侍卫整齐划一地退到旁边。我们后面有一堆用帆布盖住的东西，此时长芯队长揭开了帆布，接着每个侍卫各捧了一样东西送到前面，而切德则一一报出礼物的内容。呈送聘礼的时候，晋责沉默且骄傲地站着。这也难怪，礼物十分丰盛。

我们从处女希望号改搭野猪号来此之时，匆促地将一部分聘礼搬了过来，包括一箱箱产自修克斯公国的白兰地、一大捆来自群山王国的貂皮、提尔司公国所产的彩色玻璃珠帘、珂翠肯亲手打造的银耳环、毕恩斯公国所产的棉布、亚麻和精细的毛料等，至于其他礼物，就只是念过去，必须等下一趟船运来。光是把礼单念完就花了不少时间，三名熟练的铁匠用了三年时间筹制的各项器具、六大公国血统最好的公牛一头、母牛十二头、六对拉车的去势公牛，以及六对拉车骑乘用的马、一群猎犬和两只训练给女士狩猎之用的灰背隼。除此之外，切德代替晋责王子念出的礼物之中，有的还只是梦想，像是六大公国与外岛之间通商并且维持和平、在外岛渔获收成不好的时候致赠粮食，以及让外岛人自由地到六大公国所有的港口贸易。这个礼单极长，不待切德一一念完，我这一天的疲惫就席卷而上了。

不过，当他念完，艾梅妲开口说话的时候，所有疲倦感都消散得无影无踪。艾梅妲对众人说道：“这些都是贡献给我们独角鲸族的礼物。各位母亲、女儿、姐妹们意下如何？这个对象，有没有人反对？”

艾梅妲说完之后，室内一片寂静，这显然是意味着大家都赞成，因为她接着便严肃地点了点头。她转过身对艾莉安娜问道：“我的表妹，独角鲸族的女人，贵主艾莉安娜，你意下如何？你可想要这个男人？你可愿意接受他？”

---

① 前面作者提到谜语替蜚滋看顾阿憨，此刻却又提到谜语，应是笔误。

那瘦削的年轻女子踏上前时，皮奥崔紧张得脖子上的肌肉都紧绷了起来。晋责伸出一只手，手掌朝上，艾莉安娜站到他身边，将手放在他的手上，两人肩并肩地站着。接着她转头望着晋责，两人四目相对，于是那年轻人的脸再度羞红起来。“我会接受他。”艾莉安娜严肃地说道。我注意到她并没有回答她到底想不想要晋责。接着她吸了一口气，更大声地说道：“我会接受他，而他会跟我上床，让我生出我们独角鲸族母屋的女儿。但前提是，他得先将冰华的龙头放在这个火炉前，才能称我为妻子。”

皮奥崔的眼睛紧闭了一下，又赶快睁开，他强迫自己望着外甥女开出高价将自己卖了出去。他的肩膀动了一下，也许是因为他几乎要哭出来，却又强忍住。艾梅姐伸出一只手，有个人将一条细长的皮带递给她。她踏上前，一边说话，一边用皮带将晋责和艾莉安娜的手腕绑在一起，打了个结。

“就此言定，以结为证。晋责，只要艾莉安娜接纳你，你就不能与其他女子上床，不然其他女子难逃艾莉安娜一刀。艾莉安娜，只要他能讨得你欢心，你就不能与其他男子上床，不然其他男子难逃与晋责决斗的命运。现在，为祈求将来艾达神让你们有孩子，快将你们的血混合在一起，印在母屋的炉前石上，献给艾达神。”

我实在不想看这个场面，但我还是看了。艾梅姐先将刀子交给晋责。他在上臂划了一道伤口，让血液奔流出来，期间不曾显露出任何痛苦。他挤着伤口，让血液顺手流下，流过了皮带，滴落在他的手掌里。艾莉安娜也照着做了，她的表情非常严肃，甚至有点麻木，仿佛此举已经远超过蒙羞所能形容的，丢脸到一切都提不起劲来了。等到两人的手掌都积了小量血液之后，艾梅姐便引导两人的手合在一起，然后他们跪了下来，各自在炉前石上留下一个混了两人血液的掌印。接着两人转过身面对群众，艾梅姐则将绑住他们手腕的皮带解了下来，交给晋责。晋责严肃地接下皮带。艾梅姐转到他们两人身后，一手放在艾莉安娜肩上、一手放在晋责的肩上，宣布道——我想她是尽量以喜庆的口吻说话，但听起来仍觉得她的语气很平淡：“以此为誓，这两人从此结合在一起，受誓言之约束。各位族人，请祝贺他们。”在场众人纷纷道贺，但是看这情况，并不像见证了一对相爱情侣的幸福结合，反倒像是他们对这两人的英勇行为大为赞许。艾莉安娜在族人的赞许声中低下了头，我想，就某种角度而言，她也是族人的牺牲献祭，只是我还看不出这到底是什么道理。

我已经结婚了？晋责混杂着惊讶、失望与愤慨的精技思绪朝我袭来。

要等你砍下冰华的头才算。我对他警告道。

要等你在公鹿堡举行真正的婚礼之后才算。切德劝慰道。

王子看起来很茫然。

大厅突然动了起来。人们抬进一张张大桌板，布置了各色食物。好些外岛的吟游歌者在伴奏之下唱起歌来，他们果然按照外岛的传统，竭尽全力地将他们唱出来的字拉长、扭曲，所以我几乎听不出他们在唱什么。我注意到有两个外岛的吟游歌者朝扇贝走去，并邀请他到吟游歌者聚集的角落去。他们似乎是真诚地欢迎扇贝。姑且不论出身背景，娴熟音乐之人总是彼此惺惺相惜，对此，我又再度有了深刻的体会。

晋责把艾莉安娜对他说的话技传给我："现在你一定得拉着我的手，跟着我一起走，因为我要带你去见见我的表姐、堂姐们。你要记住，她们是我的长辈。虽然我是贵主，但我对长辈是一定要尊重的，所以你也得尊重长辈。"艾莉安娜讲这些话，好像在教小孩子。

"我会尽量不让你蒙羞。"晋责有点僵硬地说道。他这话讲得不大得体，但是这又不能完全怪他。

"那你就面带微笑，而且要保持安静，战士们若是到了自己氏族之外的母屋皆是如此。"她反击道，接着便拉起晋责的手。她明白地让大家都看出是她在牵着晋责。我心里想，这倒蛮像是用鼻环牵着一头得奖的公牛。那些女人并未上前看看晋责，而是由艾莉安娜带着他去拜访一团又一团的女人。晋责对每一团女人行外岛人所接受的战士礼——也就是说，他不但鞠躬，同时伸出如今染着血的右手，手腕向上。女人们对晋责微笑，同时对贵主称赞她的好对象。依我看，若换作是别人的婚礼，或者气氛如果能轻松一点的话，那么这些女人们会揶揄一番，甚至调侃艾莉安娜。但是今天这个婚礼不同，对象又是晋责，所以她们的评论就比较保守，并且顾全礼数。不过这样一来，正式宣示的紧绷气氛不但没有纾解，反而延长下去。

既然其他的战士都已经自由走动、享受盛宴，于是切德也叫我们解散。但我穿过人潮的时候，他特别对我叮咛：多听多看，别闲着了。

一直都是如此。我答道。其实他用不着提醒我盯着王子，毕竟，除非我搞清楚他们背后在搞什么鬼，否则我实在无从得知谁会有意伤他，或是会如何下手。因此我虽在婚宴上走动，但总是跟王子若即若离，并随时跟他保持微弱的精技接触。

这种聚会跟公鹿堡的庆典大不相同。这个婚宴上并没有根据宾客的品级或品味安排固定的座位，而是将餐点排开，让宾客自由拿取，然后一边吃，一边四处游走。火炉附近的地坑里烧着火，让烤羊肉保持热度，还有一个个大托盘上装着一只只全鸡。我从一大盘熏烛鱼中取了几条试吃，发现这鱼酥脆，调味恰到好处，吃来齿间留香。外岛的面包比较黑，没有发酵，而且是用很大的圆盘盛下去烤的，要吃的时候就用手掰下一片，在面包上堆些切好了且调了味的泡菜一起吃，或是沾着鱼油和盐食用。就我个人的感觉，所有食物的口味都太重了，十之八九不是腌的，就是熏制或盐渍的，只有羊肉和鸡肉是新鲜的，但就算是这二者也裹着海草调味。

吃吃喝喝、聊天唱歌、喧闹赌博等活动均同时进行，众人的吼声大得震耳欲聋。过了一阵子，我开始观察到一个变化：年轻的独角鲸族女子开始缠上男性，不只我们卫队的人，连儒雅与扇贝亦受到青睐。我看到几个卫队的同僚傻笑着，任由女伴牵着他们走到外面，或是消失在黑暗的楼梯中。

她们是故意要将晋责的卫队诱开吗？我焦急地对切德技传道。

在外岛，这种事情完全要看女人的脸色。他答道。她们并没有守贞的习俗。我们早就告诫侍卫要多加小心，但无须冷淡。在她们眼里，王子的战士和同伴今晚都是可以上床的对象，不过这一定得是女性先邀约才行；如果女性没有先表示有意，男性就霸王硬上弓，那就犯了大忌。不知你是否注意到，总之我现在点醒你吧：这里本来就缺乏成年男子，就这里有这么多女人来看，只有这么些孩童实在太少了。这里的人都说，若是在婚礼这一晚填满空虚的子宫，那么生下来的必是个幸运的孩儿。

这种事情怎么没有人先告诉我？

难道你介意吗？

经过一番鬼鬼祟祟的偷窥之后，我终于找到我的老导师。他坐在晚上当床用的长凳上，一边啃鸡腿，一边跟年纪只有他一半大的女人聊天。我眼睛一瞥，发现儒雅和他的猫消逝在楼梯中，拉着儒雅的那个女子至少比他大上五岁，但是儒雅毫不迟疑。迅风不见人影，不过此时我没时间多想，也无须担心他的去向，毕竟他年纪还太小，不可能被这些作风大胆的女人看上。就在这时候，我发现晋责人在门口，就要走出母屋，贵主那一群咯咯笑着的少女朋友们则将他团团围住。艾莉安娜看起来不太高兴，不过她还是拉着晋责的手，牵着他走出去。

我想跟上去，但这可不大容易，因为有一名捧着一大盘甜点的女人横身挡在门口与我之间。她除了要请我吃这些黏乎乎的蜜饯之外，还别有用心，不过我装作迟钝得看不出来，且毫不在乎她的意图，只是故作粗野贪婪地抓了一大把，塞了一嘴。不知怎地，这个动作倒对她大为受用，她立即放下托盘，跟着我走。我走到门口时，她还跟在我旁边。“解手的地方在哪里？”我对她问道，但是她听不懂六大公国语，于是我比手画脚地问她。她的表情很困惑，不过还是朝外面的一处低矮房子一指，然后就往屋子里走了。我一边朝厕所走去，一边东张西望地找晋责。庭园里有好几对进展到不同程度的情侣，有两个男孩提着水桶走回母屋。但是晋责在哪里呢？

我终于找到他了。艾莉安娜坐在苹果树丛附近隆起的草地上，晋责就坐在她身边。其他女孩则围成了一圈，将他们两人包围起来。从她们没有盘起的头发可以得知她们尚未成年。据我看来，她们的年纪约在十到十五岁之间。毫无疑问，她们是艾莉安娜多年的玩伴，只是从今晚开始，艾莉安娜就把同伴们抛在后头，因为她已经晋升为女人了。

没那么简单。晋责郁闷地告诉我。她们已经把我掂斤估两了一番，好像我是从市集里便宜买来的马。“如果他是战士的话，为什么没有疤痕？”“他难道是氏族之外的弃儿吗？为什么他脸上没有氏族的刺青？”除此之外，她们还调侃艾莉安娜，其中有一个叫做莱丝拉的，咄咄逼人，真是惹不得呀。她是艾莉安娜的表姐，现在正在嘲笑艾莉安娜，说就算她是个女人，有婚约的名义，但是她敢说艾莉安娜不曾亲吻过。莱丝拉声称虽然她还没流血过，但已经被人彻底地吻过好几次了。蜚滋，这里的女人怎么一点也不知道羞耻与含蓄？

我直觉认为这件事情没这么单纯。晋责，她们在把艾莉安娜逼出去。往后她再也不是她们的一份子了，所以今晚她们会啄她一顿，将她嘲笑得一无是处。这种场面无论如何都会发生的，说不定还会被视为她成人仪式的一部分。我很不必要地补上一句：小心点，配合她一些，免得不明就里地让她蒙羞了。

我根本就不知道她要我怎么配合。晋责无奈地答道。她斜眼瞪我，但同时又把我的手抓得很紧，像在抓住激流里的救生索。

他的思绪传入我脑海里，清楚得仿佛我就坐在他身边。讥笑艾莉安娜的那个女孩身材较高，年纪也可能比较大。我知道光凭女人的年纪不足以判断她们初经的时间。说真的，要不是她的头发披在肩上，我会认为她已经成年了。莱丝拉轻佻地对艾莉安娜刺激道：“原来如此。你先拘束住他，这样一来，除了你之外，别人就不能拥有他了，可是你自己却连吻他都不敢！”

“也许那是因为我还不想吻他。或者是因为我想等到他证明他配得上我之后再说。”

莱丝拉摇了摇头，她的头发上系着小铃铛，以至于那番尖酸讽刺的话中还配着铃铛的响声：“才不呢，艾莉安娜。你这个人我们是知道的。从小你就是我们之中最胆小、最没骨气的，我敢说你就算成为女人，也还是那个样子。你不敢吻他，而他又懦弱到不敢强迫你。他只是伪装成男人而已，其实他根本就是个嘴上无毛的男孩子。是不是呀，‘王子’？你跟艾莉安娜一样胆小嘛。不然，就由我来教你怎么把胆子放大好了。瞧，他根本连艾莉安娜的胸部都不看一眼！是不是因为她的胸部太小，他看不见啊？”

晋责的处境真是尴尬，不过我也不知道该劝他什么。我在果园边界的围石上坐了下来，然后像喝了太多酒，想要把酒意发散掉的人那样拼命地用手摩脸。我希望人们会以为我是喝醉了而不理会我。我并不想目睹晋责陷于这个进退两难的局面，但我又不敢丢下他不管。我垂下肩膀，仰着头，仿佛在眺望远方，但实际上是在用眼角余光观察他们的动静。

晋责僵硬地答道："也许是因为我很尊重贵主，所以她没给的，我不会硬拿。"我感觉得出他在说这句话的时候，特别以钢铁般的意志管住自己，以免眼神飘向艾莉安娜的胸脯。其实他时时刻刻都感觉得到她那靠得很近，裸露且温暖的胸脯，同时已经几乎快要无法自制了。

艾莉安娜的头撇到一旁，所以晋责没看到她的表情，而看起来她对晋责的答案并不满意。

"但是你并不尊重我，对不对？"那小荡妇故意刺激晋责。

"对。"晋责简短地说道，"恐怕你并不值得尊重。"

"那就对了。既然如此，你就跟我接吻，让我看看你有没有胆量吧！"莱丝拉意志高昂地对晋责命令道，"若是艾莉安娜错过什么好的，我自会在你吻过之后，跟她说个明白。"接着，她像是要硬逼晋责行动似的，不但突然把脸凑到他面前，同时还狡猾地伸出手，抓住他的胯下。晋责又气又怒地叫了一声，猛然站了起来，而莱丝拉则顽皮地叫道："原来不只是等着接吻而已呢，艾莉安娜，你看看呀，还有一支一人大军撑起了帐篷等着你呢！你都已经遭人围攻了，还能撑上多久？"

"莱丝拉，你住口！"艾莉安娜怒道。她也已经站了起来，气得满脸通红。她并未望着晋责，而是怒视着她的敌人，由于愤怒之故，她的胸部起伏剧烈。

"为什么？既然你不想跟他做一点有意思的事情，那我为何不能将他纳为己有？其实他本来就应该是我的人，这跟我本来就该是贵主是一样的道理。啊，反正呐，等他将你带回他的母屋，而你变成他母屋里的下等女人之后，我就变成贵主了。"

好几个女孩听得惊讶地倒抽了一口气，但是艾莉安娜非但不惊慌，反而更愤怒了。

“莱丝拉，你这人满口谎话，老是不改！当年有两个产婆，而那两人都证明，你曾祖母的确是双胞胎之中的妹妹。”

“艾莉安娜，许多人都说，第一个生出来的不见得就是姐姐。你曾祖母从小就体弱多病，我曾祖母却健康强壮，所以，你的曾祖母根本无权继任贵主，而她的女儿、孙女也无权继位，你也不例外！”

“体弱多病？是哟！若是体弱多病，她怎能活到今天并成为上母！莱丝拉，你若是不收回这连篇谎话，我就要让你把谎话吞入肚子里！”艾莉安娜以锐利且威胁的语气说道。她的讲话声传得很远，不只是我，院中众人都转过头来看着这场女人之间的争执。此时晋责踏上前，正张开口打算要说话，但是艾莉安娜伸出手平放在他胸前，将他推了回去。此时年轻女孩们站成一圈，围住这两个即将打起来的对手，同时也将晋责阻隔在圈子之外。他朝我望来，似乎在向我求救。

我看是别介入的好，艾莉安娜的动作很明白，她就是不要你插手。

我希望我的建议是对的。然而我正打算对切德技传，问问他的意见时，皮奥崔出现了。我猜他之前大概是躲藏在建筑物的墙角后，所以我才没看见他，此时他大步地朝坐在矮墙上的我走过来，一派轻松地侧倚在矮墙上。“他最好是置身事外。”皮奥崔悠闲地对我说道。

我转过头，故作朦胧地望着他：“你说谁？”

他针锋相对地望着我：“你们王子呀。他最好是置身事外，让艾莉安娜去摆平就好。那是女人家的事情，况且她并不欢迎他插手。你应该把这个意思传达给他，如果能的话。”

皮奥崔说，你别插手，让艾莉安娜去摆平就好。

什么？晋责错愕地追问道。

为什么皮奥崔找你讲话？切德质问道。

我不知道！

然而我嘴上则对皮奥崔说道：“我只是王子手下的侍卫，大人，我不是王子的顾问。”

“你是他的保镖。”皮奥崔快活地答道，“或者说，你是他的……那个词，用你们的话是怎么说的？‘伴护’？就像我之于艾莉安娜。你做得不错，但你又不是隐形人。我已经发现你在看着他了。”

“我是王子手下的侍卫，所以我本来就应该保卫他的安全。”我反驳道，故意讲得模糊结巴。我方才出来的时候应该带上杯酒才是，我身上若是有浓厚的酒气，大概就能骗他相信我真的是醉了。

皮奥崔已经不看我，我也转头望着小土丘。我身后的母屋门口一阵喧哗，然后我便听到人们陆续聚集过来的声响。那两个女孩已经扭打在一起，莱丝拉轻轻松松地便把艾莉安娜按在地上，即使我离得很远，仍能听到躺在地上的艾莉安娜发出痛苦的喘息声。皮奥崔失望地嘟囔了一声，就像看着手下的高材生与人对决的教练一般激动。莱丝拉扑到身材较小的艾莉安娜身上，但就在此时，艾莉安娜将双膝收到胸前，狠狠地重踢对手的腰部。莱丝拉飞了出去，一个踉跄，跌倒在地。艾莉安娜翻身爬起，也不顾一身精致华服以及精心盘整的头发，便扑身压在莱丝拉身上。皮奥崔的脖子与手臂的肌肉都绷紧了起来，不过他一动也不动。我站了起来，以便看个清楚。其他来自公鹿堡的侍卫也站在我身后，跟我一样伸长了脖子望着。从母屋里出来的外岛人对女人打架虽然也看得津津有味，但并不至于目不转睛。显然对于他们而言，女人打成这样并没什么好大惊小怪的。

艾莉安娜坐在莱丝拉的胸部上，用两个膝盖压住她的双臂，牢牢地把那个子高大的女孩钉在地上。莱丝拉不断踢脚、挣扎，但是艾莉安娜一把拉住她的头发，叫她的头不能动弹。艾莉安娜伸出另外一只手，抓了一把土塞进莱丝拉的嘴里，斗志高昂地叫道：“就让诚实的泥土洗去你嘴里的谎话吧！”晋责退了一步，惊讶得嘴巴大张。他深切地感觉到艾莉安娜的裸胸狂野地甩动着，并因为喘气而剧烈起伏。我感觉得出，他不但被这两个女孩的粗野打斗吓到，同时也被自己的生理反应吓到。围观的那一圈女孩则又叫又跳地鼓励这两个斗士。

莱丝拉高声尖叫，同时用力甩头挣脱艾莉安娜的手，因此留下一把头发抓在艾莉安娜手上。艾莉安娜狠狠地打了她一巴掌，按住她的喉咙，“快称我一声贵主，要不然，你就等死吧！”

“贵主！贵主！”那个年纪较大的女孩高声叫道，然后便开始嚎啕大哭，然而与其说她是痛得哭出来，倒不如说是失望透顶，同时羞愧得无地自容。

艾莉安娜一手按住莱丝拉的脸，撑着让自己站起身来。两个女孩走上前想要扶起输家，但是艾莉安娜对她们警告道：“不准动她！就让她躺在那里，她该庆幸我今天身上没带刀子。如今我是女人了，从今以后，再有人胆敢出言不逊，说我不是贵主，就等着跟我的刀子相见吧！还有，这个男人是我要的，从今以后，再有人胆敢碰他一下，也等着跟我的刀子说道理去吧！”

我朝皮奥崔瞥了一眼。他笑得可开心了，嘴里的每一颗牙齿都露了出来。艾莉安娜跨了两大步便走到晋责身前，晋责目瞪口呆地望着衣衫不整的新娘，接着艾莉安娜以如同我攀着马鬃上马的轻松姿态，抓住晋责的战士马尾，将他的头拉到她面前，命令道：“你现在吻我。”

晋责在他们两人嘴唇相贴的前一刹那切断了他与我之间的精技感知。不过，无论是我，还是围观的任何一名男子，就算没有精技，也感觉得出那一吻的热度。艾莉安娜牢牢地以唇锁住晋责的嘴，当晋责笨拙地伸手环住她，将她拉近时，她还故意贴上去，用她的裸胸摩着晋责的胸膛。之后她挣脱开来，晋责还在喘气，她便直视着他，提醒他：“把冰华的头放在我母亲的火炉前，你才可以称我为妻子。”说完，她继续依偎在他圈起的手臂之中，同时转头对她旧时的玩伴宣布道：“你们这些女孩，如果想继续待在这里玩，就待吧，但我可要带我丈夫进去吃大餐了。”

接着她挣脱了晋责的手臂，并且再度牵起他的手，晋责则温驯地傻笑着跟随她。莱丝拉坐起来，愤怒与羞愧交加地望着他们两人的身影。艾莉安娜领着她的奖品穿过人群之时，许多女人喝采叫好，而男人则羡慕地咕哝作声。我瞄了皮奥崔一眼。他似乎惊呆了，不过片刻后他便直视着我，顽固地说道：“她非这么做不可。她之所以这样做，是做给那些女孩们看的。她要让那些女孩知道，如今她已经成为女人，而这个男人是她的人，别人不得沾惹。”

“我想也是。”我淡淡地应和道，但这根本就是胡扯，我才不相信。依我看，方才那一吻，可能超出了他对于艾莉安娜和晋责的盘算，既然如此，我就更加必须找出皮奥崔的真正意图为何了。

这晚上其余的时间，就在吃吃喝喝、听外岛吟游歌者唱歌之间度过，但这些跟那一场精彩的主权宣示实在不能比。我拿了块肉饼和一杯啤酒，躲到安静的角落去享用餐点，不过其实我是趁机将方才的事情技传给切德。

他们两个进展得太快，远出乎我的意料之外。切德答道。不过我还是觉得这其中必有蹊跷。艾莉安娜到底是想要晋责这个丈夫，还是只不过想借此对众人明确宣示，晋责既是她的人，其他人就别想染指？还有，她是不是企图以情欲来激起晋责为她屠龙？

我觉得我说这些不免有点迟钝，不过我还是说了：这是我第一次领悟到，如果艾莉安娜嫁给晋责，并搬到公鹿堡去，那么在某些人眼中，这等于是她自动放弃了在家乡的权力与地位。莱丝拉说，艾莉安娜会变成“晋责母屋里的下等女人”，这是什么意思？

切德不大愿意回答，但他还是说了：这是他们这里的俗语，所谓“别人母屋里的下等女人”，指的是女人被外族劫走之后，没有变成奴隶，而是被人收为妻子。不过这种女人生的孩子不属于任何氏族，因此备受歧视，有点像我们那里的私生子。

既然如此，艾莉安娜为什么要答应这桩婚姻？为什么皮奥崔肯让她嫁到外地？还有，如果艾莉安娜搬到公鹿堡之后就失去了贵主的身份，那么我们还要促成这桩婚姻吗？切德，这件事情我怎么看都不合理。

这里面不明朗的因素可多了，蜚滋。我感觉得到此事没有表面上那么单纯。你眼睛睁大一点。

因此我密切地注意这个漫长夜晚的动静。由于此地偏北，入夜之后，太阳仍迟迟不肯沉下，所以虽称之为夜晚，其实是个漫长的黄昏。等到新人该就寝之时，晋责便宣布他会待在楼下的大厅睡觉。“以免别人认为我赚到了非分的好处。”此举使得这个婚礼又多添了个古怪的转折，我发现莱丝拉因此而得意洋洋地对她的密友宣扬了一番。这对新人在楼梯口分手：艾莉安娜上楼，而晋责则前去跟切德坐在一起。今天晚上，晋责会睡在母屋里，因为他已经正式与这氏族里的女人成婚，不过他不是到楼上跟艾莉安娜共寝，而是睡在大厅里的床板上。王子卫队也解散了，侍卫们有些直接回到战士的住处去睡觉，有些仍待在温柔乡之中，但是只要他们不在母屋的围墙里过夜，就没问题。我很想上前跟切德和晋责悄悄谈一谈，但我也知道别人看起来一定觉得很奇怪，所以我还是朝自己的住处走去。

我还没走几步路就听到身后有脚步声，回头一看，原来是罗网，疲倦至极的迅风则拖着脚步走在他身边。迅风的脸颊很红，看来这孩子喝多了酒。罗网对我点了个头，于是我放慢脚步，等他们跟上来。罗网走上来之后，我懒懒地对他说道："真是大开眼界了。"

"是啊。我想，在外岛人眼里，现在我们王子已经跟他们的贵主成婚了。我原本还以为这只不过是在贵主母屋的火炉前将王子与贵主的婚约稍作确认而已。"罗网的口气有些疑惑。

"恐怕对外岛人而言，'结婚'跟'宣布婚约'并没什么不同。在外岛这里，由于财产与子女都属于母亲，所以他们对婚姻的看法与我们有很大的不同。"

他缓缓地点头："是啊，女人倒不必怀疑她生下来的是不是自己的孩子。"他有感而发地说道。

"孩童归女人所有，而不属于丈夫，真的差别很大吗？"迅风好奇地问道。他讲话倒还挺正常，不过开口的时候，我仍闻得出他的呼吸中带有浓厚的酒味。

"依我看，这要依男人的态度而定吧。"罗网严肃地答道，之后我们三人便默默地走路。虽然我不愿让自己多想，但仍不禁想到荨麻、莫莉、博瑞屈和我。荨麻到底算是谁的孩子呢？

我们走回小屋的这一路上，周围都悄然无声，没参加母屋婚宴的人早就睡了好一阵子。我轻轻地开门，因为阿憨需要多休息，我不想吵到他。开门的缝隙将光线透进房里，我看到谜语躺在阿憨床边的地上，他睁开一只眼，一手摸着身边的剑，但一看清来人是谁，便又闭上眼睛，重新入睡。

我不动声色地站在门边，屋里除了他们两个之外，还有其他生物，只是谜语没注意到而已。一只又大又圆，乍一看像是只肥猫但头又长得像黄鼠狼的动物伏在桌上，它那蓬蓬的尾巴直直竖起，前爪抓着我们的奶酪，不停地用圆眼睛打量我们，那锐利的牙齿清晰可见。

“那是什么？”我轻轻地对罗网问道。

“那应该是本地人所谓的‘强盗鼠’，不过那东西绝对不是老鼠，我从未见过这种动物。”他轻声说道。

那只强盗鼠望向我们身后，注意力全都集中在迅风身上。我感觉到一阵低语拂过我身边，我知道他们两个正以原智沟通。迅风脸上露出微笑，他踏上前，从罗网与我之间挤过去。我伸出一只手想要抓住他，但是我还没碰到他，罗网便将手放在他的肩膀上，用力将他拉回来。这个突然的举动使得强盗鼠警觉起来。罗网大声说道：“奶酪给你可以，但你立刻就走。”然后，他以我俩认识以来最严厉的语气对迅风质问道：“你刚才在干什么？我教你的东西，你都当耳边风吗？”

强盗鼠叼着奶酪，一溜烟地从开着的窗户溜了出去。

迅风失望地叫了一声，扭着想要挣脱罗网的手，但是那个结实的老人把他抓得很紧。那孩子生起气来。看来迅风主要是因为罗网对他发脾气而感到气愤。“我又没做什么，我只是跟它打招呼而已！我挺喜欢它的，我感觉得出它跟我一定合得来，而且我要——”

“这跟小孩子见到卖玩具的人，就恨不得自己也要有个漂亮玩具的心态，有什么不同！”罗网疾言厉色。毫无疑问，他的确是在指责迅风的不是。他放开了迅风的肩膀，“因为它毛皮光亮、动作迅速、脑筋又动得快，所以你就要跟它牵系在一起？哼，除此之外，它还跟你一样年轻愚蠢，凡事都好奇。你之所以感觉到它在探寻你，并不是因为它正在寻找伴侣，而是因为它觉得你很有趣。但是，觉得对方很有趣并不是彼此缔结原智牵系的良好基础！况且你年纪还太小，性格也不成熟，不够资格寻找伴侣。如果你胆敢再试，我必定处罚你。这就好像任何一个小孩，若是刻意给自己或同伴招致危险，我都一定会惩罚他，这是一样的道理。”

谜语已经坐了起来，此时他望着这一幕，惊讶得嘴巴大张。罗网与迅风都是王子的原智小组成员，这并不是什么秘密。我这才想到，我刚才差点就泄露出自己也有原智天赋的事实。就连阿憨也睁开了惺忪的睡眼，怒视着他们的争吵。

迅风闷闷不乐地一屁股坐在椅子上。“危险。”他喃喃地说道，“什么危险？我要是能留下它的话，说不定会找到一个关心我的伴侣，这算什么危险？”

“你对这个动物一无所知，却妄想要跟它牵系在一起，你说这危不危险？它家里有没有伴侣和幼儿？我们离开这个海岛时，你是只带走它，还是把它一家都带走？它以什么为食，一天吃多少？你要在它有生之年陪它同居于此，还是说，我们离开的时候，你要带着它一起走，让它远离此地所有的同类，使它不得不一辈子孤独无偶？迅风，你根本就没有顾虑到它的处境，你当下只想到要跟它建立关系，除此之外你什么都没想。你这不是跟醉鬼一样？你只顾着今晚要跟年轻女孩共度一夜，却根本不去打算明天之后要怎么办。这种行为我无法原谅，不只是我，任哪个真正的原血者都无法原谅。”

迅风怒视着罗网。谜语则唐突地在这紧张沉默的气氛中开口：“我从不知道原智者与动物牵系是有规矩的。我以为他们可以跟任何动物牵系，一个小时，甚至一个月都有可能。”

“这是许多非原血者对我们的错误印象。”罗网沉重地说道，“由于原血者这群人多年来不得不遮遮掩掩，生怕被人认出，所以会有此误解也是难免。但是这个错误印象，却使人们误以为我们在利用动物之后便将之弃如敝履。倘若原血者是这种行事作风，那么要是有人说，我们会吩咐大熊去别人家里大肆破坏，或是指使大狼去咬死人家的鸡群或羊群，也就不足为奇了。其实，原智牵系并不是人凌驾在动物之上，而是人与动物在彼此尊重的平等基础上，建立一生依存的长久关系。这样你懂了吗，迅风？”

“我没有恶意。”他僵硬地答道，语气中既没有悔悟，也没有道歉之意。

“因为玩火而把房子烧掉的孩童也没有什么恶意！光是没有恶意是不够

的，迅风。如果你要成为原血者，那么你一定要随时遵循我们的规矩，而不是只有你称心如意的时候才肯遵守。”

“那如果我不服呢？”迅风赌气说道。

“那你就自称为花斑子吧。如果你不服这些规矩，那你不过只是个花斑子。”罗网沉重地吸了一口气，吐了出去，“不是变成花斑子，就是被遗弃者。”他轻轻地说道。我感觉到他在讲最后这句话的时候尽量不看着我。“至于为什么有些人宁可远离自己的族类，这我就不知道了。”

11. 威思林镇

这里的女人对氏族土地的依恋是很惊人的。她们经常说起艾达神以它的骨肉造出大地，而大海属于埃尔神的故事。所有的土地都属于氏族的女人，氏族的男人虽然帮忙耕种与收成，但是收成如何分配、土地要种植什么作物、各种作物所占比例如何，一概由女人决定。这些重要的事情之所以完全听由女人决定，并非单纯因为土地为女人所有，而是出于对艾达神的崇敬。

男人死后葬在哪里都可以，大多是海葬，但是所有的女人都一定要葬在自己氏族的土地上。为尊重死者，埋葬女人的那块土地会荒废七年，七年之后再重新耕犁，这类土地的第一次收成，会作为特殊祭典之用。

外岛男子往往四海游荡，离开家乡的港口之后便一去多年，但是外岛女子的一生则几乎不会离开自己出生的土地，就连结婚之后，也是男子搬进来与女子的家人同住。

如果外岛女人死去时身在外地，那么外岛人会用尽一切手段将女人的尸体运回氏族土地上安葬，否则不但会使氏族蒙羞，甚至还会被视为对神明的大不敬。就算必须发动战争才能夺回女人的尸体，外岛人也在所不惜。

——费德伦文书所著的《蛮夷之旅记趣》

我们在威思林镇的贵主母屋做客了十二天。他们的待客之道与我们大不相同。母屋楼下的一角，划为晋责王子与切德的就寝之处，而原智小组则与王子卫队一起在母屋外的大房子里过夜。阿憨与我继续住在小屋里，迅风与谜语时常来探访我们。切德每天派两个侍卫去村子里采购食材，送一份到我们这里，大部分则留给卫队，并且不忘送一份到母屋去。虽然皮奥崔已经承诺他会提供食物，但切德还是决定自理，毕竟我们若是一切都仰赖母屋的资源，那么不免会被人视为能力不足，笨到不懂得筹备食物。

在这里留久一些倒也有些好处。阿憨逐渐恢复健康，尽管他还是咳嗽，而且走一段路就喘不过气来，但起码现在睡得比较好了，并且开始对周遭的事情感兴趣，吃喝也恢复了正常，精神也逐渐好转。对于我强迫他上船，以及他终究还是得坐船离开这两件事情，他全算在我头上，就算是闲聊，我们也不免会扯到这上头。有时候，我甚至觉得一整天都不要跟他开口说话比较好，不过接着我便发现，他对我一肚子气，而且根深蒂固，难以拔除。我为了要赢得他的信任而煞费苦心，但我们两人之间的芥蒂却还是这么深，我想起来就觉得懊恼。我趁着有机会跟切德小聚一下的时候跟他说了，他却将我这种心情斥为多此一举。“你也知道，若是阿憨不怪在你头上，却怪在晋责头上的话，事情会更糟糕。所以，就这件事情而言，只好让你当箭靶了。”这个道理我懂，但是他这番话并没有让我心里好过一些。

谜语每天会来小屋几个小时，代我照顾阿憨，因为切德常常派我暗地里照看晋责。罗网和迅风也常常来。被罗网骂过之后，迅风变得比较收敛，对罗网和我也较为尊重。我每天都给那孩子上课，并要求他在练剑之外，也不可荒废射箭，如此让他每日忙碌不已。阿憨会走到屋外看迅风与我在圈羊的围篱中过招。练习的时候，我们用皮带将剑刃绑起，可是每当那少年刺中我时，阿憨都乐得大声叫好。我得承认，每当这个时候，我不但皮肉瘀青肿痛，心情也同样受到不小的伤害。其实我之所以要跟迅风过招，主要不是为了磨练他的技巧，而是为了让自己不至于生疏。以教导这孩子为名，不但使我有勤加练习的借口，同时也让我得以向外岛人展现我的剑术。外岛人虽不至于聚集过来看我们练剑，但我不时会看到一两个年轻人倚在附近的墙边看我们过招。我心里想道，倘若我真的被人盯上了，那么我绝对要让他们在报告上写下我这个人并非容易对付。毕竟，我不认为外岛人对我的密切监视，只是起于随意的好奇心。

在威思林镇，我随时都感觉到有人在盯着我。不管我走到哪里，附近总有一两个逗留不去的闲人。我无法特别指出是哪一个少年，或是哪个老妇人在监视我，但随时随地总是有人在偷看我的动静。不只我，连阿憨也有危险。他的危险在于，只要我们一出门，人们就以异样的眼光看他，而且一看到他便退避三舍，仿佛他身上有什么传染病。他们目不转睛地盯着我们看，我想，就算阿憨是双头牛，也不会引起更多的注意了。这点他自己也知道。后来我察觉到，他不假思索地直觉般地运用精技来避免人们注意他，不过，现在不像过去他所使用的那种，会让我不支倒地的强烈精技风暴“你没看见我”！如今的阿憨，是时时刻刻对周遭的人表示他这个人一点也不重要。我把这个观察记在心里，打算找个时间跟切德讨论。

我很少有机会跟我的老导师相聚，而我对他技传的时候则尽量简洁，毕竟我们两个都认为，他应该多留点力气，以备晋责找他商量之用。此外切德也认为，既然皮奥崔已经认定我是王子的保镖，那么我若是比较公开地保护王子，也没什么害处。“只要别让他发现你除了‘保镖’之外，还有别的身份就好了。”切德警告道。

我在观察并保护王子的时候尽量离得远一点，以免碍事。虽说晋责从未抱怨过，但是我成天鬼鬼祟祟地跟在他身后，他是不大自在的。如今镇上的人都认为他和艾莉安娜已经成婚，所以没有人会阻止他们两人见面相聚，唯有仿佛石像一般站着、几乎令人忘了他的存在的皮奥崔，时时刻刻地提醒我们，贵主家族之中仍有人希望在晋责达成条件之前，两人还是保持单纯的交往就好。感觉皮奥崔与我除了各自看顾着晋责与贵主之外，也彼此监视着。就某些层次而言，我们几乎成为搭档。

而我也借着这个机会了解到为何独角鲸族的贵主不只对于独角鲸族非常重要，甚至连其他氏族都另眼相看。在外岛人的传统中，是女人拥有土地，以及土地上的产物，而在这之前，我一直以为独角鲸氏族的财产就只有羊群。直到有一次，我尾随着晋责和艾莉安娜一路散步走过岩石满布的起伏丘陵，这才发现该氏族的真正财富所在。他们两人站在山脊上，皮奥崔远远地跟在他们身后，而我则离他们更远。等我也走到山脊上俯瞰下面的山谷时，我惊讶得倒抽了一口气。

这个山谷里有三个大湖，即使在盛夏，其中两个湖仍冒着蒸汽。湖边绿意盎然，整座山谷里都是精心耕作的农地。我跟在他们身后走下山时，发现岛上随时皆有的凉风不见了，我仿佛走进了热碗之中，并闻到富含矿物质的水味。农地里的大小石头都已经清理出来，整整齐齐地堆成了石墙。由于这个山谷很暖和，所以不但谷物长得特别好，连一些我本以为柔弱得禁不起北方寒霜的植物和树木也欣欣向荣。外岛各群岛的气候如此严苛，而这个岛却因为热得冒泡的温泉而变得温暖且丰饶。赢得独角鲸族的贵主为妻的确是个大奖，外岛的土地大多贫瘠，如今独角鲸族贵主控制了外岛的粮食来源，在这个情况下，若能与之联盟，的确具有非凡的价值。

不过，我不免注意到，即使是在盛夏之中，许多农地还是一片荒芜，耕种的人手也不如我预期中的多。我之前发现的人口特性再度显现出来：下田的人以女人和女孩为主，男人和男孩只占少数，届于盛年的男性少之又少。我看了真是不解，这里的女人既有这么丰饶的土地，为什么她们会缺乏下田的帮手？任何男人若是成为独角鲸族女人的伴侣，他的孩子就可享受玛烈岛上丰饶的物产，照理来说，其他氏族的男子应该会更热烈地追求独角鲸族的女人才是。

有天傍晚，晋责和艾莉安娜骑着两匹骨瘦如柴的小马，跳着障碍玩。这种小马用途很多，在这里，不管什么事情都派得上用场。他们的跑道位于散落着巨岩的山脚下一片到处是石头的草地缓坡上，在一对对岩石之间架起树枝，就可当作给马跳的障碍了。这种小马被人闹得不得不跳的时候，竟能跳得那么高，真是令人惊讶。绵羊已经把草和树丛吃得很短，天空越来越蓝，再过不久，星星就会出来。他们并未用马鞍，而晋责为了追随身边那位大无畏的骑士，努力激励他那匹瘦削又任性的公马跳过障碍的同时，已经摔下马两次了。艾莉安娜则是真的乐在其中，她像男孩子一样跨骑，腿上的黄裙子裹住她的腿，随风飞起。她的小腿完全裸露在外，脚上也不穿鞋。她的脸颊泛红，头发被风吹乱，骑起马来什么都不管，只顾着要让晋责见识到她的马术比他厉害。晋责第一次落马的时候，艾莉安娜继续往前骑去，众人都听到她耻笑晋责的哈哈笑声。第二次落马时，艾莉安娜倒骑回来，看看晋责有没有受伤，而皮奥崔则捉住那匹难缠的小动物，将它牵回晋责身边。我的注意力十之八九都放在了晋责身上。我觉得很骄傲，因为他两次落马，都没有失态或是变了脸色。

这些小马瘦得一点肉都没有，骑在马上颠簸还比被马抖下来瘀伤得更严重。

艾莉安娜倒是骑得挺顺的。我揶揄道。晋责瞪了我一眼，于是我赶快补了一句：当然，这其中的窍门可多了。我想，她一定很佩服你不屈不挠的毅力。

我看那个小霸王倒很佩服我花花绿绿的瘀青。他虽将艾莉安娜说成“小霸王”，但语气中却有一丝甜蜜的情意。接着王子仿佛为了赶快转移我的注意力，补充了一句：你朝你左手边看，是不是有人躲在矮树丛旁的那群巨岩之后。

我没有转头，但是眼神朝那个方向瞥了一眼。那边的确有东西，不过不能确定伏在岩石后头的到底是人，还是什么大型的动物。王子重新上马，紧紧抓着他的坐骑，那只小马则一边跑过草原，一边激烈地扭动跳跃。他的坐骑显然已经玩倦了，不过艾莉安娜开心的笑声使得晋责勇气十足，所以他一直倾尽全力，不让马将他抖下来。晋责跳过了之前没跳过的障碍，艾莉安娜挥手对他致敬。她似乎真的对晋责的成就十分赞许。我瞥了一眼皮奥崔，发现就连他那张郁闷的脸上也挤出了一丝微笑。大家都开心地大笑，而我也一边笑，一边走上前。

你往那一带骑，然后滚下马，你滚下马时，务必让马朝大岩石的方向跑过去。

晋责以精技传来轻蔑的嘟囔声，不过他还是照做了。他的小马逃开之后，我便跳了起来，全速追了上去。表面上看我是想要把那匹马逮住，但其实是故意要赶着那匹马往前冲。我们一人一马把那个躲着不动、穿着苔藓绿和棕色衣服的女人给吓着了，她无暇他顾，忙不迭地逃走，而我从她跑动的姿态，以及我闻到的一股若有似无的气味认出了她。尽管我很想追过去，但还是站住脚，立即对切德与晋责技传道：

那个人是汉佳！也就是贵主带去公鹿堡的那个仆人。现在汉佳在岛上，而且在监视我们的行动。

他们两人都没有回答，只传回一波恐惧的情绪。

我故意装出笨手笨脚、就是逮不住小马的模样，最后皮奥崔终于走上来帮我。我把小马朝他的方向赶过去，有感而发地说道："瞧我们把那个老妇人吓的！"

他一把抓住这匹执拗顽抗着的小马的前额鬃毛，抬头望着天空，从头到尾都避开我的眼神。"我们很幸运，王子没有因为摔下马而受伤。"接着，他转头对我们的被保护人说道，"我们该回去了。马儿已经跳得疲惫了，而且天色马上就暗了。"

我不禁纳闷，他到底是不是想要警告我，摔马也就罢了，幸运的是王子没有受到比摔马更严重的伤害？我再度逼进："那个可怜的老妇人会不会出事？我们是不是过去看看她比较好？刚才我们把她给吓坏了。真不晓得她躲在这些大石头后面做什么。"

他沉着地应道："她大概是在捡柴火吧，或是在找什么草药。我们用不着担心她。"接着他高声叫道："艾莉安娜！玩够了吧？我们该回母屋去了。"

你把汉佳吓得逃走的时候，艾莉安娜的脸色先是震惊，现在则是恐惧。

艾莉安娜听了皮奥崔的话之后点了点头，可见王子的判断很正确。她立刻从马背上溜下来，拿起套在马头上的绳结，让它自由地奔向山坡。皮奥崔也拿开王子坐骑的马头绳结，放走了马，之后我们便一同步行回母屋。艾莉安娜和晋责走在前面，此时他们两人沉默不语，跟之前的开心谈笑大不相同。看到这个情况，我心里沉重了起来。晋责才开始学着要爱上这个外岛女孩，但每次他们两人稍微有一点进展的时候，就会因为可恨的政治与权力问题而被分开。我突然有些愤怒，口气因而变得很凶。

"躲在树丛里的那个人是汉佳，对不对？如果我没记错，贵主去公鹿堡的时候，服侍贵主的侍女就是汉佳。"

皮奥崔还保持得这么镇定，我真的很佩服。他虽然避开了我的眼神，但声音仍旧很平静，“不会吧，我们离开公鹿堡的时候，汉佳就辞掉工作了。贵主与我都认为她待在六大公国应该会比较快乐，所以我们也让她如愿地辞职了。”

“说不定她已经自行回到威思林镇，说不定她害了思乡病。”

“这里不是她的家，她不是我们母屋的人。”皮奥崔坚定地宣布道。

“这可就怪了。”我决定不留情面地追根究底下去，虽说我若只是个寻常的侍卫，应该顶多只会好奇地问问，不会使手段套话，“可是在外岛这里，母亲那边的亲族不是最重要的吗？贵主怎么可能会将她母系亲族之外的人收为贴身仆人？”

“通常是这样没错。”皮奥崔的语气越来越僵硬，“只是我们启程前往公鹿堡的时候，母屋里的女人都空不出时间，所以我们才用汉佳作为侍女的。”

“我懂了。”我耸了耸肩，“我一直很纳闷，艾莉安娜的母亲和姐妹怎么没来帮她打点婚礼？她们都过世了吗？”

皮奥崔摇晃了一下，像是我打了他一棒似的。“不，她们还在。”皮奥崔痛苦地说道，“但是她那两个哥哥都死了，死于科伯·罗贝的战争之中。艾莉安娜的母亲和妹妹还在，她们……有要务缠身，不能前来。要是能来的话，她们早就来了。”

“噢，当然，当然。”我淡淡地应道。我深信皮奥崔讲的句句实言，但我也敢说，有些话，他一定藏着没讲。

当天晚上的深夜，在阿憨沉沉睡去之后，我借由精技将傍晚的事情告诉切德，并尽量单独对他传讯，以免王子知道我们在谈什么。我从晋责与我的精技连结之中，感觉到他睡得并不安稳。那孩子潜藏在心底的失望且不耐烦的情绪使我感到紧绷，但我在对切德描述皮奥崔跟我之间的对话时，尽量把晋责对我的情绪影响搬到一旁。切德虽然对皮奥崔的反应大感兴趣，不过我如此率直地追问皮奥崔，还是令切德感到烦躁。这里的事情一层底下又藏着一层，就像弄臣做的空心木球套件。我敢说，皮奥崔跟贵主一定自有他们的打算，就算他们母屋里也不是人人都知道他们打的是什么主意。不过也有心知肚明的，艾梅妲就是一个。他们其实也跟贵主的曾祖母讲了，只是她记不住那么多罢了。莱丝拉和她母亲的举止倒颇耐人寻味。如果艾莉安娜嫁给晋责，并随着晋责搬到公鹿堡，莱丝拉就会成为贵主，但她却还跟艾莉安娜争着要得到晋责的青睐，而莱丝拉的母亲似乎也在暗中鼓励女儿多加把劲。难道，莱丝拉是认为，与其把贵主的头衔从艾莉安娜那里抢过来，倒不如有朝一日成为更加尊贵的六大公国之后？据我看来，艾莉安娜把屠龙的事情看得很重，而莱丝拉母女却都不把屠龙当一回事。按理来说，莱丝拉野心勃勃，艾莉安娜和皮奥崔应该都很担心才对，可是他们两人却都不以为意，而且仿佛是因为把心思放在了别处，所以顾不了这么多了。唯有在莱丝拉的意图明白到无法忽视的时候，艾莉安娜才会将之逐开。

好比说，她们两个在结婚典礼那天晚上打起架来？

是订婚，蜚滋，那只是订婚而已，我们并没有正式肯定那天晚上的仪式为婚礼。王子一定要在家乡，在公鹿堡成婚，婚礼也一定要盛大举办。但是回到我们刚才讲的，不，还不只是那天晚上打架的事情而已，从那之后，莱丝拉又有好几次要博取晋责的好感，而且都是趁着贵主不在眼前的时候。

艾莉安娜知道吗？

她怎么会知道？

说不定晋责会告诉她呀。我揣测道。艾莉安娜知道之后会怎么样，我真的很好奇。

我一点都不想知道她会作何反应。情况已经够复杂了，说不定这只是表姐妹之间的角力而已。我真想知道的是汉佳在这之中到底扮演什么角色？她真的只是个疯颠的老妇人吗？或者她其实颇不单纯？你真的没看错人？

对，我很确定。我不但用眼睛看出她就是汉佳，同时还经由我的鼻子加以确认，因为我身上还留有相当的狼性，所以我十分相信我的嗅觉，但我不想告诉切德我的确闻到了她的气味。

我们越谈，切德越担心，于是我就让他去休息了。我走到门边检查小屋的门有没有拴好，然后有些无奈地把窗户的护窗板也阖上。我在密不通风的房间里总是睡不好，通常若是能感觉得到风拂过我的脸，我会睡得比较好，但是既然今天看到汉佳，我就不想让任何人有机会把我看个清楚了。

我抱着这样的心情入睡，早上起来之后，便设法将晚上的梦魇归咎于入睡前忧心了太多事情。不过说句老实话，把那场梦称之为“梦魇”并不公平，因为那个梦一点也不恐怖，只是带着点不同于精技漫游的不安感和栩栩如生的情节，还有一些其他的东西。我梦见了弄臣，不是身为黄金大人的弄臣，而是他当年的苍白瘦弱模样。他跨上石龙，坐在乘龙之女身后，一起飞上蔚蓝的天空。但是霎时之间，他又变成了黄金大人。当年这个与石龙连在一起、没有灵魂的少女雕像，是在弄臣的奔走之下才有了生命。此时弄臣骑在她身后，黑白相间的斗篷在他身后翻飞。他的头发整齐地绑在头后，有如战士的马尾一般随风飞起。他的表情坚定而执着，这使得他看起来跟身前的石雕少女一样没有灵魂。他的手搭着少女的腰，没戴手套。我觉得很惊讶，因为就我记忆所及，长久以来，弄臣不管做什么事情都戴着手套。他们越升越高，越升越高，接着弄臣突然伸手一指，那少女便以膝盖指挥石龙，朝着弄臣那纤细手指所指的方向飞去，之后云雾便笼罩了他们。我惊醒过来，发现我的手正按在当年弄臣留在我手腕上的那几个苍白指印上。我翻来覆去，但总是无法完全清醒，所以干脆又再度睡去。

这次我则是真的做了精技漫游，并且看到十分恼人的场面：荨麻和婷黛莉雅在山坡上讲话。我知道那是荨麻的梦境，因为我从未见过哪片草地上的花开得如此鲜艳、如此均匀，简直像是一幅精心织就的织锦画。婷黛莉雅的体型如马一般大，它伏在地上，看起来似乎并没有什么坏心眼。我踏入梦境之中。荨麻的背挺得很直，以近乎冷淡的声音对那母龙问道：“那跟我有什么关系？”

荨麻对我悄声传讯：*你怎么拖了这么久？难道你感觉不到我在召唤你吗？*

“其实我是听得到的，你知道吧。”婷黛莉雅平静地指出，“他之所以没听到你的召唤，说不定是因为我不想让他听到。所以，你懂了吧，如果我要让你孤身一人，你就别想有伴。”蓝龙突然转过头，用它那冰冷的眼神打量我，它的眼里已经没有美丽的光彩，只剩下暴怒，“我想，这个道理你也是很明白的吧。”

“你想要什么？”我对它问道。

“你明知道我为何而来。你对黑龙知道多少？它是真的吗？世上真的还有另外一条成熟且完整的龙吗？”

“我不知道。”我老实地告诉它。我感觉得到它在拉扯我的心灵，想要知道除此之外我是不是藏了什么话没说。那感觉就像是被关在囚牢里，然后半夜有只老鼠用冰冷的脚爪从你身上爬过去一样。婷黛莉雅抓住了我对囚牢和老鼠的记忆，想要借此来突破我的心防，于是我赶快紧闭我的精技墙。不幸的是，这么一来，我不但把婷黛莉雅挡在了我的精技墙之外，连荨麻也被挡掉了，她们两个突然变成抖动纱帘之后的朦胧身影。

婷黛莉雅开口了，它所说的话宛如宿命一般，使我无法抗拒：“你们人族本来就该服侍我们龙族，这是自然的法则。只要乖乖听话，我就会让你和你的人繁荣壮大，但若是忤逆我，我就会把你们扫到一边。”突然之间，荨麻身边的蓝龙变得如同巨塔一样高大。“或是干脆吃了。”它特别地补充道。

我全身为恐惧所慑。蓝龙认定荨麻跟我是一伙的，这只是单纯因为它总是得借由我女儿才连得上我，还是因为它察觉到荨麻与我的血缘关系？这有差别吗？我的女儿陷入险境，这都要怪我。我又错了，而我根本就不知道如何才能保护她。

不过那些都无所谓了。方才我还觉得这片镶着花朵的草原看起来像幅织锦画，但此时荨麻站了起来，弯下身抓起她的梦境，抖毯子般地一甩，于是那蓝龙便飞了出去，变得越来越小，最后消失无踪。荨麻站在虚空之中，将织锦画一卷，收入围裙的口袋里。一时之间，我也不知道我是在她的梦境里，还是在她的梦境之外，不过她的声音传了过来：你得学着对抗它，把它驱逐出去，怎么可以缩成一团藏起来呢？影狼，你要记着，你是狼，可不是老鼠，至少我是这么想的。她的身影开始退去。

等等！王子坚决地技传。我不知道他是怎么做到的，但他就是捉住了荨麻，使她无法脱身。你是谁？

荨麻非常震惊，她的惊讶有如浪潮一般向我袭来。她挣扎了一会儿，但晋责仍牢牢地捉住她，她不客气地质问道：我是谁？你怎么这么鲁莽地闯进这里来，你是谁啊？放开我。

晋责根本不把荨麻的斥责放在眼里。我是谁？我是六大公国的王子，我高兴去哪里就去哪里。

一时间，荨麻听得目瞪口呆，接不上话，然后她说道：你是王子？听她这语气就知道，所谓王子什么的，她不但不当一回事，而且还嗤之以鼻。

正是，所以你不要再浪费我的时间，立刻说出你到底是谁！听到晋责对荨麻下令，我不禁瑟缩了一下。霎时间，周遭静得出奇，此时荨麻回答了——我并不意外她的态度是如此。

噢，是哟，既然你问得这么礼貌，那我当然要告诉你啦。“无礼王子”，本人乃是七大屎坨国的“我才不信王后”。而且呢，就算你“高兴去哪里就去哪里”，但这里是我的地盘，你别想到我这里来撒野。改变者，你应该多跟益友亲近，并离损友远一点。

荨麻的动作，我看得很清楚，她一下子便看清晋责是怎么锁住她的，此时她轻轻松松地摆脱他，接着便消失得无影无踪。

荨麻对我鄙夷至极，她的情绪像一堆飞石般朝我扫过来。我惊醒了。我一方面对女儿敬畏有加，另一方面对蓝龙十分畏惧，同时还努力让自己回神。我得好好想想该怎么做才好，但是我还来不及想，切德的思绪便冲入我的脑海之中。

我们得私下谈一谈。他既兴奋又激动。

私下？哪有私下可言？可恶，为什么他偏偏选在今晚窥看我的举动？

私下？门儿都没有。晋责气呼呼地打断了切德与我的精技对话。她是谁？你们这样子多久了？给我说个清楚！你们怎么敢偷偷训练别的精技学生，还瞒着不让我知道！

回去睡觉！阿憨费劲地用介于嘟囔与命令之间的口气说道。回去睡觉，不要再大吼大叫了。那不过是荨麻跟她的龙而已，没什么好大惊小怪的。回去睡觉吧。

大家都知道，偏偏就我不知道？真是令人无法忍受！晋责的技传介于愤怒与沮丧之间，并且夹缠着发现大家都已得知，唯独自己被蒙在鼓里的遭人背叛感。她到底是谁？立刻给我说清楚！

我牢牢地守着自己的心思，开始祈祷，虽说我也知道这一招可能无效。

切德？王子点名要切德说话。

我不知道，大人。那老狐狸优雅地撒了个谎，丝毫没有良心不安。我暗暗地咒骂了他一顿，却又对他感到十分敬佩。

蜚滋骏骑。

别人用真名叫我的时候，总有一分莫名的威力。我不禁抖缩了一下，立刻求饶。此时此地，千万别用那个名字叫我，免得被蓝龙听到了。其实我怕的不是婷黛莉雅，而是担心荨麻发现我真正的身份。近来我的秘密，已经点点滴滴地落了不少在她手里了。

汤姆，你说。

不能这样子说。如果非谈不可，那我们就面对面，口说耳听地谈。黑暗中，在我附近的阿憨嘟囔了一声，拉起被子蒙住头。

那么你现在就出来见我。王子的语气非常严厉。

这不好吧。切德对我们两人劝道。还是等到早上比较好，王子殿下，半夜三更地把侍卫叫到身边来，难免让人起疑。

不，现在就说个明白。你们两个联合起来瞒着不让我知道这个荨麻的事情，这才叫不好。我现在就要知道这是怎么回事。我清楚地体会到王子的情绪，仿佛我正站在母屋里，他们睡觉的长凳边。我感觉得到，他掀开被子时，冷冽的空气拂过他裸露的胸膛，可是由于他满腔怒火，所以一点也不以为意，我也感觉得出他一脚踩进靴子里的气愤心情。

等我一下，让我穿好衣服。切德很疲倦，但他还是让步了。

不用了，切德顾问，你待在这里就好。你不是说你什么都不知道吗？既然如此，你来了也是多此一举。我自己单独去跟蜚滋……汤姆见面就行了。

此时他已经火冒三丈，但仍努力克制，没有说出我的名字。虽说我多少肯定他的自制力，但眼前的僵局实在让我无暇他顾。他是王子，而且正在气头上，照他自己的想法，他觉得自己理应生气。待会他问我的时候，我该如何回答？他今晚是把我看作朋友、导师，还是堂兄，抑或是家臣？我察觉到阿憨坐了起来，望着我穿衣穿鞋。

“我出去一下就回来，你一个人待在这里没问题的。”我对他劝道，虽然我自己也不知道他一个人留在小屋里安不安全。

留阿憨一个人在小屋里不好吧。我对王子技传道，希望他会因此而免我出门。

那就带他一起来。王子简洁明快地命令道。

“你要来吗？”

“我听到他叫我去了。”阿憨疲倦地答道。他长长地叹了一口气。“你就是这样，就算我不想去，你也会逼我去。”他一边在黑暗中摸索衣物，一边埋怨我。

我感觉仿佛等了一年之久，他才穿好衣服。我本想帮忙，但是他气冲冲的，说什么也不肯让我插手。最后我们终于一起离开小屋，走上村子里的小路。在外岛这里，进入这种昏暗而微亮的古怪天色就算是夜晚了。这种昏暗的天色使我的眼睛备感恬适，而我发现这种感觉其实是有因由的：在夜眼的眼中，它与我一起在黎明或是黄昏打猎时，周遭便是这种灰扑扑的世界。在这种因为辨不清颜色，所以不会因之而分心的柔和光线中，眼睛最容易看出猎物的细微动静。我走起路来轻快如风，阿憨却拖着脚步，远远落在我身后，而且还不时咳嗽。我提醒自己他尚未痊愈，因此耐着性子放慢脚步配合他。

一只小型蝙蝠飞过房舍上空。我一眼瞄到一只强盗鼠鬼鬼祟祟地从承雨桶飞跃到门口的台阶上，我不禁好奇它是不是迅风想要结交的那只，接着便将这个念头抛到脑后。我们已经离母屋很近了。母屋的庭院中空无一人，他们虽然会派人瞭望海岸与港口的状况，却不会派人守护母屋，显然对自己人并不防备。我不禁想着，关于汉佳这个人，皮奥崔还藏了多少话没讲？他跟贵主显然都是很提防汉佳的，况且皮奥崔还说她是外人，既然如此，为什么他没派人站岗，以提防汉佳？

我们没走正门。我领着阿憨经过围住羊群的石墙和树篱，绕到母屋后面。户外厕所附近有些树丛，树丛间有个牲口棚，而王子就站在牲口棚的角落等我们走上去。他烦躁地动来动去，我察觉得出他等得很不耐烦。我一言不发地举起手，比画着叫他到树篱间的隐蔽处跟我们会合。他技传道：

别过来找我。站着别动。不，躲起来，不然你们回去好了。

我停下脚步，对于王子突然下这命令感到十分不解。接着我突然看出他为什么会这么慌张了。艾莉安娜在睡衣外披着斗篷，从门口探出头来，左右张望。我赶快伸出一只手按住阿憨的胸膛，将他推回树篱后，以免被人看见。我们差点就来不及了。我比手势叫阿憨别说话，但他还是抱怨道："他讲的话我也听到了呀。"

我们要非常安静才行，阿憨。王子不想让艾莉安娜知道我们在这里。

为什么不想？

就是不想。所以我们必须躲在这里，而且要保持安静。我躲在树篱之后，蹲了下来，并拍拍身边的地上，示意阿憨也蹲下来。他弓着背，藏在阴暗的树影之间，怒目瞪我。我是很想就此带着他回去，但如果我们现在就走，那么我敢说，艾莉安娜一定会听到阿憨拖着脚走动的声音，因此还是待在这里等一下比较好。她必然不会逗留太久，大概只是要去厕所而已。我从树篱之间的缝隙望出去，并对王子技传道：趁她还没看到你，赶快过来这里跟我们躲在一起。

不行，她已经看到我了。你们快走，我再找时间跟你谈。此时，晋责竟然升起精技墙，严密地护卫他自己的思绪，这令我感到难以置信。因此，当艾莉安娜直视着他，在北国夏日滞留不去的暗淡阳光之中朝他走去时，我是借着原智知觉才感觉到晋责虽站着不动，但却轻轻颤抖着。

看到艾莉安娜敏捷地走上前，并紧紧地挨着他身边，我心里大吃一惊。看这情况，这两人已经不是第一次偷偷见面了。我很想转开眼睛不看，但最后还是从树篱的缝隙中，密切地窥视他们两人的举动。艾莉安娜的声音很轻，几乎听不清。“我听到门开了又关，等我开窗一看，发现你站在这里等着。”

“我睡不着。”晋责伸出手，像是要握起她的双手，但中途又垂手放在身侧。我并非看到，而是感觉到晋责锐利地朝我这个方向瞄了一眼。

*走开。我明天再找你谈。*晋责传送给我的思绪细小紧密，所以可能连阿憨都不晓得。他的话里带着皇家命令的意味，也就是说，他期望我乖乖听令，马上就走。

我不能走。你明知道这很危险，晋责，快叫她回房间去。

我无从得知他有没有收到我的思绪，因为他已经再度把精技墙封闭了起来，并将全副心思都放在艾莉安娜身上。我身后的阿憨站起来打了个哈欠，困倦地说道：“我要回去睡了。”

*嘘，不行。我们得静悄悄地待在这里。别讲出声。*我焦急地窥视那一对年轻男女，但就算艾莉安娜听到了阿憨的声音，她也没露出什么迹象。我不安地想着，不晓得皮奥崔身在何处，还有他若是发现这两人私下幽会，会怎么处置晋责？

阿憨沉重地叹了口气，他弯下身，干脆一屁股坐在地上。*这真蠢。我想回去睡觉。*

艾莉安娜低头望着晋责收在身侧的手，歪着头仰望他。“那么，你在等谁？”她的眼睛瞪了起来，“你在等莱丝拉吗？她约你在这里等她吗？”

晋责脸上冒出了一个非常古怪的笑容。他是因为自己激得艾莉安娜起了嫉妒之心而感到骄傲吗？他的声音比艾莉安娜更轻，我从他的唇形看出他在说：“莱丝拉？我为何要在月光之下等待她？”

“今晚没有月亮。”艾莉安娜尖锐地纠正他，“至于原因么，哼，因为她肯将身体交给你呀。不过，与其说她觉得你很好看，倒不如说她是故意要让我下不了台。”

晋责将双臂收在胸前。我不禁纳闷，他做这个动作，到底是因为他得意洋洋，还是他怕自己伸手揽住她？艾莉安娜清瘦窈窕，晚上她的头发结成了发辫，垂至臀部，我几乎感觉得到从她身上扑至晋责脸上的热度。“是这样啊。那么，你说她觉得我好不好看呢？”

“谁知道？莱丝拉喜欢古怪的东西。她那只猫，尾巴歪七扭八的，还比别的猫多了一个脚趾，可是她却说她的猫很漂亮。”艾莉安娜不在乎地耸耸肩，“她会为了把你抢过去，而跟你说你长得很好看的。”

“是吗？但是说不定我并不想让她把我抢过去呀。就算她漂亮又怎么样呢，也许我根本就不想要她。”晋责对她说道。

当艾莉安娜抬起头望着晋责的时候，整个夜空都因为她而屏住呼吸。我看到她的胸部因为深呼吸而起伏，然后她鼓起勇气，以轻如微风的声音问道：“那么，你到底想要什么呢？”

晋责并未将她拥入怀中。我想，他若是伸出手，说不定艾莉安娜会抗拒，所以他没有搂住她，只是伸出一只手，以指尖轻轻抬起她的下巴，弯下身，偷偷在她唇上一吻。偷偷一吻？可是她根本就没有逃开，她不但没有逃开，反而在他们的嘴唇相碰时踮起脚尖。

我这样匍匐在树篱暗处偷窥他们两人，真像那种不知检点的老头子。我知道晋责这样很危险，而且他们两个冒险偷情，也实在太傻了，但是想到他在别人安排的婚姻之下，说不定还能尝到恋爱的滋味，也为他感到高兴。他们两个的吻终于结束，我希望晋责会请艾莉安娜回房间去，毕竟让他拥有这一刻固然很好，但如果他们两个除了亲吻之外，还要更进一步，那我就非得介入不可了。说真的，我实在很不愿意板起脸来对待他们，不过我继而劝告自己，若真是走到那个地步，的确非得拉住他们不可。

我带着恐惧，听着艾莉安娜轻轻问道：“一个吻。你想要的，就是一个吻而已吗？”

“现在除了一吻之外，我已经不能奢求更多了。”晋责答道。他的胸膛起伏得很厉害，仿佛刚跑了一大段路，“至于其他，我若是现在贪求，那就名不正言不顺了。”

艾莉安娜露出不解的笑容：“若是我愿意献身，你就不算是贪求了。”

“可是……可是你说过，除非我把龙头送来此地，否则你是不会嫁于我为妻的。”

“在我们这里，只要女人首肯，就没有问题，这跟结婚——或者你所谓的嫁于你为妻——是不相干的。女孩成人之后，她可以自由决定把哪个男人带回自己床上，但这并不表示她得跟每一个男人成婚呀。”她望向他处，谨慎地补充道，“不过，你是我的第一个。有些人认为，第一个比发誓相守的那个人更为特别。当然，并不是这样我就会变成你的妻子，除非你把龙头带到母屋的火炉前，否则我就不能算是跟你结婚，也不算是你的妻子。”

“我也乐于让你变成我的第一个。”晋责谨慎地说道。接着，他艰难得如同要将大树连根拔起般地说道：“但那不是现在。我要先达成我对你的承诺才行。”

艾莉安娜非常惊讶，倒不是说她对于晋责肯重视诺言感到意外，“你的第一个？真的？你还没跟别的女人在一起过？”

晋责沉默良久，好不容易才挤出话来：“一切从婚后开始——这是我们那里的风俗，虽然不是每个人都遵照这个规矩。”他的语气很僵硬，仿佛生怕艾莉安娜会因为他守贞而嘲笑他。

“我很愿意做你的第一个。”艾莉安娜坦承道，她踏上前，这次晋责伸出双臂搂住她，他们两人深情拥吻之时，她整个身体都贴在他身上。

由于有原智知觉，所以皮奥崔还没出现，我就知道他走过来了。他们两人吻得那么忘我，恐怕就算是有一群羊从他们身边绕过去，他们也浑然不知吧。我一看到那个老战士从母屋的转角冒出来，便立刻站了起来。他的手放在剑把上，目露杀气地叫道：“艾莉安娜。”

艾莉安娜从晋责怀里跳了出来，愧疚地伸出一只手掩嘴，仿佛这样就能遮去方才的热吻。晋责站得笔直，这态度值得大加赞许。他转过头，定定地望着皮奥崔。从他的姿态看来，他既不后悔，也无须感到羞愧，更没有男孩子的轻浮。他那模样，看起来就像是与属于自己的女人拥吻的成年男子，只不过他们的吻被人打断了。我屏住呼吸，不能确定我若冲上前，到底是会救了晋责，还是会搞砸一切。

这个沉默的对峙既凝重又充满警戒，皮奥崔与晋责四目相对，然而那不是挑衅的眼神，而是在拿捏对方的斤两。最后皮奥崔开口了，不过他是对着艾莉安娜说话：“你该回卧房去了。”

皮奥崔一说，艾莉安娜便转身飞奔，她赤脚跑过庭院，没发出一点声响。即使艾莉安娜走了，皮奥崔和晋责仍继续彼此瞪视。最后皮奥崔说道：“取来龙头，这是你自己说出口的。既然身为男人，你就要言出必行。”

晋责严肃地点了点头：“的确如此。身为男人，我保证一定做到。”

皮奥崔开始转身，但这时晋责又开口了：

“艾莉安娜愿意给我，但她是以女人，而不是以贵主的身份给我。就你们的习俗而言，她可以任凭自己的意思，要给就给吗？”

皮奥崔的背僵硬了起来，他慢慢地转过身，不情愿地说道：“这必是女人才能给，不然谁能给呢？艾莉安娜的身体属于她自己，她是可以献身给你没错，但是除非你把冰华的头带来，否则她就不是你真正的妻子。”

“啊。”

皮奥崔再度慢慢转身，举脚就要走，但晋责又开口叫住了他。

“这么说来，艾莉安娜比我还自由。我的身体和我的种，为六大公国所有，我可不能兴之所至就任意献身，我只能与自己的妻子分享。这是我们的风俗。”我几乎听到他吞口水的声音，“在我们的风俗里，就算艾莉安娜愿意给，我也不能接受，否则便是有违操守，这点希望能让她知道。”晋责越讲，声音越低，而他接下来的话则是在恳求，“我既不能光明正大地接受，所以想请求她不要诱惑，或是刺激我。没错，我是个男人……但我也只是个男人而已。”他的解释很怪，但是很真诚。

从皮奥崔的语气听来，他虽不肯把晋责看在眼里，此时却对他生出了敬意，“我会如实转达。”

“她会……她会因此而看轻我吗？她会认为我没有男子气概吗？”

“我可不会。而且我会让她了解，男人要有多大的毅力，才能在女人愿意给的时候缩手。”皮奥崔站着打量晋责，仿佛今天才认识这个人，接着他以非常悲哀的语气说道，“你的确是个男人，你的确配得上我妹妹的女儿。你母亲的孙女儿会丰饶我的家系。”皮奥崔最后这句话听来像是当地的谚语，倒不像是他真的冀望的那个远景。接着他便转身默默地离去了。

晋责深深吸了一口气，吐出来。我唯恐他会以精技探究我在什么地方，但幸好他之后便转身朝艾莉安娜的母屋走去。

坐在地上的阿憨已经睡着了，他的头垂在胸前，不时地点一下。当我温柔地摇醒他，并扶着他站起来的时候，他呻吟了一声，蹒跚地跟我走回小屋，一边喃喃地说道：“我想回家。”

“我也想回家。”我答道。然而说到“家”，我心里想到的并不是公鹿堡，而是那个俯瞰着大海的草原，草原上有个女孩穿着艳红裙子对我招手。我想回去的家，不在现在这个世界上，而是在已逝的过去，想回也回不去了。

12. 叔侄

龙岛险地，危机四伏。

神龙利齿，断送人命。

正当青春年少，何必前去送命？

何必为了赢得战友动容，而攀冰壁、跨冰沟，踏上暗藏的冰缝？

冰华虽沉睡于坚冰之中，但寒风中回响着冰华之歌！

冰华呼吸而成霜风，并以酷寒烧灼你的骨架血肉。

它以酷寒烧黑并剥下你脸上的皮肤，让你脸上只余疼痛的粉红血肉。

既当青春年少，何苦冒险前去？

果真要为了赢得心上人，而走入冰天雪地，踏入不见天日的黑岩之中？

你能否找到唯有在退潮时才显现出来的洞穴？

你能否数着心跳，算准时间，及时返回，以免海浪扑来，将你的鲜血抹在你头顶上的蓝冰之中？

——外岛歌谣《神龙的欢迎》，獾毛译

隔天便传来消息，说王子屠龙的事情已经解决了，因此我们将返回柴利格镇，再从该镇出发前往艾斯雷弗嘉岛猎取冰华的头。我本怀疑我们之所以要立刻出航，可能跟我在前一天晚上看到的情景有关，但后来我看到他们放开一只信鸽，通报我们即将出发的消息，这才认定是我多心了，我想屠龙之事已经解决的消息一定也是借由信鸽传来的。

接下来就是一片忙乱，所以我免去跟王子会谈那个尴尬的问题，但我心里还是因为其他事情而烦心。阿憨说什么都不肯上船，就算劝他，唯有搭上这条船，做完了事情才能早点回家，他也听不进去，这些道理已经超过他心灵与逻辑的极限。他自从与我们在一起之后，已有了不少进展，如今他讲话不但较为流利，遣词用字也较有层次。他就像一盆长年不见天日，但是终于晒到了太阳的植物，如今他理解力增强，并展现出极大的潜力，与当年我在切德塔楼见到的那个弱智仆人已不可同日而语。不过，他毕竟仍与常人不同，而且有时候他就像小孩子一般容易受惊，并故意唱反调——碰到这种场面，跟他讲再多道理也没有用。最后，切德在我们出航的前一天晚上对他下了效力很强的安眠药，因此我整个晚上都注意着他的梦境，以免他出什么问题。阿憨在梦里很不安，而我也只能尽可能地安抚他。荨麻竟没来帮我，实在令我担心，不过从另一个层面上说，我反而庆幸她没来。

隔天早上，我们把阿憨搬到手推车上时，他仍睡得很熟。我在崎岖颠簸的路上推车往突堤码头而去，只觉得自己像个呆子，幸好罗网与我同行，彼此聊了些闲话，他的态度仿佛觉得这种事情乃是天天可见的常事。

我们离开的场面比抵达时还要盛大。码头边有两艘船，所有六大公国之人都已经上了野猪号，而贵主、皮奥崔和其他几个同行的人则搭乘旁边那艘比较老、比较小，旗杆上飘着独角鲸旗的船。上母来到船边为贵主送行并祝福，我知道这又是一套仪式，但是我还没看多少，躺在床上的阿憨便不安地翻来覆去，于是我想我还是乖乖待在他身边，免得他醒来又闹着要下船。

我待在分配给我们的小舱房里，坐在阿憨的床缘上，设法将平静且安全的气氛传给他，可尽管我全力防堵，船只特有的摇动与声响仍渗入他的梦境中。他大叫一声，惊醒并坐起身，睁开昏花的双眼打量舱房的景象，哭喊道：“我在做恶梦！”

“不，这是真的。”我对他说道，“但是我会保护你，阿憨，我向你保证。”

“你怎么保护我！我人都在船上了，你还能怎么保护我！”他叫道。方才他坐起来的时候，我伸出手臂环着他，好让他觉得安心，但此时他一下子把我甩开，用被子将自己裹起来，翻身面对墙壁，开始难以自抑地痛哭起来。

“阿憨呐。”我呼唤道，但自己也不知道该怎么办才好。我觉得自己太过残忍，带他上船实在是大错特错。

“你走开！”虽然我已经立起精技墙，但他这个精技指令的威力还是强大得使我的头像要断掉似的往后一甩，接着我站了起来，摸索着走出我们与原智小组同住的这间狭小舱房。我强迫自己停下来。

“要不要我找个人来陪你？”我无助地问道。

“才不要！你们都恨我！你们联合起来骗我，给我下药，又把我弄上船，好让我死在海上。走开！”

其实我也乐得离开，因为他的精技仿佛剧烈的冷风般将我往外推。舱门低矮，而我走出去的时候又太早站起来，于是头就结结实实地撞在了门楣上。这一撞让我头昏脑胀，只能蹒跚踉跄地走到甲板上。阿憨残酷的大笑则有如第二波打击。

不久我就发现这种事情绝不是意外。也许第一次是意外，但是接下来的几天里，阿憨大量运用精技力量，使我状况百出，我再怎么想把这些事情归为巧合，也显得太过牵强。如果我先察觉到他在捣蛋，那么我偶尔是能够成功地反制的。但若是他先瞧见我，那么我就得等到自己觉得这艘船摇晃得太过厉害时，才会知道是他在作怪，尽管我努力稳住自己、保持平衡，最后仍不免跌倒，或是撞上甲板边的栏杆。

但是在撞上门的时候，我还以为是自己太笨拙。

我去找晋责和切德。这次搭船到柴利格镇是我们在外岛期间最自由且没有顾忌的一段航程，因为皮奥崔、贵主和他们的侍卫跟我们不同船，而帮我们开船的野猪族人，又对我们这些人如何往来不感兴趣，因此我们比较不需要装模作样。

我直接走向王子的舱房，敲了敲门。切德叫我进去。一进门，我便发现他们两个都已经安顿好了，桌上甚至已经摆出了餐点。那些都是外岛食物，但至少份量足且够精致，所以当晋责朝我点头，邀我坐下一起享用的时候，我就不客气了。

“阿憨的情况如何？”晋责直接问道。于是我详细地报告一番。说真的，我几乎松了一口气，因为我很怕晋责会立刻叫我解释荨麻的事情。我描述了阿憨的不适与气愤，最后下了结论：“无论他的精技力量有多高，我看我们是再也无法强迫他搭船了。我们每多搭一次船，他就多痛恨我几分，而且变得越来越难以捉摸，难保我们不会引起他的重大反感，而且倘若真惹恼了他，不管我们再怎么补救，他都会用精技力量来对付我们，而我们也没有办法将他平息下来。如果我们可以安排将他安全地留在柴利格镇的话，我建议前往艾斯雷弗嘉岛的时候，就不要带他同行了。”

切德重重地放下玻璃杯。“你明明知道这是不可能的，既然不可能，你还问什么？”接着他以恼怒来掩饰自己的愧疚与遗憾，“我发誓，我从没想到阿憨会这么难缠。真的没办法让他了解到我们的任务有多么重要吗？”

“也许王子跟他讲得通吧。如今阿憨非常气我，我再怎么劝，他也听不进去。”

“气你的可不只阿憨而已。”晋责冷淡地评论道。他那镇静的语气使我心惊胆战，由此可见，他是真的动怒了，不是随便敷衍得过去的。如今他像成年男子手握武器般确实控制住自己的怒气，所以他随时出手，必定成伤。

“我先告退，让你们两个慢慢谈吧。”切德起身的动作稍显匆促。

“噢，不必。既然你说从没听说荨麻和她那条龙的事情，我敢说不但我听了会收获甚多，连你听了也会收获不少呢。”

切德慢慢地坐回椅子里，在王子的冷嘲热讽之下，他是溜不成了。我突然了解到，这老人不但绝不会帮我讲话，说不定还乐于看着晋责把我逼到角落里。

“这个荨麻是谁？”晋责毫不拐弯抹角地问道。

所以我也直接答道：“她是我女儿，虽说她并不知道我们是父女。”

他往椅背上一靠，好似我刚才泼了他一盆冷水。我们三人久久沉默不语。切德最可恶了，他举起手掩住嘴，但是我已经看见他在偷笑。我狠狠地瞪了他一眼，他便干脆放下手，大大方方地咧嘴而笑。

过了一会儿，晋责应道："喔。"然后他下了个结论，仿佛这个消息最重要的影响就在于此，"我有侄女了！她多大了？我怎么从没见过她？还是我见过，只是我不知道而已？她上次待在宫里是什么时候？她母亲是哪一位夫人？"

这一番话问得我无言以对，但切德帮我做了回答，我真是恨死他了。"她从未来过宫里，王子殿下。她母亲是制烛商人，而她父亲……她以为她父亲是博瑞屈，也就是公鹿堡前任马厩总管。她现在应该是十六岁了。"切德说到这里便停住，似乎是要让王子有时间消化。

"迅风的父亲？那么……迅风是你儿子？你以前跟我说你有个养子，可是……"

"迅风是博瑞屈的儿子，他跟荨麻是同母异父的姐弟。"我深吸了一口气，接着听到自己的声音在问道，"你有没有白兰地？葡萄酒不行，要讲这个故事需要烈一点的。"

"看得出来。"他起身帮我拿了白兰地过来。在这一刻，他比较像是兴高采烈地等着听家族秘史的侄儿，而不像是王子。对我而言，这件事情实在是难以启齿，而切德假装同情地一边听一边点头称是，使我更为别扭。晋责把所有曲折的始末都问明白之后，不禁摇头叹息。

"这么说起来，博瑞屈家的孩子是分属两个父亲的了。我母亲虽然跟我讲了你的人生故事，但是凑上这一段之后，才变得比较合理。莫莉和博瑞屈两人把你抛下不顾，彼此共组家庭，这样无情无义，你一定很痛恨他们吧。"

听到晋责讲这种话，我实在很惊讶。"不。"我坚定地说道，"不是这样的。他们两人都以为我已经死了，既然如此，他们彼此求个依靠，怎能说是无情无义？况且，如果莫莉必得有个依靠，那么……那么我也乐于见到她选了个配得上她的男人。再说，博瑞屈也终于替自己找到了一点幸福。他们甚至一起保护我的孩子。"我的喉咙越来越紧，最后几乎讲不下去。我灌了一大口白兰地，好让喉咙放松一点，同时深吸一口气。

“博瑞屈比我更配得上莫莉。”我好不容易说道。多年以来，我一直都是这么跟自己说的。

“我倒纳闷她自己是不是这么想的。”王子沉思道。他一看到我脸上的表情，便赶快补充，“请见谅，这件事实在没有我说话的余地。只是……只是我母亲竟然从未插手，也从未说破，我实在很惊讶。她常常用很不得已的口气对我说，我是唯一的王位继承人，所以我的肩膀上不知担着多少责任。”

“在这方面，她以蜚滋的情绪为重，而且不听我的劝。”切德解释道。我听得出他因为终于替自己撇清关系而大为自豪。

“我懂了。不，老实说，我实在想不通。不过现在的问题是，你是怎么教她精技的？你曾经在她家附近住过，还是……？”

“我从未教过她。她虽然会精技，但那都是她自己摸索出来的。”

“可是，自己摸索精技不是十分危险吗？”晋责更讶异了，“你怎么都不管啊，要是她出了什么事情怎么办？你明知道她是瞻远王位的备位继承人！”他这几句话是冲着我说的，然后他转过头，以斥责的语气对切德质问道：“是不是你挡着不让她来？是不是你以什么保证瞻远家族的名声为由，所以不让她到宫里来？”

“绝无此事，王子殿下。”切德流利地反驳道。他以镇静的眼神望着我，同时对晋责说道：“我多次请求蜚滋让我把荨麻召进宫里，好让她了解到她之于瞻远皇室的重要性，并接受精技教育。但是在这方面，蜚滋骏骑个人的感觉又占了上风，王后与我的劝告，他根本听不进去。”

王子深呼吸了好几次，轻声说道：“怎么会有这种事？这根本就不对嘛。这非得补救不可。不然我自己来好了。”

“你要怎么做？”我追问道。

“当然是把荨麻的真实身份告诉她！而且要派人将她送入宫，让她接受与出身相配的对待，并接受各种教育，包括精技在内。我的侄女竟然被人当作村姑一般地养大，以做蜡烛和养鸡度日！要是她有必要继任瞻远家族的王位怎么办？我母亲怎么会任你这样胡作非为，我真是不懂！”

你望着眼前这个自以为是的十五岁少年，并且突然察觉到他有能力把你的整个人生都弄得天翻地覆，世界上还有比这更恐怖的事情吗？我只觉得虚弱欲吐，毫无招架之力。我轻声恳求道：“你不懂我的顾虑，你这样做，不是在帮我，反而是在害我呀。”

“没错，我的确不懂。”晋责虽一下子便应和了我的话，但他的怒气越来越高涨。“别说是我，其实连你自己也不懂。你到处帮别人决定他们到底应该对自己的人生知道多少，但是这种事情会产生什么后果，你又比我多知道多少？你只是采取了你认为最安全的做法，然后一心希望万一事情出了差错，别人既不会发现是你所引起的，也不会怪到你头上！”晋责越讲越激动，而我不禁开始怀疑，他的怒火可能没那么单纯，他不只是气荨麻的事情而已。

“你在生什么气？”我坦率地质问道，“这又跟你无关。”

“跟我无关？跟我无关？”他气得站了起来，椅子差点翻倒，“荨麻怎么会跟我无关？难道她不是瞻远家的人？难道她没有精技天赋？你可知道……”他顿时哽咽难言，最后摇摇头，定定神，才以较为温和的口气问道：“你可能不知道，我多希望能够跟同年龄的亲人一起长大！如果我能跟这样的人一起谈谈心事，如果有这么个人，能够帮我分担一点治国的责任，不必一切都非靠我一人不可，那该多好！”他不再看我，而是直瞪着舱房的墙壁，仿佛在尝试能不能看透它，之后他轻轻地啐了一声，“如果有这样一个人，那么今日待在这个舱房里的，说不定就是她，而不是我了。我们可以将她许配给外岛的男人，而不必非我不可。要是我母亲和切德能够以两个瞻远家的孩子来奠定和平的话，谁知道……”

听到这话使我浑身发冷，但我不想告诉他，就是因为我不想让荨麻遭人利用，所以才护着不让她与皇室接触，不过我还是把一部分真相说了出来，“我从来就没想过要用你那个角度去看待荨麻，所以我也从未想过她的事情会对你产生什么影响。”

“嗯，荨麻的事情对我确实有很大的影响，你现在可知道了。”他突然把焦点转向切德，“而你的疏忽也太不可原谅。这个女孩是继承瞻远王位的第二顺位，排在我之后。像她这么重要的身份，不但要正式入档，还得有人见证，早在我启程之前，就该把入档与见证的事情办妥！若是我出了什么事，若是我因为要把冰冻的龙从冰层里面挖出来而死的话，众人一定会因为猜测谁该继位而乱成一团”

“这事早在多年之前就办妥了，王子殿下，文件已经保存于安全之处。在这方面，我可没有疏忽。”切德似乎因为晋责竟然指责他办事不周而愤怒至极。

“那很好。不过，二位能不能跟我解释一下，这么重要的消息，为什么你们一直瞒着不让我知道？”他怒视切德，接着狠瞪着我，最后他的眼神定在我身上，并斥道：“看起来，你倒一直忙着为别人下决定呐！你只用自己认为最好的做法去做，也不问问别人是不是真的觉得这样最好。但是我告诉你，你并不一定是对的！”

我忍住怒气：“下决定的麻烦之处就在于此：除非你下了决定，并且实行，否则你无从得知对或错。但是人生的事情本来就应该交给大人去做决定，而大人做了决定之后，不管好坏，也只能闷着头承担。”

晋责沉默不语，过了好一会儿，他说道：“那么，如果我现在以大人的身份做出决定，并把荨麻的身份告诉她呢？我们做了那么多错事，至少纠正这么一点，也是应该的吧？”

我吸了一口气：“求求你，这种事情实在不能这样突如其来地坦白说出。”

他沉默了更久，之后狡黠地问道：“你以后该不会突然在我毫无准备的时候又告诉我，我还有别的秘密亲戚吧？”

“没有了，就只有荨麻而已。”我严肃地答道。然后我比较正式地说道：“王子殿下，我求求你。就算非得告诉她不可，也让我来讲吧。”

“这桩任务也的确该由你承担。”他有感而发地说道，而已经面带严肃好半天的切德则再度笑了出来。晋责以近乎嫉妒的口吻补充道：“她的精技天赋好像很强。想想看，若是她与我们同行，那么事情会有多大的变化呀。我们可以仰赖她，而且说不定若是有她在，我们就可以把阿憨留在家里了。”

“事实上，她跟阿憨配合得很好。她不但善于平抚他的心情，也颇得他的信任。在我们前往柴利格镇的航程中，就是她在半夜解除了阿憨的心防。至于你刚才说的事情呢，不行，王子殿下，如今的阿憨既强大又脆弱，所以不管我们把他留在什么地方都不成。况且，我们要尽早摸索出应对他的方法才行。我们教他越多，他就变得越危险。”

“我想，对阿憨而言，最好的解药就是带他回家，让他重新过他所熟悉的生活。到那时候，想必他的脾气会好很多——不幸的是，我还得先找到龙，砍下龙头，才能带他回家。”

能够改谈荨麻以外的话题使我松了一口气，然而在我们将荨麻的话题抛在一旁之前，我还有一点要声明，“王子殿下，这些事情迅风都不晓得。他不知道荨麻是我女儿，也不知道她是他同母异父的姐姐，而我希望你也别拆穿。”

“噢，我当然不会说了。我敢说，当年你决定隐瞒荨麻的事情时，一定没想过这对于她的弟弟妹妹会有什么影响。”

“你说得没错，当时我是没想这么多。”我僵硬地答道。

“唔，就目前而言，我是不会多说的。但是你也该想想看，换作是你，若是这么大了才发现自己的父母亲是谁，那么你会有什么感觉？”他望着我，摇了摇头，“你想想看，若是你现在突然发现，原来你不是骏骑的儿子，而是惟真的儿子，或是切德的儿子，你会作何反应？若是如此，你真的会感激那些早就知道真相，可是却以‘保护你’为名，一直瞒着你的人吗？”

我眼前突然裂开一道充满惊惧和怀疑的巨大鸿沟，虽然我一直告诉自己这其实是幻象。以切德的能力而言，他的确有这种将我蒙在鼓里数十年的本事，但是从各种迹象推断起来，我的生父应该是骏骑无误。不过，晋责已经达到他的目的了，他已经让我切实感受到，我若是被人骗了这么久，那么我会有多气愤。“我大概会恨死他们。”我坦承道，我直视着他的眼睛，补充道，“这也是我不想让荨麻知道的又一个理由。”

王子噘起嘴唇，稍微点了一下头，与其说那个动作在对我承诺他会帮我保守秘密，不如说他是借此承认，若是把这个秘密讲出去，那么后果恐怕不好收拾，而这已经是他最大的极限了。我希望这个话题能就此打住，但是他微微地皱着眉头，突然问道："那么，这位'我才不信王后'，怎么会跟缤城的龙交好？难道，她是跟婷黛莉雅同一阵线吗？"

"才不是呢，王子殿下！"我真的吓到了，晋责竟然以为荨麻在跟我们作对，"依我看，婷黛莉雅是因为监视我的心思，所以才会发现荨麻这个人。当她与我施展强大的精技力量，或是以你与阿憨的亲身经验而言，在你们做精技漫游的时候，婷黛莉雅就会找上我们。它一定是从缤城使节团那里听说了我的事情，毕竟使节团在不久之前才到公鹿堡拜访过。当时我们练习精技时均不曾小心提防，它大概因此把我当成主要目标了。后来它察觉到我在梦中与荨麻相会，大概是想从她那儿套一些关于我的消息——婷黛莉雅想要知道我到底对那条名为冰华的黑龙知道多少。既然孵化于雨野原的所有幼龙都很脆弱，那么婷黛莉雅若想找个伴侣延续龙族的后代，恐怕就只能期望冰华了。"

"这么说来，我们根本就无法保护荨麻。"

我不禁以带着一丝骄傲的语气说道："荨麻证明了自己能够轻松地应付龙，她不但能保护自己，还能保护我，连我都出乎意料。"

晋责打量着我："既然如此，我敢说来日她还是能保护自己，如果说，那条蓝龙一直都只能在梦境中威胁到她——只是我们对这个婷黛莉雅所知不多，要是有人跟它说，它若想寻觅伴侣，只能期望黑龙，那么它恐怕会急如星火。荨麻也许能在梦中与它平分秋色，但要是那条龙亲自飞到荨麻家门口呢？博瑞屈的房子挡得住发怒的巨龙吗？"

我实在不愿意想象那个画面："看来婷黛莉雅只会趁着晚上到荨麻的梦境里去找她。说不定它并不知道荨麻家住在哪里。"

"但这也可能只是因为婷黛莉雅目前决定待在雨野原看顾小龙。然而明天晚上，甚至一个小时之后，它说不定会急了起来，于是便拍拍翅膀，飞到荨麻家去了。"晋责闭上眼睛，以双掌掌根处顶住太阳穴按摩了起来。等他又睁开眼睛之后，他望着我，摇头说道："我真不敢相信，你竟然从未考虑过这一点。我们该怎么办？"他也不等我想出答案，便转头对切德问道："我们船上有没有信鸽？”

“那是当然，王子殿下。”

“我要送封信给我的母亲，荨麻必须接到公鹿堡去住，这样她才会安全啊……噢，不不，应该直接对荨麻技传，警告她她的处境很危险，然后叫她去找我母亲，这样可比信鸽快多了。”他改而把手放在眼睛上，揉了一阵。他沉重地叹气，把手放下来。“很抱歉，蜚滋骏骑。”他柔声但真诚地说道，“我是可以不插手的，只是现在荨麻处境这么危险，我实在无法旁观。你竟然没考虑到这些，我真的太震惊了。”

我低下头。听到他这一番话，我心里有个奇妙的感觉——倒不是愤怒，也不是绝望，而是“无可避免的结果终于应验”的感觉。突然之间，有如一道冷流穿过全身，我手背和手臂上的寒毛都站了起来。我心中霎时出现弄臣满足微笑的形影，再低头一看，发现我的指尖再度扣上了弄臣留在我手腕上的印记。刚才那一刻，仿佛有人在石子棋上走了一个致命的棋步，也仿佛是狼终于被猎人追得走投无路。那个变化大到连恐惧与遗憾都不足以形容，碰上这等剧变，人只能呆呆地站着，等着随后必到的大雪崩席卷而来。

由于我久久不言，最后切德终于叫道：“蜚滋骏骑。”我听得出他很关心，而他望着我的和蔼表情几乎使我心痛。

“博瑞屈已经知道我没死了。”我笨拙地说道，“我请荨麻帮我传话给他，而那些话的弦外之音，只有他听得出来。我必须得跟他说上一两句话，因为我答应了荨麻，而且我真的很想让博瑞屈知道他儿子……也就是迅风，正跟我们在一起，并且一切平安。后来博瑞屈就去找珂翠肯了，可能还跟弄臣说上了话。所以……他已经知道了。”我深吸了一口气，“说不定，博瑞屈早就料到荨麻迟早会被召入宫。他一定怀疑她有精技天赋，否则，她怎么会从我这里得知迅风一切平安的消息？他是骏骑的‘吾王子民’，精技是怎么一回事，他清楚得很。要是当年骏骑没有封锁博瑞屈就好了，要不然，我现在就可以跟他心灵交流了——不过，目前我可能没那个勇气跟他一谈……”

“博瑞屈是骏骑的吾王子民？”坐在椅子上的晋责往后一顶，让椅子的前脚腾空，只有后脚着地。他惊愕地望着我们两人。

“是啊，博瑞屈将他的力量提供给骏骑王子，以作为骏骑施展精技之用。”我确认道。

晋责摇了摇头。“现在又多了一件从来没人跟我提过的事情了。”他砰的一声，让椅子四脚着地，“到底要发生多大的事情，才能让你们两个把所有的秘密抖出来？”他气愤地质问道。

“这又不是秘密。”切德沉重地说道，“只是件陈年旧事，而且看来无关紧要，不值得一提。蜚滋，你确定博瑞屈被骏骑封锁了？”

“对。我也不知道尝试过多少次了，就是无法进入他的心中。我们住在山里的时候，我还曾经想借博瑞屈的精技天赋一用，可惜徒劳无功。荨麻也说，她想进入博瑞屈的梦境中，但不管怎么试，就是进不去。不管骏骑用了什么方法，反正他是真的把博瑞屈封得滴水不漏。”

“真有趣。我们真该探究一下当年骏骑是怎么封住博瑞屈的。我们要是无法化解阿憨的精技威胁，至少还可以封住他。”切德以他平常推论事情的语气说道，也不管他说出的话，会不会让人觉得刺耳。

“够了！”王子打断了切德的话。切德与我都因为他如此激动而吓得跳了起来。接着晋责交握手臂，抱在胸前，摇了摇头：“你们两个怎么回事？像个木偶师傅般躲在幕后拉扯着丝线，要其他人的行为举止都受你们操控！”他凝视着切德，然后又慢慢地转过头来凝视着我，逼我们两个迎上他的目光。其实晋责还很年轻，又没什么防备，但此时他却如同猎人打猎一般精明地傲视切德与我。“有时候，我觉得你们两个真是恐怖啊！我坐在这里听着你们打算如何捏塑荨麻的人生，怎么可能不去想，长久以来你们是如何刻意出手干涉我的人生？切德，你正经八百地讲起如何才能将阿憨的精技力量封锁起来，听到这里，难道我心里不会暗暗警惕？若是我哪里妨碍到你们的计划，你们会不会联合起来，用同样的方法对付我呢？”

晋责竟然认为切德与我是同一种人，这使我惊讶且胆寒，但即使如此，我也想不出能用什么话来反驳他。毕竟如今晋责虽不情愿，却仍出门远征，目的则是为了迎娶别人为他选择的新娘。我不敢转过头去看切德，谁知道我们这么彼此一望，会被王子说成什么样子？所以我不敢左顾右盼，只好凝视着我手中用两指托住的白兰地酒杯，并将酒杯摇一摇、转一转。这是惟真在思考时的习惯性动作，姑且不论惟真从晃动的酒液中看出什么端倪，总之我瞧了半天，脑中还是一片空白。

我听到切德将椅子往后一推，在地板上摩出刮擦声，于是我甘冒大不韪地朝他那边瞄了一眼。他站了起来，慢慢地绕着桌边走，一时间，他看起来仿佛比几分钟之前老了好几岁。王子困惑地转过身去望着他，而那老刺客则若有所思地单膝跪在王子面前，低下头，断断续续地对着地板说道：

“王子殿下，有天你终会变成国王陛下，这就是我的唯一打算。我不但不会伤你分毫，也不会诱导别人对你下手。其他人只会在你正式加冕时才对你宣誓效忠，但如果你想要，现在就解除我对你的誓言吧，毕竟从你出生以来——不，是从受胎开始——我便誓死辅佐你继任了。”

我眼里涌出泪水。

晋责将手压在臀下，身体往前倾，他对着切德的后脑勺说道：“而你却撒谎：‘我对这个荨麻和龙什么的一无所知。’”他把切德那无辜的语气模仿得惟妙惟肖。“这话不是你说的吗？”

一阵长长的沉默。我暗暗可怜那老人跪在地上的膝盖。最后切德深吸一口气，不情愿地说道：“我认为，如果你我彼此都知道我在撒谎，就不能算是说谎了。我这个地位的人，有时候不得不对主君撒个谎，这样的话，别人问到某些话题时，主君才能诚实回答。”

“噢，起来吧。”王子的口气既轻蔑，又觉得好笑，“瞧你把事实真相扭曲得这么严重，看来我俩已经弄不清你在讲什么了。你啊，就算宣誓效忠我一千次，但只要隔天一想到有什么可以为你自己脱罪的托辞，你就会立刻讲起不知所云的话了。”晋责站了起来，伸出一只手，切德也伸手拉住。晋责将他拉了起来。那老刺客伸直背时，状似痛苦地嘟囔了一声，然后才绕过桌子回到位子上坐下。王子明白地戳穿了切德那夸张的诡计，但是切德看起来却一点也不以为意。

我不禁想着，这一幕到底对我有何启示。我以前便注意到，这少年和老刺客之间的关系，与我少年时大不相同，在我看来，晋责与切德之间之所以无法水乳交融，关键就在于此。切德跟我坐下来聊天的时候，我们是以受过训练之人的视角来聊的，因此一点也不觉得我们这一行那些见不得人的秘密有什么好令人羞耻的。我暗暗拿定主意：往后我们在王子面前可不能那样子聊天了。晋责不是刺客，所以我们这一行的阴险算计，最好是别让他见到。我们不该在他面前谎称这些黑暗面不存在，但总而言之，也许我们最好别让他注意到这些事情才好。

也许晋责本就意在提醒我们这一点。我摇了摇头，心里暗暗钦佩这少年。他身上散发着王者的气质，就像猎犬的孩子会追寻踪迹一样自然。他已经知道如何驱使我们、利用我们了。我倒不会因此而觉得自己卑微，只是更加确定了我对他的看法。

然而他立刻就打散了我心里那么一丁点的舒适自在。"蜚滋骏骑，我希望你今晚在梦中与荨麻谈一谈。你要告诉她，她必须前往公鹿堡，请我母亲保护她，而且这是我的命令。这样她才会相信我在梦中所说的话并不是在哄骗她。这你办得到吗？"

"一定要用那些说辞吗？"我不情愿地问道。

"这个嘛……修改一下亦无不可。噢，随便你爱怎么说就怎么说好了。只要能让她了解到她的处境真的很危险，她必须得立刻前往公鹿堡，这就行了。我会写封短函给我母亲，立刻以飞鸽送出，以确保大家都了解到这件事情的严重性。"晋责站了起来，沉重地叹了一口气，"现在呢，我要去睡了。我要把门关起来，在真正的床上睡觉，不要像什么熊头、鹿头等上好的打猎纪念品那样，无奈地被人供在大厅的墙壁上。我从没像现在这么累过。"

我乐得离开那间舱房。我在甲板上转了一圈。海风清新，风险在船上空飞翔，天气晴朗。对于晋责交代给我的这件任务，我到底是恐惧还是期待，我实在说不上来。晋责并没有说我必须告诉荨麻她是我的女儿，但她一旦到了公鹿堡，这个秘密恐怕终将不保。我摇了摇头。我已经不知道自己该期望什么了。不过我倒是十分确定自己极害怕一件事情，那就是晋责谈起婷黛莉雅的角度。他的说法使我胆战心惊。我原来一直认为荨麻足以抵御婷黛莉雅，这是不是太错估形势了？那条蓝龙真有办法得知荨麻家住在哪里吗？

我只觉得今天的时间过得特别慢。我去看了阿憨两次。他缩在床上，面对着墙壁，口中坚持说他病得很厉害。但是老实说，我猜他虽然不肯承认，不过他大概已经习惯海上航行了。我跟阿憨说，他看起来没什么病，要不要到甲板上走一走，此时他在努力干呕，还真的差点就把肚子里的东西吐在我脚上。不过他终究没吐成，最后则是毫不做作、天崩地裂地咳了一阵，所以我想还是别去招惹这个小个子比较好。我出去的时候，肩膀“不小心”撞在了门框上。阿憨笑得可开心了。

我揉着肩膀上的新伤，走上甲板。走到前甲板上时，发现谜语摆出了一张帆布棋盘和一把沙滩上捡来的小石头。他正在想办法教船上的两个水手玩石子棋。我丢开这个令人不安的情景，望向他处。儒雅的猫爬到了船桅上，船长恼了起来，外岛水手看得大乐，而儒雅与迅风则说尽好话，想要把那只猫劝下来。

风险站在桅杆较高处，恰好是猫所不及之处，它稍稍展翅，呱呱叫着示威，把猫气得不得了。最后罗网出来，勒令风险别闹，并帮忙把猫劝下来。

白天的时光便这般过去，然后令我又爱又怕的夜晚便来临了。我回到阿憨与我所睡的舱房。之前迅风给阿憨端了晚餐来，从放在地上的空盘碗看来，他的食欲似乎好得很。我把碗盘堆起来放在一旁，过了一会儿便撞上这些餐具。阿憨咯咯地笑了起来，由此可见他大概发觉了我笨拙的动作。我跟他道晚安，但是他理都不理我。

船舱里的整张床都被阿憨占去了。我把被褥铺在地上，又花了许多工夫，才让心境平静到能够进入睡醒之间的过度状态，并由此进行精技漫游。我用尽了所有方法就是找不到荨麻。这么一来使我忧心忡忡，根本睡不着觉。我几乎一整晚都在徒劳无功地精技漫游，可是荨麻就是不见踪影。

我躺在黑暗且不透气的狭小舱房中，告诉自己，要是她发生了什么不测，我是一定会知道的。毕竟她与我之间有精技牵系，而她若是碰上危险，必定会大叫出来。我安慰自己，我女儿阻挡我、不让我进入她的梦境中，也不是第一次了，况且我们上次相聚时她十分生气，因为我竟“让”王子进入我们共享的天地，也许她是借此来惩罚我吧。但当我睁眼瞪着黑暗的舱房时，我又想起上次见到婷黛莉雅的时候，它声称它随时都可以遮蔽荨麻，让我找不到她。当时蓝龙是怎么跟荨麻说的？“如果我要让你孤身一人，你就别想有伴。”我女儿现在到底在哪里？莫非她被困在梦魇之中，被那蓝龙折磨得生不如死？不，我坚定地对自己说道，荨麻一向善于在梦境中保护自己。我诅咒起切德灌输给我的推论，切德分析，蓝龙为了得到它要的消息，不免会将战场转换到它比较占上风的地方——例如，亲身飞去找我女儿。

龙能飞多快？能快到在一夜之间，就从雨野原飞到公鹿公国吗？当然不可能。不过因为无从得知，所以我也无法确定。我拉扯着短小的被子，在木头地板上辗转难眠。

早晨终于来临，我眼睛里都是血丝，但还是踉跄地站起来。不知怎地，我的腿竟缠在毯子里，这一绊，使我的小腿骨直接撞在了床缘上。我狠狠地咒骂起来，然而阿憨似乎从头到尾都睡得很熟。我离开舱房之后便直接去找王子报告。他严肃而沉默地听完，并未指责我为何没想到荨麻无力抵挡来袭的巨龙，还笨到以为这样是在保护女儿，切德也一言不发。王子只说道：“希望这只是因为她在气你。信鸽昨晚就起飞了，信一送到公鹿堡，我母亲会毫不迟疑地派人去把荨麻接来的，我已经在信上写明她的处境非常危险，绝对不能耽搁了。我们已经尽了全力了，蜚滋骏骑。”

这么一点安慰实在让我无法安心。从那时开始，我心中萦绕的念头，不是想象蓝龙如何大啖荨麻的嫩肉，就是在想象王后卫队去博瑞屈家接荨麻的时候，博瑞屈会如何激烈反应；唯一能让我稍微分心的，就只有阿憨的愠怒与技巧性的报复。我第二次在抓门把时刮伤指关节的时候，不禁对阿憨挑明了：

“阿憨，我知道这是你在搞鬼。可这是不公平的。你讨厌上船，但这怎能全怪在我身上？”

他慢慢地坐起来，两条光溜溜的腿在床缘晃着："那不然要怪谁，嗯？是谁逼我上船，逼我死在这条船上的？"

我发现我讲错话了。我不能告诉他，我只是在照王子的吩咐行事。切德说得没错，这件事再怎么错，都只能怪在我身上。我叹了一口气。"我是把你送上了这条船没错，阿憨，但这是因为，如果我们要屠龙，就非要有你的帮忙不可。"我尽量装出温馨且兴奋的语气，"难道你不想帮助王子？难道你不想参加王子的冒险？"

阿憨瞪着眼睛望着我，仿佛我在说疯话："什么冒险？呕吐不停，除了鱼之外，什么都没得吃？为什么一天到晚上上下下、下下上上？除此之外，周围的人都在纳闷我怎么还没死，这算是什么冒险？"阿憨将交握着的肥短手臂抱在胸前，"冒险故事我听多了。冒险故事里有金币、魔法和漂亮的女孩可以亲亲，但是冒险故事里可没有呕吐！"

在那当下，我真的很想应和他。我离开舱房时，踉跄地在门槛上绊了一下。"阿憨！"我怒道。

"不是我！"阿憨声称道，话虽如此，他还是照样大笑起来。

我们这两艘小船轻快地破浪前进，风势也对我们有利，而我却觉得这段旅程仿佛没完没了一般。白天时，我一边监督迅风课程的进度，一边照顾阿憨，并尽量别在身上添加太多小伤；晚上时，我则努力与荨麻牵系，然而却毫无成果。等我们抵达柴利格镇的时候，我觉得自己仿佛变成了破烂的残骸，而外表看起来恐怕也跟我内心的感受一样糟糕。我站在船栏边望着逐渐靠近的柴利格镇时，罗网走到我身边。

"你放心，我不问你有什么秘密。"他轻轻地说道，"不过我看你扛这担子太吃力了，需要我帮忙的时候，你说一声就是了。"

"谢谢你，其实你已经让我的担子减轻不少了。我也知道自己这几天对迅风很不耐烦，多亏你帮忙注意他的功课。除此之外，你有空就来看看阿憨，以免他太无聊。这就已经帮了大忙了。很谢谢你。"

"好，那就这样吧。"罗网遗憾地说道，他在我肩上拍了拍，然后就走了。

待在柴利格镇的时光让我觉得度日如年。我们晚上睡在野猪氏族的要塞里，而在白天，我也大多都待在屋里。阿憨的咳嗽还没好，依我看，他的病情并没有他嘴上说的那么严重。虽然一天到晚逗留在他的病床边让我觉得无聊至极，但我考虑再三，还是觉得不要外出比较好，因为我两次劝诱他出外走走，都遭到别人有色眼光的看待。阿憨的处境就像是在一群健壮的鸡之中，冒出的一只跛脚小鸡。在这个情况下，其他人一逮到任何借口，就会毫不客气地往他身上啄下去。虽然阿憨并不喜欢我，但是让他一个人待在房间里，我又不放心，而且，他虽然从未要求我待在房里陪他，但只要我稍微离开他身边，他就会找个借口跟上来，要不然就是过个几分钟之后又把我叫回去。

切德第一次拜托罗网来陪阿憨的时候，我以为他的用意是要拉近罗网与我的关系，但紧接着他便将我召过去，叫我穿上外岛人的服饰，甚至还仓促地在我脸颊画上猫头鹰刺青，并吩咐我趁着晚上去外面探听消息。切德用油墨和松脂在我下嘴唇做出一道扭曲的伤痕，好让人们一看就知道我为什么不爱说话，偶尔说话还偏重喉音，另外他给了我不少外岛钱币，让我得以在外岛人过于闷热的酒馆中，喝着难以入口的啤酒度过一晚。在那次之后，切德又派我出去了几次，每次都把我打扮成不同氏族的贸易商。柴利格镇是个商人往来频繁的贸易城，谁也不会注意到闹哄哄的酒馆里有哪些陌生的脸孔。而我的任务便是坐在酒馆里听听有些什么市井闲言和故事。外岛首领团开会协商的事情，引起人们莫大的兴趣，所以酒客们会打点厚赏，好叫外岛的吟游歌者们将他们会唱的每一首有关于艾斯雷弗嘉岛和冰华的歌都唱出来，此外众人还争相讲述自己的家庭故事，好叫酒友们刮目相看。我一边聆听，一边分析归纳出这些闲谈与传奇中，有哪些普遍相同的因素可能是真的。

艾斯雷弗嘉岛的冰层中一定冰冻了什么东西，只是曾经清楚见过那东西的，都是上一辈的老人了。男人们大肆宣扬自己父亲前往艾斯雷弗嘉岛的往事。去过的人，有些是在沙滩上扎营，然后再一路踏过冰河去看一眼的；有些则是趁着数年才有的，能使该岛南岸的冰下通道露出来的低潮时分，划船进去的。但是走冰下通道的这一路途非常危险，因为人一进入四周皆为蓝冰的通道之后，特别容易迷路，或是算错时间、待得太久，从而来不及在涨潮之前退出来。等到涨潮一起，人被困在里面，那就连尸骨也不得见了。至于强壮敏捷、睿智机灵之人，则可借由冰下通道来到一处巨大的洞穴，到了这洞穴之中，便可请坚冰中的黑龙赐福。有些人跟黑龙求到了打猎的好本领，有些人求到了女人运，也有人为自己的母屋求得多子多孙。故事就是这么说的。

他们还提到，别忘了准备些供品献给“艾斯雷弗嘉岛的黑者”。有些人把黑者说得像是隐士一般，有些则说成是守护黑龙的神灵，但总而言之，大家都认为黑者很危险，所以还是用点礼物讨好他才是。有人说，送给黑者的供品，最好是生鲜的红肉，有人则认为，唯有用茶叶、新鲜面包和蜂蜜，才能买通黑者。

我两次听到人们从艾斯雷弗嘉岛说到红船之战，这方面的话题谈得比较少，毕竟外岛人并未光荣战胜，因此少有人会沉浸于战争的事迹。听起来，在红船之战时，科伯·罗贝与苍白之女本想在艾斯雷弗嘉岛上建立要塞。没人提到他们为什么选定该岛作为基地，但是他们掳获的六大公国人，确实有不少被送往该岛为奴，一直工作到死。除此之外，就算是不满罗贝掀起战争的外岛亲族，也都被他掳为奴隶，加以冶炼，然后送往岛上，此后便下落不明、生死未卜。由于这层因素，艾斯雷弗嘉岛除了以传奇黑龙出名之外，又蒙上了一层羞辱与悲惨的气氛。如今已经没有人愿意为了证明自己胆识过人，而冒险前往该岛了。

我把这些事情记在心里，回去时仔细向切德和晋责报告。我的老导师与我常常在夜半长谈之中，思索这些因素对王子的任务是好是坏。有时，我觉得我们之所以研究这些迷雾般的谣言，是因为我们对艾斯雷弗嘉岛所知的实在太少了。

晋责与首领团开了两次会议，每次一开就延续好几天。这两次会议的结论，就是他们给我们的屠龙任务设下了详细条件，仿佛我们不是去屠龙，而是参加什么摔角或是射箭比赛似的。切德最气愤的是，野猪氏族完全没跟他商量过，就全权安排了这场协商，使我们不得不遵守协商的结论。我并没有亲眼目睹，但我听人说，王子冷淡但仍不失礼地表示他对屠龙的条件相当失望之时，血刃非常意外。

“血刃既然已经代替我们答应下来，我们也不好反悔。”切德严肃地对我说道，“但是当晋责跟血刃说：‘我的诺言属于我自己，所以唯有我才能代表自己做承诺。你以后切莫擅自代我发言。’的时候，噢，血刃脸上的表情可真精彩。”

切德说这件事时，一边啜饮着白兰地。此时我们待在要塞中那个原来我们待过的房间。阿憨则与晋责在隔壁房里，我只听得出他们讲话的音调，听不出他们在讲什么。晋责在平静地对阿憨解释，为什么隔天早上他必须再度上船，而阿憨的语气则介于小孩子的埋怨与成人的愤怒拒绝之间。看来晋责进行得并不顺利，不过，既然血刃都代我们答应了如此严苛的条件，就算阿憨执拗着不肯上船，情况又能差到哪里去呢？

我们去威思林镇时，留在柴利格镇的六大公国贵族收获颇丰，比我预想的还好。许多家族已经跟外岛的各个氏族正式缔结为贸易联盟。切德交代他们要多彰显自家纹章的做法，使得他们看起来跟代表瞻远家的公鹿扯不上什么关系，所以外岛各氏族都对他们很好。晋责几乎每晚都与贵族们共进晚餐，回来时总会说起贵族们与外岛人之间的贸易协商又有什么进展。如果王子能把龙头献给贵主，那么六大公国与外岛就会因为婚姻与贸易而紧紧相系，如此一来，打仗对谁都没有好处，那么，我们的目的就达成了。

但是首领团已经铁了心不让我们有好日子过。瞻远王子是可以对黑龙发起挑战，但是首领团为这场人龙对决设下了周密的规定：我们出发前往艾斯雷弗嘉岛的时候，不能把整个王子卫队带去，只能带屈指可数的几个战士同行，但是在这有限的名额之中，王子的原智小组就占了大半。尽管切德建议晋责将原智顾问留下来，把名额留给健壮的战士，但是到目前为止，晋责仍不予考虑。由于晋责出言挑衅，所以贵主会与我们一起出发前往艾斯雷弗嘉岛，既然如此，我们推测，除了皮奥崔必然陪同贵主之外，独角鲸氏族与野猪氏族势必也会派出几个战士同行，虽说他们不见得会帮助我们。首领团会择定一条船送我们前往艾斯雷弗嘉岛，船上会有六名首领团代表负责监督我们遵守他们的规定。这几位代表是首领团从野猪与独角鲸氏族之外的六个不同氏族中选出来的战士。

他们若是受到黑龙的威胁，是可以自卫的，但除此之外，他们既不能伤害黑龙，也不得以任何方式帮助我们。船只的装载有限，我们能带的食粮器具不多，而登岸之后，这些东西都必须扛在背上走。

“我很惊讶他们竟然没有指定王子必须在一场单独打斗之中一决胜负。”

“他们虽然没有这么指定，但也相去不远了。”切德酸溜溜地说道，“他们规定，晋责必须率先挑战黑龙，他们甚至强烈建议晋责应该尝试给黑龙致命一击——如果真有这么个致命一击的话。幸亏他们的战斗经验都很丰富，所以他们也知道在激烈的打斗之中，到底是谁给予对方致命一击，其实没人能确定。他们还会派个吟游歌者同行。太好了，我们现在可不正缺个吟游歌者吗？”切德搔着脸颊上的胡茬，疲倦地说着反话。“这些安排其实也没有哪一样真的让我们寝食难安的。毕竟我从一开始就说了，所谓的‘屠龙’，与其说是跟活龙缠斗，不如说是挖冰行动还比较贴切一点。因此我一直希望能多一点人手协助挖冰。”他轻咳了一声，志得意满地接着说道：“不过呢，我手上有个东西，说不定抵得上许多额外的人手。”

“晋责到底能带几个人？”

“十二人。而且这十二个名额，我们一下子就填满了。你跟我，罗网、儒雅、扇贝、谜语、阿憨、长芯，再四个侍卫，就没了。”他摇了摇头，“我是希望，晋责至少把儒雅跟扇贝留下来，再多两个骁勇善战的能手，情况就完全改观了。”

“那迅风呢？照你这样算起来，迅风要留在这里了？”迅风留在这里，我到底是觉得松了一口气，还是觉得忐忑不安呢？这我自己也说不上来。

“不，我们带他一起走。他只不过是个孩子而已，不会占到十二名战士的名额。”

“我们明天出发？”

切德点点头：“这一星期以来，长芯四处张罗补给品。我们从六大公国带来的粮食已经吃得差不多了，接下来我们只能吃本地的粮食了。长芯已经把我们一团十来个人所需要的东西都打点好，而且我也已经提醒他，除了人之外，猫的需要也得考虑在内。我们所有人都要携带武器，无论是否受过相关的武器训练。你要用斧头吗？”

我点点头：“替迅风也准备一把吧。他自己有把弓，还有几支箭，不过你刚才也说了，用斧头凿冰比较适用。”

切德叹了一口气。“这个我就无能为力了。蜚滋，到那个时候，我们会面对什么样的局面，我实在很茫然。我们的食物、帐篷、武器和工具都齐全了，但是除此之外还需要什么，我一点概念也没有。”他很吝啬地只为自己倒了一点点白兰地，“我听人说，就连皮奥崔也对这些安排大感失望。我不否认自己听到这个消息时，心里还真有点爽快。皮奥崔和贵主会陪我们同行，血刃也会上船，不过我猜他大概不会留下来看我们屠龙。首领团订定这么多比赛规则，真是给人添麻烦啊。他们不但限制我们只能带两只信鸽，还规定我们只能在任务结束，准备离开艾斯雷弗嘉岛的时候，用信鸽带信请他们派船来。这样啰嗦，简直与监护人无二。”

他这话让我想起别的事情：“依你看，珂翠肯收到信了没？”

他用怜悯的目光瞧了我一眼。“这很难说，你也知道的。强风、暴雨，或者是老鹰……有可能耽搁或者拦截住信鸽的事情实在太多了。况且信鸽只会飞回自己的窝里、飞回配偶身边，所以珂翠肯也不能送个回信给我们。”然后他矜持地问道：“你有没有想过试着跟博瑞屈联络一下？”

“昨晚。”我答道。切德扬起眉毛，我只得回答：“没有结果。我觉得我像一只扑在灯笼玻璃罩上的飞蛾，再怎么努力也碰不到他。多年以前，我曾经看见莫莉与博瑞屈生活的情况，但那不是心灵与心灵的交流，而是……唔，多说无益，事情都过去了。我当时大概是为了要看看荨麻，但那并不是从她的角度看出去的情况。”

“很有趣。”切德柔和地说道。我一听就知道他已经把这个资料储存起来，以备日后不时之需了。“但你还是联络不上荨麻？”

“对。”我不愿多谈，也不愿让自己流露出任何情感。我倾身向前，伸手将他的白兰地拿过来。

“省着点喝。”切德警告道。

“我又没醉，怕什么？”我不耐烦地反驳道。

“我没说你醉。”切德平淡地答道，“只是我们剩得不多了，而且我们到了艾斯雷弗嘉岛之后，可能会比现在更需要白兰地。”

我把酒瓶放下。就在此时，晋责走回房间，阿憨跟在他身后，一脸恼怒。阿憨一边走进房里，一边宣布道：“我不去。”

“你要去。”晋责顽固地答道。

“不去。”

“要去。”

“够了！”切德像是在呵斥七岁小孩。

阿憨一屁股在桌边坐下，低声说道：“不去！”

“不，你必须得去。”晋责坚持道，“你若是不去，就得孤零零地自己留在这里。到时候这里只剩下你一个人，你连讲话的对象都没有，只能干坐在房里，直到我们回来为止。”

阿憨张口、噘唇、吐舌，一气呵成，接着他用粗短的臂膀抱着胸，仔细打量晋责，“我不管。反正我不是孤零零的，我找荨麻不就得了。她自会跟我讲故事。”

我大吃一惊，坐直起来：“原来你能跟她说上话。”

阿憨看我的眼神很凶。看这情况，似乎他这才了解到，他原本只是想用这话来刺激晋责，没想到却让我听到了求之不得的消息。他摇晃着双腿：“也许吧。但你就是不行。”

我心里有千百个疑问，但我知道我们之间的信任已十分薄弱，经不起蹂躏，而且我也不能逼他太紧。

“原来是你挡着，不让我跟荨麻讲话，对不对？”

“不对。是荨麻不想跟你讲话。”他一边说，一边打量我，仿佛他想要看看，他若是说荨麻自己不想跟我讲话，是不是比说是他挡着不让我跟她讲话，更能使我气愤难平。他猜对了，事实的确如此。我传送出隐秘且细微至极的讯息给晋责：帮我问问荨麻安不安全。

阿憨朝我一瞥，又瞧瞧晋责，再转回来看我。王子缄口不言。晋责跟我一样清楚：我们方才的精技传讯被阿憨知道了，既然如此，现在不管晋责说什么，阿憨都会起疑，况且这小个子早就被晋责惹得一肚子火。我重拾前一刻的话题：“这么说，我们出发的时候，你不会跟我们一起走咯？”

“对。我绝不搭船。”

我知道我说的这话实在狠心，但我还是讲了：“要是不搭船，那你怎么回家？我们回家的时候必须得搭船啊。”

阿憨露出迟疑的脸色：“可是你们又不是明天要回家，你们是要去龙岛。”

“先去龙岛，没错，但是去过龙岛之后，我们就回家了。”

“你们回家之前，先来这里接阿憨。”

既然阿憨看穿了，晋责也只好让步，“也许吧。”

“也许吧，如果到时候我们还有命的话。”切德推演道，“其实我们一直期望有你帮忙屠龙呢，要是你留在这里，少了你这个人，那么……”那老人的尾音越拖越长，“那么龙可能会把我们都杀掉啊。”

“活该。”阿憨气愤地说道。但依我看，我们已经稍微动摇他的决心了。此时他皱着眉头坐着，那肥嘟嘟的手紧抓着桌缘，像是有什么心事。

切德一边思索，一边慢慢地说道：“如果荨麻常常跟阿憨讲故事，免得他太无聊，那么她应该是没什么迫切的危险才是，蜚滋。”

切德这话若是为了要诱使阿憨接着说点荨麻的事情，那么他可要大失所望了。那小个子轻蔑地“嗯”了一声，接着交握手臂抱胸，往后靠在椅背上。

“算了吧。”我轻轻地对众人说道。荨麻气到切断了她与我的一切连系，这背后可能的原因太多了。不过我坚定地告诉自己，她平安无事，虽然她很气我，但总比让她和家人一起遭受巨龙袭击好太多了。我很想知道她的情况到底如何，但我也知道这是不可能的了。我心里一直都祈祷我们送出去的信鸽飞得快一点。如果荨麻一定会气我，至少也要让她待在安全的地方气我才好。

到了晚上，大家各忙各的，没说什么话。我们三人开始打包行李，此外切德则忧心忡忡地拿着一张货物清单，喃喃地念了半天。阿憨特别做出他绝不打包的姿态。稍晚时，晋责开始把阿憨的衣物和用品收到行李袋里，但是阿憨一再将行李袋扔在地上，于是他们两个就任由那个行李袋躺在地上，不去管它。直到我们都上床睡觉的时候，那行李袋仍在原地。

我睡得并不好。如今我知道荨麻是故意避开我的，所以我不但能找到她阻挡我的障碍，还摸得出她的障碍是什么形状。讨厌的是，阿憨在一旁看着我不得要领地摸索着，且因为我无从突破她的障碍而看得津津有味。要不是阿憨在一旁观望，说不定我再多加把劲，就能闯进荨麻的梦境里了。但最后我还是放弃了，并试着让自己真正入睡。不过我睡得并不安宁，我一整夜都在做梦，所有被我伤害过，或者被我辜负的人们通通入了梦境，从博瑞屈到耐辛，其中弄臣瞪着我的眼神更是栩栩如生。

隔天早上，我们很早就起床，一言不发地吃了早餐。阿憨正在愠怒的边缘，等着谁若是诱骗他上船，或是命令他上船，他就给谁好看。然而我们三人都达成了一致，谁也不去向他开口，偶尔交谈一两句，也当作他不在房里一样。我们各将自己的行李袋装好，谜语也来帮我们搬东西。切德让谜语背起他的行李袋，晋责王子则坚持要背自己的行李。最后我们便出发了。

谜语背着切德的行李，跟在切德身后一步之遥处，长芯与另外四名侍卫则跟在我们后面。我对他们四人一点都不熟。诏谕是个年轻人，我蛮喜欢他的；裘乐和达败两个则都是经验老道的侍卫，彼此还是好朋友；至于巧捷这个人，我只知道他在玩骰子的时候，的确不失“巧捷”之名。卫队的其他成员以及六大公国的众贵族要留在柴利格镇，而我们这一小团人则朝码头而去。我们走过铺着鹅卵石的街道时，我不禁问道：“要是阿憨不追上来，那怎么办？”

“那就让他待下来。”晋责正色道。

“你明知道我们不能让他留下来。”我指出，而晋责则嘟囔了一声，当作是回答。

“我可以回要塞去把他拖过来。”谜语迟疑地提议道。我听了瑟缩了一下，切德则一言不发地摇了摇头。

事情说不定会演变到我们非得找人去把他拖过来的地步。我悄悄地对切德与晋责技传道。我不能出手，因为他的精技会把我震倒。不过不知道你们还记得么，以前有几个仆人揍了阿憨、抢了他的铜板——阿憨的威力对他们就起不了作用。若是找这种对精技毫无感应的人去把他拖上船，应该就没问题了。当然，接下来的几天，他可能会闹得我们毫无招架之力，但至少会跟我们在一起。

再说吧。晋责严肃地答道。

越往码头走，人就聚集得越多，最后我们终于发现，这些聚集的人潮是来观看我们启程的。野猪号昨天就上货完毕，只等着我们几个人上船，然后就趁着早上的潮水出发了。外岛群众的情绪颇为怪异，仿佛他们是来看一场比赛的，而我们是比较不被看好的那一方。虽然没有人对我们丢掷腐烂蔬菜，或是破口大骂，但那凝重的沉默气氛跟丢菜砸人或是咒骂也差不多了。六大公国的贵族聚在船边为我们送行，祝我们好运。他们围着王子，祝他此行顺利。我顺从地站在王子身后听着，突然领悟到他们对于王子的远征所知甚少，更不懂得当中有何艰难。他们好意地跟王子开玩笑，诚心祝福他好运，但没有一个人露出担忧的神色。

我们登船之后，还是不见阿憨的踪影。我的心往下一沉，腹中也因为惊惧而绞痛起来。不管晋责对阿憨有多生气，我们都绝不能丢下他。我除了担心他在我们不在时会出什么事情之外，还担心他若是一人留在此地，少了王子的保护，不晓得会遇到什么情况？若是晋责不在，六大公国的贵族们恐怕不会把这个懵懂的侍僮当一回事吧？我倚在栏杆边，从聚集在港口的人群，一路望向山边的要塞。罗网走到我身边：“嗯，很期待这段航程咯？”

我苦笑：“我唯一期待的航程，是回家的那一段。”

“阿憨还没上船呢。”

“我知道，我们还在等他。他不愿意再上船了，但是我们都希望他会回心转意，自动前来。”

罗网睿智且缓慢地点了点头，然后就走开了。我仍站在栏杆边，焦急地啃着拇指。

阿憨？你来不来？船马上就要开了。

臭狗子，你烦不烦呐！

阿憨喊出这个绰号时，话里藏着巨大的怒气，所以他一叫，我便仿佛闻到自己身上的狗骚味。我感觉得到，他除了气愤之外，也不免感到恐惧，并且因为我们抛下他离去而伤心。我们即将离去，让他又气又担心，不过依我看，他不见得会顽固地坚持到底。

时间和潮水是不等人的，阿憨。你快下决定吧，因为潮水一到位，我们就非得开船不可了。等到船开了，你再说你改变了心意、想要跟我们一起走也来不及了，我们没办法叫船开回来接你的。

不在乎。说了这三个字之后，他一下子用精技墙将自己严密地封了起来。我好像惹得他更加气愤了。

过了不久，最后的物资纷纷送来，预示着船即将起航。有个箱子是从处女希望号上搬来的，里面装了许多一小桶一小桶的东西。我看了不禁一笑，心想切德是不是突然想起他在处女希望号的什么地方藏了一批白兰地。接着又送上了一批武器与工具，我们的粮食补给品之间还有些夹缝，所以切德要尽量多塞点将来可能会派得上用场的东西。最后终于到了开船的时刻，上船跟王子送行的人纷纷下船，首领团的代表们也已带着他们的行李上船。所有最后一刻才搬上船的东西都被推到了一边，以免挡路，而待会要拉我们的船出港的那几条小拖船都已经坐满水手，持桨待命了。罗网走过来，焦急地站在我身边。

“我看他是不会来了。”我轻轻地说道，心乱如麻，“我要去跟王子讲一声，我们得派人去找阿憨才行。”

“我已经派人了。”罗网严肃地答道。

“你去跟晋责王子说过了？那么王子怎么说？”我们船上的侍卫并没有人独自下船。

“噢，不是，没跟王子说。”罗网心不在焉地答道，“我只是说，我派了人去了。就是迅风。”接着他像是自言自语地说道：“希望这个考验不至于太艰难，但他应该做得来吧。不过也许我应当自己去才是。”

“迅风？”我在心里把那个半大不小的少年拿来跟阿憨一比，最后摇摇头，“迅风说什么也拖不动阿憨的。阿憨不仅固执，而且一气起来，力气就特别大，说不定还会伤到那孩子。我还是去瞧瞧的好。”

罗网抓住我的手臂：“不！你别去！你瞧，迅风做到了，阿憨不是来了吗？”

罗网的口气一下子轻松了不少，仿佛迅风达成了什么重要任务——不过平心而论，事实确实如此。我望着他们两人走过来。那矮个子步履维艰地跟在那瘦削的男孩身后，迅风背着阿憨的背包，同时像是在保护阿憨似的握紧了他的手。我看了十分惊讶，而且即使隔着这么远，我仍能清楚看出那孩子的态度：他扬起头，以警戒的眼神面对周遭的每一双眼睛，仿佛在警告众人，你们最好别取笑这个憨痴男子，也别挡住我的去路。我从未见过如此英勇的场面，这使我一下子对那孩子改观了。若是要我牵着阿憨的手穿过重重人群，这在我的意志方面可能是一大考验，但是迅风就这样领着阿憨走了过来。他们走近之后，我看到阿憨的表情，这才领悟到这绝对不是随便叫个人去把他叫来这么简单。

“这是怎么一回事？”我悄悄地对罗网问道。

“这是原血魔法。其实这部分你已经知道很多了。”他轻声说道，但没有转过来望着我，“这一套将对方吸引过来的魔法，自然是在原智者身上实施最有效，但就算对方没有原智，也能将对方拉近一点。这阵子以来，我特别叫迅风多加练习。今天的考验太过艰难，由他上场可能太早，但是他做得很成功。”

“是啊，我看得出来。”那孩子牵着阿憨走向木板过道时，阿憨脸上有种信任的表情。走到木板过道前，阿憨迟疑地停下脚步，迅风轻轻地跟他说了什么话，然后就继续牵着那小个子的手，领着他走上过道。我心里为了该不该把接下来的这几句话讲出来而交战，但最后我的好奇心迫使我开口问道：“我知道如何用原智将对方推开，我想我用不着人教就会用了。但是原智竟然可以把人拉近？这是怎么做到的？”

“啊，喔。把对方推开的技巧，可以说是本能，不过一般来说，把对方拉近的这种技巧，也是本能。我本以为这个技巧你早就知道了，不过我现在才想通，原来你是因为不知道，所以从没把这个技巧应用在阿憨身上。”他歪着头打量我，“有时候，你不懂的事情让我感到困惑。怎么说呢，连这都不知道，简直像是你忘记了，或是你心里少了一块什么东西似的。”我猜他大概也知道这一番话使我一下子变得很不自在，因为他突然改变语气，并且换了个角度，说起通论来：“我想，这种吸引力，或是用于自己的子女、幼兽身上，或是用以吸引伴侣，这应该是所有生物共通的本能，只是各种生物的吸引力高低可能有所不同。也许你也曾经用过，只是你自己不知道。不过，一个人如果拥有魔法的天赋，就应该多加学习，这个道理，你现在懂了吧。因为你得了解，才会应用呀。”他顿了一下，才补充一句：“我愿意再给你一次机会，让你有机会多学习。”

“我得赶快去看看阿憨，把他安顿好。”我说着匆忙地转身。

“对，我知道你任务多，而且你为王子所做的事情，有许多是不为人知的。我敢说，不论哪一天，你都有办法随便找个理由来忙这忙那。但是人总得为人生大事腾出时间来呀！所以，我希望你抽个空来找我。这是我最后一次给你机会，至于要不要接受，就看你自己了。”

我还来不及走开，罗网便转过身，一言不发地离去，留我独自待在原地。风险从我头上的船桅起飞，高叫一声，驭风而行。水手们将绳索抛掷出去，把木板过道抽回来。小拖船上的人开始齐力划桨，把我们从码头边拉开，拉到船帆吃得到风的地方。我暗自打定主意，今天一定要找个时间去跟罗网问问原智魔法的事情。我希望这话并不是谎言而已。

但是世上的事情哪有这么简单的。由于贵主、贵主的父亲阿肯·血刃，以及贵主舅舅皮奥崔都在船上，晋责与切德几乎一天到晚都跟他们在一起。我难得有机会跟他们私下讲上一两句话，只能像以前那样，成天守在阿憨身边。此时阿憨郁闷至极，他难免也要让我尝尝悲惨的滋味，因此上一趟航程中，他捉弄我的那些擦撞瘀伤又再度出现，而我拿他一点办法都没有。如果我竖起精技墙以抵挡他那若有似无的精技影响力，那么我就无法察觉切德与晋责传来的消息，所以也只能忍着点了。

更糟的是，这一带水域很不好走，洋流与风浪极强，时时刻刻都与我们作对。我们的船整整摇晃颠簸了两天，不仅阿憨真的晕船了，连扇贝、迅风和儒雅也都晕船了，而我们这一团的其余成员虽然没晕船，但却吃得很少，不管走到哪里，都紧紧抓着把手。我曾看到贵主攀着皮奥崔的手臂在甲板上散步。她的脸色非常苍白，两个人看起来都不像是舒适畅快的模样。这种日子拖过一天又一天。

我再也没找到机会去跟罗网请教原智知识。我偶尔会想起自己曾打定主意要多学一点，但我总是在眼前有十几件事等着我去处理的时候，才想到罗网。我试图假装是因为受限于环境因素，所以才没有去找他。但坦白说，我也不知道自己为何如此畏缩。

我们的目的地终于出现在地平线上。即使隔着这么远，这岛就已经让人觉得不是什么好地方了。艾斯雷弗嘉岛位于外岛诸群岛的极北之处，地形崎岖，看起来一片阴森森的。那里的夏天软弱无力，因为就连那短暂夏日里稍微暖和的那几天，也无法将前一年冬天累积在山区里的冰雪融化。尖齿般的连绵高山间积满了雪，整个岛屿都为冰河所盘踞。有人说，所谓的艾斯雷弗嘉，其实是两个小岛，只是绵延的冰河把两个岛连接了起来。不过这种说法能找得到什么实据，我实在很怀疑。由于潮水低，所以艾斯雷弗嘉岛周围露出一圈黑沙沙滩，沙滩尽头的悬崖以及突入海中的光秃巨岩，是常年都不会被冰雪盖住的。尽管整个岛都埋在冰河之下，但有些地方仍有巨岩突出。除此之外，这岛上雾蒙蒙的，说不上是因为冰雪晒了太阳而蒸腾起来，还是因为飞雪被北风吹了起来。

我们的船越近艾斯雷弗嘉岛，就走得越慢，因为不仅有强劲的北风，连海潮也与我们作对。我站在船栏边，这时晋责与贵主也出来看看艾斯雷弗嘉的风光，切德和皮奥崔则跟在他们身后。晋责皱眉眺望："那样冷僻的地方看起来什么生物都无法生存，更何况是巨龙呢？为什么龙要待在艾斯雷弗嘉岛上？"

贵主摇了摇头，轻声说道："我不知道，但是在我们的传说之中，艾斯雷弗嘉岛就是有龙，所以我们一定得去那里。"她说着，将羊毛斗篷拉得更紧，北风似乎把岛上的风雪都吹进了我们的骨髓里。

到了下午，我们绕过一处岬角，驶入艾斯雷弗嘉岛唯一的海湾。我们的情报中曾经提到此地有个突堤码头的遗迹、有一些倾颓的石造建筑物，像是曾有人烟，但后来被人遗弃的样子。我一眼就看到沙滩上方的石崖上有个五颜六色的东西。就在我一边凝视着那东西，一边揣测那是什么的时候，突然有个人影从那里面钻了出来，所以我想那一定是帐篷或是遮棚之类的东西。那个男人走到悬崖边，他那黑白相间、附有兜帽的斗篷在他身后翻飞。他并未扬手跟我们打招呼，只是站在那里等着我们。

船桅顶的瞭望员大声地对船长报告情况，于是他们又回到甲板上，切德对皮奥崔问道："那人是谁？"

"我不知道。"皮奥崔的语气听来十分害怕。

"说不定是传说中的'黑者'。"血刃猜测道。他热切地倾身向前，打量着悬崖上的孤独身影，"我一直都很纳闷，不晓得黑者是不是真有其人。"

"我才不想知道黑者是不是真有其人呢。"贵主轻声评论道，她的眼睛睁得很大。我们驶进海湾之后，栏杆边挤满了人，大家都很好奇在目的地等待着我们的那个孤独身影到底是谁。直到我们在海湾里下了锚，放下几艘小船，以便将人与货载往岸上之后，那个人才离开悬崖顶，走到沙滩上，站在高潮线望着我们。在他还没拉下兜帽之前，我的心就突突地跳了起来，伴随着一种不祥的预感。

在等我的人，是弄臣。

13. 艾斯雷弗嘉岛

说起红船之战中外岛人最厉害的武器，大概非“冶炼”莫属。时至今日，人到底如何被“冶炼”的，仍不可得知，但是冶炼的可怕后果，却令很多人都印象深刻。冶炼之名，出自第一次受到这种恐怖攻击之地，一个名为冶炼镇的产铁矿城镇。当时红船劫匪趁夜攻打该镇，几乎全村的人都被杀害或是掳为人质。事后劫匪送信给公鹿堡，要求以金子作为“赎金”，并威胁如果不付赎金，就要释放人质。这封信在当年的黠谋国王看来，只觉得不合情理，所以他拒付赎金。后来劫匪果然说话算话，将看起来毫发无伤的人质放回，并趁夜驶离海港。

不过人们很快就发现，这些被放回的人质不知被人施了什么神秘魔法，每个人都不再是原来的模样了。他们虽然知道自己是谁，也知道自己的家人是哪些人，但是他们既不在乎自己，也不在乎家人。他们的道德伦理完全被剥夺殆尽，一心只想着如何立刻满足自己的需要，还会毫不迟疑地为此而偷盗、谋杀或是凌辱女子。有些人被自己的家人“拘禁”起来，但是无论家人如何努力，也无法让他们变回原来的样子。凡是被冶炼过的人，没有一个能够复原。

红船劫匪在大战中一再运用冶炼这个利器。我们所爱的人被冶炼成一支在我们的土地上到处乱闯的恐怖大军。对于科伯·罗贝和他手下的劫匪而言，冶炼不需耗费什么情感或财务成本。但将被冶炼过的人杀死，是一件败坏风俗、泯灭人性的任务，而这任务却落在我们自己人头上。冶炼的伤痕残留至今，冶炼镇至今仍然荒芜。

——费德伦所著的《红船之战史》

我跟其他侍卫一起搭乘第一艘小船登岸，过了一会儿，搭载着切德与晋责，以及贵主、皮奥崔与阿肯·血刃的小船卡在了沙滩上。我们踩进浅水中，拉住船舷，趁着下一次浪花打来时将船拉至高处，好让他们下船时可以踩在干沙上，不会把脚弄湿。我从头到尾都感觉到弄臣站在俯瞰沙滩的高地上望着我们。他一动不动地站着，但寒风似乎在替他说话。寒风将他的斗篷和长长的金发吹得翻飞，发出簌簌的声响，如今他既不擦那些能让脸色看起来白亮一些的脂粉，也不涂那些使人一看就知道他是外国人的遮玛里亚油彩。此时他那棕色的肌肤、高挺的五官与淡金色的发丝，让他看起来活像是传奇故事中的人物。他那一身对比分明的黑白衣裳，将黄金大人那种懒怠闲散的气质一扫而空。我想此时大概只有切德与我看得出那人就是弄臣了。我试着用眼神跟他打个招呼，可是他对我视而不见，直到王子下了船，走上沙岸，他才挥挥手，并开口说话。

"我已为各位准备了热茶。"他对我们喊道。虽然风声簌簌，但他的话仍清楚地传到我们耳中。他只说了这么一句，接着朝帐篷一指，便转身回去。

"你们认识他？"阿肯·血刃追问道。他的手轻靠在剑柄上。

"我认识他很久了。"切德沉重地答道。

"但至于他是怎么来的，以及他为什么要来，我就不知道了。"

王子努力克制自己，以免自己直瞪着那远去的身影。他朝我瞄了一眼，我匆忙地低头看地上。

*那人是黄金大人吗？*晋责问道。他是真的感到纳闷，那人的变化实在太大，大到他分辨不出来。

不，但也不是弄臣了。不过两者都是他的诸多面向之一。

*你少小题大作了。*这是切德。他气恼地对我们两个斥道。但是在表面上，

他则朗声说道："他对我们无害，交给我来处理就行了。众侍卫，你们继续待在这里协助卸货，货物都要抬到高潮线以上，以免被涨潮打湿。"

切德利落地把我给打发走。在他查明事况动向之前，他要先把弄臣与我隔开。我盘算着是不是要把那些话当作耳边风，照样跟着切德朝弄臣的帐篷走去，但此时谜语用手肘推了我一下："看来我们最好是去那边帮忙。"

接下来的这艘小船载的是阿憨和原智小组。阿憨眼睛紧闭着，紧抓着船舷，手使劲得都发白了。罗网的手轻轻放在阿憨肩上，但是阿憨缩着不让他碰。我叹了一口气，走过去照顾阿憨。最后那艘小船载的则是首领团派来的战士。

等到所有的货物都卸下并用帆布盖好之后，已经是晚上了。我特意瞄了一眼，切德在最后一刻才吩咐人搬上船的那一箱小木桶中，其中一桶漏出了一些黑色粉末，我这才发现那不是白兰地。我在恐惧兼期待之余，认出那就是切德拿来做爆炸实验的粉末。难道，他就是因为有这个底牌，所以才没有全力跟首领团周旋，以抗议他们给的名额太少吗？他打算如何运用这东西？

我一边思索着，我们的临时住处也一边慢慢成形了。长芯十分善于领导，我们这几个侍卫加上原智小组，人数虽少，但在他的指挥之下，众人按着稳定的步调把一切都打点好了。他在山坡最高处的空地上选了个可以清楚瞭望到周遭动静的地点，我们将帐篷整整齐齐地搭成一排，挖了用以解手的地坑，还去沙滩上捡拾浮木。冰河融化的雪水从我们营地旁流过，如此一来我们的饮水就有了着落。侍卫中年纪最轻的，约莫二十岁的诏谕，被派任去监看四周状况，而须发花白、如野熊般壮硕的达败则负责做菜；巧捷和裘乐两人则被长芯队长叫去睡觉，以便晚一点的时候跟诏谕换班；谜语则被派去跟在王子身边，以回应王子的需要。至于我，则毫不意外地被派去照顾王子的仆人，阿憨。此时名义上是归长芯队长管的原智小组成员则被派去做些营地的杂务，之后才让他们去沙滩上散步。我敢说，这对于其中某些成员来说，例如年轻的贵族儒雅，一定是个前所未有的体验，但是他仍然给予身为总指挥的长芯应有的尊重，对于交代下来的任务，他都乐意照做，这点值得赞许。我注意到儒雅好几次以厌恶的目光望着弄臣那顶五颜六色的帐篷，不过他并未出言不逊。切德和王子则去弄臣那里接受他的招待，贵主、皮奥崔和阿肯·血刃也去了。

阿憨一直垂头丧气地坐在他、罗网、迅风和我四人同睡的帐篷里，达败在不远处打点着要当晚餐的那一锅热粥，我则在火边摆了个小锅烧水，准备泡茶之用。这岛上什么树都没有，往后燃料一定很难找。我不安地在我们的帐篷里走来走去，等着水烧滚，同时觉得自己像是一只同伴都已四处飞奔，唯独自己却被绑在柱子上，哪儿也去不成的狗。

首领团派来的战士把他们的补给搬上了岸，另外搭了一排帐篷，不跟我们在一起。他们用的是只容得下一人的小帐篷。我偷偷打量他们的模样，他们个个都是身经百战的老手，而且都不年轻了。我不知道他们叫什么名字，不过我听人说，在出任务时自己叫什么名字并不重要，重要的是你代表什么氏族，而他们的氏族归属，只要看脸上的刺青便能一清二楚了。“大熊”氏族派来的人，身形硕大、肤色黝黑，果然如熊一般，首领团派来的人中为首的似乎便是这个人；“猫头鹰”氏族派来的是个瘦高且年龄较长的人，他也是他们的诗人与吟游歌者；“渡鸦”氏族派来的人发色乌黑、眼睛明亮，的确颇有渡鸦之风；“海獭”氏族派来的人个子矮小、身体厚实，左手少了两根指头；年纪最轻的是“狐狸”氏族派来的人，他一登上艾斯雷弗嘉岛就闷闷不乐起来；“老鹰”氏族派来的则是个瘦高的中年人，今晚由他守夜，所以尽管其他人都盘腿坐在火边进餐，轻声聊天，他都得站在一旁，以警戒的目光巡视四周，一察觉到我在瞪他，还毫不客气地回瞪了我一眼。

感觉这几个人对我们倒没什么恶意，由于职责所在，他们必须监督我们恪遵首领团所设下的规定，但除此之外，倒不像是会对我们的任务横生阻拦的样子。说起来，他们比较像是在等着看这场比赛会是哪一方得胜。在船上时，他们毫无顾忌地跟我们混在一起，他们的诗人跟扇贝之间还生出既是竞争，同时又惺惺相惜的友谊。如今上岸了，他们可能会刻意不跟我们往来，但依我看，这种气氛大概只能维持个一两天，毕竟我们两边的人数加起来也没多少，而且地形又如此凄凉险峻。

另外还有两个比较精致的帐篷设在弄臣的五彩帐篷旁边，一个是给贵主和皮奥崔用的，一个给切德和王子的。自从上岸之后，这几个人就不见了踪影。弄臣邀请他们到他的帐篷，但是我不知道他们在帐篷里做什么。切德跟王子连用精技给我送个小小的提示都没有。我帮着在弄臣的帐篷旁搭起这两顶比较大的帐篷，然而从那五彩帐篷里传出来的喃喃低语声，就跟帐篷里飘出来的茶香一样令人着迷，然而却又不可捉摸。

暮色升起之后，弄臣和晋责的原智小组都到船上去享用阿肯·血刃所准备的饯别宴，血刃与他手下的野猪氏族战士都不会留在岛上。但愿我能了解这背后的逻辑就好了。这是因为血刃不希望别人把野猪氏族与独角鲸族的愚蠢行径联想在一起？还是说，他只是借此确立皮奥崔的领导地位？我皱起眉头，踢着冰冷的泥土。我不知道的事情实在太多了，然而尽管我很想一探血刃与皮奥崔的究竟，但即使船上有丰盛的大宴，阿憨也说什么都不肯再度上船，他宁可待在岛上跟我们一起吃平淡的食物。我听到近乎冰冻的地上有着拖曳脚步的声音，于是转过头去看。谜语对我们大力挥着手，笑着走上来。

“如果你喜欢的不外乎是雪啦、草啦、沙子啦，那么这个地方还真够刺激的。”他说着，蹲在火边烤手。

“我还以为你要陪着王子在船上过夜呢。”

“不，王子叫我退下，他说船上没什么用得上我的地方。而且我也乐得留下来，站在墙边看着别人大吃大喝，实在很没意思。你今天晚上忙什么？”

“还不是老样子，就是陪阿憨啊。我正在帮他烧水泡茶。”

谜语轻轻地说道：“如果你愿意的话，我倒可以待在这里，等水滚了之后帮他泡茶。你也可以去伸伸腿、走一走什么的。”

我感激地接受了他的好意，转头望着帐篷里的阿憨：“阿憨，我去散散步，你不介意吧？谜语会帮你泡茶。”

那小个子男子把披在肩上的毯子拉得更紧：“不在乎。”他郁郁寡欢地答道。由于咳嗽得厉害，他的声音十分沙哑。

“唔，那就好。你真的不要跟我去散步吗？如果你起来动一动，一下子就暖和起来了呢。说真的，阿憨，这里其实没有那么冷。”

“才不要。”他别过头去。谜语同情地对我点点头，头往外一甩，示意我可以走了。

我走开的时候，听见谜语说道：“别这样，阿憨，打起精神来嘛，用你的笛子给我们吹首曲子如何？有音乐的话，就可以把夜色挡在外面喔。”

令人意外的是，阿憨真的吹奏起来了。我慢步走远时，听见他在尝试演奏他母亲的歌。我清楚地感觉到他是全心全意地在吹奏，原本不断散发出来的精技敌意也舒缓了下来，感觉像是放下了沉重的包袱般轻松。阿憨不时停下来喘气，乐声因而断断续续，而我则希望他这会儿吹奏音乐的兴趣，能表示他正逐渐康复。我感觉到弄臣与我之间弥漫着一股诡谲的气氛。要是弄臣与我之间的关系，也能这样舒缓下来就好了。虽然我俩之间一个字也没有说，甚至没有靠近到能听得见彼此讲话声的距离之内，但我还是感觉到他的愤怒有如冷风一般地刮在我的皮肤上。我真希望他今晚留在他的帐篷里，若是如此，我就有机会私下跟他聊一聊了，然而他却获邀到船上去吃饯别宴去了。我不禁揣测，到底是王子因为对弄臣感到十分好奇而邀他赴宴，还是切德为了要把那晕黄之人看住而邀请了他？

夜色昏黄，我在沙滩上散步，并发现此地果然跟切德的间谍说的一样。潮水已经退了，沙滩变得更加广大。浅水中升起两排东倒西歪的石柱，石柱上爬满了藤壶，显示出那里原来是个突堤码头。沙滩上曾经盖了些石屋，但如今已经倾斜倒塌，成为废墟，只剩下一排及膝的石墙，宛如空空的头颅骨上的牙槽，而石屋的其他几面墙壁则散落在屋内或屋外。我看得皱起了眉头。这未免破坏得太彻底了，仿佛有人刻意要抹杀掉这个聚落一样。莫非此处曾经受到劫匪的袭击，而劫匪不但要把人杀光，还故意要把此地弄得不能住人？

我爬到沙滩上方的低矮峭壁上，迎接我的是一片多岩的草丛，天色暗下去之后，草根处便爬上了阴影。悬崖上没有大树，只有一些坚韧而扭曲的矮树丛。现在虽是夏日，我们头顶上的冰河却吹出冬意。我走过没有牛羊啃噬过的草原，草头的结穗擦过我的绑腿，发出簌簌的声响。我悄声地走到一处采石的凹坑边缘。天色要是再暗一点，我很可能就会落入坑中，跌得不省人事。我站在边缘往下望。这地面下有几尺泥土，泥土再下去便是黑岩壁，岩石表面上有细微的银纹。我浑身打了个冷颤。有人在这里开挖记忆石。群山王国外的那个巨大露天矿场所开挖出来的、惟真用以雕刻石龙的，不就是这种石材吗？采石坑里积了一层水，映照出头顶上那一片没有星星的天空。水面上凸出两个巨大的石头，仿佛两座光秃秃的小岛，从那石头的棱角看来，应该是人工开挖出来的。

我离开采石坑，走回营地。我很想将此事告诉切德和王子，但更想与弄臣谈一谈。我站在悬崖的边缘，俯瞰着下了锚的野猪号在海湾中摇晃，大船边还系着几条登陆用的小船。明天野猪号就要离开，将血刃送回柴利格镇，而其他人则待在岛上，开始寻找那条冻在坚冰里的黑龙。海浪拍岸的声音非常规律，理应会让人感到轻松才对，然而我听了非但不轻松，反而只觉得这无情的浪潮像是想要慢慢吞噬这座岛屿。这是我第一次对海浪声产生这种联想。

有一只大型动物匍伏在离海岸不远处，我一看便吓得僵住，努力打量着那到底是什么东西。浪花打来，将那动物遮去，等浪花退去之后，那动物又露了出来。它露出水面的时候一动不动，我眯着眼看，但是水面漆黑，它的身形也一片黑暗，我只能判断其大小大概与小鲸鱼差不多。我皱起眉头想道，那么大的动物怎么会待在浅水里？这类动物应该不会离岸这么近，除非是死了，或者是被潮水冲上岸。我的原智知觉告诉我，它仍有着模糊而零散的微弱生命，然而我却感觉不到它有濒死动物的绝望感。

我站在沙滩上望着。潮水渐退，那动物看起来不但形如爬虫，体型巨大，且是由好几块巨大的黑色石头所组成，在月光下闪耀着湿润的光芒。海浪放开沙滩，退回海中，如今在我眼里，只有那个逐渐现形的熟悉身影。人只要是见过伏卧的龙，就一辈子都不会忘记那个情景。我心跳得越来越快，莫非这就是我们此行的谜底？

晋责，我想我找到你要找的龙了。你找个借口到甲板上去，朝岸边看。潮间带上有条石龙，潮水一退就露出来了。

我并没有只对晋责技传，切德也收到了消息。过了不久，晋责与晚宴上的众人便走到甲板上，凝视着岸边，但我想他们看那石龙大概不如我看得清楚。

此时船上灯笼的灯光将龙的身形映照出来，让我看得格外清晰。不过有了这额外的光线，加上潮水退得更远之后，我才发现我看错了。我原本以为那是石龙，但现在看起来，不过是好几块间隔很近，但并未连在一起的巨石。第一块巨石雕的是龙头与前臂，第二块是龙颈和龙肩，第三块是龙背和后腿，最后几块则是龙尾。这些巨石若是融合在一起，就会呈现出龙的形状，但像这样各自分开地堆在湿沙上，只会使我联想到孩童玩的积木。

这就是龙吗？贵主就是要我们把这石龙的头送到她母屋的火炉前吗？我问道。

我跟晋责之间有精技连结，我看到他指着石龙的时候，同时也感觉到他照着这个意思问了皮奥崔，但是皮奥崔没回答，阿肯·血刃倒大笑了起来，并且摇了摇头。由于与晋责心灵相连，所以我清楚地听到了血刃的回答，恍如我也置身于甲板上。“不，才不呢，那不过是苍白之女的古怪行径罢了。以前苍白之女曾叫她的奴隶在此开采石头，并坚持她的白船一定要用这岛上的黑色石头来做压舱物。看这情况，她还吩咐奴隶去雕刻了黑色石头，至于为什么要做这雕刻，我们可能永远也不会……”

“已经晚了。”皮奥崔突然打断血刃的话，“你还要趁着明天早上的潮水开船呢，兄弟。且让我们在明日面对岛上的恶劣环境之前，在船上多安睡一晚吧。晋责王子也不妨早点入睡，我们明天一大早就要出发，前往传说中的真龙所在之地。这趟行程十分艰苦，大家最好都多休息会儿。”

“皮奥崔果然想得周到。那么，我就祝各位好运了。晚安。”阿肯立刻应和皮奥崔的提议。

切德在众人散去之后，有感而发地说道：唔，转得真生硬呐。阿肯一定是意识到皮奥崔可不想让我们听到那种故事。你多看看那里还有没有什么线索，蜚滋。

弄臣听到他们说的事情时，有什么反应？我对切德问道。

老实说，我一点也不在乎。他干脆地说道。

弄臣是怎么到这里来的？他为什么要来？为什么你把我跟他分开，不让我跟他讲话？我再也忍不住地将这些问题问了出来，同时，还因为他们到现在都没把答案告诉我，而散发出气恼的情绪。

噢，你生什么闷气呀。切德烦躁地斥责道。他轻轻几个字带过，等于什么也没说。他那个人，你是知道的。你等明天再说吧，蜚滋，等我们都上岸了，你爱怎么诘问他都可以。想也知道，他对你一定是比对我们都坦诚的。至于我为什么要把弄臣带上船，这其实不是为了把他跟你隔开，而是为了把他跟首领团的代表们隔开。他已经跟大家坦白说了，他会尽一切力量说服我们放弃屠龙的计划。皮奥崔和阿肯似乎觉得弄臣颇吸引人，而且深不可测，不过贵主却还是很怕他，艾莉安娜甚至连正眼看他一眼都不敢。

王子打断了切德的思绪。一开始，首领团以为他是我们偷偷弄到艾斯雷弗嘉岛来的秘密盟友，因此认为我们有诈骗之嫌。但我们指出，我们无从得知首领团会给我们设下什么样的条件，更不用说预作什么安排了，然后他们才察觉到那个推论不合理。

弄臣声称他是站在龙那一边的时候，贵主和皮奥崔作何反应？我对他们两人质问道。

切德似乎已经仔细想过这个问题了。他们的反应很奇怪。我本以为皮奥崔和贵主会因此而痛恨他，但事实上，皮奥崔似乎松了一口气，几乎是很庆幸有他在此。至于我，则很庆幸弄臣没有多加解释。我希望之后你们两个讲话的时候别让贵主或皮奥崔看到，毕竟他们若是发现你们两个是多年好友，那么可能会认为你也反对我们的屠龙任务。

切德话中有警告意味，他在轻轻试探我对皇室的忠诚，但是我不理他。我会私底下找机会跟他讲话。我对他说道。

是啊，就是这样。切德这话既有确认，也有命令之意。

船上的人已经散去，回到床上睡觉。我朝我们的营地望了一眼，看来营地的人也都睡了。营火烧得不旺，我还没吃晚餐，若是现在能吃点热腾腾的粥，再继续去探险，应该是很不错的，但目前热食还吸引不了我。

潮水越退越多，此时石龙几乎整个都露了出来，周围的水深只及脚踝高。

我知道到了早上，我一定会因为鞋子湿答答的而感到后悔，但是如果我想探探这石龙有没有藏着什么秘密，那么此刻可是最好的时机。这石龙并非由精技小组的成员合力雕成，而是由苍白之女的手下所雕，我多少猜得出她为何这么做。我早就怀疑，帝尊和精技师傅盖伦把精技书库的典籍偷出去卖了，莫非这些典籍最后落入了科伯·罗贝，也就是红船之战时的外岛领袖手中？倘若如此，那么罗贝与同为一丘之貉的苍白之女，必会试着雕凿出他们自己的石龙，以便对抗我们六大公国的石龙。事情大概就是如此，就算有所出入，也八九不离十了。

我走近那亮闪闪的潮湿石龙，并注意到上面既未攀着海草，也没有黏附着藤壶，石龙的表面仍一如当初刚雕好时般光洁。我一触之下，只觉得石龙冷、湿、硬，若有似无地触动了我的原智——但这却又与寻常生物有所不同，直到我又摸了相邻的石块之后，才比较肯定一点，在这相邻的石块之中，也藏匿着蒸腾不已的生命——话虽如此，这两个石块的生命迹象却完全不同。我唯恐这是什么人所不知的陷阱，因而改以精技力量探索石龙，但是什么感应都没有。我拂过那既没有海草也没有藤壶附着的岩面，接着突然感觉到众多声音愤怒地爆发出来，随即又消失。

我慢慢地转过头去望向身后，这才发现我这举动有多么傻。原来方才我听到的精技怒语，并不是因为距离遥远或地理障碍才有如蒙上了一层膜。我小心翼翼地将指尖伸入潮湿的石缝中，再度知觉到许多声音一起发话，仿佛是从极远之处传来。我反射性地抽回手，在衬衫上擦了擦，并退后一步。我不安地思考起刚才冒出来的念头。

这种石材是记忆石，虽然采自于这个岛上，但这种石头与惟真用以雕琢石龙的石材丝毫不差。群山王国的石头花园中，所有石龙都是用记忆石雕成的，有些石龙是古灵雕的，有些则是想要将他们的记忆永久保存下来的精技小组雕的，所以我所见到的石龙，不但需要工具一刀一凿地雕刻出来，更需要雕刻者以记忆和心念来赋予其形状，最终石龙会将雕刻者全部吸收进去。我就曾经目睹惟真化入他所雕出来的石龙之中。石龙不但要求惟真将他所有的记忆，以及他的生命贯注于龙体之中，还要吸取水壶婶的记忆与生命，才能展现生机，而那老妇人也一如惟真那样自愿真诚地贡献出一切。水壶婶曾是精技小组的一员，只是其他成员早已去世，而她那个精技小组所侍奉的国王也已经不在，但她仍义无反顾地为当下的瞻远国王效力。然而，尽管水壶婶年岁与见识甚高、惟真也心诚意坚，但他们两个人仍只刚好足够让石龙苏醒过来而已，这点我心里很清楚。惟真从我身上吸取了一些记忆给石龙，后来我又莽撞地把我另外一些记忆喂给了乘龙之女的雕像。那石龙吸取人的记忆的力道极强，当时的我，可以轻易地将我的所有都献给乘龙之女，毕竟，少了那些记忆，也算是某种解脱。

但也许除去记忆并不是解脱，反倒是禁锢。毕竟石龙所取得的记忆若是不够，就无法新生，也无法飞翔了，不是吗？乘龙之女的例子，我就曾亲眼目睹。其他石龙都已起飞，唯独她仍是不成形的石雕，待在露天矿场里。就乘龙之女的情况来看，倒不是石龙所拥有的记忆不够，而是雕凿石像的人不愿自动放弃个人来成就整体。雕凿乘龙之女的精技小组首领有所保留，不肯把自己的记忆奉献给整体，只愿将自己的记忆化入乘龙之女雕像中的少女身上。或许与实情有所出入，但至少当我问为什么这个雕像没有苏醒并飞离之时，水壶婶是这么跟我解释的。我想她之所以要跟我讲这个故事，为的是要让我体会到，除非我奉献出一切，否则惟真的龙是不会满足的，因此我最好别招惹惟真的龙。

我真希望此时水壶婶就在我身边，把这条石龙的故事也告诉我。但话说回来，我可能已经猜中这条石龙的来历了。这条石龙不是以一整块巨石雕刻成，而是用了好几块巨石合雕而成的，雕刻这条石龙的人也没有将自己的记忆投入石龙之中——不仅如此，石龙还可能是红船之战的惨痛纪念：那些被冶炼的人，他们的记忆和情感到哪里去了？合成这石龙的一块块巨石就是线索。苍白之女的白船把一块块的记忆石做为压舱物。她和科伯·罗贝是不是已经从窃走、盗卖至外岛的精技卷轴之中，学到了如何唤醒石龙的魔法？倘若如此，他们为什么没有创造出外岛之龙，并对六大公国的海岸加以报复？这会不会是因为，苍白之女和罗贝不愿为了石龙而牺牲自己？还有，他们是不是以为，只要凭借他们从六大公国之人身上偷取而来的记忆，就足以让石龙苏醒？

由此观之，苍白之女和罗贝并未真正认识到世世代代的精技小组之所以要远行到颉昂佩城，以及颉昂佩城之外的根本理由。苍白之女和罗贝可以偷取六大公国之人的记忆，并永远地将他们的记忆禁锢在黑色石头之中，但他们无法从这些缠杂的记忆中冶炼出一个唯一的目的。然而缺了这贯穿始终的目的，石龙就无法新生。即使是那些往群山而行的精技小组，也不是个个都能够赋予石龙生命啊！有些人娶了群山女子为妻，在爱情中度过一生；有些人开凿石龙，却徒劳无功。创造石龙毕竟不是易事，就算是齐心协力的精技小组也不见得能够遂愿。每个雕凿者都将自己的记忆灌注到单一的一块石头之中，然而石龙体内若尽是恐惧、愤怒与绝望，那么就算能将之唤醒，恐怕也不过是条狂野错乱的龙罢了。

难道说，罗贝和苍白之女的目的，就是要创造出一条狂野且错乱的石龙？

在我的人生中，的确有一段时间非常非常想要化入石龙之中。直到现在我都还记得，惟真不肯让我帮他雕凿石龙的时候我有多么伤心。不过随着年纪的增长，我慢慢体会到了他的用心。夜眼在世时，我不时会将此事拿来细细咀嚼。我若真的与惟真齐力雕凿石龙，那么这石龙苏醒之后，将是什么情况？而如今，不管我想不想加入精技小组，我都已经是其中的一员了，然而我从来就没有因此而期望，有朝一日要和晋责、阿憨与切德一起创造出属于我们的石龙。我们这个精技小组不是因为同心协力，而是因为偶然的机会而诞生的。我们既然缺乏齐心协力雕凿石龙的意愿与决心，那就更不可能为了用石龙来纪念我们小组，而同时终结我们个人的生命了。

我缓缓踱步，离开沙滩上的巨石，并努力克制自己，不去多想那些被禁锢在巨石之中的记忆。那些人的自我意识，也与他们的记忆一起被禁锢在黑色石头之中了吗？如果不在其中，那么黑色石头中的东西算是什么？

我再度对晋责与切德技传。*在红船之战中，不是有些六大公国的人受到冶炼吗？我想，我找到他们被冶炼的记忆和感受了。*

什么？切德难以置信地问道。

我解释之后，我们三人之间久久弥漫着一股惊恐的气氛。最后，晋责迟疑地问道：*我们可以把那些记忆释放出来吗？*

释放出来又如何？冶炼出来的记忆虽在，但是当年被冶炼的人大多都已经死了。再说，我也不知道这些记忆能否被释放，以及如何才能释放出来。我越想越不安。

切德的思绪则比较镇静，想法也比较保守。就目前而言，我们绝不能妄动。也许等我们对付过冰华之后，皮奥崔会比较愿意把他知道的消息多讲些给我们听，不然，也许我们可以安排一艘六大公国的船到这里来，悄悄地把该送回家的送回家——我感觉到他在心里不在乎地耸了耸肩——不管那个该送回家的是什么东西。

我们帐篷附近的火堆已经烧得只剩一抹将熄的红点了。我略拨了一下，将烧剩的柴火推上前，于是又冒出了一两个火花。我的烧水壶里的水还是温的，锅底也还剩一些粥。谜语已经离开，不是去站岗，就是去睡了。帐篷的入口低矮，我爬了进去，用触觉找到我的海运箱。黑暗之中，阿憨只是个蜷缩在毯子下的身影。我摸索着自己的杯子，并且尽量不要吵醒他，但他的声音还是从黑暗中传来，把我给吓了一跳。“这地方糟透了，我打从一开始就不想来的。”

我也颇有同感，但我在表面上只是说：“我也觉得这里很荒凉，不过跟我曾经去过的许多地方比较起来，这里其实也没有很差。况且大家又不是因为爱上这个地方才来的，我们只是必须得努力适应，尽自己的本分罢了。”

阿憨咳了两声：“我曾经去过的地方，就属这里最糟糕了，你还硬要我到这里来。”他又咳了一下，我从这咳嗽声中感觉到他非常疲惫。

“你够不够暖？”我歉疚地问道，“我分一条毯子给你好不好？”

“我好冷喔，冷到骨子里了。这个地方都是冰，连我也快被冻成冰了。而且不只我，我们大家都会被冻成冰。”

“我去烧点热茶，你要不要来一点？”

“再说吧。有没有蜂蜜？”

“没有。”话虽如此，我还是抵挡不了去试探一下的诱惑，“不过，也许找得到喔。我的毯子给你，我去把茶热一热，再去找找看有没有人带了蜂蜜来。”

“好吧。”阿憨不抱希望地应道。

我把那床毯子盖在阿憨身上并塞好，我们两个已经好多天没有这么亲近了，“阿憨，我真希望你别一直气我。其实我不想拉你来这里的，连我自己都不想来。只是为了帮助王子，我们非跟着来不可。”

阿憨没有回答，我察觉到他对我仍然一样冷淡，不过至少没有趁此袭击我。我倒知道谁可能会带蜂蜜来。离开帐篷之后，我便朝山上的大帐篷那一区走。王子与贵主的帐篷架在高处，而弄臣那个五彩缤纷、随风飘摇的帐篷，则坐落在王子与贵主的帐篷之间。周遭一片黑暗，弄臣的帐篷却仿佛透着光芒。

走到他的帐篷外后，我却裹足不前了。门片紧紧地绑在帐篷上，我小时候，有次不请自来地闯进了弄臣的房间里，至今我仍因为那个唐突的举动而后悔不已——一方面是因为，看到弄臣的住处之后，反而使我更觉得他这个人神秘难测；另一方面则是因为，这个插曲使我们之间的信任裂开了一个小缝。弄臣虽然从未明白道出我若想保住他这个朋友必须遵守什么规则，但是他的言行举止之间，已经把他立下的规矩讲得很清楚了：任何关于他个人，以及任何他视为是在刺探他个人隐私的问题，他想答就答，除此之外，就别痴心妄想了。还有，我若嫌他对自己的事情交代得不够清楚，想要多加查访，这种事情也在禁止之列。因为这个缘故，所以我呆呆地站在他的帐篷门口，任由岛上的冰河吹出来的寒风拍打在身上，心里则考虑着自己到底该不该冒然闯进他的帐篷中，毕竟弄臣与我的友谊，不是已经因为重重的考验，而裂开许多缝隙了吗？

然后我弯下腰，解开绳结，走进帐篷里。

我看不出这顶帐篷是用什么布料做的，也许是丝缎什么的吧，但不管是什么材料，总之就是织得很紧密，一点也不透风。帐篷里透出的光来自一个设在地上小坑中的玲珑火盆，这丝缎般的帐篷封住了火盆冒出的热气，火光却因为帐篷布这一层彩壳而变得斑斓。即使如此，里面也不至于太亮，而且倒不如说是有种温馨怡人的气氛。火盆以外的地方盖了一层薄毯子，帐篷里只有一个睡垫放在角落里，睡垫上有几条羊毛被，用我这狼鼻子一闻，就知道那床被子有弄臣的香水味。帐篷的另外一个角落里放着几件衣物、几样用品，我发现弄臣把那个没羽毛的公鸡冠也带来了。这我倒不惊讶，毕竟我也将从异类的海岛上捡来的那几根羽毛藏在海运箱里带来了。有些东西，就是重要到你会随身携带。

他的食物少得可怜，锅子也只有一个。从这情况看来，显然他无法长期独自撑下去，幸亏我们来了。他的用具里没有武器，虽然有几把刀子，但看来都是做菜用的。不知道是什么船把他丢在了这岛上，而且为什么他没有把自己照顾得更好呢？不过，我倒是找到了一小罐蜂蜜。

这里没有纸笔，所以我无法留言，其实若是能留言，我也只想告诉他，我不想让他到岛上来赴死，这就是我当初之所以出此下策的原因。最后，我把公鸡冠挪到他床上的正中央，然后又把这顶简单的木冠拿在手里把玩了一会儿。一时间，公鸡眼里的宝石因为光线的照耀而微微闪耀。弄臣一看到这公鸡冠，就会知道这是我放的，以及我为什么要这样做：我可不想让他怀疑我是不是企图掩饰行踪，我要让他一看就知道我来过这里。出了帐篷之后，我又用自己的打结方式将门片绑了起来。

阿憨几乎睡着了，但是我倒了热茶，又加了蜂蜜时，他慢慢坐了起来，并将陶杯接了过去。我加了不少蜂蜜，他一连喝了半杯，沉重地叹了一口气。“这样好多了。”

“要不要再来一杯？”要是再给他一杯，我自己的就所剩无几了，不过既然有这个机会能重新与他交好，我是不会轻易错过的。

“再来一点。麻烦你了。”

我察觉到他的防心降低了些。“呐，杯子给我。”我一边加茶、倒蜂蜜，一边说道，“你知道吗，阿憨，我真想念以前的时光，以前我们多融洽呀！如今你一直生我的气，我觉得好累。”

“我也觉得很累啊。”他将陶杯接过去，坦承道，“原来讨厌别人也是很累的，这我到现在才知道。”

“是吗？既然很累，你为什么还要一直气我呢？”

“因为荨麻气你，而我要帮她呀。”

“啊。”我不容自己多想，而是单纯地说道，“我看，荨麻不但气我，而且还说得一副义愤填膺的模样，对不对？”

“嗯。”阿憨悲伤地拖着尾音说道。

我慢慢地点了点头：“不过荨麻没事吧？她没有受伤，也没碰到什么危险，对吧？”

“她很生气，因为她必须要离开家。因为龙的关系。我也觉得那很可怕，所以我叫她到我们这里来，因为我们要去把龙的头砍下来。不过她叫我别担心，她说：我爸爸会帮我把龙杀了的，所以她是很安全的。”

我顿时感到天旋地转。这么说来，事情已经确定了。信鸽已经回到公鹿堡，而王后也迅速将荨麻纳入她的羽翼之下，而且有个人，不知道是珂翠肯还是博瑞屈，已经把荨麻真正的身世告诉她了。他们为什么要说出来，他们是如何措辞的，这些都不重要，重要的是，荨麻已经知道了，所以她才这么气我。不过气归气，她还是拐弯抹角地透过阿憨，让我知道她已经晓得我是她父亲了，也知道我之所以前来此地，为的是要保护她。多年来的各种情绪一下子在我心中争战不已。我不禁好奇，她是知道了我的一切呢，还是只知道她是别人的女儿，而光是因为她生父的家世，就足以使她陷入险境。此外，有没有人跟她解释精技是怎么回事？荨麻知道我有原智吗？我一直希望能亲口告诉她我就是她的父亲，但此外我应该跟她说多少呢，这点我一直拿不定主意，因而便作罢。如今这件事由其他人告诉她，那荨麻是会觉得比较好受呢，还是比较难受？我不知道。我不知道的事情太多了，而荨麻对我的认识却太少。

然后我突然像被来袭的大浪淹过一般，陡然想到另外一个念头：如果她人在公鹿堡，且能够施展精技，那么我们就可以跟王后联络，把我们的进展告诉她。接着又有个古怪的讶异感袭来：既然有了荨麻，那晋责王子的精技小组就可以成形了。

阿憨将陶杯递还给我，将我从沉思中惊醒。他把杯里的茶都喝干了。“你现在有没有暖一点啊？”我问道。

“有。”阿憨坦承道。

“我也是。”我答道。但是我之所以觉得暖了一点，跟这寒夜有多冷无关。

人的一生中偶尔会碰上心头怦怦直跳，且激烈到什么寒意都无法上身的程度，就像我现在这样。我感觉充满活力，并且有种圆满之感，我犯下的一切罪愆，都已得到赦免。阿憨蜷缩着窝在他的床上，身上还盖着我的被子，但我一点也不在乎。我小心地说道："如果荨麻今晚到了你的梦中，你就跟她说——"说我爱她。不行，现在说这个还太早，况且如果要说，这第一次也应该是我亲口跟她说才对；要是现在说，她只会觉得这是她从未见过、无形无影的父亲所讲的一句空话。这可不行。"你能不能请她让王后知道我们一切平安，并且已经到了这个岛上？"我刻意讲得空泛些，毕竟我无法确定婷黛莉雅能不能听到阿憨与荨麻之间的对话。

"荨麻不喜欢王后。王后好得过头了，送了一大堆漂亮的裙子和香香的亮亮的东西给她。她又不是荨麻的母亲！可是她总是把荨麻带在身边，而且除非有侍卫陪着，否则不准荨麻出去。荨麻恨死了。另外她每天都有上不完的课，真是谢谢你呀！"

我虽然担心，但是听到这话仍不禁笑了出来。我想不出她有什么好跟珂翠肯作对的，不过再想一想，也就看出这其实无可避免了。这话活脱脱是荨麻的口气，只是借由阿憨的声音讲出来而已。如今她最大的威胁，乃是太多裙子与太多课程，这真让我松了一口气。虽说这么一来我的人生可能会复杂很多，但我仍乐得晕乎乎的。

阿憨睡着了，但我还想多待一会儿。我出了帐篷，拉紧门片，走到将熄的火堆边，把锅底剩下的粥刮起来吃了。既然是最后一个吃的，就得把锅子洗净以便明天之用。我用沙子与海水擦洗锅子，丝毫没有感觉到海水的冰冷和沙子的粗糙。我的心思已经飘到很远的地方去了：珂翠肯会把荨麻安顿在我的旧房间里吗？我女儿会穿戴着公主的珠宝与衣装吗？我把剩下的一点茶叶和烧水壶里的水注入杯中，我想在茶里加点甜味，但是在这黑暗之中，却怎么也找不到那罐蜂蜜在哪里，所以我就只能喝原味茶了。这茶又浓又苦，但却因为今晚我的人生起了大变化，尝起来格外美味。

14. 黑 者

寻常的精技人可以借由自己的天赋去影响清醒之人，让对方产生执念，认定事物必然如何。同样地，“精技梦人”也可借由自己的天赋去影响睡眠中的人，让对方认定这世界必然如何，其结果就如同将精技施于清醒之人一样有效。说起来，精技梦人可以说是在用精技对抗自己的思绪。虽然大多数人都无法控制自己晚上要做什么梦，但是精技梦人却恰恰相反，他们不但极有可能从未有过随意做梦的经验，甚至还难以理解为什么其他人会对自己的梦境束手无策。

——精技师父殷恳所著的《精技之梦》

我睡得很好，什么梦都没做，并在海浪声之中醒来。天色才刚亮起，卫队的人和首领团都已经起身活动了。我用冷得像冰的水洗了洗脸。涨潮的潮水盖住了石龙，如今我已知道那石龙的方位，因而能以原智知觉到海浪下隐隐透出的嘈杂声。我朝下了锚的船望了一眼，很想问问罗网对那石龙有什么想法，但是紧接着便感到十分愧疚。我尚未完全信任他，直到如今，都还没有向他求教原智的知识。既然我都不愿为了自己而学习原智，那么还有权利请他用他的知识为我解说石龙的事情吗？我冷酷地提醒自己，一天的时间不多，况且近来我一天中的每一分每一秒都已经被占满了。

我走回阿憨睡着的那顶帐篷，但我实在太胆小，最后还是决定让他继续睡。我漫步到做菜的火堆边。粥才刚开始滚而已，长芯队长也没什么事情要派给我做。我再度望向海上的船，看来船上并没有活动的迹象，他们大概一整晚都在聊天吧。我再度走到采石坑。在白天的光线下，我仿佛看到雨水之下有些白骨，还有人的头颅骨，采石坑的边缘很陡，因此我也不想多加探究。不管这里出了什么事，总之都是陈年旧事，还是我自己的问题比较迫切些。我漫步走到首领团的帐篷边。首领团聚集在帐篷外，一开始，我还以为他们是围在石桌边吃早餐，但我走近之后，才发现那时有时无的讲话声，其实是他们不断吵架的声音。我站定，一边望海，一边抓腮伸腿，接着单膝跪下，假装在系鞋带，其实是在凝神倾听。他们低声地彼此咒骂，不大容易听得清楚，不过那也已经足以让我听出，原来他们在祭拜黑者的传统地点，也就是那石桌上放了供品，但是黑者却没有把供品拿走。我站起来朝他们走过去。

我一脸傻笑，还装出最浓重的六大公国口音，用破烂的外岛语问他们知不知道贵主一行人何时回来。身材高大、脸颊上有个抽象的大熊刺青之人答道，他们什么时候回来，那就什么时候回来。我像听不懂对方在讲什么话的人一般，心不在焉地笑笑点头，然后我朝那石桌努嘴，问他们晚餐吃什么。我朝石桌走了三步，才有两个人凑上来挡在石桌与我之间，不让我靠上去。

大熊对我说道，那是供品，不是给人吃的，而且我应该去山下跟我的队友一起吃早餐，他们可没有多余的可以施舍给乞丐。我盯着大熊，像是听得一头雾水似的顺着他的话尾学了一两句，然后摆出灿烂的笑容，祝他们众人日安，接着便离去。我已经看到那石桌上的情况了，石桌上有个陶锅、一小条黑面包、一盘泡着油的腌鱼。即使我一早起床，饥肠辘辘，也觉得那些食物看起来不太可口，我看这实在不能怪黑者没把供品拿走。他们竟然会因为供品明显被拒而如此不安，我看了只觉得好玩。从他们的话中听来，他们认为岛上有个神秘居民会趁夜来拿走供品，但是供品竟然一样也没少，他们因此而紧张了。这些人一个个都是首领团千挑万选出来、最能一心一意地达成任务的勇猛战士。我所认识的战士对于信仰与迷信之类的，大多会采取非常务实的态度，也就是说，他们也许会为了“祈求好运”而丢出一把盐，但很少有人会把盐巴被风吹到一边去之类的“恶兆”当一回事。据我推测，首领团的代表希望黑者会接受他们奉献的供品，而黑者若收下礼物，就意味着准许他们上岸，可是黑者却不拿供品，所以他们就急了。我暗暗纳闷道，这件事不知道会不会影响他们对我们远征的态度?

我走回我们的帐篷，路上一边揣测，他们如果有这种想法，那就表示过去一定有人或有什么动物曾经收下供品。这么说来，这个岛上真的有人居住，或者，取走供品的，只不过是像曾经引起迅风的好奇，又偷走我们食物的强盗鼠之类的动物?

我发现阿憨已经醒了。今天他对我稍微和善了一些，也肯让我帮他穿上衣服了。他咳了一回，咳得涨红了脸，上气不接下气。我表面上不动声色，心里却很担心。久病不愈的咳嗽最折磨人了，就算是高大健壮的战士也禁受不住，更何况是既不高大又不健壮的阿憨。他这个肺病拖得太久了，如今还得住在这透风的帐篷里，与冷冽的初春天气搏斗。虽然感到忧心，但是我伴着他走到火边去吃热粥、喝热茶的时候，什么也没说。

平常人在面临困难或不大愉快的任务时，往往以幽默挖苦的话来加以排解，此时谜语和其他侍卫们也不例外。他们粗野地彼此说笑，把我们的食物说得一无是处，还百般嘲讽那几个前来监督我们的“保姆团”。长芯坐在一旁，待众人食毕之后，便分别派遣事情让其他人去做。他已经认定我为皇室担负的职责就是把阿憨照顾好，所以一切杂务都不派给我。既然如此，我就带这个小个子去散步了。他对于采石坑和雪水汇成的小溪都没什么评语，也没有对盘桓在我们头顶上的蓝色冰河发表任何感言，但是当我刻意沿着沙滩散步，经过淹在水里的石龙时，他却摇摇头，严肃地对我说道：“这里很糟糕。”他缓缓四下张望，又补了一句，“这里曾经发生过惨事，到现在都还没结束。”

我很想趁此机会多问问他，但就在此刻，阿憨举起肥短的手臂，指着船，叫道：“他们来了！”他说得没错，那几艘载满乘客的小船已经朝着岸上驶来了。皮奥崔、血刃和贵主坐一艘，切德、王子、儒雅和他的猫以及罗网另坐一艘，而弄臣、迅风和扇贝则搭最后一艘船。扇贝似乎兴致高昂，他比手画脚地解释着什么事情，迅风则听得咧嘴直笑，一副乐陶陶的样子。我轻轻地叹了一口气，对自己笑笑，弄臣这么快就以他的魅力迷倒了迅风和扇贝。我真希望他不要来这里，我很怕关于他自己的那个预言会应验，话虽如此，他来了我还是高兴。我不能否认这点，我的确想念他。

那三艘船划到岸边时，在沙滩上等待的已经不只阿憨与我两人了。谜语和另外一名队友跑上前，将皮奥崔的小船拉到海浪打不到的地方。长芯与我先把王子的船拉上去，继而再拉弄臣的船。弄臣上岸的时候，连朝我瞄一眼都没有，所以别人是无法看出我们彼此认识的。等到众人都站上沙滩之后，首领团的代表便将阿肯·血刃围住，毫不遮掩地扯着嗓子，跟血刃说黑者没有接受供品，众人应该要体认到他其实对我们这一团人非常反感，既然如此，贵主就应该歇手，并解除王子屠龙的承诺。

*他们刚才就吵起来了，但是我现在才知道，原来他们把黑者有没有收下供品看得这么严重。*接着我又把早上在石桌边的见闻技传给了切德和王子。我在传话的时候，他们两人都没朝我多看一眼。他们礼貌地站开了些，让血刃和皮奥崔去讨论，而贵主则独自伫立在一旁，眺望着大海，不与男人们为伍。她脸上露出不顾一切的坚决，那神情如石雕像一般地难以撼动。

他们继续讨论黑者的事情，但我因为注意着弄臣的动向而分了心，因此没有多听。弄臣离我不远，此时他正融洽地与扇贝和迅风聊天，他身上穿的那一层层黑白相间的衣裳，令我想起当年他仍是黠谋国王的弄臣时的打扮，我不禁喉头一紧。他朝我这个方向瞥了一眼，如白兰地酒般的眼珠闪了一下。接着他斜视着首领团与皮奥崔和血刃的对话，那样子有如一闻到猎物的气味就冻结不动的猎犬。他的注意力转移到他们身上，并且越凑越近，根本就不在乎对方会不会认为他这个举止太过粗野。

他们的讨论已经演变为争执，在愤怒之余，外岛语讲得既快、喉音又多，所以我几乎跟不上他们讲的话。皮奥崔双臂抱胸，退了一步，离开谈话圈。接着，他也不看那团人了，反而转头往侧面望去，但就在他转头之际，他又同时伸手在剑鞘上用力一拍，发出很大的声响。六大公国之人并不使用这个肢体语言，但这动作的涵义再明白不过了：如果对方还要争执不休，那就等着用刀剑来论个高下吧。首领团显然并不想接受皮奥崔的挑战，他们都转而望向他处，不看皮奥崔，并将焦点集中在血刃身上。血刃以大幅度的动作来表示他也无可奈何，接着又伸手朝他女儿的方向挥了挥，最后耸耸肩，仿佛在说，女人都是这样，她们的行事作风根本不是男人可以理解的。看这情况，他们好像要讲定什么事情似的。

脸上有大熊刺青的首领团代表退了下来，走到贵主身边。我敢说贵主一定已经察觉到那人走近了，但是她却看也不看他一眼，反而一直眺望着大海尽头的地平线。大风吹过她身边，拂起她那蓝色斗篷的兜帽边缘，同时也扯着她的绣花裙子，让她脚上套着的海豹皮靴和塞在靴子里的羊毛裤露了出来，而她既不理会大风，也不理会在一旁等待着的大熊。大熊清了清喉咙，贵主照样望着海上，最后他也只得开口说道：

“艾莉安娜贵主，能说句话吗？”

艾莉安娜终于转过头来看着大熊，不过她的表情并不鼓励他说下去，顶多只是意味着她知道他说了话，如此而已。大熊把这当作是贵主已经准许他说下去的表示，他讲得既清楚又正式，据我猜测，他的用意是要让众人都能听见也听懂他说的话。猫头鹰凑了上去，大概是为了要见证他们的对话，以便将来传于后世。吟游歌者是不会把别人的隐私放在眼里的。

“我们刚才在讲什么，我敢说你一定听到了，但我还是明白说吧。昨天晚上，我们把供品放在石桌上，献给黑者，在习俗上，不管我们为了什么理由来到这里，都得献祭才行。但是今早一看，供品仍在桌上，一样也没少。虽然自古以来大家就说，就算献上礼物也无法收买黑者、使他认可我们的行动，但他若是收下祭品，至少表示他准许我们上岸并在此冒险。但是今早一看，才知道他根本就不准我们上岸，别的就更不用说了。贵主，我们跟着你来这里时，就已经知道你给你的爱慕者设下的考验有欠考虑，但是那时候你不听我们的劝。如今黑者也有异议了，你总不能视若无睹啊！黑者不准我们来这里，而我们的推论是，这是因为你惹恼了他。我们只是来此看看你对冰华的挑战公不公平，但我们可没想到，黑者根本就不准我们上岸！你这不只是把你丈夫和自己置于险境，而是把我们全部的人都拖下水！就算到头来你能如愿，恐怕愤怒的诸神也会降临，连我们这些见证人也都一并惩罚。”

我看到艾莉安娜眨了个眼，红润的脸颊仿佛又更红了些，她一直都盯着远处，唯有从她那一动不动的身形看得出她还在听。大熊把声音放低，但是照样传得又远又清楚：“撤销你的考验吧，贵主，如果你想换个比较正当的考验，那亦无不可。就叫他献上独角鲸的角，或是野熊的牙齿，并要求他必须单打独斗。你要他猎杀什么都好，只要是人类有权猎杀，并与人类相当的生物都可以，但让我们就此离开艾斯雷弗嘉，也不要去招惹保护这个岛的黑龙吧。冰华不是人类该杀的，贵主，就算是为了对你的爱意，也不该杀死它。”

直到大熊说完话之前，我都以为他劝得动艾莉安娜，但是他这番话实在太羞辱人，连我都感觉得到他话里带刺。艾莉安娜答话的时候，看都不看他一眼。“我的考验照旧。”艾莉安娜对着他说道。接着转头面对晋责，补了一句：“因为此事攸关独角鲸氏族的荣誉，势不可免。”

艾莉安娜讲这句话的口气好像在道歉似的，仿佛她因为自己非得讲出这句话不可，而感到十分遗憾。晋责慢慢地点了个头，以此接受她设下的考验，并肯定她认为这场考验照旧的说法。这是他们两人重信义、重承诺的表示。看到此景，我才领略到切德似乎早就看出来的事实：这一对男女若是能结为夫妻，那么他们的力量一定不可小觑。

大熊的双手放在身侧，但是紧握成拳，并且扬起了下巴。猫头鹰呆呆地点了点头，好像在努力把这场面谨记在心。

贵主转过头去对皮奥崔说道：“我们是不是该准备出发了？我听人说，龙的藏身之处离这里很远，而且路途艰苦难行。”

皮奥崔严肃地点点头：“我们一跟你父亲道别了就出发。”

我听在耳里，觉得皮奥崔像是在斥退血刃，但是阿肯不但不以为忤，反而还松了一口气。“我们必须趁着这个潮水起航。”血刃应道。

“见证！”大熊气愤地叫道，而他这一叫，众人都转过头来看他，“见证！我们这些人是应着首领团的要求而来的，如果我们死在这里，那么独角鲸族与野猪族就以金子偿还人命，赔给我们的母屋。因为我们来此并非出于自己的选择，而且我们也不想促成这场冲突。如果我们因为众神的暴怒而死，就不要让我们的家族白白为了我们蒙受不公而哭泣。”

大熊说完话之后，众人一片沉默。“见证。”皮奥崔粗暴地退让道。阿肯·血刃也呼应道：“见证。”

我察觉出这是一个我不太熟悉的外岛习俗。切德似乎知道我感到困惑，便解释道：大熊用这话困住了他们两边的人，此后不管我们的行动有何不幸或是有损名誉之处，都算在野猪和独角鲸这两个氏族的头上。大熊此举，等于是说在场的每一个人都成了见证人。

皮奥崔和血刃爽快地接受了大熊开出来的条件，但是大熊却有点无法适应。他几次握紧拳头，然而他们根本不把他放在眼里，所以最后他转身走开，而猫头鹰则跟了上去。据我推测，大熊他们本以为可以借由打架或是比剑来平息争议，谁料皮奥崔和血刃却干脆让步，这么一来，他们反而不得不继续执行监督屠龙的使命。

跟贵主父亲道别的仪式拖得又久又长。首领团的人、切德、王子、皮奥崔和贵主都一一上前跟血刃正式道别，而我们其他人则站在一旁，非正式地见证这一切。阿憨在沙滩上乱走，用指头戳着被他惊动的那些小螃蟹。我假装要看住阿憨，实则慢慢地朝弄臣靠过去。弄臣似乎也察觉到了我的用心，所以他走开了些，离迅风和扇贝远一点。等我走到可以跟他轻声讲话的距离时，我便悄悄说道：“尽管我费心安排，但你还是来了。你是怎么来的？”

虽然我们两个一般高，但是不知怎地，他就是有办法冷淡地低头俯视我。从他那静止不动的表情看来，他心里怒火高涨。我本以为他是不肯回答了，谁料他最后冷冷地答了三个字：“用飞的。”他傲然站着，看也不看我一眼。他并没有就此走开，我多少有点信心大增，但是又不禁怀疑，他之所以没走，也许只是因为不想让人注意到我们两个在讲话。我不理睬他的嘲讽。

“你怎么能生我的气呢？你明知道我为什么那样做。你自己说的，如果你来了，就会死在岛上，所以我才安排不让你跟着来啊。”

一时间，弄臣沉默不语。我们一起望着阿肯·血刃推开一艘小船。血刃手下的两名野猪战士抓起船桨，奋力划开，从他们的表情看来，他们是乐得赶快离开这个地方。弄臣瞥了我一眼，他的眼珠颜色变深了，看起来像是玻璃杯里的浓茶颜色，而少了油膏粉彩的遮掩之后，他的脸显出光润的黄棕色。“该做的就得去做，这点你应该尊重我才对。”他斥责道。

“如果你知道我要去赴死，难道你不会阻止我吗？”

问他这个问题大错特错，而且这话一说出口，我就发现自己太欠考虑了。他望着港湾里的船。船上的水手正努力拉起船锚、升起船帆。他嘴唇几乎没动地低声说道：“恰恰相反。我多次察觉到你会因为你的理念或是顽固的性子而有性命之危，但我总是尊重你的决定，任你坚持自己的理念或脾气。”

然后他转过身，慢慢地走开了。迅风以古怪的眼神瞥了我一眼，匆匆地跟上去。我注意到儒雅望着他们的身影，表情非常轻蔑。我听到脚步踩在沙滩碎石上的声音，转过身去，原来是罗网正朝着我走来。我实在很难直视他的眼睛。不知怎地，我心里有一股愧疚感，仿佛我拒绝让他替我上课，就是侮辱了他。不过，就算罗网有这种情绪，他也掩饰得很好。他抬起下巴朝弄臣与迅风的背影一点，“你认识他，对不对？”

“当然。”罗网的这个问题使我吓了一跳，“他是公鹿堡来的黄金大人，你不认识他吗？”

“一开始的时候认不出来。直到切德大人称他为‘黄金大人’之后，我才察觉到他跟黄金大人有相似之处。但是，即使知道他的名字，我仍觉得根本不认识他，不过我看你一下子就认出他来了。他这人真是古怪啊，你知觉得到他吗？”

我知道罗网在问什么。我若以原智知觉去探索弄臣，是什么都察觉不到的。“知觉不到。不只如此，他这个人还毫无气味。”

“啊。”罗网只应了这么一声，不过我猜我这话就让他想不完了。

我低头望着脚下的沙地：“罗网，对不起。我一直想腾出时间去找你，但老是抽不出空来。我不是对你的知识不感兴趣，也不是不把你的课程放在眼里，只是事情太多太杂，所以连我想做的事情也没空去做了。”

“好比说，现在就是这样。”罗网答道，同时咧嘴而笑。他扬起眉头望着阿憨。那小个子翻开了一块浮木，蹲下来，全神贯注地打量藏在浮木下的虫子和螃蟹，根本就不管海浪几乎漫上了他的脚。要是我再不叫住他，他就得穿着湿鞋走上一天的路，那么他今天可就难捱了。我对罗网笑笑，感谢他的体贴，然后赶快过去照顾阿憨。

船还没开出我们的视野之外，长芯队长就开始交代事情了。他以老战士那种轻松但精确的态度，指使众人将我们的补给品打散为容易搬动的份量。从他准备的背袋数量看来，他显然是要我们每个人各背一袋到我们的下一个营地去。方才在沙滩上戳沙子的阿憨如今郁郁寡欢地坐在我们的帐篷里，肩上披着一床毯子。其实天气也没那么冷，我有点担心他会再度发烧，于是去找长芯队长一谈。

“我们今天要走多远？”我问道，侧着头指着阿憨的方向，让长芯知道我是因何而问。

长芯顺着我的提示看过去，担心地皱起眉头：“听说从这里走到龙的藏身之处要花上三天时间。不过想必你也知道，即使如此，也看不出这距离是近是远。经验老到的旅行者轻装走上一天的距离，换作是背着全装备的朝臣，恐怕要三天才走得到。”他抬起头，先扫视了晴朗的天空，又心事重重地打量着岛上众多的积雪山峰。“这趟路，任谁来走都很吃力。”他有感而发地说道，“在冰河上走，时时刻刻都是冬天。”

我谢过长芯后便离去。别人已经开始拆卸他们的帐篷，阿憨却还堵在我们帐篷的门口。我本想装出开心的表情，但一想到眼前的任务，我的心就直往下沉。光是拉他上船，他就恨我至此，那我要是硬拖着他横越冰河，他会恨到什么地步？“该打包咯，阿憨。”我振奋地对他说道。

“为什么要打包？”

“唔，因为如果我们要屠龙，就得走到龙那里去呀。”

“我不想屠龙。”

“唔，其实也用不着我们屠龙。屠龙是王子的事，我们只要在旁边帮忙就好了。”

“我不想去嘛——”他悲哀地拖长了尾音。不过接着他便站起来，踏出帐篷外，仿佛期望我一下子就将帐篷拆卸完毕似的，我这才松了一口气。

“阿憨，我知道。这里又是雪，又是冰的，我也不想走呀，但是我们非去不可，因为我们是‘吾王子民’，所以我们一定得去帮忙。好啦，在拆帐篷之前，我们两个得先多穿些衣服，穿得暖一点，好不好？”

“我们又没有国王。”

“以后晋责王子终究会登基为王的，到那时候，我们就是他的手下了，所以我们就是‘吾王子民’啦，而且现在就已经算是吾王子民了。不过如果你喜欢说是‘王子子民’的话也可以啊。”

“我不喜欢雪，也不喜欢冰。”他不情愿地踏入帐篷，无奈地四下张望。

“我马上就把你的衣服找出来。”我安抚道。我这一生做过千奇百怪的事情，因此像侍僮一样伺候这个小个子男人穿衣，倒没有怪到不能接受。我拿出他的衣服，帮他一一穿上，感觉像是在帮身材高大的小孩子穿衣服。阿憨抱怨说，我帮他多套上一件衬衫之后，内层的袖子便倒卷起来，还抱怨多穿了这双袜子之后，靴子变得太紧。等到帮他穿好衣服，我自己热得冒汗了。我叫他到外面去，并告诫他离海浪远一点，自己则多穿了一层衣服，把阿憨与我的东西打包好。

当我察觉到我之所以那么怕走远路，是因为冷天总是使我的旧伤痛得厉害时，我不由得笑了一下。我提醒自己，由于不久前做过精技治疗，现在的我已经没有旧伤了，虽然皮肤表面做出了假的伤痕，假装旧伤仍在，但我再也不会因为天冷而肌肉抽扭、痛彻骨髓了。我转动肩膀，对自己证明，这种动作再也不会牵动我背后那道深入骨肉的伤疤。这种感觉真不错。我把阿憨与我的背包拖出来，并拆卸帐篷时，忍不住咧嘴直笑。

长芯要监管我们每个人要多背多少东西，于是我把行囊搬到他所在之处。营地里只剩下一顶帐篷没拆，指挥官已经决定要在沙滩上设一个贮藏库，而现在他正在跟切德讨论到底要留一个人，还是留两个人来看顾这些东西。切德主张只留一人，他希望身边多一个人手，然而长芯以不失礼却很顽固的态度坚持要留两个人。“这岛上的气氛令人不安，大人，而且您我都知道，卫队的人都很迷信。首领团一直在说黑者如何如何，如今连我的人也在说他们昨夜好像看到了一个神秘人物，鬼鬼祟祟地在我们的营地外围走动。要是单留一人的话，恐怕光是猜想就想疯了，若是留两个人，他们可以赌骰子、聊天，比较能顾得全我们的粮食补给。”

最后切德还是让步，留下两人看守物资，长芯指派裘乐和达败留守。安排好之后，切德转向我。“汤姆·獾毛，王子的人，那个叫做阿憨的，他已经准备好，可以出发了吗？”

“我已经尽量帮他打点好了，应该是可以出发了，切德大人。”但是他不大高兴。

我们这里又有谁高兴了？“好极了。我有几件额外的东西，在找到龙之后可能会用到，长芯已经把那东西分成便于携带的份量了。”

“谨遵汝令，切德大人。”我一鞠躬。切德匆匆地走开，而长芯则交代了一小桶切德的火药给我，让我塞在背包里。我私下嘟囔了一声，我没想到这东西这么小，却那么重。我们这一趟只带两桶，除了我这一桶之外，另外一桶塞进了谜语的背包，其他则留在营地里。

若是只有一个人，那么不待血刃的船开远，就可以出发。但若是一大团人，不管要走多远、去哪里，那就截然不同了。一直到将近中午的时候，众人才整装完毕。我注意到弄臣没靠别人帮忙，就迅速地把他那顶五彩帐篷拆了下来。不知道那是什么质料，收摺起来之后倒不大。他那顶帐篷的骨架和布料全靠自己一肩扛起。我是因为早就知道不能因他的个子瘦削而小看了他的力气，要不然，我一定会很惊讶。他置身于我们之中，却不属于任何一方。对于承领过神迹之人，战士们大多谨慎地另眼相看，首领团对于弄臣也是如此。他们倒不是瞧不起弄臣，只是觉得，最好是不要注意他，也不要被他注意到比较好。我们卫队的人则认为弄臣的事情跟他们无关，况且他们可一点都不想被台去帮他扛行李，搞不好还要伺候他。扇贝好奇地从远处望着弄臣，他感觉得出这其中可能有什么好故事，但是他的感觉还没有强烈到要凑上前去。只有迅风毫无拦阻地迷上了弄臣。他把自己的背包放在地上，倚着背包与弄臣聊了起来。跟弄臣讲话是很有趣的，何况迅风随时开怀大笑，这似乎给他带来了更多灵感。罗网望着他们两人的互动，脸上浮出赞许的表情。看到这里，我才顿时领悟到，这是迅风第一次对别人表现出和善亲近的模样。我不禁纳闷，弄臣是如何化解迅风的防线的，虽说此时我也注意到儒雅正以轻蔑的眼神注视着他们二人。他抬起头，发现我在看他，便转而望向他处，但是我感觉得出，虽然表现上看不出来，但他实际上颇为不安。我开始想道，我是不是要找个机会悄悄地跟儒雅讲讲话，以便平息他的恐惧。他一定是想起了他对黄金大人的第一印象，也就是弄臣与我在他家做客时的事情。我不难猜出他在担心什么：他认定弄臣是在化解那年轻人的心防，然后把他诱骗上床。我看我得趁着儒雅把他的疑虑跟别人提起之前及早介入才行，因为据我推测，外岛人很可能比六大公国之人更难以忍受这种行为，无论弄臣有没有神迹都一样。

长芯分给我们一人一支铁杖，我从来就没想过这东西能派上什么用场。不久后我便看出，真正建议我们要带铁杖的人其实是皮奥崔，因为接着切德把我们集合起来，让我们在出发之前先听皮奥崔训话。

皮奥崔与贵主也都背着沉重的背包，不比众人的轻。黑水帮我们准备了三台雪橇，此时雪橇上已经堆满我们的粮食用品，而贵主就站在雪橇边等待着。她穿着纯白狐狸毛所制成的长外套，头上套着各色毛皮拼成的小帽，她那一头乌溜溜的长发都收在了里面。她脚上穿的是以海象皮为靴底，以毛鹿皮制成宽大靴筒的靴子，这靴子一路穿到膝盖那么高，再用皮条绑紧。要不是她脸上的表情那么严肃，这一身打扮还真像是雪白的新娘礼服。穿着雄壮而笨重的皮奥崔，脚上套着黑狼毛皮与鹿皮制成的长裤，迟缓地走到贵主身边。我这一生所见的原智者，没有一个具备变身为动物的本事，但眼前这个皮奥崔却仿佛是摇身一变，化身成了大野兽一般，他那一身重重叠叠的皮衣，使他的身型一下子大了许多，几乎会使人哈哈大笑。尽管如此，他讲话的时候，我们每一个人都还是凝神倾听，生怕错过了一字一语。

“我知道黑龙的长眠之处。”他说道，“我之前去过两次，但即使如此，要带领大家到那里去，还是很困难。这整座岛上都是冰河，就算你知道地点，也不见得能走得到。石头跟泥土年复一年地留在原地，但我们即将要踏上的冰河是世界上最不安稳的冰河之一。冰河会沉睡，也会滑动。有时冰河会打个哈欠、苏醒过来，于是它上头便会裂开一条幽深而宽阔的裂缝，但接着它又会再次睡着。而后，当风雪吹过时，那个会令人粉身碎骨的裂缝便会被遮掩掉，除非小心谨慎、仔细辨别，否则根本看不出这雪地是实是虚。你若是掉入冰河的裂缝之中，那就跟被雪怪吞噬无异，你会一路坠入黑暗之中，人生也就此告终。我们会悲悼你掉了下去，但是我们会继续前进。”

皮奥崔一边说话，一边慢慢地扫视我们所有人。被他这么一看，许多人差点就忍不住打颤，我也不例外。

“大家要跟着我走。”他继续说道，“不仅要跟着我的路线走，还要跟着我的脚步走，但即使你跟着我的脚步走，也不能轻信你脚下的冰雪。一踏上冰河之后，你在踏出每一步之前，都要先探测一下。前面一个人走过去，两个人走过去，甚至三个人走过去，可能都没问题，但轮到你踏上去的时候，也许那层冰壳就塌了。所以，你在每踏出一步之前，务必先用手杖探一探。这个动作的确挺累人，不过还是请你确实探好路，除非你活得不耐烦了。”他再度冷冷地扫视过众人，最后才说道：“跟着我走。”

接着他便不再费力多说，直接迈开步伐，带领我们离开沙滩。贵主跟在他身后，接着是王子，再来是切德。黄金大人占了接下来的那个位子，也没人跟他争。之后是拖了一台雪橇的原智小组，他们身后是首领团派来的监督人，再后面才是拖着第二台雪橇的长芯和诏谕，以及拖着第三台雪橇的巧捷和谜语。我是倒数第二个，在我身后的是步伐沉重且迟滞的阿憨。我已经把他背包里的东西挪了一部分到我背包里来，但还是留了相当的份量，以免伤到他的自尊心。

然而刚行进不久，我就后悔了，并且下定决心，明天务必让阿憨空手上路，这样他才走得轻松点。如今因为背包太重，再加上久久不愈的咳嗽，所以他根本跟不上皮奥崔设定的步调。等我们走到冰河边缘时，主要队伍与我们两人之间已经拉开一大段距离了。于是我们走上冰河时，就得一步一探。我本以为这样一来他们必会放慢速度，所以我们总能追得上去。但这个想法终究是落空了，因为我没料到阿憨把皮奥崔的叮嘱奉为圭臬，他每踏出一步之前都要再三刺探，像在叉鱼一般。不久他便喘得很厉害，尽管我好意相劝，由我来帮我们两人探路就够了，但却被他顽固地拒绝了。

“我可不想被雪怪吞进肚子里。”他忧郁地说道。

你们看得到我们走的路线吗？晋责对我技传。

清楚得很，你别担心。如果需要你们等一下，我自然会通知你的。阿憨探路探得这么勤奋，至少可以让他的身体暖和起来。

暖过头了！累死人了！阿憨抱怨道。

“你用铁杖探一探就好，用不着一路刺入地里面。”

“我就要。”他反驳道。我想，再劝也没用了，任由他去吧。只不过为了要领着他，我得以让他跟得上的速度龟步前进，那可真是把满腔壮志都消磨殆尽了。我只觉得无聊得要命，而且一下子生出过多的时间来思考我们的处境。这一连串发生的事情令人不安，但我又说不上到底哪里不对劲，也许就像阿憨说的：这里曾经发生过惨事，而且直到现在都还未结束。

风刮个不停，而天空却清澈蔚蓝。每隔不久，就会看到特别竖立在雪地上的小树枝，棍子上别着颜色鲜艳的布条。看这情况，皮奥崔应该就是顺着这些路标而行的。他常常停下脚步，扶正小树枝，或是在小树枝上别上新的丝带。但即使如此，他们那一大队人还是走得比阿憨和我快得多。我望着他们越走越远，最后变成像是在雪地上跳着古怪的探索之舞的一排小人偶。我们的影子越拉越长，那映在晶莹白雪中的倒影，是一抹苍茫的蓝晕。我们走过的这一片白色大地似乎既不是全冰之地，也不是全雪之地，只是表面上蒙着一层薄薄的雪，但底下乃是压实了的冰尖，所以说起来，我们其实是在冰尖上走路。

在某个时刻，我下定了决心，今晚一定要去找弄臣说话，不管别人会怎么想歪、讲什么闲话，我都当作不知道。但是这个念头刚过，我就感到切德传来了一抹思绪，他隐秘地只对我一人问道：年轻人，你还是我的人吧？

他应该要对我的答案引以为傲。我敢说，就算是他，也没办法在这片刻之间想出比我更好的答案了。一如既往。我答道。

我感觉到他似乎冷冷地一笑。啊。好吧，至少你没跟我说谎。他跟你说什么了？

你说弄臣吗？

不然还有谁？

我们只谈到我为了保住他的性命，所以不想让他跟来。但是看起来，他觉得我这理由太牵强了。

他大概认为，这一定是我为了方便把龙挖出来、砍下龙头，不让他碍事，才指使你丢下他。切德顿了一下。贵主边走边哭啊。她没有回头看，所以我没看到她脸上的泪痕，但是从她的呼吸声可以听得出，她一路都在哭。她两次举起手，用手套擦掉泪水，而且两次都朗声说这雪地上反射的阳光太刺眼了，刺得她都冒眼泪了。我们两个一起想想，蜚滋，她为什么要哭？

我不知道。这趟路不好走，但我看她并不是那种会因为艰难疲惫而哭出来的女人。也许她怕黑者会报复，也许她怕首领团会严惩她的家族，还有她父亲的家族——

嘘！阿憨气恼地以技传打断了我的思绪。她会哭，是因为她很伤心，就这样而已。你们别再吵了，专心听音乐！不要再打岔了！

切德与我立刻掩住自己的思绪。原本他与我都深信我们的技传很轻，除了我们之外，别的人都听不到。但我敢说，现在切德一定跟我一样纳闷：该不会连王子也察觉到我们在谈什么了吧？接着我又不禁想道，方才切德为何要悄悄对我一个人说，不让晋责知道？我继续迈步，眼里望着前面那一群越来越小的身影。他们快要爬上大风堆起的雪丘了，要不了多久，就会消失在雪丘之后。早上皮奥崔说这里的冰河不安稳，这话可一点不假。有些地方，地面被吹得有如糖霜蛋糕的表面那么平滑，但有些地方看起来却像是糖霜蛋糕摔在地上的样子。现在雪地上的行迹还很清楚，但是我知道，天色暗下去之后，地上将到处是曲折的黑影，到时候就很难辨别行迹了。我气愤地回头看看阿憨，他仍照旧龟步前进。

我一方面是气他嘘声叫我别吵，另一方面则是因为他实在太慢，所以干脆转身轻快地走开了。不过我并没有大意，照样用铁杖探路后才迈出步伐。我本以为阿憨一抬起头，发现我把他丢下来了，就会急得赶上来，但是我回头一瞥，却发现他照样闲适地慢慢走着。我生气地瞪着他，然后注意到他的举动有点不寻常，简直就像是在跳舞一般。他会用铁杖刺、刺、刺，才摇摇晃晃地踏出一步，接着刺、刺、刺，又换另一只脚踏出一步。我把精技墙降下来，听听他那无时不在的音乐，通常我是听得出他用什么声响作为音符的。阿憨的音乐中，每发出有如刮风般的叹息声，他便踏出一步，而他用手杖刺、刺、刺的动作，则与音乐中那低沉稳定的撞击声相和。我再度封住自己，不用精技、只用耳朵倾听，然而我却怎么也听不出他的精技音符出自于这岛上的什么声响。

我停下来休息的时候，阿憨慢慢赶了上来，他的眼睛原本仔细打量着脚下的雪地，此时他抬起头，先怒瞪我一阵，接着眺望我身后，眉头皱得更厉害了。“他们走了！你怎么没把他们看住？如今他们走了，我们怎么知道要上哪里去找他们！”

“没关系的，阿憨。”我对他说道，“我还看得见他们的行迹的，再说，那边山顶上不是有根竿子，竿子上还绑了布条吗？所以我们走这里是错不了的。你放心，我们会赶上去的，只是我们得快一点才行。”其实我很担心天色渐暗之后，地上的暗影会变得更深，到时候恐怕就会行迹难辨。不过我努力克制自己，以免吓到他。但其实我可不想跟他孤零零地走在这大冰河上。

他突然举起肥短的手臂，激动地指着山脊：“你看！没关系了！那边还有一个人！”

我顺着他的指头望去，心里纳闷着是不是王子派人顺着原路走回山顶上为我们指路。阿憨说得没错，山顶上是有个人，但尽管隔得这么远，而且还光线暗淡，我仍看得出他并不是我们那一团里的人。他的动作敏捷，走路的姿态看起来颇为眼熟，只是我一时说不上到底是哪一点眼熟。他匆匆地越过山脊，然后就不见了，而我仅能看到他的背影而已。我突然感觉到一股凉意流过全身。我发狂似的对切德和晋责技传道：黑者！黑者在跟踪你们！

刹那之后，我就为自己的失态感到后悔。晋责显然觉得我的反应很好笑。我看过了，但我们后面没人呀，蜚滋，只有白雪和黑影。你们爬上山顶了没？

我们离那座山还很远呢。阿憨心不在焉的，所以走得很慢。

才没有心不在焉！阿憨出声的时候把我吓了一跳。刚才我只对晋责技传，阿憨怎么全不费工夫就听到我们在说什么？我只是在听音乐而已，可你老是打岔。

切德技传而来的思绪仿佛油滴在水中般散开来。我刚问皮奥崔，我们还要多久才能扎营，他说我们马上就要休息过夜了。你们上了山脊之后应该就能看到我们了。他已经把预定扎营的地点指给我看，那地方什么遮蔽的地形地物都没有，你应该一眼就能看到我们做菜的营火。

做菜的营火？马上就要开饭了？

对呀，阿憨，马上就要开饭了。你一到，我们就开饭了。我从船上带了些甜点来，如果你在我吃完甜点之前赶到，我就分些给你吃。

我听了摇了摇头，但仍不禁佩服晋责的脑筋动得这么快。此话一出，阿憨也不理会他的“音乐”了，他将探路的责任完全交付给我，自己则一心一意地跟在我后面走。而我认为皮奥崔的警告说得有点夸张。虽然冰河多变，但既然都已经有一大团人走过去了，那么再多走一两个人，应该也没关系吧。事实也的确如此，我们顺利地循着他们的足迹爬上山丘，途中停了几次，让阿憨咳嗽、喘气。

我们一走到山脊上就看到了他们的营地。营地周围用二十多支铁杖插了一圈，铁杖上还绑着亮丽的丝带，皮奥崔显然是以此来标示出众人的安全活动范围。王子与贵主的大帐篷已经架起，有如两朵大香菇，而在微弱的天光之中，弄臣的五彩帐篷就像是开在雪地上的一朵鲜花。由于帐篷里的光源，那鲜艳的帐篷布便如同放出光芒的彩色玻璃窗般。原本看起来只觉得是花花的图案，如今则变成腾跃翻滚的蛟龙与海蛇——唔，弄臣已经以此宣示，他到底是跟谁站在同一边的了。

我们其他人住在几个单调的褐色帐篷里，生了两个小火堆。首领团的人不但帐篷离我们稍远，而且还自己生火，不与我们共享，仿佛借着这样的动作便可以对诸神表明心迹，证明他们跟我们不是一伙的，天神若是要对我们施以惩罚，可别把他们牵扯进去。

我既没看到黑者的踪迹，也没看到什么有可能躲了人的地方，但我不仅无法宽心，反而因此更加忧虑。

我们下山往营地走，接着便第一次遇上了冰河裂缝。这条冰河裂缝蜿蜒到远处，但是并不宽，所以我就直接跨过去了，然而阿憨却很迟疑，一直低头凝视着边缘为淡蓝、深处为全黑色的深邃裂缝。“走吧。”我鼓励他，“快到营地了，我好像闻到他们做菜的香味了呢。”

“好深啊。”他打量了半天之后，终于抬起头来，“皮奥崔说得没错。裂缝会把我一口吞入肚，那我就完了！”他说着退开了一步。

“不，不会的。阿憨，你别想太多，裂缝只是地上裂开而已，不会张口吞人的。走吧。”

他深吸了一口气，咳嗽起来，咳完之后又说道：“不。我要回去了。”

“阿憨，不行啊。马上就要天黑了。只是裂缝而已嘛，跨过去就是了。”

“不。”阿憨摇了摇头，他的下巴扬了起来，“太危险了。”

最后我不得不跨过裂缝，走回他身边，拉着他的手苦劝。阿憨突然在我脚步跨到一半时，怪里怪气、夸张至极地大力一跃，使我意外地脚下一滑，而且一时之间，我心中竟真的浮现出自己落入裂缝中，谁都拉不住我，而我一直往下落的景象。阿憨察觉到我惊惧不已，劝慰道：“瞧，我刚才不是跟你说这很危险吗？你差点就摔死了。”

“我们去营地吧。”我提议道。

他们果然已经准备好热食等我们了。谜语与诏谕已经吃饱，正在轻声地跟长芯谈晚上如何排班守夜的事情。我将背包放在火边，让阿憨在我的背包上坐下，然后接过巧捷帮阿憨与我舀好的热食。我们晚餐吃的是炖咸肉，因为是咸肉，所以味道太咸，而且煮的火候还不够。我怎么这么快就习惯了公鹿堡那种鲜美多汁的料理呢？想到这一点，我不禁咧嘴笑出来。难道我忘了如何靠着侍卫的配给撑下去吗？在我这一生之中，劳累了一天，到最后吃得比这还差，甚至什么都没得吃的时候，多了去了。我又咬下一口。理论上，这些念头应该会让我嘴里的食物尝起来更为可口些，但是我却觉得食物的味道并没有变好。我偷偷看了阿憨一眼，心想他应该会抱怨一番，但他只是疲倦地瞪着炉火，碗搁在膝上，差一点就要翻倒。“你该吃点东西，阿憨。”我劝道，他像做梦似的悠悠地望了我一眼。我扶正他的碗。阿憨吃了几口，可是吃得意兴阑珊，完全不见他平日里对食物的那副热切模样。我不禁担心起来。我三两口吃完了晚餐，站了起来，任由他在将熄的小火边慢条斯理地咀嚼食物。

切德、晋责和原智小组在另外一个火堆边聊天，甚至还传出笑声。一时间，我对于他们那种热闹融洽的情景感到颇为嫉妒。过了一会儿，我才注意到弄臣并没有跟他们在一起，他大概已经回帐篷去了。此外我还注意到，皮奥崔与贵主也双双缺席。我朝他们的帐篷望了一眼。他们已经睡了吗？唔，也许还是早点睡最好，想必明天皮奥崔很早就会催我们启程了。

切德大概是注意到我在火光的边缘徘徊，他起身离开火边，仿佛要去伸展一下似的，而我则静静地跟在他身后。我们两人处于黑暗之中，我站在他身后，轻轻地说道：“我很担心阿憨。他一副心不在焉的模样，而且他的脾气起伏不定，一下子气恼，一下子恐惧，一下子激昂。”

切德慢慢地点点头：“这个艾斯雷弗嘉岛，很奇怪……到底怪在哪里，我也说不上来，可是我感觉得出有什么东西在扯着我。我又怕又烦，担心得超出了应有的程度，然后这情绪一下子又消失了。这个岛像是借着精技对我传话，要是像我力量这么微薄的人都感觉得到，那阿憨的感受会有多么强烈？”

我听得出他在贬损自己的精技天赋不如人。“你的精技越来越强了，而且每天都有进展。”我肯定地对他说道，“不过，你说得没错，我也整天都感觉到莫名的忧虑在啃噬我——虽说有时我的个性本来就会如此，但今天这个忧烦的感觉比平常更难以捉摸。这会不会跟困在石龙里的那些记忆有关？”

他无奈地哼了一声：“这我们怎么会知道？我们顶多也只能照顾阿憨吃好睡好，如此而已。”

“阿憨的精技力量越来越强了。”

“我知道。这使得我这一丁点精技天赋，变得更微不足道。”

“耐心点，切德。时间一久，一切都会水到渠成的。你起步晚，之前又没受过训练，能有这个水平，已经很不错了。”

“耐心，耐心，我除了能耐心一点，还能怎么办？我已经尽力了，可成果还是太少。是啊，你当然会很镇定，你的精技天赋就如你想要的那么强，甚至一辈子都用不完，而我却只能在生命的尽头紧抓着这残存的些许天赋不放。人生还有公平可言吗？痴呆的家伙拥有源源不绝的天赋，而我的天赋却少得可怜！”他转头对我说道，“你的精技天赋那么充沛，你却从头到尾都无心运用你的天赋，而我呢，我一辈子苦苦追求而不可得之，这算什么？”

我越听越觉得不对劲：“切德，这地方在伺机猎食我们的心灵，它会把我们内心的恐惧与绝望不断放大。好好防备，把你的精技墙立起来，除了你自己的逻辑之外，别的都不要轻信。”

“嗯。我被自己的情绪拖累了，这个经验我从未有过。但是这一次，与其多谈，还不如多休息，你我都一样。你尽量照顾好阿憨，我会看着王子。晋责的心情也变得很沉郁，跟平时那种轻快的模样差很多。”他摩擦着戴手套的双手，“我已经老了，蜚滋，老咯，而且又累，又冷。等到这一切都过去，我们都平安返航的时候，我一定会很快乐。”

“我也是。”我热忱地说道，“不过我还有件事情要跟你说。这很奇怪，是不是？我本以为你我彼此技传，既隐秘，又不为外人所知，但如今我若要私下跟你讲句话，却非得把你找出来不可。依我看，我现在还不能托阿憨帮这个忙。他到现在还怪我害了他，气得牙痒痒的。所以最好还是由你或王子跟他提比较好。”

“什么事？”切德不耐烦地问道，他一直动来动去，他那把精瘦的老骨头一定很受不了这股严寒吧。

“我们的信鸽一定已经飞抵公鹿堡，而王后也立刻派人去跟博瑞屈说了，因为荨麻已经到公鹿堡，且受到周全的保护。她甚至知道自己之所以会有危险，跟我们此行要来取龙头有关。”

切德听出了我的言外之意：“而阿憨能在梦中跟荨麻讲话，所以我们可以跟公鹿堡以及王后联络了。”

“可以这么说。不过得谨慎些就是了。阿憨还在气我，他若是看出我十分期待，反而会趁机捉弄我，让我大失所望。况且荨麻也在气我，我没办法直接跟她联络，我若是透过阿憨传话，不知道会不会被她当作是耳边风。”

切德恼怒地嘟囔了一声：“蜚滋，你现在才想到要配合我的计划也未免太迟了吧。我并不以斥责你为乐，但若是当初我们发现荨麻有此潜力时，你就让我们把她召到公鹿堡去训练，她不但不会有生命危险，你跟她也不会因此而闹僵，使我们诸事不便了。倘若她受过训练，那么就算没有你，王子和我也可以跟她联络。总之，要不是你百般推托，我们与公鹿堡之间早就有联络的管道了。”

我知道我这样反驳很幼稚，但我还是忍不住说了：“倘若如此，你八成会以为王子汇集力量为由，把荨麻一同带来这里。”

切德像是碰上了个顽固得说什么都不肯让步的学生似的，悠悠地叹了一口气，“你爱怎么想就怎么想吧，蜚滋，只是我求求你，你别像是被蜜蜂螫痛了的蛮牛般，横冲直撞地乱想一通。就让荨麻在公鹿堡待个几天，让我跟王子商量看看，要让她对自己的身世知道多少，以及要如何透过阿憨来跟她联络。如果真要荨麻与阿憨彼此传话，也得让阿憨有所准备才好。”

我松了一口气。我原本也担心提到这消息会使人——不过我担心的不是我，而是切德——像蛮牛一般地莽撞起来。“你放心。就照你讲的，一切慢慢来吧。”

“这样才好。”切德心不在焉地答道。我知道他一定已经开始思索，多了这几个棋子之后，要如何在棋盘上布置新局了。

最后，我们便互道了晚安。

15. 儒雅

在沙杜斯齐大君统治“边疆国”的时代，何昆是白色先知，而狂眼则是何昆的催化剂。沙杜斯齐大君在位的时候发生了大旱，直到他死时，大旱仍无缓解的迹象。有人说，这是天神对边疆国的惩罚，起因是沙杜斯齐大君之母，沙杜斯婆女王，由于丈夫史流文出水痘而死，在哀痛不止与气愤难耐之余，把国内所有祭祀“叶神”的圣树树丛都烧了。可是天上之所以降下甘霖，是为了要滋润圣树，而非给大人小孩止渴，既然雨水再也滋润不到圣树，于是此后雨水就不下了。

何昆深信，他身为白色先知的任务就是要使边疆国恢复昔日的丰饶。他认定，若要让旧日的风光再现，必得先有水，因此他吩咐他的催化剂研究水文，以及如何挖深井取水、开渠道引水，或是以祭祀祭品求雨。他常常叫狂眼思考，她要做什么改变才能将水引入家乡的大地，但是不管狂眼怎么回答，何昆都觉得不够好。

狂眼倒不在乎水多水少。她在干旱期出生、长大，因此她只知道干旱期的景象和生活型态。她真正在乎的是山脚下、峡谷中，在爪状荆棘的保护下，长在贴地之处，形小肉软、种子很多的梨果果实：“悉琵果”。狂眼常常丢着正事不做，溜到山脚下的荆棘丛里，回来时，裙子上、头发里都沾着许多种子，嘴巴还因为吃多了悉琵果而被染成紫色。白色先知何昆经常因此而勃然大怒，并因为她没把自己的工作做好而打她一顿。

然后，在他们住的小屋附近，原本只有黄土的地方，开始长出了爪状荆棘。爪状荆棘交缠的茎刺让泥土得以免受烈日的曝晒，所以荆棘底下便慢慢长出了悉琵果的藤蔓。悉琵果过了季节就干掉了，接着地上便长出青草，于是有不少兔子在荆棘底下住下来，并以青草为食，而狂眼便抓了兔子，给白色先知炖兔子汤。

——柯德仁文书所载，有关于白色先知何昆的故事

虽然切德建议我早睡，但是我并没有马上就上床。我回到火边，发现阿憨凝视着余烬，在冰河扑上来的寒意中打颤。我打发他起身，到我们两人与谜语、诏谕同住的帐篷里睡好。帐篷里虽然拥挤，但这样大家的体热比较不容易散去，睡起来会暖和一点。阿憨躺好，长叹了一声，咳了一阵，又叹了一口气，才开始睡觉。我心里纳闷道，不知他今晚会不会去找荨麻讲话？还是到了早上再问问吧，此时我只要知道荨麻好好地待在公鹿堡里就满足了。

我离开帐篷，走入星空下。火已经差不多熄了，虽然长芯总是刻意在火盆中留下几块木炭，好让火慢慢烧着，但是我们的燃料实在太少，不足以让营火持续不断地烧下去。晋责的帐篷里有个暗淡的灯光，大概是个小灯笼什么的。弄臣的帐篷也亮亮的，像珠宝般在暗夜中闪闪发光。我悄悄地穿过雪地，朝那鲜艳的帐篷走去。

我听到弄臣的帐篷里传来轻柔的讲话声，不禁停下脚步。我听不出他们在讲什么，不过我听出了那是谁的声音：迅风说了什么话，弄臣逗趣地答了一句，然后那少年便咯咯直笑。那气氛听起来既安宁又友善，我顿时觉得自己被他们刻意排除在外，一时间，差点就转身回帐篷去了。但接着我斥责自己不该嫉妒别人。弄臣多交了个朋友，而这对于迅风而言也是再好不过的。既然不能敲门，我就大声地清清喉咙，站上前将帐篷的门片掀起一角，一束光线映在雪地上。

“我能进去吗？”

弄臣迟疑了一刹那："要进来就进来吧。别把外头的冰雪卷进来就是了。"

我的习性，他是再清楚不过的了。我拍掉绑腿上的湿雪，又跺脚抖掉鞋底黏着的冰雪，然后才弓着身子走进帐篷。

弄臣有个少见的本事：他若想退回自己的小世界，就能顺手创造出独属于他的氛围。上次我进到他帐篷里时，这里面虽然布置精美，却感觉颇为空旷，但如今他人在帐篷里，便让我觉得处处都有他的影子。地板中央有个金属火盆，里面烧着火，但几乎不冒烟，空气中滞留着一股清香的热茶味。迅风盘腿坐在一个系着流苏的坐垫上，弄臣则半躺半坐地倚在他的睡垫上。迅风腿上放着两支箭，一支箭头是灰扑扑的，另一支则漆着亮丽的色彩，显然是弄臣的手笔。

"您找我有什么事吗，大人？"迅风快速地问道，我听得出他很不愿离开这里。

我摇了摇头："我根本就不知道你在这里。"

弄臣坐了起来，而我也了解到刚才迅风为什么会笑得那么开心了。弄臣的指尖缠着五根细细的黑线，黑线末端吊着一个玩偶。我看了会心一笑。弄臣刻的戏偶，穿着玩杂耍的、黑白相间的衣装，头上是蓬蓬的白发，而那苍白的脸庞则活脱脱是他小时候的模样。他那细长的手指轻轻一动，那戏偶便对我点点头。"什么风把你吹到这里来呀，汤姆·獾毛？"弄臣与他的木偶一起对我问道。他再轻轻一动指头，那个小弄臣便歪着头，等我回答。

我想了一下之后，答道："因为旧日情谊。"我在隔着火盆，与迅风相对的位子坐了下来。那孩子憎恶地瞥了我一眼，接着便望向他处。

弄臣的脸上有些淡漠。"我懂了，欢迎。"话虽如此，他的语气却毫无热度，显然我打扰到他们了。接着便是一阵尴尬的沉默，我这才体会到自己犯了多大的错误。那年轻人对于弄臣与我之间的交情一无所知，所以我不能随便开口——这么一来，我反倒想不出该讲什么才好了。那少年闷闷不乐地凝视着火焰，显然在等我离开。弄臣开始把指尖上的线一条一条地解开，将戏偶放下来。

"我从没见过这样的帐篷，这是遮玛里亚来的吗？"即使在我自己听来，都觉得这像是巧遇陌生人时所说的，没什么意义的客套话。

“其实是雨野原来的。我猜这料子是为古灵所织的，但这图案可是按着我的想法做上去的。”

“古灵？”迅风嗅到了这其中必有故事可听，马上急切地问道。弄臣嘴边浮出一抹若有似无的微笑，我猜他一定也看出我脸上露出了兴味浓厚的表情。

“雨野原的人是这么说的啊，他们说，很久很久以前，雨野原上有许多古灵所居的大城。古灵到底是什么，长得什么模样，这很难说得准，但反正雨野原上的沼泽中，的确有些深埋在泥泞里，以石材盖起的大城。偶尔人们费尽心思地进入石城，并在仅有的残存的干燥房间里找到远古之前、不同于我们的人所留下来的宝藏。这些抢救回来的东西，有些非常神奇，其用途与功效，就连雨野原的人也并非完全了解，但有些东西则跟我们做的东西很像，只是质地完全不同。”

“就像这支箭？”迅风举起那支箭头灰扑扑的箭，“你说这箭是雨野原来的。我从未见过这样的东西。”

弄臣瞥了我一眼，才望向迅风：“那支箭是‘巫木’做的。巫木是少有的木料，比这帐篷的料子还稀罕呢。这帐篷布比丝还细，却比丝强韧，摺起来可以一手握住，撑开来却很结实，既能保留热气，也能抵挡寒风。”

迅风好奇地伸手摸了摸帐篷布：“这真的挺不错的。没想到帐篷里竟然这么暖和，而且我蛮喜欢帐篷上的这些龙的。”

“我也喜欢龙。”弄臣应和道。他又倚回床垫上，并凝视着火盆，眼中跳跃着两朵小小的火焰。我往后靠，离火光远一点，打量着他。他脸上出现了他小时候所没有的棱角，而头发的颜色似乎也比以前深得多。他小时候，头发若是没绑起，便会蓬松地飘散在脸庞周围，如今他就算没绑头发，发丝也如同马鬃一般服帖地垂在他的肩膀上，就像现在这样。“我就是因为龙才来这里的。”

弄臣瞥了我一眼。我交叉手臂抱胸，更往后地躲入暗影之中。

“雨野原上有一群龙。”弄臣对迅风说道，“只是都羸弱不堪，只有一条名叫婷黛莉雅的母龙，不仅长得健壮，而且还精力充沛。”

那少年朝弄臣凑近了一点：“这么说来，缤城商人说的是实话咯？他们真的有龙？”

弄臣歪着头，仿佛在考虑要怎么回答才好，嘴边又浮出了若有似无的微笑。最后他摇了摇头：“我倒不会那样说。与其说‘缤城商人有龙’，倒不如说雨野原上有龙，而缤城恰巧坐落在那条龙自己画出来的地盘之中。那条龙很美，一身艳蓝色，晶亮如宝石。”

“你亲眼见过？”

“不但见过。”弄臣对那困惑的少年笑笑，“还跟它说过话。”

迅风屏住呼吸。他似乎已经忘记帐篷里多了我这个人，不过弄臣接下来的话是讲给迅风听的，还是讲给我听的，这就很难说了。“这顶帐篷就是那条蓝龙叫雨野原的人送给我的。”

“为什么蓝龙要叫他们送礼物给你？”

“它之所以叫他们送礼物给我，是因为它认为我会毫不动摇地为它效力。而且它与我早已认识，只是那不晓得是在多么久远以前，当时的它不是现在的它，而我也不是现在的我。”

“这是什么意思？”那孩子以为弄臣在戏弄他，但我看弄臣并无此意。

“我的族人早就跟龙族有所来往。而婷黛莉雅具备龙族所有的记忆，因为龙族的记忆，就像一颗颗闪亮的珠子从丝线上滑下般，通通存在了它心里。那记忆不但回溯到它仍是海蛇的时候，还能回溯到更早之前，它还是蛋的时候，再回溯到当年产下它这颗龙蛋的龙之时，回溯到那龙仍是海蛇之时，回溯到那龙仍是龙蛋之时，再回溯到产下龙蛋的龙之时，又回溯到龙仍是海蛇……”

弄臣如连珠炮般清晰轻快地讲了这一番话，逗得那孩子笑得喘不过气来。“够啦！”那孩子叫道。

“一直回溯到很久以前，有条龙曾经认识我这样的人之时。而要是我也有龙的记性，说不定我还能对它说：‘啊，是呀，我想起来了，当年的确如此。有缘再度相见，真是难得啊。’只是我并没有龙的记性，所以当婷黛莉雅说，它所见过的人之中，只有我这人最能信任的时候，我也只能信以为真了。”

他这个故事讲得扣人心弦，那孩子听得入迷了。“那么它要你为它效什么力？”迅风迫不及待地问道。

“哈！”弄臣抽回眼神，不再看迅风。接着他摇头转肩地伸展一番，突然之间，他那修长的食指，竟不偏不倚地朝我脸上指来，“他知道。因为他已经允诺要帮我了。是不是呀，汤姆·獾毛？”

我疯狂地搜索自己的记忆。我有允诺要帮他吗？还是我只是说，时机到了之后，我会做出决定？我笑了笑，以难得的狡黠答道：“时机一到，我必尽力而为。”

他必定听出我这话非常疏远，但他却像我已经答应了他似的笑笑，“不只你，我们大家都会尽力而为，就连年纪小小的迅风，博瑞屈之子暨莫莉之子，也是一样。”

“你为什么要那样称呼我？”那孩子一下子大受刺激，“对我而言，我父亲什么都不是。什么都不是！”

“无论你怎么看待他，对他而言，你都是他儿子。也许你可以不承认他，但是你却无法令他不承认你。人世间，有些关系是不能用言语截断的，这些关系就是存在且无法抹灭的。然而，也就是因为有这样的关系，所以世界与时间才得以维系啊。”

“他跟我之间才没什么维系呢。”那少年愤恨地坚持道。过了一会儿，他发现自己打断了弄臣的故事，而弄臣可不会自动把故事说下去。他又停顿了一会儿，终于还是退让一步，开口问道：“那么，龙到底要你来这里效什么力？”

“噢，你明知故问！”弄臣坐直起来，“我在沙滩上讲的话，你都听见了，况且这里人少，所以流言传得很快。你们来这里屠龙，而我则是来这里看你们屠龙不成的。”

“怎么可能？除非龙跟我们大打一场。除非龙先攻击我们。”

弄臣摇了摇头：“不。我只是来此见证龙会活下去。”

迅风先望望弄臣，又望望我，然后又盯着弄臣，接着他迟疑地说道：“这么说来，你是我们的敌人咯？如果我们要杀死龙，你就会跳出来跟我们打一仗？可是你只有一个人啊！你只有一个人，怎能跟我们作对？”

“虽然有些人视我如仇敌，但是我不跟人作对，也不与人为敌。迅风，我刚才说了，我是来这里看着大家屠龙不成的，就是这样，仅此而已。”

那孩子不安地动来动去。我几乎感觉得到他的心思，而他开口的时候，那十足是博瑞屈的口吻，像得差点令我心碎。“我已经立誓效忠王子殿下了。”他深吸了一口气，但是再度开口时，语气仍旧困惑迟疑，“如果您跟王子殿下作对的话，大人，那么我绝不能放过您。”

从头到尾，弄臣的目光都定定地望着那孩子。“如果你相信这样做才对，那么你绝对不会放过我，这点我非常确定。”他轻轻说道，“如果时机到了，真是这样的场面，那么你我要不了多久就会变成仇敌了。但我会尊重你由衷的选择，相信你也会尊重我由衷的选择。但眼前我们一起旅行，朝同一个方向前进，既然如此，我们为何不能像汤姆·獾毛来访的用意那样，因为彼此的情谊而好好相处呢？”

迅风的眼神再度于弄臣与我之间飘移：“这么说起来，你们两个是朋友了？”

“我们是多年的老朋友了。”我答道。而弄臣则几乎在同一时间开口说道：“我们交情之深，不是朋友二字可以形容的。”

就在此时，儒雅·贝馨嘉忽然唐突地翻开帐篷的门片，探头进来，气愤地叫道：“我就担心会演变成这个局面！”迅风惊讶得嘴巴张开，抬头望着儒雅。弄臣不耐烦地叹了一声，我则是第一个回过神来回答儒雅的。

“你的担心未免多余。”我稳重地说道。而完全想错了儒雅意思的迅风，则焦急地反驳道：“不管谁劝诱我，我都绝对不会背叛王子殿下的！”

依我看，迅风这句话，使得儒雅如坠五里雾中，现在他也不大确定这是怎么一回事了，所以只能轻蔑地对迅风吩咐道：“迅风，你马上出去，回你床上去睡觉。”再对弄臣说道：“你别以为事情就这样了结了。我会把我心底的忧虑告诉王子。”

儒雅的话刚说完，弄臣与我都还来不及反应，便听到谜语朝我们营地外围大吼道：“站住！你是什么人？”

我推开迅风，迅速地冲出帐篷，差点把儒雅给撞倒——不过说真的，就算撞倒儒雅，我也不会感到遗憾。我察觉到他跟在我身后，而我知道迅风和弄臣也会追上来。我冲到谜语站岗的位置时，只见几乎全营地的人都从睡梦中惊醒，冲出来看这到底是怎么一回事。

“你到底是谁？”谜语再度叫道。由于这情况甚为可疑，他的口气格外气愤且充满挑衅意味。

我一冲到谜语身边便问道：“在哪里？”

“那里。”谜语举手指着，轻声答道。此时我也看到一个人影，但那真的是个人吗？冰河表面的积雪被风吹得凹凸不平，加上我们的火光太暗淡，使得北国夜色中的那抹灰黑不辨真假，看不出那到底是人影，还是只是雪影而已。积雪的高山给雪地上蒙上了另外一层颜色较深的影子。我瞪着眼睛望着，有个人站在我们火光所及的范围之外，我虽然只看得到朦胧的身形，却足以确认那就是我下午看到的那个人。我听到皮奥崔在我身后喘息道：“黑者！”他的口气恐惧至极，而此语一出，首领团的人也不安地窃窃私语起来。弄臣突然出现在我身边，他那修长的指头紧抓住我的上臂，他问的声音很轻，大概只有我听得到，别人都没有察觉，“那人是谁？”

“你快站出来！”谜语命令道。接着他拔开佩剑，离开我们这一圈人，往前迈入黑暗之中。长芯将火把插入火堆的余烬里，火把不久便点燃，他立刻高高举起火炬，只是这时那人已经消失了。火光一出，黑影便隐遁不见，而那人也如同黑影一般消逝得无影无踪。

那人一出现，使得全营不得安宁，然而那人一消失，则使得全营陷入混乱之中。众人七嘴八舌地争着讲话，谜语和其他几个侍卫冲上前去检查那人方才站着的位置，而切德则大声告诫，叫他们别冲上去乱踩。等到切德与我前去检查时，那地方早就人迹杂沓，就算那人留下了什么痕迹，也全都被踩得看不见了。长芯将火炬举得更高，但是我们已看不出有什么前来此地或离开此地的确实足迹。那人刚才待的地点，不但在皮奥崔以铁杖标示出来的营地地界之内，同时也正好有我们一行人在日间抵达营地时的足迹穿过。

一名外岛战士开始大声地对埃尔神祈祷。铁石心肠的战场老手，竟然对以无情冷血著称的神祇祈祷，这种场面实在令人惶惶不安。那人声音沙哑地祈祷道，如果埃尔神肯把矛头指向他处，那么他必定以大礼与牺牲答谢埃尔神。罗网震惊得有点失神，而就算仅就着火炬的亮光，也看得出皮奥崔的脸色十分苍白，而贵主则有如象牙雕像般一动不动，脸上毫无表情。

“也许那只是光影的错觉而已。”扇贝说道，不过没人把他的话当一回事。首领团没发表意见，他们围成一圈，悄悄地讨论起来，语气甚为担忧。皮奥崔也一言不发。

“不管那人是谁，反正他已经走了。”最后切德宣布道，“大家散了吧，晚上尽量多睡一会儿。长芯，每班派两人站岗，并把火生大一点。”

我们虽派了人守夜，但是首领团的代表似乎并不信任，他们还是派了个自己人出来看着。除此之外，他们还在营地外围的雪地上铺了块海獭皮，放了好些供品。我看到皮奥崔护着贵主回到他们的帐篷去，但我猜他们两人这一夜大概都睡不着了。我心里很纳闷，为什么皮奥崔会吓得魂不守舍？要是能多知道一点黑者的事情就好了。

我想切德可能会想要与我一谈，但他却只是用指责的眼光瞪了我一眼。我第一个想到的念头是，莫非切德在怪罪我没把那位深夜访客逮住，但接着我就想通了：他气的是弄臣仍站在我身边。我直觉地走开两步，跟弄臣离远一点，随即便烦躁地阻止自己的脚步。我爱站哪里，应该由我自己决定，而不是看切德的意思。我做出面无表情的脸色，针锋相对地迎向切德的眼神，而他轻轻甩了甩头，转过身，陪着王子走回帐篷去了。

站在我身边的迅风一开口，我就察觉到他很害怕。“我该怎么办？”他一定不肯承认自己吓得胆颤，但是他的口气已经把他的心情表露无遗，所以我努力揣测，当我像他这个年纪的时候，要怎么样才能使自己安心，于是我想起了博瑞屈的窍门：派个工作给他。

“你跟上去，陪着王子。我看你今晚最好睡在王子的帐篷里，因为你耳力好，又有原智，什么人要凑近王子的帐篷都瞒不过你。你记得把这两点跟切德顾问和王子说，顺便告诉他们，是我建议你今晚守护王子的。好了，你快拿着毯子去找王子吧，若是等到他们就寝再打扰就不好了。”

他目瞪口呆地望着我好半晌，然后才流露出感激的眼神。他与我四目相对，眼里既没有憎恶，也没有保留，“你知道我对王子是忠心耿耿的。”

“我清楚得很。”我肯定道。我感到好奇，骏骑第一次声称博瑞屈乃是他的人的时候，博瑞屈的脸上是不是也像此时的迅风一样放出光彩。我突然感觉到，用这几句话就买到博瑞屈这个儿子的忠心，未免便宜得过头了。倘若迅风的忠心与勇气有他父亲的一半，那么晋责手上可就多了个无价之宝。迅风奔入黑暗的营地。我听到身后有脚步声，于是转过身。罗网走了上来，而儒雅跟在他后面一两步之处。罗网仿佛看出了我的心意，“那孩子大了之后，必定是个光明磊落之人。”

“那可不见得，他要是养出了违反自然的品味，那就不成器了。”儒雅将罗网的话加以衍伸。他以一副蓄势待发、非打一架不可的态势踏进我们这个小圈子，而他那如一抹白影的猫则站在他的脚边。这真是太糟糕了，我既不希望儒雅散布流言，也不想跟他打架，可是看这情况，恐怕是免不了。弄臣抢在我之前平静地说道：

“当时的事情实在不幸，但是事过之后，你却仍故意要一直折磨自己。如果我非得再跟你说个明白不可，那我就说吧：我对那个男孩子一点威胁都没有。几个月前，我们两人在你家里有所往来，但那只是个伪装，因为我必须快速离开，需要有个言之成理的借口，以免别人起疑。你又不是傻子，你亲眼见过汤姆·獾毛与我为王子效力，虽然从来没有人给你清楚地解释，但是你不用奢望了，往后也不会有人跟你说明的。有一点我倒可以跟你讲个清楚：对我而言，那男孩并无肉体上的魅力，而我对那男孩的身体也无非分之想，你我之间也是如此。”

如果儒雅在意的真是这一点，那么这番话应该足以让他宽心了。但是当然，他绝对意不在此——这只要从他那原智猫儿将耳朵警备地贴在头上的模样，就可以看出端倪。他以低沉的声音问道：“那么你跟惜黛儿呢？惜黛儿跟我可是有婚约的啊！你破坏了我们俩之间的信任，难道你还敢大言不惭地说，对你而言，惜黛儿并无肉体上的魅力，而你对她的身体也无非分之想吗？”

一股寒冷且沉默的氛围逐渐朝我们逼近，然而这氛围并不全是因为冰河的缘故。我难得看到弄臣如此慎重地斟酌用字。我察觉到扇贝凑了过来，站在紧邻着我们圈子的地方，那些原本已经朝帐篷走去的人，也停下脚步，准备看一场好戏。我心里纳闷道，不知将来吟游歌者会如何转述他所见的场面，更不知道弄臣接下来会说什么话。“我上次见到惜黛儿的时候，她是个可爱的孩子。”弄臣平静地说道，“然而她也像孩子一样，喜新厌旧，没有定性。她既对我感到好奇，我便也借此大加发挥了，这点我承认。我刚才已将当时为何要那样做的理由告诉你，但我并未破坏你们两人之间的信任。信任既在于你们两人之间，所以唯一能破坏这信任的人，乃是你们自己，而你们终究撕毁了彼此之间的信任。事情都过了一阵子了，也许如今你回头看，就会发现到惜黛儿给你的，仅是孩童般的信任，而非年轻女子的爱意。我敢打赌，除了你之外，她还认识其他年轻人。其实她不是真的选择了你，儒雅，你只是常跟她在一起，而她父母又很赞成，仅此而已。所以当我出现，而惜黛儿察觉到她可以有所选择的时候……”

“你别想把这一切罪过都推到我身上！”儒雅低吼道，他的猫也应和着吼了一声，“你色诱了她，把她从我身边偷走，然后又把她丢在一旁，使她羞愧得无颜见人。”

“我……”一时间，弄臣惊讶得说不出话来，不过他再度开口的时候，声音已经变得坚定且自制，“你错了。惜黛儿与我之间的来往，通通发生在你面前，毕竟我的用意便是如此！我既没有私下与她相会，当然就更没有色诱她。我的确是丢下了她，但我可没有使她无颜见人。”

儒雅摇着头，态度有些激烈，而弄臣越是平静，他就越激动，“不！不，就是因为你那可耻的欲望，所以惜黛儿与我之间的一切才会被你破坏殆尽！你现在还大言不惭地说那是个伪装，是个障眼法。我母亲原本希望我们在一起，可是你不但粉碎了我母亲的梦想，还使得惜黛儿的父亲蒙羞，如今她父亲连跟女儿同处一室都受不了了。你说这一切只是无伤大雅的玩笑？不，不，我说什么也不信。”

我觉得很不自在。那个骗局，我也有份。当时我们在贝馨嘉府上做客，表面上看是为了享受在附近山野中打猎的乐趣，其实是为了追踪王子，以及绑架王子的那些花斑子的下落。由于找到王子的行踪后必须立刻离去，所以黄金大人制造了一个理由，让殷勤待客的贝馨嘉夫人欢迎我们离开：黄金大人对惜黛儿小姐——也就是儒雅的未婚妻——展开大胆的攻势，运用其财势、魅力与恭维，让年轻的惜黛儿应接不暇。等到儒雅意图介入时，喝得醉醺醺的黄金大人则对那年轻人说，他也欢迎儒雅一起到他的床上来作乐。我们之所以这样做，全是为了王子，因为唯有如此才能迅速离开贝府、追上王子的行踪，同时不至于因为我们的突然离去而使人起疑。但是那件事的后遗症至今仍无法消除。我突然害怕起来，再这样下去免不了会起冲突。王子殿下，恐怕我必须得请你介入不可。儒雅跟弄臣吵得很厉害，而我看儒雅势必要打上一架。

“很遗憾。”弄臣说道，他这三个字说得很有感情，无论任何人都不会怀疑他的诚意。接着他顿了一下，最后才说道：“说真的，儒雅，感情的事永远不嫌太晚。我看你对惜黛儿用情很深，既然如此，你回到六大公国之后，就当面把你的心意告诉她。给她一点时间，等到她长成女人，再看看她是不是对你有意。她若对你有意，你们必可快乐相伴。但如果她无意，唔，那么你就知道，你们两人之间是无法长久的，无论我有没有出现都一样。”

儒雅才不想听这些，他的脸一下子涨红，一下子苍白，接着他突然叫道：“你得还我一个公道！”他飞身朝弄臣扑上去。

罗网伸手要拉住儒雅的肩膀，只是迟了一步。我想要横身挡在弄臣身前，但也迟了一步。儒雅急不可待地朝弄臣扑了上去，两人在雪地上翻滚了好几下。儒雅发出猫一般的嘶叫声，而我猜是因为罗网用了什么办法制止，所以儒雅的猫才没有跃上去为他助阵。我上前一步，想要拉开两人，但就在此时，衣衫不整的王子出现在现场，并对我技传道：

让他们发泄发泄吧，蜚滋。这最好是由他们自行解决，你若是卷了进去，那么我们整团人就不得不选边站了。儒雅已经酝酿了好久，恐怕光用言语是无法摆平的。

可是弄臣从不动手。我认识他这么久了，从没看他动手过！

不过呢。这是切德，他阴沉地满足地说道。现在他必须得动了。

我猜他们两人都以为儒雅三两下就会打赢，不过他们对弄臣的了解可没有我多。弄臣看起来虽弱不禁风，但即使我在体能最好的时候，他要应付我也绰绰有余。有一次我受了伤，是他一路将我抬回他的小屋去休养的，而他那些空中翻滚的奇技，不但需要灵巧的身体，也需要很大的力气。我知道他要打倒儒雅绝不是问题，问题是我怕他根本不想动手，而且我的恐惧并非空穴来风。此时儒雅骑在弄臣身上，他的拳头结实地打在弄臣的胸膛、肩膀与下巴上的声音，听得我心惊胆颤。

你快制止！我对王子恳求道。你快下令叫他们停下来！

任他们打完，才能真正了结此事。这是切德的提议。我听了不禁对他怒目而视，我认为他之所以要让迅速聚集过来的众人亲眼看到弄臣被儒雅击败，另有其他的原因。

那我自己出手好了！然而在我踏上前去之际，却发现打斗的局势已经完全扭转。弄臣虽被儒雅压住，但是他不断扭动，最后儒雅只压住了他的臀部。弄臣抓住儒雅的膝盖窝，接着不知用什么手法一扭，一下子便将儒雅抖落下来，然后两人上下易位，儒雅反而被他压住了。我虽然一直等着看弄臣反击，但是看到他的手法如此灵活利落，仍十分意外。

他可不意外。他看似毫不费力地将儒雅在空中乱挥的双手压制在地上。弄臣的一边鼻孔流出深红的血液，滴落在儒雅身上，儒雅不断挣扎，所以弄臣将他按得更紧。我看得出来，弄臣虽不愿伤人，却不得不将儒雅的一边手肘往外扭，直到那年轻人痛得叫出声来为止。儒雅的猫虽待在我身边，却狂野地嘶吼着。罗网看似轻轻地摸着猫背，但是那猫却像是被铁箍圈住似的不能动弹。

弄臣把那个不断挣扎的年轻人压得死死的，我感觉得出，儒雅因为那个晕黄的男人竟然似乎没出什么力气，就把他给压制住而气愤不已。通常一个人若是敢侮辱对方没有男子气概，总会认为对方是不可能三两下就把自己制住的。

“够了。”弄臣的口气很坚定，他这话不但是讲给儒雅听，也是讲给我们所有人听，“到此为止，往后此事我绝不再提。”

儒雅突然软瘫了下去。弄臣继续将他压制了一会儿，才将他那四肢无力的身体推开，吃力地踩出一步，摇摇晃晃地站起来。然而就在他正要走开的时候，儒雅打了个滚，站直身子，并再度朝弄臣扑来。我一个箭步跨上前，与此同时，弄臣像背后长了眼睛似的，柔软轻灵地退到一旁，所以儒雅与我突然撞个正着。那少年目瞪口呆地抬头瞪我，而我则低头俯视着他。他蹒跚地后退了一步，转身对弄臣破口大骂：“他都站了出来，随时准备为你一战，你还说他不是你情人！”

弄臣有如一阵风，一下子穿过暗夜雪地，虎视眈眈地逼近那少年身前，针锋相对地说道：“他不是我的情人。对我而言，他何止是情人？他比情人更加珍贵。我是白色先知，而他是我的催化剂，我们之所以在此，是为了要改变时代的轨道。所以我来这里看着冰华活下去。”

皮奥崔已在不知不觉间来到我们这一圈人的边缘。在黑暗中，只见他双肩下垂，仿佛刚才中了一箭。首领团原本是为了看场好戏而聚集过来，此时他们则窃窃私语。但是我没时间看他们的反应。儒雅看起来就像是一头尾巴甩来甩去、身体匍伏在地、随时准备出击的大猫。他冲着弄臣大吼道：“我才不管你或他号称什么，你是什么东西，我清楚得很！”

他最后那几个字，简直不是讲出来的，而是吐出来的，然后他便出手了。这一次，弄臣正面迎击。儒雅连连击出重拳，但是弄臣左闪右躲，通通避过，最后还抓住他的身体。不过弄臣不是借此将他推开，而是为冲上来的儒雅加把劲，直接将他的脸朝下推送到雪堆里。接着弄臣扑了上去，将儒雅钉死。他伸出一只手臂勒住儒雅的脖子，另一手抓起儒雅的右手，将之拗弯、折到身后。儒雅疯狂地辱骂，几乎掉下眼泪，弄臣则粗声地警告道：“你爱玩几次，我都可以奉陪。你再乱扭，我就让你的肩膀脱臼。我是说真的。等你平静了，准备要放弃时，告诉我一声。”

我真怕那孩子会笨到把自己弄得受伤。弄臣将全身重量分布在雪地上，将儒雅压紧，任他挣扎。儒雅两次想要翻起来以挣脱弄臣的拘束，但两次我都听到他痛苦地呻吟。弄臣的确说到做到。最后儒雅乖乖地趴着不动，但是他可没有平静下来，他大口喘气、厉声咒骂道："这都是你的错！你怎么也否认不了。一切都被你破坏了。如今我母亲已死，而我也什么都没有了。什么都没有了。因为我什么都没有了，所以我无法跟惜黛儿求婚，因为我没有求婚，所以惜黛儿非常羞愧，她的父亲则怪罪都是我们母子不好，才使他女儿蒙羞，还不肯让我跟她见面。要不是你出现，这一切都不会发生，而我也仍然拥有我的人生。"

"若是我没出现，如今王子不是死了，就是比死了更糟糕。"我已经不自觉地凑到他们两人身边。除了我之外，别人可能都没有听见弄臣低声说的这一句评语。

儒雅发出受挫失望的嘟囔声，将脸埋入雪地里，整个人一动不动。弄臣并未逼他承认自己的挫败，反而放开那少年，站了起来。一想到弄臣此时会痛得多么厉害，我便不禁瑟缩了一下。

他喘息着说道："那不是我造成的。我并未杀了你母亲，也没有使你母亲蒙羞，那是花斑帮的人造成的，你要怪，就去怪他们吧。还有，那个年轻女孩也没做什么错事，顶多就是跟陌生人打情骂俏罢了，你也用不着把罪名安在她身上。宽恕她吧……也宽恕你自己。你身不由己，而且为人所利用。惜黛儿也是一样。"

弄臣精辟的话一刺入儒雅的灵魂之中，他的痛苦便喷发出来，散布在夜空中。我不管是以原智还是精技，都知觉得到那浓浓的愁苦，仿佛蒸腾着的臭不可闻的毒液，迫不及待地从他的身体里冲出来。弄臣转身走开时，那年轻人并未上前追打，而是侧身躺在雪地里，浸润在化不开的哀伤之中。他的猫难过地低声呼噜了一声，罗网一放手，便直奔到他身边。弄臣与那人和猫离得很远，他一边喘气，一边用袖子擦脸，但是一看到自己的鲜血将雪白的衣袖染脏了，又不禁摇了摇头。他又走开了几步才弯下身，把手抵在膝盖上，喘着气，大口吸入寒冷的空气。

王子终于说话了："这事到此为止，往后不得再横生枝节。我们这一团人不多，容不得众人因此而分裂。儒雅，你已经挑战过了，算是遂了心愿。黄金大人，你能待在这里，是因为我肯容忍。你公开宣誓说你反对我的任务，这我认了，这就好像我接受首领团派人来监督我是一样的道理。但如果你因为此事而对儒雅不怀好意，那么我的耐性就磨完了。倘若如此，我们会将你驱逐出去，任你自生自灭。”

我察觉到最后面的那几句话带着威胁。我走到弄臣身边，等着他的呼吸平稳下来。罗网则走上前，蹲在儒雅身边。儒雅躺在雪地上，怀里抱着他的猫，有如抱着娃娃，好让自己安心下来的孩子。罗网低声地跟儒雅说了些话，但我听不见他说的是什么。迅风站在原地，看看这一方，又看看那一方，不知该顾哪一边才好。我搀着弄臣的手臂，扶着他走回他的帐篷。如今打斗结束了，他反而显得有点心悸了。“孩子，你把王子殿下顾好。”我在经过迅风身边时对他说道，“事情结束了。我们回头再谈。”

迅风点点头，目送着我们离去。弄臣的脚步有点蹒跚，所以我紧紧地抓着他。我听到长芯训斥卫队的人因为看热闹而没有专心站岗。营地的人也慢慢散去睡觉了。

我把弄臣送回帐篷里，然后拿了他的手帕立刻去外头集雪。我返回帐篷之后，发现他已经在那个迷你火盆里加了点油。火焰冒了出来，丝绸般的帐篷布上漾出跳跃的光影。弄臣用血迹斑斑的手按住鼻孔，在小巧的烧水壶里放了点水，过后才坐回床垫上。他的鼻血差不多已经止住了，但是刚才被儒雅的拳头打中之处已经开始瘀青。他小心地靠在椅垫上，看来可能整个左半身都痛得厉害。

“这得冷敷才行。”我对他说道。我在他身边坐下，轻轻地把包着雪的手帕贴在他脸颊上，他却转开了脸。

“求你了，别这样！那是冰啊，我自己都已经冷得不行了。”他抱怨道，接着又疲倦地补了一句，“自从到了这地方，我从早到晚就没有一刻暖和。”

“不过呢。”我无情地说道，“至少也得捂到你不流鼻血为止，况且除非冷敷，否则明早你的脸一定肿得像面团一样。我看你是必然会有黑眼圈了，敷不敷都一样。”

就在我指尖将要拂到他脸颊的那一刻，弄臣用他没戴手套的手抓住我的手腕，软弱无力地恳求道：“求你别这样，蜚滋。”

这一触，使我宛如从阴暗的马厩踏入阳光普照的庭院中，一时间什么也看不见。我手一缩，包着雪团的手帕掉在帐篷地上，接着我眨了眨眼睛，但刚才所见的影像已经印在我眼皮内侧了。我无法清楚说出我看到的是什么，也许我其实什么都没看见，但那一触却使我一下子恍然大悟。我颤抖着吸了一口气，鲁莽地伸手去摸他的脸颊。

“我可以把你治好。”我对他说道。我能想到这一层，我自己都惊讶得喘不过气来。精技治疗的能力与知识仿佛火热的威士忌酒在我的血液中奔腾。“我看得出哪里不对劲，有的地方破裂了，而且你皮肤底下有些地方积了血块。弄臣，我可以用精技把你治好。”

他再次抓住我的手腕，不过这一次，他是拉着我的手去贴住他的脸颊。我再度感觉到他那富含精技天赋的指尖碰到我的皮肤时那种彼此深深相系的感觉。他立刻顺着我的手臂往下溜，改而抓住我的袖口。“不。”他轻轻地说道，但肿胀的脸上冒出一丝笑容。“你还没学到教训吗？瞧我们为你做精技治疗之后，让你吃了多少苦头！要接受精技治疗，必须有积贮的精力，但是我已经没有力气了。就让我的身体以自己的步调，慢慢将自己修补起来吧。”他放开我的手腕。“还是谢谢你。”他平静地补了一句，“你的好意我心领了。”

我打了个哆嗦，眨了眨眼，看着弄臣，仿佛我刚刚才醒过来。想要施展精技的欲望慢慢地退了。我蹙着眉头想道，有了本事就恨不得找机会卖弄，这可不就是切德的个性吗？我看到他，就像看到墙上有幅画挂歪了一样，冲动且本能地想去把画扶正。我叹了一口气，毅然决然地把刚才的想法丢开，双臂抱胸，并坐正身体，离他远一点。

“你看出来了，对吧？”弄臣问道。

我点点头，但接着我被他吓了一跳，因为他心里想的跟我根本就是两回事。“一定得想办法给王后送个消息才行。依我看，惜黛儿并不知情，应该救救她才是。况且她如今处境悲凉，我也脱不了关系，就这一点来说，我也希望有人搭救她。她的父母之中，哪一个是身在花斑帮，与路德威里应外合的人，我不敢乱猜，说不定那两人都有份。他们之所以因为惜黛儿而蒙羞，是因为她碰巧助了我们一臂之力，而且，由于如今儒雅与瞻远家之人同一阵线，所以他们就再也不想让女儿与儒雅成婚了。”

对喔，这些都有迹可循，所以弄臣一说，我立刻就看出来了。回想起来，当“黄金大人”开始对惜黛儿献殷勤时，她的父母显然各有不同的打算。惜黛儿的母亲似乎恨不得女儿借此高攀，但她父亲就比较小心了。他们是认为可以借由黄金大人，让花斑子有个直通公鹿堡社交圈的管道吗？还是，他们认为富甲一方的黄金大人，可以资助他们达成目的？

“都好几个月了，儒雅怎么不早跟晋责坦白呢？”我生起气来。王子的确已经原谅了儒雅，也欢迎他重新成为自己的朋友与同伴，但他怎么可以扣着这个重要的消息不说呢？

弄臣摇了摇头：“依我看，即使到了现在，晋责仍未看出这底下的脉络。他可能多少起了疑心，但是他不敢多想。晋责是个真正的原血者，他可不是花斑子，就他的标准而言，那些花斑子实在太阴险，所以他想象不出惜黛儿怎么会跟这种奸计扯上关系。”他弯下身捡起地上的雪团包，哀伤地打量了一番，最后还是小心翼翼地把雪包贴在肿胀的脸颊上。“到处都是冷，冷，冷，烦死了。”他有感而发地说道。他单手打开床垫尽头的小木盒，拿出套在一起的一杯一碗，再从杯碗底下拿出一个小布包，各在杯碗倒了些茶叶，继续说道：“在我看来，这些片段若要说得通，只有一种解释。惜黛儿的父亲认为女儿羞辱家门，所以撕毁婚约。儒雅据此推论，认为一定是她与我私通，而她的父亲捉奸在床。这是儒雅唯一想象得出的理由，他因此而怪罪我把他和惜黛儿之间的大好前程给毁了。但是事情可没有这么单纯。惜黛儿的双亲之中必有一人，或是两人都是花斑子，他们与贝馨嘉大宅来往密切，并借此拦截了王子寄给儒雅的信，又以儒雅的名义回了信。王子之所以能不为人知地待在贝府里，乃是出于他们的安排。送给王子的那只猫，八成也是由他们经手，交给贝馨嘉母子转送给王子的。他们原本对于儒雅的打算，是要让他跟自家的女儿成婚，借此取得贝馨嘉府的财产与地位，以施行花斑帮的目的。但是惜黛儿与我打情骂俏，使她的父母大为失望，而花斑帮的第一个计划之所以失败，又都是因为你我从中作梗之故。就是因为这样，她父母才认为女儿使家门蒙羞。”他叹了一口气，靠回他的床垫上，接着把包着雪的手帕换了个位置捂着，“不过我迟至今日才想通其中的脉络，也没有什么好高兴的了。”

“我会通知珂翠肯。”我把这事揽了下来，但没告诉弄臣我要怎么告诉珂翠肯。

“好吧，就算我们解开了这个小小的谜团，但是今晚我们又碰上了更大的谜团。那人到底是谁？他是什么人物？”弄臣沉思道。

“你是说‘黑者’？”

“当然。”

我不在乎地耸耸肩：“住在岛上的隐士呀。若是有人迷信地送了祭品，这隐士便大方地收下，而若是什么也不送，这隐士就会埋伏突击。这是最简单的解释。”切德教我一个道理：简单的解释，往往就是正确的解释。

弄臣缓缓地摇头，用难以置信的表情望着我：“才不呢，你也不可能相信那一套吧。我小的时候，觉得你这个人充满了……重要性吧，但从那时以来，我从未见过像他那样重要的人。他这个人很重要，蜚滋，重要极了，他也许是我们人生中所见过的最重要的人。难道你没感觉到，那人的前因后果，宛如雾气一般地悬在空中吗？”他小心地拿开雪包，急切地靠上前。他的鼻尖垂着最后一粒鲜红的血珠，我比了个手势让他知道，他毫不在乎地用已经染了血的袖子擦掉。

“倒没有，我什么感觉也没有。老实说——噢，艾达神、埃尔神啊！为什么我现在才想到？一开始，我们的哨兵大声地叫住黑者时，我并没有看到人，后来他把黑者的所在之处指出来，我才朦胧地看到他的身形。这是因为我用原智知觉不到他啊，一点也知觉不到。那人就跟被冶炼过的人一样一片空白……他是被冶炼过的，弄臣，既然如此，他的举止，我们根本无从预期。”

虽然帐篷里颇为舒适，但我却不禁打了个寒颤。我已经多年没有跟被冶炼过的人打交道了，但是那种人的无情行径，是无法轻易忘怀的。我还是切德手下的刺客学徒时，曾经办过一件任务，那就是尽量屠杀那些被冶炼过的人，无论用什么手法，多杀一个是一个。那个黑暗的记忆至今仍挥之不去，我竟然杀死那么多六大公国之人，虽然我也知道，除此之外别无他法。冶炼过的人，人性尽失，而且再也无法复得。

“冶炼？噢，怎么会是冶炼！”弄臣震惊的反应打破了我的沉思。他摇了摇头，“不，蜚滋，他没有被冶炼过。他不但没有丧失自己的人性，反而有着上百个人生的重量，如同十个英雄般地伟大。他……拨弄命运。就跟你一样。”

“这我就不懂了。”我不安地说道。我最讨厌弄臣故弄玄虚，但是他却乐此不疲。

他靠上前，眼里闪着激动。他一边说，一边从火盆上拿起烧水壶，将滚水注入杯里与碗里，一股姜粉混着肉桂的香味扑鼻而来，“其实从古至今，每一片刻都充盈着诸多选择，只是人们往往因为太过习惯，所以变得毫不知觉。就连我都得偶尔提醒自己，即使我看起来好像没做什么选择的时候，我也已经做了选择了。但是有时候，人是迫于情势，才不得不提醒自己这个道理。比如说，我偶尔会碰上一种人，这种人的可能性与潜力之大，以至于光是他的存在，就足以让现实涌起大浪。在我眼里，你就是这种人，至今仍是如此。你这个人应该是不太可能存在的，因此打从一开始我就觉得十分惊讶。在我所见的众多未来之中，有你存在的未来，实在是少之又少。在大部分的未来之中，你在小时候就死了，而在其他的未来之中……嗯，你在其他未来之中是如何惨死的，应该用不着跟你一一说明吧。你这一生中有多少次千钧一发地与死亡擦身而过？我向你保证，蜚滋，在与我们所处的时间平行的其他未来当中，你在当时就命丧黄泉了。然而如今你仍在这里，跟我在一起，光是你这个人到现在还活着，就已经是难能可贵了。而既然有你存在，你呼吸的每一口气，都改变了时代。你就像是一个嵌在干木头之中的楔子，随着你的每一次呼吸，你都更加深入‘可能会有什么变化’的木头中。随着你的步步前进，你劈开了木头，于是从木头中爆出了千百个新的可能性，每个可能性又分岔出千百个枝桠，如此一直分枝下去。”他顿了一下，察觉到我一脸颇为懊恼的表情，不禁大笑出来。“这个嘛，不管你喜欢还是不喜欢，反正你就是这样子，催化剂。今天晚上，黑者给我的感觉也是如此！他周身闪耀着众多的可能性，多到我几乎看不见他的身影。你都已经很不可能存在了，但是他比你更不可能存在！”他从袖管里抽出一条黑手帕，先擦去脸上所有的血迹，再将双手擦拭干净，接着他小心地把有血迹的那一面摺在里面，将手帕塞回袖管里。他躺回垫子堆上，眼睛凝视着帐篷顶上的暗影，“可是他到底是谁，又是什么人物，我可就一点线索都没有了。我以前从未见过他，这意味着什么？这意味着，除非我们来到此地，否则他就无法影响未来吗？”

他拿起冒着热气的碗递给我，一边略带歉意地说道：“我只带了一个杯子。你知道的，旅行嘛，总是要尽量轻便些。”我接了过来，能够捧着热腾腾的茶碗取暖，真是太好了。我猛地想起，此时在六大公国正是夏天，只是如今身在外岛，又在冰河上扎营，所以连夏意都软弱无力。他拿起杯子，微微地皱着眉头，四下张望，“你拿了我的蜂蜜，对吧？你该不会碰巧把蜂蜜带在身上了吧？加点蜂蜜，比较能带出姜粉的香味，茶喝起来也比较有暖意。”

“对不起。我把蜂蜜留在我的帐篷……不对，昨晚我把蜂蜜留在火边，但今早起来，却怎么也找不到了。”讲到这里，我顿住，因为我突然有了个全新的领悟。“也许不是找不到，而是被人拿走了。”我补充道，“弄臣，外岛人带了些供品要送给黑者，黑者却一样都没拿，他一定是把蜂蜜当作是我们送他的礼物了。所以你的蜂蜜就不见了，早上怎么找都找不到。”

“你认为是黑者拿了我的蜂蜜？而且他还把蜂蜜当作是你留给他的供品？”

我实在没料到他听了我的推论会兴奋成这样。我啜了一口弄臣泡的茶，姜粉有让身体温热起来的效果，我感觉到暖意慢慢从我肚子里扩散出来，虽然他这句话使我不安。“总不大可能是我们营地里的人拿的吧。不过他如何在我们的帐篷之间来去，并且无人看见的呢？”

“不但无人看见，也没人知觉得到。”他纠正道，“你刚才说，你以原智是知觉不到他的，由此看来，其他的原智者可能也察觉不到黑者。所以，我认为是他拿了蜂蜜。而他拿了蜂蜜之后，他的命运就跟我们的绑在一起了。”他开始喝茶，在享受茶汤的暖意之际，陶醉得眼睛几乎闭上。等到他把杯子放下来时，茶都已经快要喝光了。他伸手去拿一条黄色的薄被，披在肩上，那被子跟他的帐篷布一样，薄若无物。接着他踢开了靴子，把瘦削的脚收在床垫上。“这么一来，他跟你我二人就紧紧相连了。依我看，这非常非常重要，有可能会改变我们此行的结果，你看得出来吗？尤其是，如果我放出风声，说黑者已经接受了我们的供品的话。”

我心里前前后后地把各种可能性都想了一遍。弄臣若是放出这个风声，是不是能赢得外岛人的拥戴？贵主和皮奥崔会不会公开反对他？倘若如此，他们会怎么看待我。尤其是他们会怎么看待切德与我的关系？想到这里，我的心就凉了。“倘若如此，那么我们这一团人会分裂得更深。”

他举起杯子，将余茶饮尽之后才答道：“不，那只会将已经存在的区别暴露出来。”弄臣望望我，那表情仿佛在可怜着我，“我一生的蓄积，为的就是这个任务啊，蜚滋。命运给了我这么好的武器，这么好的优势，你总不能期望我将之搁置不用吧。如果我非得死在这个冰冷荒凉的岛上不可，那至少也要让我知道自己能达成目的，才能含笑九泉吧。”

我把碗里的茶汤喝完，将碗放在他的杯子边，坚定地说道：“我可不要听你讲这些……胡说八道的东西。我才不信这些。”

尽管嘴上这样说，我心里却充满恐惧，这恐惧感紧紧地箍住了我的五脏六腑，比寒气、比我曾遭遇过的危险都还要厉害。

“而你认为，只要你坚持不信，事情就不会发生？你这才是胡说八道，蜚滋。你还是接受吧，既然我们所余的时间不多，还是好好珍惜时间吧。”弄臣的语气极为镇静，我突然想要跳起来把他打醒。如果死亡迫在眉睫，那么他说什么都不该平静地接受，而是应该起而反抗才对——要不然，我就要逼他反抗。

我吸了一口气。“不，我才不信，而且我也不会接受。”我突然想到一个念头，于是便努力以开玩笑的口气说出来，但讲出来的语气却有如威胁，“你别忘了，你是白色先知，而我是你的催化剂啊。我才是改变时局的人。既然我有这本事，那么即使是你认为已经确定的事情，我也能加以改变。”

玩笑话讲到一半，我就发现弄臣变了脸色。当时我就该住口的，只是话匣子一开，就一发不可收拾。弄臣的表情非常凄凉，让我觉得仿佛是他头上的血肉全不见，只剩白骨而已。“你在说什么呀？”他恐惧地低声问道。

我避开他的眼神。我非得避开他的眼神不可，“这话你跟我说了不知多少次了，我只不过是把同样的话讲给你听而已。就算你是先知，未来命运都逃脱不出你的预言，但我可是催化剂。改变时局，全掌握在我手中。说不定连你预言的，我都能改变。”

“蜚滋，求你别这样。”

一闻此言，我转过头去望着他：“什么？”

弄臣正在用嘴巴呼吸，仿佛他刚才参加赛跑却输了，喘得很急。“求你别这样。”他乞求道，“我非死不可，你就让我死了吧，别费这些心思了。我还以为，我们在沙滩上谈起时，我就已经说服你懂得这个道理了。我不是没有机会脱逃，我可以一直待在公鹿堡，或者躲到缤城，甚至回到家乡。但是我哪里也没去，反而来到这里面对自己的命运。老实说，我心里很害怕，这也没什么好隐瞒的。我早就知道你一定很难接受，但是多年以来，我一直在朝这个方向前进。你很了解一个人对于家人与国王应该尽什么职责，你对这方面的事情了解得极为透彻。既然如此，你就把这当作是我对于自己的身份应尽的职责吧。如果你光是为了保我活命，就设法阻挡我，不让我去死，那我的人生就变得毫无意义了。倘若如此，我们从以前到现在所经历的一切苦难，就等于是一场空，而这也等于是让我的余生都活在明知自己任务失败的折磨之中。你真的要陷我于此吗？”

他露出可怜兮兮的表情。我等了一会儿，让他平静下来，然后才轻声说道：“这样啊。你的意思是说，如果你在我眼前丧命，就算我能出手阻止，也得袖手旁观，眼睁睁地看着你死？”

他突然有点困惑："应该是吧……"

"但要是你死错了呢？要是我看到熊把你咬死了，但其实你应该要死于雪崩呢？到时候，我若是不出手，你不就死错了吗？而你若是死错了，那么一切都还是落空啊。"

他望着我，眼神一片空白，好半晌之后才说道："但是……不。是不是错的，你一定会知道。我敢说，到了那关头，你一定会知道我有没有……"

"那要是我看不出来呢？要是我判断错误，那怎么办？"

"我不……"他词穷了。

我趁胜追击。"现在你知道这事有多荒谬了吧？我是不可能眼睁睁地看着你死的，弄臣，这点你知我知。既然如此，你这不是在要求我变成另外一个人吗？这么一来，就等于是你在出手做出改变，而不是我在做出改变了。然而，有次你不是告诉我，促成变化乃是我的任务，而不是你的事情吗？所以，你就别奢求我了吧。如果命运要求你非死不可，这个嘛，那么我大概也活不成了。到那时候，对你我而言，救不救你又有什么差别呢？"我突然站了起来，"还有，从此以后，此事我们绝不再谈。这是我的决定。已经晚了，我好累，我要去睡了。"

弄臣脸上流露出大为宽慰的神情，使我非常震惊，但我也由此体会到，他对于自己必须面对的命运有多么恐惧。他从来不在人前流露出这个心情，然而这可真的需要过人的勇气。我掀开帐篷门片时，弄臣唤道："蜚滋，说真的，我一直很想念你。别走，今晚就睡这里吧。求求你。"

于是我便留下了。

16. 精灵树皮

精灵树皮乃是俗称，准确地说，应该称为岱文树的树皮。这是药效强劲的兴奋剂，不幸的是，此药有个副作用，会使用药者感到躁郁和恐惧。因此，恰斯国的奴隶主常让奴隶服用此药，一方面可增长奴隶的工作时数，一方面还可使他们意志消沉。长期固定服用此物会使用药者上瘾，有些人说，即使是偶尔服用此药草，也会使人的性情产生永久性的变化：用药者不但会疑神疑鬼，就算是最亲近的同伴也会视如仇敌，同时还会贬损自己，认为自己一无是处。然而，纵使有这种种缺点，但有时为了多点耐力和冲劲，冒点风险仍旧值得。卡芮丝籽或是辛丁可能会导致用药者的情绪激烈地上下起伏，甚至使用药者产生如登极乐般的错觉，并因而做出愚蠢且危险的举动，所以比较起来，精灵树皮的效果还算是稳定的。

质量最好的精灵树皮，是老干新枝的末梢树皮。首先沿着树枝生长方向切一刀，接着在刀痕末端，沿着树枝横划一圈。接着，小心地用指甲抠，或用刀子将树皮剥下。剥落的树皮会立刻卷成柱状，然后将柱状的树皮收在凉爽干燥之处，直到树皮干得可以磨成粉末为止。粉末状的药粉可以溶入茶中饮用。

如果需要立刻使用，也可用刚采得的新鲜树皮泡茶，但在此情况下，就很难以茶汤的颜色深浅，来判断药效的高下了。

——瑞凯所著的《百草要略》

隔日清早，整个营地的人都还没起床，我就从弄臣的帐篷里出来了。我睡得很差，一夜都被无以名之的梦魇所困。到了快天亮时，我睁大眼睛躺着，恨不得自己拥有荨麻那种将恶梦化为好梦的本事。一想到她就停不下来。我很想私下跟切德和晋责讲两句话，别说其他人，连阿憨都不想让他听到。我走到营地边缘去解手。值班的是巧捷，经过时心不在焉地跟我点了个头。我直接往王子的帐篷走，脚步很轻。我已经忘记昨晚指派迅风守在王子的帐篷里了，但那孩子就像狐狸一般警觉，因为我一走近，帐篷门片便掀起一角，不但露出他那一对警戒的眼睛，还露出一支抵在弓弦上的箭头。

"是我。"我急忙说道。迅风将弓弦放松并放下弓，我松了一口气。我绞尽脑汁地要找个任务支开他，却只想得到叫他去拿点干净的雪，好融了给王子洗脸之用，并提醒他别走出营地的地界之外。

迅风一走开，我便溜进阴暗的帐篷中。"醒了吗？"我轻声问道。

晋责沉重地叹了口气："现在醒了。我觉得自己好像一夜都没睡。切德大人？"

切德嘟囔一声算作是回答，然后便把被子拉起来，蒙住头。

"这很重要，而且我必须讲得很快，不然迅风就回来了。"我警告道。

切德将被子拉开了一条小缝。"那就快说吧。"他打了个无止境的哈欠，"都这把老骨头了，不仅要走一整天，还要在雪地上过夜。"他忿忿不平地说道，好像是我把他害惨了似的。

"弄臣跟儒雅打过架之后，我跟弄臣谈了一下。"

"噢，是啊。我们也跟儒雅谈了一下——唉，哪是谈呢，他自顾自地讲了下去，还讲了大半夜，我们也插不上话。我以前怎么都不知道你们在长风堡弄出来的障眼法这么逼真呐。我们任由迅风跟黄金大人待在一起，不加阻止，儒雅对此很懊恼。"切德没好气地说道。

晋责看到我皱起眉头，不禁窃笑。"老实说，儒雅宁可相信黄金大人有断袖之癖，也不愿看清事实。根据弄臣的推演，将王子出卖给花斑帮的，必是惜黛儿的双亲，或是双亲之一。我猜这叛徒是惜黛儿的父亲，而这位父亲之所以撕毁婚约，不让女儿嫁给儒雅，与其说是因为她做出了愚蠢的行径，不如说是因为儒雅反抗花斑帮。”

切德给我的奖励是将他的鼻子伸出被子之外。我看着他左思右想，努力将各种因素拼凑起来，确认是否合理，过了一会儿，他很勉强地说道：“对，他说得没错。惜黛儿的父母的确处在有利的地位上，他们要出卖王子易如反掌。要是我们能多一只鸽子就好了！可惜我手头上只有一只公鹿堡的鸽子，另一只要用来给首领团送消息，请他们派船来接我们。所以我们腾不出鸽子送消息给公鹿堡啊。”

我望着切德，扬起了一边眉毛。“阿憨与荨麻如何？”我直率地问道。我纳闷着，他是不是瞒着什么都没告诉王子。

切德摇了摇头，他那一头白发绞缠在被子上。“不行。他们两个虽能互通音讯，但还不足以传递这么重要的讯息。你想想看，万一他们对这讯息的解读有了偏差，或是那女孩根本不相信阿憨所说的事情，那会有什么后果？这可不行。若要用精技传讯，至少他们两人都必须受过训练，先用简单的消息测试收发无误之后，才能把这等大事托付给他们。”他沉重地叹了一口气，听来简直是在深切责备我的不是。“今晚就让阿憨睡我们的帐篷。在他入睡之前，晋责会请他跟荨麻问好，并请她传达个简单的消息给王后，这消息要能让王后在思考之后，给我们答复，如果顺利，明天晚上就能传达比较重要的消息了。但是我们怀疑某人为叛徒这种事情，除非我们确信消息能够正确传达，否则是不能随便传递的。”切德对自己点了点头，转动眼珠，望向晋责，“同意吗？”

“同意。”晋责自己也轻轻叹了一声。“要是这位‘我才不信王后’，愿意跟我直接以精技沟通就好了。”他也刻意地瞪我一眼，把他直到现在都还没跟侄女相认的罪状，通通归在我身上。

“我也是为她好啊。”我僵硬地说道。

每次一逮到机会就要占便宜的切德圆滑地应和道：“你当然是为她好啊。蜚滋，你待人处世，一向都是出于崇高的动机。不过下一次你因为‘为了谁好’而做出重大决定时，麻烦想想今天的场面。另外不妨稍微想想，我好歹虚长你几岁，比你多些经验，也许下一次，你对我的意见会多倚重一点。”

“您的高见，我会谨记在心。”我虽没有反驳，但我的口吻却冷淡且僵硬。我从来无法想象，切德与弄臣会像是为了抢一块破布而相争的两只小狗，为了争夺我的忠诚之心而时时较量。他们两人都推辞说这件事全看我一个人如何决定，但是他们显然都深信，若是不多敲敲边鼓，我就不知该如何下决定。迅风捧着一锅满满的雪回来，于是我便告退了。我走时，王子以若有所思的眼神望着我，但我并未感觉到他与我心灵接触。

到了此时，差不多整个营地的人都已经醒了。谜语跟我说，皮奥崔起得很早，已经出去探勘今天要走的第一段路程了，他还针对今早吹过雪地那股富含水汽的和煦暖风嘟囔了几句。就连阿憨也已经起身，还为了要找干净衣服穿而把他背包里所有东西都翻了出来。我告诉他，为求轻便，所以没有多带衣服来换，只能穿昨天穿过的衣服。他露出不悦的表情，于是我提醒他，他在成为王子的人之前，根本只有一套衣服，什么也没得换。阿憨听了之后，眉头紧紧地皱了起来，一副深思状，摇了摇头，说他根本不记得有过那般情况。这实在不值得争辩，所以我干脆地帮他穿上衣服，带他出去，好让我们的人拆帐篷。

早餐是麦粥，粥里有些咸鱼。我帮我们两人舀了吃的，尽管阿憨与我都对于这种餐点毫无兴致。接着我将他背包里的东西都挪到我的背包里来，同时一直激励他的士气。我跟他说，现在我们已经知道如何在冰河上行走了，今天一定会跟得上大家的，而且会走得很顺。阿憨虽然点了头，但是他的表情却是不大相信的模样，我看了心里一沉。

我故作轻松地说道：“我昨天晚上睡不好。一直做恶梦。不过你有荨麻作伴，想必一定是做了好梦。”

“才不呢。”阿憨脱下连指手套，以便搔搔鼻子，然后又花了一番工夫才把手套戴回去。“昨天晚上都是恶梦。”他郁郁地说道，“荨麻也使不上力，我找她帮忙，她只说：‘你快离开那地方，不要多看。’但是到处都是坏东西，叫我走到哪里去呢？我在雪地里走了又走，恶梦却一直跟上来，瞪着我看。”他又脱去连指手套，若有所思地按着鼻子，“有个恶梦是他的鼻子里有蛆，还会动来动去，我一看就觉得好像我自己鼻子里也有蛆在蠕动。”

“不，阿憨，你的鼻子好得很，你别想太多了。走吧，我们去走一走，看看大家在做什么。”

阿憨与我是最早做好出发准备的人之一。我急着想早点动身，因为天上的云压得很低，空气中的水汽很多，一想到待会可能会下雨或下雪，我就觉得不妙。虽然皮奥崔在营地走来走去，一边以忧虑的眼神望着天色，一边恳求大家早点出发，但众人看起来都还得忙上好一阵子才能把手边的事情处理好。阿憨开始抱怨说他太累，又抱怨这层层的衣服绑得他走不动。为了转移他的注意力，于是我带他去看弄臣拆帐篷。迅风已经在弄臣身边帮忙了，那少年的背包、弓箭和箭筒整齐地堆在一旁，他听着弄臣的指示，把支撑帐篷布的木杆子拆下来。我一眼瞄到迅风昨晚把玩的那支箭也插在他的箭筒里。

这帐篷三两下就拆下来了，接合的木杆一段段拆开之后，不过像箭那么长而已。我本以为弄臣的那个小火盆是沉重的陶器，但我好奇地拿起来一看后，发现其质地轻盈，且有许多毛孔。我的背包里多塞了阿憨的东西，而弄臣的背包打点好之后，其大小与重量竟与我不相上下。然而他将肩带安在肩上，一股劲地扛着背包站起来时，却连吭也没吭一声。我从未见过收拾得这么迅速利落的帐篷，因此对于古灵设计这些用品的技巧又多了一分钦佩。

“古灵做出了这么精巧的东西，但后来却消失了。我一直都很纳闷，不知道他们最后到底是何下场。”与其说我在试着聊天，不如说我在找话题引开阿憨的注意力。阿憨又在摩鼻子了。

“龙群一灭绝，古灵也就跟着灭绝了，龙和古灵是彼此缺一不可的。”弄臣讲话的口吻像在感叹叶子是绿的、天空是蓝色的一般，仿佛这是人人都可以接受的事实。

我还来不及针对这个惊人言论发表一两句感言，阿憨便放开鼻子，将手垂下来。“古灵是什么？”

“这就没人知道了。”我对他说道。一瞥见弄臣的表情，我便赶快住口。瞧他那脸色，倘若我不把这机会让给他来说，他就要打断我的话了。至于弄臣对古灵的知识是从何得知，以及他为何选在此时讲出来，我则是毫无头绪。迅风因为察觉到接下来必有什么精彩故事听而凑近了些。

“阿憨，古灵存在于远古的时代里，他们不但寿命长，而且据我猜测，他们不只记得自己漫长的人生经验，还记得上溯几代祖先的人生经验。”

阿憨为了理解这段话，想得眉头都皱了起来。迅风已经听得入迷。我插嘴道：“你是真的知道，还是猜测的？”

弄臣想了一会儿：“我虽然没有向古灵或龙请教过，但我敢说这已经八九不离十了。”

这下子轮到我如坠五里雾中了，“龙？为什么要跟龙请教古灵的事情？”

“因为龙与古灵是……相生的。”弄臣谨慎地选择用字，“不管是口耳流传，还是在文字记录中，凡是有龙的地方，总是必有古灵，反之亦然。也许原本龙就是出于古灵，而古灵也出自于龙，或者龙与古灵若是脱离了对方，就无法生存下去。这是我观察到的情况，但为何如此，我就无法解释了。”

“这么说来，如果你真的让龙群重新繁衍，那么古灵也会重生咯？”我鲁莽地问道。

“也许吧。”他犹豫地笑笑，“我不知道。但倘若如此，也不是什么坏事啊。”

我们的时间只够谈这么多，因为皮奥崔又走了回来，催促众人尽早动身。王子叫唤阿憨，于是我们赶快跑过去。切德皱着眉头瞪了我一下。*你们谈了那么久，到底是在谈什么？*

*古灵。*我答道，我知道虽然是我跟切德彼此技传，但是王子和阿憨都能察觉我们的心思。*黄金大人深信，如果他让龙群重新在世上繁衍，那么古灵也会重生。他认为古灵与龙息息相关，虽然他说不出个所以然。*

就这样？

*对。*我以一字简答，让他知道我厌恶他的处处刺探。我好奇晋责为何一言不发，到底是表示他赞同切德的态度，还是恰恰相反？然后我告诉自己，那根本无所谓。待时机一到，真要由我决定龙族是生是死，我自会决定。但在时机

未到之前，我才不要让自己因为这个难题而被痛苦折磨，也不要因为切德或晋责而切断我与弄臣的友谊。

皮奥崔整好队伍。今天阿憨与我插在原智小组与首领团之间。皮奥崔警告我们，暖风吹过了我们前头的冰河，因此冰河表面的状况更加难以预料。我们会走以往的人走过的旧路，循着标示旧路的小旗子走，但是我们仍应谨记，冰河上的状况随时在变，即使前人屡次行过的旧路也未必完全可靠，因为风雪会落在新近裂开的冰缝上，使其看来像是结实的雪地。他再次警告我们，务必切实确认之后，才可踏出每一步。接着我们便排成一长列队伍出发。前面这一段路，阿憨与我都跟得上。他还是咳嗽，但是没咳得那么厉害了，而且踏出的每一步都十分果决。今天皮奥崔走得比较慢，总是深深地将铁杖插入雪地中，确认无误之后才踏出下一步。他说这天气诡谲，倒是说得一点也不差。虽然暖风吹得我们纷纷将兜帽拉下，领口也被松开，却也将湿雪吹成变化莫测的形状。那怪模怪样的冰雪映出来的蓝影，使我们走过的雪地看起来有如梦境。

皮奥崔两次弃旧路不走，绕道而行。第一次，他才戳进雪地，那地表的硬壳便顺势掉落，接着雪地纷纷崩裂，落入深不见底的大冰缝之中。看来暖风抢在我们抵达之前，以蓬松的冰晶在冰缝上搭成了一道桥，只是这桥太过脆弱，什么重量都撑不住。皮奥崔没说什么，便带着我们掉头，绕过那个大裂口。

下午的时候，我们又绕道了一次。在第二次绕道之前，阿憨就已经因为走得太累而提不起劲来，湿雪黏上他的靴子、裤子，使得他脚步迟滞，无法走快，不久便被众人抛得老远，我们只能望雪兴叹。但我们刚从一处低矮的山脊上下来，就碰上循着原路朝我们走回来的大队人马。原来前面的雪地很软，皮奥崔的铁杖一探，就深深地沉了下去，所以他领着众人往回走，以便找一条比较结实的路径。爬山是很累的，阿憨一边爬一边咒骂着。

白中带蓝的雪地反射出夏日的阳光，刺得我们的眼睛很痛。我们眯着眼，最后眼泪流了下来，眉头也因为紧绷而酸痛。但是皮奥崔仍催促我们不断前进。

今天我们不但走得比较远，也走得比较久。太阳都已经开始沉入地平线了，皮奥崔仍毫不停歇。阿憨与我远远落在大队人马之后，不久后，我就开始纳闷皮奥崔会不会领着我们走上一整夜。阿憨两次停下来，说什么都不肯再走一步。他很累，湿雪透过靴子和裤子，让他冷得要命，而且他又饥又渴。他把我心中所有的怨言都讲了出来。听他不断地抱怨，只使得这种种状况变得更难以忍受。光是要逼迫我自己前进，就已经够困难的了，更何况还要苦劝他往前走。今天阿憨的音乐单调且无变化，是由踩在雪壳上的松脆声，以及铁杖插在坚冰上的尖锐声所组成，时时刻刻像无情的风雨一般打在我身上。

如果我在阿憨前面，他就落得更远，所以我必须走在他后面，并忍受他那种刺、刺、刺、走的韵律。周遭景物的影子越拉越长，而阿憨的情况又活脱脱是昨天的翻版。他一步走得比一步慢，我跟在他身后，不禁越来越气，越来越难以忍受。我的愤怒有如定时补充煤块的火堆，缓慢而稳定地逐渐加温。我接下这项任务多久了？为什么我非得忍受这种不堪？为什么切德要派我来做这种有失身份的工作？这简直就是惩罚，或是刻意的羞辱。我曾经为瞻远皇室上战场卖命，但由于过去十几年来我浪迹在外，切德为了报复，所以逼我来做这种低下的工作，照顾这个又胖又臭的白痴。我努力回想这背后的道理，并问自己，若不是我来做，到底该派谁来照顾像阿憨这样的精技奇才。尽管如此，我却再也无法说服自己这个讨人厌的任务真有其必要。我的心情低落下来，荡入了沮丧、愤怒兼痛恨的谷底，好不容易才能平抚自己的心情。我好言对阿憨哄劝道：“阿憨，求求你走快一点。你看，他们已经开始扎营了。你不想赶快到营地去取暖吗？”

他转过头来怒视着我：“你光会说好听的话。但我知道你对我存的是什么心，你想用刀子刺我、用石头砸我、用大棍子打我。当初逼我来这里的人是你，如果你敢伤我，我会让你伤得更重，因为我比你更强。我比你强，所以我不必听你的。”

他这几句话使我心生警惕，于是我竖立精技墙，凝神聚气以便对付他。然而就在他以精技巨浪袭击我的前一刻，我对他的一切敌意突然消散得干干净净，就像是盖上了湿毯子的火堆一般，一瞬间连火星都没了。阿憨的精技朝我重击，有如铁锤打在奶酪上。他并未碰触我，但我却觉得他像是用力一捏，把我全身都捏碎了。我蹒跚地走了两步，最后还是不支倒地，感觉全身一点气力也没有。然而就在这个时候，阿憨突然对我问道："我们是不是疯了？我们在干什么呀？"

那是孩童失望地哭喊的声音，一定是他刚才为了对付我而竖立起精技墙，所以也跟我一样，一下子感到怒气全消。他摇摇摆摆地走过雪地来到我身边时，天上憋了很久的雨水突然倾倒下来。他伸手要碰我，我赶紧滚开。虽然知道他是好意，但我还是很怕，因为他若是触摸到我，我的精技墙就形同无物了。"阿憨，我没受伤，真的。我真的没受伤，只是有点晕而已。"而且还头昏脑胀、耳鸣，身上痛得像是骑马时突然被马甩出去一样。我把膝盖挪到身下，好不容易撑着自己站了起来。"阿憨，别碰我了。但是你注意听我说，有人在捉弄我们，他利用精技，把坏念头放在我们的脑子里，但我们现在还不知道对方是谁。"有人在运用精技对付我们，这是千真万确的，我不会弄错。

"我们不知道对方是谁啊。"阿憨痴痴地说道。我微微地察觉到晋责正设法要对我技传。不用说，一定是他在刚才阿憨攻击我的时候，察觉到了一些波动。我冒险降下精技墙一会儿，以便对他们二人技传道：小心！立起精技墙！然后赶紧把我的精技墙封得滴水不漏，以免刚才不知不觉侵入我心中的那股精技力量再度渗透进来。我知道我应该反击，不然至少也要循着精技追索源头为何。我再三鼓起勇气，才敢把精技墙降下来。我疯狂地施展精技，探索四面八方，以便找出到底是谁在引起阿憨与我的内讧。

奇怪的是，我什么也没找到。我感觉得到切德、晋责与阿憨，他们三人的精技墙都防得很紧。我想过要探寻一下荨麻，但最后还是觉得不妥，也许对方到现在都还不知道荨麻，倘若如此，我可不要将她暴露给我们的敌人知道。我吸了一口气，再度以精技墙将自己包裹起来，但是围起精技墙只让我稍稍觉得比较安全一点而已。我们有了个未知的敌人，在我还没摸清对方的底细之前，我是不会安心的。

"这跟让大家做恶梦的是同一批人。"阿憨肯定地说道。

"这我就不知道了。也许吧。"

"但我知道。错不了的。就是害我们做恶梦的那些人。"他为了强调，边讲边点头。

大雨不断地打下来，把雪都喷在我们身上。希望他们已经架好帐篷，让我们一到营地就有个遮风避雨的地方。我们今天一整天都在湿雪之中爬行就已经够糟了，现在还降下大雨，将我们从头到脚打个湿透。“走吧，阿憨。我们去营地吧。”我建议道，困难地将脚从湿雪中拔出来，一步步踏出去。我一边迟缓地前进，一边告诫他：“你的精技墙可不能松懈。不晓得是谁要挑拨我们两个起内讧。他们想要我们彼此斗起来，却不知道我们是朋友呢。”

阿憨哀怜地望着我：“我们有时候是朋友，可是有时候会打起来。”

这句话说得真切。我们不时会打起来，没错，而且我一直都很讨厌照顾阿憨的这个任务，这也是千真万确。对方察觉到我对他的嫌弃与厌烦，并将这个情绪扩大再扩大，这就像以前惟真会找出敌军的恐惧和傲慢的情绪，然后煽风点火，直到对方犯下致命的错误为止。这是个精妙且计划周详的攻击，对方已经摸透了我的心思，所以察觉得到我私底下对别人是什么想法。说起来真是令人寒毛直竖。

“我们有时候会打起来，没错。”我坦承道，“但是我们并不会真的打伤彼此。其实我们只是意见不合而已，而朋友之间，意见不合乃是常事。即使你气我、我气你，我们也不会动坏念头，想要把对方打伤，因为我们是朋友。”

阿憨突然深深地叹了一口气：“可是我刚才是真的想要伤你。在船上的时候，我还常常故意让你撞到头。对不起。”

这真是我这一生中听过最有诚意的道歉了，我得反馈一下才行，“我硬拉着你上船，我也有不对呀。”

“我原谅你了。不过，要是你硬拉我上船回家的话，那我还是会把气出在你身上。”

我过了一会儿才接着说道：“这很公平啊。”我尽量不让恐惧与绝望的情绪在我的言语中透露出来。

阿憨突然站住，并握住我的手，我吓了一大跳。即使有精技墙挡着，我仍感觉得到他的温馨关怀源源不断地灌入。“我妈替我洗耳朵的时候，我总是气得要命。”他对我说道，“但她知道我是爱她的。我也爱你啊，汤姆，你送我笛子，还有粉红色的糖霜蛋糕。我会努力，以后尽量不要对你那么坏了。”

虽然只是三言两语，却打进了我心坎里。阿憨站在那里，嘴巴微开，舌头吐出，压在毛线帽下的小小圆眼睛瞥着我。这家伙一副青蛙模样，而且还流着鼻涕，可是时至今日，已经很久没有人因为这种简单、诚心的小事情而爱我了。不知怎地，他这几句话唤醒了我心中的狼性，当年夜眼慢慢地摇动尾巴，表示它开始接纳我，而在我眼中，阿憨仿佛是夜眼的翻版：我们是同一个狼群了。“我也爱你，阿憨。走吧，我们去营地避雨吧。”

雨水越来越冷，等我们蹒跚地走到营地时，已经不是下雨，而是在下冰雹了。切德走上前来迎接我们。他一走近到可以低声讲话的距离，我便警告他：“你的精技墙要封好。有人在用精技迷惑我们，就像惟真在红船之战时施展精技、蛊惑敌人那样。那人……他们想要让阿憨与我互相斗起来，差一点就达成目的了。”

“到底是谁在要诡计？”他追问道，仿佛认定我一定知道答案。

“就是害我们做恶梦的人。”阿憨急切地对切德说道。切德皱起眉头，我无奈地耸耸肩，我的答案顶多也只是如此。

今晚的营地真是糟糕透了。所有一切不是潮湿，就是湿透，我们每天配给的燃料只能生起小火，但是今天连小火也生不起来。皮奥崔再度设下地标，作为营地的边界，他自己则冒险走到营地外面，为大家探勘明天要走的路径。贵主的帐篷里透出微弱的光亮，大概是点了一根蜡烛吧。在夜色中，弄臣的帐篷宛如一朵盛开的鲜花。我很想丢下这一切去找他，但是切德要我待在这里，同时我也体会到此时自己必须全力支援切德。

王子的帐篷像是变小了，因为里面晾了一地的湿衣服，然而就算是晾到明天，衣物也不会干爽，这点大家都心知肚明。切德与王子已经换了衣服，铁杯里点了一根胖大的蜡烛，烛火上摆着一小锅雪水。我给阿憨穿上羊毛衬衫和干袜子，然后拿了他的外套和靴子到外头去把湿雪块抖下来。不知怎地，进了帐篷再出来之后，觉得这风雨变得更加冰冷刺骨。我拿着阿憨的衣物回帐篷里，在地上腾出一处，把他的外套和靴子晾开。明早我们得重新套上这些湿衣物走路，想必明天的行程会很难受。嗯，多想无益，我在心底对自己这么说道。但是我进了帐篷之后，仍不禁哀叹道："这怎么一点也不像我从小到大听的那些，为了娶得美娇妻而屠杀猛兽的故事呀！"

"就是嘛。"阿憨悲伤地应和道，"应该是流血厮杀嘛，怎么会尽是湿雪呢？"

"我看你不见得喜欢流血厮杀胜过湿雪吧，阿憨。"王子严肃地反驳道。不过在这一刻，我倒是比较赞成阿憨的看法。感觉与其这样无止境地长途跋涉下去，倒不如干脆激烈地打斗一场算了。然而看这情况，到头来，长途跋涉与流血厮杀这两样，我大概都躲不掉。

"我们有敌人了。"我对他们宣布道，"而且这个敌人知道如何用精技来对付我们。"

"你已经说过了。"切德说道，"但是王子与我已经谈过，我们都不觉得有人在用精技对付我们。"他将那微温的水倒在茶叶上，连他自己都皱着眉头观望，不晓得这种水温能不能把茶叶泡开。

听到切德这话，我心里倒有些迷糊了。我本以为对方若会攻击阿憨与我，就一定会尝试攻击精技小组的其他成员。我把这个想法说了出来，并补了一句："为什么对方只针对阿憨与我下手？在外人眼里，我们不过是下层仆人啊。"

"任何对精技稍有涉猎之人，都一定察觉得出阿憨与你并没有表面上看起来的这么单纯。也许他们发现阿憨的精技力量强大，所以为了去除这层阻碍，故意诱使你们内斗。"

"但是对方为什么不干脆攻击王子和王子的首席顾问？为什么不引诱你们两人内斗，种下高层统帅失和的因子，反而要从最底层的人下手？"

"要是能知道原因就好了。"切德想了好一会儿之后说道，"但我们就是不知道啊。说真的，也就你和阿憨有那种受到攻击的感觉，王子与我倒是毫无知觉，直到你们两个闹了起来，我们才发现事情不对了。"

"你们闹得不小啊。"晋责疲惫地揉着太阳穴，补上一句。他突然打了个大大的哈欠。“真希望这一切赶快过去。”他轻轻说道，“我又累又冷，况且我也不是真心想要屠龙。”

“这有可能是对方在巧妙地运用精技影响你的看法。”我警告道，“你父亲就善于此道，他曾经借此蛊惑许多红船的瞭望员，使得红船一头撞上礁岩。”

王子摇了摇头：“我的精技墙封得可紧了。不，这不是外来的，而是发自内心的。”他望着切德从茶壶里倒了些黄色的茶汤出来，皱眉，然后再把茶壶放下，让茶叶多泡一会儿。

“不是精技。”切德怀恨地应和晋责的话，“是那个可恶的弄臣，他一直在跟原智小组和首领团的人发起议论，一方面引起他们对黑龙的同情，同时还掐着首领团比较迷信这一点不断施力。王子殿下，你可不能动摇，别忘了，你已经对贵主承诺，你会把龙头放在她母屋的火炉前了。”

“的确如此。”皮奥崔一边沉重地感叹道，一边掀开帐篷的门片，“我可以进来吗？”

“请进。”晋责答道，“没错，我的确给了承诺，但我可没承诺会以此为乐啊。”

我虽以原智知觉到有人走近帐篷，但我原以为大概是迅风或谜语。我实在想不出这外岛人为何来此，同时希望他会等我走了之后再跟王子与切德打招呼。但是他对我点了个头，似乎是在肯定说我可以留下来。他开口时，不谈前头的路途有多么艰难，反而挤出了个笑容。“今天这一趟路，大家都不好走，明天的路也会很吃力。我们外岛人对于这么悲惨的行程自有我们的解决办法，而今天这么湿冷，我也该把我们外岛人的方法拿出来跟你们分享了。”他叹了一口气，“天气状况恐怕会使我们的任务更加艰难。雨水渗入雪地之后，会使原本坚固的雪地变得松动，所以明天我们跨过山脊时，一定要特别小心雪崩与冰缝。”

他一边说话，一边打开油腻的布巾，拿出一块乌黑的糕点。我不仅饿，而且鼻子很灵，一下子就闻出那糕点曾浸泡在白兰地酒之中，以便久存。皮奥崔掰了一块，原来这糕点里放了葡萄干、油脂屑，另外还有一些可能是苹果干之类的东西，让白兰地的味道更加浓烈。阿憨虽然疲倦，却仍急切地坐直起来。

我的精技墙仍封得严密，但我仍多少察觉得出他的担心为何：鱼油。那蛋糕吃起来会不会有鱼油味呢？

皮奥崔似乎注意到我目不转睛地瞪着那东西，他咧嘴笑着，并把他刚掰下来的那一块递给我。“我们这几个人里，就数你最冷最湿了。”他有感而发地说道。这倒是真的，因为大家都已经换上比较干的衣物。我一边吃着，他则一边说道：“我们的战士称此为‘勇气糕’。勇气糕是用浓重的蜂蜜、果干和有提神效果的药草所做的，做好之后，将糕点泡在白兰地里，以免变质。成年男子只要吃一点勇气糕，就能打斗一天，或是走上两天的路。”

我满口都是白兰地酒的香甜味，但吞下去时却察觉到一股熟悉的口感。这蜂蜜、油膏和水果的甜味将精灵树皮的苦味包藏了起来。我知道我必须警告切德，虽然我整个疲倦的身体已经因为期待着待会儿精灵树皮会激起的兴奋感而绷紧起来。

接着我周遭的世界突然消退。

我不知道这该如何解释。我第一次察觉到自己有原智，是在我碰上被冶炼的人的时候。我从来就不知道自己拥有“原智”这个额外的力量，直到我碰到那些活生生、但却不会在我的知觉网中留下痕迹的人，才发现自己能知觉到别人所不察的东西。人类本是彼此纠缠的生命网之中的一份子，但是冶炼的过程却将人们从这生命网中扯落下来，于是就变成了任意吃喝、行暴，对于其他活生生的生物毫无怜悯或同情的个体。而我是在碰上被冶炼过的人之后，才发现到这个“原智知觉”将我与世上所有的生物连在了一起。

此时的体验与当时颇为类似，只是我的处境不是观察者，反而与被冶炼的人差不多。我本以为，精技魔法只会将我与其他精技人连结在一起，但此时我却感觉到，精灵树皮的药力一下子将我从这世界之人组成的精技网中扯落下来，于是无论是精技天赋高的大声喧哗，还是其他只有些许天赋的喃喃声，都顿时消逝了。我眨了眨眼，伸出指头挖挖耳朵，一时间还搞不清到底发生了什么事。我眼可见、耳可听、鼻可闻、手可触，舌头也仍尝得到食物的味道，但是另外还有一种直到这一刻之前，我都浑然不知，且无以名之的知觉，因为我咬了这么一口而瞬间完全崩溃。突然之间，我必须要费很大的劲才能对晋责和切德技传，我虽然想施展精技，但这就像是要叫冻僵的手去抓住东西一样地徒劳无功。我回忆起往日我对他们技传的时候会有什么感觉，然而此时我只知道自己的精技知觉麻木得毫无反应。

皮奥崔笑笑地递了一块勇气糕给阿憨。那小个子男子开着嘴巴，手拿着糕点，正要送进口中。我冲上前拉开他的手腕。阿憨仍空着嘴嚼动了一下，仿佛已尝到那糕点的滋味。坦白说，要不是这食物对我们精技小组是个重大威胁，不然他那模样看起来还真好玩。“精灵树皮！”由于失去精技力量，所以我用语言把这几个字叫出来，仿佛光用讲的不足以警告他们。

接着我马上改以缓和的语气，假装我只是在针对阿憨一个人说话：“不，阿憨！你吃了这种药草就会不舒服，这你是知道的。糕点给我，我保证等一下就拿个好吃的给你。阿憨，你不能吃这个，我求求你。”

“什么药草？我又没生病！这块是我的，你不能跟我抢！你下午说我们是朋友，不可以互相打伤的。你放手！这不公平。用抢的很不礼貌喔！”

他本来就爱吃甜食，因此说什么也不肯放手，但是我实在连一口都不敢让他尝。我对精灵树皮的反应从未像现在这么强烈，我感觉到药力瞬间发散，而我不禁怀疑，随后我到底会跌入多深的忧郁谷底。我把那块糕点从他手里挖了出来。阿憨瘫坐在地上，气愤地哭了一声，然后开始大咳起来。我赶紧把糕点递给切德，同时灵机一动地帮切德找了个台阶下。“大人，我绝不会在他面前吃的，因为我知道他最爱吃甜食。要是他见到二位享用，而他又不能吃，那么恐怕会大吵大闹，弄得大家一夜不得安宁呢。”

也许切德和晋责正在跟我技传，说不定阿憨为了报复，正努力要使我跌在烛火上，我却什么感觉都没有，他们三人没有一个能接触到我的心灵。我仍能借由原智知觉到他们仍在原地。这倒是个安慰。但是原本我与他们三人互通声息的精技线路一下子被抹灭了。皮奥崔皱起眉头，看起来几乎要动怒了。切德的反应很快，他立刻说道：“噢，是呀，阿憨，我还记得上次你吃了这药是什么情况呢。这东西对你不好喔，你别闹，这才好嘛。我敢说我们一定能找出一样好吃的食物补偿你。”接着他对皮奥崔一眨眼，使出了仿佛两人共谋般的眼色，“上次王子的手下吃了之后，先是一天一夜不睡，接着一连好几天都陷入阴郁中，不管用什么办法都无法使他的心情好转。我们有任务在身，若是出了这种事情，那可就不好了。好啦，阿憨，你的眉头别皱成那样嘛。王子带了几根糖条出来，舍不得吃，就是要留给你的呢。”

王子已经在他的背包里东翻西找了，切德则连忙接过我手里的糕点，顺势堆回那一大块糕点里，迅速地用裹布包了起来，并立刻塞进他自己的背包中。“我敢说，王子与我都一定会喜欢这个滋味的，不过还是等阿憨睡了再吃吧。”他低声对皮奥崔说道，“不说别人，我自己就挺喜欢精灵树皮带给老年人的刺激感，只是我以前都不知道外岛人也用这种药草呢。”

“精灵树皮？”皮奥崔是装作一无所知的模样吗？“好古怪的名字。我们外岛没有那种植物。勇气糕里放的药草各有不同，每个氏族的母屋都有令人觊觎的特殊配方，绝不外传。但是我可以告诉你，这块勇气糕是我自己家里做的，用的是贵主母屋的配方，世代以来的独角鲸族勇士吃的都是这种勇气糕。”

“这是当然！”切德轻快地说道，“我迫不及待地要在晚一点的时候尝尝看了。不然就睡个好觉，明早再吃一些，以便增强活力。可怜的汤姆，我知道你承受不了精灵树皮的药效！你虽然爱吃这个，但我看你今晚恐怕是睡不着了。我以前不就告诉过你，这东西千万别在晚上时多吃吗？你这个人就是屡劝不听啊。”

我虽忐忑不安，却仍装出笑脸，“这倒是真的，切德大人。虽然您再三训斥，但我显然没听进去。”他的眼神微微一变，看来他实在是太了解我了。

接着切德倒了点淡而无味的茶，啜了一口，然后大声咳嗽，几乎噎到，他用力敲打胸口，喘着对我说道：“你退下吧，汤姆·獾毛。你去吃点东西，但请你在入睡前到这里来一下。我想阿憨今晚会睡在这里。”

“是，大人。”切德轻轻地比了个动作，我注意到了。

我离开帐篷之后，绕道转了一圈，才走到营地最偏僻的角落。雨已经停了，风还是很大。到了营地的边缘，我将两根指头深深插入喉咙中，拼命催吐，看看能不能把刚才吃下去的糕点吐一点出来。但是一点效果也没有。我饿得太久，食物一落肚就被吸收了。最后催吐出来的那一点东西，苦涩得使我发颤。我吃了一把湿雪，试着去除嘴里的涩味，又踢了些松软的雪以盖住我的呕吐物。我一边打颤，一边走回帐篷区。我之所以会发抖，不只是因为天冷而已。一个人若是曾经被人下过毒，心情就永远无法完全平复。你的身体若是吸纳了什么毒物，同时你还深知此事，那么随着你的每一次心跳，那毒物都会使你的身体不断发生变化，那真是恐怖到无以言之的经验。我以前就尝过精灵树皮，感受过它的威力，然而要是那勇气糕里还放了其他药物，而那些药物我不但没尝过，同时也尚未察觉到它们正在对我的身体造成什么破坏呢？我勒住自己的心思，不让自己朝那个方向多想。因为那是说不通的，我对自己说道，勇气糕是皮奥崔送的礼物，看来并不像是有诈。我们来到此地，为的是完成他所要的屠龙任务，既然如此，他怎么会给我们下毒？但是皮奥崔给我吃的药量多到足以让我的精技魔法完全失效，因此我就是无法单纯把此事看作是我运气太差。

我又湿又冷又抖得厉害，在我将自己平息下来之前，实在不想去跟我们帐篷的侍卫混在一起。我像是出于本能地要退回安全所在似的，信步走到弄臣的帐篷前。我笨手笨脚地用僵硬的手摸索帐篷的门片，轻声叫道："黄金大人。"叫完之后才想到他说不定有别的客人。

大概是我的语气有什么不寻常，使他察觉到我非常忧烦，他一下子拉开门片，招手叫我赶快进去。但是进去之后，他便说道："站在那里就好，别把水滴得到处都是。"他已经换掉了长途跋涉穿的衣服，现在正穿着温暖干燥的黑色长袍，让我好生羡慕。

"皮奥崔给我吃了一口糕点，里面放了精灵树皮，所以我已经失去精技魔法了。"由于牙关打颤，我讲得断断续续。

"脱掉你的湿衣服。"几乎当我一进帐篷，他就开始在他的背包里翻找。此时他拿出了一件长长的红棕色衣裳，"这件你大概能穿。你穿了就知道，其实还蛮暖的。怎么你吃了一口就魔法全失了？以前精灵树皮对你倒不会有这种效果。"

我摇了摇头："反正事实就是如此。而且今天有人用精技陷害阿憨与我，让我们彼此仇视，最后差点就让我们互打起来。幸亏我察觉到阿憨大概是要用精技攻击我，所以才立起精技墙，脑海里因此突然只剩自己的思绪，不受外界干扰，我这才知道虽然一天到晚都得照顾他，但我并不痛恨这个任务。这并不是他的错，况且就算我不喜欢这个任务，我也不该把气出在他身上，是不是？我若真有什么不满，那也应该气切德，而不是阿憨。当初是切德硬把他塞给我照顾，而我认为，他之所以硬要我去照顾阿憨，有一半是因为他要让我忙得不可开交，以免我常来找你、受你影响。他想要我乖乖地照他的指示去做，不要多想……"

"停！"弄臣叫道。他好像吓到了。我赶快住口，又张开嘴，想要问他是怎么回事，但是他伸出两只手，示意我什么都别说。"蜚滋，看看你，我从未见过你这样叨叨不休，这真是……令人心神不宁啊。"

"是精灵树皮的关系。"体力源源不断地涌出来，多到使我打颤。这时我已经脱下湿衣服，堆成一堆，感激地接过弄臣递过来的衣裳，我一摸，就因为那冰冷的质感而瑟缩，"好冷啊。冷得像铁似的！这衣裳是什么做的？鱼鳞吗？"

"你就相信我，把衣服套上去吧。这衣服暖得很快。"

到了此刻，我也没别的选择了。我把那衣服从头上套下去。那长袍几乎垂及脚踝，而我肩膀动一动，衣服就松开了。

"好怪啊。刚才我觉得肩膀、胸膛的部分紧紧的，但是我动了动之后，这衣服就合身了。你看，连袖子都够得到我的手腕。简直像是轻薄的铠甲，真是不可思议啊。这又是古灵的宝物吗？这是雨野原来的吗？我真的很好奇，不知道这是谁做的，用什么材料做的？你瞧我一动，这色泽就变了。"

"蜚滋，你别再叽叽歪歪地讲下去了。我听了好担心。"弄臣一把抱起我那堆湿衣服，衣服开始滴水，"我把这些衣服拿到外面去晾，不过看来明天早上是不可能干了。你还有没有别的衣服？"

"有，在我背包里，不过我的背包留在了王子的帐篷里。切德的那一桶炸药也留在那里了。阿憨的东西也差不多都在我的背包里，不过这倒没关系，因为他也在那里，那些东西他都用得到。所以啦，还好东西都在那里了。”我察觉到自己喋喋不休，努力叫自己住嘴，省得弄臣开口。

过了一会儿，我开始发抖，不久便感觉到这袍子把我的体温传回自己身上。我叹了一口气，躺在弄臣的床垫上，拉过一条被子，把冷冰冰的脚盖起来。过了一会儿，我拉开被子，焦躁不安地换了个新姿势。弄臣走进帐篷，看到我站了起来，绕着他的小蜡烛走来走去，感到很好奇。“怎么了？”

“感觉像是有千万只蚂蚁在我皮肤底下爬来爬去似的。”我将散落在脸上的头发拨到脑后，重新扎成战士的马尾。“我没办法站定，没办法住口，虽然思考毫无头绪，但脑子里还是转个不停，这实在不合理。”我突然觉得自己的手太大，开始把每个指节按得喀喀作响，然后又把手摇一摇，让关节放松。我抬起头，发现弄臣在凝视着我，吓得牙齿打颤。“对不起。”我连忙道歉，“我就是管不了自己。”

“看也知道。”他喃喃地应道。接着他以比较亲切的口吻说道：“我真希望能帮得上忙，但你就是吃了药草才有这症状的，所以恐怕也不宜运用药草茶让你纾解。此外我还担心，你过了这症状之后，心情不晓得会阴郁成什么样子。我从未见你这么焦躁过。如果说，刚吃下精灵树皮后的兴奋越强，紧接而来的阴郁谷底就越深，那么恐怕大家都会遭殃啊。”

弄臣的脸色非常严肃。我答道：“我也很害怕。不，应该说是我知道自己应该要怕，但现在我就是无法让自己把心思放在这上面，因为我想得很多，多到连我自己都无法招架。我要怎样才能在明早之前把衣物弄干？可是我等一下得去向切德报告，而我又不想穿这件袍子走过营区，虽然这袍子很暖。光是想到要把湿衣服穿回去，即使只是走回晋责帐篷这么短短的一段路，我就会冷得发抖。我的背包连同我所有的干衣服都在他那儿了，阿憨的东西也在我的背包里。可是这样很好，因为他也在那里，他会需要他的干衣服。”

“嘘。”弄臣打断我源源不断的思绪，恳求我住口，“嘘，求求你静一静，蜚滋，让我想一下。你以前每次喝精灵树皮茶，顶多也不过是精技力量受到影响，而且过后就没事了。我们能不能期望，等精灵树皮的效用消退之后，你的精技力量就会回来？”

我夸张地耸耸肩：“我不知道。依我看，我们或许不能以我以往服用精灵树皮的例子来推测这次的情况会如何。阿憨差点也吃了，我告诉你了没？”

“还没。”他小心翼翼地说道，好像我有点疯了——虽然这也可能与事实相去不远。“你能不能静一静，别扯嘴唇、扯头发了。把手交叠在大腿上坐好，然后把今天一天的经过告诉我。请你从头开始讲。”

弄臣一提，我才发现自己一直在拉着下唇。我把双手放在大腿上，交叠起来，努力地把他当作切德一样地报告。他越听脸色越沉重，然而连我也知道自己正喋喋不休，情节说得断断续续，东拉西扯的，而且还反复地讲个不停。还没交代完，我便忍不住站起来，在他的小帐篷里走来走去，很是激动。我突然心生一计。“来！”我叫道，伸出裸露的手腕，朝他走去，“我们来试试看，我的精技力量是不是真的消失了。你就像以前那样用精技来探测我吧。”

他凝视着我，表情颇为惊讶，但是提不起劲来。他脸上露出一抹无力且难以置信的笑容，“你这是在要求我这样做？”

“当然啦。我们可以借此看出情况有多糟，如果你还能用精技探得到我，那么说不定药力消退之后，我的精技力量也会恢复。我们来试试看嘛。”我在他身边坐下来，伸出手臂放在他的膝盖上，手腕朝上。他低头看看他留在我手腕上的那几个褪色的指印，不以为然地瞥着我。

“不。”他缩身避开我，“蜚滋，你今晚失常了。平时你绝不会让我做这种事的，更不会开口要求我这样做。不行。”

“怎么，难道你怕了不成？”我故意激他，“你就试试看嘛。试试看又不会怎样！”

“什么不会怎样？这会使我们失去对于彼此的尊重啊！你现在的状况跟喝醉了没两样，我怎能趁虚而入？蜚滋，不行。你别再诱惑我了。”

“你别担心，明天我还是会记得这事是我提议的。弄臣，我有必要知道我的精技魔法是不是已经消失了。”在我灵魂的深处多少觉得这有点不妥。我很想停下来仔细思考一番，但是由于焦躁不安，我根本静不下来。我只觉得内心有一股巨大的冲动，逼着我立刻动手，现在就做，做什么都好，那些思绪使我毫无招架之力。

我倾身抓住弄臣瘦削的手腕。他没戴手套，也没有抵抗。我将他的指头一一对准我手腕上的指印，屏息以待。但是我什么感觉也没有。我困惑地转头望着他。

他已经闭上了眼睛。过了一会儿，他睁开那一对失望的棕色眼眸，难以置信地说道："什么也没有。我的指头感觉得到你的手温，我想探寻你，却找不到你的人。就是这样。"

我的心猛跳了一下，立刻全盘否认测试的结果："这个嘛，我看这也不能证明什么。这是我们前所未有的经验，既然如此，该有什么结果，谁能说得准？这算不了什么。这不算数。明天，等我明天醒来，说不定就会发现精技力量又回来了。"

"也可能什么都没有。"弄臣望着我的脸，轻轻地说道。他的指头仍停在我的手腕上。"也许我们不该试图以精技牵系。"

"也可能什么都没有。"我应和道，"也许我明早醒来之后，发现自己正如此刻一般，不仅孤独，而且什么声响都听不到。也许。"我站了起来，将我的手腕从他松松的手掌中抽出来。"嗯，这种事情就算多想、多担心，也没什么用处，不是吗？倒不如想想明天的天气到底是干燥还是潮湿。明天会怎么样呢？"我停了一下，心想自己是不是应该要镇定下来，但最后还是把心里的疑问爆了出来，"你看皮奥崔是不是故意给我下毒的？他知道精灵树皮会抑制精技力量吗？还有，他怎么会知道我有精技天赋？此外，他应该会希望我帮助王子屠龙，既然如此，他为什么要下毒？除非他实际上并不希望我们杀掉冰华。也许他把我们诱到这里来，是为了要让王子任务失败。但是这样说不通啊，不是吗？"

他似乎被我这一连串的问题打得无力招架。"你能不能静一静，蜚滋？"他真诚地问道。我想了一会儿之后，摇了摇头。

“我停不下来。”我一边讲，一边焦躁地动来动去。我突然觉得痛苦悲惨，用什么姿势都站不舒服、坐不住。我已经困了，却想不出如何才能让自己平静地入睡。一时之间，我恨不得一切通通蒸发，让我平静一下。我将头埋入双手中，闭上眼睛，“我这一生，不管做什么都是错。”

“今天晚上会很难熬了。”弄臣苦恼地说道。

17. 冰 华

这便是怡撒尔·海獭鞋与冰华的传说，以及怡撒尔后来的下场。当时海獭鞋母屋的上母是薇撒尔，她很讨厌怡撒尔带回家里一起同床共枕的那个男人，理由有三：那男人是O型腿，还是凹胸，大家都知道这两种特征有可能会遗传给孩子，而薇撒尔可不希望她的母屋里尽是衰弱的O型腿孩子。其次，那男子有一头红发，而薇撒尔也不希望她的子孙长出红头发。此外，每逢春天来临，岛上的杨柳生出柳絮的时候，那男子就会流鼻涕、掉眼泪，所以春天的工作他都不能做。有一年夏天，怡撒尔去山上的高坡摘取越橘时，薇撒尔便吩咐众女子从田里捡些大到用来打人会痛，但又不至于造成大伤的石块和泥块，并用来赶走了怡撒尔的床伴。这些女人都是怡撒尔的姐妹、姑姑、阿姨们，以及怡撒尔的母亲，她们之所以这么做，也是为了她好，因为她们看不惯她一走开，那男子便露出腼腆的笑容。

怡撒尔回来，发现她的床伴已经逃走之后，失声痛哭，大吼大叫，最后发誓说她要去找冰华，请它教训自己的亲族。大家都知道，对自己的母屋复仇，这可是犯了很大的忌讳的，但是怡撒尔在暴怒之余，根本听不进众人对她的劝告，也不肯接受众人在赶走她那个苍白无力、骨瘦如柴的小伙子之后，为她安排的那名不仅健壮，且有着一头黑发的战士。怡撒尔前往艾斯雷弗嘉岛，趁着一年之中潮水最低时溜进冰河与海面之间的隙缝，一路来到岛中央，以恳求黑龙应允她那邪恶的愿望。

恰撒尔一路航行到笼罩全岛的冰河之下，将小舟停靠在淤沙岸上，接着点起火把，但是她没有停下来赞叹冰华的冰坟之美，而是立刻往上爬，沿着弯曲的隧道，来到能够看到被困在冰层中的龙之处。她在冰面上融出了一个坑，将她带来的羊血倒入坑中，并要求冰华让所有将她床伴赶走的女人通通不孕。

——外岛吟游歌者的歌词，獾毛翻译

我对于那天晚上以及接下来的那一天一夜的记忆非常模糊，我的心灵极不愿回想痛苦的种种。切德后来跟我说："那都是你自己心里想出来的。"他竟然满不在乎地把我所经受的痛苦一句带过，使我有如遭到蜂螫一般刺痛。我很想对他说：人生就是在我们自己的心里面。人生若不是在我们心里，否则是在哪里？我们如果不在心里揣摩人生的意义，体会人生的逆境，否则是在哪里？而且世上之事，也是因为有人认为它有意义，它才生出了意义，不然，转眼也就消逝了。

幸亏我熬了过来。如果有人误以为精灵树皮不是毒药，那么那人想必从未像我这样陷入忧郁的深渊之中。那天晚上稍晚的时候，切德派谜语来找我。我赤着脚、穿着古灵做的滑稽长袍，任由他用条大被子将我围了起来，匆匆地护送回王子的帐篷。如果我记得没错，我到了帐篷里之后，一连跟切德讲了好几个小时，讲的全都是我有多么鄙视、厌恶自己的事情。晋责后来跟我说，他从没想到有人能编排出那么一大堆虚无缥缈的罪恶，听得他快要烦死了。我还记得他几次想要跟我讲道理。我甚至公开说我想要自杀——这念头虽然常常在我脑海中一闪而过，但是我从未说出口。晋责对于这种伤感的妄想感到不齿，而切德则指出，自杀不但是自私的行为，同时一点也无助于纠正我的愚行。依我看，到了那节骨眼，他已经对我颇为担心了。

不过，那也不是我的错。我之所以讲了一夜，直到天明还不住口，乃是药物所造成的躁郁，并不是在理性之下的种种考量。我从未打算跟晋责透露我年少轻狂的行径，但是到了早上，他大概已经知之甚详了。就算他之前曾经对于精灵树皮或是卡芮丝籽存有一丝幻想或好奇，我也敢说，经过这一夜之后，他绝对会对那些东西敬而远之。

阿憨听到后来，再也无法忍受我那叨叨不休的情绪轰炸，所以他们召来谜语，将他送到原智者的帐篷去，请罗网安顿他睡觉。切德与晋责原本打算那天晚上要尝试以精技跟荨麻联络的，但是我有如高烧般地大发呓语，以至于他们根本无法集中心神。阿憨落荒而逃之前，他们三人曾联合起来，试图对我技传，只是他们也跟弄臣一样徒劳无功。我将弄臣也已经试过的事情告诉切德时，他的脸色霎时阴沉起来，看得出他根本就反对我与那个晕黄之人做精技实验。

第二天，谜语与罗网两人都陪着阿憨跟我一起走。我敢说谜语是切德派来的，但罗网呢，我想他应该是自愿前来的。直到如今，到底阿憨讲了什么话，使罗网觉得他有必要陪着我一起走，我仍毫无头绪。我沉默地在阴郁与黑暗之中前行，晶亮的冰晶与轮廓柔和的吹雪，对我而言仿佛是无尽的折磨。谜语与阿憨走在前面，两人很少讲话；罗网则走在我正后方，一整天都没说半个字。夏日开始施展威力，将雪丘雕刻成奇形怪状的风势甚为柔和，几乎称得上是温暖。我记得罗网的海鸥在我们头上盘旋了两圈，孤独地高鸣之后，便返回海边去了。一看到罗网的牵系动物，我便想起失去夜眼的心伤，一下子难过地悼念起来。我没有哭出声，但泪水却不断地从我脸颊滑下来。

情绪往往比体力活动更令人筋疲力竭。早在皮奥崔宣布要扎营之前，我就已经累得麻木了。我呆呆地站着，望着他们搭起帐篷。我模模糊糊地记得皮奥崔跟切德说，他实在没想到他的勇气糕会使我疲惫无神，并且向切德道了歉。切德则叫皮奥崔不必放在心上，因为我这个人本来就性情起伏不定，服用起药草来一点也不知道节制。我知道切德这话是说给皮奥崔听的，尽管如此，这话仍然像是匕首一般刺入我心中。后来罗网帮我端了碗粥来，但是我吃不下。全营地的人都还醒着，我就跑去躺下了，其实我也没睡着，而是凝视着帐篷的阴暗处，想着我父亲怎么会跟我母亲发生关系——瞧他们两人这一发生关系，生出多少后患啊。我听到罗网在帐篷外为阿憨吹奏笛子，于是一下子想念起那小个子男子的精技音乐。最后我一定是睡着了，而且睡得很沉。

等我醒来时，天色已经不早了。帐篷里尽是侍卫们的凌乱床垫，除了我之外空无一人。我狐疑起来：他们怎么没叫醒我，也没拆除帐篷、收拾物品，以便开始今天的行程呢？我掀开被子，感觉冷飕飕的，低头一看，发现自己还穿着古怪的袍子，于是赶快套上外裤、穿上外套。我将袍子塞在我的背包里时，心里仍纳闷营地怎么一点声响也没有。该不会是天气太糟，使我们无法前行吧？

我从帐篷里出来，眼前只见一片高耸的冰河山脊，一股柔风不断吹来，风中还夹杂着许多从雪山上吹下来的雪晶。营地空空荡荡的，陶制的火盆里起了小火，火上架着三角架，撑着一个锅子，而罗网正在照料锅子里的食物。由于火的热度融化了陶盆周围的雪，陶盆于是沉入雪地中。“啊，你醒了。”他笑着对我说道，“我敢说你现在一定觉得好多了。”

“我……是啊，好多了。”我答道。发现自己的确有所好转，连我自己都有点惊讶。昨天那种没来由的阴郁心情已经远去。然而我仍旧高兴不起来，一方面因为失去精技力量而感到沉重，另一方面又因为屠龙的重任而感到畏惧，不过，使我想要了结残生的那种绝望到极点的感觉已经消失。我心中升起一股迟钝的愤怒。皮奥崔竟然使我受到这么多煎熬，真是太可恶了。我知道切德对他另有打算，容不得我报复，但是他的勇气糕含有巨量的精灵树皮，任谁吃了都会产生严重的副作用，我才不相信他们族里的人吃了这种配方不会出毛病。皮奥崔明明就是在给我下毒。可恶，这是我第二次遭人下毒了。我希望在返回六大公国之前，命运会赐予我良机，让我跟他将此事做个了断。然而我一生所受的刺客训练都不容许我有报私仇的余裕，打从黠谋国王第一次将我变成他的人开始，我就受到再三教诲：我的才能必须为皇室所用，绝不能私自裁判，也不得私自报复。我曾有一两次漠视这个守则，都造成了严重的后果。我一边环顾营地，一边提醒自己切莫草率疏忽。

我们的营地是缓和的雪坡，附近有一块黑色石头冲破了雪层，指向天空，不远处则是陡峭的高山。我们所处的地方像是杯缘破了一角的杯子，散落的黑色石头不时从雪层中突出，杯底盛着结硬且缓缓下降的雪层，而我们的营地就架在杯中残饮的硬壳上。

“你很沉默。”罗网温和地说道，“你哪里痛吗？”

“倒没有，多谢你的关心，我只是在想事情而已。”

“想你的精技魔法已经消失了吗？”

他见我朝他瞥了一眼，赶快举起一手阻止我胡思乱想：“你放心，没人看出你的秘密。是阿憨碰巧跟我讲了，我才知道的。他看你那样子，心里很难过；他既气你，又为你担心。昨天晚上他向我解释，你心情郁闷，讲话讲个不停，还坐立难安，这也就算了，但他之所以觉得事情不妙，主要是因为你一直在他心中，但现在你却不见了。阿憨跟我讲了个他小时候的故事：有一天晚上，他跟母亲走在热闹的庆典市集里，他母亲突然松了手，没拉住他，他在汹涌的人潮中走了几个小时，不仅看不到母亲的人，心里也与母亲断了线。听他讲的情况，应该是他母亲本来要遗弃他的，但是想想还是后悔了，所以才回来找他的。不过阿憨花了好多工夫跟我说他知道母亲就在那里，但她却不肯让阿憨探知她的思绪。至于你，阿憨说，你则是消失了，像是死了一般，就像他现在对亡母的感觉一样，但奇怪的是你仍到处走动，他也仍然看得见你。你这模样把他给吓坏了。”

“在他眼里，我大概跟被冶炼的人差不多。”

罗网同情地瑟缩了一下。由此观之，他大概碰到过被冶炼的人，所以他知道那种人的空虚感有多么恐怖。不过他却说：“不，朋友，我用原智还是知觉得到你。你并没有失去原智魔法。”

“我又没有伴侣，要这魔法有何用？”我刻薄地答道。

他沉默了一会儿，最后不抱希望地说道：“这我也可以教你，如果你哪天有空坐下来好好学的话。”

我真不知道该怎么回答才好，所以我干脆问了个问题：“为什么我们今天到现在都还没出发？”

他困惑地看了我一眼，笑了笑：“我们已经到了呀，朋友，这里是最靠近目的地的搭营地。皮奥崔说，以前从这附近就可以模模糊糊地看到龙的身影。晋责王子、切德和其他人都跟着他和贵主去找龙了，首领团派来的见证人也去了。呐，在那上头。”他往上一指。

冰河远远看起来平滑柔顺，但那是骗人的。走上去就知道，冰河上其实有许多起伏，如今一望，只见我们的人像一长列蚂蚁般在山坡的冰面上移动。我看得出领头的是穿了厚厚一身毛皮的皮奥崔，贵主紧跟在他身后。大家都在那里，跟着皮奥崔在我们头顶的高山上爬行，只有罗网与我留在此地。我对他指出这一点。

“我不想让你醒来时孤独一人。谜语说，你曾提过你想了结残生。”他顽固地摇了摇头，“我相信你是不会自杀的。不过，你昨天忧郁成那样，我不想赌运气。”

“我不会自杀的。我一时疯了，过去就好了，况且那也不是我真正的想法，而是药草的毒性使然。”我替自己找理由开脱。事实上，回想起昨天讲的那些狂言乱语，我只觉得羞愧，因为我竟将这种念头说了出口。六大公国会将自杀之人看作是懦夫。

“你既明知药草乱性，那为何还要服用？”他毫不宽恕地说道。

我咬住舌头。谁晓得切德如何解释我突然变得失神迷惘？“这药草可以止痛、提神，我以前用过。”我平静地说道，“但是这一次，我实在没料到剂量竟然那么高。”

罗网长叹一声：“我懂了。”他只讲了这三个字，但他的不以为然显而易见。

我把锅子里凝结成块的东西吃了。这是外岛食品，鱼腥味很重。这东西本是煮过的鱼泥，然后用油脂将鱼泥结起，做成黏黏的干燥块状，要吃的时候只要加点雪水，就可以煮成油腻的浓汤。虽然味道很差，但是我吃过之后，觉得自己添了不少元气。我仍觉得周遭有股奇怪的静寂，不只是少了阿憨的精技音乐而已，我已经逐渐习惯与晋责、切德、弄臣和荨麻之间彼此互通的那种感觉，但如今这一切连线都没有了。

罗网看着我吃了东西，之后帮忙把锅子弄干净。我将陶盆里那一点火用炭掩盖起来，虽然我看这火苗大概存不久了。然后——“我们去找他们如何？”罗网邀请道，我严肃地点点头。

皮奥崔在小径的左右插了杆子，并在杆子上绑了明亮的红布，罗网与我顺着皮奥崔标出来的路爬上去。一开始我们并未多交谈，接着他开始边走边讲话，于是我终于开始听课了。

“刚才你问我，你既没有同伴，那么要这原智魔法有何用。我知道你至今仍悲悼你的狼，这其实是合情合理的。若是你的狼一死，你就为了要排遣自己的寂寞，马上跟另外一个伴侣牵系在一起，那么我一定会瞧不起你。原血者不会这么做，这就好像鳏夫不应该只为了帮孩子们找个母亲，并让自己在床上有人相伴，就找个女人结婚。所以，你等一等是对的。但即使你目前无伴，也无须因此而背弃自己的魔法。

“你很少跟我们这几个原智者讲话。有些人不知道你跟我们一样拥有原智魔法，就会以为你鄙视原智，比如迅风就是这样。在我看来，即使你不想让他们知道你也是原血者，也应该化解他们对你的误解。至于你为什么要掩饰自己拥有这两种魔法，我就不懂了——至少不是全懂。王后已经说过，她不会再容忍人们滥杀原智者，况且对你来说，无论在什么情况下，王后都一定会保护你。此外你还拥有精技魔法，在我们六大公国，这个魔法广受尊崇。你大可以正大光明地用这两种魔法为王后与王子效力，为什么要偷偷摸摸的呢？”

我假装喘得太厉害，没办法立刻回答。山坡很陡，爬起来是很累没错，但是还没到让我连话都讲不出来的程度。不过最后我还是屈服了：“若是不加掩饰，那么迟早会有人把这些片段都凑合起来，然后打量打量我，说：那个原智小杂种没死嘛。黠谋国王好意将他养大，他竟然恩将仇报，把国王给杀了。如果有人讲到这些，那么就算王后颁布了保护原智者的法令，也顾不到我了。”

“所以你要终身以汤姆·獾毛的身份现身。”

“差不多就是这样了。”我虽极力掩饰，语气中仍不免流露出怨天尤人的情绪。

“你有没有感觉到？”罗网突然问道。

“我觉得这样做最明智，虽然并不容易。”我无奈地答道。

“不，不。用原智呀你。你有没有感觉到，那种无边无际，与众不同的庞大感觉？”

我停下来，静静地站着。一个人若是听惯了日常生活的声音，闻惯了烹煮的香味，久了也就习以为常，不加注意了，原智知觉也是一样。但此时我一动不动地站着，仿佛在倾听，但其实是在以原智来知觉周遭的生命网。我感觉得到罗网，温热、健康，离我很近，我也感觉得到山上那一列疲倦程度不一的人。我对具有原智的人的知觉稍微比对平常人的更敏锐些。我没感觉到罗网的鸟，我猜它正在海上觅食吧。“只是些平常的——”我立刻住口了。我感觉到什么了吗？有没有感觉到一个非常庞大，但是却若有似无的生命泉源？像是一扇门突然打开了一会儿，然后又关了起来。我静止地闭上眼睛。没有了。“没什么。”我评论道，再度睁开眼睛。

罗网一直在观察我的表情。“你刚才感觉到了。”他对我说道，“而我到现在都还感觉得到。下次你感觉到的时候，好好掌握住它。”

“掌握住？”

他懊恼地摇摇头：“算了。这就是那种你会‘改天’找个时间跟我求教的问题。”

以罗网与我的交情来说，这就算是在骂我了。我之前并未料到被他这么一骂，竟会使我羞愧得无地自容。不过我知道这是自己活该。我鼓起勇气，虚心地问道：“你愿意边走边教我吗？”

他转过头，抬起眉毛，善意地假装惊讶状：“噢，好啊，蜚滋。既然你请我教了，我就边走边教你吧。你从前面那团人里挑个人，挑个没有原智的，这样我才好跟你解释这是怎么一回事。有些原血者推测，我们之所以有这种能力，是因为猎人在捕捉集群性动物时，必先把其中的某一只单独挑出来，做为捕猎的对象，才好出手。你大概也见过幼小的小狼或是其他肉食动物，因为无法做到第一步，所以怎么也逮不住猎物。它们一股劲地朝一大群鸟或一大群羊、鹿冲过去，却让整群动物都逃掉了——当然，这就是成群结队的优势。被猎食的动物成群结队，可以掩饰个体的存在，让猎人无从分辨出个别的动物。”

虽然经过一次又一次的耽搁，但我终于开始跟着罗网上课了。在我们赶上众人之前，我已经能够将切德从那一群人之中单独挑出来，即使他走在我视线之外，我也能感知到他。除此之外，我还两次以原智知觉到那个庞大的生物，不过我有一点与罗网不同：这种体验，我以前就有过了。虽然我因为把话憋在心里而变得消沉，但我仍什么也没说。我知道自己感觉到的是龙，错不了的，我本以为接下来龙翼的巨大影子会从我头上划过，但是那感觉瞬间又消失得无影无踪，而我头上的天空仍然清澈蔚蓝，什么都没有。

我们赶上众人时，大家正站在突起岩石的阴影里。岩石表面上刻着外岛的符文，那些弯曲的符号一路延伸到地面以下。首领团派来的那几个见证人站在离岩石较近之处。他们本来就不情愿来到这岛上，此时更是明白地把不悦的表情挂在脸上。但除了不悦之外，他们脸上还带着点等着看笑话的逗趣神情，这使我感到很纳闷。其中一名首领团代表单膝跪下，顽固地以腰间佩戴的小刀砍着不为所动的冰层，像在戳刺敌人一般。他先连戳了十多下，接着拂开掉下来的那一点冰屑。看样子，他那样敲根本就无济于事，但他却执意地戳砍下去。

长芯的手下带了工具前来，铲子、十字镐、撬杆等都有，但是到此时还没有一人动手。他们跟寻常的士兵一样，觉得枯燥且无动于衷，只等着长官一声令下，交代工作。至于他们为什么还没动手，这倒不难得知。我们走上前去时，切德和晋责与贵主和皮奥崔相对而立，原智小组懒散地站在旁边，阿憨则坐在外围的雪地上，一边大声地哼歌，一边点头打拍子。

“是啊，但到底是哪里？”切德质问道。从他的口气听来，这个问题他已经问了不止一次了。

“就是这里。”皮奥崔耐心地答道。“这里。”他双臂一伸，把我们所在的这片高原都含括在内。“这岩石上刻的符文就写着：‘这是冰华的长眠之处’，我已经按照约定把你带到这里来了，贵主也陪同前来，以便见证你的任务。接下来就看你了。你必须把冰华挖出来，取下它的头。王子不是在他自己的母屋中，答应说他一定会达成这个任务吗？”

"对，但是我之前并不知道王子为了取下冰华的头，得先把整条冰河都挖起来！我本以为这里总有个标记什么的，谁知道这里除了冰雪和岩石之外，什么都没有。你说我们该从哪里开始挖？"

皮奥崔无奈且沉重地耸了耸肩："应该从哪里开始挖都可以吧。"听了这话，一名首领团派来的代表爆出刻薄的咯咯笑声。切德近乎狂乱地四下张望。从他望见我时那一闪而过的神情看来，他知道我终于到了，但他大概认定此时我这个人派不上用场。他再度对皮奥崔质问道：

"你上次来到此地看到冰华的时候，它是在什么地方？"

皮奥崔慢慢地摇摇头："我只来过这里两次，都是跟着阿姨来的。当时我年纪很小，阿姨带我来这里是为了教我道理。我从头到尾都不曾看见冰华，只看到岩石上的符文。大约已经有上百年的时间没人清楚见过冰层里的龙了。"

这段话似乎使那个猫头鹰氏族的人想起什么，因为他突然撇下首领团，走了上来，轻轻笑着点头说道："我过世的祖母在还是小女孩时，曾经见过冰华。我真该把我祖母的话告诉你们，也许你们可以长点见识。当年我祖母的祖母带着孙女儿来这里献祭，祈求冰华保佑我们的羊群多生小羊。到了之后，高祖母指着唯有在正午阳光最强时才能看见的一团黑影，对祖母说道：'这就是冰华。以前它比较容易看见，但是冰层年复一年地堆上去，于是它就越沉越深了。如今我们只见得着朦胧的黑影，总有一天，人们会认定它根本就不存在。所以你现在要看个仔细，别让我们的子孙怀疑前人的智慧，让我们蒙羞。'"那吟游歌者突然开口，也突然地住了口，风吹红了他的脸颊，也吹起了他的长发，他志得意满地点着头。

"这么说，你知道我们应该从哪里开挖咯？"

那猫头鹰族的人大笑道："我不知道。更何况，就算我知道，也不会告诉你。"

王子以比较温和的口气问道："我倒是很好奇她们如何献祭，而冰华又如何接受祭品。"

"献羊血呀。"那猫头鹰族的人立刻答道。"她们割断羊的喉咙，让羊血流在冰上，接着众位母亲研究羊血形成的小水洼形状。何处的血渗入冰层中，以及何处的血留在冰面上，由此得知冰华对于她们献上的祭品是否满意。之后她们将羊尸留在原地，献给黑者，最后便回家了。隔年春天，我们家的羊大半都生了两只羔羊，而不是一只，所有的母羊都是顺产。”那猫头鹰族的人以刻薄的目光扫视众人，“以前我们曾因尊崇冰华而享有这样的好运。你们若是敢藐视它，那么你们的家族必定会厄运连连。”

“而我们既然已经在这里，恐怕连我们的家族也会遭殃。”海獭消沉地感叹道。

“我们独角鲸族的母屋已经承受了一切后果，你们是不会被波及的。”皮奥崔嘴里这么提醒他们，眼睛却望向他处。

“你倒会讲漂亮话！”猫头鹰鄙夷地嗤声道，“你竟为了女人家异想天开的怪念头，就要将冰华置于死地，我看你还怎么有资格替它发言！”

“龙到底在哪里？”切德打断他们的话，他的愤怒不言而喻。不过回答的却是大家都没想到的人。

“龙在这里。”迅风平静地说道，“错不了的。它的生机时有时无，如潮水一般起起伏伏，但它确实是在这里没错。”那孩子说着，整个人轻轻晃动。扇贝将手放在他肩上，罗网则丢下我，迅速走到迅风身旁。

“你看着我！”罗网对那孩子命令道。迅风迟迟不予理会，所以他用力地摇晃那孩子。“你看着我！”罗网急切地再度命令道，“迅风！你还年轻，而且从未牵系过，你也许不懂我跟你讲的道理，但是你必须得把自己管好。你别去找它，也别让它进到你心中。我们都感觉得到它是个强大、绚烂且令人敬畏的生命体，但你千万别被它吞噬了。我感觉得出它具有狮豹一般的狡诈魅力，无论你想不想跟它牵系在一起，它都能够将你纳入掌中。”

“你们感觉得到龙？它真的在这里，而且还活着？”切德难以置信地问道。

“噢，是啊。”晋责不情愿地说道。这是我第一次察觉到他的脸色有多么苍白。除了他之外，众人的脸都被冻得红通通。他一动不动地站着，离我们稍远些。他望着贵主。“黑龙冰华的确在此。它还活着，虽然我实在不知道为什么它埋在冰下还能活着。”他沉思地顿了一下，眼神飘到很远的地方，“我可以用我的心灵拂过它，我可以探寻它，但是它却不理会我。除此之外，我也不知道我怎么会一下子感觉得到它，一下子又觉得它消逝得无影无踪。”

王子竟然轻率地把他有原智的事情讲出来，真是令人惊讶。我努力克制自己不要目瞪口呆地望着他。此外，我几乎察觉不到冰华，而晋责却清楚地知觉到它的存在，这也使我感到惊讶。之前我已经知道王子的原智天赋不及我，难道，因为他常跟罗网求教，所以格外精进吗？随即我又想到另外一个状况，心里吓了一大跳。他讲的到底是原智，还是精技呢？在梦中，蓝龙婷黛莉雅是以精技来接触我，而我猜它之所以找到荨麻，也是因为精技的缘故。我望向切德。那老人家看来正在深思，且非常迷惑。接着我望向阿憨，这才肯定这一定是精技的缘故。他似乎完全融入正在哼唱的音乐之中，还不时点头打拍子。我真希望能听见他的精技音乐，更希望能促使他将精技墙树立起来。我从未见他这么兴高采烈过。

“你千万别探寻它！”罗网喝止道，根本不管王子高高在上的地位，“龙会惑乱人心，这在许多非常古老的故事里都提过的。龙可以迷住那些毫无防备的心灵，使人们近乎奴隶般地为它们奉献至死。最古老的那首歌，还警告人们千万别吸进龙吐出来的气。”罗网突然转过头，像指挥官号令部队一样地对扇贝说道：“你知道我说的是哪一首歌，对不对？这歌就很适合今天晚上唱给大家听。我小时候根本不把这些古老的歌谣当一回事，年纪大了之后，才发现古老的歌谣之中藏着许多实在的道理。所以今晚我想要再听一听。”

“我也想听听。”切德出人意料地应和道，“还有其他谈到龙的歌曲，我也都想听听。但是就目前而言，如果王子的原智小组能够知觉到这条龙，那么也许可以指引我们到底该从哪里开挖。”

“把它的方位告诉你，好让你把它挖出来杀掉？才不呢！这种事情，我才不干！”迅风突然暴躁地叫道。我从未见他沮丧成这样过。切德立刻围住他。

“你这么快就忘了你宣誓效忠王子吗？”

“我——”那孩子无言以对，脸一下子涨红，然后又变得刷白。我望着他挣扎着要表现对王子的忠诚，恨不得能帮他一把。我大概比在场的任何人都更了解他有多么无所适从吧。

那老刺客定定地凝视着迅风，这时罗网平静地对切德说道：“你别逼他。”

“这与你无关。”切德也平静地答道。此时我第一次看到罗网发怒。他的肌肉隆起，胸膛剧烈起伏，他克制住自己，但我看得出他花了多大力气才做到，同时王子殿下也看出罗网的变化。

“你别逼他。”晋责讲的虽然是跟罗网一样的话，但却是王子下令的口吻，“迅风，别着急。你对我忠心耿耿，这我并不怀疑，而且我不会要求手下在自己的心声与誓言之间做选择，借此来测试他们的忠诚。我认为把这样的重担压在部下肩上，并不是什么光荣的事情，再说连我自己都不知道这该如何选择。”他突然朝贵主望去。贵主并未迎向他的目光，而是眺望着山下的积雪平原。晋责突然朝艾莉安娜走去，我吓了一跳。皮奥崔踏上前一步，像是要将他挡下来，但是晋责并不是要碰触她，只是平静地说道：“请你看着我，好不好？”

她转过头，抬起下巴迎向晋责的目光。除了眼里有一抹坚毅不屈的神情之外，她什么表情都没有。晋责一时间并没说什么话，仿佛希望她会主动开口似的。四周一片沉寂，只听得见大风吹起冰河上的冰晶之声，以及整装待发的战士们换姿势时，脚踩在雪地上的窸窣声，就连阿憨都不哼歌了。我瞥了他一眼。他看起来很迷惘，像在努力回忆什么事情。贵主还是沉默不语，所以晋责叹了一口气。

“你对这黑龙知道得可多了，但你却不肯多说一句。你交给我的这个任务，绝不是少女给追求者设的门槛，这点我清楚得很。再说你之所以要求我屠龙，也不是什么女人家异想天开的怪念头，对不对？你可否将你之所以要求我屠龙的背后因素告诉我，好让我判断一下现在该怎么做最好？”

我本以为晋责已经赢得了她的心，但是他讲到最后一句话时，却出了问题。我察觉得出，由于晋责有可能会缩手不做他之前答应要做的事情，使得艾莉安娜十分沮丧，她原本诚实以待，此时却勃然大怒，其脾气比起任何从小出入宫廷的贵族小姐毫不逊色。“你是这样履行诺言的吗？你曾许诺会屠龙，如果你现在吓破胆，就直说了吧，也好让大家都知道你现在已经没了勇气。”

她其实无心考验晋责，这点我看得出来，晋责也看得出来。他因为她既无心要考验自己，却又毫不留情地刺伤他的自尊而更为愤怒。他深深吸了一口气，挺起胸膛，“我言出必行。不，这样说还不够正确。应该说是，我已经给了你承诺，现在你则决定要求我履行承诺。其实你大可以解除我的承诺，让我免了这个任务，但是你并没有这样做。既然如此，那么基于我母亲，以及我父亲双方家族的荣誉，我会履行已经发誓要做的事情。”

罗网开口了：“人们为了取肉食用而猎鹿，甚至为了保护自家的牲畜而杀死前来进犯的狼。但这既不是鹿，也不是狼，王子殿下。如果传说故事说得不假，这龙可是跟你一般聪明。况且它并未挑衅我们，所以没有非杀它不可的理由。你一定知道——”他停了口，即使他在盛怒之中，也不能把王子有原智的秘密泄露出去。“你一定知道我现在必须点醒你，这个冰华还活着。我不知道它为何到现在还有一线生机，也不知道它这一线生机是强或弱。冰华的生机起伏不定，时有时无，就像是将熄的火焰。说不定我们大老远地来到这里，也只是凑巧见证到它逝去的那一刻罢了。倘若如此，那就没什么可有损名誉的了。况且我已经跟在你身边旅行了这么久，久到我敢说，你不是那种脚边躺着的生物已经奄奄一息，还会趁虚而入之人。也许你会证明我想错了。我希望我没有，但是——”讲到这里，罗网转过头望着原智小组的同伴，“如果我们不照着王子的要求找出龙的位置，如果我们不把冰华从层层束缚的坚冰中释放出来，那么别说王子要取下龙头，冰华这样下去也必死无疑。你们几个人要怎么做，但凭你们自己的意见，不过我倒不吝于施展艾达神所赐予的天赋，找出龙的位置，并且将它挖出来。”

首领团派来的特使们一直都站得远远的。我朝他们望了一眼，看到弄臣虽然不是站在他们之间，但却站在他们旁边，仿佛借此明白宣示他的心意取向。但我倒不很惊讶。诸特使之中的吟游歌者，也就是猫头鹰，脸上那种凝神倾听、一个字都不能放过的模样，像极了椋音。今天的一切都会烙烙印在他心中，以待有朝一日，以外岛吟游歌者特有的飘摇、拉长的曲调，将他的所见所闻唱出来。其他人脸上则显露出恐惧和猜测的神情。他们的头儿，也就是大熊，突然举起拳头在胸膛上一打，引起了所有人的注意。

“你别忘了我们，也别忘了我们为何来到此地。倘若如你们那几个魔法师所说的，冰华仍未死，而你们趁着它一息尚存之际将它挖出来，那么我们会全程见证。若这位六大公国的农民王子趁着冰华羸弱无力、不堪一击之际，将我们的龙杀死，那么所有的氏族都会群起而攻之。到时候，大家不仅要对付默许这种懦夫作为的独角鲸氏族和野猪氏族，还要对付六大公国。所以，如果这位年轻的王子屠龙，是为了要与神符群岛的人结为联盟，以避战祸，那么他就必得以议定的方式行之。也就是说，他必须与我们的龙公平地一战，绝不能趁着它奄奄一息地躺在地上之际，卑鄙地将龙头砍下来。两个战士决斗之时，如果对方卧倒在地，但并非为你所伤，而你却趁虚而入，割下对方的首级作为战利品，那也是胜之不武。”

弄臣静静地站着聆听大熊的宣示，他的站姿似乎多少让众人将大熊视为他的代言人。弄臣并未将手臂环抱在胸前，也没有凛然地傲视众人，而是目不转睛地注视着晋责——那是白色先知的思索眼神。他一生的志愿是要将世界推上更好的轨道，然而他眼前的那人可能会变成他的大敌。那眼神使我背脊发凉。

接着弄臣仿佛察觉到我在望着他，突然转过来看着我。他的眼神明明白白地问我：我会怎么做？我会如何选择？我避开了他的眼神。我无法选择，现在还无法选择，我对自己说道，等我看到了龙，就知道该如何选择了。我心中还有个怯懦的声音在喃喃说道：“若是冰华在我们把它挖出来之前就死了，那么这一切就通通迎刃而解，我也就用不着反抗切德，也用不着反抗弄臣了。”我猜切德与弄臣都察觉到我心底这个秘密的希望，但即使如此，也无法使我心安。

答复大熊的是皮奥崔。他以跟顽固的孩童解释了上百次的，疲惫而无奈的语气说道：“此事的一切后果皆由独角鲸母屋承受。倘若龙将兴起，并诅咒我们世代的子孙，倘若我们的亲族同胞起而对付我们，我们也无怨无悔。前因既由我们而起，后果便概由我们承受。”

“你大可以用承诺来拘束你自己！”大熊气愤地叫道，“但是你的承诺拘束不了冰华！谁知道它会不会因为我们前来见证你背叛它，而对我们加以报复？”

皮奥崔望着他脚下的雪地，他似乎是在汇集勇气，要让自己鼓足力气继续撑着肩上的重担，然后他像在朗诵大典的台词般慢慢地说话，他的语气像面包一样平淡。“倘若到了必须选边站的时候，你们就拿起武器来对付我吧。我在此发誓，我一定坦然面对。如果我败了，就让各位的血亲，在我死之前拿着武器刺入我身体里吧。”

皮奥崔讲到一半，艾莉安娜便大惊失色地喘了口气，跳上前，仿佛要挡在他身前。但是皮奥崔却以我前所未见的粗暴态度将她拉到一边，并且继续牢牢地抓着那少女的上臂，将她挡在一臂之遥，好像无论他将什么祸事沾惹上身，都不要把她拖下水。艾莉安娜将头埋在手中，身体剧烈起伏，似乎在强忍住情绪，不让自己大哭或大叫出来。

“冰华倘若真如传说中所讲的那么英明神武，那么它一定会知道你们处处维护着它，它一定不会因为我们在此地的所作所为而找各位的母屋算帐。这样你们可满足了？”

皮奥崔说完，猛然将艾莉安娜拉近身，紧紧拥住她，弯身在她头发里喃喃地讲了什么话——但是内容我听不清楚。听了皮奥崔·黑水的话之后，在场的每个外岛人表情都显得十分沉重。对外岛人而言，这番话必定有重大涵义，我只能大致摸索。依我看，皮奥崔是再度把他自己以及众人跟这件任务绑在一起了。他是不是应允了什么万剑穿心之事，而且还有什么见不得人的羞愧之处？我不知道，只能猜测。

眼见这一切的晋责脸上变得毫无血色，切德也一动不动地站着，一言不发，而我则不禁再度想道，此时我若能跟他们技传对话就好了。照这情况看来，接下来的变化恐怕诡谲莫测。挖出龙的时候，如果龙死了会如何，如果仍活着会如何，如果它起而与我们大斗一场会如何，如果它毫不反抗会如何，如果我们屠龙取头，但是皮奥崔却因为坚守诺言而死会如何……接着我发现自己突然紧盯着首领团派来的见证人，把他们当作战士一般地打量，估计哪几个人可以轻松撂倒，以及哪几个人大概非得我使出极端的手段才能摆平。我朝长芯瞄了一眼，看到他正轻声地对手下交代事情。我心想，从此以后，王子可能日日夜夜，心头都有个挥之不去的阴影了。

但是最怪的大概莫过于罗网、扇贝、迅风和儒雅这几个人了。他们丢下众人，自顾自地走了出去，在冰坡雪丘上乱走，眼睛直盯着地上，仿佛他们每个人都搞丢了钻石戒指，而且立志非要找回来不可。第一个停下脚步的人是罗网，他沉默不语，静静地等待其他人。接着迅风在距离罗网约十来步的地方停下来，而儒雅则在一个船身的距离之外，爬下一面陡峭的冰坡，然后站定。最后一个选定地点的是扇贝，他的神情看来有点犹豫。他走得很慢，双臂大开，像是在捕捉众人都感觉不到的体温，最后他离开他们三人，在距离罗网约十五步之处停下。那吟游歌者抬起头望着罗网，脸上似乎有些迟疑，而罗网则缓缓地点头。“没错，我相信你的感觉是对的。它的确很大，比我所见过的任何生物都要大。我站在这个地点感觉它最为清楚，但此处到底是它的心脏所在，还是它的头部，我就无法确认了，也许这是它尾巴尖端最接近地面之处也说不定。现在你们每个人都找个东西把现在的位置标示出来，然后朝我走来，看看到底是不是在我这个位置感受最强。”

扇贝脱下连指手套丢在脚边，儒雅则把他的铁杖插入雪地中，他们开始谨慎地朝罗网走去。晋责与我互望一眼，接着仿佛只是出于好奇一般地朝原智师傅走去。我望着晋责的脸，但是依我看，他并未体会到我所知觉到的强烈感受。那一线生机时有时无，如将熄的烛光般闪烁不定。即使我与王子并肩站在罗网身边，我所感应到的龙也不是恒定的。但是我认为罗网说得没错，对龙的知觉，在此地最为强烈。

罗网与其他原智小组的成员一直望着地上，仿佛能看穿雪地般，但如今他们一个个抬起头。晋责耐心地等着罗网抬头看着他。我不知道他们两人在那一望之间互通了什么心意，也许他们在彼此较量也说不定。不过当罗网缓缓点头时，王子也轻点了一下，以示同意。接着他转头望着切德。

“我们就从这里开始挖。”

18. 冰

王后陛下，

您知道我一直是您最忠诚的仆人。您的决断向来明智，这点我毫不怀疑，只是我也恳请您在下判断时能考虑到，也许是因为长久以来隐忍不发之故，才使我们一下子超过了公义的界线，演变成惩罚的行动。我向您保证，报告上所说的“花斑子大屠杀”实在言过其实。然而，如果说我们原血者曾经做了什么错事，那么应该说，我们错就错在长久以来都袖手旁观，没有毅然地采取行动，没有早点让我们原血者之中的叛徒看清，我们再也不愿忍受他们对我们自己人的迫害。这件事情就某个层面而言，乃是自清门户，而我们竟然必须涤清自己的血脉，这也使我们感到羞耻。恳求您，在我们清理门户的时候，您且转开头，别多看吧。

——王后于“血洗严酷镇”之后所收到的匿名信

所以我们就开始挖冰了。

长芯派谜语和诏谕回营地将铲子、十字镐和撬杆拖上来。他们走了之后，他严肃地对王子问道：“洞要挖多大，大人？”晋责与切德在雪地上画出了一块足够让四个男人同时开挖，且不至于互相干扰的地方。谜语、诏谕和我三人先挖，令我意外的是，长芯也加入了挖冰的行列。我猜是因为能跟来的侍卫很有限，因此他认为自己也非得动手不可。我们卫队的人有心要挖，只是情况有点奇怪。卫队毕竟擅长作战，不擅耕作，况且大家虽然都知道该怎么凑合着做点挖掘的工作，但是人人都没有在冰河上开挖的经验——包括我在内。如今这个经验真是使我开了眼界。

挖冰跟挖土是不同的。泥土松松软软，铲子一下去就会让开，而冰却是紧紧结合成一块的。上层的松雪最讨厌，铲下去的感觉像是在铲细面粉，每一铲雪都轻若无物，但是铲子每次下去会铲到哪里，却很难控制。下面那一层就不会那么糟了，一打破冰壳之后，感觉就像是在挖起密实的积雪。挖得越深，就越难挖。挖深了之后，就不能一下去便铲起一堆雪，而是必须先用十字镐把冰敲成碎屑——敲冰的过程会使得冰屑、冰块四处飞溅——等到冰层松动之后，才能将冰铲起来丢到洞外，让其他人用雪橇把碎冰拖到远处，以免挡住洞口。如果穿着外套挖，我的背会渗出汗，但如果把外套脱掉，衬衫上又会凝出一层霜。

挖洞并非全靠我们卫队的人。王子跟原智小组达成了协议，因此将碎冰拖离洞口的事情是交给他们去做的。挖了一阵子之后，我们这两团人开始轮流敲雪、铲雪、运雪。这天天黑时，我们的洞已深及肩膀，但洞底仍不见黑龙的身影。

晚上的风力变强，把冰河表面上松脱的冰晶吹得翻飞。我们聚集在营地里，一边围着那小小的营火取暖，一边吃着微温的晚餐。我不禁想道，不知道大风会把多少冰雪刮入我们挖好的大洞里。

一天的劳动虽然使众人忘了早上的分裂，但逐渐降临的夜色又重新勾起了人们的回忆。我们瑟缩在营火边，帐篷环在我们身边围成一圈，这一圈帐篷多少能挡住一点风，在这荒凉且一望无际的冰原上，给人一种温暖的避风港的错觉，但其实这层保护也只是杯水车薪。这地方不大，大家却壁垒分明。首领团之前就已经对原智者和弄臣较为友善，此时更是有说有笑，还和对方交换干粮吃。扇贝为我们唱歌的时候，他们那位瘦巴巴的吟游歌者，也就是猫头鹰，就坐在他的旁边。扇贝清唱了两首歌，没用乐器伴奏，因为此地又招风，又冻得厉害，他既怕冻坏了乐器，又怕冻伤自己的指头。第一首曲子讲述的故事是，由于龙极会魅惑人心，所以有个男人为了龙抛下了家人与家园，从此一去不返。这故事中就算藏了什么重要的道理，我也听不出来，但是就像罗网提过的那样，这首歌描述的是那人吸入了龙吐出的空气，此后便全心为龙奉献了。第二首歌虽然也提到龙，但是描述得更为隐晦，不过当扇贝努力高唱以对抗呼啸而过的大风时，大家都凝神倾听。唯一的吵闹声来自阿憨，他坐在晋责附近，哼着小调，整个人摆来摆去。虽然切德几次嘘声叫他安静，但是隔个几分钟之后，他便又重拾曲调了。我看了很是担心，却无能为力。

白天时，我曾看到皮奥崔和贵主探头俯瞰我们挖洞，他们两人的脸色都很僵硬，神色夹杂着期望和恐惧。晋责走过去跟他们说话，但是我既没有听到晋责说什么，也没听到他们回答了什么。贵主瞪着王子的眼神，仿佛晋责是在她心事重重时还上前跟她搭讪的陌生人。晚上时分，他们两人都没有到火边用餐、烤火，而是直接回帐篷，唯有从帐篷里透出来的微微烛光还能显示出他们人在这里。

扇贝唱完歌，我们也谢过他之后，我已经很想睡了。我虽想跟切德、晋责和弄臣聊聊，但是却更想睡觉。在精灵树皮的体力透支之后，我的身体尚未完全恢复，而一整个下午都在寒风中做费劲的工作，更使我筋疲力竭。

我站了起来，但是切德招手要我过去。我走上前，他便吩咐我将阿憨带回王子的帐篷，并安顿他睡觉。我本以为他此举是为了要找个借口跟我私下讲讲话，但等我走近阿憨之后，心里对他更是担忧。阿憨一边不断哼歌，一边左摇右晃，眼睛则陶醉地闭上。我畏缩着不敢碰他，就像是曾经烫伤的小孩不敢再靠近火边一样。接着我想道，既然现在我的精技已然消散，那么他的精技若真能冲击到我，其实也没什么好怕，反倒会使我松了一口气。只是，我碰到阿憨之后不但没有受到精技的冲击，他甚至连一点醒过来的迹象都没有。我再度用比较坚定的力道摇一摇他，他依旧陶醉其中，所以最后我不得不硬拉着他站起来。阿憨像是突然被吓醒的婴儿般啜泣起来，以至于我拉着他朝王子的帐篷走去时，心里非常羞愧。当我将他沾满雪块的靴子和外衣脱下时，他只是不太连贯地喃喃抱怨天气太冷，而我还没怎么催他，他便自己钻入了被子里。最后，我将他的被子紧紧塞好。

切德和王子进帐篷时，我才刚把阿憨安顿好。“我挺担心他的。”我说着，歪着头朝阿憨的方向一点。那堆隆起来的被子底下已经传来哼歌的声音了。

“是龙的关系。”切德烦恼地说道。

“是不是龙不知道，只是我们这样想而已。”晋责疲惫地补充道。他坐在床垫边缘，开始脱去靴子，“我们试过对阿憨技传，但是感觉他人虽在，但就是不理会我们。”

我把憋了一天的消息告诉他们：“我的精技力量消失了。毫无恢复的迹象。”

王子沉重地点点头，倒不惊讶。“我也试着跟你技传，但是感觉你这个人就像消失了一样。真是诡异。”他抬起头看着我，“我这才了解到，原来在我的一生之中，你一直与我相伴。在我心底的角落，有个小小的你，这你知道吗？”

“我就怕会这样。”我坦承道，“切德跟我提过。他说你从小就做不少有关一狼一人的怪梦。”

一时间，晋责显得非常讶异，但接着他脸上慢慢地浮现一抹微笑。“那就是你？跟夜眼？”他突然深吸一口气，别开了脸，“那是我这一生中最好的美梦。小时候，我往往会在晚上入睡之前，期待自己能够再做同样的梦，虽然我从不曾重复梦境，但是偶尔会梦到个全新的。嗯。这么说来，打从小时候起，你就在教我如何施展精技寻找你了。还有夜眼。噢，艾达神慈悲，蜚滋，你一定很想念它！在我的梦里，你跟它仿佛是一体的，你知道吗？”

眼泪突然迸出。我转过头，擦了擦脸，免得眼泪掉下来。“可以这么说，如今荨麻还仍旧把我当成是狼形人心。”

“这么说来，你以前也曾走入她的梦中？”

王子的语气之中是不是有一丝嫉妒？“这倒不是刻意的。我从未想过我那样是在教你，或是教荨麻。有时候我会刻意透过她去看看博瑞屈和莫莉，因为我爱他们，而且很想念他们，另外还有个原因，那就是荨麻是我女儿。”

“那我呢？”

在这当下，我真是庆幸此刻我的精技力量已消失。我压根就不想让王子知道我在他受孕之际扮演了什么角色。惟真的确利用了我的身体来孕育晋责，但是晋责仍是国王陛下之子，除了年幼时他的心灵呼唤着我的心灵之外，不管从什么角度来看，他都不是我儿子。“你是惟真的儿子。我并未刻意找你，甚至没察觉到你梦见了我——你小时候梦见我的事，我是一直到最近才晓得的。”

我朝切德瞥了一眼，却发现他几乎没在听我们讲什么，这使我非常意外。他像是有什么心事，对眼前的事情视而不见。“切德？”我担心地问道，“你还好吧？”

他突然吸了一口气，仿佛我吓到他似的：“我看阿憨大概是被龙迷住了。我刚才费了一番工夫要引起他的注意，可是他的音乐很强，盖过了一切。虽然王子与我都无法以精技察觉到龙，但是我在对阿憨技传的时候，却察觉到了个什么东西。这真的很诡异……那种感觉就像是你没看到本人，只是看到他的背影。我只察觉得出有个什么东西在那里，却不知道那到底是什么。晋责说，偶尔他也会以原智知觉到冰华的气息，可是立即又散掉了，就像风向一转便将气味通通吹散了一样。”

我静静地站立片刻，以原智去知觉周遭的情况。过了一会儿，我对他们说道：“冰华一下子在，一下子不在。我实在无法确定它到底是在刻意掩饰自己的生机，以瞒过我们的原智知觉，还是正如罗网所说的，它离死亡只有一步之遥了。”

我朝晋责一瞥，他的思绪已经转到其他事情上了，说不定他根本没听到刚才切德跟我在说什么。“我今晚要试着跟荨麻联络。”他突然宣布道，“我们总得跟公鹿堡互通消息，而且我们只能期望荨麻帮助我们做到这点。除此之外，我在想，如果阿憨真的是被龙迷住了，需要有人将他唤回，那么那人非荨麻莫属。就算阿憨不是被龙迷住，我们恐怕也得靠着荨麻才能联络上他。”

我吓了一大跳，我不希望他去找荨麻，“你找得到她吗？”

“这就难说了。可惜我不认识她，我要是认识她，那就容易得多了。”他那口吻明白地告诉我，他之所以不认识荨麻，都是我的错。我猜他大概是听出我刚才问的那句话里有所保留，因而觉得很刺耳。想到这里，我不禁吞了口口水，让他继续讲下去。“我只跟她心灵接触过一次，而且那次还是透过你。今晚要靠我自己的力量找出来，恐怕会很困难。”

我心里一下子升起莫名的恐惧，我知道接下来这句话不该问，但还是忍不住问出口了，“如果你联络到她，要跟她说什么？”

他冷峻地瞪了我一眼才答道：“真相啊。我知道之前没人告诉她真相，但是至少得有个瞻远人跟她说说吧。”

我知道他这话是在挑衅我。今天一日的变化，想必他一定很不好受，所以王子殿下的行径一下子变得像是个暴躁易怒的十五岁少年，一心只想找个目标，把过错都推给对方。我再度努力克制，不把他那些话当一回事。“真相吗？真相有很多面呢，你想把真相的哪个层面告诉她？”我问道，等着他答话时，我努力在脸上挤出笑容。

“就目前而言，我只会把属于我的那一层真相说出来。我会告诉她，我是晋责王子，而我急着要请她跟我母亲传个消息，并且请她将我母亲的建议转达给我。我大概会让母亲知道，我们要多提防惜黛儿的双亲，并且将她救出来。然后，如果这个信息她听得进去，也肯转达，我再将阿憨被龙迷住且无法自拔之事告诉她，如果她使得上力，我再请她帮忙把他拉回来。”他突然叹了一口气。“要是跟她聊上一回，能谈到这么多，那就算我走运了。”他又以悲哀的眼神瞧着我。

我想，在这一刻，我才最在意自己失去了精技天赋。因为无从得知他们讲了什么，所以我很不希望晋责去找荨麻。万一他不小心说漏嘴了怎么办？我都还没有机会让荨麻直接认识我这个人，要是晋责使她对我产生不好的印象怎么办？晋责仿佛听到了我的心声。

“这你可得相信我，对不对？”

我吸了一口气。“我的确相信你啊。”我尽量讲得真诚，不让他觉得我是在随口说说。

“我会陪着他。”切德对我说道。他看到我脸上那副失望的模样，乐得大笑出来，“不过你别说你相信我，你的信任我可担待不起。”

“但是我非得信任你不可。”我答道，于是切德点点头。我再问道：“今天的事情你们如何看待？倘若我们挖出龙时，它还活着，而我们仍试图取下龙头，首领团派来的那些人会不会出手攻击我们？”

“会。”晋责答道，“一定会。依我看，光是黑者不同意我们到岛上来这件事情，就勾起了他们内心无限的恐惧。”

“你说得没错。”切德应和道，“我注意到，晚上众人都散去之后，他们还在营地的外围放了一份供品。”

我对切德摇摇头：“我知道你心里打什么主意。但就算我办得到，这恐怕也不太好。如果祭品被人收走，他们会不会把这解释为，由于他们已经公开反对王子屠龙，所以黑者终于赞成他们了？切德啊，现在才搞这种手段，未免太晚了。”

“说得也是。”他毫无歉意地应道，“况且，若是你在偷祭品的时候被他们逮到，说不定反而惹得他们立刻采取行动。不行，还是等一等吧。”他叹了一口气，接着努力摩擦双臂，“这地方真是冷啊。我年纪都这么大了，实在受不住这寒气。”

王子不以为然地翻了个白眼。

我换了个话题：“你们两个去找阿憨的时候一定要多加小心。还有晋责，你去找荨麻时务必谨慎。我敢说，那天阿憨跟我碰到的事情并非我们想象出来的，那天真的有人在教唆他与我用精技攻击对方。不管对方是谁，那人一定还在。他曾经找上阿憨的心灵，而你去找阿憨时，对方可能会找上你。他若跟住你，晋责，那么他就有可能趁着你今晚去找荨麻的时候找上她——就算这事没发生，你也可能会引得蓝龙婷黛莉雅注意到有你这个人。”我突然觉得自己像个懦夫，我既无法保护晋责，也无法保护荨麻。“要小心。”我又叮咛了一次。

“我会的。”晋责的口气很烦躁，我知道他并未把我的谆谆警告当一回事。我朝切德望去。

“我们认识那么久了，你看过我什么时候不小心过吗？”我的老导师对我问道。

我几乎说了出来：噢，有啊。那次你抛下一切，全心追求精技境界，你忘了吗？我怕的是你会重蹈覆辙，以至于让我尽心保护的人遇到危险啊。不过我把话忍在心里，只是点了个头。“今晚你们要做的事情这么多，而我却一点也帮不上忙，这感觉真奇怪。感觉我好像很没用。如果这里没别的事，那我就去睡了。我累死了。”我转动双肩，“早知今日，我待在公鹿堡的最后一个月就应该练习铲土，而不是练剑。”

王子勉强地咯咯笑了两声。切德则严肃地对我问道：“你今晚要去看弄臣吗？”

“对。”我开始警戒，等待他接下来的问题。

“你今晚会睡他那里吗？”

我并没问他怎么会知道我曾在弄臣的帐篷里过夜。我以不带任何情绪的口吻答道：“可能会，也可能不会。我不知道。如果我们谈得晚了，或者他要我作陪，我就会待下来。”

“别人看在眼里会觉得很奇怪，这你知道吧。别，你别瞪我，又不是我这样想。我们都认识这么久了，难道我还会怀疑你在选择同床共枕的伴侣时，会有什么古怪癖好吗？我的意思只是说，别人可能会认为你一定是赞同弄臣对于冰华的看法。也就是说，你一定认为我们不该履行贵主交付给王子的任务，而且应该在把龙挖出来之后，就把它放走。”

我默默地站了一会儿，想着此事。最后我平静地说道：“切德，别人会怎么想，我管不着。”

“你不试着稍作回避？”

我直视着他的眼睛：“不，他是我的朋友。”

切德咬住嘴唇，过了一会儿才非常谨慎地问道：“你能不能劝他照我们的思路来想事情？”

“照你的思路来想事情？”我纠正他，“恐怕很难。这不是他一时天马行空想出来的主意。切德，他终其一生都相信他是白色先知，而他的人生任务之一，就是要让龙群重见于世上。所以我大概是劝不动了。”

“你们两个交情匪浅，再说他又很关心你。”切德颇有技巧地评论道。

“所以我才更不愿借此来影响他。”我拨开脸上的头发。因为挖冰而流下的汗水逐渐干去，使我开始发冷。我全身酸痛，心里也痛。“切德，在这件事情上，你必须信任我才行。我不是你的工具，也无法保证一定会如何作为，无论我们挖出来的龙是生是死都一样。起码这一次，我必须忠于自己。”

切德脸上皱起愤怒的线条，霎时间使我感到痛心。他望向他处，将脸上的表情藏在暗影里。“我懂了。我原本还以为，你既然立誓效忠瞻远家族，那么你一定会更积极才是。此外我还误以为你至少会看在我的份上，毕竟我们的交情说不定比你跟弄臣的交情更深。我真是笨呐。”

“噢，切德。”我突然倦怠到几乎说不出话来，“你我之间的交情难以估算。打从当年许多人要对付我的时候开始，你就一直开导我，像父母亲一般地照顾我、保护我。我愿意为你舍命，这点你千万别怀疑。”

“况且他是个瞻远人。”晋责突然插嘴，瞪着切德与我，“还是个已经因为他对家族的誓言而付出许多代价的瞻远人。所以，蜚滋骏骑·瞻远，我以王子的身份命令你，这一次，你只需立誓效忠自己，你要一如你忠于黠谋国王，之后忠于惟真国王那样地忠于自己的心。这是国王的命令。”

我大吃一惊。我惊讶的不只是晋责的命令如此慷慨——之前的瞻远国王从未想到要许给我这么大的自由——还惊讶他竟然一下子就从愠怒的十五岁少年，变成了王位的继承人。他看到我不解的脸色，微微地皱起眉头，完全没有察觉他自己这个转变有多大。我这才想到自己应该回答，“谢谢，王子殿下。历来的瞻远国王许给我的恩赐，都远远不及你送我的这份大礼。”

“别客气。我只希望自己这样做不至于太傻，因为无论你下了什么决定，我都必须遵循对贵主的承诺，砍下龙头。但愿这个冷冻的龙头会带给她诸多喜悦啊。”他突然又变回忧郁少年了。我望着他，不禁再度想起他的日子有多么难熬。离开玛烈岛之后，连偶尔的偷偷一吻都不可得了。据我看来，自从我们离开艾莉安娜的母屋之后，晋责恐怕连跟她说句悄悄话的机会都没有。他看到我一脸的同情，于是摇了摇头，“谁知道这事到底怎么做才对？我也只能尽力而为，并且希望自己猜中罢了。”

“我也有同感。”切德嘟囔道。

“我也是。”我也应和道。切德弯身看着小火盆，拨动余烬，成功地使得火盆里冒出了一束小火苗。他拿了一小块煤炭，添在那小火苗边缘。

“这种事情，我已经老得做不来咯。”切德最爱把这句牢骚话挂在嘴边。

“你才不老呢。除非你不做这种事情，那你才是太老了。我倒觉得出这趟远门对你蛮好的。”我在他身边蹲下来，“切德，你相信我，这件事情与你或是弄臣谁才能操纵我无关，而且你们也不该拿这点来测试我的心到底向着你，还是向着他。”

“不然这到底是什么？”他不情愿地问道。

我努力给他一个答案：“我必须先看清全局，才知道我该站在哪一边。我们还没离开公鹿堡的时候就知道贵主会这么要求王子了，其中必有隐情。说不定将来你会庆幸，还好我迟疑了，没有盲目地遵从她的意愿。贵主的侍女汉佳跟花斑帮多少有些牵扯，无论你要下多大的赌注，我都敢赌她跟他们有关系。首领团大多不赞成屠龙之事，但是艾莉安娜、皮奥崔和他们的母屋仍然坚持将这个任务交付给王子。他们为什么要这样？这样做对他们有什么好处？一个腐烂的龙头，有什么大不了的？”

“艾莉安娜好像不太愿意硬将这个任务塞给我。”晋责有感而发地说道，“她的确要求我达成任务，这心意坚如金石，但是她并没有对这个任务抱着热切的期待，反倒像是既恐惧又无奈。仿佛她之所以要求我屠龙，并非出于她的本意。”

“那这到底是谁出的主意？皮奥崔吗？”

切德缓缓地摇摇头：“不对。皮奥崔的利益跟艾莉安娜一致，况且艾莉安娜很敬爱他。她若是为了讨皮奥崔的欢心才要求王子屠龙，那么应该会乐在其中才对。不对。好啦，蜚滋问出了我们该问的基本问题：到底是谁在幕后指使？”

我尽我所能地猜了个答案："应该是汉佳。艾莉安娜和皮奥崔多少都得听命于她，这我们是见过的。况且她跟花斑帮有所往来，而花斑帮又恨不得我们失败。"

"花斑帮啊。"切德思索道，"这么说，你认为不可能是弄臣说的那个苍白之女在幕后指使？"

"这我就不知道了。我们对苍白之女知道多少？除了弄臣跟我们讲的以外，我们对她一无所知。外岛人谈起她的时候，把她当成是恶魔一般，不过他们之所以回避不谈，是因为她是旧时代的坏人，因此不会有现在这种挥之不去的恐惧气氛。我常听人说，我们六大公国的龙群杀死了苍白之女和科伯·罗贝，但是外岛人还是将他们两人跟这座岛连在一起，说他们在艾斯雷弗嘉开采黑色石头，以做为他们的白船的压舱物。另外，我们上岸之处那条荒废的石龙，就是红船之战时代进行冶炼的遗迹，这是绝对错不了的。"我冷不防地打了个哈欠。

"噢，去睡吧。"切德斥责道，"至少你还可以休息，但是今晚王子与我都要探得很远，努力说服荨麻帮帮我们。我得坦白承认，我的确很想知道最近六大公国发生了什么事，如果花斑帮已经在国内兴风作浪，那就表示他们其实是双管齐下。"

"也许吧。"晋责应道，打了个哈欠。我突然可怜起他来：我要去好好睡一觉了，他却还得忙上大半夜。不过，我向他们道晚安并离开他们的帐篷时，忽然察觉到晋责把荨麻当作是个挑战，而他对这个挑战既期待又害怕。我一边走远，一边将内心的忧虑抛在一旁。担心又有何用？我人又不在棋局之中。或许，我一直都不在棋局之中。我心中存着这个念头，走起路来只觉得天旋地转，但我还是勉强自己继续走下去。余生都没有精技力量会有那么糟糕吗？难道我不能把没有精技力量，视为是从精技魔法之中解脱出来吗？

我在卫队的帐篷待了一下。长芯疲倦地守望着帐篷门口的动静，他默默地对我点了个头，而我则溜进那群沉睡的战士之间，然后又退了出来。他倒没问我在做什么。毕竟我是切德的手下。不，不只有我，帐篷里这一个个沉睡的身形，也都是切德的手下。每一个跟随王子到艾斯雷弗嘉岛的侍卫都是他亲自挑选的，每个人都既忠心又谨慎。这样的人会有多么拼命地执行长芯的命令呢？

我心里想着这个问题，脚下已经到了弄臣帐篷的外面。我听了一会儿风声，风刮起的冰晶现在已经积到脚踝高了，时不时地还会有些冰晶打在我脸上。但是听来听去，只听到风声跟冰晶的窸窣声，弄臣的帐篷里则是一片寂静，只见帐篷里唯一的小火盆，在鲜艳轻薄的帐篷料子上映出移动的人影。“我可以进来吗？”我轻轻问道。

“等一下。”他轻声答道。我听到帐篷里有窸窣的布料声，虽然那个小小的声音在这大风之中几不可辨。过了一会儿，他解开帐篷门片的结让我进去。我进去的同时也将身上沾着的霜雪带了进去。弄臣看了瑟缩了一下。虽然为时已晚，但我还是赶快抖掉衣物上的霜雪，接着从外套中掏出那件古灵做的袍子，“呐，我把袍子带来还你了。”

弄臣半躺半靠在他的床垫上，已经盖上了被子，火上放着一个小小的烧水壶，看来说不定有热饮可喝。他扬起眉毛，笑道：“可是我觉得你穿起来挺帅的呀，你真的不要留下袍子吗？”

我叹了一口气。他那轻快活泼的语调实在与我今晚所见的场景相去太远。“晚上切德和晋责要透过精技去找荨麻。他们生怕是冰华迷住了阿憨，所以想找她一起把他拉回来。”

“而你决定不帮他们？”

“我帮不上忙啊，我连一丁点精技力量都没有。我之所以知道阿憨怪怪的，是因为他一直在哼歌。他以前只会把他的音乐用精技展现出来，不会摆在嘴边哼唱的。现在他为什么会嗯嗯哼哼、喃喃自语的呢？这个变化真大，可是我很讨厌变化，尤其讨厌那种我无法理解的变化。”

“人生本来就是变化的。”弄臣平静地说道，“而死亡的变化更大，我们非得认命不可，蜚滋。”

“认命、认命，烦不烦啊？我都已经认命一辈子了。”我将袍子放在他的床垫上，重重地在床垫尾端坐下来，逼他让出个位子给我。我脱下连指手套，将手伸向那微弱的小火，希望能稍稍烤暖一点。

“啊，催化剂啊，这会不会是因为你没看出自己所引起的各种变化呢？有些变化是因为你认命地接受现实才引起的，还有一些则是因为你疯狂地挣扎。你当然可以说你讨厌变化，但你就是变化啊。”

“噢，拜托。”我将膝盖缩到胸口，双手抱腿，头搁在膝盖上，“今晚别谈那些了。谈谈别的，什么都好，就是别说那些了。我求求你。我今晚实在无法思考选择跟变化的事情。”

“很好。”他的声音很温柔，“那你要谈什么？”

“谈什么都好。谈谈你吧。我们把你丢在了公鹿堡城，那你是怎么来的？”

“我不是跟你说了吗？我是飞来的。”

我抬起头，气愤地望着他，他则笑吟吟地向我示威。那是他的招牌笑容，也就是即使他在撒谎，也要保证是在跟你讲真话的笑容。“不，你才不是飞来的呢。”我坚定地说道。

“很好。你说不是，那就不是吧。”

“一定是珂翠肯不顾切德的劝告帮你逃脱的，之后你就搭了一艘以鸟名作为船名的船到这里来。”我努力猜测道，因为我知道，就算他的故事讲得再怎么夸张，也能勾出几分真实性。

“老实说，在珂翠肯与我短暂的会面之中，她倒是劝我留在公鹿堡别走，我看她是强忍着才没有多说什么。至于在我离开时，正好碰上了前来公鹿堡的博瑞屈，那可就纯粹是因为我交了好运了。不过，既然我答应要把这个故事说给你听，那就让我从头说起吧。就让我们回到我最后一次在码头上见到你，并以为你会匆匆地跑去帮我找切德帮忙的那一刻吧。”

我瑟缩了一下，但是弄臣不疾不徐地接着说道：“码头总管召来了城市卫队，他们非常有效率地把黄金大人和行李等物通通挪开。你大概也猜到了，他们这一关，就把我关到你们的船开航之后。他们赔了许多不是，又说这是天大的误会云云，才将我放出来。但是此时码头事件已经传遍全城，所以黄金大人带着行李回到住处时，发现债主们已经在住处等着他了。债主们深信，黄金大人之所以非要跟着王子出门不可，一定是想要远走高飞，根本不想还钱——话说回来，黄金大人的意图也的确如此。债主们高高兴兴地剥光了黄金大人的家当，幸亏装着生存最低限度的必需品背包没有被债主拿走，因为颇有远见的黄金大人把这个背包留在了公鹿堡的房间里。”

那小小的烧水壶开始冒出蒸汽，他拿起烧水壶，将热水注入一把有着艳丽彩绘的茶壶中。

我不禁笑了出来，伸手在帐篷里一挥，“你说的最低限度的必需品，就是这些东西？”

他挑起一边眉毛。“是啊，文明的探险之旅总不能少了这些。”他盖上茶壶的盖子，那盖子活脱脱是一朵玫瑰花的化身，“况且一个人何必尝试以比此更少的必需品过活？好啦，我刚才讲到哪里了？噢，对了。黄金大人没了财产，也坏了名声之后，就不再是黄金大人了，而是个急于躲债的人了。那些自认为对他知之甚深的人，发现他竟然能像蜘蛛一般灵敏矫捷地从住处外墙爬下去，一跃到地，然后一溜烟地跑入巷子之中消失无踪后，简直目瞪口呆。”

他故意让我等上一等。他揉揉眼睛，又若有所思地对我笑笑。我紧张地咬着脸颊的肉，幸好他终于接着说道：

“之后我去找珂翠肯，至于我用的是什么方法，走的是哪一条路，就留待你去想象吧。我想，珂翠肯发现我在她的卧室里等她时，一定非常惊讶吧。而她正如我方才跟你说的一样，力劝我留在公鹿堡里，待在她的羽翼之下，等着你们完成任务之后返乡归来。我当然非得拒绝她不可。此外……”讲到这里，他停顿片刻，“我跟博瑞屈聊了一下——我跟他碰面的事情，你大概已经知道，或是猜到了吧。他竟然跟你一样，一下子就认出我来，我真的很意外。他问了我一些问题，不过他之所以要问，并不是因为需要答案，毕竟他之前跟珂翠肯见面时已经猜到了几分，所以他来问我，只是为了要确认一下而已。”

接着他停了好久，我以为他不会再说下去了，最后他柔声说道：“我讲到某段时，博瑞屈气得几乎要一拳打死我，然后便突然大哭起来。”他又停住了。我坐在床尾，只觉得舌头仿佛已经烧成了灰，什么话也说不出来。我几乎希望他就此打住，不要再讲，虽然后来他还是说了下去，但我知道有很多话他都隐而不谈。

“我在失去公鹿堡的所有援助之后，竟笨到为了要看看债主们抢剩的东西之中还有没有剩下有助于我逃亡的，而回到我在客栈的住处。二楼一整层空空如也，有如蝗虫过境。但是最糟的还在后头。屋主看到我进门了。因为之前债主们给了屋主好处，要他听到我的消息，或看到我的人，就立刻通知他们。唉，屋主真没有白赚那些脏钱，因为第二波愤怒的旧朋友出现了。你大概会以为，既然这些人以前从我这里赚走不少赌注，那么他们应该会很满足才对，可是，此时他们竟然一副义愤填膺的样子！

“所以啦，我又逃了。这一次，我穿过了整个公鹿堡城，然而我怕的竟然不是债主，而是那些愤怒的‘朋友们’。你背叛过我，蜚滋，不过话说回来，这大概也是冤冤相报吧，毕竟我也背叛过你。”

“什么？”

他竟讲出这种话，实在令我惊讶，但是当我们两人的目光交会之时，我看到他眼中有着古老的愧疚，这才想起我们在群山王国的时候，我的敌人曾利用弄臣对付过我。“你明知道我从来不曾认为那是你的错，当时你被他们利用了，弄臣，那不是你自己啊。”

“那么你背叛我的时候，说不定那也不是你，而是受了切德唆使吧。不过，反正都已经造成破坏了。我一想到自己都已经一路撑到这里了，却被我最信任的人所骗，只觉得又气又怕又孤独。我为了混淆追兵而步行前进，可是步行走不远，所以我边走边想下一步该怎么办。我心里想道，怎么会这样呢？催化剂怎么会把事情改变得如此离谱，离谱到白色先知都完全失败？然后我慢慢看出，事情不能这样看，这底下必有比我原先所见的更为深切的脉络在运作。于是我决心好好地为这个更深切的脉络做准备，虽然我猜不出当中到底有什么样的因果。”

我早已经把下巴搁在手臂上，以便看着他讲故事，此时我叹了一声，将弓着的背肌放松下来。弄臣从被子里伸出手，将那一点茶水倒入一个杯子与一个碗中，示意我任选其一。那茶壶明明就是一人份的旅行用茶壶，他却仍愿意跟我分享，使我大为感动。我拿起碗，啜了一口。在这片永远由冬天主宰的土地上，那满口的花香味尝来让人感觉春意满盈。茶水透过陶碗的热气很快就消散了，所以我捧着茶碗的暖意只维持了一会儿。弄臣也以修长且优雅的指头捧着杯子喝茶。

他一直没开口，沉默越拉越长，最后我催促道："继续说啊。"我知道在高潮处停顿一下，卖弄玄虚，乃是说书人的技巧，但是我并不怪他把故事讲得这么精彩。

"这个嘛，第二群债主听了第一群债主碰上的事情之后便有所准备，我一逃，他们就追上来了。我跑得虽快，但是黄金大人的衣饰难免有些与众不同，即使混在人群之中也藏不住，况且背包又重，要快也快不起来。你记得公鹿堡外竖立着见证石的山丘吧？"

"当然记得。"我听了一头雾水。若是要躲避债主，说什么也不该逃到那里去。那山丘光秃秃的，只看得见四个傲然耸立的巨大黑色石头。长久以来，六大公国之人总是到此地立誓，情侣们也会到那里立下海誓山盟。人们还传说，若是两人在此决斗，那么诸神必会伸张正义。正当的那一方就算在别处吃了亏，但是到了见证石前决斗一定会得胜。那地方诡异且庄严，什么草丛藤蔓都没有，在被人追捕之际，跑到那里可说是无处躲藏。"但是，为什么要去那里呢？"

他像是言犹未尽地耸了耸肩："我反正是走不远的。而我若是被那些债主们逮到，抓回公鹿堡，那么他们不但会剥光我的装备，还会逼我做苦工还债。这样一来，不但我自己完蛋了，连我未完成的任务也毁了。所以我干脆尝试自己很久以前想到的一个主意，把我自己交付给命运。我以前就猜想，见证石其实是精技出入的门户，跟你在紧急时借以逃脱的精技石柱是一样的。唯一的不同之处是，见证石每一面刻的符文在许久前被某人或某种力量刮除了。或许是因为见证石年代久远，石面上的符文自然地磨平了，又或许是因为古代的某个精技人故意将符文磨掉，让这些出入门户再也不能发挥功能。总之，符文就是抹掉了，原本刻着符文的地方只剩下一些凹凸不平的痕迹，因此哪个石面通往何处已经无从得知。我背着沉重的背包朝见证石跑去时，想起你跟王子通过精技石柱到了宝藏岛的事，因此我知道，若是我选错了石面，说不定会直接掉入冰冷的海水中。”

一阵恐惧袭来，我慢慢地坐直起来：“弄臣，还有更糟的呢！要是出口的石柱倒了下来，而且碰巧出口的石面贴在了地上，那你不就直接被推进地里了？还有，要是出口的石柱已经碎裂，或——”

“我朝见证石跑去时，已经把这些可能性都想过了。幸运的是，我根本无暇选择，甚至无暇考虑我指尖剩下的精技力量还够不够我催动精技石柱。我只知道我一定要进去才行，最后我以指尖接触石面，用力朝见证石拍下去。”

他顿了一下。我殷切地倾身朝他靠去，一颗心几乎从嘴里跳出来。对我而言，要通过精技石柱可不是什么简单的事情。我们只知道精技石柱是石面上刻着符文的记忆石，可以作为通往远地的门户，但除此之外一无所知。我这一生以精技穿越石柱的经验不超过十二次，每次都充满恐惧与不安。帝尊手下那些生涩的精技人，有些甚至在被迫使用精技石柱之后丧失了心智，而晋责与我到宝藏岛的那一次也使他的记忆变得杂乱，让我们两人疲倦不堪。

弄臣甜甜地对我一笑，“你别摆出那种脸色嘛，你明知我熬过来了呀。”

“代价呢？”我问道。我知道这一定是有代价的。

“疲倦。我到了一个地方，但我不知道那是什么地方。那是个荒废的大城，一片死寂，我从未去过。其他我就说不上来了。我倒地就睡，不知道睡了多久，醒来时，天色已经大亮，精技石柱就矗立在我身旁。这个石柱闪闪发亮，上面则连一片地衣或苔藓都没有，每个符文都清清楚楚，仿佛昨天才刻上去的一般。我谨慎而恐惧地对石柱上的符文研究许久，然而我也知道，其实这几个石面给我的，除了希望之外别无其他。最后我从中选出两个觉得合适的，再度进入。”

“不要啊。”我呻吟道。

“没错，我的感觉就是这样。我出来的时候，觉得自己好像被人痛打了一顿。不过我倒是来对了地方。”

他颇乐在其中地故意诱我问问题。“哪里？”我问道。

“你还记得那个倾颓的广场吗？就是那个逐渐被森林掩盖，像是古代市集的地方？我就站在石柱顶上，而一时之间，我恍如在梦中，头上戴着公鸡王冠。其实你看过我那个模样啊。你记得的吧。”

我缓缓点了点头：“那地方在前往石头花园的路上，那个众石龙沉睡的石头花园。当年我们把石龙唤醒，请它们击退来袭的红船，而如今众石龙，包括化身为龙的惟真在内，又再度沉睡了。”

“一点也没错。我再度沿着那森林的小径走去，之后便看到惟真化身的龙。不过我要找的不是他，而是乘龙之女。乘龙之女在沉睡，她的手臂揽着龙颈，就跟你说的一模一样。我将她唤醒，让她知道我非得到这里来不可，接着再度跨上龙背，骑在她身后。她骑着飞龙把我送到这里来，接着便折返回去。所以我说，老友，你看，我真的是飞来的，没骗你。”

我一下子坐直起来，整个人都清醒了，脑中瞬间闪过上百个问题，但是我先问了最重要的一个，“你是怎么唤醒乘龙之女的？要唤醒石龙，必须同时使用精技与原智，这点我清楚得很！”

“的确如此。不过我指尖上有精技，至于鲜血，那更是多得是。”他一边说，一边揉着手腕，也许是因为想到手腕上的伤口，“我以前没有原智，现在也没有，但你也许记得，我为了唤醒乘龙之女，曾经在她的雕像上补了几刀，并将自己注入了乘龙之女之中。”

“我也是。”我愧疚地说道。

“对，我知道。”他轻柔地说道，“你那些东西都还在她那里。你将难以忍受的回忆与不愿感受的情绪，通通给了她。像是你被母亲遗弃、从未与父亲相认、你在帝尊地牢里经受的酷刑折磨，以及最重要的一样：你失去莫莉母女的痛苦。你将你的激愤、痛心与遭到背叛的感觉通通塞给了乘龙之女。”他轻轻地叹了一口气，“你不愿去感受的那一切情绪，都扔在了那里。”

“我很久以前就把那些抛开了。”我慢慢地说道。

“应该是说，你把你的心割了一块给她，所以在那之后，你的心就不完整了。”

“我倒没用这个角度来想事情。”我僵硬地答道。

“你当然无法用这个角度来想。”弄臣镇静地对我说道，“那些事情到底有多么恐怖，你也记不得了，因为你已经将那一切的记忆都送给乘龙之女了。”

“能不能不要再谈这个了？”我问道。我几乎生气、害怕起来，但却又摸不清到底有什么好怕，或有什么好生气的。

“反正我们也谈不下去了，因为在多年以前，你就把这些都丢开了。世上只有我知道你对这一切感受有多深，只有我还记得，把这一切丢开之前的你，是什么样的人。别忘了，我们两人之所以相牵相系，不只是因为精技与命运，还因为你我各付出了一份‘自我’，让其在乘龙之女的体内活了下去。就因为我知道我们给了她什么，我才能唤醒她，还能让她知道我的任务有多么急迫，所以她就带我来艾斯雷弗嘉了。

“那是一场奇怪的旅程，狂野且美好。你知道我以前跟乘龙之女一起飞行过，就是她与众龙群一起攻击那些进攻六大公国的红船，以及苍白之女旗下的残忍白船那次。当时我陷入了真正的战斗之中，那感觉很诡异，我一点也不喜欢。”

“那种感觉，没人会喜欢的。”我应和道，将额头搁在膝盖上，闭上双眼。

“大概是吧。不过这一次跟她一起飞行的感觉就不同了。这次既不必目睹血腥的场面，旁边也没有其他龙，放眼望去，就只有她与我而已。我坐在她身后，揽住她细瘦的腰。你知道她不是独立的个体，而是龙的一部分，但不如说，她就像是龙的手或脚，只是具备少女的外形罢了。所以，她并没有跟我说话，不过奇怪的是她竟然面露微笑，偶尔还转过头来看看我的表情，或是指出地上的什么东西给我看。

“她飞行起来一点也不知道累，从我爬到她身后，那一对强大的龙翼大力拍击，让我们升到森林的树冠之上，直到我们降落在艾斯雷弗嘉岛的黑沙滩上为止，她一次也没有休息过。而我也没有休息。一开始，我们飞过群山王国之外蔚蓝的夏日天空，然后我们越飞越高，我的心脏怦怦直跳，脑袋也昏沉起来，接着飞过通往群山王国的积雪山峰和留有许多旅人行迹的隘口，才再度回到夏日的天气里。我们飞过了群山王国的大小村落，他们的房舍散落在山谷里或山坡上，牛羊牲畜则在陡峭的草原上吃草，有如春日刮起大风之后，散落在果园草地上的那一地白色的苹果花。”

我仿佛也在心中看到了那个景象，我微笑着听他讲述他们在大清早飞过六大公国的一个小村落时，一个年轻人抬起头来看到他们，大叫着冲回屋子里。弄臣继续谈着，从高空看下来时，河流变得像是衣服上的银线，农田则像是一块块补缀，还有大海，仿佛起皱的纸一般，高起处还镶着银边。在我心中，我像是陪着他一起飞行。

我一定是在他的神奇故事之中睡着了。我醒过来时已经夜深了，帐篷外的营地一片寂静，小火盆里只剩下残焰。我盖着一条被子，缩着身体睡在床边，弄臣则如小猫般蜷缩着睡在床上，额头几乎与我碰在一起。他的呼吸缓慢均匀，而他那修长的手则伸到我们两人中间，掌心朝上，仿佛要送什么东西给我，或是要跟我求个什么。我睡眼惺忪地将手盖在他的手心上。这动作并未惊醒他。说也奇怪，我只觉得心里平静而安详。我闭上眼睛，沉沉睡去，一夜无梦。

19. 冰 下

自古以来，外岛人便劫掠不断。

在红船之战前，外岛人掠劫六大公国沿岸的事情便时有所闻，而且已成常态。常常是外岛某个氏族的首领领着一船手下迅速进攻，之后便带着牲畜和收成的谷物回去，偶尔连人也一起掳走。毕恩斯公国首当其冲。不过这个公国倒自得其乐，就像修克斯公国以他们与恰斯国之间的边界冲突为消遣一样。毕恩斯大公似乎认为对付外岛劫匪是他自己的事情，因而少有抱怨。

但是，科伯·罗贝所率领的具有红色船身的红船舰队一出现，双方交锋的状态就改变了。突然之间，外岛的船成群结队地出现，劫匪的主要目的不再是为了迅速抢走谷物牲口，而是为了要强暴、破坏。他们带不走的东西便放火烧掉，或是将之毁坏，于是牛羊鸡鸭横尸遍野，田里的农作物和谷仓的存粮被付之一炬。袖手旁观、毫不反抗的居民也被劫匪杀害。这种劫匪除了夺取财物之外，还非要大肆破坏不可。

然而在那个时候，我们还不知道苍白之女这个人，也不知道她对罗贝的影响有多大。

——费德伦所著的《红船之战史》

隔天早上，我们走到地坑边时，谜语与我同时大声呻吟起来：夜里的吹雪把我们昨天挖的大坑填了半满，但我们还是得开工。虽说新雪比较轻，也不扎实，但是要把这么多雪铲到坑外，还是颇为困难。这简直像是在铲羽绒，而且每一铲下去，至少会有半铲随风飘到坑洞后方。等我们清理到昨晚停工的地方时，都已经快到中午了。我们改用十字镐，重新开始钻冰、撬冰、铲冰。

我一开始觉得身上某处酸痛，但过了一会儿又感觉不痛了，但是再过一会儿，其他地方又痛了起来。晚上我累得倒头就睡，既没做梦，也没有懊悔什么。晚上又起风了。每晚都会起风，所以每天早上都要先把夜里的落雪清走才能开挖。不过，我们的地坑总算慢慢地越挖越深了。地坑深到无法一铲将冰铲出坑外时，我们就在地坑的一头挖了条斜坡。有了斜坡之后，我们就可以将冰铲到雪橇上，再由两人合力拖到地面上，拉到远处倒掉。挖冰的工作无聊至极，而且坑底总看不见龙的身影。更糟的是，我对冰华的原智知觉，不是变得更强，反而变得更加微弱。

从第二天开始，挖冰的人手就逐渐增加。第一个加入的生力军是晋责王子。他卷起袖子，捞起十字镐，大力砍冰。切德的活动则仅限于在坑洞边监督，他那模样令我想起儒雅的猫——那猫儿坐在坑洞边缘，以高高在上、不为所动的神态睥睨着我们挖冰。

贵主一走到地坑里，晋责便停下工作，叮咛她小心点，免得他一敲下去，碎冰飞迸，把她给伤了。艾莉安娜听了，露出兼具哀伤与调情的笑容，反过头来叮咛他，他才应该多小心，免得她一敲下去，碎冰飞迸，倒把他给伤了。之后她开始与晋责并肩工作。她使起十字镐来颇为上手，就像乡下女孩一样灵巧。“以前我们在春天整地以便耕种时，艾莉安娜都会帮忙将田里的石头挖出来。”皮奥崔感叹道。我转过头，发现他正望着艾莉安娜，脸上的表情夹杂着骄傲与懊悔。“好啦，把你手上的铲子给我，你去休息一下吧。”

我看出了他的用意，于是就将铲子交给他了。从那以后，皮奥崔与贵主都与我们并肩工作。他随时保持与他的被保护人不到几步的距离，而贵主则是随时保持与王子不到几步的距离。这是多日以来，她第一次对王子表露情意，而王子似乎大受鼓舞。他们趁着挥下冰凿的空档和喘气的同时，轻声跟对方说上一两句话，两人也总是同时休息。皮奥崔有时不以为然，有时又以十分殷切的目光望着他们。我想，他虽然不准自己动情，但他还是喜欢上我们的王子了。

原智小组一心要营救黑龙，最后他们也认定帮忙挖冰并不有碍于这个目的。接着弄臣也以他柔软但强韧的身躯协助挖冰、运冰，而首领团派来的代表也因此谨慎地来到坑洞边观望。到了第三天，他们就开始帮忙将一车又一车的雪冰从坑洞里拖出去倒掉。依我看，他们最大的动机应该是想要瞧瞧这个冰封的黑龙长得什么模样。

到了第五天，切德派了谜语和年轻的诏谕回去海边的基地拿补给品。皮奥崔对于此行颇为犹豫，所以一而再再而三地叮咛他们一定要顺着他插旗子的路线走，千万不能走偏了，并用严肃且担忧的眼神望着他们两人离去。谜语和诏谕拖了个雪橇，因为他们回来时，除了食物之外，还要将剩下的十字镐和铲子带来，毕竟如今帮手多了不少。切德叫他们将所有帆布都带来，他希望能用帆布做个挡风墙，说不定还可以把整个坑洞盖起来。这么一来，我们就用不着在每天早上开工时，都先费一番工夫把昨夜的落雪清走。我猜他们可能还会把剩下的那几小桶火药带来。若是在晚上想起火药，我只会希望那东西千万别跟我扯上关系，但是到了白天，在努力与百年坚冰奋战之际，我却不时渴望测试看看那些火药能有多大的能耐。

挖掘的工程继续下去。停下来休息时，从坑洞的洞壁可以清楚地看出这冰是一层层累积上去的，每过一年，就多积一层冰。我突然想到，我们在往下挖冰时，就像在往逝去的年代前进，想着想着我便纳闷起来，不知此时我脚下站着的这层冰，是多少年前的落雪累积而成的？冰华在这里待了多久？它是怎么到这里来的？我们越挖越深，但是仍不见它的踪影。切德与晋责每隔不久就会向原智小组请教，而原智小组每次都跟王子及王子的顾问确认他们仍然不时会知觉到冰华的生机。这点我也有同感，不过这么一来也使我体会到，我自己的原智能力比晋责高得多。我虽不如罗网那么敏感，但我想自己大约与迅风相当。扇贝大概比晋责强一些，儒雅又比那吟游歌者强，但仍不及我敏锐。如今我察觉到，原来虽然众人都有原智，但天赋高低却各有不同，对此心里有点五味杂陈。我以前一直以为，原智天赋这东西，是有就有，没有就没有的，现在我才领略到，它就像音乐或园艺的天分一样，因各人的秉性相去甚远而有所不同，精技力量也是如此。

也许就是因为阿憨的精技天赋超群绝伦，所以他才会深深地被龙迷住吧。那小个子男子几乎变成白痴了，一整天都茫然地望着前方，嘴里不停地哼歌，偶尔停顿一下，举起手比个手势。在我看来，他哼的调子和手势都没什么意义。有次我在挖掘了一段时间，轮到我休息的时候，走到他身边坐下。我犹豫地将手放在他的肩膀上，尝试看看能否找回我的精技力量。阿憨的精技一直都如熊熊烈火般，我本希望能借此将自己的精技天赋点燃，然而却什么火花也没有，倒是在过了一会儿之后，他像是苍蝇停在马身上，而马不耐烦地抖开苍蝇一般地甩了甩肩膀，抖开了我的手。他甚至连对食物的兴致也减退了，这是我最担心的。除了我的第一个精技导师盖伦之外，连惟真也再三告诫我，太过沉浸于精技之中会招致种种危险。对于新的学生而言，他们必须跨越的第一道鸿沟，就是要避免自己被精技洪流卷入。然而许多人往往过不了这一关，并且因此赔上宝贵的人生。精技经卷中记载了不少颇为看好，但是却被精技洪流吞噬的学生故事，这些人一心沉浸于那种独一无二的精技感触，因而断绝了他们与我们的世界的一切连系。最后他们对食物、与人交谈都失去了兴趣，甚至连打点自身的起居都不在乎了。精技经卷上一再警告，精技人必须谨防自己变成“一个胡言乱语的大孩子”，看来阿憨似乎只差一步便无法回头了。我以前一直认为，这危险乃是来自于一个人沉迷于精技本身，我自己就常常感受到精技洪流对我的召唤，但如果切德与晋责的推论正确的话，那么阿憨恐怕并非为精技所惑，而是被其他更为强大的心灵所惑。我几次逗他跟我讲话，但他都只是随便应了一声，最后更是在烦躁之余对我说道：“你走开！我这么忙，你还来闹，这样很不礼貌！”之后他就又开始空洞地凝视前方，左摇右晃地哼歌了。

我体内的精技天赋仍然杳无音讯。

这本来就十分恼人，再加上晋责已经跟荨麻联络上，这使我更为丧气。

他两次联络上荨麻，并努力让她相信他就是王子，此外他需要她的协助。第一次，荨麻一下子紧紧地封起她的精技墙，把晋责挡在外面，并对他说，她才没心情听这些无聊故事，况且怎么会有个王子想要借着梦境跟她联络呢？第二次，她就比较没那么抗拒了——我猜是因为晋责挑起了她的好奇心——甚至还试着去拉回沉迷其中的阿憨，只是她也徒劳无功。不过依我看，她之所以这么做，是因为她真的关心阿憨，而不是为了要讨王子的欢心。晋责从头到尾都在荨麻身边看着，但他实在无法领略她那一套“梦境想象成真”是怎么回事。他只能解释，阿憨似乎是去了个遥远的地方，那地方有着繁复华丽的音乐，而阿憨哼的小曲只是那富丽音乐的一小部分而已。他这样比喻谁听得懂？至于晋责请荨麻带话给王后的事情，荨麻说，如果碰巧有机会私下与王后陛下一聚，她会把她做的“怪梦”告诉王后，但是她说什么也不会当着宫廷里众仕女的面前讲出来，免得闹出笑话。她已经因为不懂宫廷礼仪而出丑过几次了，所以她一点也不想给她们再添加笑料。

听到这里，我心里一阵剧痛。倘若我从一开始就答应让她知道自己的身世、让她经常出入宫廷，那么她就会在宫廷贵族之间长大成人，也不至于现在被别人耻笑是乡巴佬、不懂规矩了。我好奇珂翠肯不知会不会多加指点，让荨麻能够担任起王位第二顺位继承人的角色。我很想跟荨麻多谈谈，问问别人跟她讲了多少，并亲自向她解释为什么我没有一开始就让她以王位继承人的身份在宫中长大。但是既然已失去精技天赋，所以我什么也不能说，只能夜夜恳求王子在跟荨麻讲话时，务必考虑周到。

我们日复一日地挖冰。每个人都挖到背痛，而且食物有限，又没什么变化。晚上很冷，夜夜刮风，我们天天都盼望着我们的人赶快带着帆布回来，但他们却没有回来。切德决定多等一天，然后再多等一天，他们仍旧没回来。首领团声称他们在晚上瞥见黑者绕着我们的营地走，却没拿走供品，接着就刮起大风雪，就算黑者曾留下什么踪迹，也都被吹散了。弄臣与我深夜聊天时，说到他几次感觉到黑者就在附近，并猜测他是不是在监视我们；而我也有那种被人监视的不安感，但却看不出有什么人在盯着我们。据我看来，罗网也觉得有点不对劲，因为他两次将在海边觅食的风险召来，请它侦查营地附近的状况。后来他告诉我，风险所见的仅是寻常的雪地、冰山，以及突出的岩石，除此之外别无其他。

罗网趁着我们不在挖洞，也没在进餐或睡觉的短暂空档，继续给我上原智课程。他以并不残酷的语气说道，其实我目前没有原智伴侣反而好，因为这样一来，我会比较专注于原智魔法本身，不会只想到要如何运用原智与动物伴侣沟通。他还补充，迅风也因为在没有羁绊的情况下学习原智而获益不少——从这话听来，那少年的原智课程并没有中断。

罗网给我上课的重点，是让我认识到原智魔法不只是使我跟一切有原智的人与动物相系相连，而是使我与一切生命体的大网连在一起。罗网可以用他的原智将阿憨裹起来，这样一来，虽然阿憨毫无感觉，但罗网却能更敏锐地体会到他的需要与感受，他甚至亲自示范给我看。这其实不容易做到，因为这等于是要把自己的需要和感受抛在一旁，并而将他人的感受和需要置于第一位。“你好好观察母亲——不管是女人还是雌兽——如何照顾幼儿，然后就会发现母亲在照顾幼儿时便是如此，几乎是出于天性，毫不费力。一个人只要有心，也可以将同样的观念应用在他人身上。细心关照他人的需要是一件值得做的好事，这可以让你由衷体察到别人的心情，而你若是能做到这点，就不可能怨恨对方了。这道理就是这样：越是对对方有深刻的了解，就越不可能怨恨对方。”

我心里想道，我大概一辈子都不可能达到那种境界，但我还是努力练习。有天晚上，我趁着跟晋责和切德一起在他们的帐篷里进餐时，用我的原智将切德笼罩起来。我把自己饥肠辘辘、后背酸痛，还有对于自己失去精技之事耿耿于怀的心情抛在一旁，专心地注意那老人家。我将他看了个仔细，仿佛他是我即将下手的猎物。我研究他的坐姿——他的背挺直，仿佛僵硬到无法驼背；我还注意到，他在用汤匙舀起那团算作是晚餐的苍白糊状物时，手上仍戴着手套；他的鼻子和脸颊红通通的，前额却冻得毫无血色，表情则像是在沉思。然后我第一次察觉到他内心的阴影——他那寂寥的感觉，可以一路回溯至人生的早年。我突然体会到他年事已高，然而却因为命运的诡异安排，竟要在晚年时，跟着不久之后会被他造就为国王的少年，一起在冰河上扎营。

“怎么了？”切德突然质问我。我吓了一跳，这才发现自己一直在瞪着他。

我赶快掰了个答案：“我刚才在想，我们都认识这么多年了，可是我却好像从来没有真正认识你。”

切德的眼睛大睁，仿佛他很怕听到我这样说。他皱起眉头：“我倒希望你心里多想点有用的东西。唔，我刚才在想，谜语和诏谕早该带着补给回来了，可是到现在仍不见踪影。白天我问罗网，能不能请他的鸟去察看诏谕和谜语的行踪。罗网说，要叫他的鸟儿去找特定的两个人几乎是苛求，这就好像我要叫你去找特定的两只海鸥一样困难。所以他请他的鸟儿去找两个带着雪橇的人，但是风险并没有找到。”他摇了摇头。“只怕凶多吉少了。我们得再派人回去，这还不只是为了要找谜语和诏谕，同时也是为了把我们所需的补给带回来。今天长芯跟我说，我们还有四天的存粮，如果他再把每人的配给减少一些，还可以撑上五天。”他疲倦地摩擦戴着手套的手，“我从没想到挖冰要挖这么久。我们之前得到的报告都说，多年前冰华颇靠近冰面，甚至朦胧可见，可是我们挖呀挖的，却什么也没找到。”

“冰华是在这里没错。”王子要切德放心，“我们每天都更接近它一些。”

切德不以为然地喷了喷鼻息：“是啊，说得好像我若是每天往南走一步，就会离公鹿堡更近似的，问题是，谁知道这样下去要多久才会走到公鹿堡。”他嘟囔了一声，站了起来。即使底下垫了几床被子，他坐在这种冰冷的地上显然还是不太舒服。他在帐篷里走动一下，小心地伸展双腿与背脊，“明天，我要派蜚滋去瞧瞧谜语和诏谕的下落，还有，我要你带着阿憨和弄臣同行。”

“为什么要带他们同行？”

切德认为这是理所当然。“阿憨不能帮忙挖掘，所以少了他没什么差别。再说，让他离龙远一点，说不定就复元了。若真是如此，你就让他跟裘乐和达败待在海边看守补给品，有什么消息，再跟我们技传就是了。”

“那为什么要带弄臣去？”

“因为雪橇装满东西的时候，要两个人才拉得动。我看阿憨是帮不上忙的——说实话，我看你说不定还得把他放在雪橇上拉呢。你是少数几个能照顾阿憨的人，所以你非去不可。蜚滋，我知道这不是你想要选择的任务，但是除此之外，我还能派谁去呢？”

我歪头望着他：“这么说来，你不是故意要在龙挖出来之前，把弄臣跟我调开咯？”

他叹了一口气。“如果我派你去，但没派弄臣去，你会问，我是不是故意要把你们两个分开；如果我反过来，派了弄臣去，但没派你去，你也会怀疑我使诈。我是可以请罗网照顾阿憨，再另外派个人跟他们同行，可是罗网又不知道阿憨有精技力量。况且若是谜语和诏谕遇上了什么危险，你也比别人更有办法应付……”他突然放下手，以无奈的口吻说道：“随你吧，蜚滋。我可没权力派弄臣上哪里去，但你若是请他跟你去，他就会去。你就看着办吧。”

他这么一说，我倒怯懦起来了。也许我一直在探求自己为什么要走这趟路，但说不定追究理由根本就是缘木求鱼。“好，我去。而且我会请弄臣跟我一起去。说实在的，挖冰挖了这么多天，能够调剂一下也好。你开张单子，把你要我带回来的东西列出来吧。”我私下则决定到海边巡一遍，并将我找得到的浮木都拖回来，不管那些浮木会增加多少重量。要是能生个大火，让切德烤个暖和，不知有多好？就算只够生一夜的大火，那也值得了。

“那你们就准备明天一大早出发吧。”他叮嘱道。

我乐得暂时丢下挖冰的工作，但弄臣想的却不如我这么单纯。“但是，要是我们还没回来，他们就挖到龙了，那该怎么办？要是我没能在此保护冰华呢？”

“首领团和原智小组都跟你一样反对屠龙，你不觉得有他们就够了吗？”

我们已经躺好，准备就寝，此时我们照着多年前在群山王国时避寒的老办法，背靠着背睡，以便取暖。不过我其实无暖可取，因为弄臣的体表总是凉凉的——这有点像是在跟蜥蜴共眠。不过，就算他不能给我多少暖意，至少他的背实实在在地靠着我，让我觉得自己不孤独，这是自从夜眼死后就无以慰藉的感觉。即使朋友熟睡，但有朋友做靠山，总是令人觉得安心。

“这我就不知道了，我已经十分接近我所预言的终点了。”他顿了一下，仿佛期待我提出问题，但那是我根本不想多加探索的课题。“依你的想法，我们应该去吗？”他忧心忡忡地问道。

由于肌肉酸痛，我换姿势的时候不禁呻吟了一声。“其实我并没有多想。长久以来，都是切德吩咐，我就去做了，这次也不例外。不过我的确想查一查谜语和诏谕的下落，并看看阿憨远离冰华的影响力之后，能不能恢复，再说……”我又换了个姿势，并再度呻吟一声，“再说，我觉得能出去走走，不用挖冰，也是不错的。”

弄臣沉默不语。我也没说话，但我心里很纳闷，为什么他久久下不了决心，最后我不禁大声笑了出来。“噢，对喔，我差点忘了。我是催化剂，也就是造成变化的人。然而，这必须是你所想要的变化才行。这么说来，你是拿不定主意，不晓得该反对还是赞成好，对不对？”

弄臣依然久久沉默不语，我以为他已经睡着了。自从我们来到这里之后，今天是最温暖的，所以今天挖冰的的环境更加潮湿。我听着风声，并希望晚上的寒意能让冰河面上结一层冰壳，这么一来，落雪就不会掉入我们挖好的大洞里了。我朦胧地快要入睡，弄臣却开口了：“你啊，讲出我的心声时，有时候真让我吓一大跳呢。那我们就去吧。我们带这个帐篷出门，如何？”

“好啊。”我应了一声，接着便睡着了。

我们隔天早上就出发。长芯给了我们三天的粮食，并告诉我们，这份量应该够我们回到海边的基地了。我们将弄臣的豪华帐篷拆下来放到雪橇上，长芯则在一旁谆谆告诫，如果我们一路到了海边，都没遇到我们的人，就要叫驻守在该处的人多加注意，以防黑者出没。如果看到什么能证明谜语与诏谕已遇害的迹象，就立刻回营地报告，而如果在路上碰到谜语与诏谕正在回程路上，就立刻掉头，跟着他们一起回来，罗网的鸟会不时察看我们的状况。我一边点头，一边整理弄臣的帐篷，并准备三人份的被褥放在雪橇上。阿憨果真如切德所预料的，非得放在雪橇上拉走才行。我们怎么劝，也劝不动他迈开脚步走路。倒不是他抗拒不肯走，而是他根本就不合作：他会走个几步，然后便再度陶醉地哼起小调。晋责与切德都前来与我们道别：晋责拉下阿憨的软帽，盖住他的耳朵。我知道他一定是努力想以精技唤回阿憨。我虽然感觉不到，但是从晋责脸上那专注的表情看来，必是在施展精技无疑。阿憨缓缓地转过头，望着王子，慢吞吞地说道："我没事。"说完之后，又继续凝视着远方了。

"好好照顾他，汤姆。"王子屡试不成，于是转移目标，粗暴地对我叮咛道。

"我会的，大人。我们会速去速回。"我说着，拉起雪橇的绳子出发，阿憨则裹得像个蚕茧似的坐在雪橇上。

雪橇的滑雪板上了厚厚的一层蜡，因此在雪地上走得很顺——几乎太顺了，因为如今我们是下坡而非上坡，所以我还得停下来将雪橇的拖板放下，增加一点阻力，免得雪橇从我头上凌空飞过。虽然我们是沿着皮奥崔插着布旗的路线走，但弄臣背着背包走在我们前面时，仍时时插入铁杆，探测雪地扎不扎实。

天气暖和，雪黏在我的靴子上，走起来很吃力，等到我们走到平地上时，滑雪板也开始沾雪，变得不好拉。因为雪软，所以这次雪橇压出来的痕迹比我们来时还深，滑雪板沉入雪中的同时，朝上的那一面也累积了一层沉重的湿雪。不过天气很好，而且拉着阿憨与雪橇前进再怎么累，都比将雪冰从地洞里铲出去来得轻松。我奋力前进之时，弄臣送我的那把华丽宝剑也不时打在我腿上，因为长芯坚持，别人可以不带，但至少我得带武器。一路上都标了皮奥崔插的布旗，因此我们走得比来时还快，尽管地势起伏，但仍是下坡较多。我们听到的声音还不只是阿憨的哼歌声、滑雪板的喀吱声，以及我们踩破软化冰壳的窸窣声而已。暖和的天气唤醒了冰河，于是我们听到远处冰裂雪崩的声音，有如轰隆的雷声一般响了很久。接下来又有几次冰雪推挤崩裂的声音，但都是在远方。

弄臣开始吹口哨，我看到阿憨因为注意到他的口哨声而坐直起来，心里着实高兴。阿憨仍在轻轻哼歌，但是当我开始随口谈起周遭景致如何如何之后，偶尔也能逗得他讲上一两个字。他的反应使我没来由地高兴起来，但同时也让我心里纳闷，精技是不受距离限制的魔法，然而阿憨却因为我们离龙渐远而慢慢地回过神。我实在想不出这到底是因为什么缘故，恨不得能马上跟晋责和切德讨论。

我几次想要对他们技传都徒劳无功。我的精技力量就是消失了，如果我一直想下去，就会觉得自己好像少了一块。最后我把那个念头抛在脑后。没有就是没有，我实在无能为力。

白天暖，晚上冷，再加上夜里刮风，之前的行迹都已消失。我几次想要察看有没有谜语和诏谕从这里经过的迹象，但都看不出个所以然来。放眼望去，视野极广，但是无垠的雪地上什么也没有，当然更没有像是两个大男人加上一个雪橇这么大的东西。我告诉自己，也许他们一直留在海边基地那里了，或是因为出了什么事情而无法尽快返回。我努力不让自己把他们的失踪、我失去精技以及黑者出没这几件事情连在一起，我知道的线索太少，无法就此论定是谁在搞鬼。我干脆不理会那些，全心享受这轻快的一天。我突然听到鸟儿的尖叫声，抬起头，看到一只海鸥在我们头顶上盘旋。我挥了挥手，跟风险打招呼，心里想着它会不会把这个动作传达给罗网知道。

我们经过之前的营地时，天色尚早，而且我们还有力气，所以就继续走了下去。晚上我们就在雪橇后扎营。阿憨还是偶尔会哼哼歌，但他不但开始会对我准备的简单晚餐颇为期待，而且吃了之后还会大表失望。帐篷里睡上三人是比较挤一点，但是也暖得快。弄臣一连讲了几个单纯的儿童故事，直到我们都困倦得快要睡着。弄臣每多讲个故事，阿憨就哼得少些，问得多些，换作是以前，我一定会觉得他这样三番两次地打断故事很烦，现在我却因此而感到宽心。

我在阿憨拉起被子时问道：“你帮我跟切德和晋责道声晚安，好不好？”

“你自己去说啊。”他不耐烦地答道。

“我没办法说啊。我吃了坏东西，现在我没办法跟他们说话了。”

阿憨用手肘撑在地上，半坐起来瞪着我。“噢，对喔。我想起来了。你已经不见了，真是糟糕。”他沉默了一会儿，“他们也跟你说晚安，并且谢谢你跟他们打招呼。还有，我可能要待在海滩上比较好，但是他们现在还没下决定。”阿憨满意地深吸了一口气，缩回被子里。

这下子该我惊讶得坐了起来：“阿憨，你现在不咳嗽，也不会喘不过气了。”

“对啊。”他翻了个身，故意趁着翻身时踢了我一下。我差点就要出言指责他，但就在此时，他说道：“他跟我说：‘把你自己补好啊。别傻了，把你自己补好，别烦人了。’所以我就把自己补好了。”

“是谁跟你说的？”我嘴上这样问，但心里感到很愧疚，切德、晋责跟我怎么就没想到要以精技去治疗阿憨？用精技治疗他最为迅速便捷。不过说来羞愧，我们竟然都没有为他设想到。

“嗯。”阿憨长叹了一口气，“他的名字是有来由的，但是一时说不完。我困了，别再跟我讲话了。”

我们就谈到这里为止。阿憨沉沉地睡去，我则猜测冰华其实另有其名，不是人取的，而是龙与龙之间互相叫唤的名字。

晚上我惊醒了一次，我好像听到帐篷外有小心走路的脚步声。我爬到帐篷门口，不情愿地踏到外面的寒冷之中。我绕着帐篷走了一圈，但是没看到什么动静。

早上时，弄臣帮我们烧水泡茶，我则绕着营地走了更大一圈，回来时将我的发现告诉他们：“昨晚有人来看我们。”我尽量以轻松的语气说道，“那人绕着我们的营地走了一大圈，接着在那天的雪地躺下来，躺了好一会儿，最后沿着原路回去了。你们说，我该不该去追查他往何处去了？”

“何必呢？”阿憨问道。弄臣则沉思道：“我想切德大人与晋责王子可能会想要知道此事。”

“我想也是。”我说道，望着阿憨。他疲倦地叹了一口气，眼神转为迷茫。

过了一会儿，他说道：“他们说：‘去海边。’晋责说，他记得他留在海边的袋子里还有一些枫糖做的糖果。他们说，我们应该赶快去海边，把东西带回来，并且叫那些侍卫跟我们一起回来，还说：‘现在别去查那些足迹通往何处。’”

“既然如此，那就不管那些足迹了。”要是我能亲耳听见切德是如何推论的就好了。

我们拆了帐篷装到雪橇上，阿憨也理所当然地爬上去。我想了想，最后还是认为让他坐雪橇最简单，由我来拖他走，总比我去配合他那缓慢的脚步容易得多。弄臣按着昨天的规矩，走在前面，用雪杖探路，我则拉着雪橇跟在后面。今天天气很好，温暖的风拂过这冰雪世界的表面。我正想着如果我们照这个速度，应该可以在明天中午之前抵达海边。就在这时候，阿憨突然发话了：

“荨麻说她很想念你。她问说，你是不是恨她。”

“我怎么会——什么时候？她是什么时候问的？”

“晚上的时候。”阿憨微微地摆摆手，“她说，你就这样走开，然后就再也不回来了。”

“但那是因为我吃了坏东西，所以没办法跟她联络了啊。”

“是啊。”阿憨满不在乎地应了一声，“我跟她说，你现在没办法跟她讲话了，她听了很高兴。”

“她听了很高兴？”

“她本以为你死了啊，还是出了什么事之类的。现在她有朋友了，是一个新来的女孩。我们很快就会停下来吃东西吗？”

“我们晚上才吃。我们的配给不多，所以要省着点用。阿憨，荨麻她……”

我话说到一半，就被弄臣失望的惊呼声给打断了。他那根坚固的雪杖突然深深地沉入雪地中，他拿起雪杖，往左走两步，然后再度插入雪里，但这次雪杖又沉了下去。

“你坐好。”我叮咛阿憨，从雪橇上拿起一根备用雪杖，走上前站在一脸困惑的弄臣身边。“雪软？”我对他问道。

他摇了摇头：“感觉这表面之上有一层冰壳，而冰壳之下就什么都没有了。刚才要不是我抓得紧，这雪杖早就整根都掉进去了。”

“那得格外当心才行。”我拉住弄臣的衣袖，回头再度对阿憨叮咛道，“阿憨，你坐在雪橇上，别下来！”

“我饿了！”

“你背后的背包里有吃的，你坐好，吃点东西。”看来最好的办法就是让阿憨有事可忙。我拍拍弄臣，示意他跟我一起行动。我们两人一起朝右边走了三步，这次我将雪杖插下去，地表的冰壳有点硬，但是冰壳下却什么都没有。

“怪就怪在皮奥崔的布旗插在这冰壳上。”弄臣说道。

“要把布旗换个位置插着也不是什么难事。”我指出。

“问题是，若是有人把布旗插在那里，他就得从冰壳上走过去。”

“大概是晚上的冰壳比较硬吧。”我实在无法确定这到底是冰河上自然形成的凹陷，还是有人故意要引诱我们走入陷阱。“我们回雪橇那里去吧。”我提议道。

“就回去吧。”弄臣应和道。

然而当我领着弄臣离开那个表面上看不出什么端倪的冰缝时，我们两人却一起踩破冰壳，跌了下去。我们惊惶地大声叫嚷，结果我只是陷到膝盖处，弄臣则是腰以下都埋在了地里。我们挣扎着要脱身，我不禁因为我们刚才竟吓成那样而大笑出来，看来只不过是此处的雪地比较软罢了。弄臣因为挣扎着要爬上冰壳而越陷越深，我跟他说：“把你的手伸过来。”他抓住我伸出去的手，挣扎着朝我游过来，但就在此时，我们两个一起压破了脚下的第二层冰壳，不停地往下掉。

我在掉下去之前，瞥见阿憨恐惧得纠扭在一起的脸庞，而我们在往下掉的同时，扯落了大量的冰雪随我们一同掉落，我们等于是被冰雪团团围住，阿憨悲伤的叫声因此一下子就听不见了。我一边紧抓着弄臣的手，一边探索周围有没有什么具体的抓得住的固体，但是四周摸起来都是湿湿软软的，我们在无尽的软雪和冰屑之中不断往下滑。

大白天的飘雪看起来轻柔蓬松，但雪若是被压实到像麦粥那么浓稠，那就让人无法呼吸了。冰雪钻入我的衣服里，仿佛不但有生命，而且还想要吸取我的体温。冰雪变得越来越稠密，我挣扎着将空着的手弯回来以遮住自己的脸庞。我们还在慢慢地往下掉，连带地扯着许多冰雪随着我们崩落。我从头到尾都紧抓着弄臣的手，我还知道他没有用空着的那只手去保护自己的脸，而是紧紧抓住我外套的肩膀。周遭都是密实的冰雪，没有空气，无法呼吸。

然后，我们仿佛通过了漏斗的细管，突然变成快速滑落。我开始像游泳一般地踢腿，并感觉到身边的弄臣也学着我的动作。我们越滑越慢，最后停了下来，周围冰冷黑暗。我非常害怕地挣扎了一下，因为在濒死之前，身体都会命令我们要做最后的挣扎。此时，很不可思议地，我的脚竟探到了无雪之处。我吸了一口几乎不带雪的空气，挣扎着朝无雪的地方走去，并且拖着弄臣跟我一起走。他四肢无力，我很担心他已经窒息了。

四周幽暗，到处是崩落的冰雪。我拖着弄臣走在及臀的雪中，此时冰雪突然放开了我。我踉跄地在及膝的雪地中走了几步，最后终于脱离了束缚。我听到弄臣急促的喘气声，我自己也大口地吸了一口气，接着又吸了一口。我们吸进来的空气中仍有细小的冰晶，但尽管如此，也比刚才好上太多了。我们置身于黑暗之中。

我摇摇头，甩开头发里的雪，并伸手从领口中掏出一把雪丢掉。我的帽子掉了，还掉了一只靴子。周遭一片黑暗，唯一的声音是若有似无的冰雪摩擦声，以及我们自己粗哑的呼吸声。"这里是哪里？"我喘着气问道，我的声音模糊得像是落在一大桶谷子里的老鼠发出的吱吱叫声。

弄臣咳嗽两声。"下面啊。"我们已经放开了彼此的手，但是我们坐得很近，身体相碰。他蜷缩在我的脚边，同时我感觉到他好像在做什么。接着他的手里便绽放出一朵苍白的绿光。我眨了眨眼，一开始只看到一个焰心，之后才发现那光线来自他手里的小盒子。"这个撑不了多久。"他警告道。在绿色的光线下，他的脸色看起来阴森森的。"顶多撑上一天。这是古灵的魔法，属于最昂贵最罕有的一级。我的财产大半都换成了手上这个小东西，并不是通通都挥霍在赌博和白兰地上头的。"

"真是感谢众神啊。"我诚挚地说道。在那一瞬间，我不禁纳闷，罗网说，世上有一句真正的祷告辞，是不是就是这类的呢？那光线虽然暗淡，对我而言却是无上的安慰。光线只够照亮弄臣与我两人，我看到他的帽子仍留在他头上，他的背包肩带断了一条，现在只能单肩背着了。不过说真的，背包没有整个扯掉已是万幸，我的剑和系剑的腰带可是通通都没了呢。弄臣把他的小背包重新系紧，一时间，我们两人都不说话，各自拍掉衣服上的冰雪，然后才抬起头观察我们四周的情况。

但是我们什么也看不见。我们的光源实在太小，只能看见刚才钻出来的雪坡。我们现在在冰下的大洞之中，这古灵灯笼照不到洞壁，而且头顶上连一丝透下来的光线都没有。据我猜测，就算我们刚才掉下来时在冰层里钻出了什么空隙，也马上就被随我们滚下的冰雪封起来了。接着——“阿憨！噢，艾达神保佑，千万要让他把刚才发生的事情技传给晋责和切德知道。希望他就待在雪橇上别动。可是晚上那么冷，他要怎么办？阿憨！”我心里想着那个孤零零地待在雪橇上的小个子，突然激动得大叫出来。

“嘘！”弄臣严厉地制止我，“要是他听到你的叫声，说不定会为了到裂缝边瞧瞧而走下雪橇。你静一静。阿憨待在原地比较安全，而你恐怕得让他独自去面对日夜的变化了。他会对他们技传的，蜚滋，阿憨的心也许不那么灵敏快捷，可是绝对周全完整，况且他有不少时间可以好好想想接下来该怎么做。”

“也许吧。”我让了步。我的心头一紧，从我失去精技力量以来，心情一直很低落，而此刻最为沮丧。接下来的这一刻，失去夜眼的痛楚再度袭来。我真想念它的本能，以及它那百折不挠的模样，如今我是多么孤单。

*不仅孤单，而且还自怜自艾。*这尖酸的思绪仿佛真的是夜眼在对我讲话。*你站起来，做点事情啊。弄臣能不能活下去还要靠你呢，说不定连阿憨能不能活也得靠你了。*

我深吸了一口气，抬起头。小盒子发出的闪烁绿光并未照出前方的景况，但那并不表示前方一定没有值得一看的东西。如果这里没有出路，我们就得冒着危险，想办法从雪坡中挖一条路逃出去。但如果这里有出路，那么我们就非得找出来不可。就这么简单。光是站在这里，像是走失的小狗儿一般呜呜地叫，对我自己一点好处都没有。我伸手将坐在地上的弄臣拉起来，“走吧，既然上不去了，不如四处走走，看看这是什么地方。而且，动一动，我们也会暖和一点。”

“那就走吧。”弄臣的语气几乎使我感动流泪，他对我是那么的信任。

此时若是有根雪杖倒是很不错的，只是雪杖早就不知道掉在哪里了，于是只好让弄臣拿着他的盒子照着，我们两人一起摸索着走上前。

我们一路往前走，不曾遇到任何障碍。如果屏住呼吸，还可以听见水滴在地上的声音。我们脚下处处是冰，踏碎时发出窸窣的响声。我们看不见头顶上的洞壁，这感觉仿佛置身于没有星星的夜空下，只有一步步踏到地上时，才是我们与世界的唯一接触。我们连黑暗的洞壁都没看到，直到迎头撞上，才知道洞壁在此。

一时间，我们两人都站着摸索洞壁，什么话也没说。我在这寂静之中察觉到弄臣抖得很厉害，呼吸声很尖锐。“你冷成这样，怎么不早点告诉我？”我质问道。

他吸了吸鼻子，疲弱地笑笑。“你就不冷吗？说了也是白说。”他又颤抖着吸了一口气，“这是冰，还是岩石？”

“把灯拿高点。”他把灯拿高了些，我仔细地瞧了一回，“还是看不出来，但总之是我们穿不过的东西。我们沿着洞壁走就是了。”

“沿着洞壁走，我们说不定会一路走回原地。”

“是有可能，但倘若如此，我们也无可奈何。如果我们沿着洞壁走回原地，那至少知道这地方没有出路。对了，等一下。”我伸出一只手，放在墙上与我肩膀同高之处，另一只手则去掏系在腰部的小刀。小刀不见了。唉，想也知道。不过弄臣的小刀还在，所以我借了他的，想要用来在墙上做个记号。墙壁很坚硬，我顶多也只能刮点碎屑下来。

“往左还是往右？”我对他问道。我已经完全失去了方向，不分东西南北了。

“左。”他一边说着，一边轻轻地往左手边挥了挥。

“等一下。”我粗鲁地说道，接着脱下我的外套，但是他挡着我，不让我将外套披在他肩上。

“你这样太冷了！”弄臣抗议道。

“我早就觉得冷了，但是我的身体一直都暖得比你快，况且，要是你因为太冷而倒下去，那可是对我们两个一点好处都没有。你别担心，我要是冷了，就会跟你讨回来的。你现在穿上去就是了。”

弄臣一下子便屈服了，我这才知道他原来这么冷。他将背包放在地上，把古灵的灯交给我，接着扣上斗篷。他抱紧外套，可是仍在发抖。我举起那个光盒，这才看出他脸色之所以难看，并非单纯因为这光线是绿的。他若有似无地朝我一笑，“这衣服还有你的体温呢。谢谢你了，蜚滋。”

“要谢就谢你自己吧，这是你在我当你仆人时送我的。走吧，该走咯。”我赶在他之前背起背包，“这里还有什么好东西？”

“恐怕没什么派得上用场的了，就是几件我不想失去的私人用品而已。袋底有个小扁瓶，装了白兰地，此外好像还有一点蜂蜜蛋糕。我带了蛋糕，一来是为了应急，二来是为了招待阿憨。”他苦笑一声，“应急啊，可是没想到是应这种急。尽管如此，这蛋糕还是不能马上吃，应该要存久一点比较好。”

“你说得没错。我们走吧。”

他两手抱胸，没有伸手来拿灯，所以我继续拿着灯领路，我们沿着黝黑的洞壁往前走。从弄臣走路的模样就知道他的腿已经麻掉了。我的心几乎被绝望吞噬——但我心底的狼性不把那感受当一回事。我们还活着，而且还在动，既然如此，那就还有希望。

我们蹒跚前进。这路好像没有尽头。时间已经失去意义，因为时间已经变成在黑暗中一步步前进的动作了。有时候我闭上眼睛，避开绿光，让眼睛休息一下，但即使如此，我好像还是看得见。有次我闭上眼睛时，弄臣颤抖着问道：“那是什么？”

我睁开眼睛。“你在问什么？”我问道，因眼里看到蓝色的残光而眨了眨眼，但是那蓝色的残光还是没消失。

“那个呀。那是光吧？你阖上盒子，看看到底是盒子发出来的光，还是其他光的反射。”

要把盒子阖起来可不容易，我的指头冰冷，而掉了靴子的那一只脚也冷得麻木了。盒子盖上之后，那蓝光仍旧没有消退。蓝色光源的形状是不规则的，边缘看起来很朦胧。我眨了眨眼，重新看了看，心里总觉得这光源应该是寻常熟悉的形状才对。

“很奇怪，对不对？我们走上去瞧瞧。”

“那不就得离开洞壁？”我问道。不知怎地，我就是很迟疑，“谁晓得那蓝光有多远。”

“既然有光，必有光源啊。”弄臣指出。

我吸了口气，“那就走吧。”

我们朝蓝光走去，但是它却没有变大。地面变得凹凸不平起来，所以我们举起麻木的脚往前走的时候，踉踉跄跄。接着蓝光开始变化，在数步之间，我们对它的观点就全变了。我们左边有一道墙挡住了视野，所以只能看到墙壁冰面上反映出来的光线。我们经过那道反射墙，看见蓝光映照出一条蓝白冰层构成的通道。我们希望大增，加快了脚步，匆忙地走过一处弯道。突然之间，眼前一片大亮。我们慢慢走近，眼睛逐渐适应之后，才看出这是怎么回事。我们继续前行，光源渐渐变亮，再经过一条狭窄的通道之后，便置身于光亮的冰世界中。

那蓝光实在看不出是来自于何处，仿佛是穿过了重重窗户、镜子与棱镜，最后才射到我们眼前。我们走进一处由裂缝与窟窿所构成的奇异迷宫之中，冰壁苍白闪亮。我们走的通道时大时小，脚下无一寸平地。感觉那凹凸的起伏中，有些像是昨天才裂开的尖锐冰缝，有些则像是被融化的水经年累月雕塑出来的。碰到有岔路的时候，我们总是选大路走，然而往往才走上一小段路，通道就又缩小了。我心里很害怕，但是我没有告诉弄臣，我怕我们不过是沿着冰河里毫无章法的裂缝乱走而已。恐怕我们俩没理由期待能循着裂缝走到什么地方。

但接着我察觉到这条路除了我们之外还有其他人走过的第一个迹象，虽然那个迹象难以捉摸。一开始，我以为是自己故意牵强附会。地上的湿滑之处似乎撒了沙子以便止滑，接着墙壁看起来像是被抹平过。之后我突然闻到一股异味，就在我确认那的确是新鲜的人类排泄物味道时，弄臣开口了：“你看前面的楼梯，那应该是人工做的。”

我点点头。我们绝对是在往下走，而眼前的冰坡上被凿出了宽而浅的阶梯。

又走了十几步之后，我们发现右手边的冰层中挖出了一间冰室。那是一间把天然的冰隙扩大而成的废弃场，垃圾、粪尿都往那里倒，横死之人也往那里丢。我看到一只瘦得见骨，苍白得恐怖的裸腿从粪堆中伸出来。另外一具尸体趴在粪堆旁，肋骨从破烂的衣物中穿刺而出。幸亏此地寒冷，才不至于恶臭扑鼻。我停下脚步，轻声对弄臣问道："你看我们应该继续往前走吗？"

"这是唯一的路。"弄臣颤抖地说道，"我们非走下去不可。"

他瞪着那具随地弃置的尸体，又开始发抖了。"你还冷吗？"我问道。我们目前所在的通道似乎比黑暗中的那个大山洞稍微暖一些，光线像是从通道中散发出来的。

弄臣鬼魅般地一笑。"我很害怕。"他闭上眼睛，将忍着没掉下来的泪水挤到金黄色的睫毛上。"我们走吧。"他用较为坚定的语气说道，超过我，走在前面领路。我跟在后面，心里也充满恐惧。

不管倒垃圾和排泄物的人是谁，总之绝对是很马虎的人。冰墙与冰地上都被泼洒得斑斑点点。我们走得越远，就越明显地看出人为的痕迹。最后我们经过一个钉在墙壁高处的苍白圆球，它比南瓜大一些，只发光，不发热，这就是蓝光的来源。我停下脚步，瞪着那圆球直打量。当我好奇地伸出手想要摸摸看的时候，弄臣抓住了我的袖口，把我的手拉下来。他摇摇头，无言地告诫我不要乱摸。

"那是什么东西？"我轻声问道。

他耸起一边肩膀："我不知道。但我知道是那女人的。你千万别碰，蜚滋。走吧。我们得走快一点。"

于是我们匆匆前行。但是走到第一个地牢时，还是停了下来。

（上册完）

中英译名对照表

A

Almata　艾梅妲

Amber　琥珀

An Account of Travel in A Barbatous Land　蛮夷之旅记趣

Antler Island　鹿角岛

Arkon Bloodblade　阿肯 · 血刃

B

Bear,The　大熊（族）

Bearns　毕恩斯

Beast Magic　野兽魔法

Bendry　班德利

Bingtown Traders　缤城商人

Bingtown　缤城

bit　马衔

Black Man,The　黑者

Black Rolf　黑洛夫

bond　牵系

Bowsin　波辛

Bresinga　贝馨佳

Brief History of the Out Island,Red Ships　外岛红船简史

Brusque　阿鲁

Buckkeep Town　公鹿堡城

Buckkeep　公鹿堡

Burrich　博瑞屈

C

Calling　精技召唤

Capable　能耐

Carris seed　卡芮丝籽

catalyst　催化剂

Celerity　婕敏

Chade Fallster　切德 · 秋星

Chalced States　恰斯国

Chandler　制烛商

change-maker　造变者

Changer,the　改变者

Charm　护符

Chivalry　骏骑

Chronicles　纪事

Churry　裘乐

Cindin　辛丁

City Guard　城市卫队

Civil Bresinga　儒雅 · 贝馨嘉

Clerres　克拉利斯

Cockle Longspur　扇贝 · 长刺

Coteries　小组

Cottlesby　科德比

Councilor　私人顾问

Crend　克镰

Cresswell　魁斯维

Cursed Shorse,the　天谴海岸

Customs of Buck Duchy　公鹿公国

D
Deft　巧捷
Delventree　岱文树
Desire　欲念（王后）
Dog and Whistle　狗与哨子
Dragon’s Head　龙头之歌
Dragon’welcome,The　神龙的欢迎
Dret　德莱特
Drub　达败
Dutiful　晋责（王子）

E
Eagle,The　老鹰（族）
Eda　艾达
Edge Lands　边疆国
El　埃尔
Elderling　古灵
Elfbark　精灵树皮
Elliania　艾莉安娜
Excellent　卓越

F
Farrow　法洛公国
Farseer　瞻远
Fedwren　费德伦
FitzChivalry　蜚滋骏骑
Flicker　明灭
Fool　弄臣
Forge　冶炼镇
Foeged Ones　被冶炼的人
Forging　冶炼
Fox,The　狐狸（族）
freedom earring;freeman’s earring
自由耳环；自由人耳环

G
Galen　盖伦
Galeton　长风镇
Garetha　嘉蕾莎
Gilly　吉利
Gindast　晋达司
Ginna　吉娜
Girl on Dragon　乘龙之女
God’s Runes　神符群岛
Golden　黄金大人
Gossoin　葛霜
Grart　葛拉特
Great Mother　上母
Grimston　严酷镇
Gunrody Lian　炮仗·狮连

H
Hands　阿手
Hap　幸运
Harvest Fest　丰收庆
Heart of the Pack　兽群之心
Hearth　火炉
Hearthstone　炉前石
Hedge witch　乡野女巫
Heliotrope　向日葵
Henderson　韩德森
Henja　汉佳
Hest　诏谕
Hetgurd　首领团

Histories 历史
History of Chalced's Slave Customs 恰斯国奴隶风俗演进史
History of the Red Ship War 红船之战史
Hod 浩得
Holly 荷莉
Hoquin 何昆

I
Icefyre 冰华
I-Doubet-It-Very-Much,Queen 我才不信皇后
Ivy 长春蔓

J
Jamallia 遮玛里亚
Jamallian 遮玛里亚人
Jhaampe 颉昂佩
Jinna 吉娜
Jofron 乔冯
Junket 享宴镇
Just 明证

K
Kaempra 首领
Kebal Rawbread 科伯·罗贝
Keppet 凯沛
Kettle 水壶婶
Kettricken 珂翠肯（王后）
King Slayer 屠人国王
King's Circle 吾王广场
King's Man 吾王子民
Kip 兽皮
Kossi 珂希

L
Lacey 蕾细
Laudwine 路德威
Laurel 月桂
Leaf God 叶神
Leftwell 留好
Lesser Uses of the Skill 精技之次级用途
Lestra 莱丝拉
Link 牵系
liveship 活船
Longwick 长芯

M
Maiden's Chance 处女希望号
Malta 麦尔妲
Mannerless,Princess 无礼王子
Marn 麦恩
Master 师傅
Mayle 玛烈岛
memory stone 记忆石
minstrel bard 吟游歌者
Molly 莫莉
Moonseye 月眼城
Motherhouse 母屋
Mountain Kingdom 群山王国
Myblack 黑玛

N

Narcheska 贵主（奈琪丝卡）

Narwhal clan 独角鲸族

Nettle 荨麻

Nighteyes 夜眼

Nim 小敏

Nimble 敏捷

Nosy 大鼻子

O

Oerttre 奥美崔

Old Blood 原血者

Ombir 翁比

On Skill-Pillars 论精技石柱

On the Calling of Candidates 论精技召唤

Others 异类

Out Island Travels 外岛

Out Islands 外岛

Outislander 外岛人

Owl,The 猫头鹰（族）

Oxworthy 蛮牛

P

Pale Woman 苍白之女

Patientce 耐辛

Pecksies 灵界

Pelican’s Pouch 鹈鹕的喉囊

Peony 琵翁妮

Peottre Blackwater 皮奥崔·黑水

Piebald, Prince 花斑点王子

Piebald, the 花斑帮

Pins 别针

Pirates Isles 海盗群岛

Pome 梨果

Portal Stones 门石

Porte 波尔特

Prilkop 普卡立

Prince’s Guard 王子卫队

Prince’s Man 王子子民

Prosper 繁盛

Q

Queen’s Garden 王后花园

Queen ‘s Guard 王后卫队

R

Raichal 瑞凯

Rain Wilds 雨野原

Raven 渡鸦（族）

Realder 瑞尔德

Red Ship War 红船之战

Red Ships; Red-Ship Raiders 红船劫匪

Redda 蕾妲

Redoaks 红橡

Repel 抗斥

Revke 瑞维奇

Riddle 谜语

Ripplekeep 涟漪堡

Rippon 瑞本

Risk 风险

Robber-rat　强盗鼠
Rory Hartshorn　罗力 · 贺琼恩
Rosemary　迷迭香
Ruddy　红儿
Ruften　卢夫顿
Ruler of all River Lands　河地之王
runes　符文
Rutor　卢特尔

S
Sa　莎神
Sacrifice　牺牲献祭
Sada　莎妲
Saff oil　瑟夫油
Salt　盐利
Sandtongue　沙舌
Sardus Chif　沙杜斯齐大王
Sardus Prex　沙杜斯婆
Satrap Esclepius　沙崔甫 · 伊司克列大君
Scentless One　没有气味的人
Scroll　卷轴
Seal ,The　海獭（族）
Seawatch Tower　望海塔
Selden Vestrits　瑟丹 · 维司奇
Serferet　瑟斐芮
Shadow Wolf　影狼
Shellbye　甲拜
Shoaks　修克斯
Shrewd　黠谋（国王）
Silver Key　银轮酒店
Six Duchies　六大公国
Skill dreamer　精技梦人
Skill Dreaming　精技之梦
Skill one　精技人
Skill　精技（n.）；技传（v.）
Skillmaster　精技师傅
Skill-pillar　精技石柱
Skill-poke　精技信号
Skill-walking　精技漫游
Skyrene　史恺林岛
Sleuvm　史流文
Smithy　铁匠
Smokewing　烟翼
Solicity　殷恳
Solo　精技独行者
Springfest　春季庆
Stablemaster　马厩总管
Staffman　杖人
Starling Birdsong　椋音 · 鸟啭
Steady　稳重
Stone game　石子棋
Stone Garden　石头花园
Stronghouse　外岛要塞
Stuck Pig　篱笆卡猪
Svanja　丝凡佳
Swift　迅风
Sydel　惜黛儿

T
Table of Herbs　百草要略
Taker　征服者
The Gray One　灰衣人
The Mother　主母
Theldo　席尔多

Thick 阿憨
thippi-fruit 悉琵果
Thornbush 荆棘
Thrift 俭朴
Thyme 百里香
Tilth 提尔司
Tintaglia 婷黛莉亚
Tom Badgerlock 汤姆·獾毛
Treatise on A Lost Folk 湮没之古灵人
Treenee 树膝
Tusker 野猪号

V
Venturn 凡尊
Verdant 无邪大人
Verity 惟真
Verity-as-Dragon 化龙的惟真
Vixen 母老虎

W
Warrior's Prayer 战士祷告辞
weasel 黄鼠狼
Web 罗网
White Prophet 白色先知
white ship 白船
White 白者
Wild-eye 狂眼
Wisal 薇撒尔
Wit 原智
Wit Magic 原智魔法
Withywoods 细柳林
Witmaster 原智师傅
Witness Stone 见证石
Witted;Witted one 原智者
wizardwood 巫木
Women's Garden 女人花园
Wuislington 威思林镇

Y
Ysal sealshoes 怡撒尔·海獭鞋

Z
Zylig 柴利格镇

THE
TAWNY MAN
TRILOGY

刺客后传

[Ⅲ]

弄臣命运(下)

Fool's Fate

[美] 罗宾·霍布 著
麦全 译

上海社会科学院出版社
SHANGHAI ACADEMY OF SOCIAL SCIENCES PRESS

ROBIN HOBB

请献给
茹丝与她的忠实伙伴，
亚历山大
及
好朋友们

目录

CONTENTS

[Ⅲ] 弄臣命运（下）

刺客后传

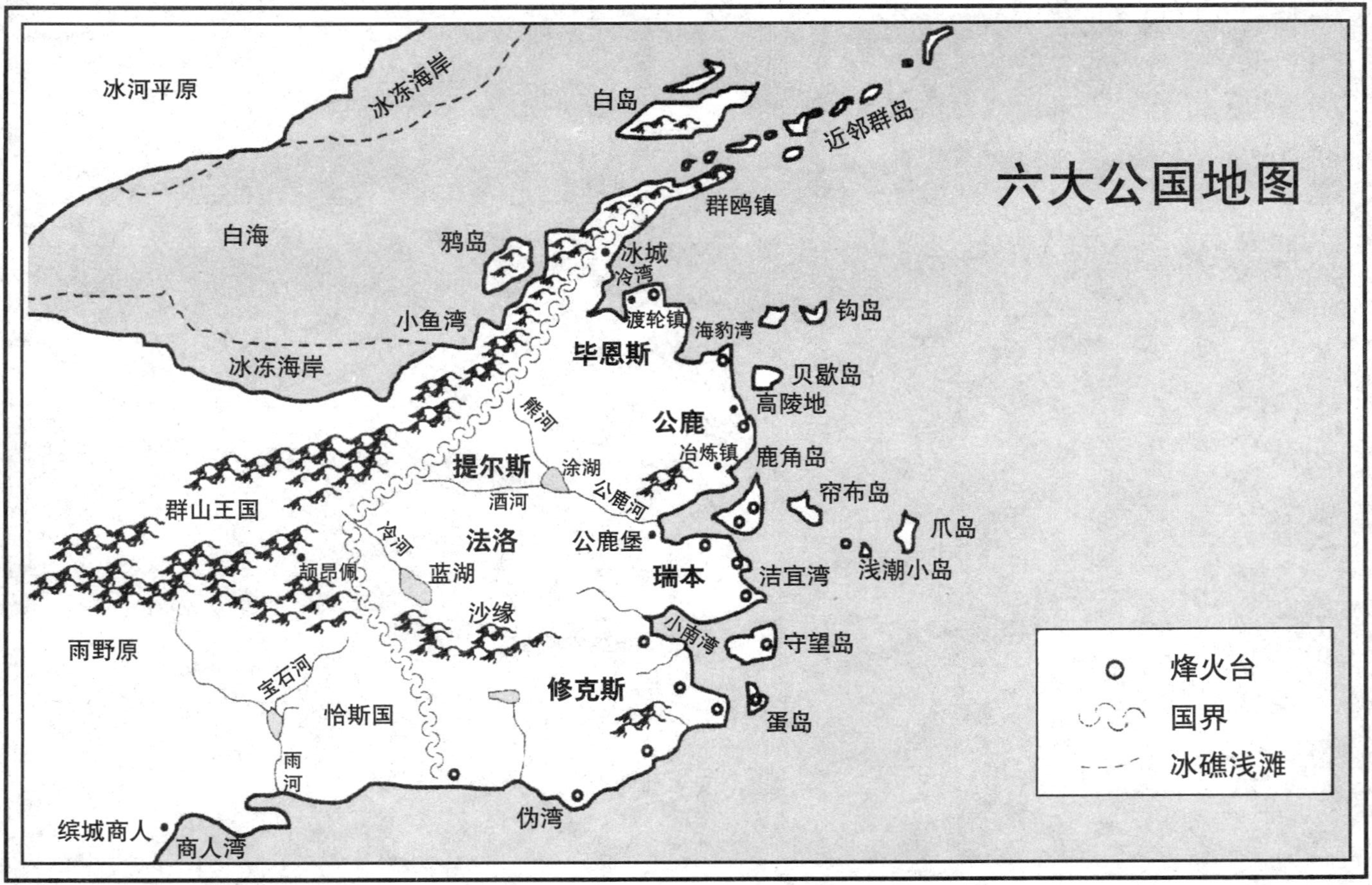
六大公国地图
冰河平原
冰冻海岸
白岛
近邻群岛
群鸥镇
白海
鸦岛
冰城
冷湾
渡轮镇
海豹湾
钩岛
小鱼湾
冰冻海岸
毕恩斯
贝歇岛
高陵地
公鹿
熊河
冶炼镇
鹿角岛
提尔斯
涂湖
公鹿河
帘布岛
酒河
群山王国
冷河
法洛
公鹿堡
爪岛
颉昂佩
蓝湖
瑞本
洁宜湾
浅潮小岛
沙缘
小南湾
守望岛
雨野原
宝石河
恰斯国
修克斯
蛋岛
雨
河
伪湾
缤城商人
商人湾
烽火台
国界
冰礁浅滩

20. 通 道

据说，艾斯雷弗嘉岛上住着一位先知或龙使。这则传说十分古老，有些人说那人是女性，从古到今，历经世世代代，都是同一个人，不过尽管年岁已高，她仍一直是黑眼黑发。有人则说，岛上其实有个龙使母屋，母屋的上母则将自己身为龙使的任务传交给一代代的长女，如此不断延续下去。所有人都说，龙使早在她们母屋的上母时代之前就有了，能够见证这故事为真的人都已过世。据说，先知住在冰河里，唯有在外人前来向冰华致献供品时才会出现。如果人们带了活的动物来献祭，那么先知会亲手将祭物割喉引血，并将内脏掷到空中，让内脏蒸腾着体热，坠入坚冰之中。外来访客的命运，全视内脏落地的形状所显示的征象而定。在判读了征象之后，她便以冰华之名，将献祭的动物收走。

——扇贝所搜集的外岛故事

那扇门很隐密，几乎看不出有什么异状，直到弄臣走过去，我才看出那原来是一扇门。我拍了拍他的肩膀，叫他停下来。这要不是冰雪削成的门，就是门片上结了层层厚冰，厚到再也看不出门面是什么质料。门的转轴微微地从冰墙上突起，门上并无门把或锁头。这真的很诡怪。这门在我的腰部高度之处，开了一条细长的窥孔，我弯身一看，竟发现有个衣衫褴褛、全身是伤的男人蜷缩在远处的角落里。那人瞪着我这个方向，但是他既没讲话，脸上也毫无表情。我忍不住激动地叫了一声，踉跄地从窥孔边退开来。

“怎么回事？”弄臣轻声问着，弯身去看。他伏在门边看了好一会儿，脸上尽是惊惧。最后他说道：“我们得想个办法把他们放出来。”

我立刻大摇其头，此时才想到该解释一下：“弄臣，这是不成的。我求你一定要相信我。他们都已经被冶炼了，尽管把他们丢下来不管似乎太过绝情，但我们若是把他们放出来，那不但危险，而且很残忍了。他们一放出来，就会抢夺我们的斗篷，或是毫无理由地追杀我们。我们说什么也不能把他们放出来。”

他难以置信地瞪着我，之后他平静地问道：“你并未看到那房里所有的人，对不对？谜语在里面，诏谕也是。”

我真的不想去看，但是我非看不可。我的心怦怦跳着，喘得很急，不过我还是伏在门边，往里头打量。

牢房中光线暗淡，跟走廊一样都是蓝光。我让眼睛适应一下，以便看清全室的状况。这房间是挖凿冰层而成的凹室，地上都是污秽的排泄物。房里有五个人，没有任何家具用品。其中四人占据了最易防守的角落，背靠着墙。诏谕因为受伤而变得虚弱，他匍伏在房间正中央。另外那四个被冶炼的人之所以不敢踏上前攻击他，只有一个理由：任何人若冒险走上前去，那么背后不免遭到别人攻击。囚室内的另外三人都是外岛人，看来非常饥饿，伤痕累累，衣服破破烂烂。谜语与诏谕原本穿的毛皮大外套已经被人剥走，即使如此，他们的衣着还是比其他人好上许多，至少他们脚上都还穿着靴子。我使尽浑身解数，以原智去探索他们，一心希望我多少还能知觉到，即使只有一点点也好，但是我却什么也没感应到。他们伏在地上，以野蛮的仇恨眼光瞪着其他人，看来根本连动物都不如。他们与世界、与社会的连系线，已经通通被斩断了。

我离开窥孔，无力地倒坐在冰地上，悲惨且恶心的感觉横扫过我心里。我本以为自己早就丢弃了那些惨痛的记忆，如今那些可怕的往事却又攫住我不放。我想弄臣可能不能了解我为何如此惊惧，毕竟他无法像我这样，深刻地体会到人与人之间的连系线。

“我们不能多少帮他们一点吗？”弄臣柔声问道。

我幽幽地笑了笑，咬紧牙关，不肯让那些可怕的情绪占据我的心灵。我不想把事情想得太深，早在多年以前，我就将这前前后后的因果脉络都想过，而且已有定论。这个课程我已经学会了，何必重新再拿这些来折磨自己？我干脆地说道：“我可以杀了他们……或许可以。这里面有四个人走动自如，尽管其中三人看来饿了很久，又很虚弱，但是我很早以前就已经知道，被冶炼的人若是集体行动，联手攻击我，会是什么情况——他们会联手打上一段时间，直到能拿到战利品为止。我不知道自己能不能在他们联手把我撂倒之前，把他们统统杀掉。谜语可是打斗好手，而且他很健壮。”

“可是……那可是谜语跟诏谕啊！”弄臣对我恳求道。

这些道理，他应该是知道的。“弄臣，那已经不是谜语跟诏谕了。他们的身体还在，他们的五官衣着你都认得出来，但也只是如此而已。如今他们已经不在乎任何人、任何事了，他们唯一想的，就是生理的欲求。谜语会让受了伤的诏谕毫无招架之力地躺在那里吗？才不会呢。那人才不是谜语。他已经不是谜语了。”

“可是……我们总得帮帮忙呀！”他痛苦地低吟道。

我叹了一口气：“我们一打开那扇门，就非得把他们都杀了不可。他们会逼我出手，除非我甘愿让他们杀了我。”

“这么说来，我们没有别的选择了？”

我苦笑道：“当然有别的选择啊，只是都不是什么好的选择。要不就是我杀了他们，要不就是他们把我给杀了，不然，就是我们就此走开。”

一时间，弄臣站着，默默不语。良久，他才转开了头，慢慢地往前走，我也跟了上去。

这里的冰廊开始出现经常走动的迹象，地上走得比较平，也有些脏污处，冰墙则显得斑驳。我们又经过了好多间地牢，情况都跟第一间一样。虽然恶心又恐怖，但是每一间地牢，我都停下来，从窥孔看一看，只是我们再也不谈在地牢里看到什么样的人。有两间地牢最令人悲痛，里面分别关了一个女人和一个小女孩。这两间牢房的地上都铺了干草，角落还放了床垫，显然是他们要让这两个囚犯活久一点。谜语、诏谕与同室之人的命运固然悲惨，这一女一小却更等而下之。那几个男人或许还会受更多折磨，不得速死，但是寒冷与饥饿会稳定地消磨人的元气，所以他们用不着受苦太久。但从那女人凌乱的头发与脏污的指甲看来，她已经在地牢里待上好一阵子了，如今她裹着一床污秽的熊皮毯子，蜷缩在角落里，茫然地瞪着墙壁。隔壁牢房里那个年约七岁的小女孩，则在抠着脚踝的厚皮。我从窥孔眺望时，那小女孩的眼神碰巧与我交会了片刻，她眼里只流露出无限的疲倦。

我们终于走完了地牢的长廊。接下来，走廊变得更宽，每隔不远就有个放光的圆球。这里的走道一样四壁都是冰，但不是随便敲出来的，而是细心雕凿而成，这里的圆拱通道因此格外晶莹优雅。此处地板很干净，上面还撒了沙子以防滑。走廊似乎较为古老，其设计目的像是为了方便让许多人同时来来去去，但是我们却一个人都没碰上。

接下来我们碰到一道岔路，有三条路让我们选。大走廊仍继续延续下去，但除此之外，我们左手边有一条宽广的走道，做了浅浅的台阶，一路往下，至于终点，则黝暗不可见；右手边是一道凿冰而成的楼梯，比较陡，不过左右两条路看来都比大走廊更为古老，且更常有人走动。弄臣与我停了下来，彼此交换了个眼色。

我站在左手边这条路的开口，耳里听到微弱的窸窣声，听来遥远，间隔长短不定。我将手拱为碗状，遮在耳后仔细倾听。过了一会儿，弄臣低声说道：“听起来像是下面有什么巨大的动物正在呼吸。”

我张开鼻孔，深深吸气。虽说吸这一口气，立刻使那声音变得模糊难辨，但是却也使我信心大增。“不对。那是浪花，那是海啊。这条路会通到海边。我们走吧。”

弄臣有如突然获得赦免的刑犯一般，脸上顿时绽放出光彩。“对呀！”他赞叹道，匆忙地走下那道宽广的楼梯。我跟了上去，拉住他的肩膀，将他推向弯道内侧。“你贴着墙边走。”我低声地叮嘱道，“万一下面有人上来，我们才能多点时间应变。”我已经把我们唯一的武器，也就是弄臣的小刀，拿在手里了。

我们已经很累，也不知道已在这个冰河迷宫之中走了多久。这楼梯很宽，梯阶时深时浅。我们越往下走，海味就越浓，而空气也更加潮湿。冰面上渗出一层水，阶梯变得更滑溜、更难行走。之前有人在这台阶上撒了沙子，但是沙子化入了冰面里，且化得很不均匀，因此一不小心，很容易被滑冰裹起来的沙块给绊倒。我们不得不放慢脚步。不久，洞壁上蒙了一层水帘，连头上都有水滴下来。海水的味道更浓了，不过光线仍是那种无处不在的邪气蓝光。

我们走到了最底下，这才发现我们的希望都落空了。冰层尽头连着一片被人踏得很平坦的黑岩斜坡，黑岩斜坡上钉了几个铁钩，看来偶尔有小舟停泊在此。海浪扑来又退去，越打越高。最后一盏蓝球灯隐约地照出山洞洞顶很高，而且蒙上了一层闪闪发亮的冰。

“如果我们有船，又刚好碰上退潮的话，那我会冒险走水路试试看。”我说道。

“是啊，如果。”弄臣嘿嘿笑道。我惊讶地转过头去望着他。他的脸色真的很糟，不单纯因为蓝光之故。我本来单肩背着他的背包，此时他将背包拿过去，在湿滑的台阶上坐下来。一时间，他就像是抱着心爱娃娃的孩子，呆呆地抱着背包不动。之后他打开背包，在底部摸索了一阵，掏出一个扁酒瓶，拔开塞子之后，先把扁酒瓶递给我。

我接过来，掂掂重量，喝了不超过四分之一。这就是他带到我跟幸运住的小屋与我共饮的杏桃白兰地。我咽下一口夏日的暖意，然后张口呼气，品味着杏桃与友谊的滋味，将扁酒瓶递还给他。他接过酒瓶，同时给了我一块半个手掌大的黑色面包。我在他身边坐下来，慢慢地吃。这面包里有葡萄干和干果，既甜又浓郁，就是小了些，吃了更使我感觉到肚子有多饿。我们吃得很慢，两人都不发一语。等我把掌上最后一块面包屑也舔干净之后，才望着他。“上？”

“那条路也不通的。”他轻声说道，“你看看这个地方，再想想我们听过的那些外岛传奇。这里必是他们从冰下的水路来探访冰华的登岸处，而那道往上走的小楼梯，必是通到冰华那里，不然还会通到哪里呢？”

“也许那条路一路而上，然后就出去了啊。”我顽固地说道，“不看一看，怎么会知道呢？说不定另外那条比较宽的路才会通到龙那里，这样才合理呀。”

他摇了摇头。“不对。如果人们偶尔能从冰面上看到龙，那么龙一定是在上面，所以一定是往上走的楼梯通到冰华那里。那条路是出不去的。”他也很坚持。他将头靠在冰墙上，“我是出不去的了。我早就知道我到了这里就出不去了。”

我撑着自己站起来。裤子的臀部都湿掉了。唉，真是太糟了。“起来。”我对弄臣说道。

“何必多此一举。”

“起来！”我坚持道。他还是不站起来，于是我抓住他的后领，一把将他拉起来。他倒没有抵抗，只是以哀怨的眼神望着我。“多年来，走得通的路走，走不通的绕路，我们也好不容易到了这里。如果我们的终点就在这里，就在艾斯雷弗嘉的冰河里，那么我可要好好瞧瞧那条害我们费了这么多力气来到这里的龙，而且不只是我，你也得去看看。”

这浅矮的台阶走起来累死人，更糟的是台阶极滑，走起来更加吃力，不过我们还是一阶阶地走上去，并跟刚才一样贴着弯道内侧的冰墙走，随时竖起耳朵听听有没有人从上面下来。海浪声越来越远，滴水声也逐渐淡去，最后我们来到观看龙的路与精美走廊的交叉口。我们等了一下，竖耳倾听，没听到什么动静。

我走得好累。我敢说现在一定已经过了该好好睡一觉的时候了。感觉上，我的脑子里好像塞满了嗡嗡叫的蜜蜂。弄臣的情况比我更糟。我们穿过走廊，钻入往上走的楼梯，他慢慢地跟了上来。这楼梯一路旋转而上，因此走上弯道之后，就算有人经过大走廊也看不见我们，而一到了这样的僻静处之后，我便拉住弄臣。“你现在就把剩下的白兰地喝了。喝了酒，看看能不能让你暖暖身，也让心跳加快一点吧。反正，与其让白兰地留在酒瓶子里，还不如灌到你肚子里，好处还多一点。”

“我可以坐下来吗？”他问道。

“不行。你这一坐下去，我说不定就拉不起你了。”我绝情地答道，但是他已经一屁股坐在台阶上。他再度拿起装着白兰地的扁酒瓶，拔开塞子递给我。这已经不值得争论了，我以白兰地润湿了唇之后，就吩咐他说：“都喝了吧。”

而他也就一口喝干了酒，接着他花了好长一段时间才把塞子塞好，将扁酒瓶收起来。“这好难啊。”他说道，听起来却不像是在对我说话，“如今我差一步就到了终点。我老早就预见了这一刻，只是一直都只看到朦胧的印象而已。现在我只知道我必须走下去，而我每多走一步，就更接近死亡。”他与我四目相对，毫不惭愧地说道：“我很害怕。”

我笑道：“恭喜你，你总算有身为人类的体验了。走吧，我们去瞧瞧你费了这么大功夫抢救的龙，到底长得什么模样。”

“何必呢？去跟龙说我辜负了它吗？”

“很好，就照这样跟它说！我们已经尽了力，这点总该让它知道。”

这回轮到弄臣笑道：“它才不在乎呢。龙这种生物，才不在乎我们有没有善意，或是我们尽不尽力。冰华对于人类，只有鄙视，此外无他——况且它说不定根本就不把我们放在眼里。”

“啊！果真如此，那对你我而言可真是崭新的体验呢。”

弄臣听得笑了起来，我也跟着笑了，并非放声大笑，而是人们心知这大概是死前最后一次跟好友分享喜悦的笑声。我们没醉，至少不是因为喝多了白兰地而醉。如果弄臣所言不假，那么我们已经饮下生命的最后一口残汁了，任何人若有此体认，必会掌握每一分每一秒的生命，好好作乐。

我们往上走。这楼梯越上去越窄，我不禁纳闷到底是什么疯子把楼梯做成这样，到底是有人把天然生成的裂缝开成楼梯，还是说，这楼梯或宽或窄，全凭雕刻者的刁钻癖好？其中有一段楼梯的冰壁上刻了浮雕作为装饰，但是已经抹去，可能是有人刻意为之，如今只剩下小块片段看得出这里是腿，那里是手，又有一处是女人的唇与下巴。我开始痛恨一脚高一脚低，难以行走的状况，因为我的靴子只剩下一只，另一脚只穿着裹了冰的袜子。我们停下来休息时，我让弄臣坐下来。他靠在冰墙上，看起来像是累得打盹，但是我一发现泪水从他脸颊上滑下来，便催他站起来。“伤心无用。站起来，我们要继续上去。”

我的话虽严厉，口气却很温和。他听了点点头，撑着让自己站起来。我们继续往上爬。这旋转楼梯像是梦魇，老是没有个尽头。那些淡蓝的圆球无法照亮这旋转楼梯的每一个角落，所以楼梯间由蓝转白，或是由白转蓝的时候，八成就是要转弯了。说真的，此地虽冷，但是美得令人赞叹。我们爬得更慢了，休息一下，又继续往上爬。我们已爬了很高，感觉上，我们好像一定马上就要突破冰面，最后我们来到一个四壁都是冰的平坦瞭望室，并且看到了龙。

黑龙与我们之间隔了一层厚厚的冰，我们看到的是冰华朦胧扭曲的身影。但即使如此，它看起来还是很惊人。瞭望室与冰华平行，而我们则沿着瞭望室从头到尾走了一趟。冰华的身长超过两艘船，翅膀收在身侧，尾巴往后卷，脖子很长，头往后仰，因此我们看不见它的头。我们敬畏地凝视它。在弄臣的眼里显然可见他有多么痛心。龙的生机无远弗届，几乎淹没了我的原智知觉，我从未跟体型这么大的自然生物如此靠近过。然后我们看到一个一路通往黑龙胸前的粗糙的隧道。我弯下身一瞧，只见这隧道终点幽暗一片，必是通到龙身边。我吸了一口气，对弄臣说道：“你的古灵灯笼借我。”

“你要进去？”

我无法开口说出我非得进去不可，只能慢慢地点头。

“那我跟你一起去。”

“这隧道太小，容不下两人。你待在这里休息吧，我出来再把我看到的告诉你。”

弄臣看来已经累得无力，但是他又很好奇，最后他放下背包并打开，一边将灯笼递给我，一边说道：“还有两块面包，现在吃吗？”

“你先吃，我回来再吃我那一份。”光是提到食物，就使我一下子分泌了大量唾液。我突然想起阿憨，他是否已跟切德和晋责技传，还是仍然痴痴地等着我们两人归来？他是乖乖地待在安全的雪橇上头，还是为了追我们而掉入了冰缝里？我甩开这些无谓的念头，将弄臣递给我的灯笼打开，灯笼放出奇特的绿光。

“别去太久。”弄臣在我钻进隧道时叮咛道，“要把你看到的告诉我喔。”

这隧道很低，无法站直了走，所以我是一边用手将小灯往前推，一边往前爬。我一钻入地道，瞭望室的蓝光就越来越暗，过了不久，我就只能靠着绿光映照冰壁了。龙的臭味越来越重，我不但闻到它的气味，慢慢地，感觉周遭都是它的气味。我小时候曾经好奇地抓了一窝束带蛇养大，如今这味道倒跟蛇味颇为神似。隧道越来越窄，挖隧道的人似乎一心只想赶快挖到龙的身边，甚至顾不得把隧道挖得宽窄一致。

隧道的尽头就是龙的身体，体表上覆满了闪闪发亮的黑色鳞片，最小的鳞片也有我张开的手掌那么大。附近的冰地上有张卷起来的毛皮，里面整齐地包了各种工具：各式刀刃、钻子、木槌和铁撬，另有两个刀刃已经敲坏，钝掉的工具则被丢在一旁。我看得肚腹恶心翻腾，这场面证实了我原先的猜测：之前的确有人从这隧道爬到这里，想尽办法要置龙于死地。

看来那些人是白忙了一场，因为冰华的鳞片十分厚实，虽然有些鳞片遭火烧炙，但是没有一样铁器能够刺入鳞片下的血肉。有个金属的插销仍插在重叠的黑色鳞片之间，将鳞片抬高起来，露出看来柔嫩的皮表。我将灯光凑近一瞧，原来厚鳞之下，还有一层奶油色的鳞片。一支像是冰钻之类的东西插入了奶油色鳞片下有如皮革一般的表皮中，但是既没有流血，也没有流出什么体液。据我猜测，这一招大概就像是把刀刃插入马蹄中一样，根本就没用。尽管如此，看了这种残忍的卑贱招数仍令人气愤。

黑龙仍然健在，而之前有人像蛆虫般钻到这里，想要趁着它无法动弹之际，进逼它的心脏，取了它的性命。

我花了好大的力气，才把那支冰钻拔了出来，幸亏冰华天生有层厚重的盔甲保护它。我又拿起槌子，从插销侧面大力敲下，总算把插销打掉。插销打掉的那一刹那，周遭的鳞片一起收紧起来。霎时间，在我的原智知觉中，冰华的生机不断高涨，但是下一刻又突然消逝。我面前这一片覆着鳞片的身体简直是铜墙铁壁。我迟疑了一会儿，最后忍不住伸手拂过龙鳞。鳞片与鳞片彼此交叠，盖得紧密，就连指甲也抠不进去。此外，鳞片非常冷，就跟包裹着黑龙的坚冰一样寒冷。

我退出去的时候，连那一卷邪恶的工具也一起带出去。我必须倒退着爬出去，隧道里根本没有回身的空间。等到我退到瞭望室的时候，早已满身大汗，同时被龙的爬虫类臭味熏得不太舒服。

弄臣坐在瞭望室尽头靠近龙头的那一端睡着了。他的腿收在胸口上，头枕着膝盖，金黄色的头发散落下来，遮住了他的脸庞。看来他的疲惫战胜了好奇心。我在他身边的地上坐下来，背靠在冰墙上。睡着的弄臣喃喃地不晓得说了什么话，之后凑了过来，靠在我身上。我叹了一口气，也不叫醒他了。我心里想着，那些想要对龙的心脏下手之人，为什么没有在瞭望室的这一头凿个洞，直通到龙头那里。难道说，那个恶棍唯恐封藏在冰层中的冰华还能要什么手段来保护自己吗？

我抬头望着头上深邃无底的深蓝色冰顶，仿佛在凝视着深海。我告诉自己，晋责王子跟他的原智小组就在上面的某处挖冰。我开始想道，把晋责与我们隔开的这一层冰，不晓得有多厚，弄臣与我得坐在这里等上多久，才会听到并看到他们掘冰的进度？我敢说一定还要很久，我既没有听到铲雪的声音，也没有听到人声，而且我头顶上的冰层毫无崩裂的迹象。他们大概还在世界的另外一头吧。

我挪了一下，靠弄臣近一点。由于他的身体挡着，所以我那一边身体的体温不至于消散得太快。我又累又饿，便从毛皮卷中抽出一支工具，从墙上凿下一小块冰，接着吮冰化水以止渴，又把古灵灯笼收回弄臣的背包里。我找到他留给我的那一块面包，拿起来吃了。那面包真是好吃，就是太小。然后我将头靠在他头上，闭眼休息一下，最后大概是睡着了。

我因为身体发颤而惊醒，全身的骨头抖得像是要脱离骨节似的，连伸展一下都痛得不得了。正当我用力跺脚，打着手臂，希望让手脚恢复知觉时，弄臣慢慢地滑了下去，躺在地上。我在他身边跪下来，用僵硬得无法动弹的手掌碰碰他。他的脸色死灰，后来他低低地呻吟一声，我才放下心。“起来。”我压低了声音对他说道，心里则诅咒自己怎么笨到在这么空旷开阔的地方睡觉，若有人从楼梯上来，可不就在我们睡得不省人事之时把我们逮个正着？“走吧。我们得走了，还得想办法找个出路。”

他百般不情愿地呻吟几声，蜷得更紧了。我又气又绝望地推推他。“我们不能现在放弃啊。弄臣，起来，我们得走了。”

“求求你。”他低声说道，“让我静静地毫无知觉地死吧。”

“不行。你起来。”

他睁开眼睛。他大概是从我的脸色看出，我绝对不会任他在此安宁地死去，所以他像木偶般僵硬地将身体伸展开来。他将双手伸到眼前，呆呆地望着。“我感觉不到自己的手。”

“你起来动一动，手一会就会恢复知觉的。”

他叹了一口气。“我刚才做的梦好极了。我梦见我们两人死在这里，然后一切都结束了。我们什么都不用做了，人人都认为我们已经尽了力，错不在你我，还说了我们不少好话。”他将眼睛睁得更开了点，“你刚才是怎么坐起来的？”

“我不知道。要坐起来，就坐起来了啊。”我很不耐烦。

“我在试了嘛。”

于是弄臣试着让自己站起来，而我则将在隧道另外一头的见闻告诉他。他看到我带回来的工具包，不禁打了个冷颤。我每多说一句，弄臣就多一份生气，最后他终于站了起来，歪歪扭扭地走了几步。我们两人都冷得发颤，但至少我的手已经多少有知觉了。我粗鲁地用我的手摩擦弄臣的手，尽管他因手摩得疼痛而抗议，但也没停下。等到他的手能够开合自如之后，我便交给他一把小刀。他以古怪的姿势握着刀子，但是我叮咛他随时要准备把刀子拿出来用时，他还是点了点头。

“等我们下了楼梯之后。”我以轻快的声音，掩饰这一趟路的重重困难，“就沿着大走廊往前走。现在大走廊是我们唯一的希望了。”

“蜚滋。”弄臣诚挚地起了个头，但是他一看到我的脸色就住口了。我知道他一定是要告诉我，我们没有希望。我对龙望了一眼，算作是道别。它又沉眠了，如今我以原智也感知不到任何一丝生机。为什么？我无言地对它问道。为什么你会在这里，为什么艾莉安娜又非要取你的头不可呢？之后我转过头去，背对黑龙，弄臣则跟在我后面，走下这一道漫长的楼梯。

下一趟楼梯比上楼梯更糟糕。我们还是又累，又饿，又冷。我不知道滑倒了多少次，而平常那个优雅的弄臣，则姿态全失地踉跄地跟在我身后。我一直希望我们会碰上正好爬上楼梯，要上来折磨黑龙的人，但是楼梯间依旧漫着蓝色，既冷且静，对于弄臣和我的痛苦无动于衷。我们口渴的时候，就从墙上凿下几块冰来吮着。这是我们唯一的宽慰。

最后我们终于走到楼梯底。从弯道一出来，便正对着大走廊，感觉上颇为突然。我们屏住呼吸，伏在最后的转角窥探大走廊的状况。我感知不到这附近有什么生物，但是我们先前发现地牢里有不少被冶炼过的人，而我就算以原智也感知不到这种人，所以要特别小心才是。走道空旷寂静。“走吧。”我小声说道。

“从这里是出不去的。”弄臣以平常的语调说道。他那金色皮肤底下漫起一抹不健康的黑灰色，仿佛他的生机已经开始消退，他的声音也死气沉沉。“这走廊会通到那女人那里去，一定是这样。如果我们顺着走廊走下去，就等于是去送死。倒也不是说我们除了死之外，还有什么选择。你先前不是说了吗，有时虽有选择，但是所有的选择都很糟。”

我叹了一口气：“不然怎么办呢？往下走到水边，盼望有人驾船来，而且我们还能抢在他把我们杀了之前，就先把他给杀了？还是回到地牢那边，献身给那些被冶炼的人？或者是一路走回黑暗的冰缝那里？”

“我想——”弄臣犹豫不定地说了这两个字便僵住了，我急转过身去看他在指着我身后的什么东西。弄臣喘息道：“黑者！”

就是那个人，他就是之前阿憨与我曾经一瞥的人。他站在我们前方宽广的大走廊转角处，环手抱胸，像是在等着看我们什么时候才会注意到他。他一身黑色打扮：黑色束腰外衣、黑长裤、黑靴子，一头黑色长发、黑眼黑肤，全身上下都像是用同样的黑色材料敷上去似的。我的原智跟之前一样对他不起反应。他站着凝视我们，接着便转过身，敏捷地走开了。“等等！”弄臣叫道，拔腿追去。我不知道他哪来的力气，竟然还跑得那么快，但是我也跟在他身后追了上去。不过我那麻木的双腿每次打在冰地上时，都震得很难受。黑者回头看我们一眼之后就快步逃走，他跑起来似乎一点也不吃力，但是却没有跟我们拉开距离。他跑起来寂静无声。

弄臣快跑了一阵，但在爆发出来的精力用完之后，便突然慢了下来。黑者还是没有拉开他与我们之间的距离，他照样待在我们前面，有如幽灵一般，看得到，但是追不上。尽管我跟在弄臣后面追他的时候大口喘气，却闻不出他有什么味道。

“他不是真人！他一定是什么魔术幻象。”我喘着对弄臣说道，同时努力说服自己事情的确如此。

“不，他很重要。”弄臣的呼吸声很尖锐，他现在已经跑得踉跄且勉强了。他抓住我的袖子，在我身上靠了一下，接着强迫自己站挺，继续往前走。“我感觉得出他很重要，我从未碰过这么重要的人。求求你，蜚滋，帮帮我。我们一定得跟着他。他要我们跟着他，难道你看不出来吗？”

我的确看不出来，我只看得出我们一定追不上他。我们喘着气、晕头转向地追着他，虽然从未追上，但是他也不曾跑得不见人影。他带着我们在走廊之间穿梭。这些走廊越来越豪华宽广，我们穿过的冻冰门楣上，还雕刻着藤蔓与繁花。黑者并未左右张望，也不让我们有多余时间探看四周。我们经过一个繁复华丽的冰雕大喷泉，喷泉的水柱像是瞬间凝结成冰，冻结为永恒。我们在这个豪华冰殿的雅致宽广走廊中来去，但是我们不曾看到任何人影，也没有感到一丝暖意。

我们慢了下来，连走也走不快了，每次黑者一转弯，都得再冲个几步，才看得到他走向何处。弄臣与我都喘不过气来，所以我根本不可能问他。据我猜测，他大概什么也不想，一心只想追上黑者，我就算问他为什么要追也没有用，即使我问出口，他也不会回答。我的嘴很干，心跳得很急，但是我们仍继续追下去。黑者毫不停留，似乎对于这些繁杂的通道了如指掌。我既不晓得他要把我们带到何处，也不晓得他为什么要将我们引到该处去。

接着黑者便将我们引入了埋伏之中。

我认为是黑者将我们引入了埋伏。他再度转了个弯，当弄臣与我连忙拖着脚步赶上去，以便看清他的踪迹时，却在一转弯处就迎头撞上六个武装士兵。我一眼瞥见黑者已在走廊的尽头，跟我们离得很远。他见状停下脚步，但是那几个武装士兵惊讶地叫嚷出来，并朝我们扑上来之后，他便消失了。

我们连抵抗的力气都没有。我们跑得太远，饿了太久，水喝得太少，连睡眠都不足，此时的我连生气的兔子都打不倒。他们逮住弄臣的那一刻，他顿时失去了一切生机。他的刀子从毫无知觉的手中掉了下来，嘴唇微开，连叫都没有叫。我将刀子插入第一个朝我扑过来那人的狼皮外衣中，刀子继续留在原处，那人则照样把我扑倒。

我的后脑勺重重地撞在冰地上，眼前冒出白光。

21. 苍白之女的领地

白色先知的这个信仰，从未在北方的国度赢得众多信徒，但是有一段时间，这个信仰是在遮玛里亚宫廷中广受欢迎的余兴活动。沙崔甫·伊司克列大君就对预言书非常着迷，不惜重金搜购那些难得的手抄本。大君将这些珍贵的典籍交给莎神的祭司们保管，祭司们则据此多誊写几本，以供大君之用。据说，大君使用预言典籍的方式是这样的：他先以供品祭拜莎神，接着提出问题，再随意从众多典籍之中选出一节，然后就这一节预言沉思冥想，直到贯通为止。

既然上主有此雅兴，沙崔甫·伊司克列大君的朝臣们便群起效仿。他们也搜购了白色先知的预言书，按着大君的做法，从书中随意抽出一节来冥想。一时间，这个风气横扫全国，但最后莎神的总祭司昭告国人，说这是崇拜邪神，同时亵渎了莎神，于是这个热潮再度转淡。在总祭司的坚持之下，所有白色先知预言书都被销毁，或者送交给祭司院严密保管。

不过仍有人谣传，就是因为沙崔甫·伊司克列大君对白色先知预言书颇为爱好，所以那一名年纪很小、白发白肤的男孩在舌战群雄、得见大君一面之后，才赢得了大君的赦免。白色先知预言书的章节，那男孩随手拈来，记得丝毫不差，令人佩服，再加上那少年当场口译了几个章节，更使大君深信，预言书的这几个片段，早就预言到大君会出手援助这个少年了。最后，大君便让那少年登上一艘前往恰斯国的奴隶船离去。

——作者不详，《南方各国的宗教教派》

我中间曾两次醒来，但是直到第三次，我才能凝聚心神，不让自己再度失去意识。第一次醒来时，我被人拖着走，两人各拉着我的左右手走过坚冰的长廊；第二次醒来时，我感觉到我俯卧在地，有人在将我的手腕绑在身后；第三次醒来时，我又被两个侍卫拖着走。这一次，我咬紧牙关，无论多么痛苦，都不让自己再度失去意识。

他们拖着我走进了一处富丽堂皇的宫殿。此地乃是凿空冰河所成，支撑着挑高屋顶的是一列列蓝色的大冰柱，冰墙上处处是同一名女子的巨大浮雕。浮雕上的女子或是一手拿剑，一手持弓，站在船头上，头发被大风吹起；或是站在败战的敌人尸堆上，脚踩住一名男子的咽喉；或是坐在王座上，伸出一指，断定匍伏在她身前的可怜虫该生或该死。浮雕上的人都比真人大上许多倍，高高地耸立在我们头上，看来狰狞且无情。我们已经进入苍白之女的领地了。

即使在她自己的领地上，她仍然有个大敌。大殿的玻璃天花板上方，隔着朦胧的厚冰之外，依稀可见到黑龙的外形，那就是她的大敌，同时也是我们远渡重洋而来的目的。我们在大走廊里走了这一回，最后是来到了黑龙之下。我心里好奇，如果凝视着天花板，能不能看到一方光亮的长方块，也就是我们费尽心血往下挖掘的坑洞？不晓得如今他们是不是仍然为了挖到黑龙身旁而撬冰掘冰？就算我大喊大叫，对他们而言也不止是一层，而是三层城墙之外的声音，无论如何是听不见的。

我们被人架到大殿上时，几十名苍白之女的手下聚集在大殿上监视。蒙霜的铁链吊着许多硕大无朋的白色圆球，使得整座大殿荡漾着很不自然的蓝白色光芒。这冰宫之宽阔高耸前所未见，将苍白之女手下那些披着厚重毛皮的外岛战士，衬托得像是侏儒一般。我们被人拖着经过那些外岛人面前时，他们沉默不语，表情呆滞。他们染着大块黑墨，遮去了原有的氏族刺青，其中少数几人已经刺上龙或蟒蛇，以示效忠新主。他们望着我们的眼神既无怜悯也无仇恨，连好奇都称不上，非常平淡，没有任何激昂的情绪。他们眼里的那种死寂气氛，已经远超过绝望，而是受虐动物常见的强忍着任人宰割的程度了。在我的原智知觉中，这些人是模糊不明的。据我猜测，大概是苍白之女已经发明了不完全冶炼的做法，而这做法抹去了他们的人性，却又让他们残留着一点畏惧，以便受她奴役指使。这里面有一个人是我认得的，那人就是汉佳，那个曾经以贵主侍女的身份前往公鹿堡的女子，如今站在人群中，眼神跟其他人一样冷漠。

我转过头去看个真切，果然是她没错。她离开公鹿堡之后，直到今日之前，我又见过她两次，一次是在公鹿堡城，我差点被花斑子杀掉之际；另一次是在玛烈岛，当时她鬼鬼祟祟地躲在山坡上看着王子与贵主骑小马。她到底是什么身份，怎么会出现在这一切场合之中？我百思不解，但是我突然想到，她一定一直都是苍白之女的手下。看来不只是我处境危险，连王子也很危险。

我努力伸出双脚点地，但是架着我的侍卫走得很快，我跟不上，只能踉跄地拖拖走走。最后他们终于停下来，强迫我在苍白之女面前跪下。我并未多加抵抗，我的头仍然很晕，不管是坐卧跪躺，我都要趁机休息，好让自己在静止之中恢复力气。我试着转过头去看看弄臣。虽只一瞥，但已足以见到他的头无力地松垂，任由左右的侍卫架着他在他们的统治者面前跪下来。此时有个人用力甩我一巴掌，叫我乖乖地望着前面。

苍白之女白肤白发，一如当年的弄臣，她的头发垂在肩上；她的眼睛是无色的，跟弄臣小时候一样；五官也如弄臣一般俊美，只是有着女性柔和的线条。她的美，超脱了尘世，冷漠得像是周遭的坚冰。她的王座乃是坚冰雕成，上面重重叠叠地铺着白熊皮、白狐狸皮，以及垂着黑尾巴的白鼬皮。她穿着纯白且毫不掩饰女性曲线的羊毛袍，脖子上戴着一条象牙花串成的项链，花心里镶着闪闪发亮的钻石；她修长的指头放在铺着毛皮的王座扶手上，指头上戴着银戒指，每个银戒指上都镶着晶亮的白色宝石。她俯瞰着跪在她面前的我们，眼里既没有欣喜，也不感意外。也许她跟弄臣一样，都早已预知事情总有一天会演变到这个地步吧。

她的王座背倚着蜷曲入睡的石龙龙身，石龙耸立在她的王座之后，有如高山一般，翅膀则收在身侧。石龙是记忆石，也就是杂着银纹的黑色石头所雕成，但不是一整块岩石，而是一块块黑色石头拼凑而成，很可能是从岸边的采石场采来，费尽千辛万苦地运到此地，再拼成一条巨龙的。由于岩面花纹刻意对齐，以至于看不出接缝处。那条沉睡的石龙很大，比化龙的惟真还大，但仍不及冰华，而且这条龙尚未完成，细部还没雕好，只是凿出个大概，与实际上的头身手脚仍有差距。那龙的细颈连着头，枕在高起王座前的地上，刚好做为上下王座的台阶。龙眼的眼皮垂了下来，尽管如此，我一看到它残酷的面容仍不禁打了个冷颤。我以原智知觉到恐惧、怨恨、痛苦、欲望与复仇等种种互相冲突的情绪，这些情绪通通封藏在那条粗略雕成的石龙中。

那石龙是如何滋养出来的，一望即知。几个精力耗尽的外岛人被人以铁链锁在石龙的身侧，他们看来不但遭受酷刑折磨，且饱受饥寒之苦。苍白之女就是靠这个做法，从他们身上榨出充分的情绪喂给石龙。精技小组在雕刻石龙，以便用石龙来承载众人的集合意识之时，必须将情感与记忆喂给它。我真不知道苍白之女是怎么想的，若以酷刑强将每个人各自不同的记忆榨取而出，那么这石龙如何能长成有知觉的生物？这种种不同的记忆要如何凝聚，并让石龙的觉醒有其目的？我所见过的石龙，都是一群同心协力之人奉献生命所雕成，造就石龙的，是一个个精技小组的荣誉与骄傲。每条石龙都有其美感，不管当年的精技小组决定以什么古怪的形状来表达自己，就连那只“有翅膀的野猪”飞起来都很优美。可是造就我眼前这条石龙的，却是被人榨取出来、千奇百怪的苦状。这样的生物会有什么样的个性？我以原智知觉，就知道那几个囚犯的人性都已经被冶炼出来，逼进了石龙之中，现在苍白之女只是在将禽兽不如的酷刑折磨喂给石龙而已。然而，以痛苦、怨恨和残酷滋养出来的龙，会是哪般情况呢？

沉睡石龙的前爪之间又有另外一个王座，同样是坚冰雕成，同样铺着毛皮，但是那冰座与毛皮却因为人的便溺而弄得脏污不堪。王座中有个人形的生物，手腕、脚踝扣了铁环，脖子则以链子锁住。那人头上戴着的黑色王冠太小，紧紧地束着他的眉头，王袍则污渍斑斑、破破烂烂。锁住他脖子的是银链，上面镶着珠宝，仿佛在嘲弄这个无可奈何的囚犯。他的头发和胡子都长得很长，乱得纠结在一起，指甲发黄，手指与脚趾尖端都因为冻伤而发黑。他脚边散落着啃得干干净净的骨头，其中有一根像是人的手臂骨。我转开头，望向他处，一点也不想知道他们到底喂他吃什么。那人已经被冶炼过了，但是还有点残留，我仍感觉得到他的仇恨像烈火一般地熊熊燃烧，也许他心里就只剩下这个情绪了。我突然感觉到一点精技力量，像是麻木的肢体突然又恢复正常。我像人们转向声源以便听个清楚般地左右转头，以捕捉那道精技波。精技波并没有变得更为清楚，不过我倒是知道它来自何处了。那个狂人国王对我技传，他龇牙咧嘴地咆哮着，凹陷的眼睛紧盯着我。我顿时感觉到他的精技恨意全力朝我袭来，但是一下子就过去了。他的精技攻势之所以瞬间就消逝，并不是因为我以精技墙保护了自己，而是因为我感受精技的能力又再度消退。我因为他的精技力量之强而剧烈喘息，也许阿憨能在精技方面与他一较长短，但我知道自己无论如何都达不到那个境界。

我刻意抬起头直视那个女人，并惊讶地发现她正笑着看我。她正在等我看她，原来刚才她是故意让我看个够，让我自己做出结论。她那修长且优雅的手朝着囚于王座上的国王一指。“那是科伯·罗贝。不过蜚滋骏骑·瞻远，我敢说，你一定已经猜到，唯有辜负了我的催化剂，才够得上资格让我这样惩罚他。噢，这没什么好吃惊的，我只不过是把六大公国的龙群起头的事情做完而已。这个罗贝啊，竟然笨得冲到外面去拉弓射龙，但龙群不过是飞过他头顶上，就让他变得痴呆了——倒不是说他原来有多聪明，虽然他现在已经毫无用处，不过当年他也算机敏、野心勃勃，除此之外，对带兵打仗也很有一套。”

她站了起来，从王座的高台下来，踩过龙头下地，漫步走到那个污秽邋遢的国王面前，仔细地端详她的阶下囚。“不过，他毕竟辜负了我。”她那纤纤细手伸向罗贝。罗贝鼻孔翕张，露出牙齿，似乎想要把她的手咬下来。就像人们在面对一匹激动到不足以信任的种马时那样，苍白之女近乎怜惜地摇了摇头，以甜甜的语气对他问道："要不要我再把你喂一点给石龙啊，小东西？你喜欢我再多把你喂一点给石龙吗？"

那男子凹陷眼睛周围的肌肉纠结起来，像是拚命想要回忆什么事情，接着他缩身避开，又抬起一边肩膀，似乎这就能保护他自己了。他低声怒吼道："不！"

"好吧，不急着现在做，不过石龙终究会吞噬掉你整个人的。等到你什么情绪也不剩，没什么可以喂给石龙的时候，我就把你从石龙头顶上丢下去，看着石龙把你化掉。事情就是要这样做，对不对？"她突然转过身对我说道，"在最后唤醒石龙的阶段，不就是要让石龙把牺牲者完全地吸收掉？你们那些精技小组的人投身于石龙之中时，难道不是完全地化入石龙的身体中？"

我咬住舌头，一来是因为震惊，二来是因为我什么都不想告诉她。照她那样讲起来，仿佛那些精技小组都是受迫而被投入石龙中，而非出于自愿地与石龙化为一体。她既然无知，就让她无知到底吧，我一个字也不想多说。架着我的其中一个侍卫咆哮起来，又抡起拳头威胁我。苍白之女摇了摇头，对那侍卫挥了挥手，只当我的沉默不语是件无关紧要的小事。

她也不理会我，反而开始端详起弄臣。此时弄臣被两个侍卫架着，头毫无知觉地垂下来。苍白之女那仿佛雕像般的眉头竟首次出现皱纹。"你们没伤到他吧？我早就叮咛你们，我要你们毫发无伤地把他带到我面前。他是冒牌的'白色先知'，这可是世界奇景、稀有生物啊。不过他现在连冒牌的白色先知都称不上了，因为如今他就像是枯萎的花儿一样泛黄。他死了吗？"

"不，最崇高的夫人，他没死，只是昏过去了而已。"那侍卫紧张地答道。

"我才不信。把他摇醒。他像猫儿一样灵敏，我敢说，他一定也像九命怪猫一样不容易杀死。小亲亲[①]，你把眼睛睁开啊，好好地像你年纪小、人还白白的时候那样，恭敬微笑地向我问好呀。噢，他小时候就像是用蛋白、牛奶和

①《刺客后传1弄臣任务（上）》中，弄臣腼腆地将母亲唤他的名字告诉了蜚滋："小亲亲。我母亲都叫我'小亲亲'。"对弄臣来说，这个名字代表了真实的自己，而将此名告诉蜚滋，也代表某种程度上的信任。蜚滋几次唤出此名，均是在内心情感激动之下的情况，也可说是全心接纳了弄臣。

冰糖做出来的糖人，多讨人喜欢呢。只是那张嘴啊，讲起话来可恶毒了！”她语带威胁，突然凑近弄臣。弄臣则像是被苍白之女的仇恨毒汁吓到似的，猛然地吸了一口气，醒转过来。他颤抖地抬起头，茫茫地望着苍白之女，过了一会儿，他终于了解到这是怎么回事，于是脸上的每一束肌肉都拉紧了。我本以为他会放声大叫，但是他的表情倏地凝结。他望着我，只把话说给我听：“很抱歉。真的很抱歉。”

苍白之女突然转身走开，重新登上王座。她拉拉毛皮，调调衣服，从容不迫地坐下来，等到一切都弄妥了，才发号施令道：“这一天可终于来了。今天我要好好享受，用不着赶，但也不必拖延。老实说，我从一年前就期望能看到你们两个站到我身前了。我给花斑帮许多金银财宝，只要他们能把你们两人毫发无伤地送到我面前来就行，但是他们连这么一点事情都做不好。就是因为他们帮派里面，有人傻到非要执行个人的复仇计划不可，才会把我们谈好的事情都搞砸了。花斑帮真是靠不住，他们身边老是有些肮脏的动物晃来晃去，所以他们的心灵受到污染，就跟那些与羊兽交的人没什么两样！怪不得他们辜负了我。早知如此，我从一开始就不该把时间浪费在他们身上。不过，那也无关紧要了，如今你们两人都在我手中，由于我亲自出手，使得这个成果更加甜美。”她往后一靠，双掌靠拢，满意地打量着弄臣与我。

“我早就把你们的住处准备好了。侍卫，把这两位客人带到他们各自的房间。蜚滋骏骑，你放轻松，好好休息，我很快就会去拜访你。你在离开之前，有没有什么问题要问我？没有？可惜，我很少随便让人问问题的，不过你是个例外，因为我认为，你知道得越多，就越能看出你过去是被这个小冒牌货给骗了。把他们带开，不过要温柔一点，别动到他们的头。”

到了堂皇大殿的门口时，侍卫一左一右地带开我们。“蜚滋！”弄臣叫道。听到他这一叫，我开始极力挣扎。侍卫将我紧紧抓住，其中一人稍微将我背在背后的手扭高，无情地拖着我往前走，但我仍以脚跟抵住冰地，不让他们轻易得逞。我虽听得到弄臣的叫声，但是他的声音非常微弱。“我早就知道自己的命运了！我是自己选择来赴死的！你走你自己的路就对了，千万别动摇！一切都——”最后他发出一声被人捂住嘴的惨叫，而架住我的侍卫则拖着我走过转角。

“你们要把他带到哪里去？”我追问道。侍卫们则以他们认定的“温柔”方式来回答我：其中一人以套着铁手套的拳头，一拳打得我痛得弯下腰。直到他们在其中一扇冰门之前稍停时，我才重新能够勉强喘过气来。

一名侍卫拿出一根长条的工具，插入门上的小缝中摇转一番。“喀达”一声，门便应声而开。他们将我丢入冰室中，我面朝下地跌在铺地的鹿皮上。有一名侍卫跟在我后面走了进来，我连忙滚到一旁，试着避开必定会有的刑罚，但他只是将我绑住的手腕拉高、拉紧，然后就放开我了。那人用刀子割开绑住我手腕的绳子，同时也将我的手划开了一道伤口，但是他可不在乎。“你别乱吵！”他警告道，“她讨厌人乱吵。如果你不听劝，我就只好再进来教训你一顿了。”

我还想不出要怎么回话，冰门就关上了。由于先前头部受到重击，现在我仍感觉头昏。我察看过，确定房里并未藏着被冶炼的人之后，便躺下来，闭上眼睛，努力集中心思。

我再度睁开眼睛。到底刚才只过了一分钟，还是已经过了一天、一星期，我不知道。房里的光线丝毫未变。刚才我没想到什么有用的念头，说不定是睡着了。我慢慢地坐起来，并感觉到身体各处的疼痛，但是一想到此时弄臣不知是何状况，我便顾不得什么疼痛了。他们把弄臣带到哪里去了？他们会怎么待他？我突然觉得很不解，刚才我们两人怎么不剧烈抗拒，以防他们将我们分开？

这牢房里有个木框的床架，床架里塞了干草，上面盖了几床毯子。角落里有个解手用的桶子，另外有一桶水，水面已经结冰，水桶边挂了块破布，可见得那大概是洗手洗脸用的水，地上铺着几张鹿皮。我拍拍身上的衣服，侍卫一定是趁着我不省人事的时候，拿走那一卷工具，如今我什么武器都没有，连弄臣那把小刀也不在了。这房间没有窗户，只有那扇无法撼动的门，门上有道小缝。天花板上挂了个小圆球，但是太高了，我的手够不到。没有食物，而且我无从衡量时间。既然有床，我就从地上挪到床上了。我想起夜眼的忠告：如果睡眠是你唯一可得的慰藉，那你就睡吧，唯有如此，接下来无论发生什么事情，你才能好好应变。

我闭上眼睛想要入睡，但是睡不着。我想要技传，但是技传不成。我施展原智，却只能模糊地知觉到周遭有人，因为龙的存在，已然掩过了其他一切生物。下一刻，冰华的生机又消失了。我坐起来，将头靠在牢房冰墙上，这倒让后脑勺的胀痛稍微纾解一些。我一定是睡着了，因为我醒来时，发现头发跟冰墙冻结在一起。我喃喃地抱怨，一边慢慢地将头发扯开。

我将门上的窥孔及门片和门框之间的隙缝巡查过好几次。我坐在地上，从窥孔望出去，发现苍白之女派了三个，而不是两个人来接我，真不知道我是不是应该因此而感到自豪。他们跟抓住弄臣与我的人不是同一批，其中一人从窥孔缝中对我叫道："趴下去，脸朝地上！"

我乖乖照做，毕竟，跟三个大男人打架并不能增进我的体能。我听到他们走进来，其中一人理所当然地用膝盖压上我的背，将我双手扳到身后，用绳子绑起来。他同时扯住绳索与我的头发，拉我站起来。这三个人训练有素、默契良好，一句话也不说地就将我架出了牢房，严肃地沿着走廊前行。

"我的同伴呢？跟我一起的那个黄金人在哪里？"

一个侍卫朝我左边肋骨下方重打了一拳，算作是回答。他们脚下一点也不停留地拖着我走，而我好不容易才站得起来，跟上他们的脚步。我们一路上都没有碰上其他人，我突然领悟到自己已经失去了方向，就算他们当下释放了我，我也不知道上哪里去找弄臣，更不知道出口何在。就目前而言，我似乎别无选择，只能跟着他们走。

我们来到一处圆拱顶的厅堂。一名侍卫走上前，在木门上敲了敲，里面传出一名女子的声音，叫他们带我进去。门开了，于是我们走入苍白之女的房间。

她房里的发光圆球不是放在地上，就是放在矮桌上。这光源的位置摆得古怪，只照亮了房间中央，其余的地方则慢慢黯淡下来，化为阴影。我看到一个金属火盆，火盆里燃着火，但是没有烟，微微地发散出暖意。我一眼瞥见光线的边缘有一张大床，又有一排仆人静静地站着，等着苍白之女召唤。我看不出这房间到底有多大。

苍白之女刚从热气蒸腾的浴缸中走出来。浴缸似乎是厚玻璃所制，浴缸里的水是乳白色，热气中散发出夏日繁花的香味。她赤裸地站在长毛的白熊皮上，冷静地望着我们，任由两名像是毫无情绪的侍女帮她擦干。我们几个人瞪视她的目光，似乎一点也没有使她感到不自在。此时的她更显得净白，仿佛是白雪或是白色大理石做成的女人。她的白发贴在头上，水从发梢滴下来。她通身雪白，只有浑圆乳房上的乳头显出一点粉色红晕，胯下的毛发则跟头发一样颜色。她跟弄臣同样手长、脚长、腰细，但是胸臀颇为丰满。世上不可能有哪个男子看到她而不燃起性欲，她自己也清楚这点，不过她照样将肉体展现在我这个囚犯，以及我身边的侍卫面前。她虽如此炫耀展示自己的身体，然而谁都别想在没有得到她的授意之下碰她，正可证明她的权力凌驾众人之上。苍白之女那几个死板脸的侍卫看到这样的场面并无什么反应。他们一左一右地架着我，另一人站在我身后，静待她下令。

她的侍女送上一双柔软的毛皮靴，为她套上一袭细腻的丝袍，再套上较为厚重、有着白毛皮镶边的羊毛袍。她从容不迫地在一张黑木做的矮背王座上坐下来。此时一名外岛女子走了上来，我一下子认出那人就是汉佳。她带着新毛巾、梳子与发夹，走到苍白之女身后，开始帮她梳头发。苍白之女自始至终一语不发，此时她靠在椅背上，闭着眼睛，任由汉佳拿着象牙梳慢慢梳理她的白发，显露出很舒服的模样。直到她的长发梳理过，也编成无数条细辫，盘在头上之后，她才睁开眼睛打量房间。接着，她目瞪口呆地望着我，仿佛是第一次见面似的，眉头皱了起来。

“他还没洗过澡！我不是告诉你们，把他带来之前，先给他洗澡水吗？”

侍卫们都吓得垂下肩膀，其中一人赶紧答道：“我们给他水了，夫人，但是他没洗。”

“这可不好。”苍白之女光是讲这几个字，就使得侍卫怕得脸色发白。

她转回来盯着我。“你臭得跟科伯·罗贝不相上下。我以前还以为六大公国的男人比较爱干净呢。”她的眼神飘向浴缸，“现在还可以补救。浴缸里有水。”她靠回椅背上，挑衅地对我说道：“洗吧，蜚滋骏骑。等一下我们要一起进餐，希望到时候我闻到的是食物的香味，而不是你的体味。”

我动也不动，不让自己的表情有任何变化。她懒懒地笑笑。

“难道脱脱衣服、洗洗澡，就会使你失去尊严？跟你老实说了吧，我的仆人都已忘记‘人性尊严’为何物，更不会把你的尊严放在眼里。这身臭味有什么好的，你却将臭味当荣誉一般地紧抓不放？我向你保证：如果要强逼你才肯洗澡，那么你损失的绝对不止于尊严而已。你赶快选择吧。我这人没什么耐性，而且我绝不在餐桌上闻这种味道。”她侧头对仆人群说道，“他也称不上是国王的儿子，只是个私生子而已，却把自己看得高不可攀。”

“我的手绑住了。”我嘴上僵硬地指出，心里则在迅速考量之后得到一个结论：在这个处境之下，我实在无路可逃。她这番话让我察觉到自己身上的确很臭，一时间，我感到十分羞耻，继之领悟到这就是她的奸计。很早以前，切德便向我解释，在审问之前，先将人犯的尊严与骄傲摧毁殆尽的做法，不但好用，往往比酷刑更有效率。你若是将一个人的自尊踩在脚下，把他像是野兽一般囚禁起来，那么，当你给他一点微不足道的文明待遇时，对方竟会感激涕零。有时候，只要稍微表示一点善意，便可使对方倒戈转向。比如说，你把人犯关在不见天日的暗处，而且不给他食物，这一来，你只要给他一根蜡烛、一碗热汤，对方就会如获至宝，变得有问必答、言无不尽。相形之下，以酷刑来攻破人犯自尊心的做法，就费事得多了。

苍白之女对我一笑。“噢，这倒是，绑着你的手就不容易脱衣服了。”她对侍卫做了个手势，“把他带到浴缸边，放开他的手。”

侍卫粗暴地将我推到浴缸边，并以强大的手劲让我充分领悟到，只要是苍白之女下的命令，他们一定会强迫我做到，我若是抗拒，只会让他们多几个痛揍我的借口而已。我若是顺从，说不定还能得到一点好处——就算好处只是让我的手得以松绑，这也很值得，因此我咬紧牙关，把自己的尊严按捺下来。他们将绑手的绳子割开之后，我便转过身，背对着苍白之女脱光衣服，并趁机将别在衬衫内的别针拢在手掌内。我泡入水中，尽量快洗，不让热水的暖意让我变得太过舒服。一名侍女捧来一个碗，碗里放了个肥皂，不知怎地，我竟郑重地向她道谢，但是她并没有应声。等我出浴缸的时候，水已经变成灰色的了。两名手上挂着毛巾的女子走上前，我接过她们的毛巾，转过去背对她们，自己擦干身体。过了一会儿，那两人又走回来，给我一双软毡毛鞋和一件干净的白色羊毛料袍子。我那些残破的公鹿堡衣衫已经不见了。我穿上她们送来的衣鞋，并将我的别针藏在羊毛袍领子的内侧。苍白之女早就将她的椅子转过来对着我，以便观察我的举动。此时她露出奸诈的笑容，评论道："体格挺壮的嘛。那几道疤倒是有趣。汉佳，帮他刮胡子。我要瞧瞧这个几乎继位为王的男人到底是什么长相。"

她最后这句话让我吓了一跳。我从未把自己想作是几乎继位为王的人，一时间，我觉得她这样形容我倒也贴切，但接着我便领略到，这又是她的奸计。那两名女子退下，搬来一张椅子。汉佳拿着毛巾、肥皂和刮刀走上前。"我自己来就可以了。"我连忙说道。一想到那个女人要拿着刀子在我脖子附近挥来挥去，我心里就毛了起来。

"想都别想。"苍白之女淡淡地笑道，"我才不会低估你呢，蜚滋骏骑。我知道你受过什么训练。你家里的人想要把你造就为刺客，而非王子。他们这是在榨取你的好处，而且一直不肯对你讲明。但我可不同了，我会让你看清，你本来就是个王子，他们却把应当传给你的王位传给了别人。不过，在使你了解到我能让你多么称心快意之前，我绝不会将任何武器交到你手里。你乖乖坐着。这些事情都是汉佳熟稔的事，你若是乱动，我是不会怪罪她把你割破皮的。"

在我的记忆里，我这一生中从来就没有像此刻这么困窘。汉佳帮我修面梳头的同时，另外那两名女子分别将我的左右手指甲清理、修剪干净，苍白之女则像是猫盯着鸟那般仔细地观望着我。我以前不曾受到这种礼遇，但是我倒觉得这谈不上享受，反倒像是在羞辱人。我开口问道："弄臣呢？"我一问，汉佳的刀刃便立刻在我脖子侧面划了一道伤口。我感觉到血开始渗出。汉佳以毛巾压紧伤口，苍白之女则答道："我敢说他一定近在眼前，你说是不是呀？"

在那当下，我实在无法跟她争论这到底是认真还是在说笑。那几个侍卫应景地笑了两声，苍白之女瞄了一眼，他们便静了下来。当三个侍女在服侍我，侍卫冷漠地站在一旁观看之际，其他仆人抬来餐桌，铺上白布、餐盘与沉重的银餐具，摆上烛台架，点了六根细长的蜡烛，又端来几个有盖的碟子和装汤的瓷壶。食物的热气与香气散了出来，使我闻得心神不宁。接着他们端来葡萄酒与酒杯，最后在长桌两端摆上两张铺着软垫的椅子。汉佳将我的脸擦干净，往旁边一站，对女主人敬了个礼。苍白之女走上前，但是仍保持在我伸手可及的距离之外。她歪着头，仿佛她是买主，而我是待售的马，冷冷地将我从头到脚打量了一遍。“你长得还不赖。”她称赞道，“说不定在你家里的人任由你受苦受难之前，你还算得上英俊呢。那么，让我们进餐吧。”

她朝她的座椅走去，一名侍卫为她拉开椅子。我起身跟着她走到桌边，并感觉到一名侍卫紧跟在我身后。她一摆手，示意我在对桌坐下。我坐定之后，她又一摆手，我身后的侍卫便退到暗影之中。接着她一声号令，光球突然暗了下来，于是房里只剩下昏黄的烛光，映照得我们如同坐在与世隔绝的小岛上。这环境营造出颇为亲密的假象，不过我知道她的侍卫和侍女待在暗处，虎视眈眈地注视着我们。

这桌子很小。她将瓷壶里的热汤舀到碗里，送到我面前之后，才从同一个瓷壶中为自己舀了一碗热汤。“这样你才不会认为我是在给你下毒或是下药。”她解释道，拿起汤匙，“蜚滋骏骑，请用。这汤美味可口，我敢说你一定饿了。我们就专心进餐，不多讲话了。”不过，我还是看到她吃了两口之后，才拿起自己的汤匙。

这汤的确美味可口，浓浓的奶油白汤，汤里浮着大块的菜根与柔嫩的肉块。这是自从我离开公鹿堡以来所吃过最好吃的菜肴，要不是为了顾着餐桌礼仪，我早就狼吞虎咽下肚了。我的自制力已经变成最后一道防线，所以我强迫自己慢慢喝汤，缓缓从面包篮里拿起面包，抹上盘里的奶油，送入嘴里。苍白之女为我们两人倒了白葡萄酒，用完汤之后，从大盘的白鸡上切下几片肉，送到我面前。这些餐点实在好吃，食物使我的身体感到安适慰藉，虽然我很想一直提防着她。点心是掺了刺激的香料、飘着香草味的白布丁。我们两人一匙一匙地分食布丁，她则从头到尾都若有所思地默默打量着我。白酒使我身体发热，人也轻松了起来，我想要反抗这个变化，然后才察觉到这是怎么一回事。我深吸了一口气，让自己放松。现在还不是反抗的时候。

她微微一笑。难道她感觉得出我竖起白旗了吗？她逐渐占据了我一大块心田，她擦了一种闻起来像是水仙花的香水。

吃过之后，我们站起身。她对隐身在黑暗之中的仆人招招手。众仆人从暗处走出来，将桌子抬走，一名男子在火盆里添了燃料，使得火旺盛地烧了起来。餐桌清走之后，他们搬来一张半圆形的软垫卧榻摆着。苍白之女走上前，在卧榻上坐了下来，拍了拍她身边的靠垫，于是我也跟了上去，窝在舒服的大卧榻中。她的好意解除了我的警戒，食物美酒一下肚，则使得我怒火全消。我将心思防守起来，待会她会问些似乎没什么心机的问题，以便从我这里套出消息，而我的应对之道，则是保持警戒，尽量从她那里多挖点消息出来，至于我讲出去的，则是越少越好。她对我笑笑，看那模样，恐怕她已经察觉到我的打算了。但接下来她像弄臣那样将腿收到卧榻上，并朝我靠了过来，膝盖正对着我。“你看到我，会想起他吗？”她突然问道。

就算辩解，恐怕也遮掩不住，所以我就直说了：“没错。的确如此。他在哪里？”

“他在一个安全的所在。你很喜欢他嘛，对不对？你爱他吗？”我还来不及回答，她便自己接口道，“你当然喜欢他了。如果他想把人迷倒，他就是有这个魅力。虽然他只是让你有个机会认识他，但你却因此而受宠若惊，对不对？他摆弄你的领悟力，像是用糖霜喂狗似的，把他真正的自我喂给你一些些。你每多知道一点他的事情，就因为你能受到他如此的信任而感到十分骄傲。他从头到尾都在榨取你，为了他自己的需要而将你推入危险与痛苦之中，并把你所能奉献出来的一切统统拿走。”

“他是我最要好的朋友。我很想见见他，看他现在好不好。”我的声音很僵硬，心往下沉，因为她对弄臣的描述，真实到某种残忍的地步。她这番话使我士气全消，而她清楚得很。

“想也知道。不过待会再说吧，等我们谈过了再说。你告诉我，你真的相信他是为了将世界推上更好的轨道而降生的白色先知吗？”

我耸耸肩。对于这个问题，我一直没有想出一个肯定的答案。不过当我回答的时候，却觉得自己好像背叛了弄臣。“他是这么说的啊。”

“噢。但是他也可以跟你说，他是传说故事里的国王，出来漫游天下呀。要是他那么说，你也会信吗？”

“我何必怀疑他呢。”我努力要讲得斩钉截铁，却感觉到她种下的疑虑慢慢地渗入我心中。

“是吗？我知道了。这个嘛，那我就让你知道你为什么该怀疑他吧。”她伸手从地上的盆中抓起一把什么东西，丢入火盆中，于是便飘散出一股玫瑰味。我缩身避开那道香气，她则看得哈哈大笑。“难道你怕我会用香气迷倒你？告诉你吧，我才用不着这么大费周章呢，光是你自己的推论与常识，就足以勘破真相了。嗯，我们的好朋友已经跟你说过，他就是白色先知，虽说他已经变得一点都不白了。想必他也跟你提过，白色先知们是由生到死都是白色的吧？没有吗？那么，我现在就告诉你了。他跟你说过也好，没跟你说过也好，总之我们是传说中‘白者’的后裔。白者早就消失在人世间，不过他们是很有意思的种族。他们白如牛奶，睿智得无以言之，因为他们能够预见未来。”

“如今，你我都知道，人们心里往往有相反的心思，既然如此，未来是不可能一成不变的。每一瞬间都生出无穷无尽的新未来，而每一个新未来，又难免随时变化。即使如此，有些未来还是比其他未来更可能成真，而当中总有少数几个几乎必定会成真，简直可说是时光必经的隧道。我们白者在很久很久之前就已经对这一点了然于胸，并进而发现，我们可以通过自己的行为，让某些未来得以成真。当然，到底会不会成真，我们无法保证，但我们可以运用所知，将次等人导入某些路径，以便慢慢地将时光流导入较为平静、安全的水域之中，让众人都可以获益。这些事情你懂吧，蜚滋骏骑？”

我慢慢地点头。虽然我想提防她，但是火盆里散发出来的香味却使我向前靠。我闻到她的皮肤香味，也注意到她那细如丝的白发编成了光洁的发辫。她的体温、她的人，越来越浓烈地印在我心里。我叹了一口气，她则露出笑容。

她虽未移动，但是好像靠我更近了。

“是啊，一点也没错。你想想你们是怎么到了这里，踏入我的堡垒中，然后把你们自己送到我手上。我老早就知道总有一天会捉住你们两人，但你们会如何落入我手中，就不太清楚了。既然如此，我就开始着手影响未来，设法以各种手段将你们带到我这里，或是除掉你们二人的性命。我的代理人与帝尊交易，把任何可能对你有用的工具都买过来。另一方面，我将人冶炼并送回六大公国之后，还交代他们必须找出你或惟真，并杀掉你们。他们都失败了，不过我仍不屈不挠。我派汉佳去公鹿堡，贿赂花斑帮的人将你们两人逮住，送到我这里来，但是他们也办不好事情。我又撒开网子，将掺有岱文树皮的糕点送给你们吃，想要借此铲除你们的精技。但只有你吃了一点，所以这个计划就不成功了。我逮住了切德派去拿补给的那两个人，我知道你们会派人去追查他们的下落，而我还没捉住你们，你们就消失得无影无踪。不过奇妙的是，你们最后竟然走进我手里。这就是时光流的力量啊，蜚滋骏骑，你们两人几乎可说是必然会落入我手中。我本来是可以信任运气终将把你们两人送来的，但是我们白者的做法是，我们会设法确保预见的事情一定会成真，所以即使我们知道白者终将消失于人世间，我们仍努力运作，以免失去所有的影响力。

“你知道吗，白者早就预见我们种族终将灭绝，而在那之后，世界只能盲目前进。但是白者之中有一名女子，比其他族人更真切地预见到未来，所以她领悟到，如果她自愿与寻常人类混血，那么白者仍可继续影响世界。于是她漫游各地，每遇到有胆识的英雄，就为他生下一个孩子。最后她生下了六男六女，他们都与寻常人类相似之至。不过她离开人间时感到心满意足，因为她知道，每当她后世子孙相遇并上床之后，便会产下白者的婴孩，因此白者智慧与预言的天赋不会在人间绝迹。这故事不是很美吗？”

“弄臣只说，每个时代只会产生一名白者。”

“弄臣？噢，好可爱、好迷人的名字啊。”她笑了起来，象牙色的嘴唇弯成弓形，“胡言乱语，谓之弄臣，你叫他弄臣，还真是贴切呢。我敢说，一定是他让你这么叫他的。”她轻轻地叹了一口气，“他对你这么坦白，我应该觉得很高兴才是啊。没错，每个时代只会产生一名白者，而这个时代当然也不例外，所以我应运而生。他是个畸形的变种，生不得其时。我敢说，就是因为这样，所以他才会变黑。要是他至今仍拘禁在神庙中，那么就算他现在皮肤的颜色变深了，也不至于造成什么伤害。但是看管他的人总是对他太过放纵，他们过于信任这个迷人的小家伙，所以他就趁此逃离神庙，在各地招摇撞骗了。我们来看看能不能把他做错的坏事弥补过来。你告诉我，他之所以不得不用他那一丁点影响力来跟我对抗，到底是怕这个世界会招致什么可怕的命运？"

我沉默了一会儿，最后坦承道："这我无法说得清。好像是怕世界最终将会沦陷于黑暗与邪恶之间吧。"

"嗯。"她像是安稳坐定的猫儿似的，高兴地呼噜了一声，"在这方面，我可以讲得比他更明白。他所害怕的，是未来的世界中，强者将统治世界，并将大地的一切，包括狂野与不轨纳于统治下的时代。但是他为什么把这看作是邪恶的坏事，我就不懂了。对于我而言，那是我的目的，且让我们享有秩序与繁盛，让强者生出世代的强者。如果我成功的话，世界上就会权力平衡。外岛人什么都没有，真是可怜。夏天又短又冷，却也只能趁着夏天在贫瘠的土地上耕种，或是在无情的大海中讨生活。虽然条件这么差，外岛人仍成为坚强的民族，所以他们应该享有更好的生活。我来到外岛之后就努力帮助他们，这对世界大有裨益，你总无法否认吧。但是你那位黄发黄肤的朋友，却认为他的想法比我更好。他想过的稀奇古怪之事可多了，不过就此而言，他认为自己必须让龙族重新繁衍，除此之外，万物之中人类独大的情况，必须因为人与龙竞争而受到节制。这点他有没有告诉你？"

"他多少提过。"

"是吗？这我倒很意外。那他有没有跟你说，让龙这么大的生物重新繁衍，对世界有什么好处？龙这种生物，可是把整个世界都当作是它们的狩猎场。龙才不管人类的疆界，也不理会什么拥有权，在它们眼里，人类通常算是食物的来源，顶多也不过是可以利用的对象罢了。你告诉我，难道说，你希望你们的人变成龙所吃的牲畜吗？"

“倒不会。”她这样问，我也只能这样回答了，不过我又再度有种背叛弄臣的感觉。苍白之女慎选的遣词用字，使我心里大为动摇。

她听了我的答复之后，高兴地哈哈大笑，然后更凑近我一些：“当然不会啦，谁都不想看到那种情况。我虽是白者，但我父母可是人类。”

我挣扎了一下：“但是你促使外岛人乘着红船在我们沿岸劫掠，所到之处，不是放火烧，就是糟蹋破坏，不仅如此，我们许多人都被冶炼得失去人性，那可不是好事。”

“你认为是我煽动他们去对付你们？噢，亲爱的朋友，你想偏了，而且还偏得离谱。是我把他们拉住，控制着不让他们将你们的土地占为己有。科伯·罗贝这个人，你是见过的，你看他像是会以征服与掠夺为满足的人吗？当然不是，那么是谁制住他的？是我。既然如此，你怎能把我看作是你们的敌人？”

对于她这个问题，我实在不知该怎么回答才好。我转头望着火盆，再度感觉到精技隐约颤动，同时听到——或者说，是自认为听到——阿憨的音乐自远处传来。我告诉自己，这都是我心中的想象，我的精技天赋已经消失了。我感觉到她冰凉的指头触摸着我的脸颊，一转过头，便与她四目相对。我望着她的颈项，她的颈项洁白可人，摸上去一定很柔软。

“‘白色先知’的确是降生来改变历史的既定轨道，就此而言，你的弄臣没有骗你。我已经尽了力，我无法完全改变历史的进展，但是我已经努力过了。红船劫掠了你们的海岸，却没有占据你们的领土。”她把那件事讲得很单纯、很理所当然，我感觉到她的话像张网子般把我包住、收紧。“当年你们自己土地上的叛徒，将你们的精技书卖给科伯手下的商贩，后来科伯研读典籍，以精技来对付你们的人，而我也无力防止。但是你也不能全怪科伯，你们自己的人也有这么做的，不是吗？精技卷轴乃是他们所贩售，不是吗？他们为什么要偷卖精技卷轴？因为皇室幼子血统纯正，且想要夺权。我知道你不喜欢帝尊，但他才不把你看在眼里呢。他大概也多少认识到，你这个人本来是不太可能诞生的，因为在各种可能的未来之中，要生出你这个人的机会，实在是小之又小。他几乎是出于本能地，从一开始就想要让你消失，好让时光流入应有的轨道之中。幸亏有他这么用心。帝尊秘密地跟外岛人做买卖，倘若他没有失势，执政至今，那么双方的贸易一定比现在开放得多。果真如此，就不会打仗，而你们的人会欢迎外岛人前来贸易交流，因为这样对大家都有好处。这个情况有什么可怕的？要不是你那个弄臣朋友的奸计得逞，那一天早就来临了。我跟你老实说了吧，这样的和平与繁华胜景，非得你的人生及早结束，才可能成真，但是你摸着良心说，这样的荣景只要用你一命就能换到，这个代价难道能说是很高昂的吗？你这个人，一次又一次心甘情愿地为你家族之人献出生命，但帝尊难道不是你家族的一份子吗？他跟你一样，都是瞻远家人，不是吗？倘若当年你肯为他死一次——而且是迅速又慈悲地死去——难道就不算是光荣的牺牲吗？”

她采用了我对于世界、对于家族，与我对于六大公国的观点，加以揉捏，扭曲成古怪的形状。她一边说着，一边用精技线头将我团团缠住，以新版本的真相包围我。我挣扎了一会儿，找出了她的逻辑漏洞。“倘若我没生下来，我父亲就可以继任王位了。”

她笑了起来，声音很温柔：“噢，你这明明就是在诡辩。你自己也心知肚明，倘若你没生下来的话，你父亲就会年纪轻轻的，因为打猎时发生意外而去世，同时膝下无子。我一而再再而三地在我的幻象中见到此情此景。果真如此，那么惟真就不会结婚，而是在隔年冬天因为高烧发热而病死。你若是早夭，那么王位就会顺利地传给帝尊，这一来，他就会受到父亲宠爱与指导，并成为伟大的统治者。是的，帝尊若继任为王，那么瞻远家系就到他为止，但是到那时候，六大公国与外岛和平共处，皆十分丰饶，所以至少瞻远家系会在光辉中结束。事情真是如此，我用不着骗你。然而如今已经太迟，来不及把历史导入那个方向了。既是如此，我又何必欺骗你？”

说我没感觉到，又好像感觉到了。精技再度在我感知的边缘闪动。精技力量真是个捉摸不定的魔法，我知道精技靠不住，我早就知道精技天赋不可信，我甚至感觉到苍白之女劝我别管那些精技讯息：*别理会那些了。*“你是故意要让我心思混淆。你扭曲了真相，讲话又前后矛盾，这等于是在嘲笑我。”

她爽朗地大笑："当然啦。你的小亲亲弄臣不就是这样的吗？况且当他在你身边要弄言语，引导你以百种角度去观察世界的时候，你还乐在其中。既然如此，我也要以同样的方式来取悦你，如今你是我的人了，我必须把你夺过来。我非把你夺过来不可。我们必须一起努力，将世界推回真正的轨道。这次我靠的不是你的死亡，而是从今起所赋予你的生命。如今你已经是我的催化剂了。你比科伯·罗贝强上一千倍，我带给你的快乐，也比你那个可怜的弄臣强上一千倍。因为，我们两人可说是天造地设的一对。你我不但一为先知，一为催化剂，同时也一为男，一为女，有男女的圆满，才能转动世界。他暗暗希望能够与你成就一切，但是他不能如愿，只能垂涎地羡慕我与你结合。况且我一切完美，他望尘莫及，你以后就会知道，你这并不是在背叛他，而是对世界，以及这世界的真谛真诚以待。既然世界的真谛就是要让你尝到甜美的滋味，那么你就应该放开心胸品尝。"她说话的时候，脸颊与我贴得更近，接着她的唇便贴上了我的。她的嘴唇非常柔软，凉凉的舌头则逗弄着要我张开嘴。在她这么冰凉的一触之下，果然有一股前所未有、天旋地转的甜蜜感，在我身体内荡漾开来。我颤抖着伸出双手搭上她的肩膀，将她的嘴压在我的嘴上。

情欲破闸而出，当下那种理所当然、不可避免地进行下去的步调，将其他思绪都推到一旁。我再也不在乎她那些隐身在烛光圈之外的侍卫和侍女，我什么都不在乎了，只想要享有她那洁白完美的胴体。然而，她许给我的未来，还缺一样东西，而我的思绪就在那缺陷上打转。

"我们的孩子会很美。"她对我保证道，放开我，站了起来，"我向你保证，你一定会以我们的儿子为傲。"

我感觉得到她那句话真实无误，那几个字有如银亮的坚冰般在我血液中飞窜。她要帮我生个孩子啊，帮我生个我可以抱、可以疼的孩子。这孩子会待在我身边，谁也抢不走。她知道我心底的渴望，并许诺让我得到那一切。她在我脑海中勾勒出我长久以来最渴望的未来，并顾全我每一个需要。这一来，我如何拒绝，为何要拒绝，如何拒绝得下去？

她站在地上，将套头袍子从头上拉出来，任其掉在卧榻边的地上，接着那件连身丝袍也扔在地上。她站在我身前，任由火盆的黄光在她胴体上跳动。金黄色的火光映在她那洁白的身躯上，照出了身体与脸庞上的曲线。她的丰胸沉重，她捧起双乳，掂着重量，诱惑我前去品尝。她慢慢地在我身边坐下来，往后一靠，张开手臂与大腿，让我一览无遗。“来吧。你想要的一切，我统统都知道，我会让你一切如愿。”她再度将头倚在卧榻的靠背上，那淡而无色的眼珠看透了我，望到很远很远的地方。

她的话如此真实，使我血液奔腾飞窜。我站了起来，摸索着解开我的袍子，以免挡了好事。她垂下眼帘，看看我能给她的东西。

然而就在此刻，我将精技墙封锁得比之前更为紧密，将她那不怀好意的影响力阻隔在外。我如同她所期待的那样扑在她身上，但是我的双手是朝她那雪白的颈项摸去，膝盖则刺入她微拱的小腹。接着我感觉到她以精技波潮袭击，同时出手反击。我清楚地知道我若想勒住她的脖子，只有一次机会，我也知道，我在霎时之间便错失了良机。

我早该想到，既然她的外型与弄臣差不多，可见得她必定跟弄臣一样，力气比常人大上许多。侍卫不必上来了，她光是下巴一压，就使我无法扼住她的脖子，接着她双手夹紧，从我双臂之间穿上来。之后她手臂伸开，这下子我连她的脖子都抓不住了。她再一推，我便往后飞了出去。当我撞上火盆，撞得火盆与盆里的热炭四散纷飞之际，她则高举双手。所有白球突然亮了起来，房里亮得恍如白昼，拿着武器的侍卫从四面八方冲上来，将我团团围住。他们必会压制住我，这是无法避免的，而我最好是投降，任由他们拿下我，才比较明智。但是我一眼瞄到弄臣的嘴巴被人塞住，像是纪念打猎成绩的动物毛皮一般，被人固定在冰墙上，我体内便兴起一股火气。自从我拿着斧头跟红船劫匪打斗以来，就以现在最为气愤。

我抓起火盆朝来袭的众人摔过去，同时手也烫伤了。我认定他们会杀掉我，因此一打起来，整个人都豁了出去。大概就是因为这个缘故，所以他们花了很大工夫才将我制伏。他们打起来比我节制得多，虽然我重伤了好几个人，但是他们对我出手倒没有那么重。我听见骨头碎裂的声音，知道其中有一个人的锁骨被我打断，也记得我把人家的耳朵咬下一块，吐在地上。但是我的记忆很模糊，片片段段——我每次杀得眼红时，总是如此。

我是怎么打输的，我倒记得清清楚楚。我俯卧在地，三个男人以膝盖压在我背上，这场挣扎终于就此结束。我嘴里有血，有些是我自己的，有些是别人的。自从与狼牵系在一起之后，我总是毫不迟疑地以牙齿作为武器。我的左臂已经不听使唤，他们把我拉起来的时候，左臂松垮垮地垂在我身侧飘荡。我知道左臂一定是脱臼了，待会儿一定痛得不得了。

我差一点就挤到弄臣脚边。我抬起头望着他。苍白之女的手下像是钉蝴蝶标本似的把他固定在冰墙上。他双臂伸开，连喉间都束着铁环，以便迫使他的头紧靠着冰墙。他嘴里的布团塞得很紧，让他的嘴角都流出了血，一滴滴落在他的衬衫上。他们一定是搜查过他的房间了，因为他们硬将木头的公鸡冠套在他头上，直顶到他的耳朵。他的眼睛睁开，我看了就知道，苍白之女为了折磨他而演出来的这场戏，他从头到尾都看在眼里，她之所以要色诱我，目的就是为了要他椎心刺骨。当我们的眼神一相遇，我就知道他晓得我从未背叛他。他的手被人架在冰墙上，我感觉到从他手上的精技指尖传来微弱的波动，至于苍白之女在我精技稍微恢复之后对我加以攻击，他也感觉到了。

“我尽力了！”我对他叫道。虽然颈箍圈着，但他还是尽可能低下头，眼睛也慢慢地闭上。众侍卫曾对他拳打脚踢，此刻血迹从他的衣服里渗出来，连汗湿的头发也血迹斑斑。他一向是最怕冷的，但如今他被人架在冰墙上，受到寒冷的折磨，动也不能动，叫也叫不出。难道，他早就预见自己会这样慢慢地冻死？难道，就是因为这个缘故，所以他才那么怕冷？

“把他们两个送到大殿上去！”苍白之女以有如冰块崩裂的声音叫道。我转头望着她。她的下唇开始肿胀，又有几撮头发从辫子里散出来，垂在脸上。没想到我对她致命一击，竟然就只有这么一点点效果。不过她的侍卫也不管我的左臂脱臼、松垂，就粗鲁地抓住我。我心里倒暗自窃喜，他们将弄臣从冰墙上拔下来，而他只能发出闷声的呜咽。

大殿似乎变得比方才更大也更亮，仿佛是因为走在我们身前的女子怒气腾腾之故。我们在走廊上碰上了几个人，但是一见到大步走过走廊的苍白之女，每个人都缩身或是躲到一边。我努力要记住我们左转或右转、经过什么景物。我告诉自己，如果弄臣与我能够脱逃，我们非得知道该从哪个方向逃出去才行。但这实在是徒劳无功，因为我既记不得那些曲折的路线，也无法鼓舞自己，我们真的有可能会逃得出去。结束了，我们已经完了，一切到此为止。弄臣就要死了，我会跟他死在一起，他的努力将会付诸流水。"帝尊第一次看到我，就跟惟真建议，我这样的人不该留。如果我现在死了，不也就跟当年死掉了一样吗？"

我不知道自己把这段话讲得那么大声，其中一名侍卫听了推我一把，同时命令道："闭上你的狗嘴。"

我们不断地往前走。我难以集中心神，更难以克服恐惧，但我还是努力降下原本竖立起来抵挡精技攻势的精技墙，使出浑身解数对晋责技传，以便警告他小心苍白之女的陷阱，并叫他前来搭救。不过我这个举动，就像是一个人为了找出自己忘了放在哪里的钱包，而在衣服里四处乱拍一样。我的精技已然消失，无法使用。施展精技是我最后一招，可是现在连最后一招也派不上用场了。

我们进入大殿时，苍白之女已经坐在王座上。墙壁边站着一排犯人，侍卫拖着我们走过去时，他们冷冷地望着我们。侍卫将我们拖到苍白之女身前站定，接着强迫我们跪下来。一时间，她俯瞰着我们，一句话也不说，之后她扬起下巴，朝弄臣点了一下。"这个就喂给龙吃了，席尔多的位子就让给他吧。另外那个，就让他好好看着。"

"不！"我高声叫道。有人一拳打在我的耳朵上，使我匍伏在地。他们架着弄臣走上前去的时候，他却一声不吭。等到他们走到其中一名人犯面前时，侍卫理所当然地抽出长剑，往那可怜人的腹中刺下去。那人并没有立刻就死，却也没有挣扎或叫痛。据我猜测，这大概是因为他的心灵多半都已经被龙吞噬了，剩下来的还不够为自己的身体即将死亡而感到悲痛。他无力地软倒，压在石龙身侧，慢慢往下溜。一时间，他鲜红的血液在石龙表面晕散开来，接着血液仿佛渗入沙地里，一下子被石龙吸收得干干净净，那附近的龙鳞因此显得格外清楚分明。

两名侍卫迅速地走上前，解开那个不幸家伙的脚镣手铐，同时小心翼翼地不要与石龙接触到。其中一名侍卫朝他们的王后望了一眼，在她点头示意下，像在肢解盘中的烤鸡一样利落地，将那人犯的一边手臂从肩膀处卸下来。他看也不看，便把那条手臂往科伯·罗贝的方向丢过去。我亲眼目睹了那个景象，之后恨不得自己不曾看过。那狂人国王挣扎着把铁链拉得又直又紧，然后抓起了那条兀自滚动、鲜血淋淋的手臂，像狗啃鲜肉一般饥饿得张口大嚼起来。他吃得"啧啧"有声。我感觉恶心至极，不禁将头撇向一边。

更糟糕的情景还在后面。站在我左右的那两名侍卫将我抓得更紧，又有一人从我身后走上来，紧紧抓住我的战士马尾。侍卫架着弄臣走上前。他并未挣扎，脸色苍白得像是大量流血至死之人，似乎他只知道死期将近，却再也无法感受到恐怖或痛苦。他们将他上了脚镣手铐，锁在石龙身边，他若是伸直手肘与膝盖，尚可避免与饥渴的石龙接触，但是那种姿势本身就是一种折磨，任谁用那种姿势都不可能撑久。他必定会疲累，这只是早晚的问题而已，而当他疲累之时，他一定会贴在石龙上，任由石龙吞噬他的心灵。

眼看着弄臣就要缓慢地被冶炼至死了。

"不！"一思及此，我不禁喃喃地说道，然后我大声地对苍白之女叫道："不！"我不管头发扯得有多痛，照样用力扭过头望着她。"你要我做什么都可以！"我对她乞求道，"只要你肯放他走，要我做什么都可以！"

她往椅背的毛皮上一靠："你这人真是无趣，未免太容易投降了，蜚滋骏骑·瞻远。我都还没让你开开眼界呢，你就急着要示弱。但是，我还是照样要享受这个乐趣的。德莱特！把那家伙介绍给我的龙认识一下。"

那个名叫德莱特的侍卫拔出长剑，踏上前去，他将剑尖刺在弄臣的腰部，逼使他贴靠在石龙上，我只能徒劳无功地扭动，沙哑地大叫："不！"

德莱特以剑刺入弄臣后腰，只停留了片刻。弄臣并未尖叫，也许是因为那一下并未使他的身体感到痛苦吧。但是德莱特才将剑抽回来，我的好友便有如怕被火烫到而缩手那样，缩身后退，以免碰触到石龙。他没叫出声，却颤抖着绷紧链条，奈何他的链条实在太短，石龙痛饮着他的情绪与记忆，于是一时间，表面映出了弄臣的身影，他的身影随后便没入石龙之中。

我心里纳闷，弄臣在石龙的短暂一吻中失去了什么？是他孩时度夏的某一天，还是他望着黠谋国王与切德坐在老国王卧室的火炉前促膝谈天的某一刻？石龙是不是吞噬掉弄臣与我共度的时光，使得当时的记忆永远消逝？果真如此，那么他虽还知道过去发生过什么事，但是冶炼之后，他可能就再也不觉得那些事情有什么重要了。或许他尚未死去，但我们之间的情谊，以及我们两人所代表的一切意义，会慢慢地从他心中抹去。这一来，他恐怕只能孤独地死去，连在死时求点友谊的慰藉都不可得。我抬起眼睛望着苍白之女。我想，当石龙吞噬掉弄臣的记忆时，她是颇以我的痛苦为乐的。

“你到底要我怎么样？”我问道，“你开条件吧。”

她平静地说道：“很简单，我只要你走最容易的路，扮演你在未来最可能会扮演的角色。这你一定做得到的，蜚滋骏骑。我预见到的未来虽多，但是几乎在每一个未来之中，你都屈从于我的要求。你只要好好遵从你们王子、切德，与贵主的命令，我的意思跟他们三人是一样的，你只要把冰华的头斩下来就行了。你想想看，你若是能做到这点，那会有多少好处。不但切德高兴，你们王后还可以与外岛结为联盟，到时候，他们一定视你为大英雄。此外，此举还能顾全晋责与贵主之间逐渐萌生的爱情。所以，别说是我给你开条件了，就连你这许多朋友，也期望你杀了冰华，这一点都不难。”

“别杀冰华。”弄臣低声惨叫道。

苍白之女像被没规矩的小孩子打了岔，感到很无奈地叹了口气：“德莱特，他还想再度与石龙一吻呢，你帮帮他吧。”

德莱特闻言，再度慢慢抽出剑，我连忙大叫道：“求你别这样！”我挣脱了侍卫的束缚，对苍白之女鞠了个躬，以表示服顺，“求你别这样！我一定杀了冰华，我一定杀了冰华。”

“你当然会杀冰华。”她甜蜜地答道。此时德莱特的剑尖又再刺入弄臣的后背。

虽然鲜血浸湿了他的衬衫，但是他仍勉强维持住。“蜚滋！她把贵主的母亲和妹妹囚禁在这里，那是我们亲眼见到的。她们两人都已经被冶炼过了！艾莉安娜和皮奥崔之所以屈从，求的是要让她们二人能够顺利一死！”但是剑伤实在严重，所以弄臣再也熬不住，他无言地惨叫一声，软倒在石龙身上。他四肢痉挛，那侍卫的剑刃硬押着他贴住石龙，时间仿佛就此冻结。我恨不得以双手遮目，只是我两手都被侍卫制住，于是我紧闭双眼，因为这一幕实在惨不忍睹。他的叫声终于停歇。我睁开眼睛，只见石龙体表上，已经照着我好友的模样，漾开了银色的身形。弄臣之所以为弄臣，就是因为他的经历与别人不同，因此他对于历历往事的记忆，比血液还珍贵。然而那没有灵魂的石头却吸走了他的记忆。弄臣绷得很紧，硬昂起下巴站着，以免与石龙接触。我一听到他吸了一口气，心里便不住地祈祷他千万别再开口，但他还是发话了：“她要折磨我的手法可多了！她已经摆出阵仗让我瞧过。你是救不了我的，蜚滋，你可别让我白白受罪。你别听她——”

“再来一次。”苍白之女说道。对于弄臣的执拗，她的反应是既觉得无聊，又觉得好玩。德莱特再度踏上前，再度无情地将剑尖刺入弄臣背后。弄臣尖叫，我低下头。我真恨不得自己现在就死去。现在就死，也好过听到遭受煎熬的惨叫。人一旦听到那种声音，会无情地安慰自己：“幸亏那不是我。”如果我现在就死，就不会动这种非人的念头了。

弄臣的惨叫声消逝之后，我还是没有抬起头来看。那种景况，我实在是不忍卒睹。我不会再对苍白之女或弄臣多说什么，以免引起弄臣忍不住反驳，又要多受折磨。我盯着自己的汗水从脸上落到冰地上，随后就消失不见。此刻，弄臣大概渐渐没入石龙中了吧？我试着对他技传：小亲亲。我想由此将我的力量传一点给他，然而我试了也是没用，我的精技本来就时强时弱，再加上精灵树皮的毒害，更是雪上加霜。

“我总算说服了你。”苍白之女甜甜地说道，“不过我还是要把话讲清楚。你现在就必须选择，看看你是要取了冰华的命，还是要取你小亲亲的命。我会放你走，让你用你的办法杀死冰华，只要你肯替我好好办事，我就会把你的好朋友还给你——虽说到时候他可能所剩无几了。总之，你越快完成，就越可抢在你的好友还残存得多一些时，就将他领回去。要是你拖拖拉拉，那么他说不定会被冶炼到底——麻烦的是，冶炼到底也就罢了，人却还没死。这样你懂了吗，小杀手国王，蜚滋骏骑·瞻远？”

我点点头，不曾抬眼望着苍白之女，为了这一点，我的肋骨上结实地吃了一拳头。于是我勉强抬起头，轻声说道：“我懂，我懂。”我实在很怕看到弄臣。

“好极了。”她的声音中洋溢着满意的情绪，她抬起头，望着这座玻璃大殿的天花板，露出笑容，朗声说道，“好啦，冰华，它懂啦，你就等着受死吧。”

她低下头，望着挟持住我的侍卫。“就把他丢在北烟囱外。”她像是体会到我的困惑不解，凝视着我，和善地笑笑，“我不知道你要怎么跟你的人会合，但我知道你一定会找到他们，杀了冰华。如今在我眼前的一切都十分清楚，没有别条路可走。去吧，蜚滋骏骑，将我交代的事情办好，就可以把你的小亲亲领回去。去吧。”

他们领我离开大殿时，我并未出声向弄臣道别，我生怕他会因此而多少领悟到我就要离开，结果又落得被石龙一吻的下场。那几个侍卫架着我，迅速地穿过如迷宫般的冰廊，走上无数阶梯，最后走到岩石与冰河之间如洞口般的缝隙。两名侍卫押着我跪下，另外那人则敲开封住洞口的风雪与结霜。接着他们将我拉起来，推了出去。

22. 重 聚

黠谋国王对于骏骑王子期待甚深，但骏骑王子却令人大失所望。所以，您必能想象，这使我的好丈夫悲痛难抑。幸亏帝尊王子仍一如往常，尽其所能地对素来敬重的父亲多加劝慰。然而我因职责所在，不得不通知王夫与我们那个冲动任性的王子，由于他在乡间撒下众多野种（既然已有一个了，谁知会不会接二连三？），因此内陆公国的大公心生怀疑，唯恐骏骑无法承继其父之志，恪尽国王之职。在此情况下，他也就有自知之明地退位了。

如今这个私生子竟在公鹿堡出没，此举等于是在羞辱每一位明媒正娶进门的女人。尽管我一提再提，王夫仍不以为意。王夫坚持，只要那孩子仅限于在马厩活动，并由那位马夫看管，那么，即使他是骏骑大人行为堕落的实证，又在我们眼前招摇，也与我们无关。我一直恳求王夫要做个较为长远的处置，可惜均徒劳无功……

——摘自欲念王后写给提尔司公国牡丹夫人的信

我们从一处陡坡高处的裂缝中走出来。那几个侍卫不怀好意地大笑，我还在不明就里之中，就凌空飞过寒冷的夜空，落在冰冷的雪地上，撞破了雪地上的冰壳，好不容易才能站起来。四下一片黑暗，我踏出一步，一踩空，站稳了，然后又再度跌倒、滑开。我身上只有苍白之女给我的那件羊毛袍，脚下是毡毛鞋，这样的装束根本无法抵挡寒意。细雪沾在我身上，打在我冒汗的脸上，一下子就融化了。我的手臂沉重，不听使唤。乌云笼罩着夜空，寒风如常地袭来。四下张望，也看不出刚才是从何处出来。我心里明白，风这么大，不管什么行迹，一下子就会被吹掉了。

如果我现在不回苍白之女的领地，往后就别想找到路回去了。

然而，就算现在我回得去，又能讨到什么好处？我的左臂派不上用场，况且我什么武器都没有。

可是石龙正在慢慢吞噬弄臣。

我站了起来，蹒跚地爬上山坡，想要找出刚才滑下山坡的痕迹。坡越来越陡，感觉上，我好像毫无进展，只是在原地踏步，而且越来越冷。为了爬高，我换了个方向走。羊毛袍因为沾着雪而沉重，根本保护不了我赤裸的双腿。我脚下踩了个空，连忙把脱臼的手臂抓在身前，接着就跌倒，骨碌地滚下山坡。一时间，我躺在雪地上大喘不止，等我挣扎着要站起来时，竟看到下面的山谷中有个微弱的黄光。

我站起来并仔细打量那黄光。那黄光摇摇摆摆，像是人在走路的韵律。那必是有人提着灯笼走路。那可能是苍白之女的手下，不过就算是又能对我如何？何况那说不定是我们营地的人，又或者是陌生人。

风声很大，我拉开嗓门高声大叫。灯笼停了下来。我又叫了一次，然后再叫一次。那灯笼突然动了，而且是朝我而来。我低声祷告，祈求诸神保佑我，接着开始蹒跚地滑下山坡。我每踩一步，就滑三步，不久我便开始奔跑，以免在雪地上跌个狗吃屎。山坡底下的灯笼停着不动，但在我接近到快要能看出那人的身形时，灯笼又摇摇摆摆地走开，离我越来越远。我尖声大叫，他却毫不停留。我痛哭起来，我实在走不动了，可是我非走不可。我的牙齿在打颤，冷风一吹，侍卫殴打的瘀伤便僵硬不已，让我全身上下都痛了起来。我蹒跚地跟上去，又再叫了两声，灯笼还是不停。我努力要赶上去，却怎么也赶不上。走了一阵子，那人终于稍微慢下来，在那之后，我就顺着他留在雪地上的断续足迹而行，发现这样会好走些。

我不知道自己走了多久。夜黑、天寒、风大，加上肩伤，我只觉得这趟路怎么也走不完。我的脚麻木不已，很痛，小腿被寒风冻得快要掉一层皮。我跟着那人走过一大片山壁，再沿着山线而行，又循着山沟下山，走入积着厚雪的山谷里，之后又慢慢爬上另外一大片山壁。我的双腿已经失去感觉，那双薄薄的毡毛鞋是不是还在脚上，我也不知道。羊毛袍沾了雪，积了霜，我走路的时候，袍子下摆不断地打在我小腿上。我踏出每一步，都想着弄臣此时仍脚镣手铐地锁在石龙身边，疲惫地屈身躲避，因为一与石龙相碰，他的人性可能会就此泯灭。

然后，奇迹发生了：那摇摇晃晃的灯笼停了下来。我正跟着他的足迹缓缓登上一道缓坡，不管这位好向导是谁，此时他就站定在山脊上。我再度以沙哑的声音大叫，加紧赶了上去。我凑近之后，因为山脊上风大而低下头避风，等我抬起头时，提着灯笼等我的人就在眼前，我因此看得一清二楚。

那人就是黑者。

我心里一下子爆出了莫名的恐惧，但我都跟着他走这么远了，现在除了跟上去之外，还能怎么办？我又走近几步，直到我可以在他举起灯笼时，看到他那黑色兜帽下的锐利五官。黑者把灯笼放在脚边，开始等待。我抓紧左臂，不屈不挠地蹒跚上山。灯光越来越亮，我却看不见黑者的身影。走近之后才发现，由于山脊上甚少积雪，所以有些岩石露头，而这灯笼就是放在这样的山岩上。

黑者已经走了。

我尽量轻柔地放下脱臼的左臂，垂在身侧。手臂的重量挂在肩膀上之后，我痛得几乎尖叫出声，但是我咬紧牙关，不当它一回事。我提起灯笼，举高，大叫一声。黑者依然不见踪影，只见满地吹散的积雪。我沿着黑者的足迹前进，他的足迹通到一处积雪被风吹开的大岩石，之后就消失了。这大岩石再下去不远有个山谷，山谷里看得出有几个蒙蒙亮的帐篷，那正是我们的营地。我马上便将跟黑者有关的念头抛到脑后。营地里有朋友，有温暖，说不定还能帮忙营救弄臣。我蹒跚地朝帐篷走去，嘴里叫着切德的名字，才叫了两声，长芯便如雷大吼，叫我立刻停住。

“我是蜚滋啊。不，我是说，我是汤姆啊，是我啊！”我虽这么说，但我猜他可能一个字都听不出来。之前为了要盖过风声而大声喊叫，早就把嗓子叫哑了。接着其他人陆续从帐篷里出来，点了火，高举灯笼，使我一下子宽慰许多。我蹒跚地从山坡上半走半滑下去，他们则散成扇形来面对我。我先认出切德的身形，随后又认出王子，但在众人之中，却没有看到身材矮胖的阿憨。我心头一沉。等我终于来到话声可及之处时，虽喘着，但我仍连忙问道：“我是汤姆啊，让我回去，我好冷。阿憨呢，你们找到他了没有？”

这时有个肩膀宽阔的男人走了上来，甚至超过了长芯。长芯虽试图阻挡，却挡不住他。他跑了三大步来到我面前，我在他张开手臂紧紧将我抱住之前，难以置信地吸了一大口气，闻到了他的气味。虽然肩膀很痛，但是我毫不挣扎，任由他抱着。我将头靠在他的肩上，让他撑着我的重量。这似乎是我多年来最有安全感的一刻，一时间，我只觉得似乎一切都会好起来，一切都可以平复。“兽群之心”既然在这里，我们就一定会平安顺利，毋庸顾虑。

我靠在博瑞屈肩上，听到他愤怒地对切德说道：“你瞧瞧他这样子！我早就知道不该把他托付给你们。你们根本就靠不住！”

在这一场混乱之中，我兀自以两条冷冰冰的腿站着，不理会周遭众人在吼些什么。博瑞屈在我耳边说道：“好啦，年轻人，我来带你们回家啰。你跟迅风都要回家了。你多年前就该要回家，你怎么那么久不回来呢？你在想什么啊？”

“我得杀了冰华。”我对他说道，“而且要赶快下手。只要我杀了冰华，那女人就会留弄臣一条性命。我非得砍下来冰华的头不可，真的，博瑞屈。”

“只要你有这个心，一定会办到。”他劝慰道，“不过总不是现在吧。”他对迅风吩咐道：“还瞪什么？还不快去拿几件干衣服，再弄些吃的和热茶来。快去！”

博瑞屈一向令人信任，此时有他照顾，我更是感激不尽。他带我穿过目瞪口呆的人群，一路往王子的帐篷走去。一进帐篷，便看到阿憨睡眼惺忪地坐在床垫上，使我放心不少。他看来一切都好，就是有些疲倦，甚至还因为看到我而感到高兴。但后来发现我回来后，今晚他得挪到其他帐篷去睡，他就恼了。尽管气嘟嘟，他还是跟着长芯离开。弄臣与我一陷入冰缝之中，阿憨便立刻对切德和王子技传，报告此事，切德也马上派长芯与扇贝去把他带回来。阿憨坐在雪橇上，靠着精技接触度过了难受的寒夜。隔天长芯与扇贝找到他时，只见冰缝里有积雪陷落，但是黄金大人与我已经不见踪影。

我在切德的床垫上坐下来，人又冷又倦。博瑞屈一边跟我讲话，一边在火盆里生了个小小的火。他那低沉的嗓音及讲话的韵律总让人觉得安心，那是我自小就很熟悉的。好一段时间，我光是听着他的声音，但没注意听他在说什么。过了好一会儿，我才恍悟原来他在向我禀报历来的经过，就仿佛我小时候向他禀报大小事情的情况那般。他一下定决心要把迅风与我带回家之后，便立刻赶来，而且他感到非常非常地抱歉，因为他过了这么久才找到我们。王后亲自帮他雇了船到艾斯雷弗嘉岛，但是全船的船员无人肯踏上这里的土地。抵达岛上之后，博瑞屈劝说留守的那两个侍卫带他来找我们，但由于职责所系，他们都不愿离开驻扎的营地以及他们所看守的那一批补给。既然如此，博瑞屈只得独自动身，循着皮奥崔留下来的旗标前行。当他走到阿憨与雪橇那里之时，扇贝与长芯也碰巧赶到，当时幸亏扇贝与长芯大声警告，否则博瑞屈差一点便栽入弄臣与我陷入的冰缝里。他绕了一段路，找到了个稳固的所在，然后越过裂缝，随着扇贝与长芯来到营地，并传达汤姆·獾毛与黄金大人已双双失踪的坏消息。切德立刻把博瑞屈带到王子帐篷里以便避人耳目，再悄悄地跟他说，“汤姆·獾毛”与“黄金大人”就是如今我与弄臣对外自称的名号。说来悲哀，博瑞屈花了那么大工夫来到艾斯雷弗嘉岛，结果没找到我的人，反而二度得知我的死讯。他以压抑的语气将此事转述给我听，仿佛他自己听到这个消息时的痛苦，只是个无关紧要的小事而已。“幸亏这次又是他们弄错了。”他一边说着，一边搓揉我的双手与双脚。我的手脚开始恢复知觉，顿时刺痛起来。

“谢谢你。”我对他说道。我的手又可以活动了。我想跟博瑞屈讲的话实在太多，但是众人在场，不宜多说，所以我转过头去望着切德，问了个最紧急迫切的问题：“屠龙的时机，想必已经很近了吧？”

切德挨着我身边，在他自己的床上坐下来。“是比你失踪时还近一点没错，但仍旧遥遥无期。”他苦涩地说道，“你一离开之后，我们就分成两派，而现在情况更糟。我们这里出了叛徒，蜚滋，居然是个深得我们信任的人造反，真是想不到啊。罗网已经派他的海鸥飞去缤城送信了，他在信上把这里的状况都告诉了缤城商人，并请他们速派婷黛莉雅前来此地，以免我们杀死冰华。”

我转过头，以难以置信的目光盯着晋责：“你怎么任由他胡搞呢？”

晋责坐在他自己的床末端。他望着我们，黑眼睛显得特别大。王子的脸上出现几条新的皱纹，眼睛凹陷，好像近几天来曾经痛哭过似的。看到这情况，我都不忍心继续望着他了。

“他擅自就做了，并没问我准不准。”他痛苦地说道，“他说，既是对的事情就要去做，用不着等人家许可。”他叹了一口气，“老实说，你失踪的这几天状况还真多。我们继续挖洞，越挖越深，最后终于看到洞底有个庞大的黝黑身体。既然已经挖到龙身边了，我们便从地洞底的侧壁挖了条地道，顺着龙身，一路通到龙头那里。地道狭窄，连转身都困难，实在难挖。但是挖一条地道，总比把整个大坑挖深来得容易多了，如今地道已经挖到大概是龙颈接着龙头之处。不过我们离黑龙越近，原智小组就越来越反对我们屠龙。他们说，冰华不是我们要杀就可以杀的，因为它不但还活着，且颇有灵性，虽说谁都无法持续地知觉到它。现在原血者虽仍每日帮助我们挖掘，但恐怕我一动手要杀死冰华，他们就会立刻跟首领团派来的人同一阵线。”他移开目光，不再看我，似乎是因为遭圈内人背叛而感到羞愧，“今天晚上，就在你回营地的前一刻，罗网才向我坦承他已经派风险去缤城了。气氛十分紧张。”晋责低声说道。

我本希望能迅速了结黑龙，这下子看来是难了。要不是从小受到严格的纪律训练，否则我断是无法克制自己能仔细且明白地禀报我碰上的不幸。我讲起我丢下诏谕与谜语径自离去时，虽是情非得已，却仍感到十分羞愧；我提起弄臣的下场，以及弄臣讲到，贵主是为了要求让母亲与妹妹顺利一死，而受制于苍白之女。坐着的晋责听了之后，摇摇晃晃的："总算真相大白了，只是为时已晚。"

我晓得他这话不假，心里开始蒙上一层阴影。就算我知道回去的路，就算我能够说服他们发动营地里所有的人，攻进苍白之女的要塞，我们的人数也太少了，实在没有胜算。苍白之女一定三两下就能冶炼弄臣，况且她恨不得早点对他下手。我也不能期望能迅速杀死冰华，以便为弄臣买通一条活路。我们虽然挖开了冰，却还得摆脱首领团的人，以及我们自己的原血者的纠缠，说不定还得想办法避开婷黛莉雅的攻击。

苍白之女虽向我保证弄臣不会马上就死，但是一看她的态度，就知道她绝不会放过弄臣。她就算不取他的性命，也会冶炼。对我而言，若是弄臣被冶炼了，那么问题就变成我该如何了结他的性命。我真不敢想象那是什么情况。

"如果我们今晚偷偷潜入坑底，能否不动声色就杀了冰华？"这是我唯一想得到的打算。

"不可能。"王子答道。他的脸色灰暗，声音干涩，"我们跟冰华之间还隔着厚厚一层冰，势必得挖上好几天才能碰到它的血肉。若是等上几天，恐怕婷黛莉雅早到了。"说到这里，晋责闭上眼睛，过了半晌才睁眼说道，"这个屠龙的远征已经失败了。我是看走了眼，信错了人。"

我转头望着切德："我们还有多少时间？我们还有多少时间可以抢救弄臣？"

切德摇了摇头："海鸥飞得有多快？缤城商人收到罗网的信之后，会不会迅速反应？龙又飞得有多快呢？这些事情，谁也无法确知。不过，我认为王子说得没错。我们已经失败了。"

我咬紧牙关："隔着厚冰又如何？除了挖开之外，还有别的办法呀。"我说道，意味深远地望着切德。那老人的眼睛一下子亮了起来，但是他还来不及回答，迅风便在帐篷外叫道：

"大人！我已经把汤姆·獾毛的背包拿来了，食物待会就送上来。我可以进来吗？"

晋责对博瑞屈点点头，博瑞屈掀开门片，示意儿子进来。

那孩子进来之后，僵硬地对王子行了个正式的鞠躬礼，而对于他父亲与我，则是根本连看也不看一眼。这孩子因为王子与原智小组之间决裂甚深而无所适从，我看了也难过。博瑞屈吩咐了一声，迅风便打开我的背包，搜找出一些干爽的衣物。那孩子跟父亲颇有隔阂，不过博瑞屈吩咐的，他还是会照做。博瑞屈注意到我在观察他们父子，所以那孩子一走，他就低声说道："我虽找到这里来了，但迅风见到我倒不怎么高兴。这孩子实在该绑起来用鞭子抽一顿，现在我先让他欠着，不过我已经数落过他好几次了，他听了也不敢怎么回嘴，因为他知道自己理亏。好啦，把你那件湿袍子脱下来吧。"

我挣扎着穿上裤子，此时博瑞屈突然往后一靠，以他那蒙着白翳的眼睛望着我。"你是怎么啦？你那条手臂是怎么啦？"

"脱臼了。"我哽咽着说道。看到博瑞屈的眼睛，我不禁喉咙一紧。看那情况，恐怕如今他已经快要失明了。他的双眼几乎都被白翳蒙住，那么，他是如何横越雪地，找上我们的呢？

他闭上眼睛，摇了摇头。接着他简短地吩咐道："到这里来。"他要我用特别的角度，在他脚边的地上坐下来。他伸手在我左肩上摸摸按按，虽痛，却令我感到安心。博瑞屈很有一套，我知道痛是免不了的，但是他必会把我治好。我自小就知道，若有他照料，我就可以安心了，就像当年盖伦把我打个半死，他也照样把我救了回来。

此时帐篷外传来罗网的声音："我们送吃的来了。可以进来吗？"

王子的嘴抿成一线，草率地点了个头，于是博瑞屈再度拉开帐篷的门片。罗网一进来便对我招呼道："汤姆·獾毛，大难不死，可喜可贺啊。"我生怕自己一开口便无法抑制情绪，所以只是严肃地点了点头。罗网与我四目相对，接受了我的好意招呼。王子全身紧绷，悲愤之情溢于言表，同时撇过头，不愿看到罗网。切德则怒视着他，但他的表情一如以往，和蔼且平静。

罗网端来一只小锅，我本以为是鱼汤什么的，锅里却冒出牛肉的香味。迅风端着一壶茶跟着罗网走进来。他们两人挤进帐篷，将食物放在我伸手可及之处。

博瑞屈当作他们两人不在场似的继续检查我的肩膀。他不理会罗网，但那原智师傅倒是兴味浓厚地观察博瑞屈的举动。博瑞屈开口了，他对王子说道："晋责王子，如果您愿意，倒是能帮我不少忙。待会儿我把他的关节拉正的时候，必须要有个人牢牢地抱住他的胸口才行。如果您能坐到这里来，伸出双臂紧紧地抱住他的话……再高一点。像这样。"

王子依言坐到我身后。博瑞屈一边调整王子抱住我的位置，一边对我叮咛道："待会儿我会用力一拉，但是我拉的时候你不要看我，要直视前方，同时要尽量放轻松才行。你若是因为怕痛而整个人缩紧起来，我就得再拉一次，到时候我会拉得更用力。好，你坐稳了。大人，您可要抱紧他。好啦，年轻人，你相信我，一下子就好了。"他以令我感到心平气和的口气说道，慢慢地将我的伤臂举高。我依照他的吩咐，尽量放轻松，不去想痛感。我相信他，而他的手碰到我，使我感到安心。"轻松，放轻松……好！"

那一刻的冲击之大，使我不禁叫了出来，接着便看到博瑞屈单膝跪在我身边的地上，他那一双长茧的大手牢牢地按着我的左肩。我的左肩痛得要命，不过痛归痛，我终于知道自己的手臂归了位。我顿时感到大为轻松，无力地靠在他身上。我虽喘着气，却仍注意到他那条跛腿几乎是直挺挺地伸开。博瑞屈几近全盲，又只有一腿管用，却仍不辞辛劳地到这里来，想起来便令人心酸。

他拥抱着我，低声在我耳边说道："你都这么大的人了，但是你一受伤，看在我眼里，只觉得你跟当年八岁时差不多。我看了，心里则不禁想道：我跟他父亲许诺说要好好照顾这孩子的。我已经承诺了此事。"

"你的确把我照顾得很好。"我劝慰道，"你言而有信。"

罗网以低沉的声音说道："真是惊人。我本以为这种原血魔法已经失传了。我年轻的时候，几次见过耆老以这种手法医治受伤的动物，但后来老班德利在红船之战时死了，这技术便就此绝迹。把这原血技术用得这么出神入化，而且还是用在人身上，是我第一次见到。这是谁教你的？这么多年来，你都待在哪里？"

“我才不用什么野兽魔法呢。”博瑞屈特别强调道。

“随便你讲得多难听都无所谓。”罗网固执地答道，“这种事情是假不了的，我一看就知道。你的技巧炉火纯青，其他人望尘莫及。这是谁教你的？你怎么没有传承这一身本事呢？”

“什么教不教的，没有人教我。你出去，还有，离迅风远一点。”博瑞屈的话里有威胁之意，甚至还带有一丝恐惧。

罗网仍然很镇定：“那么，我就出去了，因为我看蜚滋需要休息，而你们两人可能想要私下聊聊。不过，我不会让你儿子蒙昧无知地度过一生。他继承了你的原智天赋，你早该亲自把你的本事传授给他。”

“我父亲有原智？”迅风惊讶得几乎说不出话来。

“这一来，这一切就说得通了。”罗网平静地说道。他倾身向前，注视着博瑞屈。“原智大师，同时又是马厩总管。跟你说话的动物一定不少吧？狗和马是少不了的，还有什么动物？你是从哪里来的？你为什么要隐匿自己的天赋？”

“你出去！”博瑞屈极为愤怒。

“你怎么做得出来？”迅风突然热泪盈眶，义愤填膺地问道，“我这天赋明明是你传给我的，你自己也有此天赋，怎么还故意令我因此而羞愧不已？我永远都不会原谅你！”

“我才不需要你原谅。”博瑞屈针锋相对地说道，“你只要遵从我的命令就行了，而且有必要我就会下令。现在你们两个都给我出去。我还有事要做，但你们两个在这里老是挡路。”

那少年随便把茶壶一放，便气愤地大步跑出去。我听到他边跑边哭。

罗网小心地放下那锅汤，慢慢起身。“我要走了。现在还不到你我相谈的时候，但是我们总要找个时间谈谈的，而且你非得听我讲不可。就算我们得先打上一架才能相谈，我也一定奉陪。”接着他转头对我说道，“晚安，蜚滋。很高兴你大难不死，可惜黄金大人没能跟你一同归来。”

“你知道他的身份？”这几个字出自于博瑞屈之口。

“没错，我知道他的身份，我就是从他而联想到你的身份。此外我还知道，蜚滋早就死过一次，是你硬以原智将他救了回来。这点想必你自己也清楚得很。”他说完这几句话，便踏出帐篷外，回手将门片放下来。

博瑞屈瞪着罗网的背影，眨了眨他那蒙着白翳的眼睛。“我儿子跟那人在一起，实在太危险。”他紧张地说道，“将来他跟我难免要大打一场。”接着他将顾虑摆在一边，转过头对晋责和切德说道：“我需要一块布、一条皮带或是什么的，好把他的肩膀固定一晚，因为目前他的肩膀肿胀未消，也还撑不住手臂的重量。我们有没有什么可用的东西？”王子把苍白之女给我的那件袍子展开，博瑞屈点点头，于是王子便从袍子下摆割出一条布条。

博瑞屈先跟王子道谢，再向我叮嘱：“我来固定你的左臂，你趁现在用右手喝汤。吃点热食，身子就会暖起来，只要别动得太厉害就是了。”

晋责裁了布条，交给博瑞屈之后，便开始帮我舀汤倒茶，仿佛他是我的侍僮。他一边弄吃的，一边讲话，不过依我看来，他这话倒不是特别讲给谁听的。“我能做的都已经做了，接下来该怎么办？我绞尽脑汁也想不出个主意来。”他说完之后，众人皆沉默不语。我开始吃喝，博瑞屈则帮我固定手臂。他弄好之后，又在床垫上坐下来，并将他那条跛腿以古怪的角度伸直在身前。切德的脸色很差，看起来好像一下子老了十岁，他刚才一定是在考虑王子说的话，因为此时他说道：“王子殿下，其实你还有几条路可走。我们可以干脆明天就离开此地。光想到我们可以就此把那些口是心非和图谋不轨的人丢下来，我就恨不得马上就走，但若我们就此离去，对他们而言其实不痛不痒，我们等于到头来一切都落空了。另外还有一个办法，就是我们从现在开始配合罗网的计划，尽可能将冰华解救出来，把我们之前想跟外岛结盟的期待丢开。既然这事不成功，那么我们倒不如努力争取婷黛莉雅与缤城商人的好感。”

“这一来，不就等于遗弃弄臣了吗？”我低声说道。

“不只弄臣，连谜语和诏谕、艾莉安娜的母亲与妹妹也都弃之于不顾，除此之外，也把我自己说出口的承诺丢开了。我当着诸大公和外岛特使的面，承诺必取下冰华的头，如今却要食言了。”他交握双臂抱胸，一副病恹恹的样子，

“现在就言而无信，等我登基之后，还不知道会出什么窘况呢。”

“遗弃弄臣，乃是无可奈何之事。”切德说道。虽然他的口气非常和缓，这几个字仍刺痛了我的心。“至于遗弃艾莉安娜的亲戚，与丢开你说出口的承诺，倒都是情有可原，因为他们原本就是用假话来骗取你的承诺。人们的流言蜚语，主要看你如何交代过往事迹而定，不管什么事情，都不出这个道理。”

晋责强忍着激动的情绪说道：“骗？骗又如何？换作是我们处在艾莉安娜的情境中，难道我们就有别的路可走吗？那可是她的母亲和小妹妹呀。怪不得她的眼神如此悲哀。在独角鲸母屋里举行的订婚仪式之所以会那么古怪，而她的母亲从头到尾都没有出面协商婚约事宜，都是因为这个缘故啊。我原本以为冶炼这种残忍的做法早就尘封于历史之中，谁料如今冶炼竟还能伸出魔爪，干涉我的人生。”

“事实的确是如此。况且由此观之，皮奥崔与贵主的行径也就说得通了。”切德补了一句。

我把所有的三思与谨慎都抛在脑后。对我而言，弄臣的性命危在旦夕，现在可没空乖乖坐着听切德巨细无遗地把所有选择的取舍优劣都讲过一遍。“我们今晚就动手，就晋责与我二人，我们秘密行动。切德已经调出一种会爆炸、具有雷电之威的药粉，我们就用这东西杀了冰华，然后再想办法把我们的人从苍白之女手中弄出来。我们的人若是安全了，或者是死了。”我冷冷地动了这个念头。“我再想个办法回去，杀掉苍白之女。”

切德与王子怔怔地望着我。最后切德慢慢地点了个头，王子则露出仿佛不知道我是谁的表情。

“你想一想啊！”博瑞屈突然对我吼道，“把事情想个透彻，不能想当然。依我看，这里面说不通的地方太多了。不管苍白之女以什么来威胁你，你总该先把这些事的脉络理个清楚，不能盲目地顺应她的心意。她大可干脆自己杀了冰华，为什么要找你？她既要你屠龙，便理应把你带到黑龙身边，直接下手才是，为什么在命令你屠龙之后，反倒把你丢了出去？”接着他喃喃自语道：“我最痛恨这些了。我向来最讨厌的，就是思索这些阴谋诡计的事情。”他视而不见地望着帐篷里的暗处，“算尽机关，轻巧地将权力与野心纳为己用，一层又一层的秘密。我这辈子所认识的人之中，就只有你父亲还称得上是个人物，然而他就是被这些尔虞我诈的事情害死的。不只你父亲，就连他父亲也是为此而死。还有惟真，我有幸曾为他效力，最后他也被这些事情害死了。难道说，必得等你这一代的人也被这些害死，必得你们整个家系的命脉都断了，你们才肯撒手？”他转过头来，像是现在才突然看到王子人在此地。“做个了结吧，大人。我求求您。虽说就此了结，就无法顾全弄臣的性命，也无法顾全您的婚约，但您还是趁此撒手吧。毕竟，您所付出的代价早就已经过高，就此清算了结也就罢了。如今您再怎么努力，也不过为贵主的家人求个一死而已。您还是趁现在离开，丢开这一切，搭船回家，娶个讲道理的妻子，生几个胖小子才是。这杯苦酒既然是外岛人所酿，那就留给外岛人独饮吧。求求您，王子殿下，您是我此生最要好的朋友的血亲啊。丢开这一切，我们一起回家吧。”

博瑞屈这番话拨动了我们所有人的心弦，王子更是大为震撼。此时，晋责望着博瑞屈，我从他的表情，看出他心里闪过了千百种心思。难道，那个年轻人从头到尾都没想到他可以走这一步吗？晋责逐一望过帐篷里的每一个人，之后他站了起来。他脸上的表情变了。我从没看过这种事情，我从未想过，就这么片刻的时光，便足以让男孩蜕变为成熟的男人，但如今我可长了见识。晋责走到帐篷的门边，叫道：“长芯！”

长芯将头探入帐篷里。“王子殿下？”

“把黑水大人和贵主找来。我要立刻与他们一谈。”

长芯离去之后，切德低声问道：“你有什么打算？”

晋责王子并未直接回答切德的问题：“那魔法药粉，你带了多少来？够不够用？那药粉真有蜚滋说的那种神效吗？”

那老人的眼里突然放出光彩——想当年，我在切德手下担任学徒的时候，每次他眼里一放出这种光彩，我心里就知道事情不妙了。切德仍无法完全掌握那火药的效果，但是他愿意赌上一把，希望那火药能够奏效。“我带了两桶来，王子殿下，我看这份量是足够了。”

帐篷外传来脚步踩碎冰层的声音，于是众人都缄默不语。长芯掀起门片，禀报道："王子殿下，黑水大人与艾莉安娜贵主到了。"

"请他们进来。"晋责说道。他仍站着，交叉双臂抱胸，这个姿势使他看来颇有威严，但是我心底怀疑，恐怕他只是因为手发抖，怕被人看出来，所以才做此姿态。他面无表情，像是石头雕出来的人像。他们二人进来之后，晋责既不招呼，也不请他们坐下，只丢下这么一句话："我知道苍白之女拿什么来压制你们。"

艾莉安娜大喘一口气，但是皮奥崔只是轻点了个头。"你的手下归来之后，我就料到这件事可能会被你看穿。她已经派人传话给我，说她不想让这个秘密公诸于世，但如今既然你都点破了，我也就无所牵挂，可以直接求你帮帮我们了。"皮奥崔吸了一口气，慢慢地双膝跪地。我心里明白，他的自尊心这么强，若不是迫不得已，他绝不会这样低声下气地恳求别人。"求你帮助我们吧。"他低下头，等待晋责的回应。我心里想，在这之前，他大概从不曾跪下来求人。艾莉安娜脸上一下子刷白，然后又涨得通红。她踏上前去，一手搭在她舅舅的肩上，接着也双膝跪地了。她那骄傲的脸庞垂了下来，被黑发遮得一点也不得见。

我瞪着他们二人。他们用了奸计诈骗我们，我理应痛恨他们才是，但我却无法狠下心去痛恨。我心里明白，倘若有人以珂翠肯做为人质，那么切德与我必会使出各种方法去营救她。我本以为王子会叫艾莉安娜起身，谁料他只是瞪着他们两人，最后切德说道："她派人跟你传话？怎么传的？"

"她自有办法。"皮奥崔紧张地说道。他继续跪着，"那些事情她仍不许我多说。对不起。"

"对不起？你怎么可以从一开始就欺瞒我们？你们的行为举止都是迫于形势，情非得已，其实你们根本无意缔结婚约，也无意结盟，这些你为什么不早说？为什么到现在，你还要为苍白之女保守秘密？她不许你说！她坏事做尽，还能以什么更糟糕的方式来对付你们？"晋责的痛心与愤怒溢于言表。众人都心知肚明，他自己也晓得，贵主打从一开始就把他当作是利用的工具，并未将他这个人放在眼里。如今这个现况不但使他十分屈辱，也使他十分痛心。我这才知道，尽管贵主与他之间差异甚大，他却已经渐渐爱上这个少女了。

皮奥崔咬牙答道："我就是怕她用别的方法对付我们，才夜夜睁眼到天明。你只知道近来苍白之女对付我们独角鲸氏族的手法有多么恶劣，但其实长久以来，她一直对我们肆意索取，而我们每次受到打击，心里总是想道：苍白之女这次狠心到了极点，幸亏我们也熬过来了，但是以后我们绝不让她遂心如意。她却一次又一次地证明我们太过天真。她坏事做尽，还能以什么更糟糕的方式来对付我们？说真的，她还有什么狠招，我们实在无从得知，她就是靠着我们一无所知，因此会心生畏惧，来对付我们。"

"你至少也可以告诉我，你们有人质押在她手上啊！难道，你认为我听到这种消息，还会铁石心肠、见死不救吗？"

皮奥崔沉重地摇了摇头："你不可能接受苍白之女开出来的条件。你这个人，太光明磊落了。"

王子不理会皮奥崔这句古怪的恭维。

"她到底开了什么条件？"切德追问道。

皮奥崔以平板的声音答道："如果我们能叫王子杀了冰华，她就让奥美崔和珂希顺利一死，让她们两人的折磨和羞辱就此告终。"他抬起头，以不舍且难受的眼神望着我，但仍旧坦诚地接口道："而且她向我们保证，如果我们把你和那个晕黄人送交给她，她就会交还奥美崔和珂希的尸体，任由我们将之葬在我们的故土上。"

我理应感到气愤，却只冒出无力感。怪不得他们看到弄臣在艾斯雷弗嘉岛的岸边等待我们时，显得那么高兴，原来我们两个像牲口一般地被人出卖了。

"我可以说句话吗？"艾莉安娜抬头说道。一直以来她总是面带忧愁，这是我第一次看到她脸上明白露出羞愧的表情。她的年纪仿佛变小了，可是那眼神却露出濒死妇人的思虑。她看着晋责，见到他脸上那一览无遗的伤心表情，于是又垂下眼。"我看这其中需要解释的不少，反正我早就无心配合那个恶毒的奸计了。但是我身为贵主，对于家族自有应尽的职责，所以我先将我的情况讲给你听吧。我母亲跟我妹妹……我们的习俗……我们一定得……”她嗫嚅了好一会儿才抬起头，僵硬地说道，“这有多么重要，恐怕我说了你也不会明白。反正就是她们必须一死，她们死后，尸体必须运回我们的母屋。对于外岛人而言，对于独角鲸家族的女儿而言，她们死后必得归于家门，除此之外，再没有别的选择。”她的手放在身前，颤抖得很厉害，她交握双手以做掩饰。“当然，那也算不上是什么光荣的选择。”她强迫自己再补上这一句话，之后便不再言语。

晋责低声说道：“坐吧，如果你们找得到位子坐的话。依我看，如今我们都落在同一个位置上了。”晋责讲的是我们的处境，倒不是说大家都处在同一顶帐篷里。

帐篷很小，所以大家都得挪一挪。博瑞屈嘟囔了一声，但还是把他那条跛腿搬开，好让他们有地方可坐下来。皮奥崔和艾莉安娜坐定之后，博瑞屈便展开我的衬衫，披在我身上。我差点就笑了出来，不管现在的状况有多么紧急特殊，他都不准我袒胸露背，以免冒犯到在场的女士。他虽是奴隶之孙，却一直都比我更加注重这些礼仪风范。

艾莉安娜的声音显得既羞愧又疲倦，她弓着背说道：“你刚才问，苍白之女还能以什么更糟糕的方式来对付我们。啊，她的方法多着呢。她手下有多少人，我们无法确知。多年以来，我们独角鲸族有不少男人和男孩被她夺去。我们的战士出了门便不再回来，少年则在看羊的时候失踪，甚至还是在我们族中的土地上不见的！她一个接一个下手，使我们家族的人数越来越少。落在苍白之女手里的人，有些被杀了，有些则只不过是出门去玩耍，回家时却变成没心肝的小妖怪。”讲到这里，她朝皮奥崔瞥了一眼。皮奥崔眼神茫然，对眼前的一切视而不见。“所以我们只好亲手杀了我们独角鲸族的孩子们。”她喃喃地说道。王子听到这里，低声惊呼了一声。艾莉安娜缄默片刻，她吸了一口气，又接口道：“汉佳已在我家多年，最后却突然出卖了我们。我母亲与妹妹混在族人之间，为何苍白之女轻轻松松就能抓走她们二人，至今仍使我们感到不解。连我母亲、妹妹，苍白之女都能抓到，那么想必她若是要抓走别人，也是易如反掌。我们的上母年事已高，如今的她，已如风中残烛，这你是亲眼见过的。以她的情况而言，她早该将一切传给我母亲，可是我母亲却被人抓走，无法传承上母的智慧。所以尽管上母齿摇发苍，却仍继续苦撑，努力照管我们的母屋。也许你认为她很可怜，然而，如果连她都离开我们，那么我们母屋的核心就将完全崩溃。果真有那么一天，我们独角鲸氏族就垮了。我母亲被人抓走这件事，对我们的打击非同小可，也引起不少混乱。你看，连母亲都没了，我们这还算是什么母屋呢？”

艾莉安娜最后这一句，似乎只是要强调他们的处境艰难，不过晋责听了之后却突然坐直起来，僵硬地问道：“可是，倘若你来到公鹿堡，嫁于我为妻，那么你不也必须丢下母屋吗？我是说，这一来，到了你该继承上母之时，不就要另择他人了吗？”

艾莉安娜眼里冒出一丝气愤的火花，她以不屑的语气说道：“我表姐早就在觊觎了，这也是你亲眼见到的，因为我必须离开家族土地，所以她才能继承上母的位子，可是她却把事情说得像是上母这个位子本来就该传给她似的。”一时之间，她眼里怒火腾腾，正如之前在玛烈岛跟她堂姐一争长短那样。最后，她轻轻地叹了一口气，无奈地两手一摊。“不过你说得没错。我答应嫁给你，就等于放弃了我与生俱来的权利，往后就别想继承为上母了。然而这个损失，就是我为了让妹妹与母亲顺利一死，为了结束她们的折磨与羞辱所付出的代价。”她又弓起背，人越缩越小。我看到她握紧双拳，额头上渗出汗水。

“为什么苍白之女不干脆叫你去屠龙？还有，为什么她不干脆自己动手？”切德对他们二人问道。

皮奥崔开口了：“她认定自己是个非凡的预言者，不但能预见未来，还能决定未来的走向。红船之战时，她曾经说过，瞻远家族必须完全灭绝，否则未来瞻远家之人必会像古时那样，引出龙群来攻击我们。有的人信了她，对她言听计从，但是他们失败了，而她的预言也不幸成真。你们瞻远家之人果真引出龙群来攻击我们，把我们的船只村庄摧毁殆尽。”

“可是，当初若不是你们先用红船攻击我们的话——”晋责气愤地嚷道。

皮奥崔把晋责的声音盖了过去："如今她说，我们若想得救，还有一个机会。她说，我们的龙既未在大战之时起来保护我们，就不值得让它活下去。她还说，冰华应该死于瞻远家之人的手里，毕竟就是因为当年它没有起而保护我们，我们才会被瞻远家打得抬不起头来。但总而言之，她说，冰华之所以必须死在瞻远家之人手里，是因为她所预见的未来就是如此。既然她所预见的是这般情况，便应该由瞻远家之人动手屠龙。"

"既然如此，就更不应该屠龙。"博瑞屈低声对我说道。

但是王子听得可清楚了，他以沉痛的语气说道："但是，之所以考虑不要屠龙，最重要的理由其实是屠龙的任务十之八九不会成功了。你们也知道，我手下已经有人开始扯后腿。我们离冰华越近，就越能知觉到它的存在。冰华不但一息尚存，还力量庞大、机敏睿智。而如今，我竟发现我的朋友们已经背叛我。黑水大人、艾莉安娜贵主，很抱歉，但我已经辜负了二位的期望。我诚心结交的那几个朋友早已送信给缤城商人，所以不久缤城商人就会派出他们那条母龙来对付我们，此时那缤城之龙说不定都已经来到半路上了。"

"这我就不懂了。"皮奥崔插嘴道，"我知道你手下有人不愿屠龙，但是你说的'感知'到冰华是怎么一回事？"

"既然你自己藏着一肚子秘密，这一点我也保留不说。你连苍白之女联络你的方式都不肯明讲。你之前把糕点带来给我们吃，是因为她要你给蜚滋，也就是汤姆下毒，对不对？"

皮奥崔突然坐得又直又挺，但是嘴唇紧闭，一个字也不说。晋责看了，自顾自地点了个头："是啊，都是不能说的秘密。要不是因为你憋着不肯说，说不定我们打从一开始就不必屠龙，而是联手起来对付她。要是你早跟我说明白就好了……"

贵主突然崩溃，她侧身倒在地上，嘴里痛苦地呻吟，然后便一动也不动。

黑水在贵主身边跪下来。"我们不能说啊！"他痛苦地叫道，"这小家伙今晚跟你讲得十分坦白，但你可知道她要因此付出多么惨痛的代价？不只我不准说，连她也不准说啊。"他突然望向博瑞屈："老战士，如果你还有一点怜悯之心，是否能请你去外面弄点雪回来？”

“我去吧。”我平静地接口道，我不知道以博瑞屈的视力而言，他现在还能看到多少，但是他已经拿起一只没用过的锅子走到帐篷外了。黑水将艾莉安娜一推，让她俯卧在地，也来不及遮掩，便将她的束腰外衣从头上拉出来。王子看到那情况，不禁倒抽一口气，而我则是无力地将头转开。她背上的龙蛇刺青凸肿起来，有的渗出血滴，有的像是刚烫伤一般红肿。皮奥崔咬牙说道：“汉佳原本是艾莉安娜信任的侍女。有天她们两人去散步，结果过了两天，她才带着艾莉安娜回来。回来时，艾莉安娜背上多了这些刺青，连路都走不稳了，而汉佳则把苍白之女开的条件传达给我们。话都是汉佳传的，艾莉安娜什么也不能说，只要她提起这两天的遭遇，她背后的龙蛇刺青就会令她痛得死去活来。就连提到苍白之女的名号，刺青也会肿胀起来。”

博瑞屈捧着一锅雪回来。他将雪放在艾莉安娜身边，惊恐地瞥了一眼，想要弄清这是怎么一回事。“是不是皮肤受伤感染了？”他迟疑地问道。

“是她的灵魂被人下毒了。”皮奥崔难过地答道。他从锅里挖起一把雪，平铺在艾莉安娜的背上。她动了一下，眼皮也抽动着。我猜她大概开始恢复了一点意识，但是她并未发出声响。

“过去我们双方议定的合约统统作罢，从现在起，你们不受任何约束。”晋责平静地说道。

皮奥崔目瞪口呆地望着王子。

“贵主在胁迫之下对我做出的任何承诺，她都不必遵行。不过我还是会杀掉你们的龙。”王子平静地说道，“今晚就行动。等到我们的人能够顺利一死，而且只有我一人涉险，别人都不会被波及之后，我将尽全力消灭苍白之女的恶势力。”他像是生怕被人嘲笑似的，先深吸了一口气才说道，“到时候，如果还能保得住一条性命，那么我会站在艾莉安娜面前，问她愿不愿意与我结为夫妻。”

艾莉安娜开口了，她的声音很微弱，讲话时也没有抬起头来。“我愿意。出于自愿。”她特别补充了后面这四个字。依我看来，皮奥崔与切德大概都不以为然，但是他们两人都缄口不言。皮奥崔手里拿着一把雪，正要帮她敷上去，她却挥挥手拒绝了他。她拉住皮奥崔的手，努力坐起来。她还是很痛，那模样活像是刚才受了致命一击。

切德转过头来望着我。

“那我们就今晚行动吧。”他说着，一一扫过每一个人在场的脸庞，同时把所有的戒心都抛到九霄云外，“这可不能等，毕竟，谁知道龙飞得有多快？如果我们大家一起迅速行动，那么说不定我们不但能将事情完成，还能赶在婷黛莉雅抵达之前便离开此地。”那老人脸上突然漾开红晕，他掩不住脸上的笑容，于是笑着宣布道：“这是真的。我的确已经调制出具有雷电之力的药粉，现在我手边就有一些。只是这件事可能要用上不少药粉，所以份量可能不大够。毕竟我的雷电药粉，大多都留在沙滩的基地那里。不过也许凑合着还够用吧。这药粉密封起来丢入火中就会猛烈爆炸，像是打雷一般。如果我们把药粉放在地道里引爆，那么冰层势必会被炸开。说不定光靠这药粉，就能取了冰华的性命。就算差一点，至少我们也能接近它，接下来要动手就容易多了。”

我站了起来。“能不能跟你借一件斗篷用用？”我对博瑞屈问道。

他不理会我，而是直视着切德：“这就是你在黠谋死的那晚弄的花招，对不对？当时你在蜡烛上动了手脚，只是那东西不可靠，根本没发挥你预期的效果。如今你故技重施，我们必须冒多大的风险？”

切德因为有机会马上实验他的神奇药粉，乐得冲昏了头，早把所有的戒慎恐惧都丢开了。此时的他，就像是小男孩玩弄着未经测试的新风筝，或是新造的小舟，开心得不肯放手。“当年的情况跟今天可不能比。当年那个剂量必须调得很精准，可是我手上有多少事情，哪有时间慢慢磨？要把当晚所用的蜡烛和柴火统统先处理过，又不能让别人起疑，那可得费上多大的工夫，你知不知道？别说当晚我为瞻远皇室使尽浑身解数，就连我在别处为瞻远皇室费的心思，也都没人感激！好吧，就算抛下这个不谈，这次也与上次大不相同。这次的药粉比较猛烈，我可以尽量多放一点，总之再也不要发生剂量不足的情况了。”

博瑞屈摇头，看着我解下左臂的绷带，小心翼翼地将手臂穿过衬衫袖子。

左臂还是痛，但是至少能派上用场，只是要小心一点就是了。一想到黑龙今晚就会丧命，我就精神一振。我心里有个理性的声音在告诉我，苍白之女保证冰华一死，她就会放走弄臣云云，全都是空话。我也知道她的话不可信，若要救出弄臣，这是唯一的机会，我非得试试不可。况且，若是切德的药粉杀死了冰华，苍白之女却不肯放走弄臣，那么我们还可以再度沿着冰华的身体施放爆炸药粉。如此一来，不就能炸开一条通道，直接通入苍白之女的地下冰宫？我且把这个念头放在心里，不跟别人提起。

“到底有什么危险？”晋责问道。但切德只是不以为意地挥挥手。

“我已经做过详尽的测试了。我之前在沙滩上挖些小洞，坑底生火，火烧旺了，丢一盒药粉进去，然后赶快撤退。药粉爆开之后，便在沙滩上炸出大坑。密封盒里药粉多些，坑洞就炸得大一点；药粉少一点，坑洞就炸得小一点。既然如此，用它来炸开冰层，又与炸开沙坑有什么差别？是，我也知道冰层比沙滩厚实，不过，我们就用大一点的容器，多装些药粉，也就可以了。至于火嘛——”

“这个容易。”我应道。我早想到了这一层，我找到切德的斗篷，将斗篷套在肩上，“就用锅子来生火。我们用来炖汤、融雪烧水的锅子就很好用。只要在锅里生个小火，再把弄臣的燃油倒进去就行了。弄臣的燃油收在他的帐篷里，现在一定还在。待会儿我就爬进地道里，把火生旺，再将药粉投进去，之后赶快爬出来。这就成了。”切德与我相视而笑，我已经感染了他的热情激切。

切德点点头，接着眉头又皱起来：“可是那个锅子太小，容不下整桶火药。啊，让我想想，让我想想。有啦，我们就在锅子底下铺上几层兽皮，你先把锅里的火烧旺，接着打翻锅子，让油与火流到兽皮上延烧。这火用不着烧上太久，所以兽皮应该是撑得住的。之后你把整桶药粉投入火里，赶快退出来。”他笑咪咪地对我说道，仿佛那是一场精妙的魔术表演。皮奥崔显得颇有戒心，贵主则听得一头雾水；博瑞屈怒目而视，脸色像是布满乌云一样难看；晋责王子既像小男孩一样恨不得亲自动手，同时又体认到，身为一国之君，必须将所有要素都考虑周全。他开口之后，我一下子便听出是哪一边占了上风。

“应该由我来动手，而不是蜚——而不是汤姆·獾毛。他那条手臂派不上用场。况且我已经承诺过我要屠龙，这是我的事情。”

“不行。你是瞻远王位的继承人，我们不能拿你去冒险！”切德严峻地拒绝了。

“啊！现在你总承认这很危险了吧！”博瑞屈说道，他皱着眉头，望着我把切德的靴子套在脚上。我的脚踩在切德的靴子里，松松的，我现在才知道这个瘦巴巴的老人有一双大脚。

我心里盘算着计划：“我需要一个锅子、弄臣的燃油、一些火绒和装火绒的铁盒，再需要两张兽皮，还有那桶火药。”

“灯笼也是少不了的。地道那么暗，总要有点光才行，就由我来提灯笼吧。”尽管切德不让晋责随行，他仍一意要跟去。

“不，不用灯笼了。嗯，不过如果有个小灯笼也好。现在就开始行动，务必缜密，要是让你的原智小组其他成员发现我们的动向，那就……嗯，说什么都要瞒住他们。”要把靴子穿好实在不容易，此时我才领悟到的确需要有人帮忙。我的肩膀到现在还是稍动一下就刺痛，那么，就让王子跟随吧。在我生了火之后，先叫晋责去地道外等着，我一出来，就与他两人一起待在坑洞里等着火药爆炸。他既以瞻远家族之名立誓一定要亲手屠龙，这样做应该也就够了吧。

“原智小组！”博瑞屈大怒道。

我实在没那个闲工夫细谈。我翻找切德与晋责的衣物，发现切德的毛皮帽子尚可一用，同时对博瑞屈说道：“对，的确是有一群原智者在为瞻远皇室效力。难道你以为只有精技人才够资格辅佐君主吗？你问迅风就知道了，他几乎已经算是原智小组的成员。说真的，虽然罗网背叛了大家，但我觉得有原智小组的辅佐也大有好处。”博瑞屈听了，目瞪口呆地盯着我，不但感到惊惶，又觉得受到羞辱。我转头提醒切德：“刚才讲的那些材料最好派长芯亲自去张罗。他忠心耿耿，口风又紧，派他去，就不愁有人透出什么风声了。”

“我跟长芯一起去。”晋责说着，也不等别人应和，就一把拉起自己的斗篷往外走。他在走近艾莉安娜的时候停了一下，虽然眼睛没有望着那少女，嘴里仍然说道："我向你保证，既然非得如此，才能求得你母亲和妹妹顺利一死，那么我一定全力以赴。"说完他便离去。

"瞻远王子会使用魔法？"皮奥崔瞪着王子的背影，诘问道。

切德迅速地编出一套说法："汤姆说的其实不是那个意思。所谓的原智，在六大公国又称为'原血魔法'，王子的确是带了几位能使用原智的朋友来到此地。那些人陪同王子至此，为的是要助他一臂之力。"

"魔法最是可恶。"皮奥崔感叹道，"用剑就比较实在。用剑杀人，死了就是死了，不会拖泥带水。苍白之女靠着魔法拘禁了我们的人，并使我们以他们为耻。直到如今，她仍靠着魔法束缚我们，好教我们不敢违令。"

博瑞屈听了皮奥崔的话，点头说道："希望我们能用刀剑的魔法来对付那女人。强壮的男人最忌陷入骗局，而若是陷入不择手段又野心勃勃的女人所设的骗局里，那就更糟糕了。"我一听就知道他想到的是我父亲，以及欲念王后如何设计陷害我父亲致死，至于皮奥崔怎么看待博瑞屈这番话，我并不了解。

独角鲸氏族的首领慢慢起身，心里似乎突然想到什么令他感到不舒服的念头，他自顾自地点了点头。坐在他身边的贵主也站了起来，她平静地说道："请代我向晋责王子道别。"

"也请代我向王子道别。"皮奥崔以他那低沉的嗓音说道，"事情演变到这个地步，我感到十分痛心。要是我们大家有其他路可走就好了。"他们慢慢地离开帐篷。皮奥崔走路的模样，仿佛肩上有千斤重担。晋责不久后便带了几样我们待会要用的东西回来。过了一会儿，长芯又送来几样，这才把东西补齐。我们接过长芯手里的东西之后，他仍站着不走。从那情况看来，他是满肚子疑问，但我们既没跟他多做解释，切德也不道谢，就马上遣走了他。长芯显然不放心。晋责与我之所以要这些东西，一定是在筹备什么进攻的计划，况且我一回来就躲进王子的帐篷，所以没人知道我出了什么事。不过，他不愧是个好将士，因为他知道，长官不多解释必有其理由，于是他回到帐篷外面继续站岗。

接下来我们耽搁了一下。由于兽皮要放在坚冰上，切德担心这样一来，兽皮上的火焰可能烧不旺，无法引发火药。他拿出锅子，看看锅里能容下多少火药，这一来，众人便匆匆地把各种可以将火药密封在内，又可以放入锅子里的瓶罐盒箱统统拿出来做比较。最后他选了一个小陶瓶。小陶瓶里原来装了满满的茶叶，从切德把茶叶倒出来时的牢骚状看来，那可能不是普通茶叶，而是他特别调制出来的配方。茶叶倒出来后，他打开我从沙滩背来的那桶火药，小心翼翼地倒了一些粗糙的药粉进去。他在离那根小小烛火最远之处装填火药，之后还将手指伸进瓶里将火药塞紧，同时，嘴里还不住地嘟囔着："有点受潮了。"他把封好的小陶瓶递给我的时候，不甚满意地抱怨道："算了，反正我丢进你小屋火炉里的那个皮筒中装的药粉也有点潮，结果还不是照样奏效？那皮筒炸了开来，我也有点意外，只是，怎么说呢，学这些新东西就是要靠实验。好啦，你先把这东西拿远一点，接着在锅里生个火，把火烧旺，越旺越好，之后把这个丢在锅子的正中央，以免压熄了锅里的火。完成后你赶紧出来。"

这几点是交代给我去办的，至于王子，切德则叮咛道："锅子里一开始生火，你就赶快出来，别等到蜚滋把火药丢进去才走。你出来后，走到大坑洞底下离地道口最远的角落去等，听懂了没有？"

"懂了，懂了。"晋责不耐烦地答道，他正在将生火的装备装进背包里。

"那就一言为定。你可得保证，锅里一生火，你就立刻出来。"

"我已经承诺要屠龙了，所以我至少也得待到药粉投入锅里为止。"

"你放心，他在我把药粉投入锅里之前就会走开。"我跟切德说道，接过封好的陶瓶，"这我可以向你保证。晋责，我们走吧。再不走就要天亮了。"

我们朝帐篷门片走去时，博瑞屈站了起来。"要不要我帮忙拿点东西？"他对我问道。

我茫然地望着他，过了好半晌才领悟到他的用意。"博瑞屈，你别跟来。你在这里等我们。我一下子就回来了。"

他不肯坐下来："你我得谈一谈。我们有很多事情要谈。"

"那是一定的，我们必会找个时间长谈，我也有好多话想告诉你。不过这些话都藏了这么多年，也不必急于这一时半刻之间。等到这件事情办完，再找个时间，就你我二人促膝长谈。"我特别强调最后这句话。

博瑞屈感叹地对切德说道："年轻人总认为往后的时间多得是。"他轻松自然地伸出手，把晋责手里的一部分东西接过来拿着，"还是老年人比较明理，我们自以为以后有空，后来不如人愿的事情可多了。这些事情，我们年纪大的人都记在心里。我有好多话总想着以后有机会再跟你父亲说，可是这些话最后都无处诉说，只能藏在心底。我们走吧。"

我叹了一口气。晋责仍站在原地，诧异得下巴几乎掉了下来。我朝着他耸耸肩。"跟他争辩是没用的。这就好比你不会去跟你母亲争辩，是同样的道理。走吧。"

我们离开帐篷，静静地步入黑暗之中。原智者都有悄悄行动的本事，而我们也发挥了这个特长，虽说我们三人之中有一人不愿承认自己是原智者。博瑞屈伸出手，轻轻地搭在我没受伤的右肩上，这是他对于自己日益恶化的视力的唯一让步，对此我也不多加评论。我回头一望，看到切德穿着睡袍，拉起帐篷门片，远眺着我们。我这一看，似乎让他有点困窘，因为他接着就把门片放下来了。现在我既然知道切德放心不下，也就不免怀疑，他做的这些火药到底有没有经过周全的测试。同一时间，长芯也在看我们。

我们得爬一段山坡才会抵达坑洞。我之前并不觉得这山坡难爬，但是这几天以来体力透支，所以爬得格外累。等到我们走到坑洞边，在通往坑底的斜坡顶停下来之时，我早已气喘吁吁。我接过博瑞屈拿着的燃油，这才发现那些油很重，心里很过意不去。

"你在这里等我们。"

"你别担心，我不会跟上去的。我知道自己的眼睛没用了，跟上去只是让你们两人徒增危险罢了。不过，我想在你们走开之前跟你说几句话，而且是私下说，如果你不介意的话。"

"博瑞屈，我多耽搁一刻，石龙就多吞噬弄臣一分呀。"

"孩子，你心里知道我们是来不及救他了，话虽如此，我也晓得这件事你非做不可。"接着他转过头望着王子，但那其实是视而不见。我对晋责做了个恳求的表情，于是他走开了几步，好让博瑞屈如愿地私下跟我谈谈。不过博瑞屈还是压低了声音说道："我来这里，为的是要把你跟迅风带回家。我跟荨麻保证会把她弟弟平平安安地带回家，必要的话，会顺便把龙杀了，然后一切就会恢复成往日的模样。她还多少有点孩子性，总相信爸爸能保她一切平安，不过我也希望她继续朝这方面想，不要太快长大。"

我不知道他这是在讲给我听，还是在问我，不过眼下这么紧急，我实在没空猜测他的心思。"我会尽量让荨麻保持现状。"我对他保证，"博瑞屈，我得走了。"

"我知道你在赶。但是……我们两个都以为你已经死了，你知道吧。我是说莫莉跟我。我们以为你已经死了，所以后来才生出这么多故事。这你知道吧？"

"我当然知道啦。我们往后再找时间谈吧。"光是他提了个头，就使我的情绪激愤又痛苦难言了。我突然了解自己永远也不想把那些事情谈开，更不想就此跟博瑞屈多谈。不过，我还是吸了一口气，把我一再重复告诉自己的那番话说给他听："你比我更配得上她。我夜夜都能安眠，因为我知道莫莉和荨麻有你照顾，绝对是正确的决定。至于以后……我之前从不去找你，那是因为我从来就不想让你觉得，觉得……"

"觉得我背叛了你。"他平静地把我的话说完。

"博瑞屈，马上就要日出了，我现在非走不可。"

"你听我说！"他的口气突然凶了起来，"听我说，让我把话说出来。打从我一知道自己干出了什么好事，这些话就如鲠在喉，我不吐不快啊！蜚滋，对不起，对不起。我竟浑然不知地把这一切从你手中抢走。这么多年的时光，我无从偿还。可是……可是，娶莫莉为妻、一起过了这些年，生了这些孩子，我却说不上遗憾，真的无法感到遗憾。我的确更适合她。这就好像骏骑在不知情之下把耐辛从我身边抢走，然而他却更适合耐辛，这是同样的道理。"他突然沉重地叹了一口气，"艾达神与埃尔神在上，看看我们这是什么因果报应啊。"

我满心怨恨。这没什么好说。

接着博瑞屈以非常轻柔的口气对我问道："你会把她从我身边抢回去吗？

你会把她抢回去，让我们的屋子变得空空荡荡，孩子们也没了母亲吗？我这样问，是因为我知道你的确有这个能耐。她心里对于她当年爱过的那个野孩子，一直存有一份情。我……我也一直不想让她对你断念。你说，我怎么做得出来？我也爱你啊。”

大风吹起，一生的时光瞬间在我心中闪过。我的人生中有那么多可能会发生、应该要发生的事情——那些事情，说不定还有机会可以发生。但是，我不能让那些事情发生啊。最后我开口说道：“我不会把她从你身边抢走。我根本就不会回去。我不能回去。”

“可是……”

“博瑞屈，我真的做不来，你逼也没有用。你说，我怎么能一路骑马到你家，在你桌边坐下来喝茶，跟你的小儿子摔跤玩，看看你养的马，却不去想到，不去想到……”

“是很难没有错。”他严厉地打断了我的话，“做不来，可以学啊。可以学着忍耐啊。像我吧，当年骏骑和耐辛一起骑马出游的时候，我常常得跟在后面，望着他们，而且……”

我真的听不下去了。我知道自己怎么也没有像他那样的勇气。“博瑞屈，我得走了。弄臣若要活命，还得靠我呢。”

“那就去吧！”他的口气倒没有气愤，只是很绝望，“去吧，蜚滋，但是这个我们一定要谈谈。我们总得想办法理出个头绪。我向你保证，我这次找到了你，就绝不再放手了。”

“我得走了。”我丢下这几个字便转身逃走。我任由瞎眼的博瑞屈孤独地站在寒风中，满心相信我一定会归来。

23. 龙之心

古灵的足迹遍及各地。虽然当时留下来的文字记录少之又少，且对他们所用的符文，我们又只是一知半解，但我们所用的字母之中，却有几个像是从古灵标记在地图、雕刻在巨石柱上的符文字母演化而来的。

我们对古灵所知甚少，只知道他们似乎与寻常人类通婚，有些还与人类杂居于同一个城市之中，而我们对古灵的知识，也大多都从这一条线索而来。群山王国之人保存了一些古地图，这些古地图几乎可以确定是依照更古老的卷轴所描绘下来的，图上所画的区域看来既熟悉，又比群山王国的实际领地广阔得多。古地图上画的道路与城市，有些已经湮没，有些路途遥远，以至于对我们而言就像是谜一般。最奇怪之处就是，其中至少一幅地图上，竟标出了北至相当于今日的毕恩斯公国，南至天谴海岸的许多城市。

——费德伦，《湮没的古灵》

我走过去与晋责聚在一起。我不发一语，他也不问。他手持摇摇晃晃的灯笼在前领路，带我顺着斜坡走下大坑。

比起我之前挥汗挖冰时而言，这大坑已经又挖深许多，变得相当窄小，想必是因为他们蒙眬地瞥见冰下的黑影之后，便集中力量直朝黑影处挖下去。一时间，冰华在我的原智知觉中不断膨胀，接着又崩溃、消逝。在即将动手之际，感受到将受死的那一方的存在，总是令人手软。

我跟着晋责，他领着我走到坑底的角落，角落里有个凿入冰壁的地道。初时，地道有一人高，两人宽，但旋即越缩越小，不久我就得弯腰驼背地走路，肩膀因此而痛得更厉害。

走着走着，博瑞屈说过的几句话突然在我心底荡漾开来。他说，他既来了这里，若有必要，就会屠龙，反正他就是要把迅风带回家，什么事都拦不住他。荨麻则曾经跟阿憨说，她父亲已经为了屠龙而出远门了。这两边一兜起来，意味着荨麻不知道我的事情，她对我一无所知。突然间，又黑又冷的冰层似乎朝我掩来，我头晕目眩，觉得自己像是被冰河挤住了。在这压得动弹不得之间，我只希望自己就此死去，但此时我连求死的欲望都没有。我在希望自己死去之时，又为自己感到羞愧不已。

接着那铺天盖地而来的黑暗消逝，我也踉踉跄跄地往前走。我把荨麻、博瑞屈和莫莉摆在一边，推开我过去的一切，全神贯注在眼前这一桩我非做不可的任务上：屠龙。我脚下跟着晋责深入地道之中，心里则告诉自己，也许我还救得出弄臣……这真是睁眼说瞎话啊。

晋责的灯笼小，所以我只看见光滑的冰壁和他的背影。地道突然到了尽头，他转过身面对我，同时蹲了下来。“我们认为它的头就在下面。”他指着我们脚下凹凸不平的冰面。

我瞪着冰面直看：“可是我什么也看不见。”

“要是白天，又带着大灯笼，你就看得见了。你听我的不会错。冰华的头就在下面。”他将背包卸下，放在身前的地上。我面对着他蹲下来。我这一蹲下就没剩什么空位，待会儿火生大之后，晋责恐怕必须跨过火盆从我身侧挤出去了。

寒意吹进我受伤的肩膀，使我的肩臂冻得不能动，脸皮也吹得很痛，像要变成一张面具。不过这些都无所谓了。我还有右手可用，就是生个火，把陶瓶丢进去，这有什么难的？这么小的事，连我现在这样的身体都做得来。

先将兽皮放下去。晋责摊开兽皮平铺在地上，好像我们是两个为了要赌骰子而预作准备的士兵。这两张兽皮，一张是极地白熊，一张是海牛，都比较厚，且臭味扑鼻。我将锅子放在兽皮正中央，再小心地把燃油放得远远的，又将那一陶瓶的火药放在燃油旁边。我们带了些木屑做火绒，又带了些烧焦的亚麻布引火。我将这些东西放在锅里，布置成窝状。我连续三次用力互击燧石，虽撞出了火星，却无法引燃火绒，这时晋责才好奇地问道："干脆用灯笼里的火来点火不就行了？"

我抬起头无力地瞪了他一眼，他则以咧嘴大笑作为回应。灯光照出了他被寒风吹红的脸颊及冻裂的嘴唇。我实在是笑不出来了，但我仍勉强挤出一个笑容。一时间，我想到他那年轻的肩膀也背负着重担：首先，屠龙就等于背叛了他自己的原血血统以及他的原智小组；再者，就算屠龙，他也无法如愿娶得心仪的女子。晋责爱上了艾莉安娜，然而她之所以与他交往，只是为了诱他上钩，好让他完成苍白之女交代的使命；艾莉安娜之所以愿意嫁给晋责，不是因为爱情，也不是为了要确保双边的联盟，而是为了换得她母亲与妹妹顺利一死。这实在不是稳固的婚姻基础，但我们还是已经到了这里。我蹲直起来，对晋责说道："你来点火，点了火就出去。喔，还有，你出去之后，把博瑞屈引开，别让他待在大坑边。他视力已经不太好了。"

"视力不太好？真的吗？我还以为他已经瞎了呢。"这是年轻男子的幽默，就连面对着他所不齿的命运也无所畏惧的嘲讽。听到这里，我已经连笑容也挤不出来，不过晋责大概没注意。他从锅子里抽出一条焦黑的亚麻布条，垂入灯笼的火焰之中。布条舔着火舌，一下子就着火了，他赶紧将布条丢入锅里的火绒窝中，可是火一落下就熄了。

他连试了三次，三次都不成功，我不禁叹道："如今我们要做什么事都困难重重。"

我将锅缘提高，晋责为了要把那片着火的布条塞到木屑堆底下而烫伤指头。我们两人屏息静待，那小小的火苗仍燃着，接着蔓延到火绒堆上。我在火里多撒些木屑，把火催大一点，并决定待会儿只要像是将一条待烤的面包送入火炉中般把火药滑入锅中就好，而不要把锅子竖立起来，以免这点火花因为掉到兽皮上而熄灭。这火虽小，烟却很多，我不禁咳了起来。

“你该走了。”我对王子说道。

“你把事情办完，我们两个一起走。”

“不行。”我不能跟他说我要先确定他已经安全了，才会将火药丢进去，而必须这样跟他说，“博瑞屈对我而言非常重要。他那个人十分骄傲，他一定会坚持要等到我出来了才肯逃开。所以，你去找博瑞屈，扶着他的手臂，跟他说你看到我了，然后牵着他走远，别让他待在大坑边。有时候，切德调配出来的东西，效果会好得连他自己都感到意外，这点你我都是知道的。”

“你要我去跟他撒谎？”晋责愤慨地说道。

“我要你带他走远一点。他的膝盖有伤，没办法走得像你我这么快，所以你得早点带他走开。我会留点时间给你们两个走远，之后我就把火药丢进去，迅速离开。”

这番话奏效了。若光是他自己的处境危险，他是绝对不肯丢下我独走的，但若是为了博瑞屈的安全，他就愿意了。他小心翼翼地跨过炙热的火盆，从我身边挤过去。我心里很是感谢珂翠肯把儿子教得这么好。我听着他踏过地道的脚步声，估计他何时爬上了斜坡，接到博瑞屈，并护送他离开。我告诉自己：不急，可以再等一等，以免波及他人。再过几分钟，这黑龙就要丧命，这样一来，也许就能保住弄臣吧。

我趴在地道的冰地上，一方面是为了要避开悬浮的烟雾，再者是这样方便我添加燃料，把火生大。我要把这一团火烧旺，烧到柴枝都成了红炭，才将火药投进去。我虽舍不得用弄臣的燃油，但是看这情况，在投入火药之前我势必得倒点油进去，火势才会旺到能够遮住陶瓶。我打开油瓶，拿在手里预备。这一定是安全的，切德把那个装火药的皮筒丢入我的火炉里之后，可是过了好久之后才炸开的。不过，我也得承认，那时候的火药还没精炼过，跟现在的不同。

别想那么多了，我告诉自己，别去想你会如何烧焦、压扁地死在此地。不，我或许会被困在寒冷的坚冰中，陷入无尽的黑暗里，直到我失去知觉而死。我不免觉得这种死法太过轻松，甚至还显得有点怯懦。然而我若不死，难道还有别条路可走吗？与孤独无伴的人生相较起来，死在坚冰中的命运也不算悲惨了。

地道顶落下一滴冷水掉在我的后颈上，将我拉回现实。我心里纳闷自己刚才怎么会想那么远。锅里烈焰熊熊，垫在锅下的兽皮也烧着了，臭味随着热度上升而不断增加。为了让待会投入火药时，装火药的陶瓶好好地躺入火中，我拉高了锅缘，也因此烫到了手指。我咒骂了一声，将手指按在冰上化解烫伤，接着那龙像是洪水般朝我而来。

我敢说冰华并非故意袭向我。据我看来，它就像是想通过屏住呼吸，让自己窒息而死的人那样，虽有心求死，但到了最后一刻，身体的力量却盖过了意志。因此它吸了一大口气，迫使心灵继续活下去，而它与我就是在心灵失去控制的那一瞬间相遇了。那既非原智，也非精技，而是一种与原智和精技无关的东西，我领略到这一点之后，便了解到这一定是龙族特有的沟通本能。我对这种沟通之道并不陌生，婷黛莉雅就是借此而透过荨麻侵入我的梦中。我本以为那是它特有的沟通方式，但是现在看来不然，因为冰华也是如此。婷黛莉雅的沟通技巧比冰华更好，或者可能是因为婷黛莉雅的往来对象大多是人类，因此它特别将心思加以裁量剪辑，好让人类懂得它的想法。

冰华扫过我的心灵，将我淹没在它的心灵之中。它的心灵并非人类的语言与概念所能解释，况且它也无意与我沟通。由于它瞬间涌发大量思绪、情绪与知识，我虽不想探听，却仍一下子对它有了不少了解。冰华退走之后，将我个人的心灵随处一丢，我霎时发现手肘软垂下来，人俯卧在冰地上，脸非常贴近烧热的火盆，热得很难受。

我窥见冰华记忆的时间虽只有那么一刹那，但是那一刹那几乎比我这一生还要真实。冰华绝对是活生生的，而且仍有知觉，只不过它不管外界的一切，只沉溺于它的内在。它一心求死。它之所以来到此地，为的就是要求死。只是对于龙族而言，死亡无法求而得之。龙或者死于疫病、外伤，或者因为彼此打斗而死，但是除了这几种死法之外，龙会活上多久，谁也无法确定。当年的冰华既健康又强壮，眼前还有多年的岁月可活。但是天空中已经看不到同类，太显辽阔。同时应该返回祖居地、化身为一代代新龙的海蛇们，也不再复返。大地动摇崩裂，高山喷出烟雾烈焰，吹出有毒的焚风，于是大树纷纷倒地。野火过后，大地不见一处绿意，不但龙族衰亡殆尽，就连为龙效力的古灵也大半灭亡了。

剧变之后不过几天，便有不计其数的龙以及照顾龙的古灵被火烧死，有些则因为如雨般落下的灰烬而呛死或是窒息死亡。那一年的春天苦等不来，由于灰烬太多，先前澎湃的大河变成涓涓细流。厚厚的灰烬和硬块盖住草原，就算偶有存活的草木也都虚弱且蒙尘，猎物相继死亡。在如此严苛的考验之下，其余的龙与古灵也未能存活多久。

那实在太难熬了。尚存的龙不多，但意见不一，有些说它们必须离开祖居地，而有些龙真的就离开了，可是它们的下场无从得知，它们走了之后，就再也没有回来。食物匮乏，使得许多龙日益虚弱，稍微健壮的龙则为了要抢夺仅有的稀少猎物而打斗受伤，最后死亡。昔日丰美的草原上盖了厚厚一层灰，长不出新芽，变得十分荒凉。人类纷纷死亡，就连龙族的古灵近亲也逐渐灭绝。由于缺乏人类照料，人类畜养的牲畜也活不下去。少数几个没有被厚灰埋住的大城倾颓荒废，空空荡荡，就像是被掠劫过后的蛋窝一样。

即使如此，也没有任何一条龙担心龙族会就此告终。人死了，古灵死了，草木与猎物也死了，但是龙族可不会这样就倒下来。海里尚有五个世代的海蛇，既然如此，接下来五个季节必各有一大群海蛇奋力迁徙至此，以便结茧化身。海蛇破茧而出之后，便成了龙，而大地迟早必会复原。至少冰华是这么想的，即使一季接着一季过去，天空上只剩下它孤独的身影，它也平心静待，期望着海蛇复返。问题是，结茧之地却连一条海蛇也看不见。冰华一直在等待海蛇，往往不敢离开觅食而空腹等待，以免海蛇来到结茧之地时扑了个空。海蛇在结茧时，需要成年的龙以唾液与沙滩上的黑沙帮助自己结茧，而冰华的唾液和毒液混合了黑沙之后，便将它一生的记忆，以及它所传承的世世代代记忆，传给下一代的龙。新生的龙若是少了冰华的帮助，不免会变得迷失，因此冰华一定要帮助海蛇结茧，如此一来，新一代的龙在盛夏溽暑之际破茧而出时，才会拥有龙族的所有记忆。

可是海蛇就此不来了。

冰华终于领悟到海蛇没来，且永远不会复返，也了解到自己已成了世上最后之龙，并开始思索如何了结自己的生命。它当然不能因为打猎受伤而饿死，死后尸身被低等动物抢食一空，这种死法太没有尊严。不行，它要选择自己在何处死，在何时死，且尸身不能受到侵害。

它来到覆冰的艾斯雷弗嘉时，打的就是这个主意。当年它第一眼看到这个岛，几乎整个岛都埋在冰下，而我也透过它的记忆看到那个景象。我知道它一看到那景象便感到十分失望，但我不晓得原因何在。也许是当时的海平面比较低，或是那年的冬天比较冷吧，艾斯雷弗嘉岛周围的海都结了冰，难以辨识冰面下是什么，冰华若想要找到艾斯雷弗嘉，多少得凭感觉。它飞过艾岛时，岛白龙黑，形成强烈的对比，但是它找不到想要找寻的入口。最后它看上了一处冰缝，于是满足地钻进冰缝里睡觉，因为它知道，对于龙族而言，寒冷的睡眠与死亡之间只是一线之隔。

可是身体总是会选择生命，并不会因为逻辑或情感而有所动摇，因此它虽进入了非生非死的状态，却无法就此拥抱死亡。它一心求死，但总有些时候身体的知觉又膨胀扬升，叫嚷着要它注意到自己既冷又僵硬，并且十分饥饿。冰层越聚越紧，挤压、拗折着它的身体，但仍无法将它折断，它也无法将自己的身体折断。

它一心想死。

它梦见自己死去。它多少次跃入死亡之口，但最后不是它那叛逆的身体缓缓地吸了一口气，就是那愚蠢的心脏又挤出了一次脉搏。人类来了，在它四周来回走动，像是在濒死的公鹿身边飞舞的苍蝇。这些人啊，一点用处都没有。他们连帮它死去的本事都没有。

我感觉到自己缓缓吸了一口气，开始怀疑在这之前已经屏息了多久。那个感觉就像是有人打开酒馆的护窗板，让我对酒馆里的情况一览无遗，接着又突然将护窗板合起来。一下子对龙知道得这么多，使我感到头晕目眩。方才冰华把我整个人圈起来，仿佛我就是它。我呈大字状摊开躺在冰面上，意外地体会到困在我身下冰层中那巨兽的智能，并且因此而全身无力。

它既一心求死，我也就松了一口气，我这是在让它如愿啊。

我挣扎着让自己跪起来，由于伤臂重垂下来，拉得肩膀格外刺痛，我不禁闷哼了一声。我看看烧着火的锅子，伏低下来朝锅里吹气。很好，现在柴枝都烧成红炭了。我又多添了几根小树枝进去，稍微在炭火中做了个窝，以便待会将火药瓶塞进去。

我深知一心求死是什么滋味。当年我落在帝尊手里时，只求自己能一死了之，在酷刑、寒冷、孤寂与饥饿的折磨之下，我恨不得自己能够马上死掉——用什么办法都无所谓，只要能死就好。我来到这里之前，就下定决心要屠龙，如今我既知道它想一死以求解脱，就更没有理由迟疑了。我拿起装火药的陶瓶，将红炭再拨开些。世上多一条龙，少一条龙，有什么差别？就算我们真的放它一条生路，如今它大概也已经虚弱得活不下去了。

当然，如果当年我果真如愿地死在帝尊的地牢里，那么珂翠肯恐怕就找不到惟真，也无法唤醒众石龙来拯救六大公国。不，我把自己想得太过重要，珂翠肯光靠自己一人也可以找得到惟真。不过，如果没有夜眼与我相助，她能够唤醒石龙群吗？如果我们没有与她同行，如果夜眼没有为她打猎，那么她还能成功吗？果真如此，那么水壶婶还能幸免于难，帮助惟真刻龙吗？是不是就像弄臣长久以来一直坚持的，世界的命运，的确系之于每一个人每天的行动？

锅里的木炭烧得红通通，等待着我手里捧着的火药。在我身下，苍白之女大厅中的某处，弄臣正绷紧了身体，以免每次与记忆石接触，他就多被冶炼一分。我应该动作快一点才是。

可是我下不了手。

我嘟囔了一声，再度权衡这两种选择。若是放走冰华，对我们有什么好处？什么好处也没有。也许它会升空与婷黛莉雅交配，也许世上会再度有龙，不过弄臣从来就不曾笃定地向我保证，世上有了龙会更好。他只说，龙与古灵多少有点关联。若是放走冰华，世界不见得会变得更好，但是弄臣肯定会慢慢地被冶炼，贵主的母亲与妹妹也会继续受辱。但是如果我杀了冰华，晋责就会赢得艾莉安娜的爱与感激。他们完婚之后，多子多孙，国家大治，我们与外岛之间终于得享和平……

“你想一想啊！”博瑞屈如此叮嘱我，“把事情想个透彻，不能想当然耳。”他虽瞎了，却看得比切德与我更清楚。切德与我只顾着要把王子的婚约定下来，一心只想着非杀死冰华不可，如今才想到要考虑，未免太迟，但我还是把多年前切德教导我的原则应用出来：“你想一想，事情接下来会如何变化？谁会受益？”我努力跳脱他们的框架重新思考。若是杀了冰华，苍白之女就会允许贵主的母亲与妹妹一死，并释放弄臣。那么接下来呢？谁会受益？

若是瞻远家之人杀了外岛的龙，那么接下来会如何变化？这个结果我看得非常清楚，像是我也有了弄臣预知未来的本事一般。若是瞻远家之人杀了外岛龙，那么龙群重返世上的希望完全破灭，这将会变成外岛与六大公国决裂的关键。杀死冰华不能保证双方长久和平相处，反而会变成再度掀起大战的导火线。切德、晋责与我是瞻远家族的最后三名男丁，若真杀了冰华，那么说不定我们三人都要葬身于此地。那么荨麻呢？如果珂翠肯揭露了我女儿的身世，并宣布由她继承瞻远王位，那么外岛人就会让她平安无事地治理国家吗？恐怕很难。果真如此，那么我们这十五年来好不容易获得的这么一点捉摸不定的和平，也顿时就化为乌有。大屠杀将始于艾斯雷弗嘉岛，之后往外扩散，这次可没有人去唤醒石龙群，也没有古灵盟友来帮助我们了。我们的海岸会重新受到大肆破坏，冶炼纷传。苍白之女会再度权倾一时，这是她造就的未来，谁也挡不住她。

一想到我自己差点做出了什么好事，我的心就几乎冲破胸膛跳出来。弄臣预料得没错，这个困难的抉择终究还是传到了我的手里。我差一点就让苍白之女如愿了。我把指尖贴在弄臣留在我手腕的指印上。“原谅我。”我对他恳求道，“你一直都希望我这么做，如今我要去做了，你可要原谅我啊。”我整个人平贴在冰地上，使尽浑身解数，原智和精技力量双管齐下，将我自己的知觉朝冰华投射过去。

我的精技力量仍很虚弱，像是无力拍翅的飞蛾，但是我的原智力量却很强。我感觉到冰华已经察觉到我了，也知觉到自己被它注意到。这其实十分危险，就像是猎物知觉到猎食者已经盯上自己，突然抬起头的情况，但是我却不因此畏缩，反而如同猎食者在挑战闯入地盘的敌手，使尽力量对它怒吼。光靠原智无法将我的思绪传给它，不过也许它感知到我的存在之后，会进而对我探索。也许它在感知到我的存在之后，会与我心灵交流，并因此了解到我所知道的事情：我所知道的，就是世上还有另外一条龙，而且是一条母龙，这条母龙现在已经在海鸥的指引之下，拍动翅膀，前来此地寻它了。我希望冰华也能够知道这些。

我知道它感觉得到我的存在，但是对它而言，我不过是只乌鸦而已，既算不上是猎物，也不是龙群的一份子，不值得它多注意。它的注意力投射过来，又飘开，再度不顾一切地坠入死亡的深渊。

我大为恐慌，却怎么也使不上力。此时是我最需要精技力量的时刻，可是它却又溜走了，如今光靠我这么一点力量，是不够探入冰华心中与它心灵交流的。此时的它，一心要忘却一切，一死了之。我再度试着将精技凝缩为箭头大小，朝着冰华射了过去。

原来你在这里啊，我还以为你已经死了呢！近来我每天晚上都在找你。你是怎么了，为什么突然消失了呢？荨麻强而有力的精技波逮住了我虚弱的精技波，就像是人们伸出强壮的手臂拉起即将溺毙的人。她把我的思绪掌握在她手里，我急着将她推开。

荨麻，现在不行。你走开。我现在没空跟你多谈。

我这话一定太冲、太伤人，她听了之后便丢下我走了。我这才发现自己有多么愚蠢，连忙叫道：不，你等等，回来呀，我需要你！

她停住了。此时她已经远在我知觉疆界的边缘，我只看得见她梦境的飘扬色彩而已。此时的她是个猎人，头发绑得整整齐齐，手上拿着一个猎网。我大喊着恳求道：你回来呀！求求你！我需要你帮忙！

有什么忙好帮的？她冷淡地应道。

我失踪了那么久，却一碰到她就将她拒于千里之外，一定使她感到很不是滋味。不过我们之所以长久不相见，一开始就是因为她竖立高墙躲我，但我敢说这事她大概早就忘了。我真希望有时间跟她好好解释，但现在实在没有那个时间，冰华又慢慢地从我的原智知觉中消退，再过片刻，它就会远去，到时候我就别想找到它了。请你帮我唤醒龙！我对她恳求道。它一心求死，所以深深地掉入自己的梦境里去了。不过，既然你能探入睡梦之中，那么说不定能够闯入它的死亡之梦里，把它从死亡的梦境中拉回来。

可是……影狼？改变者？你怎么会求我做这种事？这真的是你吗？以前你总是劝我对龙应该要多加提防，还警告我千万别叫它的名字，但现在怎么反过来要我把它叫醒呢？

我们讲的不是同一条龙啊。一想到现在片刻都耽搁不得，我便只好大着胆子请她别想那么多，只管帮我就是了。求求你，求求你相信我，别多问原因，只要帮我唤醒这龙。时间紧迫，要是有空，我一定向你解释，但现在实在是没办法，等事情过了，我再跟你讲清楚。只是现在请你相信我吧，帮我唤醒这条龙，帮我跟它说句话。

哪有什么龙？

这条啊！我疯狂地以精技和原智指向冰华，可是它又不见了。你等等，你等等！我对荨麻恳求道。它现在进入更深沉的梦境中了，不过我向你保证，它真的就在这里。你在这里跟我一起看着，再过一会儿，它就回来了。

你没事吧？你怎么还不出来？你把火药放进去了没？晋责惊慌失措地对我技传，打断了我要传给荨麻的思绪。

再多等一会儿，王子殿下。我这里还有件急事要做。就在此时，我身下的巨龙突然又回过神来，我连忙疯狂地召唤荨麻。这里！就是这条！快把它叫醒，快告诉它啊！告诉它，它并非世上最后一条龙，因为世上还有婷黛莉雅。你告诉它，婷黛莉雅要复兴龙族，而且已经来找它了。

接着切德大怒道：蜚滋，你在干什么？你要背叛我们吗？难道你要弃你我多年的情谊于不顾？难道你要背叛瞻远皇室，背叛你自己的血脉吗？

该做的我就要去做！我狂乱地技传道，我感觉得出自己的精技力量晃荡了一下，之后就消逝了，别人恐怕都不知道我做了回答。我察觉到自己俯卧在地道里的坚冰地上，龙再度消退得无影无踪。我头旁边就是锅子，火势已经烧得很旺，那一罐火药则在我手里。我凝聚所有的力量与魔法，努力把我的思绪朝外界投射出去，我只能祷告众神让荨麻听到我的心思。你叫它要选择生，别选择死。你告诉它，生命是如此美好，无论如何它都应该选择生命，至于挣扎、吃苦，那都没什么。再告诉它，婷黛莉雅仍活在世间。就这么跟它说吧。

我尽量。她狐疑地应和道。幸亏她紧抓着我们两人之间的连系线没放，我仍感觉得到她的思绪，但是我已经看不见她了。可是我找不到你说的这条龙啊。不过如果你能把它指给我看，好比说，让我看看它的梦境是什么情况，说不定我可以通过龙的梦境找到它。

切德不断地放狠话、咒骂，又苦苦哀求，晋责则是一头雾水。我竖立起虚弱的精技墙，把他们两人挡在外边，自己则紧贴在冰地上，努力让那条根本不把我当一回事的龙注意到我。我既觉得时光飞逝，又觉得时间慢到仿佛停滞不动。我得赶快找到冰华，因为切德大可通过精技，或是直接动手阻止我。我敢说，只要有机会，他一定会毫不迟疑地把我挡下来。

冰华与我心灵接触之际，我曾一窥它的梦境，对于它的梦境，我记得十分清楚，不过我实在不愿重返那个时空和情景之中。我突然了解到，此刻是个时光的转折点，而那个时空和情景，也同样是个转折点，就是弄臣所指出的岔路，也就是一个人所做的决定，会使后续事件产生变化之时。当年博瑞屈处在这样的转折点上，由于爱我甚深，才选择要施展他自己所鄙弃痛恨的魔法；当年我处在这样的转折点上时，我选择要信任狼，并进入似死非死之中，而我此举也等于是选择了“生”而非“死”，虽然这个选择不甚明智。

我从自己的人生经验中找到一些与冰华的体会相符之处。我将自己的灵魂送回到鞭笞不断、孤绝禁闭的帝尊地牢里，在那冰冷、黑暗与绝望之中，我一心求死，只恨自己无法自杀。

知道自己曾经经历过那一切是一回事，但是重返那个时空，再度尝到松动的牙床上有着陈旧血味，闻到自己身上伤口化脓的臭味，并感觉到就算是冰冷石墙的麻醉感，也无法镇住一再打伤的血肉之痛，那又是另外一回事。我将自己的灵魂重新摆回到那具无处可逃的身体之中，再度领略到那种求死而不可得的绝望。我将肉体的生命力压制下来，可是我稍微一松懈，那生命力又无情地弹了回来。

艾达神慈悲，那痛苦得无处可逃的模样，真的是你的亲身经历吗？我以前还以为那只是你做了恶梦啊！

荨麻的恐惧思绪差点就将我的绝望连根拔起，但就在此时，我感到冰华再度游回生命的海岸。在那一刹那，我们碰触到彼此的心灵，并且复制了彼此的心境。我的梦魇与它的梦魇合而为一，同时我感觉到荨麻的知觉，从我的梦境流向冰华黑暗的梦境之中。

片刻之后，我便察觉到自己错得离谱。冰华以梦境将荨麻包围，随后便夹带着她再度拥抱死亡。我听到她因为自己被完全陌生的意识羁绊住而紧张大叫，声音逐渐远去。

我只来得及伸手一抓，但荨麻瞬间即逝，最后便坠入无尽的黑暗之中。

我试图通过精技游过去救她，但那就像是在漆黑的冷水中乱抓一样地徒劳。接下来，连我对于冰华的感知也开始消逝，它则带着我女儿一起坠入它求之不得的死亡境地。

我曾见过一条杂色的鱼跃出水面，一口攫住海鸟，然后便将海鸟拖入水中，此刻仿佛是那个场景的重演。前一刻，荨麻仍在我身边，我求她代我跟冰华传话，她还举棋不定；下一刻，她便消逝得无影无踪，被冰华拖到一处我无法想象的可怕境地。荨麻手无寸铁，又没受过精技训练，我竟拿她去冒险，而她之所以前去，也是顺应了我的要求。一想到自己干下这等蠢事，我便心如刀割。我既无法眨眼，也无法呼吸。

我竟然把我自己的女儿双手奉送给龙了。

我想要说服自己刚才那件事情并未发生，并借着意志力使时光倒转。这么恐怖的事情，不可能就在弹指之间发生；这么可怕的错误，不可能毫无挽救的余地、这太不公平了。荨麻哪里做错了，怎么会遇上这样的不幸？这都是我的错，这不幸应该发生在我身上才是。等我领悟到这木已成舟的事实时，心里顿时恐惧得无以自持。我做了一件糊涂事，而且无从弥补。我刚才是着魔了还是怎么了，怎会没有三思，就把荨麻投入冰华的梦境里？

我若有似无地感知到其他人的存在。

她去哪里啦？刚才是怎么回事？这个是晋责。

她进到龙的心里去了。我去过那里。音乐很大声，可是它不肯放你走。它才不会找你，它不在乎你是不是在它心里面。在那里，你只能变成它的音乐，没有地方哼唱属于自己的音乐。阿憨技传而来的思绪充满敬畏与恐惧。

但是最糟的莫过于切德那悲痛难抑的思绪。啊，蜚滋，瞧你干了什么好事？你干了什么好事啊？

如果死亡能够涤清我的羞愧与懊悔，我真恨不得一死了之。我真的非死不可，这一切感受令我痛不欲生。

在这个可怕的心境之中，我又再度与龙相遇了。我与它心灵交流，我知道它已经得知了我托荨麻代传的口信。它仍继续逼问她，想要知道更多消息，只是荨麻大多都答不上来。冰华已经把话问完，并将她丢在一旁了。对它而言，那不过是个满脑子想着人类那些琐碎空想的人类少女，一点用处都没有，冰华已将她当作是无用且无法消化的残渣一般地喷入精技洪流之中。有些轻率的孩子会刮掉死蝴蝶翅膀上的鳞片，冰华也是以同样的心情将荨麻丢开，而荨麻在毫无心理准备之下，一进入精技洪流便散成一片片，像是一滴落在急流里的红墨水。

此时冰华虽不发一语，但已经发现我在此地，于是汹涌地窜入我的存在之中，像是扯开旧伤疤那样地令我敞开心胸、施展精技。冰华与我之间连系的桥梁并非精技，只是有几分类似。在那一瞬间，我身不由己地透露出所有的消息。我既然有冰华想要知道的信息，它也就毫不客气地直接取用。它像是打开旧皮包一般地打开我的心灵，把我的记忆当作是摆了杂务的陶罐，倒过来抖一抖，看看会掉出什么东西来，然后不耐烦地在我的人生中搜索它想要找的东西。它还没找完，我们的命运，我们所有人类的命运，就已经被冰封了。婷黛莉雅有如狂风骤雨般嘶吼地突然朝我冲来，以它对我的感知找到了冰华。那感觉，仿佛它们在我体内交会。一时间，我成了它们交会的管道，等到它们认出彼此之后，便紧紧地将心灵锁在一起，将我丢在一旁。我已经没有用处，不值得注意，而且也不重要了。不过它们利用我交会，却使我从外翻腾到内，又由内翻腾到外，我就这么空空如也地被它们丢进了精技洪流之中。我再也找不到自己，也不想试着找回自己了。

我随波漂荡，精技洪流夹带着我的自我碎片流过身边，我也没多加理会。霎时间，我不觉得自己的精技墙有什么保护作用，反倒觉得它是个障碍，把我跟最高妙的东西隔绝开来。我甚至也不觉得精技洪流令我迷恋，如今我只觉得精技洪流是大势所趋、无可避免，我的人生早就注定要死在里面。精技洪流会销毁我一切过往的痕迹，让我忘记自己之前是什么人、做过什么事。泯灭过往、忘记一切，听来像是冷冰冰的善意，可是我老早就希望要有这样的结局。

惟真在此，只是不知道他的确切位置。我感受到他的存在，那感觉，就像是某个被人长久遗忘的香味，由于风吹偏了，重新将一丝气味送入鼻子里，才使人重新闻起这个味道。是啊，惟真，和其他那些睿智镇静的耆老都在。精技洪流里的前辈们好镇静，而且很安宁。接着有个人狂乱地动来动去，又有个人跟别人发牢骚，讲得很快，快到我跟不上他们的思绪。他们在找一个迷了路的人，那人是个女孩，不，是个成年男人，不，是有一个女孩跟一个成年男子被波涛冲走了。真是可惜呀，不过那与我无关。与我一点关系都没有。我只希望他们别再焦急，就让他们冲走，之后与我们在一起又如何？他们在此可以享受到安宁与完整的感觉，既然如此，那有什么好挣扎的？

你真是可耻啊。它张口以利齿紧紧咬住我，使我恐惧不已。你真是可耻啊，竟然任由孩子溺水。换作是你溺水，我一定会想尽办法救你，而若是我溺水，你也一定会奋不顾身救我。但你竟然任由她漂流而去，太可耻了。难道我们不是同个狼群？若你这样做，就等于是将我抛弃了，你知不知道啊？你难道不在乎吗？难道你不曾是狼吗？

这个问题比狼牙刺得更深，痛得我醒过来，开始挣扎。切德、晋责和阿憨也在精技洪流里，他们已经结合在一起来搜找我们了，可是他们用错了方法，这就好比说有人为了要抓鱼而以筛子猛舀海水，这个办法根本就没有用。切德为了找荨麻而在精技洪流里随便乱抓，但在他们三人之中，只有阿憨深明荨麻在精技洪流中的模样，而切德与晋责不但茫无头绪，也根本没想到要请那小个子男人先去找出她的所在。我拼命挣扎，好不容易聚足了足够的力量游到他们身边。这个过程跟塑造梦境有点像，因为事件的前后因果不合理，且眼前的现状时时刻刻都在改变。我终于碰到阿憨，像根线头般地停在他的袖子上，轻声说道：你去找那个帮助小猫的女人就对了。她在这里的模样，长得就像是帮助小猫的那个女人。快去啊！

阿憨立刻行动。我们早就知道他的精技很强大，但是从未在此地测试他的本领。然而在精技洪流中，唯有精技才是唯一，其他都无所谓。

阿憨唱出了专属于荨麻的曲子，接着荨麻便粘上了他所唱的那些音符。他并不是一片片地将她找齐，反倒像是把她的碎片都召集过来，以便填满他照着荨麻所造出来的形象。阿憨谨慎得像是在把玻璃塑像放到架子上似的，小心翼翼地将她复原成在梦里见到的模样。我从未见过别人对一名女子如此地珍重，一时间，我瞥见旅行篷车的内部，接着看到床上的小猫，对屈身躺在他身边的那个女人劝道：没事了，你休息一下吧。反正到了这里之后，你就知道回家的路了。你在这里休息一下再走吧。你在这里是很安全的。你知道我爱你。

阿憨是怎么看似毫不费力地办到这一切的，我实在很纳闷。不过下一刻，他就察觉到我也在场，随即把我丢了出去，不让我留在他的梦中。他的梦境不是我该待的地方。不过，就算他把我丢了出去，这动作也等于确认了我的形体。他将我塑造成我平常的样子，接着就把我赶了出去。于是我突然感觉到晋责扯住了我。蜚滋！原来你在这里啊。我们还以为你回不来了呢。

你为什么背叛我们？你干出了什么好事啊？那个女孩呢？切德质问道。

荨麻没事。我把她补好了，而且也把他补好了。阿憨实事求是地说道。

阿憨一把将我塞回自己的身体之中。

我躺在地道的冰地上喘气。当我想到自己有眼睛，并睁开双眼时，只见眼前一片通红与乌黑，此时我才领悟到，我正在看着锅子里的红炭烈焰与乌烟。我感觉到手指下有一瓶火药，我就地打滚，避开高热的锅子时，火药也跟着滚动。此时要思考任何事情都太难。冰华与婷黛莉雅正在我周围、在我身体里、在我身体下面交谈。它们对话时，有如雷电在我肺里翻腾。它们两个尽管去团聚吧，我可不想凑热闹。我刚才差点就因为它们的团聚而丧命。我汇集所有的力气，费劲地曲起膝盖。只要爬行就可以了，我对自己说，爬出去就可以了。

三件事情同时发生。我听到晋责在地道入口处对我大喊，又感觉到我手下的冰突然震裂，裂缝倏地拉开、拉大，于是朦胧的晨光透进来照在我身上，而苍白之女闯入了我的心灵。

她有精技天赋。我早该想到，之前在施展精技的时候应该更加小心。如今她以那无色的眼珠看透我的灵魂，以仇恨刺穿了我。她的话仿佛重重打了我一巴掌。这是你自己的选择，杂种国王。你宁可选择一条龙，而将你的小亲亲弃之不顾。既然如此，你就一辈子带着懊悔的选择活下去吧。而他亦然——他至少还要再活一会儿，至少活到我让你见到自己做出了什么最佳选择为止！

之后她便离去，任由我因与她心灵接触而挣扎、玷污。她的仇恨与恶毒从不设限，我清楚地知道我既做出选择，她便会在弄臣还有一口气之前，将他折磨得苦不堪言。我的背脊一下子没了力气，我匍伏在地上，既不想动，也没力气动。我再度感觉到身下传来模糊的翻动声，并听到冰层因此而碎裂的尖锐声音，接着一切又恢复寂静。我很想像冰华之前那样一头坠入死亡之中，但此时晋责跪在我身边用力摇晃我。

“起来啊，蜚滋，起来！我们一定得出去才行。冰华在翻身，冰层都裂了！再不走，地道塌下来，我们就走不成了。”

但我实在起不来，于是晋责干脆抓住我的衣领，把我拖出地道，又拖上斜坡，回到光线与人的世界之中。

24. 婷黛莉雅的命令

那牧羊人因为激愤不已而变成战士。他拿起剑，不断地砍龙那坚不可摧的鳞片，直到筋疲力尽之后，他才喘着气，全身大汗地往后一倒。但是片刻之后他又爬起来，再度将龙咒骂得一无是处，并说龙在他这群羊之中逮了三只羊去吃，因此他非得复仇不可。

听到这话之后，那睡饱的龙醒了过来，以比太阳升起更慢的速度抬起头，睁开眼睛。龙低下头望着牧羊人和他手里的剑，巨大的绿眼睛则像漩涡一般地转呀转。有人说，龙的眼睛如深水处的漩涡，吸走了牧羊人韩德森的灵魂，最后他就变成龙的仆人。但有些人则说，尽管龙直视着韩德森，那牧羊人还是挺立不动，最后是因为吸了一口龙喷出来的气息，才对龙百依百顺。这种事情不容易有真正的目击证人，毕竟众人都躲得远远地观看韩德森砍龙，没有一个人敢踏上草原的边缘。

但不管是龙的目光，还是龙的气息，总之它就是掳掠了牧羊人的心。韩德森突然把剑和盾牌丢在一旁，大叫道："绿龙啊，代表宝石、火焰和真相的绿龙啊，请原谅我吧，我竟然到现在才看出您的荣耀与光辉。请原谅我，并让我从此以后竭诚为您效力、为您歌颂。"

——《龙奴的故事》

这个世界既光亮又寒冷。我想要踩稳脚步，却发现这双腿不听使唤。博瑞屈不知道从什么地方冒了出来，抓起我另外一边手臂。我在他和晋责一人一边搀扶下，映着晨曦，踉跄地滑着走向营地。我看见切德一股劲地跑上山坡来找我们，阿憨则落在他身后大老远的地方，蹒跚地与长芯同行。原智小组的成员衣衫不整地冲出帐篷，站在雪地里，一边披上外套、穿上靴子，一边指着山坡，彼此大声叫嚷。首领团派来的战士们各自站开，目瞪口呆地望着，彼此心领神会地点点头，仿佛他们老早就知道这个厄运一定会来临。

冰华第一次的破冰挣扎宛如一场小型地震，然后它继续东推西打，我们则连忙下山，远离大坑。我们既听到也感觉到身后的冰华为了挣脱冰牢而用力得全身颤抖，它咕哝着与坚冰对抗，冰层在尖锐的折断声中碎裂、鼓凸。即使如此，我仍觉得它后来这几次的劲道，都比第一次虚弱得多。直到我们下山路程走了一半时，冰层的碎裂声就完全停止了。我对冰华的原智知觉仍然很强，但是如此清楚的感知，却让我察觉到那是个筋疲力尽、濒临崩溃边缘的生物。

“多讽刺啊。”我喘着气对博瑞屈和晋责说道，“多年以来，它一心想死而死不成，若是最后反倒在挣扎求生之中死去，那不是很讽刺吗？”

博瑞屈嗤之以鼻：“谁不是在挣扎求生中死去？”

“到底是哪里出了差错？”晋责质问道，“你为什么不干脆下手，反而把它唤醒？是因为火药失灵了吗？你为什么改变主意？”

我还来不及回到营地，切德就已经来到我身边。我的老导师气得浑身打颤，大踏步地直朝我走来，他问的问题可比晋责严厉多了。

他一走近到彼此耳力可及的范围之后，便激动地颤声叫道：“你是怎么啦？你怎么可以背叛自己的家族？我们原来是派你去屠龙的啊，你有什么权利，竟敢反其道而行？你怎么可以反过来对付自己的家人？”

“我并没有反过来对付自己的家人，反倒是任由弄臣为了瞻远皇室而被人冶炼。”我在明亮的晨光中把这个残酷的事实大声说出来，使得这件事变得更加真实。我不由得吸了一口气，以较为平静的声音说道：“那女人是在演一出木偶戏给我们看，切德，让我们看得着迷，忘了控制木偶的细线都操之在她的手里。苍白之女的确希望冰华死去，一点也没错。我们若是将它杀了，或许她真的会把弄臣交还给我们。不过她若交还弄臣，也只是为了让他目睹自己的梦想幻灭——唯有如此，他才会亲眼目睹瞻远家系的灭亡啊。”

虽然人们不断聚拢过来，但我仍照样大声讲出我的推理。晋责和切德听了沉默不语，我知道他们也认为我言之成理。在一片沉寂之中，我对晋责说道：“我破坏了你的承诺，所以这个新娘你是娶不成的了。不过，我也不能说我对此感到遗憾。这桩婚姻就算成立，也是立于死亡的基础之上，而死亡将是这桩婚姻里唯一的报酬。至少，我们在这当下选择了生命。我们不是让冰华死，而是让它生。如此一来，六大公国与外岛之间，通过冰华之生所缔结出来的和平，很可能远比以它之死所缔结的和平要长远得多。”

“满口大话！”切德气极了，“你说得冠冕堂皇，但是你根本就不知道这个选择会导致什么后果，而我也不知道！要是那个怪兽破冰而出，肚子又饿极了，那它会‘选择人类之生’，还是把我们当成可口的佳肴？我承认我之前是短视了点。也许你不杀它是对的，但这并不表示你就该唤醒它。等到这个漫长的一日落幕时，有谁会因为你唤醒龙而感激你呢，蜚滋骏骑？”

“蜚滋骏骑？”我听到儒雅说道，并从切德身后大踏步走上前来，“蜚滋骏骑？他说的是蜚滋骏骑吗？汤姆·獾毛就是‘原智小杂种’蜚滋骏骑？”儒雅的眼睛大睁，由于震惊过度而喘息连连。他难以置信地抓住罗网的手臂，要求他给个说法。晋责的这位好友目瞪口呆地望着我，但是他的眼神中没有一丝钦慕之意。“原智小杂种”是个传奇人物，儒雅期望看到的是一个不出世的大英雄，没想到“原智小杂种”本人竟平凡无奇，他只觉得自己被骗了。

“嘘。”讲话的人是罗网，他要在秘密突破网罩之前，抢先将之按下来，“现在不行，以后再说，我会解释。现在没这工夫。他已经唤醒了冰华，现在我们该把它救出来了。”罗网打量着我，他眼神中似乎透露出他很高兴。接着他对我深深地点了个头，几乎可算是鞠躬，之后便丢下我们，往山上走去。

这时我才注意到原智小组都带着挖洞用的铲子和撬杆。如今有了新的目标，每个人都精神抖擞。迅风和扇贝拖着雪橇以便运走冰块。迅风经过的时候，并未朝博瑞屈或我多看一眼，不过博瑞屈仍察觉到他儿子接近，也不曾因为儿子冷淡沉默而受到威吓。“孩子，你小心一点。”迅风经过我们身边时，博瑞屈对他训诫道，“没人知道蜚滋叫醒的这条龙到底是正或邪，也没人知道这龙对我们是善意，还是恶意。”

他转过头来盯着我。此时我才知道，即使一个人的眼睛都蒙上了白翳，那眼神仍有可能锐利到把人刺穿。“你刚刚在那里干了什么事？你为什么要那样做？”

我看也该讲出真话了：“不是我弄的。不全是我弄的。我虽知道龙还活着，但就是无法以我的精技联络上它，只能通过我的原智跟它沟通，这是因为我的精技不够强。不过后来荨麻找到我，所以……”

阿憨终于踱到我们身边，高高兴兴地接口道：“所以荨麻就把龙叫醒了！之后我就把她救回来，将她放在安全的地方。她很爱我呢。”

“什么？”博瑞屈又气又惧地大吼一声，“荨麻？我的荨麻？这是不可能的，她不可能啊！”

“不，不是她有原智，而是她有精技。”切德耐心地解释道，“她确有精技天赋，只是没受过训练，所以十分危险。她之所以没受训练，这又得感谢蜚滋与他那些没来由的杂思奇想了。刚才她差点就在精技洪流里灭顶，幸亏阿憨对她相知甚深，这才找到她，并将她救出。现在她安全了，也许会对于刚才发生的事情感到很困惑，不过她已经安全无忧。”

“事情一下子来得太多，我承受不了。”博瑞屈本来搀扶着我，现在倒变成我搀扶着他了。他艰难地吸了一口气。“我老早就怀疑她有一点骏骑的魔法天赋。我心里挂念着很久了，所以当她把狼的梦说给我听时……我就下定决心要去找珂翠肯，看看这到底是怎么回事，同时也安排她接受训练。”他露出了个古怪矛盾的笑容，他既为荨麻感到骄傲，同时又为她的前途感到忧心，“她的天赋强到足以把龙唤醒？”

这时大家突然被一波强烈的思绪击中，切德还因此而摇摇晃晃，最后不禁跪在地上。龙的宣言直射入众人的心中。婷黛莉雅已经找到我们了。

快去帮它的忙！快把冰华挖出来，不准伤它分毫。我将火速前来，我们心灵接触之后，我已经知道它的方位，再也用不着由海鸟领路！我警告你们，我马上就要到了，我到的时候，冰华必须要站在地上迎接我，要是不然，那你们就糟了！

那既不是原智，也不是精技，不过那思绪打到我心里的力道，跟强大的技传差不多。刚才冰华在我心灵里胡搅已经使我很难受，如今婷黛莉雅的强劲思绪更打得我站不稳。据我猜测，它的思绪对我们这些娴熟精技之人的冲击可能比较大，但晋责的原智小组成员也踉跄起来。不过原智小组反应不同，有些人似乎完全能听见婷黛莉雅的话，有些人则东张西望，仿佛坠入五里雾中，扇贝则像是什么感觉也没有。儒雅高声叫道："你们都听到了吧！婷黛莉雅下令要我们把冰华挖出来！我们动手吧！"说着，他便像是要攻入敌阵的急先锋一样冲上山坡。

外岛人之中，有一人坚信那一定是天神或恶魔对他说话，因而吓得跪倒在地；又有两人眺望着远方，像是要探查刚才他们听到的声音到底是怎么回事，除此之外，其他人就没反应了。博瑞屈脸上一时露出了困惑的表情，仿佛他几乎想起了什么事情。这是因为，多年前我父亲为了要保护博瑞屈而将他封锁，不让他受到任何精技外力的影响。据我猜测，他大概经由自己的原智天赋模糊地察觉到外界传来了什么思绪，却分辨不清这思绪夹带的是什么内容。

我这些念头都只在片刻之间。下一刻，阿憨便带着欢欣的笑容，大步越过我们身旁爬上山坡。他那双短腿走得几乎脚不点地，他边走边叫道："我来了！冰华，我来把你挖出来！"

我认为他之所以这么热心，是因为不久前冰华影响到他简单的心灵，以及方才他成功地解救了荨麻，这件事一定让他颇为得意。我跟在他后面走，晋责与我并行，而切德则跟在我们身后。晋责喃喃地说道："我们得把冰华背上的冰都挖开来才行，它用后背突破冰层比较快啰。这其实不需要花太多力气！"我听了不禁怀疑，他突然变得兴致勃勃，这股热情到底是从何而来？

"这么说来，切德希望我们把冰华丢着不管，但是你跟他意见不同啰？"

“是啊，我的想法跟他一样，不，我原来的想法跟他一样。可是那是……那是刚才啊。但自从荨麻唤醒冰华之后，不，自从……可是婷黛莉雅下了命令啊。婷黛莉雅……”晋责的脚步慢了下来，以忧虑的神情望着我，“这几乎就像是你以精技对我下令一样，可是又不大一样。我是可以把婷黛莉雅的命令摆在一边的。应该可以吧。”他拉住我的手臂，使我不得不停下脚步，同时他脸上闪过一抹古怪的神情。“婷黛莉雅下了令之后，一时间，我什么也不想，只想着要乖乖照做。真是奇怪啊。人家说，龙会把人迷倒，就是这个意思吗？”

此时博瑞屈开口说话，让我吓了一大跳。我几乎都忘了他，幸亏他还是跟上我们了。“古老的故事中，常常提到人吸了龙喷出的气息，就被龙迷住了。我刚才是不是错过了什么？是不是有什么技传的思绪？”

“类似这样。”晋责思索道，“几乎可说是精技指令，但我也不能确定。我想，我是在婷黛莉雅下令之前，就打算帮助冰华了。感觉上，那是我自己的想法啊。可是……”

就在此时，切德超过了我们，他嘴里喃喃说道：“火药。用火药就对了，这一炸，就可以让它脱身了。只要改变放火药的位置便可。还有就是要换小一点的罐子……”

晋责与我互视了一眼，接着我们一起快步赶上切德。我拉住他的袖子，他把我甩开，不过我再度拉住他。

“切德，你现在不能炸死它，太迟了。婷黛莉雅马上就到，而且我们的人都一心要把冰华挖出来。你这样是行不通的。”

“我……炸死它？”我这么说，他倒很意外，“不是，不是炸死它，当然是炸开坚冰，好让它脱身呀，你这笨蛋。”

我再度与王子交换了个忧虑的眼神。“为什么要救它呢？”我柔声地对他问道。

他的表情，仿佛我的无知令他感到莫名其妙，然后，只那么一瞬间，他的表情就变了：切德竟然会词穷、无言以对，这下子令我更担心。不过，就算婷黛莉雅蒙蔽了他的心智，但他好歹是编造理由的专家，每次他决定了我该做什么事，总是端出一大堆天花乱坠的理由。“嘿，你可别忘了，此刻正有一条勃然大怒的母龙朝此地飞来，它之所以找得到我们，都得感谢你的撮合！既然你都闹到这个地步了，那我们还有什么别的选择？如果我们现在杀死冰华，那么婷黛莉雅绝对会杀得我们不留一个活口，它刚才就已经放话了。这实在无奈，但我们也只能帮助冰华了。如果我们抢在婷黛莉雅飞抵此地之前，就把冰华挖出来，那么它可能会将此当作是我们对它一片赤诚的表示。你自己不是也说过了吗？我们说不定可以将婷黛莉雅的好感作为起点，跟缤城缔结为同盟。再说，在我们还没摸清它有多大能耐之前，应该是尽量讨好它比较好，不是吗？”

“这么说来，你认为要让冰华脱身，最好的办法就是炸开冰层？”

“一次爆炸，抵得过十个男人铲冰。你相信我就对了，蜚滋，这点我是很在行的。”之前切德处心积虑地要炸死冰华，这时他却反倒积极热切地要炸开冰层让它脱身。婷黛莉雅的命令，无疑已经重重地印在切德心中，对他而言，它的命令是不是跟精技指令的力道一样强劲，因此即使切德原来有相反的想法，也马上被扫到一边？

弄臣被冶炼了吗？这个思绪突然像一波冰冷的海水般袭来，令我一下子忘了眼前的烦恼，其冲击之大，使我踉跄得站不稳。我做了这些事情，其实是符合了弄臣的心意。我唤醒冰华，现在我们所有人都转而努力从坚冰中将它抢救出来，以便让它与婷黛莉雅相会。我在做这些事情的当下，甚至还认为这样做是对的，但如今我的灵魂却因为时光无情而感到懊悔。我无法回到当初改变自己的决定，可是突然之间，我却觉得那个决定沉重且尖锐到我无法拖着它走完人生。一时间，弄臣留在我手腕上的指印变得冰凉。

但我的脚仍带着我和他们一同往前走。我们抵达大坑之后，发现尽管冰华挣扎了一阵子，成效却不大，顶多就是在它背上的冰层裂开了几条裂缝，以及有一段通到它的头颈的地道坍塌下来。原智小组已经开始从冰层的裂缝下手，他们很热心，但是人力不足，而我抵达之后，首领团的人也开始跟他们一起动手。营地里所有人都团结同心，为了把活着的冰华挖出来而齐心协力，这是前所未有的盛况。但就算大家兴奋不已，也无法使艰辛的工程稍微轻松一分。

切德发现我逃出地道时没将装火药的瓶子一起带出来，气得大骂我白痴。他派了两个人去开通地道，并吩咐原智小组沿着龙身，挖出几个深且窄的洞。此举把大家都搞糊涂了。“我们要在冰华弄出来的裂缝中分几处放置火药，这火药的份量不至于伤害到它，只够撑开冰缝。如此一来，我们只要直接把大块的冰块搬走就行了。蜚滋，我需要你帮我量火药的份量并分装火药。晋责，你跟长芯一起，去找几个合适起火的容器。要让火药同时爆炸并不容易，但是我敢说，若能够让这几份火药近乎同时爆炸，效果一定是最好的。”

切德正在兴头上，他一边条理分明地安排事情，一边大加发挥创意。能够将心里的想法付诸行动，使他乐不可言。我这才了解到，他若有机会，也会像惟真那样成为一流的士兵与谋士，只是方式略有不同罢了。在我一生中，几次见到他一身是劲的模样，都是他将一切限制抛在一旁，一心落实心里想法的时刻。

由于挖冰的工作博瑞屈帮不上忙，于是他跟着我们一起回到切德的帐篷。我想到他心知自己无多大用处，心头就觉得难受。有的老狗，因为深知自己已经追不上猎物，也闻不出气味，所以干脆跟定主人的坐骑，因为它知道杀戮猎物的场面，主人是一定不会错过的。博瑞屈多少令我想起这样的老狗。我抬头瞄了他一眼。此时他坐在切德的床垫上，专注地倾听我们的动静。切德正在打开另外那桶火药。我跪在地上，身前铺了一张干净的兽皮，切德则在兽皮上放了一小堆火药替我做示范，我则小心翼翼地另外量出几堆份量跟示范堆差不多的火药。我最困扰的是这些火药的颜色各异，颗粒有粗有细。不过切德耸耸肩，就把我心里的问题扫到一边。“时间足够充裕，我们才能做得很完美。眼前这东西只要有效就可以，孩子。王子呢？我派他去各个帐篷里搜找几个能够封紧的容器，派长芯去搜集锅子，现在他们也该回来了。有了容器跟锅子之后，还必须两两搭配在一起，所以是越早进行越好。”

“我敢说他一定很快就回来了。”我说道，转头面向博瑞屈，“你很沉默，是因为你原本是为了屠龙而来，可是现在我们却要尽力救龙吗？”

他皱起眉头：“你以为我来这里是为了要屠龙？”他在好笑之余，哼了一声，摇摇头，“我原来根本就不相信这里有龙，我只当作是荨麻做了恶梦，并且顺着她的话安慰她，我会好好保护她，不让龙伤害她分毫。后来我把她带到公鹿堡去，才发现这里可能存着一些龙的遗迹。不过我前来此地时，心里存着的想法是要把你跟迅风带回家，因为，无论你们两人有多少理由，你们终究是家里的人啊。”他突然叹了一口气，“蜚滋，我这个人一向单纯，碰到问题也会去找简单的答案。我来的时候本来想要解开你我的死结，但如今重点却是要保护荨麻不为龙所害，并想办法劝服迅风丢弃他的野兽魔法。我原来一直以为你因为有原智天赋而送命了，你知道吧？但是王后把她知道的实情告诉了我，她说，有个被冶炼的人把我帮你做的那件衬衫抢过去穿了，黠谋国王的别针就在那件衬衫的领子上……你可知道当初我把那个可恶的家伙埋葬的时候，心头有多么沉重……”

他话还没讲完，就被突然冲进帐篷里的晋责打断。“找不到！我四处都找过了，可是都找不到！”

“找不到装火药的罐子吗？”切德心里唯一挂虑的就是这个，“怎么，罐子都不见了吗？”

“不是！我是说贵主跟皮奥崔！我四处都找不到他们两个，他们的床上空无一物。看那情况，我们昨晚谈过之后，他们并没有回帐篷就寝。我看他们是走了，如果他们真的是走了……”

“那么他们不会去别的地方，一定是去苍白之女那里了。”虽然切德先前说火药的颗粒粗细无关紧要，但此时他却皱着眉头，翻搅着那几堆比较细的粉末，“他们一定是去向苍白之女通报蜚滋已经回到我们营地，如今我们已经知道这个布局背后是什么把戏了。”他的眉头突然皱得更深，“况且我们当着他们的面提起罗网派海鸥去缤城，以及如今婷黛莉雅已经在半路上的事情，这点他们也一定会通报。这一来，苍白之女就会知道我们现在如何看待她，以及我们的弱点何在。我们唯一的反击之道，就是行动要比她更快。我们必须赶快将冰华从冰层里弄出来才行。”

“可是，艾莉安娜和皮奥崔何必去向苍白之女通报？他们既然知道我愿意为了他们而屠龙，他们何必反过头来对付我们？”王子沉痛地说道。

“我不知道。”切德丝毫不为所动，“但我们仍预先假设他们背叛了我们，假设他们把昨晚所见所闻都一五一十地通报给苍白之女，这样对我们比较安全。若果真如此，那么苍白之女很可能会趁虚而入，这我们必须承认。”

“可是昨晚情势就改观了呀！昨天晚上，蜚滋与我计划要遵照艾莉安娜的要求炸死冰华，让她达成心愿。既然如此，她何必去向苍白之女通报，为何不等到我们把事情完成了再说？”晋责的眉头纠结起来，“他们昨天晚上离开我们帐篷时，皮奥崔看来倒不像是要去对敌人鞠躬哈腰的模样。”

“这我不知道。”切德的注意焦点丝毫没有偏移，“你这几堆火药的份量要调整一下，蜚滋，除非是这么细的粉末，份量才跟我做给你看的那一堆一样。”之后他才说道，“我不知道，晋责。但是假设他们此举暗藏恶意，那么想出我们要采取什么行动以便提早防止他们的诡计，这就是我的责任。”他开始以刮刀调整我做的那五堆火药其中一堆。“等到我们把龙救出来之后再说吧。”他几乎像是自言自语地补了一句，接着他再度转头望向晋责，“但罐子还是不能少。”

“我去找。”那少年有气无力地答道。

“很好。你暂时就把那女孩跟皮奥崔的事情先放在一边吧。如果他们昨晚就溜走，那么早就已经走了很远，我们就算想制止也来不及了。我们就先专心处置眼前的危机吧，这件事摆平了之后，再处理下一件。”

晋责魂不守舍地点了点头，随即便离去。看他那模样，我心里也很难受。“你真的认定他们是去向苍白之女通报吗？”

“或许。不过我看应该不至于那么糟。只是，就如我刚才跟晋责说的，我们必须先预想最糟糕的情况，依此设下我们的防线。我们最佳的反制之道，就是赶快把你唤醒的龙救出来。”他在苦思之余，眉头纠结了起来，但片刻之后，他还是觉得那几堆火药比较有趣。“等我们把冰华救出来之后，再好好把他们的事情想一想吧。”

恐怕婷黛莉雅的命令已经深深地烙在他心中了。我很想如以前一般认定切德仍然头脑清楚，但我实在没有把握。

长芯先带着锅子回来，之后晋责才带着大小不一的罐子出现。切德一拿到他要的东西，就立刻派他们两人前往大坑，叮嘱他们去协助挖掘他交代的那六个小洞。不过据我猜测，他唯一的用意无非是要找件事情让王子去忙罢了。在我看来，切德对那几个罐子至为挑剔。他先选取装火药的容器，并检查盖子或塞子能不能封紧，然后把装火药的容器拿来跟起火的锅子配对。我主动要帮忙，但是他执意要自己来。“总有一天，我会设计出完美的火药罐。这火药罐要能够受热，又不能受热太快，毕竟我们总得让把火药罐丢进火里的人有时间逃开。还有，罐子必须能封紧，这样火药才不会受潮，储存久了也不会出问题。除此之外，这罐子还必须容易装填，火药屑不会沾在罐子外头。总有一天，我会设计出更好的方式来点燃火药……”

切德已经完全浸润在他自己的新发明之中。此时这位师傅仍对火药有些疑惑，所以不愿将此事交代给大徒弟处理。我稍微让开些，让他方便伸手动脚，退坐到晋责的床垫上，与沉默的博瑞屈相伴。博瑞屈在沉思，他的心已经不晓得飞到哪里去了。我仍然有种急着想要这件事情赶快落幕的感觉，但我无法确定这感觉到底是源自于婷黛莉雅烙在我心中的命令，还是源自于我因为弄臣而感到的沉痛。不管如何我总会转念想起他，我努力不让自己多想他现在遭受了什么折磨，以及此时他是否被折磨到失去意识。龙与我的接触似乎让我的精技天赋恢复，然而当我沿着弄臣与我之间那条细如丝的精技牵系线摸索而去的时候，却探不到他的人，因此我非常恐慌。“我照着你的意思去做了。”我轻声地对弄臣承诺，“我会努力把龙救出来。”

切德埋首于评估容器与装填火药之中，无心注意我的动静，但博瑞屈倒是听到了。也许就像人家讲的，视力退化之后，其他感官会变得更加灵敏。他将手放在我肩膀上。说真的，如果罗网没提起，我可能一辈子都没注意到，但是他说得没错，因为我的确感觉到博瑞屈手上传来令人镇定的暖流。倒不是说他将心思传给我，而是那种“博瑞屈与我同在”的感觉，使我的心头稍微安定了下来。虽比不上人与动物牵系在一起那么强烈，但是那感觉的确存在。

博瑞屈轻轻地说道："孩子，你一直都是这个样子。人家要你做什么，你就做什么，没人要做的事情，你也揽起来做。"他只是平铺直叙，倒没有评断这样是好是坏的意思。

"你也是这样啊。"

他沉默了一会儿。

"是啊，这倒是。我记得有人跟我说过：这就像一条狗就是需要一位主人。"①当年我跟博瑞屈讲了这句带刺的话，如今他再提起，倒使我们两个都不禁苦笑。"我看这句话套在我身上也挺合适的。"我坦承道。

我们两人一语不发，动也不动地坐了一会儿，趁机在这风暴的暴风眼里偷闲歇息。帐篷外面依稀传来人们以铁器击开坚冰、撬起冰块搬到木质雪橇上运走的声音。我身边的切德则喃喃自语，谨慎精确地把火药分为几等分。我探寻冰华，发现它虽在，但是在我的原智知觉中却逐渐微弱。也许是因为它用尽了力气，于是如今什么也不能做，只能等着我们去救它了。博瑞屈的手仍搭在我的肩膀上，我小时候曾怀疑他施展原智，而此时我又不禁怀疑他是不是在以原智探索冰华。

"迅风的事情，你要怎么办？"我还没察觉到自己想要说话，这句话便已脱口而出。

博瑞屈近乎悠哉地答道："我要带他回家，努力把他教育为正直的男人。"

"你的意思是说不要让他施展原智。"

他嘟囔了一声，似乎在应和我，又像是在请我换个话题，别再提起此事。可是我丢不下来。

"博瑞屈，你在马厩待了那么多年，医术、驯兽和安抚动物的功夫又是一流的，那是原智吗？你是不是跟母老虎牵系在一起？"

①出自《刺客正传3刺客任务（上）》，是蜚滋在盛怒之下对博瑞屈脱口而出的话。当时，博瑞屈的确因此而感到受伤，并以此自嘲。

他镇定地思考着，最后反问我："你是不是要问我是否说一套，做一套？"

"对。"

他叹了一口气："蜚滋啊，我曾经是醉倒在酒乡爬不起来的酒鬼，我可不希望你，或是我这几个儿子变成酒鬼。除了嗜酒之外，我还有些别的嗜好，我自己也知道那些嗜好不值得鼓励。我毕竟只是个男人，普通人。不过若是我的小男孩们有我这些坏癖性的话，我绝不会宽谅，更不会鼓励。难道你会这样纵容你的小男孩吗？珂翠肯跟我说你收了个养子，我听了很欣慰，幸亏你并非完全孤单。既然有了孩子，难道你都没有为父的心情？你若是特别鄙弃自己的什么毛病，那么儿子若是重蹈覆辙，做父亲的就会格外气愤担忧，这点难道你都没有体会吗？"

他倒是将一切推卸得干干净净。不过我还是把他引回原题，重新问道："你在当马厩总管的时候，到底有没有运用原智？"

他吸了一口气，简短地答道："我选择不用。"我本以为他只肯说到这里，但过了一会儿，他清清喉咙。"可是，那就像是夜眼在多年前说过的一样：我可以选择不回答，但是听得到就是听得到，我无法选择不听。我知道那些猎犬叫我什么名字，我甚至还听你亲口把那名字说了出来。'兽群之心'。我知道它们称我为'兽群之心'，也深知它们的……它们怎么看待我。我的确能够洞察它们的心情：它们在七嘴八舌地讨论追捕猎物有多么刺激之际，回过头对我吼着打猎真好，这些我无法装作不知道。我跟它们一起同乐，这它们是知道的。

"很久以前，你告诉我，不是你选择了夜眼，而是夜眼选择了你。你当时说，是夜眼选择了你，与你牵系在一起，所以这件事情你自己没什么选择的余地。母老虎跟我也是这样。它那一窝小狗都健康强壮，唯有它一出生时就瘦弱多病，但是它有……它很不一样。它很有韧性，而且一心要克服重重难关。它那一窝兄弟推开它、不让它吸母亲的奶水时，它不是向母亲求援，而是向我求援。我该怎么办？它恳请我让它吸点奶水，让它有机会求生，难道我要假装没听到？所以我就帮助它，让它可以喝奶。当然它后来长大了，就不会受到欺侮，但到了那时候，它已经很黏我了，而我也得承认它。时日一久，我也对它多所依赖。"

其实博瑞屈与母老虎之间的关系，我心里多少有谱，但我不知道自己为什么现在非要他坦承这一点不可。“这么说来，你自己都做了，可是却不准我做。”

“大概是吧。”

“你知不知道你使我痛苦到什么地步？”

他毫不畏缩：“你不听我话的时候，我也很痛苦啊。不过话说回来，我这样做有什么用意，你大概从没想过。我敢说，你自己心里极为愧疚的事情，你家幸运一定连一次也没犯过，对不对？我还敢说，他总是对你所说的道理言听计从，对不对？”博瑞屈一语道中了我的心事，每思及此，我总是觉得十分讽刺。

我听了之后，一时间答不上话，但我还有其他问题。“可是，为什么会这样呢，博瑞屈？为什么你这么鄙视原智？我对罗网颇为敬重，他就认为他的原智魔法既不伤人，也没什么危险。可是为什么你就对你的原智魔法这么难以忍受呢？”

他把头发梳到头后，揉了揉眼睛，不情不愿地答道：“蜚滋，说来话长。当年我祖母发现我有这个污点的时候，她非常害怕。她的父亲，也就是我曾祖父，就有这个污点。就因为曾祖父有这个污点，所以当他面对着到底是要偕同妻子和幼小的子女逃离奴隶生涯，还是要把他的原智伴侣从着火的马厩里拯救出来的抉择之时，他竟选择了后者。就因为这个缘故，奴隶主又把他们抓了回去。他们被抓回去之后，我曾祖母活得很不堪，不久就死了。我祖母说，曾祖母姿容出色，可是对于身为奴隶的人而言，这是最要不得的缺点：主人家的男人强占她的身子，而男人们的妻子则凌虐她。这一切，我祖母和她那两个姐妹都看在眼里。这一切就是因为，曾祖父本应该把他和妻子之间的情谊放在第一位，可是他没有这样做，反而把一匹马看得比妻女还要重要。”

“那也只是一个人啊，博瑞屈，那也只是一个人做出了错事，如此而已。再说，谁知道他心里想的是什么？也许他想的是，如果他能把马救出来，就能用马将妻女载到安全的地方。或者，有了马之后，他与奴隶主打斗时，才会多一点胜算！这点我们无从得知。但他也只是一个人而已。只因为他一个人，就唾弃所有的原智魔法，这是不是太过分了？”

他气愤地喷了个鼻息。“蜚滋，我曾祖父的决定，使家里一连三代付出了惨重的代价，这不管对任何人而言，都是沉痛的烙印。所以我祖母担心，如果她任由我起了个头，那么我难免会犯下跟曾祖父同样的错。也就是说，她要是不多加管束，难保我不会找个动物牵系在一起，并将其他一切考量都抛在脑后。祖母死后有一阵子，我真的被她说中了。那时我除了自己的牵系伴侣之外，其他什么都不管。你也是啊。难道，你从不曾回顾过去的时光，想道：我的人生若少了原智，那会有什么不同的情况呢？你想一想，要不是你小的时候，你我因为大鼻子的事情而有了芥蒂，我们现在一定比较亲密，不是吗？要是你没有跟铁匠牵系在一起，你的精技课程必定会进展得比较顺利，不是吗？要不是你的人生中有了夜眼，那么帝尊怎么会找到让你身系囹圄的借口？”

一时之间，我哑口无言，最后我答道：“可是，你说的那几件事情之所以会有那么糟糕的下场，还不是因为原智魔法被人看作是耻辱的脏东西？要是当年你以原血者的角度来看待我，并教导我，就是因为什么理由，所以我不得与动物牵系在一起；要是当年的人们，将原智看作是跟精技一样高尚的魔法，那么也就不会生出种种事故了。”

博瑞屈脸色一沉。一时间，我以为他的旧脾气又要发了。接着，他以唯有时光才能磨练出来的耐性，平静地说道：“蜚滋，打从我祖母一发现我有这个污点，她教我的就是这个道理：原智魔法是可耻的，你若是施展原智，就会因此而蒙羞。你讲的那种人，竟然公开施展原智，并且不会因此而感到羞愧。这么说吧，我听人说，有些地方的人，是兄弟姐妹通婚生子，女人露出胸部、四处走动，而你若是因为伴侣人老珠黄而另结新欢，也没什么好可耻的。你会告诉你的子女，这些行为都是好的吗？或者，你会要求子女依照自己从小学来的规矩过生活？”

这时切德开口了，使我吓了一跳：“每个社会都有不直接明言的潜在规则，大部分人从来就没有想到要质疑这些规则。不过说真的，博瑞屈，你一定曾经纳闷过，你从小学到的规矩到底正不正确。难道你从不曾想过，原智魔法到底是不是值得拥有的天赋，这点应该由你自己来决定？”

博瑞屈转过头以他那蒙着白翳的眼睛望着切德。他到底看到什么？他到底看到了人形，还是个阴影，抑或他只是以原智知觉到那老人的方位远近？

“我一直都认为原智是值得拥有的天赋，切德大人。但是我成人之后，就开始体会到自己必须为这个天赋付出多少代价了。你所效力的王子殿下就在外头，原智虽是实用且可贵的天赋，但是你想想看，若是众人知道王子有原智，他将为此付出多大的代价？你为了保护王子，总是一概否认他有原智，以免他遭受人们的怨恨与歧视。既然如此，我以同样的做法来保护骏骑的儿子，你怎么会责怪我的不是呢？”

切德望着他手边的工作，并没有回答。他已经弄好了。六个从酒瓶到盐罐等各色容器装了火药，搁在大小不一的锅子里。“准备好了。”切德说道，他抬起头来望着我，露出一个古怪的笑容，“我们去把龙救出来吧。”

我看不出他那一对绿眼睛里是什么心思。我真猜不透他到底是真心要冰华得以从冰层中脱身，或者其实是要把它炸成碎片。也许连他自己也不知道吧。不过他那坚毅的决心却感染了我，使我突然急着要把这件事情做个了结。

“这到底有多危险？”博瑞屈问道。

“跟昨天晚上一样啊。”切德不耐烦地答道。

博瑞屈伸出一手，轻轻地以手指拂过那几个锅子。“不是六倍危险吗？”他问道，“你要怎么做？是由一个人来引爆，还是六个人来引爆？”

切德想了一会儿：“要六个人同时把六盆火烧旺，然后蜚滋一路走下去，一一将火药罐丢入火盆中。”

我点点头。这样的安排的确明智，若是六个人各自看准了时间将火药罐丢进去，那么众人跑开的时候可能会撞在一起。“就交给我吧。”

我抱着三个锅子，切德抱着另外那三个，博瑞屈拎着一袋燃料以及一小盆木炭。走上山坡时，只觉得天色很明亮，闪闪发光的冰面将阳光折射出来。就这地方而言，今天算是暖和的。走着走着，博瑞屈突然对我问道：“你确定荨麻现在安全吗？你们说她冒了很大的危险什么的，我听不太懂，不过当时你们好像都吓坏了。”

我吞了口口水，承认了自己的过失："我请她进入冰华的梦中，叫醒冰华，因为她的精技天赋高强，能够将人的梦境改头换面。然而龙的梦境跟人不一样，她一头闯入冰华的梦中是很危险的，但我却不假思索地就请她帮忙了。"

"不过她还是去了？"从博瑞屈的口气听来，他颇为荨麻骄傲。

"是啊，她还是去了。因为我求她去。对不起，我竟然让她蒙受生命危险。"

博瑞屈沉默地走了几步："是这样啊。她会信任你，可见她认识你，而且还对你知道得不少。多久了？"

"我也不能确定。这很难解释，博瑞屈。"我感觉到血液涌上了我的脸颊，但我仍强迫自己继续说道，"我以前曾经……窥看你们。不是很常。只有在我寂……我知道那样是不对的。"

他沉默良久，最后才说道："那你看了一定备受折磨，我们大半时间都是很快乐的。"

我深深地吸了口气："是啊。的确如此。不过我以前倒没想过竟在窥看你们的时候，把荨麻也扯了进来。她是……怎么说呢，她变成了我观看你们的窗户吧。后来她开始察觉到我的存在，并且透过她的梦境认识了我，不过她在梦里把我当作是狼人。"我慌乱不安，再也讲不下去。

博瑞屈强忍着笑意答道："这么说起来，她小时候做的那些古怪的恶梦，自有来由。"

"当时我并不知道在通过荨麻观看你们。后来过了一段时间之后，我开始察觉到她在我梦中出现，而我们就在她造出来的梦境中聊天。过了一阵子，我才领悟到，荨麻能造梦，可见得她精技天赋极强，我之前不知道精技还能用来塑造梦境。但是我从来没有……她不……我是说，她不知道……"我说不出口，喉咙突然硬生生地把没说的话吞了进去。

"我知道你没跟荨麻说我不是她父亲。你要是说了，我一跟她讲话就听出来了。"

我无言地点点头。真是奇怪啊，同一句话，不同的人听来却对应了不同的心情。我想的是，我没跟荨麻说她父亲其实是我，但博瑞屈想的是，我从没跟荨麻说她父亲并不是他。

他清清喉咙，换了个话题："她得上些精技课程才行，要不然精技会偷走她的心灵。这个道理我很清楚，因为骏骑老早就跟我说过了。"

"荨麻是该上课没错。"这点我不得不承认，"像她这样，没学过多少，还四处乱闯，是很危险的。她是应该上课没错。"

"你要教她？"他立刻问道。

"谁教都可以。"我补充道。

之后我们就不再谈了。我听着铁器击冰以及大风呼啸地吹过冰河的声音，那风声与敲打声形成了怪异的乐曲，乐曲中还不时掺杂着众人扬声要其他人小心的叫声。我们抵达雪地上的大坑时，他们几乎立刻停下手边的工作。

切德站在大坑边缘，对底下的众人解释他的火药是怎么一回事，以及他打算怎么运用这些火药。我感觉自己很抽离。我逐一望着众人的脸孔，并发现罗网显得忧虑，而扇贝显得颇感兴趣。有些人一听，就立刻变回了小男孩的模样，急着要把这个未知的东西拿来试一试。切德抱着他那三个锅子走下斜坡，我也抱着我这三个锅子走下去。他巡视晋责和长芯帮忙挖出来的那几个洞，看过之后，他吩咐其中一个洞要挖深一点，另外有一个洞则完全不能用，必须在靠近崩塌的地道口附近另外再挖一个。这几个洞必须连成一线，并统统位于冰华挣扎时所迸出最深的那些裂缝上，依他的判断，这的冰层最为脆弱，火药可以发挥最大的效力。他选了六个人去生火，而博瑞屈则慢慢地沿线走过去，将火绒、燃料和木炭分给他们，之后切德便叫他离开大坑。切德本人倒仍留在坑底。他一个火盆接着一个火盆逐一巡察，确定盆子是否稳稳地搁在洞底，以及火势是不是旺得把木料烧成了红炭，并热到足以引爆火药。这六人努力生火之时，切德再三地对他们解释，这火药的份量其实很少，不至于伤到冰华，只够把它周身的冰缝炸开，方便我们迅速地移开碎冰。

这六人站在火边，静待切德评断他们生起来的火势够不够大。他看过之后，多添了点燃料，叫负责人上去跟众人一起待在大坑边，他自己则继续看下一站。与火盆相配的燃料插在离盆子一尺半远的冰地上。最后只剩下切德与我站在大坑坑底，这时他悄悄对我说道：“我要上去跟大家站在坑边了。等一下你看到我跟你点头，你就迅速地逐一将这六罐火药投入火中，之后马上从斜坡上来，跟我站在一起。虽说需要一点时间火力才能够侵入罐里、引爆火药，但我看你还是别在坑底逗留比较好。”

“你放心。”

切德顿了一下，像是想跟我说什么话似的，但接着便无言地对我摇摇头。我不禁再度怀疑，他的行动和意愿到底是不是互相抵触？我望着他走上斜坡跟众人会合，一同站在大坑边上俯瞰着我。这时我突然恍悟到，一开始将众人阻隔开来的高墙已经消失，如今首领团的人、侍卫和原智小组，均已团结一致。博瑞屈站在切德旁边，迅风站在罗网隔壁，而儒雅的猫则趴在冰地上，好奇地凝视着我。

我深吸了一口气，朝最远的那个火盆走去，拿起第一个火药罐。那个火药罐落入熊熊烈焰之中，并激起了几丝火星。第二罐的情况大同小异，但是第三罐的落点很差，必须再推一下，才会位于火焰的中心。我推罐子的时候，听到观众的喃喃私语声。第四个火药罐就很顺利了。第五个火药罐凝结在冰地里，感觉上我好像拉扯了一年之久才将罐子拔出来。问题是，拔出来时，封口也松了，漏出了少量火药，所以我既得塞紧罐口，又得拍掉罐外的火药。当我一将火药罐投入火中，罐子外沾了火药的那一面便立刻烧起来，冒出白焰和火星。我提醒自己，切德第一次弄的那个火药筒落入我的火炉之后，可是过了好久才爆开来的。第六个罐子跟第一个一样容易。最后，我顺从自己的冲动，拔腿就跑。我奔上斜坡，与众人一起站在坑边。这时第五个火药罐突然爆出了烈焰、闪光和有硫磺味的刺鼻烟雾。观众发出讶异与恐惧的叫声。不过我赶到坑边时，那冒得半天高的白焰已经逐渐退缩回去，盛着那火药罐的火盆则依然烧得噼里啪啦响，我们还听到融化的雪水与火相遇的嘶嘶声。

我挤到切德身边，只见他大摇其头。“这个糟蹋啰。”他简短地说道，“埃尔神的卵蛋！要是我有时间多测试一下火药，再设计专用的火药罐就好了。话又说回来，刚才那火焰从外头烧进去，把主要的火药剂量引爆，那样倒好。这个引爆方式能不能加以运用呢？我之前总以为，火药一定要全部装在容器里才好——”

就在此时，某处的火药猛然炸开。不是第一处，据我看来，应该是第二处的火药罐爆炸了，也许是因为那个罐子容易热透吧。到底是哪一处的火药炸开，实在很难说，因为就在大坑底的冰屑冰块喷发上来，如雨般地落在我们头上之际，另外一处——也可能是另外两处，又同时炸开了。

第二次的爆炸比第一次大声得多，把我的耳朵都震聋了。我从未碰过这种事情：空气像刀子一样从我的脸、手上刮过去，耳朵则像是被人封住，冰屑刺在我脸上。我以为自己眼睛瞎了或是怎么了，但眨了眼之后，才知道原来是空中飘浮着细得不可思议的雪雾。

众人在惊恐之余，大吼大叫地从大坑边退开。儒雅的猫吓坏了，倏地从我身旁冲了过去，儒雅急得拔腿追去。我感觉到埋在冰下的巨龙发散出一波怒气。我们这是在救你！我对它技传道，但却感觉不到它有任何反应。站在我身边的博瑞屈紧抓住我的肩膀，紧张地四下张望，脸上因为恐惧而扭曲。

我抓住他的手臂，想要引导他离开大坑边缘，但是他甩开了我，大叫道：“迅风！迅风在哪里？”就在这时候，坑底再度大爆炸，震得我站不稳，跪了下来，博瑞屈也倒在我身边。空气中弥漫着飘浮的冰屑，他咳了几下，将冰屑吐出来，再度大叫道：“迅风！迅风，你在哪里啊？”

“我在这里，爸爸！”那孩子叫道，冲过弥漫的雪雾跑上前，扑在博瑞屈的怀里。他害怕得眼睛大睁。

“太好了，你没事，感谢艾达神！你现在可得跟紧我。可恨我这双眼睛！蜚滋，到底出了什么事情？我以为这爆炸会产生的是火焰、闪光和烟雾之类的，怎么连地都会动！那个疯子到底在搞什么鬼啊？”

“就像是一大截树干在火里爆了开来，如此而已。刚才火药爆炸之后，把附近的冰层迸开了。我之前也没料到会有这般情况，不过现在已经过去了，你放心。”但就在我一方面为了安慰博瑞屈，一方面为了安慰自己而讲出这番话时，我们脚下的大地又再度震撼起来，同时我感觉到一波愤怒的心灵突袭。

你们这些渺小无用的蛆虫，开始祈祷自己能活命吧！它若是掉了一块鳞片，你们就得洒出一桶血！我来了！婷黛莉雅来找你们算帐了！你们全都得死！

“我们在帮它，不是在伤它！”我一边大喊，同时以精技和原智将这些言语散发出去，但是婷黛莉雅不理会我。

就在我眨眨眼睛，将睫毛上的冰屑抖掉，从坑边下望时，竟看到坑底有个什么东西在动。虽说纷飞的冰片雪屑缓缓落下盖住了那东西，但是透过白雾，仍能见到有个像是跃出水面的大鲸鱼般黑黑大大的生物在挪动、喘气。我听到冰层碎裂的声音，也闻到冬眠后出洞的爬虫类臭味。我踉跄地站起来，冒险走近大坑边缘，看个清楚。

巨龙正在缓慢地挣扎。它那瘦削的背部露出来一部分，尾巴为了要将末端从冰层中抽出而弓起，扭动不已，仿佛跟背部是不相干的两个生物。一条庞大的后腿已经脱开了束缚，而由于长久蛰伏而长得特别长的脚爪，为了将身躯从坚冰中拖出来而用力地在冰上划开一条条爪痕。接着龙展开了一翼，那有如破烂船帆般的翅膀一张开，冰块便四散纷飞。它焦急地拍动翅膀。那不健康的动物气味几乎使我窒息。冰华的头颈仍卡在坚冰之中，它奋力挣扎。冰雾逐渐落下、平息之后，人们蹒跚地走到坑边，俯瞰坑底的景象。有些人看得惊呆了，有些人则是吓呆了。切德的脸色像是图画般深邃，我看不出他脸上敬畏的神情，到底是因为他的火药竟有这么大的威力，还是讶异于这龙不过是露出一部分，身形就如此可观。

博瑞屈是第一个开口说话的人。“那家伙，可怜哪。”他举起双手，手指张开，慢慢地朝前方的空气推去。以前我就常常看到他在接近惊惧不安的马匹时，做出这个手势，但如今我才想到，他手里可能散发出令生物镇定平静的氛围。接着他突然提高音量，说道：“它需要人帮忙。拿起铲子和撬杆吧，但是大家挖冰的时候要谨慎点，随便一个不小心，那就不是在帮它，反而伤到它。若是引它急得挣扎起来，那可不妙了。”他一手扶在迅风肩上，另一手伸向前方，踉跄地走到大坑边缘。“你放心，放轻松。”他边走边开始叫道，他那句带有原智镇定效果的话，是讲给冰华听的，“我们来帮你了。你不要挣扎，挣扎只会伤到你自己，或是伤了我们。现在放轻松，我们来帮你了。”

我再度感觉到随着这些话而散发出来的轻松柔适，而冰华似乎也感受到这个氛围。话又说回来，它也可能是筋疲力竭，挣扎的动作才越放越慢，终于停下不动。

“你小心啊，再过去就踩空了，斜坡在这里。迅风，你带父亲从斜坡下去。我们需要他。”罗网的额头被一块凌空飞过的冰块打中，血流不止，他也不管自己的伤势，拿着铲子，大步地从我们身边走过。我这才发现有些人因为爆炸而受了伤。一名首领团派来的人失去意识，倒卧在地，血从鼻子与耳里流出，他的一名同伴则跪在他身边，手足无措地看着他。儒雅已经抓到他那条嘶嘶惊叫的猫，并且把猫抱在怀里，希望以此来安抚这个乱踢乱抓的动物。我四下张望，想要看看晋责何在，却发现他已经拿着一根撬杆当作手杖，急急忙忙地走下斜坡去帮忙了。此时坑底的地上分崩碎裂，令我想起遍布浮冰且波涛汹涌的海面。

“王子殿下！小心一点！它可能很危险！”切德对着晋责的背影喊道，他自己也急急忙忙地冲下斜坡到坑底去。为了救出冰封的巨龙，众人同心协力地挪开松动的大冰块。这个工程很危险，龙为了脱身，仍不断地挣扎扭动。

臭气熏天。空气中尽是在饥饿中冬眠的蛇的臭味，但是博瑞屈不为所动地走上前，将双手贴在巨龙漆黑的鳞甲上，安抚地说道：“放轻松。你别挣扎，且让我们把松动的冰块搬走再说。若是折断了翅膀什么的，对你也没有好处。”

龙静止下来。接着我通过原智，而非精技，知觉到冰华因为窒息而感到惊惶。我也注意到它的注意力已经转到他处。也许它正在跟婷黛莉雅沟通吧，希望它会跟那母龙说我们都在帮助它。

“我们得把它头上的冰挖开才行。它快窒息了，根本无力挣扎。”博瑞屈在我走近时对我说道。

“我知道。我也感觉到了。”我强忍着笑意补了一句，“我也有原智，你知道的。”

但是我说这话时却没想到迅风正在偷听，不过话说回来，由于耳鸣得厉害，我自认为轻声细语，但其实可能讲得很大声也说不定。此时他专注地瞪着我。“这么说来，你真的是蜚滋骏骑，那个‘原智小杂种’？你真的是住在马房里，由我父亲养大的？”他的语气中带着一点轻快，仿佛突然发现自己的家族跟名人和传奇沾得上边。其实他的家族的确与名人和传奇有所关联，只是我觉得朝这个方向去想并不妥当。

“以后再说。”博瑞屈与我异口同声地说道。迅风目瞪口呆地望着我们俩，苦笑了两声。

“把它左肩的冰块搬走。”罗网大步走过去，叫道。人们连忙前去帮忙，迅风也拔腿就走。

拿着冰锹的罗网在走到我们身边时突然停住，他的手大力一挥，叫迅风也停步，他轻声地对博瑞屈说道：“‘以后’要到什么时候？时光稍纵即逝，你们两个终究得跟这个年轻人好好解释清楚。”他的语气并无斥责之意，讲话时，脸上还几乎露出笑容。他跟博瑞屈鞠了个躬。“如有冒犯之处，还请多见谅。我知道你的视力有负于你，但是你的肩膀和后背看来仍很强壮，如果能请令郎引导，由二位把堆着冰块的雪橇拖到坑外的话，那是最好不过的。你可愿意帮这个忙，博瑞屈？”

我认为博瑞屈会拒绝，我知道他仍想避开罗网，以及罗网所代表的一切。但是罗网讲得很客气，况且这个忙他的确帮得上。若是众人都卖力地想把这个受困的巨兽救出来，而他却无能为力地空站在一旁，他恐怕会很气吧？再说，罗网这么一安排，迅风就会守在博瑞屈身边，听从父亲的差遣号令。我看得出博瑞屈困难地做了个妥协，他开口了，但不是对罗网回答，而是对迅风吩咐道：“带我走到雪橇那里，年轻人，我们得一起使劲了。”

最后剩我一人呆呆望着博瑞屈与迅风这一对父子遵照罗网的请求而走开。我望着他们两人与儒雅和扇贝一起背起了雪橇的拉绳，他们弯下腰，吃力地爬坡，尽管博瑞屈的跛腿不太方便，但是他的力气可比那几个年轻人还大。沉重的雪橇稳定地爬上斜坡，出了大坑。如此一来，就能将那对父子结合在一起，而依我看来，虽然迅风颇不情愿，但是博瑞屈可乐得有这个机会与儿子复合。

难道，罗网是要借着这个安排，一方面软化博瑞屈对于原智的态度，同时也修补他们父子之间的关系？

如今我深信，我从龙头那里撤退出来后，留在原地的火盆仍继续燃烧。后来到底是火盆的火点燃了垫在火盆下的兽皮，一路烧到燃油瓶，最后引爆了火药罐，还是刚才那几次较小的爆炸，使得燃油罐倾倒、流在火盆边的兽皮上，才将火药引爆开来呢？这点我无法确知。我老是在这些无谓的问题上花太多时间。

留在龙头那里的火药份量较多，原本的用意是要将它置于死地，因为这个缘故，火药炸开了地道上方的冰层之后，不但将碎冰块喷入空中，还将冰块从地道口喷出来，打上了所有待在坑底搬冰的人。一时间，坑底人、冰齐飞，我自己则被震波摔到坑底的另外一边。爆炸之后，比箭头还锐利的冰块如雨般从天上落下来，因而伤到不少人。

我感觉得到大冰块纷纷落下，但是四周白茫茫一片，我什么也看不到。我猜我是既被震瞎，又被震聋了。细碎冰块飘下后，这悄然无声的大混乱才逐渐浮现出来。我看到罗网两手捂住耳朵，蹒跚地走过我身边，看到老鹰氏族的代表被大如山岩的冰块压死。我看得出众人在尖叫，但是什么都听不到。说不定我下半辈子再也听不到声音了。

我抬起头，发现切德与晋责惊恐万分地待在大坑边往下望。爆炸的时候，他们人不在坑底。过了一会儿我才领悟到，刚才拖雪橇运冰的人受到的冲击比较小。就在我站稳脚跟，全身上下看了一遍，认定自己骨头都没断之时，第二波冲击又来了。我脚下的冰地震撼动摇，冰块乱撞，接着几个新生的裂缝越来越大，最后突然断裂，于是黑色的龙头从碎冰中探了出来。

自由了！

我屡次接触到冰华的心思，就数这次最为清晰，与其说那是语言，倒不如说它在表达一种胜利的情绪。

冰华的头很大，脖子则如蛇般细长。除了手脚之外，它还利用半开的双翼将自己撑着从陷落的冰牢里爬出来。我虽为了我们可能会面临的厄运而感到恐惧，但一看到它那冰封已久的身体全貌，却仍觉得它很可怜。它的肉紧贴着骨头，带鳞的龙皮如过大的衣服松垮垮地垂下来，它张开双翼时，看得出翼面上有不少破洞，像是被荆棘勾破的上好斗篷。

它慢慢地从坑底冒出来，中途还停了几次，或者抬头嘶吼，或挣扎着将一腿与翼尖从冰层里拔出来。冰华对于躺在坑底那些失去意识的人根本看也不看一眼，但我还是照样心惊胆跳，因为此时它突然像是散发热能般地散发出庞大的饥饿感。我本能地察觉到，对于这个身形比我大上许多的猎食者而言，我只不过是可以入口的食物。不管我说什么，它都不会当一回事，毕竟野兔在被狼狙杀之前，无论多么狂乱激动，狼都不放在心上。夜眼与我从来就不会试着在入口的食物将死之前与之小聊片刻，而冰华看待我们也是如此。“弄臣，瞧你放出了什么怪兽啊？”我呻吟道。

龙又伸缩了一下，于是几乎整个身体都爬到凌乱破碎的冰块上了，身形因而更显巨大。冰华踩在它的冰坟残迹上，站稳脚跟，把尾巴从冰地里抽出来。它的尾巴越抽越长，长得不可思议，最后它像收鞭子似的将尾巴收在身边的残破冰地上。它一仰头，突然发出狂叫，一开始是低沉的吼声，接着声音越爬越高，高到超出我的听觉范围之外。大爆炸之后，这还是我第一次听到声音，我在感受这个新鲜的听觉体验的同时，也承受着冰华有如尖叫般撕裂五脏六腑的冲击。

接着我看到它鼻孔喷火，那前尖后钝的头低了下来，打量着“老鹰”的身体。虽然老鹰已经死了，但是他的尸身竟逢此厄运，仍使我骇然。他的尸身被冰岩压住，冰华用鼻子勾了几下，将他的尸体从冰岩间勾了出来。它小心地将那尸身叼起来，把沾在尸身上的碎冰屑抖掉，此景令我想起夜眼也很讨厌鲜鱼身上沾了干树叶。冰华如同海鸥般地进食：它先将之前是个活人的那块死肉投入空中，接着张开大嘴接住食物，它尚未吞咽，那尸身掉下来时便已有一半栽在它的咽喉里了。只见一大团隆起从它那长长的颈子往下滑，于是老鹰这个人就此消逝。

我内心的狼性对此无动于衷，人既然都死了，那么被别的动物吃下肚也无所谓了，毕竟冰华也不过就是吃吃腐肉而已。我自己几次饿到极点的时候也吃过腐肉，甚至乐得趁熊吃得饱饱地睡大觉时，把熊的打猎成果偷些来吃。但老鹰是个人，是人群中的领袖，我曾经跟他肩并肩地坐在火边用过餐，与他四目相对。如今我们合力把龙救回来之后，龙却把他当作一块肉似的吞下肚，此事顿时打破我内心的世界秩序。

在那一刻，我隐约体会到我们的行动非同小可。如此一来，世上的秩序难免会有一番大变革。这可不是以众英雄的灵魂堆砌起来、为了拯救我们而苏醒的石龙，这是活生生、有血有肉的生物，所有生物的欲望，它一样也不少，同时它会毫不迟疑地为了求生存而满足种种欲望，不管它这些举动会为人类带来多少苦恼。

我抬起迷茫的眼睛，想要找一条路逃走。我虽不是在冰华正前方，但我是离它最近的几个猎食目标的之一。抬头一看，只见染着血的人们踉跄地走到大坑边缘，惊讶地俯瞰着我们拯救出来的生物。博瑞屈人在其中，他的手紧抓着迅风的肩膀，贪婪地要把一切都尽收眼底的吟游歌者扇贝以及儒雅也都在。儒雅的猫贴着他身边站着，猫毛全部竖立起来，看来有平常的两倍大。我遍寻不到切德与晋责的踪影，心里担心他们会不会遇害了。我看到离我不远处有一只靴子，心里暗暗期待靴子主人的身体仍与靴子连在一起，压在冰岩下。这人是谁呢？我看到迅风举起手臂，焦急地朝我东指西指，又对博瑞屈讲话，接着那个大笨蛋的嘴巴动了，我听到他叫道："蜚滋！蜚滋，快出来，快逃呀！"

龙头转向叫声的来源。我看到冰华那银黑两色的漩涡眼睛转呀转地，盯着把我养大的那个男人，同时看到它抬高细颈末端的头，我不禁急得大吼："不！"但是听在我自己耳朵里，这一叫也只如轻声细语。

博瑞屈似乎也知道他把龙的注意力引到自己身上了，因为此时他转过身，粗鲁地将迅风推开，使得那孩子飞了出去，栽在雪地里。接着他转身朝前，手无寸铁地面对巨龙。

接着又是一股震波袭来，震得我站不住脚。大地似乎要崩裂开来，连冰华都拼命挣扎才没有跌倒。它展开破裂的双翼，攀上坑壁，胡乱摸索着，撑着坑缘，想要将自己从大坑中拉出来，而坑边的人们连忙逃开。就在此时，坑底崩裂，塌陷出一个大洞。我连忙攀上坑壁以求自保，不过我也领悟出这是怎么回事。

由于冰华挣扎着要从冰层中脱身，再加上切德的火药也破坏了冰层的结构，所以苍白之女大殿的天花板就撑不住，崩塌下去了。

我强烈地祈祷苍白之女会被崩塌的大殿天花板压死。此时坑底不断塌陷，卷着无数冰岩坠入下面的冰殿中。我心里想道，这一来，是不是就可以直通到苍白之女的领地？我若是顺势往下一跳，那么我落在大殿的冰堆上时还能不能保住一条命，并趁着弄臣还有一口气在的时候，想个什么办法把他救出来？不过冰岩不断卷落，看这情况，免不了会填平苍白之女的大殿，将之埋在冰雪下了。我心里有个声音说道，这样对他也好，有个痛快的了结，但是我仍不禁大吼："不！不，不，不！小亲亲弄臣！不！"

在我大吼之后，塌陷的大洞中有个什么东西动了一下，仿佛在回应我的话。我瞪着那东西，实在想不通是什么东西有这么大力量，竟然连山崩地裂也毫发无伤，但是看着看着，那东西又不动了。

我攀上了大坑边缘，此时晋责突然伸手抓住我的手腕，使我吓得大叫一声。"上来！"他对我吼道。我这才恍悟到，其实在这之前，他为了引起我的注意，要我赶紧离开坠落的冰岩和挣扎的巨龙，已经叫了我好一阵子。冰华已经差不多出了大坑，其他人都已经逃得远远的，坑边只剩下两个伏卧不动的身影，但我认不出那是谁。

我把自己的体重交给晋责，而他闷哼一声，费劲稳住身子，以便撑着我手脚并用地从坑里爬出来。"切德呢？我们得赶快逃开才行！"我对他吼道。他伸开手臂做了个很大的手势，似乎是在说，别人都已经逃下山坡，朝营地而去了。然后他张开嘴巴，越张越大，最后连眼睛都因为恐惧而从眼窝里凸了出来。他正直盯着坑底，于是我转过身去看坑里有什么变化。在那崩塌碎裂的乱冰堆之中，有只像从冬眠中苏醒过来的蟾蜍，正在扭身开路，想要从大坑中爬出来。那正是苍白之女的石龙。纵然有了生命，那石龙仍毫无优点可言，它仍是雕工粗糙，以众多不统一的生命堆砌起来的生物。那一身浑浊的灰色，像是尚未烧烤的粘土。我的原智知觉到它十分饥饿，它的食欲之大，我敢说只要是它抓得到的，统统在劫难逃。接着它的精技波打了上来，使我胆寒。那精技波里的情绪，可不只是贪婪求食的野兽饥饿感而已。那个在碎冰中艰难地前进，一边大吼大叫的石龙，被一种性格所主控。因此我知道苍白之女一定是为了将石龙唤醒而无计可施之际，把那男人喂给了石龙，并且如愿地让石龙苏醒过来。

*罗贝来了！我将征服，将你们杀得一个不剩。我早就想以农夫的血肉为食了。今天就是我的复仇之日！*它的眼神紧锁着冰华。*六大公国的龙，你的死期到了！*石龙冲了上去，用它巨大的下颌咬住冰华尾巴的基部。他慢慢稳住自己那双粗肥的腿，开始用力把黑龙拉回大坑之中。

25. 众龙相斗

在红船之战期间，许多母屋虽不情愿，但仍不得不对科伯·罗贝和苍白之女纳贡。他们要求的贡品，不是其他，正是母屋的男人。他们跟外岛各氏族强索男子去打仗，若有谁胆敢不从，他们便以我们六大公国所谓的冶炼予以惩罚威吓。他们冶炼的对象多是家族中的女人与女孩，这一来，族中的男人便陷入困境：对于家族而言，受到冶炼的女性有辱家门，可耻至极。然而任哪一个母屋都不可能任由男性杀死女性，却不以同样的手段处置那个男性凶手。因此，终究还是让男人去做罗贝的战士，以免家族有全数灭亡的危险。不过那些在罗贝手下担任过战士的男人，回到母屋之后都变了个人。红船之战过后，许多战士显然是在睡梦中死去。有人说，是他们自己母屋的女人下手将他们毒死，那些归来的战士已经再也不是当年正直善良的好男儿了。

——扇贝，《外岛红船简史》

无云的天空猛然打下一道银蓝色闪电。婷黛莉雅一头冲入大坑中，下巴大开，露出利刃般的牙齿，像愤怒的猫落在科伯·罗贝化身的石龙身上。它的嘴紧紧咬住石龙粗大的头颅与颈子相连的地方，为了要在石龙身上站稳，它的爪子在石龙背上乱抓，发出刮擦的声音。石龙原本专心对付冰华，此时竟横生阻挠，因此它非常惊讶。它开口大吼，而冰华则趁此挣脱。

甩掉它。爬开，升空，别在地上与之纠缠！

这声音来自于婷黛莉雅，不过那并非言语，而是带着意义的声响。在我心中，那就像是一般的语言。据我看来，并不是在场所有人类都听得出婷黛莉雅在说什么，不过冰华当然知道这话是对自己说的。它也大吼几声以作回应，不过冰华说的是什么意思，我就无法理解了。也许只是因为我之前与婷黛莉雅交手几次，所以我才对它的话多了几分了解。不管是什么原因，总之那窘态毕露的龙爬出大坑，远离了纠缠在一起的真龙与石龙。婷黛莉雅虽挡下了罗贝，但我知道它挡不了多久。它是母龙，我猜测龙族本来可能就是公大母小，因此它的体型才会跟冰华差那么多。

石龙既庞大又结实，且粗壮有力，相较之下，婷黛莉雅瘦削灵活、动作轻巧，所以它去攻击石龙，就像鹰隼想跟蛮牛相斗一样地不相称。婷黛莉雅动作虽快，却伤不到石龙；它的牙齿深入石龙的脖子中，但是石龙没有流血；它以强劲的后爪划过石龙的侧腹，只是造成几道白色的刮痕，像是顽童拿着石头互刮的结果。这些攻势石龙似乎都不放在眼里，它用力甩动，想要将婷黛莉雅摔下去，但是婷黛莉雅紧抓着它，徒劳无功地以令它不痛不痒的武器对付它。婷黛莉雅想要以利爪抓伤石龙，就像女人以指甲对抗战士的皮盔甲一样徒劳。我不禁怀疑，这石龙真的有血可洒吗？莫非它虽能随着意志起伏动作，但却是实实在在的石头？

这样的石龙，要用什么方法才能杀死？如果连像婷黛莉雅如此强劲的生物都动不了它分毫，那么谁能制得住它？

罗贝再三地散发出痛恨的精技震波，我感觉得到，他在努力适应这个不听使唤却力大无穷的身体同时，感到既困惑又沮丧。他也许能让自己动作快一点，但是最大的问题在于他的身体仍不太协调：他的双腿在破碎的冰地上乱踏，却没能将自己推出坑外；他以古怪的姿态展开一翼，但是那翅膀老是悬垂着，他既无法扇动翅膀，甚至连要将翅膀收回身边都做不到。石龙为了要将那牢牢抓住它的母龙甩开，于是迟缓地将沉重的头摇来摇去，仍摆脱不掉大患。

婷黛莉雅的银色眼睛骨碌转动，注视着冰华的进展。冰华的进展极慢，它攀出了坑外，好不容易重新在地面上站稳，如此一来，它长久以来的冰封之害就显得更清楚了。它那覆着鳞片的表皮垂下来，一根根的肋骨仍凸在外面。它这模样令我想起血肉被蚂蚁啃得一干二净的鸟类尸骨。它试着动来动去，一股病弱动物的臭味立刻袭来。它摇摇修长的颈子，又将尾巴甩了几次，就像一个人穿上了早就嫌太小的衣服，要试试看自己还能不能活动一般。冰华从头到尾都举止从容，大坑里的对决似乎不干它的事。它用鼻子遍摩双翼的模样，几乎与鸟儿理毛没什么两样，接着它伸展双翼，用力抖了一抖，宛如一只乌鸦要把羽毛抖回原位。它慢慢地扇动翅膀，扇了一次，又扇一次。到了第三次，它却使劲一拍，导致周遭的雪团冰块齐飞，风也呼呼地从它翅膀上的破洞穿过去。突然之间，它将全身的重量交给双翼，有力的后腿先是往前倾，接着升高。刚起飞时，它似乎很吃力，像是过于笨重的海鸟，但是爪子离开地面之后，它便脱开了地面的束缚，稳定地飞高。

我看见风险在我们上空盘旋，心里好奇着，它看到这么一个庞然大物升空朝它而去，不晓得是什么感觉？此时婷黛莉雅显然认定冰华已经脱离险境，不受那古怪石龙之威胁，于是突然放开罗贝，轻盈得有如蜥蜴般跃入空中。它优雅地展开银蓝色的翅膀，才拍两下，便凌空而去。

罗贝迟至此刻才察觉到敌手已经离开。它突然转过头，一股怒火朝我们扫射而来，它扭着颈子，努力让其中一只泥土色的眼睛望向天空，接着从喉咙中发出抖动且浑浊的难听吼声。

苍白之女突然对罗贝技传，她的技传之中夹杂着愤怒之威。我虽不是她要技传的目标，却仍因为她技传的思绪而感到震撼，不过我倒是毫不费工夫就理解了她技传的内容。她的精技力量似乎衰退了，或许是将石龙叫醒就已使她筋疲力竭。她像是强忍着痛苦对罗贝技传。

杀了龙，杀其一，或是两条龙全杀了，总之至少要杀死一条龙！至于人类，你无须理会，他们是伤不了你的。等到事情过去，你爱吃几个人都行，但是现

在，你必须对六大公国复仇。你快杀了六大公国的龙，罗贝！

在这一瞬间，石龙将它那沉重的头颅转过去，石下巴一口咬住了婷黛莉雅的尾巴，接着它再一拉，原本优雅腾空的婷黛莉雅立刻像石头般掉下来。婷黛莉雅大叫一声。冰华停止拍翼，低头看着地上的争战，一倾身便俯冲而下。石龙终于摸索出要如何指使双翼展开，一开始，它的打算是要拍动双翼，以便反制婷黛莉雅凌空的力道，但是它却想到翅膀还有更好的作用。它嘴里毫不放松地咬住婷黛莉雅，同时狂野地拍动翅膀，掀起一次又一次的震波。龙后像是系于长线末端的风筝般无奈地挣扎，它尖叫起来，声音有如长剑从剑鞘中拔出来一样尖锐，随后它突然展开反攻。不过它失算了。它的体型那么小，要与石龙相搏，简直就跟蝴蝶要向蜥蜴挑战没两样。婷黛莉雅疯狂地拍动翅膀，吹得冰雪打上了我的脸，我不得不低头闪避，但是罗贝却根本不以为意。罗贝拍动沉重的翅膀打击婷黛莉雅，使它受创之深，就像是血肉遭受屠刀砍伐。

照这样下去，婷黛莉雅一定会丧命。

在此瞬间，我想到这会造成什么后果。若不是冰华死，而是婷黛莉雅死了，那么仍是苍白之女胜利，如此一来，她就能让龙族在世上绝迹。眼看着婷黛莉雅就要丧命，却没人能够救得了它，如果连它的利爪都伤不了石龙，那么我们要拿什么武器来对付石龙？

那一瞬间仿佛过了一生之久，我察觉到王子动也不动地站在我身边，不禁咒骂自己的愚蠢。我摇摇他并吼道："快走！这我们无能为力。快走了！"

但是他依旧站在原地，呆看着眼前这场大战。

冰华有如黑色闪电倏地展开攻击。它那庞大身躯扑上石龙的力道，竟像是切德的火药般撼动大地，连晋责与我都被震飞起来。等我好不容易站稳脚跟、回过神时，婷黛莉雅已经撇下石龙了。它足翼并用地拖着身子爬过雪地，浓厚的血液滴在雪地上时还冒出烟雾。我的原智知觉到它散发出好几波痛苦的情绪，据我猜测，它大概从未如此挫败过，才会因为随挫败产生的愤怒与恐惧而感到惊惶失措。

虽然不可思议，但是缠斗的公龙与石龙竟然还是离开了坑底破碎的冰地而腾空。晋责与我努力要逃离它们的战场，它们的翅膀拍击空气的力道，屡屡使得我俩踉跄跪倒。我拖着晋责走，并对他叫道："如果你跟石龙靠近太久，就会被冶炼！我们得赶快逃开才行！"此时它们的翅膀扇出来的风小了点，晋责蹒跚走着，我用力推一把，让他赶快走远，我自己则停下脚步，回头一望，再往上看。

双龙打得难分难舍，但它们还是升空了，它们的翅膀几乎是划一地拍动。它们彼此以爪子乱抓，同时像是互斗的蛇，时时以头戳刺对方。虽然双方都在拍翅，但是冰华出的力气大，石龙出的力气小。它们绞缠在一起，尖叫着越升越高，最后变成蓝天上的一抹黑影。

"蜚滋！你看！"在我重创且耳鸣的耳里听来，晋责的叫声不过是轻声细语，但是他激动地摇着我，我不可能没注意到。这个白痴怎么又走回来了？此时他指着大坑底下的凌乱冰地。坑底有个缺口，看得出那小缝下的冰雪大殿并未被崩落的雪块冰团填满，仍留了个缝隙。此时艾莉安娜正从那凌乱滑动的冰坡爬上来，她坚定地横越凌乱的雪地，朝我们走来，紧抓着一个不断尖叫挣扎的小女孩。小女孩的头发因为脏污而贴在头上，身上穿的破布不足以蔽体，但除此之外，一望可知她们两人系出同门。原来艾莉安娜逮住她妹妹了。皮奥崔跟在艾莉安娜后面，半走半爬地从冰缝攀出来。他一手握着染血的剑，一手拖着一名瘦弱无力的女人。皮奥崔头上有伤，此时血液流下，染红了他的半边脸。他一站稳之后，便试图抓着那女人快步爬上斜坡，但是冰团松动滑走，他走了几步，便因为滑倒而跪下。他喘得很厉害，力气像是已经全部用罄。在晋责与我的注视之下，他突然将他妹妹丢在地上，回头面对后方的追兵，此时陆续有人手脚并用地从冰缝里爬出来。奥美崔·黑水无力地倒在地上，看来不是失去意识，就是已经死了，并开始朝冰缝滚落下去。

艾莉安娜已经来到我们身边，她往后一望，看到皮奥崔被人围攻，不禁惊叫起来。"接手！"她对晋责吩咐道，随即便将铁链丢给他。晋责出于反射动作地接住铁链，目瞪口呆地望着头发凌乱不整的未婚妻。艾莉安娜披头散发，一边鼻孔流着血，血迹在嘴角画出一道扭曲的红线。她一丢出铁链便立刻转身，拔出短剑朝皮奥崔冲过去，晋责则落得抓着那已经被冶炼的小女孩的铁链站在原地。

“接手！”他突然原封不动地把艾莉安娜的命令转交给我，并将铁链朝我丢过来。我还来不及接住，铁链便落在地上，但是我踏上前一步将铁链踩住，以免那小女孩逃走。那小女孩不想逃，反倒朝我扑上来，张口就咬。在我的原智知觉中，这人根本就不存在，但我还是将她抓住，并设法抵挡她凌厉的攻势。我这辈子跟许多大男人对打过，但是这种拳劲柔软，打起来却毫不恐惧，也丝毫不顾自身安全的十岁小女孩，我还是第一次碰上。她张口咬、用指甲抓、用膝盖踢，总之就是要重击，或是把我的血肉扯下来，而且还算是颇有成果，既抓伤我的脸，还以牙齿紧扣住我的手腕。最后我终于将她按倒，压制上去，迫使她翻身俯卧在雪地上。接着我抓住她的手肘，将她的手臂按在她胸前，我自己则抵住她的背，使她无法动弹。她还是可以用脚踢我，但是她赤着脚，再加上我穿着厚皮裤，她的脚劲根本不算什么。她低下头咬住我的袖子，怎么样都不松口，仿佛这袖子是她的猎物。其实她咬住的只不过是上等羊毛料子而已，所以我就任她去嚼咬了。等她发现咬袖子并不能使我放手之后，她便将头往后顶，不断用头来撞我的胸口。这让我不大舒服，然而只要把下巴抬高，也还可以忍受。

在如此英勇地镇住这个瘦小的对手之后，我伸长了脖子，瞧瞧坑底是什么情况。艾莉安娜已经抵达坑底凌乱的雪地，并赶到她母亲旁边。她蹲伏在奥美崔身旁，手边的刀子仍随时准备出手，那是她的最后一道防线。皮奥崔正在奋力抵御苍白之女手下的两个侍卫。我实在看不出艾莉安娜到底只是暂停一下，随后就要对追兵还击，还是她打算趁着追兵将她母亲抢回去之前先杀了她。在那惊心动魄的一瞬间，我并未见到晋责的身影，但下一刻，我便看到他超过了皮奥崔，继续向前奔去，接着在皮奥崔和贵主现身的那个大洞前站定。晋责的小刀上染着血，无论谁想从洞里爬出来，都别想过他那一关。

*敌军来袭！*切德对我技传的那一刹那，我也因为耳里听到人声吼叫而转头。苍白之女的手下不知道从什么地方冒了出来。现在的我们人数渐少，大家都惊

魂未定。他们的目的是要防止我们前去协助婷黛莉雅，虽说，他们也没人敢上前去攻击落在地上的母龙。我一张望，发现我的老导师摆出前所未见的阵仗：他双腿站开，手里持剑，站在长芯身边备战。阿憨哭着蹲伏在他们身后，手臂抱着头。

*阿憨！把他们推开，就像你推我那样！就算不是所有人都会让开，至少总有几个会让开！你快反击啊！告诉他们：你们走开，你们看不见我们！求求你，阿憨！*我按住那个仍在挣扎的小女孩，同时感到绝望。我不敢放开她，可是现在我光是压制住她，什么事情都不能做了。

阿憨听了我的建议之后并无反应。但是过了一会儿，那小个子男子松开一手，怯怯地探出头，接着我感觉到他朝着敌军散发出一股微弱的精技波：

走开，走开，走开，走开！

其中两名战士听了之后就走开了，他们突然转身背对敌人，大步走开，仿佛一下子想起别处有什么急事。另外几个人则似乎没了力气，变得只想自保，不想攻击，好像突然纳闷自己为何身在此处，为何要攻击我们。

*再来一次，阿憨！你帮帮我啊！*切德无奈地技传道。他这话非常沉重，毕竟他一直以来就不喜欢正视着敌人的眼睛，与对方厮杀。此时，一片刀刃划过了他的前臂，我顿时感觉到一股痛感，接着便看到阿憨紧抓着自己的前臂，并往后退缩。

切德！把你的痛苦堵住！阿憨感觉到你的痛楚了。阿憨，你叫痛楚走开，把痛楚推送给坏人吧！

我头上扫过一阵大风，我连忙像是一只地鼠察觉到头上有猫头鹰拂起的风时那样蹲低身体。缠斗的双龙又回来了，不闻嘶吼，只闻翅膀拍击声，以及它们彼此击噬的声响。之前它们是在高空中缠斗，我蹲低着抬起头一看，便对罗贝的计策了然于胸。罗贝攀附在冰华身上，他的爪子紧锁住冰华的后颈，冰华则为了要停滞在空中而耗尽了力气，这是由于它深知自己在地上是不可能击退石龙的。为了摆脱死命纠缠的石龙，它不断绞扭翻滚。

它们在我们头上，若是掉下来，恐怕会把我们压扁！

"快出来！"我对坑底的晋责吼道，"龙掉下来了！"

晋责抬头一望，然后往后一跃以避开对手的刀刃。王子朝皮奥崔和贵主吼了句什么话。皮奥崔已经解决了其中一人，另外一人则逃走了。贵主抓起她母亲的脚踝，开始将她从坑底拖出来，不过她手边的刀子仍随时准备出击。贵主走近之后，我伸出一手拉住她执刀的手腕，将她从大坑边缘拉上来，她的另一手仍拖着母亲。过了一会儿，艾莉安娜的妹妹又是吐口水，又是挣扎，我只得重新制住小女孩。艾莉安娜将母亲从坑缘拖上来之后，便大叫道："快上来！它们掉下来了！"

此话不假。纠结缠斗的双龙越落越低，越低就越大，眼看着就要掉在我们头上。晋责与皮奥崔两人都丢下了对手，急着从破碎的坑底爬上来，但是坡陡冰滑，他们每走一步，就退两步。艾莉安娜一边拖着她母亲往外走，一边焦急地回头叫晋责和皮奥崔赶快、赶快。我弯下身将小女孩抓起来，跟随着艾莉安娜。我明知除此之外帮不上别的忙，但这样逃开，仍使我觉得自己是个懦夫。晋责大步从后面的雪地奔上来，超过了我，跑到贵主身边，弯身将她母亲抄起，丢在肩上抬着跑。过了一会儿，皮奥崔的手沉重地搭在我肩上，催促我一起快逃。坠落双龙的影子越来越大，把我们都盖在阴影底下，我一时昏昏沉沉，又蹒跚前进。最后我们终于赶上晋责和贵主母女。艾莉安娜一语不发地朝上指。

冰华终于摆脱了罗贝的纠缠，并且猛击翅膀，越飞越高。罗贝沉重地往地上掉，他虽然翅膀大张，却无助于遏止沉重身体坠地的落势。

他落地的冲击使得大地再度震撼，他一半落在大坑里，一半在大坑外，也就是片刻之前我所待的位置。我希望他就此跌死，但是他慢慢探出后腿，并张开双翼，方块般的头颅东转西转。接着他像是肥滋滋的蜥蜴，肚子贴地、四足并用地爬出大坑，尾巴则愤怒地扫动，将他身后的雪打得四处纷飞。他似乎在盯着我看，一时间，我被他的目光瞪得五脏六腑皆冻成冰。然后，他像被骑士强力地遏制住的马儿般，头突然后仰，失望地摇动。他那与婷黛莉雅的灵动银眼相较之下显得毫无光彩的眼睛，定定地望向我身后那只负伤的母龙。他丢下了我们，沉重迟缓地朝婷黛莉雅走去，走时还气愤地喷着鼻息。我开始察觉到苍白之女以精技告诫罗贝必须先杀死母龙才能成事，而事成之后，他大可随兴地发泄怒气、满足食欲。如今罗贝马上就要胜利了，因为婷黛莉雅根本无力对抗他。

但是苍白之女错了。当我看到婷黛莉雅身边仍有两个人保护着它时，心里不禁一沉。盲眼的博瑞屈站在母龙身边，将折起的斗篷紧压在它脖子上，以便止血。斗篷上冒出烟雾，使我不禁好奇龙血里到底有什么成分。博瑞屈专心地为婷黛莉雅止血，而婷黛莉雅的头则窝藏在它的身体后，因此他们似乎都没有注意到即将带来死亡的石龙正慢慢走下山坡，朝他们而去。

但是迅风可注意到了。他站在婷黛莉雅身前，像是一只要保护城堡的小蚂蚁。弄臣彩绘的那支亮丽箭矢从他的弓射了出去，撞上石龙时，却只是擦出一点火星。迅风无畏地再从箭筒里抽出一支箭，搭好，拉弓。不知他从何生出这份大到与他的年纪身形一点也不相称的勇气，他竟然往前踏了两步，与石龙更为接近，接着他放了箭，只是这次依然没什么作用。虽然如此，他照样站定位置，再抽出一箭。罗贝若要对付婷黛莉雅，就得踩过迅风才行。我看到迅风回头对他父亲警告了一声，再次将箭搭在弓上。而我什么也不能做，只能无奈地看着石龙盯上了那少年。罗贝突然笨重地跑了起来。迅风抬头直视着死亡使者，张开嘴巴大叫一声，那声音里虽有恐惧，却毫不屈服。由于大地震动，所以他手里的弓猛烈摇晃，箭头上下起伏得很厉害，但他仍坚持站定。

博瑞屈抬起头，转了身。直到如今，当时的每一幕仍历历在目。我看到他深吸了一口气，接着我耳鸣的耳朵听到他因为石龙竟敢威胁他儿子而发出愤怒的怒吼。

我从未看过博瑞屈行动如此迅速。他奔向迅风与石龙之间，奔跑时靴子扬起大片雪花。婷黛莉雅稍微抬起头，无力地望着冲刺的博瑞屈。博瑞屈挡在儿子身前，朝着石龙冲过去，同时抽出了腰际的小刀。我这一生见过无数攻击，就数他这一招最为荒谬，也最为勇敢。他冲上去面对那个朝他冲来，并且感到有点莫名其妙的石龙，他以小刀砍了下去，将小刀拖过石龙体表时，刀刃上擦出了火花，同时我感觉到他爆出了原智震波抗斥石龙。那效果与切德的火药无二，那是公马为了保护自己的家族而施展的凌厉攻击，那是狼或熊为了保护幼儿而狂暴开杀，与其说博瑞屈是痛恨他的对手，不如说他是出于对子女的爱而下了重手。这股原智震波朝石龙射去，那惊人的庞大力量，顿时使得石兽跪在地上。

罗贝倒下之际，同时猛烈扇动他那沉重的翅膀朝博瑞屈击打过去，将他如同一张破纸片扫到一旁。博瑞屈的身体飞了出去，不断翻转。“不！”我大叫道，但是一切都来不及了。他重重地落在冻结的雪地上，像是被人丢出去的布娃娃一样扭成一团，翻滚着滑过冰地。罗贝又站了起来，他摇了摇沉重的头，喘着吸了一口气，张开大口，朝迅风与婷黛莉雅而去。

迅风原本转头望着受创的父亲，但现在他转头面对石龙，他大吼一声，声音里尽是无穷的仇恨。他挟着这股恨意，将弓越拉越大，我担心他那把弓会撑不住而断裂。他的眼睛定定地盯着石龙，手则仿佛与弓箭合为一体。

然后他松手射出箭。

那亮闪闪的灰箭呼应着父亲的爱，倏地往前飞去。灰箭刺入石龙的眼睛，几乎整支箭都消失了。罗贝开始举起前脚，想要拔下灰箭，但他突然停下动作，仿佛在聆听什么声音。我知道苍白之女正在激动失态地以精技对他下令，叫他赶紧把事情办好，杀了弓箭手和母龙，之后他就可以随心所欲了。我本以为罗贝停下来是为了听从苍白之女的命令，可是一停下来之后，他就再也不动了。石龙体表略有生机的那一抹灰褐色泽消退，岩石的单调黯淡色泽盖过了全身。石龙的姿态仍未改变，翅膀半开，前足几乎抠到眼里的箭，下巴打开。周遭一片沉寂。石龙死了，这实在令人太难以置信。

过了一会儿，我手里抱着的小女孩恢复了生机。在我的原智知觉中，她像是一朵蓓蕾，慢慢绽放至全开。石龙一死，她就不再挣扎，现在她突然倚靠在我怀里。“好冷喔。好饿喔。”她哀诉道。我低头一看，只见她童稚的泪水如决堤般涌出。

“马上，马上。”我劝道，放下她，让她以赤脚站在雪地上，并因此而感到十分自责。我把我身上披着的切德斗篷脱下来包紧她。这斗篷一路盖到她的脚趾头，等我再度抱起她之后，她便感激地把双腿缩在斗篷中，抖缩着蜷曲在我怀里。“让我抱抱，让我抱抱！”皮奥崔叫道。他脸上滚下泪水，把脸上的血迹分为两半。

“噢，小鱼儿，噢，小珂希呀！艾莉安娜，你瞧，你瞧，我们的小珂希回来了，这是她本人啊！”那老战士转头对他妹妹的女儿说道。接着，仿佛这喜悦一下子耗尽了他所有的力气，他紧搂着那孩子，不支地跪了下来，同时喃喃地对她不断诉说。

艾莉安娜望着远方，喜悦之情溢于言表，她低头望着匍伏在她脚边的成年女子。她在母亲身边跪下来，哭着说道：“我们救了一个。至少也救了一个了。母亲，我尽力了。我们尽力了。”

晋责在那女人的另外一侧跪下来，低头审视着她。他像保姆般温柔地拂开那瘦削脸孔上的脏污头发。“不，你们把她们两个都救回来了。她只是失去意识而已，艾莉安娜，但是她也回来了。我可以从我的原智知觉到她。你母亲也已经回到了你的身边。”

“可是……可是你怎么知道？”艾莉安娜俯瞰着那女人的脸庞，不敢奢望。

晋责对她笑道：“我就是知道，我向你保证这绝对错不了。这是古老的瞻远魔法，从我父亲那边传下来的家族天赋。”他弯身将那个软弱无力的女人扶起来，“我们把她搬到暖和点的地方，给她弄点吃的吧。我看打斗是结束了，起码现在是没事了。”

我一站起来眺望低处的战场情况，切德便肯定地对我技传道：*石龙一死，他们就停了下来，不再打杀，仿佛一下子失去本心。*

不，其实是石龙一死，他们反而重新拥有本心。切德，这很难解释，但是在我以原智知觉起来正是如此。苍白之女的手下被冶炼过，只是被冶炼得不彻底。石龙一死，他们之前被石龙取走的那些要素，又重新回到他们体内。贵主的母亲和妹妹也是如此，如今她们已经恢复，不再是被冶炼过的行尸走肉了。你快请外岛人跟那些人讲讲话，帮他们弄些食物，并且加以安慰。他们现在可能很困惑。

我朝下面的战场望去，发现我的推论果然没错。好几个苍白之女手下的士兵正在把他们的武器丢在我们的人面前。有个人站了起来，手捂着双耳大哭；另一个人紧抓住同僚的肩膀，一边说话，一边不住地哈哈大笑。许多人围在石龙旁观看：没了生命的石龙略微沉入冰河中，像是一尊摆歪了的丑陋雕像。

但最奇怪的是婷黛莉雅站了起来，像是要伺机攻击猎物的猫，僵硬地朝石龙走去。它谨慎地将优雅的颈子伸到石龙身前。它在那怪物身上闻一闻，小心地用鼻子顶一下，之后毫无预警地以前爪狠狠地在石龙身上划过去。石龙僵硬地在雪地上摇晃了一下，但没有倾倒。虽然如此，婷黛莉雅仍将它的细长脖子指向天空，骄傲地扬起头发出胜利的吼叫声。虽然石龙以齿、爪在它身上造成的伤口至今仍在渗血，但是它已经迫不及待地宣布这是它赢得的胜利，而它周遭的人们也高声大叫着应和它。龙高叫邀功，而人们欢呼庆贺的景象，真是怪到极点。我从小听过吟游歌者讲过无数精彩故事，但是无一堪及于此。

高空传来一个响亮的叫声，与婷黛莉雅互相呼应。负伤的冰华在天上大圈盘旋，然后它收起翅膀俯冲下来，在我们头顶上绕圈子飞。地上的婷黛莉雅扬起头，再度嘹亮地叫了一声，它喉咙周围的鳞片突然立起，像是狮鬃或冠羽一般地围绕在它的头周围。之前这些鳞片看来与其他无二，但此时这些竖直的鳞片像是为婷黛莉雅戴上银冠。它周身染上了新的色彩，从最深的蓝到最亮的银不等。围在它身边的人开始退开，接着婷黛莉雅有如猫儿从地板跳上桌面，毫不费力地跃入空中。它弹起之时，双翼张开，再拍三下翅膀，便升空了。

冰华立刻激烈地振翅同行，可是它们一起攀上高空时，母龙轻松地便将冰华抛在后头。冰华对着婷黛莉雅的背影高叫，情爱之意表露无遗，但是婷黛莉雅根本懒得理会。它的双翼带着它越飞越高，直到就算我眯起眼睛看，也只觉得它如同银色的海鸥一般大小。身材几乎是它的两倍大、饥肠辘辘且伤痕累累的冰华，则为了追求它而一路奋力追去。它们从太阳前方飞过，我不得不眨了眨眼。

它们一起盘旋。冰华那低沉的鸣叫是对全世界的挑战，不过婷黛莉雅那高昂的叫声，则只是在反抗、捉弄冰华而已。冰华在婷黛莉雅之上，一会儿之后，婷黛莉雅振翅飞开。至少我看来以为是如此。但是冰华不让它走，反而振翅飞上前落在它身上。冰华张开下颌——它嘴里颜色红艳，连我在这么远的地方都看得很清楚——以利齿钳住了婷黛莉雅细长的脖子。冰华的大翼盖在婷黛莉雅的小翼上，于是双龙突然以同样的韵律拍翅。冰华扣着婷黛莉雅，让它紧靠在自己身上，而伏在它身上时，冰华那较长的尾巴也将婷黛莉雅较短的尾巴卷了起来。

我想我知道自己目睹的是什么场面。冰华与婷黛莉雅在空中交配之后，日后我们的天空中，就会有龙群飞翔了。我抬头眺望，看它们这般悠哉地夸耀它们的新生，不禁怀疑，我们到底是把什么样的生物放到世界上了。

“我不懂！”贵主惊恐地叫道，“它那么大老远地跑来救冰华，可是冰华却攻击它。你瞧它们打成什么样子了！”

晋责清了清喉咙：“我看它们不是在打架。”

“那么……可是它们是在打架呀！你看冰华，它把婷黛莉雅咬得很紧！它把婷黛莉雅攫得这么紧，不是要伤它是什么？”艾莉安娜举起一手遮光，纳闷地眺望着那一对龙的动静。她那纠结的黑发落在肩上与背后，扬起头时，露出又长又直的脖子，而她衣服的胸部之处则染了污渍。晋责闷哼了一声，不再盯着她，而是转过头来看看我，又看看皮奥崔。她舅舅一手揽着妹妹的肩膀，另一手抱着珂希。我想王子就是在那一刻下了决心：他才不管皮奥崔跟我会有什么想法。他朝艾莉安娜凑近了一步，伸出双臂抱住她。“不信？我教你。”晋责对万分惊讶的艾莉安娜说道，接着抱紧她，并低下头吻住她。

虽然今天发生了这么多事情，我也失去了这么多，但我仍不禁笑了起来。看了双龙之间的浓情蜜意，想必任何有点精技天赋的人都会因此而大受感动吧。最后贵主终于推开王子，并将她的额头靠在王子肩上，轻轻地笑道：“噢。”她再度抬起头来邀吻。我转开头。

但是奥美崔可没有把头转开，她怒不可遏。虽然一身褴褛又脏污不堪，她的反应仍是一派尊贵。“皮奥崔！你怎么任由农夫吻我们的贵主呢！”

皮奥崔朗声大笑。我有点惊愕，这才想到这是我第一次听到他的笑声。“当然不是啦，妹妹。不过贵主倒是应允了，不但应允，还把他应得的奖赏颁给他。这可有得解释了。不过我向你保证，这事绝对没有违背她的意愿。”他笑道，“再说，男人如果违抗女人的意愿，那还算什么男人呢？”

“太放肆了。”奥美崔一本正经地说道。她衣衫脏污、头发纠结，但这可十足是外岛贵主的口吻。她已经完全恢复为昔日的模样了，真令人惊讶。

我突然想到，如果弄臣还活着，那么石龙既死，不管之前冶炼到何种程度，也都化解掉了。我心中突然燃起希望，一时间，感觉周围的世界像在旋转。“弄臣！”我大叫道。皮奥崔不以为然地朝我望来，看看我是不是在嘲笑王子。我赶紧澄清道：“那个晕黄人啊。黄金大人啊。他可能还活着！”

我转身奔过雪地，跑到大坑原本的所在地，并且摸索着找一条安全的路下去。经过龙的这一番折腾，这大坑变得更加险阻难行。皮奥崔与贵主爬出来的开口已经不见，罗贝最后落在此地，再加上挣扎着要爬出坑，因而将通往苍白之女冰宫的那条路给封住了。不过我知道那个开口在什么位置，况且再怎么飞雪落冰，也不可能埋得太厚吧。我开始踏上随时松动的冰坡，冰块碎裂，不时松垮滑落，我恨不得尽快，但仍努力踩稳脚步。我停了一下，强迫自己走得小心一点。我在滑坡上看准了一条较好走的路，却又痛恨自己必须这样耽搁。但我还是得小心走，因为我现在每多踩落一个冰块，等一下就要多搬一个冰块。原本的开口上已经厚厚地积了冰岩雪块，我正要开始动手移开这些冰雪障碍，却听到有人叫我的名字。我停下来，转头一望。皮奥崔站在大坑边缘俯瞰着我，他摇了摇头，眼里尽是感叹。他直言道：

“放弃吧，汤姆·獾毛。他已经死了。你的同伴已经死了。我深表遗憾。为了找我们的人，我们搜查了各牢房。那时我们看过他。当时我跟自己说，要是他还活着，我们也会想办法把他偷出来。但是那时他就已经死了。我们到得太迟。对不起。”

我站起来盯着他，但是有一瞬间我却看不见他。大概是天色明亮，而他身影黑暗，所以这强烈的对比，使我顿时眼盲吧。我先是浑身发冷，继之一阵麻木感袭来，好像快要昏倒。我非常缓慢地在冰上坐下来。我痛恨这句话问得太愚蠢，可是又非问不可："你确定吗？"

皮奥崔点点头，无奈地说道："我很确定。他们把他……"他说到这里突然停住，过了一会儿，他明白地接口道："他就是死了。那种事情，不可能熬得过去。他死了。"他吸了一口气，慢慢吐出来，"下面营地的人，他们在叫你。那个少年，叫做迅风的，他跟快死掉的那个男人在一起。他们要你过去。"

快死掉的那个人，那是博瑞屈。他的形影像是切德的火药般在我脑海中炸开来。对啊，弄臣走了，连博瑞屈也要走了。这一切太多、太沉重。我把脸埋在手里，整个人蜷缩起来，在雪地里前后摇晃。我承受不住，承受不住啊。

"我想你得快一点。"皮奥崔的声音从遥远的地方传来，我听到另外一人低声说了句："你去照顾你们的人，这人就交给我吧。"

我听到有人艰难地下了冰坡来找我，但是我管不了那么多。我只想坐在这里，我想死。既然我辜负了我所关心的每一个人，不如就此把生命放开算了。有一只手沉重地搭在我肩上，接着罗网说道："起来吧，蜚滋骏骑。迅风需要你。"

我孩子气地摇了摇头。我永远永远也不要再让别人依赖我了。

"起来！"他以较为严厉的口吻说道，"我们今天失去的人已经够多了，总不能连你也保不住啊。"

我抬起头望着他，觉得自己像是被冶炼了。"我早就死了不知道多少次。"我对他说道，深吸一口气，站起来跟着他走。

26. 疗 伤

恰斯人在奴隶脸上留下特殊的刺青记号，以表示奴隶属于自家所有的风俗，始于贵族之间。在早期，唯有最珍贵的奴隶，也就是奴隶主打算终身留在家中的奴隶，才会留下这样的标记。刺青的风俗后来之所以蔓延开来，是因为恰斯宫廷里的权贵，葛拉特大人与波尔特大人，两人为了竞相以财势压倒对方而屡出奇招。在当时，珠宝、马匹与奴隶，都是衡量财富多寡的指标，葛拉特大人决定，所有马匹都要烙印，所有的奴隶都要刺青，此外，无论他走到哪里，都会带着马队与奴隶团随行。据说，波尔特大人在对手的刺激之下，真的去买了好几百个没什么手艺，也没什么学问的便宜奴隶。此举唯一的目的，就是要把所有奴隶刺上家族标记的刺青，以便对外展示。

在当时的恰斯国，属于奴隶身份的工匠、艺匠或是外妾，如果主人许可，是可以包揽外人委托的任务的。这些特殊才艺的奴隶之中，偶尔有人能赚够了钱，替自己赎身。当然，许多主人都舍不得放走这样的奴隶，这是可想而知的。若要抹去脸上的家奴刺青，免不了要留下不少疤痕，而赎身证书又常有人伪造，所以曾为奴隶，但如今恢复自由之人，实在很难证明自己的身份。奴隶主逮住了这个弱点，因而创造出所费不赀的“自由耳环”。自由耳环以金银打造，大多饰有珠宝，各个贵族家族的耳环造型互异，这耳环就是每一个奴隶确实赚得了自由的标志。奴隶在赚够了赎身钱之后，往往还要多年辛劳，才能买下昂贵的自由耳环，以此保证他真有资格在恰斯国各地自由来去。

——费德伦，《恰斯国奴隶风俗演进史》

打斗争战之后的混乱场面，我并不陌生。我曾走过浴血的大地，踩过堆积如山的尸体，但如今我还是第一次见到处处清楚流露出化干戈为玉帛迹象的打斗后场面。先前彼此斗殴的战士，现在为对方敷药裹伤，方才欲将我等置于死地的外岛人，此时则急切地向首领团询问亲友家乡的消息，因为他们已经离乡背井多年。他们像是从传奇的长眠中苏醒过来的人，迫切地问着这段期间的人事，努力跨越多年的鸿沟。显然他们都记得曾为苍白之女效力。我认出其中有一个人是将我拖到苍白之女面前的侍卫之一，在我的注视之下，他慌张地撇开头，我也不去跟他对质了，反正皮奥崔已经把我唯一需要的消息告诉了我。

我回到营地。众人十分急切，已经把帐篷都拆了。有两个人重伤，已经放到担架上，他们都是苍白之女的侍卫。匆忙堆起的冰堆下埋着三名死者，这三人之前也都是为她效力的。冰华把首领团派来的老鹰氏族代表吃了，所以老鹰无法埋葬。除此之外，狐狸氏族的代表与巧捷在大坑塌陷时被埋在冰雪之中，大概也用不着把他们挖出来再重新埋葬吧。这么快就要丢下死者离去，好像太过匆忙，且对死者不敬，但是我能了解众人为什么会急成这样。这次的拔营出发颇有急躁的气氛，仿佛众人都觉得，只要我们早点离开此地，苍白之女就会早点成为过去。我希望崩塌的那一山落冰，也已经压死了她。

罗网与我并肩而行，切德则急急地朝我走来，已经有人包扎了他手臂上的伤口。“这边走。”他说着，领我走向躺在雪地上的博瑞屈。迅风跪在他身边，他们不敢随便搬动他，至今他仍留在摔落下来之处。他的身体歪七扭八，人的背脊实在不该扭成那个样子。我在他身边跪下来，他的眼睛竟然睁开着，使我非常惊讶。他的手无力地在雪地上轻画，我伸手捧起他的手。他的呼吸轻而浅，似乎在努力压抑下半身传来的痛楚，最后，他好不容易吐出两个字：“单独。”

我朝罗网与切德望去，他们两人不发一语地撤走。博瑞屈的眼睛望向迅风，但那孩子显得十分顽固。博瑞屈稍微深吸了一口气，他的口眼周围有一抹奇怪的灰暗色泽。“一会儿就好。”他嘶哑地对儿子说道。迅风轻轻点了个头，便转身走开。

“博瑞屈。”我说道。但是他停放在我手里的那只手剧烈地动了一下，要求我住口。

我看得出他汇聚了剩余的力量来说话。他稳住自己，每说几个字就喘一口气。“回家。”他说道，他命令我，“把莫莉和孩子们照顾好。”这是不可能的事情，我听了只能摇头，但他突然握紧我的手，虽然没什么手劲，却令我想起昔日他握住我的情况。“你会把他们……照顾好。你一定会。看在我的份上。”他又喘了口气，皱起眉头，像是正在下一个重要的决定。“麦尔妲和红儿。等它们下一季交配的时候，就让它配红儿，别让它配阿鲁。”他伸出一指摇了摇，好像我反驳了他似的。他深吸了一口气。“要是能看到它们的小马就好了。”他慢慢地眨了眨眼，痛苦地说道：“迅风。”

“迅风！”我一叫，那个流连不去的孩子便抬起头，立刻跑回来。

那孩子还没到之前，博瑞屈又开口了。他几乎是微笑着说道：“过去这些年，还是我跟莫莉比较适合。”他吸了口气，以轻得几乎听不见的声音说道：“但是如果你回家的话，她还是会选你，不选我。。”

迅风扑身跪在博瑞屈身边的雪地上，于是我就把我的位子让给他。切德与罗网抱着一床厚重的毯子走了回来。罗网开口道：“我们要把你身下的雪挖出来，把毯子塞进去，然后用毯子将你抬到雪橇上。王子已经放出信鸽，请他们派船来把我们载回柴利格镇了。”

“无所谓。”博瑞屈说道。他握紧迅风的手，眼睛慢慢闭上。过了一会儿，他的手软弱无力地松开。

“赶快行动。”我建议道，“他现在失去意识，要把他搬上雪橇就趁现在。”

我协助他们挖开雪，将毯子塞进去，铺在博瑞屈身下。虽然我们尽量轻柔，但是我们搬动他的时候，他还是痛得呻吟，在我的原智知觉中，他又消退了几分。我什么都没说，但我敢说迅风跟我一样心里有数。这个情况已经无需多言了。我们将博瑞屈搬上载有另外两名伤者的雪橇。在我们离开营地之前，我抬头张望清澈的蓝天，天上已经不见双龙的踪影。

“连谢一声都没有。”我有感而发地对罗网说道。

他无言地耸耸肩，之后我们就出发了。

这一整天，我不是在博瑞屈身边，就是轮流拉雪橇。迅风一路上都紧盯着他父亲看，但是据我所见，这一天博瑞屈就没有再睁开眼睛了。阿憨坐在雪橇末端，裹着毯子凝视远方。珂希和奥美崔搭乘另外那个雪橇，也都裹着毯子御寒。拉雪橇的是皮奥崔，他哼着小曲奋力前进，贵主与晋责则跟在雪橇旁边走。他们在我们前头，所以我听不见贵主跟她母亲讲了什么话，但我可以猜到几分。奥美崔望着晋责时，显得有点不以为然，但是大部分时间，她的眼神都停留在女儿身上，看来十分自豪。幸存的首领团代表走在最前面，为我们探看雪地上有无缝隙。罗网与切德伴着我，三人默默无语地走了一段时间。

我心里默数着我们的人数。不是因为我爱想，而是因为我一想就停不下来。王子带着十二人来到此地，再加上迅风与阿憨；首领团派了六个人来监督我们，那就是二十人，最后加上弄臣和博瑞屈，那就是二十二人。苍白之女杀了诏谕、谜语和弄臣，博瑞屈被苍白之女的龙所伤，如今只剩一口气；老鹰死在切德火药引爆的落冰之中，狐狸和巧捷也是因此而死。最后我们回柴利格时只剩下十六个人——如果单独在沙滩上留守的袭乐和达败能够活下来的话。我深吸了一口气。我们带回了贵主的母亲和妹妹，这总算是功劳一件吧，除此之外，还有八个外岛人可以返回自己的家乡，尽管他们的家人以为他们老早就死了。我努力从中获取一点满足感，却怎么也高兴不起来。这是最后，也是最短的一场红船之战，然而我在这一战之中，损失最为惨重。

天色昏暗下来时，皮奥崔叫大家停下来扎营。我们用两顶帐篷的材料在伤者搭乘的雪橇上凑合地搭了棚子，以免挪动伤者。另外那两名伤者能讲话，也能吃东西，但是博瑞屈却静静地躺着不动。我帮迅风带了食物饮品，坐下来陪他，但是过了一会儿，我发现他想单独陪父亲，于是我便丢下他，到星空下散步。

极地的夏夜不会真的黑暗，因此我只看得到天空中最明亮的星。晚上很冷，风吹个不停，将松散的雪花吹到棚子和帐篷里。我想不出要走到哪里去，也想不出想要干什么。切德和王子窝在贵主的帐篷里，跟皮奥崔的家人在一起，他们那里充满了胜利与喜悦的气氛，我只觉得自己跟那种气氛格格不入。首领团的代表与失而复得的外岛人欢聚一堂，有如老友重逢般热闹。我看到猫头鹰坐在一个小火堆边，理所当然地在一名男子的前臂上烧出"腾龙绕海蛇"的刺青图案，空气中飘浮着烧灼皮肤的味道，那男子在疼痛之余闷哼着，最后忍不住叫出声。除了迅风之外，晋责的原智小组都挤在一顶小帐篷里，我经过的时候，听到罗网低沉的讲话声，又看到猫眼从帐篷里探出来对我一瞥。不用说，他们也跟王子一样感到胜利欢欣。他们不但解救了龙，还帮王子赢得了贵主的真情。

长芯一个人在一顶幽暗的帐篷外，对着一个小火堆独坐。我闻到白兰地的味道，心里纳闷他哪来的酒。我本来只想走过去、默默地点个头就算了，但是他脸上的表情告诉我，今晚我得和他一起在这待着。我蹲下来，将手伸向前去烤火，同时对他招呼道："队长。"

"什么队长？"他反驳道，仰起头，颈项间发出咔达的声响，叹了一口气，"诏谕、谜语、巧捷，都没了。跟着我来这里的人都死了，我却还活着，这算是什么队长！"

"我还活着呀。"我提醒他。

他点点头，下巴朝帐篷里面一点："你的那个小傻子在里面睡觉。今晚他看起来有点茫然，所以我把他带过来照顾。"

"谢了。"没顾到阿憨，使我有些愧疚，但接着我又问自己，难道我该把博瑞屈丢着去照顾阿憨吗？一思及此，我又想到，也许今晚让长芯有个人可以打点照顾，对他是最好的了。他换了个姿势，掏出一个白兰地酒的扁瓶递给我。这是士兵用的铁扁瓶，处处有凹痕与刮痕，里面装的是他自己要喝的烈酒。这份礼物十分珍贵。我轻啜一口，将酒瓶递还给他。

"你的朋友，那个黄金色的人，我很遗憾。"

“是啊。”

“你们交情匪浅。”

“我们从小一起长大的。”

“是吗？真可惜。”

“是啊。”

“希望那个婊子饱受折磨而死。谜语跟诏谕都是很好的人。”

“是啊。”我心里纳闷着，不晓得那女人到底死了没有。如果没死，那么她还能继续算计我们吗？如今石龙、罗贝和被冶炼的仆人等，全都没了，她的确具有精技天赋，但我实在想不出她要如何用精技来对付我们。就算她还活着，此时的她也跟我一样孤单了。我仔细揣想着，我到底是希望她死了，还是希望她生不如死地活着呢？想了半天，终于有了答案，那就是我累到根本不在乎她的死活。

沉默良久之后，长芯对我问道：“你真的是他吗？你真的是骏骑的私生子吗？”

“是啊。”

他自顾自地点了点头，仿佛这一来就解开了他的什么疑惑。“怪猫有九命，但是你的命比怪猫还多。”

“我要去睡了。”我平静地说道。

“好好睡。”长芯答道，此语一出，我们两个便相视苦笑。

我将背包和被褥拿到长芯的帐篷里。我在阿憨身边铺床的时候，他翻了身。“好冷。”他咕哝说道。

“我也好冷，我和你背靠背睡，这样就会比较暖和一点了。”

我虽躺了下来，但是却睡不着，满脑子都在想那些想了也没用的事情。苍白之女到底是怎么折磨弄臣？她是用什么手段杀了他？她杀死弄臣之时，他已经完全被冶炼了吗？要是苍白之女将他丢入石龙之中，那是不是表示，石龙死掉的时候，弄臣也会感到痛苦？笨呢，笨，想这些有什么用？

跟我背靠背的阿憨沉重地翻了个身。“我找不到她。”他轻声说道。

“你找不到谁？”我警戒地问道。我满脑子想的都是苍白之女。

“荨麻啊。我找不到荨麻。”

我仿佛被人打了一拳。荨麻是我自己的女儿啊，但如今将她抚养长大的人即将死去，我却压根没想到要去找她。

他又开口了：“我想她是怕得不敢睡吧。”

“嗯。这不能怪她。”要怪只能怪我自己。

“我们现在要回家了吗？”

“是啊。”

“可是我们没有屠龙。”

“的确是没有。”

他沉默了一阵子，我希望他就此睡着，但接着他又悄悄问道：“我们回家要坐船吗？”

我叹了一口气。阿憨幼稚的顾虑，是此时唯一可以使我心情加倍沉重的事情。我努力劝自己多设身处地为他着想，但这实在很难。“阿憨，我们若要回家，非得坐船不可，这你也知道啊。”

“我不要坐船。”

“这不能怪你。”

“也不能怪你。”他沉重地叹了一口气。过了一会儿，他说道：“这么说，我们的远征探险已经过去了。接着王子和公主会结婚，以后永远幸福快乐地住在一起，生很多小孩，晚年的时候儿孙满堂。”

这几句话，他大概听了千百遍，所以都会背了。通常吟游歌者讲完英雄故事，都是以这几句话来收尾。

“大概吧。”我谨慎地说道，“大概吧。”

“那我们其他的人呢？”

长芯进到帐篷里，默默铺好自己的床，从他的举动看来，那白兰地酒应该是喝完了。

“我们其他人就继续过我们自己的生活啊，阿憨。你会回到公鹿堡服侍王子，他继位为王的时候，你也一起分享荣耀。”我思索着他的快乐大结局会是如何，“还有，你会过好日子，随时有粉红色的糖霜蛋糕吃，随时有新衣服穿。”

“还有荨麻。”他满足地说道，“现在她也在公鹿堡。她要教我如何做个好梦呢，至少她之前是这么说的，在龙啊什么的事情之前。”

“是吗？那很好啊。”

他讲到这里似乎已经心满意足，过了不久，他的呼吸声就变成缓慢的睡眠韵律。我闭上眼睛，纳闷荨麻能不能教会我做好梦？唉，说不定我连跟她见面的勇气都没有。我现在实在不愿去想她的事。一想到她，我就必须思索该怎么跟她说博瑞屈的事。

“你以后要怎么办，蜚滋骏骑大人？”长芯在黑暗中问道，那声音像是从空中传来的。

“那不是我。”我平静地答道，“我回六大公国之后，就继续过我的汤姆·獾毛的生活。”

“但如今已有许多人知道你的秘密了。”

“我想，大家都是守得住秘密的人。况且，只要晋责王子开口，大家就不会说出去了。”

长芯翻了个身：“但是对某些人而言，王子开口不算，要蜚滋骏骑大人亲自开口才算。”

我虽然满肚子烦恼，听到这话仍不禁哈哈大笑。最后我好不容易说道：“您若能保守秘密，蜚滋骏骑大人将不胜感激。”

“好吧。不过我觉得太可惜了，你实在不该归于平淡。这是多大的荣耀啊？为什么不让众人知道你做了多少事情，以及你是什么身份。让大家知道你为此出了多少力呢？难道你不希望大家记得你的功业吗？”

这问题我倒不用多想就知道答案了。玩那种游戏的人，有哪一个不会在夜深人静时，望着将熄的炉火懊悔深思？我若是走上了那条路，会是什么情况，这事我已经想过太多次，多到我对于那条路上的每一个岔路与每一个陷阱都了如指掌。“人们以为我做了很多事，但其实我宁可人们忘记那一切。别说别人了，若是能让我忘记我没做好的那一切事情，那么我什么都愿意。”

然后我们就不再谈了。

我一定是睡着了，我在黎明之前的淡灰天色中醒来。我小心地从被窝里钻出来，以免吵醒阿憨，并直接去探望博瑞屈。迅风握着父亲的手，蜷着睡在父亲身边。我的原智知觉告诉我，马厩总管已经越走越远。他难免一死。

我去找切德和晋责，叫醒他们。“我有一事相求。”我对他们说道。晋责睡眼惺忪地从被子里探出来看我，切德则立刻便从被窝里坐直起来，因为从我的口气听来，这事必定很严重。

“什么事？”

“我希望精技小组尝试治疗博瑞屈。”他们两人都没回答，于是我又补了一句，“而且是现在，趁他还没走远。”

“这样一来，别人会知道你跟阿憨都不是简单人物。”切德指出，“就是因为这样，所以我才任由伤口自行愈合。当然，我的伤跟博瑞屈是不能比的。”

“反正我到了这个岛之后，好像所有的秘密都包不住了。如果我余生必须面对秘密不保的后果，那么至少也要有个代价，毕竟我在这里失去得太多了。所以，我希望把迅风和他父亲送回莫莉身边。”

“你这是要把儿子和丈夫送回莫莉身边。”切德平静地提醒我。

“难道你以为我不晓得这一点，难道你以为我看不出他们回去之后的后果？”

“去把阿憨叫起来。”王子提议道，掀开被子，“我知道你急，但我还是建议，等你让阿憨好好吃顿早餐之后，我们再一起动手。他这个人一饿起来就无法专心，况且早上他本来就精神不济，至少也得让他吃饱。”

“我们是不是应该把前后因素想清楚再……”切德开口，但是晋责打断了他的话。

“蜚滋从没有求过我别的事情，这是唯一一件。我们一定要让他如愿，切德大人，而且现在就要让他如愿。这个嘛，也许称不上是马上，但是也很快了。一等阿憨吃了早餐之后，我们就动手。”

“你讲得好像我没想到这一点似的，其实我连这一点也算在内了。问题是骏骑曾经将博瑞屈封锁起来，所以除了骏骑以外，别人都无法以精技跟他往来。难道说，只有我想到这一点，你们两个都忘了吗？”切德疲倦地问道。

“我们可以试试啊。”晋责顽固地答道。

于是我们就试了。光是帮阿憨弄个早餐，就仿佛过了三世之久，接着我趁他不紧不慢地吃早餐时，跟迅风解释我接下来要做什么。我怕他一下子燃起无穷的希望，又想让他了解我们这样做有什么风险。如果我们修补博瑞屈身体的行动，超过了他本身的备用能源所能支应的程度，并使得他因此而死去的话，可别让这少年认为是我们无情地杀了他父亲。

我早该想到这有点难以解释。难解释也罢，但是要叫迅风稍停一下，好好思索我讲的是什么意思，那就更难了。我想把他拉到一旁去解释，大熊正在我们不远处照料受伤的那两个外岛人，但他片刻也不愿意跟父亲分离，最后我也只得让他坐在原地听我讲。我一提到晋责王子可能会施展瞻远魔法以修补他父亲的身体，他就激动得不得了，我敢说，刚才我苦口婆心说的那些危险和失败的可能性等等，他统统都当耳边风。此时这孩子看来像个弃儿，眼睛周围有黑圈，且因悲悼而陷入眼窝里。不管他昨晚睡了多少，总之必定是休息不足。当我问他有没有吃东西的时候，他没回答，只是摇摇头，像是觉得进食无趣至极。

“你们什么时候开始？”这已经是他第三次问我，所以我也投降了。“等其他人一到就开始。”我对他说道。就在此刻，我们搭设在雪橇周围的简陋棚子的门片掀起，切德走了进来，之后晋责与阿憨挤了进来。一下子挤进这么多人，棚子开始摇摇欲坠，晋责不耐烦地一挥手，建议道：“把这棚子拆掉，免得挡路。这棚子虽能勉强挡风遮雨，但是待会儿必定会碍手碍脚。”

长芯与我开始拆下遮棚的帆布，并卷起以便搬运，迅风则不耐烦地咬着嘴唇等待。等到帐篷拆完时，我们要以魔法疗伤的传闻已经传遍全营地，众人都聚来观看。我既不喜欢在众目睽睽之下做事，更不想让他人知道我与王子之间有什么私密关联，但是现在也顾不得那么多了。

我们聚集在博瑞屈身旁，要劝说迅风走到一旁，好让出位置来让我把手放在博瑞屈身上。这可不是什么易事，幸亏最后罗网把他拉开了。罗网站在那少年背后搂着他，仿佛迅风是个稚龄的小男童。他以原智与手臂将那孩子包住，给他安慰与拥抱。我对罗网投以感激的目光，他点点头，表示他既受之无愧，也请我赶快开始。

切德、晋责与阿憨手拉着手，像是想要玩儿童游戏的大人一般。我一想到待会的场面，便怕得发抖，并努力对周遭那一张张急切的脸孔视而不见。吟游歌者扇贝眼睛睁得大大的，看得目不转睛。那些外岛人，无论是首领团派来的人，还是我们救回来的人，则怀疑地注视我们。皮奥崔脸色严肃且专注，他在稍远处，与他们家的三名女子站在一起。

在我年纪比迅风大几岁的时候，博瑞屈曾叫我从他身上汲取精技力量，就像昔日我父亲所为，但我就是做不到。我之所以做不到，并不只是因为当时我不得其法。我父亲曾以博瑞屈作为“吾王子民”，也就是以他作为施展精技时的力量来源，任何人若是汲取他人的力量施展精技，那么给予力量的人，就会变成通往施展精技之人的管道。就是因为这个缘故，骏骑才将博瑞屈封锁起来，让除了他之外的任何精技人都无法与之接触，以免别人利用他来攻击或监视骏骑。而今天，我则要以我的力量，加上晋责精技小组的力量，与我父亲设下的古老障碍一较高下，看看我能不能一路攻入博瑞屈的灵魂之中。

我伸出一手朝精技小组伸过去。阿憨接住了我的手。我将另外一手放在博瑞屈的胸膛上。我的原智知觉告诉我，此时他不情不愿地逗留在他的身体里。他所居的这个动物身体实在受伤太重，已然没有复原的希望了。如果这是马的身体，那么博瑞屈一定早就让马安宁地死去。这个念头使我心里不安，我赶快将之抛到脑后。我将原智知觉放在一旁，汇集我的精技力量，使之如刀刃般锐利。我排拒了其他一切念头，专心地找个地方，以便以刀刃般的感知力穿透他。

但我就是找不到可以下手之处。我感觉得到精技小组的其他成员，也感觉得到他们一切都已就绪，但我就是找不到地方下手，找不到地方来发泄他们的急切之情。我感觉得到博瑞屈人在此地，但我的感知就只是溜滑过表面，怎么样也刺透不进去。我不知道当年我父亲是怎么将博瑞屈封锁起来的，所以我也无从解除。我不知道自己为了穿透博瑞屈的精技墙而花费了多少工夫，只知道最后阿憨松开我的手，将满是汗水的手掌在皮背心上擦干。“那个人实在是太难了。”他宣布道，“干脆做这个吧，这个容易点。”

他也没问任何人许可，便探过博瑞屈的身体上空，将他的手放在其中一名受伤的外岛人肩上。我虽没握住阿憨的手，不过在那一瞬间，我就对这个外岛人了如指掌了。他之前在苍白之女那里做了不知多少年的奴隶，他心里想着，不知道自己的独子在家乡发展得好不好，同时也挂虑他姐姐所生的那三个儿子。他原本说好要教那几个男孩子用剑的，但那都是多年前的往事了。他不在家这几年，可有人代他尽这个职责吗？

这些念头对他的折磨，不输于他身上的伤势。他的伤，是大熊挥剑后伤及他胸部的肌肉，并深入他上臂的剑伤。他流了不少血，因而虚弱不少，若是他找得到活下去的力量，那么他的身体就会自动愈合，就算没人去照料他的伤势，他的肌肤血肉也会开始收口痊愈。此时那人大叫一声，伸出手抓住正在愈合的伤口。他的皮肤蔓延过切口，仿佛是会自己缝补破洞的神奇衣料，他的身体还将无法修复的死皮烂肉排放出来。我眼睁睁地看着那男人脸上的肌肉顿时消了下去，觉得有点可怕，不过幸运的是，这个人身材结实，他身上有许多储备能源，可供眼前修补身体之用。

他突然在睡垫上坐直起来，扯开结块的绷带，丢到一旁。围观的人都倒抽了一口气。他新长的皮肤光滑，不是伤疤愈合后没有毛孔的皮肤，而是健康的婴儿皮肤。他的身体黝黑，那条淡色无毛的长条纹便是他的新肤。他低头瞪着自己，在欣喜的狂笑之中，用力地在胸膛上捶了几下，似乎要肯定自己的胸膛已经完好如初。过了一会儿，他将腿跨到雪橇边，跳下来，光着脚在雪地上蹦跳嬉戏。不久之后，他跑了回来，将矮胖的阿憨整个人抱起来，兴奋地转了一圈，最后才把那个惊愕的小个子男子放下来。那人以他的母语感谢阿憨，说他是“艾达神之手”，不过这个词在外岛语里是什么意思，我就不解了。我不解，但是大熊却一下子心领神会，他立刻跑到另外那个伤者身边，解开他的衣物，并且比手势要阿憨过去。

阿憨没有朝我们几人多看一眼就过去了，我也几乎没有多余的心思去想阿憨，或是他所做的事情。我的眼睛定定地望着迅风，他瞪着我的眼神则是一片空白，绝望到底。我将我无用的手掌伸到他面前，掌心向上。他吞了吞口水，望向他处，不再看我。之后他的头转回来，不是看我，而是看着博瑞屈。他在父亲身边坐下，捧起父亲逐渐黑去的手。他望着我，眼里满是疑问。

“对不起。”我对他说道。这时第二个外岛人已经痊愈，站了起来，正高兴得大呼大叫，所以我必须讲得大声一点，迅风才听得到。“他被我父亲封锁，因此其他精技人都无法接触到他，而我既无法进去，就无法帮他了。”

他又转开了头，望向他处。他的失望之深，几乎可算是怨恨，不见得是怨恨我，而是怨恨这一刻，怨恨别人一一痊愈、新生，怨恨大家为那些医好的人喝彩。罗网已经离开，以便任由迅风发泄怒气。我看此刻再跟他说什么都没有意义了。

阿憨似乎已经掌握了精技治疗的窍门，进一步在晋责略微监督之下，治好了另外两人的灼伤——他们为了要除去苍白之女的刺青，于是用火烧炙皮肤，如今颜色较淡的新肤已取代了流脓、长水泡的肌肤。于是之前被众人所鄙夷的阿憨顿时变成瞩目的新焦点，因为他正是“艾达之手”的具体展现。我听到大熊恳求晋责王子原谅他们之前对王子的仆人太过不敬。先前他们并不知道王子的仆人具有艾达神所赐的天赋，现在他们已经知道王子为何如此看重他，也了解到为何要带他前来参战了。以前阿憨因为他们态度轻蔑而瑟缩不前，我总感到伤心，但如今他们将他捧上了天，我心里也不舒服。他竟然这么快就忘记他们之前对他的排斥有多严重，使我有一点被他背叛的感觉。不过，他能够不计前嫌地接受他们的好意，我还是为他高兴，虽说我知道这件事有点前后矛盾。阿憨就是这样，别人脸色是坏是好，他都照单全收。我也希望自己能变得像他一样简单。

切德从我身后走上来，伸手轻轻搭在我的肩膀上。我叹气着转身，心想他又不知道要派什么任务给我了。但是那老人什么也没做，反而伸出一臂紧揽着我，并柔声说道：“孩子，很遗憾。至少我们试过了。弄臣走了，我也很遗憾。

他跟我虽不是一直都互相唱和，但是他一心为黠谋国王设想，后来又大力辅助珂翠肯，他所做的一切，无人能比。就算最后这次我们针锋相对，但你要知道我从未忘记他从前为瞻远皇室所尽的心力。况且事到如今，这次还是他赢了。”他抬头望天，仿佛希望能看到双龙在天上盘旋。“他赢了，他为我们赢来的大奖，就留给我们对付了。说真的，如果这大奖竟跟他本人一样难以预测，我也不会意外。我敢说，性情这么捉摸不定的龙，必定颇得他的欢心啊。”

“他以前就跟我说他会死在这里，我却从未把他的话当真。要是我早把他的话当一回事，我就不该把想和他说的话留在心里了！”我叹了一口气。刹那间，我心里想的都是这些无用的念头，以及我想做却一直没有做的事情。我叫自己去想些有意义的想法或感受，却想不出，也说不出。失去弄臣的痛苦占满了我整个心灵，再也塞不进任何事物。

当天我们出发之后，大部分的人都精神昂扬。如今雪橇上只剩下博瑞屈一人。他动也不动地躺着，离我们越来越远。迅风与我分别伴在他的左右边，一整天都没有说话。偶尔停下来休息时，我便倒一点水到博瑞屈嘴里，每次他都咽了下去。即使如此，我还是知道他死期近了，我并未刻意以假话劝慰迅风。

天黑之后，我们停下来搭营煮食。现在阿憨可不缺朋友了，大家都抢着要照顾他，他也乐于变成众人的目光焦点。我努力劝自己，我并不是被他抛弃了。以前我天天希望早一点丢开照顾他的任务，但如今愿望成真，我反倒希望手边还有照顾阿憨的事情可忙，免得自己胡思乱想。罗网朝迅风与我走来，他带了食物给迅风，并对我点点头，叫我去歇一下。然而离开博瑞屈与迅风，只使得这夜晚变得更冷。

我信步走到长芯的火堆旁，由他把听来的故事讲给我听。救回来的那些外岛人，有些是从红船之战时就开始为苍白之女卖力。当时这样的人有几十名，但后来苍白之女无情地把好多人喂给石龙了。他们原本的基地是岸边的采石场，不过大战之后，苍白之女唯恐外岛人会反击，因此想迁往内陆。她从一开始就决心要取冰华的性命。根据传说，冰河下面自古以来就有走廊和甬道。她等到一年之中潮水最低的那一日才行动，并找出了传说中的地下冰宫入口。一进去之后，她就派手下在冰层中新开凿出一条几乎每日低潮时都可以进出的隐秘通道。等她将沙滩上的基地完全摧毁之后，便命令仆人将岸边那两条石龙之中较大的那条加以分割切块，运到冰宫中的大殿重新组合起来。那是不可思议的大工程，她才不管这要耗费多少人力、花上多少时间。

自从红船之战后，苍白之女便定居于此，并向仍然对她心生畏惧，或者希望能要回人质的外岛氏族榨取源源不断的贡品。她开的条件很严苛：献上一船食物，也许能换得她考虑要不要归还一具尸体，或是换得她保证一定不会释放人质，以免辱及家门。我问长芯，依他看来，在外岛诸岛之间，苍白之女居住于此的事情是否广为人知？他摇了摇头："我的感觉是，这种事情太过羞耻，对苍白之女献礼的人是不会对别人多提的。"我听了点点头。这么说起来，即使在独角鲸氏族中，知道奥美崔与珂希真正遭遇的人也是少数，平常人可能只是知道她们两人失踪了。我很清楚这秘密虽大，却还是可以继续隐瞒下去。

于是，苍白之女的王国就靠这些半冶炼的战士的劳力，慢慢地建立起来。手下人若是受伤、年迈，或是无法控制，她就将他们送去喂龙，许多人就因为她想要唤醒石龙而葬送了性命。我们今年来到此地时，她的势力已经逐渐衰弱了。她的人手最多时高达数百，如今只剩下几十人，一来是因为石龙，二来是因为工作太劳苦。

苍白之女虽也想了不少办法要杀死冰华，但是均未奏效，顶多只是让它不舒服而已。她不敢挖开冰华周身的冰层，而它的鳞片重重交叠，皮肤又极厚，什么武器都刺不穿。她对于冰华的痛恨与恐惧，在奴隶中已成为传奇。

长芯与我望着将熄的小火。"我还是不懂。"我平静地对他说道，"他们何必为苍白之女效力呢？既然都被冶炼了，她怎么控制得住他们？我在公鹿公国那里看过被冶炼的人，那种人可是不会对任何人效力的。"

"这我也不知道。我打过红船之战，我知道你指的是什么意思。跟我聊过的人都说，他们为苍白之女效力那一段期间的记忆都是模模糊糊的，他们只记得痛苦，除此之外，没有欢乐、没有气味，吃东西也尝不出味道。他们只记得，若违抗苍白之女的命令，都会被送去喂龙，所以他们都乖乖听从命令。据我看来，这种冶炼方式比较细腻，因此虽都受过冶炼，但是这些人跟我们在六大公国看到的那些人是不一样的。有一个人告诉我，苍白之女把他的忠诚、他对家乡与家族的爱拿走之后，她好像就变成他唯一可以效力的人，于是他便听从于她了。虽说，他为苍白之女效力的那些记忆如今已模糊，但仍使他感到很羞愧。”

我离开长芯，走回躺在雪橇上的博瑞屈那里时，瞥见晋责王子与贵主站在帐篷与帐篷之间。他们两人手牵着手，头靠在一起。我心里好奇着，不知道贵主的母亲对于即将来临的这场婚礼有什么看法？奥美崔想必不解：独角鲸族之人怎么会突然跟宿敌结盟？况且这婚约意味着她女儿必须离开故乡，去统治一个遥远的地方。在这个情况下，奥美崔会点头吗？而艾莉安娜将如何看待这桩婚姻，又更耐人寻味了。她母亲与妹妹才刚归来，在这个情况下，她肯现在就抛下久别的家人，前往遥远的六大公国吗？

我回到博瑞屈身边时，罗网仍与迅风坐在一起。悲伤将那孩子折磨得一下子老成不少，仿佛一夕成人。我静静走到雪橇边，跟他们并坐在一起。雪橇上凑合地搭了个棚子以避寒风，棚里点了一根蜡烛。博瑞屈身上盖着好几层毯子，但是我捧起他的手时，仍感觉到他的手有些冰冷。

迅风一脸懊丧，低声对我问道：“你不能再试试看吗？其他人……他们都一下子就好起来，如今能坐、能讲话，还能跟同伴坐在火边谈笑。其他人都能被治好，为什么唯独我父亲治不好？”

这我已经跟他讲过了，但我还是再跟他说一次。“因为多年之前，骏骑封锁了你父亲，不让其他精技人跟他接触。你父亲曾经为骏骑王子效力，这你知道吗？你父亲还是骏骑的吾王子民呢。所谓吾王子民，就是提供力量，让国王施展精技的人。”

他懊悔地摇了摇头。“我只知道他是我父亲，其他事我知道得很少。父亲的话不多。妈妈跟我们说过很多公鹿堡和外公的事情，但是父亲从来不提他年少时如何如何。他教导我养马的道理和养马的细节，但后来他发现我……”他顿了一下，强迫自己接口道，“发现我有原智。跟他一样。后来他就不让我接近马厩，尽量把我跟动物隔得远远的。这一来，我就没什么机会跟他待在一起了。原智的事情他也不多谈，只吩咐我不得跟动物心灵交流，此外什么话都没说。”

“我小时候，他也是这个样子。”我应和道，搔搔脖子，突然觉得疲倦又彷徨。这些事情，有多少是我自己做主就可以讲出来，又有多少是要博瑞屈点头才能说的？“等我大一点，他就比较常跟我聊天、深谈了。我想，等你大一点之后，他也会把自己的事情讲给你听。”

我深吸了一口气，博瑞屈的手躺在我的手中。我讲了这些事情，他到底是会在大怒之余原谅我呢，还是会对我感激不已？这我就不知道了。“我还记得第一次遇见你父亲的情况。那时候，我好像是五岁大吧。惟真王子手下的人牵着我的手走过长廊，来到月眼城的守卫食堂。那时骏骑王子已经带着他手下大部分的人离去了，唯有你父亲因为膝盖的伤势，留在月眼城疗养。他之所以跛脚，就是因为那个脚伤。我父亲被野猪缠住，幸亏博瑞屈扑上去制止，否则我父亲就被野猪獠牙扯得开膛破肚了，那是他的膝盖第一次受伤。博瑞屈就坐在那个满满一屋子的守卫之间，皮肤黝黑，很凶，眼神又冷峻，正是体力达到战斗颠峰的壮年。然后人家突然把我塞给他照顾，这无论是对我或对他而言，都是事出突然。你想象得出来吗？那个守卫先是一把将我按在博瑞屈对桌的位子坐下，接着当众宣布我是骏骑生的小杂种，从此以后我就交给博瑞屈照顾。虽然都过了那么久，但我至今仍然很好奇，不知道当时他心里作何感受？”

迅风虽然心里难过，但仍浮出了一个很小的笑容。于是我就一直讲下去，把那个将我抚养长大的急躁年轻人的故事告诉他。罗网陪我们坐了一阵子，我不太确定他是什么时候溜走。蜡烛开始飘摇，快要烧完，于是我们各自在博瑞屈的左右躺下来，我则继续讲到迅风睡着为止。以原智知觉起来，在那几个小时之间，博瑞屈的生机好像变得比较蓬勃，不过也许那只是因为我心里念着他对我的种种意义吧。我想起了他鼓励我，以及他教训我的时光，想起他如何恰如其分地处罚我、称赞我。如今我能够比较清楚地看出，一个年轻的单身汉要照养一个小男孩，恐怕得放弃不少东西。我对博瑞屈的依赖，不但使我大大地受到他的影响，还使他自己的人生起了重大变化。一想起来，我便觉得谦卑与渺小。

隔天早上我给博瑞屈喂水的时候，他的眼皮稍微眨动了一下，一时间，他与我四目相对，他的眼神有如痛苦的困兽。他喘着说了两个字：“谢了。”我想他并不是谢我给他水。“爸爸？”迅风立刻急切地问道，但是博瑞屈再次消逝。

这天我们的路程走得很顺，天色暗下来的时候，我们决定不要扎营，继续推进，一路走到冰河外的沙滩上。众人都跃跃欲试，我猜这是因为大家对于睡在冰上的经验都烦腻了，不过我们与沙滩之间的距离之大，远超过我们的想象。我们持续地行走，身体早就疲倦不堪，如今是靠着一股顽固的脾气硬撑下去，我们都不愿承认自己估计错误。

我们抵达海滩的时候已经夜深了，同时看见沙滩的基地上有好几个迎人的火堆。我心里一沉。才两个人留守，生一个火堆仅够了，生这么多火堆，会不会是出了什么事？但我还来不及多想，便听到裘乐厉声问道来者是谁。王子一答应，我们便听到好几个欢迎的呼叫声，但是任谁也没料到，我们竟会听到谜语高声叫嚷的声音夹杂在其中。我一想起最后一次见到他的情况，更是毛骨悚然。一时间，我突然狂乱地想道，说不定弄臣也回到了这里。接着我想起皮奥崔跟我说的话，于是又重新被悲伤掩盖。

我们是最后抵达营地的，我们到达之前，众人已经叫嚷着要他们讲故事了。过了快一个小时，我才好不容易找到个人问几句话。原来谜语是跟一些幸存的外岛人从苍白之女的宫殿逃回这里。他们突然恢复了神智——那大概是在石龙死了的那一刹那吧，于是一名回过神的侍卫打开了牢门，放出谜语和同牢房的同伴，后来又有其他人陆续与他们一起找出路，最后谜语带着他们回到海滩。对于突然恢复神智的事情，他们都感到困惑迷惘，说不出个所以然。我们花了一整晚的时间，才断断续续地把整个故事拼凑起来。

隔天早上，谜语要向王子与切德做完整的报告，切德召我前去他们的帐篷旁听。我听着谜语讲述苍白之女的手下如何扑上去，抓住他与诏谕。他俩看到了几名侍卫从苍白之女冰宫的隐匿出口出来，所以那些侍卫说什么都不能任由他们回去将此消息向王子禀报。但是谜语无法有条理地描述他是如何被冶炼的。

冶炼的过程与石龙有关，但每次谜语尝试要提起此事，就开始全身打颤，严重到他无法继续讲话。最后切德总算放过他，不再逼问这方面的消息，使我也松了一口气。说真的，以我的看法，与其把冶炼人的知识挖掘出来，不如让这种知识随风飘逝。

谜语听到弄臣与我曾经一瞥他在地牢里面的情况，感到十分讶异。他说，他不会怪我把他丢下不管。若是我强行打开牢门，他必会为了抢夺我身上的暖和衣物而攻击我。他在知道有人看过他那种惨状之后，眼里露出羞愧得无地自容的神情。他与我之间才刚萌芽的友谊大概要夭折了。别说是他，就连我也不自在。我曾经眼睁睁地抛下他，任由他走向死路，往后我还如何能从容地与他四目相对呢？

同时，我也不知道往后谜语还能不能恢复成昔日那个乐天有活力的年轻人。他已经见过自己的黑暗面，从今以后，那些记忆是跟定他了。他当着我们的面坦承，最后杀了诏谕的就是他。他剥下诏谕的衬衫，包住自己的手以便御寒。他清楚记得自己如何仔细地筹划要将受伤的诏谕杀死、夺取他的衣物，并趁着别人睡觉时下手。他也记得苍白之女告诉他们，这是个考验，要是能撑过两周，就会被释放出来，成为她的侍卫，并且可以定时进餐。讲到这里时，他咧嘴冷笑，牙关咬紧，像是要忍住他对自己的不屑。之后他接口道，那时候对他而言，只要能够“定时进餐”，就是至高无上的幸运了。

有两个独角鲸氏族的人跟着谜语一起逃回来。这两人失踪多年，家乡的人早以为他们死了，因此皮奥崔看到他们的时候十分高兴。十几年来，苍白之女不断劫掠独角鲸氏族，以至于他们的男丁不断减少，最后更劫走了他们当家的贵主，以及贵主的小女儿，使他们陷入绝望。如今这两个战士归来，必定更使得王子成为他们心目中的大英雄。

切德问完问题之后，我也问了三个我一直挂在心上的问题，只可惜这三个答案都令我失望透顶。谜语在禁闭或是逃亡时都没看到弄臣。他从牢房里逃出来之后，既没有看到苍白之女，也没有看到她的尸身。

“可是，我看我们是用不着担心她了。打开牢房让我们逃出来的那人叫做瑞维奇，他说他亲眼看到苍白之女的下场。她不知为何突然就发疯了，一直叫嚷着每个人都辜负了她，如今只有她的龙能帮她。在她的命令之下，他们至少将十几个人推向前。那些人一个接着一个地被迫贴在石龙身上，最后死在刀下。瑞维奇说，他们流出来的血都被石龙吸干，可是这样苍白之女还不满意，她生起气来，叫着说他们应该要完全进入石龙体内，又说除非有人整个进入石龙体内，否则他是无法唤醒石龙的。”

谜语看到我们三人愣在那里，露出困惑的表情：“我知道我该把外岛语学好，但是我下的工夫真的不够。什么‘要有人整个进入石龙体内’，连我自己都觉得这话不通，但是瑞维奇的话听起来就是这个意思。当然，也可能是我弄错了。”

“不，我看你说得一点也没错。继续说下去吧。”我恳求道。

“最后苍白之女命令他们把科伯·罗贝投进去喂龙。瑞维奇说，他们解开了罗贝的手铐脚镣，但是他们低估了那个老战士的体能，也低估了他对苍白之女的恨意。本来侍卫们已经拖着他朝石龙走去了，此时他却突然挣脱众人，不朝石龙，反而回头朝苍白之女扑了过去。罗贝紧抓住她的左右手腕，同时朗声笑道，就让他们一起进入石龙，为外岛诸岛的胜利而升空吧，唯有如此，才能得胜。于是他便拖着苍白之女朝石龙走去，虽然她一直乱叫乱踢。之后……”谜语又停顿了下来，“瑞维奇怎么跟我讲的，我就怎么讲给你们听。我自己也觉得这话有语病啦，可是……”

“说下去！”切德粗哑地命令道。

“罗贝回头朝石龙走去，不知怎地化入了石龙之中。他化入石龙时，还紧抓着苍白之女，把她一起拖了进去。”

“苍白之女化入了石龙之中？”我叫道。

“倒没有全部化进去。罗贝化入了石龙之中，而他又拉住苍白之女，所以她的双手和手腕都进去了，她大声叫着要侍卫来帮她，最后终于有两个侍卫上前去拉住她。可是……可是这时她的手已经化光了。化到石龙里去了。”

王子伸出一手遮住嘴。我突然发现自己在颤抖。“就这样吗？”切德问道。

我心里纳闷他为何能如此平静。

“就这样。残留的手臂像是烧焦了似的，黑黑的，但是没流血。瑞维奇是这样说的。他还说，苍白之女就这样呆呆地站着，盯着自己的残臂。这个时候，龙开始慢慢活了过来。瑞维奇说，石龙一开始动的时候，头抬得太高，天花板崩了一块，既要躲避石龙，又要躲避落冰，所以大家都逃了。他自己则继续躲避石龙，躲着躲着，他就回过神了。”谜语突然停了下来，又勉强自己继续说道，“那种感觉实在难以解释。我待在牢房里，背靠着墙，努力保持清醒，不让自己睡着，以免被别人宰了。我低头一看，发现诏谕躺在地上死了，刹那间，我变得很在意他的生死，毕竟我们过去颇有交情啊。”他摇了摇头，声音低得像是在呻吟。“随后我想起来，杀死诏谕的不是别人，就是我。”

“错不在你。”王子劝道。

“可是我杀了他。是我下的手，我……”

我插了嘴，不让他有机会多想他做出了什么事情。“你们是怎么逃出来的？”我平静地问道。

谜语似乎很感激我问了这个问题。“瑞维奇帮我们开了门，领着我们穿过苍白之女的冰宫。那地方很大，错综复杂，很难走得出来。最后我们在冰墙上找到一个看起来像是冰缝的出口，而这出口就开在冰河的侧腰上。我们出来之后，没有人知道接下来该怎么办。大家都只知道冰宫，除此之外就不知道这岛上还有什么其他地方可以遮风避雨，但是，我们站在原地就看得到大海，我跟他们说，如果我们能走到海边，再沿着海岸走，那么总会走到海边的基地营。就算我们走错方向，绕了整个岛一大圈，只要沿着海岸走，就一定不会错过。事实证明我们的运气好得很，我们走对了方向，比你们更早回来。”

这就是我要问的第三个问题，但是我还没问出口，谜语就回答了。“汤姆，晚上风大，这你是知道的，如今落雪大概已经掩盖掉我们走过的行迹。况且就算我肯回去，也未必找得到路。”他深吸了一口气，不情愿地说道，“你去问问那些外岛人吧，也许有人肯带你去也说不定。但我不去。说什么我都不去。我连接近那个地方都不愿意。”

“没人会要求你去。”切德劝慰道。他说得没错，所以我也不再多言。

等我回到博瑞屈和迅风身边的时候，都已经快要天明了。我注意到博瑞屈曾经动过，如今他一手搁在毯子外。我把他的手塞进被子里时，发现他手里抓着一个木头耳环。我一眼就认出那是弄臣的手工，我还知道那个空心的木头耳环里，藏着博瑞屈的祖母费尽千辛万苦才换得的自由耳环。博瑞屈如此虚弱，还撑着取下耳环，其重要性不言而喻。我大概猜得到他这样做有何用意。

晋责早就放走信鸽，通知柴利格镇的首领团我们的任务已经完成，不过船还要几天才会到，船到之前，我们这一大团人必须努力地用有限的口粮度日。饿肚子并非什么很好的场面，不过我敢说，等我们熬过去之后，大家都会觉得这不算什么。

我找了个没有旁人的时候，跟迅风一起坐在消退得越来越远的博瑞屈身边。我一边跟他讲自由耳环的故事，一边想尽办法要把木头套件剥开，拿出里面的耳环。事实证明，弄臣的手工实在太精巧了，不是我这样的粗鲁之人弄得开的，我只好把木头套件打破。空心的木耳环里躺着镶银的蓝宝石耳环，如今这耳环仍与当年耐辛第一次拿给我看的时候一样亮丽。当年耐辛把耳环给我时，一并也利用耳环的针帮我穿了耳洞，现在我也在帮迅风戴耳环之时帮他穿洞。不过我对待他，可比耐辛待我要仁慈一些。我先用雪敷他的耳垂，让他冷到麻木，这才将耳环的针刺过去。“你要永远戴着这个耳环。”我对那孩子吩咐道，“当你戴着这耳环的时候，要想着你父亲。”

“我会的。”他轻声答道，小心地伸出指头摸摸耳环。我记得很清楚，当年我刚戴上耳环时，第一个感觉就是这耳环扯着我的耳垂，好重。迅风把指尖的血擦在裤子上。“对不起，我用掉了。要是我没用掉的话，现在一定转送给你。”

“什么？”

“黄金大人给我的箭。他送我箭的时候，我只觉得箭头灰灰的，很丑，但是出于礼貌，我还是收下了。可是，其他箭打到龙都弹了出来，唯独那支灰箭打中之后便刺了进去。我从没见过那种事情。”

“别说是你，别人也没看过啊。”我答道。

“但是他说不定就看过。黄金大人告诉我，这箭头虽然灰扑扑的，不过在我需要的时候，它可能会派上用场。他说他是个预言家，那天晚上说的。依你看来，他当时就知道那灰箭能杀死龙吗？”

我努力地挤出了个微笑：“即使在他生前，他讲话的时候，我也看不出他到底是未卜先知，或者只是用了高明的话术，让听者认为他知之甚深。不过，灰箭这件事，倒真的是被他说中了。”

“是啊。可是当时你有没有注意到我父亲？你有没有注意到他的举动？他抗斥那龙，使它跌在地上。罗网说，他从没看过这么强大的力量。”迅风说到这里时傲视着我，像是要挑衅我绝对提不出反证，他补了一句：“罗网说，那么强大的力量，有时会代代相传，我说不定也遗传到了，但必须好好练习、深明事理就是。”

我伸出手托起那少年的下巴，冰冷的耳环贴在我的手掌上。“希望你真的好好练习、深明事理。这个世界需要那样的强大力量。”

长芯将头探入我们的棚子里。“晋责王子需要你帮忙，汤姆。”他歉然地说道。

“我立刻就过去。”我应道，然后问迅风，“你不介意吧？”

“你去吧。这里没事，只是需要看着罢了。”

“我马上回来。”我保证道，随即踏出棚子，跟着长芯穿过营地。

王子的帐篷很挤，里面有晋责、切德和阿憨，另外还有皮奥崔、奥美崔、珂希和贵主。阿憨噘着嘴，我感觉得出他闷闷不乐。贵主背对着我坐在地上，肩上披着一条被子。我对众人行了礼，等着王子交代。

王子开口说道：“我们在处理贵主的刺青，但是碰到一点问题。贵主想把刺青去除掉，虽请阿憨施展精技，却怎么样也无法除去。切德建议，既然你有处理本身伤疤的经验，那么你说不定帮得上忙。”

“伤疤跟刺青其实是两回事。”我答道，“不过我愿意一试。”

王子弯身对贵主问道：“艾莉安娜？让他看看好不好？”

贵主没有回答。她坐得直挺，她母亲显然对此不以为然。最后艾莉安娜慢慢地一语不发地低下头，让背后的被子滑下来。我跪下来，将灯举高，以便看得清楚一点。之后，我咬紧牙关。我知道他们为什么要找上我了。

那些闪闪发亮的海蛇与腾龙已经不见了，如今刺青从皮肤上沉入肌肉中，扯得皮肤也绷紧起来，那些图案仿佛是用烙铁烙出来的。我猜这是苍白之女最后的报复。“这刺青不时还是会痛起来。”王子镇定地说道。

“据我推想。”我坦白说道，“这之所以不容易治疗，是因为这不是近伤。那几位受伤战士的身体已经开始治疗伤势了，所以阿憨略微施展，他们就完全复原，但是这刺青时日已很久，她的身体已经接受它，认为这是身体的一部分了。”

“我们治疗你之后，你的伤疤就没了。”王子指出。

“我不想碰。”阿憨郁闷地说道，“那不是她身上的东西。”

我没理会他这句意有所指的话。“我想，当时弄臣心中一直想象着他对我惯有的印象，疤痕才不见的。”那些事情我不想多说，他们应该也知道我的用心。

艾莉安娜轻轻摇头：“那就把那些东西烧掉，再治疗灼伤好了。我才不管你用什么办法，反正一定要弄掉。我才不要让她的徽章印在我身上。”

“这怎么可以呢！”王子大惊道。

“等等。”我说道，“让我试试看吧。”我举起一手，这才想到要问，“我可以碰你吗？”

她的头垂得更低，我看得出她背上的肌肉都绷紧了，接着她点了一下头。皮奥崔站了起来，交握双臂俯视着这个场面。我抬头迎接他的目光，之后在贵主背后的地上坐了下来，并小心地将双掌贴在她的背上。我的手之所以能够停留在她背上不动，全是因为我以意志力控制的关系。我的手掌碰到的的确是少女温暖的皮肤，但是我的精技却感应到我手下有龙蛇窜动。“她身体里的不只是墨水而已。”我说道。话虽如此，我并不晓得那到底是什么东西。

艾莉安娜勉强说道：“墨水是她用自己的血做的。这样刺青才会永远听她的话，遵从她的命令。”

“她很坏。”阿憨郁郁地说道。

艾莉安娜把我们需要的消息告诉我们了。即使如此，那一晚的精技工作还是很累人。我对艾莉安娜所知不深，阿憨又说什么都不肯碰她。他虽肯将力量借给我们用，但图案实在太过细腻，必须一个个处理。她母亲与妹妹默默地坐着看。皮奥崔在帐篷里待了一会儿，出去走一走，回来，然后又出去了。我不怪他。我是走不开，要不然我也不想目睹这一切。恶臭的墨水不情愿地从她背上的毛孔中渗出，更糟的是，墨水渗出来的时候还会痛。艾莉安娜咬紧牙关，一语不发地捶打地面。她的长发拨到前面，以免阻碍我们做事，但我看得出她的头发因为汗湿而贴在头上。晋责坐在她的对面，两手按在她的肩膀上鼓励她，我则煞费苦心地以指尖寻索每一个图案，并呼唤她的皮肤将苍白之女的臭墨水排放出来。我在帮她去除刺青的时候，不禁想起弄臣的背，苍白之女也曾残忍地在他背上刺出瑰丽精美的图案。但我感谢命运，幸亏当年她硬逼着弄臣刺青时，尚未研究出这种变态的精技魔法。至于她的刺青为何如此抗拒我们，我就不知道了。等到连最后一只龙爪都从她皮肤中逼出来的时候，我已经筋疲力竭，但是她的背变得光滑又干净。

“好了。”我疲倦地说道，拉起被子遮住她的背。她吸了一口气，几乎哭了出来，晋责赶紧将她搂入怀中。

“谢谢你。”他轻声对我说道，接着对艾莉安娜说，“都好了。以后她再也不能伤害你了。”

我一时晕眩，不知道晋责所说的是否为真，但我还来不及将疑虑说出来，便听到帐篷外头有人叫道：“船帆！看到船帆了！有两艘船来了，一艘升的是野猪旗，另一艘升的是大熊旗！”

27. 门

我越是去钻研灰鳟大人伉俪的日常活动与往来对象，越深信您的猜测可能非常精准。虽然他们同意接受王后的“邀请”，让他们的女儿，也就是惜黛儿小姐，前往公鹿堡待一段时间，但是他们答应得既不干脆也不急切。在这件事情上，惜黛儿小姐的父亲是真的狠下了心肠，他不但不让女儿带着参加晚宴及舞会的衣饰出门，连适合宫中平日生活的衣饰也统统扣下，惜黛儿小姐的母亲因此而大怒，认为此举有辱家门。灰鳟大人拨给女儿的零用钱，少到就算是挤牛奶的女仆都会嫌不够用。我深信灰鳟大人的用意是要让惜黛儿小姐在宫中受尽屈辱，最后不得不被送回家。

灰鳟大人为女儿选的女仆很有问题。我的建议是，及早找个借口，尽快将蛋白石赶出公鹿堡，同时务必要她那条灰色的宠物猫也一同离去。

惜黛儿本人颇感愧疚，她之所以愧疚，似乎只不过是因为她年轻且轻佻。就此看来，她可能连自己的父母已经公然自称为“花斑子”都不知情，至于她父母的行事策划，她可能就更一无所知了。

——未署名，间谍报告

潮水推进了那两艘船到达海边的速度。船很快就靠岸了，我们对抵达的速度深表惊讶，船员们看到岸边竟有这么多人等待他们，也是吓了一大跳。船上因此派了好几艘小舟出来，小舟上挤满了人，大家都急着想问这是怎么一回事。小舟划到沙滩上时，涌上去迎接的人实在太多，船员们还没跨出船，整艘小舟就被我们的人抬离水面，搬到沙滩高处去了。每个人都争着要讲出自己版本的故事，好让这些船员刮目相看，那声音吵得简直像是在打仗。众人一边抢着说话，一边笑着、捶胸脯、拍肩膀地闹，这里面叫得最开心最响亮的，莫过于听到独角鲸族胜利的阿肯·血刃。不过血刃与奥美崔相聚时，倒显得节制且正式，令我有点意外。他虽是艾莉安娜的父亲，但他从未与奥美崔正式成婚，况且珂希的父亲另有其人。因为这个缘故，血刃是以朋友之姿，而非父亲及丈夫的身份迎接奥美崔母女的归来。除此之外，还颇有一点战士欢迎盟友归来的欢欣之意。

后来我才听说，贵主早就许诺要给她父亲许多谷物、商品和其他好处。野猪家族的土地既贫瘠又峻峭，虽然畜养草食的猪正合适，但是却无法耕种。血刃家里有八个表妹要供养，如今独角鲸族既然胜利，那么这些野猪族的年轻人必会有很好的发展。

欢欣与胜利的气氛再度包围了年轻的迅风与我，相形之下，使得我们的忧伤更显深沉。更糟的是，我前一天晚上下了个决定，我认为这个决定非常正确，无论如何我都不会动摇。于是，棚子外的人大声叫嚷、抢着说话之际，我则与迅风坐在幽暗的帆布棚子里，陪伴着毫无反应的博瑞屈，我也趁此平静地对这孩子说道：

“我不跟你们回去了。我不在，你能不能把你父亲照顾好？”

“我能不……你这话是什么意思，你不跟我们回去了？那你要做什么？”

“我要留下来。我必须回到冰河去，迅风。我要找条路回到苍白之女的地下冰宫。我至少得将我好朋友的尸体找出来并火化。他一向怕冷，他一定极讨厌以冰雪做作为墓室。”

“你还想做什么别的？你看来欲言又止。”

我深吸了一口气，想出了个借口，末了还是决定不说。我这辈子说的谎够多了。“我想去看看苍白之女的尸体。她对我们做出了这么多坏事，我要去证实她的确死了。如果她还活着，那么我要杀了她。”

谈何容易啊。我心里纳闷道，这个诺言说不定很难做到，但就目前而言，许下这样的诺言，是我唯一能够给自己的小小安慰。

“你讲这话时好像换了个人似的。”迅风小声地说道，他朝我凑近了些，“你这样讲话的时候，眼睛像是狼。”

我摇摇头，笑了出来——就算称不上是笑，至少我把牙齿露出来了。“才不呢。狼才不会把时间浪费在报仇上头，我确确实实就是要找她报仇。当人露出最邪恶的那一面时，你看到的不是他动物性的那一面，这是人类才有的野蛮。你若看到我对于家人的忠诚，那才算是看到了我的狼性。”

他伸出指头碰碰垂挂晃荡的耳环，皱着眉头问道：“要不要我跟你一起留下来？你用不着单独面对那一切。再说，你亲眼见过我射箭了，你知道我之前真的没骗你：我的箭术很不错。”

“你的箭术的确很好，不过你还有别的职责，那更为重要。博瑞屈如果留下来，那么他恐怕就没有机会了，还是让他上船去柴利格镇吧。镇里说不定有高明的疗者，就算疗者的水平不知如何，至少也可以帮他弄个温暖舒服的地方、营养的食物，并准备一张干净的床。”

“我父亲死期不远了，蜚滋骏骑大人，我们不要睁眼说瞎话吧。”

直呼一个人的真名果然有其魔法，因此我也就不再讲下去了。“你说得没错，迅风，但是他用不着死在寒风中的薄帆布下。我们至少可以为他做到这一点。”

他搔了搔头：“在这方面，我还是要照着我父亲的意思去做。我敢说，他一定会叫我留下来帮你。他一定会说，我留在他身边，不如留在你身边来得有用。”

我想了一下：“也许博瑞屈真会这么说吧，但我敢说你母亲一定不让你离开他。依我看来，你还是陪着他比较好。他在临终的时候，可能会挣扎着讲几句话，不管他说了什么都弥足珍贵。迅风，你不能留。你还是跟他去吧。陪着他，起码代我尽一份心。”

他没回答，听了这番话之后，他低下头，算作是答应了。

我们讲话的时候，外面的人就已经开始拆帐篷，将之搬往小舟上。当外岛人来找迅风与博瑞屈的时候，让迅风颇为讶异。来人是大熊，他郑重地对那少年点了个头，邀请迅风与他父亲搭乘他们的船，并将此视为莫大的光荣。大熊将他们父子二人称之为“妖龙杀手”。我感觉得出，迅风是此时才恍悟到，原来众人之所以任由他孤独悲伤地与父亲相伴，乃是出于尊敬，而不是因为视若无睹。猫头鹰是外岛人的吟游歌者，他陪同他们父子登上小舟，前往大熊族的船，一路上唱着歌。虽然外岛曲调转折得特别厉害，但我还是多少听得出，他唱的是那男子使妖龙猛然跌倒，而他儿子一箭射穿龙眼，让苍白之女的人质重获自由的故事。听着歌谣，我的喉咙发紧，同时也备感光荣。我注意到罗网也与他们同舟而去。这样我就放心了，我不希望那少年孤独地处于陌生人之中，即使那些人会在博瑞屈死时厚礼葬之，我心里想着，恐怕博瑞屈是无法撑到柴利格港了。

王子来到我身边，问我要搭哪一条船。“两边都很欢迎你，你想搭哪一条都可以，但不管你选哪一边，都只有密闭的船舱可住，他们也没想到会搭载这么多人。到时候，船上必会挤得像是腌沙丁鱼的鱼桶一般。切德决定要把贵主与我分开，这倒颇为明智，所以我会搭大熊族的船，而切德则跟皮奥崔他们家的人一起搭乘野猪族的船。他想趁着这趟航程，把双方联盟的最后细节谈妥。”

虽然心情沉重，我还是挤出了笑容：“你到现在还称之为‘联盟’？我看明明就是要办婚礼了。还有，你是做了什么事情，竟让切德认为在这趟航程中，最好是把你们两个隔开？”

他的眉头扬起，嘴角笑得弯起来：“才不是我！是艾莉安娜！她当众宣布她非常满意，因为我达成了她替我设下的考验，证明我的确配得上她，所以从现在起，她就将我看作是她的丈夫了。依我看来，她母亲并不是很高兴，不过皮奥崔不肯制止艾莉安娜。切德努力地对艾莉安娜解释，我必得在我的‘母屋’中许诺与她结婚才行，但是她才不管那些。她问切德：‘在这事情上，男人若是违背女人的意愿，那还算是什么男人？’”

“我真的很好奇，切德到底是怎么回答的？”我问道。

“他说：‘说真的，小姐，我也不知道这样要算作是什么男人，但是我们王后陛下的意愿是，除非您到了她的屋子里，当着她以及众贵族的面宣称您认为王子配得上您，否则她儿子不得与您同床。’”

“这样讲，她听得进去吗？”

“听不太进去。”王子显然因为未婚妻如此急切而感到飘飘然，“切德已经逼我立誓，要我多加自制，可是艾莉安娜却没有让我比较容易遵守诺言呀。啊，说到哪里了。所以我要搭大熊族的船，而艾莉安娜要搭野猪族的船。切德也搭野猪族的船，阿憨大概会搭大熊族的船，因为他以‘艾达之手’治人的事情传遍了所有外岛人，大家都对他崇敬有加。那么，你要搭哪条船？搭大熊族的船好了。这样你就可以陪博瑞屈、迅风和我了。”

“我既不上野猪族的船，也不上大熊族的船。不过听你说你要跟迅风一起，我倒很高兴。这阵子他很难熬，如果有朋友相伴的话，可能会好一点。”

“你两边的船都不上？这是什么意思？”

该宣布了。“我要留下来，晋责。我必须回去找弄臣的尸体。”

他眨了眨眼，想了一下，便就此接受了我的决定。这份体谅让我非常窝心。“那我一定跟你一起留下来。况且如果要从龙坑那里挖条地道下去的话，你也需要人手。”

他既未驳斥这件事情多此一举，还愿意为我而将他的胜利耽搁下去。“不，你还是走吧，贵主等着跟你完成终身大事，双方的联盟也必须继续商议。况且我不需要人手，我打算从谜语他们逃出来的那条路回去。”

“那是行不通的，蜚滋。别说是你，谜语讲的时候我也听得很仔细，那个出口你是怎么也找不到的。”

他不想多说我的不是，因而措辞含蓄，我听得露出微笑。“噢，放心，我一定会找到，我对这种事情可是不屈不挠的。我不求其他，只求你拨点食物和额外的衣物给我就行了。我这一趟出去可能要好一阵子。”

他听了之后，犹豫地说道：“蜚滋骏骑大人，恕我直言，但是你这一去恐有生命危险，或许也将一无所获。如今黄金大人已毫无知觉，而你既不见得能找得到路进去，进去之后也不见得能找到他的尸体。在这个情况之下，如果我还任你贸然行事，恐怕不智。”

我不理会他最后那句话：“那是另一回事。你这一趟回柴利格镇，要处理的棘手事务多如牛毛，可犯不着再多拿‘蜚滋骏骑大人复活记’来增添麻烦。我建议你悄悄地跟原智小组开个会，叫他们别提起我的事情。长芯那边我已经跟他说过了，至于谜语，应该是不必多虑的，其他人则都已经死了。”

“可是……可是外岛人已经知道了啊，他们听过我们叫你的名字。”

“他们听过就忘了。他们不会记得我的真名，这就跟我记不得大熊，或是老鹰本人的名字，是一样的道理。对他们而言，我就是那个‘留在岛上不肯走’的疯子，如此而已。”

他失望地两手一摊：“我们还是会回来接你。你要多久？待到饿死为止？还是要待到你发现这一趟出去的确毫无斩获？”

我想了一下：“给我两个星期吧，到时候再安排船回来接我。无论成也好，不成也好，两个星期到了，我就放手、回家。”

“这样不好吧。”他咕哝道。我本以为他要继续跟我争执下去，他却如此反击：“两个星期就两个星期。还有，我不会等到有你的消息之后再派船，你也用不着为了求我让你多留几天而跟我技传了。两个星期之后，船会来这个沙滩接你，到时候你成也好，不成也好，都要到这里来等着搭船回去。好啦，现在我们得赶快去把东西拦下来，免得他们统统搬上船了。”

结果发现这是多虑了。由于乘客太多，船员们为了多腾点位置载人，反而还将船上的东西搬下来。切德发现我不肯走，气得大发牢骚，最后还是由着我去了。他会让步主要有两个原因，一是我很顽固，二是大家为了赶在退潮之前离去，都忙得不可开交。

纵然知道这个结果，当我站在岸上望着那两艘船趁着退潮开走时，仍感到有点落寞。我身后的海滩上是一大堆杂七杂八的器材和补给，如今我有多得用不完的帐篷，还有相当充足、只是口味平淡至极的粮食。在船走后与天黑之间，我从中挑出一些我认为派得上用场的，装在我那个饱经风霜的旧背包里。除此之外，又塞了额外的衣物、大量粮食，以及我从异类海滩带回来的羽毛。长芯留下一把相当好用的剑给我，我猜这剑原来大概是巧捷的。我晚上睡觉的帐篷和被褥、做菜用的器具，就用弄臣的那一套，一来是因为这些都是弄臣的东西，二来是因为他的东西最轻便好带。切德还留了一桶火药给我，我看了不禁发笑。那东西这么危险，我怎么会去动它呢？我的听力到现在都还没完全恢复呢。话虽如此，我最后还是塞了一罐到背包里。

晚上时我替自己生了个旺盛的炉火，这海边的浮木不多，反正这里只有我一个人烤火，我乐得纵容自己一些。我本以为会找到宁静，因为心情往往会在孤独之中平定下来，即使在我最阴郁的时候，孤独与大自然也总是让我感到安慰。但是今晚不然。淹在水下的那只石龙不断地发出嗡嗡的响声，像是在提醒人们苍白之女有多么邪恶。我真希望有什么办法能洗去那邪恶的刻工，让石龙平静，恢复为平实的石头。我为自己煮了好大一锅粥，然后毫不心疼地把晋责留给我的大麦糖统统投入粥里。

我才吃了第一口，就听到身后有脚步声。我在惊讶之余被甜粥噎到，但我还是立刻跳起来，拔出长剑。接着阿憨踏入我的火光圈中，害臊地陪笑道："我饿了。"

这实在太意外了。我惊讶得摇晃起来。"你怎么会在这里呢？你应该已经搭上船了才对啊！"

"不，不，我不搭船的。能给我一点吃的吗？"

"你是怎么留下来的？切德知道吗？王子知道吗？阿憨，怎么会这样呢？我有要务在身，现在没办法照顾你呀！"

"他们还不知道，况且我自己会照顾自己呀！"他怒道。我这话伤了他的心，他仿佛为了要证明他很自立似的，走到那一山的器材之前，东翻西搅地找出了一个碗。我坐着凝视火焰，感觉自己完全被命运打败了。阿憨回到火边，在我对面找了个石头当作椅子坐下，将一半以上的粥舀到自己碗里，一边补充道："要留下来还不容易？我只要对王子说：阿憨跟切德在一起，阿憨跟切德在一起。然后对切德说：阿憨跟王子在一起，阿憨跟王子在一起。所以他们两个都深信我已经上船了。”

“那其他人怎么没发现你不见了呢？”我怀疑地说道。

“噢。我就跟他们说‘你们没看到我，你们没看到我’就行了。很简单嘛。”阿憨说完了就继续吃，他吃起东西总是乐在其中。显然他对于自己的巧计引以为豪，他含着满口的粥，问道：“那你是怎么骗过他们才留下来的呢？”

“我没骗他们。我之所以留下来，是因为我有要务在身。他们两周后会来接我。”我把头埋在手里，“阿憨，你这样让我很为难。我知道你不是故意要为难我，不过这个情况确实很糟。我该拿你怎么办呢？你留下来到底是为了什么？”

他耸了耸肩，含着粥说道：“反正我不坐船就对了，这就是我的打算。那你有什么打算？”

“我打算走一大段路，回到地下的冰宫去看看。如果我找得到苍白之女，我会杀掉她；如果我找得到黄金大人的尸体，我会把他带出来。”

“好啊，我们一起去。”他倾身向前，望着锅里剩下的粥，“剩下的你要吃吗？”

“吃不下了。”我已经没了食欲，平静的感觉更是消失得无影无踪。我望着阿憨吃粥。如今我有两条路可走，我知道自己不能把他丢在这里，独自去追捕苍白之女，因为这就跟把孩童丢下来，让他自生自灭没什么两样。所以我的第一条路，就是跟他在这片沙滩待上两周，等晋责派来接我的船到了，将他送上船，之后再独自出发。可是这个岛在极北，到时候都入秋了，等到大雪一下、盖住大地，那就什么行迹都别想看见了。要不然，我也可以拖着走一步停三步、动作慢得折腾死人的阿憨跟我一起踏入险境，但这同时也是拖着他踏入我心底的私密领域啊。我希望找到弄臣尸体的时候，身边没有旁人。我希望，也想要自己独自进行这件事情。

不过阿憨人都已经在这里了。我是他的依靠，可是我又恨不得甩开他。我突然想起，当年人家硬把我塞给博瑞屈照顾时，他脸上的神情。我现在这处境，不就跟当年的他一模一样吗？我望着阿憨把锅里剩的最后一点粥刮干净，开始舔黏腻的调羹。

“阿憨，往后的路程会很艰苦。我们必须起得早，又得走得快，而且这一走，就又走回很冷的地方去了。营火生不大，食物又千篇一律。这样，你还要跟我一起走吗？”

我真不知道自己为什么让他有机会选择这条路。

他耸耸肩：“总比上船好。”

“可是到头来，我们还是要上船。等到船来接我之后，我就要离开这个岛了。”

“我才不要呢。”他悍然拒绝了，“我不坐船。我们会睡那个漂亮帐篷吗？”

“我们得跟切德和王子通报说你人在这里。”

阿憨听了皱起眉头，一时间，我还以为他要用精技来袭击我。不过，等我联络上他们的时候，他也凑进来探听他们的反应，因为他对自己能够把切德和王子糊弄过去，感到非常自豪。我感觉到他们很气阿憨，也很同情我，但他们都不曾提议说要将船掉头回来接他。然而说真的，他们也不能将船掉头，毕竟这次所遭遇的惊天动地的故事，大家都等不及要听听。无论是王子迟了，或是贵主迟了，都对首领团无法交代，所以他们非得一路前行不可。不过切德冷冷地提议，他们的船一在柴利格镇靠岸，就派船来接我们回去。但我请他且慢，我们要回去时，自然会技传请他派船。这时阿憨特别补了一句：*我不坐船*。不过在这当下，我们三人都无心跟他争论。我十分肯定，届时若船抵达，阿憨恐怕早就疲倦且枯燥得无以复加，他一看到我搭上船，就会跟着我一起走了。他总不可能会想要独自待在这岛上吧？

夜色渐深，我开始想到就某些层面而言，也许我有阿憨陪着，比单独在此来得好。此时待在弄臣的帐篷里，阿憨不请自来地闯了进来，跟这一切格格不入，好比是众人的丰收舞中闯进一头乳牛。我心里知道，若不是他在，那么我一定会消沉郁闷，开始重新数落自己一生做过的错事。他既惹人厌，也使我分心，但是他可以与我作伴。我既忙着照顾他，也就无暇顾虑自己的种种痛苦了。我不但没空嗟叹，还要帮他理出一个他背得动的背包。他背包里塞的多是保暖衣物和食物，因为我知道他唯一不会丢掉的就是食物。我躺下来准备入睡的时候，已经开始为明天要拖着他走而感到恐惧了。

“你现在要睡了吗？”阿憨在我把被子拉起来盖过头时问道。

“对。”

“我喜欢这个帐篷。好漂亮啊。”

“恩。”

“这个帐篷跟我小时候住的篷车有点像。我妈妈四处布置缎带、串珠，还做了好多漂亮的彩色装饰。”

我默默不语，希望他会就此睡着。

“荨麻也喜欢漂亮的东西。”

荨麻。之前我竟将她送入险境，差点就使她小命不保。一思及此，我就羞愧万分，而从那之后我就不再联络她了。我愧对荨麻，我不但将她送入险境，还无力救她回来，就算我鼓起勇气请她原谅，我也没有勇气告诉她，她的父亲已在鬼门关徘徊。我总觉得，博瑞屈之所以遇难，多少要怪我。若不是因为我人在此地，他怎么会来这里？他若是不来这里，又怎么会去跟龙对决？由此可见我有多么怯懦。我敢拿着剑闯进地下冰宫，看看能不能就此了结了苍白之女的性命，但我却因为自己辜负了女儿，而无颜面对她。“她还好吧？”我粗暴地问道。

“还可以啦。我今天晚上要让她瞧瞧这顶帐篷，可以吗？荨麻一定会喜欢这个花花绿绿的颜色。”

“可以呀。”我迟疑再迟疑，最后还是怯怯地问道，“她现在还怕得不敢睡觉吗？”

“对啊。也还好啦。嗯，我是说，有我在，她就不会怕得不敢睡觉啦。我向她保证，我一定不会让她再度坠入那个可怕的地方。我对她保证我会看着她，保护她安全。所以我先去睡，然后她再进来。”

阿憨讲得仿佛他们约好在小酒馆见面似的，在他口中，“睡”听来像镇上的什么去处，或是沿路走下去的下一个村庄，仿佛“睡”不是状态，而是个处所。他再度开口的时候，我心里仍在努力揣想他刚才讲的那几个简单字眼是什么意思。“这个嘛，我现在得去睡了。荨麻还等着我先去等她呢。”

“阿憨，你告诉她……不，我很高兴。我很高兴你能这样陪着她。”

阿憨将胖嘟嘟的手肘枕在头下，热切地对我说道：“你放心，她一定会再度找到她的音乐。我会帮她啊。”他深吸了一口气，疲倦地叹了口气，“现在荨麻有朋友了。是个女孩。”

“真的吗？”

“嗯。叫做惜黛儿。惜黛儿是乡下来的，很孤独，常常哭，又没有像样的衣服。所以她就变成荨麻的朋友了。”

这段话透露了不少讯息。我女儿不敢睡觉，一到晚上就怕，很寂寞，又交了个被父母遗弃的花斑子为友。我敢说幸运的处境一定也跟荨麻一样“好”吧。我的心沉了下去，努力劝慰自己，惜黛儿根本就不该遭受隔绝，珂翠肯把那少女救出来是一件好事，但我就是高兴不起来。

弄臣那个小小烧油火盆里的火焰，荧荧地在阿憨与我之间闪动，最后终于熄灭。黑夜笼罩了我们——也不太能算是黑夜，此地的夏夜多少仍有点蒙蒙亮。我动也不动地躺着，听着阿憨的呼吸声、海浪拍岸的声音，以及水下石龙不安的嗡嗡声。我闭上眼睛却不敢入睡，我既怕会在梦中遇见荨麻，又怕在梦中找不到她。过了一阵子，我只觉得睡梦真的已经变成一处我忘记路途、不知该如何前去的地方了。

不过，我最后一定还是睡着了，我醒来的时候，黎明的光穿过弄臣这五颜六色的帐篷透了进来。我没想到自己睡了这么久，而阿憨仍睡得很沉。我走到外面解手，舀了些冰冷的河水回来，开始加热。阿憨闻到早晨热粥的味道之后才起来，他从帐篷里出来，高兴地伸手伸脚，告诉我他跟荨麻整晚都在追蝴蝶玩，她还用蝴蝶替他做了一顶蝴蝶帽，直到刚才他醒来时，蝴蝶帽才飞走。这些无厘头的小事情让我觉得有趣，虽说这些跟我真正的计划相去甚远。

我几次催促阿憨快一点，但是他依然我行我素。在我拆帐篷，并将之装入我的背包中时，他漫无目的地在沙滩上乱逛。我劝了半天，他才背起背包跟着我走。我们沿着沙滩，朝谜语等人来时的方向而去。那天谜语讲的时候，我听得很仔细，我知道他们沿着沙滩走了两天，所以我也要沿海边走上两天，看看能不能找到他们攀爬下来的沙滩，再循迹而上，从他们逃出来的裂缝钻进苍白之女的宫殿之中。

只是我从未想过我得带着阿憨同行。一开始，他走得兴高采烈，对于一路上碰到的小池子、浮木、鸟羽和海草等，都趣味盎然。当然，他的脚一下子就湿了，他开始喃喃地抱怨，不久就喊着肚子饿。我早就想到他会喊饿，早已在口袋里准备了旅行用的干面包和咸鱼干。这些食物他看不上眼，但是我斩钉截铁地跟他说，无论他怎么闹，我都会继续走下去，于是他也就接过面包和鱼干，边走边嚼。

淡水并不缺，不少小水道切过沙滩、流入海里，或者是将岩石悬崖弄得潮湿一片。我很注意潮水的涨落，因为我可不想被涨起的潮水困在一块进退两难的沙滩上。但是潮水涨得不高，而且我还看到他们的脚印清楚地印在比高潮线还高的沙滩上。我看到这些足迹很是高兴，并且继续推进。

天黑之后，我们捡到几个零星的浮木，在高潮线之上的高处搭起帐篷，生起营火。晚上既有一弯明月，阿憨又拿出笛子吹奏，要不是我心事重重，这晚上应该是挺愉快的。这是我第一次让自己全神贯注地聆听他的双重音乐，我既能听到他的精技音乐，又能听到他的笛声。他的精技音乐是以无所不在的风声、海鸟嘶鸣与海浪拍岸的声音所组成，而他的笛子则不时喷出几个单音来辅助他的精技音乐。由于我能与他心灵交流，因此我听得出这二者合奏出美妙的音乐，若是我没有精技天赋，一定觉得这笛声是胡乱吹奏，根本不成曲调。

我们吃了简单的晚餐：旅行的干面包，配着鱼干加上海边捡来的海草所煮成的汤。这些是可以吃得饱的，而“吃得饱”已经是对这一餐最大的夸赞了。阿憨之所以吃下去，主要是因为他肚子饿。“要是有厨房烤出来的蛋糕可吃就好了。”他留恋地说道。之后我以沙子将锅刮干净。

“噢，除非我们坐船回公鹿堡，否则是吃不到蛋糕的。”

“不行。我不坐船。”

“阿憨，不坐船就不能回去。”

“如果我们一直走下去，说不定会走到家。”

“不行，阿憨。艾斯雷弗嘉是个岛，既然是岛，就表示周围全是水，用走的是走不回家的，我们早晚总得上船。”

“不行。”

又来了。他其实懂得不少，但只要一扯到船的事情，他就不肯接受，或是无法接受。我也不劝了。我们钻进被子里，我再度望着他毫不费劲地进入梦乡，就像是善泳的人跳入水中一样轻松。我尚无勇气跟他谈荨麻的事情。我心里纳闷道，荨麻对于我不见踪影，不知是什么想法，或者，她根本就没注意到我消失了。我闭上眼睛睡觉。

第二天走路的时候，阿憨已经走得很烦了。他两次任由我独自往前走到他几乎看不见我的地方，然后才急乎乎地穿过湿沙追上来，两次他都质问我为什么要走那么快。我实在想不出有什么理由是他听了会满意的。说实话，我只知道自己心里很急，所以很赶。这件事非做不可，除非赶快做好，否则我心里不安。我只要一想起弄臣已死，一想起他的尸体被人弃置在那个冷冰冰的地方，我就心痛得几乎要昏倒。我知道除非亲眼看到他的尸体，否则我是不会承认他已死的。这就好像你得看到脚肿胀发脓，这才会承认除非截肢，否则身体是无法痊愈的。我赶着要去面对自己的痛苦。

这天晚上，我们在悬崖边的那一小处海滩上扎营。悬崖边挂着冰条，崖壁上也有水流过。据我的估计，这么一点空地用来扎营还可以，只要潮水别因为风暴而涨得特别高就行了。我们搭好帐篷，用岩石压住帆布，起了火，吃那些平淡的口粮。

今天月色比较亮，我们在星空下坐了一会儿，眺望大海。我心里想着幸运不知怎么了？不知道他是已经克服了丝凡佳的危险情意，还是完全被她收服了呢？我只能希望他在下判断的时候，头脑能清醒一点。想到这里，我不禁叹了口气，阿憨则同情地问道：“你肚子痛？”

“倒不是。我在担心我儿子。他名叫幸运，现在在公鹿堡城。”

“噢。”他对此似乎不大感兴趣，然后，他仿佛在讲一件他沉思已久的事情似的补了一句，“你人虽在这里，但心总是在别的地方。”

我望着他好一会儿，接着将我时时刻刻警戒、用以提防他的音乐的精技墙降下来。让他的音乐流入我心中，就像在天黑或黎明时刻时，让夜色进入我眼中，并体会到那正是适合打猎的时候。我放松地感受当下，让夜眼那种享受当下的心情进入我心中。我已经好久没这样了。我虽早就察觉到大海与清风，但是直到现在，我才听到沙与雪被风吹起、轻拂过地面，以及大冰河缓缓地挤压、移动的声音，并且突然闻到咸咸的海水味、海边的海草味，以及空气中冷冽的老旧雪味。

刹那间，仿佛开启了一扇门，通往一处旧日的时空。我一瞥身边的阿憨。突然觉得他是个齐全完整的人，在这个场合之中，他万事俱全，因为他活在当下。因为活在当下，所以他坐在此处享受夜景之际，便了无缺憾。我嘴角不禁浮起一丝笑意。“你颇有狼的悟性嘛。”我对他说道。

当晚我入睡后，荨麻找上了我。我过了好一会儿才察觉到她，她待在我的梦境边缘：她从我儿时在公鹿堡住的那房间窗户眺望出来，任由海风吹散她的头发。等我终于注意到她之后，她跨出窗户，走上我所在的沙滩，只说了一句：“嗯，你我都在。”

我心里涌出千百个道歉与解释，多得使我不知道该先说什么才好。她在我身边的沙滩上坐下来，眺望着大海。海风吹起她的头发，就像微风拂动狼身上的毛皮。她的沉着与我心里的慌乱，恰成了明显的对比。我也突然了解到，我这老是焦躁忧虑、废话连篇的个性一定很惹人厌。我在她身边坐下，并感觉到我的尾巴圈住了前腿。“我以前向夜眼许诺，我一定会把它的故事讲给你听，但是我直到现在都还没说。”

我们两人久久沉默不语，最后她说道：“今晚就说一两个来听听吧。”

所以我就告诉她，夜眼还是只鼻子扁扁的笨拙幼儿时，如何跳得很高，扑下来逮住运气太差的老鼠，以及它与我如何建立互信，并且人狼一体地打猎、思考。她听了一夜，有些故事她听了之后，会歪着头说道：“这我记得。”

我醒来时，晨光透过帐篷布上的鲜艳野兽照射下来，刹那间，我眼里只见到一条展开双翼、迎风飞起的艳蓝大龙，下面则是众多鲜红艳紫的海蛇在海中弓起身子，这些景象让我忘了自己因为哀愁与报仇而产生的沉重感。我慢慢察觉到阿憨的鼾声，以及海浪近得像是打在帐篷旁边的声音。听到这个声音使我吓了一大跳，赶紧到帐篷门口一探。看了第一眼，我感到很放心，因为海水越退越远，刚才最危急之时，海水曾逼到只离我们帐篷十步之处，不过那时我在睡觉。

我爬出帐篷，站起来，伸展了一下，眺望着海浪。我感到一阵平静，虽说眼前仍有个痛苦的任务，但我本以为我跟女儿的关系已经不保，却失而复得，因而感到人生比较圆满。我走到离帐篷远一点的地方去解手，即使赤脚踩着湿沙，也觉得十分美好。但就在我转身走回帐篷时，所有的泰然镇定都不翼而飞了。

弄臣的蜂蜜罐就插在离帐篷门口不过几寸的沙地里。

我一眼就认了出来，同时也想起我在这岛上过夜的第一晚，将那蜂蜜罐搁在帐篷外，隔天早上，罐子便凭空消失了。我赶紧扫视沙滩，望向峭壁确认有没有人逗留，但什么都没看到。我警戒地朝那蜂蜜罐靠过去，仿佛那罐子会跳起来咬我。我仔细察看地上是否留下有人来去的行迹。海浪已经清掉了他的脚步，黑者又再度来访，而且巧妙地不留痕迹。

最后我终于把蜂蜜罐拔出来，打开瓶塞，虽说我也不知道自己为什么要这样做。罐子空空如也，连一丝甜味的残留也没有。我把蜂蜜罐带进帐篷，跟弄臣的其他东西塞在一起，思索着这到底是什么意思。我本想跟切德和晋责技传，把这个奇怪的新发现告诉他们，最后还是决定现在先别多提的好。

那天早上我没捡到什么柴火，阿憨与我只能吃鱼干配冷水当早餐。我带的粮食以一个人的份量来说是相当宽裕，现在却觉得粮食消失得太快。我深吸了一口气，努力以狼的心情来面对眼前的一切。天气很好，今天的粮食也够吃，既然如此，我就应该掌握这个优势继续前行，不要再发牢骚了。阿憨似乎挺愉快的，不过他看到我拆帐篷之后就变了脸色。他抱怨我每天就是沿着沙滩一直走，走，走。我本想教训他，这条路是他自己选的，是他不请自来，硬要留在岛上，把他的人生跟我的人生绑在一起，但是我咬住嘴唇，不让自己口出恶言，反而柔声跟他说我们不用再走多远了。阿憨听了振奋不少，我并未告诉他，我将要开始寻找谜语他们留下来的痕迹。谜语提到他们是从悬崖爬下来的，希望他们留下了痕迹，而且还没被风或浪抹去。

我们继续前行，我努力以新鲜畅快的空气以及时时变化的海面为乐，当然也不忘留意悬崖的情况。不过那个突然在我眼前冒出来的迹象，我敢说，一定不是谜语或是他的同伴留下来的。那是刚刚才在悬崖的石面上刻出来的痕迹，尚未受过大风或海水的洗刷，虽雕得很粗略，但它的意义绝对错不了：上是腾跃的龙，下是弓起来的海蛇，而腾龙海蛇的图案之上，还刻了个朝上的箭头。

看这情况，不管是谁刻了这个记号，都已经帮我们选好一条容易的路，好让我们轻松地从沙滩爬到悬崖顶。即使如此，我还是放下背包，让阿憨留在沙滩上，先独自上去探一探。爬到了狂风乱作的悬崖顶一看，只见沿着悬崖边，稀疏地长了些顽强的草和看起来脆脆的青苔，连土地都盖不住。再过去是一片由青草、盖着地衣的岩石和长得不太好的灌木丛所构成的草原。我爬上来的时候把腰刀叼在嘴里，但是悬崖上既无朋友，也无敌人在等我。迎接我的，只有从冰河扫来的冷风。

我回到沙滩上背上我们两人的背包，再护着阿憨爬上来。他攀爬的技巧还可以，只是四肢短小、腰围肥壮，爬起来不大方便。不过最后我们两人终于一起站在悬崖上了。“嗯。”他喘完了气之后叫道，“再来呢？”

“我也不太确定。”我说道，四下张望。据我猜想，那人既然在悬崖下刻出了一望即知的记号，总不会在这时候丢下我们不管吧。我花了一会儿的工夫才找到此处的提示。看这情况，倒不像是那人要故弄玄虚，而是这悬崖上可以用来做记号的东西太少了：地上有几个沙滩小石头，排成一条直线，一头指向我们刚才爬上悬崖之处，一头指向内陆。

我将阿憨的背包递给他，然后将我自己的背包背上肩头。“走吧，我们要朝那个方向走。”我伸手一指。

他顺着我的手指往前一看，失望地摇了摇头。“不。为什么要往那边走？那边只有草，再过去是雪，其他什么都没有。”

这我也没什么现成的解释。他说得没错，这片粗短的草原尽头被雪盖住，再过去，就是高耸入云的冰河了。“这个嘛，我们就是要朝雪而去呀。”我迈开脚步。为了让他容易跟随，我走得并不快，但是我一次也没有回头看。我虽未回头看，却以原智知觉探看他有没有跟来。他是跟来了没错，却走得很不情愿。我慢下脚步，让他追上来。阿憨终于与我并肩而行之后，我跟他闲聊：“嗯，阿憨，今天我们终于可以解开一两个谜题了。”

“什么谜题？”

“黑者是谁，以及他是什么身份。”

他顽固地说道：“我才不在乎。”

“这个嘛，今天天气真不错，而且我们已经不再沿着沙滩而行了。”

“可是我们现在正朝着冰雪走去。”

他说得没错，过不了多久，我们就走到草原的边缘。雪地上明白地印着黑者往来的足迹，我也不多说，便循着足迹前进，阿憨则跟在我身后。过了一会儿，他有感而发地说道：“我们没有戳雪耶，这样我们可能会掉下去。”

“我看我们只要循着这条小径走，应该就很安全。”我对他说道，“真正的冰河还没到。”

中午过后不久，我们循着小径走过一片宽广的冰原，来到一处岩石峭壁。这岩石峭壁高高耸立，岩壁上有些裂缝，处处结了冰柱。小径通到峭壁下的时候，转往西而去，而我们也继续循着小径走。天色渐渐暗下来，我仍顽强地推进。阿憨开始喊饿，我拿了几条鱼干给他吃。天色越来越暗，我体力渐渐不支，好奇心也逐渐消磨掉了。最后我们终于停下来，我不好意思地转过身对阿憨说道：“这个嘛，我看我是想错了。我们今晚就在这里搭营过夜，好不好？”

他的舌头与下唇垂下来，皱着眉头，失望地看着我：“非得搭营吗？”

我四下张望，想不出我还能做什么：“不然你要怎么办？”

“上去呀！”阿憨叫道，伸手一指。我抬头顺着他那肥短的指头望去，不禁惊讶得屏住呼吸。

我的眼睛一直盯着小径，所以没有抬头看看越来越近的峭壁上是什么情况。我们前头峭壁的半山腰处有个裂缝，裂缝上有个灰色木头做的门，门的上下左右再以大大小小的石头封住。那木门微开，里面透出黄色的火光。门里有人。

我们连忙循着小径而去，再走了一段路，小径突然折回，沿着一条陡峭的路线爬上悬崖的岩壁。小径上山之后变得十分窄小，阿憨与我必须一前一后，即使如此，我们的背包还是会撞到山岩。不过这条路虽小，却常有往来，所以路上的碎石和冰霜都清掉了，路上凡是有水滴滴下，结成冰柱，可能会遮断小径的，就会被人斩断扫清，看来才刚弄不久。

虽然这些都是好客的象征，但是我们终于来到木门前的时候，我心里仍有重重忧虑。这门是千辛万苦地将浮木磨平、接合起来做成的，门里漫出暖意以及食物的香味。虽然门开着，门前也只有一小块地方，我仍踌躇不前，不敢就此进去。阿憨就不同了，他把我拨到一旁，走上前推开门，充满希望地叫道："嗨！我们到了。外面好冷喔。"

"请，来进。"里面有人以低沉且开心的声音应道。这人讲话的腔调很奇特，声音沙哑，似乎已经很久没讲过话了，不过他话里的欢迎之意一听即知。阿憨不再迟疑，立刻走了进去，我慢慢地跟在他身后。

猛然从黯淡的夜色中进了屋子，只觉得那石头壁炉像在大放光明。一时间，我只看得出炉火前的木椅上有个人形，然后黑者慢慢站起来面对我们。阿憨很大声地倒抽了一口气，立刻便回过神，想到自己应有的礼仪，于是谨慎地招呼道："爷爷你好。"

黑者露出笑容。他的牙齿发黄，脸则如乌木一般，双眼与嘴深陷，眼嘴周遭有许多皱纹。他开口讲话，我过了好一会儿才听出他那口音浓重的外岛语讲的是什么："我不知道自己在这里多久了，但这是第一次有人叫我'爷爷'。"

他站起来的模样并不吃力，背脊挺得很直，不过从他脸上一望即知他年纪很大，再说他像是那种想要避免身体受到冲击之人，举止缓慢且优雅。他朝小桌子比了个手势。"访客我少有，但好客我依然，虽然简陋我这里。请。食物我已经准备。来。”

阿憨这就不客气了。他把背包抖下来，毫不留恋地任它滑落在地上。“多谢了。”我慢慢地说道，小心地放下我的背包，并将我们两人的背包堆在一旁。现在我的眼睛已经适应了室内的亮光。我不知道这样一个地方到底该称作是山洞，还是该称作超大的山缝。我看不见屋顶，不过据我看来，烟雾虽往上飘，却没有飘出去。家具很简单，但是做得很好，看得出做家具的人有许多时间学习，并发挥了他所学到的技巧，因而手艺与用心兼具。角落有张床，又有个放食物的架子，有个提水的小桶和盛水的大桶，以及一条地毯。有些小东西看来显然是从沙滩捡来的，因为沙滩上偶有船难之后漂流出来的东西，有些东西则一定是以岛上贫乏的资源制作而成。总而言之，看起来他已经在此住了很久。

黑者跟我差不多一样高，眼发肤俱黑，就像当年的弄臣之白，也是眼发肤俱白一样。他并没问我们的名字，也不说他的，而是直接把汤舀到三个石碗内——石碗是他先前便放在火边烤热的。一开始，他说得很少，他讲的是外岛语，但是外岛语既非我们的母语，也非他的母语，所以他与我沟通起来颇费工夫。阿憨讲的是六大公国语，不过他仍努力让黑者了解他的意思。桌子很低，椅子上铺着芦苇草垫，草垫里塞着干草，坐起来很舒服。汤里有鱼，但这鱼是鲜鱼，连汤里的蔬菜根和少许绿叶，也都是新鲜的。在吃了这么多天的干货和腌鱼之后，这鲜汤真不亚于人间美味。黑者拿出了一条面包来配汤，我看了很惊讶，他察觉到我的目光，于是咧嘴一笑。

“从她那里拿的。”黑者毫无歉意地说道，“我需要，就拿。有时候，拿更多。”他叹了一口气。“如今一切都没了。更简单，我的人生。你的人生，更寂寞，我想。”

我突然觉得我们两人好像已经聊上许久似的，我们虽未谈过，却彼此都深知我们为什么会聚在一起。所以我只是简单地说道：“我得回去找他。他最讨厌寒冷，我不能把他的尸体丢在那里，而且我必须要去确认这件事已经结束，也就是说，那女人若没死，那么我会取了她的性命。”

黑者听了这个无可避免的决定，严肃地点了点头：“那是你的路，你的路必须要走。”

“这么说来，你会帮我啰？”

他并非遗憾，而是无可避免地摇了摇头。“你的路。”他再说了一次，“改变者的路，只属于你。”

听到他以“改变者”三个字来称呼我，使我不禁打了个哆嗦。不过我还是追问道：“我不知道要如何才能走到她的宫殿，可是你一定知道，因为我在她的宫殿里见过你。就算你不带我去，至少也请你帮我指路吧！”

“路会找到你。”他笃定地说道，然后笑着说，“黑暗中，路藏不住。”

阿憨举起空碗：“真是好吃！”

“再来？”

“好！”他叫道。当黑者将他的碗重新添满的时候，他发出了愉快的赞叹声。他吃第二碗时就吃得比较慢了。黑者默默地起身，将一个处处凹痕的老旧锅子注满了水，搁在炉火上，接着他添了柴，将火生大。我望着浮木燃烧起来，火焰偶尔冒出颜色古怪的火星。黑者走到架子边，对着架上的三个木盒子考虑了很久。我赶快起身去背包里搜找。

“我这里有茶叶，也让我们对这一餐稍微有点贡献吧。”

他转过身，我一看，便知道我猜对了。对于他而言，这茶叶等于像是金银珠宝一般珍贵。我毫不迟疑地把弄臣的小包裹拿出一个，打开，递给黑者。他倾身闻了一下，闭上眼睛，脸上浮现了一抹纯粹且欢欣的笑容。

“慷慨的心，你有！”黑者叫道，“由此引出百花回忆。香味最能勾引出百花的回忆。”

“请你整包收下，好好享用吧。”我这么一说，他的黑眼顿时因为喜悦而发亮。

他以少见的恭谨备茶：先将茶叶碾碎，之后搁在密封的罐子里泡。他在打开罐盖、茶香逸出的那一刹那，乐得哈哈大笑，而阿憨与我就像人们看到小孩子因为单纯的喜悦而大笑时的反应，也不禁跟着他朗声笑起来。黑者有一种与人亲近的气氛，非常迷人，我在这当下实在不可能把心思放在烦恼的事情上。

他为大家倒了茶，于是我们小口小口地喝着，品味着香味与茶滋味。喝了茶之后，阿憨打了个大得不得了的哈欠，而他那个哈欠不知怎地，使我更为疲倦。

“这里，睡觉。”主人说着，招手要阿憨到他的床上去睡。

“这不好吧，你用不着把床让给我们睡，我们有自己的被褥。”我坚定地对他说道，但是他拍拍阿憨的肩膀，再指了指他的床。

“你睡那里很好。做好梦。好睡。”

阿憨却不等黑者再多招呼便脱下了靴子，在床边坐下来。我听到床架中间的绳网发出绷紧的声音。阿憨拉开盖被，钻进被褥之中，闭上眼睛。我敢说，他大概一闭眼就睡着了。

这时我已经拿出我们的床垫开始在炉火前铺床了。这些被褥，有些是弄臣带来的的古灵床具，那老人则仔细地审视，喜爱地抚摸着薄如蝉翼的盖被。他说道：“你真是好。真是好。谢谢你。”接着他以几乎可称之为忧伤的目光望着我，“你的路在等你。但愿命运仁慈，寒夜也轻柔。”他对我鞠了个躬，那模样绝对是在向我道别。

我不解地朝门口瞥了一眼，我转回头时，黑者慢慢地点了点头。“我会看着。”他笃定地说道，同时朝阿憨的方向比着手势。

我仍动也不动地瞪着他。黑者吸了口气，但没有开口，我看得出他在努力将思绪化为我能了解的语言。他举起双手，摸了摸脸颊，他的黑手朝我伸过来。“以前，我是白的。先知。”他看到我眼睛睁得大大的，笑了起来，但接着他的黑眼中又蒙上一层忧愁。“我失败了。我来这里，跟别的老人一起。我们知道世上仅存我们而已。其他大城已经倾颓荒芜，但我曾经预见世上仍有机会恢复到昔日的情况，虽然机会渺茫。黑龙刚来时，我充满希望，但是它很绝望，难以自拔。它爬进冰里。我已经尽力了。我去找它，恳求它，并且……鼓励它。但是它一心求死，不理会我。这一来，我什么都没有了。什么希望都没有了。只能等待。等了好久，仍什么都没有，什么也看不见。未来暗了下来，机会越来越渺茫。”他将双手并拢，从手掌之间的空隙窥看出来，让我知道他预见的幻象变得多么小。他抬起头，发现我一脸茫然，感到很失望，摇了摇头，费劲地解释下去，“我看到的幻象只剩下一个。我只是稍微窥视到……不！只是稍微瞥见未来可能的情况。那个未来不是必然，但有可能会发生。另外一个会来此地，并且带着他自己的催化剂。”他的手朝我伸来，手捏成拳头，拳头中有个小缝隙，“机会小得不得了，却有可能成真。机会很小，不太可能成真。但是有个机会。”他热切地望着我。

我逼自己点头，虽然我不敢说他讲的我全都懂。他以前是白色先知，他失败了？可是他却预见到，有朝一日，弄臣与我会来到此地？

我这一点头，使他大受鼓舞。“然后那女人来了。一开始，我心想：‘她就是那个人！’她带着她的催化剂。我充满希望。那女人说她要找龙。我太笨。领着她去找龙。之后，她背叛了我，要把冰华杀掉。我很生气，但是她力量比我强。她把我赶走，我只好逃，她没追到我。她以为我死了，就把整个地方都变成她自己的。但是我回来了，把这个地方变成我自己的。她的人不会来这一带。但我活着，而且我知道她是假的，我要推翻她，可是我的角色不是‘改变者’，而我的催化剂……”他的声音突然变得沙哑，忍痛说道，“她已经死了。死了很多、很多年了。谁想得到，死亡竟然比生命还久？所以，只剩下我了。可是我不能促成改变。我只能等待。我再度等待。我满怀希望。后来我看到他，不是白的，而是金色。我纳闷。然后你追随着他。他，我一眼就看出来。但是你，你留下礼物给我，我才认出来。我的心……”他摸了摸胸，两手大大展开，笑得很灿烂。“我很想帮忙。但我不能做改变者。我可以做的很少很少，不然一切垮下来。这你了解吗？”

我慢慢地答道：“应该是吧。你不得亲手造成改变，因为你是你那个时代的先知，而非改变者。”

“对，对，就是这样！”他露出笑容，“而且这个时代，不是我的时代。这个时代，是你和他的时代，你是改变者，而他要看出新路，并且引导你。你的确改变时代，并找到新路。他付出了代价。”他的声音沉了下来，不是因为伤悲，而是因为体谅。我听了他的话，低下头。

他拍拍我的肩膀，我抬起头看他，他脸上露出老年人的笑容。“我们一起走。”他笃定地说道，“走入新时代！新的路，不存于任何幻象中的新路。这是我从未预见的时代，也是那女人从未预见的时代。那女人欺骗了我，而这个，她从未预见。只有你的先知已经预见到这条路！新的路，有双龙升空的未来。”他突然沉重地叹了一口气，“你们付出很大的代价，但是这代价已经付出了。你去。去找他。如果让他留在那里……”老人摇了摇头，“那是不可以的。”他又再度比手势，“改变者，你去。即使如今，我仍不敢当改变者。在你有生之年，唯一的改变者就是你。现在，你去。”他指指我的背包，再指指门，并露出笑容。

接下来，他也不再多说，便在弄臣的床垫上坐了下来，伸了个懒腰。

我真不知道现在该怎么样才好。我很累，而黑者又像弄臣一样布置出这么一个恬静的休憩处。不过，一想到他与弄臣的比较之后，我再度感到自己必须赶快将这一切做个了结。我突然想到，我要是早知道自己马上要离开就好了，我若早知道自己马上要走，就可以先跟阿憨说一声。不过我多少也知道，若是他醒过来时发现我人已经离去，他也不会惊惶的。

丢下阿憨乃是无可避免的过程。我穿上仍然冰冷的外衣，再度背起背包。我环顾黑者的小屋，不禁想起此地的俭朴与苍白之女冰宫的豪华真是强烈的对比。接着我想起好友的尸体仍然弃置在那冰冷的地方，心里便感到刺痛。我悄悄地走入灰暗的夜色中，并回手将木门关紧。

28. 催化剂

离雨野原大城不远处的一条偏僻河里，躺着俗称“巫木”的巨大原木。那水手告诉我，巫木就是海蛇在化龙的过程中所做的硬壳。据说这种木头有多种神奇魔法，用巫木做成的东西，终究会拥有自己的生命，缤城商人的“活船”就是用这种巫木制成的。情人之间若是彼此以巫木磨成的粉相赠，就会在梦中相会；若是吃下大量的巫木粉末，则会致命。当我问，如此珍贵的巫木，怎会任其弃置在河床中。那水手则答道，母龙婷黛莉雅与它那一窝小龙守护着这些巫木，对此视如珍宝。他还告诉我，光是一丁点巫木，就抵得上一个人的性命那么贵重。我想贿赂他帮我弄一点来，但被他断然拒绝。

——未署名，送交给切德·秋星的情报

黑者说得没错。我的去路，就连黑夜也藏不住。

不过，要摸黑从崖壁上的窄路下山可不是易事。我待在屋里时，崖壁上的水漫过小径，在小径上结成一条条冰蛇，有两次我差点就滑倒。走到悬崖底下之后，我抬头一看，觉得自己下山的路途中没有发生不幸，真是个奇迹。

然后我便看到了我的去路——正确来说，应该说是我看到去路的尽头。黑者的门再过去的悬崖高处，一抹淡淡的亮光从结冰的岩壁间冒出来。看到那熟悉的亮光，我不禁打了个哆嗦。我叹了一口气，重新爬上狭窄的山径。

这样的山势即使是在白天攀登都很困难，而在黑者的小屋里暂歇之后，我似乎不但没有恢复体力，反倒变得更加疲倦。我考虑过干脆回到黑者那个温暖舒适的家，睡到天亮再说，想了不只一次，但我并不认为自己真的可以那样做，只是很希望自己能够那样做罢了。如今这么接近我的目标，我反而有点意兴阑珊，不想面对那一切。先前我设下一堵墙，将好友丧命之事阻挡在外，将自己悲悼好友的时机往后拖延，但是今晚我却不得不正视丧友的事实，并且面对丧友的一切后果。我越想越怕，真希望这一切赶快了结。

我终于爬到岩壁上的那个放出亮光的隙缝，发现那隙缝很小，我根本挤不进去。由于流过岩壁的水不断地在隙缝上结硬，隙缝因而渐渐被冰封起来。照这情况看来，黑者大概要天天将冰缝凿大一点，否则就无法由此处出入。

我拔出腰刀，将隙缝前的冰帘凿大到仅足以挤过去便停手，但我虽通过，背包却被冰刮破了。进去之后，我仍必须侧身而行，朝着淡色亮光前进，背包则只能用手拖。这个山壁的隙缝几乎没有什么开展，我从隙缝出来之后，回头一看，只觉得此处怎么都不像有路可出。我当然知道这个隙缝会通到山壁上，但要是我事前不知的话，我一定会认为这是一条死路。这隙缝是先缩小，再稍微转弯，最后才跟石走廊交会。此处挂着一个苍白之女的圆球，我之所以能看到悬崖上的岩缝，就是因为这个圆球放出来的亮光。

我小心地察看走廊上有无来人，才从隙缝中走出来。走廊前后都寂静无声，安静到我可以听见远处的水滴声，以及某处冰河缓缓移动的呻吟声。我的原智知觉告诉我，此处死寂一片，不过在这个地方，就算周遭没有原智可知觉到的生物，也不能掉以轻心。所有被冶炼的人都已经放出来了，因此更不能大意。我扬起鼻子，像狼一般地分析味道，但只闻到融冰和轻微的烟味。我站在原地，思索着要往哪个方向走，最后冲动地选择了左边的路。在离去之前，我在裂缝旁与我眼睛齐高之处，以小刀刮了个记号，仿佛这么个小动作，就可以保证我一定会返回。

我再度在冷冽的苍白之女冰宫中行走。由于这些长廊几乎处处雷同，导致看来十分熟悉，却又令人觉得很陌生。眼前的景象使我想起曾经去过的什么地方，但那是什么所在、我在做什么，我却统统记不得了。走在冰宫之中是无法量度时间长短的，圆球放出来的光一致且毫无变化。我的脚步很轻，每次走近转角都需要更加小心。我觉得自己像是在坟墓里探索，我之所以会有这种感觉，不只是因为我来此是为了要找出弄臣的尸体，同时也是因为这寒冷通道中的空气流动方式之故，我耳中仿佛时时刻刻都听到某种呢喃声。

冰宫的这一区处处显露出已经长年不用的迹象。走廊两边有许多房间，其中大多空空荡荡。其中一间房间散落着无用的残物，房间角落积满灰尘的石地上，有一只磨损的袜子、一支断箭、一条残破的被子和一个破裂的空碗。在另外一个房间中，记忆石做成的小方块散得满地都是，这些小方石显然是从四壁的长架子上抖落下来的。我不禁纳闷，这些房间里原来住的是谁，那又是什么年代呢？这是红船船员在没有出海劫掠时的藏身堡垒吗？还是如黑者所说，其他人建造了这些房间，并且住在里面？我打量了一下，认为前人居住于此的时代，应该比红船之战早得多。墙壁高处——比伸手可及且能随意破坏的区域还要更高之处——仍残存着一些浮雕，或者是雕着女人瘦长的脸，或者是雕着展翅飞龙，或者是高且苗条的王者。这些浮雕只剩下残缺片段，我则怀疑，这到底是因为苍白之女下令将浮雕摧毁，或只是因为被冶炼的人以破坏优美之物为乐？最后我慢慢看出了点端倪，但我仍不禁遐想着，莫非苍白之女想要把古灵曾经住在此地的一切痕迹统统抹去？黑者说，他眼看着“老人”在此灭绝，莫非他所谓的“老人”就是古灵？

我所走的这条走廊平顺地从黑石壁穿入了蓝冰层中。再走了十来步之后，我穿过雕刻的大门，进入一间广大无边的圆顶冰室。一根根庞大的冰柱托住蓝色的天花板，冰柱上攀着冰雕的藤蔓与百花。时间使得冰雕的线条变得柔和，冰晶消融，使得有些细节已经模糊不清，但是那堂皇的美感丝毫不减。这是刻画薄暮的大房间，浸浴在月光下的冰雕花园：天花板上镶着一弯发光的新月，此外还有仿照星宿排列的许多小光球。此室之大，足足可以放下两个公鹿堡的女人花园。此地显然是个优美宁静之处，可是花园低处许多雕刻得繁华富丽的冰喷泉和长椅等，都有被人恶意破坏的痕迹。那不是随意无目的的破坏，而是要发泄愤怒与憎恨的破坏。唯有其中一根冰柱上的冰龙龙身逃过一劫，不过龙翼已经断裂，龙头破为碎片。冰柱的柱基泛黄，散出尿骚味，好像光是破坏龙的冰雕还不足以泄恨。

我穿过冰雕花园，找到一个往下走的螺旋梯。以前这楼梯大概是有着冰雕梯阶与冰雕扶手的吧，但是一来时间太久，二来冰多少化了，如今梯阶已经变成忽高忽低的险坡。我跌了好几次，每次都只能用手指抓住冰壁以便止住滑势，并且咬住脸颊，默默地忍受痛苦。上面那个大房间，让我领略到苍白之女的怨恨之深，我仍怕她会突然从这个冰雪迷宫中冒出来。到了楼梯底下时，我已经摔得处处瘀青、斗志全消。我是说什么都不会考虑从原路上去了。

一条宽大的走廊直直地开进了蓝色的远方，走廊上的光球照亮了壁上的一个个壁龛。我经过时，注意到其中有个壁龛里堆着雕像的残脚断腿，另有一个摆着断裂的花瓶底部。从这情况看来，以前这些壁龛大概是用来摆雕塑品，而这个长廊是个陈列馆之类的地方。我看到长廊上开了一条平实的功能性通道，便走了进去。终于离开那些残破的美，使我松了一口气。我顺着通道走了很久，这条路慢慢往下，到了下一个转弯处，我便右转，我大概知道自己所在的位置了。

但是我想错了。此地的通道像是地鼠通道般纵横交错，有些走道两旁有门，但是这些门都冻住了，也没有窥孔。我在甬道岔路口做了个记号，不久后我却有种永远也走不出去的感觉。每次有岔路，我都选看来比较常用，或是比较宽大，或是近来有人迹的那一条路走。我越往冰宫低处走，人迹就越明显。现在我很确定这些通道以前常有人用。回顾起来，我不禁纳闷，古灵是在冰雪埋住他们的石头城时干脆地接受冰雪，并在当中开凿居室，还是他们刻意把居所盖在岛上的岩脉里，再把住处延伸到冰河去？但当我发现了苍白之女和她那些被冶炼的手下常用的通道和冰室时，古灵的美与优雅顿时消失不见，我则坠入了人类的卑劣与破坏之中。身为人类的一份子，使我感到万分羞愧。

这些房间是近来有人住过的，有几个房间看来原来是营房，角落里搁着尿桶，地上散落着睡觉盖的毛皮被子和寻常侍卫营房里常见的各种零碎物品。一般侍卫通常会在寝室里搁些特别的东西，此地却付之阙如：这些营房里，不见骰子或是赌具，没有心上人送的幸运护符，床上也没有叠得整整齐齐、准备晚上上酒馆时穿的衬衫。这些房间道出了生活的贫乏与艰苦，同时缺乏人味。因为他们被冶炼了啊。想到这里，我对于那些由于为苍白之女效力，而失去多年人生的人备感同情。

我终于走到苍白之女的大殿，与其说这是因为我记性好，不如说是运气好。我看到那扇大门时，心里兴起一股厌恶的期待感。我最后一次见到弄臣就是在这里。他至今仍手铐脚镣俱在地匍伏在大殿的地上吗？想到这里，我一时晕头转向，差点昏倒，视野的边缘也侵入一片乌云。我停下脚步，慢慢调匀呼吸，让我的虚弱感过去。我强迫自己的脚往前走。

其中一片门是开着的，大殿里积满了冰雪，有些冰雪还溢到门外。看到此景，我的心几乎停了。也许我这趟探寻终究要以徒劳无功收尾，说不定那庞大的大殿整个都垮了下来，里面积得满满是雪。这溢出的雪，恰成了走入大厅的斜坡，冰雪已经塌陷了好几日，所以冰雪已经凝结得坚硬，可以徒步上行。如今只剩大门上部那三分之一仍可通行，下面都是雪了。我爬到塌下来的大雪堆上，探望大殿的情况。一时间，我置身于寂静的蓝光之中。

大殿天花板的中央已经坍塌下来，冰雪就是从那个坍塌的洞灌下来，在大殿中央堆积成小山，越到旁边，积雪就越浅。光线来自于残存的光球，甚至冰堆里面也散发出几抹朦胧的光芒。我纳闷这些非天然的灯笼还能亮多久。这到底是苍白之女的魔法，或者，这些光球也是当年居住在此的古灵留下来的呢？

由于墙边的积雪较浅，所以我沿着墙壁而行，每一步都像是探索新房间的老鼠一样小心。我在冰堆间爬上爬下，担心前面的路会被雪完全堵住。但我终于抵达大殿摆放王座的那一端，并看到没有被冰埋住的残存大殿。

落冰放过了此处，崩落的冰山漫到苍白之女的王座前，滑势就已经停了。王座破裂，转了方向，不过我猜那是石龙苏醒之后所造成的。石龙似乎是从大殿天花板的中间，而不是从大殿这一端的天花板冲出去的。雪堆下露出两具尸体，也许那两人是曾与晋责打杀的战士，不过也许他们只是碰巧挡了石龙的去路而已。苍白之女不见踪影，我希望她也跟那两人一样，已经死了。

掉落光球的光线朦胧，照得此地飘摇不定，放眼望去，不是冰，就是蓝影。我绕着倾颓的王座走了好几圈，努力回想弄臣被链住的那个位置到底在哪里。照这情况看起来，石龙应该没有我记忆中的大。我在冰堆中寻找好友的尸体，但是徒劳无功。最后我爬到冰堆高处，展望这整个房间。

我一下子便见到一团熟悉的颜色与形状。我慢慢地从冰山上下来，朝该处而去的时候，肚里翻腾不已。我站着俯瞰那东西。我生不出悲悼感，只感觉得到沸腾的恐惧，与难以置信的感觉。虽蒙着一层薄霜，也无法掩饰它的原貌。最后我终于跪下来，我已经不记得跪下来到底是因为我想看个清楚，还是因为双脚已经支持不住自身的重量。

那张弃置在地的人皮上，有着腾跃的龙与海蛇，皮的周围是一圈猩红的薄霜。我不想碰，我实在无法强迫自己伸出手去碰触，但是不用碰触也知道，那张人皮已经扎扎实实地冻在大殿的地板上了。人皮如今已经没有体温的保护，因此沉入冰地中，与冰地结为一体。

他们把弄臣背后的刺青连皮剥了下来。

我宛如祈祷地在那张人皮旁边跪下来。不用问也知道，要把刺青人皮整张完整地取下来，必定是一项耗时甚久，且必须仔细为之的工程。虽然这人皮掉落在地时已经皱在一起，但是我看得出它是一整张，也就是弄臣整个背上的皮。要把整个背的皮肤整张取下并非易事，我却不愿去想象他们如何制住弄臣，或者残忍地动刀的是哪一个人。然而第二个念头一出，顿时取代了那些恐怖的想象。苍白之女一发现我背叛她，不是杀龙，而是将龙唤醒时，一定大发雷霆，不会这样从容不迫地整治弄臣。所以，这应该是她用以消磨时间的休闲活动，很有可能在我一被人拖离大殿，她就开始叫人剥皮了。这张皱褶的人皮冻结在冰地上，仿佛是一件被人弃置的脏衬衫。我一直瞪着它，无法移开目光，脑海里一直想象着弄臣被人折磨而死的时候有多么痛苦。这是他早就预见的场面，这就是他一直恐惧得不敢面对的结局。我多少次笃定地向他保证，我一定会保住他的性命，就算拼了这条命也在所不惜。然而我跪在这里，而且我还活着。

过了好一会儿，我终于回过神。我刚才并未昏厥，却不知道自己的心思飘向何处，只知道好像是从一个黑暗的时空中醒来。我僵硬地站起身。我不会把苍白之女那个令人毛骨悚然的纪念品挖出来带走。那并非弄臣身体的一部分，那是她残忍地刺在他身上的印记，这个印记天天提醒他，他总有一天要回来找她，并归还她刺在他背上的图案。所以，就让那东西永远地冻结在那里吧。由于对苍白之女痛恨之深、对弄臣悲悼之痛，使我突然非常确定地想起自己会在哪里找到好友的尸体。

我站起来的时候，发现离地上人皮不远处，有一抹弯弯的灰色光泽。我跪下去，把上面的薄霜拨掉，看出这是从公鸡冠落下的木块。木块上染了血迹，上头刻了鸡眼，鸡眼里镶着的宝石对我一闪。我要带走这个。公鸡冠属于弄臣与我，我不会任之弃置于此。

我离开残破的大殿，穿过与我的心一样冰冷的通道。这些走廊不管东转西转都是一个模样，我早已忘记警卫把我拖到苍白之女卧室走的是什么路线，更不记得他们当初囚禁我的地牢在什么方位。我现在很确定自己必须去什么地方，我必须找路回去弄臣与我刚进入地下冰宫的那个走廊。

我知道我花了大半夜的时间在找那个所在。我走着走着，走到了超过疲倦的程度。寒冷刺激着我，而我在专注聆听之余产生了幻听。四处皆不见人影。最后我的眼睛累得连睁都睁不开，于是我决定休息一下。我找到一个堆柴火的小房间，把背包卸在房间角落里，坐在背包上，背靠着墙角。我的头垂下来打盹，手里则紧握着剑。我时睡时醒，最后恶梦将我惊醒，并促使我继续走下去。

我找到苍白之女的卧室。她房里的那些火盆都结了一根根的冰条，光球很亮，整个房间一览无遗。她房里有许多雕花的厚重衣柜，豪华的大桌上放着镜子、发梳和一架子的闪亮珠宝。我猜是有人在逃走之前到此地来搜刮了一番，其中一个衣柜是开着的，里面的衣服拖到地上。我纳闷，既然要抢，为何不拿桌上的珠宝？她床上的毛皮被子结了一层霜。我并未在她房里多逗留。我一点也不想多看在她床的对墙上那几副空空的手铐脚镣，以及染着血迹的冰墙。

她卧室再过去还有另一个房间的门是开着的，我经过时瞥了一眼，然后站住，走了回来。这房间中央有一张大桌，四壁都是卷轴架。卷轴架上几乎摆得满满的，而那些卷轴卷纸、绑绳的方式皆是六大公国的风格。我走上前，已经知道眼前这些是什么，但我的心情却是五味杂陈。我随便拉出一个卷轴展开来看。没错。这个卷轴是树膝师傅所著，内容谈的是训练有潜力的精技人时所需遵行的原则，并且特别禁止学员以精技来开玩笑。卷轴从我手里滑落在地上，然后我又随便抽出一卷来看。这一卷比较新，我一眼就认出殷悬师傅那一手圆圆的、倒向一边的字迹。我泪眼盈眶，什么也看不见了，这个卷轴因此也滑了下去。我望着这一室的经典。当年帝尊为了资助他在商业滩过的豪奢生活，不断将公鹿堡的精技典藏偷偷转卖，那些典藏最后原来是到了这里。苍白之女和科伯·罗贝派出去的行商，从瞻远家小王子的手里买来了瞻远家族的魔法知识，于是我们祖传的知识航向北边的海域，到了外岛人手里，最后送到这个房间来。苍白之女由此学到如何以我们祖传的知识来对付我们，并研究出如何造出石龙。若是叫切德拔掉门牙，以换取他在这个房间里消磨一下午，他也求之不得。这是失传的知识宝库，不过我只希望能让时光重新来过，就算是这么珍贵的宝库也无法帮我如愿。我摇了摇头，转身离去。

最后我终于找到关着贵主之母与贵主之妹的那两个地牢。皮奥崔把他们家的女人劫出来之后，就没有关上门。再过去那个地牢情况就比较毛骨悚然了：三个死人匍伏在地上。我心里想着，他们死时仍是被冶炼的人吗？他们是因为彼此打斗至死而丧命，或者，石龙之死使他们复活，所以他们是又冷又饿的死去的吗？

原本关了谜语与诏谕的那个牢房门开着，衣物被人剥去的诏谕仰躺在地。我强迫自己看看他的脸。寒冷与死亡使得他的面容黑去，但我仍认得出这就是我所认识的那个年轻人。我迟疑了一会儿，弯身抓住他的肩膀，费尽九牛二虎之力才把他的尸体拉起来。这实在不是什么愉快的事情，他的尸体已经凝结在冰地上了。我将他拖到贵主母亲牢房的木床上，接着把这房间里，和贵主妹妹牢房里所有可以着火的东西，像是旧被子和铺在地上的干草等，都收集起来，堆在他尸身的周围，然后我将带来准备用以为弄臣火葬的燃油，倒了半罐下去。我花了些工夫才让几根稻草烧起来，不过火一烧起来，便迫切地舔舐燃油，蔓延到稻草与木柴上。我等到他尸身周围的火烧旺了，才割下一束头发，丢入火葬的柴堆上。在我们六大公国，对同僚道别的传统风俗便是如此。“你没有白死，诏谕。你没有白死。”我对他说道。但我离开那燃烧的火堆时，仍不禁怀疑我们到底完成了什么功业。唯有岁月能够告诉我们这是功或过。我现在仍无法笃定地说，将黑龙释放出来，是否是人类的重大胜利。

这一来，就只剩下最后的那个房间了。想也知道，就连最后弃置尸体，苍白之女也要对他大加诋毁。她要借此嘲笑弄臣，并确认她的胜利。我在泼洒着人类便溺、散落着一地垃圾的房间里，在一堆腐臭油污的残渣旁边，找到了我的好友。

他们将他弃置于此的时候，他还没死。苍白之女一定是要让弄臣体会到这个临终的场所有多么污秽可耻。他勉强爬到这房间里脏污最少的那个角落，然后，以一个油腻污秽的粗麻袋裹身而死。弄臣一生都是个爱干净的人，因此我敢说，死在这个脏污的环境里，对他而言的确是个额外的折磨。我不知道那麻布袋是人家丢给他的，还是他在临死之前将之抓来裹身，最后蜷得像个球似的坐在角落的冰地上死去。也许那布袋是将他弃置于此的人为了方便拖着他走，而将他裹上的。血液与体液浸湿粗糙多刺的纤维，那麻布紧紧地冻结在他的身上。他死前将膝盖收到胸前，并将下巴靠在膝盖上，脸上深锁着痛苦的表情，他那闪闪发亮的头发染着血渍，散落在头上，黏成一块一块。

我伸出手，放在他冰冷的额头上。直到我开始动手，我才领悟到自己想要做什么。我以全副的精技力量和原智去搜寻他，但我只找到一片寂然。我把双手贴在他的脸颊上，强行进入他的身体。我探索他的尸体，在生命曾经毫不费力地流动过的身体中，吃力地开路前行。我努力治疗，努力唤醒他的身体复活过来。*走*！我对他的血液说道。*活*！我命令他的肌肉。

但是他的身体已经沉寂太久。我虽不愿承认，这却是所有猎人都再清楚也不过的事实。身体的腐朽是从死亡的那一刹那就开始，从那一刻开始，构成血肉的小分子沦为腐肉，并放开其他分子，以便自由自在地变成别的东西。他的血液很黏稠，过去将世界阻隔在外的皮肤，如今变成了将血肉兜在里面的袋子。我努力地推动，希望能将生机吹入这个身体中，这就像是在推一扇铰链枢纽都已经锈得化成一片的门。过去各自独立运作的器官，如今都变成动也不动的东西，原来各司其职的功能停了下来，现在这个身体里另有其他力量在运作，也就如将麦子磨成面粉般，把身体拆分为细小的分子。将各分子绑在一起的小连系松垮掉了，不过我还是尽力一试。我试着动动他的手臂，试着迫使他的身体吸一口气。

你在干什么？

问的人是阿憨。我打断了他的好眠，所以他有点生气。他来找我，使我突然感到非常开心。阿憨，我找到他了，弄臣，我的好友，黄金大人。我找到他了。求你帮我把他治好，求你把你的力量借给我。

他很想睡，但他还是勉强答应了。好吧。阿憨试试看。接着他毫不遮掩地打了个大哈欠。他在哪里？

这里！就在这里啊！我以精技指出我面前那个动也不动的身体。

哪里？

就在这里！这里，阿憨。我手摸着的就是了。

那里没人。

有啊，当然有。我的手摸着的就是啦。阿憨，我求求你。我在失望之余，更广求援助：晋责，切德，求求你们，把你们的力量与精技借给我，让我把他治好，求求你们。

谁受伤了？不是阿憨吧！切德一下子惊惶地冲出来。

不，我好得很。他要医治一个人，但是那个人根本不存在。

他在这里啊。我已经找到弄臣的身体了。切德，我求求你。当初你们不也把我从鬼门关拉了回来吗？求求你们，帮我把他治好，帮我把他救回来！

晋责平静地说道：蜚滋，我们都在，你知道的，我们一定会帮你。这次可能比较困难，我们分散两地，但我们会尽力。让我们看看他。

他在这里！就在这里，我手边摸的就是。我突然对他们几个人不耐烦起来。他们怎么笨成这样？为什么他们不肯帮我？

我感觉不到他。晋责停顿了好一会儿之后，又说道：你摸摸他。

我的手一直摸着他呀！我弯下身，伸出双臂，抱住他那蜷缩的身体。好，现在我抱住他了。求求你们，帮我把他治好。

那不是人啊。阿憨大惑不解。那明明是烂泥、尘土怎么治！

我大怒难遏。他不是烂泥！

晋责柔声说道：阿憨，没事，你别难过。你没说错，我知道你不是那个意思。他转而对我说道：噢，蜚滋，我真的很遗憾。他已经死了。阿憨说得是太过直接，但是他说得没错。他的身体已经变成……变成别的东西了。从我的感觉而言，那已经不是身体了，只能算是……他猛然住口，无法把那几个字说出口。腐肉。腐烂。尘土。

切德的口气很镇定，像在提醒我一个再明显也不过的道理。治疗只对有生命的身体有作用。精技可以促使身体痊愈，但是治疗必须由身体自行为之，而且要在身体仍有生命时为之。你手里抱着的已经不是弄臣了，蜚滋，那只是弄臣的躯壳而已。你无法让那空空的躯壳活起来，这就好像你无法让岩石活起来，是一样的道理。我们没办法把他叫回来，塞回那个躯壳里。

阿憨现实地说道：就算你能把那个身体弄活起来，也找不到一个人塞进去呀。

我想，这件事情就是在这一刻突然变得真实起来。这已经不是他的身体，而是尸体了。他的精神已经散失了。

良久良久之后，切德再度柔声说道：蜚滋，你现在在做什么？

没什么。我只是坐在这里。我又失败了。我辜负了他，也辜负了博瑞屈。他死了，对不对？

我知道这时候切德脸上一定露出无可奈何的表情，他发现我竟然坚持要把自己所有的痛苦都堆在一起，一次全部面对，一定会失望地大叹一口气。对，他死了。死时他儿子和罗网都伴在他身边。我们所有人都对他致敬。我们两艘船停下来，一起向他致敬，看着他滑入海中，让他安然离去。所以你也必须让弄臣安然离去。

我不想答应，说句老实话，我根本连答都不想答。本性难移，我引开切德的注意力。我找到精技卷轴了，消失了的精技书库整个重现在苍白之女的要塞中。只是我认为这地方并不是她的。我看到的一些迹象，使我认为这地方原来应该是古灵的居所。

切德的回答使我吓了一跳。以后再说吧，蜚滋。那些卷轴要怎么处置，以后还有的是时间可以考虑。至于现在，你要听我的劝，好好地送走你好朋友的遗体，以你认为合适的方式对他致敬。把这件事情放开。之后你跟阿憨两个赶快回到沙滩来，我会亲自搭船去接你们。我先前低估了你的意愿，但如今想来，我认为你不该独自悲悼。

但是切德说错了。悲悼本来就是孤独的事情，我知道自己必须独自忍受丧友之痛，但我还是让步了。我知道，唯有让步才能使切德放过我，任我独自耽溺在忧伤之中。船到的时候，阿憨与我会到沙滩上去等，不过你用不着搭船来接我们，我会把我们两人照顾好的。至于现在，我要独处一下。如果你们不介意的话。

不坐船！阿憨毅然决然地说道。再也不坐船了。我说什么也不坐船了。我要待在这里，一步也不走。

阿憨没跟你在一起吗？切德担忧地问道。

没有。你找阿憨跟你解释。我还有事情要做，切德。谢谢你。谢谢大家，感谢大家费心。我竖起精技墙，把他们挡在外面。我感觉到晋责想要联络我，不过此时我连他的温和接触都无法忍受。我听到阿憨在跟他们说黑者做的菜很好吃。我不顾一切地将他们完全排除在外，在我的精技墙完全封闭之前，我感觉到一个想要安慰我的温柔接触，大概是荨麻吧。

如今我的心情是怎么安慰都没用的，况且我也不想让她窥见我的痛苦。她自己的痛苦已经够多，再过不久，她就会知道了。我把精技墙封起来。是该面对死亡的时候了。

我将弄臣的身体从地上剥起来。地上遗留下他蜷曲的身型以及几绺金发，像是在标记他的逝世之处。我将他抱起来，感觉到他坚硬冰冷。死了之后，他似乎变得比生前更轻，好像他的精神一离开他的身体，也就掏空了他的身体。

我将他那蜷曲的身体搂在胸前，他脏污结块的金发靠在我的下巴上，我的指尖摸到的则是粗糙的麻袋。我们经过了仍在熊熊燃烧的诏谕，他的肉体燃烧所起的烟，弥漫在我们头上的天花板，将这静止不动的空气染上一股烤肉的味道。我是可以把弄臣的遗体放在诏谕身边，但是我总觉得这样不对。我的好友应该独自火葬，由我独自对他送别。我继续走，经过其他牢房的门口。

过了一阵子，我发现到自己开始跟弄臣讲起话来。“哪里好呢？你希望我在哪里帮你火葬好呢？我可以把你放在那女人的床上，用她的金银财宝来送你走……你喜欢这样吗？还是你宁可不要碰到她的任何东西，以免被她玷污了？若是我的话，我会想要在哪里火葬呢？应该是在星空下吧，就让我自己的火星一路朝星辰而去。你喜欢那样吗，弄臣？还是你宁可待在古灵帐篷里，身边摆着自己的东西，并绑上门片？你总是很注重隐私。为什么我们从来没讨论过这种事情？你是我最要好的朋友，这种事情我应该要知道才对。不过话说回来，在哪里火葬，又有什么关系？走了就走了，一切都是化为尘土……但我还是觉得让你的烟雾随夜风飘散比较好。你听了这些，该不会哈哈大笑吧。众神啊，再让他大笑一次吧，就算是笑我也好啊。”

“真感人。”

那嘲弄的口气，那话里带刺的刻薄，以及那仿佛弄臣一般的音色，使我的心刹那停止，之后才不情愿地跳动起来。我将精技墙封紧，但并未感到有人以精技袭击我。我咬紧牙关，转过身去面对她。她站在她的卧室门口，身上披着白鼬的毛皮斗篷，白鼬尾巴的那一小撮黑毛在斗篷上构成了特别的花样。那斗篷从她肩上垂下来，盖住她全身，一路拖曳到地。虽然她的衣饰如此奢华，却仍掩不住她那憔悴枯槁的模样。她那仿佛是完美雕像的脸庞陷入脸骨之中，未经梳饰的苍白发丝，则像是干草一般飘散在她脸庞周围，无色的眼睛看来近乎呆滞，有如死鱼。

我站在她面前，手里将弄臣的尸体抱得更紧，贴近我的胸前。我虽知道弄臣已死，苍白之女再也无法伤他，但我还是后退几步，仿佛我得保护他不受那女人欺负。在他生前，我却无法这样保护他！

她扬起下巴，露出又白又直的喉咙。“把那个丢下来。”她提议道，“然后来杀我。”

那的确是我心里想到的第一个念头，然而是不是因为她将此说出口，所以我反而对这个念头起了反感呢？“不。”我答道。突然之间，我只想要独处，不要任何人打扰。弄臣死了，这是他与我之间的事情，别人无权干涉。如果是别人也就罢了，唯独她特别不应该看到我的伤悲，或者以我的伤悲为乐。“走开。”我说道，说出口之后，我才发现自己的声音低沉得有如嘶吼。

她大笑起来，像是冰块击碎在岩石上的声音。“走开？就这样？走开？你瞧瞧，蜚滋骏骑·瞻远对我复仇，果然毫不留情呀！这么精彩的复仇事迹，真该编成故事来说，配成曲子来唱啊！‘于是他停下脚步，怀里抱着他的小亲亲，然后对他们的宿敌说道：你走开！’”她哈哈大笑，她的笑声像是从山坡上滑落下来的碎石，一点韵律也没有，当她发现我毫无反应，笑声便渐渐淡去，终至沉寂无声。她瞪着我，一时间，她露出大惑不解的表情。想必之前她深信自己一定能让我放下弄臣，开始攻击她。她歪着头注视着我，过了一会儿，她再度开口，这次她的声音比较低沉了。

“等等。我懂了。你还没打开我送你的小礼物，你还没看到我之前如何折磨他。你等着看他的手，看他那些灵敏优雅的指头吧！噢，还有他的舌头和牙齿，他用以讲出睿智幽默的言语，逗得你乐不可支的舌头和牙齿！那些都是为你而做的哟，蜚滋骏骑，你要是看到那一切，恐怕会为了你不屑地把我丢在一旁而感到懊悔不已吧。”她只顿了一下，随后便像是等不及要提醒我似的说道：“好了，蜚滋。现在你会说：‘如果你跟上来，我保证我一定杀了你。’”

我刚才真的差点把那几个字说出口，现在我咬紧牙关咽下那句话。被她这么一说，那句话只显得空虚、幼稚。也许那句话本来就空虚、幼稚。我换了个姿势支撑手里捧的重量，转身就走。我把精技墙封得严密，她若是以精技攻击过我，其力道大概也小到我无法察觉。我感觉背后毫无防护，也必须承认自己真的很想用跑的。我问我自己，为什么不杀了她，然而我的答案很简单，简单到了极点。我就是不想为了杀她而放下弄臣的身体。更重要的是，凡是她期望我去做的事情，我就不做。

“他曾经呼喊你的名字！”苍白之女开心地在我身后唱道，“我猜当时他以为他快死了，不过他当然不会死得那么快啰。这方面，我是很行的！他以为疼痛就会要了他的性命，他一直叫着你的名字，‘小亲亲！小亲亲！’地直叫。”她模仿弄臣痛苦至极的声音，模仿得像极了。我听得后颈的寒毛直竖，仿佛弄臣真的死而复生，站在我身后对我说话。虽说我意志坚定，但我的脚步还是慢了下来。我将他的身体抱得更紧，把自己的头沉得更低。她这番话使我的眼泪在眼眶里打转，我真是恨极了。我应该杀了她。为什么我没杀掉她？

“他指的就是你，对不对？嗯，他指的当然是你啦，虽然你可能不懂。我看你大概不知道他家乡之人的风俗。他家乡的人，若是两人之间互相把自己的名字赠予对方，就表示他们要缔结一世相守的情谊，这你不晓得吧？你有没有用你自己的名字呼唤他，以表示在你眼中，他就如同你的生命一般珍贵？有没有？还是你太怯懦，根本不敢让他知道你的心意？”

当下我真想杀了她。但若是要杀她，我就得先放下弄臣的身体。她已经逼我遗弃弄臣一次，别想再称心如意了。我不会放下他，也不会回头看她一眼。我弓起背抵挡她的狠话，大步走开。

“有没有？有没有？有没有？”

我本以为我走开之后，她的声音会渐渐消退，但是她提高了音量，越逼问越生气，声调也就越来越尖。过了一会儿，我察觉到她跟了上来。如今她的话是粗哑的尖叫，像是乌鸦为了召唤同伴到战场上来抢食的哑哑叫声。“有没有？有没有？有没有？”

即使我听到她跑上来的脚步声，并听出她会出手攻击我，我也不肯放下弄臣的身体。我抱着他，转过身，拱起肩膀应付疯狂来袭的苍白之女。我想她并没想到我会如此反应，也许她原本期望我会抽出剑来对付她。她见状，想要停下脚步，但是冰地却容不得她说停就停，结果她朝我滑了过来。我被她这一绊，撞上了冰墙，手里仍紧抱着弄臣，努力稳住脚步，没有跌倒。她就不同了。她侧跌在地，痛得咿呀乱叫。我呆呆地望着她，想不出只是跌倒而已，她怎么会痛成那样。就在她撑着地要爬起来的时候，露出了她一直藏着不肯让我看到的情况。

谜语的故事果然是真的。她挣扎着以手撑地时，我盯着她那漆黑蜷缩的前臂直看。此时她既站不起来，也无法以斗篷掩饰住她的残臂。我望着她那无色的眼睛，冷冷地对她说道："你是个懦夫。直到最后一刻，即使为了促成你自己的幻象，让世界走上你认为应走的轨道，你都不愿舍身。他很有勇气，你可差远了。命运要他付出代价，他坦然承受。他承受了痛苦与死亡，所以他赢了。他获得胜利，而你失败了。"

她发出了介于尖叫与吠叫间，充满怨恨与愤怒的声音。那个声音狠狠地打在我的精技墙上，但是她打不进来。她的精技力量是从科伯·罗贝那里汲取而来的吗？我望着她努力要站起来的样子，如今那长长的斗篷反而很碍事。她跪在斗篷的收边上，原来是手与手臂的黑桩子，则一点也帮不上忙。她的手臂从手肘以下蜷缩得只剩下烧得焦黑的骨头，我可以清楚地看到前臂那两根手骨的残桩，手掌与指头则是统统不见了。在她想办法挣脱抽身之前，龙至少取走了她的手。我想起惟真投身于龙，又想起水壶婶投身于他们两人为了民族大义而打造出来的石龙中的情况。最后我转身离去。

"站住！"苍白之女命令道。她的语气中饱含愤怒："你在这里杀了我！我已经预见此景，我已经在我的梦魇中预见此景不下上百次了。你现在就杀了我！如果我失败了，这就是我难逃的下场。你注定是要杀我的。"

我头也不回地冲口说道："我是催化剂。我会改变事情。况且如今的时代，是弄臣所选择的时代，我是活在他预言成真的未来之中。在他预言成真的未来之中，我丢下你而离去。你则孤独一人，慢慢地死去。"

我走了十几步之后，她又尖叫起来。她一直尖叫，直到用尽了力气才停下来大口地喘。我脚下不停。

“你还是催化剂！”她在我身后叫道。如今她的声音里，除了绝望与讶异之外，再无其他。“你若是不杀我，就用你的精技把我治好吧。我会永远臣服于你！你爱怎么差遣我，就怎么差遣我，随你高兴，我还可以把我从精技卷轴里学到的统统都教给你！你的精技天赋很强！只要你把我治好，我就让你夺权，你会变成理所当然的国王，无论是六大公国、外岛诸岛，还是天谴海岸，都由你宰治！我会让你所有的梦想统统成真，只要你肯回头！”

我的梦想已经死了，如今躺在我怀里。我继续不停地走。

我听到她以焦黑的断臂力刮着冰地的声音，使我想起翻覆在洗脸盆里，因而狂乱地刮着盆壁的甲虫。我并未回头看。我怀疑，她是不是真的预见过这一刻，她是不是想象过我渐渐走远的背影是什么情况？不过我一下子就想出答案。不。黑者已经说过了。如今我行走在弄臣的世界里，这个世界是他所塑造而成。在这个世界里，她什么也看不到，什么也预见不到。这不是她的时代。这是弄臣所选择的时代。

我并不认为自己天性残酷，我却一点也不为了自己的所作所为感到任何愧疚。我听到她发出一声像是动物沦入陷阱的惨叫，但是我没有回头看。我转过转角，继续循原路回去。

我饥寒交迫、困乏不堪，但这也没有丧友之痛那么沉重。到了某个程度，我的眼泪溢了出来，落在弄臣的金发上，也使我眼前所见的走廊变得模糊。看来我可能是因为晕眩茫然，而错过我刻在壁上的记号了。想到这一点之后，我便开始回头走，却完全不认得眼前这条走廊。我走到一条冰梯，想要循梯而上，却发现由于我抱着重负，所以根本爬不上去。我转身继续沿着走廊走，如今我已经完全迷路了。

走到一个阶段，我将我的斗篷铺在地上睡了一会儿。即使睡时，我也伸出一臂护着弄臣那冰冻的身体。醒来之后，我在背包里搜找出一点旅行口粮吃下，又拿出水罐来喝水，接着把斗篷的衣角沾湿，擦掉一些弄臣扭曲的脸上的血迹和脏污，但是他眉间的痛苦就擦不去了。我站起来，抱起他，继续走下去。我已经完全不辨方向。也许我自己也有一点疯了。

我来到一个一半冰壁一半石壁的地方。其实我应该要转身离去的，不过我就像是被光线吸引过去的飞蛾，还是循着走道一路往上走。光球的蓝光从不闪烁，既不会变亮，也不会变暗，我像是抱着弄臣走过一处冻结在时光中的迷宫步道。步道的梯阶很和缓，不过走久了就会慢慢上坡。我在空旷处停下来休息了一下。此地有个木门，其木料干燥起毛，我推开门，心想说不定能找到一些可以用以火葬弄臣的燃料。

就算我曾经起疑，认为这个冰宫并非古灵所开凿，那么这个房间也把任何疑虑吹得烟消云散了。之前我曾经在河边的大城废墟间看过这样的家具，只是那些家具已经倾颓毁坏。我也见过像这房间里的地图，只是我之前所见，刻画的是城市与周遭的乡野，而这房间的地图，乃是个世界地图。一张世界地图位于房间中央的桌子上，地图是圆的，但不是平面的，也不是画在纸上。每一个岛屿，每一处海岸，每一个海波，都是刻出来的。一座座小山排成山脉，海上汹涌波涛，亮闪闪的河流穿过草原，流入海中。

这世界地图的正中央是个小岛，与艾斯雷弗嘉岛十分类似，其他岛屿则散落在中央岛周围的海中。中央岛的西南方是六大公国的海岸，虽说许多小地方略有出入。正南方也有陆地，只是我不知道该处叫什么名字。虽然我所知的传闻与典籍都说，东方是无尽的海洋，没有陆地，但在这地图上，越过大海，到了地图的东缘，却可见到海岸线。这地图上点缀着一些宝石，每一个宝石都有个符文符号的标记，有些宝石由内而外地绽放着光芒。艾斯雷弗嘉岛上有个宝石闪着白光，公鹿河河口处，有四个闪亮的宝石，排成小小的四方形，而六大公国各地还有好些宝石，只是有些宝石明亮鉴人，有些黯淡无光。到了群山王国，宝石更多，而在雨野河沿岸更有一整排宝石，只是许多已经熄灭了。说得也是。我已经想到了其中的道理。

我多少感觉到自己手酸背痛，不过我从不曾想过要把手里的重担放下来休息。这房间如此布置，则不免在角落会有个门。门后是个楼梯间，我走了进去。这楼梯间比我第一次走的楼梯窄，且阶梯比较陡。我慢慢步上楼梯，由于看不见自己的脚步，因此每踏上一步之前都要用脚探一下。我上去之后，蓝光渐退，逐渐被真正的朦胧日光所取代，然后我便来到一个以玻璃为壁的塔楼。其中一面已经裂开，所有玻璃都蒙上了霜。从屋顶看来，这是个陡峭的尖塔，塔顶还有凸出的屋檐。我将眼睛贴在玻璃裂缝上往外看，只见到飞雪，此外什么都不见。

房间中央有个精技石柱。精技石柱各面上所刻的符文，清楚得像是昨天才刻上去的一般。我知道其中必有一面刻的是某一个符文。我慢慢地绕着石柱走了一圈，来到那个符文前。我对自己点了点头，抱紧弄臣，温柔地对他那染了血的头发说道："那，我们走吧。"

我伸出了一只手，我们两人便走入了精技石柱。

也许是我近来练习较多，精技力量因而增强，或者这个精技石柱的作用比其他的来得好，也未必可知。反正我抱着弄臣，自冬天踏入了夏天，从石塔中走出来。这石塔是个市集的遗迹，我周身全是暖烘烘的夏日。我走了两步，便因为虚弱与轻松而跪了下来。到了这里，我突然觉得就算把弄臣放下来也不算亵渎了，因为这里有干净的石板与大地。我在他身边坐下，休息片刻。一时间，一切仿佛静止，唯闻鸟叫虫鸣。我望着这一条几乎被野草掩埋，像是一条穿过森林绿意隧道的石板路，知道如果我一路走下去，就会走到众古灵之龙沉睡的石头花园。接着我抬头望着磨蚀的石柱。年幼时的弄臣曾经在这石柱上头坐过，我曾经眼看着坐在石柱顶上的他，变成一个戴着公鸡冠的白肤少女。"这是个好地方。"我轻轻说道，"我们一起回来了，很好。"我往后一靠，闭上眼睛，然后就睡着了。

良久之后，午后的暖意袭来。等我醒来后，觉得身上实在太热。弄臣的身体慢慢退冰，在阳光下软化。我像是脱壳似的把身上的冬衣脱下来，最后只着外衣与长裤。如今弄臣与我在此单独相处，再次相依为伴，那种急如星火的感觉便已消失。这里有的是时间。这里的时间都属于我们两人，我大可把事情安排妥当。

我从我们曾经喝过水的那条小溪汲了水来。我轻柔地擦净他的脸，擦去他唇上的血迹，并把他伤耳上的发丝顺一顺。晒热了之后，我慢慢将他裹身的麻袋剥开。眼前的景象使我看了头晕目眩。没错，苍白之女说得没错。那女人罪该万死，我的确很后悔之前竟转身走开，没有让她得到应得的报应。但是随着我尽量把他受尽折磨的僵硬肢体拉直，并慢慢以绿叶和青草擦去血块之后，所有的仇恨都逐渐蒸发殆尽。这是我的好友，如果我无法让他免于一死，至少我可以让他有尊严地离开人间。

他蜷曲着身体，以保护他最后一件宝藏。他那毫无生机的双手紧抓着公鸡冠。我小心地扳开他被拔去指甲的指头，将黯淡的灰色木冠拿起来。施刑人大概是在鞭打他的时候打坏了公鸡冠，但是他死前已将公鸡冠修补完好。当我看出弄臣是以自己的血液作为修补剂，将公鸡冠一片一片地粘在一起时，不禁失声痛哭。公鸡冠上有个缺口，不晓得他死前，是否因为公鸡冠有这个缺口而感到遗憾？

我慢慢地从我的口袋中拿出掉在大殿上的那个木片。公鸡冠就是缺了这一块，有这一块就齐全了。我用木片边缘去沾弄臣冰冻融化的血渍，将这木片粘在公鸡冠上补全它。沾了血的木片略微膨胀，一下子就粘住、卡紧，仿佛木冠从不曾破损过。说真的，我实在不知道这是什么宝物，但不管这木冠对他而言有何意义，总之我就要让他戴着这木冠离开这个世界。

我将木冠放在一旁，开始收集常青树的枝桠、干枯的落枝和草叶等，以堆作火葬的柴堆。等到我堆好柴堆时，已经近傍晚了。堆好后，我将斗篷铺在上头。头顶上是湛蓝微明的天空，而我们周遭的夏日像在屏住呼吸，等待着傍晚的星星升起。燃烧起来的火星将会升空与天上的星星交会。我抱起弄臣，放在斗篷上。据我的经验，常青树树枝会烧得很旺，将他全部化去。我心情沉重地在火葬柴堆旁的大石头上坐下来，公鸡冠放在我的大腿上。这公鸡冠还不齐全，还缺一样东西。

我从背包里拿出一个布包，慢慢地将之展开，一次一根地拿出我在异类海滩上捡来的羽毛。我每拿起一根，都不禁赞叹这羽毛雕刻的手工之细腻。这些羽毛虽然跟我一起走了这么远的路，却仍完好如初，至于雕刻者为什么选了这种一点也不起眼的木材来做精工雕刻，这我就不懂了。这木料就跟弄臣送给迅风的那支箭一样黯淡不起眼。

我花了一番工夫才把每一根羽毛插入适当的地方。我现在才注意到，每根羽毛的羽茎末端都刻了个凹槽，凹槽位置各有不同，公鸡冠上的缝隙各有特定的羽毛与之相配。我将最后一根羽毛塞进去之后，从我疲惫的眼睛看来，公鸡冠和羽毛仿佛都突然拂过一层生动的色彩。也许只是因为在那一刹那，我突然涌出泪水，所以折射出彩虹吧。我不耐烦地擦掉眼泪。是时候把这一切都了结了。

我手里的公鸡冠不安地呢喃，像是有一只苍蝇被我的拳头封住似的。我不禁纳闷道，这公鸡冠不知道是什么强大的古灵魔法做的，如今弄臣死了，这答案是不是也就此逝去？一时间，我的目光在木冠沿边那一个个公鸡头之间流连。若不是弄臣一直搞不清当年我们看见的公鸡冠是什么色彩，就是这公鸡冠不肯让人上色。刻痕深处仍残留着些许色条，其中两个鸡头眼中仍镶着宝石，但其他眼睛则空空如也。公鸡冠上破裂过，但被弄臣以自己的鲜血黏补起来之处，仍可看出有一条深色的细纹。我伸手顺着那深色细纹摸过去，测试黏合够不够细密。这木冠密合的程度是没问题了，但是弄臣的形影却突然跃入我心里。在我的印象中，他既痛苦不堪，又完整无缺，那景象使我悲痛难抑。

我沉重地挨着他身边，在柴堆上坐下来。由于僵硬，他的身体仍然弯曲着，这我是无能为力了，但我很希望能在将他送走之前，先将他脸上那恐惧且痛苦的线条拂去。我将他额头上的金发拨开。“小亲亲。”我叹道，弯身在他额头上一吻，作为道别。此时我想起那异国的风俗并非如此，我应该以自己的名字呼唤他才对，因为我心里明白，当我将他火葬之时，也等于是自己的死亡。我自己的个性，自己是绝对熬不过这样的丧痛。“再见，蜚滋骏骑·瞻远。”我双手持冠，轻轻将公鸡冠套在他头上。突然之间，我觉得我一生的生命，都灌注到这一刻来了。我人生中最强烈的潮流，竟将我推向代表绝对的失落与结局的这一刻，说起来实在残酷。但是我别无选择。有些事情是无法改变的。是该为国王的弄臣加冕，并送他上路的时候了。

但是我却停了下来。

我的手停了下来，而且感觉上，只要我停下手，就可以抗拒命运，就可以违逆时间的流动。我知道自己接下来该做什么：我应该把公鸡冠套在弄臣头上，然后把剩下的燃油倒在火葬的柴堆上。只要起个火，顶多起两个火，就可以让夏日的干柴烧起来。他会在火中化为轻烟，随风飘散在群山王国之外的大地上，之后我会经由精技石柱回到艾斯雷弗嘉岛，接了阿憨，走回那个小海湾，等待船来接我们。这样做没有错，这条路无可避免，这是世界想要流过的水道。生命会继续下去，只是弄臣不在了，因为他已经死了。这一切我看得清清楚楚，仿佛我早就知道会有这样的结局。

他死了。这是无法改变的事实。

但我可是改变者。

我突然站起来，将嗡嗡作响的公鸡冠高捧在头上，向着天空用力摇晃。“不！”我大叫道。我不知道自己到底是在对谁说话，但我仍继续叫道，“不！我不要这个结局！我不要这样！不管你对我有何索求，你要就拿去好了！但就是别让这一切就此告终！让他取走我的生命，由我来承受他的死。让他变成我，让我变成他。由我来承受他的死！你听见没有！我要承受他的死！”

我将木冠举向太阳的方向。从我满盈的泪水中，只见公鸡冠焕发出五彩的光芒，羽毛似乎也在夏日微风中轻轻摇曳。我将公鸡冠扯离时代所注定的命运，紧紧地将之戴在自己头上。一时间天旋地转，于是我在自己的火葬柴堆上躺下，伸手抱住我的好友，并迎向接下来的一切。

29. 弄臣之冠的冠羽

她是世界上最富裕的女孩，她不但有个出身高贵的父亲，又有许多丝绸礼服、项链戒指，多到就算十个女孩同时都穿戴上去也穿戴不完，而且她还有一个小小的、用龙的子宫雕成的灰盒子。这灰盒子里装着碾得细细的粉末，这些粉末留住了世界上最聪明睿智的公主们的快乐记忆。所以，只要她略感到伤悲，便打开小盒子，拈出一点记忆粉，打个大喷嚏！她就又变回快乐的女孩了。

——古老的遮玛里亚故事

我在黑暗中踩滑了一步。就这样意外地滑了一下，差点跌倒。

“血就是记忆。”我敢指天发誓，真的有人在我耳边讲这句话。

“我们之所以为我们，就是因为血液之故。”一名年轻女子应和道，“血唤醒了我们。就是因为有血，我们才会被后人所记得，揉进子宫木啊。”

有个人大笑起来，听来是个没剩几颗牙的老妇人。“看看你能不能一口气连说六次！”那老妇人以破嗓子笑道，接着她自己示范道，“揉进子宫木啊。揉进子宫木啊。揉进子宫木啊。揉进子宫木啊。揉进子宫木啊。揉进子宫木啊。”

众人听到她这样伶牙俐齿，都笑了起来。“好啦，换你们试试看！”她对我们挑衅道。

“揉进子宫木啊。”我顺从地说道。

可是那人不是我。

有五个人挤进了我的身体里，他们用我的眼睛看事物，用我的舌头抚触我的牙齿，又用我肮脏的指甲搔刮我的胡子，他们用我的鼻子呼吸，又因闻到夜间森林的气味而万分高兴。他们用力甩动我的头发，这下子又重新活过来了。

这五个诗人，或说五个杂耍艺人，或说五个说书人，或说是五个活蹦乱跳的吟游歌者，由于重新复活而兴奋激动翻滚、转圈子，或摇摇我的手指头，或是扯开我的嗓子东讲西谈，抢着要我注意他们。

“你需要什么？生日的祝寿歌？我多的是精彩的生日歌，我还可以裁量增删，为那位寿星编首歌，一点也不费工夫！”

“剽窃！无耻的剽窃！拿老歌来修修剪剪，这等于是旧瓶装新酒，哪有什么新意！还是把你的声音借给我，让我来帮你唱一首既能激发战士的士气，又能使少女因新生的情欲而激动不已的歌吧！”讲话的是个男人，他将我的胸腔吸满了气，然后透过我的口，以他浑厚的声音讲出了这番话。每一个字，每一个声音，都出自于我自己的喉咙。对他们而言，我不过是一支用以奏乐的笛子。

“情欲不过是一时的激情肉欲，过后便什么都没有了！”一个女声不屑地说道。她年纪轻轻，并且记得自己的鼻梁上有雀斑。听到这句话从我的喉咙里传出来，感觉好奇怪。“你要的其实是情歌，对不对？即使海枯石烂，也心意不移，这就是爱情。”

“我们的运气未免太好了吧！”有个人惊慌地叫道，声音中有着纨绔子弟的那种鄙夷之意。“你们听着：哈，啦，啦，啦，啦，啦——噢，这种嗓音根本没救了！这家伙是个十足的破锣嗓子，再好的歌被他一唱，也就跟乌鸦叫无二了。况且我敢打赌，他这辈子从来没有做过单手翻滚倒立。这家伙是什么人哪？我们的宝藏怎么会落入这人的手里？”

“各位吟游歌者。”我无精打采地说道，“各位吟游歌者，各位杂耍艺人，请听我说。噢，弄臣，若是你在的话，一定会拿这东西当宝的。唉，一群杂耍艺人，根本帮不上忙。”我伸手抓住木冠，并感觉到那粗糙的木质。我开始用力拉，木冠却牢牢地定在原位，紧扣住我的额头。

“我们才刚到而已。”那位无牙的老妇人抱怨道，“还不想走呢。我们可是份大礼，而且是唯有最能讨国王欢心之人，才有权收下的大礼。我们有各种不同音色的歌手，又广闻历史轶事，你却就这样赶我们走，你这算是什么艺人嘛！”

“我根本不是艺人。”我沉重地叹了一口气。一时间，掌握我身体各部分的权力又回到了我手上。原来此时我站在火葬柴堆旁边，我根本连自己下了柴堆都不知道。

如今夜色深了，虫鸣的声音越来越响。在凉爽的空气中，我闻到森林地上肥沃腐土的味道，而弄臣逐渐分解的身体，更平添一分特殊的腐化甜味。他这一生都被夜眼称之为“没有气味的人”，如今他死了，我却能闻到他的味道。我并不觉得这味道有什么恶心，我仍有相当的狼性，而就狼性而言，他如今只是有个味道，没什么大不了。我之所以会心惊，是因为这气味证明了他的身体正在复归于大地，复归于先腐化再新生的这个自然网络，无法逆转。我想要静止一会儿，努力从中寻得一点慰藉，但是待在我身体里的那五个人根本不想静下来。他们将我的双臂高举过头，试着看看我能不能漂亮地转个圈，又将我的肺吸满空气。我感觉得出他们十分期待夜晚、气味、声音，以及森林的空气拂在我脸上的感觉。他们对于生命十分热切。

“你哪里需要帮忙？”那个有雀斑的女孩问道。我从她的声音中听出她相当同情，也很关心我的事情，但是我还察觉到，在这一层情绪之下，潜藏着吟游歌者的职业病：不放过别人家的惨事。她恨不得把我的事情打听出来，但我可不想吐露心声。

“不用。走开，你们是帮不了我的。”接着我还是说出来了，虽然这违背我的意愿，“我的好友死了，但我希望他能起死回生。你们有哪一位能帮得了我吗？”

我低头望着弄臣的尸体。一时间，他们五人都沉默不语，这真是值得纪念的一刻。最后那个有雀斑的女孩颤声问道："他是死得很彻底了，对不对？"

"对，一点也没错。"那个声音浑厚的男子宣布道，随即又补充，"但是我可以帮你写一首歌，让往后千秋万世的人都记得他。这是会死亡的凡人唯一能超越死亡的办法。把你对他的记忆让给我，我马上就着手写歌。"

那位老妇人说的话还算有几分道理："我们要是知道如何起死回生，那么我们还会待在这里，以身为弄臣之冠的冠羽为满足吗？如今我们还有这么一点生命，就算是很幸运的了。可惜你朋友没讨得龙的欢心，否则，他说不定也会有这个殊荣。"

"你们到底是谁？"我质问道。

"果酱保存果实的芳香滋味，我们则是保存歌曲的'果酱'。因为有我们，即使在我们死后的冬天，你仍能品尝到我等在世时的夏日风味。"讲话的是那个年轻男子，他对自己的想象力实在太有信心，以至于搞得我如坠五里雾中。

那年轻人讲完之后，我不禁恳求道："还有谁能说给我听？"

"我们都是受到龙的青睐之人。"一个镇定的女声说道。这个人一直到现在才第一次开口。她的声音像是一个深邃沉静的池塘，音色比大多数女子都更沙哑。虽然是经由我自己的喉咙把她粗哑的声音讲出来，但同时心里也听到她的声音。"我以前住在一条黑沙河边，一个叫做'飨宴镇'的地方。有天我去河边汲水，遇到了一条母龙，当时我只是个小女孩，而它年纪也很小，才刚度过它生命中的第一个夏季。噢，可是它通体碧绿，眼睛又有如融化的黄金。它站在河里，任由河水从它身边流过，接着它朝我望来，那仿佛黄金漩涡般的眼睛转呀转，于是我就跌入了它的眼睛里，再也逃不出来了。我自然地为它歌唱，因为光说话是不够的。它迷住了我，而我又回头以我的歌声迷住了它。在我有生之年，我一直都是它的吟游歌者，而当我的末日将至时，它来找我，并送给我一样唯有龙才能送的珍贵大礼：一小片龙的子宫木……你知道龙的子宫木是什么吗？就是海蛇吐丝织出的茧，海蛇在茧里面睡觉，直到成龙之后才破茧而出。有些海蛇没能熬过这个阶段，在已非海蛇，但尚未成龙之时，死在睡梦之中。这子宫木是千年不坏的，除非有龙族的许可，否则龙族不允许人类取用任何子宫木。但我并未开口要求，美丽的烟翼便送了一小片给我，并吩咐我要以自己的血液将子宫木浸湿，并且用自己的指头将血液揉进子宫木里，同时脑海中要想着一根羽毛。

“我知道这意义重大。即使在为龙族效力的吟游歌者中，这也是少有的殊荣。这意味着我会在吟游歌者之冠中占有一席之地。这一来，即使我死后，我所唱的歌、讲的话，以及我的思想行事，仍旧会长存下来。这顶吟游歌者之冠，乃属于‘河地之王’所有，唯有河地之王有权决定谁可以戴上这顶吟游歌者之冠，以过世已久的吟游歌者的歌声唱歌。这可是莫大的荣耀啊，因为只有龙族才能择定你，让你化身为羽毛，而唯有河地之王，才能赐予人戴上此冠的殊荣，这个荣耀非比寻常。我还记得我死去时紧握着我的羽毛……我真的死过了，就像你朋友那样，可惜你朋友没有受到龙族的礼遇，因此也与这个殊荣无缘了。”

这实在太讽刺了。“但他应该是要备受龙族的礼遇才对。他是为了唤醒冰华，也就是世上最后一条公龙而死的。冰华就是因为苏醒了，才能与世上最后一条母龙相结为伴，如此一来，往后世界上才会重新有龙。”

他们沉默了一会儿，我知道他们听了很感动。“好啊，这个故事倒很值得流传下去！把你的记忆交给我们，让我们大家为你编歌，因为像这样的事迹，少说可以编上十首歌！”讲话的是那个老妇人，我的嘴巴因为她讲话而灵活地动来动去。

“可是我不要为他编歌。我只要弄臣回来，像以前那样，完完全全的，活生生的。”

“死了就是死了。”声音浑厚的男人说道，不过他的口气很温和，“如果你肯让我们窥得你的记忆，我们就可以为你编歌。即使以你的音色，这些歌曲还是会流传久远，因为真正的吟游歌者听你唱过之后，就会想要以真正的好嗓子把这些好歌唱了又唱。这样子好不好？”

“不。求求你，蜚滋。放手吧。过去的，就让它过去吧。”

那是刺激着我的感官的一句低语，低得几乎听不见，可是我听了之后，同时因为希望与恐惧而激动得发抖。

“弄臣。”我喘息道，并希望能引起一点反应。

然而我不但没有听到反应，耳里反而充斥着那五个吟游歌者同时对我喊出好几个难题的声音，根本听不出谁在对我吼些什么。最后，声音浑厚的那人朗声说道：

“他人在这里！跟我们在一起。他别的地方不待，竟然跟我们待在这个木冠里！他把自己的血揉进木冠里了！”

但是弄臣本人却不回答，于是我代他说道：“之前公鸡冠裂了，所以他才用自己的血去补。”

“木冠裂了？”那老妇人气急败坏地叫道，“这一来，我们所有的人不就完了吗？”

“他不能留在木冠里！他可不是龙选出来的人物。这木冠属于我们所有，若是他占据了木冠，那么往后我们就不能讲话，只有他一人能够开口了。”那年轻人大为光火，认为弄臣鲁莽地侵占了他的地盘。

“他非走不可。”那声音浑厚的男人下了结论，“我们感到很抱歉，但是他非走不可。他待在这里，既不对，也不合适。”

“龙没选中他。”

“我们没邀请他。”

“他是不速之客。”

他们根本不给我表达意见的机会。我额头上的公鸡冠原本就紧，此时变得更紧了。我举起手握住它，此时他们好像已经从我的身体撤退回去，而他们回公鸡冠之后，不晓得会做出什么事情。刹那间，我的身体又变成自己的。我试着要拿走公鸡冠，但是它紧紧地套在我头上，连塞进一片指甲的空隙都没有。我非常吃惊，我了解到公鸡冠正在与我化为一体，就像精技小组的人化入石龙中。“不！”我大吼，用力甩头，并试着将它扳开，但是它动都不动，更糟的是，现在摸起来已经没有木料般的质感了。如今公鸡冠触感像是我自己的血肉。我不安地举高了手，一摸之下，发现羽毛竟如同真正的公鸡尾羽，轻柔地弹跃了起来。我懊丧极了。

我颤抖着走回火葬的柴堆，在弄臣身边坐下来。

如今公鸡冠内的冲突已经平息，那五个人齐心协力地对付弄臣。弄臣并未抗拒，只是不知道如何配合他们的要求。我说什么都没有用，因为他们再也不理会我了。他们的争执听来像是市场的另外一头有人吵架，我听得见，但是无从插手。他们要把弄臣从公鸡冠里赶出去，这一来，他就会真正离开了，永远永远都回不来。可是我却无法制止。

我把他的身体放在我的大腿上，抱住他。如今他的身体已经进入松弛无力的状态，不再僵硬。他一手掉落在身侧，我抓住他的手腕，将他的手放回他的胸前。不知怎地，他那只手毫无生机的动作，竟激起了一个古老的记忆。

我皱起眉头。这不是我的记忆，是夜眼的记忆，是夜眼以它的狼眼所见的经历。不过我当时也在场。不知为何，那记忆就整个回来了。

那个灰衣人，切德，靠在铲子上，他的呼吸在冷空气中结成白雾。他站在比较远的地方，以免惊吓到我们。坐在我坟墓边的是兽群之心，他的脚垂在挖开的墓穴中，脚边便是我的棺木。棺木已经打破了，我的尸体则被他抱在手里。他以尸体的手对狼招手，要狼走近一点。兽群之心的原智很强，所以夜眼无法反抗他的命令。兽群之心开始稳定镇静地对我们两个讲话："回到这里面来，改变者，这是你的。回来这里。"

夜眼呜咽了一声。死亡的气味我们一闻就知道。那个身体已经死了，那是腐肉，连让我们好好吃一顿都不够资格。夜眼对兽群之心表示："他闻起来好臭。这是一块腐肉，我们可不要，池塘边的肉都比这个好。"

"靠近一点。"博瑞屈命令我们。一时间，我感受到他同时身兼博瑞屈与兽群之心两种身份。就在那一刻，我离开了狼对他的理解，进入了自己的记忆之中。我早就怀疑我是真的死了，虽然切德再三保证，他的毒药只是让我假死而已。我的身体伤得太重，连任何一点毒药都承受不起了。在那个记忆中，我的狼鼻子真实到近乎无情。那个身体已经死了。但是狼的原智知觉比我更灵敏，而它的原智知觉让我得知一件我之前连猜都猜不到的事情。兽群之心不只是抱住我的血肉，他已经帮我做好准备，让我一回到自己的躯体就可以用了。那个躯体随时可以开始，只是他必须要能劝我回去才行。我感觉到夜眼低鸣，要我放心地回去。

是原智，不是精技。博瑞屈用的是原智，但是他的原智比我强得多，也比我见多识广。我拍拍弄臣松弛的脸颊，以意志力要求他的身体与我配合，但是却怎么样也无法进入他的身体。是因为他没有原智吗？我不知道，但是我知道有一个办法可以让他与我相连，他曾经通过这条路，将我从夜眼的身体里拖回来。我将自己的手腕翻起，让淡薄的月光照着他留在我手腕上的指印。接着我拉起他那折磨得不成形的手，其中三根指头的指甲已经被人拔除。我想到他当时不知受了多少苦，随即强迫自己别再想。我以自己的手盖在他的手上，并小心地将他的每一个指尖对准我手腕上的指印。我抓住我俩之间那条存在多年、细如丝线的精技牵系。

那条牵系线似乎风一吹就断，但毕竟是存在的。我鼓起勇气，因为我知道这一去，是走到鬼门关，但我仍要去走一趟。我不是才说过我愿代他而死吗？我感觉得出公鸡冠的众诗人正在逼弄臣出来，把他逐入我的身体里，但是我已经没空等他进来再向他解释清楚了。

我深吸一口气，沿着精技连线而去。我的身体留给知觉逐渐苏醒过来的他，而我自己则潜入他那破败的躯壳中。

一时之间，我的感官变成双重的。弄臣处于我的肉身之中，以我的眼睛往外望，他发现原先所住的身体，此时竟成为躺在我臂弯里，松垮无力的死尸，因而大惊失色。接着他举起一手，摸了摸我长着胡渣的下巴。“小亲亲！”他呻吟道，“噢，小亲亲，你怎么做出这种事情来？你怎么做出这种事情来？”

“你放心。”我笃定地说道，“如果我失败了，你就取走我的生命，继续活下去好了。我甘愿代替你死。”然后我像是坠入烂泥的石头一样地沉入他毫无生气的血肉之中。

至此，我便置身于死尸之内了，而且是死了好几天的死尸。

这血肉毫无生机，已经不算是身体了。这与岩石一般了无生趣的血肉正在分裂为千万个小分子，以便复归于大地。我虽有精技，碰到这个状况却无能为力。我把那一股想要施展精技，呼吁阿憨、切德和晋责一起来帮忙的冲动压抑下去。他们若是来了，顶多只会逼我回到自己的身体，以便把我救回来。

原智是对于我们周遭一切生命体的感知。原智像一张大网，将我们与周遭的所有生物连结在一起。有些生物是生气勃勃、繁复庞杂、健壮且体型大，使我不得不注意，至于花草树木，它们给我的感觉就比较微妙一些，但它们对于连绵不绝的生命网的贡献，可比虫鱼走兽来得更大。花草树木乃是编织世界的经纬线，若是少了它们，我们就全都不存在了。但即使如此，我仍有大半辈子都对花草树木不知不觉，只偶尔对于古老的大树感到一点兴趣。然而，在这个生命网之下，还有另外一种更为蓬勃的生命不断流动。

那种蓬勃的“生命”，便是死亡。

死亡像是生命网里的结，把我们所有人绑在一起，然而死亡其实根本不是死亡。在死亡的那一刹那之后，生命并未毁去，而是重组，所以弄臣的身体里正充满了骚动的生命，像是一大锅慢炖的菜肴，酝酿着自己的新生。先前构成他的身体、让他每天运行不断的每一个分子，现在仍然都在，问题是，如今这些分子已经放手让自己沦落，变成更简单的形式了，而我能不能遏止逆势，说服它们重新复原为先前的秩序呢？

这里无呼吸、无声响，也无知觉，但我仍不顾一切地投身于其中。此处似有精技洪流流过，仿佛有个力量拔除了系住弄臣身体的绳索，将碎片带到别处去用。这个循序渐进、有条不紊的拆除与重组，使我看得目瞪口呆，感觉上很像是在观看一场高手过招的石子棋游戏。那些细小的分子井然有序地分解，我试着说服其中一个回到原来的岗位，但是那分子还是与它的同伴一起流走了。

这是个老游戏了，可是你依然看不出端倪。它们不是一个个独立的猎食者，而是一个群体。你无法控制这些个体依照你的意愿而行，因为个体的数量太多，你怎么也挡不住。所以你要换个办法。你要驱使它们，利用它们，它们把什么新的做好，你就把这个新的放到旧的位置去。

这是狼的智慧。当年黑洛夫跟我说，我的伴侣死而不亡，如今看来果真是如此。此时夜眼与我同在，不是像以前它伴在我身边那样，而是我们两个心意同一的模样。那天晚上，我用的是夜眼的见识。它的感知很单纯，它知道当我们在吃肉的时候，我们吃的不但是肉，也是生命。当年我们一起追猎时，充分掌握了猎食者与猎物之间的精妙平衡，这个精妙的平衡也可应用于此。死亡喂养了生命，身体纵然拆解，也有构成。

这不是精技治疗，这是引导变化，像是在赶羊群，或是赶牛群那样地驱使那些细小分子排列成我所记得的秩序。据我猜测，我修复弄臣身体的能力，大概比博瑞屈差远了。即使我加以纠正，那些生命流仍一再堕回原先的状态，还需我再三哄劝，才肯开始架构，而非继续拆解。况且弄臣的身体跟人也大不相同。那天晚上，我见识了他所有异于常人之处。我之前还以为我对这个人知之甚明，但是在重造的那个长夜之中，我了解到他无法以寻常的尺度论之，我也欣然接受他的确与人不同，此事本身给了我很大的启发。之前我一直深信，我们两人的相似之处，多过我们的相异之处，但这实在言过其实。这么说吧，我有多么像狼，他就有多么像人。

我待在我所做的工程之中，即使我感觉到血液再度在他的血脉中流动，即使我慢慢地察觉到我可以再度将空气吸入他的肺脏中，我仍继续待着。在复活的过程中，他的身体有些地方也顺便修复好了。好比说之前他断了两根肋骨，而如今这两根断骨找到了同伴，开始接续了起来，他的血肉也缓缓地弥补了皮肤上的重大伤口。但是血肉、骨头或是指甲整个都不见的地方，我就无能为力了。我轻手轻脚地启动了他身体的自动修复机制。他的身体虽重新构造，步调却非常缓慢，不过我不敢催他加快速度，毕竟他已经用光了身体贮藏的能源。我将他背上新生的肌肉收合，免得一吹到风就痛得不得了，又哄劝他被剪开的舌头重新复合。他掉了两颗牙齿，这我就无从修补了。等我把所有能够做的都做了之后，我便促使他的胸腔深吸一口气，接着睁开他的眼睛。

黑夜渐去，黎明已近。由于天上蒙蒙亮，所以比较黯淡的星星已经看不见了。有只鸟儿高声唱出清晨的第一声，另外一只鸟儿也不甘示弱地高歌。一只小虫子嗡嗡地飞过我耳边。等我察觉到自己的身体，那已经是后来的事了。血液涌过身体，接着我感觉到空气滑入我的肺脏。身上很痛，痛得无以名之，然而痛楚是身体派来的信使，为的是要让你知道有个地方不对劲，必须修复才行。这个信使在告诉你，你仍然活着。我收到了这个消息，高兴得不得了。一时间，我乐在其中，感觉到这样已足矣。

良久之后，我才眨眨眼睛，改看别的地方。有个人把我抱在怀里。他一臂抱住我的裸背，他的手与我的背碰触之处痛得令我几乎掉泪，但是我实在没力气，无法叫他把手拿开。我仰望着自己的脸孔。这跟我从镜子里看到的情况不大一样。我没想到自己的脸变得这么苍老。他已经拿开公鸡冠，额头上仍有一圈红肿。我的眼睛闭着，泪水从紧闭的眼里渗出，滑过我的脸颊。我不禁纳闷着我在哭什么，怎么会有人看到这么美的早晨，还哭得出来？我用尽全身的力气，慢慢地举起手，碰触我自己的脸颊。我的眼睛一下子睁开，我惊奇地望着自己的眼睛。我以前怎么都不知道自己的眼珠这么黑，可以睁到这么大？我望着自己的脸，感到十分不可思议。“蜚滋？”这声调的抑扬顿挫，是弄臣的特色，但是那沙哑的讲话声却是我的声音。

我露出微笑。“小亲亲。”

他一下子难以自抑地伸出双臂将我抱紧，我因为疼痛而想要避开他的拥抱，可是他似乎根本没有察觉，他啜泣得很厉害。“我不懂！”他对天空哭诉道，“我不懂。”他四下张望，我的脸上写尽了他的疑惑与恐惧。“我从未预见过这一刻。这已经过了我的时间，超过我的结局了。到底发生了什么事？我们两个是怎么了？”

我想动一下，但是我几乎没有力气。一时间，我什么也不能做，只能任由他大哭，我则趁此评估一下身体状况。身上损伤的地方很多，不过身体正在尽力修补。我觉得好虚弱，虚弱得不得了。我吸一口气，轻声地对他说道：“我背后的皮肤是新生成的，还禁不起碰。”

他吞了口口水，一边喘气一边反驳道：“可是我死了呀。之前我在那个身体里的时候，那女人剥下了我背上的皮。我死了呀。”他颤声说道：“我记得很清楚。我已经死了。”

“没错，这次轮到你死。”我应和道，“而由我来救你了。”

“怎么救？这是什么地方？不，我知道这是什么地方，但现在过了多久？我们两个怎么会活生生地出现在这里？我们怎么会变成这样？”

“镇定点。”我既有弄臣的声音，就想试试看能不能散发一点他的幽默感，“一切都会变好。”

我以他的手去握住我自己的手，指尖自然而然地便贴在指印上。一时间，我们四目相对，两人融合为一体。我们变成一个人了。其实我们一直都是两人一体，这点夜眼早就说了。能够再度变成完整的两人一体，真好。我们两人的力量将我自己拉了起来，并将他的额头与我的额头相碰。我并未将他的眼睛闭上，所以我们两人的目光紧紧锁在对方脸上。我感觉到我恐惧的呼吸气息吹在他的嘴上。“把你的身体拿回去吧。”我轻轻地对他吩咐道，然后我们便将身体交换，但是在那一瞬间，我们是合为一体的，而在我们两人交换之时，他与我之间的界线泯灭消失了。我想起有次弄臣对我说道：“我对你，是不设任何界线的。”此时我才突然领略到两人之间没有界线是什么情况。我们两人之间的确没有界线。我慢慢地把自己从他身体里抽回来。我将自己的背挺直，低头望着我臂弯中的弄臣。一时间，他眼睛睁得大大地望着我，眼神之中只有惊奇。接着他那残伤的身体处处作痛，使他无暇他顾。我眼看着他痛得紧闭上眼睛，躲着不让我碰。“对不起。”我轻声说道，轻轻地将他放在斗篷上。这个以常青树枝搭起来的柴堆，原来是要做为他火葬之用，如今却变成他的床垫了。“你的储备能源不够，所以我无法完全将你治好。也许再过一两天……”

但是我讲到这里，他已经睡着了。我拉起斗篷的衣角盖住他的眼睛，以免升起的太阳亮得刺眼。我闻闻空气的味道，突然想到这是打猎的好时机。

我整个早上都在打猎，成果则是一对兔子以及一些蔬菜。我回来时，弄臣躺着的姿势仍跟我出去时一样。我剥了兔皮，并将兔子倒吊起来，让血滴干，随后将弄臣的帐篷搭在树荫下。我找到他之前要送给我的那件古灵袍子，拿出来将它放在帐篷里。我去看了一下弄臣的情况。他仍在睡，但是叮人的蚊虫已经找上他了。蚊虫以及越来越热的阳光，使我深信非得换个地方安置他不可。

“小亲亲。”我轻轻叫道。他没有反应，但我还是继续跟他说话，有时候，我们尽管在睡，却还是能够察觉到别人对我们说的言语。“我要把你搬动一下，可能会很痛。”

他还是没有反应。我尽量轻柔地将我的双臂伸入斗篷底下，但他还是无声地惊叫出来，为了躲避疼痛感而扭着避开我的手臂。当我抱着他横越古老的市集广场，前往树下的帐篷时，他的眼睛睁得很大。他望着我，却又不是在看我，他好像不认识我，不是真醒过来。“求求你。”他断断续续地恳求道，“求求你停下来吧。别再伤害我了。求求你。”

“你现在很安全。”我劝慰道，“那一切都过去了。”

“求求你！”他再度大声叫道。

我必须单膝跪下才能将他抱进帐篷里。帐篷门片拂过他的裸背时，他痛得尖声大叫。我尽量轻巧地把他放下来。“你在这里，才不会晒得太厉害，也不会有蚊虫咬。”我对他说道。但他好像没听见我说什么。

“求求你，别再伤我了。你要什么都好，什么都可以，但是求求你停下来。停下来。”

“那已经过去了。”我对他说道，“你现在很安全。”

“求求你。”他眨着眨着，眼睛又闭起来，然后整个人就不动了。我看他从头到尾都没有真正清醒过。

我出了帐篷。我必须暂时把他丢开。他的反应使我十分痛心，而我心底突然冒出的记忆，更使我浑身不安。酷刑虐待的惨事我亲身经历了不少。帝尊折磨我的方法很残忍，不过很有效，但是当年的我却有一个弄臣所没有的小小盾牌。我早就知道，只要我能守口如瓶，只要我不让帝尊拿到我的确有原智的明证，他就无法痛痛快快地杀了我，因此不管他们怎么毒打，怎么让我挨饿，我就是不让帝尊如愿。毕竟他若是有了这个借口，一定会毫无愧疚地取了我的性命，而各大公国的大公也都不会有异议。到了最后，当我发现我快要撑不下去的时候，我干脆服毒，不让他有机会将我折腾至死。

但是弄臣对苍白之女却无可奈何、毫无防护。她既不想从他口中套话，也不想要他的什么东西，只想让他痛不欲生。她到底让弄臣如何苦苦哀求，再大声嘲笑他屈服投降，而后再度重新折磨他的肉体？我不想知道。我既不想知道，并且因为弄臣一露出黑暗面，我就逃得远远的，而觉得自己很羞耻。难道，只要我不承认弄臣受过酷刑，就可以假装那一切都没发生过？

我总是以做琐事来逃避自己的思绪。我用新鲜的溪水将水袋装满，又将原先要用作火葬的柴堆拿来生火。火烧旺之后，我把其中一只兔子用树枝叉着，插在火边烤，另一只兔子则放在锅子里煮汤。我把自己那几件灰扑扑的冬天衣物拿来，拍拍灰尘，晾在树丛上吹风。我在忙东忙西之际找到了公鸡冠。弄臣显然是在大怒之下将它用力丢开。我把木冠捡回来，放入帐篷里的门边。然后我到了溪边，摘了马尾草当刷子，用以洗净身体，又把湿答答的头发重新扎成战士马尾。说真的，我觉得自己实在不够资格当战士。我心里想着，若是我当初杀了苍白之女，现在心情会不会好一点？我考虑要回冰宫去杀了她，提着她的头回来献给弄臣。

要不是这样做于事无补，我真的会付诸实行。

我把兔子汤摆到一边放凉，吃掉烤兔子。这么久没吃到鲜肉，如今可以大吃一场，真是痛快。这烤兔子接近骨头的地方还带血，鲜嫩多汁。我像狼一般地吃肉，完全只想着当下，专注着食物的滋味。我将最后一根啃净了的骨头丢入火堆里，最后，我仍必须开始思考该如何面对即将来临的傍晚。

我把兔子汤端入帐篷。弄臣已经醒了，他俯卧在地，眼睛望着帐篷的角落。午后的斜阳透过帐篷布照进来，映得他身上五彩缤纷。我还没进帐篷就知道他醒了，我们之间的精技牵系线才刚强化过，我不可能不知道这点。他感受到的肉体痛苦，我大多可以挡掉，但是他心头的苦闷，我就很难阻挡了。

“我帮你带了食物来。”我对他说道。

过了好一会儿，他都没回答，于是我又说道：“小亲亲，你不能不吃不喝。我还给你带了水来。”

我继续等了一阵子，之后说道：“如果你想喝茶，我可以帮你泡。”

最后我找出一个陶杯，倒了些兔肉汤进去。“只要你喝了这杯，我就不烦你了。但是这杯一定要喝。”

蟋蟀在夕阳中高唱。“小亲亲，我是认真的。除非你喝了这个，否则我是不会走的。”

他开口了，声音平淡，眼睛也没望着我。“你能不能别叫那个名字？”

“小亲亲？”我问道，心里很是困惑。

他听到这三个字瑟缩了一下。“对，就是那个。”

我双手捧着装着肉汤的陶杯，坐了下来。过了一会儿，我僵硬地说道：“就依你吧，弄臣。但是除非你把这个喝了，否则我还是不走。”

他在微暗的帐篷里动了一下，转头朝着我看，并伸出一手来接汤杯。“那女人用那个名字来嘲笑我。”

“噢。”

他的指尖有伤，他为了避免指尖碰触到杯子，接过杯子的手势非常古怪。他以一手将头肩撑高，因为疼痛与虚弱而颤抖。我很想过去帮他，但是我知道自己还是自制些比较好。他长长地喝了两口，喝光了肉汤，抖着手把杯子递给我。我一接过杯子，他就立刻疲累且痛得趴倒在地。他看我仍坐着不走，便疲倦地朝外面一指。“我喝了。”

我端着杯子和陶杯走到帐篷外，在兔肉锅里添了水，将锅子搁在火堆旁，打算就这样让汤慢炖一夜。我坐着注视营火，心里想起很多我不愿想起的回忆。我啃着指甲，越啃越深，差点咬到指甲的肉根，于是赶快移开指头。我做了个鬼脸，望着夜空摇了摇头。当年的我，还有一条别人所没有的路可走：我可以撤退到夜眼的身体里。因为身为狼，我没有被人侮蔑羞辱；因为身为狼，我保住了自己的尊严，也保住了决定自己是生是死的权力。但是弄臣却无处可去。

当年的我有博瑞屈以及他那温暖熟悉的呵护，我还有孤独、平静，以及夜眼。我想起夜眼，于是起身到森林里去打猎。

前一天的好运气已经用完，天亮后我回到营地，什么猎物都没打到，幸而摘到满满一件衬衫兜起来的熟梅子。弄臣已经不见人影，火边则摆着一壶茶保温。我忍着没有大声呼喊他，而是以几乎可称之为耐心的心情坐在火边等。最后我看到他从通往小溪的小径走回来。他穿着古灵的袍子，湿湿的头发平贴在头上，他走起路来毫无丰姿可言，不但一跛一跛，肩膀还拱起来。他终于走到火边，而我也对他招呼道："我找到了梅子。"

他严肃地拿了一个，咬下一口。"甜的。"他说道，仿佛这个滋味使他感到惊奇。他像是老人家怕伤了骨头一般，小心翼翼地扶着坐了下来。我望着他用舌头在嘴里转了一圈，在发现缺了两颗牙之后，脸皱了一下。"把经过告诉我吧。"他平静地要求道。

我就从苍白之女的侍卫把我丢进雪地里讲起，我讲得很详细，就像我向切德做报告那样。当我讲到龙的事情时，弄臣慢慢变了脸色，越坐越直。我感觉到我们之间的精技牵系线绷紧了起来，他正探索着我的心灵，想要确认他耳里听到的确实无误，仿佛我光是用言语，还不足以传达当时的景况。我也乐于展开我的心胸，让他与我一起体验当天的情景。当我告诉他冰华与婷黛莉雅一起腾空，在空中交配的时候，他突然哭得全身颤抖，但是当他抬起头，难以置信地问我时，眼里并没有泪水。"这么说来……我们胜利了。那女人输了。往后这个世界的天空上，将会再度出现龙的身影。"

"当然。"我说道，至此我才想到，之前的他并不可能知道我们成功与否，"如今我们已经走在你所促成的未来之中了，这就是你为我们择定的道路。"

他大声地呜咽了一声，僵硬地站起来，蹒跚地走了一两步，然后转回头望着我，他的心情都写在眼睛里。"可是……我在这里，什么也看不见。我从未预见到今天这个场面。在我预见的所有幻象之中，总是要以自己的死亡才能换得胜利，所以只要是得胜，我一定会死。"

他歪着头，仿佛要向我确认地缓缓询问道："我真的死过了？"

"一点也没错。"我承认道，脸上却情不自禁地咧嘴大笑，"不过，我在公鹿堡的时候不是告诉你了吗，我是催化剂，我是改变者啊。"

他如石头般伫立，慢慢地琢磨这句话的意义。那情况就像是石龙苏醒般：生命逐渐灌注到他的身体里，接着他开始颤抖。这一次，我毫不迟疑地伸出手托住，扶着他坐下来。"然后呢？"他颤抖着要求道，"把接下来的事情讲给我听。"

所以我就说了。于是这一天，我们便一边讲故事，一边吃梅子，喝他泡的茶，并吃完前晚炖的兔肉汤。我跟他讲到黑者的事情时，他听得眼睛大睁。我说起四处找寻他的尸体，无可奈何地提到我是在什么样的情境下找到他的。他听时转开了头不看我，我同时感觉到我们之间的精技牵系已然消退，仿佛他想要尽量让自己消失。不过我还是说了下去，并细数我遇上苍白之女的事情。他坐下来，两手交叉地抱着手臂听着。“这么说来，那女人还活着？她没死？”弄臣的声音颤抖。

“我没杀她。”我坦白承认道。

接着——“为什么没杀她？”他难以置信地尖声质问道，“你为什么不杀了她，蜚滋？为什么？”

弄臣如此激动，使我非常惊讶，我愚蠢且防卫地说道：“我不知道。大概是因为当时我认为她想要我杀了她吧。”我知道接下来这话呆头呆脑，但我还是说了出来，“黑者与苍白之女一前一后地跟我说，我是这个时代的催化剂，也就是这个时代的改变者。因此那时候我不想引起任何变化，以免影响到你已经造成的现实。”

一时间，我们两人都默默无语。他非常轻微地前后摇动，并以口吸气、吐气。过了一会儿，他似乎平静了下来，但也许他只是死心了。最后他很勉强地——虽说他努力装得很自然——说道：“我敢说你这样做是最好的，蜚滋。我不怪你。”

也许他这话是真心的，但是据我看来，在那当下无论是他或我，都无法劝自己深信事实确是如此。这件事情使得他眼里的胜利光芒黯淡下来，也使我们两人之间出现一堵无形的墙。不过，我还是继续讲下去，当我讲到在冰宫里找到一根精技石柱，我们就是经由它来到此地时，他一动也不动地听着。“我从未预见到那个情况。”他不无讶异地坦承道，“连猜都没猜到。”

接下来的事情我便迅速带过。我告诉他，我发现公鸡冠不是什么神奇法宝，只不过是五名冻结在时空中的歌者而已，但他听了只是不在意地随便耸起一边肩膀，像是在为自己竟然会喜欢这么一件微不足道的琐碎东西开脱。“那是我要拿来送人的。”他平静地说道。

我沉默地坐了一会儿，等他稍微引申说明，但是他什么也不说，我也就作罢了。即使等我讲完了故事，而他也了解到他的胜利有多么彻底时，他仍一语不发。也许他认为，他早在多年之前就得到胜利，而非几天之前才得到吧。他坦然接受此事，使得救龙之事像是无可避免的发展结果，却非好不容易才赢得的果实。

天色渐渐地暗了下来，我的故事讲完了，他却无意把他自己的遭遇讲给我听。说真的，我也不期望他说，那种事情说出来尽是羞辱失格，碰上那种惨事的困惑感，只会让他觉得自己卑劣低下。这个我太了解。我也知道，如果我把这个道理讲给他听，就会显得我自认为高高在上。我们的沉默延续得太久，久到即使期间我们聊了一两句话——好比说我告诉他我要去捡柴，或是他有感而发地说，跟冰河的沉寂夜晚比起来，此处夜晚的嘈杂虫鸣，听来倒也颇有一番滋味——也化解不开彼此仿佛有了隔阂的尴尬。

最后他终于说要去睡了。他进了帐篷，我则做些营地里该做的收尾工作：我以灰烬将红炭掩盖起来，这一来，明天早上尚有余火，不必重新生火。然后我又将果核、残锅略做收拾。直到我走近帐篷时，才发现弄臣已经把我的斗篷叠得整整齐齐地放在帐篷外头了。我拿了斗篷走到火边，铺下斗篷为床。他至今心里仍不平静，因而想要独处，这点我能了解。但尽管我可以了解，他这个举动还是刺伤了我，主要是因为我心里很希望，他若是不要在身心两方面都受如此重的伤就好了。

夜已深，而我也沉沉入睡，此时帐篷里传出第一声尖叫。我一下子坐起来，一颗心怦怦地跳，手已经立刻摸到摆在身边地上的长剑。但是我才从剑鞘中拔出剑，弄臣便奔出帐篷，眼睛睁得很大，头发蓬乱。他因为恐慌至极而急喘，全身颤抖，嘴巴也为了吸气而张开。

“怎么回事？”我质问道。这一问，使他吓得跳开，退着往后走。最后他似乎回过神，这才认出待在幽暗火堆边的身影是我。

“没事。做了恶梦，如此而已。”他弯身抱肚，轻轻摇晃，好似内脏起了剧痛。过了一会儿，他坦白承认道："我梦见她通过精技石柱追了过来，而且我惊醒的时候，好像看到她站在帐篷里弯身看我。"

"我看她大概不知道精技石柱是什么东西，也不知道该如何使用吧。"我劝慰道，随即听出这些话多么犹豫、虚假，因此恨不得能将这些话收回。

他并未回答。这夜虽温和，他却颤抖着走到火堆旁。我没多问一个字，就拿了根柴枝加到火堆里。弄臣瑟缩地望着火焰并烧上了柴枝，最后才抱歉地说道："我今晚没办法回去了。真的没办法。"

我没说什么，而是动手铺开我的斗篷。弄臣像是猫一般小心地凑近一些，接着一语不发地以古怪的姿势让自己坐下，躺在我与火堆之间的斗篷上。我一动也不动地躺着，等着他慢慢放松下来。营火噼啪地烧着，我虽想撑着不睡，眼皮却越来越沉重。我正要进入梦乡，这时他轻声开口问道：

"这到底会不会过去？你的已经过去了吗？"他想要知道这个黑影会不会有朝一日完全消失，他的口气非常殷切。

我很不愿说破，但我仍必须据实以报。"不会，这不会过去的。我的就没有过去，你大概也是如此，但是你的日子会照样过下去。这会像是疤痕，变成你人生的一部分。你的日子依然会继续。"

那天晚上，我们两人背对背地躺在我的旧斗篷上睡觉时，我察觉到他虽睡了，却猛抽了一口气，开始歪扭踢打起来。我翻过身，只见他泪流满面，一边疯狂地挣扎着，一边对夜空哀求道："求求你，停，停！你要我做什么都可以，什么都可以。只求你停下来，求求你！"

我碰了他一下，他突然狂乱地尖叫，粗鲁地抵抗我。过了一会儿，他清醒了过来，大口喘着气。我一放开他，他便立刻翻身避开，手脚并用，奋力地爬过铺着石板的广场到对面的森林边，抓着喉咙一再干呕，想要把刚才说出口的那些怯懦字眼收回去。我任由他去。现在还不是该安慰他的时候。

他走回来时，我将装水的水袋递给他。他漱了漱口，先将水吐掉后才喝水。他站着，避开我的眼神，望着夜空，好像他可以从夜空中找回迷失的自己。我默默等待。他终于走回来了，沉默地在我身边的斗篷上坐下。最后他终于躺下，不过他背对着我，同时蜷得像个球，整个人打冷颤。我叹了一口气。

我伸展了一下手脚，慢慢地挨到他身边，尽管他抗拒，我还是小心地把他拉过来面对着我，接着以古怪的姿势搂抱他。他无声地啜泣着，我抹去他的泪痕，将他拉近了些，并小心不要碰到他背后的新皮，让他的头靠在我的下巴上。我温柔地在他额头上亲了一下。“睡吧，弄臣。”我声音沙哑地对他说道，“这里有我呢，我会照顾你的。”他的手抬了起来，一时间，我还以为他要把我推开，但他只是拉住我衬衫的前襟，紧紧地抓住我。

那一整晚，我都把他抱在怀里，亲密得好像他是个孩子，或是我的情人，亲密得好像他就是当年受伤且孤独的我。我任由他在我怀里哭泣，抱着他直到哭泣结束。我任由他从我的体温与坚强的肌肉中尽量得到安慰，我一点也不觉得这样做会少一分男子气概。

30. 完 整

这是我提笔亲写，因此要请您原谅我这个群山人的手写不出漂亮的六大公国文字。声誉卓著的费德伦文书已经开始着手准备一封正式文书，但是在此，我想以女人对女人、寡妇对寡妇的角度写信给您，因为我同您一样深深地明了，无论敕封了什么土地或是头衔，都无法弥补丧夫的痛苦。

尊夫大半辈子都在为瞻远皇室效力。说真话，以他为先王的奉献之多，我们早就该封赏他了。他的事迹应该要广为人知，并编成歌谣，流传在大街小巷。窃国者帝尊张起魔爪对付我们的那一晚，若不是因为他冒险犯难，我绝对无法熬过去。但是尊夫个性谦抑，因而要求我们别让他的英勇行为成为吟游歌者献唱的主题。如今，他为了六大公国而牺牲了生命，我们才想起对他亏欠有多深，说来实在是麻木无情。

我本欲在皇室领地之中，择一处能够与博瑞屈之功相互辉映之处，敕封给府上，但就在此时，耐辛夫人派了专人来找我。俗话说得没错，坏消息的确传得特别快，因为她已经得知尊夫过世之事了。耐辛夫人在给我的信上说，博瑞屈乃是骏骑王子最珍重的朋友之一，她相信她已逝的丈夫，一定会希望能将他在细柳林的产业致赠给府上。至于细柳林之地产的头衔，亦将立刻颁发给府上，于府上代代相传。

——珂翠肯王后写给莫莉，制烛商博瑞屈之妻

“我梦见我变成你。”他轻声对着火焰说道。

“是吗？”

“而你变成我。”

“真无聊。”

“别那样。”他对我警告道。

“别怎样？”我故作无辜地问道。

“别变成我。”躺在我身边的他换了个姿势。夜色笼罩着我们，晚上的风很暖和。他举起细瘦的指头拂开脸上的金发。由于营火将熄，所以他脸上的瘀青几乎看不出来，不过他的脸还是太瘦，颧骨都凸出来了。

我想告诉他，总得有人要变成他，因为他已经完全不做自己了，但是我并没有这样说，而是问他：“为什么？”

“我想了就紧张。”他深吸了一口气，吐了出来，“我们到这里多久了？”

这是他这天夜里第三次把我吵醒，不过这种事情我已经习以为常了。他晚上睡不好，话说回来，我也不期望他晚上能睡得好。他们将我从帝尊的地牢里救出来之后，我在恢复期间，只肯在白天，而且是有博瑞屈相伴照顾的情况之下才敢睡，这点我记得很清楚。有时候，即使阳光在眼皮上闪耀，也觉得睡起来安稳。而有时候，无论累到什么程度，通宵聊天也比睡上一觉来得好。我努力回想，从我抱着他的身体，走过精技石柱来到这里，到底过了多久，只觉得很难计算。那些艳阳下的小睡，以及夜晚断断续续的睡眠似乎都混在一起，怎么也扯不清了。“如果算几天，就是五天，如果算几夜，就是四夜。你别急，你现在还很虚弱，等你强壮一点，我们再从精技石柱回去。”

“我根本就不想用精技石柱。”

“嗯。”我应和着，“可是我们终归得从精技石柱回去。我总不能把阿憨丢着让黑者一直照顾下去吧。况且我跟切德说过，等他们派船来的时候，我们会待在海滩上等船。让我算算，嗯，船大概再五天就到了吧？”我说不上自己在冰宫里待了多久。这样算不准时间似乎不妥。自从我找精技小组的成员们一起治疗弄臣失败后，我就把他们所有的精技接触统统挡在外面。我好几次感觉到有人刮着我的精技墙，但是我毅然决然地对此听而不闻。他们大概是关心我吧。我为了说服自己而大声地说道："我得回去，我还有自己的人生等着我去过呢。"

"我可没有这样的人生。"弄臣似乎非常心满意足地答道。他这语气使我信心大增。他在白天时，偶尔还是会停下来静止不动，仿佛在聆听未来，只是他再也看不到预兆未来的异象了。此时他的心情，我实在很难揣摩。他这一生都在致力于将时间推入他早就预见到的最佳轨道。如今他成功了，我们都住在他所造就的未来之中。据我猜测，他心里大概是陷入了拉扯，一方面，他对于自己打造出的未来感到满意，另一方面却又因为不知道自己在此应该扮演什么角色而感到忧虑。他有时候会把不知所措的忧虑讲出来，但有时候，他光是坐着，将受伤的手交叠着放在大腿上，望着膝盖前的泥土地。在这种时刻，他的眼神迷茫，像是看到很远的地方，而呼吸浅薄，所以胸膛几乎没什么起伏。我知道当他这样的时候，是在努力把本来毫无道理的事物，想出一个说得通的道理来，但即使如此，我也不会劝他停下来，另外去想点有益之事，我倒是会努力对于将来的日子保持乐观，比如说现在就是。

"你说得没错。你不必一定要回去，彼处并没有一个人生等你去过，但是彼处也没有重担等着你去扛，因为你已经死过了。人要是死过一次，会有多么大的好处，你看出来了吧？既然你已经死过了，那就没人会期望你去继任王位，也不会有人期望你继续当先知。"

他一手撑地，将自己支起来："你讲的这些，都是亲身的经验谈。"尽管我的口气滑稽逗弄，他的语调却闷闷不乐。

我咧嘴而笑："正是如此。"

他松了手，躺回我身边的斗篷布上，凝视着天空。他还是没笑。我循着他的目光望向天空。我翻身滚离他身边，轻松地站起来。"差不多该去打猎了。马上就要天亮了。你觉得你的体力足够跟我一起去打猎吗？"

我还得等上好一会儿，他才摇头说道："老实讲，现在还不行。我这辈子从没这么累过。你到底是怎么弄的？我从没觉得这么脆弱无力过。"

那是因为你以前从未被酷刑折磨至死。不过跟他讲这话似乎不太合宜，对此我避而不谈。“我想，你只是需要多多休息，慢慢恢复，如此而已。如果你身上多长点肉，我们就可以用精技把你治好。”

“不。”弄臣明确地禁止我这样做，因此我就不提了。

“不管怎么说，外岛人的旅行口粮我已经吃腻了，况且我们的旅行口粮也剩得不多。你还是要吃点鲜肉比较滋补。若是光懒懒地躺在这里，我是没办法帮你弄到鲜肉的。如果你想吃熟肉，就在我回来之前，把火生大一点。”

“很好。”他轻轻地应和道。

那天清晨我打猎的成果非常差。我心里念着弄臣，因而无暇他顾。我差点踩到兔子，那兔子吓得疯狂乱跳，竟然还能避开我的抓捕，由此可见一斑。幸运的是河里有鲜鱼，而且还不难抓。我在早早的晨光中回来，连肩膀都湿了，总算逮到了四条鱼。

阳光越来越热，我们在一起吃了鱼，之后我坚持我们两人要一起走到溪边，洗掉脸和手的油腻。吃饱后，我想好好睡一觉，但弄臣的心情还是不开朗。他坐在火边，拿了根树枝戳着火。他第三次叹气的时候，我翻过身来问道：“怎么了？”

“我不能回去。”

“恩，但是也不能待在这里呀。现在这里看来蛮好，但是你听我一句劝：这里的冬天冷得要命。”

“这也是你亲身的经验谈。”

我微微一笑：“之前我是住在离这里好几个山谷的地方。不过你说得没错，那的确是亲身的经验之谈。”

他坦承道：“这是我这辈子第一次不知道该做什么才好。我本来已死，你却带着我冲破死亡，来到此地。我每天醒来的时候都很惊讶。我不知道接下来自己会发生什么事情，也不知道接下来的生命应该拿来做什么。我觉得自己像是一条漂荡无依的扁舟。”

“有那么糟吗？你就干脆地漂荡一阵子就是了。好好休息，把身体养好，大多数人都恨不得人生有一段时间能单纯地休息就好。”

他又叹了口气：“但我不知道该怎么过日子。我从来不曾像现在这样。这样到底是好还是坏，我实在说不上来。你给了我这额外的生命，但我却不知道该拿这额外的生命来做什么才好。”

“嗯，如果你学会打猎、抓鱼，那么也许你在这里待到入秋之前都没问题。可是你总不能躲避自己的人生、躲避自己的朋友一辈子吧。你总归是得面对这一切。”

他几乎笑了出来：“你竟然讲这种话？你自己死过之后躲了不止十年呢。也许我应该仿效你的模范，找个僻静的小屋，像隐士一般地过上十年、二十年，然后再以别的身份重出江湖。”

我轻声笑道：“好啊，过个十年，我再回来将你揪出来。当然啦，到时候我已经垂垂老矣。”

“但是到时候我却还不老。”他平静地指出，与我眼神交会，他说这话时表情很认真。

这个念头打乱了我的心情，我也乐得不再追究下去。这一类的事情，我不愿想太多，光是我自己回去时会碰上的难题，就够我烦恼了。博瑞屈过世了。迅风、荨麻、幸运，我终究要面对莫莉，博瑞屈的遗孀，以及她那几个如今失怙的儿子。这些复杂的人情关系，我既不想面对，也不知该如何面对。最容易的就是根本不要去想他们的事情。弄臣将我与那个等待着我归去的世界隔开，不过若由我亲自将那些思绪推开，大概会比他还有效率，毕竟我已经训练有素了。接下来两天，我们像是狼一样地过日子：活在当下。我们有肉，有水，天气又好，兔子四处可见，干面包的旅行口粮也还有，我们吃得不错。弄臣逐渐痊愈，虽然他不曾放声大笑，但有时候他看来像是完全地放松了。我已逐渐习惯他需要有自己的隐私，虽说如今他那种执意要避开我的举止，会使我感到有点难过。我刻意要跟他拌嘴，却勾不起他的反应。他一向伶牙俐齿，就算在最绝望凄凉的情况之下也找得出笑料，因此即使他就在我身旁，我却还是想念他以前的模样。不过，幸亏他越来越强壮，举手投足时也不必那么小心翼翼。我告诉自己，他逐渐在康复，这就够了，不必奢求其他。但我还是越来越坐不住，所以有天早上他对我说“我现在够强壮了”的时候，我并没跟他多争执。

我们需要收拾的东西不多，准备出发并不必花什么工夫。我本来要把他的古灵帐篷拆下来，但他狂乱地摇了摇头，以沙哑的声音说道：“不，留着。留着就好。”我听了很惊讶。的确，他从那一晚恶梦连连之后，便不再睡在帐篷里，宁可窝在我与营火之间睡觉，我一直以为这帐篷他还是会带走的。不过我并未跟他争执。老实说，当我回头对那帐篷瞧了最后一眼，看到布上的腾龙与蟒蛇在微风中飘动时，心里只想到他背后那一层被人剥下来的皮肤。我打了个哆嗦，望向他处。

我从地上捡起了公鸡冠，此时它又恢复成木质的模样，仿佛它一直都是如此平凡无奇，而我若以为它有什么特别，都是我自己胡乱想象。那五根灰色的羽毛僵硬地插在公鸡冠的木圈上，不过拿在手上时，它似乎仍轻轻地低语。我把公鸡冠拿到弄臣面前。“那这个呢？原来只是五个杂耍艺人罢了。你现在还要吗？我们是不是该把公鸡冠放在精技石柱的柱顶，以纪念当年戴过这公鸡冠的少女呢？”

他以古怪的脸色瞧了我一眼，轻声说道：“我不是跟你说了吗，这不是我自己要的。这是要拿来还一桩我在很久很久以前欠下的人情。”他仔细地上下打量我一番，轻声接口道：“而且，我看也该是付诸实行的时候了。”

因此，我们并未直接朝精技石柱走去，而是再度沿着林木垂拱、几乎被绿草遮盖住的小径，走向石头花园。这一趟路跟我记忆中的一样，漫长得像是怎么也走不完，不过弄臣没有喊累，而是不断地推进。鸟儿在树梢跳跃鸣叫，树影随着日光而移动，这片森林的趣意盎然随处可见。

我还记得第一次看见潜藏在大树下的石龙时，内心是多么的讶异。当时我吓得不能动，敬畏之心油然而生。虽说在那次之后，我又在石头花园里漫步了好几次，甚至还亲眼目睹石龙腾空凌跃，为六大公国抵抗红船的奇景，但是这次再走进石头花园，心中的感动与震惊仍没有稍减。我以原智知觉探索前方，并察觉到前面巨林的树荫下有着生命的漩涡。

那些当年从睡梦中醒来，为了捍卫六大公国而打退红船的石龙，都在此地安眠。当年我们在此找到石龙群，也在此以血、原智和精技唤醒它们，而它们在那年的战役之后，又复归于此处。过去我将它们称之为石龙，如今也仍以石龙之名称之，不过这只是习惯性的叫法，并不是所有的石兽都是龙形。有些石兽仿佛脱身于幻梦奇想，或是传说故事之中。那只硕大无朋的石雕带翅野猪，身上攀着藤蔓，头上顶着一团去年的落叶，有如戴着顶帽子。从眼里看来，这些石兽乃是石头，但是在我的原智知觉之中，这些石兽有生命，闪耀着色彩与细腻的感触。我感觉得出石头深处流动着生命，但是我无法唤醒石兽。

如今的我走在石龙之间，我心中对于它们的知识，比起我第一次发现此地之时，不知多了多少。我甚至认为自己分辨得出哪些是出于古灵的手笔，哪些是六大公国的精技小组所为。那带翅的公鹿绝对是六大公国的龙，错不了的，而那些比较像是龙形的石龙，就我现在的想法而言，它们应该是古灵所雕。

一进石头花园，我理所当然地一头便朝化龙的惟真而去。我并未千方百计地从羁绊住惟真的石龙之梦里将他唤醒，此举徒劳无功，只是在折磨自己罢了。不过，好些落叶枯枝落在它那覆鳞的额头、筋肉扎实的后背，以及收起的双翼上，所以我脱下衬衫，刷掉那些残屑。我把原先是国王的石龙清干净之后，仿佛见到它在斑驳树影下，露出亮闪闪的公鹿堡蓝光泽。经过最近这一番折腾之后，我看在眼里，觉得这沉睡的石龙颇为平静。我心里只希望惟真是真的找到了平静。

至于弄臣，不用说，自然是去找乘龙之女了。我走近时，发现他默默地站在乘龙之女身前。他一手拿着公鸡冠，有精技印记那一手的手指则轻触着龙的肩膀。弄臣仿佛自己也变成雕像一般，一动也不动地仰望着跨坐在龙背上的少女。那少女蓬松而卷的金发落在肩膀上，比弄臣的金发更加耀眼。她的皮肤是奶油色，穿着猎人绿的绿背心，裸露着腿，脚上也没穿鞋。她的龙比往日更加光采，那一身鳞片是亮闪闪的深绿色，有一股沉睡猎猫的轻松优雅。我上一次见到乘龙之女时，她是趴在龙背上睡觉的姿态，圆圆的臂膀抱住龙柔软的颈子。如今她则是挺直地坐在龙背上，眼睛闭着，脸却扬起来，像是能感觉到偶尔照在她脸颊上的那一方阳光。她嘴边有一抹若有似无的笑容。她的坐骑身下的树丛被压扁了，可见她最近才飞行过。她将弄臣载到艾斯雷弗嘉岛，过后她便回到这里，与同伴们一同沉睡。

我本以为我走路的脚步声很轻，但我凑近时，弄臣转过头来望着我。“那天晚上，我们努力要让她飞上天空，你还记得吗？”

我低下头。当年的我竟那么年轻鲁莽，至今想来仍感到羞愧。

“过后我就一直很自责。”当时的我，以为光用精技就足以让她脱身，所以我试着以精技将她唤醒，结果不但没成功，反倒让她醒来之后备受折磨。

弄臣慢慢地点了个头：“你第二次碰她的事呢？你还记得吗？”

我沉重地叹了一口气。我第二次碰她，是我在精技漫游之中见到莫莉嫁于博瑞屈为妻的那一天。那天晚上，惟真为了让自己有后而与我交换身体，因此当晚我是待在惟真的身体里。惟真之所以借用我的身体，为的是要让晋责开始在珂翠肯王后体内孕育，不过我当时并不知情。我待在处处酸痛的垂老身体之中，在记忆石的露天矿场随便闲逛，最后夜眼与我碰上了弄臣，他正努力把龙脚连地之处凿开，他以为只要做到这一步，龙就可以自由了。当时我只为弄臣感到难过，他对乘龙之女实在是同情至极，而我也已经知道，若要真正地唤醒石龙，那么这几样东西缺一不可：除了雕凿石龙的技巧之外，还必须献出自己的生命，以及对于情谊、痛苦和欢愉的一切记忆。所以我将惟真那因为精技充沛而变成银色的手，贴在乘龙之女的石肤上，然后将我那短暂一生的悲惨遭遇和痛苦记忆统统灌注在她身上，希望她能借此得到生命。我把遭到父母遗弃、由陌生人抚养长大的心情，以及我在盖伦手里和帝尊地牢里遭受的折磨，统统丢给了她。我把这些记忆送给乘龙之女，让她有所依靠、有所留存，也增加塑造她自己的素材。那天晚上，我把幼时的寂寞以及所有煎熬难抑的情绪，都给了她。我心甘情愿地将我的记忆给她，并感觉到我的痛苦稍微减轻，甚至连周遭的世界都变得黯淡了些，我对世界的爱也因此减少。要不是夜眼阻止，我还会给她更多。但是夜眼严厉地斥责我，它说，它可不想跟被冶炼的人牵系在一起。当时，我还不懂它的话是什么意思，但在见过为苍白之女效力的战士们之后，我想我已经比较了解了。

我以为我也了解弄臣心里打的是什么主意，以及他为何来到此地。“千万别做！”我对他恳求道。弄臣非常惊讶地望着我，于是我接口说道：“我知道你打什么主意，你想要把她酷刑折磨你的记忆，灌注到乘龙之女身上。的确，乘龙之女可以把你那些惨痛的回忆榨压出来，并永远锁在她心里，这样你就不会因此而感到刺痛。但是切断痛苦是有其代价的，弄臣。当你抑制了痛苦，并躲着不让痛苦接触到你的时候……”我越讲越小声，不想让他觉得我在自怨自怜。

“你也抑制了欢乐。”弄臣直截了当地接口道。他转开头，噘着嘴望向他处。我想着，他是不是在权衡得失？他是不是在考虑，若能去除每晚缠身的梦魇，就算放弃每天早上醒来后所能享有的欢愉，亦在所不惜？“我看得出你前后的变化。”弄臣说道，“我觉得很愧疚。要不是你看到我在雕凿乘龙之女，你也不会将你的记忆给她，所以我总想找个办法弥补。多年之后，我去你的小屋看你之前，我心里想道：‘他现在一定已经痊愈了，不用说，他一定是会复原的。’”他转过头，与我四目相对，“但是你没有复原。你就……就那样，停下来了。就某些方面而言，的确是如此。噢，你是长了年岁，也长了些智慧，但是你却一直没有主动地拥抱生命。据我看来，要不是有夜眼陪着，你的情况可能会更糟。于是那几年之间，你就像是住在墙壁里的老鼠一般，靠着椋音丢给你的感情残屑过活，就算她如此地厚颜无耻，她也看得出来这点，所以她把幸运丢给你，你就接过去了。然而，若是她没有把幸运带到你家门前，并把他丢在你那里，你会去找个人一起过生活吗？”弄臣倾身向前，“就连你回到公鹿堡、回到自己的世界之后，你照样避得远远的，不管我怎么劝解、不管我送你什么都没用。就说‘黑玛’吧，你连跟一匹马都无法交心。”

我动也不动地站着。他这话字字如刺，但是千真万确。“事情都已成定局，没什么好谈的了。”最后我吐出了这句话，“幸亏我还能以亲身经验告诉你，如果你来到这里，就是为了要把记忆送给乘龙之女，那么你还是打消念头的好。不值得啊。”

他叹了一口气："我承认我的确动过这个念头。我承认自己一直渴望将记忆送给她。我甚至会告诉你，自从上次我们来到此地以来，我曾回来找过她。我想过要把我的记忆送给她。我知道她会接受，正如她也接受了你的记忆。可是……就某个角度而言……虽然我从未预见过这个未来，但是感觉起来，仿佛事情本来就注定要这样发展。蜚滋，你还记得她的故事吗？"

我深吸了一口气："惟真跟我说，乘龙之女是雕凿石龙的精技小组成员之一。我记得她名叫'盐利'，这是我将我的记忆送她的那一天得知的。问题是，盐利无法心甘情愿地投身于石龙之中，她只想当乘龙之女的那个女孩，她既不想与精技小组分开，却又不想与其他成员完全融合在一起。然而，她这个想法拖累了众人。就是因为她吝于付出，所以这个石龙的生命不足，无法升空飞翔。有次它们几乎苏醒了，最后却还是困在石头之中。幸亏后来你解救了它们。"

"幸亏后来我们解救了它们。"良久之后，弄臣接口道，"对我而言，那像是梦境的回音。盐利是精技小组的首领，他们那个精技小组称之为'盐利的精技小组'，但是到了雕龙的时候，真心献身给龙的，却是瑞尔德，因此当众人深信石龙会苏醒过来时，却将石龙称之为'瑞尔德之龙'。"弄臣平静地望着我，"你见过她的，戴着公鸡冠的那个人。能戴公鸡冠是难得的殊荣，一个外国人有幸戴上，更是罕有。但是她长途跋涉，好不容易才找到她的催化剂。而且瑞尔德跟我一样，也以说笑、唱歌与杂耍艺人的身份出现在众人面前。"他说着摇了摇头，"我也只有曾在那一刻变成了她，就只有那么一个短暂的梦，如此而已。梦中的我站在精技石柱顶上，当时的我就像现在一样，是个白色先知。当时这古灵城镇上的人，都聚集在广场上，我站得高高地对众人宣布瑞尔德之龙即将起飞。我虽如此宣布，但心里并非没有遗憾。我知道，这是命中注定、一定会做的事情，我的催化剂将要投身到石龙之中，以便来年能够改变世界。"他停下不语，露出苦涩的笑容。这是我好几天以来，第一次看到他脸上露出笑容。"你想，当她发现瑞尔德之龙就因为盐利犹豫迟疑而无法变身之时，心里有多么难过啊。那时候，她大概以为自己已经失败了吧？可是，要不是因为瑞尔德雕凿了石龙，而石龙又变身不成，我们又碰巧在这露天矿场里，发现它们仍连在地上……那么会怎么样呢，蜚滋骏骑·瞻远？所以，你想想当年戴着公鸡冠的白色先知站在精技石柱顶的那一刻，那意义是很深远的，你懂吗？”

我慢慢地眨眼。那感觉，仿佛从梦中醒来——又像是坠入梦境之中。他这番话勾起了一些我捉摸不住的回忆。

“因此我要把这顶公鸡冠献给瑞尔德之龙。我第一次跟瑞尔德一起飞行的时候，他就给我开了这个条件。他跟我说，当年他投身于石龙之前，他的挚爱之人就是戴着公鸡冠向他道别，所以他希望自己能永远戴着白色先知戴过的那顶王冠。”

“什么条件？”我问道，但是他并未回答，而是将公鸡冠套在手腕上，开始小心翼翼地爬到龙身上。

看到他的动作还这么僵硬且谨慎，我心里很难过，我几乎感觉得到他背后的新皮紧绷地撑在他背上。但是我并未伸手协助他，若是我去帮忙，恐怕只会惹恼他，使我更舍不得他。他爬到石龙背上，不攀不扶地在乘龙之女背后站直起来，双手捧着公鸡冠，套在乘龙之女头上。在那一瞬间，公鸡冠还是灰扑扑的木头模样，但是片刻之后便焕发出各种光彩。那圆冠黄澄澄的，公鸡头是光鲜的艳红，公鸡眼的宝石也一闪一闪，而羽毛则现出自身的光泽，轻盈地随风飘摇。

那少女脸颊的红晕似乎变深了，她好像吸了一口气。我看得人都呆了。接着少女睁开了眼睛，她的眼珠绿得有如坐骑的龙鳞。她看也没看我一眼便转过头，仰头望着依然站在她身后的弄臣，接着伸出一手，托起弄臣的下巴。那少女目不转睛地望着弄臣，而弄臣则在她的目光眩迷之下，朝她凑近过去。接着少女的手伸到弄臣的头后，将他的嘴按在她的唇上。

她深情款款地吻着他。我像是定住了似的，呆呆望着她对弄臣的浓情蜜意。不过看来弄臣并不领情，随着她越吻越久，弄臣似乎越来越想要脱身。他整个人僵硬起来，脖子的肌肉绷紧了。他从头到尾都没有搂住她，他原先双手张开，想要阻挡，此时则紧握拳头，压在自己胸前。那少女仍深深地吻着他，我开始担心弄臣会因此而化入石龙之中，或是因为她的搂抱而化为石头。我很怕弄臣给得太多，而那少女也拿得太多。弄臣是怎么回事？我劝他的话，他都当成耳边风了吗？我这样谆谆告诫，他怎么都没听进去？

然后，那少女突然放开了弄臣，一如她瞬间苏醒那么突然，仿佛弄臣一下子变得无足轻重。那少女放开弄臣，转过身背对着他，接着再度扬起头迎向阳光。我耳边似乎听到她深深地叹了一口气，闭上了眼睛，于是她再度沉寂，连她头上的公鸡冠，都化成乘龙之女的一部分。

弄臣从那少女强迫的亲密接吻中释放出来之后，却四肢无力、摇摇欲坠。他像是昏厥了似的从石龙背上掉落下来，我虽连忙伸手将他接住，但是差点就失手，还扯破了他愈合的新皮肤。弄臣落在我臂弯里时，痛得忍不住大叫出来，我感觉到他像是得了疟疾般地剧烈颤抖。接着他转头面对着我，虽视而不见，却悲惨哀怜地叫道："这太多了。你真是太具人性了，蜚滋。但我可禁受不起这些。你快把它们拿走，快拿去吧，要不然我会因此而死。"

"拿什么？"我质问道。

他几乎喘不过气来地答道："你的痛苦，你的人生啊。"

我呆滞不动，困惑不解，此时弄臣则将他的嘴贴上我的唇。

我想，他已经尽量对我温柔一点了，但是当他的嘴贴上我时，那感觉跟轻柔的一吻天差地别，反而比较像是被毒蛇咬到，毒液立刻迅速蔓延。要不是因为弄臣将他的爱意混在那些苦痛的记忆之中，一起交还给我，那么，无论我是不是具有人性，可能都会当场死去。那是炽热烧灼、皮开肉绽的一吻，那是一股记忆之流，一流进来，我便无法抵挡。任凭谁也不该在盛年时，重新亲身体会年轻时的激烈情绪，毕竟我们的心会随着年纪增长而变得脆弱，因此，我的心在那些记忆的冲击之下，顿时被扯得破破烂烂。

那些记忆仿佛一场情绪风暴。我从未忘记母亲。我从未忘记，只是将她驱逐到内心的角落，将她封锁在那里，但是她一直都在。我仍记得她那一头闻起来有金盏花味的长发。我也记得我外公的模样，他跟母亲一样是群山人身型，不过他其实是个寻常的侍卫，只是因为在月眼城住久了，因而染上了群山人的作风。这一切记忆都在瞬间涌现，我突然想起母亲把我从草原上叫回来的情况。

那时我虽只有五岁，但已经开始帮忙看顾一小群羊了。“凯沛，凯沛！”母亲以清朗的声音叫道，然后我便赤脚跑过草地，朝她奔去。

还有莫莉……她身上与口中带着蜂蜜与药草的甜滋味。我在沙滩上追着她跑的时候，她快乐地发出银铃般的笑声。她奔跑之时，只见红裙翻飞，赤裸的小腿晃动，而她躺在我怀里时，那垂晃着的沉重发辫拂过我手掌的粗皮，让我觉得有点发痒。这些记忆，叫我如何忘得掉？她的眼睛是黑色的，当我在公鹿堡高层中她的仆人房里与她亲热时，她那一对黑色的眼睛映出了烛光。我本以为，烛光映在她眼里的模样，永远只有我一人看得到。

还有博瑞屈。就各方面而言，他都算是我父亲，等我长得高一些，足以与他并肩而站时，我们更生出了朋友之情。在我心里，我一方面能够体谅他在认为我已经丧命之后，便爱上了莫莉；但另一方面，我却又因为他竟然把我女儿的母亲纳为妻子，气愤且伤心得远超过理性或常理。他不了解我的真实情况，又对于莫莉仰慕至极，所以他把她们母女从我身边抢走了。

我一再遭受剧烈冲击。我像是烧红的铁块被人放在记忆的砧台上一再捶打。我仿佛再度躺在帝尊的地牢里啃蚀痛苦，我闻到地上腐臭的干草味，感觉到冰冷的石板地贴在我破裂肿胀的嘴唇与脸颊上，一心只想求死，免得遭受帝尊折腾。多年前，盖伦在我们称之为王后花园的石塔塔顶狠狠揍我的情景，又重新浮现在心头。当时他不但把我打得遍体鳞伤，同时还用精技攻击我。他以精技在我心中牢牢地种下错误印象，使我误以为自己毫无精技能力，不如早些死去，以免歹活着让家族蒙羞。总而言之，他使我留下了走在生死边缘，随时想要了结自己的记忆。

这一切都是新的记忆，我重新亲身体验了这一切，阴风吹拂，我的灵魂备受煎熬。

我回过神来时，阳光已经逐渐转弱，树下的暗影颜色变得更深。我俯卧在森林的腐土上，脸埋在手里，眼泪早已流干。弄臣坐在我身边的落叶上，拍着我的背，好像我是个小婴儿。他以不知名的语言唱着一首温柔单纯的小调。我慢慢地被他的音乐吸引，喘气也渐渐平息。等我终于平静下来之后，他轻轻地对我说道："没事了，蜚滋。你现在再度完整了。这一次我们回去之后，你会全心拥抱你旧日的人生。"

过了一会儿，我发现自己终于能够深深呼吸。我慢慢地站了起来，动作之谨慎，让弄臣担心地上前来搀住我。我的动作之所以这么慢，不是因为虚弱，而是因为讶异。此时的我，像是眼盲之后又重新得见世界之人。放眼望去，每一片叶子都显得特别棱角分明，叶脉上有好些吃得饱饱的虫子停在那里，头上有飞鸟鸣叫，彼此呼应。我的原智知觉变得非常敏锐，敏锐到我几乎无暇聆听身边的弄臣不断地在问我什么事情。阳光穿过高处的浓密枝叶，将一束束的金箭射到森林地上，在这一束束阳光亮处可见到花粉飘舞。我们走到溪边时，我跪下来，想要喝一口冷冽清甜的溪水，但是我一弯身，便被水面涟漪下的清澈世界吸引住了：溪底的淤沙被流水荡漾出层层的花纹，之间或缀着圆滑的鹅卵石，水中的植物轻盈地随水飘摇。一条手指大的小银鱼钻到一片卡在石间的枯叶下，我伸出一指轻轻碰了鱼，把它吓得没命地逃窜，使我忍不住大笑起来。我抬起头，想看看弄臣有没有看见方才那一景，却发现他正慈爱但严肃地俯瞰着我。他像是在鼓励着幼儿的父亲般伸出一手摸我的头。"如果我把这一切想作是将我带到此时此地，让我看到你活生生，一切俱全地跪在水边的连续事件，那么……那么这个代价也不算太高了。光是看到你再度完整，我就不药而愈了。"

他说得没错。我又再度完整了。

我们并未当晚就走，而是又在森林里的广场露宿。我重新生了火，大半夜都怔怔地望着火焰沉思。我像是在帮切德整理药草卷轴那样，将我多年来遭遇的种种一一抽出，重新思索那一件件事情的意义：年少的热情、我无心栽种却开花结果的人际关系、退缩与逃避，还有退隐。弄臣躺在我与火堆之间，假装睡着，但我知道他一直警戒地观察我的动静。快天亮时，他对我问道："我这样是不是害惨了你？"

"不。"我平静地答道，"是我在多年之前害惨了自己。不过，你已经把我拉回正轨了。"我不知道自己接下来该怎么做，但我一定会努力弥补。

到了早上，我将火堆的灰烬撒在广场上。我们任由古灵帐篷随风起伏，并急着避开似乎即将掩至的溽暑暴雨。我们将仅有的冬日衣物分着穿，接着他以手指按在我的手腕上，以精技将彼此连接，然后一同走进精技石柱。

我们一步便踏入了苍白之女冰堡里的精技石柱室。弄臣喘了一口气，踉跄地走了两步便不支地跪在地上。通过精技石柱的旅程对我的冲击倒没那么大，虽说一时间，我也感到晕头转向。我们几乎是一踏出石柱，寒气便立刻袭来。我扶着他站起来。他讶异地四下环顾，抖缩着抱住自己以便御寒。我也不催促，任他渐渐恢复，并慢慢地探索结霜的窗棂、外面的雪景，以及盘踞在房间正中央的石柱之后，才轻轻地说道："走吧。"

我们循着楼梯走下去，一到地图室又停了下来。弄臣对桌上的世界地图看了又看，他那修长的手指拂过海波，滑到了公鹿公国上，最后隔空指着公鹿堡附近的那四颗宝石。"这些宝石……代表的是精技石柱？"

"应该是吧。"我答道，"所以你手边那几颗宝石，应该就是见证石了。"

他的手指爱怜地拂过东南方与公鹿堡遥遥相对之处，那里并无闪亮的宝石。之后他摇了摇头："如今已经没人知道我曾在那里住过了……我怎么会想到这些，真傻啊，是不？"

"想念家乡是绝对不算傻的。"我笃定地答道，"如果我请珂翠肯帮忙，她——"

"不，不，不——"他平静地说道，"不过是突发奇想罢了。"

他看完地图之后，我们又走下楼梯，深入散发着淡蓝色光芒的迷宫之中。我们像是陷入了梦魇里。走着走着，弄臣便怕得打起哆嗦。他脸上没了血色，这不止是因为寒冷，同时也因为恐惧。在苍白脸色的衬托之下，他脸上那些好了一半的瘀青变得更加明显，像是在指出苍白之女仍有力量左右我们的未来。我尽量挑石走廊走，看看能不能找到出路，但就是转不出去。这宫室之美使我赞叹，虽说我同时也担心着弄臣，因为他越来越安静、越来越疲倦。也许我们判断错了，其实他还没好到足以面对这个曾经将他折磨至死的地方。

这冰堡之中有不少处遭到大肆破坏，这我是亲见过的，但这些岩石的宫室，大多都没有被人恶意毁损。厅堂的石门楣上的石雕，或以森林，或以花鸟、游鱼为主题，房内高处与地面平行的石雕饰带上，还会以同样的装饰作为呼应。这种饰带，有着浓浓的异国风情，以我的六大公国品味来看，饰带的色彩不是太粉嫩柔和，就是过于朦胧不明。石雕上的人都是拉长的，他们的眼珠尽是些异想天开的颜色，脸上还有古怪的纹路。这样的人物，使我想起那个叫做瑟丹的缤城商人，他也有身型，脸上也有鳞片。我把我的想法说给弄臣听，他听了点点头。过了一会儿，等我们又转到另外一条石通道之后，他对我问道："你有没有见过那种与红玫瑰比邻多年的白玫瑰？"

"大概有吧。"我说着，回想公鹿堡的花园，"怎么说到这里来了？"

他嘴巴歪到一边："我看，你是视而不见。红白玫瑰比邻多年之后，不免互相交流，这个变化，在白玫瑰身上最明显：或是刷上一层淡淡的粉红，或是在雪白花朵的花心处染上一抹红晕。之所以会有这个变化，是因为红白玫瑰交换了彼此存在的本质。"

我朝他一瞥，心里好奇他的心思到底飘荡到何方，我该不该对他多加注意。但是他对我摇了摇头。"你别急，听我解释。龙与人是可以比邻而居的，但是杂居久了之后，不免彼此相互影响。古灵之所以长相特殊，就是因为世世代代与龙族生活在一起之故。"他有点哀愁地摇了摇头，"但是这样的变化不见得平顺。有时候，由于与龙族接触太密切，幼儿可能出生后就夭折，或是活不了几岁就死了。而有些人虽然寿命加长，却无法生育。古灵是个长寿的种族，但是并不多产，他们的孩童少之又少，所以有了孩子便如获至宝。"

"照你这样说起来，我们既有责任让龙重新复兴，那么往后它们不也会使我们产生这样的变化吗？"我问道。

"没错，事实的确如此。"这问题这么重大，他讲起来倒颇为镇静，"以后人类就会知道与古灵杂居在一起的代价为何了，有些人会心甘情愿地付出这个代价，古灵也将重新复返人间。"

我们默默地走了一段路，此时我脑海里蹦出另外一个问题。"那龙呢？难道它们就不会因为与我们比邻而受到影响？"

他沉默良久，最后才说道："据我猜测，龙族应该也会受到影响，只是它们认为这个变化极为可耻，并且将受到影响的族类逐至他处。你不是曾经去过'异类'的岛吗？"

听他这么一说，把我的思路都堵塞住了。我们再度碰上岔路，一条是冰道，两条是石道，我随便选了其中一条石道走。我一边走着，一边努力把弄臣对于古灵的概念跟我对古灵的亲身体验融合起来。

"我原本认为，古灵无论精神与心灵都比人类高尚许多，所以近乎天神。"我终于说道，"我遇上古灵的时候，他们的确给我这种感觉，弄臣。"

他迷茫地望着我。

"我在精技洪流中见过他们。虽没有具体的身型，却有着无上的心灵力量。"

他突然抬起头，我也跟着止步、倾听。他转过头来望着我，眼睛瞪得很大。我的手已经扶在佩剑上了，一时间，我们两人动也不动地站着，但是我什么声音都没听到。"没事。"我对他说道，"空气在这些古老的通道中流动，多少会有点声响，听来就像是远处有人在讲话的声音。"

他点点头，又过了几分钟，呼吸才平息下来。最后他说道："据我猜测，你所具有的精技天赋乃是远古时代流传至今的残迹，精技原本是龙与人互动而发展出来的沟通方式。你说的精技洪流之事，我不大了解，不过，精技这种天赋也许可以让人超越肉身的需要。我早就怀疑精技魔法的威力非同小可，不是寻常人所想的那么单纯，而你也已经证明事实确是如此了。也许精技魔法是人们长居于龙群身边的结果，说不定这种天赋还残存至今，所以即使龙群早就灭绝，古灵仍有精技天赋，并且流传给子孙。而这种天赋，有些人只遗传到些许，但有人呢……"说到这里，他朝我瞥了一眼，"身上的古灵血统却很强。"

我沉默不语。过了好一会儿，他以近乎开玩笑的口吻说道："你就是无法公然坦承这点，对吧？就连在我面前，你也说不出口。"

"我认为你想错了。事情若真的与你推论的无二，那我总该会有点感觉吧？照你这样说起来，好像我多少算是古灵的后代子孙似的。若果真如此，就某个角度而言，我不就变成半人半龙了吗？”

他轻笑了两声。这是我期盼已久的笑声，听来真是备感珍贵，虽说他是因为我而发笑，那也无妨了。“只有你才会把事情讲成那样子，蜚滋。才不是呢。我并非说你是半人半龙，而是说，在某个节骨眼上，龙的本质融入了你的家系之中。照某些古老故事的说法，就是你的祖先曾经‘吸了龙喷出来的气息’，而这龙性代代流传，最后传到你身上。”

我们继续拖着脚步在石地上前行，通道里传来古怪的回音，使他担心得屡次回头看看背后有没有什么动静。“就像是世代都是短尾的猫，突然生出了一只长尾的猫？”

“要这样说也可以。”

我慢慢地对自己点头：“若是这样，那就难怪精技天赋会在你我意想不到的地方出现了。据我看来，就连外岛人之中，也有不少具有精技天赋。”

“那是什么？”

弄臣的眼力一向都比我敏锐，此时他修长的指头贴在墙壁的凹痕上。我凑上前一看，发现那是我之前留下来的刮痕。

“那是回家的路。”我对他说道。

31. 龙 头

奥美崔，为上尊，男人商议不算数；
自古皆以母传女，怎可将女嫁外地？
艾莉安娜，众宝之宝，
英勇事迹，不足为道。
瞻远王子，莫忘血誓！
愿将冰华之头，置于母屋的炉前石！

——扇贝·长刺，“龙头之歌”

我们循着我之前留下的记号，穿过古灵的迷宫，最后终于钻出冰缝来到明亮的白日之中。寒风冷冽，夹带着无数冰屑，不但刮得皮肤刺痛，也使脚下的陡峭小径变得更加危险难行。清朗光亮的日光让我眼泪直流。弄臣走在我前面，不一会儿便失足滑下。到了寒冷又风大的户外，他的虚弱就藏不住了。我心里暗咒自己大意：这可能已超过他所能负荷的极限。弄臣第二次失足时，我一把抓住他的后领，一路提着他走到黑者的门前。“敲门啊！”我对他说道，但他只是空洞地回头瞪着我，所有的疲倦都写在眼里。我超过他，挤上前，用力挥拳打在木门上。

黑者开门的速度实在太快，我相信他一定在门后等着我们。但门开之后，弄臣却不招呼，呆若木鸡地站在原地，眼睛睁得大大的，望着以笑脸来迎接我们的黑者。“他很冷，而且非常疲倦。”我为弄臣找个借口，同时将他推进门里。我随后进门，并将门牢牢关紧，这才转过身，宽心感激地打量这个温暖舒服的房间。外头阳光刺眼，我眨了眨眼，让眼睛适应阴暗的室内。我第一眼看到的是壁炉里生了小火，然后便看到黑者也跟弄臣一样，难以置信、目不转睛地瞪着对方。

“我之前看到他的时候，他已经死了。”黑者笃定地对我说道，“他已经死了啊。”他的眼睛大睁。

“没错，他是已经死过了。”我应和道，“不过我是改变者，所以我可以改变现实，让他活过来。”

就在这个时候，阿憨从壁炉边跳起来，一把用他的短手臂抱住我，像小熊一样蹦蹦跳跳，大声喊道：“你回来了！你回来了！我还以为你不回来了。切德说：‘我已经派船去接你们了。’我跟他说：‘可是他不在，而且我不上船的。’然后切德就说：‘反正船还是会去接你们。’后来船真的来了，可是那里没人，所以船又回去了，因为我跟他说：‘我才不要孤单单地一路走回去，而且我又不坐船！’”讲到这里，他暂时停下手舞足蹈，露出心满意足的笑容，对我说道，“切德快被你气炸了！你就算没死，也会希望自己不如死了算了。晋责是这么跟我说的。噢，还有龙头的事情，我都忘记跟你说龙头的事已经解决了。荨麻把龙头放在母屋里，结果把所有人都吓了一大跳，但是我一点都不惊讶，因为她事前就跟我说，这点她一定办得到，她可以找婷黛莉雅帮忙，婷黛莉雅若是不帮，荨麻一定会让它后悔莫及。所以婷黛莉雅就乖乖配合啦。现在，一切事情都办好啰。”

阿憨后面这段话讲得信心满满。看到他那开心的脸庞，我实在不想泼他冷水，但最后还是不好意思地说道：“你刚讲的我实在听不大懂。我自己也没想到会过这么久才回来，不过能回到这里，我还是很高兴。”我挣扎着摆脱阿憨的拥抱。房间的另外一头安静得出奇，黑者与弄臣互相对望，倒不是仇视，而是难以置信。看到他们两人在一起的模样，我看得出他们有一点血缘关系，不过与其说那是近亲的相似，不如说那是古老的共同血源所造成的共通性。第一个开口讲话的是黑者。

“欢迎。”他若有似无地说道。

“我从未见过你。”弄臣讶异地说道，“在我所瞥见的所有未来，一切有可能成真的未来之中，我从未见过你。”他突然开始发抖，我看得出他的体力差不多已经用罄了。黑者似乎也察觉到这一点，他立刻便将一个大坐垫推到壁炉边，匆促地比着手势，要弄臣过去坐下。不过弄臣不只是坐下，简直是垮在椅垫上了。他肩上披着我的斗篷，我走过去帮他除下，并说道：“这样你才暖得快。”

“我没那么冷。”他以微弱的声音说道，“我只是……我已经不在自己的时代之中了，蜚滋。如今的我，就像是一条离了水的鱼，或是一只身在水中的鸟。我预想的人生已经过完了，因此我每天都在摸索前进，每天都在思索着我到底该做什么。这很难，对我而言，这真的很困难。”他越说越小声，抬头望着黑者，仿佛在向黑者求援。

我真不知道该怎么说才好。他是不是怨恨我让他有了额外的人生？这个想法很伤人，不过我保持缄默。黑者似乎正在摸索着要如何回答。“这个，我可以教……”他的声音逐渐淡去，接着他脸上升起一抹朝阳般的笑容。他歪着头，以另外一种语言跟弄臣讲了一句什么话。

弄臣有如花朵迎向阳光般地欢迎黑者这句话，他脸上露出灿烂的笑容，犹豫地以同样的语言对黑者回了句什么话。黑者听了之后，兴奋得呼喊了一声，然后指着自己，很快地讲了几个字。此时他突然想起应有的礼节，赶快拿起茶壶，害羞地倒了杯茶，放在弄臣面前，弄臣也周到地道谢。他们讲的这种语言，似乎光是说简单的事情就要说很多字，而那些字音，跟我所听过的任何语言都无相似之处。弄臣的声音越来越弱，他吸了一口气，再继续把话说完。

我突然冒出一股青少年被友伴排斥在外的心痛。弄臣仿佛洞察到我的心思，慢慢地转过头来望着我，并以颤抖的手指将脸上的头发拨到后面。“自从我离开家乡之后，就再也没有听过家乡话了。如今再度听到，真像是久旱逢甘霖。”

切德和晋责一定是从阿憨那里听说了我已经回来的消息，因为接着我便感觉到有人在狠狠地袭击我的精技墙，其力道之强，简直跟围剿无二。我虽想多跟弄臣讲两句话，但是看这情况，差不多也得让他们进来了。我接过黑者帮我倒的茶，在炉火边坐下。既然现在弄臣有黑者招呼，我也就降下了我的精技墙。

切德先以愤怒、恐惧且沮丧的情绪横扫过来，最后才像在教训跑腿挑水的侍僮般，以技传痛责我一番，当他发泄完之后，我却只是哈哈大笑，如此更惹得他火冒三丈，晋责则在一旁看得偷笑。

如果你还能笑成那样，想必事情一定不会太糟吧！我从没见过你这么漫不经心。我注意到那少年感到十分讶异。

过了一会儿，切德也应和着说道：你是哪里不对劲？你喝醉了吗？

不。如今我已经齐全完整，完全康复了，弄臣也已经复原，不过我的故事还可以再等一等。你们那边的事情顺利吗？王子殿下是不是赢得了美娇娘的芳心，即将要把她娶回家了？阿憨已经向我透露了几分，说什么有个龙头放在母屋的炉前石上。是真的吗？是谁杀了冰华？

没人杀它，它只是伸出头，把头搁在炉前石上，如此而已。不过，这事应该这样就搞定了。切德冷酷但心满意足地答道。如今我们晓得你已经安全，那么我们明天就可以返航。当然啦，这还要看晋责能不能鼓足勇气，叫他的新娘子一定要跟他一起回家。

我才不是鼓不起勇气，我只是要给她多一点时间，好让她心甘情愿地跟我们走。晋责顽固地答道。

等等，我听不懂。谁来为我从头说起？

我这才从切德与晋责那里听到了全盘的故事，期间阿憨还不时兴奋地插上一两句话。原来荨麻缠上了婷黛莉雅，让它晚上睡不安稳，白天心神不宁。荨麻以人类千辛万苦、好不容易让冰华脱离坚冰的束缚为由，逼得它非得报答这些微不足道的人类不可。于是婷黛莉雅像是啄赶伴侣回窝的母鸽子，硬要冰华与它一同飞回柴利格镇，在仍在开会商议的首领团面前现身，最后再飞向玛烈岛上的威思林镇。

双龙降落于艾莉安娜家的母屋前。听他们讲起来，它们降落时，大概碰坏了不少房子，但是身形庞大的冰华仍硬是把头伸进艾莉安娜家的母屋里，鲁莽随便地把头往炉前石上靠了一下。这一来，晋责对艾莉安娜的承诺就算是圆满达成了。

可是，晋责协助救回艾莉安娜的母亲和妹妹之后，艾莉安娜不是当着大家的面，说她对晋责的表现至为满意，因为他已经实现承诺，证明他的确配得上自己？我心里很纳闷，既然艾莉安娜都这么说了，为什么还非得弄这一套不可？

噢，这些日子以来，艾莉安娜的确是对晋责赞誉有加。切德辛辣地答道。然而听到他这口气，使我怀疑是不是晋责抵挡不住那少女再三的攻势。难缠的是她母亲哪，就连皮奥崔都很头痛。船都还没开到柴利格镇，奥美崔就大剌剌地告诉我们，婚约云云是男人搞出来的约定，这怎么可能拘束得住她女儿？在奥美崔眼里，艾莉安娜竟然要离开家乡——即使来日她将成为六大公国之后——这根本就是不可能的事情。她在合约中寻出了千百个破绽，并提醒我们，既然她仍然活着，那么她才是真正的贵主。既然如此，之前的协议既没有她点头，就统统不算数。奥美崔断然拒绝让莱丝拉继承贵主的头衔，她认为莱丝拉不够格，而且她一听说艾莉安娜和晋责生下的孩子，竟然从此以后就要留在六大公国，更是惊讶得说不出话来。

但是我们生的儿子不受此限，留在六大公国亦无妨。晋责插嘴道。

的确如此。切德退让了。不过奥美崔倒很愿意让晋责跟艾莉安娜——那个，就是说，他们两个可以。切德一时想不出要以什么隐晦的字眼来表达那个意思。

晋责才不顾这些礼数，他直截了当地指出：艾莉安娜的母亲乐于让我与艾莉安娜同床。若有人敢说，在这方面她女儿必须有所节制，就会被她当作是严重的冒犯。除此之外，奥美崔贵主还慷慨地让了一步。她说这一来，若是生下儿子就送给六大公国——但是要等到这男孩子七岁的时候才能回去。

他们两人故意沉默了一会儿，好让我把这提议的后果想个清楚。这是行不通的。果真如此，六大公国的大公绝对不会接受这个继承人。

那现在呢？既然晋责都已经圆满地通过艾莉安娜的考验了……

奥美崔贵主很感动。你想，那么大的生物把头伸进你家里——你家门楣还挂在它脖子上——将头搁在炉前石上，这你能不感动吗？晋责那种年少轻狂，又因维护了自己的名誉而得意洋洋的态度，溢于言表。依我看来，她的反对已经接近尾声，迟早就会点头了。况且她若是再坚持下去，那么那些亲眼目睹此景的首领团代表必定会站出来。如今首领团都认为，艾莉安娜随我返回六大公国乃是项荣誉。他们的说法是，她可以借此而“创立新的母屋”。

这话讲得仿佛她成为晋责的王后，就等于征服了六大公国似的。切德抱怨道。但我听得出他的口吻已经宽心多了。不过我可以预见，由于外岛民情与我们相去甚远，来日必定还有许多冲突需要化解。假使艾莉安娜先生儿子，再生女儿，那么她娘家的亲戚会不会因为我们竟由哥哥，而非妹妹继任王位，而感到怒不可遏？算了，那种事情还远得很，有的是时间可以烦恼。

那冰华的事情是怎么安排的？

你问阿憨吧，是他跟荨麻想出来的。

我脸上的笑容消失了。这个问题我非问不可：荨麻知道博瑞屈过世了吗？

知道。切德简短且严肃地答道。

换作是我，我可不希望一直被人蒙在鼓里。晋责严厉地指出。我知道他之所以要加以阐释，为的是要对切德与我证明他的行动是经过慎密思量。所以我就对她据实以报了。更何况，我也必须通知母亲，以便她安顿博瑞屈的遗孤。毕竟博瑞屈这一辈子，都在为皇室效力。再说，我可不希望来日见到任女时，内心还藏着一大票见不得人的秘密。

这些话很重，看这情况，晋责跟切德两人随时可能会大吵一架。在这节骨眼上，我最好不要随便提出我自己的意见，况且事实都已造成，来不及改变了。于是我努力转个方向，换了个话题：这么说来，如今已经可以举行婚礼，不会再横生阻碍了。

这倒是真的。之前晋责一直坚持我们要待在这里，直到有你的消息再说——要不然就是等到我们判断你已经死去，再派个搜索队去把阿憨救回来，再出发回去。倒也不是说阿憨就肯乖乖地让我们救他回来、坐船回家，但如今你既然已经出来了，我们马上就派船去接你们。等你们到了这里，我们就立刻返航。

我不坐船！阿憨坚持道。

王子不理会他，而是反驳切德。我们并未因为等待蜚滋而浪费时间。如果我们立刻出发，拆散贵主和她的家人，那就太不合时宜了。艾莉安娜与母亲、妹妹分别那么久，好不容易才重聚在一起，看着她们一家团圆，我心里也为她们高兴。再说，每当艾莉安娜看看她妹妹、再看看我的时候……蜚滋，她把我看作是大英雄耶。外岛的吟游歌者还以此编了许多歌曲。

而且每一首歌都长得要命。切德补充道。我们几乎每天晚上都不得不满脸堆笑地聆听这些赞颂英勇行为的歌。

我们三人在满足之余沉默了片刻。王子殿下已经赢得新娘的芳心，六大公国与外岛之间可望有长久的和平。然后晋责严肃地说道：我也乐于让你多一些时间化解心中的伤痛。蜚滋，我很遗憾，请你节哀。

切德轻轻地问道：你妥当地葬好了弄臣吧？

现在该我胜利欢呼了，我大声说道：我把弄臣救回来了。

可是他不是死了吗！晋责那一本正经的态度，冲淡了我的喜悦。

我原来也认为他已经死了。我答道，接着突然决定此事说到这里为止，不要再多作解释。我不费分毫工夫，就想到一个足以将他们的注意力引开，不会再追问弄臣之事的新话题。我很抱歉错过了你们派来的船，但是你们也不用再费心派船了。阿憨与我若要回到公鹿堡，还有更简单的办法，而若是走这条路，他就不必搭船了。

接着我说起精技石柱的功用，他们两人听了十分讶异，但他们再怎么讶异，也比不上阿憨听说他不用坐船就可以回到家的那股兴奋。他突然一把将我拦腰抱住，狂喜地蹦跳起来。我被他扯得团团转之余，根本无法专心地继续跟切德和晋责对谈下去。我拉住阿憨的肩膀，努力地站稳脚步，想要停下我们疯狂的舞步，接着一抬头，发现黑者正兴味浓厚地望着我们，弄臣则已经累得表现不出惊讶的神情了。

“阿憨刚刚才发现我们可以经由精技石柱回家。”我对他们两人解释道，“他最讨厌坐船了。再说，他听说这一趟路只须片刻就可以回到家，更是高兴。”

黑者望着我，但他脸上是不解的表情，最后弄臣以家乡话跟他讲了几句，于是他豁然开朗地“喔——”了一声，理解地点头。弄臣的解释似乎使黑者想起了其他事情，接着他长篇大论地对弄臣讲了一番话。

阿憨突然停下来，歪着头，仿佛在倾听：“切德说，精技卷轴，把精技卷轴带回去。”他停了一下，因为专心听切德技传的言语而皱起眉头，“但先别回去！等他想出个能跟众人交代过去的讲法，你再回去。但也不能拖。荨麻传话已经传得很厌烦了，还是由你来传话比较方便。”

切德听了我刚才讲的那些消息，想必要慢慢消化，所以他也就放过我，不再技传了。我松了一口气。晋责本想跟我细说荨麻如何逼得冰华将头伸出去，献给独角鲸族的贵主，但是兴奋到了极点的阿憨容不得他讲下去。况且王子说话的态度坐立不安，可见得他还有其他更好的方式排遣时间，用不着跟我混在一起，于是我让他去忙了，不过我特别叮嘱他，举止千万要慎重才好，但我敢说他一定把我的谆谆警告当作耳边风。

我完全回神过来之时，发现黑者在长篇大论地解释什么事情，而弄臣则疲倦地点头。我之前听过的语言多少总有点相似之处，猜得出只字词组，但是他们讲的语言实在太陌生，我一个字都听不懂。阿憨坚持要向我报告他与黑者的生活，在他的描述之中，多半都在谈吃的，又讲到切德气成什么样子，再提到他发现有个离此地不太远的地方滑起雪来棒透了。我望着他那张散发出满足的圆脸。阿憨真是个奇人，他镇定自若地接受了我已经回来，弄臣已经复活，以及他可以不用搭船就回到家的事实。他去山脚下滑雪的喜悦，跟他终于看到我归来的喜悦，几乎是差不多的。看到他能这么想当然耳地接受变化与未来，我多少有些嫉妒。

趁着阿憨在闹着，我心里则开始揣想自己的未来会如何。我们会回到公鹿堡，我必须负起将精技经典运回公鹿堡的任务。这一来，我不知道得进出精技石柱多少趟，我一想起来就发毛。不过，我一想到那之后的事情，相形之下，运送典籍的任务又变得很简单了。我必须向荨麻介绍我真正的身份，还得让莫莉知道我还活着。刹那间，一波渴望的思绪横扫内心，使我几乎无法呼吸。弄臣让我回想起对于莫莉的一切记忆，也将我送入了当我第一次知道自己失去了莫莉的那一刻。那苦痛犹新，而我对莫莉的爱仍不减当年。我一想到接下来要如何跟她见面就感到害怕，再想到我得费多少唇舌跟她解释，心里就怯懦起来。我不敢面对她的丧夫之痛，但我知道自己绝对不能躲避。毕竟我"死掉"之后，我女儿就由博瑞屈一手养大，如今他过世了，难道我对他那几个失怙的儿子的照顾能少吗？不过，这条路绝对不好走，必定是困难重重。但我转念一想，发现自己其实也对这样的远景十分期待，因为我深信，在莫莉与我一起为博瑞屈的死而悲悼之后，我们之间说不定终究还有别的情愫。光是用想的，我都觉得自己肤浅且贪婪，但是这种心情的确是有的。我好像已经多年没有抬起头，看看前面有什么机会和可能性了。我突然领悟到，我想要改变，想要人生，以及再度赢得莫莉的爱所可能遭遇的危险。

阿憨摇着我的肩膀。"怎么样？"他兴高采烈地问道，"你想现在去啰？"

"对。"我听到自己应了一声，然后才领悟到，原来方才阿憨在描述他滑雪的情景时，我一直笑着点头，所以我这么一应声，等于是主动要跟他一起去滑雪了。阿憨非常开心，我实在不忍心扫他的兴，况且我突然发现，其实除了去滑雪之外，我现在也没别的事情好做。弄臣似乎跟黑者很谈得来，就让他继续聊下去吧。于是阿憨与我穿上保暖衣物，走到外面。我本打算跟他滑个一两次，对他有个交代就好，但是他发现的那个滑雪坡很长，滑起来又快，过瘾极了。再说他这几天接连出来玩，已经把滑雪坡压得很平整。我们先用肚腹贴着地滑雪，之后一起坐在我的斗篷上溜下去，像小孩子一样兴奋地大叫大笑，根本不管这一来我们把身上弄得多么湿、多么冷。

这只是纯粹的玩乐。之前我从不抽空玩耍，我认为玩耍纯属多余，规律的人生有许多实际的事情要做，容不得自己为玩耍而分心。我已经多久没有尝过这种纯粹为了好玩而玩乐的滋味了？我尽情玩耍，最后突然听到有人叫我的名字，这才惊讶地回过神来。我听到弄臣的叫声时，刚好滑到坡底，我才要转过身去看看弄臣，阿憨正好也到了，所以他一股劲地从我后面撞上来。我被阿憨撞得飞出去，幸亏身上几乎没受什么伤，阿憨则落在我身上。我们踉跄地站了起来，发现弄臣正看着我们。他似乎兴趣浓厚，脸上满是宠爱的表情，令人不好意思直视，不过他脸上也有一抹遗憾与留恋的神情。“你也应该来试试看。”我对他说道。我这么说有一半是因为有点难为情，我像个少年般，在入冬第一次下雪时嬉闹玩耍得不可开交，却正好被弄臣看到了。我把阿憨从雪地上拉起来，虽然跌倒了，他却仍咧嘴直笑。

“我的背不行。”弄臣轻轻地说道。我点点头，突然一阵压抑。其实我知道原因不止是因为他背上的新皮初愈而已，他之前的经历，不但使他的身体留下疮疤，也损及他的心灵。我心里纳闷道，不知道要多久，他的心灵才能再度像以前那样轻灵？

我朝他走去，笃定地说道：“你会好起来的。”这话不但是说给他听，也是说给我自己听。希望事实果真如此就好了。

“普立卡做了吃的。”弄臣对我说道，“我来叫你们回去用餐。刚才我们站在门口叫你们，你们都没听到。”他顿了一下，才继续说道，“下来这段路看来好走，其实不然。如今我一想到要走回去就怕。”

“坡很陡呢。”我应和道，同时开始迈步行走。阿憨一听到吃的，立刻大步走上前，把我们抛在后面。“普立卡？”我问道。

“黑者的名字。”弄臣肩并肩地与我一起踏上陡峭的悬崖小径，光是走走，他就几乎喘不过气来了。“他花了一点工夫才想起自己叫什么名字，毕竟他已经很久没有跟人讲话，更别说用他的家乡话聊天了。”

“你们两个似乎聊得挺愉快的。”我说道，并希望自己的语气里别流露出嫉妒的意味。

“是啊。”弄臣应和道，他几乎笑了起来，“他离开家乡实在太久，当我将我童时所见的情况告诉他时，他一点也不觉熟悉，反而感叹人事全非。然而，如今家乡变成了什么情况，不只是他，连我都很好奇。”

“这么说来，如果他有意返乡，他是可以回去的了。我的意思是说，他应该没有预见到自己非留在此地不可，对吧？”

“是没有。”我们默默地走了一段路，之后弄臣轻轻地说道，“蜚滋，所谓家乡，是人，而不是地方。如果你在人事全非之后才返乡，那么你想见到的人与事，就一样也看不到了。”他伸手抓住我的手臂，于是我停下脚步。“让我喘口气。”他恳求道，接着也顾不得休息，便恳切地说道，“你才应该返乡呢。现在还不算晚，趁现在家乡还有人认识你、欢迎你的时候，赶快回家吧。不只是公鹿堡，还有莫莉和耐辛。”

“我知道。我是有这个打算。”我不解地望着他。他竟以为我不会回去找莫莉和耐辛，让我有些意外。

他的脸因为惊喜而变得一片空白：“真的？你真的会回去？”

“当然。”

“你不是哄我的吧？”我在他上下打量着我的表情中察觉到一丝失望的神色，不过接着他便将我的双手抓在他手里，“我真为你高兴，蜚滋。我真的好高兴。你是说过你会回去，没错，但是你讲得有点犹豫，所以我怕你会改变心意。”

“我当然是要回去的啦，不然我要做什么？”

他迟疑了一会儿，仿佛想讲什么话，但后来又把话吞下去了，接着他轻轻地嗤了一声：“比方说，找个山洞，再住上个一二十年才出山啊。”

“我何必？要是躲着不去面对人生，怎么可能还有机会让事情变得更好……”

我看到弄臣旧时的笑容在他脸上漾开来，使我备感温馨。“让我搭着你走上去吧。”他说道。我求之不得。他几乎整个人的重量都挂在我的手臂上。一进了普立卡的山洞，我便将他安顿着坐下来。“有烈酒吗？白兰地？”我对普立卡问道。弄臣虚弱地帮我翻译了，普立卡听了摇摇头。他凑上来，瞧瞧弄臣的脸色，接着摸摸他的额头，又摇摇头。

“我来泡茶。他喝了茶会好一点。”

那天晚上，我们一边吃东西，一边讲故事，弄臣与普立卡暂时搁下他们急于用母语交谈的渴望，改而与阿憨和我聊天。我帮弄臣铺了张床，坚持让他在离火近一点的地方躺下来睡觉。我努力跟普立卡讲述我们如何到艾斯雷弗嘉岛的经过。他听得很专心，眉头都皱起来了，讲到他不解之处，弄臣会适时地补上一两句，但是大半时间，弄臣都动也不动地闭着眼睛倾听。弄臣偶尔打断我的故事时，听来颇为怪异，因为他讲述我们人生故事的角度，仿佛我们的人生目的，打从一开始就是为了要救活真龙，让真龙重新在天空飞翔。也许对他而言，事实真的是如此；只是对我而言，用这个角度去看待我自己的人生，颇为古怪。

普立卡跟我们道晚安时已经夜深，阿憨早就睡了。我跟弄臣各拉了条被子来盖，但是我有点不知所措。这里被子多得很，我们用不着盖同一条被子。可是这么多个夜晚以来，他都是与我同寝，因此我不知道他会不会希望靠我近一些，以便多一分安全感，也少一点恶梦，但我实在想不出这件事情该怎么问他才好。既然如此，我也不问了，干脆以手支头，望着他入眠。他的脸颊因为疲倦至极而凹陷，但是他的眉间仍痛苦地皱在一起。他在经过这一番煎熬之后，需要有一点自己的时间重新认识自我，所以我不能多加打扰，这道理我是懂的。但是就一己之私，我并不想让他再度离我远去。毕竟他不止激起了我对莫莉的爱，同时也激起了我年少时对他的喜爱与亲密感。对我而言，弄臣代表的是最要好的朋友，我们一点也不理会对方与自己的差异，享受时光，并以乐观面对困难。我发誓，这次绝不会随便地让他再度从我手中溜走。如果能重新来过，那么我的人生应该是有他和莫莉为伴的啊。还有耐辛，我讶异地提醒自己。我也要重新把耐辛找回来，无论我必须为此付出多大的代价。

也许是因为我跟阿憨睡得近，或是这是自从我踏入苍白之女的领地以来，第一次睡得很深，做了自己的梦。不管原因为何，反正荨麻找上了我，要不然就是我找上了她。当时，我身处夜色之中，那地方我似曾相识，可是又感觉变了好多，我也说不出那是哪里。一片片的花儿在夜色中盛开，某处喷泉发出淙淙的水声，夜风吹送来花香。

四下无人，荨麻单独坐在石制的长椅上，头靠在石墙上仰望着夜空。我看到她的时候瑟缩了一下，她那一头美丽的长发已经剪去，如今的她顶着一个大光头。在六大公国，剃光头是个古老的守丧象征，不过很少有女子如此守丧。我走上前，以狼的身形，在她面前的石板地上坐下来。她动了一下，低头看我。

“你知道我父亲已经过世了？”

“对，我很遗憾。”

她的手指抚弄着黑裙的褶子。“当时你在场吗？”最后她终于问道。

“他过世之际，我不在场。不过我亲眼见到他受了重伤，他最后就是因为那个重伤而死的。”

我们两人沉默不语。“我追问父亲是怎么死的，难道不对吗？可是为什么我却觉得问这些问题都很尴尬？我知道王子认为他不应该多说，所以他老是绕着圈子，避而不谈，只说我父亲是个大英雄，为国尽忠，但那些对我而言是不够的。我要知道父亲是怎么死的……或者他是怎么受伤的。我想要知道……我必须知道当时的每一个细节。他们将他的尸体丢入海里，往后我再也见不到他了，连他的尸身都见不到了。你知道那是什么感觉吗？人家只跟你说，你父亲已经死了，就这样一句话交代过去了？”

“我感同身受。”我说道，“当年我父亲去世时也是这样。”

“但最后他们总把原委告诉你了吧？”

“他们编了一套谎言跟众人做个交代，我听到的也是这一套。不，他们从不曾确实地把他是怎么死的情形告诉我。”

“很遗憾。”她诚心地说道，转过头，好奇地望着我，“你变了耶，影狼。你……会回响了。你现在就像……就像敲钟那样。那个词是怎么说的？”

“共鸣。”我建议道。她点点头。

“现在我能真的感觉到你，仿佛你是真的一样。”

“我是真的啊。”

“我是说‘真’的在这里。”

我真希望此时就在她身边。“你想知道多少？”我对她问道。

她抬起下巴："全部。统统告诉我，他可是我父亲啊。"

"的确如此。"我不得不如此应和道。我鼓起勇气，是该告诉她的时候了。然后，我突然起了另外一个念头，并问道："你现在在哪里？你什么时候醒？"

她叹了一口气："你看了就知道啊，我现在人在公鹿堡的王后花园里。王后只准我回家待三天，她跟我及我母亲道了歉，说她现在少不了我，所以只能让我回家奔丧三天。自从我能使梦成真之后，不止白天，连夜晚都不属于我了。我随时都要待命，等待瞻远皇室召唤，为皇室倾尽全力。"

我小心地措辞："这在方面，你真不愧为令尊之女。"

说到这里，她突然发怒，她的愤慨照亮了整座园子。"他为了他们丢了性命！结果他得到什么回报？什么都没有。是啦，是敕封了什么庄园，我连听都没听说过，叫做细柳林什么的庄园，但如今他都死了，我要那个土地跟头衔有何用？现在他们称我为'荨麻小姐'，仿佛我是哪个贵族人家的女儿，但是他们背对我的时候都叫我'荆棘小姐'，没别的原因，就因为我有话直说。我才不管他们怎么看我呢。我一旦能脱身，就马上离开宫廷，回我家去，回到我真正的家，回去住在我父亲亲手盖的房子里，照料我父亲留下来的马厩和草原。他们就算把细柳林拆散了，我也不在乎。我不要房子，宁可要我父亲回来！"

"我也有同感。不过，你还是比别人都更有权继承细柳林庄园。你父亲曾为骏骑王子效力，而细柳林是骏骑王子最喜欢的庄园。如今你得到细柳林，就像你是骏骑的传人一样。"我敢说，耐辛做此安排，一定就是这个用意。她只要掐着指头算算年份、月份，就知道莫莉的孩子是我的，所以她特别要让荨麻继承她祖父的庄园。我心里觉得温暖。我突然领悟到，耐辛是一直等到博瑞屈过世，才让荨麻过继细柳林。她之所以这样安排，是为了要尊重博瑞屈，因为他乃是荨麻名义上的父亲，耐辛不愿做出任何让别人怀疑他们父女关系之举。如今看起来，细柳林不像是祖父赠给孙女的产业，反而像是因为博瑞屈立下了无上的大功，因此才将其敕封给他的家人。我这位继母，性情古怪，却比别人更细心。

"我还是宁可要我父亲回来。"她吸了鼻子，别过头。她对着黑暗的夜空，以沙哑的声音说道："你到底要不要跟我说父亲的事情？"

"要啊。我只是在想，要从哪里开始讲才好。"我开始掂量到底该谨慎一点，还是该勇敢一点，最后我突然想到，这事不该只考虑我自己的感受。荨麻年纪轻轻，正孤单地为去世的父亲悲悼，此时我若是把这个惊天动地的消息丢给她，她承受得了吗？现在不是改变她的观念，让她对自己的身份感到动摇的时刻，她现在面临的变故已经够多了，就让她为了丧父而悲悼，不要因为我突然透露她的身世，而使她暂停伤悲，质问我一大堆问题。

"你父亲是为了对瞻远皇室效力而受了致命伤，这点是没错的。他之所以光凭意志力，迫使龙跌倒在地，那倒不是为了王子，而是因为那石龙威胁到他心爱的儿子。"

她难以置信："迅风？"

"当然。他就是为了迅风才来到此地，他要把儿子安全地带回家。他可没想到会碰上真龙。"

"你讲的我有好多不懂。为什么你把他们碰上的龙，称之为'石龙'？"

她应该知道这些。所以我跟她讲了个英雄故事，说起苍白之女的魔法有多么邪恶，以及孤独且半盲的博瑞屈如何为了解救叛逆的儿子，而与石龙对决。我还告诉她，迅风如何处变不惊地站在冲刺而来的石龙面前，以及那支飞箭如何让它毙命。然后我告诉她，博瑞屈躺着等死之时，迅风对他的照顾有多么周全，我甚至还向她解释，迅风回家时，将会戴着耳环，而那耳环有什么意义。她一边哭，一边听我说。她的泪水落下之后便消失了，花园逐渐淡去，冰河的寒风呼啸地从我们身边吹过去。我这才了解到，我讲的故事威力十足，她似乎跟我一样看到了当时的场景。直到我说完之后，我们周遭的花园才重新浮现：香气变得更加尖锐，有如被大雨冲刷过，一只蛾扑翅飞过。

"迅风要到什么时候才会回来呢？"她焦躁地问道，"我母亲光是听到我父亲的死讯就够难过了，不应该再让她担心儿子会不会安全返家。任务都已经圆满达成，他们还在拖什么，为什么还不回来？"

"迅风在为王子效力，所以王子回来的时候，他就会跟着回来。"我劝慰道，“他们还在商议婚姻的细节，而这桩婚姻将使两国友谊长存。这种事情需要时间。”

“那个女孩是怎么回事？”荨麻气愤地质问道，“她到底是没心肝，还是没诚意啊？她都说，只要龙头贴在她家的炉前石上，她就要嫁给王子，那她就应该要言出必行嘛，而且我已经盯着龙将头贴在她家的炉前石上了！”

“我听说了。”我狡黠地说道。

“我被他气死了。”她偷偷地跟我透露，“那是我生气之余，唯一想得到的办法。”

“你气冰华？”

“才不是！我气的是晋责王子。他这个人啊，犹豫再犹豫。贵主喜不喜欢我？她爱不爱我？当初她是被人逼迫，才许诺要嫁给我，所以我不能要求她遵守那个承诺，因为我非常非常地有风度……他为什么不干脆跟那个浪荡的外岛女孩说：‘我已经通过考验，所以我要把你娶回家。’换作是我，我就会这样跟那个女孩说！”接着她那义愤填膺的心情突然迟滞了下来，“我这样数落他，你该不会觉得我对王子有二心吧？我没有不敬之意。我跟众人一样，都对我们这位出色的王子忠心耿耿。只是，当你跟一个人心灵交流的时候，常常会忘记对方是个王子，地位远高于自己。有时，他讲话的模样，活脱就是我那几个死脑筋的弟弟的翻版，看得我气得想要冲过去把他摇醒！”虽然她声明了对于君主的忠心，但是她这番话，像极了对于年轻男孩的愚行至为恼火的少女。

“喔。然后呢？”

“嗯，那时候，外岛人把事情讲得很严重，说晋责王子没将龙头放在贵主家的炉前石上。什么嘛！难道说救回了你母亲和妹妹，还抵不上把一颗血淋淋的龙头摆在你家的火炉前来得重要！”我感觉得出她尽全力在抑制自己的怒气，“容我提醒你，我之所以知道这些事情，原因无他，就是因为我必须传达这些话，好让王后知道那边的情形。每天早上站在王后面前，把他们传给我的消息转述给王后听的人，是我，不是他耶。他以为那是什么愉快的好任务吗？不过有天清晨，王后听说他们的婚姻可能压根办不成，心情变得非常沉重，于是我开始想，这里有没有我帮得上忙之处，并且心生一计。虽然婷黛莉雅讲话狂妄、语带威胁，但是我对它知道得可清楚啦。也许正是因为它讲话狂妄、语带威胁，所以我才看得透它的心思。既然以前它动不动就来打扰我的美梦，那现在我就以同样的办法来回敬它。它在我梦中来去了那么多次，也走出了一点行迹，因此我可以循线找上它。这样你听得懂吧？”

“我懂，我懂。不过对方是龙啊，怎么有人敢‘骚扰’龙呢？这我很惊讶。”

“噢，在梦的世界里，大家都是旗鼓相当的，这你应该还记得吧。再说，我看它也不肯为了踩死一个微不足道的人类，而一路飞到这里来。况且婷黛莉雅跟我不同，它在吃饱或交配之后，喜欢好好睡上一觉。既然如此，我就专挑那种时刻找上它。”

“所以你就请婷黛莉雅叫冰华回到玛烈岛，并把头贴在贵主家的炉前石上？”

“‘请’它帮忙？才不呢，我是‘要求’它。婷黛莉雅不肯，于是我说，它之所以不肯，是因为它做不到。虽然人们倾尽全力将冰华救出来，但是冰华就是气量狭小，不肯承认它欠人类一份情。而婷黛莉雅则是根本就不敢逼着冰华去玛烈岛，虽然它号称是龙后，但它却任由冰华控制一切，要求婷黛莉雅做这做那。我跟它说，它一定是因为交配得多了，所以脑子都成浆了。我告诉你吧，婷黛莉雅听了，可激动呢。”

“可是，你怎么知道用这招有效？”

“其实我也没多想，我只是很生气，这话就冲口而出了。”我感觉得出她叹了一口气，“这是我的缺点。有这种缺点啊，就别指望在宫里到处吃得开。我就是嘴快。不过依我看来，跟龙对谈的时候，最好就是直言无隐。所以我明白地跟婷黛莉雅说，这本来就是冰华该做的，你若是连叫它去玛烈岛都叫不动，那你也不用假高尚了。如果你知道，你若是像对待狗儿或马儿那样，好好地帮对方抓痒一番，那么对方就会露出本性，他们其实比你强不到哪里去，可是其他人却把对方尊若上宾，这样你看了气不气？”她顿了一下，接口道，“龙族就是这样。所有的传说故事都说龙英明睿智，或是威力强大，或——”

“它们的确威力强大啊。”我打断荨麻的话，“这点我敢向你保证！”

“也许吧。但是婷黛莉雅嘛，从某些角度来说，它就像……像我一样。只要稍微刺激一下它的荣誉感，它就会跳起来，急着向你证明，你说它什么事办不到，其实它都办得到。当它认定你不管费多少口舌都奈何不了它的时候，它就变得更讨人厌了，甚至像个恶徒似的。而且，它仰仗着自己活得久，又天生就记得长远的历史变迁，它就把你当作是飞蛾或蚂蚁来看待，仿佛你们的生命根本不值一提似的。”

“听起来，你跟婷黛莉雅谈了不止一次。”

荨麻顿了一下：“婷黛莉雅挺有趣的。我大概不会夸称它是我朋友。它认为——不，说得确实一点，它坚信，就因为它是龙，所以我应该要对它崇敬有加，并且忠心服侍它。不过，如果你知道，在对方眼中，若是你死了，也不过像你看到一只蛾飞入火焰里一样地无动于衷，那你实在是很难把对方称之为朋友！什么嘛，把我当作是动物呀！”说到这里，她气得从身旁的花床拔下一枝花，像要把花扯碎一般。

我瑟缩了一下。她察觉到了。

“不，我的意思是说，它把我当作鱼，还是小虫子之类的，不是说它把我当作狼。”然后，她似乎突然想到，便脱口说道，“现在的你跟我心里原来的印象不一样了。这是我现在的感觉。我知道你不是狼。我的意思是说，我并不是只把你看作是个动物而已。我刚刚那样讲，没伤害到你吧？”话毕，她匆忙地将那枝花接回花茎上。

她已经伤到我了，不过这到底是什么情绪，我连对自己都讲不清楚，更别说跟她讲明白了。“没事。我知道你没那个意思。”

“那么，等你跟大家一起回来的时候，我总算能跟你见见面，看看你的真面目了吧？”

“等我回去之后，我们一定会见面的。”

“但是到时候，我怎么认得出哪一个是你？”

“我会去找你呀。”

“那就好。”她迟疑了一下，问道，“前阵子你不见了，我很想念你。我听说我父亲过世的消息之后，很想跟你谈一谈，但就是找不到你。你上哪去啦？”

“我有个要好的朋友碰上麻烦，所以我去帮他。不过现在一切都搞定了，我们不久后就会回去。”

“要好的朋友？那我会跟他碰面吗？”

“当然，而且我看你一定会喜欢他。”

“你到底是谁呀？”

我实在没想到她会在这时问出这个问题。被她这么一问，我突然有点不知所措。我不想跟她说我是蜚滋骏骑，也不想跟她说我是汤姆·獾毛。最后我听到自己想也没想就说道：“我是一个很早就认识你母亲，早在她嫁给博瑞屈之前就认识她的人。”

我没料到荨麻会有这种反应。“你有那么老？”她颇为震惊。

“我不但老，还会越来越老呢。”我大笑道。

她可没有跟着我一起笑，她答话的语气很僵硬：“这么说来，你回来的时候比较有可能会变成我母亲的朋友，而不是我的朋友了。”

我没想到她会有这么复杂的反应。她的思绪中充满了嫉妒之情，我努力阻止她往坏的方面想：“荨麻，我一直都很关心你们母女俩，而且我以后还是会很关心你们。”

她以更冰冷的语气问道：“那你会试图取代我父亲在她心中的地位吗？”

我觉得我真是笨到了极点。我摸索着寻找答案，然后强迫自己面对这个我一直在逃避的事实：“荨麻，你父母亲已经在一起……多久了，十六年了吧？他们生了七个孩子。你看真有人能取代他在她心目中的地位吗？”

“你懂这个道理就好。”她答道，口气稍微缓和一些，接着她便将我斥退，“现在我必须把你请出去，不能留你待在我的梦境里了，因为王子可能会找我。他或是切德大人每晚都会托我传话给王后，如今我根本没时间做自己的梦了。晚安，影狼。”

她那个芬芳的花园和温柔的夜世界逐渐退去，于是我又单独地待在黑暗之中。我花了好一会儿工夫，才领悟到我根本没睡，只是躺在黑者的山洞里，瞪着壁炉里微亮的余烬。我回想刚才告诉荨麻的话，只觉得我真是脑筋烧坏了，才会让她知道我曾经爱上莫莉。不止荨麻，莫莉那几个儿子，难道就不会把我当作是破坏他们家庭的人吗？我突然丧气不已，一时间，只想全面撤退。

但是我由此生出钢铁般的意志。不行，这是我自己弄出来的后果，我不能再逃了。我至今仍爱着莫莉，而说不定她对我也还有几分情感。即使她对我已经毫无感情，毕竟我也曾向博瑞屈保证，会把他那几个年纪小的儿子照顾好。就算他们一开始不欢迎我，但他们总有需要我的地方。我可能会失败，莫莉说不定会把我赶出去。但是既然尚未尝试，就不能轻言投降。

我就要回家了。

32. 精技石柱

见证石矗立在公鹿堡附近的见证丘上，无论风雨、地震，依然如是。见证石到底是谁所立，已经无史可考。有些人说它跟公鹿堡的地基一样古老，但有些人则说，它比公鹿堡的地基更加古老。见证石的传说很多，情侣们喜欢在此地立誓定终身。根据传说，如果有人在见证石前说了假话，就会受到天神的惩罚。除此之外，男性们也往往在见证石前竞赛，以决定谁人所言为真。据说天神会从天上俯瞰人间，并让正直诚实的那一人得胜。

六大公国各地以及六大公国之外的地方，都可见到像见证石这样的石柱。这些石柱都以同样的黑色石头雕成，其石质强劲，不畏各种天气的侵害。有些石柱上刻了符文，有些看似平坦，但是仔细一看，仍可见到符文或者自然磨损，或者之前被人刻意磨平的遗迹。

虽然现存的精技卷轴中都没有提到这类的石柱，但是我们几乎可以确定，古灵曾经以这些石柱作为迅速在两地之间往返的工具，所以我将之称为“精技石柱”。下附之地图，乃是目前已知的精技石柱位置，以及石柱上所刻之符文。即使石柱上的符文已经磨蚀，杰出的精技人依然可以利用该石柱往返各地，但是最好不要允许年轻的精技人独自通过精技石柱旅行。总而言之，在使用石柱时，一定要有经验丰富的高手相伴同行，而且除非必要，否则最好不要由此途远行，因为对于生手而言，使用精技石柱是个莫大的考验：以精技石柱往返，不免使人疲惫，在过度使用的情况下，还可能使人发狂。

——切德·秋星，《论精技石柱》

我原先期望弄臣能慢慢复原，但是这个愿望在半夜时就破灭了。我本在睡梦之中，却因为他辗转梦呓的声音而惊醒。我想叫醒他，他脸色潮红，沉浸在恶梦之中，怎么也叫不醒。于是我在他身边坐下来，握着他的手，轻柔地跟他说话，让他的梦境慢慢平复。我察觉到黑者也醒了，心里觉得有点不自在。他躺在床上，默默地望着弄臣与我。我看不清他的眼神，但是我感觉得出他在看我。他正在打量着我们，但我不知道他为什么要这样。

到了早上的时候，我感觉到切德在迫切地呼叫我，我不情愿地让他进入我心里。你现在可以回去了。你就对众人说，王子与我派阿憨跟你先搭了商船回去，由于阿憨不适应此地，而我们又想先将此地的事情报告给王后知道。我想，你们这样讲应该就够了，别扯太多细节就好。有你待在公鹿堡真好。莘麻这孩子是不错，但因为她对这些事情不熟，所以每件事情都要说上半天，我们又不能说太多，免得她不堪负荷。眼下正需要有你这种熟知内情的人替王后传话啊。

切德，我现在走不开。弄臣病了，他现在没办法旅行。

切德沉默了一会儿，接着说道：不过，照你说的看来，弄臣也用不着走多远。只要走到精技石柱那里，瞬间便可将他送到家，马上就会回到温暖又安全的地方，还可请疗者来照顾。

事情要是有这么简单就好了。问题是，前往精技石柱这趟路很难走，又冷得要命。况且就他目前的状况而言，出入精技石柱可能太吃力了。他之前已经历经苦难，现在我可不敢再让他涉险了。

我懂了。切德衡量着我的话。那么再让他休息一天如何？我可以让你再待一天。

我以坚定的思绪告诉他：我不知道。但是他需要休息几天，我就会让他休息几天，切德，我不会让他涉险。

很好。切德的思绪有些不快，却也不得不接受。如果非得如此的话。

的确非得如此不可。我笃定地答道。我们一定会等到他身体强健一点才会出门，绝不会强拉着他上路。

清晨来临时，我开始担心起来。我很清楚许多人在战场上受伤，却是拖了多日，才因为发烧、腹泻和感染而死。回到黑者这里来的旅程，使得他复原的进展缓和下来，等于之前休息多日的效果又倒扣了回去。弄臣睡得很沉，一路睡到了午后才醒来，面容憔悴，眼睛几乎睁不开地喝了一杯又一杯的水。普立卡坚持要与我一起将弄臣挪到他的床上，我们一人一边地撑着弄臣，一走到床边，弄臣就立刻倒在床上，马上入睡。我摸摸他的皮肤，只觉得他有点发烫。

“也许只是到了他的改变期吧。”我对普立卡说道，“若是感染发炎，那可就麻烦了。他到了改变期时，通常会发烧，身体虚弱个几天，然后像是晒伤那样地脱一层皮，底下的新皮颜色会比较深。如果是改变期到了，那么我们也帮不上什么忙，只能让他舒服一点，接着静待这一切过去。”

普立卡以一种特别的手势摸着弄臣的双颊，笑着对我说道：“我看也是如此。我们有些人会这样。过一阵子就好了。”他低头望着弄臣，补了一句，“希望没别的问题。”他摇了摇头，“他受很多伤。”

我突然想到一个问题，并冲口而出，也没停下来想想这样问会不会失礼：“你们为什么会改变？为什么弄臣会改变？苍白之女就一直都是白的啊。”

他举起双手，表达困惑之意：“这个，我想过很多次。也许，当我们造成改变之时，我们就会改变。别的先知说得多，做得少，所以一生都是白的。他与我在年轻时，都预言世界会有大变，之后便进而促使世界变化。也许，我们改变世界的同时，也改变了我们自己。”

“但苍白之女也为了促成改变而做了许多事情。”

他露出严厉但满足的笑容：“她是想要促成改变，但她失败了。我们才是促成了变化，所以我们成功了。”他歪着头，“我这个老头子是这么想的。”他朝沉睡的弄臣望了一眼，自顾自地点点头，“他需要的就是休息。休息，吃好一点，而且要安静。你跟阿憨，你们去钓鱼。鲜鱼对他有益。”

我摇了摇头：“他这么虚弱，我不想把他丢下来。”

普立卡伸出一手，温柔地搭在我肩上：“你令他不安。他感觉得到你担心。你要让他休息，就得走开。”

待在壁炉边的阿憨开口了：“我们应该要回家了。我想回家。”

“蜚滋。”弄臣沙哑地叫着我的名字，使我吓了一跳。

我立刻倒了水，端到他床边。他不想喝水，但是我押着他喝下去。他喝了水之后，我接过杯子：“你需要其他东西吗？”

因为发烧的关系，他的眼睛格外明亮。“有，我要你回家。”

“他一定是头昏了。”我对普立卡说道，“他这么虚弱，我不能带他上路。”

弄臣深吸了一口气，吃力地说道：“不，我没头昏。我心里清楚得很。你带阿憨回家，我待在这里。”他咳了一阵，并比着手势讨水喝。他一小口一小口地啜饮，然后又深吸了一口气。我扶着他躺下。

“你这个样子，我不会把你丢在这里不管。”我笃定地说道，“你静心修养。我们需要在这里待多久，就待多久。你什么都别担心，我一定待在这里陪你。”

“不。”他似乎很烦躁，生病的人总是如此，“你听着。我必须在这里……跟普立卡……待上一阵子。我必须了解……我是什么人……处在什么地位上……我必须……蜚滋，他能帮我。你知道我这样是不会死的，只是改变期到了而已。但是我必须学习，而且要独自学习。我必须独处一阵子。我需要思考，不受干扰。这你是了解的。我知道你了解。现在的我，就跟当年的你一样。”他扬起细瘦的指头，摩着脸颊和额头。在他的摩擦之下，干燥的皮肤起皱、脱去，露出下面较黑的新皮。他望向普立卡。“他应该要回去。”弄臣说道，仿佛普立卡可以帮忙逼我回去，“家乡的人需要他，他必须返家。”

我在他床边的地上坐下来。其实我不懂。我想起自己从帝尊的地牢出来之后那段漫长的复原期。我记得当时心里觉得忐忑不安。酷刑威逼，真会榨光人的尊严。我曾经一再崩溃、乞求、承诺……除非有这种实际的体验，否则是无法想见这种情绪的。弄臣需要独处，需要重新衡估自己是个什么样的人。当时的我也不希望博瑞屈对我苦苦追问，甚至还希望他别关心我、别对我好吗？当时博瑞屈似乎直觉地察觉到我的心情，因而任我一语不发地呆坐终日，日复一日地眺望着草原与山丘。对于当时的我而言，要我去承认自己是人不是狼，那真是困难；要我去承认我仍然是我自己，更难。

弄臣细瘦的手从被子底下伸出来，他以古怪的姿势拍了拍我的肩头，用手指拂过我长了胡髭的脸颊。“回家去吧，出门前要记得先刮胡子。”他奋力挤出了微弱的笑容，再补了一句，“让我休息下，蜚滋。让我好好休息。”

“好吧。”我努力劝慰自己，弄臣并不是在叫我走开。我转过头望着阿憨：“那我就带你回家了。你穿上暖和的衣服，但是什么东西都不用带。这一夜还没过完，我们就回到公鹿堡了。”

“到时候就能暖和起来？”阿憨逼问道，“而且有好东西可吃？新鲜面包和奶油、牛奶和苹果、甜甜的蛋糕和葡萄干？奶酪和培根？今天晚上就可以吃到？”

“我尽量。你穿好衣服，然后告诉切德我们今晚就回家。我会告诉城堡门口的守卫，我们是提早搭船回来的，因为你觉得冷。”

“我是很冷啊。”阿憨诚恳地应和道，“但是我不坐船。你答应我的。”

我并未答应过他，不过我还是点点头。“好，就不坐船。去准备出门吧，阿憨。”我转过身望着弄臣，他又闭上眼睛了。我轻轻地说道：“好啦，你如愿以偿了。长久以来，每次好像都是顺你的意思。我等一下就带阿憨回去，我去个一天，顶多两天，之后我就带着食物和酒回来。你想吃什么？你能吃什么？”

“有没有杏桃？”弄臣颤声问道。这状况很明显：他根本搞不清楚我刚刚跟他说的那些话是什么意思。

“我尽量。”我说道。我心想杏桃大概是不可能期望的，但却说什么都不愿此时就跟他讲明白。我将他温热脸上的头发拨到头后，他的头发变得干燥且僵硬。我望着普立卡，他知道我在无言地请他照顾弄臣，因此他慢慢地点了头。然后我弯下身。虽然他眼睛闭着，我仍将额头靠在他额头上。“我很快就回来了。”我立誓道。他什么反应也没有，说不定他已经睡着了。

普立卡在他的山洞里跟我们道别。“请好好照顾他。”我对黑者说道，“我明天就回来。务必要让他吃点东西。”

他听了摇摇头。“太快了。”他对我警告道，“那种出入的大门，你已经用太多次，而且时间太接近了。”他做了个像是从胸膛里拿了什么东西出来的动作，接口道，“出入大门会把你的东西抽掉，而如果你自己剩下来的东西不够，出入大门会把你困住。”

他直视着我的眼睛，仿佛要确认我真的听懂他说的话。我其实没懂，不过我还是点点头，并笃定地对他说道：“我会小心。”

“阿憨小子，再见。弄臣的改变者，再见。”他微微将头歪向弄臣的方向，轻轻地补了一句，“我会看着他。其他的就要看他自己了。”接着，他看来有些不好意思地问道：“刚才小人儿说到奶酪？”

“奶酪。对。我会替你带些奶酪回来。还有茶叶、香料和水果。只要能带得来，我就尽量多带。”

“等你能够安全地旅行的时候，再带回来就可以了。”普立卡的脸上散发出光彩。我们向他再三感谢后就离开了。风很强，夜晚又冷。阿憨很顽固，说什么都不肯丢下背包，非要把每样东西背在背上，带着一起走不可。当我们爬上悬崖的陡峭小径时，背负沉重的他远远落在后面。点滴的流水流过岩面上的裂缝，岩缝又变窄了。我再度抽出长剑，摸黑砍冰。阿憨一直喃喃抱怨天太黑、风太大，并坚持说他一定要回家，看来他压根没想到，我就是为了要带他回家，才要砍大冰缝。

最后终于将冰缝砍开到了可以挤过去的程度。我先进去，再把阿憨拉进来，不过他还是在冰缝上卡了好一会儿，才好不容易扭着出来。他跟在我身后，越走近那不自然的光线，他就走得越慢。“我不喜欢那个。”他对我警告道，“我看这条路会通到石头里去，这样是回不了家的。我们应该往回走。”

“不，阿憨。没事的，那只是古老的魔法。我们很安全，你跟紧我就是了。”

“你最好是别搞错！”他发了狠话。他跟在我后头走，时时四下张望，我们走得越远，他就越小心。我们遇上第一个古灵雕像时，他喘了一口气，退了一步。“龙的梦。龙的梦里出现过这些东西！”他叫道。接着觉得我一直在骗他似的，突然说道：“噢，这里呀，我来过嘛。现在我知道了。不过这里为什么这么冷？以前没这么冷啊。”

“因为我们现在在冰层下面，所以特别冷。走吧，阿憨，别走得那么慢。”

“以前没这么冷啊。”他谜一般地答道，跟了上来，但是也没比刚才快上多少。我本以为路线都已经默记在心，但我还是转错了两次弯，每次走错路，都得循着原路回到有记号的地方。就是因为这个缘故，阿憨越来越怀疑我是不是真的知道路。不过，尽管他走得懒懒散散，我的记性又模模糊糊，我们终究还是走到了地图室。

“什么也别碰。”我对他警告道。我研究了公鹿堡附近那四个小小的宝石。我深信这四颗宝石代表的就是见证石。世代以来，众人都认为见证石是通往神境、代表权力与真相之地，不过我大概猜得出这个说法是如何传出。我将那些符文暗记在心里。“走吧，阿憨。”我对他说道，“马上就到家了。”

阿憨没有回答，甚至我摸着他的肩膀时，他也只是慢慢地抬起头来看我。接着他蹲下，坐在地上，伸出一手将积灰的地抹干净，露出一方田园风景。从他的表情看来，似乎已经迷乱晕眩。“他们喜欢这里。”阿憨说道，“以前他们常常在这里弄出很多音乐。”

“把精技墙立起来，阿憨。”我叮咛道。但我感觉到他依然我行我素。我紧紧地拉住他的手。我不知道他有没有把我的话听进去，不过我领着他走上楼梯，前往精技石柱时，还是跟他解释，我们必须紧拉住对方，走进精技石柱，然后就可以回到家。我讲了好几次。他的呼吸变得深而平缓，像是已经睡沉了。我纳闷道，这个古灵城市是不是对他产生不良的影响。我越想越不安。

我不知道那些古老破损的精技石柱现在到底还有没有用，但我也无暇多考虑。弄臣就用过一次，不是吗？况且他的精技力量比我少得多。我深吸了一口气，摇摇阿憨的手，想要叫他注意我，接着便坚决地踏入精技石柱，并把阿憨拉进来。

我再度感觉到自己的存在感静止、暂停——如今这种感觉已近乎熟悉。一时间，我仿佛通过了无边无际、缀着繁星的夜空，接着我踏出一脚，踩在公鹿堡附近山丘的草地上。阿憨仍与我在一起。我觉得头晕目眩，而他则摇摇晃晃地走到我前面，一屁股坐在地上。夏天的暖意抚过我的皮肤，夏夜的气味刺激着我的鼻子。我一动也不动地站着，让眼睛慢慢适应。那四根精技石柱矗立在我身后，直指天空。我深吸了一口暖和的空气，闻到附近有羊群吃草的气味，远处则有大海的味道。我们到家了。

我走到阿憨身旁，一手搭在他肩膀上。“没事了。”我对他说道，“我们到家了。我不是告诉过你吗，我们只要进个门，出来，就到家了。”接着一股晕眩感横扫全身，我倒向前，脸朝下地栽在地上。一时间，我躺着，动都不能动，并尽量忍住恶心想吐的感觉。

“真的没事了吗？”阿憨可怜兮兮地问道。

“再过一会儿就好。”我几乎喘不过气来地对他劝道，“再过一会儿，我们就没事了。”

“这跟坐船一样糟嘛。”阿憨抱怨道。

“但是比较快呀。”我对他说道，“快多了，不是吗？”

到头来，我们还是休息了好一阵子，才有力气站起来。从见证石到公鹿堡的大门还得走上一大段路，没走多少，阿憨就不住地喘气并抱怨起来了。那个冰冻的古灵城及通过精技石柱的旅程，使得他晕头转向、疲惫不堪。我觉得这样催着他快走有点残忍，但我还是努力劝诱他，说等一下就有热食、冰啤酒可吃，温暖柔软的床可睡。由于有初升太阳之助，我们得以避开路上的坑洞与石块。没走多远，他的背包就到了我背上，然后他的斗篷和帽子也由我拿着了。若不是我挡着，他还会继续脱下其他衣服。等我们走到城堡大门前时，两人早已因为这清朗的早晨，以及这一身厚重的冬衣而满身大汗了。

据我看来，门口的守卫是先认出阿憨，才认出我。毕竟我没刮胡子，整个人非常邋遢。我告诉守卫们说，他们派我们提早回来。我们搭了一艘脏污的外岛商船，而这一趟行程糟糕之至，因此能回到家，我们实在很高兴。阿憨则乐得在我描述搭船有多么难过时帮腔几句。门口的守卫有问不完的问题，但我跟他们说，王子早就派我们回来，不过这一趟行程耽搁得实在太久，而我奉令要一回来就向王后报到，所以不能跟他们多聊。他们终于让我们进门。

大清早的，堡里来来往往的大多都是仆人。我带着阿憨走到厨房，就再也走不过去了。守卫室的人早就习于忍受王子的小跟班，他们会跟阿憨开玩笑——有时颇为粗鲁，听听阿憨讲故事，再自己衡量他的故事到底有几分真实。阿憨照实说也罢，夸大地讲述真龙、神奇石柱和黑者的故事也罢，反正他们也只信个几分而已。我知道我必须找个地方安顿他，而守卫室大概是全堡最安全的地方。再说，据我看来，他忙着吃都来不及，可能也没时间多谈了。我为他张罗了热食，并再三训诫他，一吃饱，就得上床睡觉，不然就去找莎姐，请她帮他洗澡，并向莎姐强调，我们这一趟搭船出门，可没有人因为晕船而死。

我拿了个新鲜的面包卷，一边狼吞虎咽，一边走向营房。在冰天雪地里待了这么久之后，只觉得这温暖的夏日空气似乎弥漫着种种气味。守卫营房是低矮且长的建筑物，里面都是灰尘，空无一人。我除下了沉重的冬衣。我很想在这里稍作停留，洗洗脸，刮刮胡子，但最后什么也没做，只是换上干净的侍卫制服。除了洗脸、刮胡子之外，我更想做的事情是躺在床上，好好睡一大觉，但我知道自己必须及早去跟王后见面。不过我也知道，现在时候还早，王后大概还不急着马上召见我。

我走到通往贮肉间和厨房储藏室的走廊，待四下无人，便走入储藏室。储藏室的其中一个柜子其实是个活动门，这柜子里碰巧也摆着火腿和烟熏香肠，我顺便随手拿了条香肠，才关上活动门，开始疲倦地踏上黑暗的楼梯。这一趟路全靠触觉，因为楼梯间漆黑一片。等我走到通往切德塔楼的门时，香肠早已吃完。我开了门，走了进去。

迎面而来的是黑暗与霉味。我的臀部撞上桌角，一定瘀青了，接着我摸索着走到壁炉边。我在壁炉的末端找到一盒火绒，好不容易在这个闲置已久的壁炉里起了个小小的火，并赶快点着壁炉台上那几根烧了一半的蜡烛，将之插在树枝型的烛台上。如此一来，房里才总算有点亮光。接着我添柴，把火生大。

我倒不是冷，只是希望房里亮一点。因为久没烤火，房间不但积了灰，而且有些发霉潮湿。

吉利一进来，我就察觉到了。它习惯从藏身的那个角落窜入房里，而且兴奋得很，因为常常带香肠来给它吃的人终于回来了。当它发现我只是身上有香肠味，以及手指头上尚存一点油腻残渣而已，气得咬了我一小口，并且想要攀着我的裤腿爬上来。

“现在不行呢，朋友。我回来再给你带些好吃的来。现在我得先去面见王后。”我匆匆地把头发梳成战士的马尾，真希望能多用点时间整理仪容。不过珂翠肯这个人我是知道的，她宁可忍受我邋遢的外表，也不愿我因为整理仪容而耽搁了见她的时间。我钻进密道，朝王后的密室而去。这密室与王后的私人接待室相连。我先站在门边，听听看接待室里有没有什么动静，以免撞见她的客人，这才开门进去。但是珂翠肯一下子将门拉开，使我差一点跌倒。

“我听到你的脚步声。我一直在等你，噢，感觉上好像等了一整天。你回来了，我真的好高兴，堡里终于有我可以自由自在地讲讲话的人了。”

珂翠肯一向是个镇静理性的王后，但此时的她只显得枯槁焦急，大不如前。这间原本素雅的房间近乎凌乱：她的矮桌上有些白蜡烛，烛芯燃得太长，却没修剪。此外桌上又闲置着一只早被人遗忘的玻璃杯，杯中还剩下四分之一杯的酒。她摆了一壶茶和两个茶杯来招待我，但是壶杯旁却有一些茶叶茶水的残渍。角落的桌子上，放了两卷讲述外岛风俗的卷轴。

我后来才知道，那天珂翠肯之所以如此焦虑，除了因为切德和晋责透过荨麻传给她的报告听来杂乱无章、含糊难解之外，同时也是因为，我们人在外岛之时，六大公国的原血者与花斑帮之间纷扰不断。过去三周以来，珂翠肯都在应付谋杀、复仇与相继而来的屠杀。虽然这六天以来都没有谋害人命的报告，但是每当有人敲门，信差将装卷轴的长筒递给她时，她便心惊胆跳。说来讽刺，珂翠肯强迫贵族们对于原智者多加容忍，结果却使得原智者互相打杀起来。

但是那天早上，我们谈的不是原智者。珂翠肯请我为她做个完整的报告，以便掌握全局，并衡量晋责与切德请她下的决定的背景。我遵从指示，从头讲起，但是她却一再打断，先问我第一次跟首领团打交道的感受，与目前的进展有何关联之处，又问独角鲸氏族的人会不会因为我们要将艾莉安娜娶回六大公国为后而憎恨我们，再问艾莉安娜自己是不是自愿与晋责结为连理。

珂翠肯第五次插进来问话之后，突然领悟到自己这样颇为失礼。“对不起。”她说道，接着在桌边的矮椅上坐下来。我看得出她有点丧气，因为我既然没有随行，就没有目睹晋责一行人回到柴利格镇和艾莉安娜母屋的情况，也无法告诉她外岛人对于这个龙的事件有何反应。

她又开口，打算另外问个问题。我举起一手阻止她。“让我来联络晋责王子或切德大人如何？我回家的目的就是要让你们方便联络。你要问什么问题，我们就直接问他们两个，然后呢，如果需要的话，我再就我所做的跟我所见到的，向你做个完整的报告。”

她露出笑容：“如今你可把精技魔法视为家常便饭了。这一点，我到现在仍感到颇惊讶呢。荨麻已经尽了力，她确实也是个很好的年轻女孩，但是切德老是神秘兮兮，而晋责托荨麻传回来的消息，听起来又不合情理。如果你能代我联络我的儿子，那就麻烦你了。”

接下来这一个早上，是我有生以来最累人的精技传讯。我已经累积了精技传讯所需的精力，但这是我头一次体会到，以前的精技小组是如何为统治者效力的。我先找晋责，因为我知道她最想跟晋责说上几句。晋责听到我已安全返家，非常高兴，接着便滔滔不绝地对他母亲说起话来，快得我几乎来不及应付。一开始，我觉得有些奇怪，因为晋责是以母子之间家居长谈的方式跟他母亲说话。虽说他们本来就是母子，但是中间传话的我却颇为尴尬。我为晋责传达他对于近况发展的看法时，更得耗费心神地遏止自己去纠正他，因为他的观点，难免有跟我的观点完全相左之处。

晋责表示，他已经公开表明，艾莉安娜不需遵守之前谈定的婚姻承诺。他之所以做了这个决定，是因为他们两人差点就大吵起来，他们之所以会一言不合，是因为艾莉安娜认为，结婚之后，不如让她继续待在此处，担任独角鲸族的贵主。晋责则在家乡与玛烈岛之间来来去去，就像别人的丈夫或情人那样。

晋责通过我跟他母亲说，他告诉艾莉安娜，他不能为了成为她的丈夫而放弃王位之时，她非常心痛。她问我为什么不行？她说，我所求于她的，不正是如此吗？我不但要她放弃家乡、家人与头衔，到遥远的异地嫁于我为妻，还硬要我们的孩子留在六大公国——依照她家乡的规矩，孩子应该是属于独角鲸族的。这真的很难处理，母亲，艾莉安娜让我以全新的角度来看待此事。即使到了现在，我仍不知道该怎么做才对。

“但是她到这里来，就会变成王后了！难道他们不知道‘王后’这个头衔，代表着多么大的荣耀与权力吗？”

我将珂翠肯这几句话转达给她儿子之后，晋责遗憾地说道：问题是，她若到了公鹿堡，就会被逐出独角鲸族了。一开始，她的母亲不肯放她走，这使她非常气愤，所以她威胁，就算她母亲不同意，她也照样要离开。那个场面十分火爆。皮奥崔支持艾莉安娜，但是几乎族里所有的女人都反对。艾莉安娜的母亲说，如果她要离开，自己就跟女儿断绝关系，这一来，艾莉安娜就会变成……怎么说呢，他们有个特别的讲法，那个词等于是在说这个女人可耻至极。一般而言，那个词指的是偷了族里的孩童，拿去送给外族人的女人。他们的规矩总是坚持以家族为尊，以家族为重，就连待客之时，也是先将菜肴送到家族的人面前。所以，如果艾莉安娜被骂成是这种女人，那可是莫大的耻辱。

接着我将珂翠肯的顾虑转达给晋责：现在事情解决了吧？她可以无损尊严地离开族人了吗？

应该是吧。现在她母亲和上母都已经同意了。不过她们嘴上是这样说，心里未必这样想。这就好比某些贵族，他们之所以容忍原血者，是因为一纸律令，不是因为他们真的有心要公正地对待原血者。

我知道你的意思了。你们出门这段期间，这里的情况很混乱。我已经尽力处理了，不过我仍希望罗网早日回来，以便向他求教。近来血腥案件频传，案例多到许多贵族都悄悄地说，原血者果然不是什么好东西：他们既然跟动物配对，不免兽性深重、缺乏人性，而由于公开身份也不至于受到惩罚，原血者竟开始以彼此屠杀为乐。原血者急于肃清花斑帮，但是此举无助于洗刷原智者的名声，反而使得原智者染上污名。

他们两人就这样一个话题接着一个话题地谈下去。过了一阵子，他们聊得起劲，像是忘了我也在场。我一方面要把晋责的话统统转达给珂翠肯，另一方面又要把珂翠肯的话统统转达给晋责，嘴巴越讲越干。我感觉得出晋责因为切德和荨麻都不在场而特别轻松，他坦白了许多烦恼的事情，也不忘提起他追求新娘的那些甜蜜胜利的小场面。艾莉安娜特别喜欢某一种绿色，所以晋责花了许多工夫形容那是怎么样的绿。他希望，为艾莉安娜准备的房间就以这种色调去布置，好让她一到公鹿堡，就有个意外的惊喜。晋责对于切德处理最近这几回合的协商颇有微词，并且希望王后将她的首席顾问管紧一点。在这方面，王后与王子的看法并不完全一致，而我在传话时，也要特别克制，以免加入了自己的意见。

然而，就在珂翠肯与晋责运用我的精技天赋，以此来追求皇室的最大利益之时，我却慢慢地开始体会到精技洪流袭来。这次精技洪流的拉扯与以往不同。以前那种熟悉的吸引力，会使我冲动地想要一头栽入，永远也不回来。但这次的精技洪流像是隔壁房间传来的音乐，甜美到使我丢下了手边的事情，只顾着融入音乐之中。一开始，那音乐很遥远，仿佛是你在平静的河水中听到远处急流的冲刷声。那声音虽吸引着我，力道却不强，所以我想，我只要对那声响听而不闻就好了。王子通过我对王后说话，而王后也通过我对王子说话，所以我几乎不需要注意自己说了什么，也不用注意我送了什么思绪给晋责。

情况开始改变。一时间，精技洪流仿佛从我身上流过，接着我与它合为一体，而王后凑上前来用力摇晃我时，我只是稍微晃动一下而已。

“蜚滋！”珂翠肯叫道，同时我也尽责地将之技传给晋责：*蜚滋！*

接着：*“不论用什么办法，一定要把他叫醒。不管是泼水、捏他，什么都好。恐怕我若现在退下，他就会一路沉下去了。”*

我还没将晋责的话讲完，珂翠肯便已经拿起她那杯已经放凉的茶水，泼在我脸上了。我又喷又咳，一下子回过神。“对不起。”我一边说道，一边用袖子擦脸，“我从未发生过这种状况。至少没碰过这样的状况。”

王后将她的手帕递给我。“我们请荨麻传话的时候，也会碰上这种问题，只是没这么严重而已。切德之所以希望你尽早回来，这就是原因之一。”

“他是催过我，要我早点回来，可是当时他说得不清不楚。早知道是这个缘故，我就想办法早点回来了。”

“荨麻需要受点精技训练，蜚滋。你应该尽早开始教她才好。说句老实话，她老早就该上精技课了。”

“现在我已经明白这个道理了。”我谦虚地坦承道，“老早就该做的事情很多。如今我回到家了，所以这些事情我会尽快去做。”

“现在就做如何？”珂翠肯丝毫不放过我地问道，“我可以派我的侍女找她过来，你可以现在就跟她见面。”

突然一阵恐惧感袭来。“现在还不行！”我赶快补充道，“像我现在这样怎么成，夫人？我求求你，让我洗个澡，刮个胡子，休息一下。”我吸了一口气，“顺便也吃点东西之后再说。”我最后添上这一句，并且尽量客气，以免显得我在责备她招待不周。

“噢，蜚滋，真对不起！我只顾着自己的想法，却没有考虑到你的需要，真是自私啊。真对不起。”

“不是自私，是事有先后。”我笃定地对她说道，“要不要我再跟晋责联络？还是要找切德？我知道你还有很多想问。”

“现在先别管这个。据我看来，你应该先休息一阵子，目前不要施展精技才好。”

我点点头。如今我的心灵中只剩下自己一人，我只觉得空洞，连串起一个思绪都不能了。我的情况一定很明显，珂翠肯靠过来，伸出一手盖在我的手上。“喝点白兰地如何？蜚滋骏骑大人？”

“有劳了。”我答道。王后陛下起身为我倒酒。

也不知过了多久之后，我用力睁开眼睛。我肩上披着披巾，下巴垂在胸前。我的白兰地酒杯搁在我面前的桌上等着我喝。珂翠肯静静地坐在桌边，低头望着交握的双手。我知道她在静坐，因此不想打扰到她，不过我一睁开眼睛，她好像就察觉到我已经醒了。她疲倦地对我笑笑。

“王后陛下，请多见谅。”

“你太久没休息了。”她伸手遮口，掩住哈欠，“我已派人准备早点，并特别吩咐侍女说我非常饿。不过她在将食物摆设好之前，会先进来把房间整理一下，到时候你躲起来，等听到我敲门之后再进来。”

因此我在暗门外的黑暗阶梯上坐了一会儿。我闭上眼睛，但是没有睡着，我心里之所以如此沉重，并不是因为六大公国的王后母子所记挂的那些国家大事。就那些国家大事而言，我只不过是个解决问题的工具罢了。我希望自己能在跟王后一起用餐之后，便去蒸汽浴室洗澡，刮胡子，睡一觉，然后找个空溜出公鹿堡，回到见证石那里。当然，出堡之前，我会先到厨房的储藏室搜刮一番，替弄臣和黑者带些奶酪、水果和葡萄酒回去，说不定他们也会乐得有新鲜面包可吃。光想到食物的变化会带给他们什么样的惊喜，我便不禁笑了起来。也许到那时弄臣已经好些，可以动身了。果真如此，我就带他回公鹿堡，他在这里会是最安全。最后我终会自由自在地去找莫莉，并弥补多年来的裂痕。就在此时，我听到王后“叩叩”的敲墙声。

珂翠肯已经在这空档将头发梳整平顺，并换了一袭新衣。矮桌上摆出来的食物很丰盛，足够好几个人吃。一个鲜花彩饰的瓷壶中飘出茶香，此外我还闻到牛油融化在新鲜面包上的香味，另有一壶热腾腾的粥，旁边摆着一碟浓香的奶油。

“一起来吃吧。”王后招呼道，“如果你还有心要讲的话，就谈谈你的遭遇，以及你跟阿憨是碰上了什么机缘，竟能这么快就回到家来。”

我这才领悟到王后对我有多么信任。由于切德坚持要保密，他们并未对荨麻说出实情，只是巧妙地以言语暗示王后她应该不久就会见到我。虽只是寥寥数语，珂翠肯便笃定地深信我们旋即到家。所以，我一边吃，一边再度开始向她报告。珂翠肯有种令人想对她倾诉的特质，多年以来，我也常常将心事托付于她。也许就是这个缘故，我才将我不轻易跟别人提起的事情告诉她吧。我说起我如何为了寻找弄臣而搜查整个地下大城，她泪流满面地听着我诉说我是在什么地方找到他，以及当时他是什么情况。当我说到我带着他回到那个荒废的广场时，她惊讶得眼睛大睁。我从不跟别人提起我到了鬼门关走一遭的事情，却独独说给珂翠肯听。我也只跟她一人仔细说起我们是如何走访石头花园，并以公鸡冠为乘龙之女加冕。

珂翠肯只打岔了一次。我一说起自己扫落化龙的惟真上的灰尘和树叶时，她立刻从桌子对面伸手过来，紧紧地抓住我的手。

“那么，如果你紧抓住我的手，是不是可以带我去那里找他？只要能见他一次也好！我知道那石龙里已经不剩什么了，但是，就算只是触摸到承载着他的石头吧……噢，蜚滋，你不知道这对我而言有多么大的意义！”

“你没有精技天赋，我若是带你走进精技石柱……不知道会对你的心灵造成多么大的创伤。那种旅程既艰辛又危险，王后陛下。”我很不愿带她做精技旅行，但是我更不愿让她失望。

“还有晋责。”珂翠肯说道，仿佛她根本没听到我刚才那番谆谆劝告，“晋责应该要去拜访他父亲的石龙，至少应该去一次。他去见过父亲之后，就会亲身体会到他父亲为他所做的牺牲，这一来，他也会比较坦然地看待自己为国家所做的牺牲。”

“晋责为国家所做的牺牲？”

“他是说不出口，但难道你听不出来吗？就身为男人而言，晋责是可以跟艾莉安娜一起待在玛烈岛，成为她的丈夫，受到她家族的款待与礼遇。但是就身为王子的身份而言，他不能这样做。这个牺牲可不小啊，蜚滋骏骑。艾莉安娜终究会跟着晋责回来，这点毋庸置疑，不过，他们两人之间可能就不免生出障碍了。一个人若是因为自己必须对子民尽责，而使自己所爱的女人大失所望，那么他心里会煎熬得多么厉害啊——这种心情，想必你自己体会得最为深刻。”

我无暇多想，冲口说道：“但是我会回到她身边。如今那一切牺牲都到了终点。博瑞屈已经走了，我们之间再也没有别人作梗。以后我会与莫莉长相厮守。”

我说完后，珂翠肯沉默了一阵子，我这才知道自己吓了她一跳。最后她温和地开口道："你终于找到这个解决办法，我很为你高兴。不过我要以女人的角度好好劝劝你这个朋友。你别马上就去找莫莉，至少等她那个出门在外的儿子回到家再说。博瑞屈的死，对她家中之人而言，是个很大的打击。你要给他们一点时间，让他们慢慢疗伤，之后你再去找莫莉。不过，到那时候，你单纯地造访她就好，别摆出一副你就是要去取代博瑞屈地位的模样。"

我一听这话，就知道珂翠肯考虑得很周全，只是我心里恨不得能马上动身去找莫莉，越快越好，以便早点开始弥补我们失去的岁月。我恨不得能将她拥在怀中，安慰她的哀悼伤痛。想到这里，我不禁低下头，现在我明了了这种冲动有多么自私了。我应该站在一旁袖手旁观才对，我知道我必须努力克制自己才做得到这一点，但是为了顾全博瑞屈那几个儿子的心情，我应该多等一等。

"至于荨麻那边，也是一样的道理。"珂翠肯毫不宽容地继续说道，"我若不召她来帮我和晋责传话，她一定马上就会察觉到事情起了变化。不过，如果你肯听我劝，那么，你最好也别急着去找她，最重要的，就是别想去取代她父亲在她心目中的地位。因为在荨麻看来，博瑞屈就是她的父亲。

"蜚滋，这不是你的错，在荨麻心目中，她父亲永远都是博瑞屈，你不能试图以父亲之姿去认识她，而应该在她的人生中，扮演另外的角色，并且以那个角色为满足。"

她这一帖良药实在是苦得难以入口，但我还是勉强自己答应道："我知道了。"我叹了一口气。"我会教她精技，上课的时候，我总可以与她相聚了吧。"

我继续把故事讲下去，故事讲完之时，那壶茶也喝光了。我发现那一桌食物几乎都是被我扫入自己的肚子里，觉得有点不好意思，我看珂翠肯好像没吃多少。我眨眨酸涩的眼睛，把想要打一个大哈欠的感觉压抑下来。珂翠肯疲惫地对我笑笑。

"去睡吧，蜚滋。"

"谢谢你。那么我就去睡了。"我知道自己不该知道切德学徒的身份，但接着我仍不禁请求王后道："如果能烦你跟切德的新学徒说一声的话，那就算是帮了我一个大忙了。以前切德总是把各种补给摆在东厅的第三间储藏室，再请阿憨把这些用品搬到他的塔楼去。我的盘算是，等弄臣的精神稍微好一点，可以出门的时候，我就将他带回公鹿堡来。到时候，为免别人认出他就是黄金大人，最好的办法就是把他安顿在切德的塔楼里，让他慢慢恢复，日后再以其他身份面对众人。若要弄臣待得安稳，就得让塔楼的用品样样齐全，所以如果切德的女徒能……”讲到这里，我不禁咬住自己的舌头，因为我知道自己在疲惫之余，已经把不该拆穿的事情给讲出来了。

王后给了我一个容忍的笑容：“我会请迷迭香小姐安排。那么如果我要找你呢？”

我想了一下，想到一个再简单不过的办法：“那就请荨麻联络阿憨。”

她摇了摇头：“我打算让她回去陪家人一阵子，她家里的人需要她。在这节骨眼上，把她跟家里人拆散开来，太说不过去了。”

我点点头：“不过阿憨在啊。你不妨把他带在身边，这一来也让他有点事情可做，免得他四处散布他旋即返乡的神奇旅程。”

珂翠肯严肃地点点头。我鞠了个躬，突然觉得自己很疲倦。

“去吧，蜚滋，我很感谢你。噢！”她猛然倒抽一口气，使我警觉起来。

“怎么了？”

“耐辛夫人在等我呢。她先派信差来通知我说，她希望将细柳林庄园过继给荨麻小姐，而且她即将动身前来公鹿堡。她信上还预先声明‘目前有一桩家族传承的重大事务，必须即刻进行’，而她想‘听取王后对该事务的意见’。”

其实珂翠肯用不着讲得这么委婉，耐辛的心情，我一想就知道了。“我敢说，她早就知道荨麻是我女儿了。要是耐辛打算接管荨麻的教育，亲自替她上课，那么我们就只能暗暗祷告，希望艾达神保佑这个可怜的孩子了。”一想起耐辛替我上课的情况，我就不禁苦笑。

珂翠肯点了点头，之后她严肃地问道：“那句话是怎么说的？‘倦鸟知返’？”

“应该就是这句话。我也游荡累了，开始想回家安顿下来。”

“听到你这么说，我真为你高兴。”她点点头，示意我可以退下了。

我离开了王后的接待室。爬上切德塔楼的这一段路似乎长得永无止境，到达之后，我往床上一躺，闭上眼睛，想要睡个觉，但是突然觉得精技洪流似乎靠了上来。也许是因为我早上耗费了太多心神做技传吧。我睁开眼睛，闻到自己身上的臭味。我沉重地叹了口气，决定先去洗个澡，再回来睡觉。

我再度沿着密道穿过这个庞大的老旧城堡，以便避开守卫室，因为我若是碰上了人，不免要回答一箩筐的问题。我发现，在这个不早不晚的时刻，蒸汽浴室里倒没有什么人，里面只有两个侍卫，而他们虽客气地跟我打招呼，但因为不认识我，所以什么问题也没问。我轻松地刮掉脸上的胡髭，又把全身上下刷了个干净，然后在浴室里待到我觉得自己快要被蒸熟了，才走出来，准备回去睡觉。

但是荨麻就在蒸汽浴室外面等我。

33. 家 人

因此，即使盛夏溽暑，我仍必须亲自前往公鹿堡，我不能将我的殷切心意以及必须移转的重要文件，托付给信差转达。老蕾细已经表示，她要陪同我出门，然而近来她身体不好，呼吸不顺。所以，为了让她方便，我恳求您拨一处不用爬太多楼梯的居所，让我们安顿下来。

此外，我也希望与您私下会面，因为我要说出一件在我心里藏了许多年的秘密。您也不傻，我猜您大概已经猜到我要说的是什么了，不过我还是希望能跟您坐下来谈谈要如何安排，才会对那名相关的年轻女子最为有利。

——耐辛夫人致珂翠肯王后之信函

她头发剪短，我一眼就认出了她，不过此时她的打扮就与梦里的形象相去甚远了。她穿着剪裁适合骑马的绿色旅行用连衣裙，手上搅着家常染的棕色斗篷。她想必是要打扮得与她母亲无二，在我梦中所见，莫莉就是这个模样。不过亲眼看来，我倒觉得荨麻更像是莫莉的父亲，再添上一点瞻远家族的特色。当我从蒸汽浴室走出来时，她就是以瞻远人那种锐利的目光看我，并且一下子便浇熄了我想要假装不认识地走过去的念头。我停下脚步。

我一动也不动地站着，呆呆地等着看接下来会发生什么事情，荨麻则继续针锋相对地凝视着我。过了一会儿，她平静地说道："影狼啊，你是不是以为，只要你一动也不动地站着，我就看不见你了？"

我开始傻笑。她的声音很低，比一般女孩的声音还低，当年莫莉像她这个年纪时也是这样。"我……不，当然不是。我知道你看得见我。但是……你怎么认得出我？"

她往我这里走上两步。我四下张望，接着走开了。我不能留在蒸汽浴室附近，因为人家若是看到宫廷里的贵族小姐跟中年的侍卫轻松自若地聊天，恐怕会传出不少闲话。

她也不多问，就跟在我身边一起走向女人花园，找个僻静的长椅坐下来聊天。"噢，这再容易也不过了。你不是向我保证会来找我吗？你这么一说，我就知道你要回来了。再说，从晋责昨晚讲的话里，也听得出蛛丝马迹。他跟我说，再过不久，就会让我卸下传话的职责，休息一阵子。所以啦，当王后召见，并跟我说我可以回家去劝慰母亲一阵子之时，我就知道这是什么意思了：这意味着你人就在这里。就是这样。"她露出打从心里觉得高兴的笑容，"我从王后那里出来时，正好碰见要去找王后的阿憨。我一听到音乐就认出他来了，况且人家又叫他阿憨。阿憨也一眼就认出我来，他立刻冲上来紧紧地抱住我，他好激动哟！可把惜黛儿小姐吓坏了，不过呢，她应该一会就会恢复过来。接着我问他，他的旅伴在哪里？他闭上眼睛，之后告诉我：'他在蒸汽浴室里。'所以我就到蒸汽浴室外面等你了。"

要是阿憨事先提醒我就好了。"可是你怎么知道那人就是我？"

她应了一声："你一发现我找上了你，脸上就露出'糟糕了'的表情，所以我就知道我没认错人啦。再说，这里就你一个人目瞪口呆地望着我，别人可都没这样。"她斜睨了我一眼，一副颇为自得的模样，不过眼里却没什么光彩。我不禁怀疑自己脸上是不是看起来有点生气。她讲话的口气既平静且自信，以前，莫莉若没有当场发火，慢慢累积能量，再一次爆发出来之时，神态便是如此。过了一会儿，我终于领悟到她的确有权生我的气。我原本答应回来之后要找她，可是我刚才却打算将这个承诺蒙混过去。

“唔，好嘛，你找到我了。”我拙劣地说道。话一说出口，我便知道千万不该强调这点。

“难道我还要感谢你配合不成！”她稳坐在长椅上。我赶快站了起来，表面上看来，她与我的地位一高一低，难以相提并论，这点我心里有数。她抬起头来对我讲话，不过态度倒是颇为尊重地对我问道：“敢问大名，大人？”

我身上蓝色的公鹿堡侍卫制服，一望即知，所以我势必得说我在担任侍卫之职时所用的名字。“我名叫汤姆·獾毛，荨麻小姐，我是王子卫队的人。”

她的表情像是逮住了老鼠的猫。“你这样说，倒让我方便不少。王后刚才说，她要安排个侍卫护送我回家，那我就挑你好了。”她这话明明白白地就是在向我挑衅。

“我有要务在身，荨麻小姐。”我顿时发现这句话听起来像是在闪避，赶快补了一句，“您大概也猜到了，我必须承接您的职责，我必须为切德大人、晋责王子和王后陛下传话。”

“叫阿憨传话不就得了。”

“阿憨的魔法是很强没错，不过他有他的极限，荨麻小姐。”

“荨麻小姐！”她不屑地说道，“那我该怎么称呼您呢？狼大人吗？”她气愤地摇起头来，“不过我也知道你所言属实。我真是诸事不顺呢。”她的肩膀突然垮了下来，悲悼之情则变得更加明显。“我回去之后，必须跟家人禀报父亲受伤过世的情形，真是情何以堪。不过这些事情，的确是应该要让母亲和弟弟们知道，同时也要让他们知道，迅风并未抛弃他们。”她心不在焉地举起双手，拂着头上短短的头发，“这个精技天赋真不是普通的负担。如今母亲是最需要人陪的，要不是因为精技，我早就回家去了。”她转过头，以指责的口吻问道：“世上的人那么多，当年为什么你独独选我一人，将精技传给我？”

我吓了一大跳：“我既未将精技传给你，也没选中你。精技天赋是你与生俱来的。当年你我好像不知怎地，就心灵互通了，我甚至连你长久以来一直在观察我的生活都不知道。”

“那个时候，精技是很单纯的。”荨麻有感而发地说道。我还来不及纳闷，当年她是不是看到了什么我不想让她看到的情况，她便接口道："如今我只觉得精技天赋像是疫病一样地难以甩脱。而且既有精技，我就必须一辈子为王后陛下效力——此外如果晋责国王需要我，也必须为他效力。这个担子有多沉重，你一定无法想象。"

"这我倒多少有点体会。"我轻声答道。接着，由于荨麻一动也不动，所以我问道："你是不是该上路了？可别耽搁到晚上赶路，那就不好了。"

"我们才初见面，你就急着要把我遣开。"她望着双脚之间的土地。突然之间，她又变成梦中的荨麻模样。她摇摇头："这跟我想象中的差太远了。我一直想象着，我们初见面时，你看到我一定很高兴，然后我们就一起谈天说地，变成好朋友。"她轻咳一声，害羞地坦承道："很久以前，我第一次梦见你跟狼的时候，我常常想象我们有朝一日真正相聚的情况。我总以为你跟我一般年纪，又很英俊，我是说，有种狼一般的潇洒，你也会认为我很漂亮。你看我多傻气啊！"

"抱歉让你失望了。"我谨慎地说道，"不过我真的觉得你很美。"她斜睨了我一眼，那眼神似乎在说，这么一个衰老的侍卫如此称赞她，反而让她不大自在。

她对我的幻想使她与我之间生出一道横阻的高墙，这是我前所未料的。我走上前蹲在她身前，抬头望着她的眼睛。"那你看，我们能不能重来一次？"我伸出一手，"我叫做'影狼'。荨麻啊，你绝对想象不出，这么多年来，我多想见到你。"我的喉咙毫无前兆地突然一紧，希望我可别掉下眼泪来。我女儿迟疑了一会儿，但还是伸出手与我交握。她的手指修长，就像个淑女，不过却晒成棕色，手掌粗硬结茧。这一触，使得我俩之间的精技牵系更为巩固，仿佛她不是紧握住我的手，而是紧握住我的心。这一来，即使我想要遮掩着不让她知道我对她有何感受，也是不可能的了。这一点，大概使她的心防开始崩裂。

此时她的脸差不多与我同高。她抬起头，我们四目相交，然后她的下唇突然像幼儿那样地颤抖起来。"我爸爸死了！"她结结巴巴地说道，"我爸爸死了，我真不知道该怎么办才好！往后我们家要怎么撑下去？骏骑还不懂事，妈妈对马又一窍不通。妈妈已经谈到，家虽然还是家，但是爸爸永远回不来了，她实在受不了，所以考虑要把马统统卖掉，搬到城镇去住！”她突然呛到，大口吸气，“家里要散了，我的人也快散了！大家都期望我要坚强，但是我却坚强不起来。不过我非得坚强不可。”她挺起腰杆，正视着我。“我非得坚强不可。”她又说了一遍，好像再说一遍，就可以将她的骨头化成钢铁。但说也奇怪，这一招似乎有效。她不哭了，那是人走到穷极不通之处而生出来的勇气。

我伸出双臂，紧紧搂住她。这是我这辈子第一次抱住女儿，也是我女儿这辈子第一次被我抱住。她的短发刺着我的下巴，一时间，我心里只想着我有多么疼爱她。我敞开心胸，让我的爱意涌向她。我感觉得出她非常惊讶，因为我竟对她用心如此之深，而且我与她素昧平生，却让她如此感动。我试着对她解释。

“我会照顾你们。”我对她说道，“我会照顾你们全家。我保证……我答应你爸爸，我会照顾你和你那几个弟弟，我一定要做到。”

“你不可能做到。”她说道，“你跟他怎能相比？”她为了软化话里的尖刺，又补了一句，“我相信你一定会尽力，可是世界上没人能取代我爸爸。”

她让我继续再抱住她一会儿，接着轻柔地挣脱。她强忍着激动的心情说道：“他们帮我备马，现在大概已经准备好了。王后派的那个侍卫大概也在等了。”她深吸一口气，屏住，再慢慢吐出来，“我得走了。家里有好多事情要做。爸爸走了之后，妈妈连那几个小的都管不住了。家里很需要我。”她掏出手帕，擦去盈眶的眼泪。

“是啊，我敢说你家里一定很需要你。”我迟疑了一下，“你父亲交代了一句话。你也许觉得这话古怪或轻浮，但是你父亲把这件事看得很重要。”

她困惑地望着我。

“麦尔姐发情之后，就让红儿跟它配种。”

她举起一手遮口，窒息般地笑了一声，略微平息之后，才说道：“那母马来了之后，爸爸就为了这件事跟骏骑吵了好几次。我回去就交代骏骑。”她走开两步，又回头说道，“我回去就交代骏骑。”之后她便转身离去。

我站了一阵子，感觉人变得空虚，脸上浮起忧郁的笑容。我在长椅上坐下来，眺望着女人花园。在这盛夏之中，花园里飘着浓浓的花香味和药草味，但是我鼻子里闻到的，却还是我女儿的头发香味，久久不散。我望着紫丁香树的顶端，心里则转个不停。看来要认识这个女儿可得花上不少功夫，没有我先前想的那么简单。也许我一辈子都找不到个适合的时机，告诉她我是她父亲了。不过，以往对于不能以父亲身份与她相认之事耿耿于怀，现在却觉得有没有相认，其实无足轻重，最重要的，其实在于我如何融入他们的生活之中，同时不能让他们因为多了我这个人而失和或痛苦。这可不容易呀，但我一定要做到。总有办法的。

我一定是躺在长椅上睡着了。我醒来时已近傍晚。一时间，我记不得自己身在何处，只知道我心里十分温暖。我难得有这么美好的心情，所以我继续躺着，仰望绿叶间的蓝天。然后我开始感觉到背脊因为在石椅上久躺而变得僵硬，下一刻，我便开始打算如何筹措今天就要带回去给弄臣的食物和酒。这个嘛，现在回去还不迟。我站起来，伸了个懒腰，动一动脖子和肩膀。

回厨房的小路蜿蜒地穿过药草区。每年到了这个时候，薰衣草、莳萝和茴香就长得很高了，而今年好像又长得比往年更高。我听到一个女人满腹牢骚地对身边的人说道：“你瞧瞧，这园子竟被他们管成这样！真是无耻！你手伸长一点，看看能不能拔掉那株杂草。”

接着我走近了些，看到她们的身影，并听到蕾细的声音，她答道：“小心，我看那不是杂草，那是万寿——算了，来不及了，管它是杂草还是万寿菊，反正都被你连根拔掉了。你递过来，我把它丢到那边的树丛里，就没人会发现了。”

她们可不就是那两位可爱的老妇人吗？耐辛穿的那件夏日礼服的式样，大概在我父亲不做王储之后，就没人见过了，而蕾细则一如以往地穿着简单的仆人衣装。耐辛一手拿着拖鞋，另一手抓着从地里拔出来的那个——原来那真是万寿菊。由于近视，所以她眯着眼望着我，也许她只看到一身蓝色的侍卫制服吧，因为她以严厉的口气，一边摇着那棵让她看不过去的植物，一边对我宣布道：“这个嘛，这东西不该出现在这里嘛！既然长错地方，那就是杂草呀！你的眼睛何必瞪得那么大？你母亲没教你规矩吗？”

“噢，亲爱的田园艾达神啊！”蕾细叫道。我本以为我仍逃得开，但就在此时，从不动情、矮胖结实的蕾细慢慢地失神，然后晕倒在薰衣草丛中。

“亲爱的，你在干什么呀？你掉了什么东西是不是？”耐辛叫道，瞥了蕾细一眼，但接着她发现蕾细倒卧在药草丛中一动也不动时，她便气愤地凶着我：“瞧你干出了什么好事！竟然把可怜的老女人吓倒了！哎呀，你这笨瓜，还呆呆站在那里做什么？快把她拉起来，免得她把这丛薰衣草压断了啊！”

“是，夫人。”我应着，弯下身。我将蕾细抬高起来。她的体格一直都颇为健壮，衰老之后也不曾消瘦，不过我仍是把她抱了起来，将她抱到有树荫遮蔽的草坪上，才将她放下来。耐辛跟在我后面走，摇着头，喃喃地数落我有多么笨拙。

“如今她可是说晕倒就晕倒了！可怜呢，亲爱的，你现在好点了没有？”耐辛在蕾细身边坐下来，并拍拍她的手。蕾细的眼皮掀动。

“我是不是去倒点水来比较好？”

“没错，越快越好。还有，年轻人，你别想半路脱逃，这可是你弄出来的。”

我跑到厨房拿了个杯子，回程时在水泉那里装了水，等我回来时，蕾细已经坐起来，而耐辛夫人则不时帮她的老侍女扇风，并且又是责备又是怜悯地劝她：“……我们年纪大了，眼睛会玩什么把戏，你我还不清楚吗？怎么，我上个星期才嘘着桌上的猫，要它下地去，谁知猫动都不动，我凑近一看才知道那其实只是小毯子。哎，那毯子卷着的样子像猫嘛。”

“才不是呢，夫人。您看个仔细。这若不是他，就是他的鬼魂了。他跟他父亲年轻时，活脱是一个模子做出来的。您仔细看看，看个清楚啊。”

我头低低地在蕾细身边跪下来，将杯子递给她。“夫人，您喝点水就会好一点了。八成是天气太热的关系。”

蕾细接过杯子，耐辛则同时伸手过来，抬起我的下巴。“你眼睛看着我呀，年轻人！我说，你眼睛看着我！”她凑近过来看我，叫道，“骏骑的鼻子根本不是长这个模样。不过他的眼睛的确……的确很像。噢。噢，我的儿子，我的儿子。这是不可能的。这是不可能的。”

她放开我，坐了回去。蕾细将水递给她，她恍惚地接过来喝了一口，转过头望着蕾细，镇定地说道：“他怎么敢瞒骗我们？谅他没那个天大的胆子。”

蕾细仍直视着我，但是她口里对耐辛说道：“夫人，您不是跟我一起听到传言吗？况且那个有原智的吟游歌者还在我们面前献唱，而他的歌，讲的不就是龙群，以及‘原智小杂种’为了替国王效力死而复生的故事吗？”

“谅他没那个天大的胆子。”耐辛又说了一次。她凝视着我，我则吓得嘴巴冻结，想不出要应什么才好。接着她说道：“年轻人，把我扶起来，把蕾细也扶起来，如今她动不动就要晕倒啊。我看她是因为吃了太多鱼，而且是因为吃了太多河鱼才会这样。瞧她走起路来摇摇晃晃，所以你会护送我们回房间去，对不对？”

“对，夫人，我乐意之至。”

“你当然乐意之至。等我们到了僻静处，再好好谈一谈。你扶着她走啊。”要扶着蕾细走路并不容易，因为耐辛紧紧地攀住我另外一臂，仿佛她若是放开我，就会随时被洪水冲走似的。

蕾细走路时真的东摇西晃，我竟把她吓成这样，心里也很愧疚。这一路上，她们两人都没有再跟我多讲一句话，不过耐辛两次看到玫瑰丛里有毛毛虫时，不禁数落着，倘若是以前，绝对不允许园子里长虫。

进了建筑物之后，我们还要走一大段路，过了大厅，之后爬上宽广的楼梯。我心里庆幸道，还好只要爬一层楼就到了，因为耐辛每踏上一阶，就喃喃地发出许多牢骚，而蕾细的膝盖也无法支撑。上楼之后，我们沿着走廊走下去，耐辛指着其中一扇门要我进去。这个房间专为招待上宾之用，我一想到珂翠肯王后仍对耐辛处处尊重，就觉得很温馨。耐辛夫人的旅行箱放在房间中央，已经打开，壁炉台上已经搁了一顶帽子。房里洒满阳光的那一角设了一张小桌、两张椅子，可见得珂翠肯连耐辛夫人偏好在自己房里用餐的习惯都记得清清楚楚。

我安顿她们二人在桌旁的那两张椅子坐下，并问要不要帮她们拿什么喝的来。

“喝的不用。”耐辛突然厉声说道，“你倒是把那十六年的时光拿来还我就是了！去把门关上。这事若弄得流言四起，那倒不妙了。十六年，连探也不来探一下，连捎个信、暗示一下都没有。汤姆啊，汤姆，你这脑袋瓜子在想什么啊？”

“想什么？我看他的脑袋大概空空一片，什么都没想。”蕾细应道，以锐利的眼神盯着我。她的眼神很可怕，从小，每次我在耐辛那里闯了祸，蕾细就是用眼神来戳刺我。她好像已经慢慢地回过神来了，脸颊上开始有一点血色，她迟缓地起身，走到隔壁房间，过了一会儿，她用一个小托盘端着三个茶杯和一瓶白兰地回来。她将托盘放在小桌上，我看到她那肿胀的关节与弯曲的手指，心里觉得很难过。蕾细就是因为她的巧手善于编织蕾丝而得名，如今她却已经衰老了。“我看我们都需要喝一点酒定神，倒不是说你够资格接受我们的招待。”她冷冷地对我撂下这一句，“瞧你在花园里把我们吓得魂飞魄散，更别提这些年来你害得我们难过成什么样子。”

“十六年啊。”耐辛特别澄清道，像是要特别提醒，以免我故意把前一刻听到的话忘光光。然后她转过头对蕾细说道：“我以前不就跟你说他没死吗？即使在我们清洗他的身体，以便安葬之时，我还一边洗他那两条冷冰冰的腿，一边跟你说，他是不会死的。我真不知道我当时怎么有此先见之明，但反正我早就知道了。你瞧，被我说中了吧！”

“可是那时他是死了呀。”蕾细坚持道，“夫人，那时他连一丝气息也没有，心脏也不跳了，那就是死了呀。”她伸出一指指着我，那手指还微微颤动，“如今你倒不死了，还活得好好的。你倒是给我们好好解释清楚呀，年轻人。”

“那是博瑞屈的主意。”我才起了个头，耐辛便高举双手阻止我说下去，并叫道，“噢，我早该猜到这一切都是他搞出来的。你女儿就是他养大的不是？我们葬了你三年之后，就听到风声了。那个卖锅铲工具什么的，叫做科德比的人，他卖的针真正是好货色。他跟我们说，他在什么地方见过莫莉，她身边还带着个小女孩。我一听，心里就想，那女孩多大？当年莫莉还在我这里担任侍女时，我就跟蕾细说，莫莉呕吐得厉害，又睡得多，活像是怀孕了似的，但我还来不及叫她放心待下，我自会顾全她和腹中的孩子，她就突然辞了工作，匆匆离开了。你女儿，就是我孙女儿啊！后来我听说博瑞屈跟莫莉一起走，但是我问起时，博瑞屈一口咬定所有的孩子都是他的骨肉。我早该想到的。我早该想到的。”

我十分意外，我压根没想到耐辛如此消息灵通，不过我早该料到这点，毕竟我死之后，公鹿堡就是交由她掌管，自然总是会有一群人向她通报大小事故。“我得喝点白兰地。”我轻轻地说道。我朝那玻璃瓶伸手过去，但是耐辛一下子打在我手上，把我的手扫开了。

“我来！”她气愤地叫道，“你以为你可以装作死了，然后不见人影，把我们瞒上十六年，再大摇大摆地走进来，又把我的上好白兰地倒来喝？你太放肆了！”

她拔开塞子，但是她要倒酒时，手抖得很厉害，几乎把酒洒了出来。我接过酒，替我们三人倒了酒，耐辛则开始喘气。等我将酒瓶放回去时，她已经抽抽噎噎地哭起来了。她的头发总是绑不久就散开，此时更是散了一半下来。

她什么时候长了这么多白头发？我在她面前跪下，强迫自己直视着她那变得比较衰老散漫的眼睛。她以手掩面，啜泣得更加难过。“请相信我，母亲，我不是故意要隐瞒。如果我能回来探望我所爱之人，却又不至于因此而使大家蒙受危险，那我一定早就回来看你了。况且到头来，可能就是因为你清理了我身上的伤口，再将我下葬，这才让我有了复活的机会。谢谢你。”

“你倒很会挑时机叫我‘母亲’呀，这么多年了。”她吸吸鼻子，接口道，“那个博瑞屈呢，除非他长出四腿四蹄，否则我敢说，他也是从头到尾都被蒙在鼓里。”她虽这么说，却仍伸出浸湿泪水的双手，包住我的双颊，在我额头上一吻。接着她坐回椅子里，严肃地俯瞰着我。她的鼻头变得红彤彤的。“现在我得原谅你了。我说不定明天就死了，这只有艾达神才知道，尽管我十分气你，我仍不愿让你余生都因为我至死都没原谅你而抱憾不已。不过，这并不表示我往后就不气你了，也不表示往后蕾细不能继续气你。因为那是你活该。”

她大声地吸了吸鼻子。蕾细将手帕递给她，那老侍女一边就座，一边以训斥的脸色瞪我。如今的我比昔日更清楚地看出，长年的相处，已经泯灭了夫人与侍女之间的那条界线。

“是，这个我懂。”

“嗯，起来吧。我可不要因为低头瞪你而脖子酸痛。你是怎么回事，穿着侍卫的制服做什么？还有你为什么笨笨地回到公鹿堡来？难道你不知道如今外头还有人恨不得置你于死地吗？你在这里不安全呢，汤姆。我回商业滩去的时候，你就跟我一起走，也许我可以说你是园丁，或是流浪在外的远亲之类的蒙混过去。倒不是说我真的会让你碰我种的花草树木，你对那些一窍不通。”

我慢慢地站起来，但仍忍不住说道：“但是我可以帮忙除草呀。就算万寿菊还没开花，我也认得出来的。”

“好啊！蕾细，你听听这算是什么话！我才刚说要原谅他，结果他一开口就是拿我来开玩笑！”她突然伸手掩口，仿佛要强按捺住情绪，免得哭出来似的。她手背的青筋浮起，掩着口，深吸了一口气。“现在我得喝点白兰地了。”她拿起杯子，慢慢饮啜，边喝边瞥了我一眼，眼泪又泉涌而出。她赶快放下杯子，并摇了摇头。“你都活生生地站在我面前了，我真不知道我还哭个什么劲。只是，十六年的时光，和一个小孙女，就这么空虚地溜走了，这种狠心的事情你怎么干得出来？你这个混帐东西！这些都要算在你头上。这十六年来，无论你做了什么重要事，以至于无法回来跟我们团聚的事情，统统要算在你头上。”

我以前曾经设想过，要以种种好理由向耐辛交代，为何我十六年都没回来看她，但是她这么一说，我以前想的那些理由都变得无足轻重了。重要的是，我的确可以找个办法弥补！我听到自己朗声说道：“要是我之前未将我的痛苦捐给石龙，我一定会找个办法回来看你，不管多么危险都一样。也许，人就是要存着苦楚与伤痛，才能渡过人生的种种难关吧。也许，人若是没有好好地在人生之中寻个位子，将痛苦安置好，那么人就会变成懦夫了。”

她突然猛一拍桌子，随即因为拍得手痛而叫了出来。“我用不着人给我道德训话，我要的是把账算清楚，你别搬弄借口！”

“我从未忘记，你和蕾细到地牢来看我的时候，还从铁栅外把苹果丢进来给我吃。你们光是敢到地牢来看我，就已经勇气十足，更何况当时没人想跟我扯上关系，而你们还认领了我的尸体。”

“别说了！”她愤慨且沙哑地叫道，再度潸然泪下，“怎么，这年头你就靠着把老妇人惹哭为乐呀！”

“我不是故意要惹你哭。”

“那你把你的事情原原本本地讲给我听。从我最后一次看到你开始讲。”

“夫人，我乐意之至，我保证一定会找个时间仔细地讲给你听，但是刚才我碰见你们的时候，正要去办一件急迫的要务，我应该要赶着在日落之前办好才是。容我暂别，不过我保证明天就回来，到时候我一定事无巨细地交代个清楚。”

“不行。你想都别想。是什么要务？”

“你记得我的好朋友弄臣？他生病了，我必须带些药草，还有酒和食物去给他。”

“你是说那个白面糊一般的年轻人？他打从小时候就不太健康嘛。而且，如果你问我的话，我就告诉你吧，一定是鱼吃得太多了。鱼吃得太多就是会变成这样。”

“好，我会跟他说。但是我得去看看他啊。”

“你上次看到他是什么时候？”

“昨天。”

“嗯，你上次看到我，可是十六年前了。所以他当然应该要排在我后面。”

“可是他人不舒服。”

她“哐啷”一声，将茶杯摔在置放茶杯的浅碟上。“我人也不舒服呀！”她叫道，眼泪再度狂涌而出。

蕾细走过去拍拍她的肩膀，她站在耐辛身后，对我说道：“她这个人啊，你跟她讲道理，不是每一次都讲得通，尤其是她累了的时候，特别讲不通。

我们今早才到。我本跟她说，她应该休息一下才是，但是她想到花园去走动走动。”

“哎哟哟，什么叫做‘你跟她讲道理，不是每一次都讲得通’啊？”耐辛质问道。

“没事。”我赶紧说道，“没事没事。来，我有个主意了。你到床上，舒舒服服地躺下来，而我呢，就坐在床边，把我的事情讲给你听。如果你睡着了，我就悄悄离开，明天再回来，继续接下去讲。毕竟十六年的时光，也不是一个小时，或是一天讲得完的。”

“要是我，就会用十六年，去讲十六年的故事。”耐辛毫不客气地对我说道，“那你就扶我站起来吧。一路骑马来，骨头都硬了。”

我伸出一臂，让她整个人倚着我的手臂，走到床边。她呻吟着坐了下来，于是塞满鹅绒的床垫立刻凹陷。她不满地嘟囔道：“太软了。这种床怎么睡啊？难道他们以为我是坐窝孵蛋的母鸡？”她往后一躺，我则将她的腿抬上床，“你呀，你把我要给孙女儿的惊喜都破坏光了，你知不知道？我来这里时，原本打算是要把她叫来，告诉她，她就是正宗皇室血统，然后将她父亲的遗物传承给她。噢，帮我把鞋子脱了。我的脚怎么离我这么远，害我都够不着。”

“你没穿鞋子，我看你的拖鞋大概是在花园的时候就掉了。”

“鞋子掉了是谁的错啊？你把我们吓成那样。我没把我的头掉在花园里，真是个奇迹。”

我点点头，注意到她脚上穿的袜子不成对，但我什么也没说。这些小细节，耐辛是从不放在心上的。“什么遗物？”我问道。

“是什么，现在已经不重要了。既然你活生生的，那么，那些东西我要继续保管下去。”

“到底是什么东西？”我越来越好奇了。

“噢。你送过我一幅画，记不记得？还有，你死的时候，我从你头上剪了一绺头发，放在项链坠子里，佩挂至今。”我听了默默无语，她则一手支着床，对蕾细叫道：“蕾细，你也来躺一下嘛。我不喜欢你离我太远，免得我一下子找不到你。如今你的听力没有以前好啰。”接着耐辛坦白地对我说道：“他们替她准备的床。只有窄窄的一条，塞在壁柜门后。如果你的侍女年纪轻，身上没多少肉，那是可以啦，但若要拿那种床给成熟的女人家睡，那就不合适了。蕾细！”

“我就在这里，亲爱的，你用不着吼呀。”那老侍女绕到大床的另外一边，她有点不好意思，仿佛我看到她躺上了女主人的床，就会觉得她太没规矩似的。其实，我倒觉得她跟耐辛一起睡，是再合理也不过的了。“我好累。”她一边说着，一边在床上坐下来，她带了条披肩过来，并将披肩铺在耐辛的腿上。

我搬了把椅子到床边，椅背朝前地跨坐着。“从哪里开始讲呢？”我对耐辛问道。

“椅子坐正，再开始讲！”等我把椅子转过来之后，她说道：“别提那个可恶的窃国者如何把你折磨到死的事情，我光是看到他在你尸体上留下的痕迹，就已经受不了了。你不如把你怎么复活的讲给我们听吧。”

我考虑了一下，谨慎地说道：“你知道我有原智吧。”

“我是想过你可能有那种天赋。”她也不多争执了，接着她打了个哈欠，“所以呢？”

所以我就开始讲故事了。我把如何栖于狼的身体之中、博瑞屈和切德如何呼唤我回到自己的身体里、我如何缓慢地复原为人，以及切德来访的事情讲给她听。我本以为她已经睡着了，但是我才刚要起身，她的眼睛便立刻睁开。“坐下！”我坐下之后，她便拉住我的手，像是怕我偷偷溜掉似的，“我在听啊。你继续讲。”

然后我谈起博瑞屈出门，以及那些被冶炼的人来袭之事。我把博瑞屈之所以会误认为死的人是我，于是回去找莫莉，以保护莫莉和她怀中胎儿的原因，一一解释给她听。我告诉她，我一路从公鹿公国到了商业滩，并看到帝尊设在商业滩的“吾王广场”。耐辛听到这里，睁开了眼睛：“如今我把那个地方改成花园了。我在那个花园里，遍地种植了来自六大公国各地与异国的花草树木，像是遮玛里亚来的猴尾藤、香料群岛来的蓝针草。原来的广场正中心，现在变成精致的结纹式药草园[①]了。你若是看了，一定会喜欢的，汤姆。等你到商业滩跟我一起住之后，你一定会喜欢到那里去逛逛。”

“我想也是。”我小心翼翼地避开以后会住在哪里的话题，“要不要我继续讲下去，还是你要睡一下？”蕾细那边的床上传来轻微的鼾声。

“你继续讲嘛。我一点也不困。你讲嘛。”

但是我才讲到如何设计谋害帝尊的时候，她就开始打盹儿了。我又多坐了一会儿，等到她握住我的手松开，我才起身溜走。

我轻手轻脚地走到门边。我拉起门闩，蕾细便支着床，半坐起来打量我。她的听觉好得很，而据我猜测，尽管她手指的关节弯曲，但说不定她的袖子里仍藏了把匕首。因此我对她点点头，然后趁着耐辛安眠之时，悄悄地溜了出去。

我走到守卫室好好地大吃一顿。世间上最开胃的事情，莫过于天天吃、餐餐吃咸鱼粥，照这样吃上一阵子，保证你在看到面包、奶油和烤鸡的时候胃口大开。这顿食物十分美味，只是一想到天快黑了，心情不免有些焦急。担任侍卫之人不论何时总是肚子饿，所以我带了半条面包、好大一块奶酪走，却也没人多说什么。离开守卫室之后，我直接走到储藏室，拿了个提篮，装了两条长香肠，并把面包和奶酪放在提篮里。

我将战利品一路提到切德的塔楼。阿憨已经来过，他草率地掸了桌子与壁炉台上的灰尘，留下一盘水果，壁炉里燃着小火，旁边已有一小堆火柴，水桶里也存了水。我不禁摇头赞叹，阿憨这个人真是不可思议啊，在经历过这么多事情之后，他竟然才回家一天，便惦记着要把旧日的例行工作做好。我将六七个黄紫皆有的梅子放到提篮里，又在面包和奶酪之间夹了一瓶切德的藏酒。我正在把白菊和干柳皮包在纸包里时，感觉到切德轻叩着我的心灵。

什么事？

我需要跟王后一谈，蜚滋。

---

① 所谓的“结纹式（knot）”药草园，指的是从空中俯瞰下来时，花丛或树丛有如绳子般地延长、扭曲并串结成的美丽纹饰。

你不能找阿憨吗？我马上就要回精技石柱去了。

一下子就好。

我还得想个办法联络珂翠肯王后，才能安排时间私下一谈。

我已经请阿憨联络过她了。她传回来的消息是，马上开会。你现在就去王后的私人接待室，她随后就到。

很好。

你好像不大高兴。

我担心弄臣啊。我要带些新鲜水果和解热的药草之类的东西回去给他。

你的心情我可以了解，不过这要不了多久。再说，等会儿你可以在堡里睡一夜，早上再走就行了。

很好。我切断切德与我的连系。很好。不然要我说什么？他也没说错，就阿憨而言，他一定觉得晋责要他传的话执拗难懂，要他复述给王后听，那更是难如登天。我劝自己说，弄臣是不会出事的。这种改变期，他也碰过几次了，再说黑者陪着他，世上还有谁比黑者更知道他的情况？弄臣之前甚至还跟我说，他需要独处一阵子，以便彻底想一想。他思考时，可不会希望曾经目睹他惨状的人眼睁睁地盯着他看。再说，由我来传话，总比托荨麻来做好。她需要回家与家人相聚，她的家人也一定很需要她在家。我找了条干净的布将面包盖起来，接着走密道去见王后。这个会议才不是三两下就可以结束的。切德与晋责吵架吵了半天，然后切德抢先一步，先跟王后联络。切德与王子明天下午就要扬帆返航了，贵主应该要与王子同行的，但是今天贵主去找晋责，恳求他让她与家人多聚三个月之后，再前往公鹿堡。王子没有跟切德商量，就答应了贵主。

而且他们会面时，私密至极。切德激愤地说道。我不禁纳闷，他是不是希望我跟王后通报，贵主要求恩惠，以及王子应允贵主的场合，竟狎昵到了顾问无法忍受的程度。

我则向王后报告：“王子与贵主会谈此事之时，都严守分际。”

“我懂了。”珂翠肯答道。她真懂吗？这我就不知道了。

目前此事尚未对外公开声明，所以趁此收回成议还不太迟。我担心的是，如果我们应允那女孩留在此地，那么我们所有的计划可能都会泡汤。先别说她一拖延，说不定就不会到公鹿堡去吧。倘若她果真言而有信，那么她到了公鹿堡时，也已经是风雪翻腾的隆冬，那我们还如何趁着秋收庆时举办婚礼呢？王子返乡后面对诸贵族时，若无新娘相伴，就无法呈现出这个耗费大量人力、物力与时间的远征，到底有何具体成果。您本打算借此机会促成诸大公将王子立定为王储，这也是我们原本的期待，但是贵主若不跟着王子一起返回公鹿堡，恐怕我们也无法据理力争，要求将王子立为王储了。毕竟，国内的贵族连一片龙鳞都没见着，更未目睹王子因为英勇的行径而赢得佳人芳心与两国的联盟。拯救龙族的故事和龙头贴在炉前石上的故事，对他们而言根本无足轻重。再说我还担心，贵主跟家族的女性相伴越久，她的家人就越会想办法让她难以脱身。您知道，独角鲸氏族本来就不想放贵主走，而且他们这种情绪与日俱增。他们认为贵主一去就会永远消失，因而将贵主要前往六大公国的事情，当作是贵主即将前去送死一般地悲悼难舍。

我把这番话传给王后之后，她对切德提议道："那么也许还是让贵主在家乡多停留一阵子，好好地跟家人道别比较好。此外还请您特别强调，我们欢迎独角鲸氏族随时来访，并且将以上宾之礼对待，贵主也会定期返乡探视。请您代我表明，我们不但欢迎贵主家人伴她前来参加婚礼，更欢迎他们在此长住，以免贵主感到寂寞。"

我帮珂翠肯传话给切德，同时不禁想起当年她远从群山前来此地之时，其景有多么悲凉。当时她连个随身仆人都没带就来了。她是不是想起自己年纪轻轻便来到异国宫廷，连一个能跟她讲母语，懂得故乡风俗的人都不可得的往事？

难就难在这里。据我了解，女人与土地的连系是神圣而不可侵犯的。一般而言，统治母屋的继承人鲜少离开家乡的土地。统治母屋这个家系的女子，是生于斯，死于斯，并且化于斯，所以她们终生都必须留在家乡。因为这个缘故，家族中掌权的女子都不会随同贵主前来公鹿堡。皮奥崔会随着贵主前来，贵主的男性表亲们大概会来，阿肯·血刃，以及许多其他氏族的领袖跟来到六大公国的贵族们订定了贸易合约，所以他们也会来。但是贵主前来之时，既无仆人，亦不会有女性亲属相伴。

“我明白了。”珂翠肯慢慢说道。我们两人单独坐在她的接待室里，之前她帮我们倒了葡萄酒，此时酒杯静静地搁在矮桌上，无人动它。我上次见到这房间时觉得有点混乱，但此时又恢复了往日的秩序。浅浅的陶盘上浮着一朵花儿，灯罩中的蜡烛散发出温柔的光芒，蜡烛飘出一股令人心神平静的香味，不过珂翠肯却跟困在树上的猫儿一样紧张。她发现我注视着她紧抓桌缘的手，于是小心地松手。“我跟你说的话，切德都听得到吗？”她轻柔地对我问道。

“倒没有。切德并不像是当年惟真通过我技传时那样，时时刻刻跟我在一起。若要做到那个程度，一来必须很专心，二来你所有的私密心思都会无所遁形。我并未邀请他与我密切结合在一起，所以唯有你要我传达给他的话，他才听得到。”

她略微宽心，肩膀也松懈了下来。“切德顾问与我偶尔会意见不合。之前我们通过荨麻相谈……噢，那时真的很困难，因为他与我都顾虑极多，所以超过荨麻所能了解之程度的事务，我们就避而不谈。但如今你回来了。”她稍微扬起头，几乎露出笑容，“如今我从你身上汲取力量，蜚滋骏骑。说来奇怪，但你帮我技传时，你就是我的‘王后人马’。”她挺直坐起，“你跟切德说，就此事而言，王子既对他未婚妻许下承诺，就应依言行事。如果王子认为不宜在冬天举办婚礼，那么我们不妨主动提出将婚礼延后到春天再举行，贵主在春天时渡海，必定比较安全且舒服。至于将王子立为王储之事，这个嘛，此事本来就是要看诸大公的意思。如果说，非得晋责带着女人回家，并将这女人像是战利品一般地展示给诸大公看，才能证明他够格取得王储的名位，那么我倒认为，有没有王储这个头衔无所谓，毕竟晋责迟早会统御六大公国。就我看来，他若好好善待未来的新娘，为她多方设想，这亦是巩固双方同盟的举动，不应当作是他的缺点来看待。”她顿了一下，噘着嘴，似在思索，“就麻烦你照此跟他说了。”接着珂翠肯举杯啜了一口酒。

这样不大明智，蜚滋。你不能跟她讲讲道理吗？如今王子被贵主迷得神魂颠倒，总得有人劝劝他。对他俩而言，与其讨好新娘的母亲，还不如让王子这边的诸大公如愿以偿来得重要。他俩越早结婚，诸大公就会越早将晋责视为即将继任为王之人，而不只是个嘴上无毛的王子而已。晋责竟然任凭一时冲动而下决定，却将六大公国的利益置于脑后，这也太率性了。蜚滋，你要讲给王后听啊。我们一整个夏天都顺着贵主的意思，如今也到了晋责应该把诸大公的利益摆在心头上的时候了，况且对他而言，让诸大公称心如意，比让外岛人称心如意更为重要。

我心里将切德的话咀嚼了一下。我睁开眼睛时，发现王后正焦虑地望着我。“切德是这样想的。”我说道，然后把这段话的要点告诉她。

王后仍能听得出切德这话的轻重：“那你认为如何，蜚滋骏骑？”

我低下头对珂翠肯行了个礼：“我认为你是王后，而且晋责有朝一日会继任为王。”

“这么说来，你是建议我支持儿子，别理会首席顾问的建议啰？”

“王后陛下，我实在很庆幸我用不着在那方面给你建议。”

她几乎笑了出来：“可是，如果我请你说说看法，那你就会讲了呀。”

我缄默了一会儿，我真是被自己气死了。

“你的椅子是不是不舒服？”珂翠肯故作殷勤地问道，“瞧你动来动去，仿佛椅子上有千万只蚂蚁似的。”

我坚决地坐定：“如果是我，我会找个不偏不倚的做法，王后陛下。诸大公必定乐于见到王子娶妻生子，但是他还很年轻，也还不到立为王储的年纪。既然如此，也许结婚大典与王储的头衔都不妨稍等一等。就让贵主和母亲与妹妹多聚一聚吧。我到过外岛，见识过他们的统治权如何传承。虽然奥美崔仍是现任的贵主——因为她还活着，但如果艾莉安娜现在立刻离开家乡，那么在当地人眼里，这可能不亚于艾莉安娜逊位一般，其严重性，可能与当年我父亲将王位传给惟真不相上下。日后该谁继承‘贵主’头衔一事，可能会引起争议。不过，艾莉安娜可以趁着她仍在家乡之时，确立日后必由她妹妹继任贵主。依我的看法，艾莉安娜家的人稳固当权，对六大公国最为有利。况且我们可以用其他办法来平抚诸大公：贸易可以让诸大公财源滚滚，而想要与各公国做生意的，可不只是独角鲸氏族和野猪氏族而已。既然如此，我们何不敞开大门，互通有无？将外岛负责打仗的首领统统邀来。首领都是男人，不会因为要离开母屋而有诸般顾虑，况且他们来此可赢取贸易之利。所以，今年秋季庆之时，我们就庆祝六大公国与外岛蓬勃的贸易往来吧。现在就可以开始筹划一场充分展示六大公国丰饶富裕的秋收大宴，并且要及早邀请诸大公带着家人与属地上的贵族前来同欢，我们现在就可以庆祝贸易联盟，至于婚宴，就等时候到了再庆祝吧。”

珂翠肯往椅背上一靠，仔细地打量着我：“你是何时练就这一手思虑周详的功夫，蜚滋骏骑？”

“有位睿智清明的老人家教导我，权力若是拳头，那么外交操作就是裹住拳头的丝绒手套。要以言劝，而非以力服，才能收广大恢弘之效。只要顾全诸大公在这个贸易联盟之中的最大利益，那么他们就会乐于在贵主抵达公鹿堡时竭诚欢迎她的到来。”

我并未向珂翠肯补充，切德曾告诉我，他一直以躲在公鹿堡的墙后、藏于不见人之处，却仍能操纵王权的运作为满足。

“但愿他仍记得这个道理。你就把你的想法说给他听吧，但是要讲得像是我说出来的。”

切德与王后之间的角力我早有所闻，但我一直希望自己不要被卷进去，只是如今看来是避免不了了。我虽不想对于王权的运作知道得那么清楚，不过他们就在我面前狡诈高妙地彼此角力。切德占上风之处，在于他既老练，又娴熟六大公国的事务，他用词之强烈，使我听得不禁瑟缩。他说，就目前的政治现况而言，让外岛人见识到我们贯彻意志的决心毅力，乃属必要，而珂翠肯是因为她生于群山，长于群山，所以才看不出这个道理。我早知道切德汇集权力于一身，据我看来，他未必有二心。他大概真心深信，自己是在竭力争取六大公国的最佳利益。说句老实话，倘若我像他那样操纵王权如此之久，我一定也会认为，控制这些事情，除了我自己之外，不做第二人想。同时，我也清楚地体会到，如果珂翠肯不站稳立场，那么日后晋责继承的，可能只是一顶空洞的王冠。

因此，虽然我不愿介入，但我还是开始找出切德立论上的漏洞，并建议珂翠肯从何处使力。我敢说，切德一定没多久就察觉到我插手了。不过那诡计多端的老狐狸不但不戳破，反而更乐得加入斗智：他亮出了更多反对的理由，并以更危险的后果相逼。夜色已深，将近天明，但那老人仍乐此不疲地长篇大论下去，但是我可不想继续跟他纠缠，况且王后的脸色越来越苍白。

最后，切德讲了一个扭曲的论调，他将诸大公与外岛的诸首领分成好几组，并分门别类地阐释他们会有什么反应。当他稍微停下来喘口气时，抵挡不住疲倦的我，忍不住对王后建议道：

“就叫他毋庸赘言了吧。你就跟切德明言，王子既已经允诺他的未婚妻，那么无论是你，或是切德便不应逼迫王子失信于人。就算他这样做错了，那也是错在王子，而从错误之中学习教训，乃是最好的帝王之学。”

我的喉咙因为说多而沙哑，嘴里也干涩。我的头重沉沉的，眼睛像是揉了沙一般地睁不开。我伸出手，想要给我们两人各倒一点酒，但是我还没碰到酒瓶，珂翠肯便以双手抓住我的手。我在惊讶之余抬起头来望着她，我从未见过她那对蓝眼睛绽放如此的光彩，那光彩使得她的眼睛显得比较暗，也比较狂放。

“‘牺牲献祭’，你就照这样告诉他吧。你虽未加冕，却是名正言顺的六大公国之君，而这就是你的王令裁断。”

我眨了眨眼睛，瞪着珂翠肯：“我……我不能这样。”

“为什么不能？”

她的答复并没有让我生出勇气。“一旦我采取那个立场，我就一步都不能退了。我若是以那个立场面对切德，那么我就必须护卫自己的权力。也就是说，到时候必须由我来做最终裁断才行，不能顺切德的意了。”

“所以你才必须采取这个立场，一直撑到晋责继任为王啊。”

“果真如此，那么我往后的人生，就又变得不是我自己的了。”

“可是，这个人生一直在等待着你。这本来就是你的人生，只是你一直躲避。你此时不扛起这个人生职责，更待何时？”

“这事你跟晋责谈过吗？”

“晋责知道我将你视为牺牲献祭。当我跟他说你是牺牲献祭的时候，他默默接受。”

“王后陛下，我……”我将双掌掌根抵住悸动抽痛的太阳穴。我很想跟珂翠肯说，“牺牲献祭”这个角色，我从不曾考虑过。但事实上，我的确曾考虑过。黠谋国王过世的那一晚，我曾浅尝那个滋味。当时我已有心理准备，打算随时夺取王权，但我之所以要夺取王权，为的倒不是我自己，而是要保护珂翠肯王后，以待惟真归来。如今她要为我加冕，我倒裹足不前了。这个角色，真的能由着她说给就给吗？

切德冲进我心灵之中。天色已晚，我年纪也大了，我们谈的也够了。你就告诉她——

不。这个角色，不是任她说给就给，而是得看我，看我要不要拿。切德，不能这样。王子殿下既已经允诺他的未婚妻，那么我们便不应逼迫他失信于人。就算他这样做错了，那也是错在王子，而从错误之中学习教训，正是最好的帝王之学。

珂翠肯不会讲这种话。

的确不会。这话是我讲的。

我传出了这个思绪之后，切德沉默良久。我感觉得到他还在，我甚至还感觉得出，他一边稳定地呼吸，一边将我的话放在一起，从各种角度仔细考量一番。等到他再度与我心灵接触时，我不但感觉到他在笑，还感觉到他的骄傲感如泉般涌出。这真是奇怪。哟，都过了十五年，如今可终于有真正的瞻远人再度坐上王座啦？

我动也不动。我等待着，等待着接下来必不可少的嘲笑、挑衅，或是违抗。

那么，我就告诉王子，他的决定已经确定了。我们会扩大邀请所有外岛各氏族首领前来参加秋季庆。一切如君所愿，蜚滋国王。

34. 承 诺

我们损失惨重，这都是因为许多生手愚不可及地跟同伴立下赌约。所以树滕师傅下令将见证石上的所有刻痕皆抹去，他还下令，除非有精技师傅陪同，否则所有精技学子与生手皆不得前往见证石。树滕师傅更进一步裁断，从此以后，所有见证石相关知识，只限于有资格晋升为精技师傅之候选人研读。

——救回来之精技卷轴片段

那天清晨，我沿着密道一路攀高，等到终于回到切德的塔楼时，人已经累得无以言之了。我脑海中思绪杂乱，理不出头绪。今天中午，切德与晋责王子就要启程返乡，他们必会邀请每个氏族的每一个首领前来公鹿堡参加秋季庆，珂翠肯也会着手准备在公鹿堡举办前所未有的盛大庆典。我们必须邀请诸大公与他们旗下贵族，筹备食物、准备客宿事宜、聘请吟游歌者、杂耍艺人和戏偶团……我想得头发昏，只想躺下来睡觉。但是我没睡，一进房间，我便在仍有余烬的火炉里添几根柴。我用广口水罐从水桶里舀了水，倒在旧洗脸盆里，把整张脸泡到水里。我抬起头，按摩眼睛，好让双眼不那么干涩，然后把脸擦干。我用切德一直搁在洗脸盆旁的小镜子一照，只觉得镜中人看来十分陌生。

我突然了解到先前弄臣跟我说的那番话是什么意义。如今的我，不但已经死过，也走到了一处我从未预见过的时光之中。呈现在我眼前的，是各种我从未想见过的未来远景，而我根本就不知道自己想走哪一条路。刚才我朝着争取王位的方向走了一步，虽未公诸于世，但是这一步的确是踏出去了。我心里想着，这是不是意味着我把可能与莫莉斯守在一起的人生路途给推开了？

我出门前将骏骑的剑挂在壁炉上方，如今那剑仍在原地。我将它取下来。这剑我使来很上手，仿佛是为我订做的一般。我对着空荡荡的房间说道："骏骑国王，倘若你在世，你会对你的私生子作何看法呢？不过，这也问得不对，因为你从未加冕封王。从未有人称你为'骏骑国王'啊。"我按下剑尖，指着地上，算是对人生让步，"而日后也不会有人在我面前跪下。但是不封王、无人跪也无妨，我已经留下痕迹，不会被人遗忘了。"

我突然打了个寒颤，过后人反而平静了。我匆匆地把剑挂回原来的地方，再以手掌抹过前襟，擦去手汗。真是个好样的国王啊，竟用自己身上的侍卫制服擦汗！我真的需要睡一下，但是现在还不能睡。蜚滋国王、杂种王君，我下了决心，以后不再想那些了。我又在提篮里添了一瓶白兰地，用餐巾盖好，拿了件厚重的斗篷，接着就逃了。

我循密道走，由守卫出入口出来。我一定得经过厨房，而我差一点就踏进去大嚼一顿，但是我按捺下这个念头，只是从守卫室拿了一小条早餐甜面包出来边走边吃。经过城堡门时，守门的那个睡眼惺忪的年轻人，随便点个头就让我出去了。我开始思索，要如何才能让门口的守卫对于出入之人看管得严一点，但随即便将这些想法抛在脑后。我大步前行，沿着通往公鹿堡城的大路走了一段，再转往一条常有人走的步道。这步道先穿过树林，接着在山丘间蜿蜒起伏。晨光明亮，矗立在蓝天之下的见证石正在等我。羊群在附近吃草，我走近时，它们以那种有时会被人简称为愚蠢的、缺乏好奇心的眼神望了我一眼，才慢慢地踱步走开。

抵达之后，我慢慢地绕着见证石走了一圈。四根石柱，每根石柱都有四面，那么就有十六个目的地。多年以来，人们对于这些出入口到底用得多么频繁？我站在石柱边，展望这山丘顶上的风光。如今这里都是草木了，不过如果仔细探查，仍看得出远古道路的遗迹。就算有废弃的房舍，一定也早就被大地吞没，或是被这附近的人拆解搬走，用以在他处重新造屋了。

我背着手，审视着石柱的表面。据我看来，石面上的符文一定是刻意被人抹去的，而且发生在很久之前。我揣想着当初人们为何要抹去符文，但我可能永远都不会知道答案了——既然无从得知，似乎也就可以将此疑问搁置一旁。

我被太阳晒得很热，手上揽着的提篮越来越沉重，不过我依然将斗篷披上，毕竟我要前去的目的地十分寒冷。我走到之前那次旅程的出口，将手贴上去，接着就进去了。

我踏入精技石柱室时踉跄了一下，头晕的感觉袭来，所以我不得不在积灰的瓷砖上坐下来休息。“睡不够，又连连使用精技石柱，这实在不太好。”我坚定地对自己说道，“同时也不明智。”我想撑着自己站起来，不过最后还是决定再多坐一会儿，等到头不晕了再说。我在石柱室里坐了好一阵子，这才看出一件再明显也不过的事实：地板已经不再冰冷。我将双掌平贴在地上，以便验证这到底是不是我的错觉。地上倒称不上暖和，只能说是不冷也不热。我站了起来，发现窗上积着的厚霜已经化了。我仿佛听到身后有人低语，于是立刻转头。四下无人。也许是偶尔南方吹来一股暖风，直入这冰雪之乡吧。这真的很奇妙，不过我无暇在此多耽搁。

我勾着提篮，努力加快脚步穿过这冰雪迷宫。我的头阵阵抽痛。这温度的变化出乎我意料之外，甬道中某一处，水漫过地上的岩石，缓缓地流动着。不过随着我越走越远，这和煦的暖意也越来越少，等我走到岩石与坚冰的交汇处时，暖意已经完全消失。我眼前不时发黑，只好停下来，以额头抵住冰墙，休息一下。黑影终于消退，我则慢慢地恢复。这寒冷的环境好像让我清醒了一些。我尚未从冰墙上的裂缝出来，踏上前往黑者之屋的狭窄小径之前，便已用斗篷紧紧地将自己与提篮裹住。

我从陡峭的小径走下去，再度敲敲黑者的门。没人应门。我再敲敲门，又迟疑了一下，才伸手解开绑门的绳子，开门而入。

过了一会儿，我的眼睛才适应这黯淡的室内。炉火小小的，弄臣沉沉地睡在火炉边的睡垫上，普立卡则不见人影。我轻轻地关上门，将提篮放在普立卡的矮桌上，脱去斗篷。我静悄悄地走到弄臣身边，弯身打量他沉睡的脸庞。他的脸色变得比先前深了许多。我很想叫醒他，问问他感觉如何，不过我严厉地压下这个念头，改而去打点提篮的东西。我将面包和奶酪摆到木盘上，再找个小篮子装了水果。普立卡装水的大水桶差不多已经空了，我先烧水以便泡茶，之后去外头接水。外面有一处水流流过凸起的岩面，再悬空落地，我静待接了两桶水，再提回黑者的小屋。此时水已经热了，我便开始泡茶。

我猜是茶香味惊醒了弄臣。他睁开眼睛，但是一动也不动地望着烧旺的炉火，最后我终于问道："弄臣？你有没有好一点？"

他听到我问话，吓得抽动了一下，突然转头朝向我的方向，同时像是怕有人伤害他似的，将身体卷成球状。我吓到他了，我感到很抱歉，同时也深明他为何会有这种反射动作。不过我并不深究，只是若无其事地问道："我回来了，而且还带了些吃的。你饿不饿？"

他将被子推开了些，半坐了起来，但接着又躺回床上："我好些了。那茶好香啊。"

"没杏桃，但是我带了些梅子来。"

"杏桃？"

"先前你叫我替你带些杏桃回来，我看你那时心思不知飘到哪里去了。发烧嘛，你是知道的。尽管如此，要不是我弄不到杏桃，否则一定带来。"

"谢谢你。"弄臣说道。他直瞪着我："你变得很不一样。不只是因为洗过澡而已。"

"我现在感觉上是很不一样啊。不过洗洗澡的确比较舒服。要是可以的话，我真想把公鹿堡的蒸汽浴室搬来这里给你用，我敢说你洗了之后一定会好得快一点。不过这也没关系，一等你能走了，我就带你回家。我已经跟珂翠肯说了，我们就把你安置在切德的塔楼里，你就慢慢疗养，等到完全复原之后，再考虑你接下来要变成什么角色。"

"我接下来要变成什么角色……"他应了一声，似乎觉得这很好笑。我找不到专切面包的刀子，干脆用手撕开。我将面包、奶酪和梅子递给他，茶泡好之后，又倒了一杯给他。“普立卡去哪里了？”我在他啜茶时问道。普立卡把弄臣一个人丢在这里，我有点不高兴。

“噢，他出去走走。他一直在查访古灵要塞，看看要塞里受到多少破坏。你回去之后，我们聊得比较多——如果我没睡的话。不过，我醒着的时间大概也不多吧。他跟我说了些关于那古城的故事，那些故事似乎与我做过的梦互相呼应。我猜他现在大概就是在古灵的古城里吧。他提到苍白之女毁损古城，以及他想要扭转局势，我看他大概是在古城内动了手脚，使之变得不宜人居，并借此逼出苍白之女。但如今普立卡打算要把他动过手脚的地方复原，我就问他：‘你这是为谁而做？’他则说：‘就是想要把古城复原，倒不是要为了什么人而做。’其他人过世之后，普立卡孤独地在那古城里住了许多年，他并未计算自己住了多少年，但是我敢说他一定住了很久很久。苍白之女刚到的时候，他还将她迎进古城里，他本以为苍白之女是带着她的催化剂来实现他的目标。”

弄臣深吸了一口气，啜了一口茶。“先吃，再跟我讲故事吧。”我建议道。

“我吃，你讲故事。你一定是碰上什么惊天动地的事情，看你的眼睛就知道了。”

我就把自己碰到的事情都跟他说了，毕竟除了弄臣之外，我也不能告诉其他人。他笑着听，不过他的笑容忧郁得化不开，仿佛他早就知道这些事情，只不过是要听我亲口说，以便确认。我说完之后，他将梅子核丢入火里，平静地说道：“嗯。也好，原来我最后一个幻象与预言已经成真了。”

“这么说起来，我会像吟游歌者唱的歌那样，‘从此以后过着幸福快乐的日子’？”

他噘着嘴，摇了摇头：“你会跟深爱着你，且对你有所期待的人生活在一起，所以你的人生会复杂到非常恐怖的程度。此外，你跟他们在一起，有一半的时间会担心惊怕，而另外一半的时间，则烦躁苦恼，又甜蜜欣喜。”他转开头不看我，端起杯子，凝视着茶水，像个在看茶叶卜卦的乡野巫师一般，“命运已经放弃你了，蜚滋骏骑·瞻远。你赢了。如今你已经找到了新的未来，在这个新的未来之中，你大概会安享天年，不用时时刻刻都得担心命运会逮住机会，把你从棋盘上抹掉。”

我轻描淡写地说道：“是啊，我每次一眨眼，就被命运扫到鬼门关去一圈，我自己也去烦了。”

“那挺恐怖的。现在我知道那有多恐怖了，你已经让我见识到那有多可怕了。”他带着几乎与旧日无二的笑容问道，“我们这样就算扯平了，如何？这一次，就算全部抵消了吧？”

我点点头。他迅速接口，仿佛怕我打岔似的说道：“接下来应该如何，我跟普立卡谈过。”

我笑了起来：“又要拯救世界啦？你们这个新计划，不会再让我不时死个一两次了吧？”

“你根本就不在我们的新计划里。”他平静地说道，“我们要回去当初塑造我们的那个地方，就某种角度而言，也可以说我们是要回家。”

“你自己不是说过，那里已经没人记得你了吗？还说就算回去也没什么意思。”我开始有点警觉不安了。

“不是要回去我出生的故乡，我敢说家乡一定没人认识我了。我们打算的，是要回去那个陶冶我们两人，以便我们面对自己命运之处。那地方，大概可以说是学校吧。我跟你提过那个学校的事情，也跟你说过，就是因为我跟学校的人说我是白色先知，他们不肯承认我，所以我才逃走的。那里的人可把我记得清清楚楚，就算是普立卡，他们也不会忘记，因为每一个受过他们陶冶的白色先知，他们都记得很清楚。”

“管他们记不记得你。听你说起来，他们待你并不好，既然如此，你何必回去？”

“我们回去之后，可以发挥影响力，不让那种事情再度发生在其他孩子身上。之前的白色先知从未重返学校，如今，我自要重新以两人如今的新见解，将古老的预言解释给他们听。我们要将苍白之女收藏的典籍销毁，不然至少也要引导他们以新的角度去体会那些文献，并且要把我们对于世界的体验讲给他们听。”

我沉默良久：“你们要怎么去？”

“普立卡说他能使用精技石柱，所以我们可以一起经由精技石柱到南边去，省下一大段路途，之后再考虑要如何渡海。我们总有办法回去的。”

“他能用精技石柱？”我非常惊讶，“既然他能用精技石柱，那么为什么这么多年来，他一直守在这个寒冷荒凉的地方？”

弄臣望着我，他的表情像是在说，这么简单的道理我怎么会看不出来。“依我看来，他是能用精技石柱，但是他对精技石柱存有戒心。即使用我们的母语，他也很难将古灵的概念解释给我听。但总之就是，精技石柱之所以起作用，是因为每在石柱之间穿梭一次，它就会从你身上取走某种东西。因此就连古灵也不敢随便用精技石柱。信差可能会为了传递重要物品，而通过一根或两根石柱，但之后就要把任务交接给他人了。不过，普立卡之所以一直留在这里，倒不全是因为这个缘故。他留下来，为的是要保护黑龙，并等待某一位白色先知与其催化剂的到来。因为他寄望新一代的白色先知与催化剂可能完成他的心愿，毕竟他一生之所系，就在于实现他的心愿。”

“我真无法想象，世上怎么会有人如此无私地奉献出自己的人生。”

“你无法想象吗？我倒觉得这不难想见。”

我听到了门的刮擦声，普立卡便进来了。他看到我很惊讶——这也难怪，不过他接着便对弄臣讲话，弄臣帮我翻译道：“他看到你这么快就回来了，感到非常讶异，所以问你有什么紧急要务，非得勇敢地再度使用精技石柱旅行不可。”

我不以为然地挥挥手，对普立卡说：“因为我想帮你们带些吃的来呀。你瞧，这是面包和奶酪，你不是想吃奶酪吗？还有酒和梅子。我本希望来了之后就能带你们两人上路，回到我家乡，只是弄臣看来还很虚弱。”

“你要带我们两个，回你家乡去？”普立卡问道。我笑着点点头。

他转过头，轻柔地跟弄臣说了一大堆话，弄臣则答复得很简洁。最后弄臣转过头，不得已地对我说道：“蜚滋吾友，请到火边来坐一坐，让我们谈谈。”

他松松地将被子披在肩上，僵硬地起身，缓缓走到炉火边的草垫旁，谨慎地坐了下去，我则坐在他身边的草垫上。普立卡正在打量那些食物，他掰下一块奶酪送进嘴里，闭上眼，专心地品味奶酪的风味。过了一会儿，他再度睁开眼睛，并对我点头示意。我也点头回礼。看到他这么开心，我也跟着开心起来。我转过头望着弄臣，他深吸了一口气。

“普立卡并没打算要跟你回公鹿堡去，我也没那个打算。”

我瞪着他，心中来回咀嚼他这两句话。这实在没道理。“可是，为什么不去？他的心愿已经达成，你的心愿也已经达成，既然如此，还待在这个荒凉的地方做什么？现在才夏天，这里就冷得要命！这里万物不生，要在这里过日子可不容易。等到冬天来临时……我真不敢想象冬天来临时是什么情况。留在这里实在不合情理，你们怎么会想要在这里待下来呢？说什么都应该要跟我回公鹿堡才是。你们怎么会想要待在这种鬼地方？我知道你们打算回你们的‘学校’去看看，但是总可以先到公鹿堡歇歇脚吧。先休息疗养一阵子，再从公鹿堡搭船回去。”

弄臣低头望着交握着放在大腿上的双手。“这件事情，我已经跟普立卡谈了很久。其实对于目前的处境——也就是在超过了自己身为白色先知的时代之后应该如何自处的问题，普立卡与我都知道得很少。他身为白色先知的时代，已是久远之前，因此他的经验比我丰富得多。他之所以在此地待下，是因为当年他在最后的预言幻象之中，看到自己身在此地，又看到一对白色先知与催化剂前来完成他的心愿，所以他在这里待了下来，以确认幻象会不会成真。结果证明，他的幻象果然实现了。”他望着炉火，伸手将一根浮木推入火中，“而我也有个最后幻象。我在那个最后幻象中，预见到我死后的情景。”

我屏息等待。

“如今的你，正慢慢融入公鹿堡与故人的圈子之中，我在最后幻象中看到的正是这个景象。蜚滋，幻象中的你，不见得时时刻刻都很快乐，不过看来倒是比以前圆满许多。”

“这跟你们去不去公鹿堡有什么关系？”

“重点在于我的幻象之中缺了什么。在那个里面，我死了，这是当然。我清楚地预见到，我的死亡乃是你未来人生的一部分。不，这样说好像很残酷，仿佛是你早就筹划，非要我死不可。不，应该这么说吧，你已经走上了这个未来人生，然而我的死亡，正是你这个人生之路上必经的里程碑。你已经经历了我的死亡，所以你才踏上了现在所走的人生之路。”

“我是已经经历过你的死亡了，但是，你自己不是常说我是催化剂吗？于是我就把你从鬼门关带回来了。”

“对，的确如此。只是我从未预见到你会把我从鬼门关带回来，普立卡也不曾预见到这一点。在我们从小研读过的典籍之中，也从未提过这种事情。”他几乎笑了出来，“我早该想到，只有你能造成这样的变化，只有你能带着我们两人，超越任何一个白色先知所预见的未来之外。”

“可是……”我想开口，但是他扬起食指，叫我别说。

“普立卡与我已经谈过这一点了。他认为我不该在你身边逗留太久，而我也有同感。只要我不跟你回去，那就不会有机会犯什么错误了。”

“这我不懂。犯错？犯什么错？你还在发烧，讲话都错乱了。”我既担心又烦躁，气愤地换了个姿势。弄臣伸出一手，贴在我的手臂上。他的手心几乎可说是冰凉的。他的改变期还没过，人仍虚弱，但是他之所以口出此语，并不是因为发烧之故。接着他以几乎可称之为严厉的声音说话，好像他是个老人家，而我是个任性放肆的年轻人。

“不，你懂。你明白得很。你只是不想正视而已，但是你心里明白。你仍是改变者，也仍是催化剂，即使你只在公鹿堡待了短短的一两天，你的能力也已经表露无遗了。你就像个漩涡一般，所到之地，处处皆引起变化。如今你变得圆满，所以你再也无法逃避变化，反而会将变化吸引过来。但是，现在的我却已经眼盲，再也看不出我对你的影响会引起多么广泛的变化。所以了。”他沉默了一会儿，我一语不发地等他开口，“我不会与你同行。不，等一下，你先别说话。让我把话说完。”

他却没有继续说下去，反而就此沉默。我坐着看他，心里想着，他变了好多，当年那个脸色苍白的小男孩，那个瘦削灵活的少年，如今显然已经变成青年了。近来的折磨使得他的脸棱角分明，酷刑所留下的瘀青也还没完全退掉，但那只是他的身体而已。他的眼珠颜色变深了，而他那庄严的神情，看来并不是一时的情绪，而是全新的认真的心情。我也不插嘴，让他慢慢理清思绪。我猜他大概是要下个决定，尽管他声称自己心意已决，但内心却仍无法确定。

"蜚滋，我已经面对过死亡，也许算不上勇敢，但我的确坚决地面对死亡。这是因为我已见到自己死后的情况，并断定以我一死来换，的确值得。我是自己决定要来艾斯雷弗嘉岛，以便复兴龙族，并促成因为龙族复兴而引起的一连串事件。我早知道我会死，不但死得痛苦且寒冷，死状也甚惨，但我也看到一个机会：说不定人们会因此而有机会再度认识龙族，说不定这种跟人一样傲慢且可爱的生物能够重新复生，好让人与龙相互制衡。在我所梦见的世界之中，人类无法控制大自然的一切，也无法制定大自然的秩序。那个世界不见得和平宁静，而且说不定还有人会诅咒我，要不是我多事，如今也不会有这种后果。不过那个世界中，人与龙彼此往来都来不及了，所以无论是人或龙，都无法让大自然臣服于自己脚下。我预见到的未来世界，其脉络便是如此。"

"很好啊！"这些龙的事情我已经听腻了，况且我仍有点不安，生怕我们放出了黑龙不是什么好事，"所以往后世上就有龙了，而从当时我在战场上所看到的情况来看，往后龙族必会繁衍兴盛。不过为什么你不能回公——"

"住口！"弄臣严厉地斥责道，"难道你以为我下这个决定很容易吗？难道你以为，我之所以不回公鹿堡，只是因为这个崇高的理由而已吗？我就要跟你分道扬镳了，你以为我心里轻松吗？才不呢。我之所以不能与你同行，其实还有个比较个人的因素：因为除了世界大势之外，我还瞥见了些个人小事。我预见到，你在我死后，除下了心头的壁垒，与长久分离的人们相聚，并且感到很满足。在我死后，你过着你原本就应该去过的生活。可是你给了我另外一个人生，我怎么能以额外多得的人生，去剥夺你应该享有的人生呢？"他缓缓说道，"蜚滋，我爱你。但我不能因为爱你，就肆意摧毁了你的身份与人生。"他疲倦地摩脸，因为指尖摩下片片皮屑而叹了一声。他甩开指尖的皮屑，起劲地把整张脸再摩一遍，接着将手放在大腿上交叠，开始望着炉火。我怒视着他，我不知道这是怎么回事，但我等着看他要怎么说。

我听到身后的普立卡悄悄地四处走动。我听到砰砰声，回头一看，只见他拉开了一只袋子，把袋子里的小石块统统倒出来。我一眼就认出，那是切割得大小如一的记忆石方块，就像我在古灵的房间里看到的。我望着他拿起一块记忆石，贴在太阳穴上一会儿，接着露出开心的笑容，接着把记忆石放下，另拿一块，如此重复再三。不久我便看出，他正在把记忆石分成不同类别。之后他抬起头，这才发现弄臣与我正在看他。他笑了笑，举起一块石头："音乐。"又举起一块石头："诗歌。"再轮流举起两块石头："这是历史，这又是音乐了。"普立卡要将一块记忆石递给我，但我不安地挥挥手拒绝了，弄臣则伸出有精技指尖的那一手去碰触记忆石，不过他一下子就像被烫到般的缩手，但他仍脸上带笑地对我说道："的确是音乐，如洪水一般袭来。你也试试嘛，蜚滋。"

"我们谈到一半。"我平静地提醒他，"我们刚才在谈你要跟我一起回公鹿堡的事情，你忘了吗？"

"不，我们刚才在谈我为什么不跟你回公鹿堡的事情。"他本想一笑，但是笑不出来。

我没说什么，只是一直凝视着他。过了一会儿，他跟普立卡说了什么话，好像是请普立卡帮什么忙的样子，但就在此时，我感觉到切德在吵我：我要跟王后讲讲话。

我现在没办法。你找阿憨。

找阿憨行不通，而且理由你都知道。蜚滋，我求你，一下子就好。

你上次也是这样说。何况我现在已经离王后很远了。我又经过精技石柱回来，所以我现在是跟弄臣在一起。

什么？你也没跟我们商量，就冲回去了？

我相信我自己的人生，依然应该由自己做主。

不。切德干脆地否定了。不，大人，你的人生，已经容不得自己做主了。昨天晚上，你跟我对抗，我感觉得出，那是王后许可的。你怎能一下子争取权势，一下子又把权势甩到脑后呢？王权是不能这样随便说甩开就甩开的。

我又不是真正的国王，这点你心知肚明。

你现在这样说未免太迟了，蜚滋！切德气了起来。太迟了！王后给了你权力，你也已经不客气地接了下来。

我并未就此投降。他这个说法到底对不对，我自己也说不上来。我总需要一点时间。现在你们应该已经开航了，既然如此，那还有什么事情非要急如星火地马上办好不可？

这事是可以稍微拖一下没错，但是以后你可不能这样，也不先警告一声就跑掉了。

我自己的时间，自己却无法做主，你当我是仆人吗？

比仆人更糟。你是国王，你是六大公国的牺牲献祭。

我还来不及回答，切德便脱身离去。我眨眨眼，这才了解到耳里听见的是门关上的声音。普立卡已经走了。弄臣正在看我，他多少察觉得出我正在技传，所以他正在等我回神。“对不起。切德要跟王后联络，他每次都急得跟什么似的。他声称，只要王后承认我身为牺牲献祭的身份，尽管她只承认过一次吧，那我也得扛起国王的一切职责与重任。真是荒谬。”

“是吗？”

“你明知这很荒谬！”

我的辩解，却引起他滔滔不绝地说起话来，仿佛刚才在等待时，他的话越积越多，现在便像是决堤的洪水般奔腾涌出。

“蜚滋，你回去吧。回去享受你应有的人生，毫无保留地爱你所爱之人。在我的幻象之中，你就是那般情况。”他大笑起来，激动得几乎歇斯底里，“我在垂死之际，就是靠着这点安慰撑过去的。纵然我不免在痛苦中死去，但至少我心里知道，在我死后，你会继续活下去，过着那样的生活。在我痛得最厉害时，心里就定定地想着你如此生活的情况，最后任由死亡攫住我。”

“可是……可是她说，那时你一直叫我的名字。当她折磨你的时候。”这话一说出口，我就恨不得收回。弄臣一下子显得又老又病。

“大概吧，的确如此。”他坦白承认道，“我从不以勇敢著称。她虽迫我喊出你的名字，但是我喊也好，不喊也罢，事情都不会因此而有任何变化，朋友，就是这样。”他凝视炉火，专心得像是掉了什么东西在火里。我顿时感到很羞愧，因为我竟然把他拉回饱受折磨的场景之中。任谁都不该提醒他，他曾在酷刑之余大喊出来，而且还被以他的痛苦为乐之人看在眼里。“那件事情给我一个教训：就各方面而言，我都没有自己所期待的那么勇敢，因此，任何可能会因为我的弱点而损及你我的处境，我都应该避免。”

他突然握住我的手。我吓了一跳，抬起头，彼此的目光紧锁在一起。“蜚滋啊，我求求你，你别诱惑我随你而去。我已经预见了你的未来，你别诱惑我去干涉你的美好人生。我的时代已经过去，你的未来不属于我，你就别再诱惑我做非分之想了。”他突然全身打了个哆嗦，似乎开始发冷，接着他放开我，改而交握着自己的双手，靠炉火更近一些。那些被拔掉的指甲才刚开始重长。他双手摩擦，摩出一层白灰的皮肤，掉皮之后露出的新肤，令我想起打磨光亮的木器。他非常轻柔地问道：“你若是与夜眼一起生活在狼群之中，你能以这样的人生为满足吗？”

“我很愿意一试。”我顽固地答道。

“即使夜眼的伴侣自始至终都无法接受你？”

“你别拐弯抹角了，你就直说吧，行不行？”

他望着我，同时摩着下巴，仿佛他真的在考虑要跟我直说，接着他露出忧愁的笑容。“不行。果真如此，恐怕不免损及我所珍重之事啊。”他当这段小插曲根本没发生过地继续问道，“你会老实地告诉晋责，他的身体是出自于你吗？”

我不喜欢弄臣把这件事情明白讲出来，虽然这里只有他与我二人。由于晋责与我之间有着强韧的精技牵系，所以他离我比以前更近。“不。”我简洁地说道，“他会把事情看得很复杂。若是知道此事，只会使他的心情无比沉痛，一点好处都没有。倘若跟他说了，不但可能会损及他父亲在他心中的印象，也可能会使他对母亲大失所望，甚至对我感到鄙夷。你说吧，若是跟晋责说明白，有什么好处呢？”

“一点也没错。所以你会把他当作儿子一般地疼爱，但是你会以君臣之礼待他。你虽想要认这个儿子，却只能将这个心意藏在心里，因为即使你跟他说出真相，你仍无法成为他的父亲。”

我又开始气起来：“你又不是我父亲。”

“不是。”他又转过头去瞪着炉火，“而且我也不是你的情人。”

我突然感到暴躁且疲倦：“原来你拐弯抹角地就是要讲这件事情？跟你上床？你是因为我不跟你上床，所以不肯回公鹿堡？”

“不！”他并未严厉地吼叫，但是他的口气异于平常，把我吓得闭上了嘴。他的声音低沉，几乎有点严厉，“你每次都扯到这里来，仿佛爱的唯一结果就是上床。”

他突然叹了一口气，并往椅背上一靠。他猜疑地打量着我：“你告诉我，你爱夜眼吗？”

“当然。”

“爱得无所保留。”

“对。”

“那么按照你的推理，你是想跟夜眼发生亲密关系了？”

“我想跟……不！”

“啊。不过，你之所以不想跟它发生亲密关系，只是因为它与你同为雄性，如此而已？夜眼与你之间还有其他歧异，但是这些歧异，与你不想跟它发生亲密关系无关？”

我目瞪口呆地望着他。他努力保持正经且探询的脸色。过了一会儿，他终于忍不住爆笑出来——我已经好久没听他笑得如此畅快了。我觉得他冒犯到我，但是看到他开怀大笑，我也宽心许多，所以即使他拿我来当题目，我也不忍苛责。

他稳住呼吸。“这就是了。由此观之，最清楚不过，蜚滋，我跟你说过，我爱你，而且我爱你之深，没有设限。真的是如此。不过我从不期望你献出你的身体，我所追求的，是你的心，你这整个人。然而，即使是你的心、你的人，我也无权占有，因为你早在见到我之前，就已经将你的心、你的人给了别人了。”他摇了摇头，“很久以前你跟我说，莫莉永远也无法忍受你与夜眼之间的牵系关系。你还说，莫莉一定会逼你在她与夜眼之间择一。如今你仍这么想吗？”

“我看这是难免的。”我不得不轻柔地答道。

“既然如此，那么你想想看，莫莉对我会作何反应？”他顿了一下，“如果要二者择一，那你要选谁呢？如果你被迫在二者之间择一，那么你会失去什么呢？这就是这些日子以来，我不得不思考的问题。如果我随你回去，使得你在未来人生中不得不做选择，那么我的催化剂在选择的过程中，会顺便改变什么呢？如果你随我离开六大公国，那么我们这个行动会促成什么样的未来？何况无论促成什么样的未来，我都无法预见？”

我摇了摇头，别过头望向他处，但是他仍无情地说了下去，我的耳朵也依然听得到他讲的话。

“夜眼做了选择。它在能够接纳它的狼群以及它与你的牵系之间做了选择。我不知道夜眼与你有没有讨论过，它若是选择了前者，或是选择了后者，则必须付出什么代价。不过我想你们大概没谈过。我虽然对它知道得不多，但是我看得出应该是它自己做了选择，之后便一路坚持下去。我没有羞辱你的意思，但是就你与夜眼而言，难道不是它为了你们之间的牵系关系，而付出了比较大的代价？它为了跟你在一起，失去了什么，你老实回答。”

我必须看着别的地方，因为我自己觉得羞耻：“它因此而无法与狼群生活在一起，无法尽情为狼。它失去了拥有伴侣与拥有小狼的机会。正如黑洛夫后来警告我们的一样，这样子狼失去得太多，然而事情正是如此。就因为夜眼与我深爱对方，爱得毫不设限。”

“与夜眼一同分享狼性的快乐，你体会深刻。你与夜眼亲密到逼近人狼之间的极限，这也是事实。不过……恕我直言……夜眼追求人性，从未如同你追求狼性那般地热切。”

“的确如此。”

他再度以双手包握住我的手，将我的手翻转向上，低头凝视着他留在我手腕上，已经与我相伴多年的指印痕迹。“蜚滋，这件事情我已经想了很久。总而言之，我会让你与伴侣、幼儿相聚，我不会拆散你们。我未来的年岁还很长，相形之下，你所剩的并不多。无论你与莫莉还有多少年岁月，我都不会把你们两人能够相聚的时光夺走。因为我确知你们一定会再相聚。我是什么样的人物，你心里明白。你见过我体内的情况，我也见过你体内的情况。在我承载着你的爱恨伤痛的那一刻，我体会到，噢，众神保佑，让我将那个回忆抵挡在外啊——我体会到身为人、身为完整的人是什么样的滋味。你让我体验到最逼近身为人的那种感觉。多年前，我的师长将我身为人的感觉剥除，如今你不但让我心中的这种感觉还原，还让这种感觉浓厚了十倍之多。我在你的相伴之下，度过从童年到近乎成年的时光。跟你在一起……你让我体会到为人的滋味，那就像是夜眼让你体验到为狼的滋味一般。”他越说越轻，最后我们两人只是默默地坐着，好像他已经想不出要说什么。他并未放开我的手，他拉住我的手的触感，让我感觉到彼此之间的精技牵系变得更为敏锐。晋责以技传跟我打招呼，想要引起我的注意，但是我不理他。我眼前的事情比较重要。我努力分辨弄臣到底在害怕什么。

“你认为，如果你跟我回公鹿堡，就会伤害到我。因为你若跟我回去，我就无法享有你之前所预见的人生。”

“对。”

“你唯恐我会衰老、死亡，但你却仍青壮。”

“对。”

“那如果说，那一切我都不在乎呢？如果我不在乎自己要付出什么代价呢？”

“那我还是会很在乎。”

接着我问出最后一个问题，我的心紧张得刺痛，唯恐他会说出我不想听到的答案。“那如果我说，我会随你而去呢？如果我说，我愿意为了与你同行，而把我另外那个人生抛在脑后？”

我想我最后问的这个问题让他很震惊。他连着深呼吸两次之后，才轻轻地以沙哑的声音答道："我不准你随我同行。况且我也不能让你跟我一起走。"

之后我们便默默坐着，相对不语。炉火继续燃烧。良久之后，我问了最后一个，也是最恐怖的问题："你我在此地一别之后，往会还会再相见吗？"

"大概不会了。若是相见，那就不智了。"他拉起我的手，在因为用剑而发硬长茧的掌心温柔地一吻。我知道那是临别的一吻，也知道我无力拦阻大势。我一动也不动地坐着，感觉自己变得越来越空洞、越来越寒冷，仿佛夜眼又重新死去了一般。弄臣要走了，他正在慢慢地从我的人生之中撤退，在我的感觉里，像是我的人生点滴地流逝，整个人逐渐流血至死。我突然领悟到，这一切有多么真实。

"停！"我叫道，但是太迟了。我还来不及抽回手，他便已放开。此时我的手腕光洁净空，原来弄臣留在我手腕上的指印已经不见了。他不知道用了什么办法收回指印，于是我们两人之间的精技线摇摆悬荡，最后便就此断裂。

"我必须放你走。"弄臣低声且沙哑地说道，"趁我现在还能放你走之时，赶快断个干净。蜚滋，你至少要让我心里记得，是我自己切断了你我之间的连系，而且，我的确没有抢夺非分之物。"

我探寻着弄臣。我看得到他，但却感觉不到他，无论是原智、精技或是气味，都找不到他。弄臣不见了。我的童年好友、青少年的良伴，就这样消失了。他截断了我俩之间的牵系。那个褐眼棕肤的年轻人同情地望着我。

"你怎么可以这样对我！"我叫道。

"做都做了。"他指出，"做都做了。"他说完话之后，人好像也没了力气。他转头望向他处，仿佛只要他不看着我，我就不会知道他在痛哭似的。我呆呆地坐着，只觉得很麻木，有如遭受痛击。

"我只是累了。"他轻轻地颤声说道，"只是累了，我只是还没恢复。我要躺下来了。"

蜚滋，王后要找你。阿憨轻松地便进到我心中。

再过一会儿。我现在跟弄臣在一起。

是原血者的事情。王后说，请你快一点。

马上。我迟钝不振地答道。

阿憨才走，切德就招呼我了。我一接纳他，他便吩咐道：既然你还在那里，那就顺便带些精技卷轴回来。我看来日那些精技卷轴必有大用。

好，我会带。现在请你让我独处一下，切德。

很好。他不大高兴地应道，接着他的态度软化下来，温和地问道：什么问题？他病得那么严重吗？

老实说，他好一点了。但是我需要一点时间整理我自己的思绪。

很好。

我回过头要跟弄臣说话，但是他已经躺在床上，不是真正睡着，就是装睡装得很像，像到我不敢过去叫醒他。总有办法能叫他回心转意吧，但是我左思右想，就是想不出来。

“我去去就回。”我对他说道，然后披上斗篷，走了出去。我还得在古灵迷宫里绕上几圈，以便带一些精技经卷回去，这任务必得忙上好一阵子，而我正好趁此好好思考一番。我这个人，呆呆坐着思考的时候，脑筋总是转不出来。我爬上陡峭的悬崖小径，到了冰缝前，发现不用花多大的功夫就可以从冰缝挤进去了。我心里想道，一定是因为我来来去去多次，所以磨开了冰缝。我才在古灵圆球的苍茫光线下走没多远，便看到有人朝我走来。一时间，我惊惶失措，接着才认出来人是黑者。他一边肩膀上扛着一袋肉，我们两人凑近之后，他小心地将肉放在地上。

“她的粮食，我偷。偷了许多次。不像这样，都是这里偷一点，那里偷一点。现在呢，我要，就拿。”他歪着头望着我，“你呢？”

“我也跟你差不多。多年以前，吾王的重要卷轴文献被人偷走，而那些典籍，原来都是被她拿去收在卧室附近的房间里。所以我打算去带一些文件回家。”

“啊，那个啊。早就在这里了。”

“对。”

“我帮你。”

我不知道自己到底需不需要别人帮忙，不过我也想不出什么礼貌的讲法可以拒绝他。我点头称谢，与他一同沿着走道走下去。他看到被毁坏的壁雕以及被人掠劫一空的壁龛，便难过地摇摇头。他提到很久之前住在此处之人的故事。阿憨说得没错，以前这些走道并不冰冷，而是温暖的。往返此地的古灵非常频繁，他们热爱冰雪世界，因为他们的故乡既无冰，也无雪。我努力想象以前往冰寒之地为乐是什么景况，但是怎么会有人以身处于冰天雪地为乐，我真是想不通。

普立卡多少通晓古灵魔法，所以他老早就阻绝暖意，使得通道和石室变得冰冷不堪。他本来还想要熄灭古灵灯光，让苍白之女只能在暗中摸索，只是他心有余而力不足。然而，即使这地下宫殿冰冷霜寒，苍白之女依然住了下来，还反过来将普立卡逐出去，并且命令手下大肆破坏古灵的艺术品，以表明她对于普立卡，以及与龙相伴的古灵的鄙视不屑。

“她倒是放过了地图室。”我对普立卡指出。

“也许她不知道有地图室，要不然就是她不知道地图室有何用，或是根本不在乎。她对于旅行出入口一无所知。那个旅行出入口，我为了躲她而用过一次，只用过一次。”他想起那个往事，不禁摇摇头，“很虚弱，很难过，很——”他做出太阳穴遭到拳头连连击打的模样，“过了好多天，我恢复了些，才回去。但是我回去之后——”普立卡说到这里，无奈地耸耸肩，“她已经将我的大城据为己有。不过现在我又收复大城了。”

普立卡对于这个大城知之甚深。他带我走一条新路线，经过了许多狭窄的走道，也许这以前是用来给仆人或是商家走的路线。我没想到我们这么快就能走到通往苍白之女卧室的那条走廊。我朝她的卧室望了一眼。自从我上次经过之后，又有人来过。我停下脚步，看得目瞪口呆。房间里的每一样家具物品，能推倒或拉倒的，都已经倒下来了。一盒子珠宝倾泻而出，地上散落着一串串珍珠、银链以及闪闪发光的白色宝石，有些饰品则已经慢慢地融入房间的冰地里。普立卡注意到我的目光，于是平静地踏入房间。“这个有用。”他说着，抽出苍白之女床上的丝床罩，把四角打结，这样床罩就变成超大的布袋了。我领悟到他的用意，于是也抽了张床单出来，依样画葫芦一番。我们将凑合做成的袋子挂在肩头，走向卷轴室。

我实在没料到卷轴室竟是那般情况。有人故意把四壁的架子朝着房间中央推倒，架上的卷轴统统掉了出来，乱七八糟地散落在地上。卷轴堆旁有个破裂的罐子，罐子里的油染污了许多卷轴。苍白之女躺在卷轴旁的地上。她已经死了，她那焦黑断桩般的手臂，令我想起昆虫的脚。由于人死又受到冰冻，她的容颜变得黯淡。她死前仰起头、张口，有如在怒吼。被油污染的手稿旁，有个从墙壁上拔下来的古灵光球，光球已经破了，像是被人踢坏或是打坏的。一时间，普立卡与我注视着这奇异景象，一句话也没说。

“苍白之女大概是想要取暖吧。”我大胆猜测道，“她一定是以为光球里有火，并打算拿卷轴来烧火。”

普立卡鄙夷地摇了摇头：“才不呢。她是为了要毁灭。她那个人，一生想的就是要毁灭。龙，要毁灭；其他先知，要毁灭；美的事物，要毁灭；知识，也要毁灭。”普立卡抬起下巴，朝着她身旁那些染污的卷轴方向点了一下，“凡是她无法控制，或无法收为已有的东西，她就想将之摧毁殆尽。”他直视着我的眼睛，补了一句，“但她一直都无法控制住你的弄臣。”

普立卡开始帮我收集卷轴。其中一袋放的全是完好的卷轴。我们在拿取放置时格外小心，有些卷轴非常古老，十分脆弱。至于染污的卷轴则放在另一袋。我注意到无论是我也好、普立卡也好，我们都刻意避开苍白之女。在我搬开苍白之女的身体，以便拿出她压住的卷轴时，普立卡还退开几步，望向他处。我把卷轴都救出来之后，望着苍白之女的尸体，平静地对普立卡问道：“要不要我把她的尸体处理一下？”

他瞪着我，好像听不大懂似的，最后他慢慢地点了点头。

所以我就用苍白之女床上的豪华毛皮被子将她裹起，拖着她沿着长廊走下去。普立卡指着一个小门。那门很小，小到如果我是一个人走过去的话，一定不会注意到。小门后头便是条倾斜的滑道，滑道尽头则远远地传来波涛声。普立卡叫我把她从小门推进去。苍白之女一下子便消失得无影无踪。普立卡见她滑下去了，显得颇为满意。

我们回到卷轴室去取卷轴袋，接着沿着长廊走下去，但卷轴袋不是背着，而是拖着走。卷轴实在很重。我们每上一阶楼梯，袋子便跳动一下。我想到切德若是知道我如此虐待卷轴，不晓得会把我骂得多惨。这个嘛，他可不知道苍白之女原来还打算把卷轴烧掉呢。幸亏有普立卡的帮忙，我才能将这两袋卷轴都搬进精技石柱室，直到此时，我们才停下来休息。多年以来，这老人一直都像个年轻人一般地四处打探古灵大城里的情况。我不禁揣想道，弄臣到底能活到多大的岁数——这是我第一次想到这个问题。接着我想到一个更奇怪的问题，那就是，弄臣现在到底在人生中的什么阶段？他仍是少年吗？他的人生，能够用孩童、少年、青年等人生阶段来区分吗？弄臣有次告诉我，他的年纪比夜眼与我加起来还大……我颇不自在地把这个念头抛在脑后。我不想考虑他与我有多大的差别，也不想考虑我们其实一直大不相同。毕竟我们之间的情谊，超过了我俩之间的歧异，使我们两人合为一体。

夜眼与我之间的牵系，使得它与我合为一体，也是同样的道理。不过……我叹了一口气，跟着黑者下楼梯，朝地图室而去。不过，不过，这个牵系关系，尽管使我们合为一体，却无法使我们两个变成同样的个体。我仍是个人，我有身为人的顾虑，也有人世间的牵挂，我无法像夜眼那样全心全意地活在当下，也无法在它岁数已尽时，让它延长生命。

难道说，弄臣看我，也是如此吗？

我喉头发出了咕噜声。普立卡回头瞥了我一眼，但是没说什么。我们到了地图室之后，他摩着双手，端详着世界地图，之后他扬起眉头，示意我走上前。

我摸着公鹿堡旁的那圈宝石。“公鹿堡。”我对普立卡说道，“这是我家。”

他严肃地点了点头。他碰了碰遥远南方的土地，之前弄臣也指着同样的地方，说那是他的家乡。“家。”他说道，碰着那片大地的一处海湾，“克拉利斯。”

“你们的学校在那里。”我猜测道，“你们就是要回到克拉利斯。”

他顿了一下，歪头思考，最后点了点头。“对，我们的学校。”他露出愁容，“我们必须回去。这样一来，我们学到的道理才能记载下来，给以后的人看。这非常重要。”

“我懂。”

黑者和蔼地望着我。“不，你不懂。”他再度研究地图，像是自言自语似的说道，“放手，很难。不过你们两个都必须放手。如果你们不放手，就会创出更多变化。但是很盲目。如果你们两人果真因为他而促成什么变化，那么会产生什么后果？谁也不能确定。就连小小事情的后果也难以预料。你替他带了面包来，他吃了面包。但是如果你没带面包来，面包就是别人吃了。你看，这变化虽小，但这就是变化。你花时间陪他、跟他讲话、做好朋友，这一来，你少陪了谁、少跟谁讲话做朋友？嗯？我看这可能是个大变化。弄臣的改变者，放手吧。你们在一起的时间已经到了尽头。结束了。”

这不关他的事。这句话我差点就冲口而出，但是他的脸色和善慈悲，所以我的怒气一下子就消了。

“我们回去吧。”他提议道。我本要点头，但这时阿憨冲入我的心灵之中。

蜚滋，你好了没？王后还在等。

我沉重地叹了一口气。我最好是先把这件事情给解决了，再请求他们给我一点空闲时间吧。我好了。这次我会带些精技卷轴回去。你到见证石等我，帮我把卷轴搬回去。

才不要！我正在吃覆盆子水果蛋糕！上面还加了奶油。

那你吃了水果蛋糕再来吧。阿憨虽然不肯丢下甜点冲到见证石那里找我，我却突然对他寄予无限同情。普立卡已经走到楼梯底了，他不解地回头望着我。“我必须回家一下。”我对他说道，“请你跟弄臣说，我会尽早回来。我会再带些新鲜水果和面包来。”

普立卡认为这样不妥。“不是又要用旅行出入口吧？这么快就要再用？这不智啊。甚至可说是愚蠢。”他对我招招手，“到普立卡家来。过一晚，一天，一晚，又一天，再用那个石头。如果必要的话。”

“恐怕我现在就得走了。”我现在还不想跟弄臣见面，也不想跟他讲话，因为我还没找出他的论点有什么矛盾之处。

“改变者？这可以吗？你以前有这样子过吗？”

“好几次了。”

他爬上楼梯朝我而来，他的眉头深锁。“我还是第一次看到有人用了这么多次，又用得这么频繁。你要小心一点。别太快回来。要休息。”

“我已经很有经验了。”我坚持道。我想起带着晋责逃离异类海滩时，就是在精技石柱之间出出入入的。“你别担心。”

虽然我把话说得很满，但我仍不禁纳闷，我这样再度进入精技石柱，是不是太愚笨了？每次我回想起那个时刻，总是不解当时自己是哪里不对劲，为什么要赶着进入石柱？是因为弄臣切断了我们两人之间的牵系，因此我备加心痛？说真的，我认为问题的根源较可能是因为我这几天来几乎没睡。

我爬上楼梯，朝精技石柱而去。黑者焦急地跟了上来：“你确定？你确定吗？”

我弯身拉起那两个布袋。“你放心好了。”我劝慰道，“麻烦你跟弄臣说我很快就回来。”我一手拉住两个袋子的袋口，接着伸出另外一手，平贴在石柱上，之后便踏入了无垠的星空中。

35. 重新开始

机缘之舞，最后一曲，然而我不再与君共舞；
而是望着别人带你转转圈，轻盈踏步。
机缘之舞，最后一曲，然而我将与君诀别；
只望新舞伴待你好，只望你舞步超绝。
机缘之舞，最后一曲，我知道往后你我无缘共舞；
尽管牵念，却仍放你离去，祝福你欢乐欣喜。
机缘之舞，最后一曲，我们终将领会彼此的心意；
环结已经松开，我们抱憾而别离。

到头来，命运又逮住了我一次。这是我事后的想法。也许诸神是要证明，普立卡的谆谆劝告实在不应当耳边风。

我只有一点惊讶。我看到无垠的黑暗以及明暗不等的星星，那感觉就像是躺在塔顶望着夏日夜空。

倒不是说当时我把那场景想象成那样。在那当下，我人在星星之间漂流，却不坠落。当时我什么也不多想，既然飘浮在星空中，那就飘浮吧。那里有个特别亮的星星，把我吸引了过去。我说不出是自己靠了上去，还是那星星朝我靠来。当时的情况到底如何，我实在难以说明，我虽知道周遭有所变化，却觉得那些变化无足轻重。当时的我，只觉得人生暂停，兴趣暂停，一切感受都暂停了。最后那光亮的星星与我终于靠在一起，而我则试着攀住它。这个动作，其实就像是一颗小水珠与另一颗水珠离得近，两颗水珠开始融在一起，与我本身的意愿或意向无关。不过那光亮的星星却将我从她身上摘除下来，在她端详着我的那一刻，我重新意识到自己。

什么？又是你？你真的那么想要待在这里吗？你太渺小了，这你自己也知道啊。你心愿未了啊，光是你现在这模样，是不够让你单独存在于此地的，这你懂吗？

懂吗？我像婴儿学语一般，应和着她的话尾，并努力分辨字义。她很和善，令我着迷，我真的很想跟她融合在一起。对我而言，她似乎是爱与包容的综合体。只要她准许，我是可以放开一切疆界，干脆让自己跟她融合，与她融合之后，我就不再知不再想，也不再怕了。

我虽未说出口，但是她却察觉到我的心思。你真的想要这样吗，小东西？你都还没齐全完整，就不想当自己啦？你还有很多成长的潜力呢。

潜力啊。我应和道。突然之间，这些简单的话语有了力量，于是我再度存在了。在那一刹那，我完全领悟这是怎么回事。这就像是我潜到海底深处之后又浮了出来，深深地吸了口气一般。莫莉与荨麻，晋责与幸运，耐辛与阿憨，切德与珂翠肯，他们顿时都回到我心中，让我见识到未来有多少可能性。我想着自己在他们的环绕之下，会有多少成长，不禁又喜又怕。

啊。我原本就认为你有心愿未了。这么说来，你想要回去啰？

回去。

回去哪里？

公鹿堡。莫莉。荨麻。朋友们。

据我看来，这些话对她而言是没什么意义的，因为她远在那一切之上。她高高在上，而那些人与人之间的爱，以及怀念土地之类的事情，对她而言实在太渺小了，不过，我想她看得出我对那一切的思慕渴望。

很好，那你就回去吧。下一次要小心一点——最好是不要有下一次了。除非你已经做好长居于此的准备。

于是我突然又有了肉身。这个肉身匍伏在山丘寒冷的草地上。

我不知道自己是怎么做到的，但是我肩膀上仍扛着两大布袋。我闭上眼睛。野草刺着我的脸，我的鼻子里都是灰尘。我在泥土、青草、羊群和羊粪之间的空隙呼吸，这个大自然的网络占领了我所有的思绪。然后我就睡着了。

我再度醒来时已是清晨，虽然背上有两个被单的卷轴，我还是冷得打颤。我全身僵硬，身上被露水浸湿。我呻吟了一声，坐了起来，接着便天旋地转，直到我重新躺下来才好了些。附近的羊群发现我有了活动，惊讶地抬起头来，羊身上已经裹着厚厚的羊毛了。我以双手双膝撑地，再摇摇晃晃地站起来，像是初生的小马一般注视着周遭的世界，一边努力把我人生的线头兜合起来。我深吸了一口气，但还是软弱无力。我想道，若是吃顿饭，又在真正的床上睡一大觉，我就会好起来，可是若想进餐睡觉，就得回公鹿堡才行。

我扛起一袋，另一袋用拖的，至少这是我原本的打算。不过，才走了三步，就又倒了下去，此时的精神比刚从精技石柱出来时更差。我不情愿地承认道，这的确是被普立卡说中了。接着我便担心起来，果真如此，那我要到什么时候才敢踏入精技石柱，回到艾斯雷弗嘉岛去呢？我且将那些暂时摆在一边，我眼前有更迫切的问题需要解决。

我摸索着施展精技。我的精神太差，几乎无法集中技传。我找到阿憨的音乐，再循线找到他，他正在跟晋责和切德联络。我想要插进去，但是却办不到，他们的思绪一下子就把我弹了出来。他们似乎没有传递什么讯息，只是在做精技练习而已。我开始察觉到荨麻，她像是若有似无的香水味般飘浮在空中。她伸手去抓他们三人的牵系圈，差点就抓住了，但最后再度飘走。在她这一试失败之后，他们几人都颇为失望，我这才逮到了机会，微弱地对阿憨技传道：

阿憨，我不舒服。你能不能到见证石来找我？带匹小马来，不，带着驴子跟板车来好了。我看我大概连坐在马上骑回去都没办法了。我这里有两大袋卷轴。

一时之间，他们每个人都发出无言的讶异震波，朝我扫过来，接着是七嘴八舌的追问：你在哪里？

你之前上哪里去啦？

你有没有受伤？是不是有人攻击你？

是不是有人把你囚禁起来？

我刚从见证石出来。我好虚弱，想吐。普立卡说，精技石柱不能用得这么频繁。说到这里，我便退了出来，开始觉得恶心反胃、晕眩发昏。我侧躺在草地上。早晨冷冽，我拉了一袋卷轴盖在身上，动也不动地躺着打冷颤。

他们都来了。我听到声音，睁开眼睛，结果看到荨麻的鞋子和骑马裙。与他们一起来的疗者很讨厌，他在我全身上下摸来摸去，看看我有没有断骨，又拉开眼皮打量我的眼睛，接着他问我是不是碰上盗匪。

我费尽力气，好不容易摇了摇头。切德说："你问问他这一整个月到哪里去了。打从我们回到公鹿堡以来，就一直在等他把这批卷轴送回来。"我闭上眼睛，保持缄默。疗者跟他的助手把我抬上板车，那两袋卷轴则放在我身边。板车缓缓地在草坡上前进，切德与晋责骑在板车的左右，看来很严肃；阿憨骑着一匹结实的矮种马，跟在板车后头，似乎骑得还不错；荨麻则骑着一匹母马，那马一看就知道是博瑞屈养出来的。荨麻与阿憨后头还跟着几名骑马的侍卫，他们的神情锐利，像是期望这趟出来，至少也要碰上一两个毛贼，能够干上一架更好——不过这个期待已经快要到了破灭的边缘。我一路上都没说什么，这里不相干的人太多，所以我不敢开口。

我心里七上八下。我既在石柱现身，那么人们不免会重新传颂那些古老的流言。相传有些情侣们，由于家人反对，因而躲入了石柱之中，隔了一年，或是十年才回来，而昔日的冤仇早已成为旧事。据说石柱是通往"灵界"的大门，而你在灵界待了一年，人间可能只过了一天；或者你可能在灵界待了一天，而人间却过了一年。我模模糊糊地记得我在那繁星夜空中待了一段时间，然而我到底在那里停留多久呢？有好几个星期那么久吗？切德提到我失踪了一个月。我待在繁星夜空中的时间，至少长到足够让他们从玛烈岛回到公鹿堡，因为切德他们已经在这里了。我有气无力地笑了笑：这个快速旅行的方式，还真是"快"啊！

到了公鹿堡之后，切德吩咐侍卫抬起卷轴袋，然后领着他们离去。王子一边跟我握手，一边跟我道谢，并称赞我圆满达成任务，好像我是刚完成了件困难的任务，并且差点送命的寻常侍卫一般。他趁着握手之际对我技传：*我有空就去看你。好好休息。*只是我软弱无力，听不大清楚。

荨麻和阿憨跟着王子离去，疗者和他的助手则扶着我走到医务室，而我也乐得一动也不动、什么都不想地躺着休息。我敢说我一定在医务室躺了好几天，不过对于当时的我而言，时光流逝的快或慢，好像都不太重要了。虽然我头不痛了，人也不晕，但是那种模模糊糊的感觉却一直残存着。我知道我去过什么地方，在那里有过超凡的体验，不过我实在说不清那是怎么一回事。别说讲给别人听了，就连跟自己都交代不清。我似乎经历了什么广大无边、特异至极的事情，所以在经历过之后，我认定的人生意义与秩序都受到很大的冲击。吸引住我的注意力的，尽是一些微不足道的小事：飞蛾飞舞在从外头照进来的光束中、羊毛纱织成的被子、我躺着的木床的木头纹理。倒不是说我无法施展精技，主要是因为我看不出何必要施展精技，况且我没那个力气，也无法集中精神。

他们替我准备了丰盛的食物，并让我好好休息。访客们来来去去，但很少让我留下什么印象。有一次我睁开眼睛时，发现蕾细正以不以为然的目光严厉地俯视着我。我随即闭上眼睛。疗者对我的病况无可奈何，只能不时在我床边大声宣布说，我一定是要懒装病，不肯起来。最后他们找了个很老很老的妇人来看我。那妇人端详过我之后，便肯定地点点头，宣布道："没错，他这种脸色，一看就知道是被精灵蚕食过的。他一定是被精灵拖到灵界去，拿他来饱餐一顿了。精灵们有个洞穴，就在见证石那边，这事大家都知道。凡是路过见证石的小羊或是孩童，甚至是嗜酒贪杯的成年人，都会被抓到灵界去。"她好似无事不知地点点头，指点道："给他喝薄荷茶、吃蒜头煮肉，直到他全身都散发出薄荷与大蒜的味道为止。精灵们受不了这种味道，所以一定待不下去。等到他指甲长长，并将指甲剪掉之后，精灵们就会放他走了。"

因此，他们准备了蒜头羊肉与薄荷茶让我饱餐一顿，接着宣布我已经治愈，并吩咐我离开医务室。谜语已经在门口等我，他跟我说，我看来傻乎乎的。他带我去蒸汽浴室，浴室里挤满了侍卫，众人笑闹声极为嘈杂。当兵之人，最神圣的净身仪式就是洗澡与吃饭，所以接下来，谜语便带我去乱哄哄、没一点规矩可言的守卫室进餐，三言两语便说动我一杯接着一杯地喝啤酒，直到我终于踉跄地走到一旁去呕吐为止。众人叫嚷大笑的声音实在太吵，让我有种落单的感觉。有个年轻的侍卫问我之前去了哪里，他连问了六次，我才简单地答了一句："我回来的时候迷了路。"因为这一句话，所以接下来那一个小时，我又被人捧为全桌最聪明的家伙。那个年轻人大概以为借此就可以把我的故事套出来吧，可惜他没能如愿。说来奇怪，我出了守卫室之后，却觉得人好了一些，仿佛由于我的身体剧烈反抗这些不良待遇，因而不得不坦承自己不过是个人，不能太过度使用这个躯体。我睡在营房，早上醒来，觉得满身汗臭，于是又去蒸汽浴室走了一趟。我刮掉长长的胡子，用海盐搓揉全身，再以冷水冲洗干净。由于我的海运箱已经随着返乡的远征队运回来了，所以浴后我便换上了干净的侍卫制服，然后去嘈杂的守卫室吃了一点粥，简单地打发了早餐。守卫室与厨房相连，厨房传来乒乒乓乓的声响，像是里头还在打仗，而厨房人手正在攻击敌人。

这几天以来，就属此时的精神最好，所以我从洗衣场那边的密门，一路沿着密道，回到我的工作室。

工作台上展放着染了油，正等着清理、誊写的经卷，火炉边的椅子旁则摆着一篮新鲜苹果。上回我来工作室的时候，苹果还没熟呢，可见得我在外流浪了多久。我坐下来，集中心神，对切德技传道：你在哪里？我要做汇报，也需要有人帮我把一些事情说个清楚。

啊！听到你的消息真好。很欢迎你来做汇报。我们在惟真的塔楼里。你上得来吗？

应该可以吧，只是我爬不快，你们可能得等上好一会儿。

我的确爬上去了，不过他们也难免要等等我就是了。我一从火炉侧面的嵌板出来，就有一股震惊的震波迎面袭来，这震波原来是出自于荨麻小姐——如今她已是不折不扣的荨麻小姐了，她穿着镶蕾丝边的绿礼服，与切德、晋责和阿憨一起环坐在桌边。不过她表面上只露出见到我有一点惊讶的样子。我将缠在脸上的蜘蛛丝抓下来，丢进火炉里。由于不知道自己该以什么角色现身，干脆以侍卫的身份对众人行礼，接着站在一旁，做出等候差遣的模样。

“你没事吧？”晋责问道，他走上前来，并伸出一臂，以便搀着我走到桌边。因为不想示弱，所以我并未让他扶着走，不过我在桌边坐定之后，仍觉得尴尬，不知道接下来要如何进行才好。切德一定是注意到我偷偷地朝荨麻瞄了好几眼，他突然爆出大笑。“蜚滋，如今荨麻是我们精技小组的人了。你应该早就料到会有这个结果。”

我朝荨麻瞄了一眼。她的脸色冷若冰霜，她的话则如利刃一般地刺入我心中。“我知道你叫什么名字。你是蜚滋骏骑·瞻远。我还知道我是你的私生女。我母亲说她不认识什么汤姆·獾毛，所以你待在医务室的时候，她去瞧瞧是谁自称是她的老朋友。出来之后，她全部都跟我说了。全部。”

“她又不知道‘全部’。”我有气无力地说道。我的心中突然变得空洞，一下子想不出接下来该说什么才好。切德匆忙起身，倒了白兰地，然后把酒递给我。我的手颤抖得很厉害，几乎无法将杯子端到嘴边。

“你母亲将你取名为‘荨麻’，而你还真是不负其名呢。”晋责辛辣地对荨麻说道。

“彼此彼此。”荨麻则甜美地对晋责答道。

“够了，你们两个。大家都好好地听蜚滋报告，看看我们为了搜找他的下落，派出大批人马，把六大公国的土地都翻过一次之际，他到底是躲在哪里。”切德非常肯定地说道。

“莫莉到了？她人在公鹿堡？”

“大家都在公鹿堡。全世界都来参加丰收庆了。明天晚上。”阿憨满足地说道，“我还帮忙榨苹果汁喔。”

“还不只我母亲在这里而已。我那几个弟弟也都来了，不过他们都不知道此事，母亲跟我都认为，这件事情还是别拆穿的好。他们之所以来公鹿堡，是因为丰收庆的时候要公开褒扬我父亲屠龙立了大功。还有迅风和原智小组的其他成员，也都会受到表扬。”

“很好，这太好了。”我说道，我的心里的确很高兴，但是口气却开朗不起来。明天就是丰收庆了，我听了很惊讶，不过最主要是因为我觉得自己既失去尊严，也失去对于人生的主控力。不过说也奇怪，这却也卸下了我心头的担子。我用不着琢磨要在什么时候告诉莫莉，也不用揣想要怎么告诉她我还活着。莫莉已经见过我，她已经知道我还活着，也许接下来她会采取行动。想到这里，我的心情便沉入谷底。也许她已经采取行动了，她的行动就是丢下我、走开。

“蜚滋？”我感觉到切德叫了我好几次，还拉着我的手臂。我抽搐了一下，回过神，察觉到坐在桌边的众人。晋责一脸同情，荨麻一脸疏远，而阿憨则显得无聊。切德将手放在我肩上，捏了一下。“你何不跟精技小组报告你之前去了哪里，出了什么事？我是有我的推断，不过仍想听听你说，以便证实我想的有没有错。”

由于习惯使然，我便从上一次帮切德传话之后开始讲起。我漫不经心地说着我重新回到黑者住处的情况，然后猛然察觉到自己极不愿将弄臣跟我讲的话说给众人听，于是我低头望着放在桌上的手，尽量不提他与我倾心对谈的内容，一切三言两语带过。在场的人之中，大概只有切德多少体会得到，弄臣与我从此分离，对我而言是多么大的打击。不过我想也没想，便说了出来：“后来我没回去找他们，而你们又说我失踪了一个月，这一来，不知道他们会如何担心我。我很想马上回去，只是我现在对精技石柱畏惧三分。”

“你的确应该畏惧三分，因为我读了一些你带回来的精技卷轴，由此观之，你还能平安回来，实在侥幸。不过先别岔开，这事情我们回头再谈。你继续说下去。”

于是我继续说起我离开黑者的小屋，打包了卷轴，丢弃了那女人尸体的事情。切德最感兴趣的是古灵如何以魔法控制光与热，又问了许多关于记忆石方块的问题，问得我招架不住。我看得出他已经跃跃欲试，等不及要亲自探索那个魔法充斥的大城了。我继续说起我向普立卡道别，接着便走进精技石柱中，只是好像怎么走也走不到尽头。当我提起有个生命体把我救回来的时候，晋责突然坐直起来："我们在异类海滩时，也是被这样的生命体救回来的。"

"有点像，但又不太像。感觉上，当时我的心灵处于他们的世界之中，而因为我人在精技石柱里，所以我的身体也处于他们的世界之中。自从我回来之后，我就觉得……觉得很奇怪。就某些层面而言，我变得更生气勃勃，更与世界紧密相连，就连细小的事情也使我备加感动，可是我同时也感到更加寂寞。"我说到这里为止。我的遭遇便是如此，无其他可说。我朝荨麻瞥了一眼，她面无表情地迎向我的目光，那脸色清楚地道出，在她心中，我不但不算什么，而且从未占有一席之地。

切德似乎觉得这些已经够他思考了，因为此时他像是刚刚饱食大餐的人一般，满足地将椅子往后一推。"这个嘛，这个故事需要整理分析，况且我们今天的课也上得够了。丰收庆马上就要来临，我们大家都很忙。今天晚上大殿有个宴会，可以听歌、看杂耍、跳舞、听故事，许多外岛朋友和诸大公都会来，想必晚上各位也都会到吧。"

他讲完之后，众人仍继续坐着盯着他看，于是他刻意地补上一句："现在我要私下说一两句话。"

阿憨站了起来，荨麻也站了起来。

"我要先跟蜚滋私下谈谈。"晋责平静地宣布道。

阿憨露出困惑的表情，不过他立刻跟进："我也要跟他讲话。"

"我可不用。"荨麻冷淡地说道，走向门口，"我真想不出跟这人有什么好说的。"

阿憨站在原地不动，他看看荨麻，又看看晋责，显然是无所适从。我努力挤出笑脸对他说道："阿憨，我们回头多得是时间慢慢谈，不用急于一时。"

"是啊。"他匆促地应和道，忙不迭地赶到门边，趁着荨麻还没把门关紧之前，跟着她出去。晋责朝切德一瞥，于是首席顾问退到窗边，站着眺望大海。

晋责显然希望切德退得更远一点，由此可见，首席顾问与王子仍继续角逐权力。我望着晋责，他在我身边的椅子坐了下来，并挪着椅子，凑到我身边。他低声讲话，我想他必是在挂念贵主与订婚之事，此时要讲给我听。"我跟她谈了很多你的事情。她现在很气你，不过据我看来，过一阵子她就会平静下来，到时候你再找她谈也还不迟。”

我愣了好一会儿才领悟过来：“你是说荨麻？”

“当然啦。”

“你跟她讲了很多我的事情？”真是屋漏偏逢连夜雨啊，我苦涩地想道。晋责察觉到我闷闷不乐。

“我不讲不行啊。”他辩白道，“她一直在说什么‘我母亲有了身孕之后，他就对她弃而不顾，从来就不曾来探望过我’之类的话，我不能任由她把事情讲得那么难听，更不能让她信以为真，所以我就把真相告诉她，就照你跟我讲的说给她听啦。”

过了好一会儿，他见我不回答，催着问道：“蜚滋？”

“噢，对不起。谢谢你。”我连自己刚才在想什么都记不得了。

“你一定会喜欢她那几个弟弟。我就很喜欢他们。骏骑有一点自以为是，不过依我看来，他之所以虚张声势，是因为他要掩饰心里的惊惶，毕竟近来他的人生变化实在太大了。敏捷跟迅风一点也不像，我从未见过这么天南地北的双胞胎。稳重人如其名，而明证则跟喜鹊一样聒噪。还有火炉，他年纪最小，从头到尾就是咯咯笑着四处乱跑，闹着要哥哥、姐姐跟他玩摔跤。这孩子，天不怕地不怕的。”

“他们都来参加丰收庆了。”

“王后邀请他们全家前来，因为丰收庆时要褒扬博瑞屈，并且授奖给迅风。”

“当然了。”我低头望着放在桌上的手。在他们家里，可有我这个人的容身之处？

“我要说的大概就是这样了。你已经能走动了，真好。至于荨麻，我看她是会回心转意的，只是你要给她一点时间。她觉得被人耍了。我不是老早就警告过你，她会往这个方面想吗？不过说也奇怪，她最气的，竟然是你突然失踪，她认为你是冲着她来的。不过我敢说，只要给她一点时间，她对你的看法就会改观。”

“除了等待之外，我也没别的选择了。”

“的确如此，不过你可别以为一切无望便就此放弃，之后远走高飞，避免跟荨麻见面。如今你的位子可是在公鹿堡，而她也得待在这里。”

“谢谢你。”

晋责转头望向他处：“你可知道，宫里有了她，对我而言有多么大的意义吗？她有话直说，毫无忌讳。我跟女孩子总是很疏远，唯独跟她很谈得来，像朋友一样。我猜这是因为我们是叔侄的关系。”

我点点头，无法确定他们两个到底该不该算是叔侄。不过，不论他们是何关系，如果荨麻与晋责结为好友，那么荨麻在宫中就有强力支援了。

“我得走了。裁缝师跟我约了时间去试穿丰收庆时穿的衣服，但是之前两次我都因为分不开身而爽约。我若是不去，他们就会拿阿憨出气，拿着针东戳西戳，假装‘不小心’刺中他，因为没人护着他。真的。我最好尽快赶去。”

我听了点点头，然后不知怎地，晋责便像风一般地起身冲了出去，于是房里转而一片平静。我心不在焉地呆呆坐着。切德把一杯白兰地放在我身前的桌上，重重地叩叩桌子，向我示意。我先瞧瞧酒杯，抬头望着他的脸。

“你可能需要来一杯。”他有感而发地说道，接着说出了一件重要的消息，“弄臣来过，在两个星期之前。我实在很想知道他如何能来去自如，如入无人之境，但他就是有那个办法。那天晚上，我待在私人起居室里，近午夜时，我听到有人敲门。我一开门，突然发现他就站在那里。当然，他是变了没错，跟你说的一样，头发、眼珠、肤色都是苹果籽的棕色。他看来很疲倦，有点不舒服，不过我看那可能是因为他通过精技石柱来到此地之故。他没提到黑者——说句老实话，他只谈你，其他一字不提。他显然是以为我一定知道你的下落，我听了之后吓坏了。”

我喝干之后，将杯子放回桌上。切德见状也不多问，便又帮我把酒添满。“我跟他说，我们并没有你的消息，他听了之后脸色大变。我把我们搜索得多么彻底的事情讲给他听，并告诉他，我原先的推测是，你可能已经与弄臣一起离去。他问我们有没有以精技搜索，我跟他说，当然是有的，只是就算用精技，仍找不到你的踪迹。他把他落脚的酒馆名字告诉了我，说他会待上一个星期，并请我一打听到你的消息，就派人捎个信给他。一个星期之后，他又回来找我，他那模样看来老了十岁。他跟我说，他自己也尽力打探，只是仍找不到你的下落，然后他又说，他有一两样东西，想托我转交给你。只是当时无论是弄臣或我，都不敢期望这些东西能交到你的手上，我们都认定，你大概永远都不回来了。”

我还没问，切德就把弄臣托付的东西拿了出来：一个如孩童的拳头般粗细的密封卷轴，以及一个用古灵布料做成的小袋子。我认出那料子是从那件有如铜鳞织成的袍子上裁下来的。我望着那两样东西，既没动，也没伸手去拿，切德则目不转睛地望着我。“他有没有说什么？我的意思是说，他有没有托你传话给我？”

“我想，就是因为有话对你说，所以他才留这些东西给你吧。”

我点点头。

“你待在医务室的时候，幸运曾经去看你，你知道吗？”

“不知道。他怎么会知道我在医务室？”

“我敢说他这一阵子常常窝在那家常有吟游歌者出入的酒馆里。我们搜查你的下落时，当然也透过吟游歌者放出风声，毕竟我们急着要打听你的下落，即使只是谣传，我们也不想放过。他因此知道汤姆·獾毛应该回公鹿堡，但是却一直没回来。后来你出现了，当然那些吟游歌者也听说了，既然他们知道，幸运也就晓得了。你应该早点去看他，好让他安心。”

“最近他常常窝在吟游歌者出入的那家酒馆？”

“据说如此。”

我并没问这是谁告诉他的，也没问他，王后顾问怎么会如此消息灵通，连镇上某一个木工学徒的习性都一清二楚。我只跟他说：“谢谢你帮我照顾幸运。”

“我不是说过我会帮你照顾他吗？倒也不是说我真的就照顾得很周全。蜚滋，我很遗憾，但我还是必须把这事告诉你。细节我不大清楚，但是我晓得他在镇上惹了麻烦，所以晋达司就不让他待了，如今他都是跟吟游歌者混在一起。”

我摇了摇头。我很痛心。我这个做父亲的也太失责了，事情都已经到了这个地步，再不好好看管这孩子是不行的。我打定主意，一定要抽空去跟椋音打听，看看我儿子到底待在哪里。我觉得自己愧疚又懈怠，竟然任由他陷入泥沼之中。

“还有其他我应该要知道的消息吗？”

“耐辛夫人发现你在医务室待了好几天，却一直没人通知她，就用她的扇子砰地往我头上大力一敲。”

我虽心情郁闷，却仍忍不住大笑起来：“她当众敲你的头？”

“幸亏没有。她年纪大了之后，人变得比较慎重了些。她派人召我去她的私人房间聚一聚。蕾细在房里等我，我进去之后，她帮我倒茶，然后耐辛就走进来，狠狠地用她的扇子往我头上敲了一记。”切德揉揉耳朵上方的伤处，悲哀地补了一句，“你怎么不早告诉我，她已经知道你还活着，且以侍卫身份作为掩饰呢？我不知道她哪里看不过去，但反正她越讲越火大就是了。”

“我之前找不到机会跟你说啊。这么说来，她现在还气我啰？”

“当然啦。不过，她嘴上说气你，但却对我大发雷霆。她骂我是‘老不死的蜘蛛’，还威胁我说，若是我不肯放手，往后还继续干涉她儿子的事情，她就要用马鞭好好抽我一顿。她知道你跟我之间有所牵连？”

我慢慢地摇了摇头：“她知道的可多了，只是她不说而已。”

“的确如此。你父亲还在世的时候，她就是这样了。”

“我也得去探望耐辛才行。看起来，我的人生仍与往日一样，纠缠得乱七八糟。公鹿堡的大势如何？”

“你的计划颇为成功。如今已有不少外岛首领陆续抵达。那些没有与晋责王子一同前往外岛的大公们，则乐得有机会在公鹿堡与外岛人商谈贸易协定。有很多人认为，这贸易往来的好处这么大，应该足以劝服外岛首领团终结一切掠劫行动了。虽说我不能确定首领团的权威是否大到能压制掠劫的行动，然而如果诸大公都口径一致地表明，除非外岛人不再对沿岸掠劫，否则便无法开展双方的贸易，那么这个数十年来的头痛问题，说不定真可彻底解决。还有个消息，你听了一定又惊又喜：好些六大公国的贵族已经开始商量要跟外岛氏族联姻了。不过到目前为止，都是外岛首领提议要加入我们的‘母屋’，所以我们不得不警告国内的贵族，在外岛人的概念中，婚姻有可能是一时的，不像我们所想的那么长久。不过有几宗亲事可能会谈成，有好几个重要贵族，打算让家里的幼子与外岛女子成婚呢。”

他往椅背上一靠，替自己倒了一杯白兰地。“这个和平，说不定真的可以长长久久，蜚滋。我竟能在有生之年，看到六大公国与外岛诸岛和平并进，老实说，我从没想过真能看到这一天。”他啜了一口酒，补充道，“不过一切还是要等事成再说。我们还有好长一段路要走。我是很希望能看到晋责在这个冬天结束之前就成为王储，不过这可能还得多下点工夫。那个年轻人到现在仍然既冲动又莽撞。我屡屡告诫他，国王的王冠，乃是戴在头上，不是佩在心上，更不是挂在腰际。这话我已经不晓得念过他多少次了。他必须向诸大公展现成年人的深思熟虑、王者的周全想法，不能让他们觉得他只是个热血少年而已。提尔司大公和法洛大公都说，他们希望看到晋责成婚，或是再过几年，等他心性稳重了些，再将他封为王储。”

我把我的白兰地酒杯推到他那边，他帮我添满酒。“你都没提到龙的事情，这么说来，它们都没闹出什么问题啰？”

他苦笑了一下。“这次六大公国的人连一片龙鳞也没见到，所以大家都很失望。他们恨不得冰华也撞破公鹿堡的大门，把头贴在王后跟前。至于我呢，我觉得它们不来倒好。从远处观之，龙真是了不起的传奇生物，不过我自己近身一瞧，只觉得它们这种生物，不但会把我吞吃入腹，还会在吞食之后，打个尊贵的响嗝。”

“那么它们是回缤城去了吗？”

“它们一定没回去。上星期，缤城商人派人捎信来问候婷黛莉雅的情况。从他们信里的遣词用字，我实在看不出他们到底是担心婷黛莉雅的安危，还是因为如今那几条飞不上天的小龙都得仰赖他们照顾，所以急得不得了。我本打算回信告知，自从冰华在独角鲸族母屋现身之后，我们就没再听说它们的消息。这时荨麻开口了。她说，婷黛莉雅和冰华每天不是交配进食，就是进食交配，除此之外什么都不做。至于它们身在何处，她倒说不上来，只是偶尔跟婷黛莉雅联络一下，况且龙的地理概念，跟人类可说是天差地别。不过它们吃的是海里的‘熊’，所以我看它们一定是在我们的北方。如果它们往南飞回缤城，我们说不定有机会看到它们的身影。”

“我有个直觉，龙的事情不会这么快结束。不过我们自家的事情呢？原血者的事情解决了没有？”

“我们出门之后，原血者打打杀杀闹得很厉害。之前众人都以为原血者少之又少，出事之后，才发现具备原血血统的贵族数量也不少，此事使得好几个公国为之震动。甚至还有人谣传，毕恩斯公国的婕敏小姐养了猎鹰，而她的猎鹰眼睛所见者，婕敏小姐皆看在眼里。这谁料得到呢？在打杀最激烈、凶案接连发生之际，贵族们有原血血统的消息也纷纷传出。珂翠肯用尽手段要遏止喋血报复的事件，但是这一连串的打杀，目的其实是原血者要彻底清理家门，扫清他们所谓的‘花斑蛀虫’。罗网回来之后才听到这个变化，他非常惊骇，毕竟他一直都大力提倡，原血者应该要走出阴影，以便让众人认识并尊重原血传统。如今发生了这种事情，对他而言几乎可说是个挫败。但矛盾的是，他已经提议要建立一个‘原血镇’，以便展现原血者勤勉不懈、温文儒雅的特质。过去原血者大力反对集中居住，唯恐该镇容易变成旁人杀戮的目标，而如今他们却自己提议要建立原血镇，以便展现他们与人为善的那一面——只要没人跟他们寻衅就行了。王后正在考虑这个提议，毕竟这座城镇的坐落地点需要多方协商。这年头，许多人变得比以前更怕原血者了。”

“这个嘛，听来并不是很顺利啊。不过，至少现在原血者的事情已经可以摊开来谈了。”我呆坐了一会儿，心里胡思乱想。毕恩斯公国的婕敏有原智？应该不会吧。不过回想往日的情景，我也不敢笃定地说她一定没有原智。

“那么蜚滋骏骑·瞻远大人呢？蜚滋骏骑·瞻远大人会不会终于走入阳光下呢？”

"什么？才称'大人'而已？我还以为我会封王！"我不禁大笑起来，此语一出，切德吓得下巴差点掉下来。"不会。"我笃定地说道，"不会。我想我们还是让蜚滋骏骑·瞻远大人在地下长眠比较好。我所挂念的人都已经知道我仍活着了，对我而言，只要他们知道就够了。"

切德一边思索，一边点头。"吟游歌者总是以'于是他们甜甜蜜蜜地生活在一起，并且生了很多孩子'作为故事的结尾。我想用这句话来祝福你，却又觉得你的结局跟这个差得很远。"

"你的结局，也跟这个差得很远啊。"

他看看我，望向他处。"我有你啊。"他说道，"你有没想过，要不是因为有你，我可能一辈子都是躲在壁缝里不出来的'老蜘蛛'，至死都是如此？"

"我倒没想过。"

"我还有事要办。"他突然说道。他站起来之后，伸出一手搭在我肩上。"你现在还好吧？"

"应该算是不错了。"我答道。

"那我要先走一步了。"他低头望着我，补充道，"你以后小心一点好不好？自从你失踪以来，这些日子我不好过啊。我原本以为你把职责与血统丢在一边，逃离了公鹿堡。等到弄臣来过之后，我心里则深信你一定是'又'死在什么地方了。"

"你放心，你对于自己有多么小心，我就对自己有多么小心。"我对他承诺道。他扬起一边眉头瞪着我，最后点了点头。

我坐着等切德走远之后，才去看弄臣留给我的东西。我先打开卷轴。我认得出那是弄臣亲笔所写的娟秀字迹。他写了一首讲双人舞与离别的诗。我念了两次。从内容看来，应该是他在还不知道我失踪之前就写了。这么说来，他并未改变心意。他与普立卡之所以在公鹿堡暂留几天，是为了要来向我道别，而不是因为他改变了心意。

袋子里一团东西，有些沉重。我将那滑溜的包袱布解开之后，一块如同我拳头般大小的记忆石滚到桌上。这是弄臣以具有精技的手指雕出来的，这点我十分确定。我小心地用手指探一探，但只觉得这跟寻常的石头没什么两样。我将石雕拿起来细细打量。这石头有三面，交界处的图案融合在一起，说不出每一面的起点与终点在哪里。这三面，一面是夜眼，一面是我，一面是弄臣。夜眼耳朵竖起，鼻尖垂下，眼睛直视着我。接下来这一面是个年轻人，脸上无疤，眼睛睁得大大的，嘴巴微开。我真的曾如此年轻过吗？至于弄臣那一面，他刻的是自己当年的模样，头上戴着尖尾帽子，食指伸出，挡在噘起的嘴唇前，眉毛扬得很高，仿佛正在捉弄取笑人。

直到我捧起这个石雕，我才看出他在这石雕之中注入了什么样的回忆。这个石雕使我想起三个单纯温馨的时刻。如果我将手盖在夜眼那一面与我的那一面上，就会看到它与我一起蜷缩在我那个小屋的床上睡觉的情景；我的手盖在弄臣那一面与夜眼那一面时，则会使我看到夜眼趴在弄臣位于群山的小屋火炉前睡觉的模样。最后那个画面，一开始使我颇为困惑。我把手盖在弄臣那一面与我那一面上，然后不解地眨了眨眼睛。我瞪着看了好一会儿，才认出那也是弄臣的记忆画面：他的额头对着我的额头，我们两人四目相对之际，从他眼中看来的我，大概就是这个模样。我放下石雕，便见到弄臣那个意有所指的笑脸扬眉望着我。我也对他一笑，冲动地以我的手指去摸他的额头，于是便听到他的讲话声，清楚得像是他就在身边对我说话："我这个人，一向都不大明智啊。"听到这话，我不禁摇头。这是他要跟我说的最后一句话，可是他连最后这一句话，也讲得像个谜题。

我拿起我的宝藏钻入火炉后方，再将饰板摆回原位，之后便回到工作室去将我的宝贝藏好。吉利冒了出来，连连追问我为什么没替它带香肠来。我再三保证以后一定会多加用心，它则说你本来就该如此，接着用力地在我手指上咬了一下，以免我忘记。

然后我离开工作室，溜进公鹿堡的大厅堂。我知道椋音一定会跟来访的吟游歌者混在一起，所以我先去吟游歌者用以排练、聚会，并享用丰厚酒食招待的小厅。那房间里挤满了卖艺人，人人竞相表现，喧嚷无比，但却找不到椋音。接着我又到大殿与次殿去找，也是徒劳无功。就在我放弃希望，打算直接到公鹿堡城去碰碰运气的时候，却在女人花园中瞥见了她的身影，她正在跟其他几位夫人小姐一起散步。我一直站着，等到我确定她一定注意到我了，才走到一处比较僻静的石椅上坐下。我敢说她一定会来找我，而且我用不着等上太久。不过椋音一在我身边坐下来之后，说的第一句话竟然是："这样太不明智了。要是被人看到的话，可能会传得很难听。"

我认识她这么久了，从没看过她把别人的闲言闲语放在心上，所以我不但吓了一跳，还觉得很伤感情。"那我赶快问完问题，问完我就走人了。我要去城里找幸运，我听说近来他常常跟吟游歌者混在一起，所以我来问问看要去哪一家酒馆才找得到他？"

椋音露出一脸惊讶："你怎么会问我呢！这几个月以来，我都不跟他们混在一起了。少说也有四个月了。"她往长椅的椅背上一靠，双臂交握抱胸，直视着我。

"那你能不能随便猜猜看，可能是哪一家？"

她想了一会儿。"去'鹈鹕的喉囊'试试看。年轻的吟游歌者都往那里跑，唱些淫秽的歌啦，编编新曲啦。那个地方呀，吵翻了天。"她的口气显得颇不以为然。我扬起眉毛做出疑问状，她赶快澄清道，"对于初入行，要学唱歌讲故事的新人而言，鹈鹕的喉囊算是正经的了。可是再怎么正经，如今那种场所都不适合我出入了。"

"不适合？"我问道，努力自制，以免笑出来，"这是什么话！你是从何时开始注意要去'适合'的场所呀，椋音？"

她望向别处，同时大摇其头，眼睛也不看我，跟我说道："你以后不能再用这么熟的口气跟我讲话了，汤姆·獾毛。我以后也不能这样跟你单独见面了。对我而言，那种时光已经过去了。"

"你是怎么回事啊？"我冲口说道。我既惊讶，又有点伤心。

"我是怎么回事？难道你瞎了眼呀？你看看我。"她骄傲地站了起来，手放在小腹上。比椋音个子矮，可是比她胖得多的妇人多得是，所以我不是从她的身形，而是从她的姿势猜到了几分。"你怀孕了？"我难以置信地问道。

她吸了一口气，颤巍巍地绽出笑容，她突然像昔日的椋音一样，连珠炮地说了起来："这简直是奇迹。鱼貂大人请了位疗者来照料我的生活起居，那位疗者说，有的女人会在几乎已经没机会怀孕之际，突然变得能够怀孕。就像我这样。噢，蜚滋，我就要生宝宝啦，我就要有自己的孩子了。虽然孩子还在肚子里，但是我已经深爱着他，一天到晚都在想孩子的事情了。"

如今她看来高兴得放出光彩。我几乎不敢相信地眨眨眼睛。以前她不时会以苦涩的口气说道，由于她无法怀胎，所以她的家庭既不稳固，丈夫也在外拈花惹草，但是如今听来，她一定是一直都很渴望要有个孩子，只是多年来都将这个愿望按捺在心底，嘴上从来不提。我好惊讶。我诚心诚意地说道："我真的很为你高兴。"

"我就知道你会为我高兴。"她轻轻碰了我的手背一下。以前椋音与我见了面会彼此拥抱，然而那样的场面已成追忆。"我不能像以前那样子下去了。我非改不可，我敢说你一定能体会我的心情。我这个做母亲的，可不能传出一点闲言闲语，也不能有什么不妥当的举止，免得误了宝宝的前途。如今我必须变成模范主妇，埋首于家务事之中，其余一概不理。"

一时间，我突然吃起醋来。

"希望你的家居生活圆满甜蜜。"我平静地说道。

"谢谢你。我们就此分手，这你可以了解吧？"

"这我了解。再会了，椋音。再会了。"

我坐在椅子上望着她离开。她并不是一步步地走开，而是像滑过石板路一般地溜开，还双手捧着肚子，仿佛把未出世的孩儿抱在怀里。我那只贪婪且聒噪的小鸟儿，如今已经变成坐巢的母鸟了。望着她离去，我突然感到有点怅然若失。在我人生最困难的时候，我总是寻求椋音的安慰，那样的时光已经远去了。

我一边走向公鹿堡城，一边想着我与椋音在一起的时光。我不禁想道，我若是没有把自己的痛苦喂给石龙，那么我还会将她迎入心中吗？倒也不是说她跟我情投意合。回想起来，我真不知道当年我们两人是怎么凑合在一起的。

鹈鹕的喉囊酒馆位于公鹿堡城的新城区，要先爬上一条陡峭的小路，然后再下坡。酒馆有一半腾空在外，靠着木桩撑起来。

这个酒馆很“新”，而我所谓的“新”，是指我年少时这家酒馆还没开，不过梁柱已经被烟熏得焦黑，桌子也像一般常有吟游歌者光顾的酒馆那样显得斑驳——那是因为，吟游歌者们往往会跳到桌子上去唱歌或是制造高潮。

对于吟游歌者而言，这个时候还算早，起来活动的人不多，所以店里空荡荡的。店主人坐在高脚凳上，透过因为吹多了海风，窗缘结了盐晶的窗户，眺望着大海。我站了一下，让眼睛适应这个无论何时都显得暗蒙蒙的地方，然后便看到幸运独自坐在角落的桌边。他正将桌上那几块木头挪来挪去，好像在玩什么游戏，他的下颏边留了点短且卷曲的胡子。我走上前，站在他对桌，等他抬起头来看我。幸运一看到我便立刻跳了起来，同时大叫一声，惊醒了正在打盹的店主人，接着他绕过桌子，紧紧地抱住我：“汤姆！你回来了！我太高兴了！早先传出说你失踪了，后来你出现之后，我去看过你，但那时你睡得死死的。那个疗者有没有把我留给你的纸条交给你？”

“没有。”

我的口气使他有些警觉，他的肩膀稍微垂了下去。“啊。看得出来，我那些不好的消息一定都传到你耳里了，不过我敢打赌，你一定还不晓得我的好消息。坐下来。我真希望你看过我给你的纸条，这样我就不必重讲一遍了。同样的事情一讲再讲，实在很无趣，尤其是因为现在我每天都要一再重复练歌。”他提高音量，叫道：“麦恩？能不能麻烦你送两杯啤酒来？如果面包已经烤好了，请顺便给我们一些面包。”接着他又对我说道：“坐下来。”他自己也入座。我在他对面的位子坐下。他望着我的脸：“我就长话短说了。丝凡佳拿了我的钱，把自己打扮得花枝招展，之后迷住了一个老头子，如今她已经变成‘别针妻子’了。那个姓别针的家伙是个布商，年纪少说也有她的两倍大。那人既富裕，又有家业，财力雄厚，所以，这事就到此为止了。”

“那学徒的事情呢？”我平静地问道。

“待不下去了。”他平静地答道，“丝凡佳的父亲亲自去找晋达司师傅，指责我行为不检，所以师傅跟我说，我非改一改不可，不然就别想在他那里做下去，于是我便离开了师傅的木作工坊。我好笨呢！我出去之后，便劝丝凡佳跟我一起私奔，回我们的小屋去住。我跟她说，日子也许会很苦，但是只要我们彼此相爱，就算是单纯过日子，也会觉得很富有。她听说我连学徒都没保住，当场就火了，她说，我若以为她喜欢住在森林里养鸡，那就大错特错了。四天之后，她就勾着别针先生的手臂在街上走了。你说得没错，她的确靠不住。我早该听你的话才对。”

我咬住舌头，免得自己怒斥他怎么现在才想到这一点。我呆呆地坐着，注视着桌面，心里想着现在我的儿子该怎么办。那时是他最需要父亲帮助的时候，可是我却人在远方，把他一人丢在公鹿堡城。我思索着接下来要如何收拾残局。“我跟你一起去。”我提议道，“我们一起去找晋达司，请他重新收留你。如果需要的话，我会低声下气地求他。”

“不！”幸运惊讶得说不出话来。他大笑道：“你还有一半故事没听呢，先别急着下结论。你呀，老是往最坏的方面想。汤姆，我现在跟吟游歌者在一起，而且我很快乐。你瞧。”

幸运把那些木块推到我面前来。这些木块还需要再琢磨，不过我看得出，木块组合起来之后，就成了一把小型竖琴。我跟椋音混得够久，所以我知道要成为吟游歌者的第一步，就是学着做把基本的竖琴。

“我以前都不知道我能唱。我当然知道我可以唱歌，我的意思是说，我以前并不知道我的嗓子好到可以当吟游歌者。我从小听着椋音的歌长大，她唱，我就跟着唱。我从来没有多想，但是现在我才知道，光是在晚上的时候听着她唱歌讲故事，我就已经把好多歌、好多故事默记在心里了。如今她跟我是大不相同了，但她也不赞成我走这一行。她说，我若是走这一行，你一定会怪罪她。但椋音虽不赞成，却仍帮我作保，还放出风声，说我可以一直唱她的歌，直到我创造了自己的歌为止。”

店主人把啤酒与新鲜、酥脆、热腾腾的面包送到我们桌上来。幸运将面包掰成小块，开始大嚼起来，而我仍在努力揣想这是怎么回事。“你要做吟游歌者？”

“对！椋音带我去见一个名叫‘沙舌’的人。沙舌的嗓音糟透了，可是他弹起琴来，那真是神乎其技，而且他已上了年纪，乐得有个年轻人帮他提提行李。况且要是出门在外、碰不上旅店歇宿的时候，也好有人帮忙生火取暖。当然，我们会待到丰收庆之后才走。今晚沙舌会在次要火炉前献唱，我也可能会帮着唱一两首歌，逗逗小孩子。汤姆，我从来不知道人生可以过得这么好。我真爱死了现在的生活。我在不知不觉间从椋音那里学来了本事，就等于是在为当吟游歌者而做准备了。不过我到现在尚未做好自己的竖琴，也还必须新编几首歌才行。但是沙舌说，新歌自会找上我。他说，我应该要耐心一点，别急着编新歌，而是要等着新歌找上我。”

“我从没想到你会变成吟游歌者，幸运。”

“我也没想到呀。”他咧嘴笑道，不在乎地耸起一边肩膀，“但是我做吟游歌者正合适，汤姆。没人在意我父母是谁，或是有没有父母，也没人在意我两眼同不同色，更不用像木工学徒那样，永无止境地磨砂纸。噢，沙舌逼我一再重复背诵，务必要背到故事的每一个转折都如他的要求，这点我可能会有小小抱怨，但是那又没什么难的。直到现在，我才知道我的记性这么好。”

“那么丰收庆之后呢？”

“噢，这是唯一的小缺憾。丰收庆之后，我就要跟沙舌出门了。他一向在毕恩斯公国过冬，所以我们会一路卖唱到毕恩斯公国去，之后在他老主顾家中的温暖火炉前度过冬天。”

“而且你不后悔。”

“唯一的小缺憾，就是冬天的时候，我们会比这个夏天更少机会见面。”

“可是你很快乐？”

“嗯。快乐到了极点。沙舌说，当你放开束缚，随着命运而行，而非耗劲心思扭转人生、试图改变命运的时候，快乐就会跟着你走。”

“是啊。但愿快乐随你而行，幸运。但愿快乐随你而行。”

然后我们一边喝酒，一边聊些小事。就我而言，看到幸运受到这么大的打击，却仍勇敢地重新站稳脚跟，心里实在感动。而且照他说起来，椋音应该是帮了不少忙，只是她在我面前一字不提。椋音既允许幸运唱她的歌，可见得她的确是下定决心，要把旧日的人生抛在脑后。

我大可以跟幸运聊上一整天，但是他望了望窗外的天色，说他得去把师傅叫醒，并且帮他端早餐进去。幸运问我，晚上我会不会去参加丰收庆的庆典。我说我不见得有空，不过希望他晚上一切愉快。幸运回答，这是一定的，然后就向我道别了。

我挑了一条经过市场的路回去。我先买了花，又在其他摊子上买了些甜点，接着绞尽脑汁，拼命地揣摩到底要再买什么礼物，才能让耐辛消气。我逛了半天也想不出来什么，同时惊讶地发现自己因为一摊逛过一摊而耽搁了好多时间。我在走回公鹿堡的路上碰上要前往堡里过节的人潮，我夹在人群之中，前面是一板车的啤酒桶，后面则是一群边走边练习的卖艺人。其中一名玩杂耍的小女孩问我，我买花是不是为了要送给心上人，我答称这是要送给母亲的，结果引起众人朗声大笑，可怜我竟然连个甜心都没有。

我到耐辛的房间去找她。她坐在椅子里，脚翘在矮墩上。她一把眼泪一把鼻涕地骂我好没良心，竟然让她担心成那样，而蕾细则把花装在花瓶里，又泡了茶来配甜点。我将自己的遭遇讲出来之后，耐辛倒消气了，不过她还是抱怨我至少害她少活十年。

我正努力回想上回我的故事讲到哪里，此时蕾细平静地说道："前几天莫莉来看我们。都过了这么多年，能再见到她真好。"我目瞪口呆，说不出话来，而蕾细则有感而发地说道："就算穿着守寡的衣裳，她的模样还是很标致呢。"

"我跟她说，她早该让我跟孙女儿见面了！"耐辛突然宣布道，"噢，她讲了一百条理由，但是我一条也不服。"

"你跟她吵架了？"我失望地问道。这下子完蛋了。

"才没有。当然没有。隔天莫莉就叫那孩子来看我了。'荨麻'。什么名字不好取啊，偏偏取作荨麻！不过那孩子心直口快的，这点我倒喜欢。她说，如果细柳林庄园是因为你是她父亲才过继给她的，那她才不要。我跟她说，这跟你一点关系都没有，细柳林之所以要给她，是因为她是骏骑的孙女儿。既然她是骏骑的孙女儿，这庄园我不传给她，要传给谁呀？我敢说她一定已经发现到，我竟然比她还要固执。”

“我看是不相上下哟。”蕾细满足地说道，她那扭曲的指头勾着桌缘。我很想念以前她无时无刻都在编织的声音。

“莫莉有提到我吗？”我虽问了，却很怕听到答案。

“她是提了，不过她是怎么说你的，谅你也不会想听。她知道你还活着，不过那不是我告诉她的。我这个人绝对守得住秘密，才不像你呢！我看她原本大概是打算来找我大吵一架，不过当她发现，多年来我也跟她一样，以为你已经死了，并因此而过分哀痛时，我们两个倒是心有戚戚地聊起来了。当然还谈到博瑞屈，亲爱的顽固的博瑞屈，我们两个好好为他哭了一阵子。博瑞屈是我的初恋情人，这你是知道的，人对于初恋情人总是有一份不同的情怀，所以我内心深处对于那个倔强的男人，仍有点念念不忘。我这样说，莫莉倒不介意。我跟她说，你的初恋情人再怎么差劲，也总是会在你的心里占有一席之地，她也说确是如此。”

我坐着，一动也不动。

“她的确是这么说的。”蕾细应和道，她朝我瞥了一眼，像在估量我会笨到什么程度。

耐辛继续叨叨地讲下去，但是我发现自己无法集中心神听她在讲什么。我的心已经飘到别的地方，与一名红裙被风吹起的少女一起到悬崖边散步去了。最后我领悟到耐辛正在暗示我该走了，她说她必须开始着装，提早为晚上的庆典做准备，如今她的动作已经没有以前利落了。她问我晚上会不会去。我说大概不会，因为那一屋子的贵族男女之中，可能有人一看到我，就会勾起可怕的回忆，所以我还是避一避得好。她听了点点头，不过补了一句：“你已经变了很多，这你知道吧。那天要不是蕾细，就算你从我眼前走过，我也认不出来。”

我真不知道自己是否该因此而感到安慰。蕾细送我走到门边，一边说道：“这个嘛，我看大家都变了很多。这个莫莉呀，她走到哪里我都认得出来，不过我已经跟当年大不相同了。就连莫莉也变了，她跟我说：‘蕾细，他们竟把我安置在南翼的紫罗兰室，真是令人意想不到。我以前是住在顶楼的女仆，如今他们却把我安置在紫罗兰室，也就是以前明灭大人夫妇住的房间。想想看，人事的变化真是难料啊！’”说完，蕾细那昔日熟悉的眼睛瞥了我一眼。

我慢慢地点了点头。

36. 丰收庆

由于诸君问及，因而特修信函告诉诸君，已有人见到蓝色的母龙婷黛莉雅，以及黑色的公龙冰华的踪影。双龙看来既健康，胃口极佳。诸君既关心双龙的福祉，也关心婷黛莉雅留给诸君照顾之幼龙的福祉，此事我们已经转达给双龙。不过，双龙是否领悟到各位不但十分期盼且急切地想知道它们的消息，这点我们就无法确定了。但是诸君也许能够了解，双龙似乎将所有的心思放在彼此身上，所以既无意与人们对话，也不想理解人们的语意。

——珂翠肯王后致缤城商会之信函

到了晚上，我又回到位于墙壁后面的老地方，不过这一次我不是来执行切德交派的任务，而是纯粹因为好奇才来的。我带了一个提篮，提篮里装着酒、面包、苹果、奶酪、香肠，还有一只小黄鼠狼，此外又带了个松软的坐垫。我将眼睛贴在窥孔上，观看六大公国之人与外岛人所形成的人潮。

今晚并没有正式的排场，正式排场是明天。此时桌上已经摆满了丰盛的果馔，不过桌子贴壁而放，中间留出一片空地，以便跳舞。今晚是尚未闯出名号、年纪仍轻的吟游歌者，杂耍卖艺人和演木偶戏之人的表现机会。大殿的气氛悠闲嘈杂，今晚平民与贵族一起混杂在公鹿堡的厅堂与庭院中游玩。其实我若是在场中遛达应该也很安全，不过我没那个心情，所以我躲在这里观看，以众人之乐为乐。

由于我到得早，我得以听到幸运唱歌。在他面前聚了一群孩童观众——孩子们早早地便聚在这里听歌，因为他们必须早早上床睡觉——他选了两首傻里傻气的歌，一首讲的是个男人出门猎捕月亮，另外一首讲的是有个女人为了得到酒喝，在田里种了个酒杯，为了要有肉吃，在田里种了支叉子等等。以前椋音唱这两首歌的时候，幸运总是听得哈哈大笑，如今他唱给小观众听，小观众们也听得大乐。幸运似乎真的打从心里喜欢做这一行，而他师傅看了也很高兴。我轻轻地叹了一口气。我儿子要去做吟游歌者了，我从未想象过会有这么一天。

我也看到迅风。他因为守丧而将头发理短。自从我上次看到他以来，才过了一两个月，但是那孩子看来大了许多——不是脸上变得更老成，而是个子长高了不少。他跟在罗网身后，看到他有罗网这样的导师，我心里很欣慰。我四处张望，在跳舞的男男女女之间看到了儒雅大人。他正在与一名少女共舞，我惊讶地发现那女孩竟是荨麻。我惶惶不安地盯着他们两人跳到这一曲结束，接着晋责王子伴着惜黛儿小姐走到儒雅身边，邀请荨麻跳下一支舞。王子看来庄重且欢欣，却不免显得有点寂寞。据我猜测，他今晚其实只想跟好朋友的女友，以及他的侄女跳舞，至于其他人，那都是应付了。荨麻跳得很好，不过她似乎太过注意自己的表现，若非因为她怕自己跳错舞步，就是舞伴与她身份悬殊，使她不太自在。她的礼服样式简单，跟王子的庆典服饰是一样的风格，看得出是珂翠肯王后特别关照过的。

一想到王后，我的眼睛便开始搜寻她的踪影。珂翠肯坐在一把高背椅上，眺望着全场。她看来很累，但是很高兴。切德并未站在她身旁，我心里觉得纳闷，再定睛一瞧，发现他也在跳舞，他的舞伴是一名红头发的女子，年纪大概只有他的三分之一。

我一个接一个地巡过在我人生中占有一席之地的人物。椋音，如今是鱼貂夫人了，她坐在一张铺着软垫的椅子上，她的丈夫殷勤地帮她张罗饮料食物，像是唯恐仆人办不好这么重要的任务似的。耐辛夫人进来了，她身上那层层的蕾丝，大概比全场的夫人小姐们身上穿的蕾丝加起来还要多，蕾细伴随在她身边。她们两个在长椅末端接近木偶戏舞台之处坐下来，随即开始评头论足。两人又是点头，又是指指点点，又是互相咬耳朵，像是一对小女生。迷迭香小姐正在跟两位外岛的首领讲话，我敢说，她那迷人的笑容以及丰满的胸部，必会挣得不少宝贵消息，绝对足够切德好好思索一番。

阿肯·血刃也在。他披着红狐狸的毛皮大氅，正起劲地跟毕恩斯女大公讲话。毕恩斯女大公很礼貌地听着，不过我倒不敢说贸易协定一定能使她对外岛人的想法完全改观。我看到三个我认得出来的首领团之人聚集在摆设食物的桌子边，另有几个正目瞪口呆地望着木偶戏。我的目光再度落在荨麻身上，她正穿过拥挤的人群。一名身材结实的年轻男子朝着她的方向走过去，从那少年削得短短的卷发看来，我猜他必定是博瑞屈的大儿子骏骑。荨麻与骏骑两人站在嘈杂欢笑的人群中谈话。接着，一名穿着式样简单深蓝服饰的女子走上去，手边牵着一名不断想要挣脱母亲的小男生。看到莫莉剃光了头发，我不禁瑟缩了一下。我敢说，博瑞屈一定不愿意她把那一头漂亮的头发剪掉。奇怪的是，顶着个光头，反而使她显得年轻。莫莉抓着火炉的手，另一手指着另外一个小男生，显然是想叫骏骑帮她把孩子们都找回来，好让她带他们回去睡觉。不过荨麻不但不帮忙，反而一把将小弟弟抱了起来。她抱着火炉在舞池里曼舞，火炉因为逃离了母亲的掌握，乐得尖叫，咯笑个不停，旁人见了也跟着笑了起来。骏骑伸手去安抚莫莉，又对她的话点头称是。此时一团特技艺人大显身手，表演起叠罗汉，结果挡住了我的视线。等他们耍完特技之后，莫莉已经不见人影了。

我离开窥孔，坐回阴影之中。我手肘边的吉利问道：香肠？

我凭触觉在篮子里翻找，但是只摸到一些香肠的碎片。吉利早把那几条香肠当作是假想敌，并在一阵打杀之后将之砍成碎片了。我找到了一块比较大一点的碎香肠，吉利高高兴兴地从我手上抓过去吃掉。

我的晚上便这样过去。我看到我心爱的人们随着音乐起舞，虽说，坐在厚墙之后的我，几乎听不到乐声。我再度离开窥孔，好让酸痛的背部休息一下。这时，一小束光线穿过窥孔照了进来，我伸手捕捉那一束光，怔怔地望了好一会儿。我心里想道，这必定是我人生的预兆。我把自艾自怜的心情抛在脑后，再度靠到窥孔上。

阿憨双手捧着一叠单个的水果蛋糕，高高兴兴地离开食桌，他的音乐既响亮又激昂，他开心地就着音乐的节拍往前走，只是其他宾客从他们耳里听到的音乐看来，恐怕会觉得他的步履根本跟不上音乐的节奏。不过我对自己说道，至少阿憨人在场中。至少他人在场中，与众人同在。我突然有一股冲动，想要把谨慎抛在脑后，冲下去与大家同乐。但是这股冲动来得快，去得也快。这是不成的。

莫莉的孩子们找到了一个符合他们喜好的杂耍艺人。他们散成半圆形，围住那个杂耍艺人，专心地看他表演。荨麻一手拉着火炉，一手拉着稳重，骏骑手里抱着明证，敏捷和迅风并肩站着。我注意到罗网站在他们身后，虽隔得稍远，但时时注意着他们的动静。我的眼睛扫过群众，没有看到我想找的人。我站了起来把提篮和坐垫留给那小黄鼠狼，迅速地穿过狭窄的密道。

我知道紫罗兰室有个窥孔，但是我避而不看。我离开密道之后，先在大壁柜里待了一会儿，将身上的灰尘和蜘蛛网扫开，接着眼睛看着地上，迅速地穿过公鹿堡的拥挤走廊。幸亏没人注意到我，没人叫我名字，或者叫住我，问我近来如何。看来我是可以避人耳目的。上了楼梯之后，人群就渐渐少了，等到我走到公鹿堡的套房区之后，走廊更是空无一人——大家都去参加下面的庆典了。但我是例外。莫莉也是例外。

我在紫罗兰室的门口来回走了三次。走到第四次，我命令自己伸手敲门，而且终于敲了门，只是力道太大了。我心里怦怦地跳，整个人在颤抖，四下寂静一片。然后，就在我以为这次虽鼓足勇气，却是白忙一场，莫莉想必不会应门了之时，却听到她轻轻地问道：“谁？”

“是我。”我答得其笨无比。就在我绞尽脑汁想着要把我的哪一个名字告诉她时，莫莉明白地告诉我，她已经知道我是谁了：

“走开。”

“求求你。”

“走开！”

“求求你。”

“不行。”

“我已经答应博瑞屈说我会照顾你和那几个小孩子了。我已经答应博瑞屈了。”

门开了一小缝。我看得到莫莉的一只眼睛。她说道：“这倒好笑。当年他第一次带东西来看我的时候，用的也是这一套说辞。他说，他在你死之前答应了你，说他一定会照顾我。”

我不知道要答什么才好，门又开始关上。我赶紧将一脚插入门缝之中。“求求你让我进去，只要一下子就好。”

“你脚走开，不然我就把你的脚夹断。”她可不是在开玩笑。

我决定赌一赌运气：“求求你，莫莉，我求求你。都过了这么多年，难道我连个解释的机会都没有？就这一次就好。”

“你早在十六年前就该解释了。你早该在事情还有转还的余地时就解释清楚。”

“求求你让我进去。”

她突然一把将门拉开，眼里燃着怒火：“我只想听一件事。你跟我说说我丈夫临终前是什么情况？”

“好。”我轻声应道，“我是该把当时的情况告诉你。这是我欠你的。”

“对。”她说着，开了一条只足以让我钻进去的小缝，“这是你欠我的。你欠我的远不止于此！”

她穿着睡袍，罩着披肩。她的身体比我印象中更加丰满，这是女人，而非少女的体格，但并不是说她现在就不吸引人。房里飘着她的味道，不只是她的香水味，还有她的体味和蜂蜡与做蜡烛的味道。她的床边铺了个通铺，可见得她那几个儿子都待在这里，跟她一起睡。她的发刷和梳子搁在桌子上，她现在其实用不上这些，摆在这里应该只是出于习惯。

我冲口而出的第一句笨话是："倘若他在，他一定不让你把头发剪掉。"

她伸手抚头，气愤地质问道："你怎么知道？"

"早在他将你从我身边抢走之前，他就见过你了。他在第一次见到你的时候就说：'她的外套带着一点红色。'"

"他说话就是那个调调。"莫莉应道，"但是他从来就没有把我从你身边'抢走'。我们两个都以为你死了。你让我们以为你已经死了，所以我绝望透顶。我从不曾想过自己能够张罗一切，独立地把孩子养大。如果说真有谁'抢'了谁，那就是我把博瑞屈抢了过来。我把他抢了过来，因为我爱他，因为他待我好，因为他待荨麻好。"

"我知道。"

"你知道就好。坐下，把他怎么死的讲给我听。"

我坐到椅子上，讲述博瑞屈伤后那几日的情景，莫莉则倚坐在矮柜上听。我从未想过自己会跟莫莉讲这些，因此尴尬得不得了。不过能把这些话讲出来，我心里却也轻松许多。我想，这些事情不只是她想要知道，我自己也想一吐为快。她专心地听着每一个字，仿佛每一个字所代表的博瑞屈的人生片刻，都是她的宝贵财产。我不太想讲出他有原智之事，不过能讲这个故事，势必得把这一点讲出来。她一定是已经知道了，因为她听了之后既不显得惊讶，也不嫌恶。我跟她说的事情，是就连迅风也无法得知的，因为我可以告诉她，我看得非常明白，博瑞屈的确钟爱迅风这个儿子，当他过世之时，父子两人之间没有任何嫌隙。我跟莫莉说的和我跟荨麻说的略有不同。我告诉她，博瑞屈请我照顾她，以及他那几个幼子，莫莉自然知道那几个字背后有什么深意。当时博瑞屈跟我说，他比我更配得上莫莉。我把这句话原原本本地讲给她听，同时我也告诉她，博瑞屈这句话，我很赞成。

她坐直起来，尖刻地说道："很好。原来你们两个都讲定了。不过你们有想到要先问问我的想法吗？你们难道没有停下来想一想，也许谁比较配得上我，应该由我来决定才对？"

这几句话开启了一扇门，使我叨叨地说出当时我在做什么，以及我是在何地得知、如何得知她已经与博瑞屈在一起的。我讲话的时候，她的眼睛望向他处，嘴里咬着大拇指指甲。我讲完话、陷入沉默之后，她说道：“当时我以为你已经死了。如果当时我知道事情还有其他可能，或者他知道事情还有其他可能的话……”

“我知道。但是当时我不管用什么方法送消息给你们都不安全。况且，一旦你们……那么一切都太迟了。倘若我回去，那么我们三人之间，恐怕会有难以弥补的裂痕。”

她往前一靠，双手托着下巴，指头掩住嘴。她闭着眼睛，眼泪仍从睫毛下源源涌出。“瞧你弄得一团糟。你看看，我们的人生都缠搅成什么样子了。”

我心里有千百个答案。我可以反驳说我并未弄得一团糟，我可以说这一切都是命运使然。但是突然之间，我只觉得这些话太沉重，沉重得我无法说出口。所以我干脆放手。干脆统统放手。“如今已经太迟了，就算你我之间要有点什么，也已经太迟了。”

“噢，蜚滋。”就算她是在责骂时说出我的名字，我的心里仍有些甜蜜，“你呀，无论什么事情都来得不是时候，不是太早，就是太迟。总是有一天我要如何如何，总是明天我要如何如何，要不然就是等你替国王尽了这个职责之后再说，但这次一定是最后一次了。可是女人需要的不是以后，而是当下。我就是这样。可惜当年我们少有‘当下’。”

我们两人沉默且遗憾地坐了一会儿，最后她平静地说道：“骏骑不久就会把孩子们带回来了。我答应他们，他们可以待在大厅，把最后一场木偶戏看完再回来。若是让他们回来了，发现你在这里，那实在一点好处都没有。他们既不懂，我也无法解释。”

于是我离开了。我在门口对她鞠躬道别。我连她的手都没碰到。这时我的感觉，比敲门之前更糟糕。那时候，我至少有一丝希望；如今我离开时，却只感觉到现实的沉重。一切都太迟了。

我走下楼梯，回到拥挤的群众与嘈杂之中。众人的喧嚣声变得更大，有些人兴奋地讲话，有些人在问问题，有些人则在重复他们听到的流言。“有船！外岛来的船！”

“现在靠岸太晚了。”

“挂的是独角鲸族的旗子吗？”

“信差刚刚进来！我看到信差手里拿着圆筒。”

接着人群开始涌回大殿，我则被困在人群里，不得不跟大家一起行动。我试过要挤到密道入口，但结果只是肋骨被人撞了好几下，又被人怨骂了几声，只得放弃希望，任由兴奋的人潮将我带进大殿。

的确有个信差到了，他刚走到王后身边。大殿的热闹气氛花了好些工夫才平息下来，演奏舞曲的乐团先停止奏乐，然后木偶戏停演，玩杂耍的也收起耍弄的道具。众人十分期待地轻声交谈，人潮仍不断涌入大殿。站在王后身前的信差仍喘着气，他手里拿着的那只圆筒，显示他乃是皇家信差，片刻耽搁不得。切德一下子便到了王后身边，王子也走上高台，站在母亲身边。王后打开卷轴，拿高，好让他们也能一同展读。这时底下喃喃的议论声停了下来，现场一片寂静。

“好消息！刚才有一艘挂着独角鲸旗的船进港了。”王后宣布道，“看来，外岛独角鲸氏族的皮奥崔首领，说不定可以参加我们明天的丰收庆盛典。”

这真是个大好消息，阿肯·血刃激昂热切地大喊出来，他的声音轻轻松松地便盖过诸大公与女大公拘谨的应和声。有个外岛人用力一拍提尔司大公的后背。王子开心地对全场众人点头，并挥手示意乐师继续奏乐，乐师们奏出一支活泼的庆祝曲。大殿上已经挤得无法跳舞，人们似乎光是站在原地，随着轻快的曲调跳一跳、摇一摇，就已经很满足。接着有些人逃出去呼吸些新鲜空气，或是去向别人散布消息，大殿上因此变得没那么拥挤。木偶戏演完之后，骏骑和荨麻把弟弟们聚拢，带回房间去了，其他孩子也各自被带回去睡觉。我心里正想道，趁现在人变少了，我应该大可以优雅地离开，用不着爬回密道时，外面又响起第二波兴奋的声音。这兴奋的声音一起，人群又再度涌入大殿。我感觉到有人在拉我的袖子，回头一看，原来是蕾细，她悄声说道：“年轻人，到我们这边来坐。我们会帮你掩饰。”

因此过了不久，我便坐在长椅上，夹在耐辛与蕾细之间，看起来就像是偷入鸡舍的狐狸般不起眼。我垂下肩膀，拿了一杯新鲜苹果酒遮脸，打量着这新一波不知为何而起的喧嚷。

原来是皮奥崔到了——我看到他动也不动地站在门口，外面的叫嚷声比里面更大声，看来情况不只是他抵达这么简单，况且他脸上表情坚毅，仿佛这件事情不可小觑。他将双手高举过头，大声喊道：“烦请让路！烦请让路一下！”

现场挤成那样，要让路谈何容易，但人们还是让出一条路来了。皮奥崔带头以缓慢稳重的步履走了进来，他身后则是众人前所未见的景象：艾莉安娜穿着一件带兜帽的蓝斗篷，兜帽镶着白毛皮边，格外衬出她的黑发黑眼。斗篷不但及地，且拖曳在她身后。这斗篷是公鹿堡蓝，整件斗篷上都是并列的公鹿与跳出水面的独角鲸，公鹿与独角鲸的眼睛乃是闪闪发亮的宝石，所以她走进大殿时，宛如将夏日的繁星夜空穿在身上。

王子一直站在高台上与他母亲待在一起。此时他低头俯瞰着艾莉安娜，任谁一看，都看得出他满心欢喜。他既没有对母亲和切德说句话，同时也等不及走下两阶，而是干脆跳了下来。艾莉安娜一看到晋责，便将兜帽拨到后面，跑上前去。他们两人在大厅中央相遇，他们互握着手，艾莉安娜清脆欢欣的声音传了出来：“我等不及了。我无法等到冬天，更无法等到春天，所以我来到此地与你成婚，我会努力按照你们的习俗在此住下来，虽然你们的习俗颇为奇怪。”

王子低头望着艾莉安娜，欢欣的心情溢于言表，接着我便看出他露出犹豫的神情。他正在思索，在场的人这么多，他要如何回答才算合宜。艾莉安娜抬头看到晋责那谨慎的脸色之后，脸上的光彩便开始黯淡下来。

我激烈地对晋责技传道：*快告诉她，你也等不及了。告诉她你也深爱着她，你要马上娶她。这份爱来自于大海的那一端，又让她付出这么大的代价，说什么都不能拖延！她是女人啊，你必须当下就要让她感受到爱意。*

切德的脸冻结在惶恐的笑容之中。王后站了起来，我知道她屏住了呼吸。

皮奥崔一动也不动地站着，他一定是在祈祷王子切莫伤害，也莫羞辱那少女。

晋责朗声说道："那么我们这个星期就结婚，不只是在诸大公，而是在所有在场众人面前成婚。我们不但要结婚，还要以夫妻身份出席庆典。这样你可愿意？"

"艾达神、埃尔神，大海与大地！"血刃大叫道，"公鹿与独角鲸！正当每年的交替之际，这会为我们所有人带来好运啊！"

"就这么办！"皮奥崔也叫道。他脸上又惊又喜。

"我很愿意。"我看到艾莉安娜的嘴型说出这几个字，但是并没有听到她的声音，此时全场已是欢声雷动。切德闭上眼睛，过了一会儿才睁开，然后他脸上露出了笑容，看来此时他对于这位冲动莽撞的王子颇感骄傲。他眼里些许不悦被艾莉安娜眼中所焕发的光彩所抵消。如果她曾有片刻动摇，需要晋责给她确认，那么此时他已让她安心了。我心里想道，艾莉安娜为了来到这里嫁给晋责，恐怕她自己与她的族人都必须付出不少代价。她的斗篷上既有公鹿，又有独角鲸，不过我猜这衣裳大概不是她自己独力做成。这么说来，她的母系家族还是有人支持她的决定。

"他们这个星期就要成婚？"耐辛对我问道。我点了点头。

"那这次的丰收庆一定令人难忘。"她有感而发地说道，"最好是赶快派信差到全国各地去送信哟。这么重要的大事，谁都不想错过。自从骏骑与我结婚以来，公鹿堡就没办过像样的皇家婚礼了。"

"可是到目前为止，大家都是在筹备丰收宴，不是婚礼。我敢说，厨子们听到了一定很气恼！"蕾细对我们两人说道。

蕾细说得一点也没错。我好不容易从自己造成的这一片混乱之中抽身，甚至还趁天亮之前，在我的工作室里睡了几个小时。能像我这样小睡片刻的人可能少之又少。仆人们忙了一整夜，幸亏丰收宴早就准备得差不多，堡里上下早已用秋日的花枝装饰得漂漂亮亮。再者幸亏诸大公夫妇都已经前来参加丰收宴，要不然，若是因为王子匆促宣布结婚，而使得哪些重要贵族错过婚礼，那就难以收拾了。

第二天一整天，我都没空去窥孔边观看。我站在王子卫队的后排，熬过冗长的丰收庆仪式。长芯已经把我们卫队的人补齐，不过我站在那里的时候，仍不禁想起那些因为远征而未能回来的队友。谜语站在我身边，我想他的感受也跟我一样深刻。尽管如此，望着王子与他的新娘，仍让人感到满足。

他们以国王、王后的排场出现，这是久久不见的场面，公鹿堡已经很久不见皇室佳偶了。裁缝师们必定是通宵赶工，艾莉安娜仍套着她那件独角鲸与公鹿的斗篷，身上则穿了一件与王子一模一样的束腰外衣。王子换下平常的简单王冠，戴上豪华的丰收之冠。我看得出这必是切德的手笔，他特别要让王子以已经加冕的国王之姿，出现在诸大公面前。艾莉安娜也戴着王冠。王子戴的王冠是饰以镀金的鹿角，艾莉安娜的王冠则镶着蓝珐琅、银镶边的角形物，以象征独角鲸的角。他们两人在铺沙舞池中央翩翩起舞时，看来就像是传说故事中跑出来的人物。

“就像是艾达神和埃尔神亲身降临了一般。”谜语有感而发，我也不禁点头。

无论是贵族还是平民，都因这场盛会眼花缭乱。接下来几天，堡里和城里涌进的人潮之多，乃是多年来所罕见。王子表彰原智者的仪式上坐满了人，不管是相干或不相干之人，都在谈论他为原智者授勋的事情。扇贝跟众人讲述当时的故事。他果然不负随团记录者的重任，寻常的吟游歌者不免在小节上随便带过，但是他却将事情的经过记述得很精确。也许正因为他是原智者吧，所以他不愿让人觉得自己在讲故事的时候添油加醋。他以令人感动，却很单纯的方式述说，他极少提博瑞屈与原智小组用的是什么样的魔法，但是大大阐扬了原智小组自始以来对王子的忠诚奉献之心。

扇贝、迅风、罗网与儒雅被正式宣布为王子的“原智小组”一员。有些年纪大的贵族抱怨，就他们记忆所及，一向只有为国王效力的少数精技人，才够资格称之为“小组”。切德向他们保证，一待找到合适的候选人，并经过筛选与测试之后，王子也必会有个“精技小组”。

王后将细柳林封赠给莫莉，而非荨麻，在外人看来，这是皇室为了答谢博瑞屈尽心为国，才将这个产业赠予博瑞屈家族。莫莉感谢地接受，我知道这产业的收入，必可让她和子女生活无忧。荨麻小姐已经成为王后随员团的最新成员，迅风则正式拜在原智师傅罗网门下当学徒。罗网简短，但是感动地谈起博瑞屈的魔法有多么高强，并为他不得不遮掩自己的长才，也不能教育自己的儿子而叫屈。然后他将我们刚出航时，他跟我讲的那个谜题的谜底讲了出来。他说，博瑞屈死前凝聚了仅余的所有力量向儿子道别，接着念出了所谓的“战士祷告辞”后死去。据罗网描述，博瑞屈临终前叹道：“是啊。”众所皆知，这个字乃是我们对于人生最真诚的祝祷，它所代表的，乃是接受人生。

晚上我坐在工作室里想着罗网说的话。油灯倒下，灯油漫到桌上的精技卷轴，把许多古老的字体泡得肿大模糊，我为了抢救卷轴，满手沾得油腻腻。这真是个又累又无聊的工程。最后我将卷轴推开，用破布把手擦干净，又替自己多倒了点白兰地。

我不知道自己到底赞不赞成罗网的讲法，但是回顾过去。“是啊”这种认命的态度，的确是博瑞屈一生的守则。说真的，对生命说“不”，实在没什么荣耀，也没什么满足可言。我自己对人生几次说“不”，因而我深明其中滋味。

我努力要再跟莫莉单独讲讲话，却苦于找不到机会，她那几个孩子总是缠在她身边。此时我孤独地坐在火边，却想通了一个道理：那几个孩子本来就是莫莉的一部分，她不会丢下孩子不管，一个人独处的时机，可能少之又少。长久以来，我一直不准自己对她表达心意，直到现在才解除禁忌，但是我再不行动的话，机会就要溜走了。

隔天早上，也就是婚礼当天的早上，我早早地到蒸汽浴室洗了个澡，以多年来少有的仔细态度，把胡子刮干净。回到塔楼之后，我重新将头发扎成战士马尾，拿出弄臣送给我的衣物。我慢慢地穿上白衬衫和蓝色束腰外衣，再套上蓝色的紧身裤。现在的我看来是个不折不扣的公鹿堡人，但是再也不像是仆人，也不像是侍卫了。我望着镜中的自己，忧愁地笑了起来。耐辛若是看到我这模样一定很高兴。我看起来跟我父亲简直是一个模子印出来的。我鼓起勇气，将狐狸别针从束腰外衣里面挪出来。那银狐对我眨眼，我也对银狐一笑。

我离开密道，走入公鹿堡的走廊。我几次发现有人在看我，还有一名男子停下脚步，皱眉瞪着眼打量我，像要努力勾起什么回忆。我大方地从他面前走过。堡里尽是匆忙来去的仆人，以及正在彼此打招呼的贵族。我直朝紫罗兰室而去，坚定地敲了敲门。

荨麻开了门。我没料到是她，我本以为我第一个碰上的应该是年轻的骏骑。她瞪着我，随即认出了我来，吓得往后一跳。她一句话也没有说，最后我问道："我能进来吗？我想跟你母亲和你弟弟们讲讲话。"

"我看这不好吧。你走开。"她说道，就要把门关上，但是骏骑抓住了门缘，对她问道："是谁？"然后又轻轻地对我说道："大人，您别放在心上。她穿得一副大小姐模样，讲话却像是渔妇一样粗鲁。"

这房里塞了一屋子的小孩，我到现在才知道七个孩子是什么阵仗。迅风和敏捷坐在火炉边的地上对弈石子棋，稳重则在一旁观战。迅风抬起头，一看到我，惊讶得嘴巴大张，他的双胞胎兄弟拍了他一下。"怎么？该你了呀。"火炉和明证在床上摔跤，根本不理睬我。我突然了解到博瑞屈交付给我的担子有多么沉重。比起当年骏骑将我交给他的左右手抚养长大，博瑞屈交给我的这个责任，足足大上七倍有余。那一对扭打得起劲的小兄弟踩皱了被子，床头桌上的那个大烛台，看来也随时有被人弄倒之忧。荨麻还来不及把门关上，骏骑也还来不及邀我进去，莫莉便已经从隔壁的相连房间走了进来。她停下脚步，瞪着我看。

我想，莫莉要是有机会的话，一定会把我撵出去。但此时火炉在床上一跃，朝着哥哥扑了上去，明证打了个滚躲开，我赶紧两大步跨上去，在那六岁男孩落地之前把他接住。但是火炉立刻挣扎着把我推开，回到床上，继续与哥哥混战。瞧他们这模样，令我想起一窝小狗。我不禁笑道："我答应了博瑞屈，要好好照顾他的儿子。但我如果不认识他的儿子，要从何开始照顾？所以我就来这里自我介绍了。"

迅风慢慢地站起来面对我，他眼里充满疑问。我深吸了一口气。我找到答案了。是啊。"我名叫蜚滋骏骑·瞻远。我是在公鹿堡的马厩里长大的。你们父亲把男人该知道的道理都教给我，所以我也要把他教我的传给他儿子。"

骏骑注意到荨麻坐立不安，他听到蜚滋骏骑这个名字之后，比荨麻还要紧张。他走上前，横身挡在我和那几个小男孩之间。我直觉地知道他不免会这样做，因此，即使他接着说道："我想，我自己就可以把我父亲教的道理传给弟弟，大人。"我也仍微笑以对。

"我相信你一定会把弟弟教得很好。不过还有其他事情需要考虑。现在你们都不在家，那么牲畜和马厩由谁照顾？"

"蛮牛，他是我们村子的人，若是有粗重的工作，我们都找他来帮忙。他看个几天是没问题，不过王子的婚礼一过，我就得回家去了。"

"说给他听做什么？这不关他的事！"荨麻气愤地打断骏骑的话。

我知道我必须面对荨麻，不然就只能等着她将我逐开。"我答应了博瑞屈，荨麻。迅风可以作证，当时他也在场。我想，你父亲之所以要我照顾你们，必定是因为他希望我把抚养这几个小男孩当作是我自己的事情。所以这就要靠你们跟我配合了。"

"你别期望我跟你配合。"莫莉坚决地打断了我的话，"况且由于许多原因，我认为这样子并不明智。"

我深吸了一口气，以坚定自己的意志，之后我转头望着骏骑："我爱着你母亲。我已经爱她很多年了。在她选择了你父亲之前，我就深爱着她。不过我向你保证，我绝不会试图取代他在你们心中的地位。我只想做到他要我做的事情，也就是照顾你们大家，如此而已。"接着我再回头望着莫莉。她的脸色苍白，我怕她可能会昏倒。"开诚布公。"我对她说道，"我们大家之间没有秘密。"

她沉重地在床上坐下来。最小的那两个儿子立刻跑到她身边，火炉爬到她大腿上坐下，她出于反射动作地伸手揽住孩子。"我想你最好还是走吧。"莫莉以若有似无的声音说道。稳重走到母亲身边，伸出一臂揽住她的肩头，像是要保护她。

迅风突然站了起来："开诚布公？那么你要不要跟大家说你有原智？"迅风挑衅道。

我对他笑笑："你这不是已经帮我宣布了吗？"我深吸了一口气，望着荨麻：“我同时也教你姐姐精技。”骏骑一副不解的模样，于是我补充道：“就是皇室的魔法。你姐姐具备这个天赋。她能与龙交谈，你们应该找个机会跟她谈谈才是。她之前被召到公鹿堡，就是因为她有这项天赋，所以请她来为王子效力。我敢说，你父亲也有精技天赋，你父亲当年乃是王储骏骑的‘吾王子民’。就是因为有这一层关系，所以你们家的大哥哥才取名叫做‘骏骑’。”

迅风犹豫地望着我：“罗网说，我们不可以谈起你的真实身份。如今仍有人恨不得你死了的好，你这条命寄托在我们手中。”

我对迅风点头为礼：“对，我的确将我这条命，寄托在你们手中。”我抬头望着荨麻，补了一句，“所以，如果你们要除掉我，倒也挺容易的。”

“蜚滋，拜托你。”莫莉情急地说道，“你走吧。我需要跟我的孩子私下一谈。我希望你别把这么沉重的秘密交付给这几个孩子。我还无法信任他们每天会把脖子洗干净呢，更别说要他们保守秘密了。”

我这才发现我实在很笨。我点头为礼，说了句：“如君所愿，莫莉。”于是我便离去。我关上门，走了五步之后，发现我的膝盖颤抖，根本撑不住自己，不得不在墙上靠了一会儿。有个路过的女仆问我是不是病了，不过我再三跟她说我好得很，但当我凝聚全身力气，沿着走廊走下去时，我自己也说不上我是不是生了病。

接着荨麻的技传突然以大木捶打在我头上的力道传入了我心中：*双龙来了！婷黛莉雅叫我们准备活的牲口，摆在“老地方”等它们来吃！*

王子婚礼上有双龙来访，应该是好事，不过婷黛莉雅大剌剌地要求我们供食，所以荨麻干脆将之称为“龙宴”。我们在见证石附近筑起围栏，圈禁了几条披着蓝缎的无助阉牛，让它们静待最终的命运。幸亏婷黛莉雅和冰华并未逼迫我们弄出什么仪式典礼，让我们松了一口气。王子与贵主将在见证石石柱的中央空地说出他们的誓言，因此见证石周遭的山坡上挤满了观礼的人。那一对新人穿着蓝白两色的礼服，站在蓝天之下，朗声道出他们的誓言。

我跟几个侍卫站成一排，挡住人群，免得人们因为太靠近牛栏而发生危险。王子刚刚当着诸大公面前，说出他对新娘的誓言之后，天上便出现龙的身影。

一开始看来，它们像是挂在天上的珠宝。龙越飞越近，人们开始“啊”、“喔”地叫，仿佛那不过是用以娱乐嘉宾的特技表演团而已。龙飞得更近，显出其庞大身形之后，人们才了解到龙不可小觑，纷纷后退。这时候要把人们挡住，就没什么困难了。接着婷黛莉雅开始逃跑，而冰华紧追不放，人们惊讶地静了下来。接着双龙在见证石上方翻滚、跳跃、佯斗，还刻意压低飞翔，使翅膀掀起的风，吹乱了人们的头发，并掀起了人们的披巾。它们仿佛蓝与黑的光芒，几乎垂直地窜入高空，冰华扑上前，抓住了它的伴侣。它们尽情在空中交配，表现出热烈的情欲，聚在见证石附近观礼之人，都认为这是王子与新妃的好兆头。就算是只有一丝精技天赋的人，也感觉得出那两个庞大生物彼此之间的热情。它们使在场众人更为感动，也更为激动，因此晚上的欢宴一路拖到很晚，让众人日后念念不忘。

但是龙可不在乎人们有什么感觉。它们交配了几次，之后嘹亮地大叫，或者佯装彼此挑衅地吼叫，最后重重地降落在阉牛之间，而它们的食欲则使观众吓得目瞪口呆。牛栏关不住惊慌奔窜的阉牛，结果有一名侍卫被牛撞倒，另外几十个围观的人则尖叫着跑到安全之处，直到双龙将牛只尽皆屠尽，并开始大啖，众人才松了一口气。不过那场面血腥又难看，连打定主意要待在原地看双龙屠牛的人，也决定要回到公鹿堡，或者远一点的地方观看。

虽然双龙对于这是什么场合毫不在意，但是它们的出现，无疑象征着王子的重大胜利。诸大公在返回各自的领地过冬之前，便聚集开会，并且一致同意要让王子封为王储。对于吟游歌者们来说，王子的远征以此收尾，可说是上好的题材，所以许多新歌纷纷出笼，且往后皆吟唱再三。公鹿堡大开筵席、大肆庆祝，足足闹上了二十天，直到最后冬意渐浓，贵族深信他们再不动身的话，路上必会走得很辛苦，这才慢慢散去。公鹿堡逐渐缓慢恢复为原来的步调，即使是隆冬，堡里还是很热闹，已经很多年没有这种气氛了。王储与新妃不但吸引了许多年轻的六大公国贵族在公鹿堡里住下，同时还有许多外岛的年轻首领纷纷来访。两方缔结了许多与商业无关的协议，并且谈定了许多婚姻。说到婚姻，儒雅大人与惜黛儿小姐也宣布他们决定结婚。

不过，冬日也是离别的季节。我跟幸运和他师傅道别，他们要随着师傅的东家，回到庄园去过冬。我的儿子是真的由衷地快乐，我虽舍不得与他分离，但起码我也为他高兴，因为他走出了一条新路，并且感到很满足。罗网也带着迅风离去，他说，迅风也到了应该要多见见其他原血者的时候了。因为跟众原血者待在一起，将有助于迅风体会为何在施展原智时，必须严守纪律。由于我当着迅风的面宣布说我爱着他的母亲，所以他与我之间又生出了一堵墙。我不知道要多久才能化解这一堵高墙，但是我觉得自己还是对他实话实说比较好。罗网想要劝我跟他们一起走，他说我若去了，也会获益不少，但是我再度推辞，并真心且诚意地保证，总有一天，我会腾个时间去瞧瞧。罗网笑道，何必费劲，只需要好好安排时间，就有空了呀。于是我向他保证我一定会好好安排时间，最后站在公鹿堡门口向他们挥手道别。

第一次下霜之后，双龙便离开了。我们看到它们离去，倒也不觉得遗憾。婷黛莉雅与冰华各自都能轻轻松松地一天吃下好几头牛。早在它们来访之初，荨麻便警告我们，我们若不主动供应食物，那么双龙可能会任意取食。在它们因为寒冬而南迁之前，我们的牲口与家禽便已经锐减不少。有一天晚上，我听到荨麻与婷黛莉雅的对话，觉得很有趣。那时荨麻正待在婷黛莉雅的心中，与它同游，婷黛莉雅则跟在冰华身后，轻松地飞过夜空。拂过的凉风、头上的星星，与沉睡大地的浓厚气味，实在使人沉醉。

*飞过那个沙漠之后，你就会看到世界上最肥美的牲口群了。至少人家是这么跟我说的。*荨麻悠闲地对婷黛莉雅建议道。

沙漠？那就是有干沙啰？我一直很想要好好地来场沙浴。我的鳞片之间夹了湿沙，用水也无法将鳞片之间的旧血渍洗掉，还是沙浴比较有效。

那么，那个地方你一定会喜欢。我听人说，恰斯国的牲口随随便便都有我们这边的两倍大，更难得的是肥美难言，要是直接把牲口丢在火上的话，牲口都会着火呢！

荨麻的梦中弥漫出烤肉香和滴油的味道，使我闻得都饿起来了。*可是我从未听说恰斯国的牲口特别大，或是特别肥什么的。*我反驳道。

我们不是在跟你讲话。荨麻严厉地说道。况且我所知道的恰斯国故事，都是从我父亲口中听来的。我敢说，恰斯国的人一定会因为饥饿的龙来访，而获益不少。之后荨麻便将我从她的梦中推出去。我醒来时，人坐在床边的地上。

晋责、切德、荨麻、阿憨和我继续每天早上见面，一起研究探讨我们对于精技的知识。荨麻对我很礼貌，但是除非必要，否则不会跟我讲话。我跟她之间也有一堵墙，但是我不想苦思拆解之法，而是干脆以平常心教导这一群成员。我其实只比他们多知道一点点，而他们不久便追了上来，所以我们开始学着以精技小组的方式来运作。由于我们从那些失而复得的精技卷轴中学到很多，因此我们决定不要求快，而要慢慢学习。我们很快就发现到，我们施展精技就像小孩子使剑一样，既不知道剑有什么威力，也不知道有什么危险。由于精技石柱是旅行的出入之门，我们后来决定将之称为“门石”。切德很想实验一下门石的作用，古灵城市埋藏的宝藏和秘密令他着迷。幸亏阿憨与我表示我们对于门石极为反感，才好不容易劝服他暂时搁置这个打算，等到他对于精技修行到一定的程度之后再说。我们最大的成果，大概是切德同意在来年开春之后，依照古老的传统，举办“精技召唤”，从中选出精技候选人，再遵照精技卷轴所载施以教导。

虽然有任务在身，我却仍觉得冬季长得过不完。婚礼隔天，莫莉和她那五个儿子便离开公鹿堡。她并未用任何方式跟我道别。我内心淌血。三天之后，我找不到其他心灵顾问，所以就找上了耐辛与蕾细，把我的愚行一股脑地说出来。她们仔细地听着，赞美我勇敢又诚实，并责骂我愚蠢至极，最后才跟我说，这整个故事，她们已经听莫莉说过了。耐辛骂我太过鲁莽，明明她们早就叮嘱我不可冲动，还明知故犯，然后就宣布，我最好跟着她一起回商业滩去过冬，一方面让我自己静一静，另一方面也给莫莉一点时间。我好不容易千恳万求的，才从她们房里逃了出来。不过要跟她们道别我也很舍不得，所以我保证，一定会在冬季结束之前去看看她们。

“好啊，如果我们还没死的话。”耐辛高兴地让步道。她们保证要在每个月寄送领地的报告书给王后之时，顺便给我捎信，我也保证每月会给她们一信。

我望着她们两人在侍卫的伴随之下前行。王后坚持要派人护送她们，她们虽然年岁已高，却都对于舒服的轿子感到不屑。我站在路中间，直到她们绕过了路弯，消失不见为止。

37. 从此以后

凡是要举行精技召唤时，一定要及早宣布，好让人们知道他们可能会听到精技魔法的召唤，心里有所准备。若是没有事先预告就进行精技召唤，可能会引起人们恐慌，一些有精技潜能之人，无法理解自己所听到的“召唤”是怎么回事，并以为自己是疯了，或是邪祟附身。所以，务必要及早派出信差，将计划公诸于众。但是千万不要宣布精技召唤的确切日期。精技召唤是为了要唤醒有精技天赋之人，并召唤他们前往公鹿堡，但是以往举行精技召唤时，却往往冒出许多自称听到精技召唤之人，最后才发现他们不过是想要逃避农人、面包师，或是船夫的人生，如此使得精技师傅白白浪费许多时间。

就让公鹿堡中最强的精技小组发出精技召唤，尽量让召唤的讯息传得越远越好。且至少要相隔十五年，才能再度举行。

——树膝师傅，《论精技召唤》

我试过了。但我就是管不住自己。

耐辛离开之后一个月，我一时冲动，忍不住托人送了一罐冬青树浆果做成的果酱给莫莉。我去找谜语，问他能不能帮我跑个腿。当我问他有没有空的时候，他显得很惊讶，并说早在几个星期之前，上级便指示要他随时听候我的差遣了。自从我积极参与瞻远皇室事务之后，切德便做了一些小小的安排。我原来是以寻常的王子卫队队员作为掩饰，但是这个身份已经逐渐淡化。如今我们逐渐让人们认为，我乃是以较不为人知的方式为皇室效力。表面上看来，我仍是“汤姆·獾毛”，但我现在很少穿侍卫制服，而且我总是将狐狸别针别在胸前。

谜语似乎对于我交代给他的任务颇为不解，但他还是带着礼物，送到莫莉家去了。

谜语回来之后，我焦急地问道：“她怎么说？”

他茫然地望着我：“她什么也没说。我只是把果酱交给前来应门的那个年轻人而已。不过我跟他说，这是送给他妈妈的。你总不是要我大张旗鼓地去送礼物，对吧？”

我犹豫了一下：“对。你说得一点都没错。你说得对。”

下个月，我写了一封信给莫莉家的人。信上说，荨麻的研习颇有进展，她在宫里越来越自在了。我又提到，罗网派了海鸟送信来给我们，说他和迅风大概会待在毕恩斯大公府邸过冬。罗网对迅风相当满意，而我相信莫莉一定乐于知道他们都很好，一切都很顺利。我这信上只谈莫莉的孩子们，此外一概不提。我又随信附上两个木制的活动玩偶、一只木雕的熊和一袋苦薄荷糖。

这次谜语带回来的消息，就让人稍微振奋一点了：“其中一个小家伙说，苦薄荷糖虽好，但不如薄荷糖来得好。”

后一个月，我除了写信说明荨麻的近况之外，又请谜语送去一袋苦薄荷糖、一袋薄荷糖，以及核果和葡萄干等。此举倒赢得莫莉草草写下几个字。她在我的信底下写道，她很欢迎荨麻的消息，但是能否请我好心一点，别再让那几个孩子因为吃甜食而肚子痛。

下个月，我尽责地在信上说明荨麻和迅风的消息。毕恩斯涟漪堡的孩子们正流行一种皮肤上会长疙瘩的热症，迅风也染上了，不过他正逐渐康复，看来并无大碍。毕恩斯女大公对迅风特别关照，并且教了他不少养鹰的知识。我个人是认为，女大公未必能教迅风多少，不过我并未将这个想法写在信上。这次我不送糖果，而是托谜语带了两袋窑烧过的粘土弹珠、一把做得很精美且附有皮鞘的“马蹄爪”——这是用于剔除马蹄异物脏污的工具，还有两把练习用的木剑。

谜语回来时，兴味浓厚地报告，他几乎还没下马，火炉就拿起木剑挥刺厮杀起来了。其中一袋弹珠本来就是要送给敏捷的，不过他用弹珠跟火炉换木剑，火炉却悍然拒绝了。如今谜语已经认得每个孩子各叫什么名字，他们也会走到马前迎接他，我觉得这些都是好兆头。

莫莉写来的字条就难以使人感到振奋了。明证的后脑勺多了个大肿块，莫莉把这怪在我身上。孩子们因为这次有信却没糖果而感到失望，莫莉也把这个怪在我身上。她说，她很欢迎我来信，但是请我以后不要送不合宜的礼物，以免打乱她家的生活。骏骑也写了张纸条，生硬地谢我送他马蹄爪，他又问道，我知不知道哪里可以买到“瑟夫油”？马厩里有匹母马的其中一蹄受到感染，老是治不好，所以他想起父亲曾用过这种药膏来治疗马。

我可没有等上一个月才给他回复。我立刻买了瑟夫油，请谜语送去，并附上详细指示，提醒骏骑要将那匹母马的四蹄都用醋水洗净，并将马换到新的马栏之后，再把四蹄的里里外外涂上瑟夫油，这样才会有效。我又进一步建议，他不妨在那母马的旧马栏中，铺上一层厚厚的火炉灰烬，搁上个三天之后，再将灰烬扫除。然后以醋水将马栏刷个干净，又让马栏风干之后，才将别的马安置在那个马栏里。除了给骏骑的瑟夫油和信件之外，我又乖乖地附上大麦糖的糖条，并请骏骑善加分配，免得他那几个弟弟吃到肚子痛。

骏骑回了信，他感谢我送他瑟夫油，并说要不是我提到，他都忘了应该要用醋水清理，这样瑟夫油才会生效。他又问我，我知不知道博瑞屈常常调制的那种药膏，是用什么样的配方做的？他自己试做过，可是做出来水水的，不成膏状。他又写道，大麦糖的糖条，他会等弟弟们做好手边工作之后才发给他们吃，请我放心。莫莉也附了一封信，不过上头清楚地注明说是给荨麻的。

“可是稳重告诉我说，他们比较喜欢薄荷糖。”谜语一边说着，一边将骏骑的信交给我，“我看稳重这孩子挺好，可是挺沉默的。你知道吧，别的孩子都喧哗吵闹，所以旁人常常会忽略掉这个年轻人。”谜语一副要行骗似的咧嘴笑道，“我小时候，也是像他那个样子。”

“是喔。”我怀疑地应和道。

“你这边有没有什么回复？”谜语问道。我跟他说，我需要好好想想该怎么回。

我花了几天的时间待在工作室里一再试做药膏。做着做着，我才领悟到，以前记得很清楚的事情，现在好多都忘了。试成之后，我做了好几罐，并将之一一封好。切德难得来拜访这个昔日我们一起共享的工作室，但是此时他碰巧来此。他怀疑地皱着鼻子嗅了嗅，问我在调制什么东西。

“诱饵啊。”我老实地答道。

“喔。”他应道。但由于他并未追问下去，所以我知道至今谜语仍继续向他报告。“看得出来这里变了不少。”他说道，打量着房间。

“这主要是扫把跟水的功劳。要是能开扇窗子的话，要我做什么都愿意。”

切德以古怪的表情望着我：“隔壁就是个空房间。那个空房间以前住的是百里香夫人，之后就一直空在那里。你知道吧，就是因为有怪味道，晚上听到怪声音之类的。”他自豪地咧嘴而笑，“百里香夫人真是个有用的人物。我在好多年前就把相连的那道密门用砖头封起来了。以前的门就在那个壁画之后，你只要敲破那道墙就有窗子了，不过要悄悄地做就是了。”

“既然要把墙壁敲破，还怎么悄悄地做？”

“是有点困难。”

“的确。我有可能一试。如果真有此打算，我会先告诉你。”

“不然的话，你也可以搬回你的旧房间住啊。至于荨麻，就让她搬到别的房间去住就好了嘛。”

“我还期望有一天她会循着地道，走上来跟我聊聊天呢。”

“但是到目前为止仍无进展。”

“是啊，恐怕确是如此。”

“啊，荨麻这孩子也够固执了，跟你不相上下。你可千万别让她走近那个插着刀子的壁炉台。”

我转头望着那把仍插在原处的刀子。年少的我在气愤之余，用力将那把刀子深深地插入了炉台之中。“这点我会谨记在心。”

“你也别忘了，你后来终究还是原谅了我。”

我请谜语把那几罐药膏，跟一袋薄荷糖、一些药草茶叶和一个鹿的牵线木偶送去。但是谜语说：“这是不成的，至少要再带几个陀螺去，这样才会每个人都有一样礼物。”我也依言行事。谜语装作无所用心的天真状，建议我顺便买几支笛子送给他们。但是我跟他说，我只不过是想要买通人心，让他们多少愿意接纳我，我可不希望莫莉听到那些五音不全的噪音之后，气得要把我杀掉。谜语咧嘴直笑，点点头，之后便骑马离去。由于大风雪的关系，所以他多待了两天才回来。

他带了两封信回来，一封给我，一封给荨麻。他又告诉我，他跟莫莉一家人一起用餐，每天晚上都跟稳重杀个五六盘石子棋，才去马厩睡觉。“骏骑问到你的时候，我都讲你的好话。我说你每天晚上都窝在书桌前做功课，照这样下去，要是你一个不留意，可能就会变成文书了。讲到这里，火炉就问啦：‘这么说来，他是很肥的啰？’我猜这一定是因为他们镇上的文书身材臃肿的关系吧。于是我就说，不，正好相反，因为我看你最近还瘦了不少。而且任何健康的男人都不会像你这样，一天到晚孤零零地守在屋子里。”

我歪着头看他：“瞧你把我讲得可怜兮兮的。”

他学我歪着头：“怎么，这些都是实实在在的事情，不是吗？”

信是骏骑写来的，答谢我帮他做了药膏，又写出了配方。

我不知道莫莉写给荨麻的信里写什么，但是第二天早上上过精技课之后，荨麻流连不走。晋责问荨麻要不要一起来，因为他和艾莉安娜、儒雅、惜黛儿等要去骑马。荨麻叫他先走，并说她随便都追得上他们，她可不像他们那样，骑马之前还要花上大半天的时间精心打扮。

她转过头，看到我笑望着她，便说道：“如果有别人在，我一定正经八百地跟他们讲话，这里没有旁人，所以我才这样跟他说话。”

“他喜欢这样。他第一次听说他有你这样的近亲时，非常高兴。他还说，他难得能认识像你这样讲话直言无隐的女孩。”

此语一出，她脸上顿时没了表情。我开始后悔自己多嘴，不管她原来想讲什么，我一定是打乱了她的思绪。不过她迎向我的目光，扬起下巴，以双拳遮口。“噢。那么，我是不是应该直接把我的心意讲给你听呢？”

这我就不知道了。“可以呀。”我应道。

“我母亲写信来告诉我，她一切都好，弟弟们也喜欢谜语来访。不过她纳闷一点：你是因为怕我那几个弟弟，所以不敢亲自去吗？”

我无力地靠在椅背上，眼睛望着桌上。“与其说我怕你那几个弟弟，倒不如说我怕她。以前啊，她的脾气是很大的。”我开始咬大拇指的指甲。

“根据我的了解，以前啊，你是蛮能激起她大发脾气的。”

“这也没错。这个嘛，依你看来，如果我亲自去的话，她不会把我赶出来啰？”

她默默地站着，一句话也没说，之后她反问道：“那你是不是也怕我大发脾气？”

“有点。”我坦承道，“你为什么这么问？”

她走到惟真的窗户边，像昔日的惟真那样眺望着大海。她那个姿态看来就跟我一样，是个十足的瞻远人。她心不在焉地伸手梳过头发，说真的，她实在可以在“精心打扮”这方面稍微多用一点心。如今她的短发站在头上，看来像是因为气愤恐惧而毛发直竖的猫儿。“以前，我一度以为我们会结为好友，后来我发现你是我父亲。从那时候开始，你就连试都不试，连话都不跟我多说一句了。”

“我以为你不希望我跟你说话。”

“也许我是想试试看你肯下多少心思跟我说话吧。”她转过头，以指责的目光盯着我，“结果你连试都不试。”

我坐着，良久沉默不语。她转过身朝着门口走去。

我站了起来：“你知道的，荨麻，我是在男人堆里养大的。有时候我会觉得，在男人堆里长大，最大的缺点，就是老是把女人的心思想错。”

她转过来望着我。我诚恳地说道：“我真的不知道该怎么做才好。我希望你至少能把我当作寻常人一样地认识。博瑞屈是你父亲，他恪尽父职，树立典范，这点毋庸置疑。也许我若想要在你的生命中贪求一席之地，已经太晚了。我恐怕也不能妄想在你母亲的生命中求得一席之地。如今我仍爱着她，我爱她之深，丝毫不逊于当年她离开我之时。当年她离开我时，我心想道，等到我把任务都办好之后，再回来找她，到时候我们必能从此以后，快快乐乐地生活在一起。如今，都过了十六年了，我还摸索不到路，不知道如何才能回到她身边。”

她站着不动，一手放在门把上，看来有点不安。“你这话，不是要讲给我听的吧。”接着她便沉默地溜了出去，轻轻地把门带上。

过了几天，我在守卫室吃早点时，谜语找上了我。他在我对桌的长椅上坐下。“荨麻给我一封信，要我把信交给她家里的人。她请我下次帮你送信时带去。”他伸手过来，从我盘子里拿了块面包，咬了一口，满嘴面包地问道，“你看要何时去？”

我想了一下。“明早去。”我建议道。

他点点头：“我看也差不多是那个时候。”

我骑着黑玛往公鹿堡城的市场而去，一路上都为了谁该当家做主而跟它争执不已。它每天都由马僮带出去活动，那个马僮对于带马出去活动的看法，就是任由它爱怎么跑就怎么跑，跑完了再把它带回来。此时黑玛任性又粗鲁，用力地拉扯它的马衔，任我怎么用缰绳叫它左转右转，它都不予理会。我在市集里买了在糖水里泡制成的姜糖，又买了两个手臂长的红蕾丝。回来之后，我把这两样东西放在提篮里，并在提篮里搁了一瓶我从切德那里盗取而来的蒲公英酒。我在一张上好的纸笺之前坐了一整晚，结果只勉强地挤出了两三句：“我还记得你穿红裙子的模样。你爬到海滩的悬崖上，我看着你那赤裸的、沾着沙子的脚踝，一颗心差点从胸口跳出来。”我心里纳闷道，不晓得她还记不记得我们一起去海滩上野餐的情况，那时候，我连吻她都不敢。我用蜡将信笺封了。不过我稍后又开了信，努力揣想该写什么别的比较好，最后还是再将信重新封妥。我就这样反复了四次。后来我还是将原信交给谜语送去，结果接下来四天，我天天都在懊悔自己怎么会写那些劳什子的东西给莫莉。

第四天晚上，我去把荨麻房间通往密道的机关弄松。切德当年是开门进去，一路把我带到塔楼上，但我并没学他，而是在密道中途留下一根点亮的蜡烛，之后便回我的工作室等待。

感觉上，这一等，好像无穷无尽。我不知道荨麻到底是因为光线，还是因为密道吹出来的风而惊醒，但总之我最后终于听到她迟疑地爬上楼梯的声音。我已经把房里较舒服那一边的炉火生得又大又暖和了。

她从角落的密门探出头来，看到了我，但是她走进来时，仍如猫儿般谨慎。她缓步走过放着许多油腻卷轴的工作台，以更慢的速度走过做各样实验时所用的壁炉，以及壁炉边那一架钳子、量杯量匙和染污的锅盘，最后终于走到壁炉边的扶手椅旁。她穿着睡衣，罩着毛线披肩，整个人冷得发抖。

“坐啊。”我邀请道，“这里就是我平常工作的地方。”我对她说道。挂在壁炉边的烧水壶刚好把水烧开了，所以我问道：“要不要喝点茶？”

“喝茶？现在是深更半夜耶！”

“我大半的事情，都是在深更半夜的时候做的。”

“这个时候，大部分的人都在睡觉。”

“我跟大部分的人不一样。”

“这倒是。”她站了起来，开始研究搁在壁炉台上的东西。壁炉上放着弄臣照着夜眼模样做出来的木雕，以及他刻的记忆石石雕，也是夜眼那一面朝外。她碰一碰插在炉台上的水果刀刀柄，不解地朝我望了一眼。然后她伸出手，摸摸骏骑那把剑的剑柄。

“喜欢的话，可以把剑拿下来看看。那是你爷爷的剑。小心喔，那把剑挺重的。”

她将手缩了回来：“跟我说说他的事情。”

“这我没办法。”

“难道这也是秘密？”

“倒不是，我无法跟你讲你爷爷的事情，我根本就不认识他。我五六岁大的时候，他就把我丢给博瑞屈抚养。就我记忆所及，我从未跟他见过面。我相信他不时会通过精技和惟真的眼睛来看看我的模样。不过当时我对这些事情一无所知。”

“听起来跟你我的关系挺像的嘛。”她缓缓地说道。

“这倒是。”我坦承道，“但是有一点不同，那就是，如今我仍有机会认识你。如果我们彼此都能大胆地迈出这一步的话。”

“我不是来了吗？”她指出，随即安安稳稳地坐进椅子里。接着她沉默不语，我也想不出该说什么。然后她指着弄臣的雕刻：“那就是你的狼吗？那就是夜眼？”

“对。”

她笑道：“它长得跟我想的一模一样。再跟我说说它的故事嘛。”

所以我就说了。

三天之后，谜语回来了，他对于糟糕的路况和寒冷的天气抱怨不已。他回来时遇上暴风雪，这暴风雪跟着他一路回到公鹿堡来。但是我无心听他讲话。我把他带回来的树皮纸纸卷接过来，小心地捧回我的老巢里，才将纸卷打开来看。乍看之下，纸上画了一幅画，之后我才看出，这是匆促画就的地图，整张纸只有最底下写了几个字：“荨麻说你想回来找我，可是找不到路。有这图的话，可能会好一点。”

公鹿堡外头正在下大雪，云层积得很厚，看来雪还要下好一阵子。我匆匆将几件换洗衣物塞到鞍袋中，然后对切德技传道：*我要出门一下。*

很好。我们晚上再把那个卷轴的古文今译做完。

不，不，我没那么快回来。我至少会去个几天。我要去看莫莉。

他迟疑了一会儿。我知道他很想反对。他实在不想让我溜开，现在的事情很多。古文今译的工程颇为浩大，我又正在协助他在精技方面继续精进，况且精技召唤也需要安排。精技卷轴上提醒说，进行精技召唤之前，务必预先通知全国民众，以免那些自称听到脑海中传来声音的人，会被父母或朋友当作是疯子。不过精技卷轴也提醒我们应将精技召唤的确切日期保密，以免精技师傅因为无聊的骗子而浪费太多时间。

我烦躁地将这些考量丢在一旁，屏息等待。

那就去吧。还有，祝你好运。对了，你跟荨麻提过没有？

这回轮到我迟疑了。我只跟你说了而已。你看我应该跟她说吗？

别的不问，这种事情，你倒问我了！我希望你问的，你不问，每次你问的，尽是……唉，算了。你最好跟她提一下，如果不说的话，她可能会觉得你鬼鬼祟祟。

因此我便对女儿技传道：荨麻，我收到莫莉的信了，所以我要去见她。我这才想到我应该顺便一问：你要不要顺便一起回去看看？

现在外面下大雪，接下来天气会更糟。你要什么时候走？

现在就走。

这不明智吧。

我这个人，从来就不怎么明智啊。这几个字在我心里回响。我仿佛听到弄臣在讲这句话的声音，不禁微微一笑。

那你就去吧。穿暖一点。

会的。再见了。

我随后就出门了。黑玛被迫离开干爽温暖的马栏，出来面对这一趟冰冷、潮湿且无趣的旅程，所以不大高兴。我留宿的那个旅店挤满了被大风雪困住的旅客，因此我只能裹着斗篷，窝在火炉附近的地板上睡觉。隔天晚上，有个农夫好心让我在他的谷仓里过夜。风雪丝毫未减，这旅程越来越辛苦，不过我仍继续前进。

幸亏我走到博瑞屈家之前那个山谷时，不但雪停，云也散了。我催促黑玛沿着被雪埋住的路，朝博瑞屈的屋子而去。我觉得那里看来像是传奇故事里才有的所在，屋子与马房的屋顶上积了厚厚的雪，一抹轻烟从烟囱中升起，化入蓝天之中。房子与马房之间早已走出了一条路。我勒马停住，望着这一切。这时骏骑打开马房门，用独轮车推了一车的肮脏干草出来。我吹了声口哨，让他知道有外人来了，然后才骑着黑玛走下坡。骏骑动也不动地站着，望着我骑马上前。到了房前的空地上，我勒马停住，坐在马上，努力思索要怎么跟他打招呼。黑玛不耐烦地扯着马衔，扯了两次，最后干脆烦躁地仰头摇首。

“这马需要训练。”骏骑不以为然地说道。他走近了些，停住。“噢，是你呀。”

“是啊。”要讲出这两个字真是困难。“我可以进去吗？”骏骑虽然才满十五岁，但却已经是当家的男人了。

“当然。”话虽如此，他的话中却没有笑意，“马就交给我吧。”

“如果你不介意的话，我倒希望亲自照料。这马儿我多有疏忽，照顾不周，训练不全，这都看得出来的，是不？所以我最好是一切都自己来，看看能不能借此让它的性子改一改。”

“如君所愿。这边走。”

我下了马，朝小屋瞥了一眼。就算小屋里有人注意到我，我也看不出什么端倪。我牵着黑玛，跟在骏骑身后走进一间井然有序的马厩里。敏捷与明证正在把马栏里的马粪铲出来，稳重提着两桶水走进来。他们一见到我，全都停下来不动。一时间，我突然觉得旧时的回忆统统浮上心头：原野中聚着一群野狼，夜眼站在狼群外围。它恨不得要加入狼群，但是它不敢鲁莽行事。它接近狼群的方式若是不正确，狼群不但不会欢迎它，反而会驱走它。

“这里处处可见你父亲的用心。”我说道。这倒是真话。我一看就知道，博瑞屈完全是依照他认定的标准来盖这马厩，所以每一匹马所住的马栏，都比公鹿堡的来得宽敞。这马厩有护窗板，可以打开以便透光、透气。挂马刷子的位置，以及收藏辔头和马鞍的方式，都是博瑞屈的风格。我几乎感觉得到他人就在这里。我眨眨眼睛，让自己回过神，并突然察觉到骏骑正在看我。

“你可以将马安置在此。”他说着，指着一个空马栏。我照料黑玛的时候，他们又各自去做各自的事情了。黑玛一身干净清爽之后，我便为它添了食水和谷子。骏骑走过来，隔着马栏的门望着黑玛。我心里纳闷道，我这样的做法，不知道骏骑看了觉得合不合格？不过他什么也没说，只说了两个字：“好马。”

“的确是好马。这马是朋友送的。送马的那个朋友就是以麦尔妲为坐骑，而他用不着麦尔妲之后，就把它送给你父亲了。”

“噢，它在那里！”骏骑叫道，然后我便跟着他，沿着一个个马栏走下去，来到麦尔妲的马栏前。我也看到今年四岁的公马阿鲁。阿鲁乃是红儿之后，以后骏骑便是要以红儿跟麦尔妲交配。我也去瞧了瞧红儿。我猜那匹老公马大概还记得我，因为它看到我之后便走了上来，将头搁在我肩膀上好一会儿。如今红儿年纪渐大，也容易疲累了。

“这也许是最后一次用红儿配种生小马了。”我轻轻地说道，“大概就是因为这个缘故，所以博瑞屈才要用红儿来配麦尔妲吧，这毕竟是让它延续血统的大好机会。红儿年轻的时候，可是一等一的好马啊。”

“我还记得——也不是很清楚啦——红儿到我家来时的模样。有个女人牵着两匹马，走下山坡，将马交给我父亲，接着二话不说就走了。那时候我们连谷仓都没有，更别说马厩，所以当晚爸爸把柴棚里的柴统统搬开，免得马在外露宿。”

“我敢说红儿看到你爸爸一定很高兴。”

骏骑露出茫然不解的表情。

“难道你不知道，很早以前，红儿乃是你父亲的坐骑吗？惟真任由你父亲在公鹿堡的马厩里挑一匹两岁的马，他就挑中了它。打从红儿从娘胎坠地，你父亲就跟它相熟了。王后为了逃命而离开公鹿堡时，博瑞屈就是让王后骑红儿，它也不负众望，安全地将王后一路送到群山王国。”

骏骑大概很惊讶吧：“我怎么都不知道。爸爸很少提他在公鹿堡的事情。”

于是我先不急着去见莫莉，而是帮着铲马粪，放食水、食料。我一边忙着，一边讲着我听过的马儿的故事，骏骑则十分骄傲地向我介绍马厩里的马。我告诉他，他的确把马厩维持得很好。骏骑将那匹马蹄受伤的母马指给我看——当然如今蹄伤都痊愈了，之后再带着我去看他们养的母牛和那一群鸡。

最后骏骑才领着我朝屋子走，他那几个弟弟则跟在我们后面。到了这个时候，我觉得自己已经算是在他们面前表现得不错了。“母亲，有客人来访。”骏骑叫道，将门推开。我在门口用力踏了几下，抖落雪和马粪，这才跟着走进去。

她早知道我已经到了。她脸上有着红晕，短发往后梳。她发现我在看，所以不自觉地伸手摸头。在那一刻，她与我都想起了她的头发为什么会剪短，博瑞屈的身影再度横阻于我们两人之间。

“嗯，工作都已经做好了，我要去杖人他们家走一走。”

“我也要去！我要去跟兽皮一起玩木偶。”火炉宣布道。

莫莉弯身对那小男孩斥责道：“骏骑是要去看他的甜心，你不能每次都跟着去呀。”

“他今天可以跟。”骏骑宣布道。他朝我瞥了一眼，仿佛要让我知道，此举帮了我一个大忙，“火炉就跟我一起骑马，坐在我后面就行了，他的矮马应付不了这种厚雪。赶快准备啰。”

“蜚滋，你要不要喝茶？外面一定很冷吧。”

“老实说，骑了这么一段长路之后，就是做做马厩的工作，最能让人暖和起来。不过好啊，我也想喝喝茶。”

“孩子们叫你去马厩工作？噢，小骏，他可是客人耶！”

“我看马厩的工作，他倒做得挺上手的。”骏骑说道。他这句话中有恭维之意，“赶快呀，火炉，我可不要为了等你而等上一天。”

看来要打点一个六岁的小男孩出门，免不了要吵嚷混乱上一阵，不过他们似乎都习以为常，只有我备感惊讶。跟火炉闹出来的场面比较起来，守卫室还算是平静的。等到他们两人出门时，稳重早已躲回阁楼，明证和敏捷则坐在桌边。敏捷假装在清理指甲，明证连做作都免了，干脆公然地瞪着我。

“蜚滋，请坐。敏捷，你椅子挪过去一点，让一让嘛。明证，去磨一点火绒备用。”

“你这是故意要把我支开！”

“你很懂事嘛！那你就去吧。敏捷，你去帮帮他好了。顺便把柴堆上的雪清一清，再搬一些柴到柴棚去风干。”

他们两个都出去了，不但不情愿，嘴里还嘟囔个不停。他们将门关上之后，莫莉深吸了一口气。她把火炉上的烧水壶拿起来，将滚水冲入大茶壶里的香料叶子上，接着将大茶壶端到桌上来。她摆设了茶杯，又拿出一壶蜂蜜，最后在我对桌坐下来。

“嗨。”我说道。

她笑了起来：“嗨。”

“我问荨麻说，她要不要跟我一起回来。她说风雪太大，她不想出门。”

“这个天气，也不能怪她。况且如今要她回来，恐怕也难啰，这里可比公鹿堡简陋多了。”

“你可以搬到细柳林去啊。如今细柳林是你的了，这你是知道的。”

“我知道。”她脸上飘来一抹阴影，我真懊悔自己嘴快，“果真如此，那变化就太大，也太快了。如今他们父亲永远不会回来，而这几个孩子仍在适应。况且，你看了也知道，骏骑已经有对象了。”

“骏骑年纪还小，现在就谈恋爱，会不会太早了点？”我冒险问道。

“他虽年轻，但是他要管的产业却很大，家里要是早点多个女人，对大家都有好处。既然他已经找到深爱着他的女人，那么他何必等待？”莫莉反驳道。我无言以对，她则又补了一句：“再说我看他们结婚之后，俭朴也不想搬远。她父母亲就住在这附近，她又跟妹妹很亲。”

“我懂了。”我是真的懂了。当年的莫莉只是家里的女儿，只需要我一劝说，就可以把她从她父亲家里带过来，把她变成我的女人。然而今非昔比，如今她乃是这个家庭的核心，她的根在这里，她的枝叶也都在这里。

她见我沉默不语，便说道：“人生挺复杂的，是不？”

我望着她。她穿着简单的深色袍子，手不再细致修长，脸上有着当年她仍属于我时所没有的皱纹。她的身体因为岁月而变得丰润，她再也不是那个穿着红裙、跑过沙滩的瘦削女孩了。

“我一直都很想要你，我朝思暮想，都在念着你。”

“蜚滋！”她叫道，朝阁楼上望了一眼，于是我突然领悟到自己刚才那句话说得太大声了。她双颊发红，并举起双手，以指尖遮口。

“对不起。”我说道，“我知道现在说这个太早。这点你已经跟我讲明了。再说我会等你。无论你要我等上多久，我都愿意。我只是要让你知道我的心意，让你知道我在等你。”

她沉重地吞了口口水，沙哑地说道：“我不知道要等上多久。”

“多久都没关系。”我伸出一手放在桌上，掌心朝上。她迟疑了一会儿，才将她的手放在我的手上。然后我们便默默坐着，一句话也不说。直到那两个孩子抱着一把沾了雪的火绒进来，他们的母亲才开口责骂他们也不将鞋子抹净就进门。

我在那里待到午后。我们喝着茶，我谈起荨麻在堡里的情形，又讲了博瑞屈年轻时的故事。我也不等骏骑和火炉回来，便将黑玛的马鞍上好，接着向他们道别。莫莉走出来送我，并在我脸颊上一吻。之后我骑了三天，回到公鹿堡。

谜语继续带着信件，穿梭于莫莉的住所与公鹿堡之间。春季庆的时候，他们全家人都来了，而且我还努力地跟莫莉跳了一支舞。这是我第一次跟她跳舞，也是多年来我第一次尝试跳舞。之后我也跟荨麻跳了一曲，不过荨麻劝我以后还是别跳舞为好。可是她说这话的时候，脸上带着微笑。

我在早春时再度见到幸运，他跟沙舌正要展开夏季旅行，而公鹿堡是第一站。幸运变得更高更瘦，看来他对于人生颇为满意。他已经看了不少毕恩斯公国的风光，不久之后，他将前往瑞本公国，接下来还要去修克斯公国。他已经新创两首歌了，这两首歌都幽默风趣，当他在大殿上的小壁炉前献唱时，两首歌都颇受欢迎。再过半个月左右，罗网和迅风也回来了。迅风的肩膀变得厚实了，他也较为寡言。罗网待在公鹿堡，迅风则回家跟家人相伴一个星期。他带了个消息回来：再过三个月，骏骑就要结婚了。

我去参加了婚礼。然而，看着骏骑站在俭朴身前，对着羞红了脸、微微笑着的俭朴允诺终身，我不禁心生嫉妒。他们两人相识、相爱，然后就结婚了。我看，今年不用过完，他们的摇篮里就会有个小宝宝。而我呢，却顶多只能摸摸莫莉的手，或是亲亲她的脸颊。

夏天很热。艾莉安娜怀了身孕，整个六大公国都在谈论此事。谷子不断长高。黑玛已经摸熟了来回莫莉小屋的路。骏骑要加盖新房间，我帮着他一起树立梁柱，并望着莫莉和俭朴婆媳俩有如良伴一般做菜。我望着莫莉在屋子里做家事，我望着她大笑，搅汤，拂开掉到眼前的头发。自从我十五岁以来，我就不曾如此欲火焚身。我晚上睡不着觉，万一睡着了，我又非得把梦境封闭起来，免得被人看到。我看得见莫莉，也能跟她说话，然而这里总是博瑞屈的房子，再说博瑞屈的儿子总是在她身边转。她的世界里似乎没有我容身之处，所以我的脾气越来越差，对谁都没有好脸色。

我干脆去拜访耐辛与蕾细，毕竟我早就许诺要去探望她们。我在溽暑的尘沙与燥热之中，前往大老远的商业滩。切德则咬牙切齿地骂道，我这么心不在焉的，他还真宁可把我甩掉一阵子。这也不能怪他。蕾细越来越虚弱，所以耐辛请了两个女人来照顾她的老仆人。耐辛粗糙的手勾在我的手臂上，我与她一起在花园中散步，看着她把帝尊那血腥的吾王广场改造成美丽的绿野与安宁的天堂。我长久以来，我的心灵第一次有了安歇。耐辛从她那些杂物堆中搜出几件我父亲的东西给我：一条我父亲喜欢佩戴的平实系剑带，博瑞屈寄给我父亲的信，信里面还提到我，此外还有一个翡翠戒指。试戴之后，我发现这戒指我戴起来刚刚好，所以我就戴着这翡翠戒指回家了。

回到公鹿堡，第一次上精技课之后，荨麻流连着不走。切德也留了下来，但是他一看到我的脸色，便叹了一口气，让我与女儿独处。“你去了好久。”荨麻说道。

“我好久没见到耐辛了，况且她年纪又越来越大。”

她点点头：“俭朴怀孕了。”

“真是太好了。”

“是啊。大家都很兴奋。不过我母亲说，一想到她很快就要抱孙子，她就觉得自己老了。”

我沉默不语，不知该怎么回答才好。

“她跟我说：‘荨麻啊，人年纪大之后，时间会过得比较快。’这好像是一句老话，是不是？”

“这句话我常听人提起。”

“是吗？我还以为女人对这句话比较有深刻的体会。”

我直视着她，但是什么话也没有说。“或许也不一定啦。”她丢下一句，然后就走了。

四天之后，我再度给黑玛上了马鞍，前往莫莉家。切德严厉地警告我，我一定要及时回来参加精技召唤，我跟他保证说我一定会到。天气好，黑玛不但很配合，体能也好，再加上夏天天黑得晚，根本用不到三天，我们两天就到了。到了之后，我发现自己挺受欢迎，骏骑正要把圈马场的围柱换新，敏捷和稳重将腐朽的旧柱子拔起来，明证和火炉把洞挖深挖大，骏骑和我则把又高又直的新柱立稳。骏骑提起他就要当父亲了，心里多么兴奋，后来他发现我沉默的时间越来越久，便闭口不提。之后他宣布说，他要带那几个弟弟去河里游泳玩水一阵，今天天气这么热，又累得满身大汗。他问我要不要去，但是我摇了摇头。

正当我提了一桶水，从头上冲下去之际，莫莉提着个提篮从屋子里出来。“俭朴在睡午觉。她热得很难受呢，怀孕的人最受不了这种天气了。我看我们就让她静静地在屋子里睡一下吧，我们顺便可以去看看黑莓熟了没有。”

我们爬上屋后的缓坡，少年们在溪里戏水大叫的声音渐渐淡去。我们经过了莫莉那些排列整齐的蜂箱，蜂箱里传出温和的嗡嗡响声。蜂箱之后便是黑莓从，但是莫莉带我绕到黑莓丛后面。她说，每年都是这一边的黑莓先熟。她的蜜蜂们也忙得很，有的在晚开的黑莓花上采蜜，有的则追逐熟透果子迸裂出来的汁液。我们越采越多，提篮都半满了。然而，就在我将一个高枝拉低，好让莫莉摘到顶端的果实时，却惹恼了一只蜜蜂。那蜜蜂朝我冲来，先是在我头发之间乱钻，最后从我领口飞进去。我咒骂不止，四处乱打，结果那蜜蜂就螫我了。我踉跄地从黑莓丛间退出来，同时挥手防卫另外两只突然围着我的头飞的蜜蜂。

“快跑。”莫莉警告道，她牵着我的手，拉着我跑下山坡。

又有一只蜜蜂叮在我耳后，最后蜂群才总算放过我。“可是提篮和黑莓都留在那里呢，我回去拿好了。”

“现在还不行。你在这里等一下，等它们安稳下来再说。好啦，你别抓了，蜂刺说不定还留在肉里呢。让我瞧瞧。”

我在赤杨树的树荫下坐下来，莫莉弯身检查我耳后的蜂螫。“肿得好大一包，而且你把螫针推得更入肉里去了。你坐着，不要动。”她试着用手指挑出螫针来，我一缩身，她便大笑起来，“你坐好。这个用指甲挑不出来。”她靠上来，用嘴贴住伤口。我感觉到她的舌头探索着螫针的位置，然后用牙齿叼住螫针，将之拔了出来，接着她伸手将粘在唇上的螫针拿下来，“看见了没？你把整支螫针都推进去了。是不是还螫到另外一个地方？”

“在背后。”我说道。虽然我竭力自持，但是我的声音依然颤抖。她停下来，看看我，接着她再度转过头来，仿佛她好久没见到我那样地望着她。她以沙哑的声音说道：“把衬衫脱下来，我看看能不能把螫针弄出来。”

她的嘴唇再度碰到我的时候，我只觉得天旋地转。她把第二支螫针拿给我看，而后将手放在我背后的箭伤上。“这是怎么回事？”

“那是弓箭所伤。好久了。”

“那这个呢？”

“这是近伤，刀剑砍的。”

“可怜的蜚滋。”她摸着我肩膀与脖子之间的伤疤，“我还记得你受这个伤的样子。当时你来到我床前，身上仍绑着绷带。”

“的确。”

我转过身望着她。我知道她在等我，即使如此，我仍必须鼓足了所有的勇气，才敢亲吻她。我小心翼翼地吻了她，我吻了她的双颊，吻了她的喉咙，最后才吻她的唇。她嘴里有黑莓的味道。我一次又一次地吻她。我吻得很慢，我想要以吻把我这十几年来错失的一切都弥补起来。我解开她的衬衣，将她的衬衣从她头上拉开。她的胸部在我指掌之间，我只觉得她的胸部如此柔软、如此沉重。她的裙子褪了下来，抛在地上，像一朵吹翻的花朵。我将我的心上人放在草地上，甜蜜地将她据为己有。

那是归乡且圆满的感觉，那是值得再三品尝的惊喜。我们小睡了一会儿，醒来时，发现树影已经拉长。“我们得回去了！”莫莉叫道，不过——“还不行。”我告诉她。我再度与她温存，在我自己能够忍受的程度之内，我尽量放慢。我听到她颤抖着在我耳边呢喃着我的名字，那是我听过最甜蜜的声音。

接着，有人提高了声音喊道：“妈妈？蜚滋？”这使我们顿时如同少女少男般地感到愧疚。我们匆促地穿好衣服，莫莉一人冒险回去拿提篮。我们一边把衣服、头发上的灰尘和草屑拍抖干净，一边上气不接下气地大笑。我再度吻了她。

“现在得停一停了！”她警告我，温柔地回吻我一下，然后提高音量，叫道，“我在这里，我来了！”

我拉着莫莉的手，走过了黑莓丛，自此便一直拉着她的手，一路走下山丘，回到她的孩子们身边。

尾声

细柳林是个温暖的山谷，山谷中间有一条缓缓流过的河流，在起伏缓和的山陵间切出宽广平原。这里适合种植葡萄、谷子，养蜜蜂，以及养育小男孩。细柳林宅邸是木造，而非石造，虽已久居，但有时候我仍觉得这点很新奇。如今我睡在我父亲睡过的大床上，自我少年时便倾心爱慕的女子，则睡在我身旁。

我们秘密恋爱了三年。这实在很困难，不过这倒使得一切更显珍贵。我们的私会时间既少，又不一定能成功，所以我备觉甜蜜。接下来过丰收庆的时候，莫莉带着众儿子到公鹿堡来玩，我邀她共舞，然后悄悄地把她带到了我自己的床上。我从不曾想过能在此与莫莉相聚，接下来多日，她的香水味一直留在我的枕头上，使我的梦境格外温馨。我到她家去拜访，也许顶多只能迅速地偷偷一吻。但即使只有一吻，这来回的辛劳也就值得了。我相信骏骑没多久就看出端倪，荨麻的评语也明白地让我知道我绝对骗不过她。莫莉跟我依旧很小心，这是为了那几个小男孩好。我虽为了赢得他们的尊重而隐藏恋情，但是我从未因此而感到后悔。

精技召唤之后，稳重应召了。大家都很惊讶，当中最惊讶的，大概莫过于我。一开始，稳重的天赋似乎不高，但是我们逐渐发现，他其实极有潜力，心性又沉稳，所以是“吾王子民”的不二人选。荨麻备感骄傲，处处保护弟弟。

对此我也十分感激，因为莫莉的孩子住进了公鹿堡，使她更有借口可以经常来访。稳重与荨麻变成新王“精技小组”的核心人物，因为他们姐弟之间的牵系特别强劲。除了稳重之外，另有十二人应召，其中四人的精技天赋足以成为荨麻的精技小组成员，另外八人的能力则较差。应召而来的人，无论能力高低，我们统统留下，一个也没有退回。因为，正如切德的亲身体验，有的时候，需要多一点时间才能让精技天赋完全发挥出来。阿憨与我继续以“精技独行者”的身份为皇室效力。切德与往常一样，一方面管住我们两人，另一方面又不断测试精技魔法的极限，经常自己冒着生命危险，做些若换作是别人来做，就会被他笑为愚蠢的傻事。

骏骑的次子出生之后，莫莉突然宣布，也到了俭朴该有自己的火炉，和她自己的家的时候了。莫莉决定带着火炉和明证，搬到细柳林去住。敏捷决定要跟着大哥一起住，毕竟家园这么大，不是一个男人照管得来的，况且他一直很喜欢跟马在一起。但是莫莉私下告诉我，敏捷之所以决定要待下来，主要是因为镇上修理马车的人家里，那个红头发的女儿。

我们举行简单的婚礼，在吾王的见证之下立誓彼此斯守终身，而莫莉的孩子、珂翠肯、艾莉安娜、切德、幸运和谜语都来观礼。切德大哭，用力搂紧我，叫我一定要幸福快乐。幸运才刚问荨麻说，他可不可跟新姐妹一吻，护姐心重的火炉就嫌他太急，重重地揍他一拳。阿憨和小王子“繁盛”，则几乎睡掉了整场婚礼。

耐辛无法旅行，莫莉与我远道去见她，并在蕾细的坟前献花。我们在耐辛那里待了一个月，我想火炉和明证会因为事事好奇、花招不断而把耐辛烦死。但是我们预定离开之前两天，她突然宣布，她在商业滩这里住腻了，再说她也老得管不动这个产业了，她决定跟我们一起搬到细柳林去住。莫莉听到这个消息很是高兴，使我松了一口气。

火炉和明证似乎颇以有这么一位凡事不按牌理出牌的祖母为乐。火炉身上多了几处刺青之后，莫莉终于押着他保证，以后若是再要刺青，一定要先问母亲的许可。明证则对植物和药草产生了莫大的兴趣，就连耐辛也几乎被他问倒。

我们还没安顿下来，谜语就来了，他说切德派他来当我的手下。我私底下怀疑他仍帮那只老蜘蛛看着我，不过那也无所谓，如果他需要这样才觉得他仍控制得住他的世界，那么就让他知道些消息又何妨？我一点一滴地把切德的权力夺回来交给晋责，晋责看来已经准备好了。虽然我从未戴过六大公国的王冠，但令我欣慰的是，我也出了大力，让王权安然无恙地过继给接任者。

谜语展现了卓越的管理能力，且不只是会应征仆从、管管产业而已。这样倒好，莫莉与我从来就没想到要管理这些事情，也根本没有什么准备。此外，耐辛又说她年纪大了，所以她一概不管。谜语是个很实在的人。最近荨麻来访，我问谜语，他跟荨麻讲话的口气未免太过熟稔，幸亏后来莫莉硬把我叫到一旁，叫我别管他人闲事。

我常常应召去公鹿堡，由于我们麦田里的鸟儿长得很好，晋责与艾莉安娜也来过细柳林放鹰打猎过两次。我对放鹰打猎从来就没什么兴趣，所以他们来时，都是他们骑马出游，我则留在家里陪着他们的儿子玩耍，繁盛王子是个健康活泼的小男孩。

切德根据精技卷轴做过严密的训练之后，便冒险通过门石去旅行。他决定去艾斯雷弗嘉岛，亲自探索古灵的遗迹。他在岛上待了十天，回来时带了一袋记忆石，眼里充满惊奇。他并未找到普立卡的岩洞。就算他找到了，我也敢说此时那处一定空无一人。据我看来，弄臣最后一次拜访切德之后，便往南而去，回到他们受教育之处，将他们二人所学带回家去。我想，他是再也不会返北了。

弄臣与我的分离充满遗憾。我们分离之前，彼此都以为会再见到对方一次，各有最后的话未说。我与他一起度过的时光，像是一盘下到一半、结局未知的石子棋。未来的推演，仍在未定之天。有时想起来，他与我之间有这么多没有解决的事情，实在很残忍；但有时又觉得，只要仍有一丝重聚的希望，也未尝不是诸神的恩赐。到底将来如何？这就像是伶牙俐齿的吟游歌者说唱到一半，暂停片刻，让沉寂蔓延，最后才拉开嗓子，唱出结尾。隔阂的裂口，有时会是尚待实现的诺言。

我常常想起弄臣，不过我对他的想念，就像我对夜眼的想念一样。我知道，像这样的朋友，一世难得，往后不会再有了。我自认为很幸运，因为我能与弄臣和夜眼为友。我想，我往后再也不会牵系，也不会再有像弄臣这样的生死之交了。正如博瑞屈有次有感而发地对耐辛说的：一马不能双鞍。我有莫莉，对我而言，这样便一切足矣。

我很满足。

（全书完）

中英译名对照表

A

Almata　艾梅妲

Amber　琥珀

An Account of Travel in A Barbatous Land　蛮夷之旅记趣

Antler Island　鹿角岛

Arkon Bloodblade　阿肯 · 血刃

B

Bear,The　大熊（族）

Bearns　毕恩斯

Beast Magic　野兽魔法

Bendry　班德利

Bingtown Traders　缤城商人

Bingtown　缤城

bit　马衔

Black Man,The　黑者

Black Rolf　黑洛夫

bond　牵系

Bowsin　波辛

Bresinga　贝馨佳

Brief History of the Out Island,Red Ships　外岛红船简史

Brusque　阿鲁

Buckkeep Town　公鹿堡城

Buckkeep　公鹿堡

Burrich　博瑞屈

C

Calling　精技召唤

Capable　能耐

Carris seed　卡芮丝籽

catalyst　催化剂

Celerity　婕敏

Chade Fallster　切德 · 秋星

Chalced States　恰斯国

Chandler　制烛商

change-maker　造变者

Changer,the　改变者

Charm　护符

Chivalry　骏骑

Chronicles　纪事

Churry　裘乐

Cindin　辛丁

City Guard　城市卫队

Civil Bresinga　儒雅 · 贝馨嘉

Clerres　克拉利斯

Cockle Longspur　扇贝 · 长刺

Coteries　小组

Cottlesby　科德比

Councilor　私人顾问

Crend　克镰

Cresswell　魁斯维

Cursed Shorse,the　天谴海岸

Customs of Buck Duchy　公鹿公国

D
Deft　巧捷
Delventree　岱文树
Desire　欲念（王后）
Dog and Whistle　狗与哨子
Dragon’s Head　龙头之歌
Dragon’welcome,The　神龙的欢迎
Dret　德莱特
Drub　达败
Dutiful　晋责（王子）

E
Eagle,The　老鹰（族）
Eda　艾达
Edge Lands　边疆国
El　埃尔
Elderling　古灵
Elfbark　精灵树皮
Elliania　艾莉安娜
Excellent　卓越

F
Farrow　法洛公国
Farseer　瞻远
Fedwren　费德伦
FitzChivalry　蜚滋骏骑
Flicker　明灭
Fool　弄臣
Forge　冶炼镇
Foeged Ones　被冶炼的人
Forging　冶炼
Fox,The　狐狸（族）
freedom earring;freeman’s earring
自由耳环；自由人耳环

G
Galen　盖伦
Galeton　长风镇
Garetha　嘉蕾莎
Gilly　吉利
Gindast　晋达司
Ginna　吉娜
Girl on Dragon　乘龙之女
God’s Runes　神符群岛
Golden　黄金大人
Gossoin　葛霜
Grart　葛拉特
Great Mother　上母
Grimston　严酷镇
Gunrody Lian　炮仗·狮连

H
Hands　阿手
Hap　幸运
Harvest Fest　丰收庆
Heart of the Pack　兽群之心
Hearth　火炉
Hearthstone　炉前石
Hedge witch　乡野女巫
Heliotrope　向日葵
Henderson　韩德森
Henja　汉佳
Hest　诏谕
Hetgurd　首领团

Histories 历史
History of Chalced' s Slave Customs
恰斯国奴隶风俗演进史
History of the Red Ship War 红船之战史
Hod 浩得
Holly 荷莉
Hoquin 何昆

I
Icefyre 冰华
I-Doubet-It-Very-Much,Queen
我才不信皇后
Ivy 长春蔓

J
Jamallia 遮玛里亚
Jamallian 遮玛里亚人
Jhaampe 颉昂佩
Jinna 吉娜
Jofron 乔冯
Junket 享宴镇
Just 明证

K
Kaempra 首领
Kebal Rawbread 科伯 · 罗贝
Keppet 凯沛
Kettle 水壶婶
Kettricken 柯翠肯（王后）
King Slayer 屠人国王
King' s Circle 吾王广场
King' s Man 吾王子民
Kip 兽皮
Kossi 珂希

L
Lacey 蕾细
Laudwine 路德威
Laurel 月桂
Leaf God 叶神
Leftwell 留好
Lesser Uses of the Skill 精技之次级用途
Lestra 莱丝拉
Link 牵系
liveship 活船
Longwick 长芯

M
Maiden' s Chance 处女希望号
Malta 麦尔妲
Mannerless,Princess 无礼王子
Marn 麦恩
Master 师傅
Mayle 玛烈岛
memory stone 记忆石
minstrel bard 吟游歌者
Molly 莫莉
Moonseye 月眼城
Motherhouse 母屋
Mountain Kingdom 群山王国
Myblack 黑玛

N

Narcheska 贵主（奈琪丝卡）

Narwhal clan 独角鲸族

Nettle 荨麻

Nighteyes 夜眼

Nim 小敏

Nimble 敏捷

Nosy 大鼻子

O

Oerttre 奥美崔

Old Blood 原血者

Ombir 翁比

On Skill-Pillars 论精技石柱

On the Calling of Candidates
论精技召唤

Others 异类

Out Island Travels 外岛

Out Islands 外岛

Outislander 外岛人

Owl,The 猫头鹰（族）

Oxworthy 蛮牛

P

Pale Woman 苍白之女

Patientce 耐辛

Pecksies 灵界

Pelican' s Pouch 鹈鹕的喉囊

Peony 琵翁妮

Peottre Blackwater 皮奥崔·黑水

Piebald, Prince 花斑点王子

Piebald, the 花斑帮

Pins 别针

Pirates Isles 海盗群岛

Pome 梨果

Portal Stones 门石

Porte 波尔特

Prilkop 普卡立

Prince' s Guard 王子卫队

Prince' s Man 王子子民

Prosper 繁盛

Q

Queen' s Garden 王后花园

Queen 's Guard 王后卫队

R

Raichal 瑞凯

Rain Wilds 雨野原

Raven 渡鸦（族）

Realder 瑞尔德

Red Ship War 红船之战

Red Ships; Red-Ship Raiders
红船劫匪

Redda 蕾妲

Redoaks 红橡

Repel 抗斥

Revke 瑞维奇

Riddle 谜语

Ripplekeep 涟漪堡

Rippon 瑞本

Risk 风险

Robber-rat　强盗鼠
Rory Hartshorn　罗力 · 贺琼恩
Rosemary　迷迭香
Ruddy　红儿
Ruften　卢夫顿
Ruler of all River Lands　河地之王
runes　符文
Rutor　卢特尔

S
Sa　莎神
Sacrifice　牺牲献祭
Sada　莎妲
Saff oil　瑟夫油
Salt　盐利
Sandtongue　沙舌
Sardus Chif　沙杜斯齐大王
Sardus Prex　沙杜斯婆
Satrap Esclepius　沙崔甫 · 伊司克列大君
Scentless One　没有气味的人
Scroll　卷轴
Seal ,The　海獭（族）
Seawatch Tower　望海塔
Selden Vestrits　瑟丹 · 维司奇
Serferet　瑟斐芮
Shadow Wolf　影狼
Shellbye　甲拜
Shoaks　修克斯
Shrewd　黠谋（国王）
Silver Key　银轮酒店
Six Duchies　六大公国
Skill dreamer　精技梦人
Skill Dreaming　精技之梦
Skill one　精技人
Skill　精技（n.）；技传（v.）
Skillmaster　精技师傅
Skill-pillar　精技石柱
Skill-poke　精技信号
Skill-walking　精技漫游
Skyrene　史恺林岛
Sleuvm　史流文
Smithy　铁匠
Smokewing　烟翼
Solicity　殷恳
Solo　精技独行者
Springfest　春季庆
Stablemaster　马厩总管
Staffman　杖人
Starling Birdsong　椋音 · 鸟啭
Steady　稳重
Stone game　石子棋
Stone Garden　石头花园
Stronghouse　外岛要塞
Stuck Pig　篱笆卡猪
Svanja　丝凡佳
Swift　迅风
Sydel　惜黛儿

T
Table of Herbs　百草要略
Taker　征服者
The Gray One　灰衣人
The Mother　主母
Theldo　席尔多

Thick　阿憨
thippi-fruit　悉琵果
Thornbush　荆棘
Thrift　俭朴
Thyme　百里香
Tilth　提尔司
Tintaglia　婷黛莉亚
Tom Badgerlock　汤姆 · 獾毛
Treatise on A Lost Folk　湮没之古灵人
Treenee　树膝
Tusker　野猪号

V

Venturn　凡尊
Verdant　无邪大人
Verity　惟真
Verity-as-Dragon　化龙的惟真
Vixen　母老虎

W

Warrior’s Prayer　战士祷告辞
weasel　黄鼠狼
Web　罗网
White Prophet　白色先知
white ship　白船
White　白者
Wild-eye　狂眼
Wisal　薇撒尔
Wit　原智
Wit Magic　原智魔法
Withywoods　细柳林
Witmaster　原智师傅
Witness Stone　见证石
Witted;Witted one　原智者
wizardwood　巫木
Women’s Garden　女人花园
Wuislington　威思林镇

Y

Ysysal sealshoes　怡撒尔 · 海獭鞋

Z

Zylig　柴利格镇

著作权合同登记：图字 09-2014-248 号

THE TAWNY MAN TRILOGY III : FOOL'S FATE

图书在版编目(CIP) 数据

刺客后传．Ⅲ，弄臣命运 ／（美）罗宾·霍布 (Robin Hobb) 著 ；麦全译．-- 上海 ：上海社会科学院出版社，2016

ISBN 978-7-5520-1709-0

Ⅰ．①刺… Ⅱ．①罗… ②麦… Ⅲ．①长篇小说－美国－现代 Ⅳ．① I712.45

中国版本图书馆 CIP 数据核字 (2016) 第 321532 号

刺客后传Ⅲ：弄臣命运

著　　者：[美] 罗宾·霍布
译　　者：麦　全
出 版 人：缪宏才
出版策划：闫青华 沈丽凝
责任编辑：王晨曦 冯亚男
特约编辑：蒙莹雪 姚丽晴
装帧设计：谷亚楠 朱海英
封面绘图：郭庆芸
出版发行：上海社会科学院出版社
上海市顺昌路622号　邮编：200025
电话：021-63315900　销售热线：021-53063735
http://www.sassp.org.cn　E-mail:sassp@sass.org.cn
排　　版：上海万墨轩图书有限公司
印　　刷：上海信老印刷厂
开　　本：890×1240 毫米　1/32 开
印　　张：27.125
字　　数：777 千字
版　　次：2017年2月第1版　2017年2月第1次印刷

ISBN：978-7-5520-1709-0/I · 222　定价：80.00元

读者回函表 Readers

WIPUB BOOKS

姓名：______ 性别：____ 年龄：____ 职业：______ 教育程度：______

邮寄地址：________________________ 邮编：______

E-mail：______________ 电话：______________

您所购买的书籍名称：《刺客后传Ⅲ：弄臣命运》

您对本书的评价：

书名：□满意 □一般 □不满意 | 故事情节：□满意 □一般 □不满意

翻译：□满意 □一般 □不满意 | 书籍设计：□满意 □一般 □不满意

纸张：□满意 □一般 □不满意 | 印刷质量：□满意 □一般 □不满意

价格：□便宜 □正好 □贵了 | 整体感觉：□满意 □一般 □不满意

您的阅读渠道（多选）：□书店 □网上书店 □图书馆借阅 □超市/便利店
□朋友借阅 □找电子版 □其他 ______

您是如何得知一本新书的呢（多选）：□别人介绍 □逛书店偶然看到 □网络信息
□杂志与报纸新闻 □广播节目 □电视节目 □其他 ______

购买新书时您会注意以下哪些地方？

□封面设计 □书名 □出版社 □封面、封底文字 □腰封文字 □前言、后记
□名家推荐 □目录

您喜欢的书籍类型：

□文学-奇幻小说 □文学-侦探/推理小说 □文学-情感小说 □文学-散文随笔
□文学-历史小说 □文学-青春励志小说 □文学-传记
□经管 □艺术 □旅游 □历史 □军事 □教育/心理 □成功/励志
□生活 □科技 □其他______

请列出3本您最近想买的书：______、______、______

请您提出宝贵建议：________________________

____

★感谢您购买本书，请将本表填好后，扫描或拍照后发电子邮件至wipub_sh@126.com，
您的意见对我们很珍贵。祝您阅读愉快！

图书翻译者征集

为进一步提高我们引进版图书的译文质量，也为翻译爱好者搭建一个展示自己的舞台，现面向全国诚征外文书籍的翻译者。如果您对此感兴趣，也具备翻译外文书籍的能力，就请赶快联系我们吧！

您是否有过图书翻译的经验：□有（译作举例：____________________）

□没有

您擅长的语种：□英语　□法语　□日语　□德语

□韩语　□西班牙语　□其他________________

您希望翻译的书籍类型：□文学　□生活　□心理　□其他__________

请将上述问题填写好、扫描或拍照后，发电子邮件至wipub_sh@126.com，同时请将您的译者应征简历添加至邮件附件，简历中请着重说明您的外语水平等。

期待您的参与！

上海万墨轩图书有限公司